KB174012

# 주희 문학의 연구

# 주희 문학의 연구

막려봉(莫礪鋒) 저

이홍진(李鴻鎭) · 안찬순(安贊淳) 역

역락

## 한국 독자들에게 드리는 글

### 서문을 대신하여

≪주희 문학의 연구≫(朱熹文學硏究)의 한국어 번역본이 곧 출판됨에 즈음하여 필자는 한국의 독자들에게 몇 마디 할까 합니다. 필자는 학술 연구에 종사한 지 30년이 되었으며 이미 출판된 저서가 10여 종이 됩니다. 왜 ≪주희 문학의 연구≫가 외국으로 번역된 첫 번째 저서가 되었겠습니까? 바꾸어 말해서 ≪주희 문학의 연구≫의 한국어판이 출판되는데 무슨 특별한 인연이 있을까요?

우선, 주희는 중국 송대의 위대한 사상가이지만 그는 또한 전 인류의 사상가이기도 합니다. 주희의 사상은 중국의 동아시아 지역 이웃 나라에 거대한 영향을 미쳤습니다. 특히 조선 반도는 더욱 그렇습니다. 일찍이 원(元)의 세조 지원(至元) 26년(1289) 곧 고려 충렬왕 55년에 고려의 학자 안향(安珦, 1243~1306)은 원 나라 대도(大都)에서 ≪주자전서(朱子全書)≫를 접하고 직접 손으로 베껴서 다음해에 고려로 가지고 돌아갔습니다. 그렇게 해서 주희의 사상이 처음으로 조선 반도에 전해지게 되었습니다. 그때는 주희가 생존했던 연대로부터 100년도 되지 않을 때였습니다. 그 후에 백이정(白頤正, 1260~1340?)·이제현(李齊賢, 1287~1367) 등의 고려 학자들이 차례로 중국으로 유학을 오게 되었고, 그들이 주자학을 전공하여 점차 고려의 주자학파를 형성하게 되었습니다. 정몽주(鄭夢周, 1337~92)·정도전(鄭道傳, 1342~98)·권근(權近, 1352~1409) 등 학자들의 부단한 노력을 거쳐 고려의 주자학파는 규모를 상당히 갖추었을 뿐 아니라 독특한 사상 내용을 잉태하기 시작했습니다. 조선조에 이르러서는 마침내 이퇴계(李退溪)(1501~70)·이율곡(李栗谷)(1536~84) 같은 주자학 대가가 나오게 되어서 주희의 사상에 대해 아주 새로운 의미의 해석을 하였을 뿐 아니라 학술 수준에 있어서도 동시대의 중국학계의 수준을 뛰어넘게 되었습니다. 역사적인 사정으로 인하여 조선 반도에서 주자학이 한 차례 쇠미한 국면으로 접어들고 일본의 침략으로 인한 재난을 당하기도 했지만 나라의 독립과 민족의 부흥으로 한국의 주자학은 다시 또 점차 활기를 회복하여 현대화의 격랑 속에서도 완강히 살아남아 한국의 학술 연구에 있어서 빼놓을 수 없는 부분이 되었습니다. 그래서 필자가 생각하기에 한국 학술계로 말한다면 주자학은 외국 문화에 대한 학술 연구일 뿐 아니라 또한 민족 문화 전통에 대한 계승 발전이기도 한 것입니다. 이와 같은 상황에서 졸저 《주희 문학의 연구》를 한국 독자들에게 소개한다면 이는 충분한 이유를 갖는 셈입니다.

그 다음으로, 필자는 한국학자들과의 교류가 꽤 많은 편이어서 한국의 학술계에 대해서는 약간이나마 이해하고 있습니다. 제가 아는 한국의 학자 가운데 주자학 연구에 성취가 꽤 높은 친구들도 적지 않은데, 이 책을 한국어로 번역한 이홍진(李鴻鎭)·안찬순(安贊淳) 두 선생이 바로 그렇습니다. 필자가 한국의 족보학에 대해서는 전혀 아는 바가 없지만 제가 아래와 같은 연상을 해볼 수 있는 이유는 다분하다고 생각합니다. 즉 이홍진 선생은 어쩌면 이퇴계나 이율곡의 후예는 아닌지? 안찬순 선생은 어쩌면 안향의 후예가 아닌지? 하고 말입니다. 가감 없이 말씀드려 필자와 한국학자의 교류에 있어서 주자학은 쌍방이 공통의 흥미를 불러일으키는 화제 중 하나입니다. 필자는 30년 전에 박사학위 과정을 공부할 때 주자 사상에 대해 강한 흥미를 느꼈으나 졸업 후 줄곧 관련 연구를 할 시간이 없었습니다. 그런데 본격적으로 주희 연구에 착수하고 《주희 문학의 연구》 전체 논제의 틀을 정한 것은 필자가 한국에서 강의할 때입니다. 1996년 전남대학교 중문과의 김재승(金在乘) 교수의 초청을 받아 전남대학교에서 강의를 하였습니다. 혼자 이국에서 지내면서 충분한 독서 시간을 갖게 되었던 것입니다. 전남대학교의 아름다운 교정에서 보낸 만 1년이란 시간 동안 필자는 대부분의 수업 외 시간을 "홍도(紅圖)"와 "백도(白圖)" 두 도서관에서 보냈습니다. 잠시나마 회의, 행정 그리고 가사의 잡무에서 해방되어 거질의 주희의 저서들을 자세히 열독할 수 있었습니다. 그해 12월 필자는 광양(光陽)에서 열린 한 학술 대회에 참가하게 되었고, 제출한 논문이 바로 <주희 《한문고이》 찬사 연월고(朱熹《韓文考異》撰寫年月考)>였습니다. 당초에는 매우 생소한 제목이라 학회에 참가한 학자들의 흥미를 끌지 못할 것이라고 여겼는데, 생각지도 못하게 토론을 맡은 은무일(殷茂一) 그리고 김은아(金銀雅) 두 교수께서 매우 전문가적인 문제를 제기해주셔서 필자는 자연스럽게 한국학계의 주자학 연구에 대해서 달리 보게 되었습니다. 그래서 필자가 중국으로 돌아온 후 얼마 되지 않아 탈고한 《주희 문학의 연구》의 "후기(後記)"에 특별히 아래와 같이, "1997년 한국에서 강연을 하고 돌아온 뒤에야 한국 학술계의 주자학에 대한 중시 태도에 느끼는 바가 있어서 다시 이 책을 쓰기로 결심하게 되었다."라고 썼습니다. 그래서 《주희 문학의 연구》의 저술과 필자의 한국에서의 생활과는 떼려고 해야 뗄 수 없는 인연이 있는데, 이 책이 한국어판으로 출판되게 된 것은 어쩌면 바로 앞선 인연의 필연적인 결과가 아닐까 합니다.

이 책이 출판되기에 앞서 필자는 아래의 분들에게 충심으로 감사를 표하고자 합니다. 우선 학술 저서를 번역한다는 것은 매우 힘든 노동이며 특히 졸저의 번역은 더욱 무미건조한 일입니다. 바라건대 이홍진 · 안찬순 두 선생께서 필자의 감사의 마음을 받아주셨으면 합니다. 다음으로는 《주희 문학의 연구》의 저술 동기가 필자의 한국 생활에서 비롯되었는데, 당시 필자가 한국에서 알게 되었던 친구들이 필자의 때늦은 깊은 감사의 마음을 받아주기를 바랍니다. 마지막으로 이 책의 한국어판 독자 여러분들께 미리 감사의 마음을 전하고자 하는데, 독자들이 이 별로 대단할 게 없는 저서를 읽어주시는 데 대해 감사의 마음을 전합니다. 아울러 바라건대 주희 사상에 대한 공통의 애호가 한중 양국 학계와 민간의 우호를 증진시키는 중요한 부분이 될 수 있기를 바랍니다.

막려봉(莫礪鋒)

2012년 4월 2일
남경(南京) 미림동원(美林東苑) 처소에서

## 给韩国的读者朋友（代序）

在《朱熹文学研究》的韩文版即将问世之际，我想向韩国读者说几句话。我从事学术研究三十年，已出版的著作有十多种，为什么《朱熹文学研究》成为我第一本被译介给外国读者的著作呢？换句话说，《朱熹文学研究》韩文版的问世，究竟有什么特殊的因缘呢？

首先，朱熹是中国宋代的伟大思想家，但他也属于全人类。朱熹的思想对中国的东亚邻国产生了巨大的影响，尤其是在朝鲜半岛。早在元世祖至元二十六年(1289)，也即高丽忠烈王十五年，高丽学者安珦就在元大都接触到《朱子全书》，亲自手抄，于次年带回高丽。这是朱熹思想最初传入朝鲜半岛，其时上距朱熹生活的年代不足百年。其后，白頤正，李齐贤等高丽学者先后来到中国留学，他们专攻朱子学，逐渐形成了高丽朝的朱子学派。经过郑梦周，郑道传，权近等学者的不断努力，高丽朱子学派不但颇具规模，而且开始孕育出独特的思想内涵。到了朝鲜朝，终于产生了李退溪，李栗谷这样的朱子学大家，不但对朱熹思想进行了全新的意义阐释，而且在学术水准上达到了超越同时代中国学界的高度。由于历史的原因，朝鲜半岛的朱子学一度进入衰微不振的局面，并因日本的侵略而陷于没顶之灾，但随着国家的独立和民族的夏兴，韩国的朱子学又逐渐恢夏生机，并在现代化浪潮的冲击中顽强地生存下来，成为当代韩国学术研究中不可忽视的一个部分。所以我认为，对于韩国学界来说，朱子学不但是对外国文化的学术研究，而且也是对本民族文化传统的继承发扬。既然如此，把拙著《朱熹文学研究》介绍给韩国读者，就是具备充分理由的。

其次，笔者与韩国学者交往颇多，对韩国学术界有一些粗浅的了解。我所认识的韩国学者中，不乏在朱子学研究中成就颇高的友人，将本书译成韩文的李鸿镇和安赞淳两位教授就是如此。我对韩国的谱谍学一无所知，但我有充足的理由产生这样的联想：李鸿镇先生或许就是李退溪或李栗谷的后裔？安赞淳先生或许就是安珦的后裔？毫不夸张地说，在我与韩国学者的交往中，朱子学是引起双方共同兴趣的主要话题之一。我三十年前攻读博士学位时就对朱熹思想产生了浓厚的兴趣，但毕业以后一直没有时间着手进行研究。我真正开始着手研究朱熹，并开始构思《朱熹文学研究》全书的框架，正是我在韩国讲学的时候。1996年，应全南大学中文系主任金在乘教授的邀请，我来到全南大学讲学。孤身一人客居异邦，就有了充足的读书时间。在全南大学的美丽校园里度过的整整一年里，我的大部分课余时间都消耗在两座图书馆——“红图”和“白图”里。既然暂时免除了开会，填表以及家务事的烦扰，我就能够仔细阅读卷帙浩繁的朱熹著作。当年12月，我参加在光阳举行的一次学术研讨会，提交的论文就是《朱熹韩文考异撰写年月考》。原以为这么冷僻的题目不会引起与会学者的兴趣，没想到担承讨论人的殷茂一和金银雅两位教授竟然提出了相当内行的问题，我不由得对韩国学界的朱子学研究括目相看。正因如此，在我返回中国不久后完稿的《朱熹文学研究》的《后记》中，我特别写了下面几句话：“直到1977年从韩国讲学归来，因有感于韩国学术界对朱子学的重视，才决心重新开始撰写此书。”所以《朱熹文学研究》的撰写与我的旅韩生涯有着不解之缘，此书韩文版的问世，也许正是前缘所定的必然结果。

在本书出版之际，我要对下列友人表示衷心的感谢。首先，翻译学术著作是很艰苦的劳动，翻译拙著更是一件枯躁乏味的事情，但愿李鸿镇，安赞淳两位教授接受笔者言轻意重的感谢。其次，《朱熹文学研究》的写作缘起于我的旅韩生涯，但愿当年在韩国结识的所有友人接受我迟到的深切谢意。最后，我也要对本书韩文版的读者朋友预先致以谢忱，感谢他们阅读这本无甚高论的学术著作。但愿对朱熹思想的共同爱好成为增进中，韩两国学界和民间的友好交流的重要因素。

莫砺锋

2012年4月2日于南京美林东苑寓所

# 목차

# 서문

만약 우리가 아래 세 가지 측면에서 중국 고대 사상가의 역사적인 지위를 평가 곧 첫째, 사상 자체의 가치(풍부함 · 깊이 · 창조성을 포함), 둘째, 그 사상의 후세에 끼친 영향의 정도(시 · 공간을 포함), 셋째, 현대 학술계로부터 주목을 받는 정도로 평가한다면, 우리는 일말의 의심도 없이 주희가 송대의 가장 위대한 사상가라고 말할 수 있으며 또 조금도 주저함 없이 주희는 진 · 한에서 청말까지 2,000여 년에 이르는 중국 사상사에서 가장 중요한 인물이라고 공언하고 싶다. 다시 말해서 선진(先秦) 제자(諸子)를 제외하고 주희의 중국 고대 사상사와 문화사상의 지위는 비길 사람이가 없다. 그리고 만약 유가 사상을 중국 전통 문화 가운데에서 가장 핵심적인 내용으로 간주한다면 주희는 공자에 버금가는 고대 성현이라고 감히 말할 수 있다. 그러므로 중국 학술계가 주희에 대해 뜨거운 관심을 보이는 것도 당연한 일일 것이다. 임경창(林慶彰)이 주편한 ≪주자 연구서목(朱子學硏究書目)≫에 의하면 단지 20세기의 앞 90년(1900~1990) 동안 국제 학술계의 주희와 관련된 연구 논저의 수만 2,254종에 달한다. 설령 그 가운데 일부 잘못 수록한 조목을 제외한다고 해도 이들 저작은 분명 2,200종을 넘을 것이며, 1991년 이래 이 방면 논저의 발표 속도는 여전히 증가하고 있다. 그렇지만 이렇게 활발한 주희 연구 가운데에도 여전히 학자들의 주목을 아주 적게 받는 매우 한적한 구석진 영역이 있는데, 그것은 바로 주희의 문학에 관한 연구이다. ≪주자학연구서목≫ 가운데에 수록한 "문학"의 범주에 속하는 논저가 비록 141종에 달하지만 그 가운데 상당수는 내용이 제목에 걸맞지 않다. 예를 들면, 중화서국판 ≪고전문학연구자료휘편(古典文學研究資料彙編)·도연명권(陶淵明卷)≫에 수록되어 있는 "주희가 도연명을 논하다"(朱熹論陶淵明) 등 열 가지 예[1]는 사실 주희의 설을 추려 뽑아 편집한 것으로 그 성격이 연구 저작과는 다르다. 또 예를 들면 좌등인(佐藤仁)의 ≪회암선생주문공집인명색인(晦庵先生朱文公集人名索引)≫과 진래(陳來)의 ≪주자서신편년고증(朱子書信編年考證)≫ 등 십여 가지 예는 모두 주자학 전반에 관한 것이지 주자의 문학에 관한 전문적인 논저가 아니다. 또 신미자(申美子)의 <주자시 중의 사상 연구>(朱子詩中的思想研究), 유중우(劉仲宇)의 <주희 사상 전변의 모습>(朱熹思想轉變的寫照) 등 문장은 주희의 문학에 관한 연구라고 하기보다는 주희의 시문(詩文)을 자료로 하여 진행된 철학 연구라고 하는 편이 나을 것이다. 만약 위에서 말한 이런 논저를 모두 제외한다면 주희의 문학에 대한 진정한 논저는 100편도 되지 않는다. 그런데 이들 논저들 가운데에서도 절반 이상의 글은 단지 주희의 어느 한 시문 작품에 대한 감상에 지나지 않는다.[2] 그러므로 주희의 문학에 관한 비교적 중요성을 지니는 연구 논저는 정말 몇몇에 불과하다. 필자가 본 논저

---

1) ≪주자학연구서목(朱子學研究書目)≫ 137쪽, 문진출판사(文津出版社) 1992년.

2) 예를 들면 <관서유감(觀書有感)>에 관한 문장은 곽송림(霍松林)의 <관서유감2수상석(觀書有感二首賞析)> 등 10편이 있고, <백장산기(百丈山記)>에 관한 것은 이경우(李慶宇)의 <주희의 백장산기를 소개함>(介紹朱熹的百丈山記) 등 3편이 있다.

가운데 장건(張健)의 ≪주희의 문학 비평 연구≫(朱熹的文學批評硏究)[3]만이 주희의 문학 비평에 대해서 세부적으로 분류를 한 전면적인 소개를 하였다. 그리고 또 전목(錢穆)의 ≪주자신학안(朱子新學案)≫ 중에 일부러 <주자의 문학>(朱子之文學) 등의 장절(章節)을 두고서 주희의 문학 사상 등에 관한 상황을 논술하였다.[4] 이 두 논저는 주희의 문학에 관한 전문 논저라고 할 수 있다.[5] 그러나 이들 저작은 모두 편폭이 짧고[6] 주희의 문학 비평에 관해서만 토론하고 주희의 문학 창작에 대해서는 언급하지 않아서 여전히 아쉬움이 남는다. 요컨대, 주희의 문학에 대한 연구는 아직 충분히 전개되지 않은 상황이다.

그렇다면 이러한 현상은 어떻게 해서 그런 것인가? 무엇 때문에 학술계는 주희의 문학 방면의 성취에 대해서는 주시하지 않았을까?

필자가 생각하기에는 두 가지 이유가 있을 수 있다.

첫째, 한 역사적인 인물이 만약 어느 한 방면의 성취가 너무 돋보이게 되면 기타 나머지 방면의 성취는 그 빛이 가려지게 된다. 송대의 인물 가운데 범중엄(范仲淹)의 문학은 그의 정치적인 명성에 가려졌고, 구양수(歐陽修)의 경학은 그의 문학적 명성에 가려졌던 것은 모두 뚜렷한 예이다. 이는 설령 같은 학문 분야 내부의 상황도 마찬가지이다. 예를

3) 대만상무인서관(臺灣商務印書館) 1969년.

4) 대만삼민서국(臺灣三民書局) 1971년, 또 파촉서사(巴蜀書社) 1986년.

5) 그 밖에도 이미주(李美珠)의 <주자 문학 이론 초탐(朱子文學理論初探)>(대만사범대학 석사 논문)과 장지성(張志誠)의 <주희의 문학관>(朱熹的文學觀)(홍콩 주해서원(珠海書院) 석사 논문) 두 가지가 있지만 보지 못하였다.

6) 장건(張健)의 저작은 모두 8만 자이며, 전목(錢穆)의 저서 가운데 관련되는 부분은 단지 4만 여 자에 불과하다. 필자가 살펴보건대, 전목의 저서 전체는 약 150만 자에 달하지만 문학과 관련된 부분은 전체 책의 총자수의 3%를 조금 넘을 뿐이니, 이것으로 또한 주희 문학에 대한 연구가 전체 주자학에서 차지하는 비중이 얼마나 미미한가를 알 수 있다.

들면 육유(陸游)의 사(詞)는 그의 시(詩) 방면의 명성에 가려졌고, 강기(姜夔)의 시(詩)는 또 그의 사(詞) 방면의 명성에 가려졌다. 주희의 문학적 업적은 바로 이학가로서의 거대한 명성에 완전히 가려졌던 것이다. 주희 본인은 비록 문학을 그렇게 홀시하지 않았고 문학 창작 · 문학 비평 · 문학 이론 · 문학적 이해 등 방면에 있어서 모두 탁월한 성취가 있었지만, 이러한 업적들도 그의 이학가로서의 사상적인 면의 공헌과 학술적인 성취와 비교하면 분명 아주 큰 차이가 있다. 만약 이 두 가지 측면을 아주 가까이 가져다 놓고 보게 되면 사람들은 사상적 그리고 학술적인 성취에만 주목하게 되고 문학적 성취는 보지 못하게 되는 것이다. 주희가 살아 있을 때는 이러한 현상이 아직 별로 두드러지지 않았다. 주희가 마흔 한 살 때 호전(胡銓)은 주희를 조정에 시인(詩人)의 신분으로 추천하였다. 주희가 한평생 교유하던 선비들 가운데에서 문학으로 세상에 이름이 난 사람들도 수십 명이나 된다. 그가 죽은 후 조정에서는 그를 조문하는 것을 금지했지만 대문호였던 육유(陸游)와 신기질(辛棄疾)은 그래도 글을 써서 애도하였으니 주희가 이학의 대종사 신분으로 역사의 무대에서 활약함과 동시에 문학가로서의 신분도 결코 홀시되지 않았음을 알 수 있다. 그렇지만 주희가 죽은 후에는 그의 이학 대종사로서의 신분이 급속도로 일어나서 끊임없이 상승하다보니 마침내 그의 문학가로서의 명성은 가려지게 되었다. 그의 연표를 한번 보자.

송(宋) 녕종(寧宗) 경원(慶元) 6년(1200), 주희 졸, 당시 여전히 "위당(僞黨)의 명단에 이름이 오름.

녕종 가정(嘉定) 2년(1209), 시호(諡號)를 "문(文)"이라 내림.

녕종 가정 5년(1212), 주희의 ≪사서집주(四書集注)≫가 국학(國學)에 채택됨.

이종(理宗) 보경(寶慶) 3년(1227), 주희에게 태사(太師) 칭호가 주어지고 신국공(信國公)으로 추봉(追封)됨.

이종 소정(紹定) 3년(1230), 주희를 휘국공(徽國公)으로 바꾸어 봉함.

이종 순우(淳祐) 원년(1241), 조정에서 조서를 내려 주희를 묘당(廟堂)에 종사하여 주돈이(周敦頤)·장재(張載)·이정(二程)과 나란히 하게 함.

탁종(度宗) 함순(咸淳) 5년(1269), 조정에서 조서를 내려 주희의 고향 마을을 "문공궐리(文公闕里)"라고 하였는데, 주희의 성인의 지위가 확립된 것을 의미한다.

원(元) 순제(順帝) 지원(至元) 원년(1335), 조정에서 조서를 내려 주희만을 제사하는 문묘(文廟)를 세우게 함.

순제 지정(至正) 22년(1362), 주희를 제국공(齊國公)으로 바꾸어 봉함.

명(明) 성조(成祖) 영락(永樂) 13년(1415), 성조가 친히 "어서(御序)"를 쓴 ≪사서오경대전(四書五經大全)≫을 천하에 반포하여 과거(科擧) 시험의 준칙으로 삼음. 그 가운데 ≪사서대전(四書大全)≫은 바로 주희의 ≪사서집주(四書集注)≫를 위주로 한 것이며 ≪오경대전(五經大全)≫에서도 주희의 설을 많이 취함.[7)]

경제(景帝) 경태(景泰) 6년(1455), 조서를 내려 건안(建安) 주희 후손이 한림원의 오경(五經)박사 직을 세습하게 함.

세종(世宗) 가정(嘉靖) 2년(1522), 조서를 내려 무원(婺源) 주희 후손에게 한림원(翰林院) 오경(五經) 박사 직을 세습하게 함.

청(淸) 강희(康熙) 51년(1712), 조서를 내려 주희의 위패(位牌)를 공자묘 대성전(大成殿) "십철(十哲)"의 다음으로 옮겨 공자(孔子)에 배향(配享)하게 함.

강희 52년(1713), 강희제는 웅사리(熊賜履)와 이광지(李光地)에게 명하여

---

7) 상세한 것은 고염무(顧炎武), ≪일지록(日知錄)≫ 권18, <사서오경대전(四書五經大全)> 조에 보인다.

≪주자대전(朱子大全)≫을 편찬하여 완성하게 하고 친히 서(序)를 써서 "주부자(朱夫子)는 집대성하여 천백 년 간 전해지지 않던 학문의 단서를 열었고 우매한 사람들을 일깨워 후세 억만 세의 일정한 규범을 세웠다."(朱夫子集大成而緖千百年絶傳之學, 開愚蒙而立億萬世一定之規)라고 함.

주희의 영향력은 또 중국을 넘어 조선・일본 등의 주변 국가에까지 미쳤다. 원 세조(世祖) 지원(至元) 27년, 고려 충렬왕(忠烈王) 16년(1290)에 안향(安珦)이 원 나라로부터 고려로 돌아갈 때 주자학을 전하였다. 그 이후부터 주자학은 고려와 조선 두 왕조의 사상계에 심원한 영향을 끼치게 되었으며, 아울러 이로부터 조선의 특색을 지닌 성리학을 발전시켜 이퇴계(李退溪)・이율곡(李栗谷)과 같은 유명한 학자[8]를 낳았다. 다시 말하자면 주희는 죽은 후에 줄곧 바로 중국의 성인(聖人)이 되었을 뿐 아니라 점차 이웃 나라가 존숭하는 현철(賢哲)이 되었다. 또 주희가 세상을 떠난 지 얼마 지나지 않아 일본의 카마쿠라(鎌倉, 1185~1333) 시기의 초기, 주희의 ≪사서집주≫ 등과 같은 주요 저작은 곧 일본으로 전해지기 시작했다. 그 후 주자학은 일본에서 신속하게 전파되게 되었으며, 에도(江戶) 막부(幕府) 시대(1603~1868)에 이르러서는 주자학이 관학(官學)이 되어 크게 존숭을 받게 되었다.

이로부터 주희는 하루아침에 역사적인 인물이 되어 통치 계층에 의해서 칭송되고 존중받고 아울러 빠른 속도로 관방 이데올로기의 대표로 채택되어 지고무상(至高無上)한 성인의 이미지로 형상화되었다. 물론 주희의 성인(聖人)으로서의 이미지 확립은 완전히 이학(理學) 사상의 측면

8) 상세한 것은 주겸지(朱謙之)의 ≪일본의 주자학≫(日本之朱子學)(삼련서점, 1958년)・유승국(柳承國)의 ≪한국유학사(韓國儒學史)≫(대만상무인서관, 1989년)에 보인다.

에서 출발한 것이다. 이는 통치 계층의 윤리 도덕과 철학적 기초를 가치 기준으로 하여 진행한 모델 선택과 우상 구축이다. 분명히 이러한 사유 방식에 따라 확립된 주희의 이미지는 오로지 수신(修身)·제가(齊家)·치국(治國)·평천하(平天下)에만 전념하는 이학의 대종사(大宗師)일 수밖에 없으며, 도학가적인 근엄한 순수 유학자의 모습으로 나타날 수밖에 없는 것이다. 비록 주희 자체의 사상 체계 가운데에서는 결코 문학을 절대 배척하지 않았고 주희 본인의 생애에 시부(詩賦)를 읊조리고 시문(詩文)을 논하는 등의 활동이 적지 않았지만, 통치 계층의 입장에서 보면 당연히 주희의 사상 중 문학 부분을 최대한 희석시키고자 하였으며 공자묘에 배향하는 성인이 동시에 시와 술로 풍류를 즐기는 이미지로 나타나게 하는 것은 더욱 원하지 않았다. 그리하여 후세 사람들은 주희의 사상에 대한 의식적 혹은 무의식적인 해석이나 이미지를 구축하는 과정 중에 주희 사상 중의 문학 부분은 갈수록 짓눌리어 주희의 문학가적인 그림자도 더 이상 찾아 볼 수 없을 만큼 희미해지게 되었다. 분명한 한 가지 예를 들어 보면, 주희의 시가 가운데의 <무이도가(武夷棹歌)>는 가장 생기 넘치고 뚜렷한 이미지를 지닌 일련의 작품임에 틀림이 없다. 시가 성리학 대종사의 입으로부터 나왔으므로 아무래도 약간의 철리적인 맛이 깃들어 있기는 하지만 그 본질은 주희가 "함께 노닐던 이들에게 바쳐 더불어 한번 웃기"(呈諸同遊, 相與一笑) 위하여 "장난스럽게(戲作)"지은 서경적(敍景的)이면서 서정적(抒情的)인 작품[9]으로 단정할 수 있다. 하지만 원대의 진보(陳普)는 도리어 "주문공의 <구곡(九曲)>은 순전히 하나의 도(道)로 나아가는 순서이다. 그 뜻을 세운 바가 정말 조금도 구차하지 않으니 단지 무이산(武夷山)만을 위해서 지은 것이 아니다."(朱

9) 상세한 것은 본서 제2장 제2절에 보인다.

文公<九曲>, 純是一條進道次序. 其立意固不苟, 不但爲武夷山作也.)[10]라고 해석하였다. 그래서 문학 작품이 의리(義理)를 밝히는 운문체의 철학 텍스트가 되었다. 이와 같은 해석을 거치면서 주희의 모든 작품은 모두 이학 사상을 담는 도구로 간주되었으며, 주희에게서는 이학의 대종사로서의 찬란한 광휘만 보게 되어서 그의 문학가로서의 그림자는 볼 수 없게 되었다.

그 다음으로는 송대의 이학가는 첫째, 주요한 정력과 시간을 양성명리(養性明理)에 쏟아야 했기 때문에 문학을 거부했고, 둘째, 시문(詩文)을 읊조리다보면 완물상지(玩物喪志)하여 도(道)를 밝히는 데 방해가 될까봐 걱정하였고, 셋째, 정감을 생명으로 하는 문학이 사람들로 하여금 "인욕(人欲)"을 중요시하고 "천리(天理)"를 어길까봐 두려워하였으며, 넷째, 사회 공리적 가치관으로 문학을 재단하여 문학을 무용지물로 보았기 때문에 그들의 논리에 부합하는 속성은 당연히 비문학적(非文學的)이고 반문학적(反文學的)인 것이었다. 그러나 주희는 이학가 가운데 특별한 경우로 송대의 이학대가들 가운데 주희는 문학에 대해서 최대한 포용 내지 호감을 나타내었다. 그렇지만 이학이 결국 그가 입신양명하는 곳이었으므로, 문학은 기껏해야 그가 심성을 도야하는 보조 수단이 될 수밖에 없었다. 그러므로 주희가 직접 참여하여 구축하고 아울러 주로 그가 최종 완성한 송대 이학사상 체계 속에서 문학의 지위는 당연히 매우 낮았다. 또 후세의 통치 계층이 이학을 제창할 때에 주로 치도(治道)와 교

10) 진보(陳普)의 <주문공 무이도가(朱文公武夷棹歌)> 제1수의 주(注)는 일본 천폭산인(天瀑山人)이 수집한 ≪존일총서(存佚叢書)≫ 본이다. 필자가 살펴보건대, 진보는 남송 이종(理宗) 순우(淳祐) 4년(1244)에 태어났으니 원(元)으로 들어갔을 때 이미 36세였다. 그러나 <주문공 무이도가(朱文公武夷棹歌)> 권말에 붙어 있는 유개(劉槪)의 발(跋)에 의거하면, 진보는 원 대덕(大德) 8년(1304)에야 비로소 이 주(注)를 유(劉)에게 보여준 것을 알 수 있다. 이때는 이미 원으로 들어간 지 이미 25년이 되었으므로 이 주는 마땅히 원대에 쓰였을 것이다.

화(教化)에 도움이 되는 공리적인 가치에 착안하였으므로 이학 사상 가운데에서 비문학적이고 반문학적인 내용이 강조되고 부각되었다. 이렇게 남송에서 원·명·청대에 이르기까지 이학 사상의 문학에 대한 억압과 거부는 점점 심해지게 되었고 이로 인하여 생겨난 반발 역시 더욱더 강렬하게 되었다. 우리가 북송 후기 이래의 이러한 과정에 대해서 간단하게 회고해 보는 것도 괜찮으리라 생각한다.

북송 후기에 낙촉지쟁(洛蜀之爭)은 비록 항상 이학사상 내부의 분쟁으로 간주되어 왔지만 사실은 문학과 이학간의 다툼의 성격이 확연하다. 그 시기 소식(蘇軾)을 대표로 하는 문학가들은 정이(程頤)를 대표로 하는 이학가들 앞에서 전혀 위축되지 않았으며 소식은 심지어 자신의 유도(儒道)에 대한 이해 수준이 이정(二程)에게 뒤지지 않는다고 여겼다. 송 왕조가 남쪽으로 건너온 이후 이학의 위세는 문학을 완전히 능가하였다. 육유(陸游)·양만리(楊万里) 등 대문학가들은 모두 자의적으로 이학가의 대열에 합류하였으며, 호방한 신기질(辛棄疾)조차도 주희에 대해서는 극도의 존경을 나타내지 않을 수 없었다.

송말 원초에 이르러 진덕수(眞德秀)가 편찬한 ≪문학정종(文學正宗)≫과 김이상(金履祥)이 편찬한 ≪염락풍아(濂洛風雅)≫는 이학 사상의 시문(詩文)에 대한 점령을 의미한다. 방회(方回)는 본래 순수한 문인이었는데 굳이 이학에 기대었으며 심지어 ≪영규율수(瀛奎律髓)≫에서는 이학가의 시를 한껏 치켜세웠다. 원대의 시문 대가들도 열에 일곱 여덟은 이학가로 여겨져서 명초에 송렴(宋濂) 등이 ≪원사(元史)≫를 편찬할 때에 <문원전(文苑傳)>과 <문예전(文藝傳)>을 아예 없애버리고 <유림전(儒林傳)> 속에 합병하여 넣었다.

명대에 들어온 후, 송렴(宋濂)·왕의(王禕)·방효유(方孝孺) 등 순수 유가로 자처하는 이학가들이 문단의 영수가 되어 정주(程朱) 이학은 과거(科

擧)의 표준이 되도록 한 조정 공령(功令)의 힘을 빌어서 세상 선비들의 사상을 통제하게 되었다. ≪비파기(琵琶記)≫ 등 희곡 작품조차도 이학의 도덕적 이상을 창도하는 통속적인 창본(唱本)이 되었다. 바로 이학의 문학에 대한 통제가 도를 넘어서게 되었기 때문에 만명(晩明) 문학가들의 격렬한 반항을 야기하게 되었다. 이지(李贄)나 공안(公安) 삼원(三袁) 등의 이학에 대한 이론적 비판과 우언식의 조소(嘲笑)나 소설 희곡 등 통속 문학 작품 속에서 서사(敍事)를 통하여 나타낸 이학의 교조적 준칙에 대한 배리(背離)와 반항 등은 모두 이학의 문학에 대한 거대한 속박을 역설적으로 표현하고 있는 것이다.

청대에 들어와서는 한편으로는 명조의 유민(遺民)들이 망국의 원인을 왕학(王學)에 돌려 다시 정주 이학의 기치를 펼쳤으며, 다른 한편으로는 만청(滿淸) 황조(皇朝)가 정주 이학을 매우 교묘하게 관방(官方)의 철학으로 받들게 되면서 만명 사상계에서 왕학의 반동으로 인해 생겼던 비교적 생기 넘치던 모습은 거의 사라지게 되었다. 정주 이학은 비록 학술적으로는 한학가(漢學家)들의 많은 도전을 받았지만 사상적으로는 장기간에 걸쳐 독보적 지위를 누렸고 문학에 대해서는 사상적으로 구속하게 되었다. 청대에 문학의 이학에 대한 반발은 소설에서 처음 시작되었는데 ≪유림외사(儒林外史)≫나 ≪홍루몽(紅樓夢)≫이 바로 뚜렷한 예증이다. 조금 뒤의 공자진(龔自珍)은 "협의(俠義) 정신"(簫韻劍氣)을 특징으로 한 시문(詩文) 창작으로 정통 문학 범주 안에서의 정주 이학에 대한 공격을 가하였다. 이후로 이학과 문학의 충돌은 날이 갈수록 격해져서 "5・4" 시대에 이르러 새로운 형태의 문화가 출현함에 따라 문학은 마침내 이학으로부터의 독립을 선언하게 되었다. 노신(魯迅) 작품 속에서 광인(狂人)의 외침은 바로 이러한 선언의 특이한 표현 방식이었다.

앞에서의 역사에 대한 회고는 우리에게 700여 년에 달하는 역사 속에서 송대 이학의 비(非) 문학 내지 반(反) 문학적인 속성은 긍정과 부정의 두 측면에서 모두 심화되었음을 알려준다. 이학의 제창자들은 정치적인 이익을 위해서 있는 힘을 다해서 이학 사상 중의 문학적인 내용을 약화시키거나 혹은 심지어 말살하는 동시에 이학의 반(反) 문학적인 경향을 강조하였다. 그리고 이학의 반대파들은 정신적인 족쇄에서 벗어나기 위해서 다짜고짜 이학 사상에 대하여 전면적인 비판을 가하여, 방법은 달랐지만 결국 마찬가지로 이학 사상 속의 문학적인 내용을 약화시키거나 말살하게 되었다. 주희는 송대 이학의 집대성자이어서 의도적이든 비의도적이든 이러한 오해와 왜곡은 자연히 그 화살이 우선 그에게 집중되었다. 사실 주희의 문학 활동, 특히 그의 문학 비평이나 문학 이론 및 전대의 문학 전적에 대한 정리 및 주석 등은 후대에도 긍정적인 영향을 미쳤지만 이러한 영향은 항상 은연중의 형태로 존재했던 것이므로 사람들에게 별로 알려지지 않았다. 그러므로 문학가로서의 주희는 오랜 기간 동안 반(反) 문학적인 이미지로 사람들의 마음속에 자리 잡게 되었다. "5·4" 이후에 이학을 제창하던 세력은 전혀 힘을 쓰지 못하게 되어 전자의 입장에서 출발한 주희에 대한 오해와 왜곡은 줄곧 이미 역사가 되어버렸다. 그렇지만 후자의 입장에서 출발한 오해와 왜곡은 곧장 오늘날까지 지속되고 있다. 수많은 문학사나 문학 비평사·문학 사상사 등 저작들을 보면 거의 대부분 주희는 문학을 경시하고 문학을 반대하며 "재도(載道)"로써 문학의 영혼을 말살하였다는 등의 내용들이고 그의 영감과 활력이 넘치는 문학 작품과 문학 비평·문학 이론 그리고 문학 해석 방면의 탁월한 공헌들은 아예 못 본척하거나 대충 얼버무리고 말았다. 다시 말해서 주희의 문학가적 신분은 역사적으로 사라지게 되었다.

주희의 문학가적 신분이 그의 성리학 종사로서의 명성에 가려졌고 또 후대 "수용사(受容史)"에 의해서 말살되었다고 한다면, 주희의 문학가로서의 면모를 회복시키고자 하는 작업으로 논리에 맞는 연구방법은 마땅히 주희의 "영향사(影響史)"와 "수용사"로부터 착수하여 오해와 왜곡을 받은 과정을 밝혀냄을 통하여 그러한 오해와 왜곡을 제거하여서 그의 성리학 종사로서의 광휘가 그의 문학가로서의 신분을 가린 부분을 드러내어야 할 것이다. 하지만 필자는 잠시 이러한 생각을 제쳐두는 편이 낫다고 생각한다. 이는 아래의 두 가지 관점에서 나온 것이다.

첫째, 앞에서 언급했던 것처럼 역대 주희에 대한 이해와 평가는 주로 그의 철학 사상에 입각한 것으로 바로 주희의 이학가로서의 신분에 대한 과도한 중시가 그의 문학가로서의 신분에 대한 홀시를 초래하게 되었던 것이다. 만약 우리가 역대 주희에 대한 해석과 분석·평가를 정리하는 것으로부터 착수하게 된다면, 주희에 대한 긍정적인 평가와 부정적인 평가 양면으로 누적된 대량의 논의들이 필연적으로 우리로 하여금 그 본래의 철학적인 경향에서 벗어나지 못하게 할 것이며, 이로 인하여 우리의 평가도 문학을 벗어나게 할 것이다. 예를 들면 앞에서 언급했던 <무이도가(武夷棹歌)>는 진보(陳普)가 주를 단 이래로 사람들은 대부분 <무이도가>로부터 철학적인 힌트를 읽어내고자 바라게 되었다. 설령 현대의 학자들은 문학적인 각도에서 <무이도가>에 대해서 새로운 해석을 한다고 해도 그들 또한 왕왕 진보의 해석을 뒤엎는 것으로부터 착수하여 결과적으로 대량의 편폭을 할애하여 이 시 중의 철학적인 성분이 얼마나 되는가를 논의하게 되고 따라서 자신도 모르게 논리의 함정 속으로 빠져들게 될 것이다.[11] 또 주희의 "문이재도(文以載道)"설은

11) 왕소(王甦), <주자의 "무이도가" - 진(陳)의 주(注)에 대한 논의를 겸하여>(朱子的武夷棹歌-兼及對陳注的商榷).

역대의 논자와 현대인의 문학 비평사·문학 이론사 논저들이 모두 많은 힘을 기울여 “도(道)”의 정확한 함의를 밝히고자 하지만 이러한 해석은 또 대부분 철학적인 범주 안에서 실현되어 이 설의 문학 이론적 의의와 실제 작용에 대해서는 도리어 분명하게 얘기하지 못하게 된다. 물론 필자는 주희의 가장 주요한 신분이 이학가라는 것을 부인하지도 않고 주희의 모든 논저가 철학적인 경향을 띠고 있고 적어도 그의 이학 사상을 연구하는 자료로 여겨질 수 있다는 점도 부인하지 않는다. 그러나 필자는 주희의 문학가로서의 신분에 더욱 주의를 기울이고 싶고 또 많은 사람들이 주희의 문학적 공헌을 논의하기를 바란다. 그렇기 때문에 역대 주희에 대한 대량의 철학적 평가는 가능하면 잠시 한쪽에 제쳐두고서 주희 본인의 논저와 그가 생활했던 그 시대로 직접 들어가서 주희를 해독하는 것이 좋다고 생각하며 그렇게 하여 문학가 주희의 실체를 더욱더 또렷하게 볼 수 있기를 바란다.

둘째, 앞에서 언급했던 것처럼 역사적인 오해 때문에 정주 이학의 후대 문학에 대한 영향은 주로 부정적이다. 통치 계층과 이학가들은 주희의 학설 중 비문학적이고 반문학적인 속성을 이용하여 문학을 제약하고 억압하고 말살하였고, 문학가들은 때때로 정주의 이학을 벗어나고 비판하는 것으로 반항하면서 이들은 의식적 혹은 무의식적으로 주희 사상 중 문학적인 성분을 말살하고 주희의 문학 창작상의 업적을 깎아내리거나 왜곡하였다. 예를 들면, 주희의 시가는 송시의 명가의 대열에 들 수 있는 자격이 있다. 그러나 김이상(金履祥)의 ≪염락풍아(濂洛風雅)≫ 중에서 그의 시가에 대한 칭송은 사실상 그 문학적인 속성을 부정한 것이다. 그리고 방회(方回)의 ≪영규율수(瀛奎律髓)≫의 그에 대한 평가도 이학을 표방하였기 때문에 초점을 벗어나서 청대 기윤(紀昀)의 큰 반감을 불러 일으켰다. 그런데 현대의 고대 문학 연구가들은 총체적으로 분석도하지 않고 주희의 시문(詩文)을 일괄적으로 철학 노트라고 보고 있다. 또 주희의 ≪시집전(詩集傳)≫은 사실상 유사 이래 처음으로 부분적이나마 ≪시경≫의 문학적인 성격을 회복시켜 준 저작임에도 후대의 이학가들은 여전히 이를 순수한 경학 저작으로 간주하고 있다. ≪시집전≫ 가운데에서 가장 명확하게 문학적 해석을 나타내주고 있는 "음시설(淫詩說)"에 대해서는 최대한 희석시키고 있다. 그런데, 현금의 ≪고사변(古史辨)≫파 학자들은 역사적 언어 환경을 무시한 채 주희에게 엄격한 잣대를 들이대어 ≪시집전≫이 경학의 안목으로 ≪시경≫의 문학적인 성격을 왜곡하였다고 나무란다. 그러므로 주희를 성인(聖人)으로 받들든 아니면 그를 적대시하든 후인들의 주희의 문학 활동에 대한 이해는 모두 정확하지 않고 문학가로서의 주희에 대해서는 모두 부정적이다. 바꾸어 말해서, 주희의 후대 문학에 대한 표면적인 영향은 부정적인 것이다. 그러므로 우리가 만약에 주희의 후대 문학에 대한 영향을 논한다면 주로 부정적인 면에서 출발해서 쓸 수밖에 없다. 마적고(馬積高) 선생의 ≪송명 이학과 문학≫(宋明理學與文學)이란 책에서 송·명 양대 이학의 문학에 대한 영향을 귀납하여 "이학의 문학에 대한 영향으로는 무슨 긍정적인 면을 거의 찾아볼 수 없다."(理學對文學的影響則幾乎難以找出什么積極的東西.)라고 하였는데, 나는 이러한 결론에 완전히 동의하지는 않는다. 하지만 이에 대해서 유력한 반박을 할 수도 없을 것 같다. 요컨대, 기왕에 주희의 후대 문학에 대한 불리한 영향이 역사적인 오해에서 비롯된 것인 이상 주희 본인이 이러한 부정적인 영향에 대해서 그 잘못에 대한 책임을 질 필요는 없다. 그러므로 우리가 주희의 문학적인 업적을 연구할 때에 잠시 그의 후대 문학에 대한 실제적인 영향은 제쳐두고 직접 그의 문학 활동으로부터 착수하는 것도 괜찮을 것이다. 즉 우리는 우선 역대 주희에 대한 대량의 해석·평가들은 제쳐두고 직접 주희 본인의 논저를 연구 대상으로 삼는 것이다. 우리는 가급적이면 후인의 주희에 대한 이학의 대종사로서의 이미지 묘사를 벗어나서, 가능한 한 주희 자신의 활동(동시대 사람들의 그에 대한 평가를 일부 포함)에 의거하여 문학가 주희의 진면목을 복원시켜 보는 것이다. 나는 이렇게 하여 "이학 대종사"라는 눈부신 월계관의 빛이 우리의 안목을 현혹시키는 것을 최대한 피할 수 있기를 바라고, 후세 사람들의 오해와 왜곡으로 인한 선입견들이 주희의 문학가로서의 지위에 대한 평가에 영향을 주는 것을 최대한 피할 수 있기를 바란다. 주자학 중에서 문학에 대한 연구는 물론 가장 주요한 부분은 못되지만 빼놓을 수 없는 부분이다. 만약 주희 문학에 대한 깊은 연구가 없다면 주희의 평생 학술 활동 가운데 중요한 한 부분이 홀시될 것이고 주희의 전체적인 이미지도 어느 부분에서는 분명하지 않게 되는 셈이다. 바꾸어 말해서, 만약에 우리가 주희의 문학적인 성취와 문학 사상에 대해서 깊이 알지 못한다면 주희의 전체 학술 활동과 전체 사상 체계에 대한 이해도 온전하지 못하게 될 것이다. 하물며, 송대 문학사와 송대 문학사상사에서 주희는 분명 매우 중요한 지위를 점하고 있는데, 우리가 어떻게 그의 이학가 신분으로의 혁혁한 명성에 흔들려서 그러한 지위를 홀시할 수 있겠는가? 그러므로 나는 학술계에서 주희의 문학에 대한 연구를 충분히 중시하여서 주희의 중국 문화사상의 중대한 의의를 온전하게 인식해야 한다고 생각한다.

# 제1장 주희의 생평 및 그 문학 활동

## 제1절 주희의 생평

주희(朱熹)는 처음의 자(字)는 원회(元晦), 후에 중회(仲晦)라고 고쳤다.[1] 조적(祖籍)은 무원(婺源 : 지금의 강서(江西) 무원, 송대에는 휘주(徽州)에 속하였음)이다. 송고종(宋高宗) 건염(建炎) 4년(1130) 9월 15일에 남검(南劍) 용계(龍溪 : 지금의 복건(福建) 용계)에 태어나 송녕종(寧宗) 경원(慶元) 6년(1200) 3월 초 9일에 건양(建陽 : 지금의 복건 건양)에서 죽었다.

주희의 별호는 매우 많다. 송효종(宋孝宗) 순희(淳熙) 2년(1175) 주희는 건양 노봉(蘆峰)의 운곡(雲谷)에 초당(草堂)을 짓고 방을 붙여 "회암(晦庵)"이라 하고 마침내 스스로 "회암"이라 부르고 또 "운곡노인(雲谷老人)"이라 불렀다. 송 광종(光宗) 소희(紹熙) 5년(1194) 주희는 건양에 "죽림정사(竹林精

---

1) 섭소옹(葉紹翁)은 ≪사조문견록(四朝聞見錄)≫ 갑집(甲集) <고정(考亭)> 중에서 "먼저 선생은 본래 자가 원회(元晦)였지만 후에 스스로 원(元)은 건(乾)의 사덕(四德)의 으뜸으로 당하기에 부족할까 두려워하여 스스로 중회(仲晦)라고 바꾸었다."(先是先生本字元晦, 後自以爲元者, 乾四德之首也, 懼不足當, 自易爲仲晦.)라고 하였다.

舍)"를 짓고 후에 "창주정사(滄洲精舍)"라고 개명하고 마침내 스스로 "창주병수(滄洲病叟)"라고 불렀다. 송 녕종 경원(慶元) 원년(1195)에 주희는 봉사(封事)를 올려 재상을 그만둔 조여우(趙汝愚 : 1040~96)를 위하여 변호하였지만 문인들은 안 된다고 생각하였다. 채원정(蔡元定)이 시초(蓍草)로 복괘(卜卦)하여 "둔(遯)"에서 "동인(同人)"으로 가는 괘(卦)를 만나 주희는 마침내 주고(奏稿)를 태우고 스스로 "둔옹(遯翁)"이라 불렀다. 그밖에 주희는 만년에 또 "회옹(晦翁)"·"운곡외사(雲谷外史)" 등으로 자칭하였다. 또 그의 거실(居室)은 본래 진씨(陳氏)에 속하고 이름을 "고정(考亭)"이라고 하였기 때문에 문인들은 또한 그를 "고정선생(考亭先生)"이라 불렀다.[2] 주희가 죽은 지 9년 이후에 송 녕종은 가정 2년(1209) 조서(詔書)를 내려 주희의 시호를 "문"이라고 하였기 때문에 후세에는 또 그를 "주문공(朱文公)"이라 부른다.

주희의 부친 주송(朱松, 1097~1143)은 자가 교년(喬年), 호는 위재(韋齋), 일찍이 이부원외랑(吏部員外郎) 등의 직을 역임하였다. 송 고종 소흥(紹興) 10년(1140)에 주송은 화의(和議)를 반대하였기 때문에 진회(秦檜 : 1090~1155)의 노여움을 사서 요주(饒州) 지주(知州)로 폄적(貶謫)되었는데 따라서 사(祠)를 청(請)하고 건양에 퇴거(退居)하여 3년 후에 죽었다. 주송은 한편으로는 이정(二程 : 정호(程顥), 1032~1185)와 정이(程頤, 1033~1107)·양시(楊時, 1053~1135)의 학문에 복응(服膺)하여 "날마다 <대학>·<중용>을 외워 치지(致志)·성의(誠意)의 뜻에 힘을 썼고"(日誦<大學>·<中庸>之書, 以用力於致知·誠意之志) 다른 한편으로는 또 일찍이 "뜻을 두고 시문을 지었는데 그 시는 처음에는 역시 조탁과 수식을 일삼지 않았고 자연스럽고 빼어나며 격조(格調)가 한가로워 초연히 속세를 벗어난 취(趣)가 있었다. 원근에서 전하여 읊조렸고 소문이 서울까지 나는 데 이르렀다. 한때 전배로 시로

2) 섭소옹의 ≪사조문견록≫ 갑집 <고정>에 보인다.

이름을 낸 이가 왕왕 그 얼굴은 아직 모르지만 이미 입을 모아 기렸다. 그 글은 넓은 바다같이 거리낌이 없어서[왕양방사(汪洋放肆)] 끝을 볼 수 없었으며 마치 냇물이 한창 흘러내려와 급히 갑자기 모이는 듯[분등축답(奔騰蹙沓)]하게 거대한 기세로 흘러드는 듯[혼호유전(渾浩流轉)]하여 잠깐 동안에 만변하여 이름 지어 형용할 수 없는 것과 같았으니 사람들도 역시 미칠 수 있는 자가 적었다."(放意爲詩文, 其詩初亦不事雕飾, 而天然秀發, 格力閑暇, 超然有出塵之趣. 遠近傳誦, 至聞京師. 一時前輩以詩鳴者, 往往未識其面而已交口譽之. 其文汪洋放肆, 不見涯涘, 如川之方至, 而奔騰蹙沓, 渾浩流轉, 頃刻萬變, 不可名狀, 人亦少能及之.)[3] 이학가와 문학가를 한 몸에 겸하였으나 문학에 더욱 뛰어난 사람이었다. 주송의 사상과 학술이 주희에 대하여 매우 깊은 영향을 주었다는 것은 분명하다.

주희는 어려서부터 지혜롭고 독서를 좋아하고 사색에 뛰어났다. ≪송사(宋史)≫ 권429 <주희전>에는 다음과 같이 기록되어 있다.

> 희는 어려서 영오(穎悟)하였다. 겨우 말을 할 수 있자 부친은 하늘과 땅을 가리켜서 보이고 "하늘이다."라고 하였는데, 희는 "하늘 위에는 무엇입니까?"라고 물었다. 주송(朱松 : 주희의 부친)이 기이하게 여겼다. 스승에게 나아가서 ≪효경≫을 전수받았다. 한 번 보고 그 위에 제(題)하여 "이와 같지 않으면 사람이 아니다."라고 하였다. 일찍이 여러 아이들을 따라 모래 위에서 놀았는데 홀로 바로 앉아서 손가락으로 모래에 그리는데 보니 팔괘(八卦)였다. (熹幼穎悟. 甫能言, 父指天地示之曰 : "天也." 熹問曰 : "天之上何物?" 松異之. 就傅, 授以≪孝經≫. 一閱, 題其上曰 : "不若是, 非人也." 嘗從群兒戲沙上, 獨端坐以指畫沙, 視之, 八卦也.)

3) 주희의 <황고좌승의랑수상서이부원외랑겸산관교감루증통의대부주공행장(皇考左承議郎守尚書吏部員外郎兼散官校勘累贈通議大夫朱公行狀)>에 보인다(≪주문공문집(朱文公文集)≫(사부총간(四部叢刊) 본) 권97, 19쪽). 살펴보건대, 아래 글에서 ≪주문공문집≫을 인용한 것은 모두 ≪문집(文集)≫이라고 약칭한다.

이것은 아마도 약간의 과장이 있을 것이지만 없는 것을 있다고 만들어 낸 허구는 아닐 것이다. 주희의 청소년 시대에 주송(朱松)은 한편으로는 그에게 유가의 경전을 가르쳤고 한편으로는 또한 시부(詩賦)와 문장을 가르쳐 주었다. 주희는 만년에 그가 열한 살 때 주송이 소식(蘇軾, 1036~1101)의 <곤양부(昆陽賦)>를 손수 써서 가르치던 정경(情景)을 회상하고 또 깊이 감동하였다.[4)]

소흥 13년(1143) 주송이 죽었는데 당시 주희는 나이가 열네 살이었다. 주송은 임종 때 주희에게 그 친구 호헌(胡憲)·유면지(劉勉之)·유자휘(劉子翬, 1101~1147) 세 사람에게 가서 배우라고 당부하였다. 그러므로 주송이 죽은 후에 주희는 숭안(崇安)으로 이사를 가서 이 세 사람에게 가르침을 받았다. 세 사람은 주희에 대하여 자식처럼 돌보았고 유면지는 또 그의 딸을 주희에게 시집보내었다. 세 사람 중에서 유자휘의 학문이 가장 뛰어났는데 그는 이학가이자 또 유명한 시인이기도 하였다. 그는 주송과 같이 이학과 문학 두 방면에서 모두 주희에게 매우 깊은 영향을 주었다.

소흥 17년(1147) 주희는 건주(建州) 향공(鄕貢)에 천거되었다. 시관(試官)인 채자(蔡玆)는 사람들에게 "내가 취한 가운데 한 후생은 3편의 책(策)이 모두 조정을 위하여 큰 일을 조치하려고 하였으니 다른 날 반드시 보통 사람이 아닐 것이다."(吾取中一後生, 三篇策皆欲爲朝廷措置大事, 他日必非常人.)[5)] 라고 하였다. 주희가 젊었을 때 원대한 정치적 포부를 품고 있었음을 알 수 있다. 이듬해 19세의 주희는 진사(進士)에 급제(及第)하였다. 소흥 21년(1151) 주희는 천주(泉州) 동안현(同安縣) 주부(主簿)에 임명되었다. 그

---

4) <발위재서곤양부(跋韋齋書昆陽賦)>에 보인다(≪문집·속집(續集)≫ 권8, 11쪽). 살펴보건대, 이 발은 경원(慶元) 4년(1198)에 지어졌으며 때에 주희는 나이 69세였다.

5) 왕무횡(王懋竑), ≪주자연보(朱子年譜)≫ 권1상, 월아당총서(粤雅堂叢書) 본.

후 주희는 무학박사(武學博士)・지남강군(知南康郡)・제거양절동로상평다염공사(提擧兩浙東路常平茶鹽公事)・지담주형호남로안무사(知潭州荊湖南路安撫使)・환장각대제(煥章閣待制) 겸 시강(侍講) 등의 관직을 역임하였다. 주희는 벼슬하는 데 정사(政事)에 부지런하였으며 순희(淳熙) 5년(1178)에서 순희 9년(1181)까지 그는 남강군(지금의 강서(江西) 성자(星子))에서 이재민(罹災民)들을 구제함에 조세(租稅)를 감면(減免)하고 강둑을 수축하여 자못 정성(政聲)이 있었다. 순희 9년 절동(浙東)에서 심한 기황(饑荒)이 발생하자 주희는 명을 받들고 가서 재난을 구제하였다. 그는 임명을 받자마자 곧 이웃 군(郡)에 글을 보내어 면세 조건으로 미상(米商)들이 쌀을 운반하여 경내에 들어오도록 요청하였다. 절동에 이른 후에 그는 단거(單車)로 백성들의 고통을 찾아 살펴서 잘못된 정책을 없애고 탐관오리(貪官汚吏)와 불법(不法)을 자행하는 호문대족(豪門大族)들을 탄핵하느라 침식(寢食)을 잊어버리는 데 이르렀다. 효종은 "주희의 정사(政事)는 볼 만한 것이 있다!"(朱熹政事却有可觀!)[6]라고 칭찬하였다. 주희는 또 직언(直言)하는 데 용감하였다. 소흥 22년(1162) 송 고종이 퇴위(退位)하고 효종(孝宗)이 즉위하여 조서를 내려 직언을 구하였다. 주희는 <봉사(封事)>를 올려 효종에게 "제왕의 도"(帝王之道)를 강(講)하고 "내정을 바로잡고 외적을 물리치는 계책"(修攘之計)을 세울 것을 건의하고 태도를 분명하게 하여 화의(和議)를 반대하여 "금로는 우리에게 불공대천(不共戴天)의 원수가 있으니 화(和)할 수 없음은 의리가 분명합니다."(夫金虜於我有不共戴天之仇, 則其不可和也義理明矣.)[7]라고 하였다. 이듬해에 금에 대한 전사(戰事)가 불리하였기 때문에 효종이 또 의화(議和)하려고 할 때 주희는 수공전(垂拱殿)에서 주사(奏事)하

6) ≪송사(宋史)≫ 권429 <도학전(道學傳)・주희전(朱熹傳)>.

7) <임오응조봉사(壬午應詔封事)>, ≪문집≫ 권11, 4쪽.

여 여전히 강개(慷慨)하여 말을 하며 회복(恢復)을 극력 주장하였다.[8] 순희 15년(1188) 주희는 입조(入朝)하여 주사하였는데 당시 어떤 사람이 그에게 "정심성의(正心誠意)의 학은 주상이 듣기 싫어하는 바이니 삼가 다시 말하지 마시오."(正心誠意之論, 上所厭聞, 愼勿復言.)라고 하였지만 주희는 도리어 "내가 평생 배운 것이 오직 이 네 글자인데 어떻게 숨기고 묵묵하여 우리 임금을 속일 수 있겠습니까?"(吾平生所學, 唯此四字, 豈可隱默以欺吾君乎)[9]라고 하였다. 주희는 특히 교육을 중시하였는데 그는 동안(同安) 주부(主簿)였을 때 "경사각(經史閣)"을 지었고 아울러 현학(縣學)을 위하여 수많은 도서를 구하였다. 지남강군일 때 그는 여산(廬山)에 유명한 백록동서원(白鹿洞書院)을 수건(修建)하였다. 담주(潭州) 의 지주(知州)일 때는 또 악록서원(嶽麓書院)을 수복(修復)하였다. 비록 주희는 벼슬하는 데 자못 정치적 업적이 있었다고 하지만 그는 진사에 급제한 이후의 50년 동안에 실제로는 외직(外職)을 맡은 것은 겨우 9년이고 조정에서 임직한 것은 겨우 40여 일 뿐이었다. 주희는 일생 동안 절대 부분의 시간과 정력은 저서와 강학(講學) 방면에 쏟았다. 그는 주로 사상가이자 학자이지 정치가는 아니었다.

소희(紹熙) 5년(1194) 65세의 주희는 녕종에게 진강(進講)할 때 권신(權臣) 한탁주(韓侂冑)를 배척하고 꾸짖어 곧 면직을 당하였다. 경원(慶元) 2년(1196) 한탁주는 도학(道學)을 반대하는 투쟁을 발동하여 도학을 "위학(僞學)"이라고 불렀다. 감찰어사(監察御史) 심계조(沈繼祖)는 주희가 10개의 죄를 범하였다고 무고(誣告)하고 또 어떤 사람은 상서(上書)하여 주희를 참(斬)할 것을 요구하였다. 경원 4년(1198) 조정은 <위학역당적(僞學逆黨籍)>을 제

8) <계미수공주차(癸未垂拱奏箚)>, ≪문집≫ 권13, 1쪽에 보인다.
9) ≪속자치통감(續資治通鑑)≫ 권151에 보인다.

정하였는데 주희는 놀랍게도 그 가운데 이름이 올랐다. 당시 "문인들과 옛 벗들은 일찍이 그 대문을 지나면서 두려워하여 감히 들어가지 못하였다."(門人故交, 嘗過其門凜不敢入.)[10] 그러나 주희는 도리어 탄연(坦然)하게 보고 여전히 부지런히 책을 쓰고 학문을 강의하였으며 곧장 세상을 뜨기 며칠 전까지도 여전히 원고를 수정하였다. 주희가 세상을 떠난 후에 송장(送葬)하는 것조차 모두 관방(官方)의 제약을 받았다. 그러나 그의 친구 중 대문학가는 둘은 그래도 공공연히 애도(哀悼)를 나타내었다. 신기질(辛棄疾, 1140~1207)은 글을 지어 가서 곡(哭)을 하고 "불후한 것은 만세의 이름을 드리우리. 누가 공이 죽었다고 하는가? 늠름히 살아 있는 듯하네!"(所不朽者, 垂萬歲名. 孰謂公死, 凜凜猶生!)[11]라고 하였다. 76세의 고령인 육유(陸游, 1125~1210)는 짧지만 의미심장한 제문(祭文)을 부쳐 보내어 "아무개는 백 번 죽어도 구원에서 일으킬 마음과 긴 강을 기울여 동해에 붓는듯한 눈물이 있다. 길은 멀고 나이는 늙고 정신은 가지만 몸은 남아 있네. 공은 죽어도 잊지 못하니, 흠향(歆饗)하기를 바라네!"(某有捐百身起九原之心, 傾長河注東海之淚, 路修齒耄, 神往形留. 公歿不忘, 庶幾歆饗!)[12]라고 하였다. 두 대문학가가 주희를 조문(弔問)한 것은 마치 우연인 것 같지만 실은 그 필연성이 있는데 그것은 주희가 문학과 뗄 수 없는 인연을 가지고 있는 사상가였기 때문이다.

10) ≪사조문견록(四朝聞見錄)≫ 정집(丁集) <경원당(慶元黨)>에 보인다.

11) ≪송사·주희전≫에 보인다.

12) ≪사조문견록≫ 정집 <경원당>에 보인다.

## 제2절 주희의 학문 연구 방법과 사상 방법

주희는 학문을 좋아하고 깊이 사색한 사상가이고 수많은 책을 널리 본 학자이다. 그는 어려서부터 발분(發憤)하고 고심하여 독서하고 또 깊이 사색하였다. 그는 만년에 회상하여 "아무개는 대여섯 살 때 마음이 천체(天體)는 어떤 것인가? 밖은 무엇인가?라고 번뇌하였다."(某五六歲時, 心便煩惱天體是如何, 外面是何物?)[13]라고 하고 또 "공자께서는 '인(仁)은 멀리 있겠느냐? 내가 인을 바라면 인이 이르는 것이다.'(仁遠乎哉? 我欲仁, 斯仁至矣.)라고 하셨으니 이것은 완전히 사람이 스스로 하는 것이다. 맹자의 이른바 '혁추'(弈秋)는 단지 이러한 것을 다툰 것일 뿐이다. 하나는 앞으로 나아가 하려고 하고 하나는 일로 여기지 않는다. 아무개는 나이 여덟 아홉 살 때 ≪맹자≫를 읽다가 여기에 이르러 늘 한숨을 쉬고 분발(奮發)하여 학문을 하는 자는 마땅히 이와 같이 공부해야 한다고 생각하였다. …… 그로부터 더욱 쉬려고 하지 않았고 줄곧 공부하려고 하였다."(孔子曰 : '人遠乎哉? 我欲仁, 斯仁至矣.' 這個全要人自去做. 孟子所謂'弈秋', 只是爭這些子. 一個進前要做, 一個不把當事. 某年八九歲時, 讀≪孟子≫到此, 未嘗不慨然奮發, 以爲爲學者當如此做工夫 …… 自後更不肯休, 一向要去做工夫.)[14]라고 하였다. 가령 그가 진사에 급제하여 벼슬에 들어간 이후라도 역시 긴장을 늦추지 않았다. 그는 회상하여 "아무개가 옛날 의리를 생각하여 확실하지 않으면 줄곧 잠을 잘 수 없었다. 처음에 자하(子夏)의 '앞에서 전하고 후에 권태로웠다'(先傳後倦) 1장을 보고 서너 날 밤을 궁구하여 새벽에 이르렀고 밤이 새도록 두견이의 소리를 들었다."(某舊年思量義理未透, 直是不能睡. 初看

13) ≪주자어류(朱子語類)≫(중화서국 1994년판) 권94, 2377쪽. 살펴보건대, 아랫 글에서 ≪주자어류(朱子語類)≫를 인용한 것은 모두 ≪주자어류(朱子語類)≫라고 약칭한다.
14) ≪주자어류(朱子語類)≫ 권121, 2922쪽.

子夏'先傳後倦'一章, 凡三四夜窮究到明, 徹夜聞杜鵑聲.)[15]라고 하였다. 주희의 제자도 역시 그는 "매번 보지 못한 책을 얻으면 반드시 낮밤을 다하여 읽었다."(每得未見書, 必窮日夜讀之.)[16]라고 하였다. 곧장 만년에 이르러서도 병이 들어 위태로울 때도 그는 "여전히 책을 수정하여 마지않았으니 밤에는 제생(諸生)을 위하여 강론하여 흔히 한밤까지 이르렀다."(猶修書不輟, 夜爲諸生講論, 多至夜分.)[17]라고 하였다. 그는 일생 동안 시종 부지런히 배우고 사색하고 탐구하였기 때문에 다량의 저작과 규모가 크면서도 사고가 치밀한 사상 체계를 세웠다. 주희의 치학(治學) 방법과 사상 방법 중에는 우리가 특히 주의할 만한 두 가지 특징이 있다.

먼저 주희는 독서가 정심(精深)하였다. 그는 제자들에게 "책을 읽는 법은 먼저 숙독해야 한다. 반드시 바로 보고 거꾸로 보고 좌로 보고 우로 보고 본 것이 옳아도 바로 옳다고 해서 안 되며 반드시 다시 반복하여 완미해야 한다."(讀書之法, 先要熟讀. 須是正看背看, 左看右看, 看得是了, 未可便說道是, 更須反復玩味.)[18]라고 하였다. 그는 애매하고 분명하지 않으며 "완전히 이해하는 것을 구하지 않는"(不求甚解) 독서 방식을 반대하였다. "일찍이 어떤 사람이 시를 말하는 것을 보고 그 사람에게 <관저>편을 물으니 그는 그 훈고(訓詁)·명물(名物)에 있어서는 전혀 알지 못하면서 '즐겁지만 음란하지 않고 슬프지만 해치지 않는다.'(樂而不淫, 哀而不傷)라고 말하였다. 아무개는 따라서 그에게 말하여 '공이 지금 시를 말하는 것은 단지 이 8자뿐이지만 또 사무사(思無邪)라는 세 글자를 더하면 모두 11자가 되는데 (그것이) 바로 한 권의 ≪모시≫이다. 기타 3백 편은 모두 찌꺼기

15) ≪주자어류(朱子語類)≫ 권104, 2615쪽.
16) ≪주자어류(朱子語類)≫ 권104, 2624쪽.
17) ≪주자연보(朱子年譜)≫ 권4하(下), 226쪽.
18) ≪주자어류(朱子語類)≫ 권10, 165쪽.

가 될 것이다."(曾見有人說詩, 問他<關雎>篇, 於其訓詁名物全未曉, 便說'樂而不淫, 哀而不傷'. 某因說與他道 : '公而今說詩, 只消這八字, 更添思無邪三字, 共成十一字, 便是一部≪毛詩≫了. 其他三百篇, 皆成渣滓矣.)[19]라고 하였다. 그는 자신이 ≪시경≫을 공부한 과정을 회상하여 "아무개가 옛날 ≪시≫를 보는 데 수십 가의 설을 하나하나 모두 처음부터 기억하였고 처음에는 어디에 감히 어느 설이 옳고 어느 설이 옳지 않은가를 판단할 수 있었겠는가? 익숙하게 보는 것이 오래되자 비로소 이 설이 옳은 것 같고 저 설이 옳지 않은 것 같음을 볼 수 있었다. 어떤 것은 머리는 옳지만 꼬리의 설은 서로 응하지 않았다. 어떤 것은 중간의 몇 구는 옳지만 두 끝은 옳지 않았다. 어떤 것은 꼬리는 옳지만 머리가 옳지 않았다. 그러나 감히 판단하지 못하고 아마도 이와 같을 것이라고 의심하였다. 또 보는 것이 오래되자 비로소 이 설이 옳고 저 설이 옳지 않음을 살필 수 있었다. 또 익숙하게 보는 것이 오래되자 비로소 이 설이 옳고 저 설이 옳지 않음을 감히 결정하여 잘라 말할 수 있었다. 이 한 권의 ≪시≫와 여러 사람들의 풀이를 아울러 모두 뱃속에 싸넣었다."(某舊時看≪詩≫, 數十家之說, 一一都從頭記得, 初間那裏便敢判斷那說是, 那說不是? 看熟久之, 方見得這說似是, 那說似不是. 或頭邊是, 尾說不相應. 或中間數句是, 兩頭不是. 或尾頭是, 頭邊不是. 然也未敢便判斷, 疑恐是如此. 又看久之, 方審得這說是, 那說不是. 又熟看久之, 方敢決定斷說這說是, 那說不是. 這一部≪詩≫, 幷諸家解, 都包在肚裏.)[20]라고 하였다. 이러한 독서 방식은 그가 깊이 연구하여 터득함이 있게 하였고 따라서 다른 사람들이 소홀히 한 수많은 것을 발견할 수 있었다는 것은 털끝만큼도 의심할 것이 없다. 더욱 지적해야 할 것은 주희는 독서하는 데 의리를 고구(考究)하는 데 주의했을 뿐 아니라 그는 문장의 맥락 · 시가의 흥기 등 문학 범주에 속

19) ≪주자어류(朱子語類)≫ 권11, 191쪽.
20) ≪주자어류(朱子語類)≫ 권80, 2092쪽.

하는 요소에 대해서도 역시 매우 중시하였다는 것이다. 그는 “책을 읽으면 반드시 그 문세(文勢)와 어맥(語脈)을 보아야 한다.”(讀書, 須看他文勢語脈.)[21]라고 하였다. 그는 자신이 ≪맹자≫를 읽은 경험을 소개하여 “아무개가 열일곱 여덟 살로부터 읽어서 스물 살에 이르러서도 단지 구를 따라 이해하였을 뿐 더욱 전체를 두루 잘 알지는 못하였다. 스무 살 이후에야 비로소 이렇게 읽어서는 안 되다는 것을 알았다. 원래 수많은 긴 단락은 모두 그 자체로 수미가 서로 맞물리고 맥락이 서로 꿰어지는 것이다. 오직 이렇게 숙독해야만 스스로 뜻을 볼 수 있다. 이로부터 ≪맹자≫를 보니 뜻이 극히 통쾌함을 깨달았고 또한 따라서 글을 짓는 법도 깨달았다.”(某從十七八歲讀至二十歲, 只逐句去理會, 更不通透. 二十歲已後, 方知不可恁地讀. 元來許多長段, 都自首尾相照管, 脈絡相貫串. 只恁地熟讀, 自見得意思. 從此看≪孟子≫, 覺得意思極痛快, 亦因悟作文之法.)[22]라고 하였다. ≪시경≫에 이르러서는 더욱 “반드시 침잠하고 풍송하며 의리를 완미하고 깊은 맛을 저작해야 비로소 보태는 바가 있다. 만약 급히 서둘러 보고 지나친다면 한 권의 ≪시≫는 단지 이틀이나 사흘이면 될 것이다. 그러나 깊은 맛을 얻지 못하고 또 기억할 수 없다면 전혀 일을 이루지 못한다. 옛 사람들은 ‘시는 일으킬 수 있다’(詩可以興)라고 하였으니 반드시 읽고 나서 흥기하는 점이 있어야 비로소 ≪시≫를 읽은 것이다. 만약 흥기할 수 없다면 ≪시≫를 읽은 것이 아니다.”(須是沈潛諷誦, 玩味義理, 咀嚼滋味, 方有所益. 若是草草看過, 一部≪詩≫只兩三日可了. 但不得滋味, 也記不得, 全不濟事. 古人說‘詩可以興’, 須是讀了有興起處, 方是讀≪詩≫. 若不能興起, 便不是讀≪詩≫.)[23]라고 하였다.

그 다음에, 주희는 독서를 좋아하였지만 책을 다 믿지는 않았으며 독

21) ≪주자어류(朱子語類)≫ 권10, 173쪽.

22) ≪주자어류(朱子語類)≫ 권105, 2630쪽.

23) ≪주자어류(朱子語類)≫ 권80, 2086쪽.

립적으로 사색하는 데 뛰어났다. 그는 "대체로 책을 보는 데는 먼저 반드시 숙독하여 그 말이 모두 나의 입에서 나온 것 같게 해야 한다. 깊이 생각하여 그 뜻이 모두 나의 마음에서 나온 것 같게 한다. 그러한 다음에 얻는 것이 있을 수 있다. 그러나 숙독하고 이어 깊이 생각하여 이미 안 다음에는 또 반드시 이와 같은 것에 그치지 않는다는 것을 의심해야 진전이 있을 것이다. 만약 이와 같은 것에 그친다고 여긴다면 끝내 다시는 진전이 없을 것이다."(大抵觀書先須熟讀, 使其言皆若出於吾之口. 繼以精思, 使其意皆若出於吾之心. 然後可以有得爾. 然熟讀精思旣曉得後, 又須疑不止如此, 庶幾有進. 若以爲止如此, 則終不復有進也.)[24]라고 하였다. 숙독과 깊은 생각의 기초 위에 주희는 읽은 책에 대하여 감춰진 뜻을 궁구하여 그 진위(眞僞)・시비(是非)를 가리고 맹종(盲從)해서는 안 된다고 주장하였다. 그는 "아무개는 항상 문자를 보기만 하면 의심하였고"(某尋常看文字道曾疑來.),[25] "문자를 보면 반드시 법가처럼 깊고 각박해야 비로소 궁구하여 다할 수 있다. 아무개는 오직 힘을 들였을 뿐이다."(看文字須如法家深刻, 方窮究得盡. 某直是下得工夫.)[26]라고 하였다. 이 방면에서 주희는 공자처럼 "믿고 옛것을 좋아한"(信而好古)[27] 것 같지는 않다. 그는 옛것을 의심하는 정신이 매우 많았으며 설사 유가 경전에 대해서도 역시 예외가 아니었다. ≪춘추≫에 대하여 주희는 "≪춘추≫는 아무개는 알 수 없는 곳이 매우 많다. 성인이 참으로 말한 말인지 아닌지를 알 수 없다."(≪春秋≫, 某煞有不可曉處. 不知是聖人眞個說底話否?)[28]라고 하였고, ≪예기≫에 대해서 주희는 그중에 실려 있는 "제비의 알, 큰 사람의 발자취"(玄鳥卵, 大人跡) 따위는 모두

24) ≪주자어류(朱子語類)≫ 권10, 168쪽.
25) ≪주자어류(朱子語類)≫ 권104, 2615쪽.
26) ≪주자어류(朱子語類)≫ 권104, 2615쪽.
27) ≪논어(論語)・술이(述而)≫.
28) ≪주자어류(朱子語類)≫ 권83, 2175쪽.

"어떻게 그러할 리가 있겠는가? 다 세속에서 서로 전하며 갖다가 붙인 이야기이다."(豈有此理, 盡是鄙俗相傳, 傅會之談.)[29]라고 때문에 "≪예기≫는 깊이 믿어서는 안 된다"(≪禮記≫不可深信.)[30]라고 보았다. ≪효경≫에 대해서 주희는 "≪효경≫은 후인들이 엮어서 모은 것이다"(≪孝經≫是後人綴輯.)[31]라고 보았고, ≪좌전≫에 대해서 주희는 "≪좌전≫은 후인들이 지은 것이니 진씨(陳氏)가 제(齊) 나라를 차지한 것을 보았기 때문에 '8세 후에 그와 다투는 이가 없었다.'(八世之後, 莫與之京)(장공(莊公) 22년)라고 한 것이다. 삼가(三家 : 한(韓)·조(趙)·위(魏))가 진(晉)을 나눈 것을 보았기 때문에 '공후(公侯)의 자손들이 반드시 그 처음으로 돌아갈 것이다'(公侯(之)子孫, 必復其始)(민공(閔公) 원년)라고 한 것이다."(≪左傳≫是後來人做, 爲見陳氏有齊, 所以言'八世之後莫與之京'. 見三家分晉, 所以言'公侯子孫必復其始.')[32]라고 보았다. 가장 우리를 깨우치게 하는 것은 주희의 ≪상서≫에 대한 회의이다. 동진(東晉) 매색(梅賾)이 ≪고문상서(古文尙書)≫를 바친 이후 8백여 년 이래 줄곧 경전으로 존중을 받아왔다. 주희와 동시대의 오역(吳棫)이 처음으로 그것에 대하여 의심을 품었으나 그의 ≪서패전(書稗傳)≫은 이미 없어져서 후인들은 그 설을 상세히 알 수 없었다. 주희가 ≪상서≫를 의심한 것은 일찍이 오역의 영향을 받았지만 그가 의심한 것은 모두 심사숙고하여 얻은 것에서 나온 것이고 또 의심한 것은 ≪고문상서≫에 그치지 않는다. 그는 "<우공(禹貢)>에 실린 것은 구주(九州)의 산천이다. 나의 발자취가 형주(荊州)·양주(揚州)에 두루 미치지 못하였지만 그 의심할 만한 것이 이미 이와 같음을 보았으니, 귀와 눈으로 보고 듣는 것이 미치

29) ≪주자어류(朱子語類)≫ 권87, 2239쪽.
30) ≪주자어류(朱子語類)≫ 권86, 2203쪽.
31) ≪주자어류(朱子語類)≫ 권82, 2141쪽.
32) ≪주자어류(朱子語類)≫ 권83, 2152쪽.

지 못하는 곳에 의심할 만한 것이 또 마땅히 얼마나 될지 모르겠다.”(<禹貢>所載者, 九州之山川. 吾之足跡未能遍乎荊揚, 而見其所可疑已如此. 不知耳目見聞之所不及, 所可疑者又當幾何?)[33]라고 하였고, 또 “≪서≫ 중에 의심스러운 여러 편은 만약 일제히 믿지 않는다면 아마 육경(六經)을 뒤집어엎을 것이다. 예컨대 <금등(金縢)>도 또한 인정(人情)에 맞지 않는 것이 있다. …… <반경(盤庚)>은 더욱 이치에 맞지 않는다. …… <여형(呂刑)> 편은 어떻게 목왕(穆王)이 말한 것이 산만하여 곧장 묘민(苗民)과 치우(蚩尤)가 처음으로 난을 일으킨 것으로부터 말하였는가?”(≪書≫中可疑諸篇, 若一齊不信, 恐倒了六經. 如<金縢>亦有非人情者. …… <盤庚>更沒道理. …… <呂刑>一篇, 如何穆王說得散漫, 直從苗民蚩尤爲始作亂說起?)[34]라고 하였다. 후세의 유자들의 경전에 대한 주소(注疏)에 이르러서는 주희는 더욱 절대로 맹신하지 않았다. 한대 유자들이 경을 해석한 주요 정신은 ≪춘추≫의 “미언대의(微言大義)”·≪시경≫의 “미자(美刺)” 설 등 방면에 구현되어 있지만 주희는 이에 대하여 극히 회의하였다. 예컨대 정이(程頤)의 ≪시경≫에 대한 해석을 주희는 매우 그렇지 않다고 생각하였다. 그는 몇 번이나 “이천의 시의 설은 옳지 않은 것이 많고”(伊川詩說多未是.),[35] “정 선생의 시의 풀이는 뜻을 취한 것이 너무 많지만 시인은 평이하게 썼을 테니 아마 그렇지 않을 것이다.”(程先生詩傳取義太多, 詩人平易, 恐不如此.)[36]라고 하였다. 또 호안국(胡安國)의 ≪춘추전(春秋傳)≫ 같은 것은 주희는 역시 의심과 신뢰(信賴)가 반반이었으며 “아무개는 믿음이 미치지 못하니 성인의 뜻이 이와 같이 말하였는지 아닌지를 알 수 있겠는가?”(某也信不及, 知得聖人意是如此說否?)[37]라고 하였다.

33) <구강팽려변(九江彭蠡辨)>, ≪문집≫ 권72, 10쪽.
34) ≪주자어류(朱子語類)≫ 권79, 2052쪽.
35) ≪주자어류(朱子語類)≫ 권81, 2095쪽.
36) ≪주자어류(朱子語類)≫ 권80, 2089쪽.
37) ≪주자어류(朱子語類)≫ 권83, 2155쪽.

더욱 주의할 만한 것은 고서의 진위와 시비에 대한 주희의 변석(辨析)은 왕왕 그의 문학적 공력(功力)을 기초로 삼고 있다는 것이다. 참으로 전목(錢穆)이 말한 바와 같이 "주자의 변위(辨僞) 공부(工夫)는 대부분 문자 방면에서 착안하여 문학을 변별하는 안목으로 책의 연대를 변별하였다."[38] 예컨대 위(僞) ≪고문상서(古文尙書)≫의 <서(序)>는 역대로 서한(西漢) 공안국(孔安國)이 지은 것이라고 보았지만 주희는 그 문장 풍격으로 그 위작임을 판단하였다. "≪상서서≫는 공안국이 지은 것 같지 않은데 그 글은 유약하여 서한 사람의 글 같지 않으니 서한의 글은 투박하고 호방하다. 또한 동한 사람의 글 같지도 않으니 동한 사람의 글은 뼈와 힘줄이 있다. 또한 동진 사람의 글 같지도 않은데 동진은 예컨대 공탄(孔坦)의 소(疏)는 또한 자득(自得)하다. 다른 글은 대부분 약하고 읽으면 오히려 완순(宛順)하니 이것은 ≪공총자(孔叢子)≫를 지은 한 사람이 지은 것이다."(≪尙書序≫不似孔安國作, 其文軟弱, 不似西漢人文, 西漢文粗豪. 也不似東漢人文, 東漢人文有骨肋. 亦不似東晉人文, 東晉如孔坦疏, 也自得. 他文是大段弱, 讀來却宛順, 是做≪孔叢子≫底人一手做.)[39]라고 하였다. 후대 학자들의 고증에 근거하면 위(僞) ≪고문상서≫의 <서>는 위(魏) 왕숙(王肅)이 위조한 것이며[40] ≪공총자≫라는 책은 일반적으로 또한 후인들에 의하여 왕숙의 손에서 나온 것이라고 인정받고 있다. 주희는 단지 문장 풍격에서 변석을 행하였지만 결국 후대 학자들의 고증과 같은 결론을 얻었으니, 이것은 그의 역대 문풍에 대한 파악의 정확함에 탄복하지 않을 수 없게 한다.

이것으로 주희의 학문 연구 방법·사상 방법과 이정(二程) 등 이학가들과 매우 큰 차이가 있음을 알 수 있다. 이정 등은 성리학에 침잠하고

---

38) ≪주자신학안(朱子新學案)≫(파촉서사(巴蜀書社) 1986년 판), 1780쪽.
39) ≪주자어류(朱子語類)≫ 권125, 2993쪽.
40) 정안(丁晏), ≪상서여론(尙書餘論)≫에 보인다.

연구하여 문학에 대해서는 일고(一顧)의 가치도 없다고 생각하였다. 주희는 비록 또한 성리학을 인생에서 가장 긴요한 일이라고 생각하였고 또한 불시에 문학을 배척하는 말을 약간 하였지만(예컨대 "스스로 한 무리의 사람이 있어 시를 짓는 것을 즐기지만, 옮겨서 강학하면 얼마나 유익한지를 모른다.(自有一等人樂於作詩, 不知移以講學, 多少有益!),[41] "겨우 문장을 지으려고 하는 것은 가지와 잎이니 학문을 해쳐 도리어 두 가지를 잃어버린다."(才要作文章, 便是枝葉, 害著學問, 反兩失也.)[42]라고 하였음), 사실상 그의 학문 연구와 사고 과정 중에는 상당히 짙은 문학 성분이 포함되어 있다. 비록 결코 문학 범주에 속하지 않는 학술 성취일지라도(예컨대 ≪시경≫ 이외의 유가 경전에 대한 연구) 역시 상당 부분의 성취는 문학적 사고를 통하여 획득한 것이다. 문학의 의미에 대한 체득(體得) · 문학 풍격에 대한 변석은 바로 주희가 학술상 그것으로 이정 등의 사람들을 초월할 수 있었던 요소의 하나이다. 이러한 의미에서 우리는 주희의 학술 사상에 대하여 비교적 전면적으로 이해하려고 한다면 그의 문학 사상에 대하여 연구하는 것을 떠날 수 없다고 본다. 바꾸어 말하면 만약 주희가 또한 문학가라는 것을 주의하지 않는다면 사상가로서의 주희의 형상도 역시 어떤 부분에서는 애매모호하게 보일 것이다.

---

41) ≪주자어류(朱子語類)≫ 권104, 2623쪽.
42) ≪주자어류(朱子語類)≫ 권139, 3319쪽.

## 제3절 주희의 문학 활동

주희는 다재다예(多才多藝)한 사람으로 그는 젊었을 때 흥미가 매우 광범하였다. 그는 "아무개는 옛날 또한 배우지 않은 바가 없었으니 선(禪)·도(道)·문장·초사(楚辭)·시(詩)·병법(兵法)의 모든 일을 배우려고 하였다. 출입할 때 문자를 헤아릴 수 없었으며 모든 일에 두 책이 있었다. 어느 날 홀연 생각하고 잠깐 천천히 하자, 나는 단지 하나의 몸일 뿐인데 어떻게 수많은 것을 겸할 수 있겠는가? 이로부터 점차로 버렸다."(某舊時亦要無所不學, 禪·道·文章·楚辭·詩·兵法, 事事要學. 出入時無數文字, 事事有兩册. 一日忽思之曰：且慢, 我只一個渾身, 如何兼得許多? 自此逐時去了.)[43]라고 하였다. 뒤의 단락으로 보면 그는 나중에 성현의 학문에 전심한 것으로 보이지만 사실상 주희는 종신토록 모두 일찍이 이정(二程)처럼 그렇게 "홀로 공자 문하에 서서 한 가지 일도 없이, 단지 안회(顔回)가 심재(心齋)를 얻은 것보다 못할 뿐이네."(獨立孔門無一事, 只輸顔氏得心齋.)[44]라고 하는 것과는 달랐다. 그는 문학과는 뗄 수 없는 인연을 맺었다. 곧장 만년에 이르러서도 그는 문예에 대하여 여전히 잊을 수 없었는데 만년에 쓴 대량의 제발(題跋) 중에서 이 점을 증명할 수 있다. 예컨대 그림에 관한 <발탕숙아묵매(跋湯叔雅墨梅)>는 69세에 지어졌고,[45] <발미원장하촉강산도(跋米元章下蜀江山圖)>는 70세에 지어졌고,[46] 서법에 관한 <발장안국첩(跋張安國帖)>·<발산곡의주첩(跋山谷宜州帖)>은 모두 70세에 지어진 것이

43) ≪주자어류(朱子語類)≫ 권104, 2620쪽.

44) 이것은 여여숙(呂與叔)(이름은 대림(大臨))의 시구이며, 정이(程頤)는 "이 시는 매우 좋다."(此詩甚好)라고 칭찬하였는데, ≪이정유서(二程遺書)≫ 권18에 보인다.

45) ≪문집≫ 권84, 13쪽에 보인다.

46) ≪문집≫ 권84, 16쪽에 보인다.

다.[47] 그의 제자들은 다음과 같이 주희를 묘사하였다. "선생은 매번 물 하나 돌 하나, 풀 한 포기 나무 한 그루를 볼 때마다 좀 맑고 그늘진 곳에서 종일토록 눈을 깜박이지 않았다. 술을 마셔도 두세 차례에 지나지 않고 또 한 곳으로 옮겼다. 크게 취하면 책상다리하고 앉아서 높이 손을 맞잡았고, 경사자집(經史子集) 외에 기록과 잡기라도 들면 외울 수 있었다. 약간 거나하면 고문을 읊조리는 데 기운과 가락이 청장(淸壯)하였다. 아무개가 듣고 본 바로는 선생은 매번 굴원(屈原)의 <초소(楚騷)> · 도연명(陶淵明)의 <귀거래병시(歸去來幷詩)>와 두자미(杜子美 : 두보(杜甫))의 몇 편의 시를 애송하였을 뿐이다."(先生每觀一水一石, 一草一木, 稍淸陰處, 竟日目不瞬. 飮酒不過兩三行, 又移一處. 大醉則趺坐高拱, 經史子集之餘, 雖紀錄雜記, 擧輒成誦. 微醺, 則吟哦古文, 氣調淸壯. 某所聞見, 則先生每愛誦屈原<楚騷> · 淵明<歸去來幷詩> · 幷杜子美數詩而已.)[48]라고 하였다. 이러한 말을 읽고 난 후에 우리의 눈앞에 떠오르는 것은 바로 문학 정취가 풍부한 한 학자의 형상이 아니겠는가?

주희는 젊었을 때 시부에 뛰어났고 성품이 읊는 것을 좋아하였다. ≪주자연보≫ 권1에는 "이전에 무원(婺源) 향장인(鄕丈人) 유중유(兪仲猷)는 일찍이 선생의 젊을 때의 한묵(翰墨)을 얻어 그의 벗 동영(董穎)에게 보이고 서로 함께 탄식하고 칭찬하였다. 동영은 시를 지어 '함께 위재(韋齋 : 주희의 부친 주송(朱松))가 늙은 것을 탄식하였는데, 아들이 있어 붓이 솥을 들어 올리네.'(共歎韋齋老, 有子筆扛鼎.)라고 하였다. 당시 동기(董琦)는 일찍이 향인(鄕人)의 자리에서 선생을 모시고 있었는데 술이 거나하자 좌객들은 차례대로 노래하고 외웠다. 선생은 홀로 <이소경(離騷經)> 1장(章)을 노래하였는데 음을 토하는 것이 넓고 유창하여 좌객들이 두려워하였다."(先是婺源鄕丈人兪仲猷, 嘗得先生少年翰墨, 以示其友董穎, 相與嗟賞. 穎有詩云 :

---

47) ≪문집≫ 권84, 16쪽에 보인다.

48) ≪주자어류(朱子語類)≫ 권107, 2674쪽에 보인다.

'共歎韋齋老, 有者筆扛鼎.' 詩董琦嘗侍先生於鄕人之坐, 酒酣, 坐客以次歌誦, 先生獨歌 <離騷經>一章, 吐音洪暢, 坐客悚然.)라고 실려 있다. 건도(乾道) 6년(1170) 호전(胡銓)이 조정에 주희를 추천하였는데 그를 “시인(詩人)”[49]이라고 불렀고, 동시에 추천된 사람으로 또 유명한 시인 왕정규(王庭珪, 1079~1171)가 있었으니, 주희가 당에 시명(詩名)이 매우 뛰어났음을 알 수 있다. 주희는 문학가와 교유하는 것을 좋아하였다. 그의 친구 중에는 육유(陸游, 1125~1210)·우무(尤袤, 1127~94)·신기질(辛棄疾, 1140~1207)·양만리(楊萬里, 1127~1206)·주필대(周必大, 1126~1204)·진량(陳亮, 1143~94)·왕십붕(王十朋, 1112~71)·한원길(韓元吉, 1118~87)·누약(樓鑰, 1137~1213)·조번(趙蕃, 1143~1229) 등은 모두 문학으로 이름을 날렸다. 가령 이학가와의 교유 중에도 주희는 역시 시를 읊는 일을 그만두지 않았다. 그 자신의 말로 한다면 “도를 강하여 마음은 목마른 듯하고, 시를 읊조려 생각이 용솟음치네.”(講道心如渴, 哦詩思湧雷.)[50]라는 것이다. 그는 이정처럼 시문을 배척하지는 않았다. 소흥 30년(1160) 주희는 산 속에서 와병하였는데 조정 중에서 임직하고 있는 한 친구가 글을 가지고 부르자 주희는 2수의 시로 글을 대신하였다. “선생은 가서 운향각(芸香閣)에 오르니, 각로는 갓 치각관(豸角冠)이 우뚝하네. 유인(幽人)으로 남아 빈 골짜기에 누웠으니, 온 천지의 바람과 달을 사람들이 보아야 하리.”(先生去上芸香閣, 閣老新峨豸角冠. 留取幽人臥空谷, 一川風月要人看.)·“옹기 창 앞 머리에 꽃 병풍을 쳐 놓아, 저녁에 서로 마주하여 고요히 본뜨네. 뜬 구름이 한가롭게 폈다 말았다 하는 것에 한결같이 맡기니, 만고의 푸른 산은 이렇게 푸르구나.”(甕牖前頭列畫屛, 晩來相對靜儀刑. 浮雲一任閑舒捲, 萬古靑山只么靑.)라고 하였다. 이 시는 호굉(胡宏 : 호 오봉(五峰), ?~1161)에게 전해지자 호굉은 “나는 이 사람을 알지 못하지만 이

49) ≪송사·주희전≫에 보인다.
50) <화석지운(和釋之韻)>, ≪문집≫ 권5, 9쪽.

시를 보면 거의 진전이 있을 것임을 알겠다."(吾未識此人, 然觀此詩, 知其庶幾能有進矣.)[51]라고 하였다. 건도 3년(1167) 주희가 문인 임용중(林用中)을 데리고 담주(潭州)로 가서 장식(張栻, 1133~1180)을 방문하였다. 세 사람은 함께 남악(南嶽) 형산(衡山)에 올랐고 도중에 창수(唱酬)하여 시 1권을 이루었는데 그것이 지금 남아 있는 ≪남악창수집(南嶽唱酬集)≫이다.[52] 순희 2년(1175) 여조겸(呂祖謙, 1137~1181)은 숭안(崇安)으로 가서 주희를 방문하였고 주희는 여조겸이 절강(浙江)으로 돌아가는 것을 배웅하였다. 도중에 상요(上饒) 아호(鵝湖)를 지나가는데 육구령(陸九齡)·육구연(陸九淵) 형제가 와서 만났으며 쌍방은 학문을 의론함이 서로 맞지 않았지만 주희는 <아호사, 화육자수(鵝湖寺, 和陸子壽)>를 지었다.

| | |
|---|---|
| 德義風流夙所欽, | 덕의(德義)와 풍류는 일찍이 흠모하는 바이니, |
| 別離三載更關心. | 이별한지 3년에 더욱 마음에 걸리네. |
| 偶扶藜杖出寒谷, | 우연히 명아주 지팡이를 짚고 차가운 골짜기를 나서고, |
| 又枉籃輿度遠岑. | 또 남여를 굽혀 먼 봉우리를 넘었네. |
| 舊學商量加邃密, | 옛 학문을 헤아리니 더욱 깊고 정밀하고, |
| 新知培養轉深沈. | 새로 아는 것을 배양하니 점차 깊이 가라앉네. |
| 却愁說到無言處, | 도리어 말하여 말없는 곳에 이르는 것을 걱정하니, |
| 不信人間有古今! | 인간 세상에 고금이 있음을 믿지 못하겠네! |

이 시들은 비록 순수한 문학 작품은 아니지만 송대 이학가의 시 중에서 가장 심미적인 가치를 갖추고 있다는 것은 의심할 것이 없다. 주희의 <무이도가(武夷棹歌)> 등의 사경(寫景) 서회(敍懷)의 시에 이르러서는

51) <발호오봉시(跋胡五峰詩)>, ≪문집≫ 권81, 2~3쪽에 보인다.

52) ≪사고전서총목(四庫全書總目)≫ 권187에는 이 집(集)이 건도(乾道) 2년에 지어졌다고 하였지만, 잘못이다. 마땅히 ≪주자연보≫를 따라 이것을 건도 3년에 연계해야 할 것이다.

청신(淸新)하여 읊조릴 만하니 더욱 그의 시가의 조예(造詣)를 설명할 수 있다.

주희는 교육가였다. 그는 일생 중의 대부분 시간을 모두 학생들을 가르치고 강학하는 데 썼다. 주목할 만한 것은 주희가 제자들을 교육할 때 유가의 경전을 강해하고 성리학을 탐색·토론하는 것 외에도 또한 문학을 상당히 중시하였다는 것이다. 주희는 일찍이 서신 중에서 아들에 대한 교육을 언급하여 "이 아이는 ≪좌전≫을 읽어 거의 끝나는데 경서의 중요한 곳은 더욱 복습하고 풀이하게 하는 것이 좋다. 한유(韓愈)·구양수(歐陽脩)·증공(曾鞏)·소식(蘇軾)의 글은 기세가 왕성하고 뜻이 분명한 것을 수10 편을 가려 베껴서 반복하여 암송하게 한다면 더욱 좋다."(此兒讀≪左傳≫向畢, 經書要處, 更令溫繹爲佳. 韓·歐·曾·蘇之文, 滂沛明白者, 揀數十篇, 令寫出, 反復成誦, 尤善.)[53]라고 하였다. 마찬가지로 그는 또 항상 학생들에게 글을 배우는 데 노력하여 일정한 문장 기교를 파악할 것을 요구하였다. 그는 "사람은 문장을 지을 줄 알아야 하니 반드시 한 권의 서한 글과 한유의 글·구양수의 글·남풍(南豊, 곧 증공)의 글을 취해야 한다."(人要會作文章, 須取一本西漢文與韓文·歐陽文·南豊文.)[54]라고 하였고, 또 "동파의 문자는 명쾌하고 노소(老蘇)의 글은 웅혼하여 다 좋은 점이 있다. 구공(歐公)·증남풍(曾南豊)·한창려(韓昌黎) 같은 사람의 글을 어떻게 보지 않을 수 있겠는가? 유종원(柳宗元)의 글은 비록 완전히 좋은 것은 아니지만 또한 마땅히 가려야 한다. 몇 사람의 글을 합하여 택하더라도 2백 편이 되지 않는다. 이보다 못한 것은 볼 필요가 없으니 사람의 수단을 낮출까 두려워한다."(東坡文字明快, 老蘇文雄渾, 盡有好處. 如歐公·曾南豊·韓昌黎之文, 豈可不看? 柳文雖不全好, 亦當擇. 合數家之文擇之, 無二百篇. 下此則不須看,

---

53) <답채계통(答蔡季通)>, ≪문집≫ 권44, 4쪽.

54) ≪주자어류(朱子語類)≫ 권139, 3321쪽.

恐低了人手段.)[55]라고 하였다. 그는 또 당시 문풍(文風)의 비약(卑弱)함에 대하여 우려를 깊이 나타내어 "전배의 문자는 규모가 굉활하고 의론이 웅위하여 부드럽고 아양 떠는 태(態)를 짓지 않았다. 그 기풍습속은 대개 이와 같았다. 그러므로 선화(宣和, 1119~1125) 이후 건염(建炎, 1127~30)・소흥(紹興, 1131~62)이 이어 일어났는데 위태롭고 혼란스러움이 비록 극에 달하였지만 사기(士氣)는 쇠퇴하지 않았다. …… 근래 말에 능한 선비들은 으레 아름답게 꾸미고 비웃는 것을 교묘하다고 하고 더 장부의 기상이 없으니 식자들은 대개 깊이 우려하지만 바로잡을 도리가 없다."(前輩文字規模宏闊, 議論雄偉, 不爲脂韋嫵媚之態. 其風氣習俗蓋如此. 故宣和之後, 建紹繼起, 危亂雖極而士氣不衰. ……近歲以來能言之士, 例以容冶調笑爲工, 無復丈夫之氣, 識者蓋深憂之, 而不能有以正也.)[56]라고 하였다. 주희가 학생을 위하여 유가 경전을 강의할 때에도 역시 항상 그들을 깨우쳐 문학의 요소에 주의하게 하였다. 그는 "≪시≫를 보는데 의리 외에도 그 문장을 보는 것이 더욱 좋다. 또 예컨대 <곡풍(谷風)> 같은 경우 단지 그와 같이 말했을 뿐이지만 일을 서술한 것이 곡절이 많으니 앞뒤로 모두 차례가 있다."(看≪詩≫, 義理外更好看他文章. 且如<谷風>, 他只是如此說出來, 然而敍得事曲折, 先后皆有次序.)[57]라고 하였고, 또 "≪맹자≫를 읽으면 그 의리를 볼 뿐 아니라 숙독한다면 글을 짓는 법을 알게 될 것이다. 머리와 꼬리가 조응(照應)하고 혈맥(血脈)이 관통(貫通)하고 말뜻이 반복되며 명백하고 준결(峻潔)하여 한 글자도 쓸모없는 것이 없다. 사람이 만약 이와 같이 글을 지을 수 있다면 일등의 문장일 것이다."(讀≪孟子≫, 非惟看它義理, 熟讀之, 便曉作文之法. 首尾照應, 血脈通貫, 語意反復, 明白峻潔, 無一字閑. 人若能如此作文, 便是第一等文章.)[58]라고

55) ≪주자어류(朱子語類)≫ 권139, 3306쪽.
56) <발증중공문(跋曾仲恭文)>, ≪문집≫ 권83, 13쪽.
57) ≪주자어류(朱子語類)≫ 권80, 2083쪽.

하였다. 바로 주희는 문학을 비교적 중시하였기 때문에 그는 송인의 유가 경전에 관한 해석 저작을 언급할 때 때때로 결국 고문가의 해석이 이학가의 것보다 더욱 뛰어나다고 보았다. 예컨대 그는 소식을 찬양하여 "동파가 경을 해석한 것은 말한 곳은 매우 훌륭하지 않은 것이 없으니, 아마도 그는 필력이 남보다 뛰어나 밝힌 것이 유난히 생기가 넘쳐서일 것이다."(東坡解經, 莫教說着處直是好, 蓋是他筆力過人, 發明得分外精神.)[59]라고 하였고 또 "동파의 ≪서해(書解)≫는 매우 좋으니 그는 문장의 기세를 보는 것이 좋다."(東坡≪書解≫却好, 他看得文勢好.)[60]라고 하였다. 그는 또 소칠(蘇轍, 1039~1112)과 구양수(歐陽修, 1007~1072)를 찬양하여 "자유(子由 : 소철의 자)의 ≪시해(詩解)≫는 좋은 곳이 많고 구공의 ≪시본의(詩本義)≫도 역시 좋다."(子由≪詩解≫好處多, 歐公≪詩本義≫亦好.)[61]라고 하였다. 이와는 반대로 그가 평소 존경하고 숭배하던 장재(張載, 1020~1077)·양시(楊時, 1053~1135) 등의 이학가에 대하여 주희는 도리어 자못 미사(微辭)가 있었다. "횡거(橫渠 : 장재)는 '마음에 둔 것이 평이하면 비로소 시를 아는 것이네'(置心平易始知詩)라고 하였다. 그러나 횡거가 시를 해석한 것은 평이하지 않은 것이 많다."(橫渠云 : '置心平易始知詩.' 然橫渠解詩多不平易.),[62] "귀산(龜山)이 <관저(關雎)>를 말한 곳은 역시 좋지만 결국 말하여 죽인 것이니 이와 같이 한다면 시안(詩眼)은 살지 못할 것이다."(龜山說<關雎>處意亦好, 然終是說死了, 如此便詩眼不活.)[63]라고 하였다. 분명히 주희는 위에 서술한 평가를 할 때는 의리를 제외하고도 또 하나의 중요한 표준이 있었으

58) ≪주자어류(朱子語類)≫ 권19, 436쪽.
59) ≪주자어류(朱子語類)≫ 권130, 3113쪽.
60) ≪주자어류(朱子語類)≫ 권78, 1986쪽.
61) ≪주자어류(朱子語類)≫ 권80, 2090쪽.
62) ≪주자어류(朱子語類)≫ 권80, 2090쪽.
63) ≪주자어류(朱子語類)≫ 권80, 2084쪽.

니 그것은 문학 이해력의 높고 낮음이었다.

물론, 주희의 일생 중의 가장 중요한 문학 활동은 전대 문학 작품에 대한 정리와 주석이다. 현존하는 문헌에서 주희가 이러한 문학 활동에 종사하여 죽을 때까지 부지런히 노력하였음을 고찰하여 알 수 있다. 세상에 전하는 ≪시집전(詩集傳)≫·≪초사집주(楚辭集注)≫·≪한문고이(韓文考異)≫의 세 부의 중요한 저작 외에도 주희는 적어도 또 다음과 같은 일을 하였다.

주희는 일찍이 한유(韓愈)·구양수·증공(曾鞏) 세 사람의 문선을 편선한 적이 있다. 왕백(王柏)의 <발창려문수(跋昌黎文粹)>에 따르면 "오른쪽 한유의 글 34편은 고정(考亭)의 문인(門人)에게 얻은 것이며 주자가 뽑은 것으로 후학에게 혜택을 베푼 것이라고 하였다. 그 체치(體致)와 기운(氣韻)·의론과 규모를 살펴본다면 그 동류(同類)에서 뛰어나고 그 무리에서 빼어난 것이라고 할 수 있다."(右韓文三十四篇, 得於考亭門人, 謂朱子所選, 以惠後學. 觀其體致氣韻, 議論規模, 可謂出乎其類, 拔乎其萃者也.)[64]라고 하였다. 또 왕백의 <발구증문수(跋歐曾文粹)>에는 "오른쪽 구양(歐陽) 문충공(文忠公)·남풍(南豊) 증(曾) 사인(舍人)의 ≪문수(文粹)≫는 상하 두 집을 합하여 6권으로 모두 42편이며 고정의 문인에게 얻었는데 주자가 뽑은 것이라고 한다. 그 선택의 정밀함을 살펴보건대 참으로 다른 사람의 안목(眼目)이 이를 수 있는 바가 아니다."(右歐陽文忠公·南豊曾舍人文粹, 合上下兩集, 六卷, 凡四十有二篇, 得於考亭門人, 謂朱子之所選. 觀其擇之之精, 信非他人目力所能到.)[65]라고 하였다.

주희는 일찍이 진여의(陳與義, 1090~1139)의 시집을 교정한 적이 있는데

64) ≪노재왕문헌문집(魯齋王文憲文集)≫ 권11.
65) ≪노재왕문헌문집(魯齋王文憲文集)≫ 권11.

이것은 그가 문인 공중지(鞏仲至)의 협조 아래 행한 것이다. 그는 <답공중지서(答鞏仲至書)> 중에서 "간재(簡齋 : 진여의)의 시는 이미 받았지만 민본을 얻어 교정하면 간행하여 수정할 것입니다. 또 저는 더욱 쉽게 힘을 쓰고 아침저녁으로 약간 한가로우면 어쩌면 여기에 있는 것을 취하여 칠하고 고치고 부쳐서 바칠 것입니다."(簡齋詩已領, 但得閩本就校, 即刊修. 復僕尤易爲力, 旦夕稍暇, 或取此間所有者塗改寄呈也.)[66]라고 하였고, 또 하나의 편지에는 "진여의의 시는 잘못된 글자는 지금 별지로 기록하여 보내니 반드시 한 글자 한 글자 수정해야 할 것이며 보고나면 이 구를 지우고 비로소 다시 한 글자를 부친다면 잘못이 없을 수 있을 것입니다."(陳詩誤字, 今用別紙錄去, 須逐字分付修了, 看過就此句消了, 方再付一字, 乃可無誤.)[67]라고 하였다. 그가 진여의 시에 대하여 교정한 것이 매우 자세하였음을 알 수 있다.

주희는 또 일찍이 역대 시선을 편선하려고 하였다. 그는 "일찍이 망녕되게도 경사(經史)의 여러 책에 실려 있는 운어(韻語)를 베끼고 아래로는 ≪문선≫ · 한위(漢魏)의 고사(古詞)에 미치고 곽경순(郭景純 : 박(璞)) · 도연명(陶淵明)이 지은 것을 다하여 스스로 한 편을 만들어 ≪삼백편(三百篇)≫(≪시경≫) · ≪초사(楚辭)≫의 뒤에 붙여 시의 준칙으로 삼았습니다. 또 그 아래 3등 중에 옛것과 가까운 것을 택하여 각각 한 편을 만들어 그 날개과 여위로 삼았습니다. 그 부합하지 않는 것은 다 버렸습니다."(嘗妄欲抄取經史諸書所載韻語, 下及≪文選≫ · 漢魏古詞, 以盡乎郭景純 · 陶淵明之所作, 自爲一編. 而附於≪三百篇≫ · ≪楚辭≫之後. 以爲詩之根本準則. 又於其下三等之中, 擇其近於古者, 各爲一編, 以爲之羽翼輿衛. 其不合者, 則悉去之.)[68]라고 하였다. 그는 또 ≪두

66) ≪문집≫ 권64, 9쪽.

67) ≪문집≫ 권64, 9쪽.

68) <답공중지(答鞏仲至)>, ≪문집≫ 권64, 4쪽.

시고이(杜詩考異)≫를 지으려고 하였다. 그는 "두시는 가장 오자가 많은데 채흥종의 ≪정이(正異)≫는 본래 좋지만 미진하다. 아무개는 일찍이 넓혀 ≪두시고이(杜詩考異)≫를 지으려고 하였지만 끝내 겨를이 없었다. 예컨대 '바람은 푸른 강 나무를 불고, 비는 석벽에 뿌리네.'(風吹蒼江樹, 雨灑石壁來.)라고 하였는데 '수(樹)'자는 뜻이 없으니 마땅히 '거(去)'자로 해야 하는 것은 의심할 것이 없다. ……"(杜詩最多誤字, 蔡興宗≪正異≫固好而未盡. 某嘗欲廣之, 作≪杜詩考異≫, 竟未暇也. 如'風吹蒼江樹, 雨灑石壁來.' '樹'字無意思, 當作'去'字無疑. ……)[69]라고 하였다. 그는 문학 방면의 저술에 대하여 매우 열심이었다.

경원 6년(1200) 2월 몸에 중병이 든 주희는 한 수의 절구를 지었다. "창백한 얼굴은 이미 10년 전이고, 거울을 잡고 돌아보고 한 번 슬퍼하네. 엷은 얼음을 밟고 깊은 물에 임하는 것이 진실로 얼마 되지 않는데, 또 남은 날을 잔편(殘編)에 부치네."(蒼顏已是十年前, 把鏡回看一悵然. 履薄臨深諒無幾, 且將餘日付殘編!)[70] 그가 이때 작업한 "잔편(殘編)"은 유가 경전 ≪대학≫도 있었고 또 문학 총집(總集) ≪초사≫도 있었다. 주희의 문인 채침(蔡沈)에 따르면 곧장 3월 초6일 곧 주희가 세상을 떠난 3일 전에 이르기까지도 주희는 또 "≪대학≫ '성의(誠意)' 장(章)을 고치고, …… 또 ≪초사≫의 한 단락을 수정하였다."(改≪大學≫'誠意'章, …… 又修≪楚辭≫一段.)[71]라고 하였다. 주희는 문학 저술에 대하여서도 확실히 죽은 다음에야 그만두었던 것이다.

---

69) ≪주자어류(朱子語類)≫ 권140, 3327쪽.

70) <남성오씨사창서루위여사진여차, 인제기상(南城吳氏社倉書樓爲予寫眞如此, 因題其上)>, ≪문집≫ 권9, 15쪽.

71) 채침(蔡沈), <몽전기(夢奠記)>에 보인다(≪주자연보≫ 권4하, 227쪽).

## 제4절 주희의 중요한 문학 저작 고석

의심할 것도 없이 주희의 가장 중요한 문학 저작은 ≪시집전≫·≪초사집주≫와 ≪한문고이≫의 세 가지이다. 이 세 가지의 저작의 내용과 의의에 대하여 우리는 따로 별도의 장(章)을 두어 논술하려고 하며 본장 중에서는 먼저 세 가지 책의 완성 과정에 대하여 고석(考釋)한다.

### (1) ≪시집전≫

주희는 ≪시경≫에 대하여 가장 부지런히 힘을 쏟았으며 ≪시집전≫은 그가 ≪시경≫을 연구한 성과의 결정이다. 그러나 이 책의 완성 시간에 관해서는 지금까지 설이 한 가지가 아니다. 청 왕무횡(王懋竑, 1668~1741)의 ≪주자연보(朱子年譜)≫ 권3에는 이 책을 순희(淳熙) 4년(1177)에 연계하였는데 이해 주희는 48세로 지금은 이 설을 따르는 사람들이 많다.72) 이 설의 근거는 금본 ≪시집전≫ 권수(卷首)의 <서>에 "순희 4년 정유(丁酉) 겨울 무자(戊子) 신안(新安) 주희가 쓰다"(淳熙四年丁酉冬十月戊子新安朱熹書)라고 서명(署名)하고 있기 때문이다. 그러나 실은 주희의 손자 주감(朱鑑)은 ≪시전유설(詩傳遺說)≫ 권2 중에서 일찍이 이미 이 서는 ≪시집전≫을 위하여 지은 것이 아니라고 지적하여 "≪시전≫의 옛 서는 이것은 선생이 정유세에 <소서>로 경을 해석할 때 지은 것이며 후에는 <소서>를 다 버렸다."(≪詩傳≫舊序, 此乃先生丁酉歲用<小序>解經時所作, 後乃盡去<小序>.)라고 하였다. 청의 ≪사고전서총목(四庫全書總目)≫에도 또한 이 서는 ≪시집전≫이 완성되기 전에 지어진 것이라고 보고 "권수의 자서는 순희 4년

72) 예컨대 장립문(張立文), ≪주희 사상 연구(朱熹思想硏究)≫ 제3장 제2절 <저작(著作) 고석(考釋)>이 있다.

에 지어졌는데 대개 초고와 같다. 서의 끝에 '때에 바로 시전을 편집하였다'(時方輯詩傳)라고 하였으니 이것이 그 증거이다."(卷首自序, 作於淳熙四年, 中無一語斥<小序>, 蓋猶初稿. 序末稱'時方輯詩傳', 是其證也.)[73]라고 하였다. 지금 이 서의 말뜻을 살펴보면 확실히 아직 <소서>를 두드러지게 배척하는 곳이 없으니 그것은 원래 결코 <소서>를 다 버린 ≪시집전≫을 위하여 지은 것이 아님을 알 수 있으며, 당연히 그것에 의거하여 ≪시집전≫의 완성 연대를 확정할 수는 없다.

그밖에 근인 오기창(吳其昌)은 <주자저술고(朱子著述考)> 중에서 ≪시집전≫은 순희 4년(1177) 이후·순희 7년(1180) 이전에 완성되었다고 보았지만 확증은 없다.[74] 전목(錢穆)은 ≪주자신학안(朱子新學案)≫ 중에서 "≪시집전≫은 정유에 또한 아직 원고를 고치지 않았다"(≪詩集傳≫在丁酉亦尙未動稿)라고 하고 또 "을미 전에 ≪시집전≫은 이미 큰 체재는 책이 완성된 것 같다."(乙未前, ≪詩集傳≫似已大體成書.)[75]라고 하였다. 지금 살펴보건대, 정유는 순희 4년(1177)이고 을미는 순희 2년(1175)이니 전씨가 말한 것은 분명히 스스로 서로 어긋난다.

사실상 주희가 ≪시≫를 공부한 것은 오랫동안 지속된 작업으로 ≪시집전≫의 편찬은 대략 순희 4년에 시작되었지만 그 수정은 줄곧 경원 5년(1199) 곧 주희가 세상을 뜨기 1년 전까지 지속되었다.[76]

주희는 초년에 ≪시≫를 해설한 것은 기본적으로 <소서>의 설을 따르고 당시 또한 일찍이 책으로 완성하였다. 이 책은 주희는 ≪집해(集解)≫

73) ≪사고전서총목≫(중화서국 1965년 판) 권15 <시집전> 조, 123쪽.
74) ≪국학논총(國學論叢)≫ 제1권 제2호, 북경청화학교연구원(北京淸華學校硏究院) 1927년 판.
75) ≪주자신학안≫, 1268쪽·1282쪽.
76) 속경남(束景南), <주희작≪시집해≫여≪시집전≫고(朱熹作≪詩集解≫與≪詩集傳≫考)> 참조, ≪주희일문집고(朱熹佚文輯考)≫, 660~674쪽에 실려 있다.

라고 불렀고[77] 혹은 ≪시해(詩解)≫라고 하기도 하였다.[78] 원서는 이미 없어졌지만 여조겸의 ≪여씨가숙독시기(呂氏家塾讀詩記)≫ 중에 약간의 단편이 보존되어 있는데 속경남(束景南)이 그것에 의거하여 ≪시집해집존(詩集解輯存)≫을 집성하였다.[79] 이 ≪시해≫에 관해서 오기창은 ≪시집전≫과 두 가지 책이라고 보았고[80] 전목은 ≪시집전≫의 초고라고 보았다.[81] 우리는 두 가지 설은 나란히 남겨 두어도 상관없다고 본다. 첫째, 두 책은 모두 단독으로 간행되었고 주요한 관점이 또 서로 다르니 당연히 두 부의 저작으로 볼 수 있기 때문이다. 둘째, 두 책은 다른 것 가운데 같은 것이 있기 때문이다. 우리는 <정풍(鄭風)>을 예로 든다. ≪여씨가숙독시기≫ 중에 인용된 ≪시해≫를 ≪시집전≫과 대비해 보면 전자의 <장중자(將仲子)>·<교동(狡童)>·<건상(褰裳)>·<풍우(風雨)> 등에 대한 해석은 <소서>를 따라 후자처럼 그것을 "음분한 자의 시"(淫奔者之詩)라고 부르지 않았다는 것을 발견한다. 그러나 <야유만초(野有蔓草)>·<진유(溱洧)>의 두 편에 관하여 전자의 해석은 기본적으로 ≪시집전≫ 중에 포함되어 있고 문자상 단지 한두 글자의 차이가 있을 뿐이다. 이것으로 ≪시집전≫은 ≪시해≫에 대하여 상당히 큰 개작을 하였지만 또한 유보한 것도 있기 때문에 ≪시해≫를 ≪시집전≫의 기초 혹은 초고라고 볼 수 있음을 알 수 있다.

의심할 것도 없이, ≪시집전≫은 주희의 만년의 정론(定論)을 대표하고 있으므로 우리는 마땅히 ≪시해≫가 아닌 이것에 근거하여 주희의

77) <답여백공서(答呂伯恭書)>, ≪문집≫ 권33, 31쪽.

78) ≪주자어류(朱子語類)≫ 권61, 1460쪽 ; ≪주자어류(朱子語類)≫ 권80, 2085쪽에 보인다.

79) ≪주희일문집고≫, 341~498쪽에 실려 있다.

80) <주자저술고(朱子著述考)>, ≪국학논총≫ 제1권 제2호.

81) ≪주자신학안≫, 1269쪽.

≪시경≫학을 평가하고 판단해야 한다. 그러나 ≪시집전≫ 중에 구체적으로 나타나는 주희의 중요한 문학 사상 곧 한대 유자들의 주소(注疏)를 소맹종하지 않고 직접 ≪시경≫의 문본(文本)에 의거하여 그 뜻을 체득하는 관점은 결국 어떻게 형성된 것인가? 주희는 일찍이 문인들에게 "아무개는 20세 때로부터 ≪시≫를 읽었는데 <소서>는 뜻이 없다는 것을 깨달았다. <소서>를 버리는 데 미쳐 단지 시사를 완미할 뿐이었는데 도리어 또 도리가 관철되어 있음을 깨달았다. 당초에는 또한 일찍이 향선생(鄕先生)에게 질문하였는데 모두 '서는 폐해서는 안 된다'라고 하였다. 그러나 아무개의 의심은 끝내 풀 수 없었다. 후에 30세에 이르러 단연코 <소서>가 한유(漢儒)가 지은 것에서 나왔다는 것을 알았다. 그 어긋남은 이루 다 말할 수 없는 것이 있다."(某自二十歲時讀≪詩≫, 便覺<小序>無意義. 及去了<小序>, 只玩味詩詞, 却又覺得道理貫徹. 當初亦嘗質問諸鄕先生, 皆云'序不可廢.' 而某之疑終不能釋. 後到三十歲, 斷然知<小序>之出於漢儒所作. 其爲謬戾, 有不可勝言.)[82]라고 하였다. 이 단락의 말에 대하여 왕무횡은 "그것이 기록한 자의 잘못임은 의심할 것이 없다"(其爲記者之誤無疑也.)[83]라고 보았으며, 전목도 역시 "이른바 '후에 30세에 이르러'라는 것은 아마 '오십세(五十歲)'의 잘못일 것이다. 그렇지 않다면 20세 후에 또 30세면 주자가 50세 쯤에 비로소 단연코 <소서>가 한유에서 나온 것임을 알았던 것이다."(所云'後到三十歲', 恐是'五十歲'之誤. 否則是二十歲後又三十歲, 在朱子五十歲左右, 始斷然知<小序>之出漢儒.)[84]라고 보았다. 분명 주희가 30세 때 이미 단연코 <소서>를 믿지 않았다는 것은 약간 그렇게 정확하지 않다. 그러나 그가 당시 이미 <소서>에 대하여 의심을 품었다는 것은 완전히

82) ≪주자어류(朱子語類)≫ 권80, 2078쪽.

83) ≪주자연보고이(朱子年譜考異)≫ 권2, 280쪽.

84) ≪주자신학안≫, 1276쪽.

가능하다. 왜냐하면 주희는 또 유사한 말들을 한 적이 있으니 모두 문인들의 잘못된 기록에서 나온 것일 수는 없기 때문이다. 예컨대 "정어중의 ≪시변≫에는 '<장중자>는 단지 음분의 시로 중자를 풍자한 시가 아니다.'(<將仲子>只是淫奔之詩, 非刺仲子之詩也.)라고 하였다. 아무개는 어려서 그 설이 옳다는 것을 알았다."(鄭漁仲≪詩辨≫ : '<將仲子>只是淫奔之詩, 非刺仲子之詩也.' 某自幼便知其說之是.)[85]라고 하였고 또 "희는 예전에 ≪시해≫를 지었는데 처음에는 <소서>를 사용하였고 해석하여 행하지 못하는 데 이르러서는 또한 자세하게 그 설명을 하였다. 후에 불안하게 여겨져서 두번 째로 해석한 것은 비록 <소서>를 남겨 놓고 간혹 분변하여 깨뜨렸지만 끝내 시인의 본래의 뜻을 드러낼 수 없었다. 후에 비로소 오직 <소서>를 다 버려야 저절로 통할 수 있다는 것을 알았고 그래서 옛 설을 다 씻어버리니 시의 뜻이 비로소 살아났다."(熹向作≪詩解≫文字, 初用<小序>, 至解不行處, 亦曲爲之說. 後來覺得不安, 第二次解者, 雖存<小序>, 間爲辨破, 然終是不見詩人本意. 後來方知只盡去<小序>, 便自可通, 於是盡滌蕩舊說, 詩意方活.)[86] 라고 하였다. 앞 조항은 우리에게 주희가 <소서>를 의심한 것은 결코 전혀 까닭 없이 홀연 뛰어난 해석을 한 것이 아니라 기타 송유들에게서 영향을 받았다는 것을 알려 준다. 정초는 주희보다 26세 연장이었다. 그는 ≪시변망≫ 중에서 이미 <시서>는 한대 사람들이 지은 것이고 또 "시골 들판의 망녕된 사람들이 지은 것"(村野妄人所作)임을 지적하였다. 주희는 어려서부터 이미 ≪시변망≫을 읽었으니 당연히 서를 의심하는 관점을 형성하는 데 도움이 되었을 것이다.[87] 뒤 조항은 우리에게 주희

85) ≪주자어류(朱子語類)≫ 권23, 539쪽.

86) ≪주자어류(朱子語類)≫ 권80, 2085쪽.

87) 정초(鄭樵)의 ≪시변망(詩辨妄)≫은 이미 없어졌고, 지금 사람 고힐강(顧頡剛)의 집본(輯本)이 있는데 얻은 것은 열에 한둘이며 1930년 경산서사(景山書社)의 간본이 있다.

가 ≪시해≫를 지었을 때 비록 아직 <소서>를 버리지 않았지만 심중에는 일찌감치 회의가 많이 있었고 "자세하게 그 설명을 한"(曲爲之說) 것에 불과한 것이었음을 알려 준다. 그러므로 주희가 만년에 자신은 청년시대에 이미 <서>를 의심하였다고 회상한 것은 사실과 결코 모순되는 것이 아니다.

그렇다면 기왕에 주희는 일찍이 이미 <소서>를 의심을 품었는데 왜 ≪시해≫ 중에서는 또 결코 <소서>를 배척하여 꾸짖지 않았는가? 원래 주희는 학문 연구가 매우 신중하고 근엄하여 비록 회의에 뛰어났지만 심사숙고를 거치지 않으면 쉽게 새로운 설을 세우려고 하지 않았다. 위에서 인용한 한 단락의 말에서 그가 <소서>를 회의한 것으로부터 공공연히 <소서>를 공공연히 포기하는 데까지 매우 오랜 과정을 거쳤음을 발견할 수 있다. 순희 4년(1177)에 주희는 일찍이 <소서>에 대하여 회의한 바 있지만 아직 문자에 나타내지는 않았다. 순희 4년 그는 ≪시해≫를 위하여 서를 지었는데 역시 아직 <소서>의 잘못을 분명하게 말하지 않았다. 그러나 이듬해 곧 순희 5년(1178) 그는 편지를 여조겸에게 써 보내어 "대체로 <소서>는 다 후인들의 억측에서 나온 것으로 만약 이 틀을 벗어나지 않는다면 끝내 바르고 합당한 것을 얻을 수가 없다. 작년에 옛 설을 간략하게 수정하여 정정한 것이 많았지만 여전히 다 버리지 못하고 득실이 서로 반쯤 되어 온전한 책이 되지 못함을 한스럽게 여길 뿐입니다."(大抵<小序>盡出後人臆度, 若不脫此窠臼, 終無緣得正當也. 去年略修舊說, 訂正爲多, 尙恨未能盡去, 得失上相半, 不成完書耳.)[88]라고 하였다. 그가 이

88) <답여백공(答呂伯恭>, ≪문집≫ 권34, 4쪽. 살펴보건대, 이 편지는 왕무횡(王懋竑)은 순희(淳熙) 7년(1180)에 계년하였는데(≪주자연보≫ 권2상, 68쪽에 보임) 잘못이다. 진래(陳來)는 편지 중에서 장식(張栻)이 광서(廣西)에서 호북(湖北)으로 옮긴 일을 언급한 것에 근거하여 이것을 순희 5년(≪주자서신편년고증(朱子書信編年考證)≫ 153쪽에 보임)에 계년하였는데 따를 만하다.

미 <소서>를 폐기한다는 것을 공개적으로 성명하고 아울러 이것을 중심 사상으로 삼아 ≪시해≫를 고쳐 쓰려고 하였음을 알 수 있다. 그후 주희는 또 여조겸과 서신 왕래를 하면서 <소서>의 시비에 대하여 논쟁을 벌였다. 순희 8년(1181) 여조겸이 죽었다. 이듬해 주희는 <여씨가숙독시기서(呂氏家塾讀詩記序)>를 지어 깊이 감개하고 "이 책의 이른바 주씨(朱氏)는 실은 희가 젊었을 때의 천루(淺陋)한 설인데 백공보(伯恭父 : 여조겸)가 잘못하여 취한 것이다. 그후 세월이 오래 지나자 스스로 그 설이 안온하지 못한 바가 있음을 알았다. 예컨대 '아정(雅鄭)·사정(邪正)'운운한 것 가운데 많은 것은 간혹 고쳐 정한 것이 있음을 면치 못였을 것이니 백공보가 도리어 그 사이에 의심을 품지 않을 수 없었을 것인데 희는 몰래 의심하였다. 바야흐로 서로 함께 그 설을 반복하여 참되고 옳은 뜻을 구하려고 하였는데 백공보는 이미 세상을 떠났다."(此書所謂朱氏者, 實熹少時淺陋之說, 而伯恭父誤有取焉. 其後歷時旣久, 自知其說有所未安, 如'雅鄭邪正'之云多, 或不免有所更定, 則伯恭父反不能不置疑於其間, 熹竊惑之. 方將相與反復其說以求眞是之歸, 而伯恭父已下世矣.)[89]라고 하였다. 이것으로 주희는 <소서>를 폐기하는 것에 대한 태도가 매우 진지하였고 그가 <소서>의 시비를 분명하게 밝히려고 결심하고 있었음을 알 수 있다. 심지어 그는 반복하여 수정한 후에 결국 원고를 확정하고 <소서>를 폐기하는 것을 시를 해설하는 주된 취지로 삼은 ≪시집전≫이 순희 14년(1187)에 출판된 후에도 그는 여전히 끊임없이 그에 대하여 수정을 행하였다. 순희 16년(1189) 나이가 이미 60이 된 주희는 편지를 써서 채원정(蔡元定)에게 "≪시전≫ 중에 몇 줄을 고치려고 하였는데, 마장부(馬莊父)가 와서 당시 본 것이 자세하지 못하여 단지 한 글자의 같지 않은 것만 보고 이러한 해

89) ≪문집≫ 권76, 7쪽.

설을 한 것이라고 하였다. 지금 상세하게 살펴보고 잘못된 것임을 알았으니 장인에게 주어 바로잡기를 바랍니다."(≪詩傳≫中欲改數行, 乃馬莊父來說, 當時看得不子細, 只見一字不同, 便爲此說. 今詳看乃知誤也, 幸付匠者正之.)[90]라고 하였다. 같은 해에 그는 또 오백풍(吳伯豊)에게 편지를 보내어 "≪시전≫ 중에는 음(音)이 미비한 것도 있고 훈(訓)이 미비한 것도 있고 경(經)으로 전(傳)을 이끌어 그 차례가 어긋나는 것도 있는데 이것들은 모두 상세하지 못한 잘못이 있으니 이제 마땅히 보태 넣어야 할 것입니다. 그러나 인본(印本)이 이미 정해졌으니 증감할 수 없습니다. 어쩔 수 없이 따로 <보설(補說)> 1권을 지어 ≪변설(辨說)≫ 뒤에 덧붙여야 할 것입니다. …… 그 예는 다음과 같습니다. ……"(≪詩傳≫中有音未備者, 有訓未備者, 有以經統傳・舛其次者, 此類皆失之不詳, 今當添入. 然印本已定, 不容增減矣. 不免別作<補脫>一卷, 附之≪辨說≫之後. …… 其例如後 ……)[91]라고 하였다. 그가 이 편지 중에서 말한 마땅히 보정해야 할 곳은 어떤 것은 금본 ≪시집전≫ 중에 그대로 고치지 않은 것이 있다. 예컨대 <주남・규목(樛木)>편은 이 편지 중에는 "악지(樂只)의 '음(音)은 지(止)이다'(音止)라는 두 글자는 마땅히 본

90) <답채계통(答蔡季通)>, ≪문집・속집≫ 권2, 27쪽. 이 편지의 계년은 진래의 ≪주자서신편년고증≫ 302쪽에 의거하였다.

91) <답오백풍(答吳伯豊)>, ≪문집≫ 권52, 2~7쪽. 살펴보건대, 이 편지는 진래는 소희(紹熙) 원년(1190)에 계년하였는데(≪주자서신편년고증≫ 302쪽에 보임) 잘못이다. 속경남은 순희 16년(1189)에 계년하였는데(≪주희일문집고≫ 672쪽에 보임) 따를 만하다. 이유는 다음과 같다. 이 편지의 뒤에 다른 하나의 편지가 있는데 역시 같은 해에 오백풍에게 준 것이며, 편지 중에서 유자징(劉子澄)의 죽음을 언급하였다. 기실 발고 속경남이 고증한 것처럼 <제유자징문(祭劉子澄文)> 중에는 "부고를 들은 지 여러 달에 사람을 보낼 수 있었다."(聞訃累月, 乃能使人)라고 분명하게 말하고 있고 주희의 <여상백원(與向伯元)>(≪문집・별집(別集)≫ 권4) 중에도 또 유자징이 가을에 죽었는데 주희는 다음해에 이르러 비로소 사람을 보내어 가서 제사를 지내게 할 수 있었다는 일을 언급하고 있기 때문에 유자징의 졸년은 마땅히 주희가 제문을 쓴 1년 전 곧 순희 16년이어야 한다.

자 아래에 붙여야 한다.”(樂只音止二字, 合附本字下.)라고 지적하였지만 금본 ≪시집전≫에는 따르지 않았다. 그러나 또 몇 곳은 이미 개정하였다. 예컨대 <용풍·재치(載馳)>편은 이 편지 중에서 “‘나에게 허물이 있다고 생각하지 말라, 비록 당신이’(無以我爲有過, 雖爾)라는 여덟 글자는 마땅히 ‘대부군자(大夫君子)’ 글자 아래에 붙여야 한다.”(‘無以我爲有過, 雖爾’ 八字合附‘大夫君子’字下.)라고 지적하였는데 금본 ≪시집전≫에는 이미 이에 의거하여 개정하였다. 주희는 ≪시집전≫에 대하여 확실히 심혈을 쏟아 넣었음을 알 수 있다. 그는 초년에 <소서>를 회의하였고 장기간의 온양·수정을 거쳐 결국 <소서>를 다 폐기한 ≪시집전≫을 완성하였으며 인쇄에 부친 후에도 또 계속 수정 보완하여 정밀에 정밀을 더하는 것을 추구하는 데 힘을 다하였던 것이다. 그러므로 만년에 이르러 주희는 ≪시집전≫에 대하여 “스스로 더 여한이 없다고 생각하여 ‘후세에 만약 양자운(揚子雲 : 웅(雄))이 있다면 반드시 좋아할 것이다!’라고 하였다.”(自以爲無復遺恨, 曰 : ‘後世若有揚子雲, 必好之矣!’)[92]라고 한 것이다.

≪시집전≫은 순희 14년(1187)에 처음 간행된 후에 주희의 생전에 또 일찍이 여러 번 번각되었다. 주감(朱鑑)의 <시전유설후발(詩傳遺說後跋)>에 따르면 당시 모두 건안본(建安本)·예장본(豫章本)·장사본(長沙本)·후산본(後山本)·강서본(江西本) 등 몇 가지 간본이 있었지만 대다수는 지금 남아 있지 않다. 현재의 통행본 ≪시집전≫ 20권은 일찍이 주감이 소장하고 있었던 후산본에서 나온 것이며 마땅히 주희의 만년 정본일 것이다. 별도로 8권본이 있는데 후대에 방각(坊刻)에서 합병한 것이므로 근거

92) ≪주자어류(朱子語類)≫ 권67, 1655쪽. 살펴보건대, 이 조항은 심한(沈僩)이 기록한 것으로 ≪주자어류(朱子語類)≫ 권수(卷首) <주자어록성씨(朱子語錄姓氏)>에 따르면 심한이 기록한 것은 “무오 이후에 들은 것”(戊午以後所聞)이며 무오(戊午)는 경원 4년(1198)으로 당시 주희는 나이가 69세였다.

로 삼기에는 부족하다.

(2) ≪초사집주≫

주희는 어려서부터 ≪초사≫를 좋아하였지만 ≪시집전≫의 편찬과는 다르게 그의 ≪초사≫에 관한 저작은 만년에 이르러서야 비로소 붓을 대었다. ≪초사집주≫의 성서 연대에 관해서 남송의 조희변(趙希弁)은 "공이 이 책에 뜻을 둔 것은 초에서 벼슬을 한 후이다. 혹은 조(趙) 충정(忠定)의 변(變)에 느끼는 바가 있어서 그러한 것이다."(公之加意此書, 則作牧於楚之後也. 或曰：有感於趙忠定之變而然.)[93]라고 하였다. 주밀(周密)의 ≪제동야어(齊東野語)≫ 권3 "소희내선(紹熙內禪)" 조에도 또한 이 책은 주희가 조여우(趙汝愚)가 폄적당하고 또 갑자기 죽은 일 때문에 지었다고 보았다. 지금 살펴보건대, 주희가 "초에서 벼슬한"(作牧於楚) 일은 소희(紹熙) 5년(1194)에 있었고[94] 조여우가 영주(永州)로 폄적된 일은 경원 원년(1195)에 있었고 조가 형양(衡陽)으로 가는 도중에 갑자기 죽은 일은 경원 2년(1196)에 있었기 때문에 조희변·주밀이 말한 것은 ≪초사집주≫가 경원 2년 이후에 지어졌다는 뜻이다. 왕무횡의 ≪주자연보≫ 권4하에는 ≪초사집주≫를 ≪초사후어≫·≪초사변증≫과 함께 경원 5년(1199)에 연계(聯繫)하였다. 지금 살펴보건대, ≪초사집주≫는 편찬 연월을 적지 않았고 오직 주희의 문인 양즙(楊楫)이 일찍이 이 책에 발문을 지어 "경원 을묘에 즙(楫)은 선생을 고정정사(考亭精舍)에서 모시고 있었다. 당시 조정은

---

93) ≪군재독서지(郡齋讀書志)≫ 권5하.

94) 정진탁(鄭振鐸)이 인민문학출판사에서 1953년에 영인한 송본(宋本) ≪초사집주(楚辭集注)≫를 위하여 지은 발(跋) 중에는 주희가 "초(楚)에서 벼슬을 한"(作牧於楚) 일은 소희(紹熙) 4년(1193)이라고 하였지만 잘못이다. 사실상 주희는 소희 4년 12월에 지담주형호남로안무사(知潭州荊湖南路安撫使)가 되었고 이듬해 5월에 비로소 치소(治所)에 이르렀기 때문에 "초에서 벼슬한 것"은 마땅히 소희 5년에 있었다.

당인을 다스림이 한창 급하였고 승상 조공이 영주에서 폄적되어 죽었다. 선생은 때를 걱정하는 뜻이 자주 얼굴빛에 나타났다. 홀연 하루는 배우는 자들에게 해석한 ≪초사≫ 1편을 꺼내어 보여 주셨다."(慶元乙卯, 楫侍先生於考亭精舍. 時朝廷治黨人方急, 丞相趙公謫死於永. 先生憂時之意, 屢形於色. 忽一日, 出示學者以所釋≪楚辭≫一篇.)[95]라고 하였다. 이 발 중의 "을묘(乙卯)"는 경원 원년(1195)를 가리키는데 양즙은 이 해 초에 고정으로 왔다. 그러나 양즙이 주희가 내 보인 "해석한 ≪초사≫ 1편"(所釋≪楚辭≫一篇)은 그 후 곧 조여우가 "영주에 폄적되어 죽은"(謫死於永) 병진(丙辰 : 경원 2년)이나 혹은 더 후에 있었다. 조여우라는 사람은 비록 결코 주희의 마음 속의 대현(大賢)은 아니었지만 그는 주희와 함께 한탁주의 공격을 받았고 또 똑같이 "위당(僞黨)"이라고 지목을 받았다. 조는 송 종실(宗室)의 신분으로 호남(湖南)의 영주에 폄적되어 상황이 굴원이 원상(沅湘)에 유배된 것과 유사하다. 경원 원년 겨울 주희는 굴원의 <귤송(橘頌)>을 모방하여 <매화부(梅花賦)>를 지었는데 부의 끝의 난사(亂辭)에 "왕손은 돌아오시어, 강남을 슬퍼하게 마소서."(王孫兮歸來, 無使哀江南兮.)[96]라고 한 것은 조여우가 폄적된 일을 겨냥하여 말한 것이다. 그러나 조여우가 한탁주의 조아(爪牙)들의 굴욕을 당하여 갑자기 죽은 후에 태학생(太學生) 오도손(敖陶孫)은 곡(哭)을 하여 "승냥이의 턱밑 살처럼 진퇴양난으로 희단(姬旦 : 주공(周公))에게 돌아갈 땅이 없고, 물고기 배는 죽을 때까지 굴원을 애통하게 여기네!"(狼胡無地歸姬旦, 魚腹終天痛屈原!)[97]라고 하였다. 그러므로 주희가 경원 연간에 ≪초사≫를 주석하는 것에 손을 댄 것은 깊은 뜻이 있

95) ≪주자연보고이≫ 권4에 인용되어 있다.

96) ≪주희일문집고≫ 268쪽에 보인다. 속경남은 이 부(賦)는 경원 원년에 지어졌다고 고정(考定)하였는데 따를 만하다.

97) ≪시인옥설(詩人玉屑)≫ 권19에 보인다.

었음이 확실하다. 그는 ≪초사집주≫의 서 중에서 "(구주(舊注)) 이 굴원의 행동이 억울하게 그때에 펼 수 없었던 것을 또 어둡게 가려져 후세에 밝혀지지 못하게 하였다. 나는 그래서 더욱 느낀 바가 있었다. 병들어 신음하는 겨를에 잠깐 옛 책에 의거하고 약간 수정을 가하여 ≪집주≫ 8권을 정하였다. 독자들은 천 년 전에 옛 사람을 볼 수 있고 죽은 자가 일어나서 또 천 년 뒤에 자기를 알아주는 사람이 있음을 알고 후세 사람들이 알려지지 못함을 한스럽게 여기지 않았으면 한다. 아아 슬프다, 이것을 어떻게 쉽게 속인들과 말하겠는가!"((舊注)使原之所爲壹鬱而不得申於當年者, 又晦昧而不見白於後世. 予於是益有感焉. 疾病呻吟之暇, 聊據舊編, 粗加檃括, 定爲≪集注≫八卷. 庶幾讀者得以見古人於千載之上, 而死者可作, 又足以知千載之下有知我者, 而不恨於後者之不聞也. 嗚呼悕矣, 是豈易與俗人言哉!)라고 하였다. 이렇게 억눌려 마음이 답답해하고 탄식하는 말투는 확실히 그의 당시의 비분강개한 심정과 서로 부합한다.

양즙이 경원 2년에 본 "해석한 ≪초사≫ 한 편"(所釋≪楚辭≫一篇)은 아마도 ≪초사집주≫의 일부일 것이다. 그후 주희의 ≪초사≫를 주석하는 작업은 계속 진행되었다. 경원 3년(1197) 주희는 편지를 방사요(方士繇)에게 보내어 "요즈음 또 ≪초사≫를 보았으며 몇 권을 베꼈습니다. 대체로 세간의 문자는 잘못되지 않음이 없으니 탄식할 만합니다!"(近又看≪楚辭≫, 抄得數卷. 大抵世間文字, 無不錯誤, 可歎也!)[98]라고 하였다. 경원 4년(1198) 그는 또 정자상(鄭子上)에게 편지를 보내어 "병중에 감히 마음을 수고롭게 하여 경서를 보지 못하니 한가롭게 ≪초사≫를 꺼내어 눈을 가리는데 또한 무한히 정리해야 할 곳이 있지만 기휘(忌諱)를 범(犯)할까 두려워하여 감히 종이와 먹에 나타내지 못할 뿐입니다."(病中不敢勞心看經書, 閑取

98) <답방백모(答方伯謨)>, ≪문집≫ 권44, 30쪽. 이 편지의 계년은 ≪주자서신편년고증≫ 421쪽에 보인다.

≪楚辭≫遮眼, 亦便有無限合整理處, 但恐犯忌, 不敢形紙墨耳.)[99]라고 하였다. 이 기간 동안 주희는 또 항상 문인들과 ≪초사≫를 담론하였다. 예컨대 <천문(天問)> 중의 "계(啓)가 급히 천제(天帝)를 뵙는다"(啓棘賓商)는 구를 언급하여 "아무개는 '극(棘)'자는 '몽(夢)'자라고 생각하고 '상(商)'자는 고문(古文) 전문(篆文) '천(天)'자라고 생각합니다."(某以爲'棘'字是'夢'字, '商'字是古文篆'天'字.)[100]라고 하였고, 또 "또 굴원의 책을 근래 우연히 보았는데 처음부터 사람들에게 잘못 이해되었습니다. 예로부터 지금까지 와류(訛謬)가 서로 전해지니 더욱 그것을 깨뜨릴 수 있는 사람이 없었고 또 설을 지어 보태고 꾸몄습니다. 살펴보건대 굴원은 본래 충성스럽고 간절하게 임금을 사랑한 사람으로 그가 지은 <이소(離騷)>의 몇 편을 살펴보면 다 돌아가 의지하고 애모(愛慕)하여 차마 회왕(懷王)을 버리지 못하는 뜻입니다. 그러므로 정성을 다하고 반복하여 스스로 그만둘 수 없었던 것입니다. 어떻게 회왕을 꾸짖은 것이 한 구절이라도 있겠습니까?"(且屈原一書, 近偶閱之, 從頭被人錯解了. 自古至今, 訛謬相傳, 更無一人能破之者, 而又爲說以增飾之. 看來屈原本是一個忠誠惻怛愛君底人, 觀他所作<離騷>數篇, 盡是歸依愛慕, 不忍舍去懷王之意. 所以拳拳反復, 不能自已, 何嘗有一句是罵懷王?)[101]라고 하였다. 지금 살펴보건대, 앞의 조항은 임기손(林夔孫)이 기록한 것으로 경원 3년(1197) 이후에 들은 것이지만 금본 ≪초사집주≫ 권3 중에는 이 구에 대하여 또 "저는 개인적으로 '극'자는 마땅히 '몽'이라고 해야 하고 '상'은 마땅히 '천'이라고 해야 하니 전문(篆文)이 서로 비슷하여 잘못된 것이라고 의심하였습니다."(竊疑'棘'當作'夢', '商'當作'天', 以篆文相似而誤也.)라고 주를 달

99) <답정자상(答鄭子上)>, ≪문집≫ 권56, 41쪽. 이 편지의 계년은 ≪주자서신편년고증≫ 459쪽에 보인다.

100) ≪주자어류(朱子語類)≫ 권139, 3298쪽.

101) ≪주자어류(朱子語類)≫ 권137, 3258쪽.

고 있는데 임씨가 기록한 것과 매우 가깝다. 뒤의 조항은 심한(沈僩)이 기록한 것으로 경원 4년(1198) 이후에 들은 것이며 말뜻도 역시 ≪초사집주≫의 <서>의 뜻과 서로 부합한다. 이것으로 주희가 경원 3~4년 사이에 줄곧 ≪초사집주≫의 찬술에 종사하였음을 알 수 있다. 경원 5년(1199) 3월에 이르러 주희는 ≪초사변증≫의 제기(題記) 중에서 "나는 이미 왕·홍의 <이소>의 주를 모아서 살펴보건대 문의를 훈고한 것 외에도 알지 않으면 안 되는 것이 있지만 문자가 너무 번잡하여 보는 사람들이 혹시 빠져들어 그 요점을 잃을까 염려되어서 따로 뒤에 기록하여 참고에 대비하였다."(余旣集王·洪<騷>注, 顧其訓故文義之外, 猶有不可不知者, 然慮文字之太繁, 覽者或沒溺而失其要也. 別記於後, 以備參考.)라고 하였다. 그 말뜻을 헤아려 보면 이때는 ≪초사집주≫가 이미 완성되었다. 위에서 서술한 것을 종합하면 ≪초사집주≫가 완성된 것은 마땅히 경원 4년이나 혹은 경원 5년 초에 있었을 것이다.

≪초사집주≫와 ≪초사변증≫을 완성한 이후에 주희의 ≪초사≫를 정리하는 작업은 여전히 계속되었다. 첫째 그는 ≪초사후어≫의 편술을 착수하여 조보지(晁補之, 1053~1110)의 ≪속초사(續楚辭)≫·≪변이소(變離騷)≫의 두 책에 수록된 작품에 대하여 증산(增刪)을 행하였는데 이 책은 그의 생전에는 미처 완성하지 못하였다. 주희의 아들 주재(朱在)는 이 책의 발문을 지어 "선군(先君)은 만년에 이 책을 초정하였으니 대개 조(晁)씨의 ≪속(續)≫·≪변(變)≫의 두 책에 뿌리를 두었는데 그 거취(去取)의 뜻이 정밀하다. 그러나 일찍이 남에게는 보이지 않았다. 매 장의 머리마다 모두 그 술작의 이유를 간략히 서술하였고 따라서 그 시비득실의 자취를 밝혔다. 읽어보건대 <사현(思賢)>·<비분(悲憤)> 및 <복지부(復志賦)> 이하 <유회(幽懷)>에 이르기까지는 겨우 그 제목만 남아 있고 미처 논술한 바가 없다."(先君晩歲草定此編, 蓋本諸晁氏≪續≫·≪變≫二書, 其去取之義精矣.

然未嘗以示人也. 每章之首, 皆略敍其述作之由, 而因以著其是非得失之跡. 讀<思賢>·<悲憤>及<復志賦>以下, 至於<幽懷>, 則僅存其目, 而未及有所論述.)라고 하였다. 곧장 가정(嘉定) 5년(1212) 곧 주희가 세상을 떠난 지 12년 후에 비로소 주재가 이 책의 유고를 정리·등사(謄寫)하고 아울러 가정 10년(1217)에 ≪초사집주≫와 함께 간행하였다. 둘째 주희는 또 ≪초사음고(楚辭音考)≫를 편찬하는 것에 착수하였다. 경원 5년(1199) 주희는 공중지(鞏仲至)에게 편지를 보내어 "≪초사≫의 판은 이미 모호하여 비록 수정하더라도 일에 도움이 되지 않을 것입니다. 그러나 중간(重刊)하려고 해도 또 정리할 수가 없습니다. 가령 교정을 하여 수정할 수 있다면 거기에다 먼저 한 번 교정할 수 있지만 차라리 하나의 정본(淨本)으로 보여주십시오, 마땅히 이것을 위하여 참정·개정·상량해야 할 것입니다. 만약 따로 한 책을 간행할 수 있다면 또한 좋은 일입니다. 요즈음 고전(古田)의 한 사인(士人)이 지은 ≪보음(補音)≫ 1권을 얻었는데 또한 매우 공이 있으니 다른 날 마땅히 아울러 받들어 부치겠습니다."(≪楚辭≫板旣漫滅, 雖修得亦不濟事. 然欲重刊, 又不可整理. 使其可以就加讐校, 若修得了, 可就彼中先校一番, 却以一淨本見示. 當爲參訂·改定·商量. 若別刊得一本, 亦佳事也. 近得古田一士人所著≪補音≫一卷, 亦甚有功, 異時當幷以奉寄也.)[102]라고 하였다. 경원 6년(1200) 곧 주희가 세상을 떠난 그해에 그는 또 공중지에게 편지를 보내어 "≪초사≫는 수정하였습니까? 끝내면 몇 판을 부쳐서 차례대로 보내 주면 다행이겠습니다. 고전의 ≪보음≫은 이곳에 베낄 사람이 없으니 지금 한 책을 소(蘇) 군(君)에게 보내니 현관(縣官)에 부탁하여 사람을 보내어 가지고 시골로 가서 찾아 그것에 따라 전하여 수록하는 것이 더욱 편할 것입니다. 또한 그 사본은 자못 산절(删節)을 겪었다고 듣고 이미 전부 수록하여 가게 하도

---

102) <답공중지(答鞏仲至)>, ≪문집≫ 권64, 13쪽. 이 편지의 계년은 ≪주자서신편년고증≫ 484쪽에 보인다.

록 부탁하였습니다. 그러나 이것은 일찍이 ≪음고(音考)≫ 1권을 엮었는데 '음(音)'은 고금의 정음(正音)·협운(協韻)을 모아서 합쳐서 하나로 한 것을 가리킵니다. '고(考)'는 여러 책의 이동을 살펴 아울러 그 사이에 덧붙인 것을 말합니다. 단지 따로 한 권을 만들어 책 뒤에 덧붙이려고 하니 반드시 정문(正文)의 아래에 섞어 넣어 사람들의 눈을 가리고 사람들의 음풍(吟諷)을 방해하게 할 필요가 없습니다. 다만 또한 매우 상밀하지는 않고 정문에는 이동이 있으니 단지 하나의 알맞은 것을 선택하여 정하는 것이 좋을 것입니다."(≪楚辭≫修未? 旋了旋寄數板, 節次發來爲幸. 古田≪補音≫, 此間無人寫得, 今寄一書與蘇君, 幸能託縣官, 差人賫去鄕下尋之, 就其傳錄尤便. 亦聞渠寫本頗經删節, 已囑令爲全錄去矣. 然此嘗編得≪音考≫一卷, '音'謂集古今正音·協韻, 通而爲一. '考'謂考諸本同異, 并附其間. 只欲別爲一卷, 附之書後, 不必攙入正文之下, 礙人眼目, 妨人吟諷. 但亦未甚詳密, 正文有異同, 但擇一穩者爲定可也.)[103]라고 하였다. 이 글은 경원 6년 봄에 지어졌는데 이해 3월 9일에 주희가 세상을 떠났으니 ≪초사음고≫라는 책은 그의 생전에 미처 완성되지 못했음을 알 수 있다.

앞의 글에서 언급한 주희가 임종 전에 아직 "≪초사≫ 한 단락을 수정한다"(修≪楚辭≫一段)고 한 것이 지금 이미 ≪초사후어≫인지 아니면 ≪초사음고≫인지 단정할 도리가 없지만 그가 임종 전에도 여전히 ≪초사≫에 관한 저작에 종사하였다는 것은 분명히 알 수 있다.

주희가 만년에 부지런히 ≪초사≫ 연구에 종사한 일에 대하여 그의 몇몇 문인들은 자못 이해하지 못하였다. 양즙은 ≪초사집주≫의 발문 중에서 "홀연 어느날 배우는 자들에게 해석한 ≪초사≫ 한 편을 꺼내어

103) <답공중지(答鞏仲至)>, ≪문집≫ 권64, 15쪽. 이 편지 중에는 "봄이 추워 병이 많았다"(春寒多病)라고 하였는데 진래는 경원 6년 봄에 계년하였으며, ≪주자서신편년고증≫ 492쪽에 보인다.

보여 주셨다. 즙이 물러나와 생각하니 선생이 평소에 배우는 자들에게 가르친 것은 먼저 ≪대학≫·≪논어≫·≪맹자≫·≪중용≫의 사서(四書)로써 하고 다음에 육경, 또 다음에 사전(史傳)이었다. 진(秦)·한(漢) 이후 사장(詞章)에 이르러서는 단지 여론(餘論)으로 언급했을 뿐이다. 그런데 유독 ≪초사≫를 위하여 그 뜻을 해석한 것은 왜인가? 그러나 선생은 끝내 말하지 않으셨고 즙 등도 또한 감히 몰래 여쭙지도 못하였다."(忽一日, 出示學者以所釋≪楚辭≫一篇. 楫退而思之, 先生平居教學者, 首以≪大學≫·≪語≫·≪孟≫·≪中庸≫四書, 次而六經, 又次而史傳. 至於秦漢以後詞章, 特餘論及之耳. 乃獨爲≪楚辭≫解釋其義, 何也? 然先生終不言, 楫輩亦不敢竊而請焉.)[104]라고 하였다. 만약 순전히 이학의 시각으로 본다면 확실히 주희와 같은 이학의 종사(宗師)가 하필 ≪초사≫에 심력을 들일 필요가 있겠는가라는 것이다. 그러나 사실상 주희의 문학에 대한 태도는 이정 등과 서로 매우 멀리 떨어져 있다. 그가 만년에 ≪초사≫를 주석하는 데 착수한 것은 본래 위에서 말한 조여우가 폄적되어 죽은 일에 자극을 받은 원인이 있지만 더욱 심층적인 원인은 그가 종래 ≪초사≫를 좋아하였다는 것이다. 그는 굴원의 충군애국(忠君愛國)의 마음에 대하여 강렬한 공명을 가지고 있었으며 ≪초사≫의 정채롭고 뛰어나게 아름다운 것에 대해서도 역시 극히 경도(驚倒)하였다. 주희가 ≪초사≫를 주석한 것은 경원 2년(1196)에 시작되었지만 그의 ≪초사≫에 대한 연구는 일찍 시작된 것이다. 소희 원년(1190) 주희는 <서초사협운후(書楚辭協韻後)> 중에서 "처음에 나는 황숙후보(黃叔垕父)가 정한 ≪초사협운(楚辭協韻)≫을 얻어 좋아하여 장주(漳州) 태수(太守) 부경인(傅景仁)에게 부쳐 주었는데 경인이 그것을 판에 새겨 관청의 금고 두었다. 얼마 되지 않아 내가 와서 경인을 대신하였다. ……

---

104) ≪주자연보고이≫ 권4에 인용되어 있다.

그래서 그 판본에 따라 다시 새겨 바로잡아 보는 사람들을 의심이 없게 하였다."(始予得黃叔垕父所定≪楚辭協韻≫而愛之, 以寄漳守傅景仁, 景仁爲刻板, 置公帑. 未幾予來代景仁, …… 於是卽其板本, 復刊正之, 使覽者無疑也.)[105]라고 하였다. 또 <재발초사협운(再跋楚辭協韻)>을 지어 "≪초사협운≫ 9장은 이른바 '장차 미상함을 부치려고 한' 것이라고 한 것은 당시 황(黃) 군이 아마도 고항본(古杭本) 및 조씨(晁氏) 본을 가지고 읽었기 때문에 여기서는 그 설을 얻지 못하여 빠뜨린 것이다. 요즈음 합조도사(閤皁道士) 감몽숙(甘夢叔)의 설을 보니 '우(寓)'는 '당(當)'자의 잘못이었는데 따라서 급히 살펴보니 황장예(黃長睿)·홍경선(洪慶善 : 홍조(興祖)) 본은 과연 모두 '당'이라고 하였다. …… 문의(文義)와 음운으로 말한다면 두 사람의 책이 옳다."(≪楚辭協韻≫九章, 所謂'將寓未詳'者, 當時黃君蓋用古杭本及晁氏本讀之, 故於此不得其說而闕焉. 近見閤皁道士甘夢叔說, '寓'乃'當'字之誤, 因亟考之, 則黃長睿·洪慶善本果皆作'當'. …… 以文義音韻言之, 二家之本爲是.)[106]라고 하였다. 같은 해에 그는 또 오두남(吳斗南)에게 편지를 보내어 "≪초사협운≫ 한 책을 바치니 그 사이에는 아직도 잘못이 많아 장차 간략하게 바로잡으려고 합니다. 또 깨우쳐 주신다면 아직 고칠 수 있을 것입니다."(≪楚辭協韻≫一本納上, 其間尙多謬誤, 行略爲訂之. 復以見喩, 尙可修改也.)[107]라고 하였다. 주희는 일찍이 ≪초사≫의 연구에 대하여 매우 마음에 두었고, 그가 생명의 최후 몇 년 동안에 ≪초사집주≫ 등 일련의 저작을 막힘없이 단숨에 완성한 것은 바로 장기간 연구하고 두텁게 쌓아 두었다가 가볍게 펴낸 결과였다는 것을 알 수 있다.

105) ≪문집≫ 권82, 23쪽.

106) ≪문집≫ 권82, 23쪽.

107) <답오두남(答吳斗南)>, ≪문집≫ 권59, 24쪽. 이 편지의 계년은 ≪주자서신편년고증≫ 311쪽에 보인다.

≪초사집주≫는 주희 생전에 미처 간행되지 않았고 현존하는 가장 이른 책은 가정(嘉定) 6년(1213)에 간행되었으며 ≪초사변증≫이 뒤에 부록되어 있다. ≪초사후어≫ 6권은 가정 10년(1217) 주재가 단행본을 간행하였지만 지금은 이미 전해지지 않는다. 단평(端平) 2년(1235) 주감(朱鑑)이 처음으로 ≪초사집주≫·≪초사변증≫과 ≪초사후어≫를 합각(合刻)하여 하나의 책을 만들었고 아울러 ≪초사집주≫와 ≪초사후어≫ 중의 중복된 3편을 삭제하고 ≪초사집주≫의 정본(定本)을 만들었다. 이 책은 줄곧 지금까지 유행하고 전해지며 일찍이 산동(山東) 요성(聊城) 해원각(海源閣)의 소장을 거쳐 현재는 북경도서관(北京圖書館 : 현 중국국가도서관(中國國家圖書館))에 수장되어 있다. 1953년 인민문학출판사에서 일찍이 이 책을 영인하여 출판하였고 현재의 통행본이 되었다. 왕일(王逸)의 ≪초사장구(楚辭章句)≫·홍흥조(洪興祖)의 ≪초사보주(楚辭補注)≫의 송간본(宋刊本)은 모두 이미 남아 있지 않고, 조보지의 ≪속초사≫·≪변이소≫는 더욱 이미 전해지지 않기 때문에 송 단평본 ≪초사집주≫는 이미 지금 아직도 남아 있는 가장 오래되고 가장 완정한 ≪초사≫의 각본으로 극히 높은 문헌적 가치가 있다. 주희가 땅 속에서 지각(知覺)이 있다면 이에 대하여 마땅히 흔쾌함과 위안을 느낄 것이다!

### (3) ≪한문고이(韓文考異)≫

송인에 대하여 말한다면 한유(韓愈)는 두 방면의 선도적 의의를 가지고 있다. 한편으로 그는 유도(儒道)를 홍양(弘揚)하고 이단(異端)을 배척하는 것을 자신의 임무라고 생각한 사상가이다. 다른 한편으로 그는 고문(古文)을 창도(倡導)하고 변려(駢儷)의 풍을 반대한 문학가이다. 그러므로 북송의 이학가와 고문가들은 한유에 대하여 모두 상당히 중시하였지만 중시하는 관점과 정도는 서로 달랐다. 주희는 송대 이학의 집대성자이고 또 송대 이학가 중에서 문학 소양이 가장 높은 사람이었는데 그의 한유에 대한 태도는 또한 매우 복잡하다. 사상 방면에서 주희는 한유에 대하여 칭찬도 하고 폄하도 하였는데 총체적으로 말한다면 폄하가 칭찬보다 많다. 주희는 한유가 비록 유도를 홍양하였지만 "단지 치국평천하에 힘을 썼을 뿐 일찍이 그 심신(心身)에 대하여 강구(講究)하고 간직하고 지키지는 않았다."(只於治國平天下處用功, 而未嘗就其身心上講究持守.)[108]라고 보았다. 그는 또 한유는 "도에서는 그 대체와 규모를 본 것은 극히 분명하지만 그 유래를 구명하지는 못하였다. 그리고 체찰(體察)하고 잡고 실천하는 곳은 모두 세밀하지 못하였다."(於道見其大體規模極分明, 但未能究其所從來. 而體察操履處, 皆不細密.)[109]라고 하였다. 문학 방면에서 주희는 또한 칭찬도 하고 폄하도 하였지만 총체적으로 말한다면 찬양이 기평(譏評)보다 많다. 비록 주희는 한유가 문학을 중시한 것이 더욱 유도(儒道)보다 심한 것에 불만을 품었다 : "한문공은 제일의는 문자를 배운 것이고 제이의는 바로 도리를 궁구하는 것이기 때문에 본 것이 가깝고 절실하지못하다."(韓文公第一義是學文字, 第二義方去窮究道理, 所以看得不親切.),[110] "그는 단지 지은 말이 육경과 비슷하면 도를 전하는 것이라고 여겼을 뿐이다."(他只是要做得言語似六經, 便以爲傳道.)[111] 그러나 주희는 한유 자체에 대해서는 극히 찬상하였다. 그는 스스로 "나는 젊었을 때 한유의 글을 읽기 좋아하였다."(余少時喜讀韓文.)[112]라고 하였다. 그는 만년에 학생들을

108) <답요자회(答廖子晦)>, ≪문집≫ 권45, 47쪽.
109) <답송심지(答宋深之)>, ≪문집≫ 권58, 19쪽.
110) ≪주자어류(朱子語類)≫ 권137, 3273쪽.
111) ≪주자어류(朱子語類)≫ 권137, 3273쪽.
112) <발방계신소교한문(跋方季申所校韓文)>, ≪문집≫ 권85, 4쪽.

모아 강학할 때 여전히 때때로 제자들에게 한유의 문장을 찬양하였다. "퇴지의 문자는 다 좋은데 말년은 더욱 좋다."(退之文字盡好, 末年尤好.)[113] 라고 하였다. 심지어는 제자들에게 고문을 잘 배우는 길은 "한유의 글을 숙독하라"(看得韓文熟!)[114]라고 지적하여 알려 주었다. 바로 주희는 한유의 글에 대하여 매우 높은 평가를 가지고 있었기 때문에 그는 만년에 심혈을 기울여 ≪한문고이≫를 완성할 수 있었던 것이다.

표면적으로 본다면 주희의 ≪한문고이≫는 방숭경(方崧卿)의 ≪한집거정(韓集擧正)≫을 겨냥하여 지은 것이다. 방숭경(1135~1194)은 자가 계신(季申), 복건(福建) 보전(莆田) 사람이다. 그의 ≪한집거정≫은 송효종(宋孝宗) 순희 16년(1189)에 책이 이루어졌다. 3년 후에 주희는 <발방계신소교한문(跋方季申所校韓文)>을 지어 방의 책이 다 좋지는 않다고 지적하였다. 몇 년이 지나서 ≪한문고이≫가 이루어졌다. 그러나 사실상 주희는 일찍부터 한유의 글을 교감할 생각이 있었다. 그는 <발방계신소교한문> 중에서 "나는 어려서부터 한유의 글을 좋아하였으며 항상 세상에 선본이 없음을 걱정하고 매번 한 번 정밀하게 교정하여 유포를 넓히려고 하였지만 틈이 없었다."(余自少喜讀韓文, 常病世無善本, 每欲精校一通以廣流布, 而未暇也.)라고 하였다. 그는 틈이 없었기 때문에 지지부진(遲遲不進) 착수하지 못하였지만 이 일이 때때로 그의 마음 속에 있었음을 알 수 있다. 위에 인용한 발문 중에서 또 그가 한유의 글에 주의를 기울인 하나의 사례를 언급하고 있다.

> 또 계신(季申)의 이른바 사본(謝本)은 소흥(紹興) 갑술(甲戌)·을해(乙亥) 사이에 내가 온릉(溫陵)에서 벼슬할 때 사공(謝公)의 아우이자 여회(如晦)의 아

113) ≪주자어류(朱子語類)≫ 권137, 3270쪽.

114) ≪주자어류(朱子語類)≫ 권139, 3320쪽.

> 들 경모(景莫)가 박사(舶司)의 속관(屬官)이었는데 일찍이 그의 궤안(几案)에서 보았다. 대개 천태(天台)의 인본을 사용하여 오리고 찢어 풀로 부치고 꿰맨 것으로 진후산(陳後山) 본에 의거하여 따로 순서로 삼았지만 권수에는 건염(建炎) 봉사(奉使)의 인장을 찍었다. 따라서 그 <송진수재서> 1편을 읽어보니 "則何不信之有"구에서 붉은붓으로 "불(不)"자를 둘러싸고 지웠다. 처음에는 매우 놀랐지만 다시 풀이를 가하여 반드시 이 글자를 지운 다음에야 한 편의 수미가 비로소 다시 관통함을 알았다. 대개 전하고 답습한 잘못이 오래되어 독자들이 비록 또한 약간 막힘을 깨달았다고 하더라도 깊이 따질 틈이 없었던 것이다. 항상 몰래 적어 두고 다른 책을 대조해보니 모두 그렇지 않았다. 이 판본은 비록 정하지만 또한 또 보이지 않는다. 아마 계신이 읽을 때 글 쓰기 편한 대로 말을 뱉다보니 또 약간 누락되는 것을 면치 못했을 것이고 또 본 것이 그 진본이 아니어서 먼저 전하고 교정한 것에 이미 이 글자가 없었던 것이 아닌가?"(又季申所謂謝本, 則紹興甲戌・乙亥之間, 余官溫陵, 謝公弟如晦之子景莫爲舶司屬官, 嘗於其几間見之. 蓋用天台印本, 剪裂粘綴, 依陳後山本別爲次序, 而卷首款以建炎奉使之印. 因讀其<送陳秀才序>一篇, "則何不信之有"句內輒用丹筆圍去"不"字. 初甚駭之, 再加尋繹, 乃知必去此字, 然後一篇首尾始復貫通. 蓋傳襲之誤久矣, 讀者雖亦微覺其硋而未暇深究也. 常竊識之, 以驗他本, 皆不其然. 此本雖精, 亦復不見. 豈季申讀時, 便文縱口, 尙不免小有遺脫, 將所見者非其眞本, 先傳校者已失此字也耶?)
>
> (≪문집≫ 권83, 4쪽)

전목(錢穆)은 이에 대하여 극히 주의하였고 아울러 이에 의거하여 "주자가 ≪한문고이≫를 지었는데 그가 마음을 발하고 뜻을 쌓은 것은 멀리 40년 이전으로부터였으니 또한 어떻게 하루아침에 흥을 타고 갑자기 이루었겠는가?"(朱子爲≪韓文考異≫, 其發心積意, 遠自四十年以前, 亦豈一旦乘興之所能遽成乎?)[115]라고 보았다. 소흥 갑술에서 ≪한문고이≫의 책이 이루어진 경원 연간에 이르기까지는 확실히 40여 년의 시간 간격이 있다. 그러나 주희가 한유의 글에 대하여 흥미가 생긴 것은 실은 또한 소홍

---

115) ≪주자신학안≫ 1741쪽.

갑술 이전에 있었다. 왜냐하면 ≪한문고이≫ 권6 <송진수재동(送陳秀才彤)> 아래에 "옛날에 이 서를 읽었는데 일찍이 '무슨 믿지 못할 것이 있겠는가'(則何不信之有)의 아래에 문의가 단절되어 서로 이어지고 호응하지 않은 것을 이상하게 여겼고 매번 몰래 의심하였다. 후에 사씨가 손수 교정한 진본을 보고 ……"(舊讀此序, 嘗怪'則何不信之有'以下, 文意斷絶, 不相承應, 每竊疑之. 後見謝氏手校眞本 ……)라고 하였기 때문이다. 주희가 한유의 글에 대하여 "마음을 발하고 뜻을 쌓은"(發心積意) 것은 일찍이 사본을 보기 이전에 이미 시작된 것이다. 소흥 갑술년에 주희는 25세로 곧 한유의 글에 대한 주희의 홍취는 청년 시대에 시작되었으며 이것은 그가 스스로 "젊어서부터 한유의 글을 읽기 좋아하였다"(自少喜讀韓文)라고 말한 것과 서로 증명이 되는 것이다.

≪한문고이≫는 언제 책이 이루어졌는가? 청 왕무횡이 찬정(纂訂)한 ≪주자연보≫ 권4하에는 그것을 송녕종 경원 3년(1197)에 연계하였는데 이 해에 주희는 68세였다. 근대의 학자들은 이에 대하여 모두 다른 말이 없다. 예컨대 우계창(牛繼昌)의 ≪주희저술분류고략(朱熹著述分類考略)≫[116]·김운명(金雲銘)의 ≪주자저술고(朱子著述考)≫[117]·전목의 ≪주자신학안(朱子新學案)≫·속경남(束景南)의 ≪주자대전(朱子大傳)≫은 모두 이 설을 지지하고 있다. 그러나 왕무횡의 연보의 계년(繫年)은 실은 근거가 부족하다. 왜냐하면 주희의 문집 중에 ≪한문고이≫를 언급한 문장 예컨대 <한문고이서(韓文考異序)>·<서한문고이전(書韓文考異前)> 및 <수한문거정례(修韓文擧正例)>[118]는 모두 연월을 서명하지 않았고 지금 남아 있는 각본

116) ≪사대월간(師大月刊)≫ 제6기(북경사범대학출판과(北京師範大學出版課), 1933년 9월)에 실려 있다.

117) ≪복건문화(福建文化)≫ 제2권 제16기(복건협화대학복건문화연구회(福建協和大學福建文化研究會), 1934년 4월)에 실려 있다.

≪한문고이≫에도 또한 대부분 연월을 서명하지 않았으며,[119] 왕무횡의 연보는 옛 연보의 설을 답습한 것에 불과하기 때문이다. 그러므로 왕무횡은 또 ≪주자연보고이(朱子年譜考異)≫ 권4 중에서 "어쩌면 ≪고이≫가 이루어진 것은 무오(戊午)에 있었을 것이다"(或≪考異≫之成在戊午.)라고 하였다. 무오는 경원 4년(1198)이다. 필자는 왕무횡의 두 가지 설은 모두 정확함이 결여되어 있다고 본다. 지금 다음과 같이 논증한다.

방숭경의 ≪한집거정≫은 순희 16년(1189)에 책이 이루어졌고 주희는 방의 책을 본 후에 불만을 느끼고 아울러 일찍이 방과 토론하였다. ≪한문고이≫ 권6 중에는 사본(謝本)에 의거하여 <송진수재동> 안의 한 글자를 삭제하고 또 "방씨는 사본에 의거한 것이 많지만 또한 유독 이 글자를 빠뜨렸으니 어떻게 또한 일찍이 이 진본을 보지 못했겠는가? 일찍이 그것을 그에게 알려 주었지만 또 믿음을 얻지 못하였다. 그러므로 지금 특히 '불(不)'자를 삭제하고 다시 그 설을 상세하게 적는다."(方據謝本爲多, 而亦獨遺此字, 豈亦未嘗見其眞本邪? 嘗以告之, 又不見信. 故今特刪'不'字, 而復詳著其說云.)라고 하였다. 주희는 일찍이 자신의 의견을 방숭경에게 알리고 그가 고칠 것을 바란 적이 있고 후에 별도로 ≪고이≫를 짓기로 결정하였음을 알 수 있다.

주희는 만년에 책을 지을 때 대부분 제자들이 조수(助手)로 충당되었는데, 그가 ≪한문고이≫를 편찬하는 것을 도운 중요한 조수는 방사요

---

118) 각각 ≪문집≫ 권76・권76・권74에 보인다.

119) 필자는 겨우 한국 규장각(奎章閣)에 소장된 광해군(光海君) 2년(1610)에 간행된 ≪주문공교창려선생집(朱文公校昌黎先生集)≫ 권수(卷首)에 실려 있는 주희의 서를 보았을 뿐이며, 서명(署名)하여 "경원 정사 신안 주희 서"(慶元丁巳新安朱熹序)라고 하였는데 정사는 곧 경원 3년이다. 다만 이 책의 연원은 분명하지 않고 간행 연대는 또 매우 늦으니 의거하기에 부족하다. 하물며 서를 지은 연대는 반드시 책이 완성된 연대는 아니기 때문에 아랫 글의 고증에 영향을 미치지 않는다.

였다. 방사요(方士繇, 1148~1199)는 일명 백휴(伯休), 자는 백모(伯謨)로 보전(莆田) 사람이다. 그는 20여 세에 건안(建安)으로 가서 주희를 사사(師事)하였고 후에 집을 옮겨 숭안(崇安) 적계(籍溪)로 가서 마침내 거업(擧業)을 그만두고 강학(講學)에 전심(專心)하였고 아울러 때때로 주희에게 가서 학문을 물었다. 육유(陸游)는 방이 주자의 문하에서 "고제(高弟)라고 일컬었다"(稱高弟)[120]고 하였지만, 방씨는 자못 독립적으로 사색할 수 있었기 때문에 기타 주자 문하의 제자들처럼 주희의 말을 모두 금과옥조(金科玉條)로 받들지는 않았다. 예컨대 그는 일찍 주희에게 책을 적게 지을 것을 권하였고[121] 또 주희가 사람들에게 ≪사서집주(四書集注)≫를 읽으라고 가르치는 것을 옳지 않다고 생각하였다.[122] 주희는 방사요의 학문 연구가 순수하지 않다고 보았으며 일찍이 방사요가 세상을 떠난 후에 그는 "아직 가지 않았을 때는 또한 안정(安靜)하고 명료(明瞭)하였지만 애석하게도 후에는 줄곧 학문을 폐하여 죽은 후 단지 시 몇 편만이 있을 뿐이다."(未去時亦安靜明了, 但可惜後來一向廢學, 身後但有詩數篇耳.)[123]라고 하였다. 아마도 바로 방사요가 문학을 비교적 좋아하였기 때문에 주희는 ≪한문고이≫ 편찬에 협조하는 중임(重任)을 그에게 부탁했을 것이다. ≪주문공문집(朱文公文集)≫ 권44 중에는 그가 방에게 보낸 편지 24통이 보존되어 있는데 그 가운데 9통은 ≪한문고이≫를 언급하고 있다. 이에 따르면 우리는 방사요가 ≪한문고이≫의 편찬을 도왔던 과정을 알 수 있을 뿐 아니라 또한 책이 완성된 시간을 추측할 수도 있다. <여방백모(與方伯謨)>(십칠(十七))에는 "≪한고≫는 번거롭게도 일찍 손을 합하여 베껴

---

120) <방백모묘지명(方伯謨墓誌銘)>, ≪위남문집(渭南文集)≫ 권36.

121) ≪주자어류(朱子語類)≫ 권105, 2626쪽에 보인다.

122) ≪주자어류(朱子語類)≫ 권121, 2939쪽에 보인다.

123) <답황직경(答黃直卿)>, ≪문집·속집≫ 권1, 20쪽.

서 이 사람에게 부쳤습니다. 더욱 다행입니다. 듣건대 빙옥(氷玉)이 모두 위당(僞黨)에 들어갔다고 들었는데 이것을 어떻게 하겠습니까!"(≪韓考≫煩早爲幷手寫來, 便付此人. 尤幸. 聞氷玉皆入僞黨, 爲之奈何!)라고 하였고, <여방백모>(십팔(十八))에는 "≪한고≫는 이미 받았습니다. 지금 일찍 보내 드리는 것은 또 번거롭게 하여 상세하게 보고 쪽지로 보인 것을 상세하게 보십시오. 마침 사람이 있어 삼구(三衢)에서 왔는데 쇄달(瑣闥)에서 진원(陳源)의 일 때문에 외직(外職)에 보하였다고 하였습니다."(≪韓考≫已領. 今早遣去者, 更煩詳閱籤示. 適有人自三衢來, 云瑣闥以論陳源故, 補外.)라고 하였다. 속경남은 앞의 서신 중에 "빙옥이 모두 위당에 들었다"(氷玉皆入僞黨)는 것은 경원 2년(1196) 유덕수(劉德秀)・하담(何澹)・호굉(胡紘) 등이 위당에 빠진 것을 가리키고, 뒤의 서신 중의 "쇄달에서 진원을 논하였다"(瑣闥以論陳源)는 것은 이해 왕의단(汪義端)이 진원(陳源)을 논하여 외직(外職)에 보(補)한 것을 가리키기 때문에 두 편지는 모두 경원 2년에 지어진 것이라고 보았는데[124] 믿을 만하다. 이것으로 ≪한문고이≫의 편찬은 늦어도 경원 2년에는 이미 시작되었음을 알 수 있다.

중시할 만한 것은 다음의 2통의 편지이다. <여방백모>(이십삼)에는 말하였다.

> 어제 보내 주신 편지를 받고 위안으로 삼았습니다. 다만 원홍 및 어린아이를 보았는데 모두 백모(伯謨)가 자못 노쇠하여 초췌함을 느꼈다고 말하니 어떻게 이렇게 되었습니까? 지금은 이미 강건하리라고 생각합니다. 더욱 마땅히 적절히 스스로 아껴야 할 것이고 다만 그 뜻을 강하게 한다면 기가 저절로 따라올 것입니다. 사소한 바깥의 나쁜 기운은 해가 될 수 없습니다. 희는 병든 몸으로 그럭저럭 보내고 있으며 여러 가지 증상들도 때때로 바깥으

124) ≪주자대전(朱子大傳≫ 1023쪽에 보인다.

로 드러납니다. 다만 또한 상황에 따라 줄이고 더하고 하여야지 끝내 보약을 많이 먹어서는 안 됩니다. 자제분은 이미 돌아갔다고 들었는데 ≪한문외집고이(韓文外集考異)≫는 일찍이 가지고 돌아갔는지? 편하실 때 일찍 부쳐서 보여 주신다면 다행이겠습니다. 정집(正集)은 이미 다 베꼈고 또 이 보족을 얻는다면 반드시 다시 보내어 평정(評定)하도록 해야 할 것입니다. 장중(莊仲)이 이를 위하여 하나하나 교감하여 이미 자못 상세합니다. 요즈음 또 ≪초사≫를 보고 몇 권을 베꼈는데 대체로 세간의 문자는 착오가 아님이 없으니 탄식할 만합니다.(昨辱惠書, 爲慰. 但見元興及小兒, 皆說伯謨頗覺衰悴, 何爲如此? 今想已强健矣. 更宜節適自愛, 但强其志, 則氣自隨之. 些小外邪, 不能爲害也. 熹病軀粗遣, 諸證亦時往外. 但亦隨事損益, 終是多服補藥不得. 令子聞已歸, ≪韓文外集考異≫曾帶得歸否? 便中得早寄示, 幸幸. 正集者已寫了, 更得此補足, 須更送去評定. 莊仲爲點勘, 已頗詳細矣. 近又看≪楚辭≫, 抄得數卷, 大抵世間文字, 無不錯誤, 可歎也.)

<여방백모>(이십사(二十四))에는 말하였다.

근래 모시고 받드는 좋고 경사스러움을 생각합니다. 자제분이 정시(程試)를 보았으니 반드시 뜻과 같을 것입니다. 듣건대 장차 보름 하루 전에 방을 건다고 하는데 길한 말을 듣기를 바랍니다. …… ≪한고≫의 후권은 어떻게 되었는지 일찍 점검하여 보여 주시면 매우 다행이겠습니다. 희(熹)는 노쇠하고 병들어 상태가 수시로 변하여 견디느라 겨를이 없습니다. 요즈음 또 하나의 기이한 증상이 생겼는데 한산(寒疝) 같지만 간혹 뱃속의 기(氣)가 찌르고 아프니 결국 어떻게 될 것인지 모르니 잠깐 또 내버려둘 뿐입니다.(比想侍奉佳慶. 令子程試, 必甚如意, 聞將以望前一日揭榜, 冀聞吉語也. …… ≪韓考≫後卷如何得早檢示, 幸甚. 熹衰病百變, 支吾不暇. 近又得一奇證, 若寒疝者, 間或腹中氣刺而痛, 未知竟如何, 姑復任之耳.)

진래와 속경남은 모두 이 2통의 편지를 경원 3년에 연계하였다. 그들의 이유는 모두 왕무횡의 연보에 기록된 것에 의거하여 ≪한문고이≫는 이 해에 책이 이루어졌다는 것이다.[125] 그러나 만약 우리가 ≪한문고이≫는 경원 3년에 이루어졌다는 것을 증명할 필요가 없는 전제로 삼지 않는다면 두 책의 계년은 오히려 새로이 고찰하고 탐색해야 할 것이다. 먼저 편지 중에서 언급한 방사요가 "자못 노쇠하고 초췌함을 느낀"(頗覺衰悴) 주희도 역시 "하나의 기이한 증상을 얻었다"(得一奇證)라는 것이다. 우리는 주희가 경원 3년에 큰 병에 걸리지 않았고 이듬해에 이르러 질병이 끊이지 않았다는 것을 알고 있다. 주희는 <답임정백(答林井伯)>(팔(八))에서 "저는 지난해에 병이 그리 심하지 않았지만 올해 봄에는 크게 발병하여 거의 일어날 수 없었습니다. …… 그러나 명년에는 일흔입니다."(某去年不甚病, 今春乃大作, 幾不能起 …… 然明年便七十矣.)[126]라고 하였다. 이 편지는 경원 4년(1198)에 지어졌는데 당시 주희는 나이 69세였다. 그러나 방사요는 또한 경원 4년 가을부터 병이 중하게 되었고 주희의 <답황직경(答黃直卿)>(육십칠(六十七))에는 "백모는 작년 가을부터 병이 들어 먹을 수 없었고 중간에 한두 번 여기에 이르렀는데 매우 야위었습니다. 지난 달 그믐에 끝내 일어날 수 없었습니다."(伯謨自去秋病不能食, 中間一再到此, 甚悴. 前月晦日竟不能起.)[127]라고 하였다. 이 편지는 경원 5년(1199)에 쓰였으며 방사요는 바로 이 해에 죽었다. 그러므로 2통의 편지 중에서 서술한 주・방 두 사람의 병세로 본다면 2통의 편지를 경원 4년이나 혹은 5년에 연계하는 것이 비교적 합리적이다.

그 다음, <제23서> 중에는 "요즈음 또 ≪초사≫를 보았다"(近又看到≪楚辭≫) 운운이라고 언급하였다. 비록 주희의 ≪초사≫를 주석한 작업은 일찍이 경원 2년(1196)에 이미 시작되었지만 그가 전면적으로 ≪초사≫를 정리한 것은 도리어 경원 4년 이후에 있었다. <답정자상(答鄭子上)>

125) 각각 ≪주자서신편년고증≫ 407쪽, ≪주자대전≫ 1024쪽에 보인다.
126) ≪문집・별집≫ 권4, 15쪽.
127) ≪문집・속집≫ 권1 19쪽.

(십칠(十七))에는 "병중에 감히 마음을 수고롭게 하여 경서를 보지 못하고 한가롭게 ≪초사≫를 꺼내어 눈을 가리는데 또한 마땅히 정리해야 할 곳이 매우 많이 있었습니다."(病中不敢勞心看經書, 閑取≪楚辭≫遮眼, 亦便有無限合整理處.)[128]라고 하였다. 진래와 속경남은 모두 이 편지를 경원 4년에 연계하였는데 믿을 만하다.[129] 또 ≪주자어류(朱子語類)≫ 권137에는 "이 굴원의 책을 요즈음 우연히 보았는데 처음부터 사람들에게 잘못 이해되었다."(此屈原一書, 近偶閱之, 從頭被人錯解了.)[130]라고 하였다. 이것은 심한(沈僩)이 기록한 것으로 때는 경원 4년 이후에 있었다. 그러므로 <여방백모>(이십삼(二十三)) 중에서 말한 "요즈음 또 ≪초사≫를 보고 몇 권을 베꼈다"(近又看≪楚辭≫, 抄得數卷.)는 것은 경원 4년 이후의 일일 가능성이 매우 높다.

셋째, <여방백모>(이십사)에는 "자제분의 정시(程試)는 반드시 뜻대로 잘 될 것입니다. 듣건대 장차 보름 하루 전에 방(榜)을 건다고 하니 좋은 말을 듣기를 바랍니다."(令子程試, 必甚如意, 聞將以望前一日揭榜, 冀聞吉語也.)라고 물었다. ≪문헌통고(文獻通考)≫ 권32에 실려 있는 ≪송등과기총목(宋登科記總目)≫에 따르면 경원 연간에 두 개의 대비(大比)의 해가 있었는데 전자는 경원 2년에 있었고 후자는 경원 5년에 있었다. ≪속자치통감(續資治通鑑)≫ 권155에 따르면 경원 5년 5월(방사요는 이 달에 죽었음) "예부(禮部) 진사(進士) 증종룡(曾從龍) 이하 411인에게 급제(及第)·출신(出身)을 내렸다."(賜禮部進士曾從龍以下四百十一人及第·出身)라고 하였다. 그러므로 <여방백모>(이십사)는 경원 5년에 지어졌을 가능성이 매우 높다. 만약 상술한 추론이 성립될 수 있다면 ≪한문고이≫는 경원 3년에 이루어질 수

128) ≪문집≫ 권56, 41쪽.

129) ≪주자서신편년고증≫ 459쪽, ≪주자대전≫ 1024쪽에 보인다.

130) ≪주자어류(朱子語類)≫ 권137, 3258쪽.

없고 경원 5년에 이루어진 것이다.

그밖에 ≪주자어류(朱子語類)≫ 중에도 또 약간의 방증이 있다. ≪주자어류(朱子語類)≫ 권19에는 "선생이 바로 ≪한문고이≫를 편수하자 배우는 자들이 이르렀다. 따라서 '한퇴지는 의론이 바르고 규모가 활대(闊大)하지만 유자후만큼 정밀하지는 못하다. 예컨대 <변갈관자(辨鶡冠子)> 및 열자(列子)는 장자(莊子)의 앞에 있다는 것 및 <비국어(非國語)> 따위는 분변한 것이 모두 옳다.'라고 하였다. 황달재(黃達才)는 '유종원의 글은 매우 예스럽습니다.'라고 하자 '유종원의 글은 매우 예스럽지만 도리어 배우기 쉬우니 배우면 그와 비슷하다. 한유의 글만큼 규모가 활대하지는 못하다. 유종원의 글을 배우는 것은 되지만 사람들의 문장을 쇠퇴하게 할 수 있다.'라고 하였다."(先生方修≪韓文考異≫, 而學者至. 因曰 : '韓退之議論正, 規模闊大, 然不如柳子厚較精密, 如<辨鶡冠子>及說列子在莊子前・及<非國語>之類, 辨得皆是.' 黃達才言 : '柳文較古.' 曰 : '柳文是較古, 但却易學, 學便似他. 不似韓文規模闊. 學柳文也得, 但會衰了人文字.')[131]라고 기록되어 있다. 이 단락의 말은 황의강(黃義剛)이 기록한 것으로 다음에는 또 기손(夔孫)이 기록한 대강의 뜻이 서로 같은 하나의 단락이 덧붙어 있다. ≪주자어류(朱子語類)≫ 권수(卷首)에 붙어 있는 성씨에 따르면 황의강이 기록한 것은 계축(癸丑 : 1193) 이후에 있었고, 주희는 "한창 ≪한문고이≫를 찬수하여"(方修≪韓文考異≫) 곧 아직 책이 완성되지 않았다. 이 아래의 많은 어록은 모두 한유의 글을 말한 것이다. 그 가운데 "재경이 물었다 : 한유의 글의 이한(李漢)의 서(序)는 첫 한 구가 매우 좋다."(才卿問 : 韓文李漢序頭一句甚好)라는 조항은 곽우인(郭友仁)이 기록한 것으로[132] 때는 무오(戊午 : 1198)이며 이것은 또한 위의 추론과 서로 부합한다.

131) ≪주자어류(朱子語類)≫ 권139, 3302쪽.
132) ≪주자어류(朱子語類)≫ 권139, 3305쪽.

또 ≪주자어류(朱子語類)≫ 권137에는 "선생은 한문공의 <여대전서(與大顚書)>를 고정하였다"(先生考訂韓文公<與大顚書>)라고 기록되어 있고 아래에는 요경(堯卿)·의강(義剛)·안경(安卿)의 여러 제자들이 주희와 <여대전서>를 토론한 문답이 기록되어 있다.[133] 이 조항의 어록은 황의강이 기록한 것으로 중간에 두 곳의 이문(異文)이 끼어 있는데 모두 "순록(淳錄)"이라고 표시하였다. 살펴보건대, 진순(陳淳)은 자가 안경(安卿)으로 기록은 경술(庚戌 : 1190)과 기미(己未 : 1199) 두 해에 있었다. 황의강의 기록은 계축(1197) 이후에 있기 때문에 이 조항의 어록은 반드시 기미년에 있었을 것이다. 글 중의 "안경"은 진순을 가리키고 "요경"은 이당자(李唐咨)이다. ≪주자어류(朱子語類)≫ 권117의 진순의 기록에는 "여러 벗들이 병이 드신 것을 듣고 물러나기를 청하였다. 선생은 '요경·안경은 잠깐 앉게나. 서로 이별한지 10년에 무슨 중요한 공부와 중요한 의난(疑難)이 있었는지 헤아릴 수 있겠는가?"(諸友聞疾, 請退. 先生曰 : '堯卿·安卿且坐. 相別十年, 有甚大頭項工夫, 大頭項疑難, 可商量處?')[134]라고 하였다. ≪송사≫ 권430 <진순전>에 따르면 진순이 주희를 따라 묻고 배운 것은 모두 두 번으로 "희가 와서 그 고을에 태수가 되자 순이 가르침을 받기를 청하였다. …… 그후 10년에 순은 다시 가서 희를 뵙고 그 얻은 바를 진술하였는데 당시 희는 이미 앓아누웠다. …… 3월에 희가 죽었다."(及熹來守其鄉, 淳請受教 …… 後十年淳復往見熹, 陳其所得, 時熹已寢疾 …… 凡三月而熹卒.)라고 하였다. 지금 살펴보건대, 주희는 경원 6년(1200) 3월 9일에 죽었으니 진순이 두 번째로 묻고 배운 것은 마땅히 경원 5년 겨울에 있었을 것이다. 이 때문에 요경(이당자)·안경(진순)은 같이 주희의 면전에서 한유의 <여대

133) ≪주자어류(朱子語類)≫ 권137, 3273쪽, 글이 길기 때문에 상세하게 인용하지 않는다.
134) ≪주자어류(朱子語類)≫ 권117, 2819쪽.

전서>를 토론하는 일도 역시 반드시 이때 곧 경원 5년 겨울에 발생했을 것이다. 주희가 한유의 <여대전서>를 고정(考訂)한 것은 ≪한문고이≫를 수정하는 작업의 한 부분이었다. ≪주문공문집≫ 권71에는 <고한문공"여대전서"(考韓文公"與大顚書")>라는 글이 있는데 모두 563자로 ≪한문고이≫ 권9 <여대전서> 제목 아래의 "지금 살펴보건대"(今按)에서 "그것이 결코 한공의 글임은 다른 사람들이 지을 수 있는 것이 아니라는 것은 의심의 여지가 없다."(則其決爲韓公之文, 而非他人之所能作無疑矣)에 이르는 한 단락과 한 글자도 다르지 않다. 이것은 ≪한문고이≫의 편찬은 곧장 경원 5년 겨울에 이르러서도 아직 끝나지 않았으며 전체 책의 원고의 확정은 당연히 이후 곧 주희의 생명의 최후의 몇 개월 중에 있었다는 것을 설명해 준다.

위에서 서술한 것을 조합하면 필자는 ≪한문고이≫의 편찬 과정은 4년 이상에 달하여 곧장 경원 5년(1199) 내지 6년에 이르러서야 비로소 최후로 완성되었으며 과거의 학계에서 ≪한문고이≫는 경원 3년(1197)에 책이 완성되었다고 보았던 설은 근거가 없다고 본다.

마지막으로 ≪한문고이≫의 편찬 중에 주·방 두 사람이 작업을 나눈 상황을 고찰하려고 한다.

주희의 <여방백모>의 여러 통의 편지 중에서 가장 먼저 ≪한문고이≫를 언급한 제15서는 실은 하나의 편찬 조례(條例)이다.

> ≪한문고이≫의 큰 글자는 국자감 판본을 주로 하고 그 이동을 주로 달았다. 예컨대 "아무개 본은 아무개가 아무개라고 하였다"(某本某作某)라고 한 것은 그 시비를 분변한 것이고, 예컨대 "지금 살펴보건대 운운"(今按云云)이라고 한 것은 그 취사(取捨)를 단정한 것이니 감본을 따른 것은 이미 정하였으면 "아무개 본은 옳지 않다"(某本非是)라고 하였고, 여러 별본이 각각 다르면 "모두 옳지 않다"(皆非是)라고 하였으며, 정해지지 않았으면 각각 "의심스

> 럽다"(疑)는 글자를 가하였고, 별본이 이미 정해졌으면 "마땅히 그대로 두어야 한다"(當闕)라고 하거나 혹은 "상세하지 않다"(未詳)라고 하였다. 그 분변할 것이 없는 것은 간략하게 주를 다는 데 그치고 반드시 분변하여 단정할 필요가 없었다. 희는 미처 편지를 받들지 못하지만 ≪고이≫는 반드시 이와 같이 지어야만 비로소 조리가 있을 것이니 더욱 상세하게 한다면 다행일 것이다.(≪韓文考異≫大字以國子監版本爲主, 而注其同異, 如云:"某本某作某." 辨是是非, 如云:"今按云云." 斷其取捨, 從監本者已定, 則云:"某本非是." 諸別本各異, 則云:"皆非是." 未定, 則各加"疑"字. 別本者已定, 則云:"當闕." 或云:"未詳." 其不足辨者, 略注而已, 不必辨而斷也. 熹不及奉書, ≪考異≫須如此作, 方有條理, 幸更詳之.)

가장 초보적인 작업 곧 문자의 이동을 교감하는 작업은 방사요에게 맡겨서 하게 하였지만 주희가 사전에 이미 조례를 제정하였음을 알 수 있다. 제16서와 제17서 중에는 모두 방을 재촉하여 ≪고이≫를 완성하여 보내 줄 것을 재촉하였고, 제18서에 이르러서는 "≪한고≫는 이미 받았습니다. 지금 일찍 보내는 것은 더욱 번거롭지만 쪽지로 보인 것을 상세하게 보아 주십시오."(≪韓考≫已領. 今早遣去者, 更煩詳閱籤示.)라고 하였다. 이것은 주희가 방의 초고를 살펴 본 후에 또 방에게 돌려보내어 수정하게 한 것이다. 이른바 "첨시(籤示)"는 마땅히 주희 자신의 의견일 것이다. 제19서 중에는 "≪한고≫에서 개정한 것은 모두 매우 좋지만 요즈음 또한 따로 한 예(例)를 찬수하여 조금 분명해졌습니다."(≪韓考≫所訂皆甚善, 比亦別修得一例, 稍分明.)라고 하였다. 지금 검색하건대 ≪주문공문집≫ 권74에는 <수한문거정례(修韓文擧正例)> 한 조항이 있다.

> 본문의 정본(定本)은 크게 썼다. 상하의 글이 같지 않은 것은 단지 한 글자만을 나타내었다. 같은 글자가 있는 것은 아울러 위의 한 글자를 나타내었다. 의심스럽고 비슷한 것이 많은 것은 전체의 구를 나타내었다. 글자에 차이가 있는 것은 주를 달아 "아무개 본은 아무개라고 하고 아무개 본은 아무

개라고 하였다"(某本作某, 某本作某.)라고 하였다. 두 글자 및 전체 구는 아래는 먼저 가한 본자를 주를 달았으며 뒤는 이와 같다. 지금 살펴보건대 운운한 것은 마땅히 아무개 본을 따라야 한다. 본이 같은 것은 바로 앞에 모모본이라고 하고 뒤에 모모본이라고 하였으며 뒤는 이와 같다. 글자에 다소의 차이가 있으면 주를 달아 "아무개 본에는 있고 아무개 본에는 없다"(某本有, 某本無.)라고 하였다. 글자에 전도된 것이 있으면 주를 달아 "아무개 글자는 아무개 본에 아무개라고 하였다"(某某字, 某本作某某.)라고 하였다. 지금 살펴보건대 이하는 모두 같다.(大書本文定本. 上下文不同者, 卽只出一字. 有同字者, 卽幷出上一字. 疑似多者, 卽出全句. 字有差互, 卽注云 : "某本作某, 某本作某." 二字及全句, 下卽注首加本字, 後放此. 今按云云, 當從某本. 本同者卽前云某某本, 後云某某本, 後放此. 字有多少, 卽注云"某本有, 某本無." 字有顚倒, 卽注云 : "某某字, 某本作某某." 今按, 以下幷同.)

필자는 이것이 바로 이른바 "따로 하나의 예를 찬수하였다"(別修得一例)라는 것을 매우 의심을 품고 있다. 왜냐하면 ≪한문고이≫의 실제 상황에서 본다면 전체의 책은 결코 <여방백모>(제15서) 중에서 "국자감판본을 주로 하였다"(以國子監版本爲主)라고 말한 것과 같지 않고, 방숭경의 ≪한집거정≫을 교감의 저본으로 한 것이기 때문이다. 이른바 <수한문거정례>는 마땅히 "≪한문거정≫을 수정한 조례"(修訂≪韓文擧正≫之條例)라고 해석해야 할 것 같다. 또 ≪한문고이≫의 실제 행문(行文) 방식(원문과 교감기를 포함하여)은 기본적으로 위에서 서술한 조례와 일치하고 있다. <여방백모>(제20서)에는 "≪한고≫는 이미 처음부터 한차례 정돈하였고 지금 일단 10권을 부치니 다시 의심스럽고 잘못된 곳을 쪽지로 나타낸 것을 보아 주십시오. 부쳐 보내시면 하권과 바꾸겠습니다. 다만 저의 뜻은 다시 마땅히 따라야 할 정자(正字)를 살펴 정하기를 기다린 후에 고치려고 합니다. 지금 정한 본을 위주로 하고 여러 본의 득실을 아래에 주를 달았으니 방사요 본은 자연히 그 사이에 있는 것입니다.

또한 변론하는 것이 있더라도 괜찮겠지만 체재가 바르면 분명한 자취는 배제되지 않았지만 지금 여유가 없을 따름입니다. 그 사이에 미정한 속이 있기 때문에 반드시 더욱 자세하게 해야 하는 것이 어렵습니다.”(≪韓考≫已從頭整頓一過, 今且附去十卷, 更煩爲看籤出疑誤處. 附來換下卷. 但鄙意更欲俟審定所當從之正字後, 却修過. 以今定本爲主, 而注諸本之得失於下, 則方本自在其間. 亦不妨有所辨論, 而體面正當, 不見排抵顯然之跡, 但今未暇爾. 緣其間有未定處, 須更子細, 爲難也.)라고 하였다. 이 편지는 ≪한문고이≫에 대한 주희의 정중한 태도를 더욱 분명하게 보여주고 있다. 그는 방사요의 초고에 대하여 “처음부터 한 차례 정돈하였고”(從頭整頓一過) 또 “의심스럽고 잘못된 곳을 쪽지로 나타내고”(籤出疑誤處) 다시 방씨에게 주어 쓰게 하고 또 조례에 대하여 수정하였던 것이다. 제22서에 이르러서는 주희는 또 “한유의 글은 외집 및 ≪순종실록(順宗實錄)≫까지 아울러 ≪고이≫를 지으려고 하였다”(韓文欲幷外集及≪順錄≫作≪考異≫)라고 제기하였고 아울러 단지 ≪한집거정≫에 수록되지 않은 ≪순종실록≫ 등을 보충하여 넣어야만 “이 공덕을 원만하게 할”(員滿此功德) 수 있다고 보았다. 이것으로 ≪한문고이≫의 대부분의 편찬 작업에 참가한 방사요의 공을 없앨 수 없음을 알 수 있다. 그러나 전체 책의 중심 사상은 주희에게서 나왔고 전체 책의 체례는 주희가 제정하였으며 최후의 원고 확정도 역시 주희가 완성하였다. 윗글에서 서술한 <여대전서>를 고정하는 상황에서 본다면 책 중의 중요한 문제의 고변(考辨) 심정(審定)도 또한 주희가 친히 행한 것이다. 그렇기 때문에 ≪한문고이≫는 전체적으로 마땅히 주희의 저작이라고 보아야 할 것이다.

≪한문고이≫는 최초로 언제 간행되었는가? 속경남은 “이 해(필자가 살펴보건대, 경원 3년을 가리킴)에 ≪한문고이≫가 전부 완성되었고 먼저 그의 제자 정문진(鄭文振)이 조주(潮州)에서 각인하였으며 경원 6년 정월에

이르러 또 위중거(魏仲擧)가 건안(建安)에서 이각(二刻)하였다."[135]라고 하여 말이 분명하지만 그러나 사실과 부합하지 않는다. 먼저 위에서 서술한 바와 같이, ≪한문고이≫의 완성은 아무리 일러도 경원 5년보다 빠를 수가 없기 때문에 절대로 경원 3년에 간행될 수 없다. 지금 살펴보건대, ≪주문공문집≫ 권45 <답요자회(答廖子晦)>(제15서)에는 "≪한문고이≫는 원자질(袁子質)·정문진(鄭文振)이 사본으로 저기에서 판에 새기려고 하였다. 그 사이에 자못 그릇된 것이 있어서 일을 일으킬까 두려워하였지만 마땅히 한편으로 기록하여 부쳐야 할 것이다. 다만 개판(開版)의 일은 반드시 더욱 헤아려야 하니 만약 개판하려고 한다면 반드시 이 본에 의거하여 따로 한 본의 한문을 간행하여야 될 것이지만 또 각공(刻工)의 힘을 거듭 낭비할까 두려울 뿐입니다."(≪韓文考異≫, 袁子質·鄭文振欲寫本就彼刻版. 恐其間頗有僞氣, 引惹生事, 然當一面錄付之. 但開版事須更斟酌, 若欲開版, 須依此本別刊一本韓文方得, 又恐枉復勞費工力耳.)라고 하였다. 진래가 이 편지를 경원 5년(1199)에 연계한 것은 증거가 충분하다.[136] 경원 5년 주희는 원·정 두 사람의 ≪한문고이≫를 간각하는 건의에 대하여 아직 주저하고 결정하지 못하였는데 그 주된 염려는 "그 사이에 자못 위기가 있을까 두려워한"(恐其間頗有僞氣) 것으로 곧 책을 간행하는 것이 새로운 정치 박해를 불러올까 걱정한 것이다. 그러나 후에 원·정 두 사람은 역시 ≪한문고이≫를 조주로 가지고 가서 간각하였지만 감히 주희의 이름을 서명하지는 못하였다. ≪주문공문집(朱文公文集)·속집(續集)≫ 권4 <답유회백(答劉晦伯)>에는 "알려 주신 남안의 한유의 글은 이미 오래 전에 얻었는데 어긋나고 잘못된 것이 매우 심합니다. …… 어제 ≪고이≫ 한 책을 지었는데 오로지 이 본을 위하여 발한 것입니다. 근래 조주에

---

135) ≪주자대전≫ 981쪽.

136) ≪주자서신편년고증≫ 477~479쪽.

서 가지고 가서 그 이름을 숨기고 판에 새겼으니 다른 날 스스로 마땅히 볼 것입니다."(所喩南安韓文, 久已得之, 舛訛殊甚 …… 昨爲≪考異≫一書, 專爲此本發也. 近日潮州取去, 隱其名以鏤板, 異時自當見之.)라고 하였다. 그러나 후에 이 책이 결국 간각(刊刻)이 이루어졌는지 주희가 생전에 간각된 책을 보았는지는 문헌이 부족하기 때문에 현재 이미 단정할 방법이 없다.

그 다음에, 이른바 "위중거가 건안에서 이각(二刻)하였다"(魏仲擧二刻於建安) 설도 또한 근거가 없는 것이다.

위중거는 이름이 회충(懷忠)으로, 일찍이 경원 6년에 ≪오백가주음변창려선생문집(五百家注音辨昌黎先生文集)≫을 간행하였다.[137] 청 주이준(朱彝尊)의 <발오백가창려집주(跋五百家昌黎集注)>에 따르면 "≪창려집훈주(昌黎集訓注)≫ 40권 · ≪외집(外集)≫ 10권 · ≪별집(別集)≫ 1권, 부(附) ≪논어필해(論語筆解) 10권. 경원 6년 봄 건안 위중거가 가숙에서 간각하였다. …… 이 책은 전에 장주(長洲) 문백인(文伯仁)의 집에 수장되어 있었고 우리 고을 이(李) 태복(太僕) 군실(君實)에게 돌아갔는데 대개 송각본(宋刻本) 가운데 가장 나은 것이다. 애석하게도 중간에 3권이 빠져 있는데 후인들이 보충하여 베껴 넣었다."(≪昌黎集訓注≫四十卷 · ≪外集≫十卷 · ≪別集≫一卷, 附≪論語筆解≫十卷. 慶元六年春, 建安魏仲擧刻於家塾 …… 是書向藏長洲文伯仁家, 歸吾鄉李太僕君實, 蓋宋槧之最精者. 惜中間闕三卷, 後人補鈔.)[138]라고 하였다. 이 위본(魏本) 한유 문집은 청 건륭(乾隆) 때에 이르러 내부(內府)에 수장되었

137) 당시에는 ≪오백가주음변당유선생문집(五百家注音辨唐柳先生文集)≫과 나란히 간행되었다. 상세한 것은 ≪천록임랑서목(天祿琳琅書目)≫ 권3(청 광서(光緖) 10년(1884), 장사(長沙) 왕씨(王氏)) 각본)에 보인다.

138) ≪폭서정집(曝書亭集)≫(사부총간 본) 권52. 살펴보건대, 문백인(文伯仁) · 이군실(李君實)은 모두 명대 사람이다. ≪천록임랑서목≫ 권3에는 이미 문백인은 문징명(文徵明)의 조카라고 지적하였다. 이군실의 이름은 일화(日華), 가흥(嘉興) 사람, 주이준(朱彝尊)의 동향(同鄕)으로, 벼슬이 태복소경(太僕少卿)에 이르렀으며 ≪명사(明史)≫ 권228에 전기가 있다.

는데, ≪천록임랑서목(天祿琳琅書目)≫ 권3에는 "≪신간오백가주음변창려선생문집(新刊五百家注音辨昌黎先生文集)≫, ≪정집(正集)≫ 40권 · ≪외집(外集)≫ 10권, 앞에는 ≪창려선생서발비기(昌黎先生序跋碑記)≫ 1권 · ≪간한문강목(看韓文綱目)≫ 1권 · ≪인용서목(引用書目)≫ 1권 · ≪평론고훈음석제유명씨(評論詁訓音釋諸儒名氏)≫ 1권이 실려 있고, 뒤에는 ≪별집(別集)≫ 1권 · ≪논어필해(論語筆解)≫ 10권 · 허발(許渤) <서(序)> · <창려문집후서(昌黎文集後序)> 5편이 있다."(≪新刊五百家注音辨昌黎先生文集≫, ≪正集≫四十卷 · ≪外集≫十卷 · 前載≪昌黎先生序跋碑記≫一卷 · ≪看韓文綱目≫一卷 · ≪引用書目≫一卷 · ≪評論詁訓音釋諸儒名氏≫一卷 · 後有≪別集≫一卷 · ≪論語筆解≫十卷 · 許渤<序> · <昌黎文集後序>五篇.)라고 저록(著錄)하였다. 같은 시기에 내부에 들어와 수장된 것으로는 또 다른 하나의 위본(魏本) 한유 문집이 있는데, ≪천록임랑서목≫ 권3에는 "<정집(正集)> 40권 · <외집(外集)> 10권, 송 위중거 집주(集注), 앞에는 <인용서목(引用書目)> 1권 · <평론고훈음석제유명씨(評論詁訓音釋諸儒名氏)> 1권 · <한문류보(韓文類譜)> 7권이 실려 있다."(<正集>四十卷 · <外集>十卷, 宋魏仲擧集注, 前載<引用書目>一卷 · <評論詁訓音釋諸儒名氏>一卷 · <韓文類譜>七卷.)[139]라고 저록하고 아울러 "<정집> 목록 뒤에는 목기(木記)가 있는데 '경원 육사(六禩) 맹춘 건안 위중거가 가숙에서 판에 새기다'라고 하였다."(<正集>目錄後有木記曰 : '慶元六禩孟春建安魏仲擧刻梓於家塾.')라고 하였다. 이것으로 위중거가 경원 6년에 일찍이 한유의 문집을 간각하였다는 것은 믿을 만하지만 이 한유 문집 중에는 근본적으로 ≪한문고이≫가 포함되어 있지 않았음을 알 수 있다.

그러나 후인들은 도리어 위본 한유 문집을 ≪한문고이≫와 하나로 혼동하게 되었다. 청말 정병(丁丙)의 선본서실(善本書室) 중에는 위본 한유

139) ≪선본서실장서지(善本書室藏書志)≫(청 광서 신축(辛丑 : 1901) 전당(錢塘) 정씨(丁氏) 간본) 권24.

문집을 수장하고 있었는데 "≪신간오백가주음변한창려선생문집(新刊五百家注音辨韓昌黎先生文集)≫ 40권・≪외집(外集)≫ 10권・부(附) <평론고훈음석제유명씨(評論詁訓音釋諸儒名氏)> 1권・<창려선생서기비명(昌黎先生序記碑銘)> 1권・<한문류보(韓文類譜)> 10권."(≪新刊五百家注音辨韓昌黎先生文集≫四十卷・≪外集≫十卷・附<評論詁訓音釋諸儒名氏>一卷・<昌黎先生序記碑銘>一卷・<韓文類譜>十卷.)라고 저록하고 아울러 이 책을 송 경원 간본이라고 확정하였다. 이와 동시에 정병은 또 하나의 ≪회암주시강선생한문고이(晦庵朱侍講先生韓文考異)≫ 10권을 수장하고 있었는데, 그는 이 두 책에 모두 기씨(祁氏) 담생당(澹生堂)・주이준(朱彝尊)과 혜동(惠棟)의 장서인(藏書印)이 있다고 해서 갑자기 두 책은 반드시 동시에 간행한 것이라고 단정하였기 때문에 ≪선본서실장서지(善本書室藏書志)≫ 권24 중에 ≪회암주시강선생한문고이≫를 저록하고 "이것은 위중거가 ≪오백가주창려문집(五百家注昌黎文集)≫과 동시에 간행한 판본이다."(此魏仲擧與≪五百家注昌黎文集≫同時刊本.)라고 하였다. 그러나 정병의 이 판단은 근거가 부족하다. 왜냐하면 그가 수장한 위본 한유 문집과 ≪한문고이≫는 분명히 두 개의 서로 독립된 책이기 때문이다. 비록 그것들은 일찍이 같은 장서가들의 손을 거쳤지만 이것은 결코 그것들이 동시에 간행된 것임을 증명할 수 없기 때문이다. 상무인서관(商務印書館)의 1912년의 영인본(影印本)에 의거하여 본다면 이 두 책은 먼저 혜동의 수중(手中)에서 한데 합쳐진 것이다. ≪신간오백가주음변창려선생문집≫ 중의 3책은 보충하여 베낀 것으로 매 책마다 첫 장에는 모두 "혜동지인(惠棟之印)"・"정우(庭宇)" 두 개의 인장이 찍혀 있다. 그러나 ≪회암주시강선생한문고이≫의 첫 2권도 역시 보충하여 베낀 것으로 자적(字跡)이 앞의 책의 보완한 것과 한 손에서 나왔고 또 첫 장에 역시 같은 두 개의 인장이 찍혀 있다. 이것은 당시 혜동이 일찍이 같은 방식으로 두 책을 베껴서 보충하고 그것들을 같은 책의 두 부분이라고 보았을 가능성이 있음을 설명해 준다. 정병은 두 책을 거두어 들인 후에 역시 그것들은 한 상자에 넣었다. 두 책의 권말에는 모두 광서(光緒) 22년(1896) 왕분(王棻)의 발(跋)이 있는데 후발(後跋) 중에는 "송생 선생이 이 책으로 ≪오백가주≫와 함께 한 상자에 담아 가끔 나에게 보여 주었다."(松生先生以此書與≪五百家注≫共裝一匣, 間以示余.)라고 하고 또 "그 책은 마땅히 ≪오백가주≫와 동시에 간행한 것이다."(其書當與≪五百家注≫同時所刊.)라고 하였다. 실은 정병이 수장한 위본 한유 문집조차도 송 경원 간본인지 아닌지 매우 의심스럽다. 왜냐하면 ≪천록임랑서목≫에는 두 가지 위본 한유 문집이 저록되어 있는데 하나에는 "경원 6년"(慶元六祺) 운운한 목기가 있고, 다른 하나에는 명대 문씨(文氏)의 "옥란당(玉蘭堂)"의 장서인이 있지만 정병의 장본에는 이 목기도 없고 또 이 인장도 보이지 않기 때문에 근본적으로 그것이 주이준과 ≪천록임랑서목≫에 저록된 책이라고 말할 근거가 없는 것이다. 또 정병의 소장본 권수(卷首)의 <제유명씨(諸儒名氏)> 중에는 "신안 주씨는 이름은 희, 자는 원회이고, 그의 의론은 ≪한문고이≫·≪회암문집(晦庵文集)≫에 보인다."(新安朱氏, 名熹, 字元晦, 議論見≪韓文考異≫·≪晦庵文集≫)라는 것이 있다. 그러나 주문(注文)을 자세히 점검해 보아도 주희의 말은 보이지 않는다. 가령 예컨대 ≪외집≫ 권2 <소대전화상서(召大顚和尙書)>는 주문에 또한 단지 한순(韓醇) 등을 인용하여 언급하고 있지만 한 글자도 ≪한문고이≫의 이 글에 대한 상세한 고정은 언급하지 않고 있다. 이 책이 근본적으로 ≪한문고이≫를 포함하지 않고 <제유명씨>에서 말한 것은 어쩌면 후대에 번각할 때 보태 넣었을 것이라는 것을 증명할 수 있다. 또 영인본으로서 본다면 정병이 소장한 위본 한유 문집과 ≪한문고이≫의 판식(版式)·행격(行格)은 완전히 서로 다르므로 정리(情理)로 헤아리더라도 역시 한 사람의 손에서 나온 "동시에 간행된 책"(同時刊本)일 수가 없다.[140]

1912년 상무인서관 함분루(涵芬樓)에서 정병이 소장한 위에서 서술한 두 책을 영인하여 하나의 책으로 합치고부터 그것들은 상당히 널리 유행하고 전파되었다.[141] 상무인서관의 권말에는 손육수(孫毓修)의 발(跋)이 있는데 "이 송각 ≪오백가주음변창려선생집≫은 ≪폭서정집(曝書亭集)≫ 및 ≪천록임랑지(天祿琳琅志)≫에 의거하면 송 경원 6년 건안 위중안의 간본이다. …… ≪고이≫는 주자의 원본으로 아직 왕백대에 의하여 어지럽게 되지 않았으니 더욱 보기 드문 비적(秘籍)이다."(此宋刻≪五百家注音辨昌黎先生集≫, 據≪曝書亭集≫及≪天祿琳琅志≫, 則宋慶元六年建安魏仲安刊本也. ……≪考異≫猶是朱子原本, 未爲王伯大所亂, 更是罕見秘籍.)라고 하였다. 그리하여 ≪한문고이≫는 일찍이 위중거가 경원 6년에 간행하였다는 설이 널리 사람들에게 알려지게 된 것이다. 그 원위(原委)를 따져보면 이것은 실로 잘못이 그대로 전해진 결과이다. 상해고적출판사(上海古籍出版社)에서 1985년에 영인한 송본 ≪창려선생집고이(昌黎先生集考異)≫의 <출판설명(出版說明)>에서 "함분루(涵芬樓)에서 영인한 저본은 경원 6년 이후의 번각본(飜刻本)이고 ≪고이≫는 더더욱 후에 번각할 때 함께 보충하여 짝을 맞춘 것이다.(涵芬樓影印的底本, 是慶元六年以後的翻刻本, 而≪考異≫則更是後來翻刻時補配在一起的.)"라고 지적한 것은 매우 정확하다. 실은 정리로 헤아려 본다면 위중거가 경원 6년에 ≪한문고이≫를 간행하고 또 제목을 ≪회암시강선생한문고이≫라고 하는 것은 근본적으로 불가능한 것이었다. 왜냐

140) 왕분(王棻)의 발(跋) 중에는 이미 ≪한문고이(韓文考異)≫의 행관(行款)이 ≪오백가주(五百家注)≫와 같지 않다는 것에 주의하였지만 그가 "대개 주자가 원래 정한 행관에 근본하였다"(蓋本朱子原定行款也)라고 본 것은 실은 근거가 없는 추측이다.

141) 전목(錢穆)은 이에 대하여 자세히 고찰하고 이 본은 와오(訛誤)가 많이 있다고 지적하였다. 그러나 그는 후에 영인 출판된 장흡(張洽) 본을 볼 수 없었기 때문에 여전히 "그러나 지금 주자 당시의 ≪고이≫ 원서를 볼 수 있는 것은 역시 겨우 이 한 본 뿐이다."(然居今可見朱子當時≪考異≫原書者, 亦僅此一本矣.)(≪주자신학안≫ 1754쪽)라고 본 것은 확실하지 않은 것이다.

하면 당시 당금(黨禁)이 한창 준엄하여 1년 전의 12월에 한탁주(韓侂冑)의 당인(黨人)들이 아직 기세가 등등하여 상소(上疏)하여 "위당(僞黨)"에 대하여 계속 공격할 것을 요구하였기 때문이다. "그 악을 기르고 고치지 않은 자는 반드시 법에 무겁게 두어 먼 지방으로 보내야 한다."(其長惡弗悛者, 必重置典憲, 投之荒遠.)[142] 경원 6년 3월에 주희가 세상을 떠난 후에도 또한 어떤 사람이 상소하여 주희 문하의 제자들이 모여서 장례를 치루는 것에 대하여 준엄하게 방비(防備)할 것을 요구하여 "문생(門生)·옛 친구들이 감히 송장(送葬)하지 못하는"(門生故舊不敢送葬)[143] 데 이르렀다. 위 중거가 어떤 사람이라고 이와 같이 준엄하고 가혹하고 음험(陰險)한 정치 분위기 가운데에서 공공연히 ≪회암시강선생한문고이≫를 간각할 수 있었겠는가!

현존하는 자료로 살펴본다면 ≪한문고이≫의 판본은 두 가지 계통이 있다. 지금 다음과 같이 간단히 서술한다.

첫째, 계통은 왕백대(王伯大)의 간본으로 송이종(宋理宗) 보경(寶慶) 3년(1227)에 간각되었다. 상무인서관에서 1926년에 영인한 원간본(元刊本) ≪주문공문교한창려선생집(朱文公校韓昌黎先生集)≫ 권수(卷首)에는 왕백대의 서언(序言)이 있고 보경 3년이라고 서명하였다. 왕본의 상황에 관해서는 ≪사고전서총목(四庫全書總目)≫에는 매우 상세하게 말하고 있는데 "백대(伯大)는 주자의 ≪한문고이≫가 본집 외에 따로 권질이 되어 찾아보는 데 불편하다고 여겨 다시 편차하였다. ≪고이≫의 글을 갈라 내어 본집 각 구 아래에 흩어 넣어 남검주에서 새겼다. 또 홍흥조(洪興祖)의 ≪연보변증(年譜辨證)≫·번여림(樊汝霖)의 ≪연보주(年譜注)≫·손여청(孫汝聽)의 ≪해(解)≫·

142) ≪속자치통감(續資治通鑑)≫ 권155에 보인다.
143) ≪속자치통감≫ 권155.

한순(韓醇)의 ≪해(解)≫·축충(祝充)의 ≪해(解)≫를 채택하고 그 음석을 지어 각 편의 끝에 덧붙였다. 그 후 마사의 서방은 주석을 편말에 엮었지만 여전히 찾고 보는 데 불편하여 또한 취하여 구 아래에 흩어놓았다. 대개 왕백대가 주자의 책을 고친 것은 실은 한 번 잘못한데다 또 잘못한 것이다."(伯大以朱子≪韓文考異≫於本集之外別爲卷帙, 不便尋覽, 乃重爲編次. 離析≪考異≫之文, 散入本集各句之下, 刻於南劍州. 又採洪興祖≪年譜辨證≫·樊汝霖≪年譜注≫·孫汝聽≪解≫·韓醇≪解≫·祝充≪解≫, 爲之音釋, 附於各篇之末. 厥後麻沙書坊以注釋綴於篇末, 仍不便檢閱, 亦取而散諸句下. 蓋王伯大改朱子之本, 實一誤且再誤也.)[144] 라고 하였다. 왕본은 비록 주희 원본의 형식을 바꾸고 또 잘못도 많지만 그것은 보고 읽는 데 편하기 때문에 역대로 번각이 끊이지 않았고 매우 널리 유행하고 전파되었다.

둘째, 계통은 장흡(張洽, 1161~1237)의 간본으로 송이종 소정(紹定) 2년(1229)에 초간(初刊)되었다. 왕본과는 달리 장흡 본은 완전히 주희의 원본에 따라 간각되었는데 비록 장흡은 발 중에서 스스로 "가끔 우견(愚見) 한둘이 있어서 또한 각각 권말에 두었다."(間有愚見一二, 亦各繫卷末.)라고 하였지만 전체의 책을 점검해 보면 실은 단지 3조항 뿐으로 각각 권1·권4·권7의 끝에 붙어 있다. 장흡 본은 후대에 유행하고 전파된 것이 넓지 않았고, 명 정통(正統) 연간에 일찍이 번각된 적이 있지만 전하는 판본은 또한 매우 보기 어렵다. 청 강희(康熙) 연간에 ≪주자전서(朱子全書)≫를 편수한 이학(理學) 명신(名臣) 이광지(李光地)가 일찍이 이 책을 번각하였다. 후에 ≪사고전서≫에 들어가서 ≪사고전서총목≫ 권150에 저록이 있는데 제목은 ≪원본한문고이(原本韓文考異)≫라고 하였다. 1985년 상해고적출판사에서 산서(山西) 기현(祁縣) 도서관에 소장된 장흡 본을 영

---

144) ≪서고전서총목(四庫全書總目)≫ 권150 <별본한문고이(別本韓文考異)>, 1288쪽.

인하여 출판하였다. 이 책은 일찍이 모진(毛晉, 1598~1659)·계진의(季振宜) 등 유명한 장서가의 손을 거쳤는데 권7의 끝 4쪽이 베껴 맞춘것임을 제외하면 여전히 송각(宋刻)의 전질(全帙)로 더욱 진귀하다. 본서에서 ≪한문고이≫를 인용할 때는 모두 이 책에 의거하였다.

왕백대 본과 장흡 본은 모두 송이종 때 초간되었는데 이것은 우연이 아니었다. 왜냐하면 송녕종(宋寧宗) 개희(開禧) 3년(1207) 한탁주가 패가망신 한고 이름이 찢긴 후에 당금(黨禁)은 점점 풀어졌다. 녕종 가정(嘉定) 2년(1209) 주희는 시호(諡號)를 하사받아 "문(文)"이라고 하였다. 가정 5년(1212) 주희의 ≪논어집주≫·≪맹자집주≫가 국학(國學)에 서게 되었다. 송이종 보경 3년(1227)에 주희는 태사(太師)에 추증(追贈)되고 신국공(信國公)에 봉해졌다. ≪한문고이≫가 이때 간행되어 세상에 나왔다는 것은 또한 자연스러운 일이다.

# 제2장 주희의 문학 창작

## 제1절 시정(詩情)과 이취(理趣)의 결합

≪학림옥로(鶴林玉露)≫ 권16에는 "호담암(胡澹庵)이 글을 올려 시인 열 명을 천거하였는데 주희가 그 안에 들어 있었다. 주희는 마음이 언짢아 다시는 시를 짓지 않겠노라고 하였지만 끝내 그만둘 수 없었다. 일찍이 장선공(張宣公)과 남악(南嶽)을 유람하였는데, 서로 주고받은 시가 백여 편에 이르자 갑자기 두리번거리며 '우리 두 사람은 시를 그만두지 말아야겠지요?'라고 하였다."(胡澹庵上章薦詩人十人, 朱文公與焉. 文公不樂, 誓不復作詩. 迄不能不作也, 嘗同張宣公遊南岳, 唱酬至百餘篇, 忽瞿然曰 : '吾二人得無荒於詩乎?')라고 하였는데, 이 단락에서는 문학을 열렬히 사랑하는 이학가가 시를 쓰기를 사랑하려고 하니 사랑할 수 없고 그만두려고 해도 차마 그만 둘 수가 없는 모순적인 심리를 생동감 있게 묘사하였다. 순수한 이학가의 입장에서 본다면 시를 읊조리고 글을 쓰는 것은 도덕적 추구에는 해로운 것이었다. ≪이정유서(二程遺書)≫에는 정이(程頤)의 말을 다음과 같이 기록하였다. "묻기를, '글을 쓰는 일은 도(道)에 해로운 것인가요?' 대답

하기를, '해롭다. 무릇 글을 쓰는 데 있어 마음을 오로지하여 하지 않으면 잘 쓸 수가 없고, 마음을 오로지하여 하게 되면 '뜻'(志)이 그것에 제약을 받게 되니, 어찌 천지와 더불어 그 크기를 함께 할 수 있겠는가? ≪서(書)≫에서는 '완물상지(玩物喪志)'라 하였는데, 글을 쓰는 것 역시 완물이다. …… 옛날의 학자들은 성정(性情)을 기르는 것에만 힘을 쏟고 나머지의 것은 배우지 않았다. 그런데 지금 글을 쓰는 사람들은 장구(章句)에만 힘써서 사람들의 이목을 즐겁게 하려 하니 배우(俳優)가 아니면 무엇인가?"(問作文害道否? 曰：害也. 凡爲文不專意則不工, 若專意則志局於此, 又安能與天地同其大也. ≪書≫云：'玩物喪志.' 爲文亦玩物也. …… 古之學者惟務養情性, 其它則不學. 今爲文者專務章句, 悅人耳目, 非俳優而何?)라고 하였다. "어떤 사람이 묻기를, '시는 배울 수 있는 것입니까?' 하니 대답하기를, '기왕 시를 배우게 되면 반드시 노력을 기울여야 비로소 시인의 시격(詩格)에 맞게 되는데, 노력을 기울이게 되면 수양하는 일에는 매우 방해가 된다. …… 나는 평소에 시를 짓지 않는데, 이는 또한 시를 짓지 못하게 금지하는 것이 아니라, 그저 그러한 쓸데없는 시어(詩語)를 쓰고 싶지 않아서이다."(或問詩可學否? 曰：旣學詩, 須是用功, 方合詩人格. 旣用功, 甚妨事. …… 某素不作詩, 亦非是禁止不作, 但不欲爲此閑言語.)라고 하여 정이(程頤)의 뜻은 분명하다. 시문(詩文)을 쓰려면 반드시 전심전력으로 하여야 비로소 높은 경지에 이르게 되는데, 몸을 수양하고 성정을 도야하는 것을 인생의 가장 주요한 일로 여기게 된다면 시문을 창작하는 일은 마땅히 포기해야 할 일인 것이다. 주희는 이러한 정이의 정신에 대해 마음으로 교감하며 이해하고 있었지만 그는 첫째, 문학을 애호하던 아버지 주송(朱松)과 스승 유자휘(劉子翬)의 영향을 받은 데다, 둘째, 자신의 문학적 자질이 뛰어나서 시문을 쓰는 일에 능수능란하여 마치 전심전력으로 하지 않아도 되는 듯하였다. 그래서 그의 시문 창작에 대한 태도는 정이처럼 그렇게 극단적으로 배척하지 않았다.

건도(乾道) 3년(1167) 주희는 문하에 있던 임용중(林用中)을 데리고 멀리 장사(長沙)로 장식(張栻)을 방문하여 이학의 몇 가지 중요한 문제에 대하여 토론을 벌였다. 두 달 여에 걸친 토론으로 주희의 목적, 즉 주희를 수장(首長)으로 하던 민학(閩學)과 장식을 수장으로 하던 호상학(湖湘學) 간의 사상적 차이를 없애는 목적을 완전히 달성하지는 못했지만, 토론 외의 여가를 이용한 남악(南嶽) 형산(衡山)을 노니는 가운데 중요한 창화시집(唱和詩集)-149수의 시가 수록된 ≪남악수창집(南嶽唱酬集)≫이 생겨나게 되었다. 그 가운데에 주희의 시가 48수나 되있다.[1] 짧은 20일 동안 시가 근 50수가 되었으니 평균 매일 두 수 남짓의 시를 썼으니 정말 시 창작의 욕구가 강했다고 하겠다. 이에 대해서 주희는 <남악유산후기(南嶽遊山後記)> 중에서 검토하여 말하였다.

> 시를 짓는 것이 본래 좋지 않을 것은 없다. 그러나 선인(善人)이 아주 싫어하고 짓지 않으려고 하는 것은 그 말류(末流)에서 문제가 생기는 것을 두려워해서일 따름이다. 어찌 처음부터 시 자체에 잘못이 있어서이겠는가! …… 시는 본디 지(志)를 표현하는 것인 즉 마땅히 그 막히고 쌓인 것을 트이게 해야 하고, 가슴이 넉넉하고 여유로워져야하는데, 그 말류에 가서는 마침내 거의 지(志)를 잃어버리게 되는 지경에 이르게 되는 것이다. 함께 어울리게 되면 서로의 인격형성을 돕게 되는 좋은 면이 있으니 마땅히 의리(義理)가 옳고 합당해져야 하나, 움직임 가운데 생각을 정리하여도 간혹 말류로 흐르기가 쉬운데, 하물며, 무리를 떠나 따로 살게 된 후 사물의 변화는 무궁하게 되니, 기미(幾微)지간의 짧은 시간에 이목을 미혹하여 마음을 바꾸게

1) 현존본 ≪남악창수집(南嶽唱酬集)≫은 임용중(林用中)의 후인이 편집한 것으로 그중에는 위작(僞作)이 있다. 상세한 것은 속경남(束景南)의 <주희 "남악창수집" 고(朱熹南嶽唱酬集考)>에 보이는데, ≪주희 일문 집고(朱熹佚文輯考)≫ 703~719쪽에 실려 있다. 본 장에서 말한 주희의 시는 ≪문집≫ 권5에 수록된 것에 의거하여 기준으로 삼은 것이다.

하는 것을 또 어찌 막을 수 있겠는가!(詩之作, 本非有不善也. 而善人之所以深怨而痛絶之者, 懼其流而生患耳. 初亦豈有咎於詩哉! …… 詩本言志, 則宜宣暢湮鬱, 優柔平中, 而其流乃幾至於喪志. 群居有輔仁之益, 則宜其義精理得, 動中倫慮, 而猶或不免於流. 況乎離郡索居之後, 事物之變無窮, 幾微之間, 毫忽之際, 其可以營惑耳目, 感移心意者, 又將何以御之哉!)

이른바 "선인(善人)"이라 함은 바로 정이(程頤)와 같은 사람들을 가리키는 것이 분명하며, "상지(喪志)"라고 한 것 역시 분명 정이의 말을 반복하는 것이다. 그러나 주희의 시에 대한 태도는 그래도 정이보다 많이 온건하다. 그는 시의 "말류(末流)"가 비로소 "상지(喪志)"에 이르게 되며, 시에 탐닉되어 돌이킬 줄 모르게 되어서 비로소 도덕적인 수양에 영향을 미칠 수 있게 된다고 여겼던 것이다. 뜻인 즉 경각심을 가지고 절제하면서 시를 쓰기만 한다면 그래도 유익하여, "시를 짓는 것 자체가 본래 좋지 않을 것은 없다."(詩之作, 本非有不善也.)라고 했던 것이다. 이렇게 표면적으로는 시가에 대해서 여전히 엄한 태도를 보이는 것 같지만, 실제로는 시가의 창작을 위한 방편(方便)의 문을 크게 열어놓고 있었던 것이다. 그러니 그는 위에서 언급한 이런 말을 한 후 주희와 임용중(林用中) 두 사람은 동쪽으로 돌아오는 도중에 서로 번갈아 창화(唱和)하여 28일간 200여 수의 시를 지었는데, 그 가운데에서 주희의 창작 속도는 매일 3·4수에 이를 정도로 점점 도를 더 했던 것이다. 바로 이 때문에, 주희는 평생 강학과 저작, 그리고 정치로 인하여 바빴지만 어려서부터 늙어서까지 줄곧 시가 창작을 그치지 않았다. 금본(今本)의 ≪주문공문집(朱文公文集)≫ 가운데에는 권1에서 권10까지가 시부(詩賦)로 모두 1,148수가 되는데, 만약 ≪별집(別集)≫ 권7과 ≪주희일문집고(朱熹佚文輯考)≫에서 모은 일시(佚詩)를 합하면 현존하는 주희의 시는 1,300여 수가 되는데 그 외에도 사(詞)가 16수 있으니 주희는 창작이 매우 풍부한 시인이라

할 수 있겠다.

그렇다면 주희의 시는 어떠한 내용을 썼던가?

우선 지적해야 할 점은 주희의 일부 시들은 북송 이학가들의 시와 판에 박은 듯하다는 것이다. 북송의 유명한 이학가 가운데에 소옹(邵雍)이 시 짓기를 가장 즐겨서 그의 ≪이천격양집(伊川擊壤集)≫에 수록하고 있는 시(詩)가 1,500여 수에 달한다. 주돈이(周敦頤)·정호(程顥) 등도 음풍농월(吟風弄月)에 꽤 흥미를 느껴 각기 시가 전해져오고 있긴 하지만 이들 이학가들의 작시 동기는 매우 비문학적이다. 소옹은 <이천격양집서(伊川擊壤集序)>에서 스스로 말하였다.

> 그간의 마음의 누(累)는 모두 잊었는데, 잊지 않은 것은 시 밖에 없다. 하지만 잊지 않았다고 해도 사실은 잊은 것이나 마찬가지이다. 왜냐하면 지은 시가 다른 이들이 짓는 것과 다르기 때문이다. 내가 짓는 시는 성률에 구애받지 않고, 좋아하고 싫어하는데 얽매이지도 않으며 규칙을 내세우지도 않고 명예를 바라지도 않는다. 마치 거울에 사물이 비치듯, 종이 소리를 내듯 한다. 간혹 길을 가다가 한가로워 시절을 살피고, 고요하여 만물을 관조하고, 시절로 인해 뜻을 세우기도하고, 사물로 인해 말을 기탁하고, 뜻으로 인해 읊조리게 되고 또 그렇게 뱉은 말로 인해 시를 이루고, 읊조리니 소리가 되고 시로 인해 음(音)을 이루게 된 것이다. 그러므로 슬프지만 마음이 상할 지경에 이른 적은 없으며, 즐겁지만 음란한 지경에 이른 적이 없었다. 그러니 비록 성정을 읊조리지만 어찌 마음에 누가 되겠는가?(其間情累都忘去爾, 所未忘者, 獨有詩在焉. 然而雖曰未忘, 其實亦若忘之矣. 何者? 謂其所作異乎人之所作也. 所作不限聲律, 不沿愛惡, 不立固必, 不希名譽. 如鑒之應形, 如鐘之應聲. 其或經道之餘, 因閑觀時, 因靜照物, 因時起志, 因物寓言, 因志發詠, 因言成詩, 因詠成聲, 因詩成音. 是故哀而未嘗傷, 樂而未嘗淫. 雖曰吟詠情性, 曾何累於情性哉?)

예술 형식에 마음을 두지 않고 성정(性情)에 "얽매임"(牽累)도 없으니 이는 당연히 “다른 이들이 짓는 것과는 달랐고”(異乎人之所作), 또한 일반 시인의 시와는 완전히 다른 작품일 수밖에 없다. 이학가의 시 가운데에도 청신하여 읊조릴 만한 작품이 없지는 않지만 그들의 대표작들은 그래도 아래와 같은 종류의 시들이다.

<한행음(閒行吟)> 소옹(邵雍)

| | |
|---|---|
| 買卜稽疑是買疑, | 점을 보아 의심을 풀려고 하는 것은 의심을 사는 것, |
| 病深何藥方能醫. | 병이 깊으니 무슨 약을 써야 고칠 수 있으랴. |
| 夢中說夢重重妄, | 꿈속에서 꿈을 꾸면 허황한데 더 허황한 것, |
| 床上安床迭迭非. | 상(床)에다 상(床)을 포개면 겹겹이 잘못인 것을. |
| 列子御風徒有待, | 열자가 바람을 몰 것을 바라는 것은 헛된 기다림이지, |
| 夸父追日豈無疲. | 과부(夸父)가 태양을 좇았으니 어찌 지치지 않겠는가. |
| 勞多未有收功處, | 애만 쓰고 얻는 곳 없으면, |
| 踏盡人間閑路岐. | 이 인간세상의 모든 갈래 길을 다 걷게 되지. |

<추일우성(秋日偶成)> 정호(程顥)

| | |
|---|---|
| 閑來萬事不從容, | 한가롭지만 만사는 여유롭지가 않고, |
| 睡覺東窓日已紅. | 잠을 깨니 동창은 이미 밝아오네. |
| 萬物景觀皆自得, | 천지만물의 경관은 모두 저절로 얻어지니, |
| 四時佳興與人同. | 사계절이 변하는 것은 사람과도 같네. |
| 道通天地有形外, | 도(道)는 천지와 세상안팎으로 통하고, |
| 思入風雲變態中. | 생각은 변화무상한 풍운에 미치네. |
| 富有不淫貧賤樂, | 부유하나 음란하지 않고 안빈낙도하니, |
| 男兒到此是豪雄. | 사내가 이 경지에 이르면 영웅인 것을. |

시에서 묘사하고 있는 것은 이학가들의 인생 철리나 도덕적 경지에 대한 체득으로, 여기서 시가는 또한 이치를 연역하는 학술 논저나 교화를 제창하는 교안이 되었는데, 단지 운문형식으로 나타내었을 뿐인 것

이다. 주희는 소옹이나 정호의 이러한 시에 대해서 매우 높이 평가하고 있다. 하지만 주희가 높이 평가하는 면은 문학적인 가치보다는 시가 품고 있는 성현의 기상이었던 것이다. 주희가 문인과 함께 소옹을 얘기하면서 여러 차례 소옹의 시를 언급하여 "소강절의 시는 모두 훌륭하다"(康節詩盡好看).[2] "소강절은 풍월을 읊조리는 것으로 자부하는데, 사실 ≪황극경세서(皇極經世書)≫보다 나은 것 같다."(康節以品題風月自負, 然實强似≪皇極經世書≫)[3] "소강절 학문의 골간은 ≪황극경세서≫에 있지만, 꽃은 바로 그의 시이다."(康節之學,其骨髓在≪皇極經世≫, 其花草便是詩.)[4] 라고 하여 주희는 소옹이 "풍월을 품세한 것"(品題風月) 즉 ≪이천격양집(伊川擊壤集)≫ 속의 시가 그의 가장 주요한 철학 저서 ≪황극경세서≫를 능가한다고 여기고, 또 그의 시는 그의 학술 사상의 외부 표현이며 장식이라고 여기는데, 양자 간에서 서로 모순되는 것 같지만 사실 그렇지 않다. ≪황극경세서≫는 역리(易理)와 역수(易數)를 운용하여 우주의 기원・천지자연의 변화 그리고 사회 역사의 변천을 궁구한 저작으로, 소옹의 사상 이념이 모두 이 책 속에 드러나 있으므로 이 책의 이론적 가치는 물론 ≪이천격양집≫이 비길 바가 안 된다. 하지만 주희는 소옹의 상수(象數)학에 대해서 매우 비판적이어서 "처음에는 그저 술수에 지나지 않았다"(其初只是術耳)[5]라고 여겼다. 상대적으로 보면, 소옹의 시는 철리를 표현할 때 불확정성을 지니고 있어서, 상수학의 추산하는 과정 중 정확함이 부족하고 산만함 같은 폐단을 피할 수가 있어서 오히려 비 갠 후의 밝은 달과 같은 성현의 경지에 좀 더 다가갈 수 있었다. ≪주자어류(朱子

2) ≪주자어류(朱子語類)≫ 권100, 2552쪽.
3) ≪주자어류(朱子語類)≫ 권100, 2553쪽.
4) ≪주자어류(朱子語類)≫ 권100, 2552쪽.
5) ≪주자어류(朱子語類)≫ 권100, 2543쪽.

語類)≫ 권100 가운데에 기록하고 있는 주희와 문인(門人)간에 소옹에 대해서 나누는 말 가운데에서 소옹의 이론 연역 방법에 대해서는 자주 비평하는 말이 있었지만 소옹의 시에 대해서는 찬탄을 아끼지 않고 있는데, 아마도 이와 같은 이유에서 일 것이다. 시가의 이러한 특수 기능에 대하여 매우 중시하였기 때문에 주희 자신도 늘 소옹과 비슷한 류의 시들을 쓰곤 했다. 전하는 바에 의하면, 그는 <훈몽절구(訓蒙絶句)> 98수를 썼다고 하는데, 전하는 판본에 오류가 많아서,[6] 지금 ≪주문공전집≫ 권2에 나오는 믿을 만한 여섯 수 가운데에서 두 수를 예로 들어본다.

<곤학(困學)>

| | |
|---|---|
| 舊喜安心苦覓心, | 예전에 마음을 편안히 하는 것을 좋아해서 고생스럽게 마음을 찾아다녀서, |
| 捐書絶學費追尋. | 책을 버리고 배움을 끊고서 힘들여 쫓아다녔네. |
| 困衡此日安無地, | 곤궁하거나 마음 쓸 일 지금은 없으니, |
| 始覺從前枉寸陰. | 과거에 시간을 허비하였음을 비로소 알겠네. |

<극기(克己)>

| | |
|---|---|
| 寶鑒當年照膽寒, | 보배로운 거울 예전엔 간담이 서늘해지도록 비추었는데, |
| 向來埋沒太無端. | 여태껏 무단히 묻혀 있었지. |
| 只今垢盡明全見, | 지금 흙먼지 다 벗어 훤히 다 보이니, |
| 還得當年寶鑒看. | 다시 예전의 보감을 볼 수가 있게 되었네. |

분명히 이와 같은 시들은 소옹(邵雍)이나 정이(程頤) 등이 지은 시와 별

6) 주희가 <훈몽절구(訓蒙絶句)>를 지은 일은 송인(宋人)의 저작 가운데 기록이 전하지만 지금 전하는 판본은 이미 후인들의 개찬(改竄)을 거쳐 믿을 수 없다. 상세한 것은 속경남(東景南)의 <주희작 "훈몽절구"고(朱熹作<訓蒙絶句>考>)에 보인다. ≪주자일문집고(朱熹佚文輯考)≫ 687~702쪽에 실려 있다.

반 다를 것이 없으므로, 사상사를 연구하는 학자들은 당연이 중요한 자료로 삼아야 할 것이다. 왜냐하면 이 시들은 한 측면으로 주희의 사상의식을 체현하고 있기 때문이다. 그렇지만 문학적인 관점에서 보면 그것들이 갖는 의미는 매우 미미하다. 만약 주희의 많은 시들이 모두 이러한 모습을 보이고 있다면, 주희는 송대 시사상(詩史上)에 있어서 중요한 시인이 되지 못했을 것이다. 그러나 주희는 결국 소옹과 차이가 있었고, 그의 시가는 제재가 훨씬 광범위하였으며 예술적인 성취 역시 결코 ≪이천격양집≫이 비길 바가 아니었다.

우선 주희는 국가대사와 민생의 질고에 대해서 관심을 가져, 남송 시단에 팽배해 있던 애국주의 물결은 이 성리학의 대종사인 주희의 가슴 속에서 겹겹이 일어났다. 소흥(紹興) 31년(1161년), 금(金) 나라 군사가 대거 남침하자 남송의 군민(軍民)들은 분연히 일어나 항거하였고, 3개월에 걸친 혈전을 거쳐서 마침내 금 나라 병사를 물리쳤다.[7] 승전보가 전해지자 연평(延平)에서 문을 걸어 잠그고 책을 보던 주희는 흥분하여 마지않으며 시절을 읊조리는 여러 시를 썼다.

<감사서회, 십육운(感事書懷, 十六韻)>

| | |
|---|---|
| 胡虜何年盛, | 오랑캐는 어찌 해를 거듭할수록 강해지는지, |
| 神州遂陸沈. | 중원은 마침내 함락되었네. |
| 翠花棲浙右, | 천자의 수레는 절강의 오른쪽에 머물고, |
| 紫塞僅淮陰. | 적을 막을 요새는 회음(淮陰) 땅밖에 없었네. |
| 志士憂虞切, | 지사(志士)들의 근심 걱정 절박하고, |
| 朝家預備深. | 조정의 대비가 깊다. |
| 一朝頒細札, | 조정의 가늘게 쓴 서찰을 펴니, |
| 三捷便聞音. | 세 번의 승전보가 바로 들린다. |

7) 상세한 것은 ≪속자치통감(續資治通鑑)≫ 권135에 보인다.

| | |
|---|---|
| 授鉞無遺算, | 도끼를 내리시고 버릴 계책 없으니, |
| 沈機識聖心. | 깊은 계략은 성심(聖心)을 아네. |
| 東西兵合勢, | 동서로 병사의 힘을 합하니, |
| 南北怨重尋. | 남북으로 원한 다시 찾게 되네. |
| 小却奇還勝, | 조금 물러났다가, 기이하게 다시 이기게 되고, |
| 窮凶禍所臨. | 흉포함을 끝까지 하게 되면 화가 닥치지. |
| 旃裘方舞雪, | 털가죽 옷에 바야흐로 눈이 흩날리는데, |
| 血刃已披襟. | 피 묻은 칼이 이미 옷깃을 헤치네. |
| 殘奕隨煨盡, | 남은 것들은 불씨와 함께 다하고, |
| 遺黎脫斧碪. | 남은 백성들은 도끼와 도끼 바탕을 벗어던졌다. |
| 戴商仍夙昔, | 상(商) 나라를 떠받든 것은 이미 아주 옛날 일이고, |
| 思漢劇謳吟. | 한(漢) 나라를 생각하니 크게 노래하게 된다. |
| 共惜山河固, | 모두 산하(山河)는 견고하게 그대로인데, |
| 同嗟歲月侵. | 함께 세월 급히 지나감을 탄식한다. |
| 泉蓍久憔悴, | 샘물의 시초(蓍草)는 이미 오래 시들었지만 |
| 陵柏幸蕭槮. | 다행히 구릉 위 잣나무는 곧네. |
| 正爾資群策, | 마침 이것도 여러 계책의 바탕이 되니, |
| 何妨試盍簪. | 빨리 모여 해보는 것도 괜찮을 터. |
| 折衝須舊衮, | 적을 되돌리는 것은 모름지기 옛날 곤룡포뿐인데, |
| 出牧仗南金. | 목관으로 나서 남쪽 금 나라에 의지하네. |
| 衆志非難徇, | 여러 사람의 뜻을 따르기 어려운 것 아니니, |
| 天休詎可諶. | 하늘의 복 주심이 어찌 진실이 아니겠는가? |
| 故人司獻納, | 옛 친구는 황제께 좋은 말을 헌납하는 일을 맡아, |
| 早晚奉良箴. | 아침저녁으로 좋은 말을 바쳤지. |

<차자유문첩운, 사수(次子有聞捷韻, 四首)>

| | |
|---|---|
| 神州荊棘欲成林, | 신주의 가시나무가 숲이 되려하는데, |
| 霜露凄凉感聖心. | 서리 이슬 처량한데 성심(聖心)을 느끼겠다. |
| 故老幾人今好在, | 옛 노인은 지금 잘 있는 사람 몇이나 될까? |
| 壺漿爭聽鼓鼙音. | 술 마시며 다투어 전쟁소식 듣게 되네. |
| 殺氣先歸江上林, | 살기가 먼저 강 위 숲으로 돌아가니, |

| | |
|---|---|
| 貔貅百萬想同心. | 용맹스런 백만 병사 한 마음이 되었네. |
| 明朝滅盡天驕子, | 내일 아침이면 천하에 교만한 자들 모두 섬멸하고, |
| 南北東西盡好音. | 사방에서 모두 다 좋은 소식만 있을 것. |
| 孤臣殘疾臥空林, | 외로운 신하는 병이 낫지 않아 빈숲에 누웠는데, |
| 不奈憂時一寸心. | 한 마음으로 시절을 근심하지만 어쩔 수가 없네. |
| 誰遣捷書來蓽戶, | 누가 사립문으로 승전보를 보내왔는지, |
| 眞同百蟄聽雷音. | 마치 정말 온갖 벌레들이 천둥소리 듣는 듯하네. |
| 胡命須臾兎走林, | 오랑캐의 운명은 금방 토끼처럼 숲으로 도망칠 테니, |
| 驕豪無復向來心. | 교만한 자들 다시는 예전 마음 갖지 마라. |
| 莫煩王旅追窮寇, | 우리 천자의 군사가 오랑캐 끝까지 쫓느라 귀찮게 하지 마라, |
| 鶴唳風聲盡好音. | 주변 모든 소리가 다 좋은 소리뿐이네. |

앞의 시는 기거사인(起居舍人) 유공(劉珙)에게 쓴 것으로 다소 가공송덕하는 의미가 있다. 하지만 전체 시의 기조는 신주가 육침(陸沈)당하고 국가의 기세가 기울어 가는데 대한 우려와 적에 대항하고 나라를 되찾고자 하는 희망으로 침울한 가운데에도 호방함이 섞여있고, 기쁜 가운데에도 우려가 깃들어 있다. 이는 바로 당시 애국지사들의 내심 복잡한 감정이 그대로 드러난 모습이다. 뒤의 시들은 유기(劉錡)의 조각림(皂角林)의 승리 이후 쓴 것으로 비록 남이 쓴 운(韻)을 따르기는 했지만 여전히 일사천리로 쓰여진 듯하여 격정이 용솟음친다. 첫째는 함락당한 지역의 황량하고 처량함과 유민들이 밤낮으로 수복되기를 바라는 마음을 썼고, 둘째는 송 나라 군대의 적에 대한 하나같은 적개심으로 강적을 크게 물리치는 것을 묘사하고 있고, 셋째는 자신이 승전보를 접한 후의 흥분된 감정을 묘사하였으며, 넷째는 송 나라 군대가 더 큰 승리를 거둘 것을 미리 축원하고 있다. 기세가 웅건하고 풍격이 장대하며, 언어는 직설적이면서도 의미심장하다. 이런 장점들은 모두가 올곧음에서 출발한 도덕

적인 자신감과 강렬한 애증의 감정에 힘입은 것이다. 이와 비슷한 시들은 또 <문이십팔일보, 희이성시칠수(聞二十八日報喜而成詩七首)> 등이 있는데, 이는 같은 해 11월 채석기(采石磯) 대첩(大捷) 후에 쓰였는데, 그때 금(金) 나라의 군주 완안량(完顏亮)은 이미 목숨을 잃고, 금 나라 군사는 모두 회북(淮北)까지 물러나서 시에는 승리의 기쁨이 더욱더 충만해있다. 7수 가운데 첫째와 다섯째를 든다.

胡馬無端莫四馳, 　오랑캐 말은 무단히 사방으로 치닫지 마라,
漢家原有中興期. 　한실은 본래 중흥하기로 기약하였으니.
旃裘喋血淮山寺, 　회산사에서 갓옷에 피 묻혔지만,
天命人心合自知. 　천운과 인심 모두 스스로 알 터.

漢節焚煌直北馳, 　한실의 부절을 가지고 등불 밝혀 곧장 북으로 치달으니,
皇家卜世萬年期. 　황실이 만세(萬歲)에 이를 것을 기약하네.
東京盛德符高祖, 　동경의 성대한 덕은 고조와 맞먹으니,
說與中原父老知. 　중원의 어른들에게 말해서 알려줘야지.

만약 우리가 이 시들과 진여의(陳與義)의 <감사(感事)>·<등주서헌서사십수(鄧州西軒書事十首)>, 그리고 육유(陸游)의 <문무균주보수복서주(聞武均州保收復西州)>·<송탕기공진회계(送湯岐公鎭會稽)> 등 같은 부류의 작품들과 비교해 보면 이 시들과 진여의·육유 등 애국주의 시가와 정신적인 면에서 일맥상통하며, 풍격적인 측면에서도 마치 한 사람의 손에서 나온 것 같다는 것을 알 수 있다. 이것이 바로 남송 시단에서 시대의 맥박을 가장 잘 드러내고 있는 부분이다. 하지만 안타깝게 주희는 나중에 점차 성의(誠意)·정심(正心)의 성리학에 침잠하면서 이와 같은 시를 잘 쓰지 않게 되었다는 것이다. 하지만 이때 보였던 강개하고 격앙된 시가

역시 결국 무시해서는 안 될 것이다.

그 다음으로, 주희는 일생 동안 직접 정치에 참여한 시간은 많지 않지만, 그는 민생의 질고에 대해서 매우 관심을 가졌었다. 건도(乾道) 3년(1167) 7월에 숭안(崇安)에 산홍(山洪)이 발생하자 한가로이 발령을 기다리던 "무학박사(武學博士)" 주희는 주부(州府)의 격문(檄文)을 전달받고 재난구제 활동에 참여하게 된다. 그는 산간벽지에서 열흘을 뛰어다니면서 그로 하여금 놀라게 한 것은 천지에 넘쳐나는 홍수라는 자연 재해뿐만이 아니라 관부(官府)의 민생을 무시하고 건성으로 하는 위선적인 인재(人災)였다. 그는 제자에게 글을 써서 "조정에서 보낸 사람이 막 와서 방(榜)에 공포하기를 열흘 동안 쌀을 나누어 준다고 했는데, 저자 거리의 한량이나 가까운 현민들은 혜택을 입었지만, 산간벽지에는 여전히 굶주린 사람이 있어도 혜택을 입을 수 없었다. 그런데 이른바 열흘이라고 한 것도 단지 헛말로 운구차가 지나가고 나면 더 이상 나누어주지 않았으며, 사실 나누어줄 수 있는 쌀도 많지 않았다. 세상 인심이 야박하고 관리는 아래위로 서로 속이니 한 가지도 진실된 것이 없으니 한탄스러울 따름이다. 한탄스러울 따름이야."(朝廷所遣使者方來, 所主揭榜, 施米十日, 市井遊手及近縣之人得之, 深山窮谷, 尙有饑民, 却不沾及. 然所謂十日, 亦只虛文, 只軺車過後, 便不施矣. 其實, 亦無需多米給得也. 世衰俗薄, 上下相蒙, 無一事眞實, 可嘆, 可嘆!)[8] 라고 하고 <삼목장간, 사수(杉木長澗, 四首)>를 쓰게 되었다. 첫째는 다음과 같다.

| | |
|---|---|
| 我行杉木道, | 내가 삼나무 길을 가다가, |
| 弛轡長澗東. | 긴 산간수 동쪽에 고삐를 풀었네. |
| 傷哉半菽子, | 슬프구나! 반쪽 콩, |

8) <답림택지서(答林擇之書)>, ≪문집·별집≫ 권6, 1쪽.

| | |
|---|---|
| 復此巨浸攻! | 다시 이 큰 물이 침공하였네. |
| 沙石半川原, | 모래와 돌은 개울과 들판에 반이 되었고, |
| 阡陌無遺踪. | 동서의 큰 길은 남은 자취조차 없네. |
| 室廬或僅存, | 방과 여막은 간혹 겨우 남아 있으나, |
| 釜甑久已空. | 솥과 시루는 오래 전에 이미 비었네. |
| 壓溺餘鰥孤, | 눌리고 빠져 홀아비와 고아만 남아, |
| 悲號走哀恫. | 슬피 부르짖고 달리며 가슴아파하네. |
| 賻恤豈不勤, | 부조하고 구휼함이 어떻게 부지런하지 않겠는가만, |
| 喪養何能供? | 장례 지내고 부양하는 것은 어떻게 할 것인가? |
| 我非肉食徒, | 나는 고기를 먹는 무리가 아니니, |
| 自閉一畝宮. | 스스로 한 묘의 집을 닫고 있네. |
| 簞瓢正可樂, | 한 광주리와 한 표주박으로도 바로 즐길 만하니, |
| 禹稷安能同? | 우(禹) 임금과 후직(后稷)을 어떻게 같이 할 수 있겠는가? |
| 朅(qiè)來一經行, | 가고 오며 한 번 지나가니, |
| 歔欷涕無從. | 흐느껴 눈물이 그치지 않네. |
| 所慚越尊俎, | 부끄러운 것은 주제 넘는 행동을 한 것으로, |
| 豈憚勞吾躬. | 어찌 내 몸을 노고롭게 하는 것을 꺼리겠는가? |
| 攀躋倦冢頂, | 올라가는데 무덤 꼭대기에 지치고, |
| 永嘯回凄風. | 길게 휘파람부니 쓸쓸한 바람이 돌고 도네. |
| 眷焉撫四海, | 고개를 돌려 사해를 더듬으니, |
| 失志嗟何窮? | 뜻을 잃었으니 한숨이 어떻게 다하겠는가? |

시는 홍수가 지나간 후 백성들이 굶주림에 처한 비참한 상황을 묘사하고 있는데, 마치 눈앞에 펼쳐지는 듯하다. 위에서 인용한 서신에서 폭로하고 있는 관부의 재난 구제 진상을 통해서 보면, "구휼(救恤)이 어찌 부지런하지 않는가?"(賻恤豈不勤)라는 두 구절은 분명히 풍자적인 의미를 내포하고 있다. 이렇게 구제해서 재난을 당한 백성에게 얼마나 도움이 될까라는 뜻이다. 후반부에서는 주희 자신이 한직에 있어서 백성들의 근심을 해결해 주지 못하여서 내심 매우 곤혹스럽고 고통스러움

을 한탄하고 있다. 이 시의 사회 현실에 대한 폭로는 깊고도 예리하다. 그리고 시에서 나타내고 있는 백성에 대한 동정은 두텁고도 진실이 담겨있는데 이는 바로 백성에 대한 정직한 선비의 바람직한 마음가짐이라 할 것이다. 주희는 나중에 순희(淳熙) 7년(1180)에 지남강군(知南康軍)을 지낼 때 큰 가뭄을 겪은 적이 있고 순희(淳熙) 9년(1182)에 또 제거절동다염공사(提擧浙東茶鹽公事)의 직무를 가지고 절중(浙中)으로 가서 큰 홍수와 큰 가뭄 후의 흉작 구제 일을 처리하러 갔는데, 그는 노심초사하며 백성을 보기를 마치 자신의 아픔을 보듯 하여 갖은 방법을 강구하여 구제금을 많이 베풀 수 있도록 하였을 뿐 아니라 탐관오리를 매우 엄격하게 다스린 업적이 두드러졌다. 하지만 안타깝게도 오로지 공무에만 정신을 쏟다보니, <삼목장간(杉木長澗)>과 같은 시는 더 이상 쓰지 못했다.

위에서 말한 두 방면의 시는 주희의 시 가운데 사실적 주제를 다룬 시이다. 주희는 일평생 고대 시가의 사실적 전통에 대해서 거의 의견을 나타낸 적이 없지만 그의 실제 작품에서의 취사선택을 통해서 보면 사실적 전통에 대해서는 공감하는 태도를 취하고 있다. 예를 들면, "고악부와 두보의 시는 내용이 좋아서 취할만한 것이 많다."(古樂府及杜子美詩, 意思好, 可取者多.)[9]라고 했고, 또 그는 역대 시선(詩選)을 편찬하고자 한 적이 있었는데 선정한 목록 가운데 "시삼백(詩三百)"·"한위고시(漢魏古詩)"와 두보의 <진촉기행(秦蜀紀行)>·<견흥(遣興)>·<출새(出塞)>·<석호(石壕)>·<하일(夏日)>·<하야(夏夜)> 등 여러 편이 포함된 것[10]을 보면 그가 문학사상 사회 현실을 반영하고 있는 작품에 대해서 매우 공감하고 있다는 것을 알 수 있는데, 위에 예를 든 시들이 바로 그의 그러한 생각

9) <답유자징서(答劉子澄書)>, ≪문집≫ 권35, 19쪽.

10) <답공중지(答鞏仲至)>에 보임, ≪문집≫ 권64, 4쪽.

을 드러낸 것이다. 그렇지만 전체적으로 보면 주희가 가장 중요하게 생각하는 시가의 기능은 서정(抒情)과 술지(述志)이다. 그는 말하였다.

> 시(詩)란 지(志)가 나아간 바로, 마음속에서는 지(志)의 상태로 머물지만 언어로 표현하게 되면 시가 되는 것이다. 그렇게 보면 시(詩)에 어찌 또 공졸(工拙)이 있겠는가! 다만 그 지(志)가 지향하는 바의 고하(高下)가 어떠한지를 보아야할 따름이다. 그러므로 옛날의 군자는 덕(德)을 족히 추구할 수 만 있으면 그의 지(志) 는 반드시 고명(高明)하고 순정(純正)한 곳으로부터 나오게 되었으므로, 덕(德)이 충족한 군자는 시를 배우지 않고도 지을 수가 있었다. (詩者志之所之, 在心爲志, 發言爲詩. 然則詩豈復有工拙哉! 亦視其志之所向者高下如何耳. 是以古之君子德足以求, 其志必出於高明純一之地, 其於詩固不學而能之.)[11]

주희가 말하는 "지(志)"는 분명히 앞글에서 말한 인생 철리와 도덕적인 경지에 대한 체득을 포함하는 것으로 또한 소옹의 이른바 "무슨 까닭으로 시(詩)라고 하는가하면 시(詩)는 지(志)를 나타내기 때문이다."(何故謂之詩, 詩者言其志)[12]라고 한 것과 일치한다. 하지만 주희는 창작의 실천에 있어서 자신을 소옹 시의 범위 안에만 국한시키지 않아서, 주희가 말하는 "지(志)"는 매우 풍부한 함의를 지니고 있다고 해야 할 것이다.

첫째, 주희는 열아홉에 진사가 되었지만 그는 일평생 중의 대부분의 시간은 실제적인 관직을 맡지 않았다. 그러므로 장기간 산 속에서 책을 읽고 수양하여서 은둔자(隱遁者)와도 매우 비슷하였는데, 그에게는 자신의 고독하고 적막한 마음을 묘사한 시가 많다. 예를 들면 다음과 같다.

---

11) <답양송경(答楊宋卿)>, ≪문집≫ 권39, 3쪽.

12) <논시음(論詩吟)>, ≪이천격양집(伊川擊壤集)≫ 권11.

<야좌유감(夜坐有感)>

秋堂天氣淸, 가을집의 날씨 쾌청한데,
坐久寒露滴. 오랫동안 앉아있으니 차가운 이슬 떨어지네.
幽獨不自憐, 아득히 홀로 스스로를 가엾이 여기지 않으니,
玆心竟誰識? 이 마음 도대체 누가 알겠는가?
讀書久已懶, 책을 읽는 것도 오래전에 이미 게을러졌고,
理郡更無術. 군(郡)을 다스리는 일도 더 이상 재주가 없구나.
獨有憂世心, 단지 세상을 근심하는 마음만 가지고서,
寒燈共簫瑟. 차가운 등불과 함께 쓸쓸한 가을바람을 함께 할 뿐이네.

<병고재거작(病告齋居作)>

層陰靄已布, 겹구름 뭉게뭉게 이미 퍼지고,
小雨時漂灑. 가랑비 때때로 뿌리네.
獨臥一窓間, 홀로 한 창을 사이에 두고 누우니,
有懷無與寫. 마음을 써서 전할 이 없네.
高居生遠興, 고아하게 거하니 먼 흥이 일어나고,
春物彌平野. 봄 경치는 평야에 가득하네.
慮曠景方融, 생각을 넓게 가지니 경치가 바야흐로 어우러지고,
事遠情無捨. 일은 머니 마음 속 정회 떨칠 수 없네.
聊寄玆日閑, 이날의 한가로움을 이렇게 전하니,
塵勞等虛假. 속세의 수고로움은 다 거짓과도 같구나.

<소무도중(邵武道中)>

風色戒寒候, 경치는 날씨 차가워짐을 경계하는데,
歲事已逶遲. 한해 일이 이미 다 지나가네.
勞生尙行役, 수고로운 인생 아직도 떠돌아다녀야 하니,
遊子能不悲. 나그네가 슬프지 않을 수 있겠나.
林壑無餘秀, 숲 골짜기 더 이상 빼어난 것 없고,
野草不復滋. 들풀은 더 이상 나지 않네.
禾黍經秋成, 곡식은 가을을 지나,

收斂已空畦. 수확하여 이미 빈 밭둑이 되었네.
田翁喜歲[豐]半, 농부는 풍년을 기꺼워하고,
婦子亦嘻嘻. 아낙네들도 웃음꽃 피네.
而我獨何成, 그런데 나는 혼자 뭘 이루었던가?
悠悠長路岐. 머나먼 길의 갈림길에서.
凌霧卽曉裝, 새벽안개 무릅쓰고 바로 새벽 옷 차려 입고,
落日命晚炊. 해지면 저녁 하라고 한다.
不惜容鬢凋, 귀밑머리 빠지고,
鎭日長空饑. 하루하루 늘 배고픈 것 안타까워하지 않으리.
征鴻在雲天, 멀리 떠나는 기러기 구름 낀 하늘에 있고,
浮萍在青池. 부평초는 푸른 연못에 있는 것을.
微踪政如此, 미묘한 자취는 이와 같은 것을,
三歎復何爲? 여러 번 탄식하는 건 또 뭣 때문인가?

<제축생화, 정배장이수(題祝生畫, 呈裵丈二首)>(기이(其二))

斗酒淋漓後, 한 말 술에 흠뻑 취한 뒤,
癲狂不作難. 미치광이 짓하는 것도 어렵지 않네.
千峰俄紙上, 천 개의 봉우리가 순식간에 종이 위에 펼쳐지고,
萬景忽毫端. 갖가지 경관이 홀연히 붓 끝에서 생기네.
石瘦岡巒古, 바위는 깡마르고 산등성이는 오래 되고,
林深烟雨寒. 숲이 깊은데 비구름 차갑다.
蒼茫無限意, 아득하니 끝없는 마음,
俗眼若爲看. 속세의 눈 마치 보려는 듯.

<오금언, 화왕중형상서(五禽言, 和王仲衡尙書)>(기사(其四))

脫袴, 脫袴, 빠꾸기여, 빠꾸기여,
桑葉陰陰牆下路. 뽕 잎이 어두컴컴한 담 아래의 길.
回頭忽憶舍中妻, 머리를 돌려 홀연 집의 아내를 생각하니,
去年已逐他人去. 지난해에 이미 딴 사람을 뒤쫓아 가버렸네.
舊袴脫了却不辭, 해진 바지를 다 벗어버리고 도리어 마다하지 않으니,

新袴知教阿誰做?　　새 바지를 누구를 시켜 만들게 할지 모르겠네.

<부수선화(賦水仙花)>

隆冬凋百卉,　　엄동에 온갖 풀이 시들었지만,
江梅厲孤芳.　　강의 매화는 외로운 향기가 높네.
如何蓬艾底,　　어떻게 할 것인가 쑥 밑에도,
亦有春風香.　　또한 봄바람의 향기가 있는 것을.
紛敷翠羽帔,　　비취새 깃 치마를 어지러이 펴니,
溫艶白玉相.　　따뜻하고 고운 백옥의 얼굴이라네.
黃冠表獨立,　　누런 관은 홀로 서
淡然水仙裝.　　담박한 수선의 옷이라네.
弱植愧蘭蓀,　　약한 몸은 난초와 손초(蓀草 : 창포)에 부끄럽지만,
高操摧冰霜.　　높은 절개는 얼음과 서리를 꺾을 듯하네.
湘君謝遺褋,　　상군(湘君)은 보내 준 홑옷을 감사하고,
漢水羞捐璫.　　한수(漢水)는 버려진 당옥(璫玉)을 부끄러워하네.
嗟彼世俗人,　　아아 저 속세의 사람은,
欲火焚中腸.　　욕심의 불이 뱃속을 태우네.
徒知慕佳冶,　　한갓 예쁘게 꾸미는 것을 사모할 줄만 아니,
詎識懷貞剛.　　어떻게 곧고 굳셈을 품을 줄을 알겠는가?
凄凉柏舟誓,　　쓸쓸한 <백주(柏舟)>의 맹세,
惻愴終風章.　　슬픈 <종풍(終風)>의 시라네.
卓哉有遺烈,　　높이 남은 공업(功業)이 있으니,
千載不可忘.　　천 년에 잊어서는 안 될 것이네.

<공제혜산소사종, 병이가편래황, 인차기운(公濟惠山蔬四種, 幷以佳篇來貺, 因次其韻)>(기이(其二) : <근(芹)>)

晩食寧論肉,　　저녁 음식에 어떻게 고기를 논하겠는가?
知君薄世榮.　　그대가 세상의 영예를 천박하게 여김을 알고 있네.
瓊田何日種 ?　　옥 같은 밭에 언제 심을 것인가?
玉本一時生.　　옥 뿌리가 한때 생겼네.

白鶴今休誤, 백학에 이제 그르치지 말라!
青泥舊得名. 푸른 진흙에 옛날 이름을 얻었었네.
收單還炙背, 단자를 거두고 또 (햇볕에) 등을 쪼이고 있는데,
北闕儻關情. 북녘 궁궐에 혹시라도 정을 부치겠는가?

<송사십숙부(送四十叔父)>

吾家從昔雖清門, 우리 집은 예로부터 비록 청렴한 가문이지만,
叔父于今道更尊. 숙부는 이제 도가 더욱 높다졌다네.
客路艱難空自惜, 나그네 길 어려운데 부질없이 스스로 애석하게 여기니,
遺經始終向誰論? 남은 경전을 시종 누구에게 논하겠는가?
獨尋雲嶠鋒孤侄. 홀로 운교(雲嶠)를 찾아 외로운 조카를 상대하고,
共愛春江接故園. 함께 봄 강을 사랑하여 옛 동산을 접하네.
細說刈葵休放手, 자세히 해바라기를 베는데 손을 놓지 마시라고 말하니,
此來眞不爲盤餐. 이번에 가는 것은 참으로 소반의 밥을 위한 것이 아니라네.

첫째는 제화시(題畵詩)이고, 둘째는 금언시(禽言詩)이다. 이 두 가지 제재는 당시(唐詩)에서 이미 나오긴 했지만 널리 보편화 된 것은 송대이다. 장고평(張高評) 선생이 지은 ≪송시의 전승과 개척≫(宋詩之傳承與開拓)[13]에서는 "번안시(翻案詩)·금언시(禽言詩)·시중유화(詩中有畵)" 이 세 가지를 가장 창의성을 가진 발전 방향으로 보았다. 사실 "시중유화(詩中有畵)"의 한 가지 중요한 부분이 바로 제화시이다. 북송의 원우(元祐)부터 남송에 이르기까지 거의 모든 중요한 시인들은 이 두 가지 제재의 시를 쓴 적이 있지만 이학가들은 이러한 제재에 대해서 일고의 가치가 없다고 여겼다. 왜냐하면 이학가들은 이러한 제재의 시들은 "쓸모없는 말"(閑言語)이라고 여겼기 때문이다. 그러나 주희에게는 제화시 14수·금언시 5수

13) 대만(臺灣) 문사철출판사(文史哲出版社), 1990년.

가 있는데, 이는 당시의 기타 시인들의 이런 시들과 비교해도 대체로 비슷한 분량이다.

셋째는 영화시(詠花詩)이다. 이러한 제재는 역대 시에 다 있었지만, 특히 남송 시인들이 좋아했다. 남송의 시에서는 대량으로 물속이나 땅위 초목의 꽃을 읊었지만 그중에서도 매화와 국화 등이 가장 많았다. 송대 이종(理宗) 때에 진경기(陳景沂)가 편찬한 ≪전방비조(全芳備祖)≫에 영화시를 대량으로 수록하고 있는데 "당 이전에는 사실을 읊조려서 기록된 것이 드물고, 북송 사람 이후에는 특히 갖추어져 있고 남송에는 더욱 상세하다."(唐以前事實賦詠, 記錄寥寥, 北宋人以後則特爲賅備, 而南宋尤詳.)[14]라고 하여 이 점을 설명해 준다. 주희는 영화시를 쓰기 좋아했는데, 수선화를 시로 쓴 것은 북송 원우(元祐) 연간으로부터다. 당시 황정견(黃庭堅) 등 일부 사람들이 시를 지어 수선화를 읊었고 남송에 와서는 점점 증가하게 되었는데, 주희의 이 시는 그 시들 가운데 가작(佳作)인 셈이다. 주희가 매화나 국화 같은 꽃들을 읊조린 경우는 아주 자주 보인다. 예를 들면 소흥(紹興) 27년(1157), 주희와 이진(李縝) 등이 함께 천주(泉州) 현암(顯庵)으로 매화를 감상하러 갔다가 <화이백옥용운부매화(和李伯玉用韻賦梅花)>[15]를 썼는데, 한 번 창화(唱和)한 것으로 부족하여, 두 차례·세 차례나 창화하였다.[16] 주지하다시피 주희는 소식에 대해서 줄곧 호감을 갖지 않았

14) ≪사고전서총목(四庫全書總目)≫ 권135, <전방비조(全芳備祖)> 관련 조목, 1150쪽.

15) ≪문집≫ 권2, 6쪽.

16) <여제인용동파운공부매화, 적득원리서, 유회기인, 인부부차, 이기의언(與諸人用東坡韻共賦梅花, 適得元履書, 有懷其人, 因復賦此, 以寄意焉)>, ≪문집≫ 권2, 6쪽 ; <정축동, 재온릉, 배돈종이장, 여일이도인동화동파혜주매화시, 개일재왕반, 작일견매, 추성왕사, 홀홀오년, 구시불부가기억, 재화일편, 정제우형일소, 동부(丁丑冬在溫陵陪敦宗李丈與一二道人同和東坡惠州梅花詩, 皆一再往反, 昨日見梅, 追省往事, 忽忽五年, 舊詩不復可記憶, 再和一篇, 呈諸友兄一笑, 同賦)>, ≪문집≫ 권2, 20쪽.

는데, 무슨 이유가 그로 하여금 소식의 영매시(詠梅詩)에 대하여 재삼 창화하게 하였겠는가? 소식 시 자체의 예술적인 매력 외에 매화의 그윽한 자태와 고결성이 그로 하여금 불가항력적인 매력을 느끼게 했을 것이다. 송말 방회(方回)가 편찬한 ≪영규율수(瀛奎律髓)≫ 권20의 "매화류(梅花類)"에 선록한 주희의 영매시는 여덟 수나 되는 것으로 보아 주희의 영매시가 당시 시단의 중시를 받았다는 것을 알 수 있다.

넷째는 시로써 편지 글을 대신한 단편들로서 읊은 내용은 친구가 채소를 선물한 내용이다. 다섯째는 친구와의 송별시로 읊조리고 있는 것은 가난한 가족 간의 혈육의 정이다. 이러한 제재는 모두 일상생활 속에서 늘 보게 되는 내용들이고 평범하고 자질구레하지만 생활상이 풍부하게 깃들어 있다. 만약에 시가가 당에서 송으로 넘어간 궤적 중에 하나가 제재가 평범한 생활내용으로 기울게 된 것이라고 한다면, 주희의 대량 집중된 이러한 시들은 바로 송시의 보편성을 보여주고 있다 할 것이다. 남송의 육유(陸游)·양만리(楊萬里)·범성대(范成大) 등과 같은 대시인들의 시 가운데 이러한 시가 차지하는 비중이 매우 큰 것으로 보아 주희 시가의 제재 선택의 경향은 당시 시단의 경향과 완전히 일치하고 있음을 알 수 있다.

앞에서 언급한 두 부류 시의 제재는 소옹(邵雍)·정호(程顥) 등의 시와는 차이가 비교적 크기 때문에 주희는 비록 소옹·정호 등과 같이 후세 사람들에 의해 ≪염락풍아(濂洛風雅)≫에 들어갔지만 사실 주희의 작품은 오로지 이학가의 시작품만 선별하여 수록한 ≪염락풍아≫의 전체적인 경향과는 다소 차이가 있다. 후세 사람들 가운데 간혹 김이상(金履祥)이 ≪염락풍아≫를 편찬하고부터 "도학가의 시와 시인의 시는 천추에 초(楚) 나라와 월(越) 나라처럼 다르다."(道學之詩與詩人之詩, 千秋楚越矣.)[17]라고 하였다. 그러나 주희는 이학가 곧 도학가이지만 그의 시는 "시인의 시"(詩人之詩)와 결코 초월(楚越)처럼 다르지는 않았다. 정반대로 그의 시는 "시인의 시"와 상당히 가깝고 "도학의 시"(道學之詩)와는 비교적 멀었으니, 이는 송대 이학가 중에서 유일무이한 특별한 경우이다.

분석해야 할 한 가지 문제가 있는데, 이학가들이 시를 쓸 때 늘 "풍화설월(風花雪月)" 곧 자연 경관을 제재로 사용하였다는 것이다. 소옹의 시에는 "한가로이 수죽운산(水竹雲山)의 주인이 되어 조용히 풍화설월을 감상할 권한을 얻었네."(閑爲水竹雲山主, 靜得風花雪月權.)[18]라고 했고, 주돈이(周敦頤)의 시에는 "오동나무에 기대어 간혹 노래하다 베고 누우면, 풍월이 내 옷깃으로 찾아든다네."(倚梧或歌枕, 風月盈衝襟.)[19]라고 했고, 정호조차도 꽤 유명한 <춘일우성(春日偶成)>이 있다.

雲淡風輕近午天, 구름은 옅고 바람은 가벼이 불고 낮 시간이 가까워 오는데,
傍花隨柳過前川. 꽃을 곁으로 하며 버들을 따라 앞개울을 건넌다.
時人不識余心樂, 세상 사람들은 내 마음이 기꺼운 줄 모르고,
將謂偸閑學少年. 게으름을 피워 젊은이를 흉내 낸다고 할 것이다.

이학가들의 음풍농월은 분명 단순한 사경시(寫景詩)나 영물시(詠物詩)가 아니다. 몇몇 훌륭한 작품들은 아름다운 경치를 잘 묘사하여 그윽하고 운치 있는 의경(意境)을 그려내기도 하였지만 전체적으로 보면 그들의 목적이 자연의 아름다움을 감상하는 데 있지 않고, 자연경물 가운데에서 생명의 의의를 깨우치고 우주의 이치를 깨우치는 것을 중요시하였다. 전하는 바에 의하면 주돈이가 "창 앞의 풀을 뽑아 없애지 않아 물

17) ≪사고전서총목(四庫全書總目)≫ 권191, <염락풍아(濂洛風雅)> 조, 1737쪽.
18) <소거음(小車吟)>, ≪이천격양집(伊川擊壤集)≫ 권13.
19) <염계서당(濂溪書堂)>, ≪주렴계집(周濂溪集)≫ 권8.

으니 '내 마음과 똑같다'라고 대답하였다."(窓前草不除去, 問之, 云 : '與自家意思一般.)[20]라고 했다고 한다. 그리고 정호(程顥)도 마찬가지로 "서재 창 앞에 무성한 풀이 덮고 있는 것을 보고 어떤 이가 벨 것을 권하니 '안 되네, 조물주의 생성의 의도를 항상 살피고자 하네.'라고 했다. 또 조그만 연못을 파서 작은 물고기 몇 마리를 기르면서 시시각각 관찰하였다. 어떤 이가 그 까닭을 물으니 '만물이 스스로 득의하는 것을 보고자 한다.'라고 하였다."(書窓前有茂草覆物, 或勸之芟, 曰 : '不可, 欲常見造物生意.' 又置盆池, 畜小魚數尾, 時時觀之. 或問其故, 曰 : '欲觀萬物自得意.')라고 했다. 생기발랄하게 생장하는 푸른 풀과 자유롭게 헤엄치는 작은 물고기는 대자연의 끊임없이 생장하는 그 기미를 나타내어주고 관물자(觀物者)의 유유자적하는 흉금을 읊조리고 있는데, 이는 이학가들이 시를 지어 음풍농월할 때 갖는 하나같은 그 상징적인 의미가 있다. 그래서 이학가들은 산수시를 쓰든지 영물시를 쓰든지 간에 그들이 추구하는 경지는 모두 철학적인 의미의 대도(大道)를 체득하는 것을 궁극적인 목표로 삼기 때문에 심미적인 차원의 감상과 표현은 약화되거나 심지어는 사라졌다. 주희는 소옹의 시를 평론하여 "그의 시는 평생 세상을 농락한 것으로 단지 '네 계절이 운행하고 만물이 생장한다.'는 뜻밖에 없다."(渠詩玩侮一世, 只是一個'四時行焉, 百物生焉'之意.)라고 했는데, 정말이지 정곡을 찌른 말이라고 할 수 있다. 주희의 시가 창작 중에서도 풍화설월(風花雪月)은 매우 중요한 제재이었고, 많은 시편들이 또 소옹(邵雍)이나 정호(程顥) 등과 똑같은 창작 목적을 드러내고 있다.

20) ≪이정유서(二程遺書)≫ 권3.

<재거문경(齋居聞磬)>

幽林滴露稀, 그윽한 숲속 이슬 드물게 떨어지는데,
華月流空爽. 밝은 달이 허공을 지나니 상쾌하다.
獨士守寒棲, 외로운 선비 홀로 차갑게 거쳐하며,
高齋絶群想. 높은 곳에 거하다보니 뭇사람들과 생각이 단절되었네.
此時鄰磬發, 이 때 가까이에서 경쇠소리 나니,
聲合前山響. 소리가 앞산에 닿아 메아리치네.
起對玉書文, 일어나 훌륭한 글 대하니,
誰知道機長? 도의 기미가 자람을 누가 알겠나?

<춘일우작(春日偶作)>

聞道西園春色深, 서쪽 정원에 봄기운이 깊어진다고 하여,
急穿芒履去登臨. 급히 망리 신고 올라가 보니.
千葩萬蕊爭紅紫, 온갖 꽃망울과 꽃술이 아름다움을 다투는데,
誰識乾坤造化心. 누가 이 가운데 천지조화의 마음을 알아차리겠는가?

그러나 주희의 더 많은 사경시나 영물시는 "도를 체득하고 성인에게서 징험을 구한다."(體道徵聖)라는 목적에서 벗어나 심미적인 즐거움을 표현하는 데 중점을 두었다.

<서현원삼협교(棲賢院三峽橋)>

兩岸蒼壁對, 두 둑에는 푸른 절벽이 마주하고,
直下成鬪絶. 곧장 내려가 깎아지르기를 다투네.
一水從中來, 한 줄기 물이 가운데서 나와,
涌潏知幾折. 용솟음치며 몇 번이나 꺾였는지 모르네.
石梁據其會, 돌다리는 그 모이는 곳에 의지하였고,
迎望遠明滅. 맞아서 바라보니 멀리 명멸하네.
倏至走長蛟, 문득 이르니 긴 교룡이 달리고,
捷來翻素雪. 재빨리 오니 흰 눈이 뒤집히네.

聲雄萬霹靂, 소리는 만 번의 천둥보다 웅장하고,
勢倒千嵽嵲. 기세는 천 개의 봉우리를 거꾸러뜨리네.
足掉不自持, 발이 흔들리니 스스로 버티지 못하고,
魂驚誰堪說? 넋이 놀라니 주가 말할 수 있겠는가?
老仙有妙句, 늙은 선인은 묘구가 있으니,
千古擅奇絶. 천고에 기이함을 떨치네.
尙想化鶴來, 오히려 생각하건대 학으로 화하여 와서,
乘流弄明月. 흐름을 타고 명월을 희롱하리.

<여제인용동파운, 공부매화, 적득원리서, 유회기인, 인부부차, 이기의언(與諸人用東坡韻, 共賦梅花, 適得元履書, 有懷其人, 因復賦此, 以寄意焉.)>

羅浮山下黃茅村, 나부산(羅浮山) 아래 황모촌(黃茅村),
蘇仙仙去余詩魂. 소선(蘇仙)은 신선이 되어 가버리고 시혼(詩魂)만 남았네.
梅花自入三疊曲, 매화는 스스로 삼첩곡에 들어가,
至今不愛蠻烟昏. 지금에 이르도록 오랑캐 연기의 어두움을 사랑하지 않네.
佳名一旦異草木, 좋은 이름이 하루 아침에 초목과 다르니,
絶艶千古高名園. 빼어난 아름다움은 천고에 이름난 동산에 높네.
却憐冰質不自暖, 도리어 얼음 바탕이 스스로 따뜻하지 못함을 가엽게 여기니,
雖有步障難爲溫. 비록 장막이 있더라도 따뜻하기 어렵네.
羞同桃李媚春色, 복사꽃・오얏꽃과 봄 빛에 알랑거림을 부끄러워하니,
敢與葵藿爭朝暾. 감히 해바라기・명아주와 아침 해를 다투겠는가?
歸來只有修竹伴, 돌아가면 단지 긴 대나무가 있어 동무하고,
寂歷自掩疏籬門. 듬성듬성 스스로 성긴 울타리 문을 닫네.
亦知眞意還有在, 역시 참된 뜻이 또 있음을 알고 있지만,
未覺浩氣終難言. 호기(浩氣)가 끝내 말하기 어려움을 깨닫지 못하네.
一杯勸汝吾不淺, 한 잔을 그대에게 권하는데 내가 야박하지 않으니,
要汝共保山林樽. 바라건대 함께 산림의 술동이를 지키게나.

이 두 수는 모두 소식(蘇軾)과 관련이 있는데, 앞 시는 여산(廬山)의 한

명승지를 묘사한 것이다. 원풍(元豐) 7년(1084) 소식이 여산(廬山)에 노닐면서 "남북에서 열대여섯 명승지를 보았는데 이루 다 기록할 수 없었고, 시를 쓰는데 게을러 특히 빼어난 곳을 골라서 두 수를 지었다."(南北得十五六奇勝, 殆不可勝記, 而懶不作詩, 獨擇其尤佳者, 作二首.)[21] 라고 했다. 그 가운데에 첫째가 <서현원삼협교(棲賢院三峽橋)>인데, 이 시는 소식의 산수시 가운데 유명한 시이다. 100년이 지난 후에 주희가 여산에 가서 유명한 시인 우무(尤袤)와 창화하면서 <봉동우연지제거여산잡영, 십사편(奉同尤延之提擧廬山雜詠, 十四篇)>[22]을 완성했는데, 그 가운데 넷째가 바로 <서현원삼협교(棲賢院三峽橋)>이다. 시 가운데 "늙은 신선에게 묘구가 있다."(老仙有妙句)라고 하는 등이 바로 소식을 가리켜서 한 말이다. 뒤의 시는 영매시(詠梅詩)인데, 첫머리부터 바로 소식이 혜주(惠州)에서 시를 써서 매화를 읊은 일을 그리워했다. 소성(紹聖) 원년(1094) 소식이 혜주로 폄적을 당하여 <십일월이십육일, 송풍정하, 매화성개(十一月二十六日, 松風亭下, 梅花盛開)>·<재용전운(再用前韻)>·<화락, 부차전운(花落, 復次前韻)>[23]을 썼는데, 세 수는 모두 "촌(村)·혼(魂)·혼(昏)·원(圓)·온(溫)·돈(暾)·문(門)·언(言)·준(樽)"을 운자(韻字)로 쓰고 있는데 후세 사람들에게 "마음을 다하여 다듬은 작품"(極意鍛鍊之作)[24]이라는 평가를 받은 빼어난 시이다. 주희가 이 시에 재삼 창화시를 썼다는 것은 이미 앞에 글에서 보았다. 소식의 원작은 산수의 맑은 경관을 읊거나 매화의 아름다운 자태를 읊조렸다. 비록 후자는 자신이 폄적 당한 후 먼 황야에 버려진 절망스런 심

21) <여산이승(廬山二勝)·서(序)>, ≪소식시집≫ 권23.

22) ≪문집≫ 권7, 12쪽~15쪽. 필자가 살펴보건대, 이 시들은 순희(淳熙) 7년(1180)에 쓰였는데, 당시 주희는 지남강군(知南康軍)이었고, 우무(尤袤)는 강동제거(江東提擧)였다.

23) ≪소식시집≫ 권38.

24) 기윤(紀昀)의 말, ≪소식시집≫ 권38에 보인다.

정을 기탁하고 있지만, 시인의 아름다움에 대한 감상(鑑賞)·이해, 그리고 깨달음은 조금도 반감되지 않았다. 주희는 소식의 학술사상에 대해서는 이단으로 간주하고 인간성에 대해서도 비판적인 견해가 많아서 "양소(兩蘇)는 모두 도에 이를 만한 재주가 없는 데다가 다른 이의 가르침도 받지 못해서 모두 엉뚱스럽고 옳은 곳이 없다."(兩蘇旣自無致道之才, 又不曾遇人指示, 故皆鶻突無是處.)[25]라고 했다. 주희는 소식의 시에 무슨 "도를 체현하고 성현에게서 징험을 구한다"(體道徵聖)는 방면의 사상적인 가치가 있다고는 물론 생각할 수도 없었겠지만, 소동파의 시에 대해서는 경도되어 소식을 "노선(老仙)"·"소선(蘇仙)"이라고 불렀는데, 이는 완전히 심미적인 의식의 공감에 기인한 것이었다. 소식에 대한 것과 마찬가지로 여산의 빼어난 산수나 매화의 아름답고 그윽한 자태는 주희로 하여금 감정을 주체하지 못하게 하였고, 적어도 잠시나마 대도(大道)를 체득하는 일을 잊고 아름다운 사물이 불러일으키는 기쁨 속에 잠기도록 해주었다. 앞에서 인용한 시 2수를 읽어보면 소옹이나 정호의 시가 갖고 있는 그런 인지적인 의미는 이미 없어지고, 그와 반대로 소식의 시와 서로 맞아떨어졌다. 소식의 시 <서현원삼협교(棲賢院三峽橋)> 가운데 "이 천둥번개 소리는 만세에 걸쳐 바위와 싸우고 있네."(況此百雷霆, 萬世與石鬪)·"튀는 파도는 물속의 물고기를 뒤집고, 천둥소리 같은 폭포 소리는 나는 원숭이를 떨어뜨리네."(跳波翻潛魚, 震響落飛狖.)라는 구가 있는데, 나는 듯이 떨어지는 폭포의 기세를 묘사하고 있는데 정말 생동감이 넘친다. 주희 시에 "갑자기 긴 교룡이 와서 내달리는 것 같더니 급히 흰 눈을 뒤집어엎는 듯하다."(倏至走長蛟, 捷來翻素雪)"·"소리는 웅장하기가 마치 수만 번 천둥이 치는 듯하고, 기세는 마치 천길 높은 산을 무너

25) ≪주자어류(朱子語類)≫ 권130, 3111쪽.

뜨릴 듯하다."(聲雄萬霹靂, 勢倒千巑嶸.)라는 것과 같은 몇 구는 분명히 "천고에 빼어난"(千古擅奇絶) "소식의 빼어난 시구"(老仙妙句)에 대한 모방이다. 소식의 세 수의 영매시(詠梅詩)는 모두 매화를 고결한 바깥세상의 선녀로 비유하고, 또 자신의 지음(知音)으로 간주하였고, 주희가 창화한 작품도 마찬가지로 의인법을 써서 내용이나 정신까지 닮아서 하나하나 따라 차운(次韻)한 것은 말할 것도 없었다. 어쩌면 주희 시의 예술적 수준은 아직 소식에 못 미칠지 모르지만 미학적 의미에서는 매우 근접하였다. 그렇지 않다면 스스로 자부심이 그렇게 큰 주희가 어떻게 기꺼이 고개를 숙이고 소식을 "신선"(仙)이라고 했겠는가? 이를 통해서 보면 주희가 쓴 일부 산수시와 영물시는 이미 소옹이나 정호 등의 음풍농월(吟風弄月)하는 작품들과는 완전히 다르다는 것을 알 수 있다. 주희의 시는 더 이상 철학가의 사고를 통한 운문적 표현이 아니라 순수한 문학 작품이다. 그러므로 문학적인 시각으로 볼 때, 주희의 이러한 시의 가치는 송대 이학가 가운데에서 발군이다.

마지막으로 주희의 이취시(理趣詩)에 대해서 조금 논해보기로 한다.

이취시는 송시가 당시와 다른 한 큰 특징으로 송시가 고전 시가사(詩歌史)에 존립할 수 있었던 여러 요소 중에 하나이기도 하다. 그러나 송대 사람들이 보편적으로 "그윽한 곳에 조용히 거하며 만물의 변화를 살펴, 자연의 이치를 다한다."(幽居默處以觀物之變, 盡其自然之理)[26]는 것의 중요성을 인식했지만 이취(理趣)를 시가 속에 완전히 녹아들게 한 작가는 많지 않다. 분명히 이취시를 잘 쓰는 필요 요건은 사변(思辨)에 능한 것 즉, 천지만물의 규율과 인생만사의 심층을 파악하는 데 능해야 한다는 것인데, 그렇지 않으면 쓸 이취도 없기 때문이다. 그렇지만 그렇게 하

26) 소식의 말로 ≪소식문집≫ 권48 <상증승상서(上曾丞相書)>에 보인다.

는 것만으로는 아직 이취를 잘 표현할 충분 조건은 아니었다. 그렇지 않다면 이학가 가운데에 격물치지(格物致知)가 가장 많은 고수들이 왜 성공적인 이취시를 그리 많이 쓰지 못했겠는가? 그러므로 이취시를 잘 쓰려면 사변에 능한 예지로운 심성을 갖추어야 하는 것 이외에도 시인은 형상 사유를 하는 고도의 능력을 갖추어야만 '정묘하고 의미가 깊고'(精警) 미묘한 철리를 생동적이고 구체화된 예술 형상 속에 부쳐 철학적인 사고와 문학 표현의 완벽한 결합을 실현할 수 있다. 바꾸어 말하면 시가가 단지 심미적인 감동력만을 통하여 독자로 하여금 스스로 그 속에 내재된 오묘한 철리를 느끼게 하고 전혀 논리적인 연역이나 추리에 호소하지 않아야만, 그러한 것이 성공적인 이취시라고 할 수 있는 것이다. 엄우(嚴羽)의 말을 차용하여 말한다면 "본조 사람들은 이(理)를 중요시하여 의흥(意興)이 취약하다."(本朝人尙理而病於意興.)[27]는 상황은 이취시의 실패이고 "사리(詞理)와 의흥을 찾을 만한 흔적이 없어야만"(詞理意興, 無跡可求.)[28] 이취시의 높은 경지라고 할 수 있다. 세상에는 소식의 <제심군금(題沈君琴)>에 "만약 비파에 비파 소리가 있다고 한다면, 상자 속에 넣어두었는데 왜 소리가 나지 않겠는가? 만약 소리가 손가락 끝에 있다고 말한다면, 왜 그대의 손가락 위에서 듣지 않는가?"(若言琴上有琴聲, 放在匣中何不鳴? 若言聲在指頭上, 何不於君指上聽.)[29]라고 한 것이 떠들썩하게 전해지는데, 이 시는 바로 소식의 이취시의 대표작이라고 여겼지만, 사실 이 시의 뜻은 너무 노골적이고 직접적인데다가 전혀 형상성이 없으므로

---

27) ≪창랑시화(滄浪詩話)・시평(詩評)≫.

28) ≪창랑시화・시평≫. 필자가 살펴보건대, 엄우의 이 말은 바로 한(漢)・위(魏)의 시를 평가한 말로 한・위 고시(古詩)의 기상이 자연스럽다는 것을 의미하는데 여기서는 그 말만 빌어 쓴 것이다.

29) ≪소식시집≫ 권47. 필자가 살펴보건대, 이 시의 제목은 각 판본마다 차이가 많은데 이에 대해서는 공범례(孔凡禮)의 주에 상세히 보인다.

전혀 성공적인 이취시는 아니다. 소식 자신은 이를 "게(偈)"라고 불렀으니 당연히 시적인 맛이 부족했기 때문일 것이다.[30] 소식의 <제서림벽(題西林壁)> 등은 정말 우수한 이취시이다. 아래에 이 표준을 가지고 주희의 작품을 한번 평가해 보기로 한다.

<관서유감, 이수(觀書有感, 二首)>

| | |
|---|---|
| 半畝方塘[31]一鑒開, | 반 묘(畝)의 네모난 연못이 거울처럼 펼쳐져 있는데, |
| 天光雲影共徘徊. | 하늘 빛과 구름 그림자가 함께 배회하네. |
| 問渠那得淸如許? | 묻거니와 연못은 어떻게 그렇게 맑을 수 있는지? |
| 爲有源頭活水來. | 그것은 샘이 있어서 활수가 나오기 때문이지. |

| | |
|---|---|
| 昨夜江邊春水生, | 지난 밤 강가에 봄물이 불어나니, |
| 艨衝巨艦一毛輕. | 몽충의 큰 배도 하나의 털처럼 가볍네. |
| 向來枉費推移力, | 지금까지 밀어 옮기느라 헛되이 힘만 들였는데, |
| 此日中流自在行. | 오늘은 강 가운데로 저절로 가네. |

30) 소식의 <여언정판관(與彥正判官)>에는 "아무개는 평소에 연주할 줄 모르는데, 마침 기로(紀老)께서 외람되이 나를 보러 들러주시고 그 시종으로 하여금 빨리 몇 곡을 타라고 하였는데 소리가 쟁쟁한 것이 마치 그 사람의 말과 같았습니다. 시험삼아 하나의 게(偈)를 지어 물었습니다."(某素不能彈, 適紀老枉道見過, 令其侍者快作數曲, 拂歷鏗然, 正如若人之語也. 試以一偈問之.)라고 하였는데, 아래가 바로 "거문고 위에 거문고 소리가 있다고 말하는 듯하네"(若言琴上有琴聲)라는 네 구이다. ≪소식문집(蘇軾文集)≫ 권57에 보인다.

31) 주희가 읊은 방당(方塘)은 전하는 바에 의하면 남검주(南劍州)의 용계(龍溪 : 지금의 복건성(福建省) 용계)의 남계서원(南溪書院) 앞에 있었다고 한다. 청 도광(道光) 년간의 ≪중수복건통지(重修福建通志)≫ 권44에는 "반묘방당(半畝方塘)은 남계서원에 있는데, 곧 정의재(鄭義齋)의 고택(古宅)으로 주자가 독서하던 곳이다. 홍치(弘治) 11년에 지현(知縣) 방부준(方溥浚)이 그 위에 정자를 짓고 '활수(活水)'라고 하였다. 주자의 <관서(觀書)> 시에 '반 묘의 네모난 못'(半畝方塘) · '수원 머리의 살아있는 물'(源頭活水)라는 구가 있기 때문에 이름으로 삼은 것이다."(半畝方塘, 在南溪書院, 卽鄭義齋古宅, 朱子觀書處也. 弘治十一年, 知縣方溥浚, 建亭其上, 曰 '活水'. 朱子<觀書>詩有'半畝方塘' · '源頭活水'之句, 故以爲名.)라고 하였다.

<춘일(春日)>

| | |
|---|---|
| 勝日尋芳泗水濱,[32] | 화창한 날 사수(泗水)가에 아름다운 꽃향기를 찾아 나섰는데, |
| 無邊光景一時新. | 끝없이 펼쳐진 경관은 언뜻 새롭게 느껴진다. |
| 等閑識得東風面, | 가만히 있는데 무단히 동풍이 얼굴로 불어오고, |
| 萬紫千紅總是春. | 곳곳이 울긋불긋 도처가 봄의 경관임을 알겠다. |

첫째는 주희가 책을 읽다가 느끼는 바가 있어서 쓴 것인데, 분명 이는 주희가 사유 활동에 대한 어떤 현상에 대해서 묘사한 것인 동시에 사유의 어떤 규율을 나타낸 것이다. 이들 시의 처리 대상이 사유 활동이라면 안에 당연히 "이(理)"가 있을 것이고, 심지어 전체 시가 모두 "이(理)" 가운데 있다고도 말할 수 있을 것이다. 그러나 시인은 오히려 그가 깨달은 "이(理)"가 뭔지 한마디도 언급하지 않고 생동감 있는 두 그림을 보여주었다. 하나는 연못 가득한 맑은 물이 마치 거울처럼 푸른 하늘과

32) "사수(四水)"는 본래 "사수(泗水)"라고 하였는데, 잘못이다. 사수(泗水)는 산동(山東)에 위치하였는데, 당시 이미 금(金) 나라에 예속되었고, 남송의 경내에는 "사수"라고 이름한 곳이 없었다. 사실 "사수(四水)"는 바로 삽계(霅溪)의 별명이거나 그 상류로 호주(湖州)에 있다. 송(宋) 악사(樂史)의 ≪태평환우기(太平寰宇記)·강남동도육(江南東道六)·호주(湖州)≫에는 "살펴보건대, 자서(字書)에는 '삽(霅)은 사방의 물이 부딪혀 튀는 소리이다.'라고 하였다."(按字書云 : '霅者, 四水激射之聲也.)라고 하였고, ≪영락대전(永樂大典)≫ 권228 "호(湖)"자 조에는 ≪오흥지(吳興志)≫를 인용하여 "삽계는 사수(四水)와 만난다. …… 사방의 물을 만나 하나의 시내가 되기 때문에 삽이라고 한 것이다."(霅溪, 會四水也 …… 以其會四水爲一溪, 故曰霅.)라고 하였고, 또 "논자들은 사방의 물은 삽수(霅水)와 합쳐져 다섯이 된다고 한다."(說者謂四水並霅水而五也.)라고 하였다. 주희의 <기화정선생오사(記和靜先生五事)>에는 "나는 소흥 21년 5월 호주로 서(徐) 장(丈)을 찾아갔다."(熹紹興二十一年五月謁徐丈于湖州.)(≪문집≫ 권7, 제1쪽)라고 하였고, 또 <제숙부숭인부군문(祭叔父崇仁府君文)>에는 "예전에 숙부를 찾아뵈었는데, 삽(霅)의 주(州)에서였네."(昔拜叔父, 於霅之州.)(≪문집≫ 권87, 21쪽)라고 하였으니, 주희가 소흥 21년 봄 전시(銓試)에 합격한 후 호주로 갔고(≪주자연보≫ 권1(상) 참조) 삽계(霅溪)에 가서 노닐 수 있었음을 증명할 수 있다. <춘일(春日)> 시는 이때 지어졌을 것이다.

흰 구름을 비치게 한다. "함께 배회한다"(共徘徊)라는 말은 가볍게 이동한다는 것으로, 이는 어쩌면 하늘의 구름이 움직이기 때문이기도 하고 혹은 연못 속의 물이 흘러서 일수도 있다. 그렇지만 수면은 여전히 상당히 고요하다. 그렇지 않으면 "거울"(鑒) 같이 하늘과 구름을 비치게 할 수 없을 테니까. 둘째는 강 가운데의 거함(巨艦)이 강물을 따라 가는 것이 마치 깃털 하나가 수면 위에 떠다니는 것 같다고 했다. 경물(景物)을 묘사한 후 바로 이치를 말하고 있지만 한 글자도 직접 의론으로 흐르지 않고 단지 서사적인 수법으로 암시하고 있으며, 방당(方塘)은 반묘(半畝)밖에 되지 않아 면적이 아주 적고 저수량도 많지 않으니 이치상 흐리기 쉽다. 그러나 그렇게 맑다니! 이유가 무엇일까? 그것은 고인 물이 아니라 흐르는 물이 끊임없이 흘러 들어오기 때문이었던 것이다. 마찬가지로 산같이 "길고 거대한 함선"(艨衝巨艦)이 어제는 강가에 놓여 있어 아무리 힘을 써도 밀어 움직일 수가 없었는데, 하루 밤 사이에 봄물이 갑자기 흘러들어 배가 자유자재로 강 가운데를 떠다닌다는 것이다. 정천범(程千帆) 선생은 이 두 시의 우의(寓意)를 설명하여 "앞의 시는 연못에 끊임없이 흐르는 물이 들어와야 맑아질 수 있다는 것은 사람의 사상은 끊임없이 발전하고 향상시켜야 생기를 띠게 되고, 정체와 굳어지는 것을 면할 수 있다는 것을 비유한다. 뒤의 시는 사람의 수양은 왕왕 양적인 변화에서 질적인 변화로 나아가는 단계가 있다. 일단 순리대로 물이 흘러 도랑이 되듯 자연스럽게 형성이 되고 나면 자연스럽게 안팎이 깨끗해지고 전혀 구속도 받지 않아 자유자재로 된다."(前一首以池塘要不斷地有活水注入才能淸澈, 比喩思想要不斷有所發展提高才能活躍, 免得停滯和僵化. 後一首寫人的修養往往有一個由量變到質變的階段. 一旦水到渠成, 自然表裏澄澈, 無拘無束, 自由自在.)[33]라고 했다. 이는 대다수의 독자들이 이를 통해 깨달을 수 있는 철리임에 틀림이 없는데,[34] 이러한 철리들은 심오하고 일깨워 주는 의미가 풍부하지만 표현 방식은 완전히 예술 형상에 호소한 것이다. 작품들은 묘사나 서술을 통해서 독자 스스로가 깨닫도록 일깨워주는 것이지 논리적인 사유를 통해서 독자들에게 증명하고 주입하는 방식이 아니다. 일부 현대 시인들이 고심 고심하여 시를 통해 철리를 표현하고자 하여 시가 언어를 아주 건조하고 난삽하게 써서 아무런 형상성도 없는 그런 현상과 비교해보면 주희의 이 시 두 수는 정말이지 어려운 내용을 쉽게 표현한 모범이라고 할 수 있을 것이다.

만약 위에서 든 두 예에서 시의 제목이 "관서유감(觀書有感)"이기 때문에 보고 바로 철리시인 줄 알 수 있다고 한다면, 뒤 시는 더더욱 순수한 이취시일 것이다. 이시는 봄날에 밖에 노닐면서 보고 느낀 것을 썼다. 첫 구 가운데의 "사수(四水)"를 "사수(泗水)"로 잘못 썼는데, 공자가 "수(洙)"와 "사(泗)" 사이에 거주하면서 제자들을 가르쳤기 때문에 후세 사람들은 오해하여 "바로 은연중에 공자의 문하를 가리키는 것이며, 이른바 '향기로운 꽃을 찾는다'(尋芳)는 것은 성인의 도를 구하는 것을 가리킨다."(乃暗指孔門, 所謂'尋芳', 即求聖之道.)[35]라고 하였는데, 사실 남송 시대의 수(洙)·사(泗) 지역은 일찌감치 금(金) 나라에 빼앗겼는데 주희가 어떻게 "향기로운 꽃을 찾으러(尋芳) 갈 수 있었겠는가? 만약 "사수(泗水)"를 눈앞의 어떤 강을 비유하여 가리킨 것이라고 이해한다면 또한 상식에

33) ≪송시정선(宋詩精選)≫ 266쪽, 강소고적출판사(江蘇古籍出版社), 1992년.

34) 주희는 스스로 이 시의 우의(寓意)를 말한 적이 있는데, 그는 건도(乾道) 2년(1166)년 허순지(許順之)에게 서신을 보내어 말하였다. "가을이 되니 늙은이가 조금 건강해지고 마음은 한가롭고 일이 없어 한 뜻으로 체험하였는데, 예전과 비교하여 점차 명쾌함을 느끼게 되어 비로소 마음을 쓸 곳이 생겼는데 …… 또 한 절구를 지어 '반 묘(畝)의 네모난 못이 거울처럼 펼쳐지니, …….'라고 하였습니다."(秋來老人粗健, 心閑無事, 得一意體驗, 比之舊日, 漸覺明快, 方有下工夫處 …… 更有一絶云 : '半畝方塘一鑒開, …….'")(<답서순지(答許順之)>, ≪문집≫ 권39, 16쪽). ≪주자대전(朱子大傳)≫, 239~240쪽 참조.

35) ≪송시감상사전(宋詩鑑賞詞典)≫ 1117쪽, 상해사서출판사(上海辭書出版社), 1987년.

맞지 않으며, 사실 "사수(四水)"는 바로 호주(湖州)의 삽계(霅溪)이다. 소흥(紹興) 21년(1151) 봄에 주희는 임안(臨安)으로 전시(銓試)를 보러가 합격한 후 북쪽 호주(湖州)로 올라가서 숙부 주고(朱槔)를 찾아뵙고 마침내 삽계에서 노닐었다. 이시는 그저 평범한 봄나들이 시이지만, 시 가운데 '정묘하고 의미가 깊은'(精警) "말 밖의 뜻"(言外之意)을 담고 있다. 시인은 한 화창한 날 물가로 꽃을 찾아 나섰는데, "방(芳)"은 꽃을 가리키며 또한 아름다운 봄날이나 봄기운을 두루 가리키기도 한다. 그러나 그는 사실 도처에 찾으러 다닐 필요가 없다는 것을 발견하게 된다. 왜냐하면 이때 이미 동풍이 불어오고 봄기운이 끝없이 펼쳐져서 형형색색의 비단 같은 많은 꽃들에게 봄기운이 가득했기 때문이다. 이러한 시가 그저 순수하게 봄을 찾고 꽃을 감상하기만 하는 것일까? 당연히 아니다. 독자들은 쉽게 아래와 같은 연상을 할 수 있을 것이다. 주희에게는 중요한 철학적 관점이 하나 있는데. 바로 "이일분수(理一分殊)"이다. 그는 "근본에서 말단까지 한 가지 이치만 실재하나 만물은 나누어져 여러 가지 형체로 나타나므로 만물은 또 각기 한 태극(太極)을 가진다. …… 마치 달이 하늘에 있는 것은 단지 하나이지만 강호를 두루 비추면 곳곳에서 달을 볼 수 있게 되지만 달이 나누어졌다고 말할 수는 없는 것이다."(自其本而之末, 則一理之實, 而萬物分之以爲體, 故萬物各有一太極. …… 如月在天, 只一而已；及散在江湖, 則隨處而見, 不可謂月已分也.)[36]라고 하였는데, 이 "달은 모든 강에 새겨진다"(月印萬川)라는 관점은 사실 그가 주돈이(周頓頤)·이정(二程) 등 이학가와 현각(玄覺) 등 선사(禪師)의 사상을 결합한 것이다. 주희는 "석가모니는 '달 하나가 모든 물에 나타나는데, 모든 물의 달은 달 하나가 통섭하는 것이다.'라고 하였다. 이는 석가모니도 이런 이치를 살펴 안

36) ≪주자어류(朱子語類)≫ 권94, 2409쪽.

것인데, 주염계(朱濂溪)는 ≪통서(通書)≫에는 단지 이 일을 그대로 말했을 뿐이다."(釋氏云 : '一月普現一切水, 一切水月一月攝.' 這是那釋氏也窺見得這些道理. 濂溪≪通書≫只是說這一事.)[37]라고 인정하고 있다. 주희가 인용한 석가의 말은 바로 당대(唐代)의 선사(禪師)인 현각(玄覺)의 <영가증도가(永嘉證道歌)> 3·4의 "하나의 성(性)은 모든 성(性)과 두루 통하고, 한 법(法)은 모든 법(法)을 두루 포함한다네. 달 하나는 모든 물에 비치어 나타나며, 모든 물에 비친 달은 하나의 달이 통섭하네."(一性圓通一切性, 一法遍含一切法. 一月普現一切水, 一切水月一月攝.)[38]라고 한 것이다. 분명한 것은 이학(理學)과 선종(禪宗)이 공통적으로 가지고 있는 이러한 관점은 객관 사물의 보편 규율을 반영하고 있다. 현각의 <영가증도가(永嘉證道歌)>가 이미 이러한 규율을 아주 깊이 있게 표현하였고, 주희의 "온갖 울긋불긋한 것은 모두가 봄을 나타낸다."(萬紫千紅總是春)라고 한 것은 바로 이러한 관점의 또 다른 비유인 것이다. 그러나 현각 선사의 노래는 아주 예리하고 재치가 넘치긴 하지만 비유하는 의미가 매우 직접적이고 노골적이지만, 주희의 시는 훨씬 더 함축적이고 여운이 있다. 시 <춘일(春日)>은 한 구·한 글자도 직접 "이(理)"를 논하지 않으나, 시가 포함하고 있는 "이"는 묘사와 서술 속에 녹아 있어 순전히 독자 스스로 깨달아야 한다. 이렇게 하여 그가 쓴 "이"의 모호성과 무한성을 조장하게 되었다. 봄이 "울긋불긋함"(萬紫千紅) 가운데 있다는 말은, "이"가 없는 곳이 없다는 말이다. "울긋불긋함"도 색이나 냄새의 차이가 있겠지만, 모두가 봄이 드러낸 갖가지 다른 모습이다. 만물은 모두 다르지만 머금고 있는 "이"는 같다는 뜻이다. 그러니 도처로 봄을 찾아다니지만 곳곳이 모두 봄이라는 것을

---

37) ≪주자어류(朱子語類)≫ 권18, 399쪽.

38) ≪중국 불교 사상 자료 선편(中國佛教思想資料選編)≫ 제2권 제4책, 145쪽(중화서국 1983년판)에서 재인용함.

발견하게 된다는 것으로, 갖은 노력으로 철리를 탐색하지만 항상 생각하지도 못하는 가운데 갑자기 꿰뚫어 알게 되니, 온통 봄이라는 등등의 뜻이다. 함의가 이렇게 풍부하고 표현이 이렇게 함축적이고 재치가 넘쳐 백 번을 읽어도 지겹지가 않으니 송대 이취시 가운데에서 최고 수준의 작품이라고 할 수 있다.

주희는 이취시를 쓰는데 능했는데, 이는 그가 송대 시단의 영향을 받은 외에도 깊은 내재적 원인이 있었다. 유가는 줄곧 음악을 통한 가르침을 중시하여 시교(詩教)나 악교(樂教)는 모두 유가가 중요시하는 일이어서, 일상생활 속에서 함영(涵泳)과 훈도(薰陶)의 방식으로 문인들의 경지를 향상시키는 것을 중요하게 여겼다. ≪논어(論語)・선진(先進)≫의 기록에 공자가 제자들로 하여금 각자의 지기(志氣)를 말해보라고 하였는데 증점(曾點)은 "늦은 봄에 봄옷을 입고 젊은이 대여섯 명과 어린 아이 예닐곱 명을 데리고 기수(沂水)에서 멱을 감고, 무우대(舞雩臺)에서 바람을 쐬고 시가를 읊조리며 돌아오는 것입니다."(莫春者, 春服既成, 冠者五六人, 童子六七人, 浴乎沂, 風乎舞雩, 詠而歸.)라고 하자 공자가 탄식하여 "나는 증점과 함께 하리라."(吾與點也)라고 하였다. 이에 대해 주희는 "언지(言志)"라고 하는 것은 그저 자신이 처한 위치에서 자신의 일상을 즐기면서 처음에는 자신을 버리고 남을 위한다는 마음은 없었는데, 흉금이 트이며 곧장 천지만물과 더불어 어우러져 제각기 자신의 자리를 얻어 은연중에 저절로 말 밖에 드러난다. …… 그래서 공자는 탄식하며 그를 크게 칭찬했던 것이다.(其言志, 則又不過卽其所居之位, 樂其日用之常, 初無捨己爲人之意, 而其胸次悠然, 直與天地萬物上下同流, 各得其所之妙, 隱然自見於言外 …… 故夫子歎息以深許之.)[39]라고 하였다. 이른바 "은연중에 저절로 말 밖에 드러난다"(隱然自

39) ≪논어집주(論語集註)≫ 권6, ≪사서장구집주(四書章句集註)≫ 130쪽, 중화서국 1983년판.

見於言外)라는 말은 바로 논리적이거나 추상적인 언어를 직접 쓰지 않고, 기타 간접적인 방법을 써서 어떤 사상을 나타낸다는 것이다. 황정견(黃庭堅)은 주돈이(周敦頤)를 칭찬하여 "인품이 매우 고상하여 가슴 속의 시원함이 마치 빛나는 바람·비 개인 후의 달과 같다."(人品甚高, 胸中灑落如光風霽月.)[40]라고 하였는데, 주희는 이 말에 동조하여 "덕이 있는 사람들도 그의 말을 꽤 취하기도 한다."(有德者亦深有取其言.)[41]라고 하였다. 전혀 의심의 여지없이, 이런 언어표현 방식의 궁극적 목적은 아무래도 성현의 도를 밝히는 데 있으므로 강한 공리성(功利性)을 가지고 있긴 하지만, 그 과정에는 매우 진한 심미적인 의미가 스며있어서 뜻이 말 밖에 있는 시학의 예술적 경지와 서로 통하는 부분이 있는 것이다. 이 밖에 선종(禪宗)이 불립문자(不立文字)로부터 문자선(文字禪)으로 변한 이후부터 시(詩)와 선(禪)은 떼어놓을 수 없는 인연을 맺게 되었다. 북송의 혜홍(惠洪)은 "마음의 오묘함은 말로 전할 수 없지만 말로 나타낼 수는 있다. 대체로 말이란 마음의 인연이고 도(道)의 표지이다."(心之妙, 不可以語言傳, 而可以語言見. 蓋語言者, 心之緣, 道之標幟也.)[42]라고 했다. 혜홍이 시를 쓰는 데 능하지만 이치를 논하는 데 약한 실제 상황을 고려한다면, 혜홍의 이 말 가운데 앞의 "말"(語言)을 "논리적인 추상 언어"(邏輯性的抽象語言)라고 이해하고, 뒤의 "말"(語言)을 "예술성이 있는 형상 언어"(藝術性的具象語言)라고 이해해도 무방할 것이다. 바꾸어 말하면, 형상화된 예술적 언어는 심오한 철리(哲理)를 나타낼 때 독특한 공능을 갖는다는 것이다. 분명한 것은 시(詩)와 선(禪)은 모두 비공리적이고 비논리적인 직감적 사유의 경향을 띠므로 이 둘 간의 소통은 전혀 장애가 될 것이 없었다.[43] 그런 까닭에

40) <염계시서(濂溪詩序)>, ≪산곡별집(山谷別集)≫ 권상.
41) <염계선생사실기(濂溪先生事實記)>, ≪문집≫ 권98, 18쪽.
42) <제양화상회(題讓和尙懷)>, ≪석문문자선(石門文字禪)≫ 권25.

송대 시단에서는 선(禪)으로 시(詩)를 비유한 분위기가 한때 성행한 동시에 선종계(禪宗界)에서도 시(詩)로 선(禪)을 말하는 것이 유행이었다. 주희는 젊었을 때 선풍(禪風)을 꽤 많이 보고 듣고 자랐다. 그의 스승 유자휘(劉子翬)로부터 선종(禪宗)의 영향을 받았을 뿐 아니라 선승(禪僧) 도겸(道謙)을 사사(師事)하여 "분명하게 선을 이해할 수 있었다."(理會得個昭昭靈靈底禪.)[44]라고 했다. 그는 이학의 종사(宗師)가 된 후에도 선종(禪宗)의 화두(話頭)는 여전히 때때로 그의 입을 떠나지 않았다. 아래에 두 예를 든다.

> 수창이 "솔개가 날고 물고기가 뛰는데, 어찌하여 인(仁)이 그 가운데 있습니까?"라고 물으니, 선생은 한참 후에 미소를 지으며 "그대가 선(禪)을 말하는 것을 좋아하는데, 이것도 대략 선(禪)과 비슷한데, 내가 선(禪)으로 한번 얘기해 보겠네."라고 하였다. 수창이 "제가 감히 하지 못할 것 같습니다."라고 하자 "아니네, '구름은 푸른 하늘에 있고 물은 병에 있다'(雲在青天水在甁)는 것이 아닌가?"라고 하였다.(壽昌問 : "鳶飛魚躍, 何故仁便在其中?" 先生良久微笑曰 : "公好說禪, 這个亦略似禪, 試將禪來說看." 壽昌對 : "不敢." 曰 : "莫是'雲在青天水在甁'否?)[45]

> 선생이 수창에게 묻기를 "그대는 소산(疏山)을 보고, 무슨 느낌이 드는가?"라고 하니 대답하여 "그것을 잠시 집어서 한쪽 벼랑으로 돌려보냈으면 합니다."라고 하였다. 말씀하시기를 "그것을 한쪽 벼랑으로 집어 보낼 수 있는가? 한쪽 벼랑 쪽으로 집어 보내지 못하는가?"라고 하니 수창은 "모두 속에 있습니다."(總在里許)라고 대답하고 싶었지만 당시에는 감히 응답하지 못했다. 마침, 선생이 수창을 위하여 수중의 부채에 "길이 추억하니 강남의 3월 뻐꾸기 울던 곳에 온갖 꽃이 향기로웠네."(長憶江南三月裏, 鷓鴣啼處百花香.)이라고 제(題)하였다. 붓을 든 채 수창을 보며 "알겠느냐? 알겠느냐 모르겠느냐?"라

---

43) 주유개(周裕鍇), ≪중국 선종과 시가≫(中國禪宗與詩歌) 제9장 <시 · 선(禪) 상통의 내재적 기제>(詩禪相通的內在機制)> 참조(상해인민출판사 1992년).

44) ≪주자어류(朱子語類)≫ 권104, 2620쪽.

45) ≪주자어류(朱子語類)≫ 권118, 2859쪽.

고 하니 수창이 대답하여 "모두 안에 있습니다."라고 하였다.(先生問壽昌："子見疏山, 有何所得?" 對曰："那个且拈歸一壁去." 曰："是會了拈歸一壁? 是不會了拈歸一壁?" 壽昌欲對曰："總在里許." 然當時不曾敢應. 會先生爲壽昌題手中扇云："長憶江南三月裏, 鷓鴣啼處百花香." 執筆視壽昌曰："會麽? 會也不會?" 壽昌對曰："總在里許.")[46]

위의 어록 두 조목은 주희의 문인인 오수창(吳壽昌)이 기록한 것으로 때는 순희(淳熙) 13년(1186)이었는데, 그해 주희의 나이는 57세였다. 첫 번째 인용문에서 "구름은 푸른 하늘에 있고 물은 병에 있다"(雲在靑天水在甁)라는 말은 당대(唐代)의 약산(藥山) 유엄선사(惟儼禪師)가 이고(李翶)에게 한 게어(偈語)인데, 이고(李翶)가 듣고 또 바로 이에 부연해서 7언 4구의 게(偈) 하나를 썼다.[47] 두 번째 인용문 가운데의 "길이 강남의 3월을 추억하네"(長憶江南三月裏)로 시작하는 두 구는 누가 지은 것인지 알 수 없으나 선(禪)적인 색채가 진하다. 그래서 만약 위의 두 문답문을 선종(禪宗)의 어록에 넣는다고 해도 아마도 의심을 사지 않을 것이다. 왜냐하면 언어에서 사유 방식까지 모두 선종(禪宗)의 문풍(門風)이기 때문이다. 위에서 언급한 두 측면의 사상이 시가에 영향을 미쳐 결합된 형태가 바로 이취시(理趣詩)인데, 앞에서도 말했듯 주희의 이취시(理趣詩)는 소옹(邵雍)이나 이정(二程) 등과 연원 관계에 있는데, 사실 주희의 시는 선시(禪詩)와도 서로 통하는 점이 많다. ≪학림옥로(鶴林玉露)≫ 권6에는 모 스님의 "오도시(悟道詩)"가 실려 있다.

| | |
|---|---|
| 盡日尋春不見春, | 온종일 봄을 찾아다녔으나 봄을 찾지 못하여, |
| 芒鞋踏破嶺頭雲. | 산봉우리 구름 있는 데까지 밟고 다녀 신발이 다 해어졌네. |

46) ≪주자어류(朱子語類)≫ 권118, 2860쪽.

47) ≪오등회원(五燈會元)≫ 권5.

歸來笑拈梅花嗅, 돌아오는 길에 웃으며 매화 어루만지며 향기를 맡으니,
春在枝頭已十分. 봄이 이미 가지 끝에 완연히 무르익었네.

이 시를 주희의 시 <춘일(春日)>과 함께 읽으면 정말이지 둘 다 빼어나다고 할 수 있으니, 주희가 이취시를 잘 쓰는 이유를 이를 통해 대략 엿볼 수 있다.

앞에서 서술한 내용 외에 주희의 시 중에는 유희적인 성격의 작품이 일부 있다. 그는 차운시(次韻詩)를 많이 써서 ≪문집(文集)≫ 권3 가운데에 <차운부장무이도중오절구(次韻傅丈武夷道中五絶句)>·<차유수야소식십삼시운(次劉秀野蔬食十三詩韻)> 등 70여 수가 있다. 주희는 또 자주 다른 사람과 분운(分韻)하여 시를 썼다. 예를 들면 ≪문집≫ 권6 가운데에 <유밀암, 분운부시, 득환자(遊密庵分韻賦詩得還字)>·<유주한, 이“무림수죽·청류격단”분운부시, 득죽자(遊晝寒以“茂林修竹淸流激湍”分韻賦詩, 得竹字)> 등이 있다. 심지어 한 번에 여러 수를 연거푸 쓴 <유덕명언집축, 제이“하운다기봉”위운부시, 희성오절(劉德明彥集祝弟以“夏雲多奇峰”爲韻賦詩, 戲成五絶)>도 있다. 동시대 사람들과 차운(次韻)·분운(分韻)한 외에도 그는 또 옛 사람의 운에 추차(追次)하기도 하였다. 예를 들면 앞글에서 언급했던 소식의 원운(原韻)에 추차(追次)한 영매시(詠梅詩)와 또 한유(韓愈) 운(韻)에 추차(追次)한 <춘설, 용한창려운, 동팽응지작(春雪, 用韓昌黎韻, 同彭應之作)>[48]이 있다. 그리고 주희는 또 고인의 시가와 문답하기도 했다. 예를 들면 당대(唐代) 왕적(王績)의 작품 가운데 <재경사고원견향인문(在京思故園見鄕人問)>이라는 시 속에서 여러 문제를 제기한데 대해, 주희는 <답왕무공“재경사고원견향인문”(答王無功“在京思故園見鄕人問”)>이라는 시를 써서, 500년 전 시인이 제기한 문제에 대해 하나하나 답하였는데, 생동감이 있고 익살

48) ≪문집≫ 권6, 4쪽. 저자 주 : 이 시는 모두 10운(韻) 20구로 되어 있다.

스러워 마치 서로 아는 사이에 문답하는 말투와도 같아서 많은 후세 사람들이 속아 넘어가기까지 했다.[49] 주희는 또 <독십이진시권, 철기여작차, 료봉일소(讀十二辰詩卷掇其餘作此聊奉一笑)>를 한 수 썼는데, 전체 시는 12구이고 매구마다 "서(鼠)·우(牛)·호(虎)·토(兎)" 등의 십이지(十二支)의 동물명을 끼워 넣었는데,[50] 이는 <수명시(數名詩)>·<건제시(建除詩)>·<팔음가(八音歌)> 등과 같은 "감자격(嵌字格)"이다.[51] 주희는 유희삼아 시를 썼을 뿐 아니라, 더 나아가 유희삼아 사(詞)를 쓰기도 하여 <보살만(菩薩蠻)>을 조기(調寄)한 사(詞) <회문(回文)>이 있는데, 사(詞)의 상결(上闋)에는 "저녁 붉은 꽃이 날아가 다하니 봄추위는 옅은데, 옅은 추위에 봄

---

49) 주희의 시는 ≪문집≫ 권4, 1쪽에 보임. 왕적(王績)의 시는 ≪전당시(全唐詩)≫ 권38에 보이는데, 같은 권에 주희의 이 시를 잘못 수록하고 제목을 <답왕무공문고원(答王無功問故園)> "주중회(朱仲晦)"라고 서명(署名)하였는데 "중회(仲晦)"는 사실은 주희의 자(字)이다. 동배기(佟培基)의 ≪전당시중출오수고(全唐詩重出誤收考)≫에서 이미 이 착오를 지적하였다(섬서인민출판사(陝西人民出版社), 1996년, 16쪽). 요즘 사람 가운데 어떤 사람은 "주중회(朱仲晦)"는 왕적의 "고향 사람"(鄕人)이라고 여기고, 또 "왕적이 오랫동안 서울에서 객지 생활을 하였다"(王績久客京華)라고 하고 "갑자기 고향 사람 주중회를 만났고"(忽然碰到老鄕朱仲晦) 그래서 시를 써서 물었다고 하였다. 그리고 또 "주중회는 결코 왕적의 희망을 저버리지 않고 매우 열정적으로 왕적이 제기한 문제에 대하여 하나하나 구체적인 대답을 하였다."(朱仲晦并沒有辜負王績的希望, 他滿腔熱情地對王績所提出的問題一一作了具體的回答.)(≪역대원시취시괴시감상사전(歷代怨詩趣詩怪詩鑑賞辭典)≫ 제781쪽~783쪽에 보임, 강소문예출판사(江蘇文藝出版社), 1989년)라고 하였는데, 이는 아마도 ≪전당시≫의 잘못을 계승한 것일 것이다. 이를 통해 우리는 주희가 의도적으로 헷갈리게 하려고 한 일이 성공했음을 알 수 있다.

50) ≪문집≫ 권10, 3쪽.

51) 필자가 살펴보건대, 남조(南朝)의 포조(鮑照)가 <수명시(數名詩)>·<건제시(建除書)>를 쓴 적이 있는데, 각각 숫자와 "건(建)·제(除)·만(滿)·평(平)" 등 십이진(十二辰)의 이름을 끼워 넣었는데, 시는 ≪선진한위진남북조시(先秦漢魏晉南北朝詩)·송시(宋詩)≫ 권9에 보인다. 북송의 황정견(黃庭堅)은 <증무구, 팔음가(贈無咎, 八音歌)>와 <이십팔수가, 증별무구(二十八宿歌, 贈別無咎)>를 썼는데 각각 "금(金)·석(石)·사(絲)·죽(竹)" 등 팔음(八音 : 여덟 가지 악기)의 이름과 "각(角)·윤(允)·저(氐)·방(房)" 등 이십팔수(二十八宿)의 이름을 끼워 넣었는데, 시는 ≪산곡외집(山谷外集≫ 권7에 보인다.

이 다하니 나르는 붉은 꽃이 늦네. 한 잔의 술에 녹음은 짙어가고, 짙은 그늘에 푸른 술잔이라네."(晩紅飛盡春寒淺, 淺寒春盡飛紅晩. 尊酒綠陰繁, 繁陰綠酒尊.)라고 하였고, 또 "두목(杜牧)의 <제산시(齊山詩)>를 묶어서"(隱括杜牧之<齊山詩>) <수조가두(水調歌頭)>를 썼다.[52] 이러한 상황들은 주희가 비록 항상 시를 쓰는 것에 대해 반대의 의사를 나타내었고, 심지어는 "근래 여러 사람들이 시를 짓는 데 힘을 낭비하는데, 무슨 소용이 있는가?"(近世諸公作詩費工夫, 要何用?)[53]라고까지 하였지만, 사실 주희는 시를 향한 감정을 잊을 수가 없었고, 심지어 형식적인 기교도 보면 한번 시도해 보고 싶은 마음을 억제하기 어려웠음을 보여준다. 이러한 유희성의 시가는 그 자체의 가치는 그리 높지 않으나, 그런 시들이 있음으로 해서 주희가 문학가적인 기질을 가지고 있고 그는 시가의 아름다움에 가장 마음을 많이 기울인 송대 이학가이며 진정으로 자격을 갖춘 시인이라는 것을 더욱 더 분명하게 나타내어 주는 것이다.

## 제2절 의도적으로 공교함을 추구하지 않는 청원(淸遠)한 시풍

주희는 만년에 자신이 시를 배우던 경험을 회상하여 "예전에 의고시(擬古詩)를 처음 보았을 때 단지 옛사람의 시를 배우는 것이라고만 여겼다. 그러나 알고 보니 옛사람이 '환하게 빛나는 동산의 꽃'(灼灼園中花)라고 하니 자신도 그렇게 한 구를 쓰고, '(생장이) 더딘 간수 밑의 소나무'(遲遲澗底松)라고 하니 자신도 그렇게 한 구를 쓰고, '무더기를 이룬 간수 속

52) 두 사(詞)는 ≪문집≫ 권10, 9쪽 · 11쪽에 보인다.
53) ≪주자어류(朱子語類)≫ 권140, 3333쪽.

의 돌'(磊磊澗中石)라고 하니 자신도 그렇게 한 구를 쓰고, '사람이 천지 사이에 태어났네.'(人生天地間)라고 하니 나 자신도 그렇게 한 구를 써서 뜻이나 문맥은 모두 그것을 모방하였고 단지 글자만 바꾸었다. 내가 나중에 그처럼 그렇게 2・30수를 써보니 실력이 느는 것 같았다. 대저 의미나 시어(詩語)・문맥・기세 등을 모두 옛 사람의 것을 모방했다. 대체로 옛 사람의 문장은 모두 올바른 길로 갔는데, 나중에 두찬(杜撰)한 사람들은 모두가 좁고 그릇된 길로 간 셈이다."(向來初見擬古詩, 將謂只是學古人之詩. 元來却是古人說'灼灼園中花', 自家也做一句如此；'遲遲澗底松', 自家也做一句如此；'磊磊澗中石', 自家也做一句如此；'人生天地間', 自家也做一句如此. 意思語脉, 皆要似他底, 只換却字. 某後來依他如此做得二三十首詩, 便覺得長進. 蓋意思句語血脉勢向, 皆效他底. 大率古人文章皆是行正路, 後來杜撰底皆是行狹隘邪路上去了.)[54]라고 하였다. 그가 본 "의고시"는 마땅히 육기(陸機)・강엄(江淹) 등의 의고 작품을 가리킬 것이고, 모방의 대상은 한(漢)・위(魏)의 고시(古詩)였을 것이다. 앞에서 서술한 4개의 구 가운데 뒤의 2구는 모두 <고시십구수(古詩十九首)> 제3수[55]에서 나온 것이라는 것이 바로 명확한 증거이다. 주희의 젊은 시절의 창작은 분명히 이러한 "의고"의 단계를 거쳤다. 예를 들면 ≪문집≫ 권1에 수록되어 있는 <의고팔수(擬古八首)>는 바로 각각 <고시십구수>의 제2수・제5수・제6수・제7수・제8수・제12수・제18수・제19수를 모방한 것이다. 여기에 한 가지 예와 모방한 고시를 대조하면 아래와 같다.

54) ≪주자어류(朱子語類)≫ 권139, 3301쪽. 저자 주 : 이 조목은 여도(呂燾)가 기록한 것으로 일은 경원(慶元) 5년(1199)으로 이때 주희의 나이는 70세였다.

55) ≪문선≫ 권29에 보인다.

<의고, 팔수(擬古, 八首)>(기육(其六))

高樓一何高, 　높은 누각은 얼마나 높은지,
俯瞰窮山河. 　아래로 내려다보니 온 산하가 보인다.
秋風一夕至, 　가을바람이 하루 저녁에 불어오니,
憔悴已復多. 　또 얼마나 초췌해지는지.
寒暑遞推遷, 　추위가 지나가고 더위가 오니,
歲月如頹波. 　세월은 마치 파도가 무너지듯 하다.
<離騷>感遲暮, 　<이소(離騷)>는 저물어 감을 마음 아파했고,
<惜誓>閔蹉跎. 　<석서(惜誓)>는 여의치 않음을 마음 아파했네.
放意極馭虞, 　마음을 놓고 근심을 막아 보려하지만,
咄此可奈何！ 　탄식이 나오니 어찌 할고?
邯鄲多名姬, 　한단(邯鄲)에는 명기(名妓)가 많아,
素艷凌朝華. 　아리따움이 아침에 피는 꽃을 능가하네.
妖歌掩齊右, 　요사스런 노래는 제 나라의 서쪽을 가리고,
緩舞傾陽阿. 　느릿한 춤은 양아(陽阿)를 무너뜨리네.
徘徊起梁塵, 　배회하며 들보의 먼지 날리며,
綷綵紛衣羅. 　비단 옷 부딪치는 소리 바스락거리네.
麗服秉奇芬, 　아름다운 옷에 기이한 향 품고,
顧我長咨嗟. 　나를 돌아보며 길게 탄식하네.
願生喬木陰, 　교목 아래 그늘 생기기 바라지만,
夤緣若絲蘿. 　그것이 엮이는 것은 마치 명주와 넌출 같네.

<고시십구수(古詩十九首)>(기십이(其十二))

東城高且長, 　동쪽 성곽은 높고도 길며,
逶迤自相屬. 　길게 서로 이어져 있네.
回風動地起, 　회오리바람이 땅에서 일어나니,
秋草萋已綠. 　가을 풀이 무성히 이미 푸르다.
四時更變化, 　사시의 변화와 한해가,
歲暮一何速. 　저무는 것이 어찌나 빠른지?
晨風懷苦心, 　새벽바람은 고심을 품고,

| | |
|---|---|
| 蟋蟀傷局促. | 귀뚜라미는 슬픔을 재촉하네. |
| 蕩滌放情志, | 방탕하게 마음껏 뜻을 펼치지, |
| 何爲自結束? | 뭣하러 스스로 구속하나? |
| 燕趙多佳人, | 연(燕)과 조(趙) 나라에는 미녀가 많아, |
| 美者顔如玉. | 아름다운 이는 얼굴이 옥과 같네. |
| 被服羅裳衣, | 비단 옷치마를 입고, |
| 當戶理淸曲. | 창에서 맑은 곡을 연주하니, |
| 音響一何悲, | 음악 소리 어찌나 슬픈지, |
| 弦急知柱促. | 연주하는 노래 가락이 급박하네. |
| 馳情整巾帶, | 감정을 치달아 두건과 허리띠를 바로하고, |
| 沈吟聊躑躅. | 깊이 읊으며 잠시 머뭇거리네.. |
| 思爲雙飛燕, | 생각하건대 쌍을 이루어 날아가는 제비는, |
| 銜泥巢君屋. | 그대의 둥지 지을 진흙을 물고 있는 것이겠지. |

두 시의 내용과 진행단계는 완전히 일치하여, 건물의 높음－갑자기 가을이 옴－시간이 매우 빠르게 지나감－해가 저무는 느낌－마음껏 즐김－미녀가 구름처럼 많음－가무(歌舞)의 아름다움－슬픈 음악－즐거움에서 탄식으로－좋은 짝을 맺었으면 하고 생각하는 것으로 끝을 맺고 있다. 어떤 시구들은 원작과 거의 같다. 예를 들면 "마음 놓고 한껏 즐긴다"(放意極歡娛)는 것과 "방탕하게 마음껏 뜻을 펼친다"(蕩滌放情志), 그리고 "한단(邯鄲)에는 빼어난 기녀가 많다"(邯鄲多名妓)와 "연(燕)·조(趙)에는 미녀가 많다"(燕趙多美人)라고 한 것은 정말이지 "나 자신 또한 그렇게 한 구를 지었다"(自家也做一句如此)라고 할 만하다. 그렇다면 주희의 의고시는 예술적인 가치가 전혀 없다고 할 수 있는가 하면 또한 꼭 그렇지만은 않다. 참고로 육기(陸機)의 의고시 한 수를 들어 보자.

<의고시, 십이수(擬古詩, 十二首)>(기구(其九) 육기(陸機))

| | |
|---|---|
| 西山何其峻? | 서산은 얼마나 험준한가? |
| 曾曲郁崔嵬. | 층층 굽이는 울창하여 높네. |
| 零露彌天墜, | 떨어지는 이슬은 하늘 가득히 떨어지고, |
| 蕙葉憑林衰. | 혜초 잎은 숲에 기대어 시드네. |
| 寒暑相因襲, | 추위와 더위는 서로 따라 이어지고, |
| 時逝忽如遺. | 때가 가는 것이 마치 버리듯 하네. |
| 三閭結飛轡, | 삼려(三閭)대부는 나는 듯 달리는 말고삐를 매고, |
| 大耋悲落暉. | 늙은이는 지는 해를 슬퍼하네. |
| 曷爲牽世務, | 어찌 세상의 일에 끌려 다니는가? |
| 中心悵有違. | 마음속에는 슬피 어긋남이 있네. |
| 京洛多妖麗, | 경락(京洛)에는 아름다운 이가 많으니, |
| 玉顔侔瓊蕤. | 옥 같은 얼굴은 경옥의 꽃과 같네. |
| 閑夜撫鳴琴, | 한가로운 밤에 명금을 어루만지는데, |
| 惠音淸且悲. | 혜음(惠音)은 맑고도 또 슬프네. |
| 長歌赴促節, | 긴 노래로 짧은 박자에 맞추니, |
| 哀響逐高徽. | 슬픈 메아리는 높은 기러기발을 뒤쫓네. |
| 一唱萬夫歡, | 한 번 창하니 만인이 즐겁고, |
| 再唱梁塵飛. | 다시 창하니 들보의 티끌이 날리네. |
| 思爲河曲鳥, | 생각하건대 황하(黃河) 굽이의 새가 되어, |
| 雙遊豐水湄. | 풍수(豐水) 가에서 쌍쌍이 날고 싶네. |

육기의 이 시는 ≪문선(文選)≫에 수록 된 것으로 보아 시의 가치를 상당히 인정받았다는 것을 알 수 있다. 그러나 주희의 의고 작품은 뒤에 나왔지만 그 이상인데 그 이유는 첫째, 원시의 주제에 대해서 더욱 더 정확하게 이해하고 있었다. 예를 들면 원시의 "새매는 괴로운 마음을 품고, 귀뚜라미는 짧음을 슬퍼하네."(晨風懷苦心, 蟋蟀傷局促)라고 한 2구는 ≪시경≫의 편장(篇章)을 인용하여 근심이 일어나고 시절을 슬퍼하는 감정을 읊었는데,[56] 주희는 <이소(離騷)>와 <석서(惜誓)> 두 편의 ≪초

사(楚辭)≫ 작품을 인용하여 비슷한 정감을 묘사하였으니 정말 딱 맞아 떨어진다고 하겠다. 그러나 육기의 시에서 윗구의 "삼려(三閭)"는 굴원(屈原)을 나타내고, "나는 듯 달리는 말고삐를 맨다"(結飛轡)라는 말로 <이소> 가운데의 "내 고삐를 부상(扶桑)에 맨다."(總余轡乎扶桑)라는 구의 뜻을 줄여 썼고 아래 구는 ≪주역(周易)·리(離) 제30≫ 중의 "해가 기울어진 리(離)니 장군[缶]을 두드리고 노래하지 않으면 대질(大耋 : 늙음)을 탄식할 것이니 흉할 것이다."(日昃之離, 不鼓缶而歌, 則大耋之嗟, 凶.)라는 구의 뜻을 다듬은 것인데, 구법(句法)이 원작과 다른데다 시구의 뜻도 확연하지 않다. 둘째 주희는 시구의 뜻은 모방하지만 시구 자체를 모방하지 않아 진부함을 벗어나 새로운 맛을 보일 수 있었다. 예를 들면 미련(尾聯)에서는 원시와 마찬가지로 좋은 짝을 맺었으면 하는 마음을 묘사하고 있지만, "새삼 넌출이 교목에 붙어 있네."(絲蘿附喬木)라는 것으로 "제비가 집을 짓다"(燕子結巢)라는 비유를 대신한 것은 시어나 뜻이 모두 참신하다. 그런데 육기의 시는 그대로 "비조(飛鳥)"의 비유를 연용하고 있어서, 상대방에 의지한다는 의미가 부족하고 거친 감이 있다. 이를 통해서 보면 주희의 의고시는 그냥 단순한 모방이 아니라 원시의 본의를 깊이 체득한 후에 지은 성공적인 모방이었음을 알 수 있다.

물론 <의고팔수>처럼 그렇게 한 구·한 구 고시를 모방한 작품은 주희의 젊은 시절 일종의 연습이었고, 얼마 지나지 않아 그는 금방 그

56) ≪시경(詩經)·진풍(秦風)·신풍(晨風)≫에는 "씽씽 나는 새매가, 우거진 북쪽 숲으로 날아가네. 님을 뵙지 못하여, 마음의 시름 그지없네."(鴥彼晨風, 鬱彼北林. 未見君子, 憂心欽欽.)라고 하고, ≪시경·당풍(唐風)·실솔(蟋蟀)≫에는 "귀뚜라미 집에 드니, 이 해도 저무는구나. 지금 우리 못 즐기면, 세월은 덧없이 흘러가리."(蟋蟀在堂, 歲聿其莫. 今我不樂, 日月其除.)라고 하였는데, 이선(李善)의 주에는 이 두 편을 인용하여 "<신풍>은 괴로운 마음을 품었고, <실솔>은 다급함을 가슴아파하네."(晨風懷苦心, 蟋蟀傷局促.)의 두 구를 해석하고 있는데, 매우 정확하다. ≪문선(文選)≫ 권29에 보인다.

런 초보자의 연습 방법에서 벗어났지만, 부분적으로 옛 사람을 모방한 흔적은 주희의 많은 시에 보인다. 예를 들면 다음과 같다.

(1) 도연명(陶淵明)의 <음주, 이십수(飮酒, 二十首)> 제5수에는 "사람 사는 곳에 집을 지었지만, 말이나 수레의 시끄러운 소리는 들리지 않네."(結廬在人境, 而無車馬喧.)(≪진시(晉詩)≫ 권17)라고 하였는데, 주희가 모방한 것은 둘이 있다. <기제매천계당(寄題梅川溪堂)>에는 "고요함에는 산수의 즐거움이 있지만, 말이나 수레의 시끄러운 소리 들리지 않네."(靜有山水樂, 而無車馬喧.)(≪문집≫ 권2, 제7쪽)라고 하였고, <하일이수(夏日二首)> 중 첫째에는 "고요함에는 그림과 역사의 즐거움이 있고, 쓸쓸함에는 수레와 말의 시끄러움이 있네."(靜有圖史樂, 寂有車馬喧.)(≪문집≫ 권2, 제21쪽)라고 하였다.

(2) 도연명의 <화곽주부, 이수(和郭主簿, 二首)> 중 첫째에는 "우거진 집 앞의 수풀은, 한여름에 시원한 그늘을 간직하고 있네."(藹藹堂前林, 中夏貯淸陰.)(≪진시≫ 권16)라고 하였는데, 주희는 <하일, 이수(夏日, 二首)> 중 둘째에는 "늦여름 뜰의 나무 어둑어둑한데, 창은 시원한 그늘을 간직하고 있네"(季夏園木暗, 窗戶貯淸陰.)(≪문집≫ 권2, 제22쪽)라고 하였다.

(3) 사령운(謝靈運)의 <등강중고서(登江中孤嶼)>에는 "어지럽게 흐르는 물은 외딴 섬으로 치달으니, 외딴 섬은 냇물 가운데서 알랑거리네."(亂流趨孤嶼, 孤嶼媚中川.)(≪송시(宋詩)≫ 권2)라고 했는데, 주희의 <급청천, 자기석, 치훈로, 기후향연피지, 강산운물, 거연유만리취, 인작사소시(汲淸泉, 漬奇石, 置熏爐, 其後香烟披之, 江山雲物, 居然有萬里趣, 因作四小詩)> 중 제1수에는 "맑게 개인 창으로 한 뼘 푸르른 빛을 내놓으니, 거꾸로 선 그림자는 냇물 속에서 알랑거리네."(晴窗出寸碧, 倒影媚中川.)(≪문집≫ 권2, 제22쪽)라고 하였다.

(4) 사령운의 <등강중고서(登江中孤嶼)>에는 "곤산(昆山)의 자태를 상상하니, 아득하네 구중(區中)의 인연은."(想象昆山姿, 緬邈區中緣.)라고 하였는데, 주희의 <기산중구지칠수(寄山中舊知七首)>의 제1수에는 "물 바깥의 기약에 어울리지 않아, 이미 구중(區中)의 인연이 끊어졌네."(未諧物外期, 已絶區中

緣.)(≪문집≫ 권1, 제15쪽)라고 하였다.

(5) 두보(杜甫)의 <원유(遠遊)>에는 "오랑캐의 말이 달아났다는 것을 들은 듯하여, 너무 기뻐 경화(京華)(의 일)를 묻네."(似聞胡騎走, 失喜問京華.)(≪두시상주(杜詩詳注)≫ 권11)라고 하였는데, 주희의 <화장언보초도남강지구(和張彥輔初到南康之句)>에는 "너무 기뻐 맑은 시가 또 손에 들어오네"(失喜淸詩還入手)(≪문집≫ 권7, 제8쪽)라고 하였다.

(6) 두보의 <강반심화, 칠절구(江畔尋花, 七絶句)> 중 다섯째에는 "한 떨기 복숭아꽃 주인 없이 피었는데, 짙붉은 색 사랑스러운데 연붉은색도 사랑스럽구나."(桃花一簇開無主, 可愛深紅愛淺紅.)(≪두시상주≫ 권10)라고 하고, 또 두보의 <곡강대우(曲江對雨)>에는 "잠시 미인의 비단 거문고 곁에 취하네"(暫醉佳人錦瑟傍.)(≪두시상주≫ 권6)라고 한 것을 주희는 <차운수야조매(次韻秀野早梅)>에는 "붉은 꽃향기 사랑스러운데 흰 꽃향기도 사랑스럽네."(可愛紅芳愛素芳.)라고 하고 또 "기꺼이 미인의 비단 거문고 곁에 취하리라"(肯醉佳人錦瑟傍.)(≪문집≫ 권3, 제11쪽)라고 하였다.

(7) 두보의 <발민(撥悶)>에는 "말하는 것을 듣건대 운안(雲安)의 국미춘(麴米春)은, 겨우 한 잔을 기울여도 곧 사람을 시름하게 한다네."(聞道雲安麴米春, 纔傾一盞卽愁人.)(≪두시상주≫ 권14)라고 하였는데, 주희의 <주시이수(酒市二首)> 중 첫째에는 "말하는 것을 듣건대 숭안(崇安)의 저자(시장)는, 집집마다 국미춘이라네."(聞說崇安市, 家家麴米春.)라고 하고, 또 "한 번 따르면 또 순후(醇厚)하다네"(一酌便還醇)(≪문집≫ 권3, 제17쪽)라고 하였다.

(8) 두보의 <강한(江漢)>에는 "조각 구름 하늘과 함께 멀리 있고, 긴 밤 달과 같이 외롭네."(片雲天共遠, 永夜月同孤.)(≪두시상주≫ 권23라고 하였는데, 주희의 <지상봉용택지운(至上封用擇之韻)>에는 "하늘은 높고 구름은 한 가지 색이고, 밤 긴데 달은 함께 밝네."(天高雲共色, 夜永月同明.)(≪문집≫ 권5, 제6쪽)라고 하였다.

(9) 위응물(韋應物)의 <동교(東郊)>에는 "보슬비가 향기로운 들판에 자욱

하다네"(微雨靄芳原)(≪전당시(全唐詩)≫ 권186)라고 하였는데, 주희의 <사일제인집서강(社日諸人集西岡)>에는 "교외 들판은 향기로운 것이 흐릿하고, 이슬비 내리니 푸른 봄 때라네."(郊原曖芳物, 細雨青春時.)(≪문집≫ 권1, 제9쪽)라고 하였다. 안어(按語):"애(靄)"와 "애(曖)"는 비록 다른 글자이긴 하지만 발음이 비슷한데다 모두 "가리다"·"어둡다"의 뜻이 있어서 주희가 아마도 위응물의 시를 모방할 때 "애(靄)"를 "애(曖)"로 잘못 본 것이거나 혹은 주희가 본 위응물 시의 원작이 "애(曖)"였을 것이다.

(10) 소식의 <조서덕점(吊徐德占)>에는 "한 번 아녀의 더러움을 만나니, 비로소 산림의 존귀함을 깨닫네."(一遭兒女汚, 始覺山林尊.)(≪소식시집(蘇軾詩集)≫ 권21)라고 하였는데, 주희의 <승사탁장, 치주백운산거, 음전치정저장숙통, 인출가구, 제공개화, 희첩역계운, 료발좌중일소(承事卓丈, 置酒白雲山居, 飮餞致政儲丈叔通, 因出佳句, 諸公皆和, 熹輒亦継韻, 聊發座中一笑)>에는 "산림과 아녀는 누가 존귀한가"(山林兒女定誰尊)(≪문집≫ 권9, 제8쪽)라고 하였다.

앞에서 든 열 개의 예 가운데, 다섯째와 아홉째 두 예는 옛 사람들의 용자(用字)의 방법을 모방한 것이고, 나머지 예는 모두 옛 사람들의 구법(句法)을 모방한 것이다. 이들 모방된 대상은 대부분 입의(立意)가 '정묘하고 의미가 깊으며'(精警) 구상이 참신한 예들이라 주희가 평소 마음에 새기고 있다가 시를 쓸 때 그 영향을 받아서, 시 한편 가운데 단지 한 두 구나 한 두 자 정도의 모방 흔적만 있어서, 이는 분명 "스스로 또한 그와 같이 한 구를 지었다"(自家也做一句如此)라고 한 의도적인 모방이 아니라 경치를 대하고서 우러나온 즉흥적으로 빌어서 쓴 것이다.

앞에서 든 예로 보면 주희가 자구나 세부적인 부분에서 모방한 대상은 무슨 특별한 경향이 없다. 이는 이러한 시인들의 시대나 풍격이 각기 달라서 그들에 대한 주희의 평가도 고르지가 않은 것으로 보아, 그는 이 부분에 있어서 "맑은 시어와 아름다운 시구와 반드시 이웃할 것이네"(清詞麗句必爲隣)[57]라는 것과 같은 태도를 취하고 있기 때문임을 알 수 있다.

그러나 주희는 풍격론에 있어서는 매우 강한 성향을 띠는데, 그는 "선시(選詩)" 곧 위(魏)·진(晉)의 고시(古詩)를 매우 추숭하였는데, 특히 도연명의 시를 추숭하였고 아울러 도연명의 시와 풍격이 비슷한 위응물의 시를 좋아하였다. 만약 주희가 전체 풍격면에 있어서 모방한 것이 있다면 가장 두드러지는 것은 바로 도연명과 위응물의 그런 소산담원(蕭散淡遠)한 풍격을 모방한 것이다. 예를 들면 다음과 같다.

<정월오일, 욕용사천고사, 결객재주, 과백림신거, 풍우불과, 이월오일, 시극천약, 좌간이도공졸장이십자분운, 희득"중"자, 부정제동유자(正月五日, 欲用斜川故事, 結客載酒, 過伯休新居, 風雨不果, 二月五日, 始克踐約, 坐間以陶公卒章二十字分韻, 熹得"中"字, 賦呈諸同遊者)>

玄景雕暮節, 어두운 해 그림자는 저녁때를 새기고,
青陽變暄風. 푸른 햇빛은 훤풍으로 변하네.
忽尋斜川句, 홀연 사천의 구를 찾아,
感此勝日逢. 이 아름다운 날의 만남을 느끼네.
駕言當出遊, 말을 타고 마땅히 나가 노닐어,
一寫浩蕩胸. 한바탕 호탕한 가슴을 씻어야 하리.
雲物疑異候, 구름은 이상한 기후인 듯,
凄迷久連空. 쓸쓸히 오랫동안 하늘에 이어져 있네.
今朝復何朝, 오늘 아침은 또 무슨 아침인가?
頓覺芳景融. 문득 아름다운 빛이 화락함을 느끼네.
疇曩庶復踐, 옛날을 다시 밟기를 바라고,
隣曲歡來同. 이웃은 즐겁게 와서 같이 하네.
伊雅一籃輿, 한 대의 남여(籃輿)에,
連翩數枝笻. 훨훨 나는 몇 개의 지팡이라네.

57) 두보(杜甫), <희위육절구(戲爲六絶句)> 중 제5수, ≪두시상주(杜詩詳註)≫ 권11.

綠野生遠思,　　푸른 들에 먼 생각을 일으키고,
清川照衰容.　　맑은 내에 노쇠한 얼굴을 비추네.
遙瞻西山足,　　아득히 서산의 산기슭을 바라보니,
突兀彌畝宮.　　우뚝 묘궁을 가득 채우고 있네.
庭宇豁清曠,　　뜰의 집은 탁 트여 맑고 넓은데,
林園郁青葱.　　숲과 동산은 향기롭게 푸르구나.
於焉一逍遙,　　여기서 한 번 소요하니,
芳樽間鳴桐.　　아름다운 술잔이 우는 오동에 사이하였네.
既爵日樹隱,　　이미 술을 따르니 해는 이미 숨었고,
班荊汀草豐.　　가시나무를 깔아 모래톱의 풀은 무성하네.
纖鱗動微波,　　고운 비늘은 잔물결에 움직이고,
新荑冠幽叢.　　어린 싹은 깊은 떨기에 갓이라네.
惆悵景易晏,　　슬퍼하니 햇빛이 쉽게 저물고,
徘徊思無窮.　　배회하니 생각은 가이 없네.
願書今日懷,　　바라건대 오늘의 회포를 적어,
遠寄柴桑翁.　　멀리 시상(柴桑)의 노인에게 부치고 싶네.
仰止固窮節,　　궁함에도 견고한 절개를 우러르고,
愧茲百年中.　　이백 년 동안을 부끄러워하네.

<여제동료알전북산, 과백암소게(與諸同僚謁奠北山過白岩小憩)>

聯車涉修坂,　　연이은 수레 제방을 지나서,
覽物窮山川.　　산천(山川) 곳곳 경치구경하네.
疏林泛朝景,　　성긴 숲 사이 아침 경치 드러나는데,
翠嶺含雲烟.　　푸른 산 고개는 안개구름을 머금고 있네.
祠殿何沉邃,　　사당은 어찌나 깊숙한지,
古木郁葱然.　　고목이 울창하네,
明靈自安宅,　　신령이 평안하게 거하니,
牲酒告恭虔.　　제사 음식과 술로 경건하게 아뢰네.
肸蠁理潛通,　　융숭하게 하니 이치가 안으로 통하여,
神虯亦蜿蜒.　　신령한 규룡도 꿈틀거린다.
既欣歲事擧,　　한해 제사 치름으로 흥겨운데,

| | |
|---|---|
| 重喜景物姸. | 게다가 경치까지 아름다워 기쁘다. |
| 解帶憩精廬, | 허리띠 풀고 정려에서 쉬면서, |
| 尊酌且流連. | 술잔 기울이며 잠시 돌아가기 아쉬워한다. |
| 縱談遺名迹, | 거침없는 대화에 아름다운 흔적을 남기고, |
| 煩慮絶拘牽. | 번뇌도 얽매임을 끊었다. |
| 迅晷諒難留, | 빠른 해 그림자는 정말 붙잡기 어려우니, |
| 歸軫忽已騫. | 돌아가는 수레가 갑자기 치닫는다. |
| 蒼蒼暮色起, | 어두컴컴하게 저녁 빛 일어날 때, |
| 反旆東城阡. | 돌아오는 무리의 깃발 동성의 도로에 보이네. |

<객사청우(客舍聽雨)>

| | |
|---|---|
| 沉沉蒼山郭, | 고즈넉한 푸른 산 외곽, |
| 暮景含餘淸. | 저녁 정경은 아직 맑다. |
| 春靄起林際, | 봄 구름이 숲가에서 일어나니, |
| 滿空寒雨生. | 하늘 가득 차가운 비가 오네 |
| 投裝卽虛館, | 행장 내던지고 텅 빈 객사로 오니, |
| 檐響通夕鳴. | 빗소리에 처마가 저녁 내내 시끄럽다. |
| 遙想山齋夜, | 산재(山齋)에서 보내는 밤 아득한 생각에 잠기는데, |
| 蕭蕭木葉聲. | 우수수 낙엽 소리 들린다. |

<시원즉사(試院卽事)>

| | |
|---|---|
| 端居惜春晩, | 단정히 기거하며 봄이 늦었음을 아쉬워하는 차에, |
| 庭樹綠已深. | 정원수의 녹음이 벌써 깊네. |
| 重門掩晝靜, | 겹문을 닫으니 한낮에 고요하고, |
| 高館正陰沉. | 높은 집이 한창 음침하다. |
| 披衣步前除, | 옷을 걸치고 앞쪽 계단으로 걸어가는 중에, |
| 悟物懷貞心. | 모든 사물이 올곧은 마음 지녔음을 깨닫는다. |
| 淡泊方自適, | 초연하게 막 유유자적하는 사이, |
| 好鳥鳴高林. | 숲 높은 곳에서 아름다운 새소리 들린다. |

첫 수는 작자가 성명한 도연명을 모방한 작품인데, 도연명의 <유사천(遊斜川)>의 서(序)에는 "신유년 5월 5일, 날씨는 맑고 화창하고 경치는 아름다워 두세 명의 이웃 사람들과 함께 사천에서 노닐었다."(辛酉正月五日, 天氣澄和, 風物閑美, 與二三鄰曲同遊斜川.)[58]라고 하였는데, 주희는 이 일을 모방해서 친구들과 함께 산으로 놀러가서 이 시를 지었다. 도연명 시의 마지막 네 구가 "마음속 정을 아득히 멀리 두어, 천년의 근심을 잊는다. 잠시나마 오늘 아침의 즐거움을 다 해보자, 내일은 추구할 바가 아니니."(中腸縱遙情, 忘彼千載憂. 且極今朝樂, 明日非所求.)라고 하였기 때문에, 주희는 분운(分韻)하여 "중(中)"을 운자(韻字)로 마침내 "중"자를 포함한 "동(東)"과 "동(冬)" 두 부(部)를 운(韻)으로 삼았는데, 이 시는 도연명에 대한 존경하는 마음을 나타내었을 뿐 아니라 전체 시의 풍격도 도연명의 시와 흡사하다. 나들이를 나서는 이유부터 나들이의 과정에 이르고, 이웃 사람들과의 즐거운 모임에서부터 옛 현인에 대해 추앙하는 마음을 천천히 묘사하기를 마치 일상을 이야기하는 듯하다. 시 내용의 진행 단계는 완전히 일의 순서에 따라 자연스럽게 펼쳐져서 의도적인 장법상(章法上)의 안배가 전혀 없다. 감정적으로는 비록 기쁨과 슬픔의 변화가 있기는 하지만, 마음은 매우 평담하고 변화도 완만하여 모든 것이 마음의 자연스런 발로이다. 주희는 일찍이 도연명을 평가하여 "도연명이 고명한 점은 바로 초연하고 자적하며 의식적인 안배를 하지 않는다는 데 있다."(淵明所以爲高, 正在其超然自得, 不費安排處.)[59]라고 하였다. 이 시를 통해서 보면 주희는 도연명 시의 특징에 대해 깊이 이해하고 있을 뿐 아니라 몸소 있는 힘써 배운 적이 있었기 때문에 이성적인 분석 속에 감성적인

58) ≪진시(晉詩)≫ 권16.

59) <답사성지(答謝成之)>, ≪문집≫ 권58, 4쪽.

이해를 담고 있다.

둘째 시도 도연명 시의 영향을 들어내 보이고 있다. 특히 시의(詩意)의 자연스런 전개 부분이 그러하며, 도연명의 시와 동시에 또 사령운 시풍의 일부 요소들을 흡수하였다. 예를 들면 10련(聯) 20구(句)의 전체 시 가운데에 기본적으로 대우(對偶)를 이루고 있는 것이 7련이나 되어 "힐향(肸蠁)"·"해대(解帶)"·"창창(蒼蒼)" 3련만이 산구(散句)이고, 또 "거침없는 대화에 아름다운 흔적을 남기고, 번뇌도 얽매임을 끊었다."(縱談遺名迹, 煩慮絶拘牽)라고 한 두 구는 사령운의 시 가운데 현언(玄言) 부분과 매우 흡사하고, 또 "힐양(肸蠁)"·"신구(迅晷)"와 같은 일부 시구는 조탁을 가하여 자연스러운 맛이 부족한데, 이러한 것들은 많거나 적거나간에 사령운 시의 영향을 받은 흔적을 나타내 준다.

셋째와 넷째의 두 시도 도연명·사령운의 시풍과 연원 관계가 있다. 예를 들면, "저녁 빛은 남은 맑음을 머금고 있다"(暮景含餘淸)라고 한 시구는 분명 사령운 시의 "빽빽한 숲은 넉넉한 맑음을 머금고 있다"(密林含餘淸)[60]라고 한 말의 영향을 받은 것이고, 시의 전체적인 소박한 풍격은 도연명의 시와 비슷하다. 그러나 이들 시의 직접적인 모방 대상은 오히려 위응물의 시였다. 그것은 위응물의 시구 "녹음(綠陰)이 한낮에 져 고요하네"(綠陰生晝靜)[61]에서 힌트를 얻은 "겹문은 한낮에 닫혀 고요하네"(重門掩晝靜)라는 것처럼 자구에서 드러나는 것이 아니라 전체적인 풍격이 흡사하다. 위응물의 시와 대조해 보자.

<사거독야, 기최주부(寺居獨夜, 寄崔主簿)>

| | |
|---|---|
| 幽人寂無寐, | 유인(幽人)은 적막하여 잠 못 이루는데, |

60) <유남정(遊南亭)>, ≪송시(宋詩)≫ 권2.
61) <유개원정사(遊開元精舍)>, ≪전당시≫ 권192.

木葉紛紛落. 나뭇잎은 분분히 떨어지네.
寒雨暗深更, 어두운 깊은 밤 차가운 비 내리는데,
流螢度高閣. 반딧불이 높은 누각을 지나가네.
坐使青燈曉, 앉아서 밝은 등불 밝히다가,
還傷夏衣薄. 또 여름옷 얇음에 마음 아파한다.
寧知歲方晏, 시간이 늦었음을 알건만,
離居更蕭索. 떨어져 지내니 더욱 쓸쓸하다.

<신추야, 기제제(新秋夜, 寄諸弟)>

兩地俱秋夕, 떨어져 지내는 양쪽 모두 가을 저녁이라,
相望共星河. 서로 은하수를 함께 쳐다본다.
高梧一葉下, 높은 오동나무 한 잎사귀 아래에,
空齋歸思多. 텅 빈 집에서 고향으로 돌아갈 생각 간절하다.
方用憂人瘼, 막 동생들 병을 걱정하는데,
況自抱微痾. 하물며 나도 병이 조금 있으니.
無將別來近, 이별은 잠시라고 하지 마라,
顏鬢已蹉跎. 얼굴과 귀밑머리 이미 늙어가고 있으니.

주희는 유독 위응물에 대해서 높이 평가하여 그는 "위응물의 시는 왕유・맹호연 등 시인들보다 뛰어난데, 그의 시는 아무런 소리와 색깔이나 냄새가 없기 때문이다."(韋蘇州詩高于王維・孟浩然諸人, 以其無聲色臭味也.)[62] 라고 하고, 그는 또 "어두운 깊은 밤 차가운 비 내리는데, 반딧불이 높은 누각을 지나가네."(寒雨暗深更, 流螢度高閣.)라고 한 두 구를 평가하여 "이 경관은 상상이 가는데 그냥 유유자적하게 표현하고 있다. …… 이 시는 한 글자도 조작하지 않았으니 정말 유유자적하다."(此景色可想, 但只是自在說了 …… 其詩無一字做作, 直是自在.)[63]라고 하였다. 위응물의 시는 본

62) ≪주자어류(朱子語類)≫ 권140, 3327쪽.
63) ≪주자어류(朱子語類)≫ 권140, 3327쪽.

래 다양한 면모를 보이고 있는데, 백거이(白居易)가 말한 것처럼 "위응물의 시는 재능이 뛰어난 외에 '흥풍(興諷)'에 가깝다. 그의 5언시는 고아(高雅)하고 한담(閑淡)하여 스스로 일가의 체(體)를 이루었다."(韋蘇州歌行, 才麗之外, 頗近興諷.其五言詩又高雅閑淡,自成一家之體.)[64] 그러나 위응물의 시로 하여금 일가를 이루게 하고, 이른바 "위소주체(韋蘇州體)"로서 당대(唐代)의 여러 시체(詩體) 중 하나로 올라서게 한 것은 바로 그의 자연스럽고 담백한 풍격에 힘을 입었다.[65] 주희는 이에 대해 극도의 찬사를 나타내었으니, 정말이지 나름대로 안목을 지녔다고 할 수 있을 것이다. 간단하게 말해서, 위응물의 시는 담백한 정감을 담은 내용과 평담(平淡)한 예술적 형식 사이의 완벽한 결합이었다. 예를 들어 앞에서 든 두 본보기를 보면, 세월이 흘러가는 것에 대한 감탄 · 친구와 이별하는 슬픔 등을 모두 담담하게 묘사하고 있어서 마치 갖은 풍상을 겪은 노인이 조용히 옛일을 추억하는 듯하다. 그리고 그것과 조화를 이룬 것은 시어가 자연스럽고 소박하여, 전고(典故)나 비유 등의 수사적 기교를 전혀 사용하지 않았다는 것이다. 경치를 묘사할 때는 완전이 백묘(白描)의 기법을 사용하여 무슨 색채나 음향 등 방면의 묘사는 거의 없다. 첫 번째 시에서는 "청등(青燈)"이라는 말만 색채와 관련이 있기는 하지만, "찬비는 깊은 밤에 어둡네"(寒雨暗深更)라는 배경 하에 한 점 푸릇한 불빛은 도리어 주위의 어두움을 부각시켜 준다. 두 번째 시에서는 높은 오동나무에서 잎이 떨어지는 것을 묘사하고 있는데, 만약 한유라면 "빈 계단에 한 잎이 떨

64) <여원구서(與元九書)>, ≪백씨장경집(白氏長慶集)≫ 권45.

65) 엄우(嚴羽)의 ≪창랑시화(滄浪詩話) · 시체(詩體)≫에 열거한 "사람을 가지고 논한"(以人而論) 당대(唐代)의 시체는 모두 24종으로, 그 가운데 위응물(韋應物)은 스스로 한 체 곧 "위소주체(韋蘇州體)"로 일가를 이룬 동시에 또 유종원(柳宗元)과 더불어 한 체 곧 "위류체(韋柳體)"를 이루었다.

어지니, 쨍그랑하고 마치 옥돌이 부딪혀 갈라지는 듯하다."(空階一片下, 琤若摧琅玕)[66]라는 기묘한 소리를 표현했을 텐데, 위응물의 시에서는 단지 "하(下)"자 하나로만 잎이 떨어진다는 것을 나타내고 있을 따름이다. 주희가 말한 위응물의 시는 "소리와 색깔이나 냄새가 없다"(無聲色臭味)라고 한 것은 바로 독자의 청각·시각이나 후각에 호소하지 않아서 진정한 평담을 실현했다는 것이다. 주희의 두 시는 쓸쓸하고 적막한 환경·고요하고 안정된 심경·간결하고 쉬운 표현·질박하고 화려하지 않은 언어 등을 통해서 바로 이러한 의미에서 위응물 시의 의경(意境)에 접근했음을 보여주고 있다. 비록 주희 시의 내용이나 함의는 위응물의 시와 달라서, 위응물의 시가 영화(榮華)와 쇠락(衰落)을 겪은 자가 질박함으로 돌아가고자 한 것이고 주희의 시는 예지를 가진 철학자의 세속에 대한 초탈을 나타낸 것이지만, 담박하면서도 메마르거나 적적함까지는 이르지 않은 그런 정취가 매우 흡사하다. 그러므로 주희가 위응물의 시를 추숭하면서 모방까지 한 것은 이러한 내재적인 원인이 있었던 것이다.

"선시(選詩)"에서부터 위응물의 시에 이르기까지 주희 시에 대한 영향은 주로 5언시에 나타났으며, 주희의 근체시(近體詩) 특히 그의 율시는 또 다른 예술적 연원을 가지고 있다. 예를 들면 다음과 같다.

<구일등천호, 이"국화수삽만두귀"분부시, 득귀자(九日登天湖, 以"菊花須插滿頭歸"分賦詩, 得歸字)>

| | |
|---|---|
| 去歲瀟湘重九時, | 지난해 소상(瀟湘)에서의 중양절 때에, |
| 滿城寒雨客思歸. | 온 도시에 차가운 비가 내려 나그네는 고향 생각 났었지. |
| 故山此日還佳節, | 고향 산하는 이맘때면 좋은 계절로, |
| 黃菊清罇更晚暉. | 노란 국화 맑은 술에 저녁노을까지 비추지. |

66) <추회시십일수(秋懷詩十一首)> 제9수, ≪한창려시계년집석(韓昌黎詩繫年集釋)≫ 권5.

| | |
|---|---|
| 短髮無多休落帽, | 짧은 머리 많지 않으니 모자 벗지 말게, |
| 長風不斷且吹衣. | 길게 부는 바람 끊임없이 옷깃에 불어오네. |
| 相看下視人寰小, | 아래로 인간 세상 굽어보면 조그마하니, |
| 只合從今老翠微. | 단지 이제부터 푸른 산 속에서 늙어갈 수밖에. |

<차운설후서사이수(次韻雪後書事二首)>(기일(其一))

| | |
|---|---|
| 惆悵江頭幾樹梅, | 슬프도다 강 머리의 몇 그루 매화나무, |
| 杖藜行繞去還來. | 지팡이 짚고 맴돌며 갔다가 또 오네. |
| 前時雪壓無尋處, | 지난번에는 눈이 누르고 있어 찾을 수가 없었는데, |
| 昨夜月明依舊開. | 어젯밤 달 밝은 가운데 여전히 피어 있네. |
| 折寄遙憐人似玉, | 꺾어서 멀리 옥같이 아름다운 이에게 보내면서, |
| 相思應恨劫成灰. | 서로 생각하는 마음이 이미 타 재가 된 것이 원망스럽다. |
| 沉吟落日寒鴉起, | 지는 해에 깊이 읊조리니 추운 까마귀가 날아오르는데, |
| 却望紫荊獨徘徊. | 또 매화나무 가시를 바라보며 홀로 배회하네. |

위의 7언 율시 두 수는 각각 방회(方回)가 ≪영규율수(瀛奎律髓)≫ 권16과 권20에 수록하였는데, 앞의 시에 대해서는 “나는 일찍이 주문공(朱文公)의 시는 진후산(陳後山)의 빼어난 점을 많이 얻었다고 했는데 세상 사람들은 모른다. 황산곡(黃山谷)・진간재(陳簡齋)는 모두 이러한 격(格)이 있다. 이 시의 뒤의 네 구는 더욱 의기가 활달하고 멀다.”(予嘗謂文公詩深得後山三昧, 而世人不識. 山谷・簡齋皆有此格. 此詩後四句, 尤意氣闊遠.)라고 비평하였다. 그러나 청 풍서(馮舒)는 “만약 주희가 황정견(黃庭堅)・진여의(陳與義)를 모방했다고 한다면 주희는 분명 인정하지 않을 것이다.”(若謂晦翁學黃・陳, 晦翁必不服.)라고 반박하였다. 객관적으로 말한다면 방회가 이 시는 진사도(陳師道)의 시에 가깝다고 한 것은 꽤 정확한 것이다. 아래에 진사도의 시 한 수를 예로 들어보자.

<구일, 기진구(九日, 寄秦觀)>

疾風回雨水明霞, 질풍과 회오리 비에도 물은 노을에 밝고,
沙步叢祠欲暮鴉. 사보의 사당에는 해저물녘의 까마귀라네.
九日淸尊欺白髮, 구일(九日)에 맑은 술잔은 백발을 업신여기고,
十年爲客負黃花. 십 년 동안 객이 되어 황화를 저버렸네.
登高懷遠心如在, 높은 곳에 올라 먼곳을 생각하니 마음은 있는 것 같고,
向老逢辰意有加. 늘그막에 때를 만나니 뜻은 더함이 있네.
淮海少年天下士, 회해(淮海)의 젊은이는 천하의 선비,
可能無地落烏紗. 어찌 오사건(烏紗巾)을 떨어뜨릴 땅이 없겠는가?

우리는 주희 시의 차련(次聯)이 문자에 있어서 진사도의 시 차련(次聯)을 본 딴 흔적이 있다고 여길 필요는 없지만, 두 시가 풍격에 있어서 비슷하다는 것은 확연하다. 평담한 감정 가운데 차분하고도 웅혼한 기세를 내비치고 질박한 언어 속에 간결하게 다듬어진 아름다움을 감추고 있다. 그리고 가운데 두 연(聯)의 대장(對仗)은 교묘하고 가지런한 가운데 트이고 얽매이지 않는 운치를 보이면서, 위아래 시구의 뜻이 많이 달라서 결코 합장(合掌)과 같은 결점은 없다. 두 시는 모두 한 가지 전고(典故)만 사용하였는데, 맹가(孟嘉)가 9월 9일 바람이 불어 모자가 떨어진 이야기이다.[67] 전고를 사용하기는 했지만 이는 누구나 알고 있는 전고이고, 구일시(九日詩)에 사용한 것이 매우 적절하여 조금도 심오하거나 난해한 폐단이 없다. 주희는 시를 논할 때 "조탁하고 다듬어 엮는 공교함을 추구하지 않고 평이하고 여유롭게 힘을 들이지 않은 곳에 바로 여운이 있다."(不爲雕刻纂組之工, 而其平易從容不費力處, 乃有餘味.)[68]라고 한 노숙한 경지를 중요하게 생각하였는데, 앞에서 서술한 두 시는 바로 이러한 풍격의

67) 이 일은 ≪세설신어(世說新語)≫ 권7 <식감(識鑒)> 유효표(劉孝標)의 주에 보인다.
68) <발유숙통시권(跋劉叔通詩卷)>, ≪문집≫ 권83, 7쪽.

대표적인 작품이다. 이런 것이 바로 주희가 진사도의 시를 본받은 관건적인 부분이다. 주희의 뒤 시는 사실 영매시(詠梅詩)로, 방회가 ≪영규율시≫ 권20의 "영매류(詠梅類)"에 수록한 것은 매우 정확했다. 그런데 이 시는 거의 한 구·한 글자도 매화의 색깔이나 향기에 대해서 언급하지 않고 주위 배경과 느낌의 묘사를 중시하여 매화의 정신이나 풍격을 그려내었다. 이렇게 외양을 배제하고 정신을 취하고 눈에 보이지 않는 부분을 묘사하는 방법과 부화(浮華)한 것을 벗어던지고, "힘이 있고 노련한"(蒼老) 풍격도 바로 진사도 시풍의 요소이다.[69]

여기에서 한 가지 문제를 분석할 필요가 있다. 방회는 주희 시의 예술적 연원을 논할 때, 어떤 경우는 황정견과 진사도를 병칭했다. 그는 <야독주문공연보(夜讀朱文公年譜)>의 하나에서 "담암(澹庵) 노인이 이 시인을 천거하였는데, 도를 굽혀 벼슬을 한들 어떠하겠나만, 이윤(伊尹)이 솥을 등에 지고 탕(湯) 임금을 찾아갔듯이 하는 것을 공이 어찌 기꺼워하겠나? 본래 다른 일로 황정견·진사도를 압도한 것을."(澹庵老薦此詩人, 屈道何妨可致身. 負鼎干湯公豈肯? 本來餘事壓黃·陳.)[70]라고 하였다. 그러나 대부분의 경우는 진사도만 언급하였다. 예를 들면, ≪영규율수≫ 권20에는 "주문공(朱文公)의 시는 진후산과 비슷하여, 굳세고 마르고 맑기가 뛰어나지만 세상 사람들은 모른다."(文公詩似陳後山, 勁瘦淸絶, 而世人不識.)라고 하였다. 후세 사람들은 왕왕 방회가 오로지 강서시파(江西詩派)만 옹호하고 아울러 도학(道學)에 의탁했다고 비난하지만,[71] 방회가 황정견과 진

69) 막려봉 저, ≪강서시파연구(江西詩派研究)≫ 제3장 <강서시파삼종지이(江西詩派三宗之二) : 진사도(陳師道)> 참조.

70) ≪동강속집(桐江續集)≫ 권25.

71) 전종서(錢鍾書), ≪담예록(談藝錄)≫ 중 "주자의 글씨와 시"(朱子書與詩) 조, 주동윤(朱東潤), <방회의 시평을 서술함>(述方回詩評)(≪중국 문학 논집(中國文學論集)≫에 실림)에 보인다.

사도의 차이를 언급한 것에 대해서는 주목하지 않았다. 사실 방회의 전체 강서시파의 여러 인물에 대한 평가는 차이가 있었는데, 이 점이 주희 시학의 연원에 대한 견해에 직접적으로 영향을 미쳤다. 황정견과 진사도는 비록 모두 강서시파의 거물들이고 진사도 자신도 황정견의 문하임을 스스로 인정했지만, 진진손(陳振孫)이 말했던 것처럼 "진후산은 비록 '황정견의 시를 보고 자신이 배운 것을 모두 버리고 황정견을 본받았다'라고 했지만, 그의 조예가 평담하고 진실되며 자연스러운 것은 사실 황정견이 가지지 못한 부분이다."(後山雖曰'見豫章之詩, 盡弃所學而學焉.' 然其造詣平淡, 眞趣自然, 實豫章之所缺也.)[72]라고 하였는데, 황정견 시의 평담하고 자연스러운 면은 주로 만년의 시풍이 질박하게 변한 후에 드러났는데, 가장 주목을 끄는 풍격상의 특징은 바로 조기 시의 "생경하고 메마른"(生新瘦硬) 것인데, 방회는 바로 이와 같이 황정견의 시를 인식했던 것이다. ≪영규율수≫ 가운데 수록한 황정견의 시는 대부분 조기에 쓴 것이고 4수만이 만년에 쓴 것인데, 그 가운데 또 하필 "색다르고 힘이 있으면서 생경한"(拗峭生新) <제호일로치허암(題胡逸老致虛庵)>과 시어가 정교하고 아름다운 <차운우사운학, 이수(次韻雨絲雲鶴, 二首)>가 포함되어 있는 것[73]으로 보아 방회는 황정견 시의 만년의 풍격의 변화에 대해서는 대수롭게 여기지 않았음을 알 수 있다. 그러나 진사도 시의 경우는 그렇지 않은데, 진사도의 시 가운데도 비록 간혹 화미(華美)한 작품이 있기는 하지만 주도적인 풍격은 의심할 나위 없이 질박하고 평담한 것이

72) ≪직재서록해제(直齋書錄解題)≫ 권17, <후산집(後山集)> 조.

73) ≪영규율수(瀛奎律髓)≫ 권27 방회(方回)의 주(註)에 따르면, 이 두 시는 바로 "황정견이 융주(戎州)에서 사(史) 부인(夫人) 염옥(炎玉)을 대신하여 지은 것이고"(山谷在戎州代史夫人炎玉作), "아마도 또한 재미삼아 쓴 것일 것이다."(蓋亦遊戲所爲)라고 하였기 때문에 황정견의 만년의 시풍이 질박하고 평담함을 추구하던 경향과는 맞지 않는다.

고 그것을 평생토록 견지하여 방회는 그에 대해서 각별한 애정을 보였다. ≪영규율수≫에 수록한 황정견의 시는 겨우 35수밖에 되지 않는데, 진사도의 시는 131수나 되니, 이를 통하여 방회의 성향을 알 수 있다. 주희는 황정견과 진사도에 대해 명확하게 우열을 나타내지 않았지만 그는 "황정견은 고심하여 지었다."(山谷則刻意爲之), "황산곡의 시는 매우 좋다"(山谷詩忒好了)[74]라고 여겼고, 또 "진후산의 아건(雅健)함은 황정견과 흡사한데, 기력이 황정견만큼 크지는 않지만 황정견이 갖고 있는 많이 경박한 맛은 없다."(後山雅健强似山谷, 然氣力不似山谷較大, 但却無山谷許多輕浮底意思.)[75]라고 여겼다. 이러한 태도는 방회와 흡사하기 때문에, 주희는 진사도의 시풍과 비교적 가깝다는 것은 논리에 맞는 문학 현상인 것이다.

그러면, 주희의 고시(古詩)는 도연명과 위응물의 시를 모방하였고, 그의 율시는 진사도의 영향을 받았는데, 이 둘 사이에 내재적인 통일성은 있는지? 아니면 이러한 것이 같은 풍격을 추구함을 반영하고 있다고 할 수 있는지? 하는 문제인데, 우리의 이에 대한 대답은 긍정적이다.

우선, 도연명과 위응물 시풍의 소산(蕭散)·담원(淡遠)한 시풍과 진사도의 "질박하고 굳세고 마른"(質朴勁瘦) 시풍은 외연(外延)이 좀 더 큰 하나의 개념으로 통합할 수 있으니 그것은 바로 평담(平淡)·자연(自然)이다. 주지하다시피, 구양수(歐陽修)·매요신(梅堯臣) 이래 송시의 전반적인 예술적 경향은 바로 평담·자연이었다. 위(魏)·진(晉)으로부터 당대(唐代)에 이르기까지 고전 시가의 가장 중요한 변화는 성률(聲律)과 시어 등 예술 기교상의 큰 변화였기 때문에, 이러한 것은 이백(李白)·두보(杜甫)에 이르러서는 절정에 이르렀다. 당대 사람들은 예술적인 완벽함을 추구한

74) ≪주자어류(朱子語類)≫ 권140, 3329쪽.
75) ≪아류≫ 권140, 3334쪽.

동시에 또한 항상 청진(淸眞)·자연(自然)으로의 회귀를 잊지는 않았지만, 도연명의 시로 대표되는 인공적인 조탁이 적어 더욱 더 자연스럽고 소박한 시의 아름다운 경지는 결국 다시 돌이키지 못했다. 그래서 송대 사람들은 당대 사람들과의 경쟁 심리로 시가의 역사를 돌아보면서 그들의 눈은 의식적 혹은 무의식적으로 당대 시의 절정을 뛰어넘어 선당(先唐) 시대로 소급하게 되었다. 소식(蘇軾)은 "이태백이나 두보는 빼어난 절세의 모습으로 백대(百代)를 넘어, 고금의 시인들이 모두 빛을 잃게 했다. 그러나 위(魏)·진(晉) 이래 높은 경지는 또한 좀 쇠퇴하였다."(李太白·杜子美以英瑋絶世之態, 凌跨百代, 古今詩人盡廢. 然魏晉以來高風絶塵, 亦少衰矣.)[76]라고 하였는데 이는 북송 후기 시단의 대표적인 견해였는데, 주희의 부친 주송(朱松)도 이에 대해서 비슷한 관점을 지녔다. 그는 말하였다.

> 한대에 이르러 소무(蘇武)와 이릉(李陵)의 시는 매우 자연스러워 옛 시풍에서 그렇게 멀지 않았다. 위진 이래 남조에 이르러서는 이미 옛 사람들의 시를 짓는 본의는 없어졌지만 그래도 청신하고 아름다웠고, 각 대가의 작품들은 모두 초연히 탈속적인 운치가 있었다. 그래서 지금 읽어보면 세속을 벗어난 것 같은 뜻이 보인다. 그런데, 이백과 두보가 나타나면서 고금의 시들은 모두 황폐해지게 되었다. 그 이후부터는 비천한 선비들과 서생들이 그럴 듯한 말재주로 시구를 찢고 뜯어 어우러지게 조합하여 엇섞어 내놓았다.(至漢, 蘇李渾然天成. 去古未遠. 魏晉以降, 迫及江左, 雖已不復古人制作之本意, 然淸新富麗, 亦各名家, 而皆蕭然有拔俗之韻. 至今讀之, 使人有世表意. 唐李杜出, 而古今詩人皆廢. 自是而後, 賤儒小生, 膏吻鼓舌, 決章裂句, 靑黃相配, 組綉錯出.)
>
> (<상조조서(上趙漕書)>, ≪위재집(韋齋集)≫ 권9)

이는 주희의 견해와 일맥상통하는데, 그는 "그러나 당초(唐初) 이전에

76) <서황자사시집후(書黃子思詩集後)>, ≪소식시집≫ 권67.

는 시를 짓는 사람은 본디 높고 낮음이 있었으나 법도는 그래도 변하지 않았다. 그런데 율시가 나온 후에 시와 법도가 비로소 모두 크게 변하여 오늘날에 이르렀고 더욱 교묘하고 더욱 세밀하여 더 이상 옛 사람의 풍이 없다."(然自唐初以前, 其爲詩者固有高下, 而法猶未變. 至律詩出而後詩之與法始皆大變, 以至今日, 益巧益密, 而無復古人之風矣.)[77]라고 하였으니 다른 점이 있다면 주희는 한걸음 나아가서 소식 등 북송 시인들은 아직 평담으로 회귀하지 못했다고 여기고, "소동파(蘇東坡)가 이백과 두보에 불만을 가지고 위응물과 유종원을 추숭한 것은 아마도 스스로 평소 자신의 작품에 불만을 가졌으나 스스로 헤어나지 못했던 것이다."(坡公病李・杜而推韋・柳, 蓋亦自悔其平時之作而未能自拔者.)[78]라고 지적하였다. 주희가 보기에는 소식 등 원우(元祐) 시인들은 비록 도연명・위응물의 평담한 경지로 복귀해야 한다는 필요성을 느꼈지만, 그들의 창작은 여전히 아직 너무 공교하거나 기이한 결함을 지니고 있어서, 주희는 "동파는 화염(華艶)한 곳이 많다."(東坡則華艶處多),[79] "황정견은 오로지 공교함만 추구하여 도리어 정기(正氣)에 누가 되었다."(黃魯直一向求巧, 反累正氣.)[80]라고 비판하였다. 그래서, 주희는 소식과 황정견 이후의 시인들이 점차 평담함으로 가는 것에 대해서는 매우 바람직하다고 여겼으며, 진사도 외에도 그는 육유(陸游) 시가 "힘을 들이지 않아 좋다"(不費力,好.)[81]라고 칭찬하였고, 유숙통(劉叔通)의 시는 "평이하고 여유로우며 힘을 들이지 않은 부분에 곧 여운(餘韻)이 있다."(平易從容不費力處, 乃有餘味.)"[82]라고 칭찬하였다. 그러므로 주희에

77) <답공중지(答鞏仲至)>, ≪문집≫ 권64, 3쪽.
78) <답공중지(答鞏仲至)>, ≪문집≫ 권64, 2쪽.
79) ≪주자어류(朱子語類)≫ 권139, 3314쪽.
80) ≪주자어류(朱子語類)≫ 권139, 3315쪽.
81) ≪주자어류(朱子語類)≫ 권140, 3328쪽.
82) <발유숙통시권(跋劉叔通詩卷)>, ≪문집≫ 권83, 7쪽.

게 있어서는 평담하고 자연스런 풍격은 본디 시가의 최고 경지로, 도연명이나 위응물의 시는 이러한 풍격에 있어서의 최고의 모범이었으며, 송대 시인들의 예술적인 추구 역시 이를 궁극적인 목표했던 것이라고 하는 것이다. 진사도 등이 보여주었던 질박한 시풍이 도연명이나 위응물의 시풍과 완전히 같지 않다고는 하지만, 본질적으로는 모두 평담·자연을 특징으로 하고 있으며, 단지 체재(體裁)가 고시인가 율시인가 하는 것만 다를 뿐이다.

다음으로는, 주희는 도(道)를 중시하고 문(文)을 경시하는 사상의 영향하에 시가의 창작 과정에서 마음과 힘을 많이 쓰는 것에 반대하였다. 그는 "요즘 여러 시인들은 시를 쓰는 데 힘을 쏟는데 무엇 하려 하는가?"(近世諸公作詩費工夫, 要何用？)라고 하고, 또 "시를 쓰는 것은 간혹 마음에 맞게 하면 안 될 것도 없지만, 많이 쓸 필요는 없는데 그것은 많이 쓰다보면 빠져들기 때문이다. 어떤 일을 응대하지 않을 때는 평담하게 스스로를 추스르는 것이 사색하여 쓴 시구보다 낫지 않겠나? 참맛이 흘러넘치는 경우는 또 평소 시를 읊조리기 좋아하는 사람하고는 다르다."(作詩間以數句適懷亦不妨, 但不用多作, 蓋便是陷溺爾. 當其不應事時, 平淡自攝, 豈不勝如思量詩句? 至如眞味發溢, 又却與尋常好吟者不同.)[83]라고 하였다. 시를 쓰려고 하면서 시를 쓰는 데 노력을 기울이려고 하지 않게 되면 그 필연적인 결과는 평이한 쪽으로 흐르게 될 것이다. 주희는 어린 시절 시문에 많은 힘을 기울였으나 얼마 지나지 않아 곧 대부분의 정력을 성리학을 연구하는 데 기울이게 되어 시문에 대해서는 그다지 마음을 두지 않게 되었다. 주희는 만년에 그의 제자에게 말하기를 "나는 마흔 살 이전에 여전히 다른 사람한테서 글쓰기를 배우려고 하였으나, 나중에는 또한 그

83) ≪주자어류(朱子語類)≫ 권139, 3333쪽.

렬 겨를이 없었다. 그러나 나중에 쓴 글은 그냥 스무 살쯤 때 쓰던 글 그대로이다."(某四十以前, 尙要學人做文章, 後來亦不暇及此矣. 然而後來做底文字, 便只是二十左右歲做底文字.)[84]라고 하였다. 그러므로 주희에게 있어서는 시를 쓰는 관건은 언지(言志)에 있는 것으로, 즉 사상 내용에 달려 있는 것이어서 형식적인 공졸(工拙)은 중요한 것이 아니었다. 그는 말하였다.

> 시란 뜻(志)이 나아간 바로, 마음속에서는 뜻의 상태로 머물지만 언어로 표현하게 되면 시가 되는 것이다. 그렇게 보면 시에 어찌 또 공졸이 있겠는가! 다만 그 뜻이 지향하는 바의 고하(高下)가 어떠한지를 보아야 할 따름이다. 그러므로 옛날의 군자는 덕(德)을 족히 추구할 수만 있으면 그의 뜻은 반드시 고명(高明)하고 순정(純正)한 곳으로부터 나오게 되었으므로, 덕이 충족한 군자는 시를 배우지 않고도 지을 수가 있었다. 격률이나 정세하고 거침・용운(用韻)이나 대우(對偶)・비유・언어 선택을 잘하고 잘하지 못함 등에 대해서는 지금 위(魏)・진(晉) 이전의 여러 현자들의 작품으로 살펴보건대 아무도 그런 것에 마음을 둔 사람이 없었으니, 하물며 고시의 작자들에 있었어야 말할 것이 있겠는가? 요즘의 작자들에 왔어야 비로소 이런 것들에 마음을 두게 되었다. 그러므로 공졸에 관한 논의가 있게 되었고, 화려하게 수식한 시어가 성하게 되니 언지(言志)의 공(功)은 사라지게 되었다."(詩者, 志之所至. 在心爲志, 發言爲詩. 然則, 詩者豈復有工拙哉? 亦視其志之所向者高下何如耳. 是以古之君子, 德足以求其志, 必出于高明純一之地, 其于詩固不學而能之. 至于格律精粗, 用韻屬對比事遣詞之善否, 今以魏晉以前諸賢之作考之, 蓋未有用意其間者, 而況于古詩之流乎? 近世作者, 乃始留情于此. 故有工拙之論, 而葩藻之詞勝, 言志之功隱矣.)
>
> (<답양송경(答楊宋卿)>, ≪문집≫ 권39, 제3쪽)

"격률(格律)"이나 "촉대(屬對)"(곧 대장(對仗)) 등은 완전히 율시의 형식적인 요소에 속하므로 당대 이전에는 당연히 없었지만, 주희가 특별히

84) ≪주자어류(朱子語類)≫ 권140, 3302쪽.

"위 · 진 이전"(魏晉以前)이라고 꼬집은 것으로 보아 사령운 등이 변우(駢偶)에 대하여 따지고, 영명체(永明體) 시인들이 성병(聲病)을 따지는 것에 대해서 불만스러워했다는 것을 알 수 있다. "비사(比事)"(곧 용전(用典))이나 "견사(遣辭)"(곧 자구의 단련) 등의 "선부"(善否 : 좋고 나쁨)에 대해서는 모두 마음을 쓰지 않았으니, 그렇게 되면 당연히 한 · 위의 고시와 진대(晉代)의 소박(素朴)함을 추구하던 도연명의 시를 모범으로 삼을 일이다. 그렇지만 주희는 어쨌든 근체시의 격률이 일찌감치 형성되고 근체시는 이미 고체시와 양립하여 주요 시체가 된 시대에 살았으므로, 그러한 사실들에 대해서 못 본 척할 수 없었기 때문에, 주희는 근체시에 대해서 그 형식적인 특징을 최대한 희석시키는 태도를 취하였다. 이는 또한 바로 "격률의 정세하고 거침"(格律之精粗)에 많이 신경 쓰지 않도록 하여 "화려하게 수식한 시어가 성한"(葩藻之詞勝) 것과 상반되는 미학적인 경향을 추구하기를 희망한 것이다. 그리하여 그는 자연스럽게 북송 이래로 평담의 미를 추구하는 시학의 풍조에 대해서 공감을 표하였다. 그리하여 7률의 창작에 있어서 졸박하고 평담한 진사도의 시풍과 비교적 가까워졌다.

앞에서 서술한 것을 종합해 보면, 주희는 아래와 같은 시인이다. 주희는 풍부한 시학 역사의 지식과 아주 명확한 시학 관점을 지니고 있었으며, 그는 평담하고 자연스런 미학적인 경지를 숭상하였으며, 형식이나 기교에 있어서 심혈을 기울이는 것에 반대하였다. 주희는 예민한 심미 능력을 가지고 있었으며, 항상 자연 경관을 순수한 심미의 대상으로 읊조렸다. 물론 주희는 또한 이학가 신분이었으므로 어쩔 수 없이 "뜻"(志)을 말하고 "이(理)"를 밝히고 심미적인 의미가 결핍된 작품을 쓰지 않을 수 없었다. 그러나 평이하고 자연스러운 방면에 있어서 그의 갖가지 시가작품들은 모두 같은 성향을 보였다. 시험 삼아 두 예를 보자.

<루유려부, 욕부일편, 이불능취, 유월중휴, 동역와룡, 우성차시(屢遊廬阜, 欲賦一篇, 而不能就, 六月中休, 董役臥龍, 偶成此詩)>

登車閩嶺徼, 민령(閩嶺)의 꼭대기에서 수레에 올라,
息駕康山陽. 강산(康山)의 남쪽에서 수레를 쉬네.
康山高不極, 강산은 높아 다하지 않고,
連峰郁蒼蒼. 잇단 봉우리는 울창하여 푸르네.
金輪西嵯峨, 황금 수레바퀴는 서쪽에 우뚝하고,
五老東昂藏. 오로(五老)는 동쪽에 기세가 높네.
想象仙聖集, 선성(仙聖)이 모이는 것을 상상하니,
似聞笙鶴翔. 생황에 학이 나는 것이 들리는 듯하네.
林古下凄迷, 숲은 오래되어 내려가니 쓸쓸하고,
雲關臬相望. 구름 낀 관문은 말뚝이 서로 바라보네.
千岩雖競秀, 천 개의 바위가 비록 빼어남을 다투지만,
二勝終莫量. 두 가지 경승은 끝내 헤아릴 수 없네.
仰瞻銀河翻, 우러러 은하가 뒤집히는 것을 바라보고,
俯看交龍驤. 굽혀 교룡이 뛰어오르는 것을 보네.
長吟謫仙句, 길게 체선(謫仙)의 구를 읊조리고,
和以玉局章. 옥국(玉局 : 소동파)의 시로 화작(和作)하네.
疇昔勞夢想, 옛날에는 몽상(夢想)을 수고롭게 하였는데,
玆今幸徜徉. 이제 다행히 어슬렁거리네.
尙恨忝符竹, 오히려 한스러운 것은 부절(符節)을 욕되게 하여,
未愜栖雲房. 운방에 깃드는 것에 어울리지 않는 것이라네.
已尋兩峰間, 이미 두 봉우리 사이를 찾아,
結屋依陽岡. 지붕을 엮어 햇볕이 나는 언덕에 의지하였네.
上有飛瀑駛, 위에는 나르는 폭포의 달림이 있고,
下游淸流長. 아래로 맑은 흐름의 긴 곳에서 노니네.
循名協心期, 이름을 좇는 것은 마음의 기약에 맞고,
吊古增悲涼. 옛날을 조문하니 슬프고 쓸쓸함을 더하네.
壯齒乏奇節, 젊은 나이에는 기이한 절개가 모자랐고,
頹年矧昏荒. 늙은 나이에는 하물며 어둡고 거침에랴.
誓將塵土踪, 맹세하건대 진토의 자취에,

| | |
|---|---|
| 暫寄水雲鄉. | 잠깐 수운(水雲)의 고을에 부치려고 하네. |
| 封章倘從欲, | 글을 봉(封)하고 혹시라도 바람을 따른다면, |
| 歸哉澡滄浪. | 돌아가 창랑(滄浪)에 몸을 씻으리. |

<아호사, 화육자수(鵝湖寺, 和陸子壽)>

| | |
|---|---|
| 德義風流夙所欽, | 덕망과 풍류를 옛적부터 존경하였는데, |
| 別離三載更關心. | 헤어진 지 3년이 되니 더욱더 관심이 가네. |
| 偶扶藜杖出寒谷, | 뜻하지 않게 가시나무 지팡이 짚고 한곡을 나와서, |
| 又枉籃輿度遠岑. | 또 외람되게 수레 얻어 타고 먼 산을 넘게 지나게 되었네. |
| 舊學商量加邃密, | 옛 학문을 토론하니 더욱더 치밀해지고, |
| 新知培養轉深沉. | 새로운 지식을 기르니 더욱 깊어졌네. |
| 却愁說到無言處, | 그저 근심스럽기는 더 이상 말을 할 수 없는 데까지 하니, |
| 不信人間有古今. | 인간 세상에 고금이 있다는 것 믿을 수 없다는 것이네. |

앞 시는 순희(淳熙) 6년(1179)에 쓴 것으로 당시 주희는 50세였다. 주희는 1년 전에 지남강군(知南康軍)에 임명되어 여러 차례 사직하려 하였으나 받아들여지지 않아 부득이하게 6년 3월에 남강 임지로 부임하였다. 남강군은 지금의 강서(江西) 성자(星子)로 여산(廬山)의 주봉(主峰)에서 20여 리 밖에 떨어지지 않았다. 주희는 부임 후 비록 정무(政務)가 바빴으나 자주 여산을 유람할 기회가 있었다. 주희는 지남강군을 맡고 나서 학술과 교육 사업에 매우 힘을 써서 여산 남쪽 자락의 백록동서원(白鹿洞書院)을 복원하고 경전을 새기고 서적을 구하고 제자를 모아 강학하면서 일대 유학(儒學)의 종사(宗師)로 여산에 모습을 드러내었다. 그런데 이 시는 순수한 유람 서정시여서 전혀 이학가적인 냄새가 나지 않는다. 앞의 두 구는 자신이 무이(武夷)를 떠나 여산에 왔다고 말하며 아주 간단하게 유람의 종적을 밝혔다. 그리고 이어서 스물두 구로 여산의 경치와 유람의 과정을 썼다. 연이은 봉우리는 하늘에 닿고 짙푸름은 사람으로 하여금

그 꼭대기에 신선이 사는 듯 상상하게 한다. 그러나 산봉우리의 아름다움을 협곡의 폭포에 비하면 아직 한 단계 모자란다. "이승(二勝)"은 아마도 개선수옥정(開先漱玉亭)과 서현원삼협교(棲賢院三峽橋)를 가리킬 것이다. 소식이 여산을 노닐 때 이 두 경관을 읊으면서 "여산이승(廬山二勝)"[85]이라고 불렀기 때문에 이로 인해 이름을 얻었다. 주희는 나는 듯 흐르는 폭포의 기이한 경관을 보고 자기도 모르게 이백과 소식의 시편[86]을 읊게 된 것이었다. 그러나 이백과 소식의 여산시는 모두 웅장하고 기이하였는데, 주희의 이 시는 상당히 평이하고 질박한데, 이는 분명 재능이 있고 없고 때문이 아니라 주희의 독특한 심미적인 추구에 기인하기 때문일 것이다.

두 번째 시도 순희 6년에 지은 것인데, 4년 전 곧 순희 2년(1775)에 주희는 육구령(陸九齡)·육구연(陸九淵) 형제와 연산(鉛山)의 아호사(鵝湖寺)에서 만나 학문을 논하였는데 의견이 맞지 않아서 결론을 얻지 못했다. 당시 육구령은 시를 한 수 지어서 자신의 견해를 나타내었다. 지금 주희가 남강 임지로 가는 길에 연산을 지나면서 관음사(觀音寺)에 묵게 되자, 육구령은 일부러 무주(撫州)에서 달려와 만나게 된 것이다. 분명 이번 주희와 육구령의 만남은 지난번보다 수확이 있었고, 자유롭게 토론하는 분위기도 있었고 활기를 띠었다. 그래서 주희는 4년 전 육구령의 시에 창화하여 이 시를 썼다. 우리는 주희와 육구령의 사상적인 차이는 원칙적인 문제이고 몇몇 기본적인 문제에서는 더욱 차이가 커서 물과

---

85) 소식(蘇軾), <여산이승(廬山二勝)>, ≪소식시집≫ 권23에 보임.

86) 옥국(玉局)은 소식을 가리킨다. 소식은 일찍이 옥국관제거(玉局觀提擧)를 맡은 적이 있고, 시에는 "경호(鏡湖)에서 강동 늙은이에게 주는데, 서쪽으로 돌아가는 나와 같지 않구나."(鏡湖敕賜老江東, 未似西歸玉局翁.)(<영화청도관도사, 동안진발, 문기년, 생어병자, 개여여동, 구차시(永和清都觀道士, 童顏鬒髮, 問其年, 生于丙子, 蓋與予同, 求此詩)>, ≪소식시집≫ 권45)라고 하였다.

불처럼 서로 용납되지 않았음을 인정해야한다. 그래서 그들 사이의 학문을 토론한 글들은 왕왕 말투가 격렬하고 언어는 첨예했다. 그렇지만 이 시는 다르다. 자구는 평이하고 말투는 여유가 있어서 매우 평정된 심리 상태로 겸손하게 어울리는 느낌이 넘친다. 전반부에서는 주희 자신의 육구연 형제에 대한 존경의 마음과 이번 만남의 과정에 대해서 감칠맛 나게 마치 일상을 얘기하듯 썼고, 후반부는 학문을 논하는 상황을 썼는데 심오하고도 정세한 사상 내용을 평이하고 질박한 언어로 담아내어 극도의 현란함에서 평담함으로 돌아가는 듯한 의미를 갖는다. 이상을 통해서 보면 주희 시의 평이하고 자연스런 경향은 모든 시에 걸쳐 드러나는 것으로 일부 특수한 제재에만 국한된 것이 아님을 알 수 있다.

물론, 주희의 시풍을 가장 전형적으로 잘 반영하고 있는 작품은 그의 경물이나 심회를 묘사한 작품들을 들어야 할 것이다.

**<순희갑진춘, 정사한거, 희작"이도가십수", 정제동유, 상일소(淳熙甲辰春, 精舍閑居, 戲作"夷棹歌十首", 呈諸同遊, 相一笑)>**

武夷山上有仙靈, 무이산에는 신령이 있고,
山下寒流曲曲淸. 산 아래 차가운 물 굽이굽이 맑게 흐른다.
欲識个中奇絶處, 그 가운데 멋진 곳 알고 싶은데,
棹歌閑聽兩三聲. 한가로이 도가(棹歌) 몇 소절 들린다.

一曲溪邊上釣船, 첫 굽이 계곡 옆 낚싯배 있어,
幔亭峰影蘸晴川. 맑은 내에 천막과 산봉우리 비친다.
虹橋一斷無消息. 무지개다리 끊기니 소식 전해지지 않고,
萬壑千岩鎖翠烟. 수많은 계곡과 바위 사슬처럼 연이어 푸른빛 안개가 인다.

二曲亭亭玉女峰, 둘째 굽이는 우뚝 솟은 옥녀봉,
揷花臨水爲誰容? 꽃을 꽂고 물가에 임했는데 누구를 위해 꾸민 것인지?

道人不復陽台夢, 도인은 다시 양대(陽臺)를 꿈꾸지 않고,
興入前山翠幾重. 일어나 앞산 겹겹 녹음(綠陰) 속으로 들어간다.

三曲君看架壑船, 셋째 굽이에서 그대 골짜기에 있는 배를 보게,
不知停棹幾何年? 노 젓기를 멈춘 지 몇 년이나 되는지 모른다.
桑田海水今如許, 뽕나무 밭이 바다가 되듯 그 변화가 지금 얼만가?
泡沫風灯敢自憐. 바람 거품 앞에서 등불 켜고 스스로를 가련히 여긴다.

四曲東西兩石岩, 넷째 굽이는 동서 양쪽 바위 늘어서 있는데,
岩花垂露碧㲯毶. 바위 꽃에 이슬 드리우고 푸르게 이끼 돋았네.
金鷄叫罷無人見, 금계가 울고 나니 인적 보이지 않고,
月滿空山水滿潭. 텅 빈 산 보름달 가운데 연못에 물이 가득하네.

五曲山高雲氣深, 다섯 굽이는 산은 높고 구름 짙은데,
長時烟雨暗平林. 오랜 시간 안개비로 숲속이 어둑어둑하네.
林間有客無人識, 숲속에 나그네 있지만 아는 이 없지만,
欸乃聲中萬古心. '어이' 하는 소리 가운데 만고의 마음을 느낀다.

六曲蒼屏繞碧灣, 여섯째 굽이는 푸른 암벽이 파란 물굽이를 돌아서,
峁茨終日掩柴關. 구릉 위 가시나무 대문은 닫혀 있네.
客來倚棹岩花落, 나그네 와서 노에 기대니 바위에 핀 꽃 떨어지는데,
猿鳥不驚春意閑. 새와 원숭이는 놀라지 않고 한가로이 봄을 즐긴다.

七曲移舟上碧灘, 일곱째 굽이는 배를 옮겨 푸른 물가에 올리고,
隱屏仙掌更回看. 어렴풋이 보이는 바위 병풍 사이 신선의 손바닥 다시 돌아본다.
却憐昨夜峰頭雨, 어젯밤 산봉우리에 내린 비에,
添得飛泉幾道寒. 흩날리는 샘물의 몇 층 차가운 기운 더한 것 안타까워 하네.

八曲風烟勢欲開, 여덟째 굽이는 안개 바람 펼쳐지려하는데,

鼓樓岩下水縈洄. 고루(鼓樓)의 바위 아래 계곡물 휘감아 도네.
莫言此地無佳景, 이곳에 경치 좋은 곳이 없다 말하지 말게,
自是有人不上來. 그냥 사람이 올라와 보지 않아서 그런 것이니.

九曲將窮眼豁然, 아홉째 굽이는 눈을 멀리 시야가 닿는 데까지 바라보니,
桑麻雨露見平川. 뽕나무 삼나무에 빗방울 맺고 멀리 광활한 평지가 보인다.
漁郎更覓桃源路, 어부는 다시 도화원으로 가는 길을 찾는데,
除是人間別有天. 이곳이 인간 세상의 별천지가 아닐까?

만약 주희의 시가 작품들이 주희의 일대 학술 대종사로서의 엄숙한 이미지를 너무 지나치게 드러냄으로 인하여 주희 작품의 자연스럽고 생기발랄한 맛을 반감시켰다면, 이 시들은 마치 민가(民歌)와도 같은 풍격으로 앞에서 말한 반감 작용을 최대한 줄였다.

"도가(棹歌)"는 본래 민가로, 곽무천(郭茂倩)의 ≪악부시집(樂府詩集)≫ 권40에 <도가행(櫂歌行)> 14수가 수록되어 있다. 그는 그것을 <상화가사(相和歌辭)>에 넣고 ≪악부해제(樂府解題)≫를 인용하여 "진(晉)의 음악은 위명제(魏明帝)의 사(辭)를 아뢰어 '왕은 큰 교화를 펴네'(王者布大化)라고 하여 오(吳) 나라를 평정한 공적을 빠짐없이 말하였다. 예컨대 진(晉) 육기(陸機)의 '느릿느릿 봄이 저물려고 하네'(遲遲春欲暮)・양(梁) 간문제(簡文帝)의 '첩은 상천(湘川)에 삽니다'(妾住在湘川)는 단지 배를 타고 노를 두드리는 것을 말했을 뿐이다."(晉樂奏魏明帝辭云'王者布大化', 備言平吳之勳. 若晉陸機'遲遲春欲暮'・梁簡文帝'妾住在湘川', 但言乘舟鼓櫂而已.)라고 하였다. 사실 그 본질을 따져보면, "도가"의 원래 모습은 마땅히 "단지 배를 타고 노를 두드리는 것을 말하는"(但言乘舟鼓櫂) 것이며 바로 뱃사공의 "노동하는 사람은 그 일을 노래한다"(勞者歌其事)는 것과 같은 것으로 노동 생활 속에서 자연스럽게 우러나오는 것이었다. 위명제(魏明帝)가 "오 나라를 평정한

공을 남김없이 말했다"(備言平俔之動)라고 한 것은 민가에다 외적으로 정치적인 요소를 가져다붙인 것일 뿐 아니라, 육기가 쓴 용주(龍舟)·우기(羽旗) 같은 귀족들의 나들이와 간문제(簡文帝)가 읊은 궁녀의 미모 등과 같은 내용도 도가라는 제명(題名) 아래 있을 수 있는 내용은 아니었다.

주희의 이 시들은 문인들이 악부를 모방하여 쓰던 진부함을 벗어나 민가에 청신하고 자연스러운 생활 본색을 되찾아주었다. 우리는 주희가 무이구곡(武夷九曲)의 개울가에 집을 짓고 살았지만 대부분의 시간은 책을 쓰고 강의를 하느라 바빠서 산수에 탐닉하지는 않았다는 것을 안다. 그의 친구 한원길(韓元吉)은 <무이정사기(武夷精舍記)>에서 "주자는 유가의 선비로 학문으로 그 마을에서 행세하며 제자들에게 잘 대하여, 기인이나 은둔자처럼 산속에 숨어서 호흡법을 연마하고 약초를 먹으면서 도가의 무리들을 부러워하던 것과는 달랐다. 주자는 성인으로 그의 행동거지는 원칙이 없는 경우가 없었다. 태산의 꼭대기에 올라서 무우(舞雩)의 아래에서 읊조릴 때 노닐지 않은 적이 없었지만 아마도 마음 속 자체에 노닐 곳이 있었던 것이다."(夫元晦, 儒者也. 方以學行其鄕, 善其徒, 非若畸人隱士, 遁藏山谷, 服氣茹芝, 以慕夫道家者流也. 夫子, 聖人也, 其步與趨莫不有則. 至于登泰山之巓, 而誦言于舞雩之下, 未嘗不遊, 胸中蓋自有地.)[87]라고 묘사했던 것과 같다. 그러나 우리는 이 시들 가운데에서는 주희가 책을 쓰고 강의를 하던 생활의 흔적은 전혀 볼 수가 없고, 산천이나 경관(景觀)도 도를 추구하고 참선을 하던 대상으로 간주되지는 않았다. 다시 말해서 이 시들과 이학가로서의 주희는 별 관계가 없고, 시인 주희가 생기발랄한 시심(詩心)으로 민가를 모방하여 쓴 지극히 자연스러운 작품이었다. 무이산 아래의 구곡계(九曲溪)는 개울물이 아홉 번이나 굽이돌고, 개울 양쪽은

87) 동천공(董天工)의 ≪무이산지(武夷山志)≫ 권10에 보임.

걸음을 옮길 때마다 다른 모습을 보이며 빼어난 경치를 이룬다. 이러한 풍경을 대하면, 민가의 관례대로라면 공간적인 순서에 따라 하나하나 읊어서 전체의 온전한 시를 이룬다. 주희의 이 시가 민간의 뱃노래를 바탕으로 한 것인 지는 이미 고증할 수가 없지만, 이렇게 일곡(一曲)에서 구곡(九曲)까지 쓰는 수법은 분명히 민가의 영향을 받은 것이다. 시에서 경물에 대한 묘사는 대체로 민간 전설과 관련이 있다. 예를 들면 "꽃을 꽂고 물가에 가서 누구를 위해 단장하는가?"(插花臨水爲誰容)라고 한 것은 바로 옥녀봉(玉女峯)의 봉우리에 많은 잡목과 들꽃들이 있었기 때문에 민간의 전설에 옥녀가 꽃을 꽂는 것을 좋아한다라고 했는데 이 전설은 지금도 남아 전한다. 또 "일곡(一曲)" 시 가운데의 "홍교(虹橋)"와 "사곡(四曲)" 시 가운데의 "금계(金鷄)" 역시 신화 전설에서 유래한 것이다. 그리고 이 시들에 쓰인 언어도 민가의 색채를 지녀, 자연스럽고 유창하며 생동적이고 발랄하다. 시 가운데 간혹 성어(成語)나 전고(典故)가 있다. 예를 들면 "삼곡(三曲)" 가운데 "상전해수(桑田海水)"는 ≪신선전(神仙傳)≫ 가운데 마고(麻姑)의 말이고, "포말풍등(泡沫風燈)"은 불교 용어이다.[88] 이러한 성어는 일찍부터 이미 사람들이 잘 알고 있는 것이었고, 또 이 시가 암선(巖船)의 연대가 요원함을 개탄한 일과 매우 맞아떨어져서 읽는 가운데 그 속에 전고가 있는지조차 느낄 수가 없어서 시어(詩語)의 자연스러운 맛을 반감시키지는 않는다. 시의 취지와 구상은 발랄하고 유머가 넘친다. 예를 들면, "이곡(二曲)"은 의인화 수법으로 옥녀봉을 묘사하였으며, 꽃을 꽂고 물가로 간다고 한 것은 마치 눈으로 보듯 생생하고 감

88) ≪금강경(金剛經) · 응화비진분(應化非眞分)≫에는 "모든 유위법(有爲法)은 허깨비 · 꿈 · 물거품 · 그림자와 같다."(一切有爲法, 如幻夢泡影.)라고 하였고, ≪좌선삼매경(坐禪三昧經)≫ 권상(卷上)에는 "마치 바람 앞의 등불과 같아서 언제 꺼질지 모른다."(比如風中燈, 不知滅時節.)라고 하여 모두 허황한 사물이 짧은 시간에 쉽게 사라지기 쉽다는 뜻을 비유하였다.

동적이다. 그러나 세 번째 구에서 “도인은 다시는 양대(陽臺)의 꿈을 꾸지 않는다”(道人不復陽臺夢)라고 하였는데, 옥녀의 희롱으로 인해 환각에 빠지지 않을 것이라는 뜻으로, 유머가 매우 넘쳐 이학 대종사의 엄숙한 체하는 모습은 전혀 보이지 않는다. 그렇지만 이 시는 또 단순히 경치만을 읊은 작품이 아니다. 시인이 산수 자연을 좋아하는 마음 외에도 시 속에서는 주희의 자연에 대한 느낌과 사상이 스며들어 있다. 암선의 오래되고 낡음이 시인으로 하여금 세월이 빨리 흐른다는 탄식을 자아내었고, 몇 차례의 부드러운 노 젓는 소리는 주희로 하여금 만고의 적적한 마음을 깨닫게 하였다. 그렇지만 그러한 느낌과 사상을 심오하고 난삽한 철학적인 언어로 나타내지 않고, 흔적이 드러나지 않게 맑고 아름다운 예술적 형상 속에 스며들게 하였다. 다시 말해서 이 시는 사경과 서정이 고도로 융합되어 마음과 사물이 서로 느끼고 감정과 경치가 서로 어우러져 이미 혼연일체가 된 듯한 경지를 보여준다. 이렇게 청신하고 유려한 산수에 대한 묘사와 음풍농월한 작품이 주희라는 이 이학 대종사의 손에 의해 나왔다는 것은 정말 예술적 기적이다. 그래서 그런지 당시에 비록 많은 사람들이 시를 지어서 이 시에 창화하였고 후세의 계승자들도 대대로 없지 않았지만, 지금까지로 보아서는 아무래도 주희의 십가(十歌)를 무이구곡(武夷九曲)을 노래한 천고의 절창으로 꼽아야 할 것이다. 진짜 좋은 시는 중복될 수 없는 것이다.

## 제3절 평정(平正)하고 유창한 산문

만약 시가의 기능이 개인의 감정을 표현하는 데 치중하여, 때때로 주희로 하여금 의도적으로 멀리하게 하였다면, 실용적인 사회적 기능에 치우칠 수 있는 산문의 이 특성은 주희로 하여금 잠시도 떨어질 수 없게 했다. 정치가로서 그는 산문으로 정치를 논해야 했고, 이학가로서는 산문으로 학문을 논해야 했으며, 교육가로서는 산문으로 학문을 강연해야 하였다. 특히 남송에 이르러서 산문은 이미 일상 생활에서 가장 실용적인 문체가 되어, 서발문(序跋文)이나 서신(書信)·비문(碑文)·묘지문(墓誌文) 등 산문을 쓰지 않는 경우가 없었다. 주희는 한평생 사유하여 무수한 관념들을 표현해야 했고, 이러한 것들이 그가 필연적으로 대량의 산문을 쓸 수밖에 없도록 결정지었다. 지금 세상에 전하는 주희의 문집은 121권에 달하며, 그 가운데 대부분이 산문이다. 물론 주희의 문학사상의 지위를 다져준 것은 그의 작품의 수량이 아니라 그의 산문 작품이 도달한 수준이다. 청대의 홍량길(洪亮吉)은 "남송의 산문은 주희가 대가이고, 남송의 시는 육유가 대가이다."(南宋之文, 朱仲晦大家也. 南宋之詩, 陸務觀大家也.)[89]라고 한 것으로 보아서, 후세 사람들은 주희 산문의 성취에 대해 육유의 시가와 맞먹는 것으로 본 것을 알 수 있다.

주희는 일생 동안 제대로 정치에 종사한 기간은 매우 짧지만, 그는 매번 입조(入朝)할 때마다 기회를 놓치지 않고 글을 올려 일을 논하였는데, 관점이 분명하고 언어는 간절하여 주의문(奏議文)의 명작들을 남겼다. 예를 들면, 소흥(紹興) 32년(1162) 6월 고종(高宗)이 선양(禪讓)하여 효종(孝宗)이 즉위하였는데, 8월에 주희는 부름을 받고 일을 논하며 직언했던 당시의 상황은 "조상들의 영토를 회복하지 못했고, 종묘의 원수도 제거하지 못했으며, 오랑캐의 간악함은 수시로 변하고 백성들의 곤궁하고 피폐함이 이미 극에 달했습니다."(祖宗之境土未復, 宗廟之仇恥未除, 戎虜之奸譎不常, 生民之困悴已極.)라고 하면서 고종의 작은 조정이 시종일관 화친(和親)

89) ≪북강시화(北江詩話)≫ 권3.

만 애걸하던 잘못을 비분강개하면서 지적하였다.

> 저들은 중원을 훔치고서 해마다 돈을 갈취하고 그들의 왕성한 세력에 의지하여 화친을 맺고 맺지 않고의 권한을 좌지우지하였습니다. 저들 자신들이 약할 때는 화친할 것을 강요하니 우리 측은 감히 어쩌지 못했고, 저들의 힘이 생기자 대거 깊이 쳐들어오니 우리는 미처 지탱하지 못했습니다. 대저 저들이 태연하게 화친을 맺자고 하면서 그들의 술책은 늘 화친 외의 것을 행하고 있었던 것입니다. 그렇게 함으로써 움츠리지 않고 펼치기에 유리하게 하여, 마음대로 나아가고 물러갈 수 있었습니다. 그런데 우리 측은 남의 눈치나 살피면서 화친을 맺고 맺지 않고의 명령만 들을 뿐이었습니다. 정치를 도모하는 자들은 오랑캐들의 환심을 잃을까만 걱정하여 장기적인 계책을 세우지 못하였습니다. 나아가서는 중원을 지킬 기회를 잃어버렸고, 물러나서는 충신들의 사기만 꺾어놓았습니다. 무릇 우리가 화친을 맺고자하는데 급급하다보면 뜻이나 생각이 늘 화친이라는 함정에 빠지게 되므로 앞으로 나아가는 것도 물러나는 것도 모두 기회를 놓치고 맙니다. 선화(宣和)・정강(靖康) 이래 앞뒤 3・40여 년간 오랑캐들은 오로지 이 계책만 가지고서 우리들의 심기를 건드리며, 정책을 정하여 승리하고 종횡으로 나아가고 물러나고 하는 것이 그들의 뜻대로 되지 않는 것이 없었습니다. 우리는 그들의 계책에 빠져들어 깨닫고 깨어날 줄 모르니, 나라를 위태롭게 하고 군사를 잃게 하는 것은 똑같습니다.(彼盜有中原, 歲取金幣, 據全盛之勢, 以制和與不和之權. 少懦則以和要我, 而我不敢動 ; 力足則大擧深入, 而我不及支. 蓋彼以從容制和, 而其操術常行乎和之外. 是以利伸否蟠, 而進退皆得. 而我方且仰首于人, 以聽和與不和之命. 謀國者惟恐失俘人之歡, 而不爲久遠之計, 進則失中原事機之會, 退則沮忠臣義士之心. 蓋我以汲汲欲和, 而志慮常陷乎和之中, 是以跋前疐後, 而進退皆失. 自宣和・靖康以來, 首尾三四十年, 俘人專持此計中吾腹心, 決策制勝, 縱橫前却, 無不如其意者. 而我墮其術中, 曾不省悟. 危國亡師, 如出一轍.)
>
> (<임오응조봉사(壬午應詔封事)>, ≪문집≫ 권11, 36쪽.)

소흥의 화의(和議) 이래, 화의를 반대하던 목소리도 적지 않았지만 화의의 폐해를 이렇게 예리하고 분명하게 설파한 경우는 처음이다. 주희는 만약 화친만 주장하게 되면 국토 수복의 기회를 완전히 잃게 될 뿐 아니라 현재의 일시적인 안일을 유지하는 주도권도 빼앗기게 되어 설령 우리가 싸우려고 해도 싸울 수 없을 것이고, 화친도 꼭 유지할 수 있다고 할 수 없어서, 모든 주도권을 적의 손에 쥐어주게 되니, 우리 측은 소극적이고 수동적으로 운명에 맡길 수밖에 없게 됨을 분명하게 지적하였다. 나라를 세운 집정자에게 있어서 이는 당연히 가장 큰 실책이 될 것이다. 그러므로 주희의 이 주의문(奏議文)의 주화파(主和派)에 대한 비판은 매우 설득력이 있어서 논리적으로 반박할 수 없는 힘을 지녔으니, 이게 바로 정론문(政論文) 가운데 최고의 경지인 셈이다. 어쩌면 화친을 주장하던 고종(高宗)이 막 퇴위하고서 여전히 태상황(太上皇)의 신분으로 효종(孝宗)을 통제하고 있었지만, 주희는 이때 효종이 분발해 줄 것에 대해 아직 희망을 가지고 있어서 비판보다 격려가 더 필요했기 때문에 주희의 주의문 중의 말투는 그래도 좀 부드럽다. 그러나 융흥(隆興) 때 화친이 이루어진 후에, 효종조의 조정도 일시적으로 안일한 분위기에 빠져있게 되자, 주희는 이부시랑(吏部侍郎) 진준경(陳俊卿)에게 보낸 편지에서는 인정사정 보지 않고 화친에 대해서 대대적으로 비판하였다.

> 나라를 수복하는 계책을 저지하는 자들은 강화를 달갑게 여깁니다. 변방과 조정을 지킬 바른 규정을 무너뜨리는 자들은 강화를 주장합니다. 안으로 백성들의 충성되고 의로운 마음을 어기고 밖으로는 고국에 바람을 호소하는 것을 막는 것이 강화의 주장입니다. 구차하게 눈앞의 암울한 근심을 피하고자 앞날의 태평에 해를 끼칠 독을 키우는 것도 강화의 주장입니다.(沮國家恢復之大計者, 講和之悅也. 壞邊陲備御常規者, 講和之說也. 內咈民忠義之心, 而外絶故國來訴之望者, 講和之說也. 苟逭目前宵旰之憂, 而養成異日宴安之毒者, 亦講和之說也. (<잔사랑서(陳侍郎書)>, ≪문집≫ 권24, 12쪽)

건도(乾道) 원년(1165), 위염지(魏掞之)는 고종 소흥 8년(1138) 조정 대신들의 화친에 관한 주의문을 ≪무오당의(戊午讜議)≫라는 책으로 엮었고, 주희는 서문을 써서 소흥 연간 남송의 작은 조정이 화친을 할 것인지 싸울 것인지 결정하지 못한 것부터 하나같이 화친을 주장하게 되는 굴욕적인 역사에 대한 정리를 하여 침통하고 분개하며 화친의 국가와 민족에 대한 위험성과 폐단을 지적하였다. 그는 말하였다.

> 소흥(紹興) 초 어진 인재들이 등용되고 국가의 기강은 다시 세워졌고, 여러 장수들의 병사들은 속속 승전보를 알려 와서 국토가 수복되는 것은 이미 거의 이루어졌다. 그렇게 되자 오랑캐들은 비로소 화친의 뜻을 드러내어 우리들의 계책을 저지하고자 하였다. 그런데 재상 진회(秦檜)는 오랑캐의 조정으로부터 돌아온 후 그 일을 힘써 주장하였다. 이때만 해도 인륜이 그래도 뚜렷했고 사람들의 마음가짐도 아직 반듯했던 터라 세상 사람들은 현명함 여부나 신분의 귀천을 막론하고 모두 한결같이 화친을 하여서는 안 된다고 여겼다. 단지 사대부들 가운데 우매하고 이익을 탐하며 염치를 모르던 몇몇 무리들만 일어나서 거기에 동조하였다. 올바른 논의는 받아들이지 않고, 꾸짖고 나무라고 내치고 한 후에 이른바 화친논자들이 함께 결정을 하여 그것을 깰 수가 없게 되었다. 그렇게 한 후로 20여 년이 흘러가자 조정은 원수인 오랑캐를 잊고, 태평성세의 즐거움만 그리워하게 되었다. 진회(秦檜)도 이로 인해 외부의 권력을 빌어서 총애와 이익을 독차지하게 되어, 주군의 권한을 도적질하여 간사한 음모를 도모하였다. 그래서 진회 편에 서서 올바른 논의를 막고, 마음으로 그에게 영합하던 자들은 하나같이 그런 인맥을 통하여 짧은 시간에 현달하지 않은 이가 없었다. 이윽고 진회가 조정의 일을 맡아보게 되자 군신부자간의 인륜이나 천지(天地)의 경의(經義)와 같은 이른바 백성들의 덕목과 같은 것은 더 이상 사대부들 간에 전해 듣지 못하게 되었다. 사대부들은 장기간에 걸친 쇠미한 풍속에 빠지다보니 그저 당시에 나라에 겉으로 별일이 없는 것으로만 보았고, 진회와 그의 무리들은 모두 그러한 성과를 향유하기만 하고 후환에는 대비하지 않았으니, 원수를 잊고 굴욕을 참는 것을 그저 당연시 하게 되었다. 화친을 주장하던 이들은 진회를 선망하였고,

쓸데없는 애기를 하는 사람들은 진회를 따르는 무리들을 부러워하여, 수컷 한 마리가 노래하면 수많은 암컷들이 화답하는 형국이었다. 계미(癸未)에 논의한 말들은 조정에 회자하였는데, 오랑캐와 화친해서는 안 된다고 말한 사람은 상서(尙書) 장공천(張公闡)・좌사(左史) 호전(胡銓)뿐이었으며, 그 나머지 가운데 화친해서는 안 된다고 말하는 사람이 있기는 했으나 그들이 말하는 이유들은 그들의 이해(利害)의 범위를 벗어나지 않았으며, 또 그 나머지 비록 평소에 어진 사대부라고 일컬어지며 전국이 오랑캐에게 사역을 당한다고 분개하던 이도 일단 높은 관직에 오르자 곧 마치 망연히 술에 취한 듯 환각에 빠진듯 하여 지난 날 했던 말을 잊어버렸다. 이에 어떤 사람이 말하기를, 이는 처사(處士)의 큰 소리일 뿐이라 했다. 오호라, 진회의 죄는 위로 하늘에 통하는 것으로 만 번 죽어도 다 속죄할 수 없다. 이는 바로 처음에 사악한 음모를 주창하여 나라를 망쳤고, 중간에는 오랑캐의 세력을 끼고서 임금을 핍박하여 인륜을 흐리게 하였고 인심을 삐뚤어지게 하였기 때문이며, 그 말류의 폐단이 임금을 버리고 친족을 뒤로함이 이와 같이 극에 달했다라고 한다. (紹興之初, 賢才幷用, 綱紀復張. 諸將之兵, 屢以捷告. 恢復之勢, 蓋已十八九成矣. 虜人于是始露和親之議, 以沮吾計. 而宰相秦檜歸自虜庭, 力主其事. 當此之時, 人倫尙明, 人心尙正, 天下之人, 無賢愚, 無貴賤, 交口合辭, 以爲不可. 獨士大夫之頑鈍嗜利無耻者數輩, 起而和之. 淸議不容, 詬詈唾斥, 然後所謂和議者, 翕然以定而不可破. 自是以來二十餘年, 國家忘仇敵之虜, 而懷宴安之樂, 檜亦因是籍外權以專寵利, 竊主柄以遂奸謀. 而向者冒犯淸議・希意迎合之人, 無不夤緣驟至通顯. 或乃檜用事, 而君臣父子之大倫・天之經・地之義, 所謂民彝者, 不復聞于縉紳之間矣. 大士夫狃于積衰之俗, 徒見當時國家無事, 而檜與其徒皆享成功, 無後患, 顧以忘仇忍辱爲事理之當然. 主議者慕爲檜, 遊談者慕其徒, 一雄唱之, 百雌和之. 癸未之議, 發言盈庭, 其曰虜不可和者, 尙書張公闡・左史胡公銓而止耳. 自餘蓋亦有謂不可和者, 而其所以爲說, 不出乎利害之間. 又其餘則雖平時號賢士大夫, 慨然有六千里爲仇人役之者, 一旦進而立乎廟堂之上, 顧乃惘然如醉如幻, 而忘其疇昔之言. 厥或告之,則曰：此處士之大言耳. 嗚呼, 秦檜之罪, 所以上通于天, 萬死而不足以贖者, 正以其始則唱邪謀以誤國, 中則挾虜勢以要君, 使人倫不明, 人心不正, 而未流之弊, 遺君後親至于如此之極也!

(<무오당의서(戊午讜議序)>, ≪문집≫ 권75, 11쪽~12쪽)

소흥 초년, 송과 금 사이의 화친할 것인지 싸울 것인지 결정하지 못하고 있을 때 남송의 나라를 사랑하는 군민(軍民)들은 떨쳐 일어나 적에 대항하면서 여러 차례 금 나라 군을 대패시켰다. 당시 멀리 북벌을 감행하여 잃어버린 국토를 회복하지는 못했지만 강회(江淮)를 어느 정도 굳게 지키면서 금 나라를 적국의 예를 유지하며 서로 버틸 수 있었다. 그러나 안타깝게도 진회(秦檜)가 정권을 잡으면서 고종 조구(趙構)와 서로 작당하여 한결같이 비굴하게 화친하고자 하여 마침내 남송은 고개를 숙이고 신하라고 일컬으면서 소극적이고 피동적으로 그리고 일시적으로 구차하게 안일한 국면을 맞게 되었다. 건도(乾道) 초년에 이르러 비록 진회는 이미 죽고 고종은 이미 퇴위하였지만 효종의 융흥(隆興) 연간의 북벌이 실패하면서 또 황급히 금 나라와 새로운 화의를 맺게 되어 무릎을 꿇고 화친을 구하는 노선은 다시 또 작은 조정의 방침이 되었다. 이 때 주희는 소흥 이래의 역사를 다시 되새기고 화의에 반대하려면 반드시 역적을 사로잡고 왕을 사로잡고 비판의 창끝을 투항파의 우두머리를 겨냥해야 한다는 것을 깊이 느꼈다. 송의 고종이 진회에 대해서 줄곧 그의 말과 계책을 신뢰했기 때문에 진회가 죽으려고 할 때도 여전히 친히 진회의 집으로 가서 병문안을 하였으며, 진회가 죽은 후에는 "충헌(忠獻)"이라는 시호를 내렸다. 소흥 26년(1156) 고종은 또 조서를 내려 "이로써 나의 마음을 결정하여 화친 정책을 취하기로 결정하고 예전의 재상 진회는 단지 나의 뜻에 동조했던 것뿐이니, 어찌 그가 죽고 산 것으로 결정된 논의를 바꿀 수 있겠는가?"(是以斷以朕志, 決講和之策. 故相秦檜, 但能贊朕而已, 豈以其存亡而有渝定議耶!)[90]라고 하여 공개적으로 화의를 결정한 것은 본인의 의지에서 나온 것이므로 결코 진회의 죽음으로 인해 변

90) 《속자치통감(續資治通鑑)》 권131.

경하지 않을 것임을 선포하였다. 그렇기 때문에 화의를 비판하려고 해도 실제로는 고종과 진회를 떼어놓을 방법이 없었다. 그러나 고종은 결국 황제이고 퇴위한 후에도 여전히 태상황이라는 존귀한 자리를 차지하고 있었기 때문에 주희는 물론 고종의 잘못을 직접 지적할 수는 없었으므로 그는 창끝을 가지고 진회를 겨냥했지만, 뼈 속에서는 주희의 비판의 칼끝은 결코 심사(心思)가 바르지 못한 고종 조구를 간과하지 않았다. 주희의 이 글은 힘찬 기세로 먼저 군부(君父)의 원수를 갚을 수 있는가? 즉 정강(靖康)의 수치를 씻는 것을 남송 조정(朝政)의 시비를 헤아리는 표준으로 삼았고 그리하여 도의상(道義上) 일체의 화의를 주장하는 자들의 핑계를 막았다. 그런 다음에 다시 소흥 초년의 실제 상황을 회고하여 당시는 아직 크게 해볼 만한 것이 있는 때로서 화의를 의론하는 것은 결코 남송 조정의 유일한 선택이 아니라고 지적하였다. 이 두 가지 전제 아래 주희는 진회에 대하여 신랄한 비판을 가하였다. 진회가 화의를 창도할 때 가지고 있었던 고종의 생모를 맞아 돌아오게 하는 등등은 하나의 "핑계"(藉口)에 불과하고 그의 진정한 목적은 이것으로 총애와 권력을 독차지하는 것이었으며, "처음에는 간사한 꾀를 부려 나라를 그르쳤고"(始則唱邪謀以誤國) 또 "중간에는 오랑캐의 세력을 끼고 임금을 협박한"(中則挾虜勢以要君) 것일 뿐이다. 주지하는 바와 같이 고종이 화의를 주장한 최대의 핑계는 모후(母后)를 맞아 돌아오게 하는 것이었으며, 주희는 이미 이 일을 진회의 핑계라고 지적하였는데, 그렇다면 그의 비판 대상은 실은 이미 고종을 그 안에 포함하는 곧 화의를 견지하는 자들의 입론 근거를 근본적으로 빼앗고 그렇게 함으로써 그 야비한 목적을 명백하게 밝히는 것이었다. 이러한 기초 위에 주희는 필봉을 일전시켜 진회 이후에 계속 화의를 주장한 탕사퇴(湯思退)·전단례(錢端禮) 같은 무리들을 "진회가 되기를 부러워한"(慕爲檜) 것도 역시 남에게 말하지 못할 사적인 목적에서 나온 것이라고 지적하고 꾸짖었다. 그러므로 이 문장은 역사에 대한 회고와 반성일 뿐 아니라 또한 현실 정치에 대한 비판이기도 하며, 논리가 아주 예리하고 훌륭한 정론문이다. 전체 남송을 통털어 투항과 매국에 반대하는 정론문 가운데 호전(胡銓)의 <무오상고종봉사(戊午上高宗封事)>와 이 문장이 가장 중요한 대표작으로 역사에 길이 남아 전할 것이다.

주희가 가장 많이 쓴 의론문은 학술 논저이다. 이러한 논저들은 왕왕 주석・서발(序跋)의 형식으로 나타나지만 또한 단독으로 편을 이룬 수많은 문장은 어떤 것은 역시 고문의 명편이라고 일컬을 만하다. 예컨대 <독당지(讀唐志)>는 다음과 같다.

> 구양자(歐陽子)는 "삼대(三代) 이전의 다스림은 모두 한 곳에서 나와서 예악(禮樂)이 천하에 두루 미쳤고, 삼대 이후의 다스림은 두 군데에서 나와서 예악은 허명(虛名)이 되었다."라고 하였다. 이것은 고금을 들어 바뀔 수 없는 지론이다. 그러나 구양수는 정사(政事)와 예악(禮樂)이 한곳에서 나오지 않으면 안 되는 줄은 알았으나 도덕과 문장이 두 군데에서 나오게 되면 더욱 안 됨을 몰랐다. 옛날의 성현들의 문장은 홍성하였다고 할 수 있다. 그러나 어찌 처음부터 이러한 문장을 배우는 데 마음을 두었겠는가? 마음속에 어떤 내용이 있으면, 반드시 밖으로 표면화 되어 나타나게 되니, 마치 하늘에 별 기운이 있으면, 반드시 일월성신의 빛이 있게 마련이고, 땅에 어떤 형상이 있게 되니 반드시 산천초목이 있게 되는 것과도 같다. 성현의 마음에 이와 같이 밝고도 순수한 내용을 갖추니 밖으로 확연히 드러나는 것은 반드시 자연스럽게 조리가 분명하게 광휘를 발하며, 덮으려 해도 덮을 수가 없다. 이러한 것은 따로 수사적인 언어에 의탁할 필요도 없이 간책(簡冊)에 적어 놓은 것을 후세에는 문(文)이라고 일컫는다. 단지 한사람이 온갖 일을 접하는 그 일거수일투족을 사람들이 볼 수 있는 것으로는 문(文)이 아닌 것이 없다. 동경(東京)으로 천도한 이래로 수당(隋唐)에 이르기까지 수백 년 동안 문(文)은 점점 쇠락하여 도(道)에서 점차 멀어졌으니, 알맹이가 없는 글은 더욱 말

할 것이 없다. 한유가 나오고 나서야 당시의 글이 비루하다는 것을 느끼게 되어 한 시기에 분연히 호령하며 진부한 언어를 없애고 ≪시(詩)≫, ≪서(書)≫ 등 육예(六藝)의 작품을 뒤쫓으려 하였지만 그가 사람들의 정신을 피폐하게 하고, 세월을 낭비한 것은 또 그 전대의 여러 사람들이 한 것 보다 더욱 더 심했다. 그러나 다행스럽게도 한유는 뿌리가 없고 알맹이가 없는 것을 의지할 수 없다는 것을 대략 알았기에, 그 위를 거슬러 올라가면 합치되는 부분도 있었다. 그래서 비로소 <원도(原道)> 등 여러 편의 글을 쓰게 되었는데, 글에서 "뿌리가 무성한 것은 그 열매를 제대로 맺게 되고, 살이 찌고 기름지면 그 빛이 밖으로 발하게 된다. 인의(仁義)를 지닌 사람은 말이 상냥하다." 라고 말하니 그의 제자가 그것에 화답하여 또한 "도(道)를 깊이 이해하지 않고 글을 잘 쓴 사람은 없다."고 하였으니 또한 현명하다고 할 수 있을 것이다. 그러나 지금 그의 글을 읽어보면 아첨하거나 장난스럽고, 거리낌이 없다보니 알맹이가 없는 것도 자연히 적지 않다. 만약 그가 궁구한 도(道)도 그 대강을 말로만 할 수 있었지 깊이 연구하거나 실천한 것은 보이지 않는다. 그의 제자들의 논의 또한 단지 남의 말을 베껴 쓰거나 표절하는 것을 문장을 쓰는데 있어서의 폐단으로 여겨서 쇠미한 문풍을 진작시키고, 사람들로 하여금 스스로 할 수 있도록 한 것은 한유의 공로이다. 그런데 그들 사제지간에 전수할 때에 '도(道)'와 '문(文)'을 둘로 나누게 됨을 면치 못했고, 그 경중(輕重)과 완급(緩急), 본말(本末), 주객(主客)이 도치됨을 면하지 못했다. 그 때부터 또 수백 년간 쇠락의 길을 걸었는데, 구양수(歐陽修)가 나타났다. 그 글의 빼어남은 한유에 뒤지지 않았으며, 그는 '다스림은 하나에서 비롯된다.'하였으니, 순자(荀子) · 양웅(揚雄) 등 이하 모두 그에 미치지 못했으며, 한유도 더 이상 칭송받지 않게 되었는데, 이렇게 되니 마치 거의 도(道)에 근접한 것 같았다. 그러나 그가 평생 한 말과 그의 행적들을 살펴보면 그 역시 한유가 가지고 있던 폐단을 피하기 어려웠던 것이 아닌가한다. 또 일찍이 그의 제자들의 말과 그 행적의 실제 상황을 살펴보면, 또한 한유의 병폐를 면하기 어려웠던 것 같고, 또 평소 그의 제자들이 하는 말을 보면 그의 말을 읊조려 말하기를 "내가 장차 늙어감에 이 글에 기탁한다."라고 하고, 또 꼭 "내가 말하는 문(文)이란 반드시 도(道)와 함께 한다."라고 하고, 그를 추존하여 곧 "오늘날의 한유(韓愈)이다."라고 하였다. 또 꼭 "문(文)이 여기에 없다." 라고 하는 말을 인용하여 구양수(歐陽修)의 주장을 펼쳤다. 앞의 말을 보면,

도(道)와 문(文)이 나는 과연 하나인지 둘인지 모르겠고, 뒤의 말로 본다면 나는 또 문왕(文王)과 공자의 문(文)이 한유나 구양수의 문(文)과 과연 같은 것인지 아닌지 모르겠다! 오호라, 학문을 논하지 않은지 오래되었으니, 습속의 어그러짐을 다 말할 수 있겠는가? 내가 ≪당서(唐書)≫를 읽다가 느끼는 바가 있어서 이 말을 적어서 바로잡고자 한다.(歐陽子曰："三代而上, 治出于一而禮樂達于天下；三代而下, 治出于二而禮樂爲虛名." 此古今不易之論也. 然彼知政事·禮樂之不可不出于一, 而未知道德·文章之尤不可使出于二也. 夫古之聖賢, 其文可謂盛矣. 然初豈有意學爲如是之文哉? 有是實于中, 則必有是文于外. 如天有星氣, 則必有日月星辰之光耀. 地有是形, 則必有山川草木之行列. 聖賢之心既有是精明純粹之實, 以旁薄充塞乎其內, 則其著見于外者, 亦必自然條理分明, 光輝發越, 而不可掩蓋. 不必托于言語, 著于簡册, 而後謂之文. 但自一身接于萬事, 凡其語默動靜, 人所可得而見者, 無所適而非文也. 東京以降, 訖于隋唐, 數百年間, 愈下愈衰, 則其去道益遠, 而無實之文, 亦無足論. 韓愈氏出, 始覺其陋, 慨然號于一世, 欲去陳言, 以追詩書六藝之作, 而其弊精神, 糜歲月, 又有甚于前世諸人之所爲者, 然猶幸其略知不根無實之不足恃, 因是頗沂其源而適有會焉. 于是<原道>諸篇始作, 而其言曰："根之茂者其實遂, 膏之沃者其光曄. 仁義之人, 其言藹如也." 其徒和之, 亦曰："未有不深于道而能文者." 則亦庶幾其賢矣. 然今讀其書, 則其出于詔諛戲豫, 放浪而無實者, 自不爲少. 若夫所原之道, 則亦徒能言其大體, 而未見其有探討服行之效. 至于其徒之論, 亦但以剽掠僭竊爲文之病, 大振頹風, 教人自爲, 爲韓之功. 則其師生之間, 傳授之際, 蓋未免裂道與文以爲兩物, 而于其輕重緩急·本末賓主之分, 又未免于倒懸而逆置之也. 自是以來, 又復衰歇數百年, 而後歐陽子出. 其文之妙, 蓋已不愧于韓氏. 而其曰"治出于一"者, 則自荀·楊以下, 皆不能及. 而韓亦未有聞焉. 是則疑若幾于道矣. 然考其終生之言與其行事之實, 則恐其亦未免于韓氏之病也. 抑又嘗以其徒之說考之, 則誦其言者既曰"吾將老休, 付自斯文"矣, 而又必曰"我所謂文, 必與道俱." 其推尊之也, 卽曰"今之韓愈"矣, 又必引夫"文不在玆"者, 以張其說. 由前之說, 則道之與文, 吾不知其果爲一耶, 爲二耶? 由後之說, 則文王·孔子之文, 吾又不知其與韓·歐之文, 果若是其班乎否也! 嗚呼, 學之不講久矣. 習俗之謬, 可勝言也哉. 吾讀≪唐書≫而有感, 因書其說以訂之.)

(≪문집≫ 권70, 3쪽~5쪽.)

문(文)과 도(道)의 관계는 예로부터 고문 이론의 핵심 내용이었다. 구양수(歐陽修)가 고문운동의 정신을 계승 발전시키고, 북송 시문(詩文)의 혁신을 주도하여 성공할 수 있었던 것은 바로 그가 문과 도의 관계에 대해 정확하게 인식했기 때문이다. 그러나 주희가 보기에 구양수의 이론과 창작은 모두 심각한 결함을 가지고 있었고, 그러한 결함은 바로 당대의 한유 등과 일맥상통하는 것이었는데, 위의 문장에서 그러한 문제에 대해서 상당히 체계적으로 분석하였다. 위의 문장에서는 우선 구양수가 ≪신당서(新唐書)·예악지(禮樂誌)≫에서 한 두 마디의 말을 가리켜 "고금을 통 털어 바꿀 수 없는 말"(古今不易之論)이라고 하였다. 그런 다음에 예악(禮樂)과 정사(政事)의 합일로부터 도덕과 문장(文章)의 합일로 확대하고 있는데 이는 이 두 쌍의 개념 사이의 관계가 매우 흡사하여, 모두 하나는 "밖"(表)이고 하나는 "안"(裏)이며, 하나는 실(實)이고 하나는 허(虛)를 나타내는 성질이 있기 때문이다. 그러나 구양수는 전자가 합일될 수 있다는 것만 알고, 후자가 더 더욱 떨어질 수 없다는 것을 몰랐기 때문에 주희는 정중하게 논의하려 한 것이다. 주희의 생각으로는 하늘의 일월성신(日月星辰)과 땅위의 산천초목(山川草木)은 모두 천지의 "문(文)"이 체현된 것으로 그 근본은 "하늘"(天)의 "기(氣)"와 "땅"(地)의 "형(形)"에 있다고 여겼다. 마찬가지로 성현의 "문(文)" 역시 성현 마음 속 도덕의 자연스런 발로이기 때문에, 도덕이야말로 "실(實)"이며 근본이고, "문"은 그 외재하는 모습일 뿐이므로 그것을 좇아서도 안 되고 감출 수도 없는 것이라고 여겼다. 이렇게 함으로써 주희는 문과 도의 관계의 이론적인 기초를 확실하게 수립하였다. 그 요지는 두 가지이다. 하나는 도와 문의 합일성으로 둘은 서로 떨어질 수 없다는 것이고, 둘째는 도는 그 근본성 혹은 제1성을 가지고 있고 문은 파생성이나 제2성을 가지고 있으며, 양자간에는 주차(主次) 혹은 경중(輕重)의 구분이 있다는 것이다. 바로 이러한 이론적 기초를 전제로 하여, 주희는 맹자(孟子) 이후의 "문"(문학과 기타 학술을 포함)에 대해서 엄격한 비판을 가하고, 그 문이 "점점 더 쇠퇴했고"(愈下愈衰), "도에서 더욱 더 멀어졌다"(去道益遠)고 여겼다. 그 다음 주희의 비판의 칼날은 한유와 구양수를 향했다. 주지하다시피 한유와 구양수는 고문을 창도할 때 "도"를 매우 중시하였는데, 구양수는 "군자는 그 지위에 머물며 죽음으로써 그 직책을 완수할 것을 생각한다. 만약 지위를 얻지 못하면 문사를 가다듬어서 자신의 도를 밝히려고 생각한다."(君子居其位, 則思死其官. 未得位, 則思修其辭以明其道.)[91]라고 하였고, 구양수는 "도가 순정(純正)하면 속에 찬 것도 실하게 되고, 속이 충실하면 글로 표현된 것도 빛을 발하게 된다."(道純則充於中者實, 中充實則發爲文者輝光.)[92]라고 하였다. 한유와 구양수가 고문가들 가운데서 두각을 나타낼 수 있었고, 당·송 고문운동의 길을 개척할 수 있었던 것은 상당 부분은 바로 그들이 도에 대해서 중요하게 여겼기 때문이다. 표면적으로 보면 주희와 한유·구양수가 별반 차이가 없는 것 같지만 사실 그렇지 않았다. 주희는 바로 문·도 관계에 입각하여 한유와 구양수에 대해서 근원적인 비평을 가하였다. 주희는 한유 등은 비록 명도(明道)를 표방하기는 했지만 그들의 실제 창작을 보면 유희적인 문장이나 아무런 내용이 없는 문장이 많고, 그들의 문장에서 말하는 "도"도 매우 천박하여 그들이 사실은 도와 문을 분열시키고 본말을 전도시켜 문을 중시하고 도를 경시하였음을 지적하였다. 다시 말한다면 주희 자신이 견지하고 있는 문도관(文道觀)의 두 가지 핵심 내용이 모두 한유 등과는 상반되니 그가 한유에 대해서 신랄하게 비판하는 것도 무리가 아니었다. 구양수는 모두가 그를

91) <쟁신론(爭臣論)>, ≪창려선생문집(昌黎先生文集)≫ 권14.
92) <답조택지서(答祖擇之書)>, ≪구양문충공집(歐陽文忠公集)≫ 권14.

한유의 계승자로 인정하는 것처럼, 주희도 구양수가 한유의 후계자라고 생각한 만큼 한유와 같은 결함을 갖고 있다고 여겼다. 그래서 비록 한유와 구양수 모두가 유가의 도를 회복하는 것을 자신의 소임으로 여기기는 했지만, 주희는 그들의 문장이 "문왕(文王)·공자(孔子)의 문장"(文王·孔子之文)과 합치될 수 없다. 즉 "문으로 도를 꿰는"(以文貫道) 목적을 실현할 수 없다고 여겼다.

지금의 관점으로 보면 주희의 논점은 당연히 논의의 여지가 있지만, 문장 자체만으로 본다면 주희의 이 문장은 치밀한 논리와 분명한 조리를 갖추고 있다. 문장은 우선 강한 기세로 입론의 전제를 확립한 후, 한 걸음씩 나아가면서 논리적으로는 물 한 방울 새지 않을 만큼 치밀하다. 한유나 유종원에 대한 반박은 한겹한겹 누에고치를 벗기는 방식으로 귀납하여 마지막에 가서는 상대방의 언사(言辭)와 창작이 서로 모순되는 부분이 있음을 지적하여 반박의 여지가 없는 설득력을 지니고 있다. 그러니 분명 이러한 문장은 학술적인 문장 가운데에서는 모범이 될 만한 작품이라고 할 수 있을 것이다.

위에서 언급한 두 부류의 산문으로 말하면, 그 목적은 실용적인 것이지 심미적인 것이 아니고, 문장의 기능도 의론적인 것이지 서정적인 것이 아니며, 문풍은 엄숙한 경향으로 생기가 넘치지 않는다는 것은 말할 것도 없다. 만약, 현대의 문학 개념으로 보면 이러한 산문은 어쩌면 순문학의 범주에 들어갈 수 없을지도 모른다. 그렇다면 주희의 순문학적 성격의 산문은 어떠한가? 아니면 주희 산문의 심미적인 가치는 어떤가?

주희의 산문 가운데 문학적인 의미가 풍부한 것은 아래 세 종류이다. 첫 번째는 사경(寫景)을 위주로 한 것으로 유기(遊記)나 정대기(亭臺記) 등이 포함된다. 두 번째는 기인(記人)을 위주로 한 것인데, 묘지(墓誌)·행장(行狀) 가운데의 일부분이나 인물들의 언행을 기록한 단문(短文) 등이 포함된다. 세 번째는 서정(抒情)을 위주로 한 것으로 서발(序跋)·서찰(書札) 등이 이에 포함된다. 이러한 세 부류의 문장의 창작법과 치중점은 각기 다르지만 대부분 비교적 강한 심미적인 성격을 띠고 있는데, 아래에 각기 따로 논술한다.

주희는 일생 동안 대부분의 시간을 산 속에서 보냈는데, 그는 타고난 품성이 산수(山水)와 경물(景物)을 좋아하여, "매번 물 하나 돌 하나, 풀 한 포기 나무 한 그루를 볼 때 마다 조금 맑고 시원한 곳이 있으면 하루 종일 눈도 깜짝이지 않았다."(每觀一水一石, 一草一木, 稍淸陰處, 竟日目不瞬.)[93] 라고 하였고, 그는 또 자칭 "내가 젊었을 때는 훌륭한 산수를 매우 좋아하였는데, 중년부터는 병으로 몸이 쇠약하여 사방으로 내 뜻을 펼칠 수가 없었다."(予少好佳山水異甚, 而自中年以來, 卽以病衰, 不克逞其志於四方.)[94]라고 하였다. 그래서 주희는 산수시 외에도 많은 산수문을 남겼으며, 그 가운데 많은 훌륭한 작품을 남겼다. 예를 들면 <운곡기(雲谷記)>는 "비록 맑은 대낮이라 해도 흰 구름이 몰려들면 지척도 분간할 수 없었다."(雖當晴晝而白雲坌入, 則咫尺不可辨.)라는 운곡을 묘사하며,[95] 운곡의 빼어난 경치를 하나하나 썼다. 문장은 1,789 글자나 되지만 문필이 청려(淸麗)하고 운치가 있어서 읽어도 지겨운 줄을 모르게 한다. <와룡암기(臥龍庵記)> 같은 경우 먼저 어렸을 때 양시(楊時)의 시를 읽고, 여산(廬山) 와룡암(臥龍庵)의 이름을 알게 되었다는 것을 쓰고, 이어서 남강(南康)에 온 후 진순유(陳舜兪)의 <여산기(廬山記)>를 읽고 나서 여산의 경치의 아름다움을 알고 여산에 가보고 싶은 마음이 간절하였는데, 직접 여산 그곳에 가보니 암자(庵子)는 비록 허물어졌지만 "그 샘물이 쏟아나는 바위의 빼

93) ≪주자어류(朱子語類)≫ 권107 오수창(吳壽昌) 녹(錄), 2674쪽.
94) <서원암기(西原庵記)>, ≪문집≫ 권79, 2쪽.
95) ≪문집≫ 권78, 2쪽.

어남을 바꿀 수가 없다"(其泉石之勝不可得而改)는 것을 발견했다고 하고 마지막에 자신이 그 암자를 다시 세운 후의 상황을 썼다. 문장의 기세가 일정한 기복을 이루며 어우러지고 장법(章法)이 매우 빼어나다. 가장 훌륭한 작품은 아마도 <백장산기(百丈山記)>일 것이다. 전문은 아래와 같다.

백장산을 올라 3리 되는 곳에서 오른쪽으로는 가파른 계곡을 굽어보고 왼쪽으로는 깎아지른 벼랑이 뻗어 있다. 돌을 쌓아 돌계단을 10여 계단을 만들어 건널 수 있었다. 산의 빼어남은 여기에서 시작된다.

돌계단길을 따라 동쪽으로 가면 작은 산간수를 만나고 돌다리가 그 위에 걸쳐져 있는데, 모두 짙푸른 등나무와 고목으로 비록 한여름 대낮이라도 더운 기운이 없다. 물은 모두 맑고 깨끗하며 높은 곳에서 아래로 흘러내리니 그 소리가 "졸졸졸" 한다. 돌다리를 건너서 양쪽 절벽을 따라 구불구불 꺾어 올라가면 산문(山門)을 만난다. 작은 오두막집은 방이 세 칸으로 10여 명도 들어갈 수 없다. 그러나 앞으로는 산간수를 바라보고 뒤로는 바위 연못을 내려다보는데, 바람이 협곡 사이를 불어와서 하루 종일 끊이지 않는다. 산문 안은 연못을 가로질러 또 돌다리를 만들었다. 건너서 북쪽으로 가서 돌계단 몇 층을 딛고 암자로 들어간다. 암자는 겨우 낡은 집 세 칸으로 낮고 좁아 볼품이 없지만 유독 그 서각(西閣)이 빼어나다. 물이 서각 가운데에서 바위 틈을 따라 분출되어 각 아래로 나가서 남쪽으로 동각과 함께 연못 속으로 쏟아진다. 연못에서 나오면 앞에서 이른바 작은 산간수가 된다. 각은 그 상류에 있고 물과 돌이 험하게 튀고 서로 부딪치는 곳을 마주하고 있는데 가장 즐길 만하다. 그 뒤에 벽을 만들어 볼 것이 없다. 홀로 밤에 그 위에 누워 있으면 베개와 자리 아래에는 저녁 내내 '졸졸'하는 소리가 나고 오래될수록 더욱 슬퍼지는 것은 그것이 사랑스럽기 때문일 따름이다.

산문(山門)을 나서서 동쪽으로 십 여 걸음을 가면 평평한 석대(石臺)를 만나는데 아래로 가파른 둑에 임하여 있고 깊고 어둡고 험준하다. 숲 사이에서 동남쪽을 바라보면 폭포가 앞의 바위 구멍으로부터 쏟아져 나와 허공에 이르러 수십 자를 내려간다. 그 물거품은 마치 구슬을 뿌리고 안개를 뿜어내는 것 같다. 햇빛이 비추면 눈이 부셔 똑바로 쳐다볼 수가 없다. 대는 산의 서남쪽이 빠진 곳을 마주하여 앞으로는 노산(蘆山)을 향해 읍(揖)을 하고 있는데 한 봉우리가 유독 빼어나다. 그리고 수 백 리 사이에 봉우리와 뫼가 높고 낮은 것 역시 모두 역력히 눈에 들어온다. 해가 서산에 다가가자 남은 빛이 가로로 비추어 자줏빛과 비취색이 겹쳐져 이루 다 헤아릴 수가 없다. 아침에 일어나 내려다보니 흰 구름이 천지에 가득하여 바다 물결이 기복하는 듯하다. 그리고 원근의 여러 산들은 그 가운데를 나오는 것은 모두 날고 떠올라 왕래하는 것 같은데 혹은 용솟음치고 혹은 가라앉고 경각(頃刻)에 만 번이나 변한다. 대(臺)의 동쪽은 길이 끊어져 있는데 고을 사람들은 바위를 뚫어 돌계단길을 만들어 건넌다. 그리고 동쪽에 신사(神祠)를 지어 홍수와 가뭄에 기도한다. 험준함을 두려워하는 자는 간혹 감히 건너지 못한다. 그러나 산의 볼 만한 것은 여기에 이르러 다하는 것이다.

나는 유충보(劉充父)·평보(平父)·여경숙(呂敬叔)·외사촌 아우 서주빈(徐周賓)과 함께 노닐었다. 이미 모두 시를 지어 그 빼어남을 기록하였고 나는 또 이와 같이 상세하게 적는다. 그리고 그 가장 볼 만한 것은 돌계단길·작은 산간수·산문(山門)·석대(石臺)·서각(西閣)·폭포(瀑布)이다. 그래서 각각 따로 짧은 시를 지어 그 곳들을 적어 함께 노닐었던 여러 사람들에게 보여 주고 또 가고 싶지만 가지 못한 사람들에게 알린다.

연월일에 기록하다.

(登百丈山三里許, 右俯絶壑, 左控垂崖. 疊石爲磴十餘級, 乃得度. 山之勝, 蓋自此始. 循磴而東, 即得小澗, 石梁跨于其上, 皆蒼藤古木, 雖盛夏亭午無暑氣. 水皆淸澈, 自高淙下, 其聲濺濺然. 度石梁, 循兩崖曲折而上, 得山門. 小屋三間, 不能容十許人. 然前瞰澗水, 後臨石池, 風來兩峽間, 終日不絶. 門内跨池又爲石梁. 度而北, 躡石梯數級入庵. 庵才老屋數間, 卑庳迫隘, 無足觀. 獨其西閣爲勝. 水自西閣中循石罅奔射出閣下, 南與東閣水幷注池中. 自池而出, 乃爲前所謂小澗者. 閣据其上流, 當水石峻激相搏處, 最爲可玩. 乃壁其後, 無所睹. 獨夜臥其上, 則枕席之下, 終夕潺潺, 久而益悲, 爲可愛耳.

出山門而東十許步, 得石臺, 下臨峭岸, 深昧險絶. 于林薄間東南望, 見瀑布自前岩穴瀵涌而出, 投空下數十尺. 其沫乃如散珠噴霧. 日光燭之, 璀璨奪目, 不可正視. 臺當山西南缺, 前揖芦山, 一峰獨秀出. 而數百里間峰巒高下, 亦皆歷歷在眼. 日薄西山, 餘光橫照, 紫翠重疊, 不可殫數. 旦起下視, 白雲滿川, 如海波起伏. 而遠近諸山出其中者, 皆若飛浮來往, 或涌或沒, 頃刻萬變. 臺東徑斷, 鄕人鑿石容磴以度. 而作神祠于其東, 水旱禱焉. 畏險者或不敢度. 然山之可觀者, 至是則亦窮矣.

余與劉充父・平父・呂敬叔・表弟徐周賓遊之. 既皆賦詩以紀其勝, 余又敍次其詳如此. 而其最可觀者 : 石磴・小澗・山門・石臺・西閣・瀑布也. 因各別爲小詩以識其處, 呈同遊諸君, 又以告夫欲往而未能者. 年月日記.)

(≪문집≫ 권78, 1쪽.)

이 글의 전체 길이는 500자도 안 되지만 백장산의 빼어난 곳을 남김없이 쓰고 있어서 마치 눈앞에 펼쳐지는 듯한데, 이 글의 오묘함은 장법(章法)에 있다. 이 글은 시작과 동시에 "백장산에 올라 삼리쯤 되는 곳"(登百丈山三里許)으로 시작하여 산에 들어서기 전과 산에 들어선 초입의 과정을 모두 생략하고 있다. "산의 빼어남은 대략 여기에서 시작된다."(山之勝, 蓋自此始.)라는 말은 사실 글의 빼어남이 바로 여기에서 시작되는 셈이다. 필묵을 얼마나 아껴서 썼는가? 중간에 두 개의 대 단락을 할애하여 석등(石磴)・작은 개울・산문(山門)・석대(石臺)・서각(西閣)・폭포 등의 빼어난 경관을 묘사한 후 "그런데 산의 볼만한 것으로는 여기에 이르러 또한 다했다고 할 것이다."(然山之可觀者, 至是則亦窮矣.)라고 하여 정말 깔끔하게 써서 전혀 군더더기가 없다. ≪학림옥로(鶴林玉露)≫ 권7에는 "종고(宗杲)가 선(禪)을 논하여 '예를 들면 어떤 다른 사람이 수레 가득 무기를 싣고서 하나를 만지작거리다가 다른 하나를 꺼내어 만지작거린다고 해도 그것은 살인 수단은 아니다. 그런데 나는 단지 한 뼘 밖에 되지 않는 쇠붙이를 가지고도 사람을 죽일 수도 있다.'라고 하니 주자도 그의 말을 좋아하였다."(宗杲論禪云 : '譬如人載一車兵器, 弄了一件, 又取出一件來弄, 便不是殺人手段. 我則只有寸鐵, 便可殺人.' 朱文公亦喜其說.)라고 하였다. ≪주자어류(朱子語類)≫ 권8에는 아니나 다를까 이 말을 기록하고 표제를 "학문을 하는 방법을 총론(總論)한 것이다"(總論爲學之方)라고 한 것으로 보아 주희는 이로써 학문을 함에 있어서는 단도직입적으로 하여 핵심적인 부분을 공략해야 함을 비유하였다. 이러한 사상적 성향은 주희의 문풍(文風)에도 두드러지게 나타나는데, <백장산기>가 바로 분명한 예이다.

산수(山水) 유기문(遊記文)은 갖가지 작법이 있는데, 시작과 동시에 단도직입적으로 표현하는 방식도 분명히 매우 성공적인 한 방식이다. 북송 조보지(晁補之)의 유명한 작품 <신성유북산기(新城遊北山記)>에는 "신성(新城)의 북쪽에서 30리 떨어진 곳에 산은 점점 깊어가고 초목과 샘물 흐르는 돌은 점점 그윽해진다."(去新城之北三十里, 山漸深, 草木泉石漸幽.)[96]라고 하였다. 주희의 이 글의 장법은 이와 흡사하여 문장의 시작부터 바로 독자를 맑고 그윽하여 속세를 벗어난 것 같은 경지로 끌어들이니, 정말로 "문을 열어 산을 보고 흑룡을 찾아 구슬을 얻는 듯하다."(開門見山, 探驪得珠)라고 할 만하다. 그리고 이어지는 경치를 묘사한 두 단락의 글도 정묘(精妙)하기가 비길 데가 없다. "돌계단을 따라서 동쪽으로 가다"(循磴而東)에서부터 "저녁 내내 졸졸 흘러내리는데, 오래 있으니 더욱 슬퍼지는 것은 그것이 사랑스럽기 때문일 따름이다."(終夕潺潺, 久而益悲, 爲可愛耳)라는 것에 이르기까지의 첫 번째 단락은 개울물의 아름다움을 묘사하고 있다. 작자가 등산하는 노선은 개울물이 흘러내리는 방향과 역방향으로, 처음에는 조그만 개울을 발견했음을 묘사하고 이어서 개울물이 흘러내리는 물길을 묘사하고 다시 개울물의 근원지를 쓰고 마지막에 밤중에 개울물 소리를 듣는 정경을 묘사하고 있다. 여기에서 개울물은 바로 이 문단의 문맥이라고 할 수 있다. 그러나 개울물의 아름다움은 그것이 산세를 따라 굽이지고 때로는 나타났다가 때로는 사라지곤 하는데 있는 것처럼 이 문장의 아름다움도 문장이 직접적이지 않고 끊임없이 개울물의 흐름을 묘사하였고, 매번 보이는 개울물의 정경 사

96) ≪계륵집(鷄肋集)≫ 권31.

이에 푸른 등나무 고목이나 돌대들보·산봉우리의 작은 집·산골짜기의 바람 소리 등등 다른 풍물들을 삽입하여, 마치 운무 사이에 몸을 숨기고 있는 신령스러운 용이 전신을 드러내지 않음으로써 오히려 강인함을 더 잘 나타낼 수 있는 것처럼 변화무상하고 이합(離合)과 기복(起伏)이 심한 장법이 더욱 더 사람을 끌어들인다.

가장 기묘한 것은 이 단락의 마지막 부분이다. 먼저 산꼭대기의 "물과 돌이 크게 부딪히는 곳이 가장 볼 만하다"(當水石峻激相搏處, 最爲可觀)라고 한 곳에다가 마침 조그마한 누각을 지었는데 "그 절벽 뒤쪽으로는 볼 것이 없다"(乃壁其後, 無所睹)라고 하여, 마치 크게 경관을 해치는 것처럼 말하여 의도적으로 한 변화를 두었다. 그런데, 아래에서는 붓끝을 완전히 돌려서 밤중의 물소리가 '졸졸' 흐르는 것이 "사랑스럽기 때문일 따름이다"(爲可愛耳)라고 하고 또 붓끝을 획 돌려 정말 봉우리를 돌고 길을 도는 것 같은 묘미를 갖는다.

두 번째 단락에서는 "산문을 나서서 동쪽으로 가서"(出山門而東)에서부터 "산이 볼 만한 것으로는 여기에 이르러 또한 다했다고 할 것이다."(然山之可觀者, 至是則亦窮矣)라고 한 곳까지 산꼭대기에서 아래로 내려다보이는 경관을 묘사하였는데, 그 가운데에서도 중점적으로 묘사한 것은 폭포와 흰 구름 두 가지였다. 산수를 묘사한 글에 늘 보이는 이 두 가지 경물에 대한 주희의 묘사는 뭇사람들과 다르다. 그는 세심하게도 폭포가 햇빛에 비치는 상태를 포착하여 "그 거품은 마치 구슬을 뿌린 듯 안개를 뿜고, 햇빛이 그것을 밝게 비추니 옥빛처럼 눈이 부셔서 똑바로 쳐다볼 수가 없다."(其沫乃如散珠噴霧, 日光燭之, 璀璨奪目, 不可正視.)라고 하였는데, 이 시각은 정말 전문가다운 선택이다. 흰 구름은 주희가 그 움직임의 아름다움을 중점적으로 묘사하여, "흰 구름이 냇가에 가득하여 마치 바다의 파도가 출렁이는 것 같았고, 가깝고 먼 여러 산들 가운데 그 사이에 드러난 것은 모두 마치 날아서 떠다니는 것처럼 왔다갔다하고, 솟아 올랐다가 가라앉고 하여 짧은 시간 수많은 변화가 생긴다."(白雲滿川, 如海波起伏, 而遠近諸山出其中者, 皆若飛浮來往, 或涌或沒, 頃刻萬變.)라고 하였는데, 그는 결코 간단하게 흰 구름을 바다의 파도에 비유한 것은 아니지만, 한 단락의 묘사는 완전히 여기에서 출발하였다. 그러므로 떠돌아다니는 흰 구름이 치달을 뿐 아니라, 심지어는 고요하게 멈추어 있는 산봉우리마저도 마치 신선이 거주하는 섬처럼 "날아서 떠돌아다닌다"(飛浮來往)라고 했는데, 이는 정말로 인간 세상 바깥으로 떨어지고 싶은 신이 도운 듯한 표현이다. 이러한 묘사를 통하여 백장산에서 본 경치는 여타 작품과 중복될 수 없는 특징을 갖게 되었거나 이미 그 자체 독특한 개성을 부여받았던 것이다.

요컨대, <백장산기>는 빼어나기가 비길 데 없는 산수 유기(遊記)로 당·송 팔대가의 산수를 묘사한 명작들과 겨룰 만하다. 이 글에서는 경치를 빌어 이치를 기탁하는 요소가 전혀 없다. 이는 주희가 자연의 아름다운 경관에 완전히 이끌리고 마음을 빼앗긴 것이고 적어도 최소한 잠시 동안은 자신이 이학가라는 신분을 잊었기 때문에 일반적으로 경치를 묘사한 후 의론을 펼치는 그런 것도 없고 묘사 과정에 무슨 철리를 나타내지도 담지도 않았다. 주희는 단지 그가 보고 들은 것을 흥미진진하게 묘사하기만 하였다. 이렇게 되다보니 주희의 산문에 항상 넘쳐나던 실용적인 기능은 심미적인 기능에 완전히 자리를 양보하고 말았고, 늘 억눌러 왔던 예술적인 재능을 충분히 발휘할 수 있었던 것이다. 만약 단지 문학적인 시각에서만 본다면, 우리는 주희가 순수한 문인이 아니라는 점이 매우 안타깝다. 만약 순수한 문인이었다면 그가 얼마나 많은 <백장산기> 같은 작품을 남겼겠는가!

주희는 평생 동안 많은 묘지명(墓誌銘)·행장(行狀) 같은 글을 썼는데,

그 가운데에 명작이라고 할 만한 것이 많다. 예를 들면 <소사위국장공행장(少師魏國張公行狀)>[97]은 바로 금 나라에 항거하던 명장 장준(張浚)을 위해서 쓴 것으로 장장 4만여 자나 되는데, 장준의 일생 동안의 행적에 대한 생동감이 넘치는 기록을 통하여, 남송 초기의 비바람 몰아치던 역사적인 배경에 대하여 전면적으로 서술하였다. 이 문장에는 간신들이 득세하고 충신들이 배척당한 어두운 조정 현실과 남송의 조정이 오로지 화해만을 주장하면서 구차하게 일시의 안일만 도모하던 치욕적인 상황에 대해서 울고 눈물을 흘리면서 말하고 있고, 장준 등 충신들의 훌륭한 언행에 대해서는 높이 찬양하고 있어서 애증이 분명하고 포폄이 뚜렷하여 행간에 격한 감정이 넘쳐흐른다. 이는 내용과 형식이 모두 빼어난 전기문(傳記文)이다.

주희의 이러한 문장에는 또 때때로 생동감이 넘치는 구체적인 부분에 대한 묘사를 삽입하여 전하고자 하는 인물의 성격이나 모습을 마치 살아 있는 듯 생동감이 넘치게 하곤 했다. 예를 들면 그의 스승 유자휘(劉子翬)를 기술한 것을 보면 아래와 같다.

> 인간 세상의 일은 다 버리고 자호(自號)를 병옹(病翁)이라 하고 홀로 집에 거하며 꼿꼿이 앉기를 밤낮으로 하기도 하면서 멍하니 아무 말도 하지 않았다. 마침내 뭔가 얻은 바가 생기면 바로 글로 적었다. 혹은 읊조리면서 스스로 마음을 달래기도 했다. 그런 가운데 며칠 동안은 툭하면 공진산(拱辰山) 부친의 무덤 아래에 가서 쳐다보고 배회하다가 눈물을 흘리며 오열하곤 하였는데, 어떤 때는 며칠이 지나야 돌아왔다.(盡棄人間事, 自號病翁. 獨居一室, 危坐或竟日夜, 嗒然無一言. 意有所得, 則筆之於書. 或詠歌焉以自適. 間數日, 輒一走拱辰墓下, 瞻望徘徊, 涕泗嗚咽, 或累日而返.)
>
> (<병산선생유공묘표(屛山先生劉公墓表)>, ≪문집≫ 권90, 2쪽)

97) ≪문집≫ 권95, 1쪽.

유자휘의 부친은 정강(靖康)의 난(難) 때 돌아가셔서 공진산(拱辰山) 아래에 묻었고, 유자휘는 바로 산 아래에 집을 지었다. 이 글은 그저 몇 자 밖에 되지 않지만 유자휘의 겉모습이 침착하고 마음속은 격분이 넘치는 이학가라는 것을 매우 사실적으로 묘사하였다. 또 그의 외조부 축공(祝公)의 어린 시절의 잘 알려지지 않은 일을 아래와 같이 기록했다.

> 어렸을 때 부모가 혼인을 시키려고 하자 며칠 동안 도피하여, 가족들이 놀라서 찾으니 그때까지 울면서 울음을 그치지 않았다. 이유를 물으니 "그렇게 되면 제가 부모·형제와 아침저녁으로 함께 친하게 지내지 못할까봐서입니다."라고 하였다.(少時聞父母將爲謀婚, 逃避累日. 家人驚, 索得之, 猶涕泣不能已. 問其故, 則曰："審爾, 則將不得與父母昆弟蚤夜相親矣.")
>
> (<외대공축공유사(外大公祝公遺事)>, ≪문집≫ 권98, 17쪽)

소년이 결혼 후 부모·형제와 아침저녁으로 함께 할 수 없을까봐 걱정이 되어 결혼을 도피하려고 한다는 이러한 구체적인 내용은 그의 "순후하고 효성스럽고 진중한"(淳厚孝謹) 천성을 생동감 있게 그려내어 "화룡점정(畵龍點睛)"이라고 할 만하다. 주희의 글 속에 보이는 구체적인 세부 내용에 대한 묘사는 문장을 생동감 있고 재미있게 할 뿐 아니라, 간혹 간략하면서도 많은 뜻을 내포하는 작용을 한다.

<기손적사(記孫覿事)>

> 정강의 난 때 흠종(欽宗)이 오랑캐 군영에 가게 되었는데, 오랑캐가 항서를 받으려 하자, 흠종은 어쩔 수 없이 신하 손적을 불러 쓰게 하면서 속으로는 손적이 명을 받들지 말아서 상황을 모면했으면 하였다. 그러나 손적은 전혀 사양하지 않고 금방 바로 완성하였으며, 지나치게 송 나라 스스로를 폄하하여 오랑캐에 아부였는데, 언어는 매우 정련되고 아름다워서, 마치 평소에 생각해두었던 것 같았다. 오랑캐는 크게 기뻐하여 태종성에서 포로로 잡은

부녀자를 포상으로 주자 손적은 또한 마다하지 않았다. 그 후에 매번 사람들에게 "인간이 하늘을 이길 수 없는 것은 오래 전부터이다. 고금의 난리는 하늘이 그렇게 하지 않은 것이 없는데, 한때의 선비가 인력으로 그것을 이기려고 하여서는 실패하는 경우가 많고 성공하는 경우가 적고, 자신마저도 그 환란을 면하기 어렵게 된다. ≪맹자≫가 말한 이른바 '하늘에 순응하는 자는 살아남고, 하늘을 거스르는 자는 망한다.'라고 한 것도 아마 이를 일러 하는 말일 것이다."라고 하여 어떤 이가 장난으로 "그러면 그대는 오랑캐의 군영이 있으니 하늘에 순응하는 것도 정도가 심하니 만수무강하는 것도 당연하겠구려."라고 하니 손적은 부끄러워 대답하지 못하자 듣는 사람들이 통쾌하게 여겼다. 을사(乙巳) 8월 23일, 유회백(劉晦伯)과 이야기하다가 그 일을 기록하여 글로 적는다.(靖康之難, 欽宗幸虜營. 虜人欲得某文, 欽宗不得已, 爲詔從臣孫覿爲之. 陰冀覿不奉詔, 得以爲解. 而覿不復辭, 一揮立就, 過爲貶損, 以媚虜人. 而辭甚精麗, 如宿成者. 虜人大喜, 至以太宗城鹵獲婦餉. 覿亦不辭. 其後每與人曰："人不勝天久矣, 古今禍亂, 莫非天之所爲. 而一時之士欲以人力勝之, 是以多敗事而少成功, 而身以不免焉. ≪孟子≫所謂'順天者存, 逆天者亡'者, 蓋謂此也." 或戲之曰："然則子在虜營也, 順天爲已甚矣, 而壽而康也. 宜哉." 覿慚, 無以應, 聞者快之. 乙巳八月二十三日, 與劉晦伯語, 錄記其事, 因書以識云.)

(≪문집≫ 권71, 1쪽)

손적(孫覿)은 재주는 있으나 행실이 좋지 못한 전형적인 사람이었다. 전하는 바에 의하면 그가 어렸을 때에 변려문(騈儷文)과 대우(對偶)에 능하여서 소식의 칭찬을 받았다[98]고 하고, 벼슬을 하고 나서는 사륙문(四六文)에 뛰어난 것으로 더욱 이름을 날렸다. 그러나 이 사람은 품성이 좋지 못하여 일생이 좋지 못한 행실로 얼룩져서 당시 사대부들에게 용납 받지 못했다. 진진손(陳振孫)은 ≪직재서록해제(直齋書錄解題)≫ 권18 ≪홍경집(鴻慶集)≫ 조에서 "그의 일생 동안의 행적은 전혀 말할 바가 못 된

98) 갈립방(葛立方)의≪운어양추(韻語陽秋)≫ 권3에 보임. 저자 주 : 주필대(周必大)는 <홍경거사집서(鴻慶居士集序)>(≪홍경거사집(鴻慶居士集)≫ 권두에 보임)에서 이 일은 와전된 것이라고 하였으나 손적(孫覿)이 어렸을 때 글을 잘 썼다는 것은 사실이다.

다."(其平生出處, 則至不足道.)라고 하였고, 악가(岳珂)는 ≪정사(桯史)≫ 권6에서 그의 글은 죽은 자에게 실제와 맞지 않게 지나치게 좋은 말만 쓴 작품이 많고 심지어는 이씨(李氏) 성을 가진 환관을 칭송하여 "마치 중류지주(中流砥柱)처럼 흔들리지 않는다."(如砥柱立, 不震不搖.)라고 하였다고 비난하였다. 조여시(趙與時)는 ≪빈퇴록(賓退錄)≫ 권10에서 손적이 <막주묘지(莫儔墓志)>에서 금 나라에 투항하는 것이 옳다는 것을 극력 논하고, <한충무지(韓忠武志)>에서는 악비(岳飛)를 권세를 믿고 함부로 날뛴다고 비난한 것을 "선악을 혼동했다"(善惡混淆)라고 나무랐다. 주희는 손적을 매우 싫어하여, 순희(淳熙) 연간에 홍매(洪邁)가 국사를 편찬하면서 손적을 역사 편찬하는 일에 참여시켜서 손적이 이강(李綱) 등과 같은 충신들의 일을 폄훼한 일에 대해서는 더더욱 극도로 분노하여 "간신배가 붓을 잡아서는 안 된다!"(佞臣不可執筆!)[99]라고 나무랐다. 손적의 악행은 일일이 다 쓸 수도 없지만, <기손적사(記孫覿事)>는 203자 밖에 되지 않는 짧은 글이다. 그렇다면 주희는 소재를 어떻게 선택했을까? 그는 정강(靖康) 연간에 항표(降表)를 써서 금 나라에 아첨한 일 하나만 선택하고는 나머지 일에 대해서는 일체 언급하지 않았다. 공자(孔子)는 "날이 추운 후에야 송백이 나중에 시든다는 것을 알게 된다."(歲寒然後知松柏之後凋也.)[100]라고 했고, 당태종(唐太宗)은 <사소우(賜蕭瑀)>에서 "강한 바람이 불어야 굳센 풀을 알아보고, 나라가 어지러울 때 충신을 알아볼 수 있다."(疾風知勁草, 板蕩識誠臣.)[101]라고 했듯이 어렵고 위급할 때 사람의 품성을 가장 잘 알아볼 수 있는 것이다. 봉건사회의 신하들에게 있어서 가장 중요한 도덕적인 준칙은 당연히 군주에 충성하고 나라를 사랑하는 것이며, 이를 시

---

99) ≪주자어류(朱子語類)≫ 권130, 제3133쪽.

100) ≪논어·자한≫.

101) ≪전당시≫ 권1.

험할 수 있는 가장 좋은 시기는 다름 아닌 국가가 존망의 위기에 처한 때이다. 그래서 주희는 손적의 정강 사변 때의 행동을 선택해서 그의 품성을 보았으니 정말이지 최적의 시각이다. 이 글에서는 엄한 말로 손적이 이미 절개를 잃었음을 지적하였으니 그 밖의 추악한 언행은 더 나무랄 필요가 없는 것이다. 이를 통해서 보면 이 문장은 비록 짧지만 소재를 선택하는데 있어서 이미 흑룡을 찾아 구슬을 찾듯 하였으니 이게 바로 "촌철살인(寸鐵殺人)"의 뛰어난 방법인 것이다.

그렇지만 만약 좋은 소재만 선택했다고 해서 좋은 문장이 될 수는 없다. 즉, 이 글에서 기록한 일을 예로 들면, ≪사고전서총목(四庫全書總目)≫ 권157 ≪홍경거사집≫ 조에 아래와 같이 쓰여 있다. "변경(汴京)이 무너진 후 손적은 금 나라로부터 여자 항응을 받고, 흠종(欽宗)을 위해 항표(降表)를 초안하여 금 나라 군주에게 올렸는데, 극도로 아첨하였다."(汴都破後, 覿受金人女樂, 爲欽宗草表上金主, 極意獻媚.)라고 하였으니, 비록 손적을 나무랄 뜻이 없는 것은 아니지만, 말뜻이 모호하다. 흠종을 위해 항표를 초안했다"(爲欽宗草表)라고 하였으니, 그렇다면 항표의 내용은 어쩌면 흠종의 뜻일 수 있으니 책임이 모두 손적에게 있지는 않은 것이다. 그러나 주희의 글은 달랐다. 주희의 글에서는 항표를 초안한 일에 대해서는 사실 80여 자 밖에 쓰지 않았지만, 사건의 경과에서부터 흠종과 손적의 심리에 대해서 조리가 분명하게 남김없이 드러내고 있다. 그럼, 한번 보도록 하자. 흠종은 적의 진영에 있었으니 당연히 금 나라의 요구를 정면으로 거절할 수가 없어 하는 수 없이 손적에게 조서를 내려 항표를 작성하게 하였다. 그러나 그는 마음속으로 손적이 명을 이행하지 말았으면 하고 바랬다. 그렇게 되면 그 일은 그냥 그렇게 얼렁뚱땅 넘어갔을 테니까. 군주가 모욕을 당하면 신하는 죽는 것이 본래 조정 대신이 가져야 할 덕목이다. 정강 연간에 용감하게 몸을 바친 지사(志士)가 적지 않았으므로 흠종은 손적이 그렇게 해줄 것을 바랄만한 이유가 있었던 것이다. 그런데 손적은 거절하지 않았을 뿐 아니라 "단번에 완성"(一揮立就) 했고, "지나치게 송(宋)을 폄하하여 오랑캐에게 아부하였지만 언어는 매우 정련되고 아름다운"(過爲貶損, 以媚虜人, 而辭甚精麗) 항표를 썼다. ≪대금조벌록(大金吊伐錄)≫ 권하(卷下)의 기록에 따르면, 이 항표(降表)에는 "은혜를 배반하여 토벌하게 하여, 멀리서 군대를 몰고 오는 번거로움을 끼쳤는데 앞으로 명을 받들 테니 불쌍히 여겨줄 것을 권하며 감히 양을 끄는 예는 하지 않겠습니다."(背恩致討, 遠煩汗馬之勞；請命求哀, 敢廢牽羊之禮.)라는 구절이 있다. 이것은 금 나라 군사가 송 나라를 공격한 것은 완전히 송 나라가 은혜를 저버렸기 때문에 "토벌(討伐)"을 야기시켜서 송 나라 군주가 투항하고자 한다는 뜻이다. ≪사기(史記)·송미자세가(宋微子世家)≫에 주(周) 무왕(武王)이 은(殷)을 무찌른 후 미자(微子)가 "왼쪽으로는 양을 끌고 오른쪽에는 띠를 잡고 있었다."(左牽羊, 右把茅.)라고 했고 손적은 이 전고를 썼는데, 이는 금 나라가 송(宋)을 공격하는 것은 마치 주(周)가 상(商)을 공격하는 것하고 같다는 뜻이다. 이러한 글이 금 나라 문신의 손에서 나왔다면 그건 그것으로 그만일 일이다. 그런데 그것은 분명 송 나라 한림학사의 손에서 나왔으니! 권력을 잃고 나라는 욕되게 하는 일이 이보다 더할 수 있겠는가! 만약 제정신인 사람이라면 어떻게 이와 같이 악독하게 조국의 군주를 폄훼할 수 있겠나! 그러니 금 나라에서 보고는 "크게 기뻐한"(大喜) 것도 당연한 것이었다. 그리고 금 나라에서 포로로 잡아갔던 부녀자를 손적에게 주었을 때 그는 마음의 동요도 없이 몰염치하게 받았다. 송 나라의 대신이 금 나라가 송 나라에서 빼앗아간 부녀자를 받았으니, 이는 정말 개돼지 같은 행동이다! 이에 그치지 않고, 손적은 스스로 변명하여 정강의 난은 하늘의 뜻이므로 그가 부끄러운 일을 한 것은 하늘의 뜻에 순응한 것이며, 용감하게 몸을 바친 절개 있는 애국자들은 오히려 "하늘의 뜻에 거역하는 자는 망한다"(逆天者亡)라고 의기양양해했으니 세상에 부끄러움이라고는 몰랐다. 이는 그가 정강 연간에 한 추악한 행동이 일시적인 실수가 아니라 미리부터 생각이 준비되었던 필연적인 행동이었음을 말해준다. 그런데 여기서 간도 쓸개도 없는 민족의 한 개망나니가 생동감 있게 지면에 드러나게 된 것이다. 이 글은 단문(短文)으로 서사가 간결하고 생동감이 넘치며, 조리가 분명하여 한 단계 한 단계씩 나아가서 신랄하게 풍자하면서도 노한 기색을 드러내지 않고, 포폄이 분명하고 미언대의(微言大義)가 있어서 ≪춘추(春秋)≫·≪사기(史記)≫ 등 사전문(史傳文)의 전통을 매우 잘 계승하여 송대 문장 중 명문장이라고 할 만하다.

주희는 교유 관계가 넓어서 일생 동안 천 단위 수의 서찰을 남겼다. 주희는 또 문학예술을 좋아하여 많은 서발(序跋)을 썼다. 그리고 그러한 글 가운데에 문학적 색채가 풍부하고 서정성이 있는 좋은 작품이 많다. 예를 들어, <발한위공여구양문충공첩(跋韓魏公與歐陽文忠公帖)>을 보자.

> 장경부(張敬夫)가 일찍이 말하기를, "평소 본 왕형공(王荊公)의 글은 모두 아주 바쁜 가운데 쓴 것 같은데, 왕형공은 왜 그리 바쁜 일이 많았는지 모르겠다."라고 했는데, 이 말은 비록 농담이긴 하지만 사실 왕안석 문장의 병폐를 정확히 지적한 것이다. 지금 이 글들을 보면서 평소 본 한공[韓琦]의 편지글을 생각하게 되는데, 비록 친척이나 어린 사람에게 쓴 것도 단정하고 근엄하여 대략 이것과 같아서 붓 한 획도 날려 쓰지 않았으니 아마도 마음이 안온하고 여유가 넘쳤던 관계로 잠시도 서둘 때가 없었고, 또 조금도 바쁜 느낌이 없어서 왕안석의 조급하고 급박한 것과는 정반대이다. 서찰의 상세한 내용은 사람의 덕성에 관련된 것으로 그와 같은 것이 있었다.(張敬夫嘗言："平生所見王荊公書, 皆如大忙中寫. 不知公安得有如許忙事?" 此雖戲言, 然實切中其病. 今觀此卷, 因省平日得見韓公書, 雖與親戚卑幼, 亦皆端嚴謹重, 略與此同, 未嘗一筆作行草勢. 蓋其胸中安靜詳密, 雍容和豫, 故無頃刻忙時, 亦

無纖芥忙意. 與前荊公之躁扰急忙迫正相反也. 書札細事, 而于人之德性, 其相關有如此者.

(≪문집≫ 권84, 제12쪽)

이는 한기(韓琦)의 서찰 뒤의 발문(跋文)이지만 이는 결코 한기의 서예에 대한 평론이 아니라 서예와 인품을 연계하였고, 왕안석의 편지글과 대비시켜 한기의 안온하고 듬직한 대신(大臣)의 기품을 찬미하고 있다. 글 가운데 왕안석에 대한 비평은 공평하지 못하다고 해야 할 것인데, 이는 남송의 정단(政壇)과 학계의 종파와 관련이 있으며, 또 이학가의 덕성 함양에 관한 관념과도 관련이 있으니 정확한 견해는 아니다. 그러나 문장 자체만 놓고 보면 분명 매우 생동감이 넘친다. 다시 <발당인모우목우도(跋唐人暮雨牧牛圖)>의 경우를 보자.

나는 채소밭에서 늙어가고 있는데, 매일 직접 쟁기와 써레를 가까이 하기 때문에 비록 그림은 모르지만, 이 그림이 그린 것은 진짜 소라는 것은 안다. 그 앞에 있는 소는 돌아보면서 천천히 가고, 뒤에 가는 소는 고개를 쳐들고 달려가는데 눈빛이 부리부리 한 것이 정말 비 이야기를 하는 것 같고, 돌아갈 것을 재촉하는 것 같다. 이를 보는 사람이 꼭 알 수는 없을 것이지만, 그림을 그린 이의 마음 씀이 유독 힘들었다는 게 느껴지는데 어찌 믿지 않을 것인가?(予老于農圃, 日親犁耙, 故雖不識畵, 而知此畵之爲眞牛也. 彼其前者却顧而徐行, 後者驤首而騰赴, 目光炯然, 眞若相語以雨, 而相速以歸者. 覽者未必知也. 良工獨苦, 渠不信然.

(≪문집≫ 권83, 제6쪽)

일반적인 회화(繪畫)의 제발(題跋)은 꼭 얼마간의 회화이론을 언급하곤 한다. 그런데 주희의 이 글은 자신이 그림을 볼 줄 모른다고 공개적으로 말한다. 그림을 볼 줄 모른다면 어떻게 그림을 평가할 수 있을까? 알고 보았더니 그는 오랜 기간 동안 농촌에 머물러 농경생활에 대해 직접적인 깊은 체험이 있었기 때문에 그림 속의 소를 보고는 바로 그 소들이 확실히 저녁비가 내리려할 때 총망히 귀가하는 것이라는 것을 알 수 있었던 것이다. 글에서 묘사한 두 마리의 소의 모습은 읽게 되면 마치 그림을 눈으로 보는듯하게 하고, 마치 움직이는 그림을 보는듯하게 한다. "서로 비 이야기를 하고, 돌아갈 것을 재촉한다(相語以雨, 相速以歸)"라고 한 여덟 글자는 소를 아주 영적인 동물로 묘사하였는데, 정말이지 귀신이 도운 것 같은 표현이다. 몇 마디 되지 않는 글로 예술과 생활의 진실과의 관계를 매우 심도 깊게 묘사하였지만 단 한 글자도 직접 이치를 논하지는 않았으니 절묘한 제발문(題跋文)인 것이다.

주희의 서찰은 대부분 학문을 논하거나 정치를 논한 것인데, 친구들에게 보낸 일부 서찰은 평소의 걱정을 얘기한다든가 아니면 이별의 그리움을 전한다든가 하여 서정적인 색채가 비교적 농후한 것도 있다. 예컨대 <답진동보서(答陳同父書)>를 보자.

> 보내온 편지에서 말한 것은 저도 마음속으로 생각하고 있습니다만, 제 마음은 여기에서 도리어 겁이 납니다. 하물며, 본래 변두리 학문인데다 얼마 지나지 않으면 곧 예순이 되지요. 최근에 막 구기자와 국화를 몇 이랑 심어 두었는데, 만약 이 문을 나서게 되면 이것을 못 먹게 되는 것도 작은 일은 아닙니다. 형씨께 말씀 드리건대 한가롭게 지내고 있는 사람 종용하지 마십시오. 산에 남아서 채소뿌리 씹으면서, 다른 사람들 일에 상관하지 않고, 읽다 남은 책 몇 권 보고, 마을 수재와 글 몇 줄 찾아 읽는 것도 한 가지 일입니다. 예전부터 지금까지 얼마나 많은 성현들과 호걸들이 경륜을 갖추고도 일을 완수하지 못하여 그냥 그렇게 죽은 사람이 많습니까? 그런데 저 같은 고루한 유생이 뭐 대단할 것이 있겠습니까? 하물며 현재 공자·맹자·관자·제갈공명 같은 사람들이 적지 않음에 있어서랴? 편지에서 호걸·선비들의 웃음거리가 될까 두렵다고 하셨는데, 어느 곳의 호걸이나 선비가 또 형씨를 비웃을 수 있겠습니다. 지나치게 염려하지 마십시오.(來敎所云, 心亦慮之. 但鄙意到此, 轉覺懶怯. 況本來只是閒界學問. 更過五七日, 便是六十歲人, 近方

措置种得幾畦杞菊. 若一脚出門, 便不能得此物吃, 不是小事. 奉告老兄, 且莫相竄掇. 留取閑漢在山里咬菜根, 與人無相干涉, 了却幾卷殘書, 與村秀才了尋數行墨, 亦是一事. 古往今來, 多少聖賢豪傑, 韞經綸事業不得做, 只恁么死了底何限? 顧此腐儒, 又何足爲輕重? 况今世孔·孟·管·葛, 自不乏人也耶? 來喩恐爲豪士所笑, 不知何處更有豪士笑得老兄? 勿過慮也.

(≪문집≫ 권28, 제2쪽.)

이 글은 순희(淳熙)15년(1188) 12월에 썼다. 당시 주희는 이미 글을 올려 숭정전(崇政殿) 설서(說書)의 직을 사임하였는데, 진량(陳亮)이 편지를 보내와 부임하라고 권하며 함께 임안(臨安)에 가자고 한다. 주희는 조정의 정국이 너무 어수선해서 들어가기가 싫어서 편지를 써서 진량의 권유를 사양한다. 주희는 본래 나라 일에 관심이 매우 많았으나 진정한 유생이라면 마땅히 나아가기는 어렵지만 물러나는 것은 쉬워야하는 법이다. 하물며 때마침 조정이 혼란스러워 뭔가 해볼 수 있는 것이 없을 때에는 그는 차라리 산속으로 은거했으면 했던 것이다. 그렇지만 그러한 뜻은 진취적이어서 이해를 잘 돌보지 않는 진량 같은 사람에게 직접 노골적으로 해서는 안 될 일이었기 때문에, 주희는 차라리 은둔자의 말투로 대대적으로 은둔생활의 멋을 얘기하고 있다. "기국(杞菊)"은 구기자(枸杞子)와 국화 나물을 말하는데, 당(唐)의 육구몽(陸龜蒙)이 <기국부(杞菊賦)·서(序)>에는 "천수자의 집은 잡풀이 많이 덮여 있고 담장은 적고 빈터가 많다. 공부하는 곳 앞뒤로 모두 구기자와 국화를 심었는데, 봄 이삭이 통통하게 올라와 매일 따서 찻상 좌우에 둘 수 있다."(天隨子宅荒, 少墻屋, 多隙地. 著圖書所, 前後皆樹以杞菊. 春苗恣肥, 日得以采擷之, 以供左右杯案.)[102]라고 하였다. 그러므로 기국(杞菊)은 은둔자들이 먹는 들나물로 만약 조정으

102) ≪보리선생문집(甫里先生文集)≫ 권14.

로 들어가 관리가 된다면 당연히 "이것을 못 먹는다" (不能得此物吃)구기자와 국화나물 외에 산중 생활의 또 다른 즐거움은 마음대로 책을 읽고, 글을 쓰거나 혹은 시골 선비와 글과 서예에 대해 이야기를 나누고 할 수 있을 테니, 즉 유유자적하는 생활을 할 수 있다. 이 글에서는 비록 생각나는 대로 말하고 있지만, 사실 매우 깊은 뜻이 담겨 있다. 왜냐하면 그것은 물질적인 측면에서 보든 정신적인 측면에서 보든지 은둔생활은 다 평담하고 질박하며 멋이 무궁무진하다는 것을 말하고 있다. 뒤 단락은 "공업(功業)을 이루고 경영한다"(經綸事業)에 착안하였는데, 두 가지 측면의 뜻을 포함하고 있다. 하나는 예로부터 회재불우(懷才不遇)한 사람은 아주 많았는데 자신은 그저 한 "진부한 유생"(腐儒)로서 산 속에서 죽어도 안타까울 것이 없다는 것이고, 둘째는 지금 조정에 인재가 즐비하여 공자・맹자 같이 덕이 있는 사람, 관자(管子)나 제갈량 같이 재주가 있는 사람이 적지 않은데 자신 같은 사람이 산을 내려가 사람 수나 채울 필요가 뭐 있느냐는 것이다. 분명 이러한 말들은 모두 홧김에 하는 반어적인 수사법이다. 주희는 본래가 나라 일을 근심하고 백성을 걱정하는 정치가이므로 그 스스로의 궁극적인 인생목표는 당연히 치국・평천하인데, 어찌 기꺼이 묵묵히 산속에서 늙어가려고 했겠는가? 그는 당시 조정 내에서 차례로 정권을 농단했던 왕회(王淮)나 유정(留正)과 같은 무리에 대해서 매우 하찮게 생각하였고, 한 달 전에 그가 효종(孝宗)에게 그 유명한 <무신봉사(戊申封事)>[103]를 올려서 위로는 효종(孝宗), 그리고 시종대신(侍從大臣)에서부터 아래로는 환관・주현(州縣)의 수장에 이르기까지 하나하나 엄한 말로 비평을 가하였는데, 당시 사람들이 평하여 "임금부터 태자(太子)・재상(宰相)・주현(州縣)의 수령(守令)・장

103) ≪문집≫ 권11, 제18쪽.

수(將帥)・환관(宦官)・궁녀(宮女)에 이르기까지 마땅히 해야 할 말은 다 하지 않음이 없어서, 적에서부터 그 이하 듣고서 견뎌 감당하지 못하는 사람이 있었다."(蓋自上躬, 以至于儲嗣宰輔・守令將帥・宦官宮妾, 凡所當言, 無不傾盡. 自敵以下受之, 有不能堪者.)[104]라고 하였다. 그러니 그가 어찌 당시의 그 사람들을 "금세의 공자・맹자・관자・제갈공명"(今世孔孟管葛)으로 보았겠는가? 다만 봉사(封事)에서는 정색을 하고 직언을 하여 숨김없이 말해야했지만, 사적인 서찰에서는 웃고 화내고 욕하며, 냉소적으로 비웃어도 무방했던 것이다. 그러므로 이 단락에서 하고 있는 말은 사실 마음속으로는 조정의 어둡고, 어진사람과 못난 자들이 자리가 뒤바뀐 현실에 대한 비판이며, 자신의 가슴 가득한 불만에 대한 하소연이기도 하여, 말투가 냉소적이면서 감정은 격앙되어 있다. 앞에서 말했던 것처럼 이 짧은 글 속에는 풍부한 내용을 포함하고 있으며, 또한 깊은 감정을 머금고 있지만, 이 글의 언어 풍격은 느릿느릿하면서 완곡하게 차근차근 말하고 있어서 마치 친구지간에 밤사이 마음을 털어놓고 나누는 이야기 같은데, 이런 것이 바로 서신체 산문의 높은 경지인 것이다.

앞에서 언급한 상황으로 우리는 주희가 산문을 쓰는 주요 목적이 비록 실용에 있기는 하였지만, 그는 예술적인 방면에도 매우 신경을 써서, 그는 서사(敍事)・의론(議論)・서정(抒情) 등 세 분야에서도 산문의 기능을 훌륭하게 발휘하였다는 것을 알 수 있다. 그렇다면 주희 산문의 전체적인 풍격 특징은 무엇일까? 우리는 이 문제에 대해서 주희의 문론(文論)으로부터 접근해볼 수 있다. 주희는 일생 동안 전대(前代)나 당대(當代)의 많은 작가들에 대해 평가를 했었다. 그는 삼소(三蘇)나 왕안석 등의 글에

104) 이심전(李心傳)의 <건염이래조야잡기(建炎以來朝野雜記)>을집 권8, ≪회암선생비색은(晦庵先生非索隱)≫조목.

대해 칭송도 하고 또 아주 신랄한 비평도 적잖게 했었는데(제3장에 자세히 보임), 유독 구양수, 증공에 대해서만 주로 칭송일변도로 비난이 적었다. 그는 구양수와 증공의 문장을 골라서 ≪구증문수(歐曾文粹)≫105)를 편선(編選)하고는 그들의 문장을 칭송하여 "구양수의 글은 넉넉하고 윤기가 흐르고, 증공의 글은 엄밀하면서도 깨끗한데, 비록 의론이 천근한 곳이 있기는 하지만 객관적이고 올발라서 좋다."(歐公文字敷腴溫潤, 曾南豐文字又更峻潔, 雖議論有淺近處, 然却平正好.)106)라고 하였다. 주희의 증공에 대한 태도는 더욱더 주목할 만한데 그는 증공을 위해 연보를 쓰면서, 서(序)에는 "내가 증공의 책을 읽으면서 책을 덮고 탄식하지 않은 적이 없었는데, 어찌 세상 사람들이 증공을 아는 것이 그렇게 얕은지! 증공의 문장은 아주 고명하여 맹자나 한유이래로 이 경지에 이른 사람이 없었다."(予讀曾氏書, 未嘗不掩卷廢書而嘆, 何世之知公淺也！ 蓋公之文高矣, 自孟・韓以來, 作者之盛, 未有至于斯.)107)라고 하고, 또 스스로 "내가 스무 몇 살이 되었을 때 증공의 문장을 좋아하게 되어 남몰래 부러워하며 모방해보았는데, 결국 재주와 능력이 모자라서 바라는 바를 이루지 못했다."(余年二十許時便喜讀南豐先生之文, 而竊慕效之. 竟以才力淺短, 不能遂其所願.)108)라고 하였다. 그렇다면 주희는 도대체 증공 문장의 어떤 측면을 좋아하였을까? 그는 일찍이 제자들에게 증공의 글을 평가하여 "증공의 문장은 확실하다"(南豐文字確實.), "증공의 문장은 그래도 질박함에 가까운데, 그도 처음에는 단지 문장을 배우려고 하였으나, 문장을 배우는 것으로 인하여 점점 도리

105) 왕백(王柏)의 ≪발구증문수(跋歐曾文粹)≫, ≪노재집(魯齋集)≫ 권5에 보임.

106) ≪주자어류(朱子語類)≫ 권139, 3309쪽.

107) 원(元) 유훈(劉塤)의 ≪은거통의(隱居通議)≫ 권14에 보임. 저자 주 : 후세 사람들은 이 서(序)가 위탁이라고 의심하는데, 그렇지 않다. 속경남(束景南)의 ≪주희일문집고(朱熹佚文輯考)≫ 17~20쪽에 자세히 보임.

108) ≪발증남풍첩(跋曾南豐帖)≫, ≪문집≫ 권84, 17쪽.

를 깨닫게 되었기 때문에 문장을 도리에 의거하여 쓰게 되어 빈말을 하지 않았다."(南豐文却近質, 他初亦只是學爲文, 却因學文, 漸見些子道理. 故文字依傍道理做, 不爲空言.)[109]라고 하였다. 그는 또 증공의 문장과 소식·왕안석과 서로 비교하여 "소동파와 비교하면 비교적 질박하고 이치에 근접하였다. 소동파의 문장은 화려한 데가 많다."(比之東坡, 則較質而近理. 東坡則華艶處多.)라고 하고, 왕안석은 "증공에 가깝지만, 증공에 비해서 또한 공교하다."(却似南豐文, 但比南豐文亦巧.)[110]라고 하였다. 앞에서 한 말을 귀납해 보면, 주희가 보기에 증공의 문장은 질박하면서도 실질적인 풍격이며, 내용적인 면은 재도(載道)를 위주로 하였으니 이는 당연히 이학가의 문장에 대한 요구조건에 부합했던 것이다. 그래서 주희 본인의 고문 풍격도 구양수나 증공에 가까웠는데, 특히 증공에 가까웠던 것도 자연스런 이치이다. 전체적으로 보면 주희의 산문 풍격은 아래와 같은 특징을 지닌다.

첫째, 자세하고 유창하며 매우 기세가 강하다. 이러한 풍격은 주로 의론문에 보이는데 <왕매계문집서(王梅溪文集序)>의 시작 부분을 보자.

> 사람을 알아보는 것이 어려운 것은 요·순임금도 문제로 여겼고, 공자도 말을 듣고 행동을 살핀다는 경계(警戒)가 있었다. 그러나 내가 보기에는 이런 것들은 단지 소인배 때문에 필요한 것일 따름이다. 만약 모두가 군자라면 알아보기 어려울 게 뭐가 있겠는가? 무릇 천지간에는 자연의 이치가 있다. 대저 양(陽)은 굳세고 굳세면 밝은데, 밝게 되면 알기 쉽다. 대저 음(陰)은 반드시 부드럽고, 부드러우면 어둡게 되고, 어두우면 헤아리기 어렵다. 그러므로 성인(聖人)이 ≪주역≫을 지어서, 마침내 양은 군자로 하고, 음은 소인배로 하였는데, ≪주역≫이 유명(幽明)을 꿰뚫을 수 있었던 까닭으로 만물의

109) ≪주자어류(朱子語類)≫ 권139, 3308쪽.
110) ≪주자어류(朱子語類)≫ 권139, 3314쪽.

정(情)을 유별(類別)화 한 것은 비록 백대(百代)를 지난다 해도 바꿀 수가 없다. 나는 일찍이 몰래 주역의 설을 추론하여 천하의 사람들을 관찰해보았다. 무릇 그 광명정대하고 시원스럽게 트이어 통함이, 마치 푸른 하늘의 태양과 같거나, 높은 산과 큰 강과 같거나, 천둥 번개 같은 위엄이 있거나, 비나 이슬이 연못을 이루는 것 같은 경우나, 용이나 호랑이가 용맹스럽거나, 기린이나 봉황이 상서(祥瑞)로운 것, 광명정대해서 그 어떤 자질구레한 것도 어지럽힐 수 없는 자는 분명 군자일 것이다. 그런데 구석에 붙어 때가 묻고, 우회적이고 숨어 엎드리고, 마치 뱀이나 지렁이처럼 꼬여있고, 이나 밀기벌레처럼 구질구질하고, 귀신이나 도깨비처럼 의심스럽고, 마치 도둑이 저주하는 것 같고, 즉흥적이고 교활하여, 바로 잡을 수 없는 사람은 분명히 소인배이다. 군자와 소인배의 경계는 이미 안에서 정해졌으므로 바깥에 드러나는 것은 비록 말로 표현되는 것이나 행동거지의 기미(機微)라 할지라도 드러나지 않는 것이 없으니, 하물며 공업(功業)이나 문장지간에 더더욱 찬란한 것에 있어서는 말할 필요가 없다. 그 소인배들은 비록 알아보기 어렵긴 하지만 또 어찌 시야를 벗어날 수가 있겠는가! 이에 일찍이 옛사람들에게서 이 설을 징험해보니, 한(漢) 나라 때에는 승상 제갈공명을 찾아내었고, 당 나라 때에는 두보와 상서(尙書) 안문충공(顔文忠公)・한유를 찾아내었고, 본조(本朝)에서는 참지정사 범중엄을 찾아내었으니 이 다섯 군자는 그들의 조우가 다르고, 그들이 뜻을 세운 바도 다르지만 그들의 마음을 들여다보면 모두가 광명정대하고 막힘이 없이 트이고, 거리낌이 없어 감출 수가 없는 사람들이다. 그러므로 공업(功業)과 문장(文章)으로부터 아래로 자화(字畵)와 같은 미세한 것에 이르기까지, 무릇 바라보기만 하면 그 사람됨을 알 수 있다. 요즘 사람들에게서 찾아보면 태자첨사 왕구령(王龜齡)과 같은 사람이 또한 거의 이와 같은 부류일 것이다.(知人之難, 堯舜以爲病, 而孔子亦有聽言觀行之戒. 然以予觀之, 此特爲小人設耳. 若皆君子, 則何難知之有哉？ 蓋天地之間, 有自然之理. 凡陽必剛, 剛必明, 明則易知. 凡陰必柔, 柔必暗, 暗則難測. 故聖人作≪易≫, 遂以陽爲君子, 陰爲小人. 其所以通幽明之故, 類萬物之情者, 雖百世不能易也. 予嘗竊推易說, 以觀天下之人. 凡其光明正大, 舒暢洞達, 如靑天白日, 如高山大川, 如雷霆之爲威, 而雨露之爲澤； 如龍虎之爲猛, 而麟鳳之爲祥； 磊磊落落, 無纖芥可亂者, 必君子也. 而其依阿淟涊, 回互隱伏, 糾結如蛇蚓, 瑣細如虮虱, 如鬼魅狐蠱, 如盜賊詛祝, 閃倏狡獪, 不可方物者, 必小人也. 君子・小人之極旣定于

> 內, 則其形于外者, 雖言淡擧止之微, 無不發見. 而況于事業文章之際, 尤所謂粲然者. 彼小人者雖曰難知, 而亦豈得而逃哉! 于是又嘗求之古人, 以驗其說. 則于漢得丞相諸葛忠武侯, 于唐得工部杜先生・尙書顔文忠公・侍郎韓文公, 于本朝得故參知政事范文正公. 此五君子, 其所遭不同, 所立亦异, 然求其心, 則皆所謂光明正大, 疏暢洞達, 磊磊落落, 而不可掩者也. 其見于功業文章, 下至字畫之微, 蓋可望之而得其爲人. 求之今人, 則如太子詹事王公龜齡, 其亦庶幾乎此者矣.)
> (≪문집≫ 권75, 제31쪽)

문장은 시작부분부터 '정묘하고 의미가 깊은'(精警) 논점을 드러내고 있다. 전설 속의 요순은 모두 사람을 아는 것을 어렵게 여겼는데, 순임금은 비록 어진 사람을 쓸 줄 알았지만 모두 시험을 해보고 사람 됨됨이를 알 수 있었다. 그런데 요임금은 "팔개(八愷)"를 등용하지 못했고, 또 "삼흉(三凶)"을 제거하지 못했으니 모두 불찰이었다.[111] 공자도 일찍이 그의 제자 재여(宰予)를 잘 알아보지 못해서 "처음에 나는 사람을 볼 때에 그 사람의 말을 듣고 그의 행동을 믿었는데, 지금은 내가 사람을 볼 때 그의 말을 듣고 그의 행동을 살핀다.(始吾于人也, 聽其言而信其行. 今吾于人也, 聽其言而觀其行)"라는 탄식을 하였다.[112] 그러나 주희는 단언하며 단지 소인만 알기 어렵지 군자는 알기가 쉽다고 했다. 이는 여러 사람들의 견해를 내치고 여러 견해들을 차단하여 올라오자마자 선제공격으로 상대의 기를 꺾는 기세라 할 수 있겠다. 그런 다음에 양(陽)은 밝고, 음(陰)은 어둡다는 원칙으로부터 출발하여 군자는 광명정대하고, 소인은 감추고 교활하며, 양자 간 내재한 차이도 반드시 "언행과 행동거지의 기미"(言談擧止之微)에 드러나기 마련이니, "사업(事業)・문장(文章)"과 같은 큰일에서는 말할 것도 없다는 것을 한발 한발 도출해 내었다. 아래 글

111) ≪사기・오제본기≫에 자세히 보임.
112) ≪논어・공야장≫.

에서는 "사업(事業) · 문장(文章)"을 기준으로 역사 속 인물을 가려 뽑고는 군자의 모범으로 삼았는데, 그들은 어떤 경우는 업적으로 역사에 이름을 빛내고, 혹 어떤 경우는 죽을 때까지 불우하여 단지 문명(文名)으로만 세상에 알려졌지만, 마음가짐이 광명정대하여 거리낌이 없는 것은 마찬가지였다. 그런 다음 당시 사람으로 넘어와서 왕십붕(王十朋)같은 사람도 그러한 부류의 사람이라는 것인데, 문장은 하나하나 고리를 물고서 한 절 한 절 앞으로 나아가서 장법(章法)은 매우 조리가 있고 분명하여, 대충 대충 하는 법이 없다. 그리고 문장은 시작하자마자 시원시원한 기세를 보인 다음 파죽지세로 전개하였는데, 이치가 막힘이 없고 기세가 웅장하다. 그래서 이도(李涂)는 ≪문장정의(文章精義)≫에서 말하기를 "주희의 여러 문장들은 마치 장강(長江)이나 황하(黃河)처럼 도도하게 흐르는 것 같다."(晦庵先生諸文字, 如長江大河, 滔滔汩汩)라고 하였는데, 전혀 헛된 평가가 아니었다.

두 번째는 간결하고 명쾌하고, 질박하고도 객관적이고 바르다. 주희가 글을 쓰는 목적은 본래 실용을 위주로 하였으므로 그런 논리에 부합한 결과는 바로 '사달(辭達)'을 목적으로 하고 조탁이나 꾸밈을 하지 않는 것이었다. 그의 <강릉부곡강루기(江陵府曲江樓記)>를 보면 구조적으로는 분명 범중엄의 <악양루기(岳陽樓記)>를 모방한 것이다. 문장의 첫머리에 바로 "광한(廣漢)의 장경부(張敬夫)가 형주(荊州)의 태수로 간 다음해 농사는 풍년이 들고 사람은 화순하였다"(廣漢張侯敬夫守荊州之明年, 歲豐人和.)라고 하였다. 그래서 누관(樓觀)을 세우고는 "곡강지루(曲江之樓)"라고 하고는 편지를 보내와 주희에게 누기(樓記)를 써 달라고 하는 등등, 이는 범중엄의 글과 똑같다. 그러나 범중엄의 글은 이어지는 두 단락에서 악양루의 경치를 세세하게 묘사하였는데, 주희의 글은 단지 "큰 강과 호수가 굽이지고 아득히 하루에 천리나 흐르고, 서릉의 여러 산들은 가랑비 안개 가운데 또 구름 안개 가득한 하늘과 강과 호수에 희미하게 나타났다 사라졌다 한다."(大江重湖, 縈紆渺瀰, 一日千里. 而西陵諸山, 空濛晻靄, 又皆隱見出沒于雲空烟水之外)라는 몇 마디만 경치를 묘사하고, 아래 글은 바로 흥망과 치란에 관한 의론으로 화제를 돌렸다. 주희는 스스로 그가 그렇게 쓴 이유를 설명하기를 "나는 이 누대를 가서 보지도 못하였으므로 산천의 풍경과 아침, 저녁 및 사계절의 변화를 범중엄이 악양루를 쓰듯이 쓸 수가 없다."(予于此樓, 既未得往寓目焉, 無以寫其山川風景, 朝暮四時之變, 如范公之書岳陽也.)라고 하였다. 그러나 사실 범중엄이 <악양루기>를 쓸 때에 등주(鄧州)에 있었으므로, 마찬가지로 악양루의 경치를 보지 못했으므로 경치를 묘사한 두 단락은 완전히 상상에 따른 허구이었다. 그러므로 주희와 범중엄이 글을 쓰는 방식에 달랐던 이유는 직접 그곳에 가보았느냐 아니냐가 아니라, 주희의 문학 사상이 그의 이러한 글을 쓰는 주지(主旨)가 이치를 밝히는 것이 되도록 하고 경치를 묘사하는 것은 단지 부수적인 것 밖에 될 수 없도록 결정했던 것이다. 범중엄의 <악양루기>는 비록 세상에 전하는 명작이긴 하지만, 정통 고문가의 눈으로 보면 지나치게 화려한 흠이 있다. 진사도(陳師道)는 ≪후산시화(後山詩話)≫ 권2에서 "범중엄이 <악양루기>를 씀에 있어서 대(對)를 이루는 말로 당시의 경치를 묘사하였는데, 세상 사람들은 '특이하다'(奇)고 하나, 윤사로(尹師魯)가 읽고서는 '단지 전기체(傳奇體)일 뿐이다!'"(范文正公爲≪岳陽樓記≫,用對語說時景,世以爲奇.尹師魯讀之,曰:'傳奇體爾!')라고 하였다. 요즘 사람 고보영(高步瀛)은 "두 단락이 좀 통속적이고 화려하였던 까닭으로 윤사로(尹師魯)가 전기체(傳奇體)라고 비꼬았다."(二段稍近俗艷,故師魯譏爲傳奇體也.)라고 하고 또 "그 가운데 정경을 묘사한 두 단락은 옛 사람의 글과 많이 달라서 어떤 이는 배우(俳優)가 아닌가 여긴다.(其中二段寫情景處,殊失古澤,故或以爲俳.)"113)라고 하였다. 소위 말하는 "전기체"니 "배우(俳優)"니 하는 것은 바로 그의 문체가 화려함을 가리켜서 한 말이다. 만약에 "문이재도(文以載道)"의 기준으로 보면, 범중엄의 <악양루기>의 경치를 묘사한 두 단락은 확실히 문(文)이 질(質)을 능가하는데, 즉 불필요한 것이었다. 증공의 정대기(亭臺記) 가운데에는 이러한 현상이 거의 없다. 주희는 증공의 글을 모범으로 삼았으므로 그의 이와 같은 종류의 문장은 증공의 풍격과 비슷했는데, 예를 들어 보자.

영암기(寧庵記)

시강 왕공이 병이 위중해지자 그의 아들 왕자한(王子瀚) 등을 돌아보며 말하기를, "태어나서 죽음이 있는 것은 마치 아침이 있으면 저녁이 있는 것과도 같으니 이는 이치상 필연적인 것이다. 나는 다행히 늦게나마 내 고향집으로 돌아와서 쉴 수 있었고, 지금은 또 나의 집에서 죽음을 맞을 수 있으니, 이는 장재(張載)가 말한 것처럼 나를 잘 보전하며 일을 순리대로 처리하여, 내가 죽어서도 편안하게 되는 것이니 또 무슨 여한이 있겠는가! 그러니 너희들도 너무 지나치게 슬퍼하지 마라. 다만 나 때문에 부끄러워하지 않는다면 그것으로 그만이다."라고 말을 끝내고는 죽었다. 여러 아들들은 울면서 그의 가르침을 받들어 감히 어기지를 않았다. 얼마 지나지 않아 왕공의 부인도 병석에서 일어나지 못하게 되니, 여러 아들들은 두 영구(靈柩)를 받들어 백사(白沙) 석순(石荀)의 들녘에 합장하고는 사당(祠堂)과 기거할 집을 지어 받들어 모시며 곁을 지키면서, 왕공의 유지를 따라 "영암(寧庵)"이라고 이름 하였다. 주변의 밭을 몇 묘(畝) 사서는 암자를 유지하는 비용으로 삼았는데, 조정에 바치는 세금을 내고 그 나머지는 모아서 세시(歲時) 때 지붕을 이는데 대비하고자 하였다. 간혹 나에게 말하기를 그가 그렇게 이름 지은 까닭을 기록해달라고 했다. 나는 왕공의 말로부터 그의 사람됨이 올곧기가 죽을 때까지 한결같을 것이라는 것을 알 수 있었다. 또 친지 웃어른이나 친지 형제들이 선생의 뜻을 따르며 차마 잊지 못하여 이와 같은 자초지종을 쓴다. 경원 을묘 유월사미에 신안 주희가 기록함.(侍講王公病革, 顧謂其子瀚等曰 : "生之有

113) ≪당송문거요(唐宋文擧要)≫갑편, 권6, 상해고적출판사 1980년판, 655쪽.

死, 如旦之有暮, 蓋理之必然也. 吾幸晩得歸息故廬, 今又以正終牖下, 是張子所謂存吾順事, 沒吾寧者, 復何憾哉! 汝曹亦無過哀. 但毋爲吾羞, 足矣." 語絶而逝. 諸子泣奉其敎, 不敢違. 未幾而公夫人亦不起疾. 諸子旣奉兩柩, 合葬白沙石萄之原, 乃筑祠堂寮舍, 以奉烝嘗居守者. 而取公遺語, 命之曰寧庵. 買田百餘畝, 以給庵費. 輸王租而斂其遺餘, 以爲歲時增葺之備. 間以語予, 而請記其所以名之意. 予惪王公之言, 足以見其所守之正, 死而後已. 又嘉伯海昆弟之能遵先志而不忍忘也, 因爲書其本末如此. 慶元乙卯六月巳未新安朱熹記.)

(≪문집≫ 권80, 제18쪽.)

이 문장은 내용으로 말하면, 경치 묘사를 위주로 하는 정대기(亭臺記)에 속하지 않고, 의론(議論)을 위주로 하므로 당연히 질박한 면모를 보여야한다. 그러나 만약 소식(蘇軾)이 썼다면 이러한 문장도 마찬가지로 도도하고 거침없이, 마치 <묵군당기(墨君堂記)>·<보회당기(寶繪堂記)>·<방학정기(放鶴亭記)> 등처럼 천변만화했을 것이다.[114] 그러나 주희의 이 문장은 정말 질박하면서 화려하지 않게 썼다. 이 글은 우선 간결하고 직설적이면서도 완곡하고 정세하여, 한 편의 글 속에 필요 없는 구가 하나도 없고, 한 구 속에 필요 없는 글자 한 글자 없이 의미를 분명하게 전달하면서 한마디도 군더더기가 없다. 그 다음으로는 장법(章法)이 지극히 평정(平正)하면서 기세를 잠시 비축한다거나 기복변화 등과 같은 장치가 없다. 이렇게 간결하면서도 질박한 풍격은 글 속에서 기록한 인물의 고요한 성격과 합치되어, 여유롭고 평정된 유가의 기상을 보여준다. 당연히 이러한 풍격은 증공(曾鞏)의 <묵지기(墨池記)>와 같은 부류의 고문과 비교적 비슷한데, 이는 이학가가 괜찮다고 하는 재도(載道)의 글이 마땅히 갖추어야할 모습이다.

주희는 글을 논할 때 "만약 마음을 학문을 통해 이치를 밝히는 것에

114) ≪소식문집≫ 권11에 보임.

두면 자연스럽게 좋은 문장을 쓰게 된다."(大意主乎學問以明理, 則自然發爲好文章.)라고 하고 또 "글을 쓸 때에는 반드시 사실에 근거하고 말한 것이 조리가 있어야지 허구로 자세하고 공교하게 써서는 안 된다."(作文字須是靠實, 說得有條理乃好. 不可架空細巧.)[115]라고 하였다. 그의 고문 창작은 그가 당초 제시하였던 표준에 부합하였다. 전체적으로 보면 주희의 산문은 평정되고 정세하며, 또 간결하고 명쾌하다. 그는 송대 이학가 가운데 성취도가 가장 높은 고문 작가였다. 청대(淸代) 사람 이자명(李慈銘)이 "주자의 글은 밝고 깨끗하여 문자가 읽기에 막힘없이 자연스러워, 유유자적함은 있으나 도학가가 진부하게 물고 늘어지는 그런 습성은 없다."(朱子之文 明淨曉暢, 文從字順, 而有從容自適之致, 無道學家迂腐拖沓習气.)[116]라고 했는데 정말 올바른 평가라 하겠다.

115) ≪주자어류(朱子語類)≫ 권139, 3320쪽.
116) ≪월만당독서기(越縵堂讀書記)≫ 권8.

# 제3장 주희의 문학 이론

## 제1절 주희의 문학 이론의 역사적 배경

중국 고대 문학 이론의 발전 과정 가운데 송대 이학가의 이론은 매우 독특하면서도 중요한 부분이다. 주희는 송대 이학의 집대성자이면서 문학적 수양이 가장 풍부한 송대의 이학가이므로, 그의 문학 이론은 송대 이학가 문학 이론의 정수(精髓)라고 할 수 있다. 그러므로 주희의 문학 이론은 매우 중요한 역사적 의의를 지니고 있어서 그 역사적 의의에 대한 우리들에 고찰도 반드시 그 근원을 거슬러 올라가는 것으로부터 시작해야 한다. 다시 말해서 우리가 주희의 문학 이론을 평론하기 이전에 그것이 어떠한 역사적 여건 하에서 생겨났는지를 알아야할 것이다. 그렇지 않으면 많은 문제들을 제대로 파악하기 어렵다.

이학가의 문론 가운데에서 가장 사람들의 이목을 끄는 내용은 그들의 문도관(文道觀)이며, 주희 역시 예외가 아니다. 예를 들면, 거의 모든 문학비평사 저작들이 모두 주희의 아래 한 단락의 말을 인용한다. "이 문(文)은 모두 도(道) 속에서 흘러나오는 것이니, 어떻게 문이 도리어 도를 꿸 리가 있겠는가? 문(文)은 문(文)이고 도(道)는 도(道)이고, 문(文)은 단지 밥을 먹을 때에 반찬과도 같은 것일 따름이다. 만약 문(文)으로 도(道)를 꿰게 된다면 본(本)을 말(末)로 보고, 말(末)을 본(本)으로 여기는 셈이니 될 일인가?"(這文皆是從道中流出, 豈有文反能貫道之理? 文是文, 道是道, 文只如吃飯時下飯耳. 若以文貫道, 却是把本爲末, 以末爲本, 可乎?)[1]라고 한 말이다. 그러나 왜 "문(文)"이 "도(道)로부터 흘러나올"(從道中流出)수 있게 되는가? 이것은 단지 도가 문보다 더 중요하다는 것만을 말하는 것인가? 이 문제는 "도"와 "문"이라는 이 두 개념의 내용이 도대체 무엇인가 하는 문제와 직결된다. 주동윤(朱東潤) 선생이 지적했듯이 "중국 문학 비평을 공부하는데 있어서 특히 주의해야 할 것은 옛 사람들의 용어는 왕왕 서로 엇섞여 있다는 것이다. 말하는 사람이 다른데다 사람의 마음도 변하기 때문에 똑같이 "문"이라고 말하더라도 어떤 경우는 선왕(先王)이 남긴 문물이고, 어떤 경우에는 "일은 깊은 생각에서 나왔고, 공(功)은 문사(文辭)에 돌아간다."(事出沈思, 功歸翰藻)라고 한 저작을 이르기도 한다. 똑같이 "기(氣)"를 말해도 조비(曹丕)가 말한 것은 소역(蕭繹)과 다르고, 한유(韓愈)가 말한 것은 유면(柳冕)과 다르다."(讀中國文學批評, 尤有當注意者, 昔人用語, 往往參互, 言者旣異, 人心亦變. 同一言文也, 或則以爲先王之遺文, 或則以爲事出沉思・功歸翰藻之著作. 同一言氣也, 而曹丕之說, 不同於蕭繹, 韓愈之說, 不同於柳冕.)[2] 이런 명사 술어의 뜻이 달라지는 현상은 우리가 주희의 문도관(文道觀)을 고찰할 때 반드시 매우 주의해야 할 것이다. 그래서 주희의 문도관을 정확하게 이해하기 위해서 우리가 주희 이전의 문도관을 거슬러 올라가 보는 김에, "도(道)"와 "문(文)", 이 두 가지 개념의 다의성(多義性)에 대해서도 아울러 한번 설명해 보고자 한다.

---

1) ≪주자어류(朱子語類)≫ 권139, 3305쪽.

2) ≪중국문학비평사대강(中國文學批評史大綱)・서언(緖言)≫.

"도(道)"와 "문(文)", 이 두 가지 개념은 선진(先秦) 제자(諸子)들의 저작에서 이미 여러 가지 의미가 있었는데, 이 글과 관련이 있는 것만으로도 적어도 아래 몇 가지 함의가 있었다.

"도":

첫째, 우주의 근원을 의미한다. 예를 들면, ≪노자≫에는 "물(物)이 있어 섞여 이루어져 천지보다 먼저 생겨났다. …… 천하의 어머니라고 할 수 있지만, 나는 그 이름을 몰라 '도(道)'라고 이름한다."(有物混成, 先天地生. …… 可以爲天下母, 吾不知其名, 名之曰'道'.)라고 하였다.

둘째, 사물의 규율을 뜻한다. 예를 들면, ≪장자(莊子)·양생주(養生主)≫에는 "제가 좋아 하는 것은 '도'인데, 기예의 경지로 나아간 것이다."(臣之所好者道也, 進乎技矣.)라고 하였다.

셋째, 사상 학설이다. 예를 들면, ≪논어·이인(里仁)≫에는 "공자께서는 '삼(參)아! 나의 도는 하나로 꿸 수 있다.'라고 말씀하셨다."(子曰:'參乎, 吾道一以貫之.)라고 하였다.

"문":

첫째, 전장제도(典章制度)를 가리킨다. 예를 들면, ≪논어(論語)·자한(子罕)≫에는 "공자께서 광(匡) 땅에서 협박을 당하시고 '문왕(文王)이 이미 돌아가셨지만, 그 전장제도는 여기에 있지 않은가!'라고 말씀하셨다."(子畏於匡, 曰:'文王旣沒, 文不在玆乎!')라고 하였다.

둘째, 문자를 의미한다. 예를 들면, ≪맹자(孟子)·만장(萬章) 상≫에는 "그러므로 시를 말하는 사람은 문자로 인하여 그 말을 해치지 않으며, 시에 쓰인 말로 인하여 시인의 지(志)를 해하지 않으며, 마음으로 시인의 지(志)를 미루어 헤아려야 그것을 얻었다고 하는 것이다."(故說詩者不以文害辭, 不以辭害志, 以意逆志, 是謂得之.)라고 하였다.

셋째, 문채(文采)를 가리킨다. 예를 들면, ≪논어·옹야(雍也)≫에는 "공자께서는 '바탕이 문채를 넘으면 야(野)하고, 문채가 바탕을 능가하면 사(史)라고 하는데, 문채와 바탕이 적절하게 조화를 이룬 연후에야 군자인 것이다.'라고 말씀하셨다."(子曰:'質勝文則野, 文勝質則史. 文質彬彬, 然後君子.')라고 하였다.

선진 시대에 문학은 아직 독립적인 지위를 얻지 못하여, "문(文)"에는 아직 "문장(文章)"이나 "문학(文學)"의 뜻이 없었다. 또 "문(文)"에 상응하는 "도(道)"도 아직 문장이 나타내는 사상적인 내용의 뜻이 없었다. 그래서 "문(文)"과 "도(道)"는 상호 보완하여 이루어지는 한 쌍이라는 개념이 아직 없었다. 그렇지만 주목할 만한 것은, 선진시대의 "문(文)"과 "도(道)"개념은 후대의 문학이론가들에게 매우 깊은 영향을 끼쳐서, 이로 인해 그 자체로서 본래 지니고 있는 다중적인 뜻을 후대의 문학이론에 적용하게 되어 "문(文)"과 "도(道)"의 관계는 뭐가 뭔지 모르게 변하게 되었다.

유협의 ≪문심조룡≫은 본래 문학비평 전문서이지만 "문(文)"과 "도(道)"의 관계를 논술하여 "문(文)의 덕스러움은 크도다. 천지와 함께 생겨난 것은 왜인가? 대저 현황(玄黃)색이 서로 엇섞인 상태에서 땅과 하늘이 나누어지고, 해와 달이 겹쳐 아름답게 비추어 아름다운 하늘의 모습을 드리우고, 산천이 아름다운 모습을 나타내어 땅의 모습을 펼치고 있는 것 이것은 아마도 '도(道)'의 '문(文)'일 것이다."(文之爲德也大矣, 與天地並生者何哉! 夫玄黃色雜,方圓體分,日月疊璧, 以垂麗天之象, 山川煥綺, 以鋪理地之形. 此蓋道之文也.)[3]라고 하고, 또 "그러므로 '도(道)'는 성인(聖人)으로 말미암아 '문(文)'을 드리우고, 성인(聖人)은 '문(文)'으로 인하여 '도(道)'를 밝히게 되어, 옆으로 통하여 막힘이 없고, 날마다 써도 궁핍하지 않게 되는 것이다. ≪역(易)≫에서 말하기를 : '천하를 움직이게 하는 것은 글에 달려있다.'라고 했는데, 글이 천하를 움직일 수 있는 것은 바로 '도(道)'의 '문(文)'이기 때문이다."(故知道沿聖以垂文, 聖因文以明道. 旁通而無滯, 日用而不匱. ≪易≫曰 : '鼓天下之動者存乎辭.'辭之所以能鼓天下者, 乃道之文也.)"[4]라고 하였는데, 여

3) ≪문심조룡(文心雕龍)・원도(原道)≫.
4) ≪문심조룡・원도≫.

기에서 "도(道)"는 주로 자연의 도(道) 즉 사물의 규율을 가리킨다. 그리고 "문(文)"은 "문장(文章)"이나 "문사(文辭)"를 가리키기도 하고 문화, 학술에서부터 일월산천(日月山川)의 모습이나 색채까지 가리킨다. 분명한 것은 유협이 말하는 "문(文)"과 "도(道)"는 우리가 일반적으로 말하는 "문(文)"과 "도(道)"와는 커다란 거리가 있다. 바꾸어 말하면, 유협은 아직 "문(文)"과 "도(道)"를 문학범주 속에서의 "형식"과 "내용"처럼 그러한 특정한 개념으로 보고 있지 않다.

당대(唐代)에 이르러 고문운동이 일어남에 따라, "문(文)"과 "도(道)"에 관한 논의가 끊임없이 일어났다. 고문가가 말하는 "도(道)"는 대부분 유가와 관련이 있다. 예를 들어, 유면(柳冕)이 말하기를 : "성인의 도(道)를 추구하여 다다를 수 있는 것은 '문(文)'이고, 추구하여도 다다를 수 없는 것이 '성(性)'이다. 대저 교화를 말함이 성인의 성정(性情)으로부터 나오고, 국풍(國風)과 관계가 있는 것을 '도(道)'라고 한다. 그러므로 군자의 '문(文)'은 반드시 그의 '도(道)'를 담고 있다. '도(道)'에 깊고 얕음이 있으므로 '문(文)'에도 높고 낮음이 있다. 시대마다 숭상하는 바가 있는 고로 풍속에도 '아(雅)'와 '정(鄭)'이 있다."(聖人道可企而及之者文也, 不可企而及之者性也. 蓋言敎化發乎性情, 繫乎國風者謂之道. 故君子之文, 必有其道. 道有深淺, 故文有崇替. 時有好尙, 故俗有雅鄭.)[5]라고 했는데, 그가 말하는 "도(道)"는 유가적인 교화를 가리킨다. 또 한유 같은 경우는, "내가 옛 것에 마음을 두는 것은 단지 그 글이 좋아서가 아니라 '도(道)'가 거기에 있기 때문일 따름이다."(愈之所以志於古者, 不惟其辭之好, 好其道焉耳.)[6]라고 하였다. 한유가 말하는 "도(道)"는 "요임금은 이를 순임금에게 전했고, 순임금은 이를 우임금에게 전했으며 우임금은 이를 탕왕에게 전했고 탕왕은 이를 문왕, 무왕과

5) <답구주정사군논문서(答衢州鄭使君論文書)>, ≪당문수(唐文粹)≫ 권84.
6) <답이수재서(答李秀才書)>, ≪창려선생집(昌黎先生集)≫ 권16.

주공에게 전하니, 문무왕과 주공은 그것을 공자에게 전했고 공자는 그것을 맹자에게 전했는데, 맹자가 죽고 나서는 그것을 전할 수가 없었다."(堯以是傳之舜, 舜以是傳之禹, 禹以是傳之湯, 湯以是傳之文武周公, 文武周公傳之孔子, 孔子傳之孟軻, 軻之死,不得其傳焉.)[7]라고 한 성현의 도(道)로 즉 유가의 사상 학설을 가리킨다. 그러므로 당대(唐代) 고문가의 "문이란 도를 밝히는 것이다."(文者以明道)[8] 혹은 "문이란, 도를 꿰는 도구이다."(文者, 貫道之器也)[9]라고 하던 견해가 비록 이론적으로는 "문(文)"과 "도(道)"의 관계를 비교적 정확하게 처리했고, 또 창작실천에 있어서도 문장의 사상내용을 중시하는 올바른 방향으로 인도하긴 했지만 고문가 마음속의 "도(道)"가 그렇게 농후한 유가적인 색채를 띠다보니, 그러한 측면은 문학의 심미적 기능에 대해 어느 정도 방해가 되었기 때문에 후대 문론가들의 불만을 샀다. 한편으로 또 송대(宋代) 이학가로부터 순전히 "도(道)"에 대한 이해가 깊지 않다는 측면에서 신랄한 비판을 받았다. 이렇게 양쪽으로부터 협공을 당하는 난감한 상황은 바로 한유 등 고문가들의 "도(道)"에 대한 개념인식으로부터 비롯된 것이다.

송대에 이르러서는 상황에 큰 변화가 생겼다. 당대의 한유, 유종원 등이 문학과 유학을 겸한 인물이라고 한다면, 송대 학자들의 신분은 매우 복잡하게 변했다. 한편으로는 구양수에서 소식까지 모두 여전히 문학가와 유학자의 신분을 겸했고, 구양수나 소식의 유학경전에 대한 연구수준은 한유나 유종원을 훨씬 능가했지만 다른 한편으로 그들은 점차 이학가들에 의해서 유학자로는 인정받지 못했다. 그래서 정호(程顥)에 이르러서는 "지금의 학자는 세 부류로 갈라졌는데, 글을 잘 쓰는 자

7) <원도(原道)>, ≪창려선생집≫ 권11.
8) 유종원, <답위중립논사도서(答韋中立論師道書)>, ≪당유선생집(唐柳先生集)≫ 권34.
9) 이한(李漢), <창려선생집서(昌黎先生集序)>, ≪창려선생집≫ 권1.

는 문사(文士)가 되었고, 경(經)을 논하는 자는 강사(講師)로 전락했고, 오직 도(道)를 아는 이가 바로 유학자이다."(今之學者歧而爲三, 能文者爲之文士, 談經者泥爲講師, 惟知道者乃儒也.)[10]라고 하였다. 이정(二程)의 입장에서 보면 구양수나 소식 가운데 특히 소식은 그저 단순한 문사(文士)일 뿐이었다. 이렇게 "학자가 세 부류로 갈라지는"(學者歧而爲三) 현상이 점차적으로 형성되게 되었고, 이러한 현상에 따라 문학이론도 점차적으로 고문가의 문론과 이학가의 문론으로 분화하게 되었다. 양자 간에 처음 출발할 때는 미세한 차이가 있었지만, 끝내는 물과 불의 관계가 되었고, 이로부터 송대문학이론 특유의 복잡한 국면을 형성하게 되었다.

송초의 유개(柳開)·양주한(梁周翰) 등은 가장 먼저 고문을 제창하여 오대(五代)의 비약(卑弱)한 문풍에 반대했지만 이론적인 부분은 미흡했다. 예를 들면, 유개(柳開)는 초명(初名)을 견유(肩愈)라고 하고 자(字)를 소원(紹元)이라 하여 한유와 유종원의 전통을 잇는 것을 자신의 소임이라 여겼고, 나중에는 이름을 중도(仲塗)라고 하여 옛 성현의 길을 개척하고자 하였다.[11] 그러나 그의 고문이론은 기본적으로 한유 논지의 반복이었고, 문(文)과 도(道)의 관계에 있어서는 심지어 한유보다도 더 보수적이어서, 더욱 발전시켜 나아갈 수 없었다. 거기에다 사람 됨됨이가 광적이고 거칠어서 이론가들이 마음속으로 생각하는 단아한 이미지에 전혀 맞지 않아서 후대사람들의 중시를 받지 못했다. 조금 뒤 호원(胡瑗)·손복(孫復)·석개(石介) 등도 유가의 도(道)를 부흥시키고자 하였는데, 그들은 유가 경전의 의리(義理)를 궁구하는 것을 비교적 중시하여, 한당(漢唐) 이래의 경학에 대해서 비평을 가하여 은연중에 송대의 학풍을 열게 되었다.

---

10) ≪하남정씨유서(河南程氏遺書)≫.

11) <보망선생전(補亡先生傳)>, ≪하동선생집(河東先生集)≫ 권2.

그래서 주희는 이학이 일어나게 된 것은 “또한 점차적이었는데, 범중엄 이래로 이미 의론하기를 좋아하였는데, 예를 들면 산동의 손복, 조래의 석개, 호주의 호원이 있었고, 나중에 와서 주돈이·정이·정호·장재 등이 나오게 되었다, 그래서 정자(程子)는 평생 이 몇 분들을 홀대하지 않고 여전히 그들을 존중했다.”(亦有其漸, 自范文正以來已有好議論, 如山東有孫明復, 徂徠有石守道, 湖州有胡安定, 到後來遂有周子·程子·張子出. 故程子平生不敢忽此數公, 依舊尊他.)[12]라고 하였다. 그러나, 호원 등이 창도한 유가의 도(道)는 여전히 표면적인 사공(事功)과 예악(禮樂)에 치중되어 있어서 내적인 성리(性理)에 관한 학문에 대해서는 거의 밝히지 못했다. 그래서 주희는 또 그들을 비평하기를, “그러나 이 몇 분들은 모두 타고난 자질이 우수하여 성왕(聖王)을 존숭하고 패왕(霸王)을 내치고, 의(義)를 밝히고 이(利)를 버릴 줄 알았다. 하지만 단지 이뿐으로 이(理)에 대해서는 본 바가 없어서 정곡을 찌르지는 못했다.”(然數人皆天資高, 知尊王黜霸, 明義去利, 但只是如此便了, 於理未見, 故不得中.)[13]라고 하였다. 호원 등 이른바 “세 선생(三先生)”[14] 가운데에서 석개(石介)의 문론이 가장 유명하다. 그는 한편으로 한유를 극도로 추존하여 <존한(尊韓)>이란 글을 썼고 한편으로는 서곤파(西昆派)의 거장 양억(楊億)을 맹렬하게 비판하여 <괴설(怪說)> 세 편을 썼다. 전체적으로 보면 석개 문학이론의 요지는 겉만 화려하고 쓸모가 없는 글을 반대하는 것으로 유가의 도(道)를 문장의 근본으로 삼고 있어서, 이것들은 모두 이학가의 주장과 상통하는 면이 있다. 하지만 그는 “문(文), 도(道)”간의 관계를 “반드시 교화와 인의에 바탕을 두어야하며, 예악(禮樂)

12) ≪주자어류(朱子語類)≫ 권129, 3089쪽.

13) ≪주자어류(朱子語類)≫ 권129, 3089쪽.

14) “삼선생(三先生)”이란 명칭은 남송 황진(黃震)의 ≪황씨일초(黃氏日抄)≫ 권45에 처음으로 보이는데, 나중에 황종희(黃宗羲)의 ≪송원학안(宋元學案)≫에서도 그대로 사용하였다.

과 형정(刑政)에 뿌리를 둔 후 문장을 쓴다."(必本於教化仁義, 根於禮樂刑政, 以後爲之文辭)[15]라고 하여 여전히 한유의 이론 수준에 머물러 있어서 이학가들에게는 받아들여지지 않았다.

석개와 동시에, 구양수와 윤수(尹洙) 등 고문가들도 문도(文道)관계에 대해서 많은 언급을 하였다. 구양수가 말하기를, "성인의 문(文)은 비록 따라갈 수가 없지만, 대개 도(道)가 성(盛)한 자는 문(文)이 어렵지 않게 저절로 이르게 된다."(聖人之文, 雖不可及, 然大抵道盛者文不難而自至也.)[16] 라고 하고, 또 "의(意)를 얻게 되면 심(心)이 정해지게 되고, 심(心)이 정해지면 도(道)가 순수하게 되며, 도(道)가 순수하게 되면 마음에 가득 찬 것이 실(實)하게 되고 마음이 충실하게 되면 문(文)으로 드러나는 것도 빛을 발하게 된다."(意得則心定, 心定則道純, 道純則充於中者實, 中充實則發於文者輝光.)[17] 라고 하였는데, 앞 단락에서의 "도(道)"의 함의는 여전히 한유가 말한 "도(道)"와 대략 같지만, 뒷 단락에서의 "도(道)"는 주로 작가의 사상이나 수양을 가리킨다.

소식은 비록 한유의 "문(文)"과 "도(道)"를 추숭하여 "문(文)은 팔대에 걸친 쇠락함을 일으켜 세웠고, 도(道)는 천하를 도탄에서 구했다."(文起八代之衰, 道濟天下之溺.)[18]라고 하였지만, 그의 마음속 "도(道)"는 왕왕 다른 함의를 지니곤 했는데, 즉 객관사물의 규율을 가리켜서, "날마다 물과 함께 하니 열다섯 살이 되면 그 방법을 터득하게 된다."(日與水居, 則十五而得其道.)[19]라고 하였다. 요컨대 구양수에서부터 소동파까지 오면서 "도(道)"

---

15) <상조선생서(上趙先生書)>, ≪조래집(徂徠集)≫ 권12.
16) <답오충수재서(答吳充秀才書)>, ≪구양문충공집(歐陽文忠公集)≫ 권47.
17) <답조택지서(答祖擇之書)>, ≪구양문충공집≫ 권68.
18) <조주한문공묘비(潮州韓文公廟碑)>, ≪소식문집(蘇軾文集)≫ 권17.
19) <일유(日喩)>, ≪소식문집≫ 권64.

의 개념이 지닌 유가적인 색채는 점점 옅어져갔고, "문(文)"과 "도(道)"의 관계도 "중도경문(重道輕文)"으로부터 문(文)과 도(道)를 함께 중시하는 것으로 변하였고, 마지막에 가서는 실제적으로 "중문경도(重文輕道)"가 되었다. 물론 이는 당시 이학가들이 매우 불만스러워하는 현상이어서, 정이(程頤)는 "지금 문인들은 오로지 장구(章句)에만 힘써서 남의 이목을 즐겁게 하니 배우(俳優)가 아니고 뭔가?"(今爲文者專務章句, 悅人耳目, 非俳優而何?)[20]라고 비평하였는데, 이는 바로 소식 등을 두고 한 말이다.

이학가의 문학이론은 앞에서 말한 두 가지 경향과도 많은 거리가 있어서 상당히 독특한 이론체계를 갖추고 있다. 주돈이(周敦頤)는 "문(文)은 도(道)를 담는 것이다. 수레바퀴 끌채를 꾸며도 사람이 실제 쓰지 않으니 그저 장식일 뿐이다. 하물며 빈 수레에 있어서랴? 문사(文辭)는 기예이며 도덕(道德)이 실질적인 알맹이이다. 그 알맹이(道德)를 독실하게 하고 기예로써 그것을 써서, 아름다우면 사람들이 좋아하게 되고 좋아하게 되면 전해진다. 현명한 이는 능히 배워서 할 수 있게 되는데, 그것이 교육이다. 그래서 '말에 수식이 없으면 전해져도 멀리 전해지지 않는다.'(言之不文, 行之不遠)라고 했다. 그러나 현명하지 못한 사람은 비록 부모가 곁에 있고, 스승이 격려해도 배우지 못하고, 억지로 시켜도 따르지 않는다. 도덕에 힘쓸 줄 모르고 단지 문사(文辭)로만 능한 것은 단지 기예일 따름이다. 아, 이러한 폐단이 정말 오래되었다."(文所以載道也, 輪轅飾而人弗庸, 徒飾也. 況虛車乎? 文辭, 藝也. 道德, 實也. 篤其實而藝者書之, 美則愛, 愛則傳焉, 賢者得以學而至之, 是爲敎. 故曰:'言之無文, 行之不遠.' 然不賢者, 雖父母臨之, 師保勉之, 不學也. 强之, 不從也. 不知務道德而第以文辭爲能者, 藝焉而已. 噫, 弊也久矣!)[21]라고 했다. 그는 명확하게 "도(道)"를 도덕으로 규정하였으며, "문(文)"은 문

20) ≪이정유서(二程遺書)≫ 권18.

21) ≪통서(通書)·문사(文辭)≫.

사(文辭)로 규정하였다. 그래서 그는 한편으로 "도(道)"에 대한 함의를 이해함에 있어서 석개 등과는 판연히 달랐으며, 다른 한편으로 "도(道)" 본연의 의미를 강조하는데 있어서 구양수, 소식 등과 선을 분명히 그었다. 이정(二程)의 문도관(文道觀)은 주돈이(周敦頤)와 일맥상통하지만 다만 문(文)을 경시하는 측면에서는 더욱 더 심했다. 특히 정이(程頤)는 천성이 근엄하여 평생 농담을 한 적이 없었으며, 단도직입적으로 "글을 지으면 도를 해친다(作文害道)"라고 하였고, "대저 글은 전심전력으로 하지 않으면 공교로울 수가 없고, 만약 전심전력을 기울이면 지(志)가 그것에 얽매이게 되니 또 어찌 천지와 더불어서 그 큼을 함께 할 수 있겠는가? ≪서경≫에 '완물상지(玩物喪志)'라 했는데 글을 짓는 것도 '완물(玩物)'이다."(凡爲文不專意則不工, 若專意則志局於此, 又安能與天地同其大也. ≪書≫云 : '玩物喪志.' 爲文亦玩物也.)[22]라고 하였다. 이정(二程)의 이학체계 내에서의 지위가 점차 상승함에 따라, 그들 문론의 영향력도 점차 커져갔다. 주희의 부친 주송(朱松)과 그의 유년 시절의 스승 호헌(胡憲)・유치중(劉致中)・유자휘(劉子翬) 등은 모두 주돈이(周敦頤)와 이정(二程)의 이학을 중심으로 하였는데, 그가 성인(成人)이 된 후의 스승 이동(李侗)은 정이(程頤)의 삼전(三傳)제자였다. 그래서 그의 문도관(文道觀)은 주돈이(周敦頤)・이정(二程) 등과 일맥상통했던 것이다. 다만, 주희는 송대 이학의 집대성자로 염락(濂洛)의 학문을 계승한 기초 위에 여러 설들을 함께 취하였다. 그는 또 천성적으로 문학을 사랑하여서 그의 문학이론은 훨씬 더 충실하게 되었고, 더욱 더 엄밀한 체계를 갖추게 되었다.

22) ≪이정유서≫ 권18.

## 제2절 주희의 문도관(文道觀)

주희의 철학체계 가운데에서 “도(道)”와 “이(理)”는 매우 가까운 두 개념이다. 그는 “형이상(形而上)은 도(道)이고, 형이하(形而下)는 기(器)이다.”(形而上爲道, 形而下爲器.)[23]라고 하였고, 또 “형이상이라는 것은 모양도 그림자도 없는 그 이치이고, 형이하라는 것은 감정이나 형상이 있는 그 기(器)이다.”(形而上者, 無形無影是此理. 形而下者, 有情有狀是此器.)[24]라고 했다. “도(道)”와 “이(理)”가 모두 “형이상”의 속성을 가지고, 또 모두 형이하의 “기(器)”와 서로 대립된다면, 그럼 “도(道)”와 “이(理)” 둘은 분명 한 가지 개념이다. 그래서 주희는 어떤 때에는 분명하게 “사물의 이치가 바로 도(道)이다.”(物之理, 乃道也)[25]라고 하거나 혹은 “도(道)는 ‘이(理)’를 말하는 것이다.”(道卽理之謂也.)[26]라고 했으니, 이렇게 되면 “이(理)”와 마찬가지로 “도(道)”는 모든 사물의 규율일 뿐 아니라 모든 사물의 근원이기도 한 것이다. “일음일양을 도(道)라고 하니 즉 태극이다.”(一陰一陽之謂道, 太極也.)[27]라고 했는데, 주희의 마음속에서 공자나 맹자 등 성현들의 사상이나 학설은 궁극적인 진리로서의 “도(道)”를 체현한 것이었다. 그래서 “도(道)”라고도 일컬어졌는데, “나의 도(道)는 일이관지하면 이는 성인(聖人)의 도(道)인데, 지극한 진리로 만대(萬代)를 지나도 폐단이 없을 그런 것이다.”(吾道一以貫之, 此聖人之道, 所以爲大中至正之極, 亘萬世而無弊者也.)[28]라고 하였다. 이를 통해보면 주희가 말하는 “도(道)”는 실질적으로 앞에서 언급했던

23) ≪주자어류(朱子語類)≫ 권62, 1496쪽.
24) ≪주자어류(朱子語類)≫ 권95, 2421쪽.
25) ≪주자어류(朱子語類)≫ 권62, 1496쪽.
26) ≪통서・성상(誠上)≫ 주, ≪주자전서(朱子全書)≫ 권7.
27) ≪주자어류(朱子語類)≫ 권74, 1897쪽.
28) <잡학변(雜學辨)・소황문노자해(蘇黃門老子解)>, ≪문집≫ 권72, 26쪽.

선진제자들의 "도(道)"에 대한 모든 정의(定義)들을 다 포괄하고 있으며, 그가 어떤 때 말하는 "도(道)"는 단지 몇 가지 측면의 내용만 취하기도 했지만, 이 몇몇 함의들은 또 서로 어우러져서 내용이 더욱 풍부하고도 복잡한 새로운 개념이 되었다. 그리고 주희가 말하는 "문(文)"도 어떤 때는 전장제도(典章制度)를 가리키고, 어떤 때는 문자를 가리키는 등, 항상 문장을 가리키지만은 않았다. 이렇게 다른 의미의 "도(道)"와 서로 다른 의미의 "문(文)"이 결합하여 매우 복잡하고 심지어는 표면적으로 보면 서로 모순되는 "문도(文道)"관계를 이루고 있는데, 그 가운데 어떤 내용들은 사실 문학의 범주에 속하지도 않는다.

> 도(道)는 단지 흥(興)하게 하고 폐(廢)하고 할 뿐으로 없어질 수는 없지만, 문(文)은 삼대(三代)의 예악제도 같은 것으로, 만약 없어지면 아예 땅을 쓸듯이 사라진다.(道只是有廢興, 却喪不得. 文如三代禮樂制度, 若喪, 便掃地.)[29]

여기에서 말하는 "도(道)"는 영원히 존재하는 "천도(天道)"를 가리키고, "문(文)"은 전장제도(典章制度)를 가리키는 것으로 이는 주희의 "문도(文道)"관의 첫 번째에 해당하다.

> 옛날의 가르침은 소자지학과 대인지학이 있었는데, 소자지학이라 하면 물뿌리고 청소하고, 사람을 응대하며 나아가고 물러나는 예절과 시(詩)·서(書)·예(禮)와 활쏘기·말타기·글쓰기·셈하기 등의 "문(文)"이었고, 대인지학은 이치를 궁구하고 수신·제가·치국·평천하하는 "도(道)"이다.(古之爲敎者, 有小子之學, 大人之學. 小子之學, 灑掃應對進退之節, 詩·書·禮·射·御·書·數之文是也. 大人之學, 窮理·修身·齊家·治國·平天下之道是也.)[30]

29) ≪주자어류(朱子語類)≫ 권36, 958쪽.
30) ≪경연강의(經筵講義)·대학(大學)≫, ≪문집≫ 권15, 1쪽.

여기서 말하는 "도(道)"는 유가의 학설을 가리키는 것이고, "문(文)"은 모든 문화나 학술(심지어는 활쏘기, 말타기 등의 기예까지도 포함)을 가리키는 것으로 이는 주희 "문도(文道)"관의 두 번째에 해당한다.

> "도(道)"가 세상에 존재하지만 그것은 하늘이 명한 "성(性)"에 근원하고, 군자, 부자, 부부, 형제, 친구 사이에서 행해진다. 그 "문(文)"은 성인의 손에서 나와 주역, 서경, 시경, 예기, 악경, 춘추 그리고 공자, 맹자 등의 서적에 보존되어 있다. 본말이 서로 필요로 하고, 사람들끼리 언어로 서로 밝힌 것들을 모두 하루아침에 다 없앨 수는 없다. 대저 천리나 사람사이의 큰 일, 대자연은 큰 인륜과 법도가 존재하는 곳으로 본디 문자에 의지하지 않고 세워진 것도 있다. 그러나 옛 성현들은 이 '도(道)'를 천하에 밝혀서 만대에 드리우고자 하였으니, 그 정세하고 곡절진 내용은 문자의 힘을 빌리지 않고서는 또한 저절로 전해질 수는 없는 것이다.(道之在天下, 其實源於天命之性, 而行於君臣, 父子・兄弟・夫婦・朋友之間. 其文則出於聖人之手, 而存於易書詩禮樂春秋孔孟之籍. 本末相須, 人言相發, 皆不可以一日廢言者也. 蓋天理民懿, 自然之物, 則其大倫大法之所在, 固有不依文字而立者. 然古之聖人欲明是道於天下而垂之萬世, 則其精微曲折之際, 非託之文字, 亦不能以自傳也.)[31]

여기에서의 "도(道)"는 인륜이나 질서를 말하는 것이고, "문(文)"은 문자를 가리킨다. 이것은 주희의 "문도(文道)"관에 있어서의 세 번째 차원에 해당한다.

> 지난 봄 가르침을 준 가운데 소학(蘇學)을 얘기하면서 세상 사람들이 소동파의 글을 읽는 것은 단지 문장의 묘미를 취할 뿐 처음부터 거기에서 "道"를 추구하는 것은 아니라면, 그 과실(過失)은 그냥 내버려 두어도 괜찮다 하였습니다. 대저 학자가 "도"를 추구한다면 정말 소씨의 글에서 구하지는 않을 것입니다. 그렇지만 기왕 그 글을 취하게 된다면 그 글 내용은 사악한 것

---

31) <휘주무원현장서각기(徽州婺源縣藏書閣記)>, ≪문집≫ 권78, 8쪽.

이 있고 바른 것이 있고, 옳은 것이 있고 틀린 것이 있게 마련인데, 이 또한 그 가운데 "도"가 있게 되니, 이는 진실로 "도"를 추구하는 자가 논의하지 않을 수 없습니다.(去春賜教, 語及蘇學, 以爲世人讀之, 止取文章之妙, 初不於此求道, 則其失自可置之. 夫學者之求道, 固不於蘇氏之文矣. 然旣取其文, 則文之所述有邪有正, 有是有非, 是亦皆有道焉. 固求道者之所不可不講也.)[32]

여기의 "도(道)"는 주로 문장의 사상 내용을 가리키며, "문(文)"은 문장 또는 문학의 형식을 가리킨다. 이는 주희 "문도(文道)"관의 네 번째 차원에 해당한다. 이 의미의 "문(文)"과 "도(道)"는 분명 고문가들의 문도관에 가까운 비슷한 개념이다.

만약 주희가 "문(文)"과 "도(道)"의 관계를 논술할 때에 항상 그 뜻을 동일한 차원으로 제한하려고 하였다면, 설령 그의 관점이 잘못되었다고 해도 사람들의 오해를 불러일으키지는 않았을 것이다. 그렇지만 주희는 실질적으로 서로 다른 함의를 가진 "도(道)"를 복잡한 개념의 여러 함의를 가진 하나로 보았던 것이지 이름은 같지만 실질은 다른 여러 개의 개념으로 보지 않았기 때문에, 그가 "문도(文道)"의 관계를 논할 때 사람들의 오해를 불러일으키는 것을 피하기 어려웠던 것이다. 예를 들면 "문(文)"과 "도(道)"는 도대체 하나인가 둘인가? 본문 도입부에 인용한 주희의 그 명언에서 단정적으로 말하기를 : "문은 문이고 도는 도이다."(文是文, 道是道.)라고 하였으니, 즉 "문(文)"과 "도(道)"는 두 개의 다른 사물인 것이다. 그런데 주희는 "도(道)는 문(文)의 근본이고, 문(文)은 도(道)의 지엽이다. 다만 그 뿌리를 도(道)에 두고 있어서 문(文)으로 발현된 것은 모두 도(道)이다. 삼대 성현의 문장은 모두 이러한 마음에서부터 출발하여 쓰였기에 그 문(文)이 바로 도(道)이다."(道者, 文之根本. 文者, 道之枝葉. 惟其根

32) <여왕상서(與汪尙書)>, ≪문집≫ 권30, 11쪽.

本乎道, 所以發之於文, 皆道也. 三代聖賢文章, 皆從此心寫出, 文便是道.)[33]라고 하였으니, 말투는 여전히 단정적으로, "문(文)"과 "도(道)"는 또 둘이 하나가 되는 것이다. 이와 같은 모순 현상에 대해서 어떤 사람은 "사실 이것은 '도를 중시하고 문을 경시하는'(重道輕文) 뜻이다. 문(文)을 경시하였기 때문에 문(文)은 문(文)이고 도(道)는 도(道)이어서 문(文)으로 도(道)를 꿸 수 없다고 했으며, 도(道)를 중시하였기 때문에 문(文)이 바로 도(道)이며 문(文)은 도(道)로부터 흘러나오므로, 문(文)은 그냥 문(文)이고 도(道)는 그냥 도(道)가 되는 것을 반대하였다."(其實這還是重道輕文的意思 輕文所以說文是文, 道是道, 文不能貫道；重道, 所以說文便是道, 文自道中流出, 反對文自文而道自道.)[34]라고 했는데, 이러한 해석은 겉으로 보기에는 무난한 것 같지만 사실 주희의 본래 뜻(주희가 말한 "문(文)은 도(道)로부터 흘러나온다."라고 한 근거는 "문(文)은 문(文)이고, 도(道)는 도(道)이다."이지 "문(文)이 바로 도(道)이다"라고 한 것이 아니다.)을 왜곡했을 뿐 아니라 본래의 개념상 차이를 더욱더 혼란스럽게 하였는데, 이는 차원이 다른 "문(文)"과 "도(道)"를 혼동하였기 때문이다.

조금 전에 인용한 주희의 "문(文)이 바로 도(道)이다(文便是道)"라고 한 말 바로 뒤에 아래와 같은 말이 이어진다.

"지금 동파의 말이 '내가 이른바 '문(文)'이라고 하는 것은 반드시 '도(道)'와 함께 한다.'라고 했는데, 이렇게 되면 즉 문(文)은 문(文)이고 도(道)는 도(道)인데 글을 지을 때 잠시 가서 도(道)를 하나 가져다가 그 안에 집어넣는 격인데, 이것이 그의 큰 문제점이다. 다만 그는 매번 글이 문사가 화려하고 교묘하여 두루 뭉실 넘어가지만 여기에서 그 문제점을 알지 못하고 그 본연의 문제점이 일어나는 이유를 말하게 된 것이다. 그는 글을 지으면서 점차 이치를 말하게 되었는데, 먼저 이치를 깨닫고

33) ≪주자어류(朱子語類)≫ 권139, 3319쪽.
34) 유국은(游國恩) 등 편, ≪중국문학사≫ 제3책, 134쪽.

서 글을 쓰지는 않았기 때문이다. 그래서 처음 출발에서 모두 편차가 있다."(今東坡之言曰 : '吾所謂文, 必與道俱.' 則是文自文而道自道, 待作文時, 旋去討個道來入放裏面, 此是他大病處. 只是他每常文字華妙, 包籠將去, 到此不覺漏逗, 說出他本根病痛所以然處. 緣他都是因作文, 却漸漸說上道理來. 不是先理會得道理了, 方作文. 所以大本都差.)라고 하였다. 아주 분명한 것은 주희가 여기에서 말하는 "문(文)"은 문장(실질적으로는 문학 형식)을 가리키고, "도(道)"는 글이 나타내는 이치(실은 사상 내용)를 가리킨다. 그는 "문(文)"과 "도(道)"를 나무의 지엽과 근본에 비유하였는데, "근본(根本)"은 나무를 더욱 튼튼하고 무성하게 하고, "지엽"은 나무에 꽃이 피고 푸르게 하니 나무에게 있어서 이 둘은 모두 없어서는 안 될 것이다. 마찬가지로 문장(협의의 문학)에 있어서도 사상내용과 예술형식은 한 가지도 없어서는 안 된다. 뿌리가 깊고 잎이 무성한 나무나 내용과 형식이 충실한 문장은 모두가 완정한 통일체이다. 주희는 바로 이러한 차원에서 "문(文)"과 "도(道)"가 하나가 될 수 있다고 여겨서, "문(文)이 바로 도(道)이다.(文便是道)"라고 했다. 이러한 관점은 사실 고문가 구양수 등의 이론과 완전히 일치한다. 그렇다면 주희는 왜 또 "문은 문이고, 도는 도이다."(文是文, 道是道)라고 하였을까? 왜 또 "문은 모두 도로부터 흘러나온다"(文皆是從道中流出)라고 하였을까? 내가 생각하기에는 만약 이 "도(道)"를 여전히 문장이 나타내는 이치(사상 내용)라고 한다면, "문이 바로 도이다"(文便是道)라는 견해와 서로 모순될 뿐 아니라 그 자체로도 완전히 논리에 맞지 않아서 철학가인 주희가 결코 그렇게 말했을 리가 없다. 앞에서도 말했듯이 주희가 말하는 "도(道)"는 항상 본체론적인 의미를 지녀서, 그것은 사물의 규율일 뿐만 아니라 사물의 본원이기도 하여서, 우주만물이 모두 "도(道)"에서 파생되어 나온 것이었다. 그렇게 되면, 만물 가운데 하나인 "문(文)"은 그것이 전장제도이건 문화학술이건 아니면 문자나 문장이건 당연히 모두가 "도(道)"로부터 흘러나온 것이 되는 것이다. 그리고 "도(道)"가 사물의 본원이 되니 "문(文)"은 단지 "도(道)"로부터 파생되어 나온 사물 가운데 하나가 될 뿐이니, 이 둘은 당연히 대등한 관계가 되지 못한다. 그래서 "문은 문이고 도는 도이다(文是文, 道是道)"라고 하는 것이다. 우리가 지금 보면 "문도" 관계를 논할 때 "도(道)"를 최고차원적인 본체로 보아서는 안 될 것 같지만, 앞에서 말한 것처럼 옛날 사람들의 개념은 그리 엄격하지가 않아서, 설령 고문가가 말하는 "도(道)"라 해도 문학범주 밖의 의미를 가지곤 했다. 그렇게 보면 이학가 주희가 이학 범주의 "도(道)"와 문학범주의 "도(道)"를 혼용했다고 해도 이상할 게 없을 것이다.

그래서, 필자는 주희가 한편으로는 "문은 문이고 도는 도이다"(文是文, 道是道)라고 하고 다른 한편으로는 "문이 바로 도이다."(文便是道)라고 했는데 이는 서로 다른 두 가지 차원에서의 한 말이라고 생각한다. 바꾸어 말하면, 그는 사실상 서로 다른 범주의 두 쌍의 개념을 논한 것이다. 그가 말하는 "문도"관이 정확한지 않은 지의 여부를 떠나, 논리상의 상호 모순은 없다고 생각된다.

그렇다면 "문(文)"을 문학으로 이해한다면, 주희는 결국 어떠한 "문도"관을 가지고 있을까?

우선 주희는 '도를 중시하고, 문을 가벼이 여기는'(重道輕文) 태도를 취한다. 그는 인생에 있어서 가장 중요한 일이 '학문을 논하고 이치를 밝히는 일'(講學明理)로, 즉 성현(聖賢)의 도(道)를 추구하는 것이어서, 시간과 정력을 글을 쓰는 일에 낭비해서는 안 된다고 여겼다. 그는 "글을 쓰려고 하는 것은 바로 지엽적인 일이다. 학문하는 일에 방해가 되니 도리어 둘(글쓰기와 학문)다 잃게 된다."(才要作文章, 便是枝葉, 害著學問, 反兩失也.)[35]

35) ≪주자어류(朱子語類)≫ 권139, 3319쪽.

라고 했고, 또 공언하기를 "평생 글쓰기를 가장 싫어하여 부득이 남이 부탁하는 경우에야 글을 쓴다. 재능 있는 사람이 시 쓰기를 좋아하는 이도 있는데 학문을 논하는 것으로 바꾸면 얼마나 유익한지 모른다."(平生最不喜作文, 不得已爲人所託, 乃爲之. 自有一等人樂於作詩, 不知移以講學, 多少有益.)[36] 라고 하였고, 마음과 정력을 시를 쓰는데 쓰는 사람들을 나무라기를 "온 세월을 다 들여 시를 써서 무엇을 하려는지 모르겠다."(不知窮年窮月做得那詩, 要作何用?)[37]라고 하고는 과거(科擧)에서 시부(詩賦)로 인재를 선발하는 것을 극력 반대하여 말하기를 "시부(詩賦)를 그만두자고 하는 이유는 빈말로는 본래 사람을 가르칠 것이 없어서 인재를 선발할 수가 없기 때문이다. 그런데 시부(詩賦)는 또한 '빈말'(空言) 중에서도 심한 것이니 그것으로 가르침을 열어 인재를 선발하기에는 도움이 되지 않는다는 것은 너무도 분명하기 때문이다."(所以必罷詩賦者, 空言本非所以敎人, 不足以得士. 而詩賦又空言之尤者, 其無益於設敎取士, 章章明矣.)[38]라고 하였다.

다음으로 주희는 문도(文道)는 일체(一體)라고 여겼다. 그는 "만약 글재주로만 취하고 그 내용 속 이치의 시비를 논하지 않게 된다면, 도는 도이고 문은 그냥 문이 된다. 도외에 다른 사물이 있다면 정말 도라고 하기에 부족함이 있다. 또한 문(文)에 이(理)가 없다면 또 어찌 문(文)이라고 할 수가 있겠는가? 대저 도(道)는 어디를 가나 없는 곳이 없는데, 문(文)으로 도(道)를 논하게 된다면 문(文)과 도(道)를 모두 얻게 되고 일이관지(一以貫之)하게 된다. 그렇지 않으면 둘(문과 도)을 모두 잃게 될 것이다." (若曰惟其文之取, 而不復議其理之是非, 則是道自道, 文自文也. 道外有物, 固不足以爲道. 且文而無理,又安足以爲文乎?蓋道無適而不存者也, 固卽文以講道, 則文與道兩得,而一以貫

---

36) ≪주자어류(朱子語類)≫ 권104, 2623쪽.
37) ≪주자어류(朱子語類)≫ 권140, 3334쪽.
38) <학교공거사의(學校貢擧私議)>, ≪문집≫ 권69, 23쪽.

之.否則亦將兩失之矣.)[39]라고 하였다. 그는 구양수를 질책하여 말하기를 : "그는 정사(政事)와 예악(禮樂)이 하나에서 출발하지 않으면 안 된다는 것을 알면서 도덕(道德)과 문장(文章)이 각기 다른 데에서 나오게 해서는 안 된다는 것을 몰랐다."(然彼知政事禮樂之不可不出於一, 而未知道德文章之尤不可使出於二也.)라고 하였고, 또 한유 등을 질책하여, "도(道)와 문(文)을 둘로 갈라놓음을 면하지 못했다."(未免裂道與文以爲兩物)[40]라고 했다.

주희에게 있어서 중도경문(重道輕文)과 문도일체(文道一體)는 서로 모순되지 않을 뿐 아니라 바로 문도(文道) 관계에 대한 완정한 서술로 어느 하나가 없어서도 안 된다. 왜냐하면 "도(道)란 문(文)의 근본이며, 문(文)은 도(道)의 지엽이기"(道者, 文之根本 ; 文者, 道之枝葉) 때문에, 만약 "가지가 청동같이 튼튼하고 뿌리가 바위처럼 든든하지만"(柯如青銅根如石) "향기로운 잎사귀에 일찍이 난새나 봉새가 묵어가지"(香葉曾經宿鸞鳳) 않았거나 혹은 후자만 있고 전자가 없다면 그러면 생기 넘치게 하늘 높이 치솟는 큰 나무가 될 수가 없다. 즉 다시 말해서 "문(文)"과 "도(道)"는 유기적으로 함께 결합해야지 둘을 갈라놓아서는 안 된다. 그래서 주희는 "문은 스스로 문이고 도는 스스로 도이다(文自文, 道自道)"라는 견해를 반대했다. 그렇지만, 나무에 있어서 "근본"은 분명 "지엽"보다는 더욱 중요하므로, 마찬가지로 "문(文)"과 "도(道)"의 합일체(즉 좋은 문장)에 있어서도 "도(道)"가 "문(文)"보다 더욱 중요한 것이다. "문도일체(文道一體)"의 관점을 가졌으므로 주희의 중도경문(重道輕文)은 이정(二程) 등의 중도경문(重道輕文)과는 본질적으로 다르다. 왜냐하면, 이정(二程)은 "문(文)"과 "도(道)"를 양립할 수 없는 관계로 보아서 문학을 근본적으로 배척하였다. 그러나 주희

39) <여왕상서(與汪尚書)>, ≪문집≫ 권30, 12쪽.
40) <독당지(讀唐志)>, ≪문집≫ 권70, 3~4쪽.

는 "문(文)"과 "도(道)"를 뗄 수 없는 관계로 보아서, 비록 "도(道)"를 "문(文)"보다 중요하게 생각했지만 "문(文)" 즉 문학도 여전히 존재가치를 지닌다고 여겼다. 그래서 필자는 주희의 몇몇 견해가 이정(二程) 등과 꼭 같은 것 같지만, 문도관(文道觀) 전체를 놓고 보면 그는 이정(二程)처럼 그렇게 문학에 대해서 한결같이 배척하는 극단적인 태도를 취하지 않았다고 생각한다.

그렇다면 주희와 고문가들과의 문도관에는 어떤 차이가 있을까? 표면적으로 보면, 주희는 한유, 유종원, 구양수, 소식 등 고문가에 대해서 수시로 비난하였고, 또 고문 창작에 있어서 성취가 가장 높고 영향력이 가장 큰 한유와 소식에 대해서는 더더욱 심한 논조로 질책하였다. 그는 한유는 "말을 육경처럼만 하면 그것이 도를 전하는 것이라고 여겼다. 매일 힘쓰는 것을 보면 단지 시를 쓰고 놀이를 하고 술을 마시고 즐길 뿐이었다."(只是要做得言語似六經, 便以爲傳道. 至其每日功夫, 只是做詩・博奕・酣飮取樂而已.)[41]라고 하고 또 소식을 욕하여 "그런데, 그대의 도학은 큰 근본이 미혹되고, 사실을 논함에 권모술수를 숭상하게 되며 헛되고 화려한 것에 현혹되고 본질을 잊게 되며, 현달을 귀히 여기면서 명예는 천하게 여기게 된다. 지금 천리를 해치고 인심을 어지럽히고 성현의 도를 방해하고 풍속을 해치는 일이 또한 어찌 다 왕(王)씨에게서만 나왔겠는가?"(然吾道學則迷大本, 議事實則尙權謀, 眩浮華, 忘本實, 貴通達, 賤名檢, 此其害天理, 亂人心, 妨道術, 敗風敎, 亦豈盡出王氏之下也哉!)[42]라고 하였다. 이러한 책망은 주로 "도"에 착안한 것으로, 주희는 한유나 소동파 등의 문인들은 모두 "도"를 잘 알지 못해서 그들의 글에 주희가 인정하는 "도"를 선양하지 못했다고 여겼다. 이는 분명 우리들이 말하는 문학 비평과는 관계가 크지

41) ≪주자어류(朱子語類)≫ 권137, 3260쪽.

42) <답왕상서(答汪尙書)>, ≪문집≫ 권30, 8쪽.

않다. 필자는 주희가 한유 등이 문과 도를 갈라놓았다고 책망하는 부분에 대해서는 지나치다고 여긴다. 왜냐하면 당대의 한유·유종원이든 송대의 구양수·소식이든 그들은 최소한 이론적으로는 "문이관도(文以貫道)"나 "문이명도(文以明道)"를 주장했다. 즉 문도일체(文道一體)를 주장했다. 그런데 주희가 그들이 문과 도를 갈라놓았다고 하는 이유는 한편으로는 이학가들의 편견 때문이고 다른 한편으로는 고문가들이 실제 창작에 있어서 "문"을 중시하는 방식에 대해 불만이었기 때문이다. 주희의 입장에서 보면 문도가 일체임을 인정하고 "도"가 근본이고 "문"이 지엽이라는 것을 인정하였으니 마땅히 전력으로 "도"를 연구해야지 "문"에 너무 많은 힘과 정력을 쏟을 필요가 없었다. 그는 "이(理)에 대한 이해가 정세해진 후에 문자가 저절로 바르고 알차게 된다."(理精後, 文字自典實)[43]라고 하고, 또 "그 일을 조리 있게 표현하기만 하면 그게 바로 문장이다."(只將那事說得條達, 便是文章)[44]라고 하였다. 우리가 지적해야할 것은 본래 이러한 뜻은 바로 공자가 말한 "말은 의미를 전달하기만 하면 된다"(辭達而已矣)[45]라고 한 것으로 소식은 일찌감치 이 말을 금과옥조로 받들었다.[46] 그렇지만 주희와 소식이 "달(達)"하려는 대상 즉 "도(道)"는 각기 다른 함의를 지녔다. 소식이 나타내고자 하는 "도"는 객관적인 사물의 규율이었기 때문에 그는 "문"이 떠가는 구름이나 흐르는 물과 같아서 자연과 서로 부합되기를 바랐다. 주희가 나타내고자 하는 "도"는 가장 집중적으로 유가의 학설을 체현하고자 했기 때문에, 그는 "문"은 유가경전이나 유가를 계승한 이학가의 문장을 모범으로 삼기를

---

43) ≪주자어류(朱子語類)≫ 권139, 3320쪽.

44) ≪주자어류(朱子語類)≫ 권137, 3275쪽.

45) ≪논어(論語)·위령공(衛靈公)≫.

46) <여사민사추관서(與謝民師推官書)>, ≪소식문집≫ 권49.

원했다. 그는 "내가 옛날 젊을 때 ≪논어≫와 ≪맹자≫를 읽으면서 스스로 나중에 ≪논어≫나 ≪맹자≫보다 수준 높은 글을 하나 쓰고 싶었지만 결국 못썼다."(某向丱角讀≪論≫·≪孟≫, 自後欲一本文字高似≪論≫·≪孟≫者, 竟無之.)[47]라고 하였고, 또 주돈이(周敦頤)의 ≪태극도설(太極圖說)≫과 장재(張載)의 ≪서명(西銘)≫을 일컬어, "맹자 이후에 비로소 이 두 편의 글이 보인다."(自孟子已後, 方見此兩篇文章.)[48]라고 하였다. 이렇게 고문가 한유·유종원·구양수·소식과 이학가 주희 모두 문도를 일체로 여기긴 하였지만, 양측은 "도"에 이해가 달랐기 때문에 "문"에 대한 요구도 달랐다. 그래서 주희의 입장에서 보면, 고문가도 "도"를 표방하긴 했지만, 그들은 창작에 있어서 "문"을 너무 지나치게 중요시하였기 때문이 이는 본말이 전도되었을 뿐 아니라 문도일체를 파괴한 셈이었던 것이다. "도"가 근본이고 "문"은 지엽인데, 고문가들은 근본을 북돋우려고 하지 않고, 반대로 지엽의 위상을 부각시키려 하였으므로, 이는 사실 "문"을 문도의 합일체로부터 따로 분리해낸 것이다. 그것이 바로 주희가 고문가를 질책하여 "문은 그냥 문이고 도는 그냥 도이다"(文自文, 道自道) 혹은 "도와 문을 갈라서 둘로 만들었다."(裂道與文以爲兩物)라고 한 원인이다.

이상의 분석을 통해서 주희의 문도관은 사실 한유·유종원·구양수·소식 등의 고문가와 주돈이·이정(二程) 등 이학가 두 파의 이론을 혼합하여 이룬 것이라는 것을 알 수 있다. 그러나 주희는 주로 이학가의 진영에 몸담고 있었으므로 이정 등에 대해서는 비호하면서 설령 무슨 이견이 있으면 단지 암암리에 수정하였으나 한유·소식 등에 대해서는 반대로 대대적인 공세를 아끼지 않았다. 그래서 후세 사람들은 왕왕

47) ≪주자어류(朱子語類)≫ 권104, 2611쪽.
48) ≪주자어류(朱子語類)≫ 권94, 2386쪽.

주희의 문도관은 이정의 전통을 완전히 계승하여 고문가와는 공통점이 전혀 없다고 오해를 하는 것도 바로 이러한 현상에 가려져서이다.

## 제3절 주희의 문학 본질에 관한 관념

앞 절에서도 서술했듯이 주희의 문도관은 주로 본체론의 관점에서 문도의 관계를 해결하였다. 즉 그의 이론의 핵심은 "도"의 우선성과 근본성, 그리고 "문"의 이차성(二次性)과 파생성(派生性)을 확립하는 것이었다. 그러나 이러한 전제 하에서도 주희는 여전히 "문은 문이고 도는 도이다."(文是文, 道是道), 즉 문이 어느 정도의 독립성을 지니고 있다고 여겼다. 그래서 주희는 "문"을 결코 부정하거나 경시하지 않았고, 그 반대로 문학은 그 자체로 아주 높은 가치를 지니며 문학창작은 복잡하고도 정교한 일이어서 작자는 반드시 수준 높은 교양을 갖추어야 할 수 있다고 여겼다. 한마디로 말해서 문학은 주희의 마음속에서 결코 "완물(玩物)"이 아니었다.

그렇다면 주희는 문학창작에 대해서 어떠한 관점을 가졌을까? 우리는 아무래도 역시 그의 문도관부터 얘기해야 할 것이다. 앞의 글에서도 말했지만, 주희가 말하는 도는 여러 함의를 가진 복잡한 개념으로 어떤 때는 유가가 인정하는 정치적 원칙이나 인륜의 질서를 가리켜서 그것은 한유가 말한 도와도 비교적 가깝다.[49] 그러나 주희의 전체 사상 체계의 중심이 이미 전통유가의 경세치용으로부터 성리학으로 방향을 바꾼 것처럼 그의 도에 대한 인식도 덕성(德性)의 함양 쪽에 치우쳐 있어

49) 한유의 <원도>, ≪창려선생문집≫ 권11 참조.

서 한유가 말하는 도와는 큰 괴리가 있다. 그래서 당대 고문가의 "문이관도(文以貫道)"에서 송대 이학가의 "문이재도(文以載道)"까지는 자면적(字面的)인 측면에서 보면 근본적인 차이가 없는듯하지만 사실 이미 본질적인 차이가 있다. 사람들은 대개 "관(貫)"과 "재(載)" 두 글자의 차이로 구분하지만 더욱 중요한 차이는 양측의 "도"에 대한 개념이 이미 서로 많은 차이가 있다. 그러므로 한유가 유가의 도통(道統)을 회복해야 한다고 큰소리로 외쳤지만 주희는 한유가 도통 가운데에서의 필수 인물임을 인정하지 않았다.

> 맹자가 죽자 그 전통이 사라졌는데, 그 책은 비록 남았지만 아는 사람이 적었다. 그 이래로 세속의 선비들이 글을 베끼고 외우는 습속은 공(功)은 소학보다 배로 더 들었지만 쓸모가 없었다. 이단의 불교나 도교의 가르침은 그 고원(高遠)하기는 대학보다 더 했지만 알맹이가 없었다. 기타 권모술수・일체의 공명(功名)으로 나아가려는 설들은 백가 중의 잡가와 같은 무리로 혹세무민하고 인의를 가로막는 자들이 그 가운데에 분연히 섞여 있어서 군자로 하여금 불행하게도 대도(大道)의 요체를 듣지 못하게 하였고, 소인배로 하여금 불행하게도 지극한 치세의 혜택을 입지 못하게 하였다. 어둡고 막히고 거듭 폐단이 깊어져서 오대의 말에 이르러서는 망가지고 어지러움이 극에 달했다. 그러나 천운은 순환하여 끝없이 반복되어 송대에 이르러 덕이 융성해져서 다스림과 가르침이 훌륭하게 밝아졌다. 이에 하남의 두 정(程) 선생이 나와서 맹씨가 전하던 도통을 이을 수 있게 되었다.(及孟子沒而其傳泯焉, 則其書雖存, 而知者鮮矣! 自是以來, 俗儒記誦詞章之習, 其功倍於小學而無用. 異端虛無寂滅之敎, 其高過於大學而無實. 其他權謀術數, 一切以就功名之說, 與夫百家衆技之流, 所以惑世誣民, 充塞仁義者, 又紛然雜出乎其間. 使其君子不幸而不得聞大道之要, 其小人不幸而不得蒙至治之澤. 晦盲否塞, 反復沈痼. 以及五季之衰, 而壞亂極矣! 天運循環, 無往不復, 宋德隆盛, 治敎休明, 於是河南程氏兩夫子出, 而有以接乎孟氏之傳.)[50]

50) ≪사서장구집주(四書章句集註)≫ 중화서국 1983년판, 2쪽.

이와 같이 이정을 맹자와 바로 연결하고 한유의 역사적인 역할을 완전히 홀시하였다. 어떤 사람은 이를 "이상한 현상"(奇怪的現象)"[51]이라고 하지만 사실 이상할 것이 없다. 왜냐하면 주희가 여기에서 그리고 있는 것은 "옛날 태학에서 사람을 가르치는 법도와 성현들의 경전의 가리킴"(古者大學教人之法, 聖經賢傳之指.)[52]을 궁극적 목적으로 하는 하나의 심성(心性)의 도통이었다. 그러나 주희의 마음속에서 한유는 비록 유가의 도를 널리 알리는 것을 자신의 임무라고 생각하였지만 그는 "단지 치국·평천하하는 데만 힘을 썼지, 심신으로 나아가 지켜야 할 바를 신경쓰지는 못했다."(只於治國平天下處用功, 而未嘗就其身心上講究持守.)[53]라고 했다. 그러므로 그는 성리학의 도통에서는 설 자리가 없었던 것이다.

주희가 구축한 도통은 성리학을 핵심내용으로 하고 있어서 "도"나 "이(理)"에 대한 인지(認知)는 당연히 내심에 대한 관조와 덕성의 함양을 주요 방법으로 하고, 외부의 사공(事功)이나 형정(刑政)·예악(禮樂)을 최종 목표로 하지 않는다. 간단히 말해서 그가 가장 중요시한 것은 내성(內聖)의 학문이지 외왕(外王)의 학문이 아니었다. 주희는 강학(講學)할 때 번거로움을 마다않고 거듭 이러한 관점을 설명했다. "학자의 공부는 오직 거경(居敬)과 궁리(窮理) 두 가지 일에 있다. 이 두 가지 일은 서로 상호작용하여 궁리할 수 있으면 거경의 공부는 날로 나아지게 되고, 거경할 수 있으면 궁리의 공부는 날로 치밀하게 된다."(學者功夫, 唯在居敬·窮理二事. 此二事互相發, 能窮理, 則居敬功夫日益進. 能居敬, 則窮理功夫日益密.)[54]라고 하였고, "'경의 상태를 견지한다'(持敬)는 것은 궁리의 근본이다. 이치를 궁

---

51) 장립문(張立文), ≪주희사상연구(朱熹思想硏究)≫ 중국사회과학출판사 1981년판, 391쪽.
52) ≪사서장구집주≫ 2쪽.
53) <답요자회(答寥子晦)>, ≪문집≫ 권45, 47쪽.
54) ≪주자어류(朱子語類)≫ 권9, 150쪽.

구하여 밝아지게 되는 것은 또 마음을 함양하는 데 도움이 된다."(持敬是窮理之本. 窮得理明, 又是養心之助.)[55]라고 했다. 그리고 "'마음'(心)이 모든 이치를 포괄하므로, 모든 이치는 한 마음에 갖추어져 있다. 마음을 두지 못하면 이치를 궁구할 수가 없고, 마음을 다 얻을 수가 없다."(心包萬理, 萬理具於一心. 不能存得心, 不能窮得理, 不能盡得心.)[56]라고 하고, "대저 사람의 마음이란 지극히 영민해서 모를 일이 뭐가 있으며 이해하지 못할 일이 뭐가 있으며, 여기에 갖추어지지 않은 어떤 이치가 있나?"(蓋人心至靈, 有什麽事不知, 有什麽事不曉, 有什麽道理不具在這裏?)[57]라고 하였다. 제자가 그에게 무엇이 "명명덕(明明德)입니까?"라고 묻자, 그는 "명덕(明德)이란 자기 마음속에 많은 이치가 갖추어져 있어서 본래 잘 아는 일이고, 처음에는 잘 모르거나 가려진 것이 없어서 사람이 그것은 얻으려하면 얻어지는 것으로, 예를 들면 측은지심, 수오지심, 사양지심, 시비지심 같은 것으로 자신의 마음에서 나온 것이므로 그것을 찾으면 그것이 나오니 어찌 밝지 않겠나? 하지만 물욕에 가려지게 되어 그 밝음은 쉽게 어두워지는 것이 마치 거울은 본래 밝은 것이지만, 외부 사물에 더럽혀지게 되면 밝지 않은 것과 같아서 잠시 닦으면 그 밝음은 또 사물을 비칠 수 있는 것과도 같다."(明德是自家心中具有許多道理在這裏. 本是個明底物事, 初無暗昧, 人得之則爲得. 如惻隱·羞惡·辭讓·是非, 是從自家心裏出來. 能着那物, 便是那個物出來. 何嘗不明? 緣爲物欲所蔽, 故其明易昏. 如鏡本明, 被外物點汚, 則不明了. 少間磨起, 則其明又能照物.)[58]라고 하였다. 이러한 이론에서 출발하여 주희는 공개적으로 공리(功利)를 주창하던 진량(陳亮) 학파에 대해 완강히 반대하였다. 주희는 말하였다.

55) ≪주자어류(朱子語類)≫ 권9, 150쪽.
56) ≪주자어류(朱子語類)≫ 권9, 155쪽.
57) ≪주자어류(朱子語類)≫ 권14, 264쪽.
58) ≪주자어류(朱子語類)≫ 권14, 264쪽.

내가 듣건대, 옛 성현들은 다스림을 말함에 반드시 인의(仁義)를 우선하였지 공리(功利)를 급선무로 하지 않았다. 어찌 정말 이런 황당하고 무용한 말을 하여서 혹세무민하여 화(禍)를 감수하려 하는가? 천하의 모든 일은 마음에 뿌리를 두고 있는데, 인(仁)은 이 마음이 담고 있는 것을 말한다. 이 마음이 담겨 있으면 절제할 수 있다. 의(義)는 이 마음의 절제를 말하는 것이다. 진실로 만약 이 인의지설(仁義之說)이 세상에 밝혀진다면 천자에서부터 백성에 이르기까지 사람마다 모두 이 마음을 갖게 되어, 이로써 모든 일을 통제한다면 한 가지도 합당하지 않을 것이 없을 것이니, 무슨 어려움인들 해결하지 못하겠나?(竊聞之古聖賢言治,必以仁義爲先, 而不以功利爲急.夫豈固爲是迂闊無用之談, 以欺世眩俗, 而甘受實禍哉? 蓋天下萬事本於一心, 而仁者此心之存之謂也. 此心旣存, 乃克有制, 而義者此心此制之謂也. 誠使是說明於天下, 則自天子以至於庶人, 人人得其本心, 以制萬事, 無一不合宜者. 夫何難而不濟?)[59]

그는 또 직접 진량에게 편지를 써서 반박하였다.

맹자가 죽은 후 세상은 더 이상 이 학문을 알지 못했다. 일시적으로 영웅호걸들이 어떤 경우는 자질이 뛰어나거나 생각이 깊어서 한마디의 말이나 한 번의 행동이 우연히 도에 합치하는 경우도 있었다. 그러나 그들이 근본으로 여기는 것은 정말 이(利)를 추구하는 생각을 완전히 면하기는 어렵다. 세상의 학자들은 조금만 재주가 있으면, 마음을 낮추고 뜻을 낮추어서 유가의 학문과 성현의 공부를 하려하지 않는다. 또 이런 이치가 매우 타당하지는 않으나 여러 행위에 지장이 없고, 큰 공명을 이루고 부귀를 얻는 것을 보고는 이를 도모하고자 하는 마음으로 다투어서 추구하고 행한다. 그러나 또 의리(義理)는 전혀 돌보지 않을 수는 없어 이러한 경지에 이르러서는 그저 어쩌면 일순간 존재하는 이치를 가리키며 그것만으로도 요순시대와 그 융성함을 비길 수 있다고 여기고는 그들이 근본으로 여기는 것에 옳은 것이 없다는 것을 살피지는 않는다.(自孟子旣沒, 而世不復知有此學. 一時英雄豪傑之士, 或以資質之美・計慮之精, 一言一行, 偶合於道者蓋亦有之. 而其所以爲之田地根本者, 則固未免乎利慾之思也. 而世之學者, 稍有才氣, 便自不肯低心下意, 做儒

59) <송장중륭서(送張仲隆序)>, ≪문집≫ 권75, 15쪽.

家事業 · 聖學功夫. 又見有此一種道理, 不要十分是當, 不礙諸般作爲, 便可立下大功名, 取大富貴, 於是心以爲利, 爭欲慕而爲之. 然又不可全然不顧義理, 便於此等去處, 指其須臾之間偶未泯滅底道理, 以爲只此便可與堯舜之代比隆, 而不察其所以爲之田地根本之無有是處也.)[60]

주희의 "도"에 대한 이러한 인식은 필연적으로 그의 문학의 본질에 대한 인식에 영향을 주었다. 한유 등 고문가의 입장에서 보면 "문이관도(文以貫道)"의 원칙은 매우 강한 공리성(功利性)을 지닌다. 문학 창작의 궁극적인 목적은 정치 교화에 도움이 된다는 것이다. 이러한 관점은 물론 문학의 사실(寫實)적 경향에는 도움이 되겠지만 문학의 서정성과 심미적인 가치에는 상당한 악영향을 미쳤다. 주희의 입장에서 보면 "도"나 "이(理)"는 모두 '사람의 마음'(人心)을 최종 귀속점으로 하게 되므로 "문이재도(文以載道)"의 원칙은 비공리적인 성질의 것일 수밖에 없다. 즉, 문학창작의 최종 목적이 "명심견성(明心見性)"이고 인생을 관조하고 이치를 깨닫고 정지(情志)를 불러일으키는 것이다. 한마디로 말해서 문학의 본질은 서정적이고 심미적이어야 하는데, 주희는 이러한 관념에 대해 충분한 논술을 하고 있다. 문학의 본질에 대한 주희의 인식은 우선 그의 ≪시경≫과 ≪초사≫라는 두 가장 오래된 문학 전적에 대한 이해 가운데에 보인다. 그는 <시집전서(詩集傳序)>에서 말하였다.

어떤 이가 나에게 물었다 : "시는 무엇 하러 짓나요?" 나는 대답하였다 : "사람은 태어나면서 고요한데 이는 천성이다. 사물에 느끼는 바가 있게 되면 동하게 되는데 이는 천성이 그렇게 하고자 하는 것이다. 하고자하는 바가 있게 되면 생각이 없을 수 없게 되고 생각이 있게 되면 말이 없을 수 없게 될 것이며 말이 있게 되면 말로 다 표현하지 못하는 것은 탄식하고 읊조리

60) <답진동보(答陳同甫)>, ≪문집≫ 권36, 26쪽.

> 고 하는 나머지 반드시 자연의 음향이나 리듬으로 그치지 못하는 것이 있을 것인데, 이것이 시가 생겨난 연유이다."(或有問於予曰 : "詩何爲而作也?" 予應之曰 : "人生而靜, 天之性也. 感於物而動, 性之欲也. 夫旣有欲矣, 則不能無思. 旣有思矣, 則不能無言. 旣有言矣, 則言之所不能盡, 而發於咨磋咏嘆之餘者, 必有自然之音響節族而不能已焉. 此詩之所以作也.")[61]

또 ≪초사집주(楚辭集注)≫의 <제기(題記)>에서는 말하였다.

> 굴원의 사람됨은 그의 지행(志行)이 간혹 중용을 넘어 모범으로 삼을 수는 없지만 모두 임금에게 충성하고 나라를 사랑하는 진심에서 나왔다. 굴원의 작품은 그 글이 비록 기복이 심하고 괴이하고, 원망하고 격분하여 교훈으로 삼을 수는 없지만 모두 간절하고 슬퍼서 스스로를 주체할 수 없는 지극한 마음에서 나왔다. 그가 비록 북방에서 공부하지 못해 주공이나 공자의 도를 배우지 못하고, 홀로 변풍·변아의 말류로 치달아서 순수 유가의 선비는 그를 언급하기를 부끄러워하지만 세상의 추방당한 신하나 은둔자·나그네·원한을 품은 아낙네·길 떠나는 지아비는 눈물을 훔치며 아래에서 읊조리게 되어, 천자가 다행히 듣게 된다면 피차 천성과 민의의 선량함에 서로 마음을 불러일으키는 바가 있게 되어 삼강오륜에 무게를 더하기에 어찌 족하지 않겠는가?(原之爲人, 其志行或過於中庸而不可以爲法, 然皆出於忠君愛國之誠心.原之爲書, 其辭旨雖或流於跌宕怪神, 怨懟激發而不可以爲訓, 然皆生於繾綣惻怛·不能自已之至意. 雖其不知學於北方, 以求周公·仲尼之道, 而獨馳騁於變風·變雅之末流, 以故醇儒庄士或羞称之. 然使世之放臣·屛子·怨妻·去夫抆淚謳唫於下, 而所天者幸而聽之, 則於彼此天性民彝之善, 豈不足以交有所發, 而增夫三綱五典之重!)[62]

이 두 단락의 글은 비록 이학적인 색채가 강하기는 하지만 문학 작품의 서정적인 본질에 대한 강조가 일목요연하다. 주희의 입장에서 보면

---

61) ≪시집전(詩集傳)≫ 권1.

62) ≪초사집주(楚辭集注)≫ 권1.

문학 창작은 완전히 내심의 감정에서 출발한 자연스런 표출로 저지할 수 없는 자연의 소리이기 때문에 사람의 마음을 감동시킬 수 있는 것이다. 다시 말해서, 문학이 탄생할 수 있는 동력은 감정이고 문학이 사람을 감동시킬 수 있는 힘 역시 감정이어서 감정은 문학의 생명이다. 그런데 여기에 하나의 모순이 있는 것 같다. 주희는 "존천리 · 멸인욕(存天理 · 滅人慾)"을 강조한 것으로 유명하다.[63] 주희가 인간의 욕망을 없앨 것을 주장했다면, 감정은 인욕에 해당하는데, 그렇다면 어찌 또 감정을 중요시할 수 있나? 사실 주희의 입장에서 보면, "천리"와 "인욕"은 결코 대립되거나 서로 배척하는 개념이 아니다. 그는 "이것은 두 가지 다른 것이어서 마치 두 돌멩이가 서로 부딪히며 서로 치는 것과 같다. 단지 한 사람의 마음이 도리에 합치하는 것은 천리이고 정욕을 따르는 것은 인욕이어서 바로 둘이 교차하는 그곳에서 이해해야한다. 오봉(五峰)은 "천리와 인욕은 동행하면서 마음을 서로 달리 갖고 있는 것이다."라고 했는데, 말을 정말 잘 했다."(此不是有兩物, 如兩個石頭兩相挨相打. 只是一人之心, 合道理底是天理, 徇情慾底是人慾, 正當於其交介處理會. 五峰云 : "天理人慾, 同行異情." 說得最好.)[64]라고 했다. 또 "마치 기물을 만드는 것과 같아서 정말 사람으로 하여금 잘 만들어야 한다고 하고서 잘 만들지 못하면 안 된다고 한 후 잘 만들어진 것은 천리이고 잘 못 만든 것은 인욕이다."(如做器具, 固是教人要做得好, 不成要做得不好. 好底是天理, 不好底是人慾.)[65]라고 하였다. 이를 통해보면 주희가 부정하는 것은 단지 이(理)에 부합되지 않는, 즉 이(理)의 절제를 거치지 않은 사욕이지 모든 정상적인 욕망이 아니다. 그래서

63) 주희는 일찍이 "사람의 마음이 천리에 놓였을 때는 반드시 천리를 보존해야하며, 인욕에 놓였을 때는 반드시 인욕을 없애야한다"(人心須是在天理則存天理, 在人慾則去人慾.)라고 하였다(≪주자어류(朱子語類)≫ 권78, 2015쪽).

64) ≪주자어류(朱子語類)≫ 권78, 2015쪽.

65) ≪주자어류(朱子語類)≫ 권117, 2824쪽.

그는 또 "인욕 중에도 천리가 있다."(人慾中自有天理.)66)라고 하고 정확한 방법은 물욕에 빠지지 않고 수시로 경계심을 유지하는 것이라고 지적하여 "물욕에 가리지 않으면 모두가 혼연히 천리가 될 것이다."(不爲物慾所昏, 則渾然天理矣.)67)라고 했다. 또 "함께 가면서 마음을 달리하는 경우도 아마 있을 것이다. 예를 들면 입이 맛에, 눈이 색깔에, 귀가 소리에, 코가 냄새에, 사지가 안일에 대해서 성인은 보통 사람들과 모두 마찬가지이니 동행인 셈이다, 그러나 성인의 감정은 거기에 탐닉하지 않아서 그래서 일반 사람과 다를 따름이다."(同行異情, 蓋亦有之, 如'口之於味, 目之於色, 耳之於聲, 鼻之於臭, 四肢之於安佚', 聖人與常人皆如此, 是同行也. 然聖人之情不溺於此, 所以與常人異耳.)68)라고 하였다. 상술한 이론의 전제 하에 주희는 정감이란 인성(人性)의 외현(外現)으로 합리적인 존재이지만 절도를 넘어서는 안 된다고 여겼다. 그는 "그러한 성(性)이 있으면 곧 그러한 정(情)을 발하게 되므로, 그러한 정을 통해서 그러한 성을 볼 수 있게 된다."(有這性, 便發出這情, 因這情, 便見得這性.)69)라고 하고, 그는 또 "장재는 '심이 성정을 통괄한다(心統性情)'라고 했는데, 대저 선한 것을 좋아하고 악한 것을 싫어하는 것은 정이다. 선한 것을 좋아하고 악한 것을 싫어하는 이유는 성의 절제로 인한 것이다. 그리고 악한 것을 보고 노하고 선한 것을 보고 좋아하는 것은 바로 정이 발현된 것이다. 마땅히 기뻐해야 할 일에 기뻐하나 기쁨이 지나치지 않고, 마땅히 노여워해야 할 일이 노여워하나 다른 일에 화풀이하지 않고, 애(哀)·락(樂)·애(愛)·오(惡)·욕(欲)이 모두 절도에 맞아 지나치지 않는 것이 바로 성이다."(橫渠云 : "心統性情." 蓋

66) ≪주자어류(朱子語類)≫ 권13, 224쪽.
67) ≪주자어류(朱子語類)≫ 권13, 224쪽.
68) ≪주자어류(朱子語類)≫ 권101, 2591쪽.
69) ≪주자어류(朱子語類)≫ 권5, 89쪽.

好善而惡惡, 情也；而其所以好善而惡惡, 性之節也. 且如見惡而怒, 見善而喜, 這便是情之所發. 至於喜其所當喜, 而喜不過(안.원문에 있으나 인용하면서 생략；謂如人有三分合喜底事, 我却喜至七八分, 便不是.) 怒其所當怒, 而怒不遷(；謂如人有一分合怒底事, 我却怒至三四分, 便不是.)以至哀樂愛惡欲皆能中節而無過：這便是性.)[70]라고 하였다. 그는 또 물어 "희노애락이 모두 절도에 맞으면 천하의 달도이다. 어디 노함이 없는 성인이 있겠는가?"(喜怒哀樂發而皆中節, 天下之達道. 那裏有無怒底聖人?)[71] 라고 하고 또 "세상 무슨 일이 희노애락과 연결되지 않겠는가? …… 즉 이 희노애락이 절도에 맞는 곳이 바로 온전한 이(理)가 운행되는 곳이니 또 어디에 가서 온전한 이(理)가 운행되는 것을 찾겠는가?"(世間何事不繫在喜怒哀樂上? …… 即這喜怒哀樂中節處, 便是實理流行. 更去那裏尋實理流行?)[72]라고 하였다. 그래서 주희의 입장에서 보면 "도(道)"·"이(理)"에서부터 "정(情)"·"욕(慾)"에 이르기까지 그 사이에 분명한 경계가 없으며 모두가 인간 내심에 있는 합리적인 존재들이다. 그래서 "문이재도"와 문학의 서정성은 서로 모순되지 않을 뿐 아니라 전자는 후자의 합리적인 논리 전제가 될 수도 있다. 주희는 이렇게 이학 사상 체계 안에서 문학을 위한 적당한 자리를 찾아주게 되어 이정(二程)처럼 그렇게 문학에 대해서 뿌리 깊이 적대시하는 태도를 취할 필요가 없게 되었다. 그러므로 정호(程顥)가 말한 "지금의 학자는 셋으로 나누어졌다"(今之學者歧而爲三.)는 것은 주희의 사상 속에서는 하나로 합해질 가능성이 생기게 되었고, 주희 본인은 "능문자(能文者)"·"담경자(談經者)"와 "지도자(知道者)"의 3중 신분을 겸했는데, 다만 이 세 가지 신분에 대한 중요시하는 정도가 뚜렷이 달랐을 따름이다. 어쨌든 문학은 주희의 이학의 체계 속에서 당당하게

70) ≪주자어류(朱子語類)≫ 권98, 2514쪽.
71) ≪주자어류(朱子語類)≫ 권30, 774쪽.
72) ≪주자어류(朱子語類)≫ 권62, 1518쪽.

문학 자체의 존재를 선언하게 되었다.

물론, 주희는 아무래도 이학의 대종사였으므로, 인생에서 가장 중요한 일은 수신양성(修身養性)이고 명리홍도(明理弘道)라고 여겼고, 문학 창작에 탐닉하는 것을 반대하였다. 그러나 그는 적당한 문학 창작은 허용될 뿐 아니라 명심견성(明心見性)에도 도움이 된다고 여겼다. 그래서 주희는 더 이상 이정(二程)처럼 그렇게 글을 쓰는 일이 "도를 해친다"(害道)라고 여기지 않았고, 또 더 이상 시가를 "쓸데없는 말"(閑言語)이라고 여기지 않았다. 주희는 이정(二程)의 관점을 옹호하는 전제 하에 문학을 위해 몰래 길을 터주었던 것이다.

> 제자백가와 경사(經史) 할 것 없이 모두 시비를 가리고 이 의리를 밝히는 것이지 어찌 단지 문사(文詞)만 고루하지 않게 하려 했겠는가? 의리가 밝아지고 또 쉼 없이 실천하게 되면 가슴속에 간직하게 된 것은 반드시 광명이 사방으로 치닫게 되니 어디에 쓴들 통하지 않겠는가? 말로 하여 그 심지를 나타낸 것은 저절로 발현된 것이 평범하지 않아 아끼고 전할 만한 것이 될 것이다.(貫穿百氏及經史, 乃所以辨驗是非, 明此義理. 豈特欲使文詞不陋而已? 義理既明, 又能力行不倦, 則其存諸中者, 必也光明四達, 何施不可! 發而爲言, 以宣其心志, 當自發越不凡, 可愛可傳矣.)[73]

> 시를 지으며 간혹 몇 마디의 말로 마음을 나타내어도 안 될 것이 없다. 다만 많이 쓸 필요는 없는데, 그것은 탐닉될까봐서일 따름이다. 특별한 일을 하고 있지 않을 때는 평담하고 자득한 내용으로 하는데 생각해서 쓴 시구보다 어찌 더 낫지 않겠는가? 시 속에 참맛이 넘쳐흐르는 것도 보통 시를 읊조리기를 좋아하는 것과는 다르다.(作詩間以數句適懷亦不妨. 但不用多作, 蓋便是陷溺爾. 當其不應事時, 平淡自攝, 豈不勝如思量詩句? 至如眞味發溢, 又却與尋常好吟者不同.)[74]

---

73) ≪주자어류(朱子語類)≫ 권139, 3319쪽.
74) ≪주자어류(朱子語類)≫ 권140, 3333쪽.

앞의 인용문은 “이 의리를 밝힘”(明此義理)이라는 전제를 수립한 후 “말로 함”(發而爲言)에 대해서도 매우 중요하게 생각하고 있다. 주희는 글이 “그 심지를 나타내는”(宣其心志) 작용을 일으킬 뿐 아니라 “아끼고 전할 만함”(可愛可傳)의 효과까지 있다고 여겼다. 만약 “언(言)”(곧 “문(文)”)을 떠난다면 설령 이(理)를 밝히는 심지(心志)가 있다고 한들 어떻게 후세에 전할 수 있겠는가? 두 번째 인용문은 시에 탐닉하는 것에는 반대하지만, 시를 써서 ‘마음을 표현’(適懷)할 수 있고 또 일단 “참 맛이 넘쳐흐르면”(眞味發溢)하게 되면 즉 진실된 감정이 넘쳐흘러 분명 좋은 시가 생겨나게 된다고 여겼다. 그러므로 위 두 단락은 겉으로 보기에는 문학에 대해서 엄숙한 태도를 보이는 것 같지만 사실 시문 창작의 합리성과 필요성에 대해서 긍정적인 태도를 나타내고 있다. 주희는 또 좋은 문학작품은 성정(性情)을 도야하고 유가의 도를 밝히는 중요한 기능이 있다고 여겼다. 그는 ≪시경≫에 관한 태도에서 이러한 인식을 충분히 드러내고 있다.

> 이에 장구(章句)로 강령을 잡고 훈고로써 기강을 세우고 읊조려서 흥하게 하고, 함영하여 체득하고 성정이 드러나지 않은 가운데 살피고, 언행이 일어나려할 순간에 살피게 되면 자신의 몸을 수양하여 가정에까지 혜택이 미치며, 천하의 도를 골고루 펴지게 할 수 있으니 이 또한 따로 다른 것을 추구할 필요 없이 여기에서 얻을 수 있게 될 것이다.(於是乎章句以綱之, 訓詁以紀之, 諷咏以昌之, 涵濡以體之, 察之情性隱微之間, 審之言行樞機之始；則修身及家, 平均天下之道, 其亦不待他求而得之於此矣.)[75]

한대의 유가가 미자설(美刺說)로 ≪시경≫의 사회 정치적인 기능을 강조하던 독시법(讀詩法)과는 반대로, 주희의 태도는 완전히 문학의 본질에

75) <시집전서(詩集傳序)>, ≪시집전≫ 1권.

착안하여 읊조리고 함영(涵泳)함을 통하여 '본성을 밝혀 도를 구함'(明性求道)의 목적에 이른다는 것이다. 주희의 입장에서 보면 ≪시경≫의 창작은 작자의 정지(情志)를 펼치는 개인적인 행위이어서, ≪시경≫을 읽는 것 또한 마땅히 독자의 '뜻'(志意) 불러일으키는 개인적인 행위이어야 하는 것이다. 분명한 것은 이러한 행위들은 모두가 문학의 범주에 속하는 것이고, 이는 역사상 처음 출현한 ≪시경≫의 문학적 성질에 대한 이해인 셈이다.

## 제4절 주희의 문학 형식에 대한 관점

표면적으로 보면 주희는 사람들이 문학의 형식적인 면에 노력을 많이 기울이는 것을 반대한다. 그의 사상 체계 안에서 "문이재도"의 원칙은 "문"은 단지 수단일 뿐이고 "도"야말로 목적임을 이미 규정하고 있다. 즉 사람들이 글을 쓴다는 것은 완전히 '도를 밝힘'(明道)을 위함으로 목적만 달성될 수 있으면 수단 그 자체를 굳이 지나치게 따질 필요가 있겠는가라는 것이다. 그리고 기왕 도가 제일성(第一性)이고 문이 제이성(第二性)이라면, 도만 있으면 문은 자연히 생겨나게 되니 문에 따로 정력을 낭비 필요가 없다는 것이다. 그래서 그는 "큰 뜻을 학문으로 이(理)를 밝히는 데 두면 자연히 좋은 문장으로 발현되게 되는데 시도 역시 그러하다."(大意主乎學問以明理, 則自然發爲好文章, 詩亦然.)[76]라고 하였고 또 "글을 쓰는데 뭐 하러 굳이 힘들게 마음을 두는가?"(作文何必苦留意?)[77]라고 하

76) ≪주자어류(朱子語類)≫ 권139, 3307쪽.
77) ≪주자어류(朱子語類)≫ 권139, 3321쪽.

였다. 이러한 관점은 그가 학문을 논하고 도를 논할 때 유난히 강조되곤 하여 사람들로 하여금 그가 문학의 형식을 완전히 무시한다고 오해하게 하였다. 예를 들면 그는 유가의 경전이나 이학가의 논저를 최고의 모범문장이라고 여기고는 “내가 옛날 어렸을 때 ≪논어≫와 ≪맹자≫를 읽으면서 스스로 나중에 ≪논어≫나 ≪맹자≫보다 수준 높은 글을 하나 쓰고 싶었지만 결국 못썼다.”(某向丱角讀≪論≫·≪孟≫, 自後欲一本文字高似≪論≫·≪孟≫者, 竟無之.)[78]라고 하였다. 그리고 또 주돈이(周敦頤)의 ≪태극도설(太極圖說)≫과 장재(張載)의 ≪서명(西銘)≫을 칭송하여 “맹자 이후에 비로소 이 두 편의 글이 있게 되었다.”(自孟子以後, 方得有此兩篇文章.)[79]라고 하였다. 그는 심지어 글을 쓰는 행위를 “완물(玩物)”이라고 한 정이(程頤)의 문장을 소식(蘇軾)의 문장보다 더 낫다고 여겨서 “이(理)에 밝은 후에 글도 전아하고 알차게 된다, 이천(伊川)의 ≪역전(易傳)≫ 같은 만년(晩年)의 글은 정말이지 물을 담을 수 있을 정도로 치밀하다. 소동파는 기세가 호방하고 글을 잘 썼지만 결국 허술한 면을 면하지는 못했다.”(理精後, 文字自典實. 伊川晩年文字, 如≪易傳≫, 直是盛得水住. 蘇子瞻雖氣豪善作文, 終不免疎漏處.)[80]라고 하였다. 분명한 것은 이러한 논의의 착안점은 완전히 문장의 의리에 있어서, 그는 사실 학술논저의 내용을 말한 것이지 문학작품의 형식을 말한 것이 아니다. 즉 그는 도만 말하고 문은 말하지 않은 것이다. 이러한 논의는 사실 문학의 범주에 속하지 않지만, 단지 옛날 사람들이 말하는 “문”의 외연성이 매우 커서 각종 학술성 문장까지 포함하므로 후세 사람들이 왕왕 주희가 문학을 논의했다고 오해했을 따름이다. 그러므로 우리가 주희의 문학의 형식에 대한 관점을 고찰할

78) ≪주자어류(朱子語類)≫ 권104, 2611쪽.
79) ≪주자어류(朱子語類)≫ 권94, 2381쪽.
80) ≪주자어류(朱子語類)≫ 권139, 3320쪽.

때는 위와 같은 논의와 그가 정말 문학을 논한 것과 구분해야 하는데, 그렇지 않으면 뭐가 뭔지 모르는 혼란을 가져오게 된다.

그렇다면 우리가 고찰의 초점을 문학의 범주로 제한하고 본다면 주희는 문학의 형식에 대해서 어떠한 관점을 가졌는가?

우선, 주희는 글을 쓰는 것은 '의미를 전달하고 이(理)를 밝히는 것'(達意明理)을 주요 목적으로 해야 한다고 여기고 본말을 전도하여 형식을 추구하는 것을 반대하였다. 그렇지만 그는 이러한 전제 아래 형식의 중요성을 부정하지는 않았다. 그는 진정으로 좋은 작품은 "도"와 "문"의 유기적인 통일체라고 여겼다.

주희는 일생 동안 문장의 형식을 추구하는 것에 반대하는 말을 여러 차례 했지만, 가장 주목을 끄는 말은 그가 당송 고문가들에 대해 많은 비평이 있었다는 것이다. 예를 들면 그는 한유(韓愈)를 다음과 같이 비평하였다.

> 한유는 큰 곳은 보았지만 작용이 일어나는 점에 대해서는 모른다. 예를 들어 <원도>편을 보면 맹자 이후에 그처럼 견식이 있는 사람이 없는 것 같다.…… 그러나 그저 본원이 그러하다는 것만 알았을 뿐 그 아래 공부는 텅 비어 더 이상 그것을 받쳐줄 것이 없어서, 용처(用處) 부분은 그리 마음에 들지 않는다. 그는 글을 쓰기 위해 노력을 기울였으므로 독서를 하는 것도 단지 글을 쓰기 위해서였다. 아침부터 저녁까지 젊어서부터 늙어서까지 단지 글을 쓰는 데에만 급급하여 경륜이나 실무에는 관심을 두지 않아서 효용이 없었다. 매일 술 마시고 시를 쓰는 몇몇 수재나 스님을 불러서 시간을 보냈다. 시간이 조금 있으면 글쓰기 연습을 할 줄만 알아서 이쪽 일을 할 겨를이 없었다. 거기에다가 그는 '이것이 바로 성현의 사업이다.'라고 하고는 스스로 그것이 잘못임을 몰랐다. 예를 들면 문장을 논하여 "굴원・순자・맹자・사마천・사마상여・양웅의 무리"라고 하여 맹자와 이들 몇몇을 함께 논하고 있으니 그가 식견이 없고 말이 되지 않음을 알 수 있다.(韓退之則於大體處見得, 而於作用施爲處却不曉. 如<原道>一篇, 自孟子後無人似它見得. …… 只是

空見得個本原如此, 下面工夫都空疏, 更無物事撑住襯簟, 所以於用處不甚可人意. 緣他費工夫去作文, 所以讀書者, 只爲作文用. 自朝至暮, 自少至老, 只是火急去弄文章; 而於經綸實務不曾究心, 所以作用不得. 每日只是招引得幾個詩酒秀才和尙度日. 有些工夫, 只了得去磨煉文章, 所以無工夫來做這邊事. 兼他說, 我這個便是聖賢事業了. 自不知其非. 如論文章云: "自屈原·荀卿·孟軻·司馬遷·相如·揚雄之徒", 却把孟軻與數子同論, 可見無見識, 都不成議論.)[81]

또 말하였다.

한문공의 제일의(第一義)는 글공부이고 제이의(第二義)가 도리를 궁구하는 것이어서 식견이 정확하지 않다.(韓文公第一義是去學文字, 第二義方去窮究道理, 所以看得不親切.)[82]

그리고 주희는 소식에 대해서도 비슷하게 비평하였다.

소동파는 타고난 자질이 빼어나서 문사(文詞)를 논함에 다른 사람이 미치지 못하는 곳이 있다. ≪논어설≫과 같은 경우도 매우 뛰어난 점이 있다. 그러나 그 가운데 허점도 꼭 있다. 예를 들면 <구공문집서(歐公文集序)>와 같은 경우 처음에 말을 엄청 크게 시작해서 마음껏 좋게 나가다가 끝부분에 가서는 그저 그렇고 마니 이는 그냥 용두사미 정도 그 이상이다.(東坡天資高明, 其議論文詞自有人不到處. 如≪論語說≫亦煞有好處, 但中間須有些漏綻出來. 如作<歐公文集序>, 先說得許多天來底大, 恁地好了, 到結末處却只如此, 蓋不止龍頭蛇尾矣!)[83]

또 소식 등에 대해 말하였다.

81) ≪주자어류(朱子語類)≫ 권137, 3255쪽.
82) ≪주자어류(朱子語類)≫ 권137, 3273쪽.
83) ≪주자어류(朱子語類)≫ 권130, 3313쪽.

> 대개 모두 문인으로 자처하며 평상시 독서를 할 때 고금의 치란(治亂)이나 흥쇠(興衰)만 따지고 궁구하여 글을 쓰려고 하였지만 모두 자신의 심신 수양 공부는 하지 않고 평상시 시를 쓰고 술을 마시며 놀이로 소일하였다. (大概皆以文人自立. 平時讀書, 只把做考究古今治亂興衰底事, 要做文章, 都不曾向身上做工夫, 平日只是以吟詩飮酒戲謔度日.)[84]

한유와 소동파는 각기 당·송 양 대에 가장 이름난 고문가이었지만 주희가 보기에는 그들의 문장에는 모두 심각한 결함을 가지고 있었는데, 모두 진정으로 달도(達道)의 경지에 미치지 못했다는 것이다. 즉 사상 내용적인 측면에 오류와 결점이 있고 그들의 사람됨도 심각한 결함이 있는데, 즉 심신을 수양하지 못하고 많은 시간을 시와 술과 놀이로 낭비한다는 것이었다. 그래서 한유나 소동파는 그 사람됨이나 문장도 모두 족히 칭송할 만한 것이 못 된다는 것이다. 그렇다면 주희는 한유와 소동파 문학의 형식적인 면의 성취에 대해서 모두 부정했던가?라고 할 때, 표면적으로 보면 그랬던 것 같다. 앞글에 말했던 "단지 글을 쓰는 데에만 급급하였을 뿐이다"(只是火急去弄文章), "제일의는 문자를 배우는 것이었다."(第一義是去學文字)" 그리고 "평소에 단지 시를 읊고 술을 마시며 노는 것으로 소일하였을 뿐이다"(平日只是以吟詩飮酒戲謔度日) 등등은 모두 문학과 유관한 비난성의 말이다. 그러나 자세히 분석해보면 주희의 이러한 논의는 여전히 이학가의 입장에 서서 고문가에 대해서 가하는 일반적인 비평이다. 즉 이학 사상 가운데의 "문이재도"의 원칙에서 출발하여 문학 작품에 대해 가하는 일반적인 비평이다. 바꾸어 말하면 이것은 비문학적인 시각으로 가한 문학의 형식에 대한 비평이므로 이것은 이학가 주희의 관점이지 문학가 주희의 관점이 아니므로 사실 주

84) ≪주자어류(朱子語類)≫ 권130, 3313쪽.

희의 문학 이론을 대표할 수는 없다. 물론 주희의 문학 형식에 관한 견해는 여전히 이와 관련이 있다. 그가 문장의 “도” 즉 사상 내용을 극도로 중시했기 때문에 그는 문학의 형식을 논할 때 늘 “뜻을 전달하고 이치를 밝히는”(達意明理) 것을 전제로 하여 지나치게 형식의 추구에 치우치거나 내용이 공허한 좋지 못한 경향에 대해서는 많은 경계를 하고 있다. 그는 말하였다.

> 글을 쓸 때는 반드시 사실에 근거해야 하고 말하는 것이 조리가 있어야 좋지 근거 없이 세밀하고 공교롭게 쓰려고 해서는 안 된다. 대략 70%는 알맹이이고 2~30%만 수식을 가하면 된다. 예컨대 구양수의 글로서 좋은 것은 단지 사실에 근거하여 조리가 있는 것이다. 예컨대 장승업전(張承業傳)과 환관(宦官) 들의 전(傳)은 당연히 좋다. 소동파는 <영벽장씨원정기(靈壁張氏園亭記)> 같은 것이 가장 좋은데 또한 사실에 근거하였다. 진관(秦觀)의 <용정기(龍井記)> 같은 것은 완전히 허구로 전혀 독자의 생각을 불러일으키지 못한다.(作文字須是靠實, 說得有條理乃好. 不可架空細巧. 大率要七分實, 只二三分文. 如歐公文字好者, 只是靠實而有條理. 如張承業及宦者等傳自然好. 東坡如<靈壁張氏園亭記>最好, 亦是靠實. 秦少游<龍井記>之類, 全是架空說去, 殊不起(發)人意思.)[85]

이른바 “글을 쓸 때는 반드시 사실에 근거해야 한다.”(作文字須是靠實)는 것은 문장은 반드시 충실한 내용이 있어야 한다는 뜻이다. 주의할 만한 점은 주희가 여기에서 말하는 “실(實)”은 “이(理)”나 “도(道)”에 국한하지 않고 일반적인 내용 기술이나 논의 등 방면에 있어서 충실한 내용을 구비하는 것을 가리킨다. 그래서 예로 든 구양수나 소동파의 글은 모두 기서문(記敍文)이다. 이로부터 구체적인 문학 작품을 언급할 때 주희 마음속의 “도”의 함의는 비교적 넓어서 뜻이 평이하고 바른 문장(예를 들면 앞에

85) ≪주자어류(朱子語類)≫ 권139, 3320쪽.

서 든 구양수나 소동파의 글처럼)이기만 하면 유도(儒道)나 성리(性理)와 직접적인 관련이 없다고 해도 그가 긍정적으로 본다는 것을 알 수 있다. "실"을 숭상했기 때문에 주희는 형식적으로 분명하고 평이한 것을 높이 평가하고 어렵거나 수식을 많이 한 것을 반대하였다. 그가 말하였다.

> 지금 사람들이 쓰는 글을 모두 문(文)이라고는 하기 어렵다. 대체로 오로지 글자를 아끼고 신기하고 생경한 말로 바꾸기에 힘써서 의리(義理)를 설명해야하는 곳에서도 알기 쉽도록 하려하지 않는다. 전대의 구양수나 소동파 등 여러 사람들이 글을 쓰는 것을 보면 어디 이와 같았던가? 성인의 말은 쉽고 이해하기 쉬웠다. 말로써 도를 밝히려고 했으므로 천하의 후세 사람들로 하여금 이를 통하여 도를 구하도록 하고자 하였는데, 가령 성인이 글을 써서 사람으로 하여금 이해하기 어렵게 하려 했다면 성인의 경전은 분명히 지어지지 않았을 것이다.(今人作文, 皆不足爲文. 大抵專務節字, 更易新好生面辭語. 至說義理處, 又不肯分曉. 觀前輩歐蘇諸公作文, 何嘗如此？ 聖人之言坦易明白, 因言以明道, 正欲使天下後世由此求之. 使聖人立言要教人難曉, 聖人之經定不作矣.)86)

이른바 "절자(節字)"라고 한 것은 바로 자구를 줄인다는 것이다. 이른바 "更易新好生面辭語"는 바로 기이하고 생경한 말로 바꾼다는 뜻이다. 이와 같은 것들은 고문을 쓸 때와 시가를 창작할 때 늘 나타나는 상황이다. 일반적으로 말하면 이러한 방법은 다듬어지고 신선한 예술 효과를 거둘 수 있다. 하지만 "이것에만 전념한다면"(專務) 결국 난삽(難澁)한 문풍을 조장하여 "의미를 전달하고 이치를 밝히는"(達意明理) 데에 영향을 미칠 수밖에 없을 것이다. 주희는 성인의 경전은 모두 "쉽고 분명하다"(坦易明白)라고 여겼다. 그들의 입언(立言)의 목적이 바로 사람들로 하여금 그들의 도를 이해하게 하기 위함이니 난삽한 형식으로 스스로 장

86) ≪주자어류(朱子語類)≫ 권139, 3318쪽.

애를 만들 리가 없다는 것이다. 이 점은 물론 말을 하지 않아도 이해할 수 있는 부분이다. 여기서 주목할 만한 점은 주희는 구양수나 소식의 문장에 대해서도 비슷한 평가를 하고 있다는 것인데, 이를 통해 주희가 송대 고문가의 예술적인 성취에 대해서는 잘 이해하고 있음을 알 수 있다. 왜냐하면 상대적으로 보면 구양수나 소식이 한유나 유종원과 다른 점은 바로 문풍이 비교적 평이하여 알기 쉽다는 것인데, 주희는 바로 이점에서 구양수와 소식의 문장을 높이 평가하고 아울러 그들을 "聖人之言"과 함께 거론하였던 것이다. 주희는 "쉽고 분명"(坦易明白)한 형식을 숭상하여 한걸음 더 나아가 문장은 "졸박할지언정 공교롭게 해서는 안 된다"(寧拙毋巧)라고 여겼다. 그는 말하였다.

> 송대 초기의 문장은 모두 엄격하고 노숙했다. 일찍이 가우(嘉祐) 연간 이전의 글들을 보면 언어가 매우 졸박한 것이 있었지만 그 글을 쓴 사람들은 모두 당시의 유명 인사들이었다. 글은 비록 졸박하였고 언어는 신중하였으며 빼어나게 쓰고자 하는 마음은 있었으나 능력이 모자라는 느낌이 있었는데 당시의 풍속이 질박하였기 때문이다. 구양수의 문장에 이르러 훌륭한 것은 매우 훌륭하였지만 그래도 매우 졸박함이 있고 아직 온화한 기운이 다 사라지지는 않았다. 소동파의 문장에 이르러서는 이미 내달리며 매우 공교해졌다. 선화(宣和)·정화(政和) 연간에는 극도로 화려하여 온화한 기운은 이미 다 사라졌다. 그래서 성인이 "옛 사람은 예악에 있어서"(先進於禮樂) 를 취했던 것은 그 뜻은 본래 이와 같은 것이었다.(國初文章, 皆嚴重老成. 嘗觀嘉佑以前誥詞等, 言語有甚拙者, 而其人才皆是當世有名之士. 蓋其文雖拙, 而其辭謹重, 有欲工而不能之意, 所以風俗渾厚. 至歐公文字, 好底便十分好, 然猶有甚拙底, 未散得他和氣. 到東坡文字便已馳騁, 忒巧了. 及宣政間, 則窮極華麗, 都散了和氣. 所以聖人取"先進於禮樂", 意思自是如此.)[87]

87) ≪주자어류(朱子語類)≫ 권139, 3307쪽.

"옛 사람은 예악에 있어서"(先進於禮樂)이란 말은 공자의 말인데, ≪논어·선진≫편의 "옛 사람들은 예악에 있어서 질박하기가 야인과 같고, 후세 사람들은 예악에 있어서 문질빈빈한 군자와 같지만, 만약 쓰게 된다면 나는 옛 사람을 쓸 것이다."(先進於禮樂, 野人也. 後進於禮樂, 君子也. 如用之, 則吾從先進.)라고 한 데에 보이는데, 주희는 ≪논어집주≫ 권6에서 정이(程頤)의 말을 인용하여 이 말을 해석하여 "옛 사람은 예악에 있어서 문질(文質)이 적당하였으나 지금 사람들은 그것을 질박하다고 하고 야인이라 여긴다. 후대 사람들은 예악에 있어서 문(文)이 질(質)을 넘었지만 지금은 도리어 문질이 알맞게 빈빈(彬彬)하다고 하고 군자라고 여긴다. 이는 아마도 주말(周末)에는 문(文)이 성하였으므로 당시 사람들의 말이 이와 같았을 것이다. 스스로 문이 지나친 것을 모른 것이다."(先進於禮樂, 文質得宜, 今反謂之質朴, 而以爲野人. 後進之於禮樂, 文過其質, 今反謂之彬彬, 而以爲君子. 蓋周末文盛, 故時人之言如此. 不自知其過於文也.)[88]라고 하였으니, 주희는 공자가 "문과 질이 적당한 상태"(文質得宜) 내지 질박한 것에 찬성한다고 여겼다. 즉 말하자면 만약에 "질이 문을 능가하는 것"(質勝於文)과 "문이 질을 능가하는 것"(文勝於質) 양자 간에 하나를 택하라고 한다면 차라리 전자를 택할 것이라는 것이다. 이렇게 하여 주희는 유가의 경전 속에서 자신의 문론을 위한 근거를 찾아내고서는 문장은 차라리 졸박할지언정 화려하고 공교로워서는 안 된다고 여겼다. "실(實)"에서부터 "탄이명백(坦易明白)"으로 그리고 다시 "졸(拙)"로 가는 주희의 사고는 매우 분명하다. 혹자는 주희의 문학 이론 가운데서 형식을 지나치게 따지는 것에 반대하는 것이 논리에 맞는 결론이라고 말한다. 하지만 형식을 지나치게 따지는 것을 반대하는 것이 결코 형식을 무시하거나 버리는 것을 의

88) ≪사서장구집주≫, 123쪽.

미하지는 않는다. 그와 반대로 주희는 문학의 형식에 대해서도 상당히 중시했다. 완미한 형식은 분명 달의명리(達意明理)에 도움이 될 것이므로 "태어나면서 모든 것을 다 아는"(生而知之) 성인을 제외하고 누가 또 노력도 없이 완미한 형식을 얻을 수 있겠는가? 주희는 "성현의 언어는 거칠게 말하든 세밀하게 말하든 모두 잘 이해하도록 확실하게 한다."(聖賢言語, 粗說細說, 皆著理會教透徹.)[89]라고 하고 또 "그 성인이 말하는 한 글자는 꼭 적합한 한 글자로 나 자신이 단지 마음을 가라앉히고 그것을 저울질 해봐도 추호도 두찬(杜撰)할 수가 없어 그대로 둘 수밖에 없다. 내가 예전에 두찬하여 보았지만 결국 도움이 되지 않았다. 지금에서야 분명하게 알아보겠는데, 성인의 한마디 한마디가 나를 속이지 않았고 …… 한 글자도 모자라지 않고 한 글자도 남지 않고 꼭 맞아서 조금도 견강부회할 필요가 없다는 것을 알겠다."(他聖人說一字是一字, 自家只平著心去秤停他, 都不使得一毫杜撰, 只順他去. 某向時也杜撰說得, 終不濟事. 如今方見得分明, 方見得聖人一言一語不吾欺 …… 聖人說話, 也不少一個字, 也不多一個字, 恰恰都好, 都不用一些穿鑿.)[90]라고 하고 또 찬탄하여 "≪맹자≫를 읽는 것은 단지 그 의리만 보지는 않는다. 숙독하면 작문하는 법을 알게 된다. 앞뒤가 서로 호응하고 문맥이 서로 통하며, 의미가 반복되어 뜻이 명료하면서도 격조가 높고 간결하여 한 글자도 쓸데없는 글자가 없다. 만약에 이와 같이 글을 쓸 수만 있다면 바로 제일의 문장이다!"(讀≪孟子≫, 非惟看它義理. 熟讀之, 便曉作文之法：首尾照應, 血脉通貫, 語意反復, 明白峻潔, 無一字閑. 人若能如此作文, 便是第一等文章.)[91]라고 하였다. 주희의 마음속에서는 성현은 하늘이 내린 재주에다 하늘이 부여한 신성한 사명을 띠어서 일반인들이 따라

89) ≪주자어류(朱子語類)≫ 권19, 435쪽.
90) ≪주자어류(朱子語類)≫ 권104, 2621쪽.
91) ≪주자어류(朱子語類)≫ 권19, 436쪽.

갈 수 없다. “하늘은 단지 많은 인물을 낳고 많은 이치를 부여하기만 했지 하늘이 스스로 실행하지 못하여서 성인이 출현하게 하여 하늘을 대신해서 도를 닦고 가르침을 세워 백성들을 가르치게 하였다. 이른바 “천지의 도를 마름질하여 천시의 합당함을 돕는다.”(裁成天地之道, 輔相天地之宜)는 것이 그것이다. 대저 하늘이 직접 하지 못하는 것은 반드시 성인이 대신해서 해야 한다는 것이다.”(天只生得許多人物, 與你許多道理. 然天却自做不得, 所以生得聖人爲之修道立敎, 以敎化百姓, 所謂‘裁成天地之道, 輔相天地之宜’是也. 蓋天做不得底, 却須聖人爲他做也.)[92]라고 하고, 그는 심지어 성인은 못하는 것이 없다고 여겼다. 그는 “옛날부터 어떤 일을 모르는 성현이 없었으며, 또한 통변을 하지 못하는 성현이 없었으며, 또 문을 닫고 홀로 앉아 있는 성현도 없었다. 성현은 모르는 것이 없고 하지 못하는 것이 없으니 어떤 이치인들 모를까?”(自古無不曉事情底聖賢, 亦無不通變底聖賢, 亦無關門獨坐底聖賢. 聖賢無所不通, 無所不能, 那个事理會不得？)[93]라고 하였다. 이러한 성현은 말만 하면 바로 지극히 훌륭한 글이 되니 당연히 형식을 추구하기 위해 힘을 들일 필요가 없다. 그렇지만 보통사람은 다르다. 일반 사람들은 모두 “배워야 알 수 있다”(學而知之). 그래서 만약 문자를 운용하여 아주 성공적으로 “달의명리(達意明理)”하려면 반드시 노력을 기울여서 형식을 탐구하고 법도를 따질 수밖에 없다. 주희는 설령 이백이나 소식 같은 그런 천재형의 문인들도 창작에 필요한 법도를 따져 지켜야 한다고 여겼다. “이태백의 시는 법도(法度)가 없는 것이 아니라, 법도 안에서 유유자적하는 것이라 시에 있어서 성자(聖者)와도 같다. <고풍(古風)> 두 권은 진자앙(陳子昻)의 시를 많이 모방하였는데, 그의 시구를 완전히 쓴 곳도 있다. 이태백은 진자앙과 시기적으로 멀지 않았는데 그가 진자앙을

92) ≪주자어류(朱子語類)≫ 권14, 259쪽.

93) ≪주자어류(朱子語類)≫ 권117, 2830쪽.

존경하고 사모함이 이와 같았다."(李太白詩非無法度, 乃從容於法度之中, 蓋聖於詩者也. <古風>二卷多效陳子昂, 亦有全用其句處. 太白去子昂不遠, 其尊慕之如此.)[94]라고 하고 "동파는 비록 웅대하고 큰 물결이 뒤집히며 큰 물결이 거대하게 흘러가는듯하지만 그 이면에는 나름대로의 법도가 있다."(東坡雖是,宏闊瀾翻, 成大片滾將去, 他裏面自有法.)[95]라고 하였다. 주희는 옛 사람들의 성공적인 작품을 숙독하는 것은 반드시 거쳐야할 길이며, 앞에서 언급한 고대 경전 외에도 또 역대 고문가들의 작품을 많이 읽어야 할 것이라고 지적하였다. 그는 제자들에게 지적하여 "문장을 쓸 줄 알려고 하면 반드시 서한의 글과 한유의 글·구양수의 글·증공(曾鞏)의 글을 취해야 한다."(人要會作文章, 須取一本西漢文, 與韓文·歐陽文·南豐文.)[96]라고 하고, "동파의 글은 명쾌하고 소순의 글은 웅혼하여 모두 장점이 있다. 구양수나 증공·한유의 글 같은 경우 어찌 보지 않을 수 있겠는가? 유종원의 글은 모두 다 훌륭하지는 않지만 또한 가려서 봐야할 것이다. 이 여러 사람들의 글을 골라 보면 200편이 안 된다. 그 아래로는 수준을 떨어뜨릴지 모르니 보아서는 안 된다."(東坡文字明快, 老蘇文雄渾, 盡有好處. 如歐公·曾南豐·韓昌黎之文, 豈可不看? 柳文雖不全好, 亦當擇. 合數家之文擇之, 無二百篇. 下此則不須看, 恐低了人手段.)[97]라고 하였다. 그는 시를 쓰는 것도 마찬가지라고 여겨서 "시를 씀에는 먼저 이백과 두보 시를 볼 필요가 있는데 이는 마치 선비가 경전 원전을 공부하는 것과 같다. 바탕이 갖추어진 후에 다음으로 소식·황정견 이하의 여러 사람들의 시를 봐도 좋다."(作詩先用看李杜, 如士人治本經. 本旣立, 次第方可看蘇黃以下諸家詩.)[98]라고 하고, 그는 심지

94) ≪주자어류(朱子語類)≫ 권140, 3326쪽.
95) ≪주자어류(朱子語類)≫ 권139, 3322쪽.
96) ≪주자어류(朱子語類)≫ 권139, 3321쪽.
97) ≪주자어류(朱子語類)≫ 권140, 3306쪽.
98) ≪주자어류(朱子語類)≫ 권140, 3333쪽.

어 맹세하여 "오늘날 좋은 문장을 쓰고자 하면서 단지 ≪사기≫·≪한서≫·한유·유종원의 글을 읽어서 되지 않는다면 노승의 머리를 잘라 가게"(今日要做好文者, 但讀≪史≫·≪漢≫·韓·柳而不能, 便請斫取老僧頭去!)[99]라고 하였다.

지적해야 할 점은 주희가 옛사람들의 작품을 많이 읽기를 강조한 목적은 매우 명확하다. 바로 옛사람들의 성공적인 경험을 받아들여서 빠른 시일 내에 창작 방법을 파악하기 위한 것 즉 형식과 기교를 파악한다는 것이다. 그래서 그는 숙독하여서 암기할 것과 느껴서 맛을 체득할 것을 재삼 강조하였다. 그는 친구와 함께 자신의 아들교육을 이야기하면서 "그 아이는 ≪좌전(左傳)≫을 읽고 나서 경서의 중요한 부분을 다시 복습하여 공부하게 하는 것이 좋으며, 한유·구양수·증공·소식의 글 가운데 기운차고 의미가 분명한 것을 수십 편 골라서 쓰게 하여 반복하여 외우게 하면 더욱 좋다."(此兒讀≪左傳≫向畢, 經書要處, 更令溫繹爲佳. 韓·歐·曾·蘇之文, 滂沛明白者, 揀數十篇, 令寫出, 反復成誦, 尤善.)[100]라고 하고, 또 친구에게 "맹자, 한유, 반고, 사마천의 책 가운데 크게 의론한 부분을 숙독해 보고 구양수·증공·소순의 글도 마땅히 자세히 살펴보아야 글을 쓰는데 힘써야 할 부분이 보이게 된다."(試取孟·韓子·班·馬書大議論處熟讀之, 及後世歐·曾·老蘇文字, 亦當細考, 乃見爲文用力處.)[101]라고 권고했다. 그는 자신이 젊을 때 바로 전적을 숙독하는 가운데 글을 쓰는 방법을 깨우치게 되었음을 인정했다.

---

99) ≪주자어류(朱子語類)≫ 권139, 3321쪽. 역자 주 : "便請斫取老僧頭去!"는 당대 조주선사(趙州禪師 : 778년-897년)의 ≪조주선사어록(趙州禪師語錄)≫ 중의 "그대가 일단 이치를 궁구하기를 앉아서 2, 3십 년을 해보고도 만약 이해할 수 없으면 바로 스님의 머리를 자르게."(汝但究理, 坐看三二十年, 若不會, 截取老僧頭去.)에서 비롯된 말.

100) <답채계통(答蔡季通)>, ≪문집≫ 권44, 4쪽.

101) <답왕근사(答王近思)>, ≪문집≫ 권39, 27쪽.

나는 열일곱 여덟부터 스무 살까지 그저 문장의 매 구절을 좇아 이해하려 했으나 더욱 이해하지 못했다. 스무 살 이후에야 비로소 그렇게 읽어서는 안 된다는 것을 알았다. 알고 봤더니 긴 단락도 앞뒤가 서로 호응하면서 문맥이 서로 통한다는 것을 알았다. 그저 그렇게 숙독하였더니 의미가 저절로 드러났다. 그때부터 ≪맹자≫를 보니 의미가 지극히 명쾌하였고 또 그로 인해 글을 쓰는 법을 깨우치게 되었다.(某從十七八歲讀至二十歲, 只逐句去理會, 更不通透. 二十歲已後, 方知不可恁地讀. 元來許多長段, 都自首尾相照管, 脉絡相貫串. 只恁地熟讀, 自見得意思. 從此看≪孟子≫, 覺得意思極通快, 亦因悟作文之法.)[102]

그는 한걸음 더 나아가 숙독을 기초로 해서 옛사람의 글을 모방하여야 글쓰기에 진전이 있을 수 있다고 지적하였다.

글을 쓰면서 만약 한 가지 글을 자세하게 보아서 익숙해진 후 잠시 후 쓰게 되는 문장은 의미나 문맥이 자연히 비슷하게 된다. 한유의 글을 읽어서 익숙하게 되면 한유의 글과 같은 글을 쓰게 되고, 소동파의 글을 읽어 익숙하게 되면 소동파의 글과 같은 글을 쓰게 된다. 그런데 만약 자세하게 읽지 않으면 얼마 지나지 않아 써먹을 수가 없게 된다. 예전에 처음 의고시(擬古詩)를 보고서 그냥 옛사람의 시를 배운다고만 여겼는데, 나중에 알고 봤더니 예를 들면 옛사람이 '눈부시게 빛나는 뜰안의 꽃'(灼灼園中花)라고 하니 나도 이와 같은 시구를 하나 쓰게 되고 '늦도록 비추는 개울가의 소나무'(遲遲澗畔松)하니 나도 이와 같은 시구를 하나 쓰게 되고, '개울 가운데의 쌓인 자갈'(磊磊澗中石)이라고 하니 나도 이와 같은 시구를 하나 쓰게 되고 '사람이 천지간에 태어나서'(人生天地間)이라고 하니 나도 이와 같은 시구를 하나 쓰게 되었다. 의미나 문맥이 모두 그것과 비슷하게 되고 그저 글자만 바꾼 셈이었다. 나는 나중에 이처럼 하여 2, 30수를 짓게 되었는데 많이 늘었다는 느낌이었다. 의미나 구절, 문맥이나 성향 모두 그것을 모방하였던 것이다. 대개 옛날 사람들이 글을 쓸 때는 모두 정도를 걸었는데, 나중 두찬(杜撰)하는 이

102) ≪주자어류(朱子語類)≫ 권105, 2630쪽.

들은 모두 좁고 잘못된 길을 걷게 되었지만 지금 정도를 따라서 가게 된다면 얼마 안 되어 문장 수준이 남들보다 빼어나게 될 것이다.(人做文章, 若是子細看得一般文字熟, 少間做出文字, 意思語脉自是相似. 讀得韓文熟, 便做出韓文底文字；讀得蘇文熟, 便做出蘇文底文字. 若不曾子細看, 少間却不得用. 向來初見擬古詩, 將謂只是學古人之詩. 元來却是如古人說'灼灼園中花', 自家也做一句如此；'遲遲澗畔松', 自家也做一句如此；'磊磊澗中石', 自家也做一句如此；'人生天地間', 自家也做一句如此. 意思語脉, 皆要似他底, 只換却字. 某後來依如此做得二三十首詩, 便覺得長進. 蓋意思句語血脉勢向, 皆效它底. 大率古人文章皆是行正路, 後來杜撰底皆是行狹隘邪路去了. 而今只是依正底路脉做將去, 少間文章自會高人.)[103]

옛날 사람들은 문장을 논할 때에는 대부분 모방을 반대하고 독창성이 있을 것을 주장하였는데, 주희는 왜 이렇게 모방을 강조하게 되었을까? 간단하게 말하면 아래와 같은 세 가지의 원인이 있다. 하나는 주희는 고대의 성현과 경전을 숭상하여 필연적으로 성현의 말씀과 작품을 모두 가장 높은 수준의 문장의 모범으로 보았기 때문이다. 즉 성인의 도를 공부하는 동시에 성인의 글도 마땅히 공부해야 한다는 것이다. 이와 더불어 성인과 시대적으로 비교적 근접한 고대의 작가와 작품도 전범적(典範的)인 의미를 띠게 되어 마찬가지로 모방의 대상으로 보았던 것이다. 두 번째는 주희는 "문"의 가치는 바로 "재도(載道)"에 있다고 여겨서 "문"은 단지 하나의 수단일 뿐이기 때문이었다. 옛날 사람들이 이미 후대 사람들을 위해서 모범으로서 성공적인 수단을 제공하였는데 후대 사람들이 무엇 때문에 고생을 해가며 새로운 수단을 만들려고 하느냐는 것이다. 하물며 새로운 것을 만들어 낸다고 해도 꼭 옛날 사람들을 능가한다고 볼 수 없지 않은가? 그래서 그는 "옛 사람들은 글을

103) ≪주자어류(朱子語類)≫ 권139, 3301쪽.

쓸 때에 정해진 격식에 따라 명분이 맞게 썼으므로 아주 잘 썼는데, 후세 사람들은 그 정해진 격식을 싫어하여 새로운 한 형식으로 바꾸어 쓰게 되었는데, 본래는 잘 쓰려고 하였으나 좋지 못할 경우에는 먼저 (본래의 의도와) 차이가 생기게 되었다."(前輩做文字, 只依定格依本份做, 所以做得甚好. 後來人却厭其常格, 則變一般新格做. 本是要好, 然未好時先差異了.)[104]라고 하였다. 세 번째는 주희는 인생에 있어서 제일 중요한 것은 수신(修身)·명도(明道)라고 여겨서 너무 많은 시간과 정력을 기울여 문학의 형식을 연마해서는 안 되므로 차라리 시간과 정력을 아낄 수 있는 지름길을 선택하는 것이 낫다고 생각했는데, 그것이 바로 옛 사람을 모방하는 것이었다. 그는 "사람이 나이 오십이 되면 문장에 신경 쓸 때가 아니다. 목전에 일은 많은 데 남은 세월은 적기 때문이다. 만약 젊은 시절이라면 매일 한두 시간씩 한가로이 이 공부를 하겠지만 만약에 노년이라면 어떻게 그 시간이 있겠는가!"(人到五十歲, 不是理會文章時節. 前面事多, 日子少了. 若後生時, 每日便偸一兩時閑做這般工夫. 若晚年, 如何有工夫及此.)[105]라고 하고 스스로 "내가 마흔이 되기 이전에는 그래도 다른 사람을 본받아서 문장을 쓰려고 하였는데, 나중에는 그럴 여가도 없었다. 그리하여 나중에 쓴 글은 그저 스무 살 쯤 때 쓰던 그런 글이었다."(某四十以前, 尙要學人做文章, 後來亦不暇及此矣. 然而後來做底文字, 便只是二十左右歲做底文字.)[106]라고 하였는데, 즉 그는 단지 젊어서 뭘 잘 모를 때는 힘을 기울여 글쓰기를 익혔지만 학문이 성숙한 후에는 도를 이해하고 이치를 밝히는 수양이 날로 깊어진 후에는 더 이상 글쓰기 쪽에 마음을 쓰지 않게 되었다는 것이다. 그래서 주

104) ≪주자어류(朱子語類)≫ 권139, 3320쪽. 역자 주 : 본서 원문에는 "只依定格本份做" 라고 되어 있으나 ≪주자어류≫에 따라 "只依定格依本份做"로 '依'자 추가.

105) ≪주자어류(朱子語類)≫ 권139, 3301쪽.

106) ≪주자어류(朱子語類)≫ 권139, 3302쪽.

희가 보기에는 옛 사람을 모방하는 것은 충분한 이유가 있는 지혜로운 선택이라는 것이다. 솔직히 말해서 그의 이러한 주장은 아무래도 이학가의 문학을 경시하는 태도의 표현이므로 문학예술의 발전에도 불리한 영향을 끼쳤을 것이다. 이것은 주희의 이학 종사로서의 신분이 초래한 선천적인 한계이다. 그렇지만 주희는 어쨌든 문학의 원리를 깊이 잘 아는 사람이었으며 그는 문학 작품에 대해서 고도의 감상 능력을 지녔고 자신의 시문 창작도 이미 높은 경지에 이르렀다. 그래서 그는 실제적으로 모방의 주장에 완전히 얽매이지는 않아서, 문학예술에 있어서의 독창성에 대해서는 매우 높이 평가하였다. 그는 "문자는 기이하고도 안정감이 있어야 좋다. 기이하지 않고 안정감만 있으면 그냥 늘어질 뿐이다."(文字奇而穩方好. 不奇而穩, 只是闒靸.)[107]라고 하였다. 그는 일찍이 친구의 시를 칭찬하여 "새롭고 공교로움을 다투나 때로 고담(古淡)한 풍격을 보이고 편마다 모두 깊은 생각이 있어서 읽게 되면 자신도 모르게 관리와 나그네의 감정이 눈앞에 확연히 펼쳐지는듯하여 끝없이 읊조리게 된다."(爭新鬪巧, 時出古淡, 篇篇皆有思致, 讀之不覺宦情羈思, 怏然在目, 諷詠不已.)[108]라고 하였다.

전체적으로 보면 주희는 문학의 형식에 대해서 기본적으로 변증법적 태도를 취했다. 간단하게 말하면, 그는 시문은 모두 마땅히 쉽고 자연스럽게 써야지 너무 조탁(雕琢)을 가하지 말 것을 주장했다. 그러나 그런 동시에 형식에 대한 요구를 버리지도 않았다. 예를 들면, 장법(章法)에 있어서 글의 의미가 곡절이 있는 것에 찬성하여 "증공이 구양수에 못 미치는 부분은 완만한 곡절 부분이다."(曾所以不及歐處,是紆徐曲折處.)[109]라고 하고, "나는 예전에 진무기(陳無己)의 글을 가장 즐겨 보았는데 그의

107) ≪주자어류(朱子語類)≫ 권139, 3321쪽.

108) <제엄거후여마장보창화시축(題嚴居厚與馬莊甫唱和詩軸)>, ≪문집≫ 권83, 28쪽.

109) ≪주자어류(朱子語類)≫ 권139, 3314쪽.

글은 곡절이 많다."(某舊最愛看陳無己文,他文字也多曲折.)[110]라고 하였다.

구법(句法) 방면에 있어서는 그는 필요한 만큼의 조탁에 찬성해서 "옛 사람들의 시에는 구법이 있었는데, 지금 사람의 시에는 더 이상 구법이 없이 그저 곧장 이야기 투로 쓴다. 이러한 시는 하루에 백 수라도 지을 수 있다. 예를 들면 진간재(陳簡齋)의 '어지럽게 날리는 구름은 푸른 벽에 부딪히고, 가랑비는 푸른 소나무를 적시네.'(亂雲交翠壁, 細雨濕青松.)와 '따사한 햇볕은 수양버들을 쬐고 짙은 그늘은 해당화를 취하게 하네.'(暖日薰楊柳, 濃陰醉海棠)라고 하였는데 그것이 무슨 구법인가!"(古人詩中有句, 今人詩更無句, 只是一直說將去. 這般詩, 一日作百首也得. 如陳簡齋詩 : "亂雲交翠壁, 細雨濕青松" ; "暖日薰楊柳,濃陰醉海棠", 他是什么句法!)[111]라고 하였다. 자법(字法) 방면으로는 적당한 자안(字眼)을 선택하는 것에 찬성하여, "글을 씀에는 그 나름대로의 온당한 글자가 있다. 옛날에 글을 잘 쓴 사람들은 쓰게 되면 바로 그러한 글자를 사용하였는데, 지금은 일부러 좋은 글자를 찾고 수정하고 함을 면하지 못한다. …… 구양수의 글도 수정하여 훌륭하게 된 것이 많다. 전에 누가 그의 <취옹전기>의 원고를 샀는데, 처음에는 '저주의 사면에 산이 있다'(滁州四面有山)라고 하여 수십 자였는데 끝에 가서는 수정하여 단지 '저주를 둘러싸고 있는 것은 모두 산이다'(還滁皆山也)라 하여 단지 다섯 자 밖에 되지 않게 되었다."(作文自有穩字. 古之能文者, 才用便用着這樣字, 如今不免去搜索修改. …… 歐公文亦多是修改到妙處. 頃有人買得他<醉翁亭記>稿, 初說滁州四面有山, 凡數十字, 末後改定, 只曰 : '還滁皆山也'五字而已.)[112]라고 하였다. 바로 그렇기 때문에 주희는 역대의 작가를 평론할 때 물론 구양수·증공 등의 평이하고 질박한 글과 도연명·위응물

110) ≪주자어류(朱子語類)≫ 권139, 3321쪽. 역자 주 : 진무기는 진사도(陳師道)(1053~1101)로 자는 이상(履常) 혹 무기(無己)이고 별호는 후산거사(後山居士).

111) ≪주자어류(朱子語類)≫ 권140, 3330쪽.

112) ≪주자어류(朱子語類)≫ 권139, 3308쪽.

등의 평담하고 자연스런 시를 가장 높이 평가하였지만, 형식적인 면에서 자구를 퇴고(推敲)하고 조탁한 작가에 대해서도 간혹 칭찬하였다. 그는 "한유의 시문은 당시 최고로 후세 사람들이 쉽게 따라가기 어렵다."(韓公詩文冠當時, 後世未易及.)[113]라고 하였고, 또 황정견의 시를 "지극히 정교하다! 그가 얼마나 많은 노력을 기울였는지 알만하다! 요즘사람처럼 졸속하게 해서 어떻게 따라갈 수 있겠는가? 더 이상 훌륭할 수 없으니 스스로 일가를 이루었다고 말할 수 있다."(精絶! 知他用多少工夫! 今人卒乍如何及得? 可謂巧好無餘, 自成一家矣.)[114]라고 하였다. 주희의 서찰과 어록 중에는 시문의 형식을 논한 말들이 대량으로 보존되어 있는 것(제4장에서 상세하게 보임)으로 보아 그는 사실상 문학의 형식적인 아름다움에 매우 경도되어 있는 것을 알 수 있다. 그러나 그의 이학 종사로서의 신분이 그로 하여금 필연적으로 문학은 "달의명리(達意明理)"를 위주로 하여야함을 강조하게 하였고, 또한 필연적으로 시문의 풍격은 평이하고 자연스러운 것을 주요 경향으로 삼을 것을 강조하였던 것이다.

113) ≪주자어류(朱子語類)≫ 권139, 3304쪽.

114) ≪주자어류(朱子語類)≫ 권140, 3329쪽.

# 제4장 주희의 문학비평

## 제1절 주희의 역대 산문에 대한 비평

주희는 고금에 밝았으며 독서의 범위도 매우 광범하였다. 그는 또 배우기를 좋아하고 사려가 깊었으며 항상 깊이 사고하면서 독서하였다. 그는 일평생 동안 고금의 전적에 대하여 대량의 평론을 발표하였는데, 그 가운데에는 물론 의리(義理)를 논하는 것이 많긴 하였지만, "문(文)"에 착안한 논의도 매우 많았다. 문리(文理)에 대한 파악, 문풍에 대한 음미를 통한 체득은 늘 그로 하여금 의리를 깊이 연구하거나 진위를 가릴 때 특별한 혜안을 가지게 해주었고, 동시에 후세 사람들에게 문학비평에 관한 사상의 불꽃을 남겨주어 더욱더 가치를 지닌다. ≪상서(尙書)≫는 중국에서 가장 오래된 전적이며 또한 가장 이른 산문 작품이라고 말할 수 있다. 상서는 매우 일찍 유가의 경전으로 자리를 잡게 됨에 따라 역대 학자들이 반드시 읽어야 하는 필독서가 되었다. 송대 이학가들 역시 ≪상서≫를 매우 중시하여 주희가 평소에 제자와 함께 ≪상서≫를 논한 어록이 두 권에 달한다.[1] 주희는 수천 년 동안 전해내려 와서 비할 바 없이 귀중한 이 경전에 대해서 "문장을 볼 때는 모름지기 용맹한 장수가 군사를 부려 정말이지 한바탕 크게 싸우는 것 같고, 마치 잔혹한 옥리가 재판을 하는 것 같이 끝까지 추궁하여 결코 봐주지 않아야 한다."(看文字, 須是如猛將用兵, 直是鏖戰一陣；如酷吏治獄, 直是推勘到底, 決是不恕他.)[2]와 같은 회의 정신으로 놀랍게도 그 가운데에 많은 위작이 있다는 견해를 제기하여 경학사상 혁명적인 일이 되었다. 주의할만한 점은 주희의 ≪상서≫에 대한 회의는 한유(漢儒)들의 금고문(今古文) 논쟁에 관한 많은 문헌을 통하여 추정한 것이 아니라, 언어문자적인 시각으로 단도직입적으로 경문(經文) 자체에 대해 판독하여 판단한 결과였다. 그는 말하였다.

> 한대의 유생들은 복생(伏生)의 책을 금문이라고 여기고 공안국(孔安國)의 책을 고문이라고 여겼는데, 지금에 와서 살펴보니 금문이라고 하는 것은 많이 어렵고, 고문이라고 하는 것이 도리어 평이하다. 그래서 어떤 사람은 복생의 딸로부터 구두로 조착(晁錯)에게 전해줄 때 실전되어 그럴 것이라고 하는데 선진의 고서에서 인용하는 글이 모두 그러했다. 또 어떤 사람들은 기록하는 실제 말은 공교롭기가 어렵고, 윤색한 전아한 글은 뛰어나기가 쉽기 때문이라고 여긴다. 그렇지만 암송하는 사람이 어려운 것만 기억할 할 리 없고, 글을 바로잡는 사람이 반대로 쉬운 것만 얻는다는 것은 모두 모르는 바가 있어서이다. 여러 서(序)의 각 문장은 경전과 서로 맞지 않는데, <강고(康誥)>·<주고(酒誥)>·<재재(梓材)> 같은 것들이다. 그런데 공안국의 서라고 하는 것은 또 전혀 서한의 문장 같지 않으니 또한 모두 의심스럽다.(漢儒以伏生之書爲今文, 而謂安國之書爲古文, 以今考之, 則今文多艱澀, 而古文反平易. 或者以爲今文自伏生女子口授晁錯時失之, 則先秦古書所引之文皆已如此, 或者以爲記錄之實語難工, 而潤色之雅詞易好. 則暗誦者不應偏得所難, 而考文者反專得其所易, 是皆有不可知者. 至諸序之文, 或頗與經不合, 如<康誥>·

1) ≪주자어류(朱子語類)≫ 78권, 79권에 보임.
2) ≪주자어류(朱子語類)≫ 권10, 164쪽.

<酒誥>·<梓材>之類.. 而安國之序, 又絶不類西京文字, 亦皆可疑.)[3]

그가 제자들에게 강학을 할 때는 더욱더 그가 의심스러워하는 부분을 더욱더 구체적으로 지적하였다.

공벽(孔壁)에서 나온 ≪상서≫는 예를 들어 <우모(禹謨)>·<오자지가(五子之歌)>·<윤정(胤征)>·<태서(泰誓)>·<무성(武成)>·<경명(冏命)>·<미자지명(微子之命)>·<채중지명(蔡仲之命)>·<군아(君牙)> 등의 편들은 모두 평이한데, 복생이 전한 것들은 모두 어렵다. 어째서 복생은 어려운 것만 기억하고 쉬운 것은 다 잊어버렸을까? 하는 것은 이해할 수가 없다. 만약 당시에 고명(誥命)이 사관(史官)에서 나왔다면 사용하는 언어가 분명 쉬웠을 것이다. 예를 들어 <반경(盤庚)>처럼 재삼 권고하는 것은 어떤 것은 방언이고 어떤 것은 당시에 우회적으로 하는 말이어서 이해하기 어렵다.(孔壁所出≪尙書≫, 如<禹謨>·<五子之歌>·<胤征>·<泰誓>·<武成>·<冏命>·<微子之命>·<蔡仲之命>·<君牙>等篇, 皆平易, 伏生所傳皆難讀. 如何伏生偏記得難底, 至於易底全記不得? 此不可曉. 如當時誥命出於史官, 屬辭須說得平易. 若<盤庚>之類再三告戒者, 或是方言, 或是當時曲折說話, 所以難曉.)[4]

나는 일찍이 공안국의 책이 위서임을 의심하였다. ≪모공시(毛公詩)≫가 그렇게 간결한데 비해서 대단락을 할애하여 논쟁을 하는데, 한대 유생이 글을 해석한 것은 대부분 이와 같이 의심나는 부분이 있으면 생략했다. 그런데 이 책은 최대한 해석을 다하고 있는데 어떻게 오래 전 사람이 한 말이 불에 탄 벽속과 구전을 통해 수집한 것인데 한 글자도 잘못된 것이 없다니! 이해할 수 없다. <소서(小序)>마저도 모두 의심스럽다. <요전(堯典)> 이 한편은 요 임금 대에 정치의 체례를 말하는 데에서부터 순 임금에게 선양(禪讓)하는 데에서 그쳤다. 그런데 지금은 도리어 순 임금에게 선양하고 나서 지었다고 한다. <요전>은 또 일대에 걸친 정치의 처음과 끝을 보여주는데도, "여러 가지 어려운 것을 두루 시험하였다"(歷試諸艱)라고 말하니 선양을 받으려고

3) <서림장소간사경후·서(書臨漳所刊四經後·書)>, ≪문집≫ 권82, 21쪽.
4) ≪주자어류(朱子語類)≫ 권78, 1978쪽.

할 때 지은 것이 된다. 뒤의 여러 편들도 모두 그러하다. 하물며 한대 이전의 글은 중후하고 힘이 있다. 그런데 지금 <대서>는 격조가 지극히 가벼워서 진(晉)・송(宋) 간의 문장이 아닌가 의심된다. 그리고 공안국의 책이 동진(東晉)에야 나왔다면, 그 이전의 유생들이 모두 본적이 없으니 심히 의심스럽다!(某嘗疑孔安國書是假書. 比≪毛公詩≫如此高簡, 大段爭事. 漢儒訓釋文字, 多是如此, 有疑則闕. 今此却盡釋之, 豈有千百年前人說底話, 收拾於灰燼屋壁中與口傳之餘, 更無一字訛舛! 理會不得. 兼小序皆可疑. <堯典>一篇自說堯一代爲治之次序, 至讓於舜方止. 今却說是讓於舜後方作. <舜典>亦是見一代政事之終始, 却說"歷試諸艱", 是爲要受讓時作也. 至後諸篇皆然. 況先漢文章, 重厚有力量. 今大序格致極輕, 疑是晉宋間文章. 況孔書至東晉方出, 前此諸儒皆不曾見, 可疑之甚!)[5]

≪상서≫는 결코 공안국이 주(注)를 단 것이 아니다. 문자가 무기력한 것이 서한사람들의 문장이 아니다. 공안국은 한무제(漢武帝) 때 사람인데 글이 어떻게 이러할 수 있겠는가! 거친 면만 있지 절대로 이렇게 무기력할 수 없다. 책의 서(序) 같은 경우도 유약(柔弱)하게 써서 또한 서한 사람의 문장이 아니다.(≪尙書≫決非孔安國所注, 蓋文字困善, 不是西漢人文章. 安國, 漢武帝時, 文章豈如此！ 但有太粗處, 決不如此困善也. 如書序做得善弱, 亦非西漢人文章也.)[6]

대체로 말하면 주희가 ≪상서≫를 의심하는 이유는 아래 몇 가지이다. 첫째, 복생이 구두로 전하였다는 금문상서의 문자는 난삽하고 예스럽고 어려운데, 공벽에서 나왔다고 하는 고문상서가 오히려 평이하여 이해하기 쉬우니 이는 분명 입과 귀로 전하는 언어가 서면어로 기록된 문자보다 쉽고 이해하기 쉬워야하는 원리에 위배되므로 고문상서가 의심스럽다는 것이다. 둘째는 공안국은 서한 사람인데, 전해지는 ≪고문상서(古文尙書)≫의 "서(序)"와 "전(傳)"의 풍격은 서한의 글 같지 않다. 셋

5) ≪주자어류(朱子語類)≫ 권78, 1985쪽.
6) ≪주자어류(朱子語類)≫ 권78, 1984쪽.

째, 공전의 훈고가 지나치게 자세하고 역사사실과는 부합되지 않은 점이 많다는 것이다. 그러나 셋째 관점에 대해서는 주희는 깊이 파고들지 않고, 주로 앞의 두 가지 관점에 착안하여 전해오는 ≪고문상서≫가 위작임을 지적하고, 아울러 공안국의 서와 전이 모두 진・송 연간 사람의 위작임을 분명히 지적하였다. 주희 이전에 이미 오역(吳棫)이 ≪고문상서≫에 대해서 의문을 제기했고 주희의 관점은 오역의 영향을 받았지만,[7] 회의의 철저함이나 영향의 크기로 볼 때 주희는 위(僞) ≪고문상서≫건을 파헤친 일인자라 할 수 있다.

주희는 주로 문장 체제의 시각에서 공안국의 이름을 의탁한 서와 전이 모두 "진・송 간의 문장"(晉宋間文章)임을 추정하였는데, 이는 후대의 학술계에서 위공전(僞孔傳)이 출현한 시대에 관한 추정과 거의 약속이나 한 듯이 일치하니 그의 역대 문장의 이동(異同)에 대한 이해가 얼마나 정확한지 알 수 있다.[8] 주희는 "<소서>는 결코 공씨 가문의 옛 모습이 아니고, 공안국의 서라는 것도 서한의 문장이 아니다. 예전부터 다른 사람에게 말했으나 대부분 이해하지 못했는데, 오직 진량(陳亮)만이 듣고 내 말을 의심하지 않았는데, 요컨대 그는 문자의 체제나 뜻을 알았던 것이다."(<小序>決非孔門之舊, 安國序亦決非西漢文章. 向來語人, 人多不解, 惟陳同父聞之不疑, 要是渠識得文字體制意度耳.)[9]라고 했는데, 그의 변별 분석 능력

---

7) 오역(吳棫)은 저서로 ≪서패전(書稗傳)≫이 있었는데 지금은 없어졌다. ≪주자어류(朱子語類)≫ 권78 가운데 오역이 ≪고문상서(古文尙書)≫를 의심했다는 말을 언급하였다.

8) ≪고문상서≫ 위공전(僞孔傳)의 작자에 대해서 청대의 학자들은 ≪공총자(孔叢子)≫의 작가, 황보밀(皇甫謐), 왕숙(王肅), 동진(東晉)의 공안국(孔安國), 매색(梅賾) 등의 설이 있었다. 현대의 학자들은 동진의 공안국(진몽가(陳夢家)의 ≪고문상서작자고(古文尙書作者考)≫에 상세히 보이는데, 중화서국 1985년판 ≪상서통론(尙書通論)≫ 114~135쪽에 실려 있음), 혹은 서진(西晉)의 공조(孔晁)(장선국(蔣善國)의 1988년판 상해고적출판사의 ≪상서종술(尙書綜述)≫, 351~361쪽에 자세히 보임)에게서 나온 것이라고 여긴다.

9) <답손계화(答孫季和)>, ≪문집≫ 권54, 제3쪽.

은 보통 사람들이 이해할 수 있는 수준이 아님을 알 수 있다. 진량이 이해할 수 있었던 것은 그가 "문자의 체제나 뜻하는 바를 알았기"(識得文字體制意度) 때문이다. 즉 문장의 체제나 풍격을 이해한다는 것으로 이는 바로 주희의 자화자찬인 셈이다. ≪고문상서≫ 외에도 주희는 ≪예기(禮記)≫·≪효경(孝經)≫·≪관자(管子)≫·≪공총자(孔叢子)≫·≪공자가어(孔子家語)≫·≪문중자(文中子)≫ 등의 고대 전적에 대해서 변위(辨僞) 작업을 하였는데, 이러한 변위 작업도 모두 문장의 풍격을 주요 수단으로 한 것이다.[10] 이는 역대 문장의 풍격에 대한 깊은 이해가 있어야만 차이를 분별하고 진위(眞僞)를 가릴 수 있다. 이렇게 예리한 예술적 감각에 의존한 직감적 판단은 순수한 고증학만큼 정밀하고 믿을 수 있을 것 같지는 않지만, 그것은 학술에 있어서 회의 정신이 들게 하는 최초의 동기가 되었는데. 주희의 문학적 재능을 여기에서 일견해 볼 수 있다.

≪상서≫ 문자의 어렵고 쉬움이 현저한 특징에 대해서 주희는 아주 합리적인 설명을 하고 있다. 그는 "책이 이해하기 쉬운 것은 아마도 당시에 쓴 글이거나 일찍이 윤문을 거쳐서일 것이다. 이해하기 어려운 것은 아마도 다만 그 당시 사람들이 한 말이어서 일 것이다. 당시 사람들이 한 말을 본래 그러하므로 당시 사람은 당연히 이해하지만 후세 사람들은 이해하기 어렵다고 여길 따름이다. 만약 옛날 사람들이 지금의 속어를 보면 오히려 이해하지 못한다. 그 사이에 단서가 많지만 글로 쓸 때는 그것을 다 쓸 수 없어서 단지 그 말만 기록하기 때문일 따름이다."(書有易曉者, 恐是當時做底文字, 或是曾經修飾潤色來. 其難曉者, 恐只是當時說話. 蓋當時人說話自是如此, 當時人自曉得, 後人乃以爲難曉爾. 若使古人見今之俗語, 卻理會不得也. 以其間頭緒多, 若去做文字時, 說不盡, 故只直記其言語而已.)[11]라고 하고 "≪상

10) 전목(錢穆), ≪주자신학안(朱子新學案)≫ 56, <주자지변위학(朱子之辨僞學)>, 1777~ 1796쪽(파촉서사(巴蜀書社) 1986년판) 참조.

서≫의 여러 '명(命)'문이 모두 쉽게 이해되는 것은 지금의 제고(制誥)처럼 조정에서 쓴 글이기 때문일 것이며, 여러 '고(誥)'가 이해하기 어려운 것은 아마도 당시에 백성들과 하던 말을 나중에 추록하였기 때문일 것이다."(≪尙書≫諸'命'皆分曉, 蓋如今制誥, 是朝廷做底文字. 諸'誥'皆難曉, 蓋是時與民下說話, 後來追錄而成之.)[12]라고 하였다. 즉 ≪상서≫ 가운데에 직접 그 당시의 구어를 기록한 편장(篇章)들은 후대의 독자가 이해하기에는 어렵다는 것이고, 서면어로 쓰인 편장은 이해하기 쉽다는 것이다. 여기서 주희는 무의식적으로 한 가지 중요한 원리를 밝히게 되었는데, 즉 구어는 변화가 비교적 빠르고 서면어는 비교적 안정적이어서 구어를 바로 기록한 작품은 당시에는 비록 쉽게 이해될 수 있지만 후대에 가서는 어렵게 된다는 것이다. 그 반대로 서면어로 쓴 작품은 당시에는 좀 어렵게 느껴질 수도 있겠지만, 후대 독자들은 오히려 이해하기 쉽다는 것이다. 이 원리는 문학사에서 송원(宋元) 화본(話本) 소설이나 송원 희곡 가운데에 부분적인 언어가 이해하기 어려운 것 같은 많은 현상에 대해서 합리적으로 설명해줄 수 있다. 만약 ≪상서≫ 자체만으로 말하면 주희의 관점은 직접 아래와 같은 하나의 결론을 도출해낼 수 있다. 즉 ≪상서≫의 언어가 난삽한 것은 주로 당시의 구어를 직접 기록했기 때문으로 후대 사람들은 북위(北魏)의 소작(蘇綽)처럼 그 문체를 모방할 필요가 전혀 없다는 것인데, 아쉽게도 주희는 이에 대해서 간단하게 언급만 하고 깊이 들어가지 않았다.

≪상서≫ 이외에 주희는 선진(先秦) 제자(諸子)들의 문장에 대해서도 많은 평론이 있는데, 그는 ≪논어≫·≪맹자≫의 평이함을 높이 평가하여

11) ≪주자어류(朱子語類)≫ 권78, 1981쪽.
12) ≪주자어류(朱子語類)≫ 권78, 1981쪽.

"≪논어≫·≪맹자≫의 글은 평이하고 일상 생활에도 부합하여 읽으면 궁금한 부분이 적고 도움이 되는 것이 많다."(≪論≫·≪孟≫文詞, 平易而切於日用, 讀之疑少而益多.)[13]라고 하였고 특히 ≪맹자≫의 장법(章法)이 완벽함을 찬미하여 "≪맹자≫를 만약 전체를 보고 읽지 못하면 역시 힘이 든다. 나는 열일곱 여덟부터 스무 살까지 그저 문장의 매 구절을 좇아 이해하려 했으나 더욱 이해하지 못했다. 스무 살 이후에야 비로소 그렇게 읽어서는 안 되고, 알고 봤더니 긴 단락도 앞뒤가 서로 호응하면서 문맥이 서로 통한다는 것을 알았다. 그저 그렇게 숙독하니 의미가 저절로 드러났다. 그때부터 ≪맹자≫를 보니 의미가 지극히 명쾌하고 또 그로 인해 글을 쓰는 법을 깨우치게 되었다. 맹자같은 경우 당시에는 정말 글을 쓰려고 한 것이 아니라 그저 할 말을 말로 표현하니 앞뒤가 서로 호응하고 문맥이 서로 통하게 되어 저절로 이와 같이 어우러지게 되었다."(≪孟子≫若讀得無統, 也是費力. 某從十七八歲讀至二十歲, 只逐句去理會, 更不通透. 二十歲已後, 方知不可恁地讀. 元來許多長段, 都自首尾相照管, 脈絡相貫串, 只恁地熟讀, 自見得意思. 從此看≪孟子≫, 覺得意思極通快, 亦因悟作文之法. 如孟子當時固不是要作文, 只言語說出來首尾相應, 脈絡相貫, 自是合著如此.)[14]라고 하였고, ≪순자(荀子)≫에 대해서 주희는 비록 "모두가 신불해(申不害)나 한비자(韓非子)와 같다."(全是申韓.)[15]라고 비평하였지만, 그의 글은 칭찬하여 "순경자(荀卿子)의 말은 가리키는 바가 깊고도 확실하며 논조가 매우 힘이 넘친다."(荀卿子之言, 指意深切, 詞調鏗鏘.)[16]라고 하였고, 또 "순경의 여러 부(賦) 작품들은 아주 세밀하여 물을 담을 만큼 치밀하다."(荀卿諸賦縝密, 盛得水住.)[17]

---

13) <답조좌경(答趙佐卿)>, ≪문집≫ 권43, 17쪽.

14) ≪주자어류(朱子語類)≫ 권105, 2630쪽.

15) ≪주자어류(朱子語類)≫ 권137, 3255쪽.

16) <초사후어목록서(楚辭後語目錄序)>, ≪문집≫ 권76, 33쪽.

17) ≪주자어류(朱子語類)≫ 권139, 3299쪽.

라고 하였고, “유가(儒家)와 묵가(墨家)를 공격했던”(剽剝儒墨)[18] 장자(莊子)에 대해서도 주희는 “문장이 그저 입에서 나오는 대로이지만 매우 수준이 높다.”(文章只信口流出, 煞高.)[19]라고 하였고 심지어 ≪장자≫의 문장이 ≪맹자≫와도 비견될 만하다고 여겨 “≪맹자≫와 ≪장자≫의 문장은 모두 좋다.”(≪孟子≫·≪莊子≫文章皆好.)[20]라고 하였는데, 물론 주희의 선진 제자에 대한 대량의 평론들은 의리(義理)에 착안하였지만 때때로 선진 제자의 문장에 주의를 기울이기도 하였는데, 이는 정말 문학을 사랑하는 그의 천성으로 인한 것이었다. 만약 선진산문에 대한 주희의 평론이 그저 우연하게 언급한 즉흥적인 것이라면, 한(漢)·당(唐) 이후의 산문에 대해서는 체계적인 평론을 하고 있는데, 그러한 평론 가운데에 가장 많은 것은 당대의 한유·유종원과 송대의 구양수·소식 등 두 작가군에 대해서이다. 주희는 한유 등 고문가들이 스스로 유가의 도통(道統)을 계승했다고 표방하는 것에 대해서 매우 못마땅하게 여겼고, 그들이 지나치게 문사(文辭)를 중시하는 태도에 대해서도 늘 강하게 나무랐다. 하지만 주희는 도를 논하지 않는 범위 내에서는 한유 등의 고문에 대해서 상당한 가치를 두었고, 개개인의 문장 풍격의 차이에 대해서도 상세한 분석을 가하였다. 무엇보다 주희는 한유 등이 고문의 전통을 회복한 역사적 업적에 대해서 매우 높이 평가하였다. 그가 말하였다.

> 한말(漢末) 이후에 대(對)를 맞춘 글만 쓰다가 줄곧 나중에 와서는 글이 문약해지기만 했다. 소정(蘇頲) 같은 사람이 힘을 다해 변화시켜보려고 했지만 변화시키지 못했다. 한유가 나와서야 다 없애고, 마침내 고문을 쓰게 되었다.

---

18) ≪사기(史記)·노장신한열전(老莊申韓列傳)≫.
19) ≪주자어류(朱子語類)≫ 권125, 2992쪽.
20) ≪주자어류(朱子語類)≫ 권125, 2991쪽.

그렇지만 또한 대우(對偶)을 맞추던 그 이전의 체재나 풍격의 글만 썼다. 그러나 당시 사람들은 또 아무도 그를 믿지 않아서 그 글이 완전히 바뀌지 않았다. 비로소 한 둘의 대학자가 서로 본받게 되었으나 그 이하는 여전히 전과 같았다. 육선공이 주의(奏議)를 함에 이르러서도 그저 대우를 맞춘 문장을 썼다. 또 유종원 같은 사람도 스스로 변려문을 쓰기도 하였다. 예전에 말하기를 그의 젊은 시절 글이라고 했는데 나중에 연보를 보니 노년의 글이었으니 아마도 그가 세상 사람들처럼 장난스럽게 썼을 뿐이었던 것이다. 문장의 기세가 쇠약해져 오대(五代)에 이르러서도 결국 바꾸지 못했다. 윤사로(尹師魯 : 수(洙))와 구양수 등 몇 명이 나오자 전과 완전히 변했다. 그 사이에는 변하고 싶었지만 못 변한 사람도 있었지만 대부분 모두 변하고자 하였다. 그래서 고문을 쓰는 사람들은 그냥 고문을 쓰게 되고 변려문을 쓰는 사람들은 그냥 변려문을 써서 서로 엇섞이지는 않았다.(漢末以後, 只做屬對文字. 直至後來, 只管弱. 如蘇頲著力要變, 變不得. 直至韓文公出來, 盡掃去了, 方做成古文. 然亦止做得未屬對合偶以前體格. 然當時亦無人信他. 故其文亦變不盡, 纔有一二大儒略相效, 以下並只依舊. 到得陸宣公奏議, 只是雙關做去. 又如子厚亦自有雙關之文, 向來道是他初年文字, 後得年譜看, 乃是晚年文字, 蓋是他效世間模樣做則劇耳. 文氣衰弱, 直至五代, 竟無能變. 到尹師魯歐公幾人出來, 一向變了. 其間亦有欲變而不能者, 然大概都要變. 所以做古文自是古文, 四六自是四六, 卻不滾雜.)[21]

위 단락의 말은 비록 제자가 주희에게 ≪초사(楚辭)≫의 자의(字意)를 물을 때 그에 대한 대답과 동시에 언급한 것이지만, 당송(唐宋) 고문(古文)의 발전 과정에 대해서 간단명료하게 서술하였는데, 그 가운데에 많은 정확한 의견이 보인다. 그는 먼저 한말 이후의 문장이 점차 변려화 되어 문장의 기세가 쇠약해졌고, 당에 들어서서도 문단은 여전히 변려문의 천하였음을 지적하였다. 소정(蘇頲)은 제고(制誥)나 비송(碑頌) 같은 글에 뛰어나서 대가(大家)라고 불리어 왔다. 주희가 그를 "힘껏 변하려고

21) ≪주자어류(朱子語類)≫ 권139, 3298쪽.

하였다”(著力要變)라고 한 것은 당연히 그가 경전을 바탕으로 하여 글을 써서 이미 산문을 운용하여 변문을 쓰고 필력이 고풍스럽고 힘이 있는 특징을 가졌음을 가리키는 것일 것이다. 그렇지만 그가 사용한 문장의 형식은 여전히 변려문이어서 당시의 문풍을 바꾸지는 못했다. 그래서 또 “바꿀 수가 없었다.”(變不得)라고 한 것이다. 그리고 한유가 광란(狂瀾)을 바로 잡고 고문을 창도한 업적을 지적하였다. 주지하다시피 북송의 고문가들은 한유의 이러한 업적에 대해서 진작부터 충분한 인식을 갖고 있어서 소식은 심지어 “문은 팔대의 쇠락함을 일으켜 세웠다”(文起八代之衰)[22]라고 하였다. 그렇지만 사실 한유가 창도한 고문운동이 비록 한때에 떨치긴 하였으나 고문이 철저히 변문(騈文)의 주도적인 지위를 대신하게 하지는 못하였다. 만당(晩唐)에서 송초(宋初)에 이르기까지 변문은 여전히 매우 성행하다가 구양수 등이 다시 고문운동의 깃발을 내걸고서야 비로소 그러한 상황을 바꿀 수 있었다. 주희는 고문의 발전에 있어서 이러한 곡절이 많은 과정을 매우 자세히 보았다. 다만 여기에서 연대가 한유보다 조금 더 이른 육지(陸贄)를 한유보다 뒤에 놓은 점이 약간 부정확한 것을 제외하고 다른 견해들은 모두 탁월한 식견을 보였다. 하나는 유종원은 줄곧 한유의 고문운동의 동지로 여겨져 왔지만 주희는 유종원은 “사실 스스로도 쌍관어를 쓴 글이 있다”(其實自有雙關之文) 즉 변려문이 많음을 지적하였는데 만년에 이르기까지도 그러하였다. 분명, 유종원은 많은 고문을 썼지만 그의 고문에는 변체문의 성분이 여전히 비교적 많았다. 그가 영주(永州)와 유주(柳州)로 좌천된 후의 만년의 작품으로 유명한 <영주팔기(永州八記)> 같은 경우 후세 사람들에게 고문의 명문장으로 여겨져 왔지만 사실 변체문과 산문이 결합된 형태의 문체

---

22) <조주한문공묘비(潮州韓文公墓碑)>, ≪소식문집≫ 권17.

이다. 논자들은 "유자후(柳子厚 : 종원)는 고문의 필법을 대우(對偶)와 성운(聲韻) 사이에 녹여 넣었다. 하늘이 이 사람을 세상에 탄생시켜 변려문과 고문으로 하여금 하나가 되게 하였다."(子厚以古文之筆, 而爐鞲對仗聲韻間. 天生斯人, 使駢體・古文合爲一家.)[23]라고 하였으니 주희가 한 말이 매우 문리(文理)에 맞는 말임을 알 수 있다. 둘째는 후세 사람들이 왕왕 한유가 창도한 고문운동이 거둔 성취를 과대평가하곤 하였는데, 예를 들면 소식이 "한문공이 미천한 신분에서 나와 담소 간에 붓을 움직이니 천하 사람들이 모두 한문공을 따라서 (문풍이) 다시 올바르게 되었으니 300년의 정화가 여기에 있다고 할 것이다."(韓文公起布衣, 談笑以麾之, 天下靡然從公, 復歸於正, 蓋三百年於此矣.)[24]라고 하였지만, 주희는 한유・유종원 이후 오대에 이르기까지 변체문은 문단에서 가장 영향력을 지닌 문체였으며 문풍이 점점 더 쇠미해 갔음을 지적하였는데, 분명 이것이 당시 문학 사실에 더욱 맞는 판단이었다. 세 번째는 구양수와 윤수(尹洙)가 고문을 창도한 후 문단에서 변체문을 몰아내지 않고 변체문을 고문에 버금가는 일종의 문체가 되어 독립적인 지위를 가지게 하였다. 주희는 이를 "고문을 쓰는 사람은 그냥 고문을 사륙문(四六文)을 쓰는 사람은 그냥 사륙문을 썼다"(古文自是古文, 四六自是四六.)라고 하였던 것이다. 이는 후대 사람들이 송대 산문을 논술할 때 고문만 이야기하고 변체문은 무시한 채 단순화시키는 것 보다 훨씬 전면적이고 정확하다. 그러므로 위에서 인용한 말은 겉으로 보기에는 그냥 별 뜻 없이 하는 말 같지만 사실 주희의 당송 산문의 발전 과정에 대한 깊은 이해를 담고 있어 시사하는 바가 크다.

그 다음으로 주희는 당송의 주요한 고문가들의 예술적 특성에 대하

23) 손매(孫梅), ≪사륙총화(四六叢話)≫ 권32.
24) <조주한문공묘비(潮州韓文公墓碑)>, ≪소식문집≫ 권17.

여 세밀하게 분석하였는데 정확한 견해가 많다. 주희는 한유에 대해 평하여 "한유의 의론문은 정확하고 규모가 크다."(韓退之議論正, 規模闊大.)[25] 라고 하고 "한유는 이치를 말하려고 하면서 또 익살스럽게 쓰려고 하였는데 평이한 곳은 지극히 평이하고 기험(奇險)한 곳은 지극히 기험하다."(退之要說道理, 又要則劇, 有平易處極平易, 有險奇處極險奇.)[26]라고 하였는데, 만약 앞부분의 평가가 후세 사람들의 한유에 대한 보편적인 평가라면 뒷부분은 주희 개인의 독자적인 견해이다. 주희의 견해는 한유의 글 중에는 물론 엄숙한 의론문이 많아서 <오원(五原)> 같은 글은 정치나 교화와 관련된 이치를 논술하였지만 한유의 문장 가운데도 다른 면이 있는데, 즉 비교적 가볍고 발랄한 글이 있다. "칙극(則劇)"이란 유희(遊戲)란 뜻인데, <모영전(毛穎傳)>·<남전현승청벽기(藍田縣丞廳壁記)> 같은 문장을 가리킬 것이다. 그리고 일반 사람들 인식으로는 한유 문풍은 웅기(雄奇) 내지 기험(奇險)한 것이라고 여기는데, 주희는 한유의 문장을 실제로 두 가지 측면이 있다고 하였다. 즉 "평이한 곳은 지극히 평이하고 기험한 곳은 지극히 기험하다."(有平易處極平易, 有險奇處極險奇.)라고 하였는데 분명히 이것이 더 사실에 부합한다. 한유는 고문을 회복하는 데에 뜻을 두고 진한(秦漢)의 고문을 모방하면서 "예스럽고 심오하거나"(古奥) 생경하고 난삽한 경향을 초래하게 되었다. 그러나 그가 글을 쓰는 본의가 "이치를 꿰는"(貫道) 것이었으므로 그는 주관적으로는 "문자의 운용이 자연스러웠으며"(文從字順),[27] 실제 창작 가운데에도 분명히 평이하고 자

25) ≪주자어류(朱子語類)≫ 권139, 3302쪽.

26) ≪주자어류(朱子語類)≫ 권139, 3303쪽.

27) 한유는 번종사(樊宗師)를 칭찬하여 "문자가 자연스러우며 각각 역할을 안다"(文從字順各識職_(<남양번소술묘지명(南陽樊紹述墓誌銘)>, ≪한창려문집교주(韓昌黎文集校註)≫ 권7에 보임)라고 하였는데, 사실은 이는 또한 한유 자신의 주장이기도 하다. 주희는 "역시 한유가 글을 씀에는 비록 진부한 말을 없애는데 힘을 기울이긴 하였지만 또한

연스럽거나 마치 편안히 일상생활을 이야기 하는듯한 풍격도 있다. 예를 들면 <여최군서(與崔群書)>·<제십이랑문(祭十二郎文)> 등 같은 경우이다. 이렇게 보면 주희는 한유 문장의 내용과 풍격 두 방면의 다양성에 대하여 깊은 이해를 하고 있으며, 위에서 인용한 어록(語錄)은 한유의 문장에 대한 정확한 이해를 몇 마디의 말로 나타내고 있음을 볼 수 있다.

주희는 유종원의 고문을 평가하여 "유종원은 문자가 정세한데 그것은 그의 사람이 깊이가 있기 때문에 그래서 그와 같은 것이다."(柳子厚看得文字精, 以其人刻深, 故如此.)[28]라고 하고 또 "가장 이해하기 어려운 글이 유종원의 글이다. 그러나 자세히 살펴보면 또한 가리키는 바가 저절로 드러나지 않는 것이 없다."(文之最難曉者, 無如柳子厚. 然細觀之, 亦莫不自有指意可見.)[29]라고 하고 "유종원의 글은 비록 비교적 예스럽지만 그러나 배우기는 쉽다. 배우게 되면 바로 비슷하게 되는데 한유의 문장처럼 그렇게 규모가 크지 않다."(柳文是較古, 但却易學. 學便似他, 不似韓文規模闊.)[30]라고 하고 또 "유종원의 글은 다급하여 많은 사물을 씀에도 약간의 인위적인 안배를 하여 간결하기는 하나 예스럽지 못하여 좀 더 써도 무방했을 터이다."(柳文局促, 有許多物事, 却要就些子處安排, 簡而不古, 更說些也不妨.)[31]라고 하였다. 이상 위의 몇 단락의 말을 귀납해 보면, 대체로 아래와 같은 두 가지 의미가 있다. 즉 첫째는 유종원의 문장은 뜻하는 바가 깊고, 문자

---

반드시 "문자의 운용이 자연스러우면서 각각의 역할을 아는 것(文從字順各識職)"을 귀중하게 여겼다."(抑韓子之爲文, 雖以力去陳言爲務, 而又必以"文從字順各識職"爲貴)(<한문고이서(韓文考異序)>, ≪문집≫ 권76, 29쪽에 보임)라고 하였는데, 매우 정확한 말이다.

28) ≪주자어류(朱子語類)≫ 권139, 3303쪽.

29) ≪주자어류(朱子語類)≫ 권139, 3314쪽.

30) ≪주자어류(朱子語類)≫ 권139, 3302쪽.

31) ≪주자어류(朱子語類)≫ 권139, 3306쪽.

는 다듬어져 간결하면서도 예스럽다고 하는 것인데 이는 장점적인 측면을 말하는 것이다. 둘째는 유종원의 문장은 어려워 이해하기 어렵다는 것인데 너무 지나치게 간결하여 여유가 부족한 결점을 가지고 있는데 이는 단점적인 측면에서 말하는 것이다. 첫 번째 측면에 해당하는 견해는 학계의 보편적인 설인데, 한유가 일찍이 유종원의 글을 평가하여 말하기를 "빼어나고 곧고 세차며, 의론은 고금에 근거하여 경사자집을 드나들어 힘차게 달림에 바람이 이는 듯하다."(雋傑廉悍, 議論證據今古, 出入經史百子, 踔厲風發)[32]라고 하였고 유우석(劉禹錫)도 유종원의 글을 평가하여 "그 어휘는 매우 간략하지만 그 맛은 심연처럼 길게 지속된다."(其詞甚約, 而味淵然以長.)[33]라고 하였다.

두 번째 측면에 해당하는 견해는 주희 이전에는 아무도 명확하게 지적한 적이 없는 것 같다. 만약 전체적으로 본다면 유종원 문장의 간결함은 본래 그의 장점으로 유종원 문장이 독특한 풍격을 가지게 된 요소 가운데 하나이기도 하다. 하지만 주희의 비평이 일리가 없는 것도 아닌 것은 유종원의 글은 분명히 지나치게 간략함을 추구한 경향이 있다. 유종원은 생전에도 이러한 비평을 들은 적이 있었지만 유종원 자신은 거기에 동의하지 않고 "나의 글이 너무 간략하다고 평하는 사람은 삼가 글을 아는 것으로 칭찬하지 마라."(其有評我太簡者, 愼勿以知文許之.)[34]라고 하였다. <영주팔기(永州八記)> 등 산수 소품(小品)이나 <삼계(三戒)> 등의 우언성 단문(短文)의 경우 간략함이 그의 글이 말은 간략하면서 내용은 풍부하게 한 주요 원인이 되게 하여 긍정적으로 볼만하다. 그렇지만 "도를 밝히는"(明道) 글에서 간략함만 추구하는 것은 꼭 취할 바는 아닌

32) <유자후묘지명(柳子厚墓誌銘)>, ≪한창려문집교주≫ 권7.
33) <답유자후서(答柳子厚書)>, ≪유몽득집(劉夢得集)≫ 권19.
34) <송독고심숙시친왕하동서(送獨孤申叔侍親往河東序)>, ≪당유선생집(唐柳先生集)≫ 권22.

것이다. 특히 주희의 입장에서 보면 명도의 문장들은 마땅히 이치를 충분하고 분명하게 설명해야지 만약에 지나치게 간략하면 어쩔 수 없이 이치에 대한 설명이 상세할 수 없기 때문에 그는 비평하기를 “<봉건론(封建論)>과 몇몇 장문은 그의 좋은 문장이고 날카로우나 기가 약해서 마치 사람이 불이 난 듯 급박해서 미처 말을 다 하지 못하고는 그냥 끝을 내는 듯하다.”(<封建論> 幷數長書是其好文, 合尖氣短, 如人火忙火急來說不及, 又便了了.)[35]라고 했다. <봉건론>은 유종원의 가장 유명한 의론문이지만 주희는 <봉건론>이 시원스럽게 충분하게 쓰지 못했음을 못마땅하게 여긴 것이다. 주희가 여기에서 고려한 중점은 분명 “도”에 있지 “문”에 있는 것이 아니며, 유종원이 추구한 것은 “문”이지 “도”가 아니었으므로 견해가 이렇게 상반된 것이다. 만약 고문이 당에서 송으로 전해진 관건이 평이하고 이해하기 쉬운 방향으로 가서 더욱더 실용적이었기 때문에 가장 중요한 문체가 될 수 있었던 것이라면 주희의 의견은 취할 만 한 것이다.

주희는 송대의 고문가들에 대해서 더욱 많은 관심을 가졌다. 그는 구양수의 문장을 칭찬하여 “비록 평담하기는 하지만 그 가운데 그 나름대로의 아름다움이 있다.”(雖平淡, 其中却自美麗.),[36] “구공(歐公)의 글은 기름지고 온화하고 윤기가 있다.”(歐公文字敷腴溫潤.),[37] “구공의 문자는 칼날처럼 예리하고 문장이 좋으며 의론도 뛰어나다.”(歐公文字鋒刃利, 文字好, 議論亦好.),[38] “육일거사(六一居士)의 글은 읽으면 길게 여운이 남게 한다.”(六一文一唱三嘆.),[39] “구공이 장영숙(蔣穎叔) 무리에게 모함을 당하고 해명이 다

35) ≪주자어류(朱子語類)≫ 권139, 3306쪽.
36) ≪주자어류(朱子語類)≫ 권139, 3312쪽.
37) ≪주자어류(朱子語類)≫ 권139, 3309쪽.
38) ≪주자어류(朱子語類)≫ 권139, 3308쪽.

된 후 사표(謝表) 중에서 자술한 한 단락의 문장은 그저 가슴속에서 우러나온 말들인데 더 이상 조금도 막힘이 없는데, 그것이 문장의 절묘함이다."(歐公爲蔣穎叔輩所誣, 旣得辯明, 謝表中自敍一段, 只是自胸中流出, 更無些窒碍, 此文章之妙也.)[40]라고 하였는데 이러한 말들은 구양수 문장의 "평이하고 이해하기 쉬우며"(平易曉暢), "부드럽고 느긋함"(委宛紆徐) 등의 풍격을 말하고 있어서 정확한 평이라고 할 수 있겠다. 그러나 그는 구양수의 문장에 대해서 칭찬만 한 것이 아니라 그의 장점을 알고 또 그의 단점을 알았다. 그는 "육일거사 구양수의 글은 끊고 이어짐이 연결이 되지 않는 부분이 있는데 마치 글자가 빠진 것 같다. 예를 들면 <비연시집서(秘演詩集序)>에서 '노래 부르고 시를 지어 스스로 달래기를 좋아한다.'라고 한 것과 '십 년간'이라고 한 두 부분이 이어지지 않는 것 같은 경우이다. <육일거사전(六一居士傳)>은 뜻은 평범하고 글도 약하며, <인종비백서기(仁宗飛白書記)>는 글이 뛰어나지 않다. 제고문(制誥文)의 수미(首尾)가 모두 사륙(四六)으로 되어 있으며 태평 시기에 쓴 것으로, 그의 득의한 작품이 아닌데, 어쩌면 당시에 누군가가 재촉한데다 문사가 느려 자세하게 쓰지 못했는지 어쩐지 모르겠다. 하지만 느긋하고 곡절이 많고 어휘는 간략하나 뜻은 풍부하여, 그 맛을 음미함에 그칠 수가 없는 부분이 있어서 또 어휘나 뜻을 운용함에 단조로운 사람이 비길 바는 아니다."(六一文有斷續不接處, 如少了字模樣, 如<秘演詩集序>, '喜爲歌詩以自娛', '十年間'兩節不接. <六一居士傳>意凡文弱. <仁宗飛白書記>文不佳. 制誥首尾四六皆治平間所作, 非其得意者. 恐當時亦被人催促, 加以文思緩, 不及子細, 不知如何. 然有紆徐曲折, 辭少意多, 玩味不能已者, 又非辭意一直者比.)[41]라고 하였다. 이상의 글에서 그는 구양

39) ≪주자어류(朱子語類)≫ 권139, 3308쪽.
40) ≪주자어류(朱子語類)≫ 권139, 3308쪽.
41) ≪주자어류(朱子語類)≫ 권139, 3308쪽.

수의 몇몇 작품에 대하여 구체적인 평가를 하고 있는데 참고할 만하다. <육일거사전>은 구양수 만년의 작품으로 주희는 "사람이 늙으면 기가 쇠하고 글 역시 쇠한다. 구양공은 고문을 쓸 때에 힘껏 구습을 바꾸려고 하였는데 늙게 되니 신경 쓸 수 없었다. 모시(毛詩)를 위한 시서(詩序)는 사륙 대구를 써서 여전히 오대 문장의 습성이다."(人老氣衰, 文亦衰, 歐陽公作古文, 力變舊習, 老來照管不到, 爲某詩序, 有四六對偶, 依舊是五代文習.)[42] 하였고, 또 "만년에 이르러서 스스로 <육일거사전>을 지었는데 그 얻은 바가 어떠한가에는 어울리는 듯하지만 단지 책 일천 권, ≪집고록(集古錄)≫ 일천 권, 거문고 하나, 술 한 병, 바둑 한 판과 노인 한 명이 있어서 여섯이 된다고 말하였지만 더욱 말이 되지 않는다. 분명히 스스로 잘못을 받아들이고 있는 것이다."(到得晩年, 自做<六一居士傳>, 宜其所得如何. 却只說有書一千卷, ≪集古錄≫一千卷, 琴一張, 酒一壺, 棋一局, 與一老人爲六, 更不成說話. 分明是自納敗闕!)[43]라고 하였으니, 주희가 <육일거사전>을 불만스러워하는 이유 중의 하나는 작자가 늙어서 글도 함께 쇠락해서 뛰어나지 않아서이고, 둘째는 글 가운데 익살스럽고 세상을 우습게 여기는 뜻이 묻어 있어 도에 어긋났기 때문이다. 사실 이러한 비평은 아직 구양수 문장의 가려운 곳을 제대로 긁지 못하고 있는데 <석비연시집서(釋秘演詩集序)>의 경우는 다르다. <석비연시집서>는 구양수가 젊은 시절 쓴 명문인데 주희는 왜 불만을 표시했을까? 주희가 지적한 원문을 보면 "만경(曼卿 : 석연년(石延年))은 술에 은둔하고 비연 스님은 부처에 은둔하였지만 모두 기이한 남자들이다. 그러나 시를 지어 스스로 즐기는 것을 좋아하여 술에 한껏 취했을 때는 노래하고 읊조리고 웃고 소리 지르고 하면서 세상의 즐거움을 누렸으니 그 얼마나 장쾌한가! 한때의 선비들은 모두 그들

42) ≪주자어류(朱子語類)≫ 권139, 3311쪽.
43) ≪주자어류(朱子語類)≫ 권139, 3310쪽.

을 따라 노닐기를 좋아하였고 나 역시 때때로 그들의 집에 갔었다. 10년 동안에 비연 스님은 북으로 황하(黃河)를 건너고 동으로 제(濟)·운(鄆)까지 갔지만 맞지 않아 곤궁해져서 돌아왔는데 만경은 이미 죽었고 비연 스님 역시 늙고 병들었다. 아아, 두 사람은 내가 그들의 젊음과 노쇠함을 다 보았으니 나 역시 장차 늙겠구나!"(曼卿隱於酒, 秘演隱於浮屠, 皆奇男子也. 然喜爲歌詩以自娛, 當其極飮大醉, 歌吟笑呼, 以適天下之樂, 何其壯也! 一時賢士, 皆願從其遊, 予亦時至其室. 十年之間, 秘演北渡河, 東之濟·鄆, 無所合, 困而歸, 曼卿已死, 秘演亦老病. 嗟夫! 二人者, 予乃見其盛衰, 則予亦將老矣夫!)[44]라고 하였는데 이 글은 감정이 격앙되고 글의 기세에 변화가 커서 후세 사람들은 평가하여 "얼마나 강개하여 오열하는 소리인가, 보면 마치 축(筑)을 치는 것 같다. …… 뜻을 가장 트이고도 멀리 두어 사마자장의 정수를 얻은 것 같다."(多慷慨嗚咽之音, 覽之如聞擊筑者……命意最曠而遠, 得司馬子長之神髓矣.)[45]라고 하였다. 분명히 이와 구양수 문장의 느긋하고 완곡함을 위주로 하는 풍격과는 맞지 않으며 이는 구양수 문장 가운데에서 별조(別調)에 속한다. 주희가 칭송하는 구양수의 글은 오히려 "구양수의 글은 마치 주인과 객이 서로 만나 마음을 가라앉히고 좋은 말을 주고받는 것 같다."(歐文如賓主相見, 平心定氣, 說好話相似.)[46]라고 한데 있었기 때문에 그러한 글에 대해 불만을 가졌던 것이다. 제자들이 주희에게 구양수의 어느 문장을 좋아하냐고 물었을 때 주희는 "<풍락정기(豐樂亭記)>"라고 답하였으며, 진량(陳亮)이 편집한 구양수의 작품 가운데서 <풍락정기>를 중요하게 다루지 않은 점을 지적하여 "진량이 구양수의 문장을 읽는 것을 좋아하여 일찍이 수백 수십 편을 엮어 하나로 모아 지금 간행하였는데, <풍락정

44) <석비연시집서(釋秘演詩集序)>, ≪구양문충공문집(歐陽文忠公文集)≫ 권41.
45) 모곤(茅坤), ≪당송팔대가문초·구양문충공문초(歐陽文忠公文抄)≫ 권17.
46) ≪주자어류(朱子語類)≫ 권139, 3312쪽.

기>는 구양수의 글 가운데에서 가장 좋은 작품인데도 습유(拾遺)에 엮어 넣었다."(陳同父好讀六一文, 嘗編百十篇作一集, 今刊行. <豐樂亭記>是六一文最佳者, 却編在拾遺.)[47]라고 하였다. <풍락정기>는 비록 감개가 있어 쓴 작품이긴 하지만 전편의 입론이 치우치지 않고 바르며 말투가 완곡하다. 이도(李塗)의 ≪문장정의(文章精義)≫에는 평가하여 "태평성대의 모습을 그려낼 수 있다."(能畵出太平氣象.)라고 하였고 청대 사람이 편찬한 ≪고문관지(古文觀止)≫ 권10에는 평가하여 "유기문(遊記文)을 쓰면서 대송의 공덕(功德)과 휴양생식(休養生息)의 덕이라고 돌리니 입론의 규모가 얼마나 큰가!"(作記遊文, 却歸到大宋功德休養生息所致, 立言何等闊大!)라고 하였는데, 주희가 이 글을 좋아하는 것도 이와 같은 이유에서일 것이다. 주희의 <석비연시집서>와 <풍락정기> 두 편에 대한 다른 태도로부터 그가 구양수의 글을 칭찬하는 주요 원인은 이학가의 요구에 부합되었기 때문이라는 것을 알 수 있다. 즉 그는 주로 "문이재도"의 기준으로 저울질했던 것이다.

똑같은 이유로 주희는 증공(曾鞏)의 고문에 대해서 매우 높게 평가하였다. 그는 "증공의 글은 또 준결(峻潔)하다. 비록 의론이 천근(淺近)한 곳이 있지만 그래도 '고르고 바른 것'(平正)이 하여 좋다."(曾南豐文字又便峻潔, 雖議論有淺近處, 然却平正, 好.),[48] "증공의 글은 확실하다."(南豐文字確實.),[49] "증공의 글은 질박함에 가까운데 그도 처음에는 단지 글을 쓰는 것만 배웠으나 글을 배움으로 인해서 점차 몇몇 이치를 알게 되었다. 그래서 글을 이치에 근거하여 쓰고 공허한 내용은 쓰지 않았다. 다만 아주 중요한 부분에 가서는 또 느슨해져 분명하지 않았는데 그것은 그가 이치를

47) ≪주자어류(朱子語類)≫ 권139, 3308쪽.
48) ≪주자어류(朱子語類)≫ 권139, 3308쪽.
49) ≪주자어류(朱子語類)≫ 권139, 3313쪽.

아는 것이 철저하지가 않은데다 본래 근본적인 공부 바탕이 없어서 그러했던 것이다. 그렇지만 소동파와 비교하면 비교적 질박하고 이치에 접근해 있다."(南豐文近質, 他初亦只是學爲文, 却因學文, 漸見些子道理, 故文字依傍道理做, 不爲空言. 只是關鍵緊要處,也說得寬緩不分明, 緣他見處不徹, 本無根本工夫, 所以如此. 但比之東坡則較質而近理.),[50]라고 하고 "내가 약관이 되기 전에 남풍선생의 글을 읽게 되어 그의 글이 엄정하고 이치가 바른 것이 좋아서 평소에 늘 외우고 익히면서 '사람이 글을 씀에는 마땅히 꼭 이와 같아야 함부로 쓰는 것이 아니다'라고 여겼다."(熹未冠而讀南豐先生之文, 愛其詞嚴而理正. 居常誦習, 以爲人之爲言, 必當如此, 乃爲非苟作者.)[51]라고 하였다. 북송의 고문가 몇 명 중에 증공은 가장 문채를 중요시 하지 않았던 고문가인데, 증공 글의 장점은 문자가 간명하고 조리가 분명하다는 것이다. 비록 뜻을 곡진하게 나타낼 줄도 알았지만 변화가 심하지는 않았다. 그리고 증공의 문장은 서사적인 글에도 늘 도를 논하는 내용을 섞었으며 심지어 사교적인 문장에서도 도를 언급하지 않은 글이 적을 정도이었으니 <전국책목록서(戰國策目錄序)>·<의황현학기(宜黃縣學記)> 같은 부류의 학문을 논하는 글은 말할 것도 없었다. 물론 증공의 의론은 주희가 보기에는 사상적인 깊이가 아직 부족했지만 입론이 "평정(平正)"함은 주희의 격찬을 받았다. 치우침 없이 곧은 내용과 질박한 형식의 결합은 증공 문장의 독특한 풍격을 형성하였다. 증공이 구양수에게 쓴 글에서 "도덕을 쌓지 않고 문장을 잘 쓴다는 것은 불가능하다."(非蓄道德而能文章者, 無以爲也.)[52]라고 하였고, 구양수도 답장을 써서 그의 글에 대해서 "분명하고 상세하여 비록 귀머거리나 맹인이 보아도 완전히 이해가 될 수

50) ≪주자어류(朱子語類)≫ 권139, 3314쪽.

51) <발증남풍첩(跋曾南豐帖)>, ≪문집≫ 권83, 13쪽.

52) <상구양사인서(上歐陽舍人書)>, ≪남풍선생원풍류고(南豐先生元豐類稿)≫ 권15.

있을 것이다."(明白詳盡, 雖使聾盲者得之, 可以釋然矣.)라고 칭찬하였다. 이렇게 증공의 글은 문인의 글이 아닌 유학자의 글로서 이학가의 많은 공감을 얻었는데 이것이 바로 주희가 증공의 글을 칭찬하는 주된 원인이다. 물론, 주희는 또 증공의 글의 예술적인 측면에서의 결점에 대해서도 매우 분명하게 알았다 그는 "증공의 글이 구양수의 글에 못 미치는 점은 느긋하면서 곡절한 부분이다."(曾之所以不及歐處, 是紆徐曲折處.)[53]라고 하고, 또 앞에서 인용했던 이른바 "다만 아주 중요한 부분에 가서는 또 느슨해져 분명하지 않았다."(只是關鍵緊要處,也說得寬緩不分明.)라고 한 것은 사상적인 깊이가 부족할 뿐 아니라 문장이 충분한 힘을 지니지 못했던 것도 그 이유 중에 하나였다. 그러한 결점들은 당연히 증공의 재능이 다소 약했던 탓이기도 하지만 그의 문장이 "굳세고 빼어남"(雄奇)을 위주로 하지 않았던 결과이기도 하다. 아마도 주희는 이것이 심각한 결점이라고는 생각하지 않아서 단지 간단히 언급만하고 깊이 따지지는 않았던 것 같다.

주희의 북송 고문가에 대한 평가 가운데 가장 주목을 끄는 것은 아무래도 소식(蘇軾)에 대한 평가이다. 소식은 생전에 이미 글로써 세상에 이름을 떨쳤으므로 비록 북송말년에 정치적인 이유로 소식의 글을 보고 전하는 것이 금지 당했지만 금지를 하면 할수록 더욱 널리 전해졌다. 그리고 남송에 이르러서는 소식의 글은 한 시기를 풍미하게 되었다. 육유(陸游)는 "건염(建炎) 이래로 소식의 글을 숭상하게 되어 학자들이 모두 그의 글을 배웠는데, 촉(蜀) 지방의 선비들에게 특히 성행하여 '소식의 글이 익숙하면 양고기를 먹고, 소식의 글이 서툴면 채소국을 먹는다.'라는 말이 있었다."(建炎以來, 尙蘇氏文章, 學者翕然從之, 而蜀士尤盛, 亦有語曰 : '蘇文熟, 吃羊肉 ; 蘇文生, 吃菜羹.')[54]라고 하였고, 주희의 절친한 친구 여조겸(呂

53) ≪주자어류(朱子語類)≫ 권139, 3314쪽.

祖謙)도 ≪여씨가숙증주삼소문선(呂氏家塾增註三蘇文選)≫27권을 골라 엮었지만 주희는 이에 대해 다른 의견을 견지하였다. 주희의 소식의 문장에 대한 평가는 칭찬도 있고 비판도 있어서 맹목적으로 시대의 풍조를 따르지 않았다. 주희의 소식의 문장에 대한 칭찬은 "소동파는 타고난 자질이 뛰어나서 그의 의론문은 다른 사람이 도달하지 못하는 경지가 있다."(東坡天資高明, 其議論文詞自有人不到處.),[55] "동파의 글은 명쾌하다."(東坡文字明快.),[56] "동파의 글은 여운을 남기지 않고 말해버린다."(東坡文說得透.)[57]라고 하였고, 그의 소동파 글에 대한 비평은 "문장이 소동파에 이르러서는 곧 지나치게 공교로움 때문에 흠이 되고 의론은 적절하지 않은 점이 있게 되었다."((文字)到得東坡, 便傷於巧, 議論有不正當處.),[58] "소동파의 글은 지나치게 화려한 곳이 많다."(東坡則華艷處多.),[59] "소동파는 문자를 가벼이 여겨서 글쓰기를 중요한 일로 여기지 않았다. 만약 글을 쓰게 되는 경우에는 그냥 아무렇게나 써 내려 간 후 뒷부분은 같은 경우는 나중에 잘 보태지 않은듯하다."(東坡輕文字；不將爲事, 若做文字時, 只是胡亂寫去, 如後面恰似少後添.)[60]라고 하고, 또 어떤 때는 한 단락 안에 칭찬과 비판이 있어서 "동파의 문장은 웅장함이 넘치지만 단지 글자를 선택하여 쓰는 데 있어서 적절하지 못한 곳도 있다."(坡文雄健有餘, 只下字亦有不貼實處.),[61] "소동파의 문장은 전체적인 기세가 뛰어나서 한 자씩 한 자씩 따지어보아

54) ≪노학암필기(老學庵筆記)≫ 권8.
55) ≪주자어류(朱子語類)≫ 권130, 3113쪽.
56) ≪주자어류(朱子語類)≫ 권139, 3306쪽.
57) ≪주자어류(朱子語類)≫ 권139, 3310쪽.
58) ≪주자어류(朱子語類)≫ 권139, 3309쪽.
59) ≪주자어류(朱子語類)≫ 권139, 3314쪽.
60) ≪주자어류(朱子語類)≫ 권139, 3313쪽.
61) ≪주자어류(朱子語類)≫ 권139, 3311쪽.

서는 안 된다."(坡文是大勢好, 不可逐一字去點檢.)라고도 하였다.

마땅히 지적해야 할 점은 주희의 소동파에 대한 불만은 이학가와 고문가 사이의 가치 기준이 다른 점과 관계가 있으며, 또 낙(洛)·촉(蜀) 양파 간의 해묵은 원한과도 관련이 없지 않다. 그래서 많은 비평들은 사실 소동파 문장의 내용이 순정하지 못하다는 점에 주안점을 두고 있다는 것이다(본장의 제4절에 상세하게 보인다). 그러나 순수하게 문장의 형식이라는 측면에서 본다면 주희의 소식에 대한 이해는 매우 문리를 얻은 것이다. 소동파의 글 가운데에서도 특히 그의 의론문은 호방하여 물이 넘실거리며 흐르는 듯 일사천리로 막힘이 없다. 주희가 말한 "명쾌(明快)"·"여운을 남기지 않고 말해버린다"(說得透)·"웅건(雄健)"하다고 한 것은 바로 이를 가리켜 한 말이다. 이는 물론 소동파 문장의 주요 특색이며 또한 소동파의 문장이 당송고문운동 가운데에서 숭고한 지위를 점하게 한 주요한 장점이기도 하다. 그렇지만 위에서 언급한 특색들과 더불어서 생긴 몇몇 결점들은 소동파의 글 가운데에서 그냥 넘길 수 없는 부분으로 그것은 바로 충분히 다듬어지지 않고 함축적이지 못하며, 논의하는 내용들도 가끔 논리적으로 엄밀하지 못했던 것이다. 주희가 말한 "글자를 사용한 것이 역시 적절하지 못한 곳이 있고"(下字亦有不貼實處) "한 자씩 한 자씩 따지어보아서는 안 된다"(不可逐一字去點檢)라고 한 것은 바로 이를 가리켜서 한 말이다. 소동파 글의 장점에 대한 긍정의 전제 하에 이러한 결점들을 지적한 것은 그래도 비교적 객관적이다.

두 가지 토론할 만한 점이 있는데, 하나는 주희가 소동파의 문장은 "지나치게 공교함 때문에 흠이 된다."(傷於巧)·"화염한 곳이 많다"(華豔處多)라고 한 말이 정말 사실에 부합하는가하는 문제이다. 만약 이 몇 마디의 말을 따로 떼어 보면 계란에서 뼈를 찾는 듯한 감이 있다. 그러나 우리가 반드시 주의해야 할 것은 이 두 말이 모두 소동파의 글과 증공의 글을 비교할 때 한 말이어서 질박하고 꾸밈이 없는 증공의 글과 비교했을 때에 소동파의 글이 형식적인 면에서 분명 비교적 화려하고 아름다운데다가 주희가 증공의 글을 추숭한 터라 소동파의 글에 대해서는 불만일 수밖에 없었던 것이다. 그러니 이러한 비평은 나름대로 다 이유가 있었던 것이다. 물론 순수하게 문학적인 입장에서만 보아서 소동파의 문장을 "화염(華豔)"하고 "지나치게 공교함 때문에 흠이 된다"(傷於巧)고 한다면 적절하지 않겠지만, 이는 주희가 이학가의 사상적인 한계를 벗어날 수 없었던 데 기인한 어쩔 수 없는 결과이다.

또 한 가지 토론해 볼만한 점은 "동파는 문자를 가볍게 여겼다"(東坡輕文字)라는 것이다. 소식은 재능이 남달라 글을 쓸 때에 문학적인 사고가 용솟음쳐 나와 왕왕 단번에 완성하여 퇴고나 조탁을 거치지 않았다. 청대의 주제(周濟)는 "동파는 매사 모두 그다지 힘을 쓰지 않는다."(東坡每事俱不十分用力.)[62]라고 하였는데 이는 주희가 말한 "동파는 문자를 가볍게 여기고 일로 삼지 않았다"(東坡輕文字, 不將爲事)라는 의미와 비슷하니 이는 소동파의 창작 태도에 대한 독자들의 공통된 인식임을 알 수 있다. 사실 소식 자신도 "내 글은 마치 만 곡(斛)의 샘물이 장소를 가리지 않고 솟아 나와 평지에 끊임없이 흐르는 것 같아서 하루에 천리도 어렵지 않다."(吾文如萬斛泉源, 不擇地而出, 在平地滔滔汩汩, 雖一日千里無難.)[63]라고 하였다. 그런데 문제는 소식이 "그냥 아무렇게나 써 내려 간 후 뒷부분은 같은 경우는 나중에 잘 보태지 않은듯하다."(只是胡亂寫去, 如後面恰似少後添.)는 상황이 있었느냐 하는 것이다. 주희는 일찍이 제자들과 같이 소동파의 문장 두 편에 대해서 토론하였는데, 첫 번째 글은 <육일거사집

62) ≪개존재논사잡저(介存齋論詞雜著)≫.

63) <자평문(自評文)>, ≪소식문집≫ 권66.

서(六一居士集序)>였는데, 주희는 "소동파의 <구양공문집서>는 다만 문장은 아주 뛰어나지만 문장이 담고 있는 이치를 말할 것 같으면 그렇게 볼 만한 것이 못된다. 앞뒤가 서로 맞지 않고 첫 부분은 그렇게 크게 시작해 놓고 마지막에는 도리어 시부(詩賦)는 이백(李白)을 닮았고 일을 기록하는 것은 사마상여(司馬相如)를 닮았다고 하였다."(東坡<歐陽公文集叙>只恁地文章儘好,但要說道理, 便看不得, 首尾皆不相應. 起頭甚麽様大, 末後却說詩賦似李白, 記事似司馬相如.)[64]라고 하였는데, 지금 소식의 원작을 살펴보면 첫 부분은 공맹(孔孟)이 도를 밝히고 세상을 구하는 것으로부터 시작하고 있다. 그래서 주희는 "처음은 얼마나 큰가?"(起頭甚麽様大)라고 하였는데, 끝에 가서 구양수의 시문을 이백이나 사마상여와 같다고 한 것과 서로 어울리지 않는다고 여겼던 것이다. 주희의 입장에서 보면 공맹(孔孟)의 도를 어떻게 후세 사람들의 시부(詩賦)나 문장(文章)과 동등하게 논할 수 있느냐는 것이어서 소식의 이 글을 볼 것이 못된다고 여겼던 것이다. 객관적으로 말해서 소동파의 글에서는 구양수의 시부나 문장만 말한 것이 아니라 먼저 구양수를 "그의 학문은 한유 · 맹자를 받들어 공자에 이르렀고 예악과 인의의 내실을 드러내어 큰 도에 부합되었다."(其學推韓愈 · 孟子以達於孔氏, 著禮樂仁義之實, 以合於大道.)라고 한 후에야 비로소 시부와 문장을 언급하였던 것이다. 그러므로 글로 볼 때 완전히 "머리와 꼬리가 모두 서로 응하지 않는"(首尾皆不相應) 것은 아니다. 그렇지만 이 글의 중심으로 볼 때, 첫머리에 공맹의 도통(道統)을 논했다면 뒤에서도 여전히 도를 위주로 했어야 했으나 소동파 문장의 결론은 "구양수는 대도(大道)를 논할 때는 한유 같고 일은 논할 때는 육지(陸贄) 같고 일을 기록하는 것은 사마천(司馬遷) 같고 시부는 이백 같다. 이는 나 개인의 의견이 아

64) ≪주자어류(朱子語類)≫ 권139, 3311쪽. 저자 주 : 소식의 <육일거사집서(六一居士集叙)>에 의하면 "사마상여(司馬相如)"는 "사마천(司馬遷)"으로 해야 한다.

니라 천하가 인정하는 공론이다."(歐陽子論大道似韓愈, 論事似陸贄, 記事似司馬遷, 詩賦似李白, 此非余言也, 天下之公言也.)라고 하여 중심이 "도"에서 "문"으로 옮겨갔다. 이는 비록 구양수 저작의 실제 상황을 통해 논하는 것이기는 하지만 본문을 통해 보면 분명 "머리와 꼬리가 서로 응하지 않는"(首尾不相應) 폐단이 있다. 이렇게 보면 주희이 이 글에 대한 비평은 나름대로 일리가 있는 셈이다. 두 번째 글은 <사마온공신도비(司馬溫公神道碑)>인데, 주희는 일찍이 제자들과 이 글을 상세하게 토론한 적이 있다. 주희는 먼저 긍정적으로 "동파의 이글은 마치 산이 무너지고 바위가 갈라지는 듯하다."(坡公此文, 說得來恰似山摧石裂.)라고 하였지만, 제자가 그에게 사마광(司馬光)의 덕을 칭찬하여 "진실되고 한결같다."(曰誠, 曰一.)라고 한 것을 물었을 때 주희는 바로 대답하여 "그것이 바로 그가 이치를 잘 꿰뚫어보지 못하는 부분이다."(這便是他看道理不破處.)라고 하였고, 제자가 "이런 글을 쓸 때에 전체문장의 사전 안배가 있었는지요?"(大凡作這般文字, 不知還有佈置否?)라고 묻자 주희는 "그의 문장을 보면 그냥 곧장 마음대로 써내려 가서, 처음에 사전에 안배하지 않았다. 이와 같은 문장은 막 처음에 시작할 때에 나중에 무엇을 쓸지 스스로 모른다."(看他也只是據他一直恁地說將去, 初無佈置. 如此等文字, 方其說起頭時,自未知後面說甚麼在.)라고 하고 또 손으로 가운데를 가리키면서 "이 부분에 와서는 이미 다 썼으므로 더 이상 쓸 것이 없는데, 갑자기 쓰기 시작하고 있다. 예를 들어 한유나 증공의 글 같은 경우에는 사전에 안배를 하고 있다. 내가 예전에 한유와 증공 두 사람의 글을 보고 다시 소동파의 글을 보면 문장의 한 단락 가운데 구가 빠지고 한 구 가운데 글자가 빠진듯한 느낌이다."(到這裏,自說盡, 無可說了, 却忽然說起來. 如退之・南豐文,却是佈置. 某舊看二家之文, 復看坡文, 覺得一段中欠了句, 一句中欠了字.)[65]라고 하였다. 이 부분에서 말한 "성(誠)"과 "일(一)"에 관한 논의는 완전히 철학적으로 착안한 것이라 글 자체를 평가하는 것과는 무관하므로 잠시 논하지 않기로 한다. 이밖에 주희의 의견은 두 가지가 있다. 하나는 이 글의 입론이 정세하고도 기발하며 감정이 격앙되어 “산이 무너지고 돌이 갈라지는”(山摧石裂) 것 같다고 하였고, 두 번째에는 이 글의 장법(章法)이 주도면밀하지 못하여 전체 문장의 배치 안배가 부족하고 어떤 부분은 의미가 완정하지 못하다는 것이다. 명대 고문 평론가인 모곤(茅坤)의 이 글에 대한 평가는 “소씨 형제가 문장을 논함에 있어 서한 이래의 글을 마치 신선을 대하는 듯하지만 유독 서사에 있어서는 태사공(太史公)의 요령을 터득하지 못했다. 그래서 나는 두 형제가 쓴 여러 신도비나 행장(行狀) 등의 글을 많이 수록하지 않았다. 이 비기(碑記)는 공이 황제의 명을 받아 쓴 것으로 공이 쓴 사마공 행장과 비교해 볼 때 하고 싶은 말을 다 하지 못한 듯한데 글이 너무 간략해서일 것이다. 신종(神宗)도 역시 장공(長公)을 잘 알았지만 미처 등용하지는 못했다. 장공이 이성(二聖)이 금련촉(金蓮燭)을 거두어 한림원으로 돌아가는 것을 배웅할 때 말한 것을 살펴보면 알 수 있다. 이것이 바로 장공이 이에 대해 유독 감개하며 오열하면서 하고 싶은 말을 다 한 까닭이다.”(蘇氏兄弟議論文章, 自西漢以來當爲天仙, 獨於敍事處不得太史公法門. 予故於兩公所爲諸神道碑・行狀等文不多錄. 此碑記乃公應制者, 較公所爲司馬公行狀, 似不能盡所欲言, 然行文特略矣. 神宗知長公亦深, 而不及用, 觀長公於二聖之撤金蓮燭送歸翰院時所云, 則得之矣. 此長公所以於此獨感慨嗚咽而盡所云也.)[66]라고 하였다. 글 가운데의 용어는 비록 다르지만 대체적인 뜻은 주희가 한 말과 매우 비슷하다. 그리고 소동파의 글이 분명 일을 기록함에 치밀함이 부족하고 앞뒤 호응이 부족한 결점이 있다고 평가하였다. 이 두 가지 예를 통해서 보면, 주희가 소동파의 글은 “그냥 아무렇게나 막 써내려간 후 뒷부

65) ≪주자어류(朱子語類)≫ 권139, 3312쪽.

66) ≪당송팔대가문초・소문충공문초(蘇文忠公文抄)≫ 권26.

분은 나중에 보태지 않은듯하다."(只是胡亂寫去, 如後面恰似少後添.)라고 한 말은 분명히 소동파 문장의 한 가지 결점을 제대로 지적한 셈이다. 즉 소동파는 글을 쓸 때에 왕왕 붓 가는 대로 쓰다 보니 한유나 증공처럼 그렇게 전체 문장 단락의 안배에 주의를 기울이지 못하여 장법이 치밀하지 못했다. 물론 이는 소동파 문장 가운데 일부가 갖고 있는 결점일 뿐이므로, 주희도 소동파 문장의 다른 한 측면을 인정하며 "소동파의 문장은 굉활한 파도가 뒤집어지듯 큰 물결이 흘러가는듯하지만 그 속에 나름대로의 법도를 지니고 있다."(東坡雖是宏闊瀾翻, 成大片滾將去, 他裏面自有法.)[67]라고 했다.

주희가 번거로움을 마다하지 않고 고금의 문장에 대해서 평가를 가한 가장 궁극적인 목적은 옛 것을 거울삼아 당시 사람들에게 문장을 어떻게 써야하는가를 가르치기 위함이었다. 그는 글쓰기를 공부하는 가장 실용적이고 가장 빠르고도 편리한 방법이 바로 옛 사람의 좋은 글을 숙독하는 것이라고 여겼다. 그는 "글을 쓸 때 만약 한 가지 글을 자세히 숙독하게 되면 얼마 후 글을 쓰게 되면 의미나 문맥이 저절로 비슷하게 된다. 한유의 문장을 숙독하게 되면 곧 한유 글과 같은 글을 쓰게 되고, 소동파의 글을 숙독하게 되면 곧 소동파의 글과 같은 글을 쓰게 된다. 만약 자세하게 보지 않으면 짧은 시간에 그렇게 쓸 수 없게 된다."(人做文章, 若是子細看得一般文字熟, 少間做出文字, 意思語脈自是相似. 讀得韓文熟, 便做出韓文底文字 ; 讀得蘇文熟, 便做出蘇文底文字. 若不曾子細看, 少間卻不得用.)[68]라고 하였고, 옛 사람의 글을 배우는 이유는 우선 옛 사람의 문풍이 반듯하기 때문이었다. 그는 "대체로 옛사람들의 문장은 모두 바른 길을 갔었는데, 후세 사람들이 함부로 쓴 글은 모두 좁고 비뚤어진 길을 갔다. 그런데

67) ≪주자어류(朱子語類)≫ 권139, 3322쪽.
68) ≪주자어류(朱子語類)≫ 권139, 3301쪽.

지금 단지 바른 길을 따라서 쓰다보면 얼마 지나지 않아 훌륭한 문장을 쓰는 사람을 만나게 된다."(大率古人文章皆是行正路, 後來杜撰底皆是行狹隘邪路去了. 而今只是依正底路脈做將去, 少間文章自會高人.)[69]라고 하였다. 그리고 그 다음으로는 옛 사람들이 글쓰기의 성공적인 경험을 제공하였으며 모범적인 작품을 남겼다는 데 있다고 하여 "문장을 잘 지으려면 반드시 서한의 글과 한유·구양수·증공의 글을 취해야 한다."(人要會作文章, 須取一本西漢文, 與韓文·歐陽文·南豐文.)[70]라고 하고, "맹자·한유·반고·사마천의 글 가운데 크게 의론하는 부분을 취해서 한번 숙독하고 후세 구양수·증공·소순(蘇洵)의 글도 상세하게 살펴보아야 글을 쓸 때 힘써야 할 곳을 알 수 있다."(試取孟·韓子·班·馬書大議論處熟讀之, 及後世歐·曾·老蘇文字, 亦當細考, 乃見爲文用力處.)[71]라고 하고 "만약 ≪한서≫와 한유·유종원의 글을 숙독하게 되면 글을 쓸 줄 모를 정도는 되지 않는다."(若會將≪漢書≫及韓·柳文熟讀, 不到不會做文章.)[72]라고 하였고 또 "동파의 글은 명쾌하고 소순의 글은 웅혼하여 모두 장점이 있다. 구양수나 증공·한유의 글을 어찌 보지 않을 수 있겠는가? 유종원의 글은 모두 훌륭하지는 않아서 또한 마땅히 가려야 한다. 위의 여러 작가들의 모든 글을 골라 보면 이백 편이 되지 않는다. 이들보다 못한 글은 보아서는 안 되는데 수준을 떨어뜨릴까봐서이다."(東坡文字明快. 老蘇文雄渾, 儘有好處. 如歐公曾南豐韓昌黎之文, 豈可不看? 柳文雖不全好, 亦當擇. 合數家之文擇之, 無二百篇. 下此則不須看, 恐低了人手段.)[73]라고 하였다.

주목할 만한 점은 주희가 이렇게 열심히 옛 사람을 배우라고 주창하

69) ≪주자어류(朱子語類)≫ 권139, 3301쪽.
70) ≪주자어류(朱子語類)≫ 권139, 3321쪽.
71) <답왕근사(答王近思)>, ≪문집≫ 권39, 27쪽.
72) ≪주자어류(朱子語類)≫ 권139, 3321쪽.
73) ≪朱子語類≫ 권139, 3306쪽.

는 가장 직접적인 이유는 그가 당시 문단에 대해 극도로 불만스러워하여 당시의 문장수준이 옛 사람들과 비교했을 때 아주 큰 차이가 난다고 여겨서 반드시 겸허하게 배워야만 당시 사람들의 문장이 지닌 갖가지 폐단을 극복할 수 있다고 여겼기 때문이다. 그래서 그는 자주 옛 사람과 지금 사람을 서로 비교하여 "구양수의 글은 일창삼탄(一唱三歎)하게 하는데 오늘날 사람들은 어떻게 글을 짓는가?"(六一文一唱三歎, 今人是如何作文!)[74]라고 하고 "요즘 사람들은 글을 짓는데 모두 제대로 지을 줄 모른다. 모두 절자(節字)에만 신경을 써서 새롭고 낯선 어휘로만 바꾼다. 의리(義理)를 설명해야 하는 부분에 가서는 또 제대로 잘 알지 못한다. 선배 구양수나 소동파 등의 글쓰기를 보면 어디 그런 적이 있는가?"(今人作文, 皆不足爲文. 大抵專務節字, 更易新好生面辭語. 至說義理處, 又不肯分曉. 觀前輩歐蘇諸公作文, 何嘗如此?)[75]라고 하고 "전인들의 글은 기백이 있었으므로 그 글이 장대하고 구양수와 동파는 또 모두 경학의 바탕에 힘을 썼지만 지금 사람들은 그저 지엽적인 부분만 꾸미고 있을 뿐이다."(前輩文字有氣骨, 故其文壯浪. 歐公・東坡亦皆於經術本領上用功. 今人只是於枝葉上粉澤爾.)[76]라고 하였다. 물론 주희도 무조건 옛 것을 좋다고만 하지 않아서 설령 고대의 대가라 하더라도 그는 여전히 장점과 단점을 모두 알았다. 그가 옛 것을 배우자고 주창할 때에도 유난히 이점에 주의하였는데, 예를 들면 "유종원의 글은 예스럽기는 하지만 배우기 쉽다. 배우면 바로 그의 글처럼 되어서 한유의 문장처럼 규모가 크지 않다. 유종원의 글을 배워도 되지만 문장을 쇠약하게 할 수 있다."(柳文雖較古, 但卻易學, 學便似他, 不似韓文規模闊. 學柳文也得, 但會衰了人文字.)[77]라고 하였는데 이는 아마 유종원 문

74) ≪주자어류(朱子語類)≫ 권139, 3308쪽.
75) ≪주자어류(朱子語類)≫ 권139, 3318쪽.
76) ≪주자어류(朱子語類)≫ 권139, 3318쪽.

장의 풍격은 개성이 강하면서 규모가 비교적 협소하여 모방하기는 쉽지만 제약을 받기도 쉽기 때문일 것이다. 또 주희와 같은 경우는 문장을 쓰는 법도를 매우 중요시하였기 때문에 재기(才氣)를 부리고 기이함을 장점으로 하는 사마천이나 소동파의 글에 대해서는 경계하여 말하기를 "≪사기(史記)≫는 배울 수가 없고 잘 배우지 못하면 도리어 순서가 뒤집히니 차라리 법도에 맞춰 쓴 문장을 배우는 것이 낫다."(≪史記≫不可學, 學不成, 却顚了. 不如且理會法度文字.)[78]라고 하고 "재주가 있는 사람은 소동파의 문장을 읽게 해서 안 된다. 재주가 있는 사람은 반드시 법도를 익히게 해야 한다. 그렇지 않으면 제멋대로 되게 된다."(人有才性者, 不可令讀東坡文. 有才性人, 便須取入規矩. 不然, 蕩將去.)[79]라고 하였다. 전자는 ≪사기≫의 문장은 마치 이광(李廣 : 한대의 명장)의 용병술처럼 배울 수가 없다는 것이고, 후자는 재주가 뛰어난 사람은 글이 제멋대로 되기 쉬우니 마땅히 법도에 충실한 문장을 본받아서 법도에 맞게 써야하므로 호방하고 분방한 소동파의 글을 본받아서는 안 된다는 것이다. 이를 보면 주희는 후학들이 글을 쓰는 법을 지도할 때 매우 고심하여 지도했음을 알 수 있다. 그의 글을 논하는 대부분의 말들이 모두 제자와의 담화의 기록임을 생각하면 우리가 주희의 문장에 대한 비평을 모두 후학들에게 글쓰기를 지도하는 방편이라는 시각으로 살펴본다면 어쩌면 그의 산문 비평에 대한 이해를 증진할 수 있을 것이다.

---

77) ≪주자어류(朱子語類)≫ 권139, 3303쪽.
78) ≪주자어류(朱子語類)≫ 권139, 3320쪽.
79) ≪주자어류(朱子語類)≫ 권139, 3322쪽.

## 제2절 주희의 역대 시가에 대한 비평

주희가 시를 논한 것은 사실 ≪시경(詩經)≫과 ≪초사(楚辭)≫부터 시작하였지만 이 책에서는 그의 ≪시경≫과 ≪초사≫에 대한 연구는 따로 장(章)을 두어 논술하므로 이 절에서는 주희의 한위(漢魏) 이후의 시가에 대한 비평에 대해서만 연구하기로 한다.

주희가 시를 논한 말들은 대부분 특별한 목적이 없는 가벼운 지적으로 즉흥적으로 적은 것이다. 그러나 전체를 귀납해 보면 그의 역대 시가에 대한 비평은 세 가지 주요 대상을 포함하였는데, 하나는 선당시(先唐詩), 둘째는 당대(唐代), 셋째는 송시(宋詩)였다. 그러므로 시간상으로 보면 그의 논시 범위는 주희 당대에 이르기까지 모든 시사(詩史)를 망라한 것이다.

선당시 가운데의 많은 주요 작품들은 ≪문선(文選)≫에 보존되어 있다고 하여 주희는 ≪문선≫을 "선시(選詩)"라고 부르고, "선시"에 대해서 극찬하고 이를 시종 후세 시인들이 배워야하는 모범으로 간주하였다. 그가 어린 시절 시를 배울 때부터 그는 한위(漢魏)의 고시(古詩)를 모방 대상으로 삼았었는데(제2장 제2절에 상세히 보임), 만년에 와서도 그의 스승 유자휘(劉子翬)가 어린 시절 쓴 시가 "모두 ≪문선≫ 악부(樂府)의 여러 시편들을 본받은 것이다."(全是學 ≪文選≫樂府諸篇.)라고 찬미하고는 또 말하였다.

> 세상 만물은 모두 일정한 법칙이 있어서 그것을 배우려고 한다면 반드시 순서에 따라 조금씩 나아가야 할 것이다. 만약 시를 배우려고 한다면 마땅히 이와 같은 것을 법도로 삼아야 옛 사람들의 본분이나 체제를 잃지 않을 수 있을 것이다. 나중에 만약 성취를 얻게 되면 그 변화는 진실로 헤아리기가

쉽지 않을 것이다. 그러나 변하는 것 역시 아주 어려운 일이라 만약 결국 변화하면서도 그 올바름을 잃지 않을 수 있다면 종횡으로 훌륭하게 쓸 수 있을 테니 안 될 것이 무엇이겠는가? 하지만 불행히 그 올바름을 잃게 된다면 도리어 옛것을 그대로 종신토록 고수하여 안전하게 하는 것만 못할 것 같다. 이백·두보·한유·유종원도 처음에는 모두 ≪문선≫을 가지고 공부했던 사람들인데, 두보와 한유는 변화가 많았고 유종원과 이백은 변화가 적었다. 변하게 되면 배우기 어렵지만 변하지 않은 것은 배울 수가 있다. 그러므로 변한 것을 배우기보다는 변화하지 않은 것을 배우는 것이 낫다. 이것이 바로 노(魯) 나라의 남자가 유하혜(柳下惠)를 본받은 뜻인 것이다. 아아, '자연스러운 그대로 조탁을 가하지 않았다는 설'(不煩繩削之說)에 현혹되어서 아무 기탄없이 아무렇게나 써서 스스로 속이지 말아야할 것이다.(天下萬物皆有一定之法, 學之者須循序而漸進. 如學詩, 則當以此等爲法, 庶幾不失古人本分體制. 向後若能成就, 變化固無易量. 然變亦大是難事, 果然變而不失其正, 則縱橫妙用, 何所不可. 不幸一失其正, 却似反不若守古本舊法, 以終其身之爲穩也. 李·杜·韓·柳, 初亦皆學選詩者, 然杜·韓變多而柳·李變少. 變不可學, 而不變可學. 故自其變者而學之, 不若自其不變者而學之, 乃魯男子學柳下惠之意也. 嗚呼, 學者其毋惑於不煩繩削之說而輕爲放肆以自欺者哉!)[80]

이 발문(跋文)은 경원(慶元) 5년(1199)에 썼는데 이때 주희의 나이는 이미 일흔이었으므로 분명 "만년의 정론"(晩年定論)이다. 그는 시를 배우려면 마땅히 "선시"를 선택하여 모범으로 삼아야한다고 여겼으며, 또 당대의 대시인인 이백·두보·한유·유종원 등도 모두 "선시"를 공부하는 것으로 시작했다고 여겼다. 비록 두보나 한유 등은 나중의 변화가 아주 컸지만, 그러나 "변하는 것은 배우기가 어렵다."(變不可學)라고 생각하여 후학들에게는 역시 이백이나 유종원을 모방하는 방법, 즉 "선시"를 배우는 방법이 상책이라고 여겼다. 글 가운데에서 말한 "자연스러운 그대로 조탁을 가하지 않았다는 설"(不煩繩削之說)이라는 말은 당연히 북송 황

80) <발유병옹선생시(跋劉病翁先生詩)>, ≪문집≫ 권84, 20쪽.

정견의 관점을 가리켜 하는 말일 것이다. 왜냐하면 황정견이 "두보가 기주(夔州)로 온 이후의 시와 한유가 조주(潮州)에서 조정으로 돌아온 이후의 글은 모두가 조탁을 가하지 않았는데도 모두 저절로 맞아 떨어졌다."(觀杜子美到夔州後詩, 韓退之自潮州還朝後文章, 皆不煩繩削而自合矣.)[81]라고 하였는데 뜻은 두보의 시와 한유의 글 가운데 특히 후기 두보의 시와 한유의 글은 모두 더 이상 규범에 맞추려고 할 필요 없이 저절로 규범에 맞아떨어지는 경지에 도달했다는 것이다. 만약 정말 그랬다면 물론 더 이상 "선시"나 기타 어떤 전대의 작품을 본보기로 삼을 필요도 없었을 것이다. 두보와 한유 시의 새로운 변화에 대해서 주희와 황정견은 인식을 같이하고 있었지만 이러한 새로운 변화에 대한 평가는 두 사람이 완전히 달랐다. 간단하게 말해서 황정견의 시론은 기(奇)와 변(變)을 주장하였으므로,[82] 두보와 한유의 "새로운 변화"(新變)에 찬성하였다. 그러나 주희는 시를 쓰기 위해서는 옛사람을 배우는 것을 방편으로 여기는데다가 또 "선시"가 바로 시 공부의 모범이라 여겼으므로, 결국 끝에 가서 "선시"와는 달리 발전한 두보와 한유에 대해서 필연적으로 찬성하지 않게 된 것이다.

물론 주희는 당대 이전의 시에 대해서 아무 구분 없이 모두 긍정하기만 했던 것은 아니었는데, 남조(南朝)의 제량시(齊梁詩)에 대해서는 매우 경시하여 "제량 시기의 시는 읽으면 사지가 모두 나른해져서 수습이 되지 않는다."(齊梁間之詩, 讀之使人四肢皆懶慢不收拾.)[83]라고 하였으니, 뜻인 즉 제량 연간의 시는 매우 유약하여 사람을 분발시키고 진작시키는 힘이

81) <여왕관복서(與王觀復書)>, ≪예장황선생문집(豫章黃先生文集)≫ 권19.

82) 막려봉(莫礪鋒) 저, ≪강서시파연구(江西詩派研究)≫ 제7장 <강서시파의 시가 이론>(江西詩派的詩歌理論) 참조.

83) ≪주자어류(朱子語類)≫ 권140, 3325쪽.

결핍되어 있다는 것이다. 주희는 물론 이러한 시를 누군가가 읽거나 모방하기를 원하지 않았다. 그렇다면 그가 선시에서 취한 것은 어떤 작품일까? 그는 "고시는 반드시 서진 이전 것을 보아야하는데 예를 들면 악부 여러 작품은 모두 뛰어나다."(古詩須看西晉以前, 如樂府諸作皆佳.)[84]라고 하고 "유곤의 시가 훌륭한데, 동진의 시는 이미 전인들에 미치지 못하고 제량의 시는 더욱 경박하다."(選中劉琨詩高, 東晉詩已不逮前人. 齊梁益浮薄.)[85] 라고 하였는데, 만약 이 몇 마디의 말만 본다면 주희가 중시한 것이 단지 "서진 이전"(西晉以前)의 시, 즉 한위의 고시 즉 가장 일찍 출현했던 5·7언시 밖에 없었던 것 같다. 우리가 제3장에서 말했던 것처럼 주희의 문학 사상은 복고적인 색채가 아주 농후하여, 그가 품격이 높고 예스러운 한위의 고시를 숭상한 것은 지극히 당연하고 이치에 맞는 일이었다. 그렇지만 사실은 또 그렇게 간단하지만은 않아서 사실 주희는 동진(東晉) 내지 남조(南朝)의 시에 대해서도 결코 얕잡아보지 않았는데, 적어도 도연명(陶淵明)·포조(鮑照) 두 사람만은 매우 칭송하였다. 주희가 정한 모방 대상 가운데에 도연명은 의심의 여지없이 매우 중요한 위치를 점하여(제2장 제2절에 상세히 보임), 도연명의 인품과 시품에 대해서 지극히 높이 평가하였다.

> 도연명은 스스로 진대(晉代) 재상의 자손이라 여겨서 다시 후대에 몸을 굽히는 것을 부끄럽게 여겼다. 유유(劉裕)가 찬탈하여 권력을 잡은 후부터 마침내 벼슬을 하지 않으려 하였다. 비록 그의 공명이나 업적이 평범하다는 견해가 적지 않지만 그의 고결한 정조(情調)와 비범한 생각을 시로 옮긴 것에 대해서는 후세의 이름난 문인들도 모두 스스로 따를 수가 없다고 여긴다.(陶元亮自以晉世宰輔子孫, 恥復屈身後代. 自劉裕篡奪勢成, 遂不肯仕. 雖其

84) ≪주자어류(朱子語類)≫ 권140, 3324쪽.

85) ≪주자어류(朱子語類)≫ 권140, 3324쪽.

功名事業不少概見, 而其高情逸想, 播於聲詩者, 後世能言之士, 皆自以爲莫能及也.)[86]

그리고 그는 도연명 시의 특징을 아주 정확하게 지적하기도 하였다.

도연명 시의 평담함은 자연스러움에서 나온 것이다. 후세 사람들은 그의 평담함을 배우지만 서로 거리가 멀다.(淵明詩平淡, 出於自然. 後人學他平淡, 便相去遠矣.)[87]

도연명 시는 사람들이 모두 평담하다고 하는데 내가 보기에는 도연명도 그 자체 호방(豪放)함이 있지만 그 호방함이 느끼지 못할 따름이다. 그의 본색을 보여준 것은 <영형가(詠荊軻)> 한 편인데 평담하기가 사람이 어떻게 이러한 언어를 뱉어 낼 수 있는가 싶다!(陶淵明詩人皆說是平淡. 據某看, 他自豪放, 但豪放得來不覺耳. 其露出本相者是<詠荊軻>一篇, 平淡底人如何說得這様言語出來!)[88]

도연명 시의 풍격에 대해서 북송 이전에는 "평담(平淡)"으로 평가한 사람이 없었다. 종영(鍾嶸)의 ≪시품(詩品)≫ 권중(卷中)에서 평하여 "문체가 간결하고 거의 쓸데없는 말이 없다."(文體省淨, 殆無長語.)라고 하고 또 "세상 사람들은 그의 질박함에 감탄한다."(世嘆其質直.)라고 하여 단지 간결하고 질박하다는 뜻만 나타내는 것 같다. 그리고 당시 사람들 마음속의 "평담"이라는 단어는 결코 시가의 높은 경지를 의미하는 것이 아니었다. ≪시품≫ 권중에서 곽박(郭璞)의 시에 대해서 "반악을 본받아 문체가 빛나 화려한 문체는 가히 음미할만하다. 처음으로 영가시기의 평담

86) <상향림문집후서(向薌林文集後序)>, ≪문집≫ 참조.

87) ≪주자어류(朱子語類)≫ 권140, 3324쪽.

88) ≪주자어류(朱子語類)≫ 권140, 3325쪽.

한 풍격을 바꾸었으니 가히 중흥 제일이라고 하겠다."(憲章潘岳, 文體相輝, 彪炳可玩. 始變永嘉平淡之體, 故稱中興第一.)라고 하였는데, 즉 "평담"을 현언시(玄言詩)에 대한 평어로 썼다. 현언시에 대한 종영의 직접적인 평가는 "이(理)가 문사를 넘어 담박하여 맛이 적다."(理過其詞, 淡乎寡味.)[89]라고 한 말이다. 초당 시기에 편찬한 ≪수서(隋書)·경적지(經籍誌)≫에도 "영가(永嘉) 이후로는 현학(玄學)의 바람이 크게 일어 말은 평담함이 많고 글은 풍력(風力)이 적다."(永嘉以後, 玄風旣扇, 辭多平淡, 文寡風力.)라고 한 것도 모두 증빙으로 삼을 수 있겠다.

송대에 들어와서 소식·황정견 등이 도연명 시에 대한 가치를 발견하면서 사람들은 비로소 "평담"을 긍정적인 의미의 풍격 용어로 삼아 도연명의 시를 평가하기 시작했다. 예를 들면, 진관(秦觀)은 도연명의 시를 "충담(沖淡)"[90]이라 평했고, 채조(蔡絛)는 "청담(淸淡)"[91]이라고 하고, 한구(韓駒)는 "고담(枯淡)"[92]이라고 하다가 주자지(周紫芝)·갈립방(葛立方)부터 "평담"으로 평하기 시작했다. 주자지는 "사대부들이 도연명의 시를 모방하여 왕왕 의도적으로 평담한 말을 쓰기도 하였으나 도연명 작품의 묘미는 이미 그 안에 있음을 몰랐을 것이다."(士大夫學陶淵明詩, 往往故爲平淡之語, 而不知淵明制作之妙已在其中矣.[93])라고 하고, 갈립방은 "도연명과 사조(謝朓)의 시는 모두 평담한 가운데 깊은 사려가 있어서 후세 사람들이 억지로 조탁한 것과는 달랐다. 두보는 '도(陶)·사(謝)는 맞서지 않고, 풍소(風騷)를 함께 추존하고 찬양하네. 자연류(紫燕騮 : 명마의 일종)는 스스로

89) ≪시품(詩品)·서(序)≫.

90) <한유론(韓愈論)>, ≪회해집(淮海集)≫ 권22.

91) ≪서청시화(西淸詩話)≫, ≪초계어은총화(苕溪漁隱叢話)≫ 전집(前集) 권4에 인용.

92) ≪초계어은총화≫ 전집 권4에 보임.

93) ≪죽파시화(竹坡詩話)≫ 권1. 저자 안 : ≪죽파시화≫는 대략 소흥(紹興). 12년(1142) 이전에 쓰여 졌다. 고가소우(郭紹虞)의 ≪송시화고(宋詩話考)≫ 69쪽 참조.

뛰어나니, 취박(翠駮 : 명마의 일종)은 누가 털을 털겠는가?'(陶謝不枝梧, 風騷共推激. 紫燕自超詣, 翠駮誰剪剔)라고 했던 것과 같다. 이는 아마 평담하게 하고자 한다면 마땅히 그 아름다움에서 나오지만 꽃과 향기를 떨쳐 내고 나서야 평담한 경지에 이를 수 있는 것으로 이와 같이 본다면 도(陶)·사(謝) 두 사람도 그 경지에 들어갔다고 하기 어려울 것이다."(陶潛·謝朓詩皆平淡有思致, 非後來詩人怵心劌目彫琢者所爲也. 老杜云 : '陶謝不枝梧, 風騷共推激. 紫燕自超詣, 翠駮誰剪剔'是也. 大抵欲造平淡, 當自組麗中來. 落其華芬, 然後可造平淡之境, 如此則陶·謝不足進矣.)[94]라고 하였다. 그러나 주자지는 도연명의 시에는 제작(制作)의 묘(妙) 즉 조탁을 가한 노력이 보인다고 하였고, 갈립방은 두보의 시 중에는 실제 도연명과 사령운(謝靈運)을 가리키는 것을 도연명과 사조(謝朓)인 것으로 오해하였을 뿐 아니라[95] 도연명의 시와 사조(혹은 사령운)의 시를 함께 "평담"하다고 한 것은 모두 매우 적절하지 못하다. 그러므로 실제로 가장 먼저 그리고 가장 정확하게 "평담"으로 도연명을 평가한 사람은 사실 주희이다. 물론 주희의 이 견해와 소식·황정견의 도연명에 대한 추대는 서로 밀접한 관계가 있기는 하지만 주희는 독창적인 견해를 가졌을 뿐 아니라 더욱더 상세하고 분명하게 피력하였다.

먼저 첫 번째 어록을 보면, 소식이 도연명의 시를 평하여 "도연명은 시를 많이 쓰지 않았는데, 그의 시는 질박한 것 같지만 실제로는 아름다우며, 야윈 것 같지만 실제로는 살이 쪄있다."(淵明作詩不多, 然其詩質而實綺, 癯而實腴.)[96]라고 하고, 황정견은 "사령운과 유신(庾信)은 시에 있어서

94) ≪운어양추(韻語陽秋)≫ 권1. 저자 안 : ≪운어양추≫는 융흥(隆興) 원년(1163)에 쓰여졌다. 곽소우의 ≪송시화고≫ 75쪽 참조.

95) 저자 안 : 두보의 시구는 <야청허십일송시, 애이유작(夜聽許十一誦詩, 愛而有作)>에 보이는데, ≪두시상주(杜詩詳註)≫ 권3에 있는데, 두시(杜詩)의 각종 주석본에서는 모두 "사(謝)"가 "사령운(謝靈運)"을 가리킨다고 했다.

조탁함에 있는 힘을 다했다. 그러나 도연명의 몇 길 되는 담장은 사령운과 유신이 들여다보지 못했는데 그것은 왜인가? 대저 두 사람은 속세 사람들이 자신들의 공졸(工拙)을 논하는 것에 마음을 두었으나 도연명은 그런 것에 마음을 두지 않고 직접 시에 마음을 기탁하였기 때문일 것이다."(謝康樂 · 庾義城之於詩, 爐錘之功不遺力也. 然陶彭澤之墻數仞, 謝 · 庾未能窺者, 何也? 蓋二者有意於俗人贊其工拙, 淵明直寄焉耳.)[97]라고 하였다. 이 두 단락의 말 가운데에는 도연명의 시가 "평담"하다는 뜻이 내포되어 있지만, 소식은 도연명의 시가 실제로는 아름답고 알차다는 것을 강조하고 있어서, 그가 후학을 지적할 때 "대저 글이란 젊을 때는 기상이 하늘을 찌를듯하고 현란하지만 나이가 들수록 평담함에 이르게 되는데 사실은 평담이 아니라 현란(絢爛)함의 극치인 것이다."(凡文字, 少小時須令氣象崢嶸, 彩色絢爛, 漸老漸熟, 乃造平淡. 其實不是平淡, 絢爛之極也.)라고 말했던 것과 대조해 보면 마치 "기(綺)"와 "유(腴)"를 넘어서서 "질(質)"과 "구(癯)"에 이른다는 뜻을 내포하는 것 같아서, 이는 분명 도연명의 창작의 실제 상황에는 맞지 않는다. 황정견은 도연명의 시(詩)가 "직접 흉금을 나타내어"(直抒胸臆), 시의 공졸에 마음을 두지 않았음을 강조하여 도연명의 시가 "자연스러움에서 나왔다"(出於自然)는 뜻을 내포하고 있는 것 같기는 하지만 결국 분명하게 나타내지는 못하고 있다. 그런데 북송 말년의 이학가 양시(楊時)가 "도연명의 시를 따라갈 수 없는 것은 충담하고 깨끗함이 자연스러움에서 나왔다는 것이다. 만약 일찍이 힘을 들여 배워보게 되었다면 그런 연후에야 도연명의 시는 힘을 들인다고 해서 배울 수 있는 것이 아니라는 것을 알게 될 것이다."(陶淵明詩所不可及者, 沖淡深粹, 出於自然. 若曾

96) 소철(蘇轍), <자첨화도연명시집인(子瞻和陶淵明詩集引)>, ≪난성후집(欒城後集)≫ 권21에 보임.

97) <논시(論詩)>, ≪간곡제발(山谷題跋)≫ 권7.

用力學, 然後知淵明詩非着力之所能成.)[98]라고 하여, 말의 요지가 주희와 매우 근접해 있다. 주희가 학문을 논함에 양시를 추존하면서 어쩌면 양시의 이 말의 영향을 받았을지 모르지만 주희가 더욱더 분명하게 말했다. 주희는 도연명의 평담한 풍격은 자연스럽게 이루어진 것이지 의도적으로 추구한 결과가 아니므로 만약 누군가가 의도적으로 모방해서는 그러한 경지에 이를 수 없음을 지적하였다. 소식이 만년에 전심전력으로 도연명의 시를 모방하고자 하여 <화도시(和陶詩)> 100여 수를 썼지만 결과적으로 "소동파의 시어 역시 다소 공교함에서 결점이 있어서 도연명의 시처럼 그렇게 전체적으로 자연스럽지 못하다."(坡詩語亦微傷巧, 不若陶詩體合自然也.)[99]라고 했던 사실을 미루어 볼 때 주희의 판단은 매우 정확했음을 알 수 있다.

다시 두 번째 어록을 보자. 황정견은 <숙구팽택, 회도령(宿舊彭澤, 懷陶令)>이라는 시에서 "물속 물고기는 깊이 숨고 싶은데, 연못이 맑으니 도망칠 수가 없었지. 팽택(彭澤)은 그때, 일대의 호걸로 깊이 물속에 있었지. 사마(司馬)의 진(晉)은 재처럼 차갑게 쇠미하고, 예악(禮樂)은 묘금도(卯金刀) 유씨(劉氏)라. 만년에는 자(字)로 행세하다가, 다시 호(號)를 원량(元亮)이라 불렀네. 제갈량(諸葛亮) 같기를 기대함이 처량하나, 굳은 결의는 한의 재상 같았지. 당시 익주(益州) 목(牧)같은 이 없어 여러 장수를 지휘하여 부릴 수 없었지. 평생 본조(本朝)를 향한 마음으로, 긴 세월 강의 물결을 살폈지. 한가로운 나머지 지은 시어(詩語) 공교하여, 구천(九天) 위에서 붓을 쓰는 듯하였네. 종래 사람이 없지 않았지만, 이 벗만이 홀로 거슬러 올라 벗할 만하네. 내가 마침 술을 끊어서, 술잔에 가득 따를 필요

98) ≪구산선생어록(龜山先生語錄)≫ 권1.
99) 진선(陳善), ≪문슬신어(捫虱新語)≫ 권6.

가 없겠네. 그대 천년의 넋을 부르는데, 이글이 어쩌면 마땅할지도."(潛魚願深眇, 淵明無由逃. 彭澤當此時, 沈冥一世豪. 司馬寒如灰, 禮樂卯金刀. 歲晚以字行, 更始號元亮. 凄其望諸葛, 抗臟猶漢相. 時無益州牧, 指揮用諸將. 平生本朝心, 歲月閱江浪. 空餘詩語工, 落筆九天上. 向來非無人, 此友獨可尙. 屬予剛制酒, 無用酌杯盎. 欲招千載魂, 斯文或宜當.)[100]라고 하였다. 옛 사람들이 도연명을 평가할 때 주로 그의 고요하고 평담한 태도를 많이 강조하였는데, 황정견의 이 시에서는 먼저 도연명의 성격 속에 호방한 일면이 있고, 또 세상에 쓰임을 받고자 하는 뜻을 품고 있었지만 단지 때를 만나지 못해 능력을 펼치지 못했을 따름이라는 것을 지적하고 있어 나름대로 일가견을 지니고 있다고 할 수 있겠다. 그러나 그의 착안점은 주로 도연명이었지 그의 작품에 있지 않았다. 그런데 주희는 도연명의 시에도 호방한 일면이 있지만 다른 사람이 쉽게 알아보기 어려움을 지적하였다. <영형가(詠荊軻)> 시를 예로 들어 보자.

<영형가>는 후세 어떤 사람들은 바로 도연명이 "송무제(宋武帝)가 왕을 시해하고 찬탈한 변란에 분개하여 진(晉)을 위해서 형가(荊軻)와 같은 사람을 찾아 복수할 수 있었으면 하는 생각으로 인하여 읊은 것이다."(憤宋武弑奪之變, 思欲爲晉求得如荊軻者往報焉, 故爲是詠.)[101]라고 하였지만 사실 이 시는 꼭 진이 송으로 바뀐 후에 지은 것이 아닐 수 있다. 그의 <의고구수(擬古九首)> 제8수에는 "젊었을 때는 건장한데다 또 사나워, 검을 어루만지며 혼자 떠돌아 다녔지. 누가 가까이 떠돌아 다녔다고 하는가? 장액(張掖)에서 유주(幽州)에 이르렀네. 배고프면 수양산(首陽山)의 고사리를 먹고, 목마르면 역수(易水)의 물을 마셨지. 아는 사람은 만나지 못하고, 오직 옛날의 언덕만 보였네. 길가의 높은 두 무덤은, 백아(伯牙)와 장

100) ≪산곡내집(山谷內集)≫ 권1.

101) 유리(劉履), ≪선시보주(選詩補注)≫ 권5.

주(莊周)라네. 이 같은 선비는 더 이상 구하기 어려우니, 내가 어디에 가서 찾을 것인가?"(少時壯且厲, 撫劍獨行遊. 誰言行遊近? 張掖至幽州. 饑食首陽薇, 渴飮易水流. 不見相知人, 惟見古時丘. 路邊兩高墳, 伯牙與莊周. 此士難再得, 吾行欲何求?)[102]라고 하였는데, 이는 장대한 뜻을 품었으나 혼탁한 세상을 만난 한 시인의 불평이지만 꼭 정말 시에서 읊은 사람의 구체적인 행동을 모방하겠다는 것은 아닐 수 있다. 그렇지 않다면 백이(伯夷)와 숙제(叔齊)·형가(荊軻)·백아(伯牙)·장주(莊周)가 같은 부류의 인물이 아닌데 어떻게 한꺼번에 본받을 수 있겠는가? 마찬가지로 <영형가>도 그의 가슴속의 응어리진 감정을 표현한 것으로 혼탁한 현실에 대한 정신적은 반항인 것이지 일부러 유유(劉裕)의 시해(弑害) 때문에 지은 것은 아니다. 시 가운데에서 횡포한 진(秦)에 저항한 형가의 영웅적인 행동을 묘사한 "영웅의 머리털은 높은 갓을 가리키고, 용맹한 기세는 긴 갓끈을 뚫네."(雄髮指危冠, 猛氣衝長纓.)와 "수레에 올라 언제 돌아보기나 했던가? 나는 듯한 수레는 진(秦)의 궁정에 들어갔네."(登車何時顧, 飛蓋入秦庭.) 등과 같은 구절은 비분강개하여 정말이지 "평담(平淡)한 사람이 어떻게 이러한 말을 뱉어낼 수가 있겠는가?"(平淡底人如何說得這樣言語出來!) 그리고 그 외에 "쏴하고 슬픈 바람이 지나가니, 담담히 차가운 파도가 이네."(蕭蕭哀風逝, 淡淡寒波生.)와 같은 구절은 역수(易水)에서 송별하는 광경을 묘사하였고 "그 사람은 비록 이미 죽었지만, 천년에 남은 정이 있네."(其人雖已沒, 千載有餘情.)와 같은 경우는 흠모하는 정을 표현하고 있는데 모두 겉으로는 평담한 것 같지만 실제로는 격정을 담고 있다. 그래서 주희는 도연명의 시는 "나름대로 호방하지만 호방함을 느끼지 못할 따름이다."(自豪放, 但豪放得來不覺耳.)라고 한 평가는 정말 정곡을 찌른 말이다. 이를 통해 보면 주희

102) ≪도연명집교전(陶淵明集校箋)≫ 권4.

의 도연명에 대한 평가는 송대 시단의 조류와 밀접한 관계가 있기는 하지만 그는 확실히 독자적인 깊은 견해가 있어서 시사하는 바가 크다.

포조(鮑照)에 대해서도 주희는 매우 높이 평가하였다.

> 포조는 재주가 웅건하고 그의 시는 ≪문선≫의 변체(變體)로 이태백(李太白)이 전적으로 배웠다. 예컨대 "허리에 찬 낫으로 해바라기와 콩잎을 베고, 막대기를 짚고 닭과 돼지를 기르네."(腰鐮刈葵藿, 倚杖牧鷄豚)라고 한 것은 분명히 굳세면서도 마음에는 달가워하지 않는 뜻을 나타낸 것이며, "빠른 바람이 변경을 향하여 일어나니, 모래와 자갈이 저절로 흩날리네. 말의 털은 고슴도치처럼 오그라들고, 각궁은 당겨지지 않네."(疾風冲塞起, 砂礫自飄揚. 馬毛(尾)縮如猬, 角弓不可張)라고 한 것은 변방의 모습을 분명하게 표현한 것으로 언어도 준건(峻健)하다.(鮑明遠才健, 其詩乃≪選≫之變體, 李太白專學之. 如"腰鐮刈葵藿, 倚杖牧鷄豚", 分明說出个倔强不肯甘心之意；如"疾風冲塞起, 砂礫自飄揚. 馬毛(尾)縮如猬, 角弓不可張", 分明說出邊塞之狀, 語又峻健.)[103]

포조의 시풍에 대해서 종영(鍾嶸)은 "교사(巧似 : 교묘하게 비슷함)함을 귀하게 여기고 숭상하여 위태롭고 기울어진 것을 피하지 않아서 청아(淸雅)한 가락을 자못 해쳤다. 그래서 기험하고 속됨을 말하는 사람들은 대부분 포조에 붙었다."(貴尙巧似, 不避危仄. 頗傷淸雅之調. 故言險俗者, 多以附照.)[104]라고 하였고, 소자현(蕭子顯)은 그가 "노래를 시작하면 사람을 놀라게 하고 가락은 기험하고 급박하며 수식은 지나치게 아름다워 마음을 기울고 어지럽게 한다."(發唱驚挺, 操調險急, 調藻淫艶, 傾炫心魂.)[105]라고 하였다. 이러한 평가에는 두 가지 의미가 있는데, 첫째는 시어가 아름답고 화려하다는 것이고, 둘째는 시에 표현된 감정이 매우 격렬하고 조급하다는

103) ≪주자어류(朱子語類)≫ 권140, 3324쪽.

104) ≪시품(詩品)≫ 권중(卷中).

105) ≪남제서(南齊書)·문학전론(文學傳論)≫.

것이다. 종합해 보면 전체적인 시풍이 기이하고 일반적인 규정에 맞지 않아서 "험(險)"하다고 하였는데, "험"은 분명 부정적인 의미의 단어이다. 일반적인 이치로 미루어 보면 이학가 주희는 이러한 시풍에 대해서 헌신짝 버리듯 해야 했을 것이다. 왜냐하면 이학가의 전통적인 시론으로 보면 시를 쓴다는 것은 성정(性情)을 도야하기 위함이므로 시풍은 마땅히 조용하면서도 여유로운 것을 높이 평가한다. 그런데 포조의 시풍은 바로 이와 완전히 반대이기 때문이다. 그런데 이상한 것은 주희는 포조의 시를 매우 높이 평가하였다는 것이다. 도연명 이후의 남조 시인들 가운데 포조는 거의 유일하게 주희의 칭찬을 받은 시인인데 이는 또 무슨 이유인가?

우선 우리는 주희가 포조의 시를 선시(選詩) 중의 변체라고 여긴다는 점을 주목해야 할 것이다. 본래 ≪문선≫에는 포조의 시가 모두 18수가 수록되어 있다. 수록된 시가 비교적 많은 시인 가운데 한사람이기는 하지만 사조(謝朓 : 21수)·사령운(謝靈運 : 32수)보다 적고 육기(陸機 : 51수)와는 더욱 비교할 수 없다. 이는 물론 포조는 "재주는 뛰어났지만 신분이 미천하여 당대에는 묻혔다."(才秀人微, 故取湮當代.)[106]라는 원인도 있기는 하지만 포조의 시와 당시 시단의 주류 시인들과의 차이가 더 큰 이유이다. 주희가 그의 시를 "시의 변체"(詩之變體)라고 한 것은 매우 적절했다고 하겠다. 더욱 주목할 만한 점은 주희는 한걸음 나아가 포조의 "재주의 웅건함"(才健)을 지적하며 아울러 예를 들면서 포조 시에 몇 가지 장점들이 있음을 설명하였다. 지금 주희가 들었던 두 수의 시를 보면 <동무음(東武吟)>과 <출자계북문행(出自薊北門行)>으로 모두 ≪문선≫ 권28에 보인다. <동무음>은 한 백전노장이 나이가 들어 곤궁함을 표현하였다.

106) ≪시품≫ 권중.

"요렴(腰鐮)"을 포함한 2구는 그가 고향으로 돌아온 이후의 정경을 묘사하고 있는데 주희는 "분명히 굳세면서도 마음에 달가워하지 않는 뜻을 나타낸 것이다."(分明說出个倔强, 不肯甘心之意.)라고 했고, <출자계북문행>은 변방으로 나아가 적을 막는 병사들이 겪는 생활과 감정을 묘사하였는데, "질풍(疾風)"을 포함한 4구는 변방에서의 고생스러움과 추위 그리고 황량한 정경 등을 묘사하였는데 시구가 매우 생동적이면서도 힘이 있어서, 주희는 "분명히 변방의 모습을 표현한 것으로 언어도 준건하다."(分明說出邊塞之狀, 語又峻健.)라고 하였다. 이 두 수는 모두 악부시를 의작(擬作)한 것이지만 시 속에 포조의 호방하고 굳센 성격을 분명히 투영하고 있다. 주희가 도연명의 시를 "호방(豪放)"하다고 칭찬한 후 포조의 시를 "준건(峻健)"하다고 칭찬하는 것은 바로 분명 그의 강건(剛健)하고 호방한 시풍에 대한 애호를 나타낸 것이다. 이는 그가 "독자로 하여금 사지가 나른해져서 어쩔 줄 모르게 하는"(讀之使人四肢懶慢不收拾.) 시에 대해 무시하는 태도와는 분명한 대조를 보인다. 이를 통해 보면 주희의 "선시"에 대한 추숭은 맹목적인 숭고(崇古)가 아니라 분명한 개성을 가진 비평의식의 발로였다는 것을 알 수 있다.

당시(唐詩)는 고대 시가 가운데 가장 찬란했던 일부분으로 송대 사람들에게는 가장 직접적인 배움의 대상이었다. 송초부터 시단이 주로 추숭한 대상은 많은 변화가 있기는 하였으나 그러한 변화들은 거의 모두 당시 중에서 각기 다른 시인을 배움의 대상으로 선택하는 것으로 귀결되었다. 주희의 당시에 대한 비평은 모두 위에서 언급한 배경 가운데 나온 것이어서 위와 같은 배경 속에서 이해해야 할 것이다.

우선 주희는 이백과 두보를 본보기로 삼아야 한다고 강조하였다. 그는 "시를 씀에는 먼저 이백과 두보시를 볼 필요가 있는데 이는 마치 선비가 경전 원전을 공부하는 것과 같다. 바탕이 갖추어진 후에 다음으로 소식・황정견 이하의 여러 사람들의 시를 봐도 좋다."(作詩先用看李杜, 如士人治本經. 本旣立, 次第方可看蘇黃以下諸家詩.)[107]라고 하였는데, 이 말은 보기에는 간단한 것 같지만 사실 매우 중요한 의의를 지닌다. 송대 이학가에게 있어서 "본경(本經)"은 유가의 경전으로 진리의 근원이며 학문의 원천과도 같아서 선비들의 모든 사상과 행위의 준칙이었다. 그래서 이 말은 이백과 두보는 시라는 영역에 있어서 독보적인 본보기로서의 위치를 점하고 있다는 것으로 이는 아마도 주희가 할 수 있는 최고의 평가였을 것이다. 그러나 더욱더 주목할 만한 것은 그 뒤의 한 마디이다. 북송 말년 이래로 소식과 황정견의 영향력은 날로 커져서 남송 초에는 황정견을 위시한 강서시파(江西詩派)의 영향력은 전체 시단을 망라하였다. 소식이나 황정견도 이백과 두보를 추숭하였지만 그들을 모방한 사람들은 왕왕 소식과 황정견만 알고 이백과 두보는 등한시하였다. 남송 초의 장계(張戒)는 "한위(漢魏)이래 시는 조자건(曹子建 : 식(植))에 의해서 공교하게 되었고 이백・두보에 의해서 완성되었으며 소식과 황정견에 의해서 파괴되었다. 나의 이 말은 정말이지 속인에게 하기는 쉽지 않다."(自漢魏以來, 詩妙於子建,成於李杜, 而壞於蘇黃. 余之此論, 固未易爲俗人語也.)[108]라고 하였으니 정말로 개탄하여 한 말이라 하겠다. 이는 당시 시단에서 장계의 이러한 말에 찬성하는 사람이 매우 적었음을 말해 준다. 순희(淳熙) 초년(1174)에 양만리(楊萬里)가 "근세 시는 강서(江西) 만큼 성한 곳이 없다. 그러나 강서시를 아는 사람들은 당대 시인이 있다는 것을 모르거나 혹은 당대 사람을 무시하고 강서를 두둔한다."(近世此道之盛, 莫盛於江西. 然知有江西者, 不知有唐人, 或者左唐人而右江西.)[109]라고 하였으니 강서시파의 영향

107) ≪주자어류(朱子語類)≫ 권140, 3333쪽.

108) ≪세한당시화(歲寒堂詩話)≫ 권상. 저자 안 : ≪세한당시화≫는 대략 남송 초년에 쓰여짐. 곽소우의 ≪송시화고≫ 55쪽 참조.

력이 얼마나 성대하였던지 심지어 사람들로 하여금 근본을 잊게 할 정도이었음을 알 수 있다. 그런데 강서시파의 영향이 시단의 반강서(反江西)의 움직임을 불러일으킨 후 많은 시인들이 만당시(晩唐詩)를 모방의 대상으로 삼아서 양만리에서 "영가사령(永嘉四靈)"까지 모두 이러한 추세를 나타내었다. 육유(陸游)는 가태(嘉泰) 원년(1201)에 분노하며 시단이 이백·두보를 배우지 않고 만당의 시만 모방하는 폐단을 지적하여 "문장의 광염이 가라앉고는 일어날 줄 모르는데 심한 사람들은 스스로 만당을 본받는다고 한다!"(文章光焰伏不起, 甚者自謂宗晩唐!)[110]라고 하고, 가정(嘉定) 원년(1208)에 또 "만당의 작품을 보면, 사람으로 하여금 붓을 불태우고 싶게 한다. 이러한 시풍이 근래에 다시 부활하려 하는데, 숨 쉴 구멍이 있어야 질식하지 않지. 음란한 소리는 사람을 변화시켜, 왕왕 훌륭한 바탕을 잃게 할 수 있네. 학자들에게 고언(苦言)하건대, 절대 자신이 두려워하는 바의 행동을 하지 마라. 항천(杭川)의 물은 반드시 바다에 이르니, 도를 행함에 마땅히 방법을 가려야 할 것이네."(及觀晩唐作, 令人欲焚筆. 此風近復熾, 隙穴始難窒. 淫哇解移人, 往往喪妙質. 苦言告學者, 切勿爲所怵. 杭川必至海, 爲道當擇術.)[111]라고 한 것을 보면 주희가 세상을 떠나기 전후 시단은 아직 이백과 두보를 종주로 삼는 시풍이 일어나지 않았음을 알 수 있다. 주희는 이백·두보의 본보기로서의 기능을 강조한 것은 당시의 폐단에 대해서 정곡을 찌르는 정확한 견해였다. 주희가 세상을 떠난 지 30년쯤 후에 엄우(嚴羽)가 비로소 "이백과 두보의 시집을 가져다가 머리

109) <쌍계노인시집후서(雙溪老人詩集後序)>, ≪성재집(誠齋集)≫ 권78. 저자의 주에 따르면 '此道"는 시(詩)를 가리킴.

110) <추감왕사(追感往事)> 4, ≪검남시고(劍南詩稿)≫ 권45.

111) <송도조루기시, 차독화답, 작차시시지(宋都曹屢寄詩, 且督和答, 作此詩示之)>, ≪검남시고≫ 권79. 저자 안 : 육유의 만당 시풍에 대한 비판은 막려봉 저 <육유의 만당시에 대한 태도를 논함>(論陸游對晩唐詩的態度), ≪문학유산(文學遺產)≫ 1991년 제4기 참조

맡에 두고 보기를 마치 요즘 사람들이 경전을 공부하듯 하자."(卽以李杜二集, 枕籍觀之, 如今人之治經.)[112]라는 것을 제창하였으니 마치 주희의 말과 한 입에서 나온 것 같다. 지금 고증해 보니 엄우의 고향인 소무(邵武)와 주희가 말년에 강학했던 건양(建陽)은 서로 이웃한 현이고 엄우는 주희의 제자 포양(包揚)에게 배웠으니[113] 엄우가 주희의 시론을 들었을 가능성이 매우 크다.

그 다음으로 주희는 이백·두보 시의 특징에 대해 독자적인 견해를 가지고 있었다. 예를 들면, 이백의 시풍에 대해서 사람들은 대개 웅혼(雄渾)과 호방(豪放)이란 말로 평가하고 그의 시가 대개 그의 천재성에 기인했기 때문에 배우기가 쉽지 않다고 여겼지만 주희는 아래와 같이 지적하였다.

> 이백의 시는 호방한 것만이 아니라 여유롭고 부드러운 것도 있다. 예를 들면 첫째 시편에서 "대아(大雅)가 오랫동안 일어나지 않았네."(大雅久不作)라고 한 것은 얼마나 부드럽고 느긋한가!)(李白詩不專是豪放, 亦有雍容和緩底, 如首篇 "大雅久不作", 多少和緩!)[114]

> 이태백의 시는 처음부터 끝까지 "선시"를 본받았기 때문에 좋다.(李太白終始學選詩, 所以好.)[115]

> 이태백의 시는 법도가 없는 것이 아니라 법도를 지키는 가운데에서 여유로운 것이다. 아마도 시에 있어서는 성인과도 같은 사람인 것이다. 고풍(古

112) ≪창랑시화(滄浪詩話·시변(詩辨)≫. 저자 주 : ≪창랑시화≫는 대략 송(宋) 이종(理宗) 단평(端平)과 순희(淳熙) 연간(1234~1240)에 쓰였다. 고이생(顧易生) 등이 쓴 ≪송금원문학비평사(宋金元文學批評史)≫, 377쪽 참조.

113) ≪송원학안(宋元學案)≫ 권77 참조.

114) ≪주자어류(朱子語類)≫ 권140, 3325쪽.

115) ≪주자어류(朱子語類)≫ 권140, 3326쪽.

風) 두 권은 진자앙의 시를 많이 모방하였는데, 한 구를 완전히 통째로 쓴 곳도 있다. 이태백은 진자앙으로부터 멀리 떨어지지 않았는데도 존경하고 흠모하기가 이와 같았다.(李太白詩非無法度, 乃從容於法度之中, 蓋聖於詩者也. 古風兩卷多效陳子昂, 亦有全用其句處. 太白去子昂不遠, 其尊慕之如此.)116)

"대아가 오랫동안 일어나지 않았네."(大雅久不作)라고 한 말은 이백의 <고풍> 59수 가운데 한 수에 보이는데, 이백의 각종 시집 가운데에서 모두 권두에 두고 있어서 주희는 그것을 "수편(首篇)"이라고 한 것이다. 이 시에서는 이백의 시론을 전면적으로 나타내어 주고 있다. ≪당송시순(唐宋詩醇)≫ 권1에서 "취지는 대아로 돌아가는 것이고 뜻은 산술(刪述)에 있어서 위로는 풍소(風騷)로 거슬러 올라가고 아래로는 육조까지 내려다보아서 기려(綺麗)한 것을 천하다고 여기고 청진(淸眞)한 것을 귀하게 여기니 논시(論詩)의 뜻이 뚜렷하고 명확하다."(指歸大雅, 志在刪述. 上溯風騷, 俯觀六代. 以綺麗爲賤, 淸眞爲貴. 論詩之義, 昭然明矣.)라고 개괄했던 것처럼, 이러한 ≪시경≫의 풍아(風雅)와 비흥(比興)의 전통을 중시하고 자각적으로 유가의 시교(詩敎) 중심의 시가 사상을 받아들였으니 주희는 당연히 매우 좋게 평가하였던 것이다. 그리고 이 시의 풍격도 확실히 평정(平正)하고 여유로워 이백의 주요 풍격(주로 7언 고시에 나타남)인 "호방하고 거침이 없으며"(豪放磊落) "웅혼하고 기이한"(傾蕩雄奇) 시풍과는 다른 점이 있다. 그래서 주희는 "여유롭다"(和緩)라고 평가하였다. 분명한 것은 이백 시의 두 가지 풍격 가운데에서 "호방"한 것은 변화무상하여 쫓아가기가 어렵지만 "화완(和緩)"한 것은 규칙에 비교적 부합하여 모방하기에 적합하다. 게다가 주희는 시를 논할 때 본래 뜻이나 어휘가 고르고 바르며 온당한 것을 취하였으니 그가 "대아가 오랫동안 일어나지 않았

116) ≪주자어류(朱子語類)≫ 권140, 3326쪽.

네."(大雅久不作)라는 시를 유난히 주목한 것도 무리가 아니다. 뒤의 어록 두 조항은 이백의 시가 법도에 맞음을 말하고 있다. 이백은 일찍이 "문선을 세 차례 의작하였다"(三擬文選.)[117]라고 하였는데, 지금의 이백 시집에는 <의한부(擬恨賦)> 한 편만 편 전체가 강엄(江淹)의 <한부(恨賦)>를 모방한 것이지만 그의 시 가운데 직·간접적으로 선시의 영향을 받은 것은 매우 일반적이다. 예를 들면, 그의 악부시는 대부분 한위 내지 남조 시기의 악부 옛 제목을 답습하고 있으며, 취지나 언어의 사용도 매우 비슷하다. 그리고 또 그는 사령운·사조·포조 등의 유명한 시나 시구에 대해서 매우 좋아하여 심지어 한 구 전체를 그대로 자신의 시에 넣기도 했으니[118] 모두가 뚜렷한 증거이다. "선시"가 예술적으로 비교적 규범화 된 것이라 본다면, 선시를 본받으려고 한 이백의 시도 당연히 어느 정도의 규범성을 보였을 것이다. 주희가 이백의 시는 "처음부터 끝까지 선시를 본받았으므로 좋다."(始終學選詩, 所以好.)라고 하였는데, 이는 바로 이와 같은 이유 때문인 것이다. 주희는 또 이백의 <고풍> 시들이 "진자앙을 많이 본받았다"(多效陳子昂)라고 지적했는데, 정말 이백의 <고풍> 59수의 직접적인 저본이 진자앙의 <감우(感遇)> 38수이고, 간접적인 저본은 완적(阮籍)의 <영회(詠懷)> 82수이다. <영회>에서 <감우> 그리고 다시 <고풍>까지의 전승 관계는 일목요연하다.[119] 그러므로 이백이 진자앙을 본받은 것은 사실 "선시"를 본받는다는 의미가 이미 포함되어 있었던 것이다. 시를 논함에 있어서 "선시"를 극도로 숭상

117) ≪유양잡조(酉陽雜俎)≫ 전집(前集), 권12.

118) 막려봉 저, <이·두의 이사(二謝) 산수시에 대한 인혁을 논함>(論李杜對二謝山水詩的因革), ≪사조와 이백 연구≫(謝朓和李白硏究), 인민대학출판사, 1995년, 71쪽.

119) 막려봉 저, <초·성당의 5언 고시를 논함>(論初盛唐的五言古詩), ≪당대문학연구(唐代文學硏究)≫ 제3집, 광서사대출판사(廣西師大出版社), 1992년, 138~165쪽.

한 주희가 보기에는 이렇게 생겨난 이백의 시들(적어도 이백의 일부분의 시, 특히 5언 고시)은 당연히 “선시”의 예술적 규범의 제약도 받은 것이다.

물론 주희는 이백 시의 빼어난 독창성에 대해서 결코 본체만체 한 것이 아니라, 주희가 이백을 논할 때는 주로 그 변화무상함에 주안점을 두었다. 예를 들면 황정견은 “내가 이백의 시를 평한다면 마치 황제(黃帝)가 동정호(洞庭湖) 곁 들판에서 연회를 여는 것과 같아서 처음도 없고 끝도 없으며, 낡고 변하지 않는 것을 주장하지도 않아서 판에 박힌 방식대로 긋고 새기는 기술자가 헤아려 논의할 바가 아니다.”(予評李白詩, 如皇帝張樂於洞庭之野, 無首無尾, 無主故常, 非墨工槧人所可擬議.)[120]라고 하였다. 그리고 오도손(敖陶孫)은 “이태백은 마치 유안(劉安)의 닭의 울음소리와 개짖는 소리 같아서 그 메아리가 흰 구름에까지 남지만 그 소리가 돌아가 남는 곳을 찾아보면 홀연 그 머무는 곳을 찾지 못하는 경우와 같다.”(李太白如劉安鷄犬, 遺響白雲, 核其歸存, 恍無定處.)[121]라고 평하여 이백의 시는 완전히 무슨 법도를 찾을 수 없는 것처럼 말했다. 그러나 주희는 이백이 시를 쓴 것은 “선시”를 공부하는 것으로 시작하여 사실상 법도가 있었지만 이백이 이 법도들을 자기 것으로 만들고 이러한 법도들을 변화무상하게 운용할 수 있었기 때문에 성역(聖域)에 들어설 수 있었음을 지적하였다. 이렇게 하여 보통 순수하게 천재성만 발휘하여 시를 쓴다고 여겨져 왔던 이백의 창작은 그 발전의 맥락이 분명하게 지적되었고, 바로 이러한 세밀한 분석을 통하여 주희는 이백의 시도 배울 수 있다는 결론을 얻었다.

주희의 두보에 대한 평가도 다른 사람들과 다르다. 우리는 북송 시인

120) <제이백시초후(題李白詩草後)>, ≪예장황선생문집(豫章黃先生文集)≫ 권26.
121) ≪오기지시평(敖器之詩評)≫.

들의 거듭된 두보에 대한 추숭을 거치면서 시단에서 두보의 전범(典範)으로서의 지위가 일찌감치 확립되었으며, 북송 시인들의 두보의 인격이나 시가 예술 등 방면의 전범적 의의에 대한 인식이 사람들 마음속에 깊이 각인되었다는 것을 안다. 주희도 두보의 인격에 대해서 마찬가지로 매우 높게 평가했고 이학 사상적 입장에서도 완전히 새롭게 해석하였다(본장의 제4절에 자세하게 보임). 주희는 두보의 시가 예술에 대해서도 많은 독창적인 견해를 나타내었다. 예를 들면 "두보 시 가운데 뛰어난 점은 전고(典故)를 사용하고 시어를 만들어 내는 것 밖에 있다."(杜詩佳處有在用事造語之外者.)라고 하고는 이러한 관점에 따라 "위소주(僞蘇注)"의 잘못을 지적하였다.[122] 북송 말부터 두보의 시는 "한 글자도 출처가 없는 자가 없다"(無一字無來處)[123]라는 견해가 날개 달린 듯 널리 퍼졌다. 그래서 남송 초기에는 두시에 대한 주석가들이 벌떼처럼 일어나서 두보 시구의 출처를 밝히는 데 힘을 쏟았는데, "위소주"는 바로 이러한 분위기의 부산물이다. 주희는 두보시의 빼어난 점은 "전고를 사용하고 시어를 만들어 내는 것 밖에 있다"(在用事造語之外者.)라고 분명하게 지적하였으니 이러한 학술 분위기에 대해 정면으로 일침을 가한 것이라고 하겠다. 그리고 이는 당시 학계에서 두보 시의 미학적인 가치를 정확하게 인식하는 데 분명 매우 중요한 역할을 할 수 있었을 것이다.

두보시의 만년 시가에 대한 주희의 평론은 더욱 주목할 만한데 그는 여러 차례에 걸쳐 두보의 만년 시가에 대한 의견을 아래와 같이 나타내었다.

---

122) <발장국화소집주두시(跋章國華所集注杜詩)>, ≪문집≫ 권84, 27쪽. 저자 안 : 두시(杜詩) "위소주(僞蘇注)"에 관한 구체적인 내용은 막려봉 저, <두시 위소주 연구(杜詩僞蘇注硏究)>, ≪문학유산≫ 1999년 제1기 참조.

123) 황정견, <여홍구보서(與洪駒父書)>, ≪예장황선생문집≫ 권19.

두보의 초년 시기의 시는 매우 정밀하나 만년의 시는 그 횡포함을 감당할 수가 없다. 단지 뜻이 가는 곳이면 바로 압운을 하나 하였다. 예를 들면 진주(秦州)에서 촉(蜀)으로 들어가는 여러 시들은 그림처럼 분명하니 바로 젊을 때의 작품이다.(杜詩初年甚精細, 晚年橫逆不可當, 只意到處便押一箇韻. 如自秦州入蜀諸詩, 分明如畫, 乃其少作也.)[124]

사람들은 대개 두보의 기주(夔州)에서의 시가 좋다고 하는데 이는 알 수 없는 일이다. 기주에서의 시는 정중하고 번다하여 그의 중년 이전 한때의 시보다 못하다. 노직(魯直 : 황정견)은 물론 한 때 나름대로 보는 눈이 있기는 했으나 요즘 사람들은 노직이 좋다고 하기만 하면 바로 좋다고 하니 이는 마치 난장이가 무대극을 구경하는 것 같다.(人多說杜子美夔州詩好, 此不可曉. 夔州詩卻說得鄭重煩絮, 不如他中前有一節詩好. 魯直一時固自有所見. 今人只見魯直說好, 便卻說好, 如矮人看戲耳.)[125]

두보의 기주 이전의 시는 훌륭한데, 기주 이후의 시는 나름대로 틀을 갖추고 있으나 배울 수가 없다.(杜甫夔州以前詩佳 ; 夔州以後自出規模, 不可學.)[126]

주희의 이 설은 바로 황정견이 두보의 만년시를 추숭한데 대한 것이다. 이들 간의 관계를 분명히 하기 위해서 우선 황정견의 논점을 보자. 황정견은 "기이한 말을 쓰기를 좋아하는 것 자체가 문장의 폐단이다. 마땅히 이(理)를 위주로 하여 '리'가 온전하게 되면 글도 순조롭게 되니 문장은 자연스럽게 빼어나게 된다. 두보가 기주(夔州) 이후의 시와 한유의 조주(潮州)에서 조정으로 돌아간 후의 문장을 살펴보면 모두 인위적인 잣대로 첨삭하지 않았지만 저절로 합치되었다."(好作奇語, 自是文章病. 但當以理爲主, 理安而辭順, 文章自然出類拔萃. 觀杜子美到夔州後詩, 韓退之自潮州還朝

124) ≪주자어류(朱子語類)≫ 권140, 3326쪽.
125) ≪주자어류(朱子語類)≫ 권140, 3326쪽.
126) ≪주자어류(朱子語類)≫ 권140, 3324쪽.

後文章, 皆不煩繩削而自合矣.)[127]라고 하고 또 "두보가 기주로 간 후의 고·율시를 자세히 보기만 하면 구법이 간결하지만 거기에 큰 공교로움이 묻어난다는 것을 알 수 있다. 평담하면서도 수준 높은 묘사는 마치 하고 싶어도 따라갈 수가 없을 것 같다. 문장의 성취는 더욱이 조탁의 흔적이 없어야 좋은 작품이다."(但熟觀杜子美到夔州後古律詩, 便得句法簡易, 而大巧出焉. 平淡而山高水深, 似欲不可企及. 文章成就, 更無斧鑿痕, 乃爲佳作耳.)[128]라고 하였다. 황정견의 이 두 통의 편지는 모두 원부(元符) 3년(1100)에 쓰인 것인데, 그때 그의 나이는 이미 56세로 때마침 융주(戎州) 귀양지에 있었다.[129] 황정견의 시가 창작은 소성(紹聖) 원년(1094)에 폄적을 당하고 난 후는 후기에 속하므로, 즉 조기의 정밀하고 공교한 풍격에서 질박하고 평담한 풍격으로 전환되었기 때문에 그의 시론 주장도 그에 따른 변화가 생겼다. 젊은 시절의 두보의 시는 "한 글자도 출처가 없는 것이 없다"(無一字無來處)고 강조하던 것에서 "두보 시의 묘한 점은 바로 의도하지 않고 글을 짓는 데 있다"(子美詩妙處, 乃在無意爲文.)[130]라고 여기게 되었다.

두보의 만년 시기의 시가가 분명히 비교적 많이 변했다는 점은 인정해야 할 것이다. 그는 상원(上元) 2년(761) 즉 기주로 이주하기 5년 전에 이미 스스로 "늙으니 시가 완전히 아무렇게나 허락하네."(老去詩篇渾漫與)[131]라고 하였는데, 그 후 두보의 시는 날로 종횡으로 거리낌이 없어지고 겉치레에서 벗어난 새로운 면모를 드러내게 되었다. 그는 보응(寶

127) <여왕관복서(與王觀復書)> 지일(之一), ≪예장황선생문집≫ 권19.

128) <여왕관복서> 지이(之二), ≪예장황선생문집≫ 권19.

129) 정영호(鄭永曉), ≪황정견 연보 신편(黃庭堅年譜新編)≫(사회과학문헌출판사, 1997년)에 의거함.

130) <대아당기(大雅堂記)>, ≪예장황선생문집≫ 권17. 저자 안 : <대아당기>는 원부(元符) 3년(1100)에 쓰였는데, ≪황정견 연보 신편≫ 335쪽에 보인다.

131) <강상치수여해세, 료단술(江上値水如海勢, 聊短述)>, ≪두시상주≫ 권10.

應) 원년(762)에 "유신(庾信)의 문장은 늙어서 더욱 이루어, 하늘을 찌르는 힘찬 필치로 뜻이 종횡으로 거리낌이 없네."(庾信文章老更成, 凌雲健筆意縱橫.)132)라고 하였는데, 바로 자신의 이야기를 하고 있다고 보아도 될 것이다. 이러한 새로운 면모를 집중적으로 나타낸 것이 그의 기주 시이다. 그래서 황정견과 주희가 만년의 두보 시에 대해서 하나는 칭찬을 하고 하나는 비평을 하였는데, 모두 기주 시를 대상으로 하였던 것이다. 겉으로 보면 황정견은 기주 시에 대해서 극도의 칭찬을 마다하지 않고, 주희는 한껏 비평을 가하여 마치 물과 불처럼 서로 배치되는 듯하다. 그러나 청대의 반덕여(潘德輿)는 "'막무가내로 하여 감당할 수 없다'(橫逆不可當)라고 한 것은 바람이 일고 번개가 치며 귀신이 손을 쓴 것 같다는 것으로 황정견이 말한 '잣대를 대고 첨삭하지 않아도 저절로 맞다'(不煩繩削而自合)라고 한 것과 같은 것이다. 그러나 세상 사람들은 주자가 '막무가내로 감당할 수 없다'라고 한 말 뜻을 잘 음미하지도 않고 또 주자가 말한 '기주에서 이후의 시는 그 나름대로의 틀을 내놓고 있다'(夔州以後自出規模)고 한 말을 귀담아 듣지 않고는 그가 늙어서 무디어지고 필력이 쇠퇴하여 빼어난 점이 없는 것이 아닌가 하고 의심하였다."(夫'橫逆不可當'者, 風動雷行, 神工鬼斧, 卽山谷所謂 '不煩繩削而自合'者也. 世人不玩朱子'橫逆不可當'之意, 而耳食朱子'夔州以後自出規模'之說, 便疑其老而漫與, 率筆頹唐, 無關佳處.)133)라고 하였는데, 반씨가 "막무가내로 하는"(橫逆) 것과 "자연스러운 그대로 조탁을 가하지 않았다"(不煩繩削)는 것이 사실 같은 특징이라는 것을 알아보았으니 매우 안목이 있다고 하겠다. 사실 "나름대로의 틀을 내놓다"(自出規模)와 "막무가내로 하여 감당할 수가 없다"(橫逆不可當)의 뜻은 매우 비슷한 것으로 모두가 마음이 가는 대로 하여 더 이상 전통적인

132) <희위육절구(戲爲六絶句)> 지일(之一), ≪두시상주≫ 권11.
133) ≪양일재이두시화(養一齋李杜詩話)≫ 권2.

시가의 규율을 따르지 않는다는 뜻이다. "지나치게 번다하고 겹친다."(鄭重煩絮)라는 말은 언어가 번다하고 뜻이 중복되어 충분히 정련되지 않았다는 말이다.[134] 다시 말한다면 마음 가는대로 갈겨서 자구를 그리 퇴고하지 않았다는 뜻이며 이 말은 "막무가내로 하여 감당할 수가 없다"(橫逆不可當)는 것의 안에 포함시켜 놓고 볼 수 있다.

그러므로 나는 주희의 기주 시에 대한 비평은 여러 가지 설이 있기는 하지만 그 착안점은 거의 겹친다고 여겨진다. 그는 두보의 만년기의 시가 창작은 본래의 법도(즉 "선시"의 법도)를 지키지 않고, 더 이상 의식적으로 자구를 퇴고하지도 않고 마음이 내키는 대로 써서 작품이 된 것은 바로 황정견이 크게 찬미하는 예술적 경지이다. 두 사람의 차이는 황정견은 이러한 작시법이 "저절로 맞는다."(自合)라고 여겼고, 주희는 "나름대로의 틀을 내놓고 있다"(自出規模) 즉 "정격에는 맞지 않는다."(不合)라고 여긴 것이다. 똑같은 경계(境界)에 대해 어째서 완전히 상반되는 평가가 있는가? 내 생각으로는 이는 두 사람이 취한 기준이 달랐기 때문이라고 생각한다. 황정견은 두보의 기주 시를 평가할 때 명확한 참조의 대상을 말하지 않았지만 사실은 그는 송시의 심미 규범을 기준으로 하였는데, "평담하면서도 수준이 높다."(平淡而山高水深)라는 말은 그 가운데의 비밀을 드러내고 있는 셈이다. 왜냐하면 황정견 등 이른바 "원우(元祐) 시인"들로 말하자면, 그들은 일찍부터 이미 전대(前代) 시가(주로 당시이며 초기의 두보시를 포함하기도 함)의 예술적인 축적을 충분히 흡수하여서 시가 창작의 방법이나 기교적인 치밀성에서도 이미 더 보탤 것이 없는 수준에 이르렀기 때문에 정황상 다시 평담하고 자연스럽거나 질박하고

134) ≪한서(漢書)≫ 권99에 "然非皇天所以鄭重降符命之意."라는 말이 있는데, 안사고(顔師古)의 주(注)에는 "정중(鄭重)은 빈빈(頻頻)이라고 하는 것과 같다."(鄭重, 猶言頻頻也.)라고 하였다.

진솔(眞率)한 예술적인 경계(境界)로 돌아갈 수밖에 없었다. 만년기의 두보 시만이 가진 그 독특한 소박한 노인의 자연 상태 그대로의 적삼이나 신발도 신지 않을 것 같은 풍격은 마침 이러한 방면에 있어서의 본보기를 제공한 것이다.[135] 그러니 황정견이 두보의 기주 시에 대해서 유난히 관심을 갖는 것도 무리가 아니며, 강서시파의 후학들이 이를 절대적인 견해로 받드는 것도 이상할 것이 없다. 그런데, 주희가 기주 시를 비평하는 데는 명확한 대조의 대상이 있었으니 그것은 바로 "선시"였다. 앞에서 언급한 몇몇 어록도 모두가 두시와 "선시" 간의 비교를 통해 논의한 것이다. 사실 두보는 "선시"를 본받을 것을 매우 강조했었고, 또 한위 육조의 시인들이 시가 예술의 장기적인 탐색 과정에서 얻은 성취가 율시와 같은 그런 새로운 시체(詩體)에 응집되었고, 두보는 이백보다 더 율시에 마음을 쏟았으므로 "선시"를 배우기는 두보가 이백보다 더 했다고 할 수 있다.[136] 그렇지만 주희가 말한 두보가 "점차 손을 놓았다"(漸放手)라고 한 것도 사실에 부합되는 말이다. 두보의 만년기 시가는 분명 "선시"와는 다른 길로 치닫는 경향을 보여주고 있는데, 분명한 것은 만년기의 두보 시는 나름대로의 미학적인 가치를 지니고 있는데 이는 두보의 시가 예술적으로 부단히 새로운 것을 모색하는 창의적인 정신을 보여준 것이라 하겠다. 그렇지만, 시를 논함에 있어서 "선시"를 표준으로 하고 시를 지을 때는 규범과 법도를 따를 것을 강조하는 주희로서는 당연히 만년기 두보의 시는 "나름대로의 틀을 내놓고 있어서 본받

135) 막려봉 저, ≪두시평전(杜甫評傳)≫ 제3장 제5절 <경계 : 구름을 날아오르는 웅건한 붓에 뜻이 종횡하네(境界 : 凌雲健筆意縱橫)>, 249~261쪽 참조.

136) 근대 선학(選學)의 대가(大家) 이상(李詳)은 <두시증선(杜詩證選)>이란 글을 하나(≪이심언문집(李審言文集)≫에 게재) 썼는데, 두보 시의 언어 예술적인 측면에 있어서 선시(選詩)와의 연원 관계에 대해서 매우 상세하게 논의하고 있어서 참고할 만하다.

을 수 없었던"(自出規模, 不可學.) 것이다.

말할 것도 없이, 주희의 관점은 그의 시가 사상의 보수성을 나타내 주고 있지만 그 나름의 합리성도 내포하고 있다. 우선, 만년기의 두보 시는 지나치게 자유분방함을 추구하여 결과적으로 산만하고 느슨하며, 심지어는 너무 함부로 한데다 의기소침한 결점을 갖게 만들었는데, 이는 5언 고시에서 유난히 두드러진다. 예를 들면 <과벌목(課伐木)>·<종와거(種萵苣)> 등의 시는 분명 "지나치게 번다하고 겹친다."(鄭重煩絮). 그 다음으로는 황정견이 기주 시를 주창한 이래로 논자들은 대체로 그의 명성을 두려워하여 부화뇌동하게 되었다. 예를 들면 남송 초기의 진선(陳善)은 "두보가 기주에 간 이후의 시를 보면 간결하고 무르익어서 손을 대고 다듬은 흔적이 없어서 정말이지 탄환처럼 매끄럽다."(觀子美到夔州以後詩, 簡易純熟, 無斧鑿痕, 信是如彈丸矣.)[137]라고 하였으니 정말 주희가 말했던 것처럼 "마치 난장이가 연극을 구경하는 것 같다"(如矮人看戲耳)라고 하겠다. 이러한 관점은 남송 시인들의 실제 창작에 불리한 영향을 끼치게 되었는데 그것은 바로 너무 거칠고 경박한 풍조로 주희는 이에 대해 "요즘 사람들의 시는 더 이상 구가 없고 단지 곧장 말할 뿐이다. 이런 시는 하루에 백 수도 쓸 수 있다."(今人詩更無句, 只是一直說將去. 這般詩, 一日作百首也得!)[138]라고 나무랐다. 주희가 두보의 기주 시를 취하지 않은 것은 대체로 이와 관련이 있다.

주희는 이백·두보 이외의 당대 시인 가운데 위응물(韋應物)을 가장 추숭하였다. 그는 말하였다.

137) ≪문슬신어(捫虱新語)≫ 상집(上集) 권1.
138) ≪주자어류(朱子語類)≫ 권140, 3330쪽.

> 위응물의 시는 왕유나 맹호연 등보다 뛰어나니 그것은 소리·색깔·냄새가 없기 때문이다.(韋蘇州詩高於王維孟浩然諸人, 以其無聲色臭味也)[139]

두보의 "어둠 속을 나는 반딧불은 스스로 비추네"(暗飛螢自照)는 말이 단지 교묘할 뿐이다. 위응물은 "깊은 밤에 차가운 비 내리고, 나는 반딧불은 높은 누각을 지나가네."(寒雨暗深更, 流螢度高閣.)라고 하였는데 그 광경을 상상할 수 있지만 그냥 자연스럽게 말하고 있다. …… 위응물의 시는 전혀 인위적이지 않고 그냥 자연스럽다. 그의 기품이 "도(道)"에 가까워서 마음속으로 늘 좋아한다."(杜子美"暗飛螢自照", 語只是巧. 韋蘇州云 : "寒雨暗深更, 流螢度高閣." 此景色可想, 但則是自在說了.……其詩無一字做作, 直是自在. 其氣象近道, 意常愛之.)[140]라고 하였는데, 만약 내용 방면의 은일적인 주제와 풍격적인 측면의 청려(淸麗)한 경향으로 보면 위응물의 시와 왕유나 맹호연의 시는 비교적 가까운 편이다. 그래서 주희는 양자를 대비시킨 후 위응물의 시가 왕유나 맹호연의 시보다 나은 원인이 "소리·색깔·냄새가 없다"(無聲色臭味)라는 것을 지적하였는데, 왕유나 맹호연의 시는 여전히 독자의 시청각적인 감관에 많이 호소하지만 위응물의 시는 소리와 색깔로 사람을 즐겁게 하려 하지 않는다는 뜻이다. 주희는 또 예를 들어 위응물의 시와 두보의 시가 다른 점을 설명하였는데 "어둠 속을 나는 반딧불은 스스로 비추네"(暗飛螢自照)라는 시구는 두보의 <권야(倦夜)>라는 시에 보이는데, 원래의 시는 아래와 같다 : "방 밖 대나무의 서늘함이 방안으로 엄습하는데, 뜰에 뜬 달빛은 집안 구석에 가득하네. 거듭 떨어져 쌓인 이슬은 물방울 되어 떨어지고 드문 별빛은 금방 나왔다 사라지고, 어둠속을 나는 반딧불은 스스로 비추고, 물위에서 자는

139) ≪주자어류(朱子語類)≫ 권140, 3327쪽.
140) ≪주자어류(朱子語類)≫ 권140, 3327쪽.

새는 서로 부르네. 온갖 다툼 가운데 하릴 없이 맑은 밤이 지나감을 슬퍼하네."(竹凉侵臥內, 野月滿庭隅. 重露成涓滴, 稀星乍有無. 暗飛螢自照, 水宿鳥相呼. 萬事干戈裏, 空悲淸夜徂!)[141] 위응물의 시구는 <사거촉야, 기최주부(寺居獨夜, 寄崔主簿)>에 보이는데 본래의 시는 아래와 같다 : "은자는 쓸쓸해 잠을 못 이루는데, 나뭇잎은 분분히 떨어지네. 깊은 밤에 차가운 비 내리고, 나는 반딧불은 높은 누각을 지나가네. 가만히 앉아서 등불을 태우고, 또 여름옷이 얇음을 마음 아파하네. 하루해가 저물고 나서, 홀로 떨어져 지내는 것이 더욱 쓸쓸하다는 것을 어찌 알았겠는가?"(幽人寂不寐, 木葉紛紛落. 寒雨暗深更, 流螢度高閣. 坐使青燈曉, 還傷夏衣薄. 寧知歲方晏, 離居更蕭索.)[142] 두 시는 모두 밤의 풍경을 묘사한 명시이지만 시의 풍격은 거리가 멀다. 두보의 시는 묘사가 정세하고 조탁이 공교롭지만 위응물의 시는 조탁을 가하지 않아 평담하고 자연스럽다. 물론 여기에는 시체(詩體)가 다르다는 이유도 있다. 즉 전자는 5언 율시이고 후자는 5언 고시이다. 하지만 더욱 중요한 원인은 아무래도 시인의 풍격 및 성향이 달라서일 것이다. 간단하게 말한다면 두보의 시는 항상 모든 예술적인 방법을 동원하여 경치를 묘사하여 설령 보잘것없는 사물이라 해도 마치 사자가 토끼를 잡을 때처럼 전력을 다한다. 그러나 위응물은 가능한 한 힘을 쏟아서 묘사하는 것을 피하여, 위응물의 시에서는 항상 예술적인 기교라는 것은 거의 발견하기 힘들 정도로 적게 쓴다. 즉 주희가 든 예로 볼 때 두보는 반딧불이 "스스로 비춘다"(自照)라고 하였는데 그 뜻은 그 빛이 아주 미세하여 다른 것은 비추지 못하고 자신만을 비출 수 있을 뿐이고 밤하늘에 단지 한 점의 외로운 반딧불 빛만 있다는 것이어서 함의

---

141) ≪두시상주≫ 권14.

142) ≪전당시(全唐詩)≫ 권187.

가 풍부하고 시구도 더할 나위 없이 정교하다. 그런데 위응물은 반딧불이 반짝이며 지나가는 행적을 직접 묘사하면서 형용하는 부사어도 없고 비유도 쓰지 않아서 정말 "그냥 자연스럽게 말한"(自在說了) 것이다. 주희의 입장에서 보면 시를 쓰는 목적이 본래 작자의 정지(情志)를 표현하는 것이어서 "시란 감정이 움직인 바로 마음속에서는 '뜻'(志)으로 있지만 언어로 표현하게 되면 시가 되는 것이니, 그렇다면 시에 어찌 또 무슨 공졸(工拙)이 있겠는가!"(詩者情之所之, 在心爲志, 發言爲詩, 然則詩豈復有工拙哉!)[143]라고 하였다. 만약 그렇다면 시의 풍격은 당연히 평담하고 자연스러운 것이 나올 수밖에 없으므로 분명히 "말이 단지 교묘할 뿐이다"(語只是巧), "두보의 시는 늘 바쁘다."(杜工部詩常忙了)라고 하는 두보의 시는 "정말이지 자연스럽다"(直是自在)라고 하는 위응물의 시가 "도에 가깝다"(近道)[144]라고 한 것보다는 못한 것이지만, 이는 그가 도연명의 시를 추숭하는 관점과도 완전히 일치하는 것이다.

평담한 시풍을 숭상하기 때문에 위응물의 시를 중시하는 것은 당연한 이치이다. 북송의 소식 등도 비슷한 의견이 있었지만 똑같은 입장에 입각하여 한유 등의 시를 평가한 것은 주희만 갖는 독특한 점이다. 한유와 같은 유파의 맹교(孟郊)·노동(盧仝) 등은 역대 기험(奇險) 시풍의 대표로 간주되어 왔지만 주희는 다음과 같이 말하였다.

> 한유의 시는 평이하다. 맹교는 밥을 배부르게 먹고 다른 사람이 생각하지 않은 것을 생각하였다. 연구(聯句) 가운데 그가 인용한 것도 그렇게 했다.(韓詩平易. 孟郊喫了飽飯, 思量到人不到處. 聯句中被他牽得, 亦著如此做.)[145]

143) <답양송경(答楊宋卿)>, ≪문집≫ 권39, 3쪽.
144) ≪주자어류(朱子語類)≫ 권140, 3327쪽.
145) ≪주자어류(朱子語類)≫ 권140, 3327쪽.

시는 모름지기 평이하면서 힘을 들이지 않고 구법(句法)은 '혼연히 이루어져야 한다'(混成). 당대의 옥천자(玉川子 : 노동) 등의 무리는 비록 시구가 험괴(險怪)하긴 했지만 의미는 또한 스스로 "혼연히 이루어진"(混成) 기상(氣象)이 있다.(詩須是平易不費力, 句法混成. 如唐人玉川子輩句語雖險怪, 意思亦自有混成氣象.)146)

"평이(平易)"하다는 말의 함의는 대략 쉽고 이해하기 쉬운 언어와 간단하고 직설적인 사고로 그것이 포괄하는 뜻은 "평담(平淡)"보다도 좀 더 광범하다. 만약 이 기준으로 한유의 시를 평가한다면 "평이"라는 평가는 명실상부한 셈이다. 한유의 시는 평범한 일상의 모습을 쓰기를 좋아하고, 문리에 맞는 언어를 많이 사용하여 대부분의 작품은 질박하고 평이하다.147) 물론 한유의 시 가운데는 기험(奇險)한 풍격의 시도 적지 않다. 예를 들면 맹교(孟郊)와의 연구시(聯句詩)는 후세 사람들에게 기험을 다툰 전형으로 여겨지기도 했다. 그러나 주희는 이에 대해 유독 다른 견해를 가지고 한유가 맹교와의 경쟁에서 이기기 위해서 어쩔 수없이 연구시 중에서 맹교의 시를 따르다 보니 기험한 풍격으로 흘렀던 것이라고 여겼으니, 정말 깊은 통찰력이라 하겠다. 한유와 맹교의 연구시에 관해서 황정견과 서부(徐俯) 간에 재미있는 대화가 있었다. 서부가 "사람들이 한유와 맹교의 연구(聯句)는 맹교의 평소 작품보다 훨씬 뛰어나다고 하니 아마도 한유가 윤색을 해준 게 아닌가 합니다."(人言退之·東野聯句, 大勝東野平日所作, 恐是退之有所潤色.)라고 묻자 황정견은 "한유가 어떻게 맹교의 시를 윤색해줄 수 있겠는가? 만약 맹교가 한유의 시를 윤색해준다면 그것은 일리가 있겠지만."(退之安能潤色東野, 若東野潤色退之, 卽有此理

146) ≪주자어류(朱子語類)≫ 권140, 3328쪽.

147) 막려봉 저, <한유 시의 평이 경향을 논함>(論韓愈詩的平易傾向), ≪당연구(唐研究)≫ 제3권, 북경대학출판사, 1997년, 93~117쪽 참조.

也.)[148]라고 하였는데, 황정견의 생각은 사실 주희와 매우 비슷하지만 그는 시를 논함에 있어서 “기(奇)”를 주로 하였기 때문에 맹교의 시가 한유의 시보다 한 수 높다고 여겼다. 우리가 한유와 기타 시인과의 연구시를 살펴보면 이 점은 더욱 분명해진다. 예를 들면 한유와 이정봉(李正封)이 연구(聯句)한 <만추언성야회연구(晩秋郾城夜會聯句)>는 길이가 200구에 달하고 또 꽤 경쟁심을 보이지만 시구가 결코 기험하지가 않다. 그래서, 유양(兪楊)은 평가하여 “한유와 맹교의 연구는 대체로 기험함을 서로 다투었다. 그러나 이 편은 유독 전아(典雅)하고 부드러우니 정말 각기 상대에 따라 대응하였기 때문이다.”(昌黎與東野聯句, 多以奇峻爭高. 而此篇獨典贍和平, 誠各因人而應之也.)[149]라고 하였으니 한유 시에 대한 주희의 이해가 얼마나 정확한지를 알 수 있다. 마찬가지로 노동(盧仝)의 시도 “험괴(險怪)”한 것으로 유명한데 주희는 그런데 그 시의 뜻이 “혼연히 이루어졌기”(混成) 때문에 “평이하고 힘을 들이지 않는”(平易不費力) 경향을 드러내고 있다고 여겼다. 그런데 사실 <월식시(月蝕詩)> 등 몇 수를 제외하고, 노동의 <첨정시(添丁詩)>·<주필사맹간의기신다(走筆謝孟諫議寄新茶)>와 같은 여러 좋은 시들은 모두 한유 시의 풍격과 매우 가까워서 비교적 평이하여, 주희가 한 말이 매우 일리가 있다.

전체적으로 보면, 주희의 당시(唐詩)에 대한 비평은 비록 사람별로 한 것이고 대체로 몇 마디의 말로 한 것이지만 귀납해보면 확실한 하나의 관점을 지니고 있다. 그것은 바로 당시 가운데 “선시”의 법도를 준수하고 풍격이 평정(平正)하고 온건(穩健)하여 배우기 쉬운 부분을 높이 평가하였는데 이러한 부분은 송대 사람들에게 본보기로서의 의미가 있다고

148) 《초계어은총화》 전집 권18 <동몽시훈(童蒙詩訓)>.

149) 《한창려시계년집석(韓昌黎詩繫年集釋)》 권10.

여겼던 것이다. 이를 통해 우리는 주희의 당시에 대한 비평은 "옛 것을 지금을 위하여 쓴다"(古爲今用)라는 가치관을 비교적 선명하게 보여주고 있음을 알 수 있다.

그렇다면 주희는 당대(當代)의 시 즉 송시에 대해서는 또 어떤 태도를 취했을까?

주지하다시피, 송시는 100여 년의 발전기를 거쳐서 원우(元祐) 년간에 전성기에 이르러 송대 독특한 시풍을 형성하였는데, 소식・황정견이 바로 원우 시단의 대표였다. 후세 사람들이 송시를 평가할 때는 칭찬이든 욕이든 대부분 소식과 황정견에게 화살이 집중되었으므로 우리가 주희의 송시에 대한 비평을 살피는 것도 소식과 황정견에서 시작해보자. 앞에서 말했듯, 주희는 시를 논할 때 이백과 두보를 앞에 두고, 소식과 황정견을 뒤에 둔다. 즉 그는 소식과 황정견 시의 가치를 이백・두보와 동일선상에 두고 이야기할 수 없다고 여겼던 것이다. 이러한 전제 아래 그는 소식과 황정견에 대해서 아래와 같이 비평하였다.

> 소식과 황정견은 그저 요즘 사람들의 시로, 소식은 문재가 호방하여 일사천리로 뜻을 남김없이 드러내는데, 황정견은 인위적인 안배에 지나치게 신경을 쓴다.(蘇・黃只是今人詩. 蘇才豪, 然一滾說盡, 無餘意；黃費安排.)[150]

첫 구절은 완전히 깎아내리는 어투이고, 뒤의 두 구절은 소식과 황정견 시의 특징을 논하고 있지만 모두 단점을 말하고 있다. 시가는 본래 함축적이어서 여운이 남는 것을 높이 평가하는데, 소동파의 시는 "일사천리로 뜻을 남김없이 드러낸다"(一滾說盡, 無餘意.) 즉 말과 뜻을 모조리 나타내어 뒷맛을 남기지 않는 다는 것이다. 시가는 물론 자연스럽고 유

150) ≪주자어류(朱子語類)≫ 권140, 3324쪽.

창한 것이 좋은데, 황정견의 시는 "인위적인 안배에 지나치게 신경을 쓴다"(費安排) 즉 장법(章法)이나 구법(句法)에 지나치게 신경을 써서 결과적으로 자연스러운 맛이 떨어진다는 것이다. 이를 보면 주희는 소식과 황정견 시의 결점에 대해서 비교적 잘 간파하고 있으며, 이 두 구절은 정곡을 찌르는 말이라 하겠다. 하지만 시명(詩名)이 한 시기를 풍미했던 소식과 황정견에 대해서 어찌 이렇게 간단한 평어로 다 개괄할 수 있겠는가? 게다가 단점 밖에 말할 게 없단 말인가? 주희는 소식의 인품에 대해서는 매우 낮게 평가했지만 그의 문재(文才)나 학식에 대해서는 매우 존중하였다. 그는 시에서 칭송하여 "나부산(羅浮山) 아래 황모촌(黃茅村)에, 소선(蘇仙)은 신선이 되어 떠났지만 시혼을 남겼네."(羅浮山下黃茅村, 蘇仙仙去餘詩魂.)[151] · "노선(老仙)은 묘구(妙句)가 있어, 천고에 우뚝 솟아있네."(老仙有妙句, 千古擅奇崛.)[152]라고 하여 존경하는 마음을 겉으로 드러내고 있다. 그러나 그는 소식의 산문은 많이 논하였으나 소식의 시는 별로 논하지 않았다. 앞에서 언급한 두 조목 이외에도 그는 "파공(坡公)이 이백과 두보의 시를 문제 삼고 위응물과 유종원의 시를 치켜세우는 것은 역시 아마도 자신의 평소 창작이 못마땅했지만 스스로 빠져나오지 못했기 때문일 것인데, 그 말도 재미있는 것 같다."(坡公病李杜而推韋柳, 蓋亦自悔其平時之作, 而未能自拔者. 其言似亦有味.)[153]라고 하였는데, 이는 바로 소식의 논의에 대해서 언급한 것이다. 소식은 "소무(蘇武) · 이릉(李陵)의 천성(天成), 조식(曹植) · 유정(劉楨)의 자득(自得), 도연명 · 사령운의 초연(超然)함은 또한 지극하다고 할 것이다. 이백과 두보는 남들보다 빼어난 재

151) <여제인용동파운공부매화, 적득원리서, 유회기인, 인부부차이기의언(與諸人用東坡韻共賦梅花, 適得元履書, 有懷其人, 因復賦此以寄意焉)>, ≪문집≫ 권2, 6쪽.

152) <처현원삼협교(棲賢院三峽橋)>, ≪문집≫ 권7, 13쪽.

153) <답공중지(答鞏仲至)>, ≪문집≫ 권64, 2쪽.

주로 백대에 걸쳐 고금의 시인들을 무색하게 하였다. 하지만 위진(魏晉) 이래로 고상한 풍격과 세속을 벗어난 듯한 시는 조금 쇠락했다. 이백과 두보 이후에 시인들이 뒤를 이어 창작을 하여 비록 간혹 고원(高遠)한 운치(韻致)가 있지만 재주는 뜻에 미치지 못하였는데, 유독 위응물과 유종원은 간고(簡古)함 속에서 섬농(纖穠)함을 표현하고 담박(淡泊)함에 지극한 맛을 기탁하여 나머지 사람들이 미칠 바가 아니니다."(蘇・李之天成, 曹・劉之自得, 陶・謝之超然, 蓋亦至矣. 而李太白・杜子美以英瑋絶世之姿, 淩跨百代, 古今詩人盡廢, 然魏晉以來, 高風絶塵, 亦少衰矣. 李・杜之後, 詩人繼作, 雖間有遠韻, 而才不逮意, 獨韋應物・柳宗元發纖穠於簡古, 寄至味於淡泊, 非餘子所及也.)[154]라고 하였다. 이른바 "고상한 풍격과 세속을 벗어났다"(高風絶塵)는 것은 당대 이전 시가의 인위적인 조탁이 비교적 적어서 더욱 자연스럽고 소박한 경지를 가리킬 것이다. 이는 육조 시가의 예술적인 기법의 풍부한 성과를 계승하고 아울러 최고봉에 이르게 한 이백과 두보가 출현한 후이므로 당연히 "또한 조금 쇠퇴할"(亦少衰矣) 수밖에 없었을 것이다. 위응물과 유종원의 시는 분명히 당대 이전의 소박한 시풍으로 어느 정도 회귀한 셈이므로 소식의 많은 칭송을 받았다. 주희는 소식이 이러한 말을 하게 된 이유는 소식 본인의 창작이 위응물이나 유종원의 경지에 이르지 못했기 때문에 "스스로 뉘우친"(自悔) 것이라고 여겼다. 소식의 <서황자사시집후(書黃子思詩集後)>는 연월을 적지 않았는데 내용에 비추어 볼 때 분명 만년에 쓴 것일 것이어서,[155] 여기에서의 논점은 그의 평소 주요 시풍

154) <서황자사시집후(書黃子思詩集後)>, ≪소식문집≫ 권67.

155) <서황자사시집후>에는 황자사의 손자 황사시(黃師是)와 교유하게 되어 황자사의 시집을 보게 되었다고 한다고 언급하였다. 지금 소식이 원우(元祐) 8년(1093)에 지은 <송황사시부양절헌(送黃師是赴兩浙憲)>(≪소식시집≫ 권36)을 보면 소식과 황사시가 교유한 것은 원우 말년이므로 이 발문(跋文)도 당연히 그때에 쓰였을 것이므로 즉 소식의 나이가 57세 전후일 때일 것이다. 그리고 소식은 위응물과 유종원의 시를 좋아한 것도 말년인데 그는 담주(儋州)에서 쓴 <여정전보(與程全父)>(기십일(其

및 취향과 달리하고 있다. 만년의 소식의 논시(論詩)에 있어서의 주요 견해는 주희가 도연명과 위응물의 시를 추숭한 관점과 일치했으므로 소식이 실제적으로 창작에서 보인 주요 시풍들에 대해서는 주희가 부정적으로 볼 수밖에 없었다. 그렇지만 주희가 살던 시기 소식 시의 영향력은 사실 황정견의 시만큼 크지 않았다. 황정견은 강서시파의 종주로 받들어졌으므로 남송 전기에 있어서의 영향력은 지극히 컸다. 그런 까닭에 소식 시에 대한 주희의 비평은 그저 몇 마디 밖에 되지 않지만 황정견과 강서시파에 대한 비평은 훨씬 구체적이다. 아래 몇 가지 어록을 보자.

> 비경(蜚卿)이 황정견의 시를 물었는데 "매우 정교하다! 그가 얼마나 공력을 기울였는지 알 만하다. 요즘 사람들이 갑자기 어떻게 따라갈 수 있겠는가? 교묘하여 남음이 없으며 스스로 일가를 이루었다고 할 수 있다. 그러나 다만 고시는 비교적 자유로운데 산곡은 너무 의도적으로 지었다."라고 하고, 또 "산곡 시는 아주 좋다."라고 하였다.(蜚卿問山谷詩, 曰："精絶! 知他是用多少工夫. 今人卒乍如何及得! 可謂巧好無餘, 自成一家矣. 但只是古詩較自在, 山谷則刻意爲之." 又曰："山谷詩忒好了.")[156]

> 증조도(曾祖道：자는 택지(擇之))는 "후산(後山：진사도(陳師道))의 시는 그렇게 깊이가 있고 자질이 훌륭한데, 왜 산곡(山谷：황정견)한테 배우려고 하는지 모르겠습니다."라고 하자 "후산의 아건(雅健)함은 산곡보다 나은 것 같

十一))에서 "서적은 아무것도 없고 단지 도연명집 하나와 유종원의 시문 몇 책만 늘 좌우에 두고 둘을 벗으로 삼는다."(書籍擧無有, 惟陶淵明一集, 柳子厚詩文數策(冊의 오타), 常置左右, 目爲二友.)(≪소식문집≫ 권55) 또 <서유자후시(書柳子厚詩)>·<서유자후시후(書柳子厚詩後)> 이발(二跋)(≪소식문집≫ 권76)을 썼는데 모두 "원부 기묘(元符己卯)"(1099)라고 하였으며, 이때는 소식의 나이가 63세일 때이고 <서황자사시집후>에서 위응물과 유종원을 추숭하던 말과 서로 부합되어 모두 만년기의 논점이다.

156) ≪주자어류(朱子語類)≫ 권140, 3329쪽.

은데, 공력은 산곡보다 못한 것 같다. 그렇지만 후산에게는 황산곡 같은 경박함은 없다. 그런데 서사(敍事)는 또 산곡을 따라가지 못한다. 산곡은 서사에 뛰어나서 남김없이 써내는데, 후산은 서사를 함에 있어 허술한 부분이 있다. 산문 같은 경우에는 산곡이 후산에 못 미친다."라고 했다.(擇之云 : "後山詩恁地深, 他資質儘高, 不知如何肯去學山谷." 曰 : "後山雅健强似山谷, 然氣力不似山谷較大, 但卻無山谷許多輕浮底意思. 然若論敘事, 又卻不及山谷. 山谷善敘事掎, 敘得盡, 後山敘得較有疏處. 若散文, 則山谷大不及後山.")[157]

옛 사람들의 시에는 구(句)가 있는데, 지금 사람의 시에는 더 이상 구다운 구가 없이 그저 곧장 이야기 투이다. 이러한 시는 하루에 백 수도 지을 수 있다. 예를 들면 진간재(陳簡齋 : 여의(與義))의 "어지럽게 날리는 구름은 푸른 벽에 부딪히고, 가랑비는 푸른 소나무를 적시네."(亂雲交翠壁, 細雨濕青松.)와 "따사한 햇볕은 수양버들을 쬐고, 짙은 그늘은 해당화를 취하게 하네."(暖日薰楊柳, 濃陰醉海棠.)와 같은 경우 그것이 무슨 구법인가!"라고 하였다.(古人詩中有句, 今人詩更無句, 只是一直說將去. 這般詩, 一日作百首也得. 如陳簡齋詩 : "亂雲交翠壁, 細雨濕青松" ; "暖日薰楊柳, 濃陰醉海棠", 他是什麽句法!)[158]

또 좌중에게 물어 "진간재의 묵매시(墨梅詩)는 어느 것이 가장 나은가?"라고 하여 혹자가 "고(皐)"자운의 한 수로 대답하였다. 선생은 "'경락(京洛)에서 서로 만나니 완전히 옛 그대로이건만, 다만 검은 티끌이 흰 옷을 더럽힌 것이 한스럽네!'(相逢京洛渾依舊, 惟恨緇塵染素衣.)라고 한 것이 더 낫다."라고 하였다.(又問坐閒云 : "簡齋墨梅詩, 何者最勝?" 或以"皐"字韻一首對. 先生曰 : "不如'相逢京洛渾依舊, 惟恨緇塵染素衣!'")[159]

첫째 단락은 황정견의 시만 논한 것으로 주희는 먼저 황정견의 시가 비길 바 없이 빼어나고 공력에 깊이가 있음을 인정하고 있다. 그러나

157) ≪주자어류(朱子語類)≫ 권140, 3324쪽.
158) ≪주자어류(朱子語類)≫ 권140, 3330쪽.
159) ≪주자어류(朱子語類)≫ 권140, 3330쪽.

그는 황정견이 지나치게 힘을 기울여 고시가 자연스러운 것보다는 못하다고 지적하였다. 그리고 "특히 좋다"(忒好了)라고 한 것은 포폄이 엇섞여 있는데, 사실 앞의 몇 구에 걸친 말을 함축하고 있다고 볼 수 있다. 둘째 단락은 황산곡과 진사도의 차이를 비교하고 있는데, 이는 그의 제자 증조도(曾祖道 : 자는 택지(擇之))가 진사도가 왜 황정견을 본받느냐고 물으니, 주희는 황정견과 진사도는 각자 장단점이 있지만 전체적으로 보면 황정견 시의 공력이 진사도보다 많이 나은데, 특히 '서사(敍事)' 방면이 그렇다고 지적하였다. 셋째와 넷째 단락은 모두 진여의(陳與義)의 시를 논한 것으로 진여의의 시 가운데 몇몇 유명한 시편이나 시구에 대하여 매우 찬탄하고 있다. 이 몇 단락의 어록은 한 가지 공통적인 정신이 있는데 그것은 바로 강서시파 시인들이 시가 예술에 있어서의 극도로 정교함을 추구하는 특징에 대하여 매우 긍정적으로 보고 있다는 것이다. 황정견 시의 정교함은 당시 시단의 공론이었음은 말할 필요도 없는 일이다. 그러나 황정견의 시가 "서사에 뛰어나다"(善敍事情)라고 여긴 것은 주희만의 혜안이었던 것 같다. 황정견의 시가 일상생활을 제재로 한 것을 많이 썼기 때문에 서사적인 부분이 분명 비교적 많았는데, 그중에서도 관료생활을 묘사한 <대뢰조풍(大雷阻風)>·<과가(過家)> 등과 같은 몇몇 고시에서 끊임없이 묘사하고 있는데 아주 완곡하면서도 섬세하므로 주희가 좋아하는 것이 아마도 이러한 종류일 것이다. 진사도의 시는 오로지 간고(簡古)함만 추구하여 종종 자구(字句)를 지나치게 압축하다 보니, "서사한 것이 허술한 부분이 있다"(敍得較有疏處)는 것이다. 그러나 진사도의 시가 창작 태도는 매우 엄숙하여 황정견 시와 같은 그런 장난스런 부분이 없었으므로 주희는 진사도의 시가 "아건(雅健)"하다고 칭찬하고 황정견의 시는 "경부(輕浮)"하다고 나무랐던 것이다. 뒤의 두 단락은 약간 설명해야 할 것 같다. "난운(亂雲)"이 포함된 연은 진여의의 <안책(岸幘)>[160] 에 보이고, “난일(暖日)”이 포함된 연은 그의 <방용(放慵)>[161]에 보이는데, 이 두 연은 모두 대장(對仗)이 정교하고 글자 하나하나를 매우 가다듬은 훌륭한 시구이므로 주희는 그것을 높이 평가하였다.[162] “묵매시(墨梅詩)”는 진여의의 유명한 시인데, 원 제목은 <화장규신수묵매오절(和張規臣水墨梅五絶)>[163]로, “고(皐)”자운은 넷째 수의 “무늬 새겨진 처마 아래 봄바람 얼굴에 불어오고, 조화의 공이 이루어져 가을 토끼털이 되었네. 뜻만 충족되면 안색이 닮는 것을 구하지 않으니, 전생에 말의 상을 보던 구방고(九方皐)라네.”(含章檐下春風面, 造化功成秋兎毫. 意足不求顏色似, 前身相馬九方皐.)를 가리킨다. 주희가 인용한 두 구는 바로 그 세 번째로 “아리땁던 강남 만옥비(萬玉妃), 이별 후 몇 차례나 봄이 돌아왔네. 경락에서 만나니 완전히 옛 그대로이건만, 다만 검은 먼지가 흰 옷을 더럽힌 것이 한스럽네.”(粲粲江南萬玉妃, 別來幾度見春歸. 相逢京洛渾依舊, 惟恨緇塵染素衣.)이다. 두 수의 시를 서로 비교해 보면 앞 시는 ≪열자(列子)≫ 중 구방고(九方皐)가 말의 관상을 볼 때 암수나 색깔을 가리지 않고 천리마를 고를 수 있는 이야기로 묵매(墨梅)는 비록 색깔이 진짜 매화와는 다르지만 매화의 정신을 가지고 있음을 비유하였고, 뒤의 것은 사람으로 매화에 비유하여 육기(陸機)의 <위고언선증부(爲顧彦先贈婦)> 가운데 “경락에는 바람과 먼지가 많으니, 흰 옷이 검은 색으로

---

160) ≪진여의집교전(陳與義集校箋)≫ 권18. 저자 안 : “청송(青松)”은 ≪집(集)≫에는 “청림(青林)”으로 되어 있다.

161) ≪진여의집교전≫ 권10.

162) ≪영규율수(瀛奎律髓)≫ 권23에서 <방용(放慵)> 시를 고르고 방회(方回)는 “주문공은 무릎을 치며 ‘훈(熏)’자와 ‘취(醉)’자를 잘 썼다고 하였다.”(朱文公擊節, 謂‘熏’字·‘醉’字下得好.)라고 평했으니 주희가 “그것은 어떤 구법인가?”(他是什麽句法)라고 한 말은 칭찬의 뜻이다.

163) ≪진여의집교전≫ 권4.

변하네."(京洛多風塵, 素衣化爲緇.)라는 구의 뜻을 빌어 흰 매화가 검은 매화로 검은 색으로 변했음을 묘사하고 있다. 두 시는 시사(詩思)가 매우 참신하지만, 전자는 기탁하려는 뜻을 직접적으로 드러내어 다소 노골적인 흠이 있는데, 후자는 시 전체에서 사람으로 꽃을 비유하면서 끝까지 우의를 밝히지 않았고, 시 속에 관료 생활의 좌절감을 담고 있어서 함축미가 있다. 이를 통해서 우리는 주희가 진여의의 시를 좋아하는 것은 시구가 정련되고 아름다우며 의미가 함축적이고 깊은 맛이 있는 작품이라는 것을 알 수 있다. 주희는 시가 예술에 있어서의 정교함을 추구하는 것을 꼭 반대하지는 않았는데, 이는 마치 그가 평담과 자연을 적극 주장하는 그의 시학관과 서로 모순이 되는 것 같기도 하지만 위에서 언급한 몇몇 어록을 통해서 보면 그가 황정견이나 진여의를 좋아한 것은 대체로 그가 당시 사람들이 시를 너무 가볍게 쓰는 것이 불만스러웠기 때문이 강서시풍의 정교하고 아름다움을 추구하는 일면으로 보완하고자 했던 것이다. 한마디로 말해서 주희의 송대 선배 시인들에 대한 비평도 당시 시단의 현실에 착안하였던 것이다.

이 밖에도 주희는 송대의 기타 시인들에 대해서도 나름대로의 평론을 하였다. 그는 구양수와 구양수의 시 벗인 석만경(石曼卿)에 대해서도 매우 높이 평가하였다.

> 구양수의 글은 매우 예리하고 문자가 훌륭하며 의론도 뛰어나다. 일찍이 한 시에 이르기를 "옥 같은 얼굴은 예로부터 몸의 짐이 되는데, 고기를 먹는 어떤 사람을 더불어 나라 일을 도모할까?"(玉顔自古爲身累, 肉食何人與國謀!) 라고 했는데, 이는 시로 말하면 최고로 좋은 시이며 의론으로 말하자면 최고로 훌륭한 의론이다.(歐公文字鋒刃利, 文字好, 議論亦好. 嘗有詩云："玉顔自古爲身累, 肉食何人與國謀!" 以詩言之, 是第一等好詩! 以議論言之, 是第一等議論!)164)

또 말하였다.

> 석연년의 시는 매우 뛰어난 부분이 있다. 만경의 시는 지극히 호방하면서도 매우 치밀하고 엄격하여 매우 좋다. 예를 들어 <주필역(籌筆驛)> 시에서 "마음 가운데 흐르는 물 멀고, 근심 밖의 옛 산은 푸르구나."(意中流水遠, 愁外舊山靑.)라 하였고 또 "새들은 기꺼워 서로 부르며 이야기하고, 나무와 꽃은 서로 어우러져 끊임없이 향기를 발하네."(樂意相關禽對語, 生香不斷樹交花)라는 시구가 지극히 빼어난데, 안타깝게도 전집이 보이지 않고 대체로 소설이나 시화에 약간 보일 따름이다. 석만경은 흉금이 매우 높아 여러 사람들이 따라가지 못한다. 그는 사람됨이 호방하나 그의 시는 엄격하고 세밀하니 이것이 바로 그의 장점인데, 애석하게도 쓰임을 받지 못했다.(石曼卿詩極有好處, …… 曼卿詩極雄豪, 而縝密方嚴, 極好. 如<籌筆驛>詩 : "意中流水遠, 愁外舊山靑." 又"樂意相關禽對語, 生香不斷樹交花"之句極佳, 可惜不見其全集, 多於小說詩話中略見一二爾. 曼卿胸次極高, 非諸公所及. 其爲人豪放, 而詩詞乃方嚴縝密, 此便是他好處, 可惜不曾得用!)165)

구양수는 서곤(西昆)의 시풍을 바로잡은 중요한 인물이긴 하지만 그는 서곤파(西昆派)를 헌신짝 버리듯이 팽개치지는 않고, 단점을 버리고 장점은 취해서 평이하고 유창한 것을 특징으로 하는 새로운 시풍을 열었지만 "부드럽고 정세하며 아름다운"(溫潤精麗) 장점은 잃지 않았다. 이 밖에 구양수는 또 송대 사람들의 시에 의론을 가미한 최초의 시도자 가운데 한사람이기도 하다. 주희의 구양수에 대한 평가는 한 조목 밖에 없지만 앞에서 말한 두 가지 내용에 대한 인식을 포함하고 있다. "옥안(玉顔)"을 포함한 두 구는 구양수의 <당숭휘공주수흔, 화한내한(唐崇徽公主手痕, 和韓內翰)>에 보이는데 당 대종(代宗) 때 숭휘공주(崇徽公主)가 멀리 '위구르'(回

164) ≪주자어류(朱子語類)≫ 권140, 3308쪽. 역자 주 : '肉食何人爲國謀'는 ≪주자어류≫ 본에 따라 '肉食何人與國謀!'로 수정.

165) ≪주자어류(朱子語類)≫ 권140, 3329쪽.

鶻)로 시집가던 도중에 남긴 손자국을 읊은 것으로 전체 시는 아래와 같다. "고향에 나는 새도 울부짖는데, 하물며 슬픈 갈잎피리로 국경을 나서며 근심을 노래함에 있어서랴. 푸른 무덤에 묻고는 돌아오지 못할 줄 아니, 푸른 벼랑에 흔적은 누구를 위해 남겼는가? 어여쁜 미모는 예로부터 몸의 짐이 되었는데, 고기 먹는 어떤 이가 더불어 나라를 도모할까? 가는 길 여기까지 이르니 헛되이 탄식만 나오는데, 바위에 핀 꽃이나 들풀은 저대로 계절을 보내네."(故鄕飛鳥尙啁啾, 何況悲笳出塞愁? 靑冢埋魂知不返, 翠崖遺迹爲誰留. 玉顔自古爲身累, 肉食何人與國謀? 行路至今空歎息, 巖花野草自春秋.)라고 하였다. 여기서 "옥안(玉顔)"을 포함한 연은 이 시 가운데의 경구(警句)로, 전구(前句)는 미인박명임을 동정하고 있는데 이는 비단 숭휘공주 한 사람에 대한 것이 아니라 예로부터 보편적인 비극에 대해서 탄식하고 있다.[166] 아래 구는 ≪좌전(左傳)≫(장공(莊公) 10년) 중의 "고기 먹는 이들은 비루하다"(肉食者鄙)라는 말을 빌어서, 당시 대신들이 나라를 위해 일을 도모하여 국치를 막지 못하고 연약한 여자 하나에 의존해 오랑캐와 화친하려함을 꾸짖고 있다. 논지가 정세하고 재치가 있으며 지나치게 노골적이지도 않아서 주희는 "첫째 가는 의론이다."(第一等議論)[167]라고 칭찬하였다. 동시에 이 연의 자구는 매우 세밀하고 아름다워서 섭몽득(葉夢得)은 "억양과 곡절이 일곱 자 속에 보이고, 완려하면서도

166) 이 뜻은 구양수의 시 가운데 또 다른 표현들도 있는데, 예를 들면 <화왕개보명비곡이수(和王介甫明妃曲二首)> 지일(之二)의 한 구가 "미모가 남보다 뛰어난 사람은 대체로 복이 없으니, 봄 바람을 원망하지 말고 마땅히 스스로 탄식해야 하리."(紅顔勝人多薄命, 莫怨春風當自嗟.)(≪구양문충공집≫ 권8)라고 하여 구절이 나타내는 뜻이 더욱 명확하다.

167) 당(唐) 이산보(李山甫)의 <음지관숭휘공주수적(陰地關崇徽公主手迹)>의 "누가 공주를 보내 화친하는 계책을 내어 놓았는가? 나는 사내대장부로 나라를 위해 부끄러워하네."(誰陳帝子和番策, 我是男兒爲國羞.)라는 구절을 보게 되면 구양수의 시가 내포하는 의미를 이해하기 어렵지 않을 것이다.

호방하며, 한 글자 한 글자가 서로 대가 되어 비록 서곤체에 능한 자라 하더라도 쉽게 비길 수가 없다."(抑揚曲折, 發見於七字之中, 婉麗雄勝, 字字不失相對. 雖昆體之工子, 亦未易比.)[168]라고 평했는데, 확실히 이렇게 대장(對仗)이 정교하고 시구가 세밀하면서 아름답고 함의가 깊은 율시는 바로 이상은(李商隱)에서 서곤파 여러 제자들의 장점이며, 구양수가 서곤체에서 도움을 받은 부분도 바로 이러한 분분이었다. 주희는 "본조의 양대년(楊大年 : 억(億))은 비록 교묘하지만 교묘함 속에 그래도 '혼연히 이루어진'(混成) 맛이 있어서 교묘함이 느껴지지 않는다. 구양수에 이르러서는 일찍 조금씩 표현하게 되었다. 그러나 구양수의 시는 그 자체로 좋다."(本朝楊大年雖巧, 然巧之中猶有混成底意思, 便巧得來不覺. 及至歐公, 早漸漸要說出來. 然歐公詩自好.)[169]라고 하였으니, 주희는 구양수가 서곤체에서 변화를 꾀하였지만 여전히 그 장점을 가지고 있는 특징을 잘 알고 있음을 알 수 있고, 주희가 이 시를 "가장 좋은 시"(第一等好詩)라고 하였으니 정말 혜안을 가졌다고 하겠다.

석만경은 구양수의 절친한 친구로 48세까지 밖에 살지 못했지만 그의 시는 구양수와 소순흠(蘇舜欽)의 추숭을 받았다. 석만경 시의 장점은 격이 높고 기세가 강하지만 거칠거나 함부로 쓴 것 같은 병폐가 없으므로 그의 작품의 예술적 성취는 사실 소순흠보다 더 낫다고 하겠다. 애석하게도 석만경은 장수를 누리지 못하여 유전되는 시가가 많지 않아 주희는 이에 대해 매우 안타까움을 나타내었다. 주희가 고른 좋아하는 두 작품 가운데 전자는 구양수가 매우 좋아하던 것으로 징심당지(澄心堂紙)에 석연년으로 하여금 친필로 쓰게 하여 가보로 삼았다.[170] 후자는

168) ≪석림시화(石林詩話)≫ 권상.

169) ≪주자어류(朱子語類)≫ 권140, 3334쪽.

170) ≪육일시화(六一詩話)≫에 보임.

<금향장씨원정(金鄕張氏園亭)> 시에 보이는데, 송시 가운데에서 명구(名句)이다. 유극장(劉克莊)이 한 말에 따르면 이 연은 "이천(伊川)과 낙수(洛水) 사람들에게 칭송받았다."(爲伊洛中人所稱)[171]라고 하는데, 주희가 좋아한 것도 당연히 이학가적인 관점에 입각해서 일 것이다. 이 연에서는 시인이 사물을 관찰하면서 깨달은 생생한 활기를 나타내었다. 그러나 시구 자체만으로 보아도 분명 공교하고도 안온하며 생동감이 흐르는 훌륭한 구였다. 주희는 석연년의 시가 "웅호(雄豪)"하면서도 또 "치밀하고 엄격하다"(縝密方嚴)라고 평가하였는데, 예로 든 두 예는 모두 후자하고 관련이 있는 것으로 보아서 주희가 석연년의 시 가운데 취하는 부분은 주로 후자에 있음을 알 수 있다. 그러므로 이 단락의 어록 중에서 두 차례나 "치밀하고 엄격하다."(縝密方嚴)는 점을 언급하였다.

조금 토론이 필요한 부분은 주희의 매요신(梅堯臣)에 대한 평가인데, 먼저 아래 두 단락의 어록을 보자.

> 어떤 이가 "매요신은 시에 뛰어나다."고 하니 주희는 "시도 뛰어나다고 말할 수 없다."라고 하고, 어떤 이가 "그의 시는 또 평담하다"고 하니, "그의 시는 평담한 것이 아니라 '메마른'(枯槁) 것이다."라고 하였다.(或曰 : "聖俞長於詩." 曰 : "詩亦不得謂之好." 或曰 : "其詩亦平淡." 曰 : "他不是平淡, 乃是枯槁.")[172]

> 임택지(林擇之)가 "구양수는 매요신의 시를 좋아하였으나 매요신의 시는 제대로 이루어지지 않은 곳이 많았다."라고 하니 주희는 "매요신의 시는 훌륭하지 않은 것이 많은데 <하돈(河豚)> 시 같은 경우는 당시 여러 사람들이 그렇게 좋다고 하였지만 내가 보기에는 그저 집을 찾아가 사람을 욕하는 시와 같고, 그저 옷을 벗고 남의 집에 가서 그 집 부친을 욕하는 것 같아서 언뜻 보아서 무슨 깊은 뜻이 없는 것 같다."(擇之曰(云) : "歐公好梅聖俞詩, 然聖

---

171) ≪후촌선생대전집(後村先生大全集)≫ 권174, <시화(詩話)>.
172) ≪주자어류(朱子語類)≫ 권139, 3313쪽.

兪詩也多有未成就處." 曰："聖兪詩不好底多. 如河豚詩, 當時諸公說道恁地好, 據某看來, 只似箇上門罵人底詩；只似脫了衣裳, 上人門罵人父一般, 初無深遠底意思.)[173]

구양수로부터 소식·황정견에 이르기까지 북송의 대시인들은 모두 매우 높이 평가하였다.[174] 주희의 시대에 와서도 매요신 시의 명성은 여전히 하늘에 뜬 해와도 같았다. 그래서 예를 들면 육유는 흠모하는 마음을 이기지 못하고 "원화(元和)의 작품들을 뛰어넘어, 우뚝 홀로 맹주가 되었네. 여러 사람들의 뜻은 모두 떨어졌지만, 이 어른의 말이 비로소 통하였네. 조(趙) 나라 (화씨(和氏)의) 벽옥(璧玉)은 연이어 있는 여러 성(城)의 값어치가 있고, 수주(隋珠)는 수레를 밝히네. 약간 대략을 엿볼 수 있는 것으로, 또한 평생을 위로 할 만하다네."(突過元和作, 巍然獨主盟. 諸家義皆墮, 此老話方行. 趙璧連城價, 隋珠照乘明. 粗能窺梗概, 亦足慰平生.)[175]라고 했고, 유극장(劉克莊)은 분명하게 "송조의 시는 오직 완릉(宛陵：매요신(梅堯臣))만이 개산(開山) 조사(祖師)이다."(本朝詩惟宛陵爲開山祖師.)[176]라고 하였는데, 주희는 매요신의 시를 "고고(枯槁)"하다고 하였으니, 참으로 세상 사람들을 놀라게 할 만한 견해이다. 그렇다면 주희는 뭣 때문에 남들과 다른 의견을 내어놓았을까?

우선, 우리가 주의해야 할 점은 앞에서 인용한 두 조항은 매요신의 전체 시에 대한 주희의 견해가 아니라는 것이다. 주희는 그의 문인에게 쓴 서신에서 "어렸을 때 일찍이 매요신의 시를 읽었는데, 그것을 좋아

173) ≪주자어류(朱子語類)≫ 권140, 3334쪽.

174) 주동윤(朱東潤), <매요신 시의 평가>(梅堯臣詩的評價), ≪매요신집편년교주(梅堯臣集編年校註)≫ 권1, 상해고적출판사 1980년판 참조.

175) <서완릉집후(書宛陵集後)>, ≪검남시고교주(劍南詩稿校註)≫ 권54.

176) ≪후촌선생대전집≫ 권174, <시화>.

할 줄 알게 되었다. 그런데 한때 여러 사람들이 모두 칭찬한 <하돈(河豚)> 같은 시편들은 이해가 안 되는 부분이 있었다. …… 그런데 별로 알려지지 않은 짧은 글과 한가로울 때 쓴 일부 작품에는 아직 위진(魏晉) 이전의 높은 풍격의 여운이 남아있었는데, 당대(當代)의 발전 자취를 애써 주의하지 않는 사람은 아마도 논자 가운데에도 이러한 점을 자세히 다 살피지 못하는 사람이 있을 것이다."(少時嘗讀梅詩, 亦知愛之. 而於一時諸公所稱道, 如<河豚>等篇, 有所未喩 …… 至於寂寥短章, 閒暇蕭散, 猶有魏晉以前高風餘韻, 而不極力於當世之軌轍者, 則恐論者有未盡察也.)[177]라고 하였고, ≪어류(語類)≫에는 "그가 매요신의 시를 좋아하는 것은 아마도 고담(枯淡)한 가운데 의미가 담겨 있어서 일 것이다."(所以他(指歐陽修)喜梅聖兪詩, 蓋枯淡中有意思.)[178] 라고 하였는데, 이를 보면 주희가 매요신의 시를 전부 부정한 것이 아님을 알 수 있다. 그가 못마땅하게 여긴 것은 <하돈>으로 대표되는 매요신 시의 일부였으며, 매요신의 시가 지나치게 고담(枯淡)하다고 여겼다. 주지하다시피 <하돈>은 매요신의 가운데에서도 유명한 시로 매요신은 심지어 이로 인해 "매하돈(梅河豚)"이라는 호칭까지 얻었다.[179] 그런데 주희는 무엇 때문에 이에 대해서 그렇게 생각하지 않을까? 지금 살펴보면 <하돈> 시는 원래 제목이 <범요주좌중객어식하돈어(范饒州坐中客語食河豚魚)>로 범중엄(范仲淹)의 연회석에서 지어진 것이다. 구양수가 그 자초지종을 적어 "매요신이 일찍이 범중엄의 연회석상에서 <하돈어>라는 시를 지었는데, 시에서 '봄의 모래톱에 갈대 싹이 자라고, 봄 언덕에 버들꽃이 날리네. 복어는 이때를 맞아, 귀하기가 물고기나 새우와 비할 바가 아니네.'(春洲生獲芽, 春岸飛楊花. 河豚當是時, 貴不數魚蝦.)라고 하

177) <답공중지(答鞏仲至)>, ≪문집≫ 권64, 2쪽.
178) ≪주자어류(朱子語類)≫ 권140, 3334쪽.
179) 이기(李頎)의 ≪고금시화(古今詩話)≫ "정자고·매하돈(鄭鷓鴣·梅河豚)" 조 참조.

였다. 복어는 항상 늦은 봄에 나와서 무리를 지어 물위를 헤엄치면서 버들개지를 먹고 살이 찐다. 남방 사람들은 대체로 물억새 싹과 국을 끓여 먹는데 가장 맛있다고 한다. 그러므로 시를 아는 사람들은 시의 첫머리 두 구가 이미 복어의 장점을 다 나타내었다고 한다. 매요신은 평생 시를 고심하여 쓰면서, 한원(閒遠)·고담(古淡)한 시를 쓰고자 하였으므로 지극히 힘들여 구상하였다. 이 시는 술자리에서 쓴 것으로 필력이 '호방하고 넉넉하여'(筆力雄贍) 짧은 시간에 지었는데 마침내 절창(絶唱)이 되었다."(梅聖兪嘗於范希文席上賦<河豚魚>詩云 : '春洲生荻芽, 春岸飛楊花. 河豚當是時, 貴不數魚蝦.' 河豚常出於春暮, 群游水上, 食絮而肥. 南人多與荻芽爲羹, 云最美. 故知詩者謂只破題兩句, 已道盡河豚好處. 聖兪平生苦於吟詠, 以閒遠古淡爲意, 故其構思極艱. 此詩作於樽俎之間, 筆力雄贍, 頃刻而成, 遂爲絶唱.)[180] 라고 하였다. 이 시가 유명해진 것은 바로 즉석에서 썼기 때문임을 알 수 있는데, 이는 고음(苦吟) 시인 매요신으로서는 쉽지 않은 일이었다. 두 번째는 사물을 묘사함에 있어서 필력이 "호방하고 여유롭다"(筆力雄贍)는 것이다. 필자가 느끼기에는 가운데에 "한유는 조양에 와서 처음에는 농사(籠蛇)를 먹는 것을 꺼렸다."(退之來潮陽, 始憚食籠蛇.)로 복어가 기이하다는 것을 비유하고 있는데 시풍이 한유의 <초남식이원십팔협률(初南食貽元十八協律)>·<답유유주식하마(答柳柳州食蝦蟆)> 등과 매우 비슷하므로,[181] 필력은 호방하면서 힘이 있고 묘사는 시원시원하며 그 사이의 의론은 "기이한 형상은 이미 매우 괴상하고, 그 독도 또한 더할 것이 없네."(奇狀已可怪, 其毒亦莫加.)라든가 "그 맛은 일찍이 비할 바가 없고, 그중에는 감추어진 화는 끝이 없네."(斯味曾不比, 中藏禍無涯.) 등과 같은 구는 남김없이 써내어 전혀 주저함이 없다. 그러니 이는 시가를 논함에 청원(淸遠)·평담(平淡)을 주

180) ≪육일시화≫.
181) ≪한창려시계년집석≫ 권11에 보임.

장하는 주희의 입장에서 보면 수긍할 수 없었던 것이다. 이른바 "옷을 벗고 대문으로 가서 남의 부친을 욕하는 것과 같다."(脫了衣裳, 上門罵人父一般.)라고 한 것은 당연히 그렇게 너무 노골적인 것을 가리켜 하는 말일 것이다.

우리가 마땅히 지적해야 할 것은 주희의 비평이 다소 지나치긴 하지만 아무렇게나 비평을 한 것이 아니다. 하지만 매요신의 시 중 평담한 부분은 또 왜 주희의 인정을 받지 못했을까 하는 점이다. 앞의 인용문으로 보면 그는 매요신의 시 가운데 "한가로울 때 쓴 일부 작품에는 아직 위진(魏晉) 이전의 높은 풍격의 여운이 남아 있다."(閒暇蕭散, 猶有魏晉以前高風餘韻.)라고 한 "쓸쓸한 짧은 글"(寂寥短章)에 대해서는 그래도 높이 평가하였다. 그러나 주희는 매요신의 주요한 풍격에 대해서는 "평담"으로 평가하지 않고, "고담(枯淡)" 내지 "고고(枯槁)"로 평가하였다. 필자가 생각하기에 이는 매요신이 추구하는 "평담"한 풍격과 주희가 주장하는 "평담"이라는 풍격이 명칭만 같을 뿐 실제 함의가 다르기 때문이라고 여겨진다. 간단하게 말한다면 주희가 주창하는 것은 당대 이전 자연스럽게 형성된 비교적 소박한 시풍인데, 매요신의 시는 '극도로 다듬어진'(爐火純靑) 경지였다. 주희는 "옛 사람들의 시가 본래 어찌 '평담'을 염두에 두기나 했던가? 그런데 지금의 괴이하고 극도로 조탁한 것과 신귀(神鬼) 같은 것들에 비하면 '평이'하게 보이고, 지금의 기름지고 비린내 나며 시고 짜고 쓰며 떫은맛에 비하면 '담백'하게 보일 따름이다. 시가 처음 지어질 때부터 위진에 이르기까지 작자는 한둘이 아니지만 그 시가 빼어난 부분은 이를 벗어나는 경우가 없다."(夫古人之詩, 本豈有意於平淡哉? 但對今之狂怪雕鎪·神頭鬼面, 則見其平；對今之肥膩腥臊·酸鹹苦澁, 則見其淡耳. 自有詩之初, 以及魏晉, 作者非一, 而其高處無不出此.)[182]라고 하여, 주희의 입장에서 보면 매요신의 시는 대부분 "의도적으로 평담하게 하려고 한"(有意

平淡) 경우였다. 게다가 매요신의 시는 간혹 고의로 "고삽"(枯澁)하게 썼는데, 예를 들면 그가 만년에 쓴 유명작인 <동계(東溪)>의 말련(末聯)에 "정은 비록 싫어하지 않지만 머물 수가 없어, 저녁 무렵 돌아오니 수레와 말이 지쳤네."(情雖不厭住不得, 薄暮歸來車馬疲.)[183]라고 하였는데, 질박하고 고삽(枯澁)한데 말이 끝나고 뜻도 다하여 여운이 없다. 주희는 매요신의 시를 "고고(枯槁)"라고 했는데 아마도 이와 같은 류의 시를 가리켜서 한 말일 것이다.

주희는 남송의 시인들 중에서 육유를 가장 추숭하였다.

> 방옹(放翁 : 육유)은 나이가 들면서 붓이 더욱 힘이 있어 현재 마땅히 제일류로 손꼽아야 할 것이다.(放翁老筆尤健, 在今當推爲第一流.)[184]

> 육유의 시는 읽으면 속이 후련하다. 근대에 들어 이 사람만이 시인의 풍격을 갖추고 있다. 이와 같은 시편은 처음에는 그리 힘들여 쓴 것처럼 보이지 않으나 시어의 의미가 초연하여 평범하지가 않아 읽는 이로 하여금 감탄을 금치 못하게 한다. 대저 그것을 좋아하면 죄가 없는 것이고, 그것에 해를 가하려 한다면 그 자체가 문제일 따름인 것이다. 최근에 또 이미 서울을 떠났다고 하던데 무슨 일 때문인지 모르겠다. 어쩌면 이렇게 좋은 시를 지으면 안 되어서 좋은 관료 노릇을 하지 못하게 벌을 주는 것은 아닌지?(放翁之詩, 讀之爽然. 近代唯見此人爲有詩人風致. 如此篇者, 初不見著意用力處, 而語意超然, 自是不凡, 令人三歎不能自已. 蓋愛之者無罪, 而害之者自爲病耳. 近報又已去國, 不知所坐何事, 恐只是不合做此好詩, 罰令不得做好官也.)[185]

---

182) <답공중지>, ≪문집≫ 권64, 6쪽.

183) ≪매요신집편년교주≫ 권25. 저자 안 : 이 시는 지화(至和) 2년(1055)에 쓴 것으로 당시 매요신의 나이는 54세였다.

184) <답공중지>, ≪문집≫ 권64, 14쪽.

185) <답서재숙(答徐載叔)>, ≪문집≫ 권56, 6쪽.

주희와 육유는 서로의 우의가 아주 매우 돈독하여 두 사람은 서로 도의(道義)를 존중하는 것으로 추켜세웠다. 금(金) 나라에 대항하는 것도 같은 태도를 취하였으며 평소 서신 내왕도 매우 많았다. 뒤에 인용한 글은 순희(淳熙) 16년(1189) 후에 쓴 것으로 그해 11월 육유가 탄핵되어 파직 당한 후 고향으로 내려가자 주희는 글에서 많은 감개를 담고 있으며 심지어 이것은 육유가 시를 너무 잘 썼기 때문이라고 여기고 있다. 글에서 언급하고 있는 시가 어느 편인지는 모르지만 평어를 통해서 볼 때 육유 시 가운데의 비분(悲憤)・강개(慷慨)하는 그런 애국시가 아니라 한가로운 마음이나 혹은 시골 생활을 읊조린 작품을 가리키는 것 같은데 주희는 그래도 높이 평가하고 있다. 당시 시단에서는 조번(趙蕃)・한표(韓淲) 등이 여전히 강서시파의 노선을 걷고 있었고, "영가사령(永嘉四靈)"과 일부 강호시인들은 만당 시풍을 표방하고 있었다. 육유와 이름을 나란히 한 범성대(范成大)・양만리(楊萬里) 등은 비록 나름대로 일가를 이루었지만 풍격이나 경향에 있어 각기 앞에서 언급한 두 사람과 가까웠는데 육유만이 당시 여러 사람들과 뚜렷이 달라서 더 이상 강서시파의 낡은 노선을 밟지 않고 만당으로의 회귀를 강하게 반대하면서 이백과 두보의 기치를 높이 치켜들고 성당(盛唐)으로의 회귀를 주창하였다. 그가 산음(山陰)으로 물러난 후 시풍은 도연명의 시와 가까워졌다. 주희가 육유를 "제일류(第一流)"라고 하고 "근대 제일이다"(爲近代唯一)라고 한 것은 참으로 혜안을 가졌다고 할 만하다.

앞에서 말한 것을 종합하면, 주희는 역대 시가에 대해서 많은 평가 의견을 내어 놓았는데, 주희는 당대 이전의 자연스럽고 소박한 풍격을 가장 추숭했지만, 꼭 무턱대고 "옛것을 중시하고 지금 것을 경시하지"(厚古薄今)는 않아서, 당・송의 주요 시인들에 대해서도 대체로 높이 평가하였다. 그리고 그의 평가들은 대체로 그 당시 시풍을 바로잡고자 하는 의도를 가지고 있어서 겉으로 보기에 별로 상관이 없어 보이는 개개의 의견들도 사실은 서로 긴밀하게 관련성을 가지고 있다. 더 중요한 것은 주희는 독자적인 사고에 능하고 또 감상과 식별에 정통하여 간혹 몇 마디의 말이지만 핵심을 찌르곤 하여 그의 의견들은 문학비평사상 소중한 자료가 되기도 하지만, 애석하게도 그의 견해들은 거대한 그의 문집이나 어록 등에 흩어져 있어서 가려내기가 쉽지 않다. 주희의 후손 주옥(朱玉)이 주희의 논시(論詩) 관련 견해들을 모아서 ≪청수각논시(淸邃閣論詩)≫를 엮어서 세상에 전해지기는 하지만[186] 빠뜨린 것이 많다.

## 제3절 주희의 문학과 시대의 관계론

앞 두 절에 걸친 논술을 통하여 주희의 시문 비평은 뚜렷한 후고박금(厚古薄今)의 경향이 있음을 알 수 있다. 그렇다면 전체적으로 볼 때 주희는 문학과 시대의 관계에 대해서 어떤 견해를 가졌는가?

우선 주희는 문학기교는 시대의 흐름에 따라 부단히 발전하지만, 이러한 발전이 꼭 문학의 진보를 의미하는 것은 아니며 오히려 문학을 점점 쇠퇴하게 한다고 여겼다. 먼저 주희의 산문에 관한 어록 몇 조항을 보자.

> 한유 문장의 힘은 한대의 문장만 못하고, 한대 문장의 힘은 선진(先秦) 전국(戰國)만 못하다.(韓文力量不如漢文, 漢文不如先秦戰國.)[187]

186) 곽소우의 ≪송시화고(宋詩話考)≫, 178쪽에 상세히 보임.
187) ≪주자어류(朱子語類)≫ 권139, 3302쪽.

한초 가의(賈誼)의 글은 질박하고 조착(晁錯)은 이해(利害)를 설명한 곳이 빼어나나 답제책(答制策)은 어수선하다. 동중서(董仲舒)의 글은 완약(緩弱)하며 그의 답현량책(答賢良策)은 묻고 있는 절실한 곳에는 답을 하지 못하고 긴요하지 않은 곳에 이르러서는 수백 언을 쌓아 놓았다. 동한(東漢)의 문장은 특히 더욱 못하며 점점 대우(對偶)를 향해 내달렸다.(漢初賈誼之文質實. 晁錯說利害處好, 答制策便亂道. 董仲舒之文緩弱, 其答賢良策, 不答所問切處；至無緊要處, 有累數百言. 東漢文章尤更不如, 漸漸趨於對偶.)[188]

대체로 무제(武帝) 이전의 글은 웅건(雄健)하고 무제 이후는 더욱 실하다. 그러나 두흠(杜欽)・곡영(谷永)의 글에 이르러서는 또 너무 약하여 귀착점이 없게 되었다.(大抵武帝以前文雄健, 武帝以後更實. 到杜欽・谷永書, 又太弱無歸宿了.) [189]

한말 이후부터 단지 촉대(屬對) 문자만을 지어 곧장 후에 이르도록 단지 약해질 뿐이었다. 예컨대 소정(蘇頲)은 힘을 들여 변하려고 하였지만 변할 수 없었다. …… 글의 기세는 쇠약하여 곧장 오대에 이르렀다.(漢末以後, 只做屬對文字, 直至後來, 只管弱. 如蘇頲著力要變, 變不得. …… 文氣衰弱, 直至五代.)[190]

주희는 고금 문장의 변화에 있어서의 관건은 변려화(駢儷化)라고 보고 있음이 분명하다. 물론 사실상 변려구과 산문구는 모두 같이 상고 시대로부터 기원하였으므로 선진(先秦)의 전적에도 변려구는 곳곳에 보이며 일일이 예를 들 수도 없을 만큼 많다.[191] 그러나 주희의 귀납은 그래도 일리가 있는데, 그것은 상고 시대 전적 중에 변려구는 한문 자체의 특

188) 《주자어류(朱子語類)》 권139, 3299쪽.

189) 《주자어류(朱子語類)》 권139, 3299쪽.

190) 《주자어류(朱子語類)》 권139, 3298쪽.

191) 간종오(簡宗梧)의 《부와 변문》(賦與駢文), 제2장 <선진 사부와 변사려구>(先秦辭賦與駢辭偶句), 31~65쪽, 대만서점(臺灣書店) 1998년판 참조.

수성으로 인해 생겨난 자연 현상이었기 때문이다. 당시의 문장은 어떤 것은 변려구이고 어떤 것은 산구(散句)였는데, 대부분은 산문 가운데 변려구가 끼어 있었으며 모두 작자가 의도적으로 추구한 것이 아니었기 때문에 변문(騈文)은 없었다. 한대에 이르러서는 날로 발전한 사부(辭賦)의 영향을 받아서 문인들은 점차 변려 구식(句式)에 주의를 기울이게 되었고 변문도 그에 따라 생겨나게 되었다. 현대 문학의 관점으로 보면 변문은 일종의 순수한 미문(美文)이어서, 변문의 출현은 문학 사상 중대한 진보라는 의미를 지닌다. 그러나 "문이재도(文以載道)"를 주장하는 주희의 입장에서 보면, 사륙변려문(四六騈儷文)은 재도(載道)에 도움이 되지 않을 뿐 아니라 재도에 방해가 될 수 있었다. 그러다 보니 그는 변체문에 대해서 호감을 가지지 않을 수밖에 없었다. 이 밖에도 문장의 기세나 역량으로 볼 때 변문은 분명 산문과 비교하기 어렵다. 특히 작가가 지나치게 사륙변문(四六騈文)에 빠져서 전고(典故)나 미사려구를 지나치게 추구하게 되면 변문은 어쩔 수 없이 유약하게 변할 수밖에 없게 되고, 그렇게 되면 서한(西漢) 이전 문장이 갖고 있던 두텁고 장대한 기세는 다 상실할 수밖에 없게 된다. 주희는 이러한 두 가지 측면의 이유 때문에 산문의 변우화(騈偶化)에 대해서 매우 큰 반감을 가질 수밖에 없었던 것이다.

다시 시가에 관한 견해 두 가지를 살펴보자.

> 옛날 사람들은 마음씨가 온화하고 너그러워, 한 말들이 저절로 그렇게 좋았다. 당시 사람들이 운(韻)을 맞춘 것은 단지 읊조리기에 편하게 하기 위해서 일 뿐이었다. 그런데 나중에 와서는 줄곧 글자의 운을 매우 엄격하게 따지게 되었지만 의미는 없어졌다. 한대는 주대(周代)보다 못하고 위진(魏晉)은 한대보다 못하며 당대(唐代)는 위진보다 못하고 본조(本朝)는 또 당대보다 못하다.(古人情意溫厚寬和, 道得言語自恁地好. 當時協韻, 只是要便於諷詠而已.

到得後來, 一向於字韻上嚴切, 卻無意思. 漢不如周, 魏晉不如漢, 唐不如魏晉, 本朝又不如唐.)[192]

고금의 시는 무릇 세 번 변했다. 서전(書傳)의 기록으로부터 우하(虞夏) 이래로 위진(魏晉)에 이르기까지가 한 단계이다. 그리고 진송(晉宋) 연간 안(顏)·사(謝) 이후 아래로 당대 초반까지가 한 단계이고 다시 심전기(沈佺期)·송지문(宋之問) 이후 율시가 정착되고 나서 지금까지가 또 한 단계이다. 그러나 당초(唐初) 이전 시를 쓰는 사람들 사이에도 물론 고하(高下)가 있었지만 기본 법도는 그래도 변화가 없었다. 율시가 나오고 나서 시가 시를 쓰는 법도와 함께 모두 크게 변하기 시작하여, 오늘날에 이르러서는 더욱더 공교해지고 세밀해지게 되어 더 이상 옛 사람들의 풍격이 없게 되었다. 그래서 늘 외람되지만 경사(經史) 등 여러 서적에 전하는 운문(韻文)을 베꼈는데, 아래로 ≪문선≫과 한위의 옛 시가에 이르기 까지 하고 곽박(郭璞)·도연명(陶淵明)의 작품까지 다하여 스스로 편집하여 ≪시경(詩經)≫·≪초사(楚辭)≫ 뒤에 첨부하여 시의 근본적인 준칙으로 삼고자 한다. 그리고 또 그 아래 두 단계 중에 옛 것에 가까운 것을 선택하여 각기 편집하여 우익으로 삼고 준칙에 맞지 않는 것은 모두 버려서 우리들의 이목에 닿지 않게 하고, 우리들의 가슴속에 들어오지 못하게 하고자 하였다.(古今之詩, 凡有三變. 蓋自書傳所記, 虞夏以來, 下及魏晉[漢·魏], 自爲一等. 自晉宋間顏·謝以後, 下及唐初, 自爲一等. 自沈·宋以後, 定著律詩, 下及今日, 又爲一等. 然自唐初以前, 其爲詩者固有高下, 而法猶未變. 至律詩出, 而後詩之與法,始皆大變. 以至今日, 益巧益密, 而無復古人之風矣. 故嘗妄欲抄取經史諸書所載韻語, 下及≪文選≫漢魏古辭[詞], 以盡乎郭景純·陶淵明之所作, 自爲一編, 而附於≪三百篇≫·≪楚辭≫之後, 以爲詩之根本準則. 又於其下二等之中, 擇其近於古者, 各爲一編, 以爲之羽翼輿衛. 其不合者則悉去之, 不使其接於吾耳目, 而入於吾之胸次.)[193]

첫째 인용문에서는 압운(押韻)에 입각하여 시가가 지금 것이 옛 것보다 못하다고 비평하였다. 즉 옛 사람의 압운은 완전히 자연스러운 것으

192) ≪주자어류(朱子語類)≫ 권80, 2081쪽.

193) <답공중지>, ≪문집≫ 권64, 3쪽.

로 "단지 읊조리기에 편하려고 한 것일 뿐이지만"(只是要便於諷詠而已), 후세 사람들의 압운에 대한 요구는 갈수록 엄격해져서 운부(韻部)가 세밀해졌을 뿐 아니라 화운(和韻) · 차운(次韻) 등등의 방법도 생겨났다. 형식에 대한 지나친 관심은 내용의 표현에 영향을 끼치게 되어 "도리어 의미는 없어졌다"(却無意思)라고 하였다. 두 번째 인용문은 고금 시가의 발전과정에 대하여 전면적인 고찰을 한 후 고금시가를 세 단계로 나누었는데, 단계를 나누는 표준은 시가의 율격화(律格化)의 정도였다. 즉, 위진 이전은 시가가 아직 자연스럽고 소박한 단계에 머물러 성률(聲律)에 대해서도 별로 따지지 않았다. 진송에서 당초에 이르기까지 시인들은 어떻게 사성(四聲)을 운용하여 시가의 음률을 조화롭게 할 것인가에 대해서 모색하였고, 심전기와 송지문부터 시가의 성률화가 완성되어 율시는 5 · 7언시의 가장 중요한 형식이 되었다. 주희는 이 세 단계의 관계는 점점 더 악화된 것이라 여겨서 그가 진심으로 괜찮다고 인정한 것은 첫 번째 단계의 고시(古詩)뿐이어서 그것은 "시의 근본 준칙"(詩之根本準則)이라고 여겼지만, 그 후 사령운(謝靈運) · 안연지(顔延之) 이후의 시가에 대해서는 탐탁하지 않게 생각하고 시가가 율격화된 이후 기존 시가의 준칙이 파괴되어 고시의 자연스럽고 소박한 풍격이 사라져버렸다고 여겼다. 주희의 시각에서 보면 시를 쓰는 목적은 "뜻을 말하고 흉회를 펼치고"(言志抒懷) 성정(性情)을 읊는 것이어서 예술적인 공졸(工拙)은 주요한 것이 아니었다. 그래서 율시의 갖가지 규범이나 요구 조건들은 형식적인 면에 착안한 것이라서 만약 시인이 형식적인 면에 마음을 쏟는다면 분명히 전심전력으로 "뜻을 말하고 흉회를 펼칠"(言志抒懷) 수 없을 것이기 때문이다. 주희는 명확하게 지적하여 "그러므로 옛날의 군자는 덕(德)이 넉넉히 그의 뜻을 추구할 만했고 반드시 고명하고 한결같은 뜻에서 출발하였으므로 시에 있어서는 배우지 않고도 능할 수 있었다. 율격의 정세함과 거침, 용운(用韻)과 대우(對偶), 전고(典故)나 수사(修辭)에 있어서의 뛰어남과 그렇지 못함 등은 지금 위진 이전의 여러 현인들의 작품으로 보아도 이런 것들에 마음을 둔 사람이 없는데, 하물며 고시를 쓴 옛 사람들에 있어서랴! 그러므로 시의 공졸에 관한 논의나 아름답게 꾸미는 말이 두드러지게 되면 시가 '뜻을 말하는'(言志)의 공(功)은 숨게 된다."(是以古之君子, 德足以求其志, 必出於高明純一之志, 其於詩固不學而能之. 至於格律之精粗, 用韻屬對・比事・ 遣辭之善否, 今以魏晉以前諸賢之作考之, 蓋未有用意於其間者, 而況於古詩之流乎?故詩有工拙之論, 而葩藻之詞勝, 言志之功隱矣.)[194]라고 하였다.

그러므로 산문이든 시가든 주희의 관점은 한결 같다. 즉 그는 시문이 형식적으로 점점 세밀해지고 아름다움을 추구한다는 역사적인 사실을 보았지만 이러한 변화가 문학의 진화라고는 여기지 않았고, 반대로 이것은 문학이 사상 가치와 기능면으로는 후퇴를 의미하는 것이라고 여겼다. 간단하게 말한다면 주희의 마음속에서 역대 시문은 대대로 쇠퇴하는 추세에 있음을 드러내고 있다. 우리가 여기서 마땅히 지적해야 할 것은 이러한 복고의 관점은 본래 아주 오랜 역사를 지녀, 유명한 유협(劉勰)도 비슷한 관점을 가졌었다. "생각하고 논하건대, 황당(黃唐) 시대는 순수하고 질박했으며, 우하(虞夏) 대에는 질박하면서도 분별을 하였고, 상주(商周) 시대는 아름다우면서 전아하였으며, 초한(楚漢) 시대는 사치스러우면서 천했으며, 위진(魏晉) 때는 천하면서 아름다웠고, 송초(宋初)에는 어그러지고 새로운 것을 추구하였다. 질박한 것으로부터 출발하여 어그러짐에 이르기까지 갈수록 점점 맛이 없어진 것은 무엇 때문인가? 새로운 것을 추구하면서 옛것을 소홀하게 되었으니 옛 기풍은 시들게 된 것이다."(推而論之, 則黃・唐淳而質, 虞夏質而辨, 商周麗而雅, 楚漢侈而淺, 魏晉淺

194) <답양송경(答楊宋卿)>, ≪문집≫ 권39, 3쪽.

而綺, 宋初訛而新. 從質及訛, 彌近彌淡, 何則? 競今疏古, 風味氣衰也.)[195]라고 하였는데, 이는 본래 논리적인 현상이다. 유가의 이론을 원칙으로 하게 되면 유가의 고대를 숭상하는 문화 관념과 사회의 정치기능을 중요시하는 문학 사상은 필연적으로 순박하고 질박한 것을 긍정하고 내용이 부실하고 형식적인 아름다움을 추구하는 것에 반대하는 가치 성향으로 나아가게 마련이다. 그렇게 보면 산문 가운데에서의 변우(騈偶)와 시가 중의 성률과 같은 그런 순수하게 형식적인 것에 속하는 새로운 변화에 대해서는 반대의 입장을 취할 수밖에 없다. 주희는 유학을 부흥시키는 것을 자신의 사명으로 아는 이학가였기 때문에 그와 같은 전통을 벗어나기는 불가능했던 것이다. 바꾸어 말하면 주희의 후고박금(厚古薄今)적인 문학사 관념은 바로 이학가문학사상의 공통성을 드러낸 셈이다.

그렇다면 주희의 위와 같은 관념에 다른 의의는 없는가? 필자가 생각하기에는 있다고 보는데, 그것은 바로 당시의 병폐를 바로잡는 측면에 있다. 주희는 말하였다.

> 송초의 문장은 모두 엄격하고 무게가 있었다. 일찍이 가우(嘉祐) 이전의 고사(誥詞) 등을 보면 언어가 매우 졸박한 것이 있곤 하였는데, 그 글을 쓴 사람들은 모두가 당시 유명한 인물들이었다. 그 글은 비록 졸박하지만 사용한 언어는 신중하였고, 교묘하게 하고자 하였으나 그렇게 하지 못한 감이 있어서 당시 문풍은 매우 두터웠다. 구양수에 이르러서 문장은 훌륭한 것은 매우 훌륭하였으나 그래도 매우 졸박한 것도 있어서 그의 온화함이 사라지지는 않았다. 소동파에 이르러서는 글은 마음껏 치달아 너무 공교해졌다. 선화(宣和)·정화(政和) 연간에는 그 화려함이 극에 달해서 온화함을 다 사라지게 해버렸다.(國初文章, 皆嚴重老成. 嘗觀嘉祐以前誥詞等, 言語有甚拙者, 而其人才皆是當世有名之士. 蓋其文雖拙, 而其辭謹重, 有欲工而不能之意, 所以風俗渾

195) ≪문심조룡(文心雕龍)·통변(通變)≫.

厚. 至歐公文字, 好底便十分好, 然猶有甚拙底, 未散得他和氣. 到東坡文字便已馳騁, 忒巧了. 及宣政間, 則窮極華麗, 都散了和氣.)[196]

옛 사람들의 글에는 기개가 있기 때문에 그 글은 장대한 파도가 이는 듯하다. 구양수나 소동파는 또한 모두 경학의 기초 위에 힘을 썼다. 요즘 사람들은 단지 지엽적으로 꾸밀 따름이어서, 마치 아고(訝鼓:송대 민간잡극의 일종)를 공연하는 것과 같다. 그 사이에 남자・부인・스님과 도사・잡색(잡색)은 없는 것이 없지만 모두가 가짜다. 예전이 서단립(徐端立)이 말한 것을 보니, 석림(石林)은 일찍이 "요즘 세상에는 어떻게 글을 얻겠는가? 그저 글자를 줄이고 글자를 바꾸는 법 밖에 없다. 예를 들면 '호주(湖州)'를 말하려면 반드시 '주(州)'자를 없애고 단지 '호(湖)'라고만 하는데 이것이 감자법(減字法)이다. 그렇지 않으면 잡상(霅上)이라고 하는데 이것이 환자법(換字法)이다."라고 하였다.(前輩文字有氣骨, 故其文壯浪. 歐公東坡亦皆於經術本領上用功. 今人只是於枝葉上粉澤爾, 如舞訝鼓然. 其間男子・婦人・僧道・雜色, 無所不有, 但都是假底. 舊見徐端立言, 石林嘗云："今世安得文章? 只有箇減字換字法爾. 如言湖州, 必須去州字, 只稱湖, 此減字法也；不然, 則稱霅上, 此換字法也.")[197]

옛 사람들의 글은 규모가 크고 의론이 호방하여 부드럽고 여성적인 자태를 나타내지 않았는데, 그것은 그 당시의 기풍이 그러하였기 때문일 것이다. 그래서 선화(宣和)이후 건소(建紹)로 이어지기까지 위태롭고 어지러움이 비록 극에 달하였으나 선비에 기개는 약해지지 않았다. 증공의 글을 보면 또한 마찬가지로 거의 비슷하다. 그런데 요즘 글 잘 쓴다는 사람들은 하나같이 자태를 꾸미고, 잘 웃는 것으로 빼어나다고 여겨 더 이상 대장부의 기개가 없어서, 식견이 있는 사람들은 대체로 그것을 매우 근심스럽게 여기지만 무엇으로 바로잡을 방도가 없다.(前輩文字規模宏闊, 議論雄偉, 不爲脂韋嫵媚之態. 其風氣習俗蓋如此. 故宣和之後, 建・紹繼起, 危亂雖極而士氣不衰. 觀曾公之文, 亦可以見其彷佛矣. 近歲以來能言之士, 例以容冶調笑爲工, 無復丈夫之氣, 識者蓋深憂之, 而不能有以正也.)[198]

196) ≪주자어류(朱子語類)≫ 권139, 3307쪽.
197) ≪주자어류(朱子語類)≫ 권139, 3318쪽.
198) <발증중공문(跋曾仲恭文)>, ≪문집≫ 권83, 13쪽.

> 근년 이래로 풍속이 확 바뀌어 위로는 조정의 관원으로부터 아래로는 일반 백성들에 이르기까지 한 가지 의론만 서로 전하여 익힌다. 글을 씀에는 오로지 함축적이고 원숙하며 부드러우면서 아름다운 것을 숭상하여 그와 함께 사는 사람으로 하여금 일 년이 지나도 그 마음속에 품은 바가 무엇인지 짐작할 수 없게 하고, 그 말을 듣는 사람으로 하여금 온종일 있어도 그가 느끼는 바가 향하는 바를 알 수 없게 한다. 4~50년 전의 풍속을 돌아보면 그저 겨울과 여름·밤과 낮이 반대인 것뿐인데, 이는 무엇이 그러하게 한 것인가?(近年以來風俗一變, 上自朝廷縉紳, 下及閭巷韋布, 相與傳習一種議論. 制行立言, 專以蘊藉襲藏·圓熟軟美爲尙. 使與之居者, 窮年而莫測其中之所懷；聽其言者, 終日而不知其感之所鄕. 回視四五十年之前風聲氣俗, 蓋不啻寒暑晝夜之相反. 是孰使之然哉!)[199]

> 소흥(紹興) 연간의 문장은 대체로 거칠어서 한 단락 형태의 시문(時文)이었지만, 지금 글은 너무 치밀하여 유약한 방향으로 흐른다.(紹興間文章大抵粗, 成段時文. 然今日太細膩, 流於委靡.)[200]

앞에서 인용한 다섯 조항의 인용문 중에서 네 조항은 주희가 소희(紹熙) 2년(1191)에서 소희 5년(1194) 사이에 한 말임을 고증하여 알 수 있으니 그의 "만년의 정론"(晩年定論)[201]이다. 첫 조항은 북송 초년으로부터 가우(嘉祐) 이전까지는 문풍이 진중하고 풍속이 두터웠다. 그러나 북송

199) <발여암기집(跋余岩起集)>, ≪문집≫ 권83, 9쪽

200) ≪朱子語類≫ 권139, 3316쪽.

201) 둘째 조항은 이방자(李方子)가 기록한 어록으로 동시에 이 조항을 기록한 사람으로는 요겸(廖謙)·습개경(襲蓋卿)이 있다. ≪주자어류(朱子語類)≫ 권수(卷首)의 <성씨표(姓氏表)>에 의하면 갑인년(甲寅年) 즉 소희(紹熙) 5년(1194)에 기록된 것임을 알 수 있다. 세 번째 발문은 연월일을 밝히지 않았지만 ≪문집≫의 같은 권에 수록되어 있고 그 앞의 <발여사인청계류고(跋呂舍人淸溪類稿)>와 그 뒤의 <발증남풍첩(跋曾南豐帖)>이 모두 "소희 갑인"(紹熙甲寅)이라고 쓰여 있어서 이 발문도 소희 5년에 지어진 것임을 알 수 있다. 네 번째 발문은 "소희 계축(紹熙癸丑)"이라고 쓰여 있으니, 바로 4년(1193)이다. 다섯 번째는 정가학(鄭可學)이 기록한 어록으로 <성씨표>에 따르면 신해년(辛亥年) 즉 소희 2년(1191)에 기록되었음을 알 수 있다.

말년에 이르러 문풍은 이미 "화려함이 극에 달하여"(窮極華麗) 두터웠던 풍속은 더 이상 없었다. 지금 가우 이전의 시기를 보면 조정의 유명한 문신인 구준(寇準)·안수(晏殊)·한기(韓琦)·범중엄(范仲淹)·문언박(文彥博) 등이 있었는데 이들은 모두 덕행이 훌륭하여 당시 세간에 이름이 널리 알려졌던 정치가들로, 바로 주희 마음속의 "명신(名臣)"이었다.[202] 주희가 보기에 이 사람들의 글은 모두 쓰임새가 있어 쓴 것으로 형식적인 아름다움이나 공교함을 추구하지 않았는데, 그러한 문풍은 당시의 사회 정치 교화와 밀접하게 관련이 있는 것으로 당시 후덕하고 순박한 사회 분위기가 문학에 반영된 것이었다. 선화(宣和)·정화(政和) 연간 즉 송 휘종(徽宗) 시기에는 북송의 국력은 쇠약해지고 조정 내의 정치가 혼탁하고 신·구당 사이의 당쟁도 이미 각기 상호 배척하고 현능들을 시기하는 정치적인 간계를 펼쳤으며, 경력(慶曆) 시기에는 이전의 그런 충의로운 마음으로 조정 정치에 참여했던 기풍은 이미 완전히 자취를 감추었다. 이러한 사회분위기와 상응하여 문학 작품도 부드러운 아름다움을 숭상하였으므로 주희가 "'온화한 기운'(和氣)이 다 사라져 버렸다"(都散了和氣)라고 비난하였던 것이다.

아래 네 조항은 모두 문학사를 들여다보는 안목으로 당시까지 살펴 더욱 뚜렷한 현실성을 지닌다. 주희는 당시 문단의 "자태를 꾸미고 웃음지음"(容冶調笑), "원숙하고 부드러운 아름다움"(圓熟軟美)을 숭상하는 것에 대해서 통절하게 증오하였으며, 그러한 쇠미하고 유약한 문풍은 사대부들의 기풍이 쇠락한 탓이라고 여겼다. 주목할 만한 점은 주희가 첫

202) 저자 안 : 주희는 ≪명신언행록(名臣言行錄)≫을 편찬하여 송이 개국한 이래 역대 명신들의 언행을 기록하였는데 그중에서 앞의 오조(五朝 : 일설에는 팔조(八朝))는 주희가 직접 기록한 것이라고 한다. ≪사고전서총목제요(四庫全書總目提要)≫ 권57 ≪명신언행록≫ 조에 상세하게 보임.

째 인용문에서 북송 초기와 비교해 보면 북송 말기의 문풍은 이미 쇠약해졌다고 여겼다. 그러나 그가 목전의 문풍을 비판할 때는 또 선화 이후 특히 소흥(紹興) 연간 즉 남송 초기의 문풍은 비교적 건전하다고 여겼다. 그는 또 당시(광종(光宗) 소희(紹熙) 연간)와 "4~50년 전"(고종(高宗) 소흥(紹興) 연간)은 문풍과 사대부의 기풍이 큰 차이가 있다고 여겼는데, 그 원인은 분명 대를 거듭할수록 못하다는 후고박금(厚古薄今)의 관념 탓이 아니라 역사의 진정한 진전에 대한 깊은 통찰에 따른 것이었다.

우리는 정강(靖康) 사변(事變)의 갑작스런 발발이 마치 질풍노도처럼 문단의 쇠미한 문풍을 쓸어버렸다는 것을 안다. 사대부들은 국난을 눈앞에 두고 더 이상 음주・가무와 서재와 정원에서의 생활을 누릴 수 없었고, 집정자들의 반대파에 대한 압박도 완화되거나 철회되었다. 국가와 민족이 위급한 상황에 처하자 모든 정직한 사람들은 그들의 관심의 눈빛을 자연스럽게 국가의 운명에 맞추었다. 그래서 여본중(呂本中)・진여의(陳與義) 등의 강서시파 시인들도 더 이상 시법(詩法)에 대한 논의에 빠져있지 않고 시를 쓰던 붓으로 금에 대항하고 나라를 살리자는 장대한 뜻이나 국가를 근심하는 깊은 생각을 쓰는 것으로 바꾸었다. 장원간(張元幹)・주돈유(朱敦儒) 같은 사인(詞人)들도 부드러운 감정을 낮게 읊조리던 것을 잠시 멈추고 호방하고 비장한 것을 주조(主調)로 바꾸게 되었다. 심지어는 여성사인 이청조(李清照)도 "지금 와서 생각하네. 항우(項羽)가 강동(江東)을 건너려고 하지 않은 것을."(至今思項羽, 不肯過江東.)이라는 호방한 사구(詞句)를 써내었다. 문단에서의 이러한 문풍과 서로 보조를 같이 하던 것은 애국지사들의 금 나라에 대항하여 몸을 내던진 투쟁 정신이었다. 남송의 군대는 악비(岳飛)・한세충(韓世忠) 등과 같은 장수들의 통솔 하에 여러 차례 큰 공을 세워, 기본적으로는 금 나라 군사의 남침 야욕을 억제시킨 셈이다. 고종과 진회(秦檜)의 투항 노선이 우위를 점한 이

후에도 호전(胡銓)은 여전히 상소를 올려 진회를 처형할 것을 요청하였으며, 장원간이나 왕정규(王庭珪) 등은 시와 사(詞)를 써서 폄적 가던 호전을 배웅하였다.

주희는 바로 이러한 시대 분위기 속에서 성장하였고, 그의 아버지 주송(朱松)과 그의 스승 유자휘(劉子翬) 등은 모두 애국지사 중의 한 사람이었다. 시대와 가정의 영향은 주희로 하여금 어려서부터 국가의 운명에 관심을 갖게 하여 남송 초기의 형세에 대해 직접 체득하게 되었다. 주희는 남송 초기 한 차례의 사기(士氣) 진작은 북송 오랜 기간 동안의 비축과 관계가 깊다고 여겼다. 세 번째 조항에서 "그래서 선화(宣和) 이후 건염(建炎)·소흥(紹興)으로 이어지기까지 위태롭고 어지러움이 비록 극에 달하였으나 선비의 기개가 쇠약해지지 않았던."(故宣和之後, 建·紹繼起, 危亂雖極而士氣不衰.)원인을 "옛 사람들의 글은 규모가 크고 의론이 호방하여 부드럽고 여성적인 자태를 나타내지 않았는데, 그것은 그 당시의 기풍이 그러하였기 때문일 것이다."(前輩文字規模宏闊, 議論雄偉, 不爲脂韋嫵媚之態. 其風氣習俗蓋如此.)라고 귀결하였는데 바로 그러한 뜻이다. 그러나 투항파가 남송의 조정에서 지배적인 위치를 점하면서부터 금 나라에 대항하고 국토를 수복하고자 하는 희망은 날로 아득하게 되었고 사기(士氣)도 날로 떨어지게 되었고, 문학도 이에 따라 날로 쇠락하게 되었다. 이러한 상황에 대해 정의감이 있는 사대부들이라면 너나없이 하나같이 분통을 터뜨렸다. 예를 들면, 육유(陸游)는 순희(淳熙) 8년(1181) 아주 침통하게 "근래 사기는 날로 쇠약해지고, 문장의 빛은 엎드려 일어날 줄 모르네."(爾來士氣日靡靡, 文章光焰伏不起.)[203]라고 하였고, 경원(慶元) 6년(1200)에 또 "문장은 날로 더욱 쇠퇴하고 고루함에 가까우니, 기풍이나 절조가

---

203) <사장시가통판증시편(謝張時可通判贈詩編)>, ≪검남시고(劍南詩稿)≫ 권13.

오랫동안 이미 쇠퇴함을 탄식하네. 원우(元祐)의 대소(大蘇)가 가고 나서 다시 돌아오지 않으니, 경력(慶曆)의 소범(小范 : 중엄(仲淹))을 지금 누가 알겠는가?"(文章日益近衰陋, 風節久已嗟陵夷. 元祐大蘇逝不返, 慶曆小范今誰知?)[204]라고 하였고, 가정(嘉定) 2년(1209) 그는 더욱더 명확하게 회고하여 "우리 송조는 정강(靖康)의 변 이후에 천자가 중흥을 다스린 이래로 비록 힘들고 혼란스러웠으나 유독 문장만은 쇠락하지 않았다. 관직을 얻은 자는 조령을 맡아 금석에 새기고, 유랑하며 벗이 없는 자는 글로 근심을 풀고 울분을 표현하여 시가로 표현하였다. 중원의 태평성세와 비교하여도 부끄러울 게 없었으니 정말이지 흥성하였다고 하겠다. 그러나 시간이 오래 지나면서 점차 쇠퇴하여 어떤 사람들은 섬세하고 교묘하게 잘라내어 작품으로 하고, 어떤 사람은 아주 비속한 말로 시를 짓기도 하고 하여 후세 사람들은 어떤 경우 이 때문에 변했으면서도 스스로는 변한 줄 모르게 되었다."(我宋更靖康禍變之後, 高皇受命中興, 雖艱難顚沛, 文章獨不少衰. 得志者司詔令, 垂金石. 流落不偶者娛憂抒憤, 發爲詩騷. 視中原盛時, 皆略無可愧, 可謂盛矣. 久而寢微, 或以纖巧摘裂爲文, 或以卑陋俚俗爲詩, 後生或爲之變而不自知.)[205]라고 하였다. 육유의 이러한 말은 앞에서 인용한 주희의 말과 어떻게 이렇게 흡사한가!

이렇게 국력이 쇠퇴하고 사기가 떨어졌으므로 문풍이 위축된 상황은 결국 최고 통치자가 그렇게 만든 장본이며, 이미 병폐가 심각한 지경에 이르러 구제하기가 어려웠다. 몇몇 지각 있는 지식인들이 이로 인해 통곡하고 눈물을 흘렸지만 이미 기울어진 상황을 되돌리기는 어려웠다. 그래서 주희는 비탄스러워하며 "지식인들은 대체로 그것을 깊이 걱정하였지만 바로잡을 수가 없었다."(識者蓋深憂之而不能有以正也.)라고 하였다.

---

204) <취중가(醉中歌)>, ≪검남시고≫ 권45.

205) <진장옹문집서(陳長翁文集序)>, ≪위남문집(渭南文集)≫ 권15.

그런데 육유도 매우 격분하여 말하기를 "강을 건너왔던 초기에는 돌볼 겨를이 없었는데, 여러 원로들의 글이 아직도 전해지네. 60년간 날로 쇠미하니, 이 일을 어찌 하늘에 부치겠는가!"(渡江之初不暇給, 諸老文辭今尙傳. 六十年間日衰靡, 此事安可付之天!)206)라고 하였다. 그러므로 필자는 만약에 주희의 문학사관을 그 특정한 시대 배경에 둔다면 그의 농후한 복고적 색채 속에 강렬한 시대정신을 담고 있다는 것을 어렵지 않게 알 수 있다고 생각한다. 주희는 사실 고대 문학의 내용을 중시하고 형식을 가벼이 여기면서 생겨난 순박하고 돈후하며 기골이 강건한 우수한 전통에 대한 갈구로 인하여 당시의 쇠미한 문단을 비판하였던 것이다. 이것은 바로 주희가 송대 이학가로서의 문론 가운데에서 드러내고 있는 개성이었다.

주희의 문학사관 가운데에서 또 하나 주목할 만한 점은 문학의 성쇠(盛衰)와 국가의 성쇠 간에 어떤 관계가 있느냐하는 것이다. 문학의 성쇠와 국가의 운명 간에 관련이 있다는 사실은 옛 사람들이 일찌감치 주목하였다. ≪좌전(左傳)≫(양공(襄公) 29년)의 기록에 의하면 오(吳) 나라 공자 계찰(季札)이 노(魯) 나라에서 음악을 살폈는데, 각 나라의 음악을 들을 때마다 그 소리에 근거해서 그 나라의 풍속 민심 및 정치의 득실을 추정하였다. 그리고 유가(儒家)의 경전인 <악기(樂記)>에는 그 규율을 아래와 같이 도출하였다. "치세(治世)의 음악은 편안하면서도 즐거운데, 그 정치도 온화하다. 난세(亂世)의 음악은 원망하면서도 노여워하는 내용을 담고 있는데, 그 정치는 어긋나 있다. 망국(亡國)의 음악은 슬프면서도 그리워하는 내용을 담고 있는데, 그 백성들은 곤궁하다."(治世之音安以樂,

206) <추감왕사(追感往事)> 기삼(其三), ≪검남시고≫ 권45. 저자 주 : 이 시는 가태(嘉泰) 원년(1201)에 쓰였는데, 바로 주희가 세상을 떠난 이듬해이다.

其政和. 亂世之音怨以怒, 其政乖. 亡國之音哀以思, 其民困.)라고 하였다. 곧 국가의 정치와 민생의 풍속은 문학속의 정서에 직접적인 영향을 끼쳐서 작품으로 하여금 그러한 각기 다른 모습을 드러내도록 한다는 뜻이다. 나중에 <시대서(詩大序)>에도 있고, 남조의 유협(劉勰)에 이르러 마침내 다음과 같은 더욱더 정확한 명제를 제시하게 되었다. 즉 "문학의 변화는 세속의 정서에 물들고, 흥폐는 시대와 관련되어 있다."(文變染乎世情, 興廢繫乎時序.)[207]라고 하고, 그는 또 역대의 문학이 시대의 변화에 따라 어떻게 변했는지에 대하여 구체적으로 분석하였다. 그렇다면 국운(國運)과 문운(文運)은 함께 흥성하고 함께 쇠미하는 관계인가? 이에 대해서 고대 유가의 관점은 명확하다. 즉 국가의 정치와 문학은 동시에 발전하는 것으로 국가가 흥성하면 문학도 따라서 흥성하며, 국가가 쇠망하게 되면 문학도 따라서 쇠망하게 된다는 것이다. 유협이 말한 이른바 "주(周) 문왕(文王)의 도덕이 성대한 데 이르러 <주남(周南)>은 노고하여도 원망하지는 않았고, 태왕(太王 : 주문왕의 조부)의 교화가 순후(淳厚)하여 <빈풍(邠風)>은 즐겁지만 음란하지 않았다. 유왕(幽王)과 여왕(厲王)이 어리석으니 <판(板)>·<탕(蕩)>은 노하고, 평왕(平王)이 쇠미하니 <서리(黍離)>는 슬프다."(逮姬文之德盛, <周南>勤而不怨. 大王之化淳, <邠風>樂而不淫. 幽厲昏而<板>·<蕩>怒, 平王微而<黍離>哀.)(≪문심조룡(文心雕龍)·시서(時序)≫)라고 한 것이 바로 앞에서 말한 관점의 구체적인 논증인 셈이다. 주희의 견해는 앞에서 언급한 이론적 배경과 밀접한 관계가 있는데, 그는 아래와 같이 말했다.

> 치세의 글이 있고 쇠세(衰世)의 글이 있고 난세의 글이 있다. 육경(六經)은 치세의 문이다. 예컨대 ≪국어(國語)≫는 힘이 없고 번잡하니 참으로 쇠세의 글이다. 이때는 말이나 의론이 그와 같았으니 주 나라가 떨치고 일어나지 못

---

207) ≪문심조룡·시서(時序)≫.

> 한 것도 마땅하다. 난세의 글에 이르러서는 전국(戰國)시대가 그렇다. 그러나 빼어나고 위대한 기운이 있으니 쇠세의 ≪국어≫의 글이 비할 바가 아니다. 초한(楚漢) 사이의 문자는 참으로 기이하고 위대하니 어찌 쉽게 미칠 수 있겠는가?(有治世之文, 有衰世之文, 有亂世之文. 六經, 治世之文也. 如≪國語≫委靡繁絮, 眞衰世之文耳. 是時語言議論如此, 宜乎周之不能振起也. 至於亂世之文, 則戰國是也. 然有英偉氣, 非衰世≪國語≫之文之比也. 楚漢間文字眞是奇偉, 豈易及也.)[208]

> 대개 문장이 성하면 국가는 오히려 쇠약해진다. 예컨대 당의 정관(貞觀)・개원(開元) 연간에는 전혀 문장이 없었으며, 한유나 유종원이 글로 드러나는 데 이르자 당의 치적(治積)은 이미 이전만 못하게 되었다.(大率文章盛, 則國家卻衰. 如唐貞觀開元都無文章, 及韓昌黎柳河東以文顯, 而唐之治已不如前矣.)[209]

표면적으로 보면 주희의 관점은 <악기(樂記)>에서 말하는 것과 완전히 일치하여 마찬가지로 국가 정치의 상태를 "치세"・"난세"와 "쇠세" 세 가지("쇠세(衰世)"는 곧 "망국(亡國)"임)로 분류하고 있으며, 또 "치세지문(治世之文)"을 추숭한다. 그러나 "치세지문"에 대한 평가를 차치하면(주희와 같은 이학가들은 필연적으로 육경을 모범으로 할 것이므로), 주희는 성세(盛世)에 문학이 흥성하고 쇠세에 문학이 쇠퇴한다는 그러한 이론 방식에 구애되지 않고, 도리어 "난세"의 문장은 기이하고 웅위하며 평범하지 않다고 여기고, 심지어는 "대개 문장이 성하면 나라는 오히려 쇠퇴한다."(大率文章盛, 則國家卻衰.)라는 상반된 생각을 제시하였다. 주희는 "전국(戰國)"과 "초한 간의 문자"(楚漢間文字)를 난세지문의 예증으로 삼았으며, ≪국어≫를 쇠세지문의 대표작으로 삼았다. 지금 고증해 보면 ≪국어≫는 비록 전국 초기에 쓰였지만 기본적으로는 춘추(春秋) 열국(列國)의 옛 역

---

208) ≪주자어류(朱子語類)≫ 권139, 3297쪽.
209) ≪주자어류(朱子語類)≫ 권139, 3302쪽.

사를 재편집하여 썼으므로 춘추 시대의 문자로 볼 수 있다. 주희가 비평하여 "≪국어≫의 문자는 중첩되고 의리가 없는 곳이 많이 있다. 대개 당시에는 단지 글을 지으려고만 해서 말이 많았을 것이다."(≪國語≫文字多有重疊無義理處. 蓋當時只要作文章, 說得來多爾.)[210]라고 하였는데 이는 위에서 말한 "힘이 없고 번잡하다"(委靡繁絮)라고 한 것과 의미가 비슷한데, 그는 이것은 주 나라 황실이 쇠미한 때의 특유의 현상이라고 여겼다. 이와 반대로 전국 시대와 초한이 서로 다투던 시대는 군웅이 함께 일어나서 서로 힘을 겨루고 사대부들은 여기 갔다 저기 갔다하면서 동분서주하느라 겨를이 없었다. 그러나 바로 이러한 "난세"에 문학은 "빼어나고 위대한 기개가 있고"(有英偉氣) "참으로 기이하고 위대하다."(眞是奇偉) 전국 시대와 초한 사이 문학에는 도대체 어떤 작품들이 있었는지는 주희가 분명하게 말하지는 않았지만 우리가 그의 기타 견해들(본 장의 제1절과 제2절)과 문학사적 사실을 헤아려 보건대 당연히 ≪맹자(孟子)≫·≪순자(荀子)≫·≪장자(莊子)≫·≪한비자(韓非子)≫ 등의 제자(諸子) 산문·굴원(屈原)·송옥(宋玉) 등의 사부(辭賦)와 변사(辯士)들의 유세(遊說)의 글을 가리킬 것이다. 그러나 주희는 또 왜 "난세"의 문학 작품이 영웅의 기세가 있는지에 대해서 한걸음 더 나아가 밝히지 않았지만, 우리는 여기서 유협의 건안(建安) 문학에 대한 유명한 논술 곧 "그 당시의 글을 보면 전아하면서도 강개한 것을 좋아하는데 세상이 거듭되는 난리로 인해 풍속이 쇠미해지고 속세에 원한이 많은데다 작자의 마음속 뜻은 깊고 문필은 뛰어나서 마음속 맺힌 것이 많고 기세도 강하다."(觀其時文, 雅好慷慨, 良由世積亂離, 風衰俗怨, 幷志深而筆長, 故梗概而多氣也.)[211]라고 한 말과 조익(趙

210) ≪주자어류(朱子語類)≫ 권139, 3253쪽.
211) ≪문심조룡·시서(時序)≫.

翼)이 원호문(元好問)에게 한 평가인 "국가의 불행이 시인에게는 행운이니, 시부(詩賦)가 창상(滄桑)에 이르러 시구는 공교해졌네."(國家不幸詩家幸, 賦到滄桑句便工.)[212]라고 한 말이 쉽게 연상된다. 즉 어지러운 시대는 작가로 하여금 마음속에 격앙된 정감을 불러 일으켜서 평범하지 않은 훌륭한 작품이 탄생하게 되었다는 것이다.

분명한 것은 "쇠세"는 쇠약한 시대로 가라앉고 쇠약하여 사람들의 마음을 자극하지 못하는 외부 환경이어서 훌륭한 문학 작품을 탄생시킬 수가 없는 것이다. 주희는 또 당대(唐代)를 예로 들어 "대개 문장이 성하면 나라는 오히려 쇠퇴한다."(大率文章盛, 則國家卻衰.)라는 점을 설명하였다. 분명히 만약 정치적인 시각으로 보면 정관(貞觀)·개원(開元) 연간은 성세(盛世)라고 할 수 있고, 정원(貞元)과 원화(元和)는 국력이 쇠약하였고 시국이 어지러웠으므로 상대적으로는 "쇠세"라고 할 수 있을 것이다. 그러나 문학의 입장에서 보면 정관·개원 시기의 작품은 여유롭고 점잖지만 웅위하고 기이함은 부족하여 그 성취가 한유나 유종원으로 대표되는 중당(中唐)의 고문보다 훨씬 못하다. 동시에 주희도 이러한 역사적인 현상의 원인에 대하여 깊이 연구해 보지 않았거나 비록 자신의 견해가 있었는지는 모르지만 밝히지는 않았다. 그럼에도 우리가 인정해야 하는 것은 주희는 그래도 이미 아주 민감하게 사회 정치 경제와 문학의 발전은 꼭 함께 하는 것이 아니라 어지럽고 불안한 시대가 도리어 늘 문학의 전성기를 이끌 수 있다는 것을 깨달았다는 것이다. 안타까운 점은 주희가 이러한 관념에 대하여 더 깊이 분석을 가하지 않았다는 것이지만 그러한 몇 마디의 견해들은 우리가 고대 문학 사상사를 살필 때 홀시해서는 안 될 사상의 정화(精華)이다.

---

212) <제유산시(題遺山詩)>, ≪구북집(甌北集)≫ 권33.

## 제4절 작가의 인품에 관한 주희의 비평

중화 민족의 선민들은 사람이 모든 문화의 창조자라고 여겼다. 고대 그리스인들은 불씨는 프로메테우스가 천국의 정원에서 훔쳐 와서 인간에게 준 것이라고 여겼지만 중화 민족의 선민들은 불의 발명권을 믿어 의심치 않고 그들 중 하나인 수인씨(燧人氏)에게 돌렸다. 중화 문화 속에서는 인간은 여러 신의 발아래 기어 다니는 불쌍한 벌레 같은 존재가 아니었으며 더더욱 태어나면서부터 원죄를 안고 있는 천국에서 버려진 아이가 아니었다. 그와 반대로 인간은 우주 만물의 중심으로 만물의 가치를 헤아리는 척도였다. 인간의 도덕적 준칙은 신의 계명에서 나온 것이 아니라 인간의 본성에 근원을 두고 있다. 인간의 지혜도 신의 계시로부터 나온 것이 아니라 인간의 내심에 근원을 두고 있다. 주희가 성전(聖典)이라고 여기는 ≪예기(禮記)·중용(中庸)≫에는 "오직 천하의 지극한 성(誠)만이 그 본성을 다할 수 있으며, 그 본성을 다할 수 있으면 다른 사람의 본성을 다할 수 있게 되고, 다른 사람의 본성을 다할 수 있게 할 수 있으면 사물의 본성을 다할 수 있게 되고, 천지 사물의 본성을 다할 수 있게 할 수 있으면 천하 만물의 화육을 도울 수 있으며 천하 만물의 화육을 도울 수 있으면 천지와 더불어 할 수 있을 것이다."(唯天下之至誠, 爲能盡其性, 能盡其性, 則能盡人之性, 能盡人之性, 則能盡物之性. 能盡物之性, 則可以贊天下之化育；可以贊天下之化育, 則可以與天地參矣.)라고 하였는데, 이는 고대 중국인들이 생각하는 사람의 우주 만물 사이에서의 지위를 잘 대변해준다. 바로 이와 같기 때문에 선진(先秦)의 제자백가(諸子百家)들은 그들의 논의가 벌떼처럼 일어나 서로 물과 불과 같은 형국이었지만 모두 인간을 사고의 주요 대상으로 삼았으며, 그러한 지혜는 모두 인생의 지혜였다. 선민들의 이러한 사유 방식은 중화 문화에 깊은 민족 특색을 아로새기게 되었는데 그것은 바로 인본 정신이다. 이러한 문화의 여러 형태 가운데 하나인 중국 문학은 필연적으로 사람을 가치의 중심에 두게 되었다. 그래서 중화의 선민으로 말하자면 "문학은 바로 인학(人學)"이라는 것은 달리 증명이 필요가 없는 자명한 결론이라고 말할 수 있다.

바로 이와 같은 문화 토양 속에서 "시는 지기(志氣)를 말한다"(詩言志)는 중국 시가의 최초의 강령이 되었다. "시는 지기를 말한다"는 것은 ≪상서(尙書)·요전(堯典)≫에 처음 보이는데 비록 그것이 정말 요(堯)·순(舜) 시대에 생겨난 것이 아니라고 하지만 그것은 선진 시대에 이미 사람들의 마음속에 깊이 파고들어서 결코 유가(儒家)에서만 독자적으로 신봉한 것은 아니었다. ≪좌전(左傳)≫(양공(襄公) 27년)에 조문자(趙文子)의 말이 실려 있는데 "시로써 지기를 말한다"(詩以言志)라고 하였고, ≪장자(莊子)·천하(天下)≫편에는 "시로써 지기를 말한다"(詩以道志)라고 하였고, ≪순자(荀子)·유효(儒效)≫편에는 "시의 말은 작자의 지기이다"(詩言是其志也)라고 한 것들이 모두가 명확한 증거이다. "시언지(詩言志)"의 해석에 관해서는 역대 많은 다른 의견들이 있어왔지만 그 기본적인 내용은 명확하다. 공영달(孔穎達)은 "자신에게 있는 것이 정(情)이고 정이 움직이면 지(志)가 되니 정과 지는 하나이다."(在己爲情, 情動爲志, 情志一也.)[213]라고 하였다. 시가의 발생이 완전히 인간 내심의 정지(情志)에서 비롯되는 것이라면 시가의 창작은 분명 하나의 자연스러운 과정이다. 이는 유협이 말한 "인간은 일곱 가지 감정을 받아 사물에 응하여 느끼고 사물을 느끼고 뜻을 읊으니 자연이 아님이 없다."(人稟七情, 應物斯感, 感物吟志, 莫非自然.)[214]라고 한 것과 같다. 그래서 문학 창작의 원칙은 "글을 쓰려면 그 정성

213) ≪춘추좌전정의(春秋左傳正義)≫ 권5에 보임.

214) ≪문심조룡(文心雕龍)·명시(明詩)≫.

을 다한다"(修辭立其誠)[215]는 것으로, 글은 마땅히 인간 내심의 진실된 정지(情志)의 표현이어야지 조금도 가식이 있어서는 안 된다. 즉 시가의 주체로서의 사람(시인)과 시가 표현의 객체로서의 사람(즉 시 속의 감정을 읊는 주인공)은 같아야 한다. 그러므로 훌륭한 작품은 반드시 작자의 훌륭한 인품의 기초 위에서 이루어지는 것이다. 그렇지 않으면 아무리 아름다운 시를 썼다고 해도 칭송할 만한 것이 못되는 것이다. 공자(孔子)는 "덕이 있는 사람은 반드시 훌륭한 말(글)이 있게 되지만, 훌륭한 말(글)을 쓴다고 해서 반드시 덕이 있지는 않다."(有德者必有言, 有言者不必有德.)[216]라고 했는데, 기본적으로는 바로 이 뜻이다. 당대 사람들은 이 뜻을 더욱 분명하게 나타내어 "선비가 멀리 치달리려 한다면 먼저 그 됨됨이와 견식을 갖추고 문예는 그 다음이다."(士之致遠, 先器識, 後文藝.)[217]라고 했다.

송대의 성리학자들은 심성지학(心性之學)을 매우 중시하여 덕성을 갖춘 인격의 완성을 인생의 최고 경지로 삼았다. 그래서 그들이 작자와 작품의 관계를 토론할 때는 작가의 도덕적 수양을 유난히 중요하게 여겼다. 주희는 이러한 방면에 많은 글을 남겼으며, 많은 작가들에 대해서 구체적인 평론을 하였는데 주목할 만하다.

우선 주희는 저급한 인격의 문인에 대해서 신랄한 비판을 가하였다. 예를 들면 다음과 같다.

> 양웅(揚雄)과 순욱(荀彧) 두 사람의 일에 대해서 말씀하셨는데, 사마광(司馬光)의 옛 예(例)에 따르면 왕망(王莽)의 신하는 모두 "사(死)"라고 썼는데 예컨대 태사(太師) 왕순(王舜) 따위가 그렇다. 유독 양웅만 간사하게 왕망 조정의 벼슬을 받았음에도 불구하고 "졸(卒)"이라고 썼으니 곡필(曲筆)인 것 같

215) ≪주역정의(周易正義)≫ 권1 <건(乾)>.

216) ≪논어(論語)·헌문(憲問)≫.

217) 당대(唐代)사람 배행검(裴行儉)의 말로 ≪신당서(新唐書)·배행검전(裴行儉傳)≫에 보임.

다. 본래의 예에 따라 기록하여 "왕망의 대부 양웅이 죽었다"(莽大夫揚雄死)라고 하여서 죽음을 두려워하여 절개를 잃어버린 무리를 족히 경계하도록 하지 못하고 애초에 또한 온공(溫公 : 사마광(司馬光))의 직필의 정례(正例)를 바꾸지 못하였다.(蒙敎揚雄・荀彧二事, 按溫公舊例, 凡莽臣皆書"死", 如太師王舜之類. 獨於揚雄㬉其所受莽朝官, 而以"卒"書, 似涉曲筆. 不免却按本例書之曰"莽大夫揚雄死", 以爲足以警夫畏死失節之流, 而初亦未改溫公直筆之正例也.)[218]

홍추(洪芻)가 지은 <정절사기(靖節祠記)>를 읽어 보면 그가 군신(君臣)의 대의(大義)에 대해서 완전히 모르는 사람이라고 할 수 없다. 그런데 정강(靖康)의 화(禍) 때 홍추는 사욕을 부리고 임금을 잊었으니 이른바 패역하고 추악한 것을 말할 수 없는 것이 있다는 것이다. 그래서 학생들의 게시판에 골라서 하루 동안 강당에 게시하여 여러 학생들로 하여금 배움의 길에 있어서 아는 것이 어려운 것이 아니라 실천하는 것이 어려움을 알리고자 하였다.(讀洪芻所撰<靖節祠記>, 其於君臣大義, 不可謂懵然無所知者. 而靖康之禍, 芻乃縱欲忘君, 所謂悖逆穢惡, 有不可言者. 選學榜, 示講堂一日, 使諸生知學之道, 非知之艱, 而行之艱也.)[219]

손적(孫覿)도 처음에는 좋은 말을 하고 올바르게 행실을 살폈으며 여러 사람들과 어울리지도 않았는데, 마침내 왕급지(王及之)・왕시옹(王時雍)・유관(劉觀) 등과 같이 경남중(耿南仲)에게 아부하여 화의(和議)를 주장하였다. 그리고 후에 멋대로 영표(嶺表)를 써서는 제공(諸公)들의 입을 막았다. 이백기(李伯紀)의 무리는 소문을 듣고 미워하였다. 홍경로(洪景盧)가 사관(史館)에 있을 때 별 뜻 없이 정강(靖康)의 여러 신하들은 손적은 아직 탈이 없으니 반드시 그 일의 상세한 것을 알 것이라 하여서 상주하여 손적이 보고 들은 것을 갖추어 바친 것을 내려줄 것을 청하였다. 붓을 잡고 글을 쓸 때 마침내 그래서 그가 평소에 좋아하지 않는 사람을 무고하였다. …… 옛날 왕윤(王允)이 채옹(蔡邕)을 죽일 때도 역시 '아첨하는 신하로 하여금 붓을 잡고 어린 임금 곁에 있게 하여 우리들이 비방과 의론을 당하게 해서는 안 된다.' 고 하였는데 왕윤의 마음 씀은 본래 스스로 죽일 만한 것이지만 아첨하는 신하가

218) <답우연지(答尤延之)>, ≪문집≫ 권37, 25쪽.
219) <발홍추소작정절사기(跋洪芻所作靖節祠記)>, ≪문집≫ 권81, 25쪽.

붓을 잡아서는 안 된다는 것은 바꿀 수 없는 의론이다.((孫)覿初間亦說好話. 夷考其行, 不爲諸公所與, 遂與王及之・王時雍・劉觀諸人附阿耿南仲, 以主和議. 後竄嶺表, 尤啣諸公. 李伯紀輩, 望風惡之. 洪景盧在史館時, 沒意思, 謂靖康諸臣, 覿尙無恙, 必知其事之詳, 奏乞下覿具所見聞進呈. 秉筆之際, 遂因而誣其素所不樂之人 …… 昔王允之殺蔡邕, 也謂'不可使佞臣執筆在幼主旁, 使吾黨蒙訕議.' 允之用心, 固自可誅, 然佞臣不可執筆, 則是不易之論.)[220]

첫째 글은 양웅을 논하고 있는데, 양웅은 일찍이 왕망이 한을 찬탈한 후 대부(大夫) 벼슬을 한 적이 있고 또 <극진미신(劇秦美新)>이란 작품을 써서 새 왕조를 찬미한 적이 있어서 신하로서의 절개를 지키지 못한 것 같다. 그러나 사실 그는 기꺼이 쓸쓸히 살면서 영화를 추구하지 않은 문인이었으며 학자였다. 그래서 사마광은 ≪자치통감(資治通鑑)≫ 권38에 그의 죽음을 써서 "이 해에 양웅이 졸(卒)하였다."(是歲, 揚雄卒.)라고 하였고 신조(新朝)를 섬긴 다른 사람들처럼 "죽었다"(死)[221]라고 하지 않았다. 그리고 양웅이 왕망의 신조를 섬긴 일에 대한 기록에도 너그러운 말이 많아서 예를 들면, "왕망이 자리를 찬탈하게 되자 양웅은 원로로서 오랫동안 있다가 전임하여 대부가 되었다. 권세와 이익에 담박하고 옛것을 좋아하고 도를 즐겼다."(及莽簒位, 雄以耆老久次, 轉爲大夫. 恬於勢利, 好古樂道.)라고 하였는데, 주희는 이에 대해서 매우 못마땅하게 여기고 사마광의 필법이 "곡필(曲筆)"이라고 하고 ≪자치통감강목(資治通鑒綱目)≫에 "왕망의 대부 양웅이 죽었다"(莽大夫揚雄死)라고 크게 썼다. 우리는 주희 이전에 양웅은 줄곧 큰 명성을 누린 인물로 반고(班固)・한유(韓愈)가 모두

220) ≪주자어류(朱子語類)≫ 권130, 3133쪽.

221) 예를 들면 같은 ≪자치통감(資治通鑑)≫ 권38 가운데 "태부 평안이 죽다"(太傅平晏死), "망의 처가 죽다"(莽妻死), "새로 옮기고 나서 왕안은 병사하였다"(新遷王安病死)와 같이 기록되어 있다.

그를 매우 높이 평가하였고, 북송의 소식(蘇軾)이 처음으로 양웅을 비평하여 "난해하고 심오한 어휘를 써서 얄팍한 내용의 말을 꾸미는 것을 좋아하였다."(好爲艱深之辭, 以文淺易之說.)[222]라고 하였지만, 단지 그의 문장만 논하였을 뿐 그의 인품이나 절개는 논하지 않았음을 알 수 있다. 주희는 양웅의 인품에 대해서 강하게 비판하면서 전혀 관용을 베풀지 않았는데, 이는 한편으로는 물론 윤리·도덕적 차원에서 "임금을 충성으로 섬긴다"(事君以忠)는 유가적 윤리관에 기인하였겠지만, 다른 한편으로는 남송이 외족의 침입을 당하면서 나라의 형세가 위급한 시대적 배경과 관련이 있다. 다시 말한다면 주희의 시대에 충군(忠君)은 하나의 황실(皇室)에 충성한다는 의미뿐만이 아니라 자기 민족의 황조(皇朝)에 충성한다는 의미가 더욱 컸기 때문에 이를 크게 주창할 필요가 있었던 것이다. 이점에 대해서는 뒤의 두 조항을 논의할 때 더욱 자세히 볼 수 있을 것이다.

홍추라는 사람은 황정견(黃庭堅)의 생질(甥姪) "삼홍(三洪)" 가운데 한 사람이다. 이름이 여본중(呂本中)의 <강서시사종파도(江西詩社宗派圖)>에 올라 있었는데 당시에 시명(詩名)이 꽤 있었다. 그러나 그는 정강(靖康) 사변 때 금 나라를 위해 재물을 긁어모았고 권세를 업고 왕의 저택의 '나인'(內人)을 납치하였다가 나중에 건염(建炎) 때에 해도(海島)로 유배되었다.[223] 홍추가 쓴 <정절사기(靖節祠記)>는 현재 이미 전해지지 않는데, 아마도 도연명(陶淵明 : 정절(靖節))에 관한 것일 것이다. 그래서 주희는 그가 "군신의 대의"(君臣大義)를 안다고 했다. 군신의 대의를 알면서도 나라가 위급할 때에 부끄럽게도 적을 섬기고 어지러움을 틈타서 송 나라 왕의 저택

222) <여사민사추관서(與謝民師推官書)>, ≪소식문집≫ 권49.

223) 왕명청(王明淸)의 ≪옥조신지(玉照新志)≫ 권4에 자세히 보임.

의 나인을 능욕하였으니 정말 겉과 속이 다른 사람이었던 것이다. 그래서 주희는 “패역하고 추악함이 말할 수 없는 것이 있다.”(悖逆穢惡, 有不可言者.)라고 비난하고 학당에 방을 붙여 게시하여 학생들로 하여금 경계하고 전형적인 반면교사로 삼았던 것이다.

손적은 재능은 있으면서 덕행이 없는 전형적인 사람이었다. 그는 정강(靖康) 사변 때 항표(降表)를 초안하여 금 나라에 아첨하였고, 금 나라가 포로로 잡은 송 나라 부녀를 공공연히 받아드려 행실이 개돼지 같아서, 주희는 일부러 <기손적사(記孫覿事)>를 지어 그의 추행을 꾸짖었다(제2장 제3절 참조). 그런데 홍매(洪邁)는 어이없게 손적의 말을 인용하여 국사(國史)를 편찬하게 되어 금 나라에 굳건히 대항했던 이강(李綱) 등을 폄훼하였으니 정말이지 흑백을 전도시킨 것이니 세상에 그렇게 부끄러운 일이 있을 수가 있겠는가! 그래서 주희는 이에 대해 노여움을 억누르지 못하고 “아첨하는 신하는 붓을 잡아서는 안 된다!”(佞臣不可執筆!)라고 크게 외친 것이다. 홍추와 손적 두 사람은 정강 사변 당시 민족의 대의를 저버리고 적을 섬기면서 사적인 이익을 도모한 자들이므로 민족의 기개를 견지한 주희의 입장에서 보면 사대부로서 가장 큰 악행이었으므로, 이와 같은 자들이 아무리 학식과 재주가 뛰어난들 무슨 말을 할 가치가 있겠느냐는 것이다.

절개에는 큰 결함이 없지만 인품에 문제가 있는 문인에 대해서도 주희는 전혀 너그럽지 않았다.

> 서부(徐俯)가 미천했을 때 일찍이 여산(廬山)에서 노닐다가 정심(鄭諶)이라는 환관을 만나서 그에게 시를 주어 “평생 유분(劉蕡)의 책문(策文)을 좋아하지 않았는데, 온갖 문중에 사람이 있는 것을 보았네.”(平生不喜劉蕡策, 色色門中看有人.)라고 하였다. 나중에 추밀원(樞密院)에 들어갔는데, 정심은 그때 마침 권세를 잡아 보기에 힘이 있는 것 같았다. 서부가 추밀원에 있을 때 금

나라 군대가 양양(襄陽)으로 들어와 중서(中書)에 모여 상의하였다. 서부는 "그곳은 본래 도적들 소유지로 득실(得失)이 나라의 경중(輕重)이 될 수 없오."라고 하였다. 그때 조원진(趙元鎭)은 참지정사(參知政事)로서 "양양을 금나라가 차지하게 되면 천(川)·광(廣)으로 가는 길이 단절되게 되니 나라가 위태롭게 될 것이오."라고 하자 서부는 "이 일은 추밀원의 일이므로 참지정사가 간여해서는 안 되오."라고 하자, 조원진은 "소소한 군대의 일은 추밀원이 스스로 주관해도 좋소. 이것은 국가의 대사이니 정부가 어찌 관여하지 않을 수가 있겠소?"라고 하고 곧 말에 올라 가버렸다. 태상(太上)께서 들으시고 서부의 추밀원 관직을 파하였다. 서부는 고향으로 돌아가서 '웃어른'(前輩)으로 자처하고, 글을 믿고 성질을 부리고 욕하기를 좋아하고, 오로지 술 마시는 것을 일삼았으며 빈천(貧賤)을 가리지 않고 가서 함께 술을 마셨으며 시도 역시 그렇게 좋은 것이 없었다.(徐師川微時, 嘗遊廬山, 遇一宦者鄭諶, 與之詩曰："平生不喜劉蕡策, 色色門中看有人." 後入樞府, 鄭時適用事, 模樣似有力焉. 徐在密院時, 金人寇襄陽, 中書集議. 徐曰："彼本盜賊所有, 得失不足爲國家輕重." 時趙元鎭爲參知政事, 曰："襄陽爲金人所據, 則川廣路絶, 國家危矣!" 徐曰："此是樞密院事, 參政不須與." 趙曰："小小兵事, 樞密自主之可也. 此國家大事, 政府安得不與?" 卽上馬而去. 太上聞之, 罷徐樞密. 徐歸鄕, 以前輩自居, 恃文使氣好罵, 專以飮酒爲事, 不擇貧賤, 皆往啖之, 詩亦無甚佳者.)[224]

소흥(紹興)의 자미(紫微) 여공(呂公：본중(本中))은 명성과 덕망이 두터웠다. 한 마디의 말과 한 가지 행동이 모두 법도가 있었지만, 정말 후학들이 칭송할 수 있는 바는 아니었다. 그러나 그가 왕혁(汪革)·사일(謝逸) 같은 여러 현인들의 높은 뜻과 맑은 절개를 논한 것은 모두 전하여 믿을 만하니 누가 감히 고쳐 평하겠는가? 요절(饒節)은 홀로 하루아침에 삭발을 하고 천륜을 저버렸지만 제공(諸公)은 둘러싸고 보면서도 한 사람도 막고 구제하는 자가 없었다. 어떤 사람은 따라서 탄식하고 이는 미처 구할 수 없다고 생각하였는데, 또한 유독 무엇 때문일까!(紹興紫微呂公, 名德之重. 一言一動, 皆有法戒, 固非後學可得而贊也. 其論汪·謝諸賢, 高志淸節, 皆足以傳信, 孰敢改評. 獨饒節者, 一旦毁棄膚髮, 殄絶天倫,而諸公環視, 無一人能止而救之者. 或乃從更嗟歎, 以是爲不可及. 亦獨何哉!)[225]

224) ≪주자어류(朱子語類)≫ 권132, 3165쪽.

여기에서 비평하고 있는 서부(徐俯 : 자는 사천(師川)) · 요절(饒節)은 모두 강서시파의 구성원들인데, 서부는 일찍이 환관 정심과 교유하였는데, ≪송사(宋史) · 서부전(徐俯傳)≫에는 "내시 정심이 강서에서 서부를 알게 되었는데 그의 시를 중하게 여겨 고종에게 천거하였다."(內侍鄭諶識俯於江西, 重其詩, 薦於高宗.)라고 하였는데, 정심의 구체적인 사적은 지금 이미 자세히 알 수가 없지만, 정심도 시에 능하여 우무(尤袤)의 ≪수초당서목(遂初堂書目)≫에 ≪정심시(鄭諶詩)≫가 실려 있다. 그러므로 서부와 정심의 교유는 문학적인 교유이었을 것이다. 그래서 정심에게 시를 주어 "평생 유분의 책문을 좋아하지 않았는데, 갖은 사람들 중에 이 사람이 있네."(平生不喜劉蕡策, 色色人中有此人.)[226]라고 하였다. 곧 지금은 유분의 책문처럼 그렇게 환관을 모두 간사한 것으로 볼 필요가 없는 것은 환관 가운데도 정심과 같은 인물도 있기 때문이라는 것이다. 환관이 조정을 장악해서 나라에 해를 끼친 적이 없는 송대에 서부와 정심의 교유는 사실 크게 잘못된 것은 아니다. 서부가 추밀원에서 일을 논의할 때에 양양을 지키자고 주장하지 않은 것은 당연히 잘못된 것이다. 그러나 금나라에 항거하여 투쟁하자고 하는 데 대해서는 지지했었다. 정강의 난 후에 장방창(張邦昌)이 왕위를 찬탈했을 때 몇몇 지조 없는 조정의 사대부들은 어지럽게 회피하여 복종하는 태도를 보였다. 그러나 서부는 "포위된 성 가운데 일찍이 한 여자종을 두었는데 '창노(昌奴)'라 하고 조정의 인사가 오면 바로 앞으로 불러서 부렸다."(圍城中嘗置一婢子, 名之曰'昌奴', 遇朝士來,

---

225) <발여사인청계류고(跋呂舍人靑溪類稿)>, ≪문집≫ 권83, 12쪽.

226) 이는 ≪시설준영(詩說雋永)≫의 기재에 따랐다. 저자 주 : 주희가 인용한 서부(徐俯)의 시는 조금 차이가 있는데, 분명 전해 들은 것이 달랐을 것이다. 저자 안 : 유분(劉蕡)은 당 나라 사람으로 당 문종(文宗) 태화(太和) 2년(828) 과거에 응할 때 책문(策文)을 올려서 환관의 전횡(專橫)에 따른 폐단에 대해서 통렬하게 밝혔다. 이 일은 ≪신당서≫ 권178 본전에 보인다.

即呼至前驅使之.)[227]라고 하여 의도적으로 장방창에 대해 무시하였다. 그 밖에도 서부는 매우 거만했는데, 그의 외삼촌이 바로 유명한 시인 황정견이다. 그런데 누군가가 그의 시를 칭찬하여 "연원이 있다"(淵源有自)라고 했을 때 그는 "부옹(涪翁 : 황정견)이 천하에서 빼어난데, 그대는 물가에 묻네. 사도(斯道)의 큰 영역 중에서, 나만 호수(濠水)에 갈 줄 알지."(涪翁之妙天下, 君其問諸水濱 ; 斯道之大域中, 我獨知之濠上.)[228]라고 대답했다. 전체적으로 보면 서부라는 사람은 그래도 절개에 크게 흠이 있는 사람은 아니었다. 하지만 주희의 입장에서 보면 서부의 행실은 분명 이학가가 수립한 인격 준칙에 맞지 않았다. 서부가 환관과 교유하고 정사(政事)를 부당하게 논의하고 재주를 믿고 거만하게 굴고 하는 것들은 모두 인격상의 결함이어서 그의 시도 이 때문에 "그렇게 좋은 것이 없다."(無甚佳者.)라고 여겨졌다. 그리고 요절은 본래 미친 척하면서 세상을 피해 사는 사람으로 "어렸을 때 큰 뜻을 가지고 있었지만 재주를 가졌으나 운이 따르지 않자 술을 마시고 스스로 감추고 간혹 며칠이나 깨어나지 않았다."(早有大志, 既不遇, 縱酒自晦, 或數日不醒.).[229] 그래서 그는 머리를 깎고 중이 되었는데, 승상 증포(曾布)와 신법(新法)을 논의하다가 의견이 맞지 않아서인데 사실은 일종의 "스스로 숨어버린"(自晦) 것이기도 하다. 여본중(즉 "자미(紫微) 여공(呂公)")은 요절에 대해서 매우 높이 평가하여 그와 왕혁(汪革) · 사일(謝逸) 형제와 동등하게 논하였다. 그러나 주희의 입장에서 보면 유학(儒學)을 버리고 불교를 숭배하여 삭발하고 중이 된 것은 용서할 수 없는 일이다. 왜냐하면 이는 유가의 윤리적 준칙에 위배되기 때

227) 왕명청, ≪휘주록(揮麈錄)≫ 후록(後錄) 권8.

228) 주휘(周煇)의 ≪청파잡지(清波雜志)≫ 권5에 보임. 저자 주 : 황정견(黃庭堅)의 호가 부옹(涪翁)임.

229) 육유(陸游)의 ≪노학암필기(老學庵筆記)≫ 권2에 보임.

문이다. 바꾸어 말한다면 주희는 사대부가 갖추어야 할 인격은 반드시 바르고 단정하며 행동거지가 예에 맞아야하기 때문에 광적이거나 괴이하거나 거만한 것 같은 품성은 모두 취할 바가 못 되는 것들이다. 그래서 주희는 마찬가지로 강서시파에 속하는 이사(二謝)에 대해서는 매우 높이 평가하였다. “이사(二謝)는 모두 시를 황태사(黃太史)에게 배웠는데, 청렴하고 강직한 것으로 당시에 이름이 알려졌지만 모두 불우하게 살다가 죽었다. 그래서 유독 그들의 시만이 사방에 전해졌다. 그러나 그들의 행업(行業)의 아름다움은 그 읍(邑)의 사람이 아니면 상세히 할 수 없는 것이 있으니 탄식할 만하다!”(二謝)俱學詩於黃太史氏,而以淸介廉節聞於時, 然皆不遇以死. 是以獨以其詩行於四方. 而其行業之懿, 則非其邑子有不得而詳焉, 是可歎已!)[230]라고 하였다. 시가의 성취만을 놓고 이야기한다면 서부나 요절이 결코 이사보다 못하지 않고 그들의 시풍도 비교적 가까웠지만, 주희는 그들의 인품에 차이가 있다고 여겨 완전히 다른 평가를 한 것이다.

그렇다면, 주희가 고상한 인품을 지녔다고 생각하는 문인은 어떤 사람들이 있는가? 그는 “내가 일찍이 혼자서 ≪주역≫의 설을 미루어 천하 사람들을 살펴보았다. …… 한대에는 승상(丞相) 제갈(諸葛) 충무후(忠武侯)를 얻었고, 당대에는 두공부(杜工部)와 상서(尙書) 안문충공(顔文忠公) 그리고 시랑(侍郞) 한문공(韓文公)을 얻었고, 본조(本朝)에는 작고한 참지정사(參知政事) 범문정공(范文正公)을 얻었다. 이 다섯 군자(君子)는 조우(遭遇)도 다르고 수립한 것도 달랐지만 그들의 마음을 찾아보면 모두 이른바 광명정대하고 막힘없이 통하고 정정당당하여 감출 수가 없는 사람들이다. 그리고 그들의 업적과 문장(文章)에 보이는 것으로부터 아래로 자화(字畵)의 미미한 것에 이르기까지 모두 바라보기만 해도 그들의 사람됨을 알

230) <소무현승사군묘갈명(邵武縣丞謝君墓碣銘)>, ≪문집≫ 권91, 27쪽.

수가 있다."(予嘗竊推易說以觀天下之人 …… 於漢得丞相諸葛忠武侯, 於唐得工部杜先生·尙書顔文忠公·侍郎韓文公, 於本朝得故參知政事范文正公. 此五君子, 其所遭不同, 所立亦異, 然求其心, 皆所謂光明正大, 踈暢洞達, 磊磊落落而不可掩者也. 其見於功業文章, 下至字畫之微, 皆可以望之而得其爲人.)[231]라고 하였는데, 위의 다섯 사람은 모두 글이 후세에 전하지만 진정한 문학가로 유명한 사람은 두보와 한유 두 사람이다. 그 밖에 주희가 긍정적으로 평가하는 문학가는 또 굴원과 도연명이 있다. 그는 굴원의 지행(志行)은 "모두 임금에게 충성하고 나라를 사랑하는 진실된 마음에서 나왔다."(皆出於忠君愛國之誠心)[232]라고 칭찬하였으며, 도연명은 "스스로 진대(晉代) 재상의 자손으로 후대에 다시 자신을 굽히는 것을 부끄럽게 여겼다. 유유(劉裕)가 찬탈한 후 권력을 잡은 후부터 마침내 벼슬하려고 하지 않았다. 비록 그의 공명이나 업적에 대해서는 적잖은 견해가 있지만 그의 고상하고 빼어난 생각을 시로 적은 것에 대해서는 후세에 글재주가 뛰어난 사람들도 모두 스스로 미치지 못한다고 여긴다."(自以晉世宰輔子孫, 恥復屈身後代. 自劉裕簒奪勢成, 遂不肯仕. 雖其功名事業不少槪見, 而其高情逸想, 播於聲詩者, 後世能言之士, 皆自以爲莫能及也.)[233]라고 칭찬하였다. 그래서 주희의 마음속에서는 굴원·도연명·두보·한유 네 사람이 심지가 밝고 고상한 인품을 지닌 문인인 셈이다. 그렇지만 그들에 대해서도 주희는 여전히 불만스러워하는 부분은 있어서, 그들의 인품이나 창작도 아직 완벽하지 않은 점이 있다고 여겼다. 그가 지적하였다.

> 굴원의 사람됨은 그의 뜻이 간혹 중용(中庸)을 넘어 모범으로 삼을 수 없는 경우도 있지만 그러나 모두 임금에 충성하고 나라를 사랑하는 진실된 마

---

231) <왕매계문집서(王梅溪文集序)>, ≪문집≫ 권75, 30쪽.

232) ≪초사집주(楚辭集註)≫ 제기(題記).

233) <상향림문집후서(向薌林文集後序)>, ≪문집≫ 권76, 13쪽.

음에서 나온 것이다. 굴원이 쓴 글은 비록 어떤 것은 변화가 많고 괴이하고 신기하며 원망하고 격분하여 교훈으로 삼을 수 없는 경우도 있지만 모두가 뜻이 곡진하고 슬퍼서 스스로를 억제할 수 없는 지극한 뜻에서 나온 것이다. 비록 그가 북방에서 주공이나 공자의 도를 배울 줄 모르고, 홀로 변풍(變風)이나 변아(變雅)의 말류로 치달아서 순수 유학자와 점잖은 사대부들은 그를 일컫는 것을 부끄럽게 여기기도 한다. 그러나 세상의 추방당한 신하·쫓겨난 자식·원망하는 아내·버림받은 아낙이 아래에서 눈물을 훔치면서 읊조리는 것을 소천(所天 : 하늘처럼 여기는 사람, 임금·부친·남편·지아비를 가리킴)들이 다행히 듣게 된다면 어찌 상호간에 천성(天性)과 백성 된 도리의 선함이 어떻게 서로 시사하는 바가 있어 삼강오륜(三綱五倫)의 무게를 더할 수 없겠는가?(原之爲人,其志行雖或過於中庸而不可以爲法, 然皆出於忠君愛國之誠心. 原之爲書, 其辭旨雖或流於跌宕怪神·怨懟激發而不可以爲訓, 然皆生於繾綣惻怛·不能自已之至意. 雖其不知學於北方, 以求周公·仲尼之道, 而獨馳騁於變風·變雅之末流, 故醇儒莊士或羞稱之, 然使世之放臣·屛子·怨妻·去婦, 抆淚謳唫於下, 而所天者幸而聽之, 則於彼此之間, 天性民彝之善, 豈不足以交有所發, 而增夫三綱五典之重?)[234]라고 했다.

도연명은 수천수만의 말을 다 하였고 부귀를 바라지 않고 빈천을 잊을 수 있다고 말했지만, 사실은 절대 잊을 수 없었던 것이며, 그것은 다만 억지로 그것을 거부한 것이다. 그러나 그로 하여금 그 당시 사람들이 하는 것을 하게 하더라도 그는 반드시 그렇게 하려고 하지 않았을 것이니, 이것이 그가 다른 사람보다 뛰어난 점이다.(陶淵明說盡萬千言語, 說不要富貴, 能忘貧賤, 其實是大不能忘, 它只是硬將這箇抵拒將去. 然使它做那世人之所爲, 它定不肯做, 此其所以賢於人也.)[235]

은자(隱者)는 대부분 기질과 성정을 가진 사람이 그렇게 되는 것이다. 도연명은 성취를 이루기를 바랐지만 할 수 없었던 사람이고, 또 명성을 좋아하였다.(隱者多是帶氣負性之人爲之. 陶欲有爲而不能者也, 又好名.)[236]

두보의 이 노래는 호탕(豪宕)하고 기굴(奇崛)하여 시를 쓰는 사람들은 이

234) ≪초사집주≫ 제기.
235) ≪주자어류(朱子語類)≫ 권34, 874쪽.
236) ≪주자어류(朱子語類)≫ 권140, 3327쪽.

것을 언급한 자가 드물다. 다만 그 마지막 장(章)에서 늙음을 한탄하고 비천함을 탄식하고 있으니 그의 지기(志氣)는 또한 비루하다. 사람으로 도(道)를 듣지 않을 수가 있겠는가!(杜陵此歌, 豪宕奇崛, 詩流少及之者. 顧其卒章, 歎老嗟卑, 則志亦陋矣. 人可以不聞道哉!)[237]

한유는 비록 도의 큰 쓰임이 그와 같다는 것을 알았지만 실제 힘을 기울인 것은 없었다. 그는 처음에는 단지 관직을 얻어 볼까 했는데 시종 단지 그 마음이었다. 그는 그저 문장을 육경(六經)처럼 써보려고 했고 그러면 도를 전하는 것이라고 여겼다. 그가 매일 하는 공부란 것은 단지 시를 짓고 바둑을 두고 술을 마시고 즐기는 것뿐이었다. 그의 시를 보면 바로 모두 그의 <원도(原道)>를 받쳐주지 못한다는 것을 알 수 있다. 그가 관리가 되고 정사(政事)를 볼 때도 나라를 위해서 일을 하려고 한 것이 아니어서 일컬을 만한 것도 없다. 사실 그저 관직만 하려고 했을 뿐이었던 것이다.(韓退之雖是見得箇道之大用是如此, 然卻無實用功處. 它當初本只是要討官職做, 始終只是這心. 他只是要做得言語似六經, 便以爲傳道. 至其每日功夫, 只是做詩, 博弈, 酣飮取樂而已. 觀其詩便可見, 都襯貼那<原道>不起. 至其做官臨政, 也不是要爲國做事, 也無甚可稱, 其實只是要討官職而已.)[238]

우리가 주희가 지적한 말이 타당한지 하나하나 검토해 보자. 굴원에 대해서는 서한의 유안(劉安)·사마천(司馬遷) 이래 많은 이들이 높이 평가하였지만, 그의 인품에 대해서는 비평도 잇달았다. 동한의 반고(班固)는 <이소서(離騷序)>에서 굴원이 "재주를 드러내고 자신을 내세운다"(露才揚己)라고 하였고, 그가 말한 "모두 정치법도와 경전에 실을 만한 것이 아니다."(皆非法度之政·經義所載.)라고 한 뜻은 굴원의 사람 됨됨이나 작품이 유가의 규범에는 맞지 않다는 말이다. 남북조 시기의 안지추(顔之推)도 "재주를 드러내고 자신을 내세우고 임금의 잘못을 폭로했다."(露才揚己,

237) <발두공부동곡칠가(跋杜工部同谷七歌)>, ≪문집≫ 권84, 8쪽.
238) ≪주자어류(朱子語類)≫ 권137, 3260쪽.

顯暴君過)라고 굴원을 나무랐다.[239] 당의 이화(李華)는 “굴원과 송옥은 슬프면서도 마음을 상하게 하고, 어긋나고도 돌이킬 줄 모르니 육경의 도가 숨어 버렸다.”(屈平·宋玉, 哀而傷, 靡而不返, 六經之道遁矣.)[240]라고 하였다. 이백(李白)도 굴원이 유가의 전통을 벗어났다고 여길 수밖에 없어서 “올바른 소리는 얼마나 아득한가? 슬퍼하고 원망함이 소인(騷人)에서 일어났네. 양웅(揚雄)과 사마상여(司馬相如)가 기울어진 물결을 쳐서, 흐름을 열어 끝없이 흔들었네.”(正聲何微茫, 哀怨起騷人. 揚馬擊頹波, 開流蕩無垠.)[241]라고 하였다. 주희는 기본적으로 위에서 말한 두 가지 의견을 받아들였고, 칭찬을 위주로 하였지만 칭찬 속에 비평의 뜻이 들어 있다. 주희의 특징은 더욱더 명확하게 유가의 규범을 입론의 기준으로 삼아 굴원의 충군애국을 긍정적으로 평가한 후 그의 행동이 중용의 도에 맞지 않음을 나무랐는데, 이는 모두 이러한 기준을 엄격하게 따랐던 것이다. 유가 이론은 그 자체적인 한계가 있기 때문에 주희의 견해라고 해서 물론 다 정확하지는 않다. 특히 그가 지적한 “그는 북방에서 배워 주공(周公)·공자(孔子)의 도를 구할 줄을 몰랐다.”(不知學於北方, 以求周公·仲尼之道)라고 한 말은 더욱 당시 열국들이 패권을 다투던 역사적인 배경을 고려하지 않고 굴원을 각박하게 몰아세운 것이다. 그러나 이학가의 입장에서 보면 주희가 굴원에 대해서 칭찬을 위주로 하고 아주 당당하게 “혹은 변화가 많고 괴이하고 신기하며 원망하고 격분한”(或流於跌宕怪神, 怨懟激發) 굴원을 위해서 변호할 수 있었다는 것만으로도 이미 대단한 일이다. 유가의 문학사상이 지배적인 위치를 점한 시대에 주희의 이와 같은 논의는 사실 굴원에 대한 매우 유력한 옹호였으며, 반고·안지추 등의 견해에 대한 간접

239) ≪안씨가훈(顔氏家訓)·문장편(文章篇)≫.

240) <증예부상서청하효공최면집서(贈禮部尙書淸河孝公崔沔集序)>, ≪전당문≫ 권325.

241) <고풍오십구수(古風五十九首)> 지일(之一), ≪이태백전집(李太白全集)≫ 권1.

적인 반박이기도 하므로 절충 견해로 보아서는 안 될 것이다.

도연명의 인품에 대해서는 남조 때부터 이미 논자들의 찬탄을 받아 왔다. 심약(沈約)·소통(蕭統) 등은 도연명이 진(晉) 왕조에 충성하여 유송(劉宋)이 건립된 후 벼슬에 나서지 않은 점을 긍정적으로 평가하였는데,[242] 주희도 이에 대해서 같은 의견을 가졌다. 그러나 도연명이 얻은 다른 칭찬에 대해서 주희는 다른 견해를 보였다. 안연지가 도연명을 칭송하여 "귀족 신분이라 가족들은 가난을 잊었다."(國爵屏貴, 家人忘貧.)[243] 라고 하고, 소통은 "곧은 뜻은 그침이 없고, 도에 안주하고 절개를 지키기에 애썼다. 몸소 농사짓는 것을 부끄럽게 여기지 않고, 재물이 없는 것을 문제라고 여기지 않았다."(貞志不休, 安道苦節. 不以躬耕爲恥, 不以無財爲病.)[244]라고 하였고, 당대의 백거이(白居易)는 더욱 분명하게 "내가 듣건대 심양군(潯陽郡)에는, 옛날에 도징군(陶徵君 : 연명(淵明))이 있었다고 하네. 술을 좋아하고 이름을 좋아하지 않았으며, (술에서) 깨어나는 것을 걱정하고 가난은 걱정하지 않았네."(吾聞潯陽郡, 昔有陶徵君. 愛酒不愛名, 憂醒不憂貧.)[245]라고 하였다. 이 논자들이 도연명의 인품 부분에서 긍정적으로 평가한 것은 하나는 그가 안빈낙도(安貧樂道)했다는 것이고, 하나는 그가 부귀영화에 뜻이 없었다는 것인데, 이러한 점이 바로 도연명이 아주 모범적인 은사(隱士)로 평가받는 이유이다. 그러나 주희는 도연명은 부귀에 대해서 "사실은 잊지 못했다"(其實是不能忘.)라고 하고, 또 도연명은 "이름을 좋아했다"(好名)라고 하였다. 주희의 견해를 뒷받침할 근거는 있

242) 심약(沈約)의 ≪송서(宋書)·은일전(隱逸傳)≫, 소통(蕭統)의 ≪도연명전(陶淵明傳)≫에 자세하게 보임.

243) <도징사뢰(陶徵士誄)>, ≪문선≫ 권57.

244) <도연명집서(陶淵明集序)>, ≪양소명태자문집(梁昭明太子文集)≫ 권4.

245) <효도잠체시십륙수(效陶潛體詩十六首)> 지일(之一), ≪백씨장경집(白氏長慶集)≫ 권5.

는가? 그는 스스로 분명하게 말하지 않았지만 우리가 도연명집을 뒤져 보면 주희가 한 말이 전혀 근거 없는 것은 아니라는 것을 알게 된다. 우선, 도연명은 정말 부귀를 버리고 전원으로 돌아갔으니, 그의 이러한 행동은 부귀에 대한 항거를 나타내 준다. 그러나 그는 부귀에 대해서 완전히 마음에 두지 않은 것도 아니고 빈곤을 달게 받아들인 것도 아니다. 도연명은 <감사불우부(感士不遇賦)>에서 "백이(伯夷)는 늙어서 늘 배가 고팠고, 안회(顔回)는 요절하고 또 가난했다네. …… 비록 배우기를 좋아하고 의(義)를 행하지만, 어떻게 죽고 사는 게 그리 힘든가?"(夷投老以長饑, 回早夭而又貧 …… 雖好學與行義, 何死生之苦辛!)[246]라고 하였는데, 이것과 주희가 제시한 성현의 경지와는 아직 거리가 있다. 앞에서 말했던 도연명이 부귀를 완전히 잊은 것이 아니라고 한 것과 관련된 어록을 하나 보면, 바로 앞은 이런 몇 마디의 말이 있다. "성인(聖人)은 더욱 명(命)은 묻지 않고 단지 의(義)가 어떠한지만 보았다. 빈부와 귀천은 오직 의(義)가 있는 곳이어야 처한 상황에 편안해 한다고 여겼다. 예컨대 안자(顔子)는 누추한 골목을 편안하게 여겼으니 그가 언제 명이 어떠한 지를 따진 적이 있었던가!"(聖人更不問命, 只看義如何. 貧富貴賤, 惟義所在, 謂安於所遇也. 如顔子之安於陋巷, 它那曾計較命如何!)라고 하여 주희는 바로 안연(顔淵)을 기준으로 삼고 있기 때문에 도연명에 대해서 불만을 가지고 있음을 알 수 있다. 물론 주희의 견해는 요구 조건이 너무 높아서 실제 현실 속에서는 실현하기 어렵다. 하물며 공자도 "부귀는 인간이 바라는 바이다. 만약 올바른 도를 가지고 얻지 않으면 그것을 누려서는 안 된다."(富與貴, 是人之所欲也. 不以其道得之, 不處也.)[247]라고 하였으니, 도연명의 태도는 이와 매

246) ≪도연명집교전≫ 권5.

247) ≪논어·이인(里仁)≫.

우 비슷하다. 그러므로 주희는 그래도 도연명이 부귀에 "저항"한 것에 대해서는 긍정적으로 평가하여 "이것이 그가 사람들보다 뛰어난 까닭이다"(此其所以賢於人也)라고 하였다. 그 다음으로 도연명은 명성에 대해서, 특히 후세에 전해지는 명성에 대해서 매우 중요시했다. 도연명은 형가(荊軻)를 칭송하여 "공은 가서 돌아오지 못할 것을 알았는데, 또 후세에 명성을 갖게 되었네."(公知去不歸, 且有後世名.)[248]라고 했고, 또 "사람이 죽으면 이름도 역시 다하니, 그것을 생각하면 오정(五情)이 달아오르네."(身沒名亦盡, 念之五情熱.)[249]라고 하였다. 그가 스스로를 깨끗하게 유지한 부분적인 원인은 그렇게 함으로써 후세의 명성을 얻고자 하는 데 있었다. "곤궁해도 견고한 절개가 아니라면, 백세토록 누가 전해지겠는가?"(不賴固窮節, 百世誰當傳?)[250]라고 하였으니, 주희가 도연명을 "이름을 좋아하였다"(好名)라고 한 것도 지나치지는 않다. 그렇다면 주희는 왜 이에 대해서 불만스러워했을까? 본래 유가는 결코 이름을 부정적으로 생각하지 않았다. 공자는 "마흔 쉰이 되어서도 이름이 없으면 그 사람은 또한 두려워할 바가 못 된다."(四十五十而無聞焉, 斯亦不足畏也矣.)[251]라고 하고 또 "군자는 죽어서도 이름이 알려지지 않는 것을 싫어한다."(君子疾沒世而名不稱焉.)[252]라고 하였으니, 아름다운 이름이란 그 사람이 업적이 있다는 표시이니 군자는 마땅히 이름을 얻어야 함을 알 수 있다. 주희의 ≪논어집주(論語集註)≫에는 이 두 조항에 대해서 무슨 특별한 해설을 가하지 않았고, 주희가 제자들과 토론할 때도 그것에 주목하지 않았다.[253]

---

248) <영형가(詠荊軻)>, ≪도연명집교전≫ 권4.
249) <영답형(影答形)>, ≪도연명집교전≫ 권2.
250) <음주이십수(飮酒二十首)>, ≪도연명집교전≫ 권3.
251) ≪논어 · 자한(子罕)≫.
252) ≪논어 · 위령공(衛靈公)≫.
253) ≪주자어류(朱子語類)≫ 권36과 권45에 보임. 저자 주 : ≪주자어류(朱子語類)≫ 권36

다만 ≪논어집주≫ 권8에서 뒤의 조항을 해석할 때 범조우(范祖禹)의 말을 인용하여 "군자가 배우는 것은 자신을 위하는 것으로 남이 알아주기를 바라지 않는다. 그러나 죽고 나서도 이름이 전해지지 않는다면 좋은 일을 한 사실을 알 수가 없다."(君子學以爲己, 不求人知. 然沒世而名不稱焉, 則無爲善之實可知矣.)라고 하였으니, 이는 주희는 군자는 "이름을 좋아해서는"(好名) 안 된다고 여겼으므로 도연명에 대해서 다소간의 불만이 있음을 말해준다. 필자는 주희가 도연명의 인품을 평가하는데 있어서 너무 완벽할 것을 요구하는 경향이 있다고 생각한다. 이는 송대의 이학가가 역대 인물들을 평가할 때 늘 있었던 습관으로 그렇게 큰 실제적인 의의는 없다.

두보의 인품에 대해서 옛 사람들의 불만은 "방자하고 거리낌이 없고"(蕩無拘檢) "오만하고 허황하다"(傲誕)[254]거나 혹은 "방자하고 거리낌이 없다"(曠放不自檢)[255]라는 것인데, 모두가 두보의 성격이 거만하고 방자한 데 초점을 두고 있다. 그러나 주희는 다른 각도에서 그를 비평하였다. <건원중, 우거동곡현, 작가칠수(乾元中, 寓居同谷縣, 作歌七首)>는 두보가 촉(蜀)으로 가는 도중에 동곡(同谷)에 체류할 때 지은 것이다. 당시 그의 온 가족이 거의 막다른 지경에 이르렀던 터라 이 시는 슬픔과 분노가 교차하며 억눌린 감정을 토로하고 있는데, 일곱 번째 시에서 그의 생평을 한탄하여 "사내로 태어나 이름을 얻지 못하고 몸은 이미 늙어, 삼 년 동안이나 굶주린 채 황량한 산길을 도망 다녔네. 장안(長安)의 경상(卿相)들은 젊은이가 많으니, 부귀는 마땅히 젊을 때에 이루는 것이라네. 산중의 유

---

에는 "四十五十而無聞焉"을 "도중에 그만두는 자이다"(是中道而止者也.)라고 해석하여 공자의 본래 뜻과 맞지 않는 것 같은데, 여기서는 더 이상 논의하지 않는다.

254) ≪구당서(舊唐書)·두보전(杜甫傳)≫.

255) ≪신당서(新唐書)·두보전(杜甫傳)≫.

생(儒生)은 예전에 알던 사람으로, 단지 옛날을 이야기하니 마음이 아프네. 아아! 칠가(七歌)를 조용히 가락을 끝내고, 하늘을 우러러보니 흰 해가 빨리도 지나가는구나!"(男兒生不成名身已老, 三年饑走荒山道. 長安卿相多少年, 富貴應須致身早. 山中儒生舊相識, 但話宿昔傷懷抱. 嗚呼七歌兮悄終曲, 仰視皇天白日速.!)라고 하여 시에서 자신의 "재주를 품고 때를 만나지 못한"(懷才不遇) 것과 늙어서 황량한 들판을 떠돌며, 젊어서 이미 뜻을 이룬 사람들과 비교하고 더욱 분개하는 심경을 슬프게 한탄스러워하고 있다. 주희는 두보가 "늙음을 탄식하고 슬퍼한다"(歎老嗟悲)라는 것은 "도를 듣지 못한"(不聞道) 탓이어서 "지기(志氣)가 역시 옹졸하다"(志亦陋矣)라고 여겼다. 바꾸어 말하면, 만약 두보가 성현의 도를 들어 알고 성현의 지기를 가졌더라면 이러지는 않았을 것이라는 것이다. 확실히 유가의 이상적인 인격으로 말한다면, 곤궁하면 더욱 굳건해야 하고 늙어서도 마음은 더욱 강건해야 할 것이며 어떠한 환경에서도 흔들림이 없어야 할 것이다. 즉 공자가 말한 "군자는 본디 곤궁하다"(君子固窮)[256]라든가 맹자가 말한 "가난하고 비천하다고 흔들려서는 안 된다"(貧賤不能移)[257]라고 한 뜻으로 주희가 그렇게 말한 것도 전혀 근거가 없는 것은 아니다. 그러나 백발이 성성한 두보가 온통 얼어붙은 황량한 산의 막다른 계곡에서 황독(黃獨)을 캘 때 만감이 교차하여, 불평불만이 가슴에 가득했던 것은 정리(情理)에 맞는 일이다. 만약 그러한 절망적인 상황에 처한 시인이 평정되고 고요한 마음가짐을 하고서 전혀 원망하는 마음을 가지지 말 것을 요구한다면, 그야말로 정말 계란에서 뼈를 골라내는 것과 같은 지나친 요구일 것이다. 사실 주희의 시에도 간혹 슬퍼하거나 넋두리하는 말이 있으니(제2장 제1절 참조), 그

---

256) ≪논어 · 위령공(衛靈公)≫.
257) ≪맹자(孟子) · 등문공(滕文公)≫.

의 두보에 대한 책망은 불공평한 것이다.

만약 주희의 굴원·도연명·두보 세 사람의 인품에 대한 평가가 다소 지나치다면, 그의 한유에 대한 비난은 더욱 의론의 여지가 있다. 왜냐하면 그러한 비난과 그가 한유를 "오군자(五君子)"에 열거하여 넣은 관점과는 완전히 상반되기 때문이다. 객관적으로 말한다면 한유가 "단지 말이 육경과 비슷하기만 하면 도를 전하는 것이라고 여겼다. 그가 매일 힘쓴 것은 단지 시를 짓고 바둑을 두고 술을 흠뻑 마시고 즐기는 것뿐이었다."(只是要做得言語似六經, 便以爲傳道. 至其每日功夫, 只是做詩, 博奕, 酣飮取樂而已.)라고 말한다면 비록 논지가 아주 타당하다고는 말할 수 없지만 그래도 아주 틀린 것도 아니다. 그런데 한유는 "관리가 되고 정사(政事)를 보는 데도 역시 나라를 위해서 일을 하려고 한 것도 아니고 또한 일컬을 만한 것도 없으며, 사실은 단지 관직을 얻으려고 하였을 뿐이다."(做官臨政, 也不是要爲國做事, 也無甚可稱, 其實只是要討官職而已.)라고 한다면 너무 지나치다고 할 수밖에 없다. 사실 한유는 관직과 이록(利祿)을 추구했고, 이러한 것들은 그의 시문에 분명하게 드러나 있다. 그러나 이는 당대 사람들의 일반적인 모습이어서 주희는 백거이에 대해서도 비슷한 비평을 하였다 : "백거이에 대해서 사람들은 그가 맑고 고상하다고 많이들 말하지만 사실은 관직을 좋아하였다. 시 중에서 부귀를 언급할 때마다 모두 말하면서 입에서 침을 줄줄 흘렸다."(樂天, 人多說其淸高, 其實愛官職. 詩中凡及富貴處, 皆說得口津津地涎出.)[258]라고 하였지만 후세 사람들은 이러한 형태의 평가에 대해서 대체로 동의하지 않았다. 청대의 조익(趙翼)은 한유의 시 <시아(示兒)>와 <부독서성남(符讀書城南)>을 평가하여 "이것은 역시 단지 이록(利祿)으로만 자식을 유인한 것으로 당연히 송대 사람들이

258) ≪주자어류(朱子語類)≫ 권140, 3328쪽.

이야기한 것은 그 후이다. 이록을 버리고 오로지 품행만 말하는 것은 송 이후의 도학을 하는 여러 유가들의 의론으로 송 이전에는 본디 이러한 설은 없었다는 것을 모른 것이다. ≪안씨가훈(顔氏家訓)≫·≪유씨가훈(柳氏家訓)≫을 살펴보면 또한 아닌 게 아니라 영욕(榮辱)을 가지고 권면(勸勉)·훈계를 삼지 않은 적이 있었던가?"(此亦徒以利祿誘子, 宜宋人之議其後也. 不知捨利祿而專言品行, 此宋以後道學諸儒之論, 宋以前固無此說也. 觀≪顔氏家訓≫·≪柳氏家訓≫, 亦何嘗不以榮辱爲勸誡耶?)[259]라고 하여, 주희가 시대의 차이를 무시한 채 너무 높은 잣대를 견지한 과실을 잘 지적하고 있다. 더욱더 분명히 해야 할 것은 한유는 관리로서 충성심이 투철하고 절개가 있었으며, 조정에 있을 때 재난(災難)을 논하고 불골(佛骨)을 간(諫)할 때 이것저것 가리지 않고 자신의 몸을 돌보지 않았다. 또 적진에 뛰어들어 반역자들을 제압하고 위험에 처해서도 두려워하지 않았다는 것이다. 그는 "충성은 임금의 노여움을 거스르고, 용감함은 삼군(三軍) 장수의 깃발을 빼앗을"(忠犯人主之怒, 而勇奪三軍之帥.)[260] 때 자신의 몸과 목숨을 돌보지 않았으니, 무슨 관직이나 이록을 고려할 틈이 있었겠는가? 그러니 어떻게 그가 "벼슬을 하고 정사를 본 것은 역시 나라를 위해서 일을 하려고 한 것도 아니고 또한 일컬을 만한 것도 없으며, 사실은 단지 관직을 바란 것일 뿐이다."(做官臨政, 也不是要爲國做事, 也無甚可稱, 其實只是要討官職而已.) 라고 할 수 있겠는가? 주희의 한유에 대한 가혹한 평가는 아마도 이학가의 문벌 간의 편견이나 다소 위선적인 태도에 기인한 것일 것이다. 한유가 주도한 유학의 업적을 부정하기 위하여 그의 인품을 부정하는 이러한 논의는 본받을 바가 못 된다. 사실 주희도 어떤 때에는 한유가 "조정에 서서 의론하는 풍채는 또한 볼 만한 것도 있다."(立朝議論風采, 亦

---

259) ≪구북시화(甌北詩話)≫ 권3.

260) 소식의 <조주한문공묘비(潮洲韓文公廟碑)>, ≪소식문집≫ 권17에 보임.

有可觀.)[261]라는 것을 인정하기도 했으니, 이는 앞에서 말한 견해가 편견에 기인한 것임을 더욱 잘 나타내고 있는 셈이다.

앞의 내용을 종합해 보면, 주희는 거의 마음속에 자리 잡고 있는 성현의 이미지를 기준으로 하여 작가를 평가하였는데, 그의 성현에 대한 요구는 지나치게 높아서 스스로도 "성현이 되는 것은 정말 어렵고 어렵다!"(做個聖賢, 千難萬難!)[262]라고 하고 또 "예전의 성현은 되기 쉬웠는데 후세에는 성현이 되기가 어렵다."(古時聖賢易做, 後世聖賢難做.)[263]라고 하였다. 이는 엄격한 규율이 늘어나다 보니 자연히 자칫하다 보면 규율을 위반하게 되었기 때문이다. 우리는 이정(二程)과 주희의 역대 인물에 대한 평가를 보면 공자나 맹자를 제외하고는 거의 완벽한 사람이 없다는 점을 통해서 송대 유가들은 비록 추상적으로는 "사람은 누구나 모두 성인이 될 수 있다"(人皆可以爲聖人)[264]라고 하였지만 구체적으로 인물을 평가할 때는 너무 지나치게 높은 잣대로 계란에서 뼈를 찾듯 하였다는 것을 알 수 있다. 그러다보니 개성을 드러내고 감정을 표현하는 것을 필수 조건으로 하는 문학가들은 당연히 이정이나 주희의 눈에 들기가 어려웠다. 굴원·도연명·두보·한유와 같은 작가도 비난을 피하기 어려웠으니 다른 사람들이야 말할 필요도 없다. 우리는 만약 주희가 앞에서 말한 그런 표준을 엄격하게 준수했다면 중국의 전체 문학사 속의 작가 명단도 가치가 보잘것없이 변했을 것이라 감히 말할 수 있을 것이다. 이정이 극단적으로 문학을 경시한 까닭은 그들이 문학가들의 인격적인 면을 경시한 것과 관련이 없지 않다. 다행스럽게도 주희의 문학적 소양

261) ≪주자어류(朱子語類)≫ 권137, 3274쪽.
262) ≪주자어류(朱子語類)≫ 권115, 2784쪽.
263) ≪주자어류(朱子語類)≫ 권90, 2301쪽.
264) ≪하남정씨수언(河南程氏粹言)≫ 권1.

이 뛰어나서 그는 문학가들의 인격적인 특성에 대해 사실 비교적 잘 이해하는 편이어서 견해가 이정처럼 그렇게 치우치지 않을 수 있었다. 그러므로 인해서 주희의 작가의 인품에 대한 평론도 이학가 이론으로서의 가치를 최대한으로 드러낼 수 있었다. 그렇지 않고, 만약 이정처럼 그렇게 문학가에 대해서 단순이 모두 부정하였다면 이학 사상은 작가의 인품에 대한 평가 문제에 있어서 전혀 아무런 실질적인 의미를 지니지 못했을 것이다.

주희의 문학가의 인품에 대한 엄격한 태도가 도대체 무엇을 의미하는 지 분명히 보기 위해서 우리가 아주 전형적인 예를 하나 고른다면, 그것은 바로 소식(蘇軾)이다.

소식은 의심의 여지없이 북송 시기 문학적 성취가 가장 높은 문학가로, 그의 영향력은 시대의 변천에 따라 줄어들지 않았을 뿐 아니라 오히려 남송 문단에서도 점점 더 커져갔다. 또 소식은 사상가이기도 해서 그와 이정의 관계는 송대 사상사에서도 중요한 공안(公案)이었다. 그러므로 주희가 이학의 종사(宗師) 신분으로 역대 문학가들에 대해서 평가할 때 소식은 필연적으로 피할 수 없는 대상이었고, 동시에 가장 전형적인 하나의 대상이기도 했다. 주희의 소식에 대한 대량의 평론은 바로 이러한 배경 하에 생겨나게 되었다.

우선 우리의 주목을 끄는 것은 주희의 소식의 인품에 대한 신랄한 비평이다. 그는 말하였다.

> 소식의 말에 이르면 높은 것은 유무(有無)에 넘나들며 왜곡하여 의리를 이루었고, 낮은 것은 이해(利害)를 가리키고 말하여 인정(人情)에 맞고 가깝다. 그의 지식(智識)과 재변(才辨)·모략과 기개는 또 넉넉히 떨치고 빛내며 넓히고 과장할 수 있어서 듣는 사람은 기꺼워 지칠 줄을 모르게 하니 왕안석이 비할 바가 아니었다. 그러나 도학(道學)을 말한 것은 큰 근본에서 방향

을 잃었고 사실을 논한 것은 권모를 숭상하고 부화함을 부리고 근본을 잊어버렸으며, 통달을 귀하게 여기고 명예와 예법을 천하게 여겼다. 그러니 그가 천리(天理)를 해치고 인심을 어지럽게 하고, 성현의 도를 공부하는 것을 방해하고 가르침을 망친 것은 또 어찌 왕안석보다 덜했겠는가? ……소동파는 스스로 절제함이 왕안석만큼 그렇게 엄격하지 않았고, 그가 하는 학술은 공리(功利)를 잊지 않았고 괴이하고 은밀한 것은 왕안석보다 더 심했다. 그의 학생 예컨대 진관(秦觀)·이치(李廌)의 무리는 모두 허황되고 경박하여 사대부들이 입에 올리기를 싫어하였는데, 그들끼리 서로 전국시대 종횡가와 같은 변론을 선동하며 그들의 견해를 견지하면서 예의나 염치가 뭔지를 전혀 몰랐다. 비록 그들의 세력이 사람을 움직이기에는 부족하였지만 세속에서 방종하기를 좋아하고 규율과 규제를 싫어하던 무리들은 분분이 일어나서 그의 편에 섰다. 만약 그가 뜻을 이루었다면 채경(蔡京)이 한 것을 반드시 몸소 하지 않으리란 법도 없을 것이다.(至若蘇氏之言, 高者出入有無而曲成義理, 下者指陳利害而切近人情. 其智識才辨·謀爲氣槪, 又足以震耀而張皇之, 使聽者欣然而不知倦, 非王氏之比也. 然語道學則迷大本, 論事實則尙權謀, 衒浮華, 忘本實；貴通達, 賤名檢. 此其害天理, 亂人心, 妨道術, 敗風敎, 亦豈盡出王氏之下也哉! …… 蘇氏則其律身不若荊公之嚴, 其爲術要未忘功利而詭秘過之. 其徒如秦觀·李廌之流, 皆浮誕佻輕, 士類不齒, 相與扇縱橫捭闔之辨以持其說, 而漠然不知禮儀廉恥之爲何物. 雖其勢利未能有以動人, 而世之樂放縱·惡拘檢者以紛然向之. 使其得志, 則凡蔡京之所爲, 未必不身爲之也.)[265]

동파의 덕행이 어디 왕안석과 같을 수 있는가? 동파가 만약에 젊은 시절 중용을 받았다면 그로 인한 환난이 왕안석보다 덜하지 않았을 것이다. 그러나 소동파는 나중에 왕안석이 낭패를 당하는 것을 볼 수 있게 되어서 스스로 모두 고쳤다.(東坡之德行那裏得似荊公? 東坡初年若得用, 未必其患不甚於

---

265) <답왕상서(答汪尙書)>, ≪문집≫ 권30, 8쪽. 저자 주 : 이 편지는 연월을 표시하지 않았는데 진래(陳來)의 ≪주자서신편년고증(朱子書信編年考證)≫에도 연도를 표시하지 않았다. 지금 ≪문집≫의 같은 권 속에 이 편지의 앞뒤에 있는 두 편지는 각각 "갑신 10월 22일(甲申十月二十二日)"과 "11월 기망(十一月旣望)이라고 쓰여 있고, 두 편지의 내용이 이 편지와 서로 연관성이 있는 것으로 보아 이 편지도 당연히 이 해에 쓰여졌을 것이다. 즉 융흥(隆興) 2년(1164)으로 이때 주희의 나이는 35세였다.

荊公. 但東坡後來見得荊公狼狽, 所以都自改了.)[266]

소동파가 호주(湖州)에서 체포당했을 때 얼굴은 사람의 모습이 아니었고 두 발은 모두 힘이 빠져서 거의 걸을 수가 없었다. 들어가서 가족들과 작별하게 해달라고 요구했지만 사자(使者)는 들어주지 않았다.(東坡在湖州被逮時, 面無人色, 兩足俱軟, 幾不能行. 求入與家訣而使者不聽.[267]

첫째와 둘째 조항은 소식의 학술 사상, 품성과 덕행, 정치적인 태도 등에 대해서 전면적으로 부정적인 입장을 취하였다. 소식이 품행 면에 있어서 왕안석보다 못하다고 여겼을 뿐 아니라 소식은 채경(蔡京)과 같은 부류의 인물이지만 단지 정권을 쥐고 정치를 농단할 기회가 없었을 뿐이라고까지 하였다. 이렇게 가설을 가지고 일어나지도 않은 상황을 추측하고 이를 통해 죄를 덮어씌우는 논조는 물론 설득력이 없다. 그의 이러한 논조의 이면에는 분명 낙(洛)·촉(蜀) 간의 오랜 논쟁으로 인한 깊은 원한을 다시 수정하고 싶어하는 의도가 내포되어 있다. 세 번째 조항에서 말한 내용은 무슨 문헌에 근거한 것인지 모르지만, 현존하는 역사 자료로 볼 때는 소식이 호주에서 체포당할 당시 비록 화가 임박했을 지도 모른다고 생각했지만 주희가 말하는 것처럼 그렇게 두려워서 안절부절 하지는 않았다. 공문중(孔文仲)의 ≪공씨담원(孔氏談苑)≫ 권1에 그 일이 매우 상세하게 기록되어 있다. 소식이 처음에는 "두려워서 감

266) ≪주자어류(朱子語類)≫ 권130, 제3100쪽. 저자의 주 : 이 조목은 동백우(董伯羽)(비경(蜚卿))가 질문한 것으로 양도부(楊道夫)가 기록한 것이다. ≪주자어류(朱子語類)≫ 권수(卷首)에 있는 <성씨표>에 의하면 소희(紹熙) 원년(1190)에 기록된 것으로 이때 주희의 나이는 61세였다.

267) <답요자회(答廖子晦)>, ≪문집≫ 권45, 29쪽. 저자의 주 : 진래(陳來)의 ≪주자서신편년고증≫제381쪽에 의하면 이 편지는 경원(慶元) 원년(1195)에 쓰였는데, 이때 주희의 나이는 66세였다.

히 나가지 못했지만"(恐不敢出) 당시 권주사(權州事) 조무파(祖無頗)와 상의한 후에 조복(朝服)을 갖추어 입고 나와 조정에서 파견한 흠차(欽差) 대신을 만나고 바로 압송되어 성을 나왔다고 한다.[268] 소식은 나중에 그때의 경험을 추억하여 "내가 호주에 있을 때 시를 지은 것에 연좌되어 추궁당하여 조옥(詔獄)으로 가게 되었다. 처와 자식들은 나를 배웅하여 대문을 나섰는데 모두 통곡하였다. 할 말이 없어서 늙은 처를 돌아보며 '당신은 그래 양(楊) 처사(處士)의 아내처럼 시 한 수를 지어 나를 배웅할 수 없겠소?'라고 하니, 아내는 자신도 모르게 실소했고 나는 그래서 문을 나섰다."(余在湖州, 坐作詩追赴詔獄. 妻子送余出門, 皆哭. 無以語之, 顧老妻曰 : '子獨不能如楊處士妻作一詩送我乎?' 妻不覺失笑, 予乃出.)[269]라고 한 것을 보면, 소식은 침착한 태도로 그 재난에 대처하였다는 것을 알 수 있다. 고난을 대수롭지 않게 바라보는 것이 소식의 인격이나 정신 자세에 있어서 가장 빛나는 특징으로, 바로 그러한 정신이 그로 하여금 어려움 속에서도 끊임없이 우수한 창작을 할 수 있게 했던 것이다. 필자는 소식 본인의 말과 그의 친구였던 공문중의 기록이 진실되어 믿을 만하다고 믿으며, 주희가 말한 것은 당연이 와전된 내용에 기인했다고 생각한다. 우리가 주목할 만한 사실은 소식의 <제양박처시(題楊朴妻詩)>도 ≪동파지림(東坡志林)≫에 실려 있고, ≪지림≫은 남송 시기 일찌감치 이미 간행되어 진진손(陳振孫)의 ≪직재서록해제(直齋書錄解題)≫ 권11에 바로 이 책을 기록

268) 주욱(朱彧)의 ≪평주가담(萍洲可談)≫ 권2에 의하면 소식은 관청에서 일을 보다가 체포되었고, "바로 군(郡) 관아의 대문을 걸어 나갔다"(卽步出郡署門)라고 하였으니 전해들은 이야기가 서로 달랐던 것이다.

269) <제양박처시(題楊朴妻詩)>, ≪소식문집≫ 권68. 저자 주 : 양박(楊朴)은 북송의 은사(隱士)로 진종(眞宗)에게 불려가게 되니 그의 아내가 시를 지어 배웅하며 "오늘 잡아서 관가로 가니, 이번에 늙은이를 보내는구나."(今日捉將官裏去, 這回斷送老頭皮.)라고 하여 말이 꽤 해학적인 소식의 이 발문(跋文)에 상세히 보인다.

하였는데 다만 제목을 ≪동파수택(東坡手澤)≫이라고 하였다. 주희는 그의 ≪팔조명신언행록(八朝名臣言行錄)≫에서 ≪지림≫을 여러 차례 인용하였으니, 그가 소식의 이 발문(跋文)을 읽었을 가능성이 매우 크다는 것을 증명할 수 있다. 그런데 그가 하필이면 소식 본인의 기록은 믿지 않고 다른 사람의 설을 취했다는 것은 단지 소식이 살고 싶어 죽기를 두려워한다는 것을 설명하기 위한 것일 뿐이다. 이러한 논단은 분명 실사구시(實事求是)의 정신이 결여되어 있다. 그러므로 나는 주희의 소식의 인품에 대한 비난은 대부분 이학가의 편견에 기인하여 사실 근거에 따른 가치 판단이 결여되어 객관적이지 못하다고 생각한다.

그러나 이상한 것은 주희는 소식의 인품에 대해서도 완전히 다른 평가도 있다. 그는 말하였다.

> 소동파의 의론은 비록 치우침이 없을 수 없었지만 그의 기절(氣節)은 단지 다른 사람보다 뛰어난 점이 있다. 예컨대 공북해(孔北海 : 융(融))・조조(曹操)를 말한 것은 사람으로 하여금 늠름히 생기가 돌게 한다.(東坡議論雖不能無偏頗, 其氣節直是有高人處. 如說孔北海曹操, 使人凜凜有生氣!)[270]

> 동파 노인의 빼어나고 시들지 않는 지조와 굳건하고 변함없는 자태는 죽군(竹君)・석우(石友)가 거의 그것과 비슷하다. 백대 후에 이 그림을 보는 사람도 여전히 상상이 될 것이다.(東坡老人英秀後凋之操, 堅確不移之姿, 竹君石友, 庶幾似之. 百世之下觀此畵者, 尙可想見也.)[271]

---

270) ≪주자어류(朱子語類)≫ 권35, 제923쪽. 저자 주 : 이 조항은 서우(徐寓)・유지(劉砥)가 기록한 것으로 <성씨표>에 의하면 바로 소희 원년(1190)으로, 그때 주희의 나이는 61세였다.

271) <발진광택가장동파죽석(跋陳光澤家藏東坡竹石)>, ≪문집≫ 권84, 24쪽. 저자 주 : ≪문집≫의 같은 권 이 발문(跋文)의 앞에 놓인 <발산곡초서천문(跋山谷草書千文)>과 그 뒤의 <발진대부시(跋陳大夫詩)>에 모두 "경원 기미(慶元己未)"라고 쓰여 있으니 바로 경원 5년(1199)으로, 이때 주희의 나이는 70세였다.

> 소동파의 이 글은 한때의 우스개와 익살 끝에서 나와서 애초에 마음을 쓰지 않았지만, 그 풍진에 오만하고 고금을 보는 기개는 오히려 넉넉히 그 사람을 상상해 볼 수 있다.(蘇公此紙, 出於一時滑稽詼笑之餘, 初不經意, 而其傲風霆·閱古今之氣, 猶足以想見其人也.)[272]

라고 하며, 소식의 절개나 기품에 대하여 재삼 찬탄하고 있어서, 문장의 행간에 그를 우러러 보는 마음이 흘러 넘쳐서 앞에서 인용한 소식을 비판하던 것과는 마치 다른 사람 같다. 이는 도대체 무슨 이유일까? 우리가 앞에서 한 말들의 연대를 한번 살펴보니, 결코 시간에 따라 논조가 명확하게 바뀌지도 않았다는 것을 발견하게 되었다. 예를 들면, 주희는 61세 때 소동파의 덕행이 왕안석보다 못하다고 나무랐으나 같은 해에 또 그의 절조가 다른 사람보다 높다고 칭찬하였다. 그리고 5년 후에는 또 소동파는 죽기를 두려워하고 화를 당하는 것을 무서워한다고 조롱하였으니, 마치 금방 칭찬하였다가 금방 비난하고 하여 왔다갔다하는 것 같다. 그러나 전체적으로 보면 주희는 나이가 들수록 소식의 인품에 대해 긍정적으로 생각하는 부분도 많았다. 예를 들면 위에서 인용한 두 조목은 모두 70세 때 쓴 것이고, 같은 해에 쓴 <발동파첩(跋東坡帖)>에도 그를 칭송하여 "빼어난 운치는 높이 옛사람들과 시야를 같이 한다."(英風逸韻, 高視古人.)[273]라고 하였으니, 이는 당연히 우연이 아닐 것이다. 이러한 이유는 아마도 그때 이학은 이미 조정으로부터 금지당하여 더 이상 공개적으로 이학을 선양(宣揚)할 수 없어서 힘을 《초사(楚辭)》와 한유의 글을 정리하고 연구하는 데 쏟게 되었기 때문이다. 그의 인물

---

272) <발장이도가장동파고목괴석(跋張以道家藏東坡枯木怪石)>, 《문집》 권84, 22쪽. 저자 주 : 이 조항은 "경원 기미(慶元己未)"라고 쓰여 있으니 바로 경원 5년(1199)으로, 이때 주희의 나이는 70세였다.

273) 《문집》 권84, 17쪽.

에 대한 품평도 더 이상 강렬한 이학적 가치관을 드러내지 않았기 때문에 문학가인 소식에 대해서 더 많은 공감을 나타내게 되었다(제6장 · 제7장에 자세히 보임). 그래서 필자는 주희의 소식론에 대해서 총체적으로 살펴보아야 그의 가치 판단의 진상을 제대로 볼 수 있다고 생각한다.

앞에서 주희의 소식의 인품에 대한 비평은 우선적으로 이학가로서의 시각의 제약을 받았다고 말한 적이 있다. 소식과 이정(二程)이 마치 물과 불처럼 상극일진대 이정의 적통(嫡統)인 주희로서는 당연히 소식을 적대시하지 않을 수 없었다. 게다가 남송 때는 왕안석의 명성은 채경(蔡京) 같은 사람들이 신당(新黨)에 적을 두었던 관계로 완전히 땅에 떨어졌고, 소식의 영향력은 마치 중천에 뜬 태양과 같았다. 그러한 관계로 소식이나 왕안석은 사상적으로는 모두 주희의 적대 진영에 속했지만 소식을 비판하는 것이 당시로서는 급선무였다. 이러한 정치적인 이해와 학술적인 견해의 차이가 엇섞인 파벌적 관점들에 대해서, 필자는 더 깊이 따질 필요가 없다고 생각한다. 필자가 관심을 가지는 부분은 주희가 소식을 적으로 간주했다면 무엇 때문에 또 그의 인품에 대한 많은 찬사가 있느냐는 것이다.

그 이유는 아마 아래 세 가지일 것이다. 첫째, 소식은 재능과 학식이 남달랐고 또 의론에 능하였기 때문에 주희는 비록 근본적으로는 그의 학술을 부정적으로 평가하였지만 일부 구체적인 문제에 대해서는 그의 설에 동조하였기 때문이다. 주희와 제자들이 학문을 논하면서 자주 소식을 언급하여 "동파의 경전 해석은 제대로 말한 부분은 정말 훌륭하다. 아마도 그의 필력이 남들보다 뛰어나서 해설을 하는 것이 유달리 생동감이 있기 때문일 것이다."(東坡解經,莫教說着處直是好. 蓋是他筆力過人, 發明得分外精神.)[274] "동파의 서예의 해설은 좋은데, 그는 글의 기세를 잘 보았다."(東坡書解却好, 他看得文勢好.)[275] "동파는 타고난 재주가 뛰어나서 그가 문사를 논한 것은 스스로 다른 사람들이 미치지 못하는 바가 있다. 예컨대 ≪논어설(論語說)≫도 매우 빼어난 점이 있다."(東坡天資高明, 其議論文詞自有人不到處, 如<論語說>亦煞有好處.)[276]라고 하였다. 심지어 제자들이 소식이 불경을 논하는 데 뛰어난지 물었을 때 주희는 또 대답하여 "동파는 식견이 매우 조리가 있고, 재능과 지혜가 매우 명료했다."(他甚次第見識, 甚次第才智!)[277]라고 하였고, 어떤 때 주희는 소식의 재능과 덕성을 대등하게 보고 논하며 "동파는 의론에 능하고 기절(氣節)이 있다."(東坡善議論, 有氣節.)[278]라고 하였다. 주희도 재주나 학식이 남달라서 영웅은 영웅을 알아보는 셈이어서, 그가 소식의 재주와 학식을 긍정적으로 평가하다보니 약간의 호감이 생길만도 했던 것이다. 두 번째로는 소식은 인격적인 면에서 분명 남들보다 뛰어난 면이 있었고, 주희도 그러한 사실을 완전히 무시할 수는 없었던 것이다.

앞에서 든 주희가 소식의 품성을 비난한 말들은 대부분 가설에 바탕을 두고 있어서 다소 오묘하다. 어떤 제자가 주희에게 "파공(坡公)은 애써서 이락(伊洛)과 서로 배격했는데 무슨 이유인지 모르겠습니다."(坡公苦與伊洛相排, 不知何故?)라고 묻자, 주희는 웃으면서 "동파는 분방한 것을 좋아하는데 단정한 사람이 예로써 스스로 긍지하는 것을 보면 그가 지적할까 두려워하였기 때문에 그렇게 헐뜯은 것이다."(他好放肆, 見端人正士以禮自持, 卻恐他來檢點, 故恁詆訾.)라고 대답하였고, 제자가 또 "동파공은 기절(氣節)이 남음이 있지만 지나친 면도 역시 이것으로부터 온 것입니까?"

274) ≪주자어류(朱子語類)≫ 권130, 3113쪽.
275) ≪주자어류(朱子語類)≫ 권78, 1986쪽.
276) ≪주자어류(朱子語類)≫ 권130, 3113쪽.
277) ≪주자어류(朱子語類)≫ 권130, 3116쪽.
278) ≪주자어류(朱子語類)≫ 권130, 3113쪽.

(坡公氣節有餘, 然過處亦自此來?)라고 물으니 "정말 그렇다."(固是)[279]라고 대답했다. 이를 통해서 볼 때 주희는 소식의 품성에 대해 그렇게 부정적으로 보는 것이 아님을 알 수 있다. 특히 소식이 여러 차례 폄적당하면서도 만년의 굳건한 불굴의 절개에 대해서 주희는 매우 찬탄하여 "소동파의 바다 밖에서의 일은 정말 탄식할 일이다. 최근에 그간 만년에 지은 사(詞)를 보니 '새로운 은총을 바랄 수는 있지만, 예전에 배운 것을 끝내 고치기가 어렵네!'(新恩雖可冀, 舊學終難改)라는 구가 있는데, 매번 그것을 읊조릴 때마다 또한 사람으로 하여금 감개하고 탄식하게 할 만하다."(坡公海外意況, 深可歎息. 近見其晚年所作小詞, 有'新恩雖可冀, 舊學終難改'之句, 每諷詠之, 亦足令人慨歎也.)[280]라고 하였다. 세 번째로는 소식의 문학사상의 걸출한 성취가 천성적으로 문학을 좋아한 주희로 하여금 매우 탄복하게 했다는 것이다. 우리는 제2장 제1절에서 말한 적이 있는데, 주희는 여러 차례 소동파의 시에 화답시(和答詩)를 지었으며, 소식을 "소선(蘇仙)"이라고 불렀으니 그를 흠모하는 마음이 말에 흘러넘친다. 청대의 기윤(紀昀)은 이 일에 대해 "주희는 소동파를 극히 싫어하였지만 유독 이 시만은 여러 차례 화답하여 마지않았는데, 진인(晉人)의 이른바 '내가 봐도 예쁘다.'(我見猶憐也)라는 격이다."(朱晦庵極惡東坡, 獨此詩屢和不已, 晉人所謂'我見猶憐'也.)[281]라고 평하였는데, 이 말은 꽤 재미있는 말이다. ≪세설신어(世說新語)·현원(賢媛)≫의 유효표(劉孝標)의 주(註)에서 ≪투기(妒記)≫를 인용하였는데, 환온(桓溫)이 촉(蜀)을 평정한 후에 이세(李勢)의 딸을 첩으로 맞았는데, 그의 아내는 질투가 심해서 가서 죽이고 싶었는데, 가서 이씨

279) ≪주자어류(朱子語類)≫ 권130, 3109쪽.

280) <답요자회(答廖子晦)>, ≪문집≫ 권45, 48쪽.

281) ≪소식시집≫ 권38 <십일월이십육일송풍정하매화성개(十一月二十六日松風亭下梅花盛開)>의 기윤(紀昀)의 비어(批語)에 보임.

녀(李氏女)의 미모를 보고 “내가 너를 보아도 어여쁜데 하물며 영감이야 오죽하겠나!”(我見汝猶憐, 何況老奴!)라고 했던 것이다. 즉 주희는 본래 소식을 아주 싫어했는데 아름답기 짝이 없는 소동파의 시에 대해 자신도 모르게 증오하는 마음이 사라지고 좋아하는 마음이 생겼다는 것이다. 앞에서 언급한 것과 같은 이유 때문에 주희의 소동파 시에 대한 견해는 상당히 복잡해졌고, 심지어 어떤 때는 서로 모순되기도 했다. 이는 이학가와 문학가를 겸한 주희의 특수한 신분이 초래한 필연적인 결과였다.

주희의 입장에서 보면 작가의 인품(人品)과 문품(文品)은 마땅히 일치해야 한다. 그는 인품이 좋지 않은 작가에 대해서 왕왕 그의 작품도 함께 헌신짝 취급하듯 하였다. 앞의 글에서 인용했던 양웅(揚雄)과 손적(孫覿) 등에 대한 비난이 바로 확실한 예이다. 주희는 또 “왕유(王維)와 저광희(儲光羲)의 시가 그윽하고 청원(淸遠)하지 않은 것이 아니다. 그러나 그들은 신망(新莽)과 안록산(安祿山)에게 한번 몸을 바쳤으므로 그들이 평생 동안 힘들여서 겨우 세상에 전할 수 있었던 작품들은 마침 족히 후세 사람들이 그들을 비웃을 밑천이 될 뿐이다.”(王維・儲光羲之詩非不翛然淸遠也, 然一失身於新莽・祿山之朝, 則其平生之所辛勤而僅得以傳世者, 適足爲後人嗤笑之資耳!)[282]라고 하였다. 즉 만약 작가의 인품이 보잘것없다면 그의 작품은 아무런 가치도 없다는 뜻이다. 그래서 주희는 인품이 고상한 작가에 대해서는 작품도 같이 침이 마르도록 칭찬하였다. 예컨대 남송의 왕십붕(王十朋)의 경우 시문의 성취가 그리 높은 편은 아니었으나 주희는 그의 인품을 높이 보고 “그의 마음은 광명정대하다.”(其心光明正大)라고 생각했기 때문에 “그의 시는 두터우면서도 질박하고 슬프고 간절하면서도 막힘이 없어 마치 그 사람 됨됨이 같이 부박(浮薄)한 글을 쓰지 않았으며,

282) <상향림문집후서(向薌林文集後序)>, ≪문집≫ 권76, 13쪽.

일을 논할 때에는 끝까지 자신의 의견을 취하였으나 그 규모가 크고 뼈대와 어깨가 모두 열리는 듯 하고 들고 날고 변화함이 아주 빼어나고도 신속하여, 세상에 글 쓰는 일에만 전력을 다하는 사람들도 왕왕 도리어 그 보다 못하다."(其詩渾厚質直, 懇惻條暢, 如其爲人, 不爲浮靡之文. 論事取極己意, 然其規模宏闊, 骨骼開張, 出入變化, 俊偉神速, 世之盡力於文字者, 往往反不能及.)[283]라고 하였다. 이렇게 사람으로부터 출발하여 글을 평가하는 방식에 대하여 주희는 아래와 같이 설명하고 있다. "옛날의 군자는 하늘과 백성 그리고 군신・부자 등 인륜과 법이 존재하는 곳에 이와 같이 지극 정성을 다하였다. 그래서 큰 근본이 서고 나니, 그 뒤에 높은 절개나 문장의 아름다움 등을 마침내 말할 수 있게 되었다."(蓋古之君子, 其於天命民彝君臣父子大倫大法之所在, 惓惓如此. 是以大者旣立, 而後節槪之高, 語言之妙, 乃有可得而言者.)[284] 주희는 또 이와 상반되게 글로부터 사람의 됨됨이를 평가하는 방법도 괜찮다고 여겼다. 그는 "시를 통해서 그 사람의 됨됨이를 알아볼 수 있다. 예를 들면 조조는 비록 주령(酒令)을 쓰기도 했지만 또 주공(周公)을 따른다고 말하니 도둑놈인 줄 알 수 있다."(詩見得人. 如曹操雖作酒令, 亦說從周公上去, 可見是賊.)[285]라고 하였다. 주희는 제갈량(諸葛亮)・두보(杜甫)・안진경(顔眞卿)・한유(韓愈)・범중엄(范仲淹) 등 오군자(五君子)를 논하면서 "그들의 공업(功業)과 문장에 보이는 것으로부터 아래로 자화(字畵)같은 보잘 것 없는 것에 이르기까지 보면 대체로 그 사람됨을 알 수 있다."(其見於功業文章, 下至字畵之微, 蓋可以望之而得其爲人.)[286]라고 하였다. 이렇게 사람과 글이 서로 합치해야 한다는 가치 판단은 분명히 이학가가 이상(理想)으

283) <왕매계문집서(王梅溪文集序)>, ≪문집≫ 권75, 31쪽.
284) <향향림문집후서>, ≪문집≫ 권76, 13쪽.
285) ≪주자어류(朱子語類)≫ 권140, 3324쪽.
286) <왕매계문집서>, ≪문집≫ 권75, 30쪽.

로 생각하는 사고방식이다. 그러나 천변만화하는 실제 상황에 대해서 이러한 방식이 완전하게 적용되는 것은 아니다. 왜냐하면 "좋은 글이 있다고 해서 반드시 덕이 있는 것은 아닌"(有言者不必有德.)[287] 만큼 인품과 문품(文品)은 때로는 일치하지 않기 때문이다. 주희의 <제조조첩(題曹操帖)>은 재미있는 한 가지 예를 보여주고 있는데 "내가 어렸을 때 일찍이 이 표(表)를 배웠는데, 그때 유공보(劉共父)가 마침 안진경의 <녹포첩(鹿脯帖)>을 모방하고 있어서, 내가 자획의 고금으로 책망하였다. 유공보는 나에게 '내가 배우는 것은 당대의 충신이지만 공이 배우는 것은 한대의 (왕위를) 찬탈한 역적일 뿐이네!'라고 하였다. 그때 나는 묵묵히 대답할 수 없었다."(余少時嘗學此表, 時劉共父方學顏書<鹿脯帖>, 余以字畫古今誚之. 共父謂予 : '我所學者, 唐之忠臣 ; 公所學者, 漢之簒賊耳!' 時余默然亡以應.)[288]라고 하였는데, 이는 서예에 대해 논한 것이기는 하지만 문장을 논하는 것과도 상통한다. 즉 아름다운 작품이 꼭 인품이 고상한 사람의 손에서 나오는 것은 아니라는 것이다. 물론 이것은 주희가 어렸을 때의 상황이기는 하고, 주희는 나중에 다시는 "찬탈한 역적"(簒賊)의 무리의 인물들이 쓴 문예 작품을 좋아하지 않게 되었다. 그러나 인품은 비록 순수하지 않더라도(주희가 보기에), 소식의 작품처럼 문학적인 재능이 출중한 경우에 대해서는 마땅히 어떻게 평가해야 할 것인가? 설령 주희라고 해도 늘 곤혹스러워 하였는데 그는 "소동파의 문장은 웅위하고도 아름다워서 근세에는 필적할 자가 없다. 그래서 만약에 글쓰기를 하고 싶다면 당연히 본보기로 삼아도 무방하다. 그러나, 문장의 뜻이 호방하면서도 괴이하여 도를 아는 군자가 듣고 싶어 하는 바가 아닌 것도 있다. 그러므로 평

287) ≪논어 · 헌문(憲問)≫.

288) ≪문집≫ 권82, 4쪽.

소에 매번 그것을 읽을 때마다 좋아하지 않은 적이 없었지만 좋아하면서도 싫어하지 않은 적이 없어서 왕왕 끝까지 보지 못하고 그만 보게 되었다. 그런데 이는 일부러 그것을 끊으려고 해서가 아니라 이치상 당연히 그렇게 해야 하는 것인데, 그 이유를 확실하게 잘 알 수가 없다.”(蘇氏文辭偉麗, 近世無匹. 若欲作文, 自不妨模範. 但其詞意矜豪譎詭, 亦有非知道君子所欲聞. 是以平時每讀之, 雖未嘗不喜, 然既喜未嘗不厭, 往往不能終帙而罷. 非故欲絶之, 理勢自然, 蓋不可曉然.)라고 하였는데, 소동파의 글을 대하고는 좋아하면서도 증오하는 모순된 마음은 바로 주희의 작가론에 내재되어 있는 모순의 발로이다.

앞에서 서술한 내용은 우리에게 이러한 사실을 알려 준다. 주희는 작가의 인품에 대해서 엄격한 요구를 하였다. 그러한 요구는 이학가의 성현의 인격에 대한 규범을 표준으로 하고 있기 때문에 아주 높으면서도 현실적이지 못한 경향이 있는데, 이는 고금의 작가들 가운데 거의 아무도 그러한 규범에 부합되는 사람은 없기 때문이다. 주희는 굴원 · 도연명 · 두보 · 한유 등의 인품에 대해서 모두 불만이 있었던 것은 바로 이 같은 지나치게 높게 설정한 치우친 가치관의 표현이었기 때문이다. 그렇지만 주희는 결국 이정(二程)과는 달라서, 주희의 문학적 소양이 훌륭했고 심미적인 능력도 강했다. 그래서 그는 작가를 품평할 때 왕왕 비교적 관용적인 태도를 보였다. 이렇게 되어 주희의 작가의 인품에 대한 평가는 복잡다단한 양상을 드러내게 되었다. 우선 인정해야 할 부분은 주희는 작가의 인품에 대해서 지나치게 높은 요구조건을 견지하였고, 그리고 자주 인품의 고하로 작품의 가치를 판단하는 유일한 근거로 삼아서 때로는 도덕적인 판단을 심미적인 판단의 핵심적인 가치의 매개변수로 삼도록 하였고, 심지어는 심미적인 판단은 완전히 배제하고 단지 도적적인 판단만을 작가 평론의 내용으로 삼기도 했다. 분명 이는 정확하지 못한 문학 비평 방식이다. 그러나 이와 동시에 주희가 구체적인 비평을 실천하는 가운데 시종일관 그러한 교조들을 묵수하지는 않았기 때문에, 어떤 때는 일부 작가들의 인품에 대해서 비교적 공정하게 긍정적으로 볼 줄도 알았다. 정주(程朱) 이학의 사상 체계 속에서, 주희의 작가론은 어쩌면 가장 관대할 지도 몰라서, 그는 이 방면에서 그 이전의 이정을 뛰어넘었을 뿐 아니라 그 이후의 진덕수(眞德秀) 등도 능가하였다. 그러므로 주희가 작가의 인품을 비평한 대량의 말들은 우리들에게 적지 않은 참고 가치를 제공해 줄 수도 있다.

전체적으로 보면 중국 고대의 문학 비평은 모두 작가의 인품을 중요시해 왔기 때문에 주희의 작가론은 사실 중화 민족의 전통적인 가치관을 전형적으로 나타내고 있는 것이어서 우리들이 고대 문학 비평을 연구하는 데 있어서 하나의 훌륭한 창구를 제공해 주는 셈이다.

# 제5장 주희의 ≪시경(詩經)≫학

## 제1절 주희의 <시서(詩序)>에 대한 관점

≪시경≫은 의심할 것도 없이 중국에서 가장 이른 시가(詩歌) 총집(總集)이지만 공자(孔子)가 일찍이 그것을 제자들을 교육하는 교재로 삼았기 때문에 그것은 처음부터 유가(儒家)의 경전의 대열에 올랐다. 한대(漢代)에는 오직 유술(儒術)만을 존중하여 ≪시경≫을 연구하는 학자들이 매우 많았고 또 제(齊)・노(魯)・한(韓)・모(毛) 등의 서로 다른 학파를 형성하여 다툼이 매우 치열하였다. 동한 이후에는 제・노・한 삼가(三家)의 시는 점차 쇠락하고 ≪모시≫가 대신하여 일어났으며 마지막에 가서는 시를 해설하는 지존의 권위가 되었다.

당대에 이르러 공영달(孔穎達, 574~648)이 봉칙하여 ≪모시정의(毛詩正義)≫를 찬하였는데 더욱 모공의 ≪전(傳)≫과 정현의 ≪전(箋)≫을 경문처럼 받들었다. 비록 모≪전(傳)≫과 정≪전(箋)≫은 다 같지는 않고 공영달의 소(疏)도 역시 간혹 새로운 뜻이 있지만 전체적으로 말한다면 ≪모시정의≫는 한학(漢學)을 대표하는 권위 있는 ≪시경≫의 주본(注本)이며, ≪모시≫의 첫 편인 <관저>의 앞에 있는 "대서(大序)"와 그 나머지 각 편의 앞에 있는 "소서(小序)"는 시의에 대한 권위 있는 해설이 되었고 당초에서 오대에 이르기까지 어떠한 회의도 받은 적이 없었다.

북송에 이르러 구양수(歐陽修)와 소철(蘇轍) 등의 학자가 ≪모시≫에 대해서 특히 <소서>에 대하여 회의를 가졌다. 구양수는 ≪시본의(詩本義)≫를 지어 <소서> 및 모≪전≫·정≪전≫에 대하여 모두 지적하였다. 예컨대 <주남(周南)·인지지(麟之趾)>·<소남(召南)·작소(鵲巢)>·<소남·야유사균(野有死麇)> 등의 편은 구양수는 모두 <소서>의 해석이 잘못된 것이라고 보았다. 소철(蘇轍)은 ≪시집전(詩集傳)≫을 지어 한유(漢儒)의 <시서>는 공자(孔子)·자하(子夏)가 지은 것이라는 것에 관한 설에 대하여 의문을 제기하고 그 자신은 <소서>는 단지 첫 구만을 취하고 첫 구 이후의 문자에 대해서는 항상 변박(辨駁)을 가하였다. 구양수와 소철의 ≪모시≫에 대한 회의는 비록 아직 철저하지 않았지만 그들은 "소(疏)는 주(注)를 깨뜨리지 않는다."(疏不破注)는 전통 경학의 틀을 타파함으로써 ≪시경≫ 연구 영역 내에 대담하게 회의 정신을 쏟아 넣었다. 남송 초년에 이르러 정초(鄭樵)는 ≪시변망(詩辨妄)≫을 지어 <시서>는 모두 한인의 손에서 나왔다고 보고 또한 "시골 들판의 망녕된 사람이 지은 것이다"(村野妄人所作)[1]라고 곧장 배척하고 <시서> 특히 <소서>를 무자비하게 반박하였다. 그 후 왕질(王質)은 ≪시총문(詩總聞)≫을 지어 아예 <시서>를 폐기하고 스스로 자신의 의견을 내어 시의 뜻을 해설하여 "서를 없애고 시를 말하는"(去序言詩)[2]의 기풍을 열었다. 서를 의심하고 공격하는

1) ≪시변망(詩辨妄)≫은 지금은 이미 없어졌고, 이 말은 ≪주자어류(朱子語類)≫ 권80에 보이는데, 고힐강(顧頡剛)은 이것에 근거하여 그 집본(輯本)에 넣었으니 반드시 정씨의 원문은 아닐 것이다.

2) 왕질(王質, 1135~1189)은 소흥(紹興) 3년(1160)의 진사로, 그의 생평은 ≪송사(宋史)≫

구양수・소철・정초 등의 설에 대하여 경학의 전통을 엄수하는 학자들은 당연히 "경을 떠나고 도를 배반하는"(離經叛道) 것이라고 보았기 때문에 떼를 지어 일어나 공격하였다. 북송 시기 정이(程頤)는 곧 구양수와 소철의 의론에 대하여 크게 옳다고 여기지 않았으며, ≪이천선생어(伊川先生語)≫ 권4에는 "묻는다 : ≪시≫는 어떻게 배웁니까? 말한다 : 단지 <대서> 중에서 찾는다. ≪시≫의 <대서>는 분명히 성인이 지은 것이다."(問 : ≪詩≫如何學? 曰 : 只在<大序>中求. ≪詩≫之<大序>, 分明是聖人作.)・"묻는다 : ≪시소서≫는 누가 지었습니까? 말한다 : <서> 중에는 분명히 국사(國史)(나라의 사관(史官))가 득실의 도를 밝혔다고 하였으니 대개 국사가 시를 채집하는 관리에게 얻었을 것이다."(問 : ≪詩小序≫何人作? 曰 : <序>中分明言國史明乎得失之道, 蓋國史得於採詩之官.)[3]라고 하였다. 남송에 이르러 범처의(范處義)・여조겸(呂祖謙) 등은 서를 폐기한 정초의 설을 겨냥하여 각각 ≪시보전(詩補傳)≫과 ≪여씨가숙독시기(呂氏家塾讀詩記)≫를 써서 시를 해석하는 데 오로지 <소서>만을 준수하였다. 주부(周孚)는 아예 ≪비시변망(非詩辨妄)≫을 지었는데 그의 자서에는 "선유들은 천하가 바

---

권395에 보인다. 그는 나이가 주희보다 5살 젊고, 그의 ≪시총문(詩總聞)≫의 책이 이루어진 것도 또한 주희의 ≪시집전(詩集傳)≫보다 늦다. 그 증거는 ≪시총문≫ 권20 <상송(商頌)・장발(長發)>의 "포유삼얼(苞有三蘖)" 구의 주에 "주씨는 '포는 다룬 가죽이고 돌아본다는 것이고 곤오(昆吾)이다'라고 하였는데 매우 좋다."(朱氏 : '苞, 韋也, 顧也, 昆吾也.' 甚善.)라고 하였다. 지금 인용된 "주씨"를 점검해 보니 바로 ≪시집전≫의 주의 글과 부합하니, 왕질이 ≪시총문≫을 지었을 때 ≪시집전≫을 보았음을 발견할 수 있다. 진국강(陳國强)의 <시총문발(詩總聞跋)>(경원(經苑) 본(本) ≪시총문≫ 권말에 보인다)에는 ≪시총문≫은 왕질의 생전에 결코 간행되지 않았으며 "그 집에 상자에 간수한 지 또 50년이 되었다."(其家櫝藏且五十年)라고 하였으니 순우(淳祐) 3년(1243)에 비로소 간행될 수 있었는데 그때는 주희도 역시 이미 세상을 떠난 지 43년이 되었다. 지금 사람은 어떤 사람은 "≪시총문≫을 써낸 지 50년 후에 주희의 지지 때문에 비로소 간행에 부칠 수 있었다."(하전재(夏傳才), ≪시경연구사개요(詩經研究史概要研究史)≫, 138쪽, 중주서화사(中州書畵社), 1982년 판)라고 하였는데 확실하지 않다.

3) ≪하남정씨유서(河南程氏遺書)≫ 권18.

로 깨닫는 것을 경계하는 데 급하였기 때문에 육경의 ≪시≫에 따라 훈고를 달았다. 비록 그 가르침은 옛날과 다르지만 뜻은 하나이다. 한 이래 육경의 강령(綱領)이 갖추어졌다. 배우는 자들은 대대로 서로 전하고 지켜서 비록 성인이 일어나더라도 폐하기 쉽지 않다. 그러나 정자(鄭子)는 다 폐하려고 하니 이것은 내가 어쩔수 없이 말하는 까닭이다. 그러므로 그 이치를 해치는 것이 심한 것을 취하여 내 책에 보인다."(先儒急於警天下之方悟者, 故即六經之≪詩≫以訓詁之. 雖其教與古異, 而意則一也. 自漢以來, 六經之綱維具矣. 學者世相傳守之, 雖聖人起, 未易廢也. 而鄭子乃欲盡廢之, 此予之所以不得已而有言也. 故撮其害理之甚者, 見於予書.)라고 하였다. 책 중에서는 정초의 책 중의 42칙(則)의 내용을 선택하여 극력 제거한 후에 통쾌하게 여겼다.[4] 바로 서를 의심하고 서를 준수하는 두 파가 격렬하게 논쟁하는 학술 분위기 속에 주희는 그의 ≪시경≫ 연구를 전개하였던 것이다.

우리는 주희의 <시서>에 대한 태도는 신봉에서 회의에 이르는 것을 거쳤고 다시 부정에 이르는 긴 과정에 이르렀음을 알고 있다. 처음 ≪시집해≫를 짓고 ≪시집전≫을 교수하는 데 이르는 여러 종류의 번각본에 이르기까지 ≪시경≫ 연구가 거의 그의 전 학술 생애에 꿰뚫고 있다.[5] 주희 자신은 스스로 ≪시집해≫ 중의 관점은 "젊을 때 얕고 고루한 설"(少時淺陋之說)[6]이라고 성명하고 있기 때문에 우리는 의심할 것도 없이 마땅히 그가 곧장 임종에 이르는 몇 년 동안에도 여전히 끊임없이 교수하고 또 스스로 "더 유한(遺恨)이 없다"(無復遺恨)라고 생각한 ≪시집

4) 주부(周孚, 1135~1177)는 건도(乾道) 2년(1166)의 진사로 순희(淳熙) 4년(1177)에 죽었다. 그의 생평은 ≪송사익(宋史翼)≫ 권28에 보인다. <비시변망(非詩辨妄)>은 분명 주희가 처음으로 ≪시집전≫을 짓기 이전에 지어졌음을 알 수 있다.

5) 속경남(束景南)의 <주희작≪시집해≫여≪시집전≫고(朱熹作≪詩集解≫與≪詩集傳≫考)> 참조, ≪주희일문집고(朱熹佚文輯考)≫, 660~674쪽에 실려 있다.

6) <여씨가숙독시기후서(呂氏家塾讀詩記後序)>, ≪문집(文集)≫ 권76, 7쪽.

전≫ 20권을 그의 ≪시경≫학 관점을 연구하는 대상으로 삼아야 할 것이다.[7)]

<대서>에 대하여 주희는 명백하게 반대를 표시하지는 않았다. 금본 ≪시집전≫ 중의 권수에 둔 <서>는 실은 순희(淳熙) 4년(1177)에 지은 것으로 본래 시를 해설하는 데 <소서>를 준수했던 ≪시집해≫를 위하여 지은 것이니 당연히 <대서>를 위배할 수 없었기 때문에 증빙으로 삼을 수가 없다. 다만 비록 ≪시집전≫ 중에서 주희는 <대서>에 대해서는 역시 기본적으로 따랐다. 예컨대 <주남(周南)>의 해제에는 "<소서>에는 '<관저(關雎)>·<인지(麟趾)>의 교화는 왕자(王者)의 풍이기 때문에 주공(周公)에 이은 것이다. 남(南)은 교화가 북쪽에서 남쪽으로 간 것이다. <작소(鵲巢)>·<추우(騶虞)>의 자취는 제후의 풍이다. 선왕(先王)이 가르친 까닭이기 때문에 소공(召公)에 이은 것이다.'라고 하였다. 이 말은 맞는 것이다."(<小序>曰 : '<關雎>·<麟趾>之化, 王者之風, 故繼之周公. 南, 言化自北而南也. <鵲巢>·<騶虞>之跡, 諸侯之風也. 先王之所以教, 故繼之召公.' 斯言得之矣.)라고 하였다. 주희가 말한 <소서>는 실은 바로 통상적으로 말하는 <대서>이다.[8)] 주희는 이에 대하여 동의를 표시하였다. 그밖에 주희는 평

---

7) ≪주자어류(朱子語類)≫ 권67에는 "선생은 ≪시전(詩傳)≫에 있어서 스스로 더 유한(遺恨)이 없다고 여겼다. 후세에 만약 양자운(揚子雲 : 웅(雄))이 있다면 반드시 좋아할 것이라고 하였다."(先生於≪詩傳≫, 自以爲無復遺恨. 曰 : 後世若有揚子雲, 必好之矣.)라고 실려 있다. 이 칙은 심한(沈僩)이 기록한 것으로 경원(慶元) 4년(1198) 이후 곧 주희 69세 이후에 기록된 것이다. 살펴보건대, 주희가 생전에 여러 번 번각한 ≪시집전≫은 모두 20권 본으로 그중의 "후산본(後山本)"은 곧 금본이 나온 것이다. 학계에서는 간혹 어떤 사람은 8권 본은 주희가 손수 정한 최후의 정본(定本)이라고 하지만 확실하지 않다. 주걸인(朱杰人)의 <8권본 ≪시집전≫이 주자의 원질(原帙)이 아닌 것을 논하고 겸하여 ≪시집전≫의 판본을 논함>(論八卷本詩集傳非朱子原帙兼論詩集傳之版本) 참조. 임경창(林慶彰) 편 ≪경학연구논총(經學硏究論叢)≫ 제5집, 87~110쪽에 실려 있음, 대만학생서국(臺灣學生書局), 1998년판.

8) 살펴보건대, 주희는 <답진체인(答陳體仁)> 중에는 "이남은 왕자(王者)·제후(諸侯)의

소의 언담 중에서도 역시 항상 <대서> 중의 논점을 언급하였다. 예컨대 <대서>에는 "치세의 음은 편안하고 즐겁고 그 정치는 화하다. 난세의 음은 원망스럽고 노하고 그 정치는 어그러졌다. 망국의 음은 슬프고 그리워하고 그 정치는 어렵다."(治世之音安以樂, 其政和. 亂世之音怨以怒, 其政乖. 亡國之音哀以思, 其政困.)라고 하였는데 주희는 "치세의 글이 있고 쇠세의 글이 있고 난세의 글이 있다."(有治世之文, 有衰世之文, 有亂世之文.)[9]라고 하였다. 또 예컨대 <대서>에는 "시에는 육의(六義)가 있으니 첫째 풍(風)이라고 하고, 둘째 부(賦)라고 하고, 셋째 비(比)라고 하고 넷째 흥(興)이라고 하고 다섯째 아(雅)라고 하고 여섯째 송(頌)이라고 한다."(詩有六義焉, 一曰風, 二曰賦, 三曰比, 四曰興, 五曰雅, 六曰頌.)라고 하였는데 주희는 "<시대서>는 단지 육의 설만 옳다"(<詩大序>只有六義之說是.)[10]라고 하였다. 주희가 볼 때 <시서>는 결코 분할할 수 없는 한 덩어리가 아니었으니, 그는 "<소서>는 한유(漢儒)가 지은 것으로 믿을 만한 것이 있는 것이 극히 적다. <대서>는 좋은 점이 많지만 또한 사람의 뜻을 만족시키지 못하는 점이 있다."(<小序>漢儒所作, 有可信處極少. <大序>好處多, 然亦有不滿人意處.)[11]라고 하였다. 주희가 <대서>에 대하여 기본적으로 괜찮다고 여긴 원인은 <대서>는 ≪시경≫의 성질・효용 및 의의에 대한 총체적 설명은 결코 매 작품의 함의를 구체적으로 해석하지 않고 또한 그 관념은 대부분

---

풍으로 나누는데 <대서>의 설은 아마 잘못이라고 할 수 없을 것이다."(二南分王者・諸侯之風, <大序>之說, 恐未爲過.)라고 하였다.(≪문집≫ 권37, 42쪽)라고 하여 이것을 <대서>라고 불렀다.

9) ≪주자어류(朱子語類)≫ 권139, 3297쪽.

10) ≪주자어류(朱子語類)≫ 권80, 2072쪽.

11) ≪주자어류(朱子語類)≫ 권80, 2067쪽. 살펴보건대, 이 칙(則)은 김거위(金去僞)가 기록한 것으로 ≪성씨표(姓氏表)≫에 따르면 순희(淳熙) 14년(1187)에 기록된 것이다. 아랫 글에 인용한 ≪주자어류(朱子語類)≫의 ≪시경≫을 언급한 것은 모두 순희 4년 곧 ≪시집해≫의 원고가 확정된 후에 기록된 것이며 다시는 하나라나 주를 달지 않는다.

유가 이론의 천명·서술이었다는 것에 있었다. 주희는 그 이론들에 대하여 본래부터 믿고 따랐지만, 그는 단지 <대서> 중의 어떤 부분들에 대하여 불만을 느꼈다. 예컨대 <대서>에는 “변풍은 정에서 발하고 예의에서 멈추었다”(變風發乎情, 止乎禮義.)라고 하였는데 주희는 반문하여 “<대서>도 또한 미진함이 있으니 예컨대 ‘정에서 발하고 예의에 멈추었다’(發乎情, 止乎禮義)는 것은 또 단지 정시(正詩)를 말한 것일 뿐이다. 변풍이 어찌 예의에 머물렀던가?”(<大序>亦有未盡, 如‘發乎情, 止乎禮義’, 又只是說正詩. 變風何嘗止乎禮義?)[12]라고 하였다. 이것은 <대서>에서는 “변풍”도 역시 <주남>·<소남>을 제외한 13국풍의 창작은 “국사(國史)가 득실의 도에 밝고 인륜(人倫)이 황폐해짐을 가슴아파하고 형정(刑政)의 가혹(苛酷)함을 슬퍼하여 정성을 음영하여 그 위를 풍자한 것이다.”(國史明乎得失之道, 傷人倫之廢, 哀刑政之苛, 吟詠情性, 以風其上)하고 보았기 때문이지만, 주희는 도리어 13국풍은 민간 가요로 그중에는 또 “음분에 관한 시”(淫奔之詩, 아래에 상세하게 설명한다)이 많기 때문에 모두 “예의에 머문다”(止乎禮義)고 할 수 없다고 보았다. 그는 예를 들어 “예컨대 변풍 <백주(柏舟)> 등의 시는 ‘예의에 머문다’(止乎禮義)라고 해도 좋다. <상중(桑中)>의 여러 편은 ‘예의에 머문다’라고 해서는 안 된다.”(如變風<柏舟>等詩, 謂之‘止乎禮義’, 可也. <桑中>諸篇, 曰‘止乎禮義’, 則不可.)[13]라고 하였다. 분명히 여기에서 주희는 비록 <대서>를 반박하고 있지만 그 내용은 그래도 <소서>와 관련이 있어서, 즉 구체적인 작품에 대한 해설과 관계가 있어서, <대서>의 기본 이론을 반대한 것은 아니다.

전체적으로 본다면 주희는 <소서>에 대해서는 부정적인 태도를 가

12) ≪주자어류(朱子語類)≫ 권80, 2072쪽.

13) ≪주자어류(朱子語類)≫ 권80, 2072쪽.

지고 있었다. 그는 말하였다.

<소서>는 극히 알기 어려운 곳이 있으니 대부분 부회이다. 예컨대 <어조(魚藻)> 시는 "왕이 호(鎬)에 계시네"(王在鎬)라는 말이 있는 것을 보고 군자가 옛 무왕(武王)을 그리워하는 것이라고 여겼는데 이와 비슷한 것들이 극히 많다.(<小序>極有難曉處, 多是附會. 如<魚藻>詩, 見有"王在鎬"之言, 以爲君子思古之武王, 似此類極多.)[14]

<시서>는 사실 믿을 수 없다. 전에 정어중(鄭漁仲 : 초(樵))의 ≪시변망(詩辨妄)≫이 있는 것을 보았는데 <시서>를 극력 헐뜯었으니 그 사이에 말이 너무 심하여 모두 촌야의 망녕된 사람이 지은 것이라고 여겼다. 처음에는 (나도) 또한 의심하였다. 후에 한두 편을 자세히 보고 따라서 ≪사기(史記)≫·≪국어(國語)≫로 바로잡은 다음에 <시서>가 과연 믿을 것이 못 된다는 것을 알았다. 이에 따라 <행위(行葦)>·<빈지초연(賓之初筵)>·<억(抑)> 등의 여러 편을 보았는데 <서>는 시와 전혀 서로 유사하지 않았으며 이것을 가지고 기타의 시 <서>를 보니 그 믿을 수 없는 것이 매우 많았다.(<詩序>實不足信. 向見鄭漁仲有≪詩辨妄≫, 力詆<詩序>, 其間言語太甚, 以爲皆是村野妄人所作. 始亦疑之. 後來子細看一兩篇, 因質之≪史記≫·≪國語≫, 然後知<詩序>之果不足信. 因是看到<行葦>·<賓之初筵>·<抑>數篇, <序>與詩全不相似, 以此看其他詩<序>, 其不足信者煞多.)[15]

<시서>는 전혀 믿어서는 안 된다. 어떻게 반드시 그 사람을 찬미하고 풍자하였는지를 아는가? 시인도 또한 뜻이 우연히 생겨나 지은 것이 있었다. 또 그 <서>는 시와 완전히 서로 부합하지 않고 시의 말과 이치가 매우 순하고 평이하여 보기 쉬워서 <서>에서 말한 바와 같지 않다.(<詩序>全不可信. 如何定知是美刺那人? 詩人亦有意思偶然而作者. 又, 其<序>與詩全不相合, 詩詞理甚順, 平易易看, 不如<序>所云.)[16]

---

14) ≪주자어류(朱子語類)≫ 권80, 2075쪽.
15) ≪주자어류(朱子語類)≫ 권80, 2076쪽.
16) ≪주자어류(朱子語類)≫ 권80, 2074쪽.

> 배우는 자들은 마땅히 시에서 일어나야 하고 반드시 먼저 <소서>를 버리고 단지 본문만을 가지고 숙독하고 완미해야 한다.(學者當興於詩, 須先去了<小序>, 只將本文熟讀玩味.)[17]

첫째는 "알기 어렵다"(難曉)라고 하고, 둘째는 "믿어서는 안 된다"(不可信)라고 하고 셋째는 "전혀 믿어서는 안 된다"(全不可信)이라고 하였으니 <소서>를 옳은 것은 하나도 없다고 말한 것 같다. 주희가 이렇게 말한 이유는 <소서>가 사실을 "부회하고"(附會) 함부로 "찬미하고 풍자함"(美刺)을 말하였기 때문에 <서>와 시는 "전혀 서로 맞지 않았기"(全不相合) 때문이다. 기왕에 <소서>가 시의 본의와 "전혀 서로 맞지 않는다"고 한다면 논리에 맞는 결론은 시를 읽는데 "반드시 먼저 <소서>를 버려야 한다"(須先去了<小序>)는 것이다. 이러한 말들은 단정적이어서 전혀 논의의 여지가 없다. 그렇다면 주희는 시를 해설하는데 과연 참으로 <소서>를 완전히 포기하였는가? 우리는 먼저 ≪시집전≫에 대하여 약간의 계량 분석을 하려고 한다. ≪시집전≫ 중의 매 수의 시에 대한 해설을 그 <소서>와의 관계에 따라 살펴보면 다음과 같은 다섯 가지 상황을 귀납할 수 있다.

1. <소서>의 설을 채택한 것을 설명하였다.

예컨대 <주남(周南)·관저(關雎)>는 <소서>에는 "'<관저(關雎)>·<인지(麟趾)>의 교화는 왕자(王者)의 풍이기 때문에 주공(周公)에 이은 것이다. 남(南)은 교화가 북쪽에서 남쪽으로 간 것이다. <작소(鵲巢)>·<추우(騶虞)>의 자취는 제후의 풍이다. 선왕(先王)이 가르친 까닭이기 때문에 소공(召公)에 이은 것이다.'라고 하였다."(<關雎>·<麟趾>之化, 王者之風, 故繫之

17) ≪주자어류(朱子語類)≫ 권80, 2085쪽.

周公. 南, 言化自北而南也. <鵲巢>·<騶虞>之德, 諸侯之風也, 先王之所以教, 故繼之召公.)라고 하였다. ≪시집전≫ 중에서는 이 몇 마디 말에 대하여 전부 그대로 수록한 다음에 "이 말은 맞는 것이다"(斯言得之矣)라고 하였다. 또 <패풍(邶風)·식미(式微)>는 <소서>에는 "<식미>는 여후(黎侯)가 위(衛)나라에 우거(寓居)하였는데 그 신하가 돌아가기를 권한 것이다."(<式微>, 黎侯寓於衛, 其臣勸以歸也.)라고 하였는데 ≪시집전≫에는 "옛 설에는 여후가 나라를 잃어버리고 위 나라에 우거하였는데 그 신하가 권하여 '쇠미함이 심하니 어떻게 돌아가지 않으시겠습니까?'라고 하였다고 여겼다."(舊說以爲黎侯失國而寓於衛, 其臣勸之曰 : '衰微甚矣, 何不歸哉.')라고 하고 뒤에는 또 "이것은 살필 수가 없으므로 <서>의 설을 따른다."(此無所考, 故從<序>說.)라고 하였다. 이른바 "옛 설"(舊說)은 <소서>를 가리켜 말한 것임을 알 수 있다.

2. <소서>라고 말하지 않았지만 완전히 그 설을 답습하였다.

예컨대 <주남·규목(樛木)>은 <소서>에는 "<규목>은 후비가 아래에 미치는 것이다. 아래에 미칠 수 있어서 질투의 마음이 없음을 말한다."(<樛木>, 后妃逮下也. 言能逮下而無嫉妒之心焉.)라고 하였고, ≪시집전≫에는 "후비가 아래에 미칠 수 있어서 질투의 마음이 없는 것이다."(后妃能逮下而無嫉妒之心.)라고 하여 <소서>와 완전히 서로 같다. 또 <소아·거공(車攻)>은 <소서>에는 "<거공>은 선왕(宣王)이 복고한 것이다. 선왕은 안으로는 정사를 닦고 밖으로는 이적(夷狄)을 물리쳐 문무(文武)의 땅을 회복하고 수레와 말을 닦고 기계(器械)를 갖추고 다시 제후(諸侯)들을 동도(東都)에 모으고 사냥으로 수레와 무리를 선발한 것이다."(<車攻>, 宣王復古也. 宣王能內修政事, 外攘夷狄, 復文武之境土, 修車馬, 備器械, 復會諸侯於東都, 因田獵而選車徒焉.)라고 하였는데 ≪시집전≫에는 "선왕에 이르러 안으로는 정사를 닦고 밖으로는 이적을 물리치고 문무의 땅을 회복하고 수레와 말을 닦고 기계를 갖추고 다시 제후들을 동도에 모으고 사냥으로 수레와 무리를 선발하였다. 그러므로 시인이 이것을 지어 찬미한 것이다.”(至於宣王, 內修政事, 外攘夷狄, 復文武之境土, 修車馬, 備器械, 復會諸侯於東都, 因田獵而選車徒焉. 故詩人作此以美之.)라고 하였으니, 비록 “복고(復古)”라는 두 글자는 말하지 않았지만 대의(大意) 내지 자구에 이르기까지 모두 <소서>와 서로 같다.

3. <소서>와 대동소이(大同小異)하다.

이러한 상황은 비교적 복잡하지만 대체로 다음과 같은 몇 가지 작은 류로 나눌 수 있다.

(1) 뜻을 해석한 것이 약간 차이가 있다. 예컨대 <주남・도요(桃夭)>는 <소서>에는 “<도요>는 후비가 이룩한 것이다. 질투하고 시기하지 않으면 남녀가 이로써 바르고 혼인을 때로써 하여 나라에 홀아비가 없는 것이다.”(<桃夭>, 后妃之所致也. 不妒忌, 則男女以正, 婚姻以時, 國無鰥民也.)라고 하였는데, ≪시집전≫에는 “문왕(文王)의 교화는 집에서 나라로 가니 남녀는 이로써 바르고 혼인을 때로써 하기 때문에 시인이 본 것을 따라 흥을 일으키고 그 여자의 현숙함을 탄식하였으니 그녀가 반드시 그 집안에 어울릴 수 있음을 아는 것이다.”(文王之化, 自家而國, 男女以正, 婚姻以時, 故詩人因所見以起興, 以歎其女子之賢, 知其必有以宜其室家也.)라고 하였다. <소서>에는 아름다움을 후비에게 돌렸고 ≪시집전≫은 아름다움을 문왕에게 돌렸지만 그러나 바로 공영달(孔穎達)의 ≪소(疏)≫에서 말한 바와 같이 “이것은 비록 문왕의 교화가 그렇게 한 것이지만 또한 후비가 안에서 도운 소치(所致)이기”(此雖文王化使之, 然亦由后妃內贊之致) 때문에 두 가지 설은 결코 어긋나지 않는다. 그밖에 <소서>는 남자가 홀아비가 되지 않

는 것에 착안하였지만, ≪시집전≫은 여자 집안에 어울릴 수 있다는 데 착안하여 모두 “남녀가 이로써 바르고 혼인을 때로써 하기”(男女以正, 婚姻以時) 때문에 대의는 서로 같은 것이다.

(2) 뜻의 해석은 기본적으로 서로 같지만 <소서>는 미자(美刺)의 설에 얽매어 한걸음 나아가 밝힐 때 천착부회(穿鑿附會)의 잘못을 범하였다. 예컨대 <소아・곡풍(谷風)>은 <소서>에는 “<곡풍>은 유왕(幽王 : 전781~전771)을 풍자한 것이다. 천하가 풍속이 경박하여 붕우(朋友)의 도가 끊어진 것이다.”(<谷風>, 刺幽王也. 天下俗薄, 朋友道絶焉.)라고 하였는데, ≪시집전≫에는 “이것은 붕우가 서로 원망하는 시이다.”(此朋友相怨之詩也.)라고 하였다. 양자의 시의 뜻에 대한 이해는 일치하지만 <소서>는 억지로 이것은 “유왕을 풍자하였다”(刺幽王也)라고 하였는데 사실은 결코 근거가 없다. 이러한 시들은 <소아> 중에 비교적 많은데 ≪시집전≫의 설은 왕왕 비교적 합리적이지만 <소서>의 “아무개를 풍자한 것이다”(刺某某也)라고 한 것은 대다수는 믿을 수 없다.

(3) 뜻의 해석은 기본적으로 서로 같지만 시의 작자에 대한 설은 같지 않다. 예컨대 <대아・강한(江漢)>은 <소서>에는 “<강한>은 윤길보(尹吉甫)가 선왕(宣王)을 찬미한 것이다. 쇠한 것을 일으키고 어지러운 것을 다스려 소공(召公)에 명하여 회이(淮夷)를 평정할 수 있었다.”(<江漢>, 尹吉甫美宣王也. 能興衰撥亂, 命召公平淮夷.)라고 하였지만 ≪시집전≫에는 “선왕이 소공에 명하여 회남(淮南)의 오랑캐를 평정하니 시인이 찬미한 것이다.”(宣王命召公平淮南之夷, 詩人美之.)라고 하여 작자가 누구인지를 가리켜 밝히지 않았다. 또 서로 반대되는 상황도 있다. 예컨대 <대아・문왕(文王)>은 <소서>에는 “<문왕>은 문왕이 천명을 받아 주(周)를 일으킨 것이다.”(<文王>, 文王受命作周也.)라고 하여 작자가 누구인지를 밝히지 않았다. 그러나 ≪시집전≫에는 “주공(周公)이 문왕의 덕을 뒤에 서술하여 주

(周) 나라가 천명을 받아 상(商)을 대신한 까닭은 모두 이로 말미암은 것임을 밝혀 성왕(成王)을 경계한 것이다."(周公追述文王之德, 明周家所以受命而代商者, 皆由於此, 以戒成王.)라고 하였다. 전자의 상황이 비교적 많지만 <소서>에서 가리키고 있는 작자는 대다수는 믿을 수 없다.

(4) 뜻의 해석은 기본적으로 서로 같지만 시를 지은 시대에 대한 설이 같지 않다. 예컨대 <소아 · 절남산(節南山)>은 <소서>에는 "<절남산>은 가보(家父)가 유왕(幽王)을 풍자한 것이다."(<節南山>, 家父刺幽王也.)라고 하였지만 ≪시집전≫에는 "이 시는 가보가 지은 것으로, 왕이 윤씨(尹氏)를 등용하여 난(亂)에 이른 것을 풍자한 것이다."(此詩家父所作, 刺王用尹氏以致亂.)라고 하였는데, 이 시는 가보가 지은 것이라고 한 것은 문제가 없으니 시 중에 "가보가 송(誦 : 곧 시)을 지었네"(家父作誦)라는 한 구가 있기 때문이다. 그러나 이 "가보"가 유왕 시대에 속하는지에 대하여 ≪시집전≫에는 회의를 표시하여 "<서>는 이것을 유왕(幽王)의 시라고 하였지만 ≪춘추≫ 환공(桓公) 15년(전710)에는 가보가 와서 수레를 구한 것은 주(周) 나라에서는 환왕(桓王, 전719~697)의 때로 유왕이 죽은 것에서 이미 75년이 떨어져 있으니 그 사람의 같고 다름을 알 수 없다. 대체로 <서>의 때는 모두 믿을 수 없으니 지금 잠깐 그대로 두는 것이 좋을 것이다."(<序>以此爲幽王之詩, 而≪春秋≫桓十五年有家父來求車於周爲桓王之世, 相距幽王之終已七十五年, 不知其人之同異. 大抵<序>之時世皆不足信, 今姑闕焉可也.)라고 하였다.

4. <소서>와 같지 않다.

이러한 시는 비교적 많으니 대체로 다음과 같은 두 가지 상황으로 나눌 수 있다.

(1) 뜻의 해석이 전혀 같지 않다. 예컨대 <소아 · 소완(小宛)>은 <소

서>에는 "<소완>은 대부가 선왕을 풍자한 것이다."(<小宛>, 大夫刺宣王也.)라고 하였는데, ≪시집전≫에는 "이것은 대부가 때의 어지러움을 만났지만 형제가 서로 경계하여 화를 면하는 시이다."(此大夫遭時之亂, 而兄弟相戒以免禍之詩.)라고 하고 아울러 <소서>를 비평하여 "이 시의 말은 가장 명백하고 뜻은 극히 간절하고 지극하다. 해설하는 자는 반드시 왕을 풍자한 말이라고 하였기 때문에 그 설은 천착하고 자질구레하니 이치에 맞지 않는 것이 더욱 심하다."(此詩之詞最爲明白, 而意極懇至. 說者必欲爲刺王之言, 故其說穿鑿破碎, 無理尤甚.)라고 하였다. 이러한 곳에서 <소서>는 확실히 항상 "미자"의 설로 말미암아 시의 뜻을 왜곡하였다. 주희의 해석이 비록 또한 다 정확하지는 않다고 하더라도 그는 <소서>의 "미자"설의 틀을 타파하여 나름대로 그 취할 만한 점이 있다. 그밖에 <국풍> 중의 수많은 애정시는 <소서>에는 항상 멋대로 곡해하여 그것들은 모두 봉건 정치 혹은 봉건 예교를 유지하고 옹호하는 곳으로 넣었지만 주희는 그것들은 모두 민간의 남녀 사이의 "음분의 시"(淫奔之詩)라고 보았다. 서로 비교하여 말한다면 주희의 해석이 비교적 정확하다. 상세한 것은 아래에 보인다.

(2) 뜻을 해석하는 데 큰 견해차이가 없지만 그것을 풍자로 보거나 찬미로 보는지는 전혀 서로 반대가 된다. 예컨대 <소아·첨피락의(瞻彼洛矣)>는 <소서>에는 "<첨피락의>는 유왕(幽王)을 풍자한 것이다. 옛 현명한 왕들이 제후들에게 명(命)을 주고 선한 자에게 상을 주고 악한 자를 벌할 수 있었음을 그리워한 것이다."(<瞻彼洛矣>, 刺幽王也. 思古明王能受命諸侯, 賞善罰惡焉.)라고 하였는데 ≪시집전≫에는 "이것은 천자가 동도(東都)에 제후들을 모아 무사(武事)를 말하자 제후들이 천자를 찬미한 시이다."(此天子會諸侯於東都而講武事, 而諸侯美天子之詩.)라고 하였다. 이 시의 본문은 매우 명확하고 천자를 찬미한 말이지만 <소서>는 그것이 "변아

(變雅)"에 속하기 때문에 반드시 그것을 "자(刺)"시라고 말하려고 억지로 하나의 "옛것을 찬미함으로써 지금을 풍자한다"(美古以刺今)는 틀을 날조하여 몇 편의 같은 종류의 시를 채워 넣었지만 시의 뜻에 부합하지 않는 것은 분명하다.

5. <소서>는 억지로 해설을 가하였지만 ≪시집전≫은 알기가 쉽지 않으므로 마땅히 의심스러운 것은 남겨 두어야 한다고 보았다. 예컨대 <위풍(衛風)·환란(芄蘭)>은 <소서>에는 "<환란>은 혜공(惠公)을 풍자한 것이다. 교만하고 예가 없으니 대부가 풍자하였다."(<芄蘭>, 刺惠公也. 驕而無禮, 大夫刺之.)라고 하였는데, ≪시집전≫에는 "이 시는 이른 바를 모르니 감히 억지로 해석할 수 없다."(此詩不知所謂, 不敢强解.)라고 하였다. 또 <소아·고종(鼓鐘)>은 <소서>에는 "<고종>은 유왕을 풍자한 것이다."(<鼓鐘>, 刺幽王也.)라고 하였는데, ≪시집전≫에는 "이 시의 뜻은 미상이다."(此詩之義未詳.)라고 하였다. 그러나 시의 본문을 자세히 읽어보면 <소서>의 설은 확실히 매우 억지라는 것을 발견할 수 있다.

위에 서술한 다섯 가지의 상황은 전체 ≪시경≫ 중의 편수는 다음 표와 같다.

| 유별(類別) 편수(篇數) 시체(詩體) | 풍 | 소아 | 대아 | 송 | 총계 |
|---|---|---|---|---|---|
| ≪시집전≫에서 <소서>의 설을 채용한 것 | 16 | 5 | 5 | 3 | 29 |
| ≪시집전≫에서 <소서>를 언급하지 않고 완전히 그 설을 답습한 것 | 36 | 10 | 0 | 7 | 53 |
| ≪시집전≫과 <소서>가 대동소이한 것 | 41 | 18 | 15 | 15 | 89 |
| ≪시집전≫과 <소서>가 같지 않은 것 | 64 | 39 | 11 | 12 | 126 |
| ≪시집전≫에서 마땅히 의심스러운 대로 남겨 두어야 한다고 본 것 | 3 | 2 | 0 | 3 | 8 |
| 합계 | 160 | 74[18] | 31 | 40 | 305 |

첫째와 둘째의 두 종류는 모두 82수로 또한 주희가 <소서>의 설에 동의한 시는 모두 ≪시경≫ 총수의 27%를 차지한다. 셋째와 넷째의 두 종류는 모두 215수 곧 주희의 <소서>의 설에 대하여 이의(異議)를 가지고 있는 시는 모두 ≪시경≫ 총수의 70%를 차지한다. 그것은 주희의 <소서>에 대한 태도가 취한 것도 있고 버린 것도 있으며 억지로 따르지도 않고 또한 다 폐하지도 않았음을 설명하지만 <소서>의 설을 개정한 것이 비교적 많다는 것을 설명해 준다. 이러한 상황은 전체 책의 각 부분 가운데 차지하는 비율도 서로 같지 않다. 예컨대 <정풍(鄭風)> 21편 중에 ≪시집전≫과 <소서>의 설이 같지 않은 것은 14편에 달하며 3분의 2를 차지한다. 이것은 주로 <정풍> 중에 민가가 특히 많기 때문에 <소서>의 왜곡을 받은 것도 역시 특히 심한 것이다. 이것은 ≪시집전≫의 <소서>에 대한 수정이 주로 <소서>의 심한 왜곡을 받은 시편을 겨냥하여 발한 것임을 설명해 준다. 주희는 <소서>에 대하여 혹은 따르고 혹은 버렸는데 모두 실사구시의 태도를 구현한 것이다.

반드시 변석해야 할 것은 주희가 <소서>를 답습한 상황이다. 위의 표에서 보인 바와 같이, ≪시집전≫은 <소서>의 설을 채용한 시편은 대략 ≪시경≫ 총수의 4분의 1을 조금 넘게 차지한다. 이러한 상황에 대하여 후대의 학자들은 왕왕 준엄하게 비평하였다. 청 요제항(姚際恒)은 ≪시집전≫을 지적하고 책망하여 "하물며 그가 <서>를 따른 것은 열에 다섯이 되고 또 겉으로는 따르지 않음을 보이지만 속으로는 부합하는 것도 있고 또 뜻은 실은 그렇다고 여기지 않지만 끝내 그 범위를 벗어날 수 없었던 것도 있는데 열에 두셋이 된다. 그러므로 내가 '<서>를 따른 것은 ≪집전≫ 만한 것이 없다.'고 하는 것은 대개 그 숨긴 것을

18) 살펴보건대, 6편의 "생시(笙詩)"는 계산하여 안에 넣지 않았는데 뒤의 표도 같다.

깊이 풍자한 것이다."(況其從<序>者十之五, 又有外示不從而陰合之者, 又有意實不然之而終不能出其範圍者, 十之二三. 故愚謂'遵<序>者莫若≪集傳≫.', 蓋深刺其隱也.)[19] 라고 하였다. 20세기 30년대의 ≪고사변(古史辨)≫ 학파는 이에 대하여 역시 유사한 관점을 가지고 있었다. 예컨대 진반(陳槃)은 "송대에는 한 사람의 정초(鄭樵)와 한 사람의 주희가 나타났는데 '모(毛) 학구(學究) · 정(鄭) 바보'(毛學究 · 鄭呆子)와 비교하면 매우 진보한 것이다. 애석하게도 정초의 ≪시변망(詩辨妄)≫은 유행하여 전해지지 못하였고, 주희의 태도는 결코 철저하지 못하였다."(宋代出了一個鄭樵,一個朱熹, 比較'毛學究', '鄭呆子'進步得多了. 可惜, 鄭樵≪詩辨妄≫不能流傳, 而朱熹的態度並不徹底.)[20]라고 하였고, 정진탁(鄭振鐸)은 "주희의 ≪시집전≫은 …… 그의 수많은 나쁜 점 중에서 최대의 나쁜 점은 <모시서>를 답습한 곳이 너무 많다는 것이다. 수많은 사람들은 모두 주희가 <모시서>를 가장 강력하게 공격한 사람이고 또 첫 번째로 감히 <모시서>를 ≪시경≫으로부터 갈라 낸 사람이라고 공인한다. 그러나 실제로는 주희가 <국풍>의 '풍'자를 마땅히 '풍요(風謠)'라고 해석해야 한다고 보고, <정풍>은 음시(淫詩)라고 본 것이 <시서>와 크게 서로 위배된 것임을 제외하면 그 나머지의 수많은 견해는 여전히 모두 <시서>에 둘러쌓여 몸을 벗어나고 뛰어넘지 못하였다."(朱熹的≪詩集傳≫ …… 在他的許多壞處裏, 最大的壞處, 便是因襲<毛詩序>的地方太多.許多人都公認朱熹是一個攻擊<毛詩序>最力的, 而且是第一個敢把<毛詩序>從≪詩經≫裏分別出來的人.而在實際上, 除了朱熹認<國風>的 '風'字應作'風謠'解, 認<鄭風>是淫詩, 與<詩序>大相違背外, 其餘的許多見解, 仍然都是被<詩序>所範圍而不能脫身跳出.)[21] 라고 하였다. 유평백(兪平伯, 1900~90)은 아예 "주희는 <소서>를 공격한

19) ≪시경통론(詩經通論)≫ 권수(卷首) <시경논지(詩經論旨)>, 5쪽.

20) <주(周) · 소(召) 이남(二南)과 문왕(文王)의 교화(敎化)>(周召二南與文王之化), ≪고사변(古史辨)≫ 제3책, 424쪽.

21) <독모시서(讀毛詩序)>, ≪고사변(古史辨)≫ 제3책, 386쪽.

조사(祖師)이지만 그는 실은 왕왕 <소서>의 노예가 되었다."(朱熹爲攻擊≪小序≫的祖師, 但他實往往做≪小序≫的奴才!)[22]라고 하였다. 위에서 서술한 여러 사람들의 주희에 대한 비평은 말이 실제보다 지나친 것이다. 우리는 윗글의 수량 분석에서 이미 ≪시집전≫이 <소서>의 설을 채용한 것은 전체의 3분의 1에 미치지 못하기 때문이다. 그가 <서>를 반대한 것은 "결코 철저하지 못하였다"(並不徹底)라고 하는 것은 또 가능하지만 어떻게 그를 "<소서>의 노예가 되었다"(做≪小序≫的奴才)라고 비방할 수 있겠는가? 하물며 송대에는 <서>를 준수하는 세력이 아직 상당히 컸고 <서>를 의심하는 것은 왕왕 경전을 떠나고 도를 배반한다고 여겨져서 정초·주희가 <소서>를 반대하는 데 필요했던 용기는 실은 몇 백 년 이후의 사람들이 쉽게 상상할 수 있는 것이 아니었다. 또 필자는 주희가 <소서>를 답습한 곳에 대해서는 아직도 반드시 구체적으로 분석해야 한다고 본다.

맨 먼저 ≪시경≫ 중의 어떤 편장들은 읊은 일이 비교적 명확하고 <소서>의 그것들에 대한 해설도 역시 비교적 정확하다. 예컨대 <제풍(齊風)·남산(南山)>은 시 중에 "노(魯) 나라 길은 평평한데, 제 나라 임금의 딸이 이 길로 시집갔네."(魯道有蕩, 齊子由歸.)라는 구가 있는데 제양공(齊襄公)과 누이 문강(文姜)이 사통(私通)한 금수(禽獸)의 행위를 곧장 말하고 거리낌없이 풍자한 것이다. 이 일은 ≪춘추(春秋)≫·≪좌전(左傳)≫ 중에 명확한 기록이 있는데, <소서>에는 "<남산>은 양공을 풍자한 것이다. 금수 같은 행위로 그 누이와 간음하였다."(<南山>, 刺襄公也. 鳥獸之行, 淫乎其妹.)라고 하였다. 이것은 물론 오해일 가능성이 크지 않기 때문에 ≪시집전≫ 중에도 역시 그 설을 답습하였다. 후대에는 시를 해설하는 데

22) <즙지료형실 독시 찰기(葺芷繚衡室讀詩札記)>, ≪고사변≫ 제3책, 468쪽.

오로지 주희와 다른 것을 내세운 요제항도 또한 이 시는 "분명히 제양공·문강의 일이다."(明是齊襄公·文姜之事)[23]라고 하였으니 이러한 곳에서 주희는 <소서>와 같지 않을 수 없었다. 또 약간의 편장은 고대의 역사책 중에 일찍이 기록이 있다. 예컨대 <소아·담로(湛露)>는 <소서>에는 해설하여 "천자가 제후들과 연회하는 것이다."(天子燕諸侯也.)라고 하였다. 분명히 이것은 ≪춘추좌전≫(문공(文公) 4년) 중에 실려 있는 녕무자(寧武子)의 말에 근거한 것이기 때문에 ≪시집전≫도 또한 <소서>의 설은 따르고, 또 그 근거를 지적하여 밝히고 있다. "≪춘추전≫에 '녕무자가 제후들이 왕을 뵙자 왕은 연회로 즐겁게 하였고 그래서 <담로>를 읊었다.'라고 하였다."(≪春秋傳≫ : '寧武子曰 : 諸侯朝正於王, 王宴樂之, 於是賦<湛露>.')라고 하였다. 이러한 해석은 문헌에 증거가 있으니 비교적 합리적이므로 주희가 그것을 따른 것이며 또한 정리(情理)에도 맞다. 주희는 일찍이 "<소서> 같은 것은 또한 간혹 말한 것이 좋은 곳이 있으나 단지 두찬(杜撰)한 곳이 많을 뿐이다."(如<小序>亦間有說得好處, 只是杜撰處多.)[24]라고 하였다. 그 잘못된 것도 알고 또한 그 옳은 것도 꺼리지 않는 이러한 태도는 바로 주희의 실사구시의 학문 연구 정신이 구현된 것이다.

그 다음에 ≪시경≫ 중의 어떤 편장들은 <소서>의 해설이 비록 천착부회한 병폐가 없지 않았지만 그래도 유가의 시교(詩敎) 이론에 부합하기 때문에 주희는 감히 공공연히 회의를 나타내지 못하였다. 필자는 "이남(二南)"의 상황이 이와 같다고 생각한다. 공자(孔子)는 일찍이 "이남"에 대하여 극히 중시를 나타내었으며, 그는 그의 아들 백어(伯魚)에게 "너는 <주남(周南)>·<소남(召南)>을 공부하지 않았느냐? 사람으로 <주

23) ≪시경통론≫ 권6, 173쪽.

24) ≪주자어류(朱子語類)≫ 권80, 2072쪽.

남>·<소남>을 공부하지 않으면 담장을 마주하고 서 있는 것과 같다."(女爲<周南>·<召南>乎? 人而不爲<周南>·<召南>, 其猶正牆面而立與?)[25]라고 하였다. 그는 또 <주남>의 제1편 <관저(關雎)>가 "즐겁지만 지나치지 않고 슬프지만 해치지는 않는다"(樂而不淫, 哀而不傷)[26]라고 찬양하였다. <대서>에는 <주남>·<소남>을 각각 주공과 소공에 연계시키고 그것들은 "정시(正始)의 도이고 왕의 교화의 터이다."(正始之道, 王化之基.)라고 보았다. 주희는 이에 대하여 기본적으로 동의하고 그는 또한 그것들을 주공(周公)과 소공(召公)이 다스린 나라의 시라고 보았다. 그는 주 나라는 "서울을 풍(豐)으로 옮기고 기주(岐周)의 옛 땅을 나누어 주공 단(旦)·소공 석(奭)의 채읍(采邑)으로 삼고 또 주공은 국중(國中)에서 정치를 하고 소공은 제후에게 선포(宣布)하게 하였으며 그래서 덕화(德化)가 안에서 크게 이루어지고 남방의 제후의 나라들은 강(江)·타(沱)·여(汝)·한(漢)의 사이에서 교화를 따르지 않음이 없었다. 대개 천하를 셋으로 나누어 그 둘을 가지게 되었다. 아들 무왕(武王) 발(發)에 이르러 또 호(鎬)로 옮겨 마침내 상(商)을 이기고 천하를 갖게 되었다. 무왕이 죽자 아들 성왕(成王) 송(誦)이 서서 주공이 보좌하여 예악(禮樂)을 제작(制作)하였으며 문왕의 때에 풍화(風化)가 미친 민속의 시를 채집하여 관현(管絃)에 입혀 방중악(房中樂)을 만들었다. 그리고 또 그것을 미루어 향당·방국에 미쳤고 선왕의 풍속의 성대함을 드러내고 밝혔으며 천하 후세의 몸을 닦고 집을 가지런히 하고 나라를 다스리고 천하를 평정하는 자로 하여금 모두 얻어서 본받게 하였다. 대개 국중에서 얻은 것은 남국(南國)의 시로 섞어서 <주남>이라고 하였으니 천자의 나라에서 제후에 미치고 국중뿐만이

25) ≪논어(論語)·양화(陽貨)≫.
26) ≪논어·팔일(八佾)≫.

아님을 말한 것이다. 남국에서 얻은 것은 곧장 <소남>이라고 하였으니 방백(方伯)의 나라에서 남방에 미쳤지만 감히 천자에 연계하지 못했음을 말한 것이다."(徙都於豊, 而分岐周故地以爲周公旦・召公奭之采邑, 且使周公爲政於國中, 而召公宣布於諸侯, 於是德化大成於內, 而南方諸侯之國, 江・沱・汝・漢之間, 莫不從化. 蓋三分天下有其二焉. 至子武王發, 又遷於鎬, 遂克商而有天下. 武王崩, 子成王誦立, 周公相之, 制作禮樂, 乃采文王之世風化所及民俗之詩, 被之管絃, 以爲房中之樂. 而又推之以及鄕黨邦國, 所以著明先王風俗之盛, 而使天下後世之修身齊家治國平天下者, 皆得以取法焉. 蓋其得之國中者, 雜以南國之詩, 以謂之<周南>, 言自天子之國以被於諸侯, 不但國中而已. 其得之南國者, 則直謂之<召南>, 言自方伯之國被於南方, 而不敢以繫於天子也.)라고 하였다.

마땅히 인정해야 할 것은 <시서>에 기원한 "이남(二南)"에 대한 이러한 해석은 정치 교화 효능을 중시하는 유가의 설에 가장 부합할 수 있고 또한 공자가 "이남"을 중시한 원인을 비교적 원만하게 설명한다는 것이다. 그러므로 비록 이러한 설이 결코 사실적인 근거가 없고 시가 본문에 대한 해석도 또한 매우 억지이지만 주희에 대하여 말한다면 도리어 일종의 어쩔 수 없는 선택에서 나온 것이다. 그렇지 않다면 만약 그도 역시 <정풍>에 대한 것과 마찬가지로 "이남"을 해석하여 직접 본문에서 출발한다면 "이남" 중의 어떤 시들을 또한 "음시"라고 해석하는 것을 면하기 어려울 것이다. 그러나 음시가 어떻게 주공・소공의 교화를 구현할 수 있겠는가? 만약 나아가서 "이남"은 "왕된 자의 풍"(王者之風)・"제후의 풍"(諸侯之風)이라는 것을 부정한다면 또 어떻게 공자의 그것들에 대한 중시를 해석할 것인가? 주희는 "이남"을 해설할 때 대부분 마음속으로는 비록 의심이 있었지만 입으로는 감히 말하지 못하고 어쩔 수 없이 잠깐 겉으로만 추종하여 옛 설을 답습하였다고 필자는 추측한다. <소남・야유사균(野有死麕)>을 보라.

野有死麕, 들에 죽은 노루가 있길래,
白茅苞之. 흰 띠풀로 싸 주었네.
有女懷春, 아가씨 봄을 그리워하길래,
吉士誘之. 좋은 사나이가 유혹하였네.

林有樸樕, 숲에 잔나무가 있고,
野有死鹿. 들에 죽은 사슴이 있네.
白茅純束, 흰 띠풀로 묶어 주었더니,
有女如玉. 아가씨는 옥 같다네.

舒而脫脫兮, 가만가만 천천히,
無感我帨兮, 내 행주치마를 건드리지 마세요,
無使尨也吠. 삽살개가 짖도록 하지 마세요.

이 시는 <정풍・장중자(將仲子)> 등과 같은 솜씨에서 나온 것 같다. 주희는 기왕에 후자가 "음분하는 자의 시"(淫奔者之詩)라는 것을 발견할 수 있었다면 어떻게 전자에 대하여 전혀 의심하지 않을 수 있었겠는가? 그러나 그는 도리어 "남국이 문왕의 교화를 입어 여자가 정결하여 스스로 지켜 강포한 자에게 더럽힘을 당하지 않은 자가 있었기 때문에 시인이 본 것을 따라서 그 일을 일으켜 찬미한 것이다."(南國被文王之化, 女子有貞潔自守, 不爲强暴所汚者. 故詩人因所見以興其事而美之.)라고 해석하였다. 심지어 마지막 장에 대해서도 또한 억지로 해석하여 "그 늠연하여 범할 수 없는 뜻을 대개 볼 수 있다."(其凜然不可犯之意, 蓋可見矣.)라고 하였다. 그러나 <소서>의 이 시에 대한 해설은 "무례함을 미워한 것이다. 천하가 크게 어지러워 강포한 자가 서로 업신여겨 마침내 음풍을 이루었다. 문왕의 교화를 입어 비록 난세를 맞았지만 오히려 무례함을 미워한 것이다."(惡無禮也. 天下大亂, 强暴相陵, 遂成淫風. 被文王之化, 雖當亂世, 猶惡無禮也.)라고 하였다. 표면적으로는 하나는 찬미한 것이고 하나는 풍자한 것이지만 이 시의 본의에 대한 관점은 서로 같다. 곧 모두 그것을 여자가 남자의 비례(非禮)를 거절하는 것이며 따라서 “문왕의 교화”(文王之化)와 억지로 연계시킨 것이다. 주희는 비록 <소서>의 설을 따른다고 분명하게 말하지는 않았지만 그의 해석 방식은 분명히 그 영향을 받은 것이다. 후인들은 이것을 “가련하게도 일군의 경학가의 마음이 성인의 도에 빠져 속임을 당한 것이다.”(可憐一班經學家的心給聖人之道迷蒙住了!)[27]라고 나무랐다. 만약 문학의 각도에서 본다면 또한 지나치다고 할 수는 없다. 그러나 ≪시집전≫을 자세히 읽어 보면 여전히 주희가 <소서>를 의심한 흔적을 살펴 볼 수 있을 것이다. 그는 “그러므로 시인은 본 것에 따라 그 일을 일으켜 찬미한 것이다”(故詩人因所見以興其事而美之)라는 구의 뒤에서 또 “어떤 자는 부(賦)로 아름다운 사나이가 흰 띠풀로 죽은 노루를 싸서 봄을 그리워하는 아가씨를 유혹한 것을 말한다고 하였다.”(或曰：賦也, 言美士以白茅包死麕, 而誘懷春之女也.)라고 하였다. 유평백은 “지금 살펴보건대 ‘혹자는 말하였다’(或曰)은 실은 주자의 뜻으로 아직 감히 분명하게 말하지 못한 것일 뿐이다.”(以今觀之, ‘或曰’實卽朱子之意, 猶不敢明言耳.)[28]라고 하였다. 주희가 <정풍> 중의 “음시”를 간파한 안목으로 그가 <야유사균>의 정가(情歌) 성질에 대하여 깨닫지 못했을 리는 없다는 것은 정확하다. 이른바 “부(賦)이다”(賦也)라는 것은 이것은 애정 고사에 대한 하나의 서술로서 본래 “문왕의 교화”(文王之化)와는 관계가 없다는 뜻이다. 애석하게도 주희는 이미 <시서>의 <주남>·<소남>의 성질에 대한 정의(定義)를 인정하였으니 그의 “이남” 시에 대한 해설은 모두 “문왕의 교

27) 고힐강, <야유사균(野有死麇)>, ≪고사변≫ 제3책, 440쪽.
28) 유평백, <즙지료형실 독시 찰기(葺芷繚蘅室讀詩札記)>, ≪고사변≫ 제3책, 471쪽.

화”(文王之化)의 대전제(大前提)를 위반할 수 없었기 때문에 어쩔 수 없이 억지로 <소서>의 설을 받아들인 것이다. ≪시집전≫ 중의 “이남” 부분이 <소서>를 따른 원위(原委)에 대해서는 청 최술(崔述)이 매우 명석하게 분석하였다. “<주남> · <소남> 25편은 정공 이래 시를 해설하는 자들은 모두 문왕의 때에 있었다고 여겼다. 주자의 ≪집전≫은 이를 따라 이미 모두 문왕 때의 시라고 여겼으니 정황상 올바름은 있지만 사악함을 없다고 하지 않을 수 없었다. 그래서 <한광(漢廣)>(<주남(周南)>)의 유녀(游女), <행로(行露)>(<소남(召南)>)의 ‘송사를 재촉함’(速訟), <표유매(摽有梅)>(<소남>)의 ‘길일에 미침’(迨吉), <야유사균(野有死麇)>(<소남>)의 회춘(懷春)은 모두 해석하여 문왕의 덕화(德化)의 소치(所致)와 풍속의 아름다움이라고 하였다.”(<周南> · <召南>二十五篇, 自鄭 · 孔以來, 說詩者皆以爲在文王之世. 朱子≪集傳≫因之, 旣皆以爲文王時詩, 勢不得不以爲有正而無邪. 於是<漢廣>之游女, <行露>之速訟, <摽梅>之迨吉, <野有死麇>之懷春, 皆訓以爲文王德化所致, 風俗之美.)[29]라고 하였다. 참으로 주문왕 · 주공은 유가의 이상 중의 성현이고 문왕의 시대는 유가의 이상 중의 성세(盛世)이다. 한유들은 이미 “이남”을 문왕의 시대에 연계시켰으니 스스로 “이남”의 시를 “문왕의 교화”(文王之化)의 구현이라고 보지 않을 수 없었던 것이다. 이에 대하여 이학가 주희는 비록 마음 속에 의심하는 바가 있었지만 또한 공공연히 위배할 수 없었다. 우리는 본래 마땅히 ≪시집전≫ 중의 이러한 오류를 지적해야 할 것이지만 동시에 또한 마땅히 주희의 마음 속의 고충에 대하여 충분히 이해해야 할 것이다.

≪시집전≫ 중의 “생시(笙詩)”에 관한 설도 역시 한번 언급할 가치가 있다. <소아> 중의 <남해> 등 6수의 시는 제목만 있고 가사는 없는

29) ≪독풍우지(讀風偶識)≫ 권1.

이른바 “생시”이다. 그런데 <소서>에는 이 6수의 시에 대하여 모두 해설이 있다. “<남해(南陔)>는 효자가 서로 경계하면서 봉양하는 것이다.”(<南陔>, 孝子相戒以養也.), “<백화(白華)>는 효자의 고결함이다.”(<白華>, 孝子之潔白也.) …… 또 “그 글은 있지만 그 말은 없어졌다.”(有其文而亡其辭.)라고 하였다. 사가 없어지고 뜻만 홀로 남았다는 것은 실로 믿기 어렵다. 그래서 정≪전(箋)≫에는 해석하여 “공자께서는 시를 논하여 ‘아와 송이 각각 그 자리를 얻었다’(雅頌各得其所)라고 하셨으니 시는 모두 있었다. 편제는 마땅히 여기에 있어야 하는데 전국 및 진의 때를 만나서 없어졌고 그 뜻은 여러 편의 뜻과 합쳐서 엮었기 때문에 남은 것이다. 모공(毛公)이 ≪고훈전(詁訓傳)≫을 짓는 데 이르러서 여러 편의 뜻을 나누고 각각 그 편의 끝에 둔 것이다.”(孔子論詩, ‘雅頌各得其所’, 詩俱在耳. 篇第當在於此, 遭戰國及秦之世而亡之, 其義則與衆篇之義合編, 故存. 至毛公爲≪詁訓傳≫, 乃分衆篇之義, 各置於其篇端云.)라고 하였다. 그러나 이러한 가설은 <시서>는 자하(子夏)가 지은 것이라는 기초 위에 건립된 것이지만, 사실상 <시서>는 한인이 지은 것이기 때문에 정≪전≫도 또한 잘못된 설이다. 또 제(齊)・노(魯)・한(韓) 삼가시(三家詩)는 모두 이 여섯 편이 없는데 ≪모시≫만 어떻게 홀로 그 뜻이 남아 있었던 것인가? ≪시집전≫은 새로운 견해를 제기하였다. “<향음주례(鄕飮酒禮)>에는 슬(瑟)을 타고 <녹명(鹿鳴)>・<사모(四牡)>・<황황자화(皇皇者華)>를 노래하고 다음에 생(笙)이 당 아래에 들어와 경(磬)은 남쪽이고 북면(北面)하고 서서 <남해>・<백화>・<화서(華黍)>를 연주한다. 연례(燕禮)에는 또한 슬을 타고 <녹명>・<사모>・<황화>를 노래한 다음에 생이 들어와 현중(縣中)에 서서 <남해>・<백화>・<화서>를 연주한다. <남해> 이하는 지금 그 편을 이름붙인 뜻을 고찰할 수 없지만 그러나 ‘생’이라고 하고 ‘악(樂)’이라고 하고 ‘주(奏)’라고 하고 ‘가(歌)’라고 하지 않았으니 소리는 있고 말은 없었음이 분명하다."(<鄉飲酒禮> : 鼓瑟而歌<鹿鳴> · <四牡> · <皇皇者華>, 然後笙入堂下, 磬南, 北面立, 樂<南陔> · <白華> · <華黍>. 燕禮亦鼓瑟, 歌<鹿鳴> · <四牡> · <皇華>, 然後笙入, 立於縣中, 奏<南陔> · <白華> · <華黍>. <南陔>以下, 今無以考其名篇之義, 然曰'笙', 曰'樂', 曰'奏', 而不言'歌', 則有聲而無辭明矣.)라고 하였다. 주희는 ≪의례(儀禮)≫의 구체적인 기록에 근거하여 당시 전례에 악(樂)을 사용할 때 <녹명> 등의 가사가 있는 시에 대하여 모두 "노래할"(歌) 수 있었지만 <남해> 등 여섯 시에 대해서는 도리어 단지 "생을 타고"(笙) · "연주하고"(樂) · "연주할"(奏) 수 밖에 없었으며 이것으로 <남해> 등 여섯 시는 "소리는 있지만 말은 없는"(有聲而無辭)의 "생시"라는 사실을 증명할 수 있다고 설명하였다. ≪시집전≫의 설은 근거도 있고 또 정리(情理)에도 맞지만 <소서>의 이 6시에 대한 제해(題解)는 어떤 근거도 없는 것이다.

## 제2절 주희의 "음시(淫詩)"에 대한 관점

주희의 <소서>에 대한 변박 중에서 가장 사람들을 놀라게 하고 동시에 또한 가장 문학 비평 성질을 갖추고 있는 것은 그의 이른바 "음시"에 대한 해석보다 더한 것이 없다. 비록 주희의 관점은 현대의 ≪시경≫ 학자가 보기에는 이미 시의(時宜)에 뒤떨어진 것이고 심지어 진부한 점이 없지 않지만 필자는 여전히 ≪시경≫ 연구사상의 주희의 이러한 커다란 공헌에 대해서는 충분히 평가할 필요가 있다고 본다.

먼저 주희와 남송의 <소서>를 폐기한 기타 학자들의 관계에 대하여 약간의 변석을 해야 할 것이다. 남송 말엽의 유명한 학자 황진(黃震)은 "설산(雪山) 왕공(王公) 질(質) · 협제(夾漈) 정공(鄭公) 초(樵)는 처음으로 모두 <서>를 버리고 시를 말하여 여러 사람들의 설과 같지 않다. 회암(晦庵)

선생은 정공의 설을 따라 미자(美刺)를 다 버리고 옛 처음을 탐구하였으니 그 설은 자못 세속을 놀라게 한다."(雪山王公質・夾漈鄭公樵始皆去<序>而言詩, 與諸家之說不同. 晦庵先生因鄭公之說盡去美刺, 探求古始, 其說頗驚俗.)[30]라고 하였다. 황씨는 단지 주희가 <서>를 폐기한 것은 정초의 설을 답습한 것이라고 말했을 뿐이며 결코 왕질을 언급하지는 않았다. 예컨대 근인 하정생(何定生)은 "주희는 정초・왕질의 실마리를 이어받았다."[31]라고 하였다. 실은 바로 윗 글에서 말한 바와 같이 왕질의 ≪시총문(詩總聞)≫은 주희의 ≪시집전≫ 이후에 책이 완성되었고 그 간행은 이미 주희가 세상을 떠난 지 40여 년 후에 있었으니 주희가 ≪시집전≫을 지을 때는 태반은 그 설을 듣지 못하였다. 주희에 대하여 극히 큰 영향을 준 것은 정초이다. 정초(鄭樵, 1104~1162)는 주희보다 26세 연장으로 오회기(吳懷祺)의 ≪정초연보고(鄭樵年譜稿)≫[32]에 따르면 ≪시변망(詩辨妄)≫은 대략 건염(建炎) 3년(1129)에 책이 완성되었는데, 그때 주희는 아직 세상에 태어나지 않았기 때문에 주희는 어렸을 때 ≪시변망≫을 보았을 가능성이 있다. 주희는 이에 대하여 결코 말하는 것을 꺼리지 않았다. 그는 만년에 회상하여 말하였다.

> <시서>는 실은 믿을 것이 없다. 예전에 정어중(鄭漁仲 : 초(樵))에게 ≪시변망≫이 있는 것을 보았는데 <시서>를 극력 비방하여 그 사이에 말이 너무 심하여 모두 시골 들판의 망녕된 사람이 지은 것이라고 여겼다. (나도) 처음에는 또한 의심하였으나, 후에 자세히 한두 편을 보고 따라서 ≪사기(史記)≫・≪국어(國語)≫로 바로잡은 다음에 <시서>가 과연 믿을 수 없다는

30) ≪황씨일초(黃氏日鈔)≫ 권4 <독모시(讀毛詩)>.

31) 하정생(何定生), <≪시경통론≫에 관하여>(關於≪詩經通論≫), ≪고사변≫ 제3책, 420쪽.

32) 오회기(吳懷祺)가 교보(校補)한 ≪정초문집(鄭樵文集)≫(서목문헌출판사(書目文獻出版社), 1992년판)에 실려 있다.

> 것을 알았다.(<詩序>實不足信. 向見鄭漁仲有≪詩辨妄≫, 力詆<詩序>, 其間言語太甚, 以爲皆是村野妄人所作. 始亦疑之, 後來子細看一兩篇, 因質之≪史記≫·≪國語≫, 然後知<詩序>之果不足信.)[33]

> 정어중은 시의 <소서>는 단지 후인들이 사전(史傳)에서 뽑고 아울러 시(謚)를 보고 부회하여 <소서>를 지어 미자(美刺)한 것이다.(鄭漁仲謂詩<小序>只是後人將史傳去揀, 幷看謚, 却附會作<小序>美刺.)[34]

> 일찍이 한 늙은 유자 정어중이 있었는데 더욱 <소서>를 믿지 못하여 단지 고본(古本)에 의지하여 뒤에 중첩하여 두었다. 아무개는 지금 또한 이와 같이 하여 사람들이 허심으로 정문(正文)을 보게 하는데, 오래 보게 되면 그 뜻이 스스로 나타나게 된다.(舊曾有一老儒鄭漁仲, 更不信<小序>, 只依古本與疊在後面. 某今亦只如此, 令人虛心看正文, 久之其義自見.)[35]

위에 서술한 언론은 모두 주희가 제자들을 위하여 강학할 때 말한 것이다. 그가 어떻게 "정씨를 한 번도 언급하지 않았으니 또한 분명히 남의 아름다움을 좀 훔친"(不一提鄭氏,也分明有點掠美)[36] 것이겠는가? 그렇다면 ≪시집전≫ 중에는 어떻게 해서 정초의 이름을 거의 언급하지 않았을까?[37] 필자는 첫째 원인은 ≪시집전≫은 간결한 말로 번잡하지 않은 간명한 주석본이고 그 체례는 본래 여러 사람들의 이설(異說)을 널리 인용하는 것이 마땅치 않았기 때문일 것이라고 본다. <정풍(鄭風)·장중자(將仲子)> 시에 대해서는 단지 구체적으로 해설하지 않았기 때문에 비로

---

33) ≪주자어류(朱子語類)≫ 권80, 2076쪽.

34) ≪주자어류(朱子語類)≫ 권80, 2079쪽.

35) ≪주자어류(朱子語類)≫ 권80, 2068쪽.

36) 하정생, <≪시경통론(詩經通論)≫에 관하여>(關於≪詩經通論≫), ≪고사변≫ 제3책, 421쪽.

37) ≪시집전·정풍(鄭風)·장중자(將仲子)≫에는 정초의 말을 인용하여 "이것은 음분(淫奔)한 자의 말이다.(此淫奔者之辭)라고 하였다.

소 정초의 말을 인용함으로써 자신의 관점을 나타내었다. 둘째 원인은 주희가 ≪시경≫을 연구하고 읽는 과정은 먼저 각가를 상세하게 참고하고 다시 넓은 것에서 간단한 것으로 돌아왔는데, 그가 ≪시집전≫을 지을 때는 전인들의 옛 설에 대하여 주로 그 사유 방법을 거울로 삼았고 더 이상 매 편의 구체적인 해설을 꼬치꼬치 따지지 않았기 때문이다. 위에 인용한 세 조항의 어록을 보면 발견할 수 있다. 첫째와 둘째 조항은 정초가 고대 사적(史籍)과 ≪시경≫을 서로 대조하는 연구 방법을 배우는 것을 중시하고, 셋째 조항은 그가 <시서>를 제쳐 두고 곧장 작품 원문으로부터 손을 댄 사유 모식(模式)을 배우는 것을 중시하고 있다. 주희는 이에 대하여 스스로 매우 좋아하였으며 제자들에게 전수(傳授)하여 말하였다.

> 아무개는 옛날 시를 보는데 수십가의 설을 하나하나 모두 처음부터 기록하였다. 처음에는 어떻게 감히 어느 설이 옳고 어느 설이 옳지 않은지 판단할 수 있었겠는가? 익히 보는 것이 오래되어 비로소 이 설이 옳은 것 같고 저 설이 옳지 않은 것 같음을 볼 수 있었다. 어떤 것은 머리가 옳고 꼬리는 서로 응하지 않고, 어떤 것은 중간의 여러 구는 옳고 두 끝은 옳지 않다. 어떤 것은 꼬리는 옳고 머리는 옳지 않다. 그러나 또한 감히 판단할 수 없었으니 이와 같은지 의심스럽고 두려웠다. 또 보는 것이 오래되자 비로소 이 설이 옳고 저 설이 옳지 않은 것을 살필 수 있었다. 또 익숙하게 보는 것이 오래되자 비로소 감히 이 설이 옳고 저 설이 옳지 않음을 결정하고 판단하여 말할 수 있었다. 이 한 부(部)의 시는 여러 사람들의 해석을 아울러 모두 뱃속에 싸 놓은 것이다.(某舊時看詩, 數十家之說, 一一都從頭記得. 初間那裏敢便判斷那說是, 那說不是? 看熟久之, 方見得這說似是, 那說似不是. 或頭邊是, 尾說不相應. 或中間數句是, 兩頭不是. 或尾頭是, 頭邊不是. 然也未敢便判斷, 疑恐是如此. 又看久之, 方審得這說是, 那說不是. 又熟看久之, 方敢決定斷說這說是, 那說不是. 這一部詩, 幷諸家解都包在肚裏.)[38]

시를 읽는 것은 오직 풍송(諷誦)의 공일 뿐이다. …… 아무개가 옛날에 시를 읽는데 또한 다만 먼저 수많은 주해를 보았는데 얼마 후에는 도리어 혼란스럽게 되었다. 후에 읽어서 반쯤에 이르러 모두 단지 시를 풍송하여 40~50번에 이르자 이미 점점 시의 뜻을 얻었는데 도리어 주해를 보면 절반 이상의 공부가 감소됨을 느꼈다. 다시 따라서 40~50번 풍송하니 가슴 속으로 판단하게 되었다.(讀詩, 唯是諷誦之功 …… 某舊時讀詩, 也只先去看許多注解, 少間却被惑亂. 後來讀至半了, 都只將詩來諷誦至四五十過, 已漸漸得詩之意, 却去看注解, 便覺減了五分以上工夫. 更從而諷誦四五十過, 則胸中判斷矣.)[39]

분명히 이러한 방법으로 ≪시경≫을 연구하고 읽고 그 최후에 도달한 경지는 필연적으로 여러 사람들의 이설을 상세히 인용하는 것이 아니라 여러 사람들의 설을 한 화로에 녹이고 아울러 자신의 의견으로 판단하는 것이다. 사실 주희는 구양수·소철의 시 해설에 대하여 모두 매우 찬상하였다. 그는 "자유(子由 : 철(轍))의 ≪시해≫는 좋은 곳이 많고 구공(歐公 : 양수(陽修))의 ≪시본의≫도 좋다."(子由≪詩解≫好處多, 歐公≪詩本義≫亦好.)[40]라고 하였지만, ≪시집전≫에 결코 구·소의 말을 많이 인용하지 않은 것은 또한 같은 이치이다.

그밖에 주희는 책을 읽을 때 회의의 정신이 풍부하였다. 그는 ≪상서≫·≪예기≫ 등의 경전의 경문에 대해서도 모두 회의를 품었으니(상세한 것은 제4장 제2절에 보임) <시서>에 대하여 회의가 생긴 것은 더욱 정리(情理)에 맞는 일이었다. 그는 말하였다.

아무개는 스무 살 때로부터 시를 읽어 <소서>는 뜻이 없다고 느꼈다. <소서>를 버리고 다만 시어를 완미하는 데 미치자 도리어 또 도리가 관철

38) ≪주자어류(朱子語類)≫ 권80, 2092쪽.
39) ≪주자어류(朱子語類)≫ 권104, 2613쪽.
40) ≪주자어류(朱子語類)≫ 권80, 2090쪽.

> 되고 있음을 느꼈다. 당초에는 또한 여러 향선생들에게 질문하였지만 모두 "<서>는 폐할 수 없다"라고 하였지만 아무개의 의심은 끝내 풀 수가 없었다. 후에 서른 살에 이르러 단연코 <소서>가 한유가 지은 것에서 나온 것임을 알았는데 그 잘못되고 어긋나는 것은 이루 다 말할 수 없는 것이 있다.(某自二十歲時讀詩, 便覺<小序>無意義. 及去了<小序>, 只玩味詩詞, 却又覺得道理貫徹. 當初亦曾質問諸鄕先生, 皆云"<序>不可廢", 而某之疑終不能解. 後到三十歲, 斷然知<小序>之出於漢儒所作, 其爲謬戾, 有不可勝言.)[41]

그가 <서>를 의심한 것은 비록 정초의 영향을 받은 것이지만 또한 그가 독립적으로 사색하고 심사숙고(深思熟考)한 결과였음을 알 수 있다. 그렇지 않다면 주희가 어떻게 그의 마음 속의 성현・이정을 위배하고 당시 널리 공격을 당하던 정초의 설을 채택할 수 있었겠는가?

≪시변망≫은 일찌감치 망일되었기 때문에 근인 고힐강(顧頡剛, 1893~1980)의 집본(輯本)은 주로 주부(周孚)의 ≪비시변망(非詩辨妄)≫ 중에서 집출(輯出)한 것이다. 그중에는 이른바 "음시"라고 언급한 것이 매우 적기 때문에 우리는 정초의 "음시"에 관련된 구체적인 관점에 대하여 이미 그 상세한 것을 알기 어렵다. 남송의 ≪시경≫에 관련된 저작 예컨대 여조겸(呂祖謙)의 ≪여씨가숙독시기(呂氏家塾讀詩記)≫・왕백(王柏)의 ≪시의(詩疑)≫・황진(黃震)의 ≪황씨일초(黃氏日鈔)≫ 등의 책에서 살펴본다면 정초의 영향은 주희를 전혀 뛰어넘을 수 없다. 그러므로 우리는 본래 마땅히 정초의 주희에 대한 영향을 홀시할 수 없지만 또한 반드시 이 때문에 주희의 시의 해설의 성과를 낮게 평가할 필요가 없다.

≪시집전≫ 중에 "음시"라고 해설한 것은 모두 30수가 있는데, <소서>의 그것들에 대한 해설에 따르면 다음과 같이 두 종류로 나눌 수 있다.

---

41) ≪주자어류(朱子語類)≫ 권80, 2078쪽.

칫째는 <소서>는 남녀 애정과 전혀 관계가 없다고 보았지만 주희는 "음시"라고 해설한 것이다. 그것들은 모두 16편이 있는데 <소서>와 ≪시집전≫의 해설은 각각 다음과 같다.

1. <패풍(邶風)·정녀(靜女)>
   <소서> : "때를 풍자한 것이다. 위(衛) 나라 임금이 무도하고 부인(夫人)이 덕이 없는 것이다."(刺時也. 衛君無道, 夫人無德.)
   ≪시집전≫ : "이것은 음분하여 만나기를 기약한 시이다."(此淫奔期會之詩也.)
2. <위풍(衛風)·모과(木瓜)>
   <소서> : "제환공(齊桓公)을 찬미한 것이다."(美齊桓公也.)
   ≪시집전≫ : "의심하건대 역시 남녀가 서로 증답한 말이니 <정녀(靜女)> 따위와 같다."(疑亦男女相贈答之詞, 如<靜女>之類.)
3. <왕풍(王風)·구중유마(丘中有麻)>
   <소서> : "현자를 그리워한 것이다. 장왕(莊王)이 밝지 못하여 현인이 쫓겨나자 나라 사람들이 그리워하여 이 시를 지은 것이다."(思賢也. 莊王不明, 賢人放逐, 國人思之, 而作是詩也.)
   ≪시집전≫ : "부인이 함께 사통한 자가 오지 않은 것을 바라보았기 때문에 언덕 중에 삼이 있는 곳에 또 그와 사통하여 만류하는 자가 있다고 의심한 것이다."(婦人望其所與私者不來, 故疑丘中有麻之處, 復有與之私而留之者.)
4. <정풍(鄭風)·장중자(將仲子)>
   <소서> : "장공(莊公)을 풍자한 것이다."(刺莊公也.)
   ≪시집전≫ : "보전(莆田) 정씨(鄭氏)는 이것은 음분한 자의 말이라고 하였다."(莆田鄭氏曰 : 此淫奔者之辭.)
5. <정풍·숙우전(叔于田)>
   <소서> : "장공을 풍자한 것이다. 숙(叔 : 장공의 아우 공숙단(恭叔段))이 경(京 : 땅 이름)에 처하여 갑옷과 무기를 수선(修繕)하여 사냥에 나가자 나라 사람들이 좋아하여 그에게 돌아갔다."(刺莊公也. 叔處於京, 繕甲兵而出於田, 國人說而歸之.)

≪시집전≫ : "혹은 이것도 역시 민간의 남녀가 서로 좋아하는 말이라고 의심한다."(或疑此亦民間男女相悅之詞也.)[42]

6. <정풍・준대로(遵大路)>

<소서> : "군자를 그리워한 것이다. 장공이 도를 잃어버려 군자가 떠나니 나라 사람들이 그리워하고 바라는 것이다."(思君子也. 莊公失道, 君子去之. 國人思望焉.)

≪시집전≫ : "남녀가 서로 좋아하는 말이다."(男女相悅之詞也.)

7. <정풍・유녀동거(有女同車)>

<소서> : "홀(忽 : 정장공(鄭莊公)의 세자(世子))을 풍자한 것이다. 정(鄭)나라 사람들이 홀이 제(齊) 나라에 혼인하지 않은 것을 풍자한 것이다."(刺忽也. 鄭人刺忽之不昏于齊.)

≪시집전≫ : "이것은 또한 음분의 시라고 의심된다."(此疑亦淫奔之詩.)

8. <정풍・산유부소(山有扶蘇)>

<소서> : "홀을 풍자한 것이다. 찬미한 것이 아름답지 않은 것이다."(刺忽也. 所美非美然.)

≪시집전≫ : "음녀가 그 사통하는 자를 희롱한 것이다."(淫女戲其所私者.)

9. <정풍・탁혜(蘀兮)>

<소서> : "홀을 풍자한 것이다. 임금이 약하고 신하가 강하니 창하지 않아도 화하는 것이다."(刺忽也. 君弱臣强, 不倡而和也.)

≪시집전≫ : "이것은 음녀의 말이다."(此淫女之詞.)

10. <정풍・교동(狡童)>

<소서> : "홀을 풍자한 것이다. 현인과 일을 꾀할 수 없으니 권신(權臣)이 명(命)을 멋대로 하는 것이다."(刺忽也. 不能與賢人圖事, 權臣擅命也.)

≪시집전≫ : "이것도 역시 음녀가 거절을 당하고 그 사람을 희롱하는 말이다."(此亦淫女見絶而戲其人之詞.)

11. <정풍・건상(褰裳)>

<소서> : "바로잡는 것을 보기를 그리워하는 것이다. 미친 아이가 멋

---

42) 살펴보건대, 이 시는 ≪시집전≫에는 두 가지 풀이가 있는데, 다른 하나의 해석은 기본적으로 <소서>의 설을 따랐다. 왕백(王柏)의 ≪시의(詩疑)≫에는 이 편을 삭제하지 않았는데 마땅히 ≪시집전≫의 다른 해석을 따랐을 것이다.

대로 행동하니 나라 사람들은 큰 나라의 바로잡음을 생각하는 것이다."(思見正也. 狂童恣行, 國人思大國之正也.)

≪시집전≫ : "음녀가 그 사통하는 자에게 말하는 것이다."(淫女語其所私者.)

12. <정풍 · 풍우(風雨)>

<소서> : "군자를 그리워하는 것이다. 난세에는 군자를 그리워하여 그 법도를 고치지 않는다."(思君子也. 亂世則思君子, 不改其度焉.)

≪시집전≫ : "음분하는 여자가 이 때를 당하여 기약했던 사람을 보고 마음으로 즐거워하는 것을 말한 것이다."(淫奔之女言當此之時, 見所期之人而心悅也.)

13. <정풍 · 자금(子衿)>

<소서> : "학교가 폐함을 풍자한 것이다."(刺學校廢也.)

≪시집전≫ : "이것도 역시 음분의 시이다."(此亦淫奔之詩.)[43]

14. <정풍 · 양지수(揚之水)>

<소서> : "신하가 없음을 걱정한 것이다. 군자가 홀에게 충성스러운 신하와 어진 선비가 없어서 끝내 사망한 것을 걱정하여 이 시를 지은 것이다."(閔無臣也. 君子閔忽之無忠臣良士, 終以死亡, 而作是詩也.)

≪시집전≫ : "음란한 자가 서로 말하는 것이다."(淫者相謂.)

43) 살펴보건대, 주희의 <백록동부(白鹿洞賦)> 중에는 "청금(靑衿)의 의문을 넓히네"(廣靑衿之疑問)라는 구가 있는데(≪문집≫ 권1, 2쪽) <자금(子衿)> 중의 "푸르고 푸른 그대의 옷깃"(靑靑子衿)의 구를 사용하여 학자(學子)를 가리킨 것이다. 청 방옥윤(方玉潤)은 이에 대하여 비평하여 "<백록동부>에 이르러서는 또 '청금(靑衿)의 의문을 넓히네'(廣靑衿之疑問)라고 하여 여전히 <서>의 설을 사용하였으니 시비의 마음을 끝내 밝히지 않기 어려웠던 것이다."(迨至<白鹿洞賦>, 又云'廣靑衿之疑問', 仍用<序>說, 是是非之心終難昧矣.)(≪시경원시(詩經原始)≫ 권5)라고 하였다. 지금 살펴보건대, 주희의 ≪시집전≫은 순희(淳熙) 11년(1184)에 개정되었지만, <백록동부>는 순희 16년(1179)에 지어졌으니 방씨의 설은 잘못된 것이다. 그리고 주희는 곧장 순희 15년(1188)에 이르러서도 여전히 제자들에게 "<자금>은 단지 음분의 시일 뿐이다. 어떻게 학교 중의 기상(氣象)이겠는가!"(<子衿>只是淫奔詩, 豈是學校中氣象!)(≪주자어류(朱子語類)≫ 권80, 2091쪽. 이 조항은 황순(黃營)이 기록한 것으로 순희 15년에 기록된 것이다.)라고 하였으니, 주희가 최종적으로 <자금>을 음시(淫詩)로 보았음을 알 수 있다.

15. <정풍 · 출기동문(出其東門)>

<소서> : "어지러움을 걱정한 것이다. 공자가 다섯 번 다투어 병혁(兵革)이 그치지 않고 남녀가 서로 저버리니 백성들이 그 집을 지킬 것을 생각하는 것이다."(閔亂也. 公子五爭, 兵革不息, 男女相棄, 民人思保其室家焉.)

≪시집전≫ : "사람이 음분한 여자를 보고 이 시를 지은 것이다."(人見淫奔之女而作此詩.)

16. <진풍(陳風) · 방유작소(防有鵲巢)>

<소서> : "참소하여 해치는 것을 걱정한 것이다. 선공(宣公)이 참소를 많이 믿으니 군자가 걱정하고 두려워한 것이다."(憂讒賊也. 宣公多信讒, 君子憂懼焉.)

≪시집전≫ : "이것은 남녀가 사통함이 있는데 또 어떤 자가 그들을 이간하는 말이다."(此男女之有私而又或間之之詞.)

이상의 16수에서 <소서>는 모두 미자(美刺)의 시라고 해설하였다. <정풍>에 있는 12수 중에는 결국 <유녀동거> 등 5수는 공자홀(公子忽)을 풍자한 것이라고 해석되었다. 주희는 "정(鄭) 나라 홀(忽)이 가장 가련하니 <정풍> 중의 악시(惡詩)는 모두 그를 풍자한 것이라고 여겼다."(最是鄭忽可憐, 凡<鄭風>中惡詩皆以爲刺之!)[44]라고 하였다. 또 반박하고 배척하여 "<유녀동거> 등은 모두 홀을 풍자하여 지은 것이라고 하였다. 정나라의 홀은 제 나라 임금의 딸을 아내로 삼지 않았는데 처음에는 또한 좋은 뜻이었지만 후에 나라를 잃어버린 것을 보고 수많은 시를 다 홀을 풍자하여 지은 것이라고 하였다. 홀에게 살펴보건대 이른바 음란하고 어리석고 포학하다는 따위는 모두 그 사실이 없다. 마침내 교활한 아이라고 지목한 데 이르러서는 어떻게 시인이 임금을 사랑하는 뜻이겠는가? 하물며 그가 나라를 잃어버린 까닭은 바로 부드럽고 나약하고 거칠

44) ≪주자어류(朱子語類)≫ 권80, 2091쪽.

고 소루하였기 때문이니 또한 무슨 교활함이 있었겠는가?”(<有女同車>等, 皆以爲刺忽而作. 鄭忽不娶齊女, 其初亦是好底意思, 但見後來失國, 便將許多詩盡爲刺忽而作. 考之於忽, 所謂淫昏暴虐之類, 皆無其實. 至遂目爲狡童, 豈詩人愛君之意? 況其所以失國, 正坐柔懦闊疏, 亦何狡之有?)[45]라고 하였다. 그는 또 특별히 <교동> 시를 겨냥하여 <소서>를 반박하여 “정 나라의 홀이 어떻게 교활한 아이가 될 수 있겠는가? 만약 교활한 아이라면 스스로 일찍이 큰 나라에 혼인을 핑계하여 그 도움을 빌렸을 것이다. 완고한 아이라고 할 수 있을 것이다!”(鄭忽如何做得狡童? 若是狡童, 自會託婚大國, 而借其助矣. 謂之頑童可也!)[46]라고 하고, 또 “어떻게 당시 인민들이 감히 그 임금을 교활한 아이라고 손가락질할 수 있었겠는가?”(安得當時人民敢指其君爲狡童?)[47]라고 하였다. 지금 점검해 보건대, ≪좌전≫(환공(桓公) 6년, 전706)에 정(鄭) 공자홀은 “제 나라가 크니 나의 짝이 아니다.”(齊大, 非吾耦也.)라는 것을 이유로 제후(齊侯)의 딸과 결혼하는 것을 거절하였으니 결코 잘못이 아니다. 홀은 후에 즉위하여 소공(昭公)이 되었으며 일찍이 아우에게 핍박을 당하여 위(衛) 나라로 출분(出奔)하였고 결국 신하에게 죽임을 당하였으니 확실히 “부드럽고 나약하고 거칠고 소루한”(柔懦闊疏) 사람이었다. 주희가 정인들이 홀을 “교동”이라고 불렀다는 것을 믿지 않은 것은 매우 정확하다. 하물며 “홀을 풍자하였다”(刺忽)는 설은 시의 본문과 전혀 상관이 없다는 것은 말할 나위도 없다. <교동>의 본문을 살펴본다.

---

45) ≪주자어류(朱子語類)≫ 권80, 2075쪽.

46) ≪주자어류(朱子語類)≫ 권81, 2108쪽.

47) ≪주자어류(朱子語類)≫ 권81, 2108쪽.

彼狡童兮, 저 교활한 아이가,
不我與言兮. 나와 말하지도 않네.
維子之故, 오직 너 때문에,
使我不能餐兮. 내가 먹을 수 없게 하네.

彼狡童兮, 저 교활한 아이가,
不我與食兮. 나와 먹지도 않네.
維子之故, 오직 너 때문에,
使我不能息兮. 내가 숨쉴 수 없게 하네.

주희는 제1장을 해석하여 "부(賦)이다. 이것은 또한 음녀가 거절을 당하고 그 사람을 희롱한 말이다. 나를 좋아하는 자가 많으니 너에게 비록 거절당하더라도 내가 먹을 수 없게 하는 데 이르지는 않음을 말한 것이다."(賦也. 此亦淫女見絶而戲其人之詞. 言悅己者衆, 子雖見絶, 未至於使我不能餐也.)라고 하였다. 이것은 희롱하는 말이라고 하였는데 본래 반드시 그런 것은 아니다. 왜냐하면 또한 여자가 버림을 당하고 스스로 탄식하는 말이라고 읽을 수도 있기 때문이다. 그러나 이것이 버림받은 여자의 입에서 나온 것임은 의심할 것이 없다. 왜냐하면 그것은 내용에서 말까지 모두 버림받은 여자의 말투를 매우 닮았기 때문이다. 그러나 <소서>는 도리어 "홀을 풍자한 것이다. 현인과 일을 꾀할 수 없으니 권신이 명을 멋대로 하는 것이다."(刺忽也. 不能與賢人圖事, 權臣擅命也.)라고 해석하였다. 공영달은 또 풍자한 일을 소공(昭公 : 곧 홀)이 다시 즉위하여 채중(祭仲)이 권력을 독차지한 것을 가리킨다고 하였다.[48] 그러나 왜 정 나라 사람들이 정소공(鄭昭公)을 "교동"이라고 불렀던 것인가? 공씨는 억지로 해석하여 "홀은 비록 나이가 많지만 장년의 교활한 뜻이 있으면서 동심이 바

48) 일은 ≪좌전≫ 환공(桓公) 15년(전697)에 보인다.

뀌지 않았기 때문에 교활한 아이라고 한 것이다."(忽雖年長而有壯狡之志, 童心未改, 故謂之爲狡童.)라고 하였는데, 이것은 참으로 주희가 조롱한 바와 같이 "겨우 홀을 풍자한 것인데 무한히 이야기를 두찬(杜撰)하는 데 힘을 낭비하였다!"(才做刺忽, 便費得無限杜撰說話!)[49]라는 것이다. ≪좌전≫·≪사기≫ 등의 기록에 따르면 홀은 채중과 관계가 결코 조화롭지 못하였다. 당초에 홀이 제 나라 여자와의 결혼을 거절할 때 채중의 말을 듣지 않았으며, 그가 채중에 의하여 다시 즉위한 것도 또한 단지 꼭두각시였을 뿐이고 또 이듬해에 그에 의하여 죽임을 당하였으니 정 나라 사람들이 어떻게 그를 "교동"이라고 부를 수 있었을까! 하물며 또 시 중에는 어디에 "현인과 일을 꾀할 수 없었다"(不能與賢人圖事)는 뜻이 있는가? 주희는 지적하고 책망하여 "<소서>는 크게 의리가 없으니 모두 후인들이 두찬(杜撰)한 것이며 선후로 보태고 더하여 맞추어 이룬 것이다. 대부분 시 중에서 말을 채집하였으니 더욱 시의 큰 뜻을 밝힐 수 없다."(<小序>大無義理, 皆是後人杜撰, 先后增益湊合而成. 多就詩中採摭言語, 更不能發明詩之大旨.)[50]라고 하였는데, 매우 합당하다.

둘째는 <소서>는 읊은 일이 남녀의 정과 관계가 있다고 인정하였지만, 시인의 뜻은 당시의 좋지 않은 풍속을 풍자한 것이라고 본 것이다. 그러나 주희는 도리어 남녀가 스스로 그 일을 서술하거나 혹은 스스로 그 정을 읊은 "음시"라고 해석하였다. 그것들은 모두 14수이며, <소서>와 ≪시집전≫의 해설은 각각 다음과 같다.

1. <용풍(鄘風)·상중(桑中)>

<소서> : "달아난 것을 풍자한 것이다. 위(衛)의 공실(公室)이 음란하여

49) ≪주자어류(朱子語類)≫ 권81, 2109쪽.

50) ≪주자어류(朱子語類)≫ 권80, 2075쪽.

남녀가 서로 달아났다."(刺奔也. 衛之公室淫亂, 男女相奔.)

≪시집전≫ : "이 사람은 매(沫)에서 아가위나무를 캐려고 하는데 그가 그리워하는 사람과 서로 만나기를 기약하고 맞고 배웅하는 것이 이와같다는 것을 스스로 말한 것이다."(此人自言將採唐於沫, 而與其所思之人相期會迎送如此也.)

2. <위풍(衛風)·맹(氓)>

<소서> : "때를 풍자한 것이다. 선공(宣公) 때에 예의가 없어져서 음풍이 크게 유행하였고 남녀가 분별이 없어서 마침내 서로 달아나고 유혹하였다. 꽃이 지고 색이 쇠하여 간혹 곤란하여 스스로 그 짝을 잃어버린 것을 뉘우쳤기 때문에 그 일을 서술하여 풍자하였다. 올바른 곳으로 돌아온 것을 찬미하고 음일(淫佚)함을 풍자한 것이다."(刺時也. 宣公之時, 禮義消亡, 淫風大行, 男女無別, 遂相奔誘. 華落色衰, 復相背棄, 或乃困而自悔喪其妃耦, 故序其事以風焉. 美反正, 刺淫佚也.)

≪시집전≫ : "이 음부는 사람들에게 버림을 받고 스스로 그 일을 서술하여 그 회한의 뜻을 말한 것이다."(此淫婦爲人所棄, 而自序其事以道其悔恨之意也.)

3. <위풍·유호(有狐)>

<소서> : "때를 풍자한 것이다. 위(衛)의 남녀가 때를 잃어버리고 그 짝을 잃었다. 옛날에 나라에 흉황이 있으면 예를 줄이고 혼인이 많았다. 마침 남녀의 집이 없는 자들은 모았으니 백성들을 기르는 것이다."(刺時也. 衛之男女失時, 喪其妃耦也. 古者國有凶荒, 則殺禮而多昏. 會男女之無夫家者, 所以育人民也.)

≪시집전≫ : "나라가 어지럽고 백성들이 흩어져 그 짝을 잃어버렸다. 과부가 있어 홀아비를 보고 시집가려고 하였기 때문에 여우가 있어 홀로 가는 것에 말을 부쳐 그 치마가 없음을 걱정한 것이다."(國亂民散, 喪其妃耦. 有寡婦見鰥夫而欲嫁之, 故託言有狐獨行, 而憂其無裳也.)

4. <왕풍·대거(大車)>

<소서> : '주(周) 나라 대부(大夫)를 풍자한 것이다. 예의가 쇠퇴하여 남녀가 음분하였기 때문에 옛날을 진술하여 지금의 대부가

남녀의 송사를 처리하지 못함을 풍자한 것이다."(刺周大夫也. 禮義陵遲, 男女淫奔, 故陳古以刺今大夫不能聽男女之訟焉.)

≪시집전≫ : "옛날의 음분하려고 하는 자의 말이다."(古之欲淫奔者之辭.)

5. <정풍 · 봉(丰)>

<소서> : "어지러움을 풍자한 것이다. 혼인의 도가 결여되어 겉으로는 창하지만 속으로는 화하지 않고 남자가 가도 여자가 따르지 않는다."(刺亂也. 婚姻之道缺, 陽倡而陰不和, 男行而女不隨.)

≪시집전≫ : "아낙이 기약한 남자는 이미 골목에서 기다리는데 아낙은 꺼리는 뜻이 있어서 따르지 않는 것이다."(婦人所期之男子已俟乎巷, 而婦人以有忌志不從.)

6. <정풍 · 동문지선(東門之墠)>

<소서> : "어지러움을 풍자한 것이다. 남녀가 예를 기다리지 않고 서로 달아나는 자가 있는 것이다."(刺亂也. 男女有不待禮而相奔者也.)

≪시집전≫ : "대문 곁에 제터가 있으니 …… 그 함께 음란한 자의 집을 식별한 것이다. 방이 가깝고 사람이 멀다는 것은 그리워하지만 볼 수 없다는 말이다."(門之旁有墠 …… 識其所與淫者之居也. 室邇人遠者, 思之而未得見之詞也.)

7. <정풍 · 야유만초(野有蔓草)>

<소서> : "때를 만나는 것을 그리워하는 것이다. 임금의 은택이 아래로 흐르지 않고 백성들은 병혁에 궁하고 남녀는 때를 잃어버려 기약하지 않고 만나는 것을 생각하는 것이다."(思遇時也. 君之澤不下流, 民窮於兵革, 男女失時, 思不期而會焉.)

≪시집전≫ : "남녀가 들 밭과 풀 이슬 사이에서 서로 만났기 때문에 그 있는 곳을 읊어 흥을 일으킨 것이다."(男女相遇於野田草露之間, 故賦其所在以起興.)

8. <정풍 · 진유(溱洧)>

<소서> : "어지러움을 풍자한 것이다. 병혁이 멈추지 않아 남녀가 서로 저버리고 음풍이 크게 유행하여 구제할 수 없는 것이다."(刺亂也. 兵革不息, 男女相棄, 淫風大行, 莫之能救焉.)

≪시집전≫ : "이 시는 음분한 자가 스스로 서술한 말이다."(此詩淫奔者自敘之詞.)

9. <제풍(齊風) · 동방지일(東方之日)>

<소서> : "쇠퇴함을 풍자한 것이다. 임금과 신하가 도를 잃어 남녀가 음분하여 예로써 교화할 수 없는 것이다."(刺衰也. 君臣失道, 男女淫奔, 不能以禮化也.)

≪시집전≫ : "이 여자가 나의 자취를 따라 서로 다가감을 말한 것이다."(言此女躡我之跡而相就也.)

10. <당풍(唐風) · 주무(綢繆)>

<소서> : "진(晉)의 난(亂)을 풍자한 것이다. 나라가 어지러우면 혼인이 그때를 얻지 못하는 것이다."(刺晉亂也. 國亂則婚姻不得其時焉.)

≪시집전≫ : "부부가 서로 이야기하는 말이다."(夫婦相語之詞也.)

11. <진풍(陳風) · 동문지분(東門之枌)>

<소서> : "어지러움을 미워한 것이다. 유공(幽公)이 음황(淫荒)하여 풍화(風化)가 행하는 바가 남녀가 그 옛 일을 저버리고 급히 길에서 만나고 저자와 우물에서 노래하고 춤추는 것이다."(疾亂也. 幽公淫荒, 風化之所行, 男女棄其舊業, 亟會於道路, 歌舞於市井爾.)

≪시집전≫ : "이것은 남녀가 모여 노래하고 춤추는데 그 일을 읊어 서로 즐기는 것이다."(此男女聚會歌舞, 而賦其事以相樂也.)

12. <진풍 · 동방지양(東方之楊)>

<소서> : "때를 풍자한 것이다. 혼인이 때를 잃어 남녀가 어기는 것이 많아 친영하는데 여자가 오히려 이르지 않는 자가 있었다."(刺時也. 昏姻失時, 男女多違, 親迎女猶有不至者也.)

≪시집전≫ : "이것은 또한 남녀가 만나기를 기약하였지만 약속을 어기고 이르지 않은 자가 있기 때문에 그 본 바를 따라 홍을 일으킨 것이다."(此亦男女期會而有負約不至者, 故因其所見以起興也.)

13. <진풍 · 월출(月出)>

<소서> : "호색을 풍자한 것이다. 자리에 있는 자가 덕을 좋아하지 않

고 미색을 즐거워하는 것이다."(刺好色也. 在位不好德, 而說美色焉.)

≪시집전≫ : "이것은 또한 남녀가 서로 좋아하고 서로 그리워하는 말이다."(此亦男女相悅而相念之辭.)

14. <진풍・택피(澤陂)>

<소서> : "때를 풍자한 것이다. 영공(靈公)의 임금과 신하들이 그 나라에서 음란하여 남녀가 서로 좋아하여 걱정하고 슬퍼한 것이다."(刺時也. 言靈公君臣淫於其國, 男女相悅, 憂思感傷焉)

≪시집전≫ : "이 시의 큰 뜻은 <월출(月出)>과 서로 비슷하다."(此詩大旨與<月出>相類.)

이상의 14수는 <소서>는 모두 때를 풍자한 시라고 해석하였는데, 시인이 남녀가 서로 좋아하고 음풍이 성행하는 사회 상황을 본 후에 난세에 대하여 풍자한 것이다. 14수의 시 가운데 <왕풍・대거(大車)>가 "주나라 대부를 풍자한"(刺周大夫) 것임을 제외하면 풍자의 대상이 모두 시대 혹은 사회이고 결코 구체적인 인물을 겨냥하지 않았다. 이것은 아마도 <소서>의 작자도 역시 이 시들이 묘사한 내용이 모두 남녀가 서로 좋아하는 것과 관계가 있고 남녀가 만나는 장소가 분명히 모두 민간에 있고 궁전(宮殿)・원유(苑囿)에 있지 않다는 것을 보았기 때문에 상층 사회의 어떤 인물을 풍자한 것이라고 지적할 수가 없었기 때문일 것이다.[51] 그러므로 평범하게 그것들은 "때를 풍자하였다"(刺時)라고 한 것

---

51) 살펴보건대, <진풍(陳風)・주림(株林)>은 예외이다. 왜냐하면 이 시에는 "무엇하러 주(株) 땅의 숲에 갔는가? 하남(夏南)을 따른 것이네. 주 땅의 숲에 간 것이 아니라, 하남에게 간 것이라네."(胡爲乎株林, 從夏南. 匪適株林, 從夏南.)라고 하였는데 모(毛)≪전(傳)≫에는 "주림(株林)"은 "하씨(夏氏)의 읍이고"(夏氏邑) "하남"은 "하징서(夏徵舒)"를 가리키니 따라서 이 시를 사실이라고 하여 "영공(靈公)을 풍자한 것이며, 하희(夏姬)와 간음하였다."(刺靈公也, 淫乎夏姬.)라고 하였다. 이러한 해설은 실은 확실하지 않은 것이지만 결국 그래도 스스로 그 설이 성립된다고 할 수 있기 때문에 주희도 또한 그 설을 따른 것이다.

이다. 이러한 해설의 기인(起因)은 공자(孔子)가 일찍이 말한 바와 같이 "시삼백은 한 마디로 덮으면 '생각이 간사함이 없다'(思無邪)는 것이다."(詩三百, 一言以蔽之, 曰'思無邪')[52]라는 것을 쉽게 알 수 있다. ≪시경≫은 또 줄곧 유가의 경전으로 여겨졌기 때문에 한대의 유자들은 ≪시경≫의 작자들은 모두 정당한 목적에 근본을 두어 시를 썼을 것이라고 믿었기 때문에 분명히 남녀가 서로 좋아하는 것에 관련된 이러한 시들에 대하여 단지 "풍자"(刺)한 것이라고 해석할 수 밖에 없었던 것이다. 주희는 그렇지 않았다. 주희는 "다만 '생각이 간사함이 없다'(思無邪)는 한 구가 좋을 뿐이고 ≪시경≫의 시가 모두 '생각이 간사함이 없다'는 것이 아니다."(只是'思無邪'一句好, 不是一部詩皆'思無邪'.)[53]라고 보았기 때문에 그는 전혀 망설임도 없이 상술한 시가를 모두 남녀가 스스로 그 일을 서술하고 스스로 그 정을 말한 작품이라고 해석한 것이다. 그렇다면 어떤 해석이 더욱 사실에 가까운 것인가? 우리는 <용풍(鄘風) · 상중(桑中)>을 예로 들려고 한다.

爰采唐矣, 아가위나무를 캐는데,
沫之鄉矣. 매(沫)의 고을이라네.
云誰之思, 누구를 생각하는가?
美孟姜矣. 아름다운 맹강(孟姜)이라네.
期我乎桑中, 나를 상중(桑中)에서 기다리고,
要我乎上宮, 나를 상궁(上宮)에서 맞아,
送我乎淇之上矣. 나를 기수(淇水) 가에서 배웅하네.

爰采麥矣, 보리를 캐는데,

52) ≪논어(論語) · 위정(爲政)≫.
53) ≪주자어류(朱子語類)≫ 권80, 2065쪽.

沬之北矣. 매의 북쪽이라네.
云誰之思, 누구를 생각하는가?
美孟弋矣. 아름다운 맹익(孟弋)이라네.
期我乎桑中, 나를 상중에서 기다리고,
要我乎上宮, 나를 상궁에서 맞아,
送我乎淇之上矣. 나를 기수 가에서 배웅하네.

爰采葑矣, 무를 캐는데,
沬之東矣. 매의 동쪽이라네.
云誰之思, 누구를 생각하는가?
美孟庸矣. 아름다운 맹용(孟庸)이라네.
期我乎桑中, 나를 상중에서 기다리고,
要我乎上宮, 나를 상궁에서 맞아,
送我乎淇之上矣. 나를 기수 가에서 배웅하네.

이 시는 일창삼탄(一唱三歎)하고 또 전체의 시는 제1인칭으로 말하고 있는데, 바로 애정의 희열에 빠져 있는 한 남자의 말투이다. 어떻게 털끝만큼이라도 "달아난 것을 풍자한 것이다"(刺奔)라는 뜻을 발견할 수 있겠는가? 주희는 해석하여 "이 사람이 스스로 말한 것이다"(此人自言)라고 하였는데 문체에서 출발하여 얻을 수 있는 유일한 결론이다. <소서>를 엄수한 송대의 학자들도 또한 이 점을 발견하였기 때문에 곡해하여 미봉(彌縫)하려고 시도하였다. 여조겸(呂祖謙)은 "<상중(桑中)>·<진유(溱洧)>의 여러 편은 거의 권하는 것이다. 부자(夫子)께서 취한 것은 무엇인가? 시의 체가 같지 않으며, 곧장 풍자한 것도 있으니 <신대(新臺)> 따위가 그렇다. 약간 풍자한 것이 있으니 <군자해로(君子偕老)> 따위가 그렇다. 그 일을 진술하여 한 마디 말도 더하지 않아도 뜻이 저절로 나타나는 것이 있으니 이러한 것들이 그렇다."(<桑中>·<溱洧>諸篇, 幾於勸矣. 夫子取之, 何也? 曰：詩之體不同, 有直刺之者, <新臺>之類是也. 有微諷之者, <君子偕

老>之類是也. 有鋪陳其事, 不加一辭而意自見者, 此類是也.)[54]라고 하였다. 이에 대하여 주희는 특별히 <독여씨시기상중편(讀呂氏詩記桑中篇)>을 지어 반박하고 힐문하여 "시체는 같지 않으니 본래 그 일을 진술하여 한 마디 말을 더하지 않아도 뜻이 스스로 나타나는 것이 있지만 반드시 그 일을 오히려 말할 만한 것은 예컨대 <청인(淸人)>의 시가 그렇다. <상중>·<진유>의 편에 이르러서는 아인장사(雅人莊士)가 말하기 어려워하는 것이 있다. 공자께서 '생각에 간사함이 없다'(思無邪)라고 한 것은 시 삼백편은 권선징악(勸善懲惡)하여 비록 그 뜻은 바름에서 나오지 않음이 없지만 이와 같이 말한 것이 간략하면서 할 말을 다한 것이 있지 않을 뿐이지, 시를 지은 사람이 생각하는 것이 다 간사함이 없다는 것이 아니다."(詩體不同, 固有鋪陳其事, 不加一詞而意自見者, 然必其事之猶可言者, 若<淸人>之詩是也. 至於<桑中>·<溱洧>之篇, 則雅人莊士有難言之者矣. 孔子之稱'思無邪'也, 以爲詩三百篇, 勸善懲惡, 雖其要歸無不出於正, 然未有若此言之約而盡者耳. 非以作詩之人所思盡無邪也.)[55]라고 하였다. 여조겸은 비록 <상중> 시는 결코 "풍자"(刺)의 뜻이 없음 곧 "한 마디 말도 더하지 않았다"(不加一辭)는 것을 인정하였지만 여전히 억지로 "풍자하는"(刺) 시라고 해석하였는데 완전히 <소서>를 맹종한 것이다. 그러나 주희는 곧장 원문에서 출발하여 "이 사람이 스스로 말한 것이다"(此人自言)라고 해석하였다. <소서>에 익숙한 세력은 극히 컸기 때문에 사람들은 주희의 설에 대하여 여전히 마음 속에 의심과 염려를 품고 있었다. 10년 이후 여조겸의 제자 이성지(李誠之)는

54) ≪여씨가숙독시기(呂氏家塾讀詩記)≫ 권5.

55) ≪문집≫ 권70, 1쪽. 살펴보건대, 이 글은 ≪문집≫의 정문(正文) 중에는 제목을 <여씨 ≪시기·상중고≫를 읽고>(讀呂氏≪詩紀·桑中高≫라고 하였는데 "고(高)"자는 뜻이 없으므로 ≪문집≫ 권수 목록에 따라 "편(篇)"으로 고쳤다. 또 살펴보건대, 이 글은 순희 11년(1184)에 지어졌는데, 당시 여조겸(呂祖謙)은 이미 죽었으며 주희는 ≪시집전≫을 수정하여 막 끝냈다.

또 얼굴을 맞대고 주희와 이 일을 논쟁하였는데 ≪주자어류(朱子語類)≫ 중에 생생한 기록이 있다.

> 이무흠(李茂欽)이 물었다 : "선생은 일찍이 동래와 음분의 시를 변론하였다. 동래는 시인이 지은 것이라고 하였지만 선생은 음분한 자의 말이라고 하였는데 지금까지도 그 설을 알지 못하겠다." 말하였다 : "만약 시인이 지은 것이 음분을 풍자한 것이라고 한다면 무주 사람이 만약 음분이 있다면 동래는 왜 하나의 시를 지어 풍자하지 않았습니까?"라고 하였다. 무흠은 또 다른 일을 인용하여 묻고 따졌는데 선생은 "따로 말할 필요가 없고 단지 이것을 위하여 내가 이 한 구에 답하려고 한다."라고 하니 무흠은 말이 궁하였다. 선생은 "만약 사람들은 은벽한 일이 있으면 시를 지어 그 단점을 따지고 풍자하는데 이것은 지금의 경박한 사람이 해학의 말을 지어 시골 사람들을 비웃기를 좋아하는 따위이니 한 고을이 미워하는 바이다. 시인은 온순하여 반드시 이와같지 않을 것이다. 예컨대 시 중에서 말한 것은 선한 것도 있고 악한 것도 있지만 성인은 둘을 남겨 두었으니 선은 권할 만하고 악은 경계할 만한 것이다."라고 하였다.(李茂欽問 : "先生曾與東萊辯論淫奔之詩. 東萊謂詩人所作, 先生謂淫奔者之言. 至今未曉其說." 曰 : "若是詩人所作譏刺淫奔, 則婺州人如有淫奔, 東萊下不作一詩刺之?" 茂欽又引他事問難, 先生曰 : "未須別說, 只爲我答此一句來." 茂欽辭窮. 先生曰 : "若人家有隱僻事, 便作詩訐其短譏刺, 此乃今之輕薄子, 好作謔詞嘲鄕里之類, 爲一鄕所疾害者. 詩人溫醇, 必不如此. 如詩中所言有善有惡, 聖人兩存之, 善可勸, 惡可戒.")[56]

주희가 보기에는 "음시"에서 읊조리는 것은 모두 남녀 사이의 정당하지 않은 일이니 "시인"은 마땅히 "시를 지어 풍자해서는"(作詩刺之) 안 되는 것이다. 그러나 공자가 이러한 시들을 삭제하지 않은 까닭은 단지

56) ≪주자어류(朱子語類)≫ 권80, 2092쪽. 살펴보건대, 이 조항은 이기(李杞)가 기록한 것으로 소희 15년(1194)에 기록한 것이다. 이성지(李誠之)는 자가 무흠(茂欽), 무주(婺州) 사람으로 여조겸에게 학문을 배웠다. 생평은 ≪송사(宋史)≫ 권449 · ≪송원학안(宋元學案)≫ 권73에 보인다.

그것들이 객관적으로 또한 징악(懲惡)하는 경계의 효과가 있을 수 있기 때문일 뿐이지, 이러한 시들 자체가 "풍자"(刺)의 뜻을 포함하고 있어서라는 것은 아니다. 비록 이러한 시에 대한 주희의 가치 평가는 결코 정확하지는 않지만 그가 그것들을 "음분한 자의 말"(淫奔者之詞)이라고 해석한 것은 그래도 원문에 대한 매우 진실하고 정확한 해석이다.

≪시경≫ 중의 일부의 시를 "음시"라고 해석한 것은 당시에는 파천황(破天荒)의 의론이었다. 왜냐하면 <시서>의 전통은 이미 천여 년 동안 전해져 왔고 집집마다 알고 사람들의 마음 속에 깊이 들어와 있었기 때문이다. 지금 엄숙한 의의를 갖고 있는 이러한 "자시(刺詩)"들이 갑자기 "음분하는 자의 말"(淫奔者之詞)로 변했으니 어떻게 기성의 설을 엄격하게 따르던 유생들을 벼락이 치듯 놀라게 하지 않을 수 있었겠는가? 그러므로 먼저 <서>를 폐기할 것을 창도한 정초는 격렬한 공격을 받았고 그의 ≪시변망≫은 결국 실전(失傳)되는 데 이르렀던 것이다. 설사 이학종사(宗師)였던 주희라고 하더라도 또한 기평(譏評)을 면할 수 없었으며, 남송에서 청대까지 수많은 학자들은 또 <소서>에 의거하여 ≪시집전≫을 반대하였다. <패풍(邶風)·정녀(靜女)>를 예로 든다.

靜女其姝, 조용한 여인이 아름다운데,
俟我于城隅. 나를 성 모퉁이에서 기다리네.
愛而不見, 사랑하여도 보이지 않으니,
搔首踟躕. 머리를 긁으며 머뭇거리네.

靜女其孌, 조용한 여인이 아름다운데,
貽我彤管. 나에게 붉은 대롱을 주네.
彤管有煒, 붉은 대롱이 빛나니,
說懌女美. 너의 아름다움을 좋아하네.

自牧歸荑, 목장에서 띠싹을 선물해 주니,
洵美且異. 참으로 아름답고도 또 남다르네.
匪女之爲美, 네가 아름다운 것이 아니라,
美人之貽. 아름다운 이가 준 것이라네.

현대 사람이 보기에는 이 시는 의심할 것도 없이 남녀가 밀회하는 일을 묘사한 것으로 바로 ≪시집전≫에서 단언한 바와 같이 "이것은 음분하여 만나기를 기약한 시이다."(此淫奔期會之詩也.)라는 것이다. 그러나 <소서>에는 도리어 이것을 해석하여 "때를 풍자한 것이다. 위(衛) 나라 임금이 무도(無道)하고 부인(夫人)이 덕이 없는 것이다."(刺時也. 衛君無道, 夫人無德.)라고 하였다. 이러한 해석은 분명히 시가의 본문과 전혀 상관이 없다. 그러므로 정현은 한걸음 더 나아가 전(箋)을 달아 "임금 및 부인이 도덕이 없기 때문에 조용한 여인이 나에게 붉은 대롱의 법을 보내 준 것을 진술하였다. 덕이 이와같다면 바꾸어 임금의 배필로 삼을 수 있다."(以君及夫人無道德, 故陳靜女遺我以彤管之法. 德如是, 可以易之爲人君之配.)라고 하였던 것이다. 그렇다면 "붉은 대롱의 법"(彤管之法)은 무엇을 말하는 것인가? 모≪전≫에는 이것은 "여사(女史)의 붉은 대롱의 법"(女史彤管之法)으로 "일은 크고 작은 것이 없이 기록하여 법을 이루었다"(事無大小, 記以成法)라고 보았다. 정≪전≫에는 또 "붉은 대롱은 붓의 붉은 대롱이다"(彤管, 筆赤管也.)라고 하였다. "나를 성 모퉁이에서 기다린다"(俟我乎城隅)라는 구에 대하여 주희는 "성 모퉁이"(城隅)는 "그윽하고 후미진 곳"(幽僻之處) 곧 남녀가 밀회하는 후미지고 고요한 곳이라고 보았다. 그러나 모≪전≫에는 도리어 "성 모퉁이는 높아서 넘을 수 없음을 말한 것이다."(城隅以言高而不可逾)라고 하였고, 정≪전≫에는 또 한걸음 더 나아가 "예를 기다려 움직여 스스로 방비함이 성 모퉁이와 같다."(待禮而動, 自防如城隅.)라고 하였다. 비록 모 · 정의 해석은 전혀 근거가 없고 또 견강부회하여 극히 황당하고 잘못된 것이지만, 후세의 유자들은 여전히 믿어 의심하지 않았다. 주희의 ≪시집전≫이 세상에 나온 후에도 진부량(陳傅良)은 여전히 <소서>를 믿고 따랐다. 섭소옹(葉紹翁)은 다음과 같이 기록하고 있다.

> 고정 선생이 만년에 ≪모시≫에 주를 달았는데 <서>의 글을 다 버리고 붉은 대롱을 음분의 도구라고 하고 성 모퉁이를 몰래 기약한 장소라고 하였다. 지재(止齋 : 진부량의 호)는 그 설을 얻고 병폐라 여기고 천 칠백 년 여사의 붉은 대롱과 삼대의 학교를 가지고 음분의 도구 · 몰래 기약한 장소라고 여기니 사사로이 적이 편안하지 않은 바가 있다고 하였다.(考亭先生晩注≪毛詩≫, 盡去<序>文, 以彤管爲淫奔之具, 以城闕爲偸期之所. 止齋得其說而病之, 謂以千七百年女史之彤管, 與三代之學校, 以爲淫奔之具, 偸期之所, 私竊有所未安.)[57]

진부량이 주희의 설을 반대한 까닭은 근본적으로 시가의 문본에서 출발한 것이 아니라 단지 "1700년"(千七百年)[58]을 이유로 삼은 것이다. 주희의 설을 반대한 사람들은 주로 이미 오랫동안 전해진 전통적인 설을 답습한 것이고 그밖에 따로 기타의 이유는 없다는 것을 알 수 있다. 주희는 만년에 자신과 여조겸이 <시서>를 논쟁한 경과를 회상하고 있다.

---

57) ≪사조문견록(四朝聞見錄)≫ 갑집(甲集) <지재진씨(止齋陳氏)>.

58) 살펴보건대, 이른바 "1700년"(千七百年)이란 모≪전≫에서 말한 "여사(女史)의 붉은 대롱의 법"(女史彤管之法)이 서주(西周)의 법이라는 것을 가리키지만 실은 이것은 전혀 근거가 없는 억설(臆說)이다. 또 살펴보건대, "성궐을 몰래 기약하는 장소로 여긴다"(以城闕爲偸期之所)는 것은 주희의 <정풍(鄭風) · 자금(子衿)>에 대한 해설을 가리켜 말한 것이다. <자금> 제3장에는 "왔다갔다하며, 님은 성 누각에 있다지만, 하루를 못 만나면, 석달을 못 본 것 같네."(挑兮達兮, 在城闕兮. 一日不見, 如三月兮.)라고 하였는데, ≪시집전≫에는 <자금>은 남녀가 "음분하는"(淫奔) 것을 묘사한 것이라고 보았고 <소서>는 이것은 "학교가 폐한 것을 풍자한 것이다. 난세에는 학교를 손보지 않은 것이다."(刺學校廢也. 亂世則學校不修焉.)라고 하였다.

아무개는 "증거가 없는데 의심할 만한 것은 마땅히 그대로 두어야 한다. <서>에 의거하여 증거로 삼아서는 안 된다."라고 하였다. 그는 또 "단지 이 <서>만이 증거이다."라고 하였다. 아무개는 따라서 "지금 사람들은 시를 가지고 시를 설명하지 않고 도리어 <서>를 가지고 시를 해설하니 그렇기 때문에 자세하게 억지로 갖다 붙여 반드시 <서>를 지은 자의 뜻과 같고자 하며, 차라리 시인의 본래의 뜻을 잃어버리는 것도 돌아보지 않는다. 이것은 <서>를 지은 자의 크게 해로운 점이다."라고 하였다.(某云 : "無證而可疑者, 是當闕之. 不可據<序>作證." 渠又云 : "只此<序>便是證." 某因云 : "今人不以詩說詩, 却以<序>解詩, 是以委曲牽合, 必欲如<序>者之意, 寧失詩人之本意不恤也. 此是<序>者大害處!")[59]

"단지 이 <서>만이 증거이다"(只此<序>便是證)라는 사유 방식은 바로 여조겸·진부량 등의 공통점이다. 그들은 <소서>를 증명할 필요가 없는 전제라고 생각하였으니 당연히 그 자체가 잘못이 있을 수 있다는 것을 인정할 수 없었다.

주의할 만한 것은 비록 청대에 이르러 ≪시경≫학은 전체적인 학술 수준에서 이미 비약적인 발전이 있었지만 학계의 이른바 "음시"에 대한 이해는 도리어 여전히 주희보다 뒤떨어졌다는 것이다. 비록 지금 사람들이 "각파의 논쟁을 뛰어넘는 '독립사고파"라고 불리는 요제항(姚際恒)·최술(崔述)·방옥윤(方玉潤)[60] 세 사람도 역시 예외가 아니다. 예컨대 <정녀> 시는 요제항은 "<소서>는 풍자한 시라고 하였는데 옳다. 이것은 음란함을 풍자한 시이다. 모·정은 반드시 반대하여 억지로 설을 지었는데 무슨 뜻인지 모르겠다."(<小序>謂'刺詩', 是. 此刺淫之詩也. 毛·鄭必反

59) ≪주자어류(朱子語類)≫ 권80, 2077쪽. 살펴보건대, 이 조항은 섭하손(葉賀孫)이 기록한 것으로 소희 2년(1191) 이후에 기록된 것이다.

60) 이 설은 하전재(夏傳才)의 ≪시경연구사개요(詩經研究史概要)≫(중주서화사(中州書話社) 1982년 판) 187쪽에 보인다.

之, 牽强爲說, 不知何意.)[61]라고 하였다. 비록 모≪전≫ · 정≪전≫을 취하지 않았지만 도리어 여전히 <소서>의 "때를 풍자한 것이다"(刺時)라는 설을 따르고 있다. 최술은 <정녀> 등의 시를 논하여 "의심하건대 <서>를 지은 사람은 이 시를 <국풍> 중에 수록하여 후세에 경계를 드리웠기 때문에 '풍자한 것이다'(刺)라고 한 것이지 반드시 과연 이 시를 지은 자가 풍자한 것이라고 말한 것은 아닐 것이다."(疑作<序>者以錄此詩於<國風>中, 以垂戒於後世, 故謂之'刺', 未必果謂作此詩者之刺也.)[62]라고 하였다. 그는 실은 <정녀>의 창작 목적이 "때를 풍자한"(刺時) 것이 아니라는 것을 알았지만 여전히 고심하여 <소서>를 옹호하였는데 그 비판 정신은 주희보다 훨씬 용감하거나 결단적이지 못하다. 방옥윤에 이르러서는 비록 모 · 정의 설을 취하기는 하였지만 동시에 또 주희 설의 잘못을 극력 배척하였다. 그는 <정녀>를 해석하여 "위선공(衛宣公)이 급(伋 : 선공의 아들)의 처를 받아들인 것을 풍자한 것이다."(刺衛宣公納伋妻也.)[63]라고 하였다. 그 천착부회는 모 · 정과 한 수레바퀴에서 나온 자국 같다. 요제항은 또 전체적으로 주희의 "음시"설에 대하여 크게 공격하였다. "≪집전≫은 세상 사람들로 하여금 떼 지어 지적하게 한 것은 스스로 '음시'라는 그 한 단락(節)보다 더한 것이 없다. 그 '음시'라고 하는 것은 지금 또한 더 분변할 일이 없지만 부자(夫子)가 '정 나라의 소리는 음란하다'(鄭聲淫)라고 하였으니 소리(聲)란 음조를 말하는 것이다. 시는 시편을 말하니 전혀 서로 다른 것이다. 이에 대해서는 세상에서 많이 밝히고 있으니 생각건대 아마 사람들이 알 것이다. 이것은 ≪춘추≫에서 여러 대부들이 잔치하며 시를 읊고 증답하였는데, ≪집전≫에서는 '음시'라고 본 것이

61) ≪시경통론≫ 권3.
62) ≪독풍우지(讀風偶識)≫ 권2.
63) ≪시경원시≫ 권3.

많지만, 받은 사람은 그것을 좋다고 즐겁지 않다고 하는 것을 듣지 못했다. 어찌 음일함을 자처했겠는가? 계찰(季札)이 음악을 관상하는 데는 정(鄭)・위(衛)에는 모두 '아름답구나!'(美哉)라고 하여 음란이란 말 하나 없었다. 이것이 모두 증거이며 사람들도 다 아는 것이다. 그러나 나는 단지 부자의 말씀에 '십삼백은 한 마디 말로 덮는다면 생각이 간사함이 없다는 것이다.'(詩三百, 一言以蔽之, 曰思無邪.)라고 하는 것으로 증명하는 것 만한 것이 없다고 생각한다. 만약 음시라고 한다면 생각의 간사함이 심한 것이니 어찌 이 '한 마디 말로 덮을 수'(一言蔽之) 있겠는가? 아마도 그 때는 간혹 음란한 풍습이 있어서 시인이 그 일과 그 말을 들어 풍자로 삼았을 것이니 이것이 바로 '생각이 간사함이 없다'(思無邪)는 확실한 증거이다. 왜인가? 음(淫)은 간사하다는 뜻이다. 그것을 미워하여 풍자하는 것은 생각에 간사함이 없는 것이다. 그런데 지금 여전히 음시라고 여긴다면 성인의 가르침에 크게 어긋나는 것이 아니겠는가? 그런데 그가 ≪논어집해(論語集解)≫를 지어 이를 따라 함부로 그 해석을 하였으니 그 죄가 더욱 크다."(≪集傳≫使世人群加指摘者, 自無過'淫詩'一節. 其謂'淫詩', 今亦無事多辨, 夫子曰'鄭聲淫', 聲者, 音調之謂. 詩者, 詩篇之謂, 迥不相同. 世多發明之, 意夫人知之矣. 此≪春秋≫諸大夫燕享, 賦詩贈答, 多≪集傳≫目謂'淫詩'者. 受者善之, 不聞不樂. 豈其自居於淫佚也! 季札觀樂, 於鄭・衛皆曰'美哉', 無一淫字. 此皆是證, 人亦盡知. 然予謂第莫若證以夫子之言曰：'詩三百, 一言以蔽之, 曰思無邪.' 如謂淫詩, 則思之邪甚矣, 曷以爲此'一言蔽之'耶? 蓋其時間有淫風, 詩人擧其事與其言以爲刺, 此正'思無邪'之確證. 何也? 淫者, 邪也. 惡而刺之, 思無邪矣. 今尙以爲淫詩, 得無大背聖人之訓乎? 乃其作≪論語集解≫, 因是而妄爲之解, 則其罪更大矣.)[64]라고 하였다. 요씨는 논조가 사납지만 실은 그가 논하고 있는 것은 모두 여조겸 등 여러 사람들의 진부한 말과 논조를 벗어나지 못하였고, 주희의 대량의 논증을 보고도 보

64) ≪시경통론≫ 권수 <시경논지(詩經論旨)>, 5쪽.

지 못한 것처럼 하고 있으니 얼굴빛은 사납지만 속은 약하다고 할 수 있다. 혜동(惠棟)과 같은 한학가들은 기왕에 "옛것은 반드시 참되고 한대의 것은 모두 좋다."(凡古必眞, 凡漢皆好)[65]라는 태도에 입각하여 경을 공부하여 자연히 반드시 <소서>를 따르는 낡은 길로 돌아가게 되었을 것이다. 이 학파의 학자들 예컨대 마서진(馬瑞辰)·진환(陳奐) 등은 ≪시경≫의 명물(名物) 에 대한 고고(考古)·성운(聲韻) 훈고(訓詁) 방면의 성취는 뛰어나지만 ≪시경≫의 본의(本意)에 대한 이해는 완전히 <소서>를 그대로 따랐으니 "음시"의 존재를 인정할 수 없었던 것은 당연하다. 심지어 1922년에 이르러서도 장태염(章太炎, 1868~1936) 선생은 상해에서 "국학(國學)"을 강연할 때 아직도 "주문공(朱文公)은 <시서>가 시를 해석하면서 국사(國事)를 위하여 지은 것이라고 지적한 것에 대하여 매우 불만을 품고 그는 곧장 남녀가 수답(酬答)하는 시라고 하였는데, 이것은 덮을 수 없는 잘못이다. 당시 진부량은 주문공을 반대하여 주문공이 '성궐(城闕)은 몰래 기약한 장소이고 붉은 대롱은 음란함을 행하는 도구이다'(城闕爲偸期之所, 彤管爲行淫之具)라는 등의 말을 하였다."(朱文公對於<詩序>解詩指爲國事而作, 很不滿意, 他徑以爲是男女酬答之詩, 這是不可掩過.當時陳傅良反對朱文公, 有'城闕爲偸期之所, 彤管爲行淫之具'等語.)[66]라고 하였다. 이것으로 주희가 <소서>의 기성의 설을 폐기하고 곧장 원문에서 출발하여 "음시"를 해석한 것이 얼마나 귀중한 천고의 탁식(卓識)인가를 알 수 있다.

반드시 가려 밝혀야 할 하나의 문제가 있는데, 주희가 남녀의 애정을 언급한 시를 "음시"라고 부른 것은 물론 부정적인 태도에 나온 것이다.

---

65) 양계초(梁啓超)의 말로 ≪청대학술개론(청대학술개론)≫(상해고적출판사, 1998년 판), 31쪽에 보인다.

66) 조취인(趙聚仁)이 기록한 ≪국학개론(國學概論)≫(파촉서사(巴蜀書社) 1987년 판), 45쪽에 보인다.

상술한 30수 중에서 ≪시집전≫은 비록 그것을 모두 "음시"라고 배척하지는 않았지만(예컨대 <정풍·준대로(遵大路)>는 ≪시집전≫에는 "남녀가 서로 좋아하는 말이다"(男女相悅之詞也)라고 해석하여 결코 깎아내리고 배척하는 뜻은 없는 것 같다. <정풍> 가운데 이것과 유사한 것은 또 <봉(丰)>·<야유만초(野有蔓草)> 등이 있다), ≪시집전≫은 <정풍>의 권말(卷末)의 총안(總案) 중에서 "정시는 스물 한편으로 음분의 시는 이미 일곱 중 다섯에 그치지 않는다."(鄭詩二十有一, 而淫奔之詩已不啻七之五.)라고 하였다. 이 숫자는 이미 상술한 편목을 포함하고 있으니 주희는 역시 그것들을 "음시"라고 보았던 것이다. "음시"라는 명칭 자체가 부정적인 의미로 애정시에 대한 폄칭이다. 이학가 주희의 입장에서 말한다면 이것은 그가 취할 수 있는 유일한 태도였다. 주희는 삼강오륜(三綱五倫)을 옹호할 것을 극력 주장한 사람이고 천리(天理)를 남기기 위하여 인욕(人欲)을 억압할 것을 주장하였다. 그는 "천리와 인욕은 서로 상대적으로 비중이 줄고 늘어난다. 그 사람됨에 욕심이 적다는 것은 인욕의 비중이 적기 때문으로 비록 두지 않아야 할 것(人慾)이 있다고 하더라도 적을 것이다. 두지 않아야할 것(人慾)이 적어지면 천리의 비중이 많아질 것이다. 그 사람됨에 욕심이 많으면 인욕의 비중이 많기 때문에 비록 두어야할 것(天理)가 있다고 하더라도 적을 것이다. 두어야할 것(天理)가 적어지면 천리의 비중이 적은 것이다."(天理人欲, 相爲消長分數. 其爲人也寡欲, 則人欲分數少, 故雖有不存者寡矣. 不存者寡, 則天理分數多矣. 其爲人也多欲, 則人欲分數多, 故雖有存焉者寡矣. 存焉者寡, 則是天理分數少也.)[67]라고 하였다. 그가 억누르려고 한 인욕 가운데 남녀의 정욕(情欲)은 물론 가장 중요한 내용이다. ≪학림옥로(鶴林玉露)≫ 을편(乙編) 권6에는 다음과 같이 실려 있다.

67) ≪주자어류(朱子語類)≫ 권61, 1475쪽.

> 호(胡) 담암(澹庵)은 10년 동안 해외(海外)에 폄적되었는데 북쪽으로 돌아오는 날 상담(湘潭) 호씨(胡氏)의 동산에서 마시고 시를 제(題)하여 "임금의 은혜 돌아올 것을 허락하여 여기서 한 번 취하니, 곁에는 려(黎)의 뺨의 작은 보조개가 난 것이 있네."(君恩許歸此一醉, 傍有黎頰生微渦.)라고 하였는데 시첩(侍妾) 여천(黎倩)을 말한 것이다. 그후 주문공이 이것을 보고 절구를 제하여 "10년 동안 바다에 떠 있어 한 몸이 가벼웠는데, 돌아와 여씨의 보조개를 마주하여 도리어 정이 있네. 세상에 인욕의 험악함 만한 것이 없으니, 몇 사람이 이에 이르러 평생을 그르쳤는가?"(十年浮海一身輕, 歸對黎渦却有情. 世上無如人欲險, 幾人到此誤平生.)라고 하였다.(≪문공전집(文公前集)≫에 이 시가 실려 있는데 다만 제목에는 "자경(自警)"이라고 하였다)(胡澹庵十年貶海外, 北歸之日, 飮於湘潭胡氏園, 題詩云"君恩許歸此一醉, 傍有黎頰生微渦." 謂侍妾黎倩也. 厥後朱文公見之, 題絶句云："十年浮海一身輕, 歸對黎渦却有情. 世上無如人欲險, 幾人到此誤平生.")(≪文公前集≫載此詩, 但題云"自警"云.)[68]

호전(胡銓)은 주희가 공경하고 존중한 인물이지만 그는 우연히 아름다운 아가씨에 대하여 호감이 생겼는데 주희는 옳다고 여기지 않았으니 주희가 남녀의 애정 특히 봉건 예교에 부합하지 않는 애정에 대하여 홍수와 사나운 짐승처럼 위험한 것으로 보았음을 알 수 있다. 그는 <용풍(鄘風)·체동(蝃蝀)>을 해석할 때 "이 음분한 사람은 단지 남녀의 욕심을 그리워할 줄만 알 뿐이니, 이것은 그 정신(貞信)의 절조를 스스로 지키지 못하고 천리의 바름을 모른다는 것을 말한 것이다."(言此淫奔之人, 但知思念男女之欲, 是不能自守其貞信之節, 而不知天理之正也.)라고 하였다. 그러므로 그가 ≪시경≫ 중의 대담하고 솔직한 애정시에 대하여 어떻게 "음시"라고 깎아내리지 않을 수 있었겠는가?

---

68) 살펴보건대, 이 시는 지금 ≪문집≫ 권5에 보이며 제목이 <숙매계호씨객관, 관벽간제시, 자경이절(宿梅溪胡氏客館, 觀壁間題詩, 自警二絶)>이라고 하였는데, 이것은 그 둘째로 단지 첫 구의 "부해(浮海)"가 "호해(湖海)"로 되어 있고 3구 "세상(世上)"이 "세로(世路)"로 되어 있다.

바로 이와 같기 때문에 주희는 "음시"의 진상을 간파한 후에 ≪시경≫ 중에 어떻게 "음시"를 수록하였는가에 대하여 반드시 고심하여 해석해야 하였다. 그는 말하였다.

> 정(鄭)·위(衛)의 음악은 모두 음성(淫聲)이다. 그러나 시로 살펴보면 위의 시는 39수이지만 음분의 시는 겨우 4분의 1이다. 정의 시는 21수이지만 음분의 시는 이미 일곱 중 다섯에 그치지 않는다. 위는 오히려 남자가 여자를 좋아하는 말이지만 정은 모두 여자가 남자를 유혹하는 말이다. 위 나라 사람들은 오히려 풍자하고 징악하는 뜻이 많지만 정 나라 사람들은 거의 깨끗이 또 부끄러워하고 뉘우치고 깨닫는 기색도 없다. 이것은 정성의 음란함이 위보다 심함이 있는 것이다. 그러므로 부자께서는 나라를 다스리는 것을 논하여 유독 정성을 경계로 삼고 위를 언급하지 않으신 것이니, 대개 중요한 것을 들어 말한 것으로 본래 나름대로의 차례가 있었다. "시는 살펴 볼 수 있다"(詩可以觀)는 것을 어떻게 믿지 못하겠는가!(鄭·衛之樂, 皆爲淫聲. 然以詩考之, 衛詩三十有九, 而淫奔之詩才四之一. 鄭詩二十有一, 而淫奔之詩已不啻七之五. 衛猶爲男悅女之詞, 而鄭皆爲女惑男之語. 衛人猶多刺譏懲惡之意, 而鄭人幾於蕩然無復羞愧悔悟之萌. 是則鄭聲之淫, 有甚於衛矣. 故夫子論爲邦, 獨以鄭聲爲戒而不及衛也, 蓋擧重而言, 固自有次第也. 詩可以觀, 豈不信哉!)[69]

> <상중(桑中)>·<진유(溱洧)>의 편에 이르러서는 아인장사(雅人莊士)가 말하기 어려워하는 것이 있다. 공자께서 "시는 간사함이 없다"(詩無邪)라고 말하신 것은 시 삼백 편은 권선징악하여 비록 그 뜻이 바름에서 나오지 않은 것이 없지만 이 말처럼 간략하면서 다한 것은 없을 뿐이지, 시를 지은 사람이 생각한 것이 모두 간사함이 없어서가 아니다.(至於<桑中>·<溱洧>之篇, 則雅人莊士有難言之者矣. 孔子之稱"詩無邪", 以爲詩三百篇勸善懲惡, 雖其要歸無不出於正, 然未有若此言之約而盡耳. 非以作詩之人所思皆無邪也.)[70]

> 성인이 삭제하고 수록한 것은 그 착한 것을 취하여 법으로 삼고 그 악한

---

69) ≪시집전≫ 권4, <정풍(鄭風)> 총안(總案).

70) <독여씨시기상중편(讀呂氏詩記桑中篇)>, ≪문집≫ 권70, 1쪽.

> 것을 남겨 두어 경계로 삼아 가르침이 아닌 것이 없으니 어떻게 반드시 그 책을 없애버릴 필요가 있었겠는가!(聖人刪錄, 取其善者以爲法, 存其惡者以爲戒, 無非教者, 豈必滅其籍哉!)[71]

주희의 이러한 말들은 모두 당당함도 부족하고 논리적으로도 또한 엄밀하지는 않다. 그는 그러한 애정시는 본래 민간의 가요이고 민간의 남녀가 스스로 그 정을 말하고 스스로 그 일을 서술한 작품임을 알고 있었다. 다만 그는 왜 그것들이 결국 당당하게≪시경≫이라는 경전 중에 출현하였고, 왜 공자도 역시 그것들을 삭제하지 않았는지를 설명할 방법이 없었기 때문에 어쩔 수 없이 억지로 "경계로 삼는다"(爲戒)라는 두 글자로 해석하였던 것이다. 주희의 삼전(三傳) 제자(弟子) 왕백(王柏)에 이르러서는 아예 "음시"를 전부 ≪시경≫에서 배제할 것을 주장하였다.[72] 후세의 유자들은 왕백이 시를 삭제한 것에 대하여 "육적이 있은 이래 제일 괴변한 일"(自有六籍以來第一怪變之事)[73]이라고 배척하였는데, 사실은 이것은 바로 주희의 "음시"설의 논리에 맞는 발전의 귀착(歸着)이었다. 그러나 주희는 ≪시경≫의 경전적 지위를 유지하고 옹호하기 위하여 이러한 지경에 이르지는 않았다.

오늘날의 입장에서 본다면 주희의 "음시"에 대한 가치 판단은 물론

71) <답여백공(答呂伯恭)>, ≪문집≫ 권34, 26쪽.

72) 살펴보건대, 왕백(王柏)은 ≪시의(詩疑)≫를 지었는데 지금은 중화서국 1955년 ≪고적고변총간(古籍考辨叢刊)≫ 본이 있다. 그 가운데 삭제된 "음시(淫詩)"는 모두 31편이 있다고 주장하였는데, 편목은 주희가 인정한 "음시"와 약간의 차이가 있다. 주희는 "음시"라고 해석하였지만 왕백이 삭제하지 않은 것은 모두 3편이 있다. 곧 <위풍(衛風)·목과(木瓜))>·<왕풍(王風)·양지수(揚之水)>·<정풍(鄭風)·숙우전(叔于田)>이다. 주희는 "음시"라고 해석하지 않았지만 왕백이 삭제한 것은 4편이 있다. 곧 <소남(召南)·야유사균(野有死麇)>·<당풍(唐風)·갈생(葛生)>·<진풍(秦風)·신풍(晨風)>·<진풍(陳風)·주림(株林)>이다.

73) ≪사고전서총목≫ 권17 <시의(詩疑)> 조.

취할 수 없는 것이다. 그러나 필자는 또한 ≪고사변≫ 학자들이 주희가 "여전히 명교(名教)의 큰 모자를 잊어버리지 않았기 때문에 끝내 시를 이해하지 못하였다."(仍忘不了名教的大帽子, 所以終不懂得詩.)라고 말한 설에 동의하지 않는다.[74] 바로 윗글에서 말한 바와 같이 이학 종사 주희에게 "음시"에 대하여 긍정하고 찬상(贊賞)하는 태도를 가질 것을 요구하는 것은 역사 현실을 벗어나는 것이다. 주희의 공헌은 그가 정초 등의 영향 하에 "음시"의 진정한 성질을 분명하게 보고 아울러 그의 학술적 지위 덕분에 이러한 해석이 유행하고 전파하게 하였으며 따라서 천 여 년 이래의 ≪시경≫을 뒤덮고 있던 경학의 안개를 거두어 버린 데 있다. 이것은 후인들이 ≪시경≫ 중의 애정시를 정확하게 인식하는 데 좋은 기초를 놓은 것이다. 사실상 우리는 단지 주희가 해석한 기초 위에 가치 판단을 한 번 바꾸기만 해도 좋은 것이다. ≪고사변≫ 학자들의 <정녀(靜女)>에 관한 토론 문장을 보면 비록 13편에 달하지만[75] 대다수는 "붉은 대롱"(彤管)과 "띠싹"(荑)이 결국 어떤 물건인가 및 어떻게 백화(白話)로 번역할 것인가에 얽매어 있고 원문의 해석에 대해서는 결코 주희보다 어떠한 진보도 없다. 그들이 스스로 앞에 옛 사람이 없다고 자랑하고 또 주희 등을 (제사를 지낸 후에 버리는) 짚으로 만든 개 같이 본 것은 참으로 매우 타당하지 않다는 것을 알 수 있다. 필자는 ≪시경≫ 중의 "음시"에 대한 해석은 문학가 주희가 ≪시경≫ 연구 중에 획득한 최대의 성과이고 ≪시경≫ 연구사상 대서특필할 만한 것이라고 본다.

74) 하정생(何定生), <시(詩)의 기흥(起興)에 관하여>(關於詩的起興), ≪고사변≫ 제3책, 698쪽에 보인다.

75) ≪고사변≫ 제3책, 510~572쪽.

## 제3절 주희의 "부(賦)·비(比)·홍(興)"에 관한 분석

"부·비·홍"은 ≪시경≫의 가장 중요한 예술 수법이다. ≪주례(周禮)·춘관(春官)·태사(大師)≫에는 "태사는 육시(六詩)를 가르친다. 부(賦)라고 하고 비(比)라고 하고 홍(興)이라고 하고 풍(風)이라고 하고 아(雅)라고 하고 송(頌)이라고 한다."(大師敎六詩 : 曰賦, 曰比, 曰興, 曰風, 曰雅, 曰頌.)라고 하였고, <시대서>에는 "시에 육의(六義)가 있다. 첫째 풍이라고 하고 둘째 부라고 하고 셋째 비라고 하고 넷째 홍이라고 하고 다섯째 아라고 하고 여섯째 송이라고 한다."(詩有六義焉, 一曰風, 二曰賦, 三曰比, 四曰興, 五曰雅, 六曰頌.)라고 하였다. "육시"이든 "육의"이든 그것들의 명목과 순서는 완전히 같으니 분명히 이름은 다르지만 실질은 같은 일군(一群)의 개념이다. 그러나 그것들 가운데는 "풍"·"아"·"송" 세 가지와 "부"·"비"·"홍" 세 가지는 분명히 성질상 같은 것이 아니다. 공영달은 "그렇다면 풍·아·송은 시편의 다른 체이다. 부·비·홍은 시문의 다른 말일 뿐이다. 크고 작은 것이 같지 않지만 다 같이 육의라고 할 수 있는 것은 부·비·홍은 시의 쓰인 바이고 풍·아·송은 시의 이루어진 형태이다. 저 세 가지 일을 가지고 이 세 가지 일을 이루니 이 때문에 똑같이 의(義)라고 부르는 것이다. 따로 편권(篇卷)이 있는 것이 아니다."(然則風·雅·頌者, 詩篇之異體. 賦·比·興者, 詩文之異辭耳. 大小不同而得幷爲六義者, 賦·比·興是詩之所用, 風·雅·頌是詩之成形. 用彼三事, 成此三事, 是故同稱爲義. 非別有篇卷也.)[76]라고 지적하였다. 이에 대하여 주희도 역시 서로 비슷하게 이해하였다. ≪주자어류(朱子語類)≫에는 다음과 같이 말하였다.

어떤 이가 ≪시≫의 육의는 "삼경삼위(三經三緯)"에 주를 단 것이라는 설

76) ≪모시정의(毛詩正義)≫ 권1.

을 물었다. 말하였다 : "삼경(三經)은 부 · 비 · 흥으로 시를 짓는 뼈대로 없는 시가 없다. 그야말로 없다면 시를 이루지 못한다. 대개 부가 아니면 비이다. 비가 아니면 흥이다. 예컨대 풍 · 아 · 송은 속에서 가로로 꿰뚫고 있는 것이니 모두 부 · 비 · 흥이 있기 때문에 삼위(三緯)라고 하는 것이다.(或問≪詩≫六義, 注"三經三緯"之說. 曰 : "三經是賦 · 比 · 興, 是做詩底骨子, 無詩不有. 才無, 則不成詩. 蓋不是賦, 便是比. 不是比, 便是興. 如風 · 雅 · 頌, 却是裏面橫串底, 都有賦 · 比 · 興, 故謂之三緯.")[77]

분명히 "없는 시가 없음"(無詩不有) 부 · 비 · 흥은 바로 ≪시경≫의 최대의 예술적 특징이고, 주희의 그것들에 대한 분석도 또한 그의 ≪시경≫의 예술에 대한 인식을 가장 잘 구현할 수 있었다.

<시대서>는 비록 "육의"의 설을 제기하였지만 ≪모시≫ 중에는 단지 "흥"체에 대해서 표시하였을 뿐이고 부와 비에 대해서는 설명하지 않았다. 유협(劉勰)은 그것을 "모공(毛公)은 전(傳)을 서술하는데 유독 흥체만을 표시하였다."(毛公述傳, 獨標興體.)[78]라고 하였다. 공영달은 그 원인을 해석하여 "≪시경≫은 부가 많아 비 · 흥의 앞에 있다. 비와 흥은 비록 똑같이 외물에 덧붙어 있지만 비는 드러나고 흥은 숨어 있으니 마땅히 먼저 드러나고 뒤에 숨어야하기 때문에 비가 흥의 앞에 있는 것이다. 모≪전≫이 단지 흥만을 말한 것은 그 이치가 숨어 있기 때문이다."(≪詩經≫多賦, 在比 · 興之先. 比之與興, 雖同是附託外物, 比顯而興隱, 當先顯後隱, 故比居興先也. 毛≪傳≫特言興也, 爲其理隱故也.)[79]라고 하였다. 부 · 비의 두 체는 일목요연(一目瞭然)하여 나타낼 필요가 없기 때문에 ≪모시≫에는 유독 흥체만을 표시하였다는 뜻이다. 그러나 사실상 부 · 비의 두 체의 운용은 또

77) ≪주자어류(朱子語類)≫ 권80, 2070쪽.
78) ≪문심조룡(文心雕龍) · 비흥(比興)≫.
79) ≪모시정의≫ 권1.

한 결코 모두 일목요연하고 또 사람들이 다른 말이 없는 것이 아니니 완전한 주석본은 여전히 마땅히 표시해야만 한다. 또 ≪모시≫의 “흥체”에 대한 표시는 적지 않은 혼란스러운 곳이 있는데 그 가운데 비교적 심각한 것은 다음과 같은 두 가지가 있다.

첫째, 모≪전≫은 일반적으로 시의 첫 장 아래 표시한 것이 “흥체”인지의 여부이다. 예컨대 <주남・인지지(麟之趾)>는 3장의 자구가 기본적으로 같고 복답(複沓) 장법(章法)에 속하여 사용한 예술 수법이 마땅히 같아야 하지만 모≪전≫에는 단지 제1장 아래에만 “흥이다”(興也)라고 표시하여 밝혔을 뿐이다. 그러나 또한 예외도 있다. 예컨대 <소아・남유가어(南有嘉魚)>는 모≪전≫에는 단지 제3장 아래 “흥이다”(興也)라고 표시하였고, 공영달의 ≪소≫는 제1장 아래 해석하여 “이것은 실은 흥으로 ‘흥이다’(興也)라고 말하지 않은 것은 ≪전≫의 글이 생략된 것이다. 3장에 어떤 것은 ‘흥이다’라고 하였는데 가운데를 들어 이 위와 아래를 밝힌 것이다.”(此實興, 不云‘興也’, ≪傳≫文略. 三章一云‘興也’, 擧中明此上下.)라고 하였다.

둘째, 때로는 모≪전≫은 “흥”이라고 말하지 않았는데 정≪전≫에는 도리어 “흥”이라고 보았다. 예컨대 <용풍・연연(燕燕)> 제1장이 그렇다. 때로는 모≪전≫・정≪전≫이 모두 “흥”이라고 하지 않았지만 공≪소≫에는 도리어 “흥”이라고 보았다. 예컨대 <주남・종사(螽斯)>의 제1장은 공≪소≫에는 또 해석하여 “≪전≫이 흥이라고 하지 않은 것은 …… 글뜻이 스스로 풀리기 때문에 그것을 말하지 않은 것이다.”(≪傳≫不言興者 …… 文義自解, 故不言之.)라고 하였다. 또 때로는 모≪전≫은 “흥”이라고 보았지만 공≪소≫는 도리어 옳다고 여기지 않았다. 예컨대 <소아・규변(頍弁)>의 제1장은 모≪전≫에는 “흥이다”(興也)라고 하였지만 공≪소≫에는 도리어 “≪전≫은 흥의 이치가 분명하지 않다.”(≪傳≫興理不明.)라고 하였다.

≪모시≫의 상술한 결점을 거울로 삼아 주희의 ≪시집전≫에는 매 장 아래에 모두 부 · 비 · 흥 중의 어떤 체인지를 표시하여 독자들에게 극히 편하다. “부 · 비 · 흥”의 분석에 관해서 ≪시집전≫은 두 가지 면에서 커다란 학술적 공헌을 하였다.

먼저 ≪모시≫에서 “흥”이라고 표시한 장절은 ≪시집전≫에는 때로는 다른 체로 귀속시켰다. 혹은 비록 똑같이 흥체로 귀속시켰지만 시의 뜻에 대해서는 서로 다르게 이해하였다. 다음에 각각 예를 들어 설명한다.

첫째 류는 ≪시집전≫은 부체라고 보았다. 예컨대 <주남 · 갈담(葛覃)>에는 “칡이 뻗어, 골짜기 중에 뻗어 있으니, 잎이 무성하구나.”(葛之覃兮, 施於中谷, 維葉萋萋.)라고 하였는데 모≪전≫에는 “흥이다 …… 칡은 고운 베와 거친 베를 만드는 것으로 여공(女功)의 일이 번잡한 것이다.”(興也 …… 葛所以爲絺綌, 女功之事煩辱者.)라고 하였고 정≪전≫에는 발휘하여 “흥은 칡이 골짜기 중에 뻗어 있는데 딸이 있어 부모의 집에서 몸이 점점 날로 크는 것이다.”(興者, 葛延蔓於谷中, 有女在父母之家, 形體浸浸日長大也.)라고 하였는데 ≪시집전≫에는 “부이다 …… 대개 후비(后妃)가 이미 고운 베와 거친 베를 만들어 그 일을 읊은 것으로 초 여름에 칡 잎이 한창 성하여 황조가 있어 그 위에서 지저귀는 것을 추후에 서술한 것이다.”(賦也 …… 蓋后妃既成絺綌而賦其事, 追敍初夏之時, 葛葉方盛, 而有黃鳥鳴於其上也.)라고 하였다. 또 <소남(召南) · 초충(草蟲)>에는 “베짱이는 울고, 메뚜기는 뛰노네.”(喓喓草蟲, 趯趯阜螽.)라고 하였고 모≪전≫에는 “흥이다 …… 경대부(卿大夫)의 처는 예를 기다려 행하니 군자(君子)를 따라가는 것이다.”(興也 …… 卿大夫之妻待禮而行, 隨從君子.)라고 하였고 정≪전≫에는 “베짱이가 울면 메뚜기가 뛰놀아 따르니 종은 다르지만 류는 같으니, 남녀가 좋은 때에 예(禮)로 서로 찾고 부르는 것과 같다.”(草蟲鳴, 阜螽趯而從之, 異種同類, 猶男女嘉時以禮相求呼.)라고 하였는데 ≪시집전≫에는 “부이다. …… 제후의 대부가 밖에 행역(行役)하여 그 처가 홀로 살면서 때의 사물의 변화에 느끼어 군자를 그리워하는 것이 이와 같다."(賦也 …… 諸侯大夫行役在外, 其妻獨居, 感時物之變, 而思君子其如此.)라고 하였다. 상술한 예에서 모・정은 시인을 봉건 예교(禮敎)에 견강부회하기 위하여 왕왕 "부체"를 "흥체"로 곡해하여 말한 것이 극히 천착적임을 알 수 있다. 그러나 ≪시집전≫은 부체라고 해석하여 비교적 시의 뜻에 접근되어 있다.

둘째 류는 ≪시집전≫에는 "비체"라고 보았다. 예컨대 <패풍・녹의(綠衣)>에는 "녹색 옷, 녹색 저고리에 황색 치마라네."(綠兮衣兮, 綠衣黃裳.)라고 하였는데 모≪전≫에는 "흥이다"(興也.)라고 하였고 공≪소≫에는 "모는 간색(間色)인 녹색은 마땅히 저고리를 만들 수 없다고 여겼는데 올바르지 않은 처는 마땅히 총애해서는 안 된다는 것과 같다. 지금 녹색으로 저고리를 만들었으니 간색의 녹색으로 지금 저고리를 만들어 드러나고 정색(正色)의 황색은 도리어 속옷이 되어 숨어 있으니 이것으로 …… 부정한 첩이 지금 총애를 입어 드러나고 정적(正嫡) 부인(夫人)은 도리어 소외를 당하여 쇠미한 것을 '일으킨'(興) 것이다."(毛以間色之綠不當爲衣, 猶不正之妾不宜嬖寵. 今綠兮乃爲衣兮, 間色之綠, 今爲衣而見, 正色之黃反爲裏而隱, 以興 …… 不正之妾今蒙寵而顯, 正嫡夫人反見疏而微.)라고 하였는데 ≪시집전≫에는 "비이다 …… 간색은 천하지만 저고리를 만들고 정색은 귀하지만 속옷을 만들어 …… 천한 첩은 높고 드러나고 바른 적처(嫡妻)는 멀고 쇠미함을 견준 것이다."(比也 …… 間色賤而以爲衣, 正色貴而以爲裏 …… 以比賤妾尊顯而正嫡幽微.)라고 하였다. 또 <당풍(唐風)・보우(鴇羽)>에는 "푸드득 넉새가 깃을 날리며, 상수리나무 떨기에 모이네."(肅肅鴇羽, 集於苞栩.)라고 하였고 모≪전≫에는 "흥이다 …… 넉새의 본성은 서고 멈추지 않는다."(興也 …… 鴇之性不樹止.)라고 하고 정≪전≫에는 "흥은 군자는 마땅히 평안한 곳에 있어야 하는데 지금은 정역을 따라 그 위태롭고 괴로움이 넉새가 서서 멈추어 있는 것과 같다는 것을 비유한 것이다."(興者, 喩君子當居安平之處, 今下從征役, 其爲危苦, 如鴇之樹止然.)라고 하였는데 ≪시집전≫에는 "비이다. …… 넉새의 본성은 서서 멈추지 않는 것이지만 지금 상수리나무의 떨기에 날아와서 모여 있는 것은 백성들의 성품은 본래 노고를 불편하게 여기는데 지금 오랫동안 정역을 따라 다니어 밭을 갈아 자식의 도리를 할 수 없음을 말한 것이다."(比也 …… 言鴇之性不樹止, 而今乃飛集於苞栩之上. 如民之性本不便於勞苦, 今乃久從征役, 而不得耕田以供子職也.)라고 하였다. 이러한 상황은 상당히 자주 보이는데, 비록 ≪모시≫와 ≪시집전≫이 시의 뜻에 대한 이해는 거의 서로 같지만 하나는 "흥"이라고 하고 하나는 "비"라고 하였다. 이것은 한인과 송인의 "비"·"흥"에 대한 개념이 차이가 있음을 설명해 준다. 모≪전≫은 "흥" 아래 정의를 내린 적이 없고, <주남·관저>의 정≪전≫에는 "흥은 비유의 이름으로, 뜻에 다하지 못한 것이 있기 때문에 머리에 '흥'이라고 한 것이다."(興是譬喩之名, 意有不盡, 故題曰'興'.)라고 하였다. 정≪전≫·공≪소≫에는 "흥"체를 구체적으로 해설할 때 모두 "흥은 …… 를 비유한 것이다."(興者, 以喩……)라고 하였다. 그들의 "흥"에 대한 이해는 주로 "비유"에 착안하였으며 주희가 "비"에 대하여 내린 정의 곧 "비는 저 사물을 가지고 이 사물에 견주는 것이다."(比者, 以彼物比此物也.)[80]라고 한 것과 가깝다. 한대 사람들의 "비"·"흥" 두 체에 대한 구분은 주희처럼 분명하지 않았다고 할 수 있다.

셋째 류는 ≪모시≫와 ≪시집전≫이 모두 "흥"체라고 보았지만 실제로는 도리어 각각 각각의 이해가 있는 것이다. 예컨대 <정풍·산유부소(山有扶蘇)>에는 "산에는 무궁화가 있고, 늪에는 연꽃이 있네. 만나기

80) ≪시집전·주남(周南)·종사(螽斯)≫.

전에는 자도(子都 : 미남자)라더니, 만나 보니 미친놈이네."(山有扶蘇, 隰有荷華. 不見子都, 乃見狂且.)라고 하였고, 모≪전≫에는 "흥이다"(興也)라고 하였고 정≪전≫에는 "흥은 무궁화가 산에 나는 것은 부정한 사람을 홀연 윗 자리에 둔 것을 비유한 것이다. 연꽃이 진펄에 난 것은 아름다운 덕이 있는 사람을 홀연 아랫자리에 둔 것을 비유한 것이다. 이것은 그 신하를 등용한 것이 거꾸로 되어 제 자리를 잃어버린 것을 말한다."(興者, 扶胥之木生於山, 喻忽置不正之人於上位也. 荷華生於隰, 喻忽置有美德者於下位. 此言其用臣顚倒失其所也.)라고 하였는데, ≪시집전≫에는 "흥이다 …… 산에는 무궁화가 있고 늪에는 연꽃이 있다. 지금 자도를 만나지 못하고 이 미친 사람을 만난 것은 무엇인가?"(興也 …… 山則有扶蘇矣, 隰則有荷華矣. 今乃不見子都, 而見此狂人何哉.)라고 하였다. 또 <진풍(秦風)・거린(車隣)> 제2장에는 "언덕에는 옻나무가 있고, 진펄에는 밤나무가 있네. 이미 군자를 만나서, 나란히 앉아 슬(瑟)을 타네."(阪有漆, 隰有栗. 旣見君子, 幷坐鼓瑟.)라고 하였고, 모≪전≫에는 "흥이다"(興也)라고 하였고 정≪전≫에는 "흥은 진중(秦仲)의 임금과 신하들이 가진 것이 각각 그 마땅함을 얻은 것을 비유한 것이다."(興者, 喻秦仲之君臣所有, 各得其宜.)라고 하였는데, ≪시집전≫에는 "흥이다. 언덕에는 옻나무가 있고 진펄에는 밤나무가 있다. 이미 군자를 만나 나란히 앉아서 슬을 타게 된 것이다."(興也. 阪則有漆矣, 隰則有栗矣. 旣見君子, 則幷坐鼓瑟矣.)라고 하였다. 모・정의 이른바 "흥"은 "비유(譬喩)"의 뜻을 띠고 있다는 것은 앞서 이미 말한 바가 있다. 주의할 만한 것은 ≪시집전≫은 이에 대하여 어떤 구체적인 분석도 하지 않은 것으로 보이는 것이다. 이것은 대체로 주희의 "흥"에 대한 정의는 "흥은 먼저 다른 사물을 말하여 읊는 바의 말을 이끌어 일으키는 것이다."(興者先言他物以引起所詠之詞也.)[81]라고 하였기 때문일 것이다. 그러나 "다른 사물"(他物)과 "읊는 바의 말"(所詠之詞) 사이의 관계는 다양하다. 어떤 관계는 주희는 비교적 분명하다고 보고 분석하지 않았다.

그 다음에 ≪시집전≫은 “부 · 비 · 흥”의 세 가지 체를 하나하나 표시한 것을 제외하고도 또 이러한 수법들에 대하여 종합적으로 운용한 어떤 시들의 특수한 현상을 지적하였다.

첫째 류는 “부이면서 비이다”(賦而比)라는 것이다. 예컨대 <패풍(邶風) · 곡풍(谷風)>의 제2장과 <소아 · 소반(小弁)>의 제8장이다.

둘째 류는 “부이면서 흥이다”(賦而興)라는 것이다. 예컨대 <위풍(衛風) · 맹(氓)>의 제6장 · <왕풍 · 서리(黍離)>의 제3장과 <정풍 · 야유만초(野有蔓草)>의 제2장이다.

셋째 류는 “비이면서 흥이다”(比而興)라는 것이다. 예컨대 <위풍 · 맹>의 3장과 <조풍(曹風) · 하천(下泉)>의 4장이다.

넷째 류는 “흥이면서 비이다”(興而比)라는 것이다. 예컨대 <주남 · 광한(廣漢)>의 제3장과 <당풍(唐風) · 초료(椒聊)>의 2장이다.

다섯째 류는 “부이면서 흥이고 또 비이다”(賦而興又比)라는 것이다. 예컨대 <소아 · 규변(頍弁)>의 3장이다.

우리는 ≪시집전≫이 가리키고 밝힌 “부 · 비 · 흥”의 운용 상황에 따라 <풍> · <아> · <송> 세 부분 중의 각체가 차지하는 장수(章數)를 통계를 내었는데 아래의 표를 얻을 수 있었다.[82]

---

81) ≪시집전 · 주남 · 관저(關雎)≫.

82) 살펴보건대, 일본 학자 후등준서(後藤俊瑞)가 엮은 ≪시집전사류색인(詩集傳事類索引)≫(무고천여자대학(武庫川女子大學) 1960년 간행) 중에는 유사한 1장의 도표가 있는데 그 표에는 다음의 두 곳의 착오가 있다. 첫째, ≪시집전 · 위풍(魏風) · 벌단(伐檀)≫의 3장이 모두 “비(比)”리지만 그 표에는 모두 잘못하여 “부(賦)”라고 하였고, 둘째, ≪시집전 · 소아(小雅) · 청청자아(菁菁者莪)≫의 4장은 모두 “흥(興)”이지만 그 표애는 잘못하여 “흥 · 흥 · 흥 · 비”라고 하였기 때문에 본문의 결론은 그 표와 약간 차이가 있다.

■ 도표

| 유별 | 풍 | 소아 | 대아 | 송 | 합계 |
|---|---|---|---|---|---|
| 부(賦) | 254 | 219 | 190 | 64 | 727 |
| 비(比) | 73 | 35 | 3 | 0 | 111 |
| 흥(興) | 135 | 109 | 26 | 4 | 274 |
| 부이비(賦而比) | 1 | 1 | 0 | 0 | 2 |
| 부이흥(賦而興) | 9 | 1 | 0 | 3 | 13 |
| 비이흥(比而興) | 5 | 0 | 0 | 0 | 5 |
| 흥이비(興而比) | 5 | 1 | 0 | 0 | 6 |
| 부이흥우비(賦而興又比) | 0 | 3 | 0 | 0 | 3 |
| 합계 | 482 | 369 | 219 | 71 | 1141 |

만약 그 편수를 계산한다면 아래의 표를 얻을 것이다.

■ 도표

| 유별 | 풍 | 소아 | 대아 | 송 | 합계 |
|---|---|---|---|---|---|
| 통편이 부를 사용한 것 | 71 | 30 | 21 | 38 | 160 |
| 통편이 비를 사용한 것 | 18 | 4 | 0 | 0 | 22 |
| 통편이 흥을 사용한 것 | 39 | 12 | 2 | 1 | 54 |
| 부와 비를 함께 사용한 것 | 7 | 1 | 1 | 0 | 9 |
| 부화 흥을 함께 사용한 것 | 17 | 16 | 5 | 1 | 39 |
| 비와 흥을 함께 사용한 것 | 6 | 4 | 0 | 0 | 10 |
| 부 · 비 · 흥을 함께 사용한 것 | 2 | 7 | 2 | 0 | 11 |
| 합계 | 160 | 74 | 31 | 40 | 305 |

이것은 "부 · 비 · 흥"의 세 가지 체가 ≪시경≫ 중에 나타난 빈도(頻度) 및 그것이 각 부분 중에서 차지하는 비중을 일목요연하게 볼 수 있기 때문에 ≪시집전≫은 ≪시경≫의 "부 · 비 · 흥"을 한걸음 더 나아가 연구하는 데 매우 큰 편의를 제공한다.

그렇다면 ≪시경≫ 중의 매 수에 대하여 모두 세밀하게 분석하고 따라서 독자들이 이해하는 데 유리한 것을 제외하고 ≪시집전≫의 "부·비·흥" 의 수법에 대한 분석은 기타의 가치를 가지고 있는 것인가? 혹은 ≪시집전≫의 "부·비·흥"에 대한 분석은 어떤 전체적이 이론 가치가 있는 것인가?

"부·비·흥"의 정의에 관하여 정현은 "부(賦)는 포(鋪)라는 말로, 지금의 정교(政敎)의 선악(善惡)을 곧장 펼쳐서 진술하는 것이다. 비(比)는 지금의 잘못을 보고 감히 가리켜 말하지 못하고 동류를 취하여 견주어 말하는 것이다. 흥(興)은 지금의 아름다움을 보고 아첨하는 것을 꺼려 좋은 일을 취하여 비유하여 권하는 것이다."(賦之言鋪, 直鋪陳今之政教善惡. 比, 見今之失, 不敢斥言, 取比類以言之. 興, 見今之美, 嫌於媚諂, 取善事以喩勸之.)[83]라고 하였고, 공영달은 "부는 그 일을 곧장 펴서 피하고 꺼리는 바가 없기 때문에 득실을 모두 말하는 것이다. 비는 사물에 기탁하여 감히 바로 말하지 못하고 두려워하는 바가 있는 것 같기 때문에 지금의 잘못을 보고 동류를 취하여 견주어 말하는 것이라고 한 것이다. 흥은 뜻을 일으켜 찬양하는 말이기 때문에 지금의 아름다움을 보고 비유하여 권하는 것이라고 한 것이다."(賦者, 直陳其事, 無所避諱, 故得失俱言. 比者, 以託於物, 不敢正言, 似有所畏懼, 故云見今之失, 取比類以言之. 興者, 興起志意, 贊揚之辭, 故云見今之美, 以喩勸之.)[84]라고 하였다. 정·공의 정의는 완전히 "미자의 설"(美刺之說)의 기초 위에 건립된 것이며, 그 전제는 ≪시경≫ 중의 매 시는 모두 미자의 뜻을 포함하고 있으니 찬미가 아니면 풍자라는 것이다. 우리는 이미 이러한 전제는 결코 성립할 수 없다는 것을 확실히 알고 있는 이상 정현과 공열달의 정의는 당연히 정확할 가능성이 없다. 서로 비교한다면

83) ≪주례주소(周禮注疏)≫ 권23 <춘관(春官)·태사(大師)>의 정현(鄭玄)의 전(箋).
84) ≪모시정의≫ 권1.

도리어 정중(鄭衆)의 비와 흥에 대한 정의가 비교적 취할 만하다. “비는 물에 견주는 것이다. 흥은 일을 사물에 기탁하는 것이다.”(比者, 比方於物. 興者託事於物.)[85] 애석하게도 그는 말한 것이 상세하지 않고 함의도 분명하지 못하다. 그밖에 유협도 또한 “부 · 비 · 흥”에 대하여 이론상의 탐색 토론을 하였다. 그는 “시는 육의가 있으니 그 둘째는 부라고 한다. 부는 포이며 문채를 펴서 베풀고 물(物)을 드러내고 뜻을 묘사하는 것이다.”(詩有六義, 其二曰賦. 賦者, 鋪也, 鋪采摛文, 體物寫志也.)[86]라고 하고, 또 “비는 기댄다는 뜻이다. 흥은 일으킨다는 뜻이다. 이치에 기댄 것은 직접 류에 다가가서 일을 가리키고, 감정을 일으키는 것은 미세한 기미에 의탁하여 의론한다. 감정을 불러일으키므로 ‘흥’체가 서게 되고, 이치에 기대므로 ‘비’의 예가 생기게 된다. 비는 울분을 쌓았다가 나무라고, 흥은 에둘러서 풍자한다.”(比者, 附也. 興者, 起也. 附理者切類以指事, 起情者依微以擬議. 起情故興體以立, 附理故比例以生. 比則蓄憤以斥言, 興則環譬以託諷.)[87]라고 하였다. 유협의 사고는 분명히 정현보다 더욱 깊지만 그의 비흥에 관한 설은 여전히 “미자”설의 범위를 완전히 벗어나지는 못하고 정현의 기본 관점을 답습하였으며 따라서 또한 아직도 ≪시경≫을 전면적으로 개괄하지 못하고 아울러 나아가 보편적 의의를 가지고 있는 예술 법칙으로 추상화할 수 없었다. 상술한 이론 배경 아래 주희는 “부 · 비 · 흥”(賦 · 比 · 興)에 대하여 새로운 정의를 제기하였다. 그는 말하였다.

> 부는 그 일을 펴고 진술하여 곧장 말하는 것이다(賦者, 敷陳其事而直言之者也.)[88]

---

85) ≪주례 · 춘관 · 태사≫의 정현의 전에 인용되어 있다.

86) ≪문심조룡 · 전부(詮賦)≫.

87) ≪문심조룡 · 비흥≫.

비는 저 물(物)을 가지고 이 물에 견주는 것이다(比者, 以彼物比此物也.)[89]

흥은 먼저 다른 물을 말함으로써 읊는 바의 말을 이끌어 내는 것이다(興者, 先言他物以引起所詠之詞也.)[90]

곧장 그 이름을 가리키고 곧장 그 일을 서술하는 것이 부이다. 본래 그 일을 말하고자 하여 두 구를 허용(虛用)하여 낚아 올리고 따라서 이어가는 것이 흥이다. 물을 이끌어 견주는 것이 비이다.(直指其名, 直敍其事者, 賦也. 本要言其事, 而虛用兩句釣起, 因而接續去者, 興也. 引物爲況者, 比也.)[91]

표면적으로 본다면 주희의 "부·비·흥"에 관한 정의 특히 "부"와 "비"에 관한 정의는 전인들과 서로 떨어진 것이 멀지 않은 것처럼 보인다. 그러나 우리는 주희의 정의는 이미 근본적으로 "미자"의 설과의 연결을 배제하고 있기 때문에 ≪시경≫ 예술의 실제 상황에 더욱 부합하기도 하고 또 더욱 보편적 개괄 의의가 있는 이론 품격을 갖추고 있다는 것을 마땅히 주의해야 할 것이다. 지금 사람들은 간혹 주희의 "부·비·흥"에 관한 정의가 단지 표현하고 진술한 것이 "간단하고 명료하기"(簡單明瞭) 때문에 유행·전파가 넓고 멀다고 생각하지만[92] 실은 오해다.

"부"는 ≪시경≫ 중에서 가장 많이 사용된 수법이다. 주희의 ≪시집전≫의 분석에 따르면 "부"체만을 사용한 장(章)수는 747장에 달하여 ≪시경≫ 총장수의 3분의 2를 차지한다. 그러나 "부"체는 직접적이고 쉬워서 해설할 필요가 없다고 생각되었기 때문에 모≪전≫ 중에는 표시하

88) ≪시집전·주남(周南)·갈담(葛覃)≫.
89) ≪시집전·주남(周南)·종사(螽斯)≫.
90) ≪시집전·주남(周南)·관저(關雎)≫.
91) ≪주자어류(朱子語類)≫ 권80, 2067쪽.
92) 정준영(程俊英), ≪시경만화(詩經漫話)≫(상해문예출판사, 1983년 판), 113쪽에 보인다.

지도 않았고, 후인들의 그에 대한 이론 분석도 역시 매우 드물다. 주희의 "부"에 대한 토론도 역시 "비"·"흥"체 만큼 많지 않지만 그의 "부"에 관한 분석은 여전히 주의할 만한 점이 있다. 그것은 그가 모≪전≫에 의하여 "흥"체라고 해석된 약간의 시를 "부"체라고 여기고 그를 통하여 시가의 민가 성질을 드러내어 보인 것이다. 예컨대 <정풍·풍우(風雨)>가 있다.

風雨淒淒, 비바람 쌀쌀히 몰아치는데,
雞鳴喈喈. 닭의 울음 교교히 들려 오네.
旣見君子, 우리 님을 만났으니,
云胡不夷. 어이 마음 편치 않으리?

風雨瀟瀟, 비바람 휭휭 몰아치는데,
雞鳴膠膠. 닭의 울음 꼬교하고 들려오네,
旣見君子, 우리 님을 만났으니,
云胡不瘳. 어이 마음 병 낫지 않으리?

風雨如晦, 비바람 컴컴하게 몰아치는데,
雞鳴不已. 닭의 울음 그치지 않네.
旣見君子, 우리 님을 만났으니,
云胡不喜. 어이 마음 기쁘지 않으리?

모≪전≫은 첫 장을 "흥이다. 바람 불고 또 비가 내려 쌀쌀한데 닭은 오히려 때를 지켜 울어 그 절도를 바꾸지 않는 것이다."(興也. 風且雨, 凄凄然. 鷄猶守時而鳴, 不變改其節度.)라고 해석하였고, <소서>는 "군자를 그리워하는 것이다. 난세에 군자를 그리워하여 그 법도를 고치지 않는 것이다."(思君子也. 亂世則思君子, 不改其度焉.)라고 하였다. 주희는 3장을 모두 "부이다"(賦也)라고 해석하고 또 "음분한 여자가 이 때 그 기약한 사람을 만나보고 마음으로 기뻐하는 것을 말한 것이다."(淫奔之女言當此之時, 見其所期之人而心悅也.)라고 하였다. 분명히 주희의 이 시에 대한 해석은 시의 뜻에 부합하는 것이고 <소서>가 해석한 것은 천착부회이다. 만약 예술적인 각도에서 말한다면 <소서>의 잘못은 바로 "부"체를 "흥"체로 오판한 데 있으니 기왕에 모·정의 안중의 "흥"은 "착한 일을 취하여 깨우치고 권하는"(取善事以喩勸之) 것인 이상 그것은 반드시 "닭이 우는"(鷄鳴) 일에서 찬미의 뜻을 확대해 내어 "때를 지켜 운다"(守時而鳴)는 억설을 만들어내야 했던 것이다. 그러나 주희는 이 시를 "부"체로 해석하였으니 실은 그것이 민간 남녀의 입에서 나온 민가이며 "음분한 여자"(淫奔之女)가 "그 일을 펴고 진술하여 곧장 말한 것이다."(敷陳其事而直言之者)라고 여긴 것이다. 그리하여 시 중의 "군자"는 "기약한 남자를 가리킨다."(指所期之男子也)라고 합리적으로 해석되었는데 연애 중의 여자는 당연히 의중의 사람에 대하여 미칭으로 불러야 할 것이어서 반드시 이 사람이 진정한 "군자"인지 아닌지를 따질 필요는 없기 때문이다.

주희의 이른바 "음시"에 대한 정확한 분변과 인식은 대부분 그의 "부"체에 대한 인식과 관계가 있다. 왜냐하면 민간의 애정시도 비록 역시 비흥의 수법을 운용할 수는 있지만 그 총체적인 성질은 도리어 그 일을 스스로 서술하는 "부"체이기 때문이다. 주희의 "풍"에 대한 이해는 "민속 가요의 시"(民俗歌謠之詩)[93]이기 때문에 ≪시집전≫ 중의 <국풍>에 대한 해석은 "부"체가 다수를 차지하고 있다(위의 표에 보인다). 주희의 <국풍> 민가의 성질에 대한 인식과 그 "부"체에 대한 인식은 서로 표리(表裏)를 이루는 것이라고 할 수 있다. ≪시집전≫ 중의 "부"체에

93) ≪시집전≫ 권1.

대한 표시 및 천석은 평담하여 기이함이 없는 것 같지만 실은 중대한 학술적 의의를 포함하고 있는데 그것은 주희가 한유(漢儒)들의 곡해를 깨끗이 제거하고 아울러 ≪시경≫ 중의 민가로 하여금 그 본래 면목을 다시 드러나게 한 표지인 것이다.

"비"는 고대 시가 중에서 흔히 사용하던 수사 수법이다. 서로 비유하는 두 개의 사물 사이에는 언제나 어떤 유사성을 가지고 있기 때문에 그것은 또한 분변하고 인식하기가 비교적 쉽다. 모≪전≫에 표시하지 않은 것은 아마도 이 때문일 것이다. 주희의 "비"에 대한 정의는 두 가지가 있는데, 첫째는 "저 물로써 이 물에 견주는"(以彼物比此物) 것이고 둘째는 "물을 이끌어 비유하는"(引物爲況) 것이다. 전자는 ≪시집전≫에 보이기 때문에 널리 사람들에게 알려졌지만 후자는 단지 ≪주자어류(朱子語類)≫에만 보이기 때문에 비교적 적게 주목을 받았다. 실은 전자는 주밀하지는 못한 것이다. 왜냐하면 "비"로 나타내는 대상이 반드시 "물(物)"은 아니고 그것은 또한 하나의 사건이나 혹은 일종의 상황일 수도 있기 때문이다. 그러므로 필자는 후자의 정의가 정확하다고 본다. ≪시집전≫ 중의 "비"체에 대한 분석은 대부분 정채로운 것이 많이 있는데 특히 통편이 비를 사용한 작품들이 그렇다. 예컨대 <빈풍(豳風)・치효(鴟鴞)>가 있다.

鴟鴞鴟鴞,　　올빼미야 올빼미야,
既取我子,　　내 새끼 잡아 먹었으니,
無毁我室.　　내 집은 헐지 마라.
恩斯勤斯,　　알뜰살뜰 가꿔 왔으니,
鬻子之閔斯.　　새끼가 가엽단다.

迨天之未陰雨,　　장마비 오기 전에,

徹彼桑土, 뽕나무 뿌리 캐어다가,
綢繆牖戶. 창과 문을 얽었네.
今女下民, 이제 와선 너의 낮은 백성이,
或敢侮予. 감히 나를 넘보긴가?

予手拮据, 나는 입과 발이 다 닳도록,
予所捋荼, 달 꼬리 날라 드리고,
予所蓄租, 띠풀 모아 들였네.
予口卒瘏, 그래서 입까지 병이 난 것은,
曰予未有室家. 집이 없었기 때문이었네.

予羽譙譙, 내 날게 모지러지고,
予尾翛翛, 내 꼬리 닳아 빠졌지만,
予室翹翹, 내 집은 아직도 흔들흔들,
風雨所漂搖, 비바람에 흔들리고 있으니,
予維音嘵嘵. 쨱쨱 두려움에 소리를 친다네.

<소서>에는 이 시를 "주공(周公)이 난을 구제한 것이다. 성왕(成王)이 주공의 뜻을 모르니 공이 시를 지어 보내고 이름하여 '치효(鴟鴞)'라고 하였다."(周公救亂也. 成王未知周公之志, 公乃爲詩以遺曰, 名之曰'鴟鴞'焉.)라고 해석하였고, 모≪전≫에는 첫 장을 "흥"체라고 확정하고 또 2・3구를 "차라리 두 새끼를 잃어버릴지언정 내 주 나라 왕실을 허물 수 없다"(寧亡二子, 不可以毁我周室)라고 해석하였다. 정≪전≫・공≪소≫는 나아가서 전체의 시를 모두 올빼미의 말로 해석하고 올빼미가 어떻게 첫 장 중에서 스스로 이름을 불렀는지에 대해서는 어떤 설명도 하지 않았다. 주희는 비록 또한 <소서>의 설을 따라 이 시는 주공이 지은 것이라고 보았지만 ≪시집전≫의 이 시에 대한 예술적 분석은 그래도 매우 안목이 뛰어나다. 그것은 4장을 모두 "비"체로 해석하였는데 그 제1장에 대한 해설

을 보면 "비이다. 새의 말을 하여 스스로 견준 것이다. …… 새가 둥지를 사랑하는 것에 가탁하여 올빼미를 부르고 일러 '올빼미야 올빼미야 너는 이미 나의 새끼를 잡아먹었으니 다시는 나의 집을 허물지 말아라. 나의 정으로 사랑하는 마음과 두터운 뜻으로 이 새끼를 길러서 참으로 가엽게 여길 만하다. 지금 이미 잡아먹었으니 그 악독함이 심한데 하물며 또 내 집을 허무는 것은 말할 나위도 없다!"(比也, 爲鳥言以自比也 …… 託爲鳥之愛巢者, 呼鴟鴞而謂之曰 : '鴟鴞鴟鴞, 爾旣取我之子矣, 無更毁我之室也. 以我情愛之心, 篤厚之意, 鬻養此子, 誠可憐憫. 今旣取之, 其毒甚矣, 況又毁我室乎!')라고 하였다. 이와 같이 해석한 것은 뜻이 잘 통할 뿐 아니라 또한 새의 말투와 매우 부합하여 또한 이 장(章)이 착한 새의 나쁜 새에 대한 호소의 말이고 전체의 시도 또한 모두 이 새의 슬픈 호소이기 때문에 한 편의 완정한 "조언시(鳥言詩)" 곧 "금언시(禽言詩)"인 것이다. 주희의 이른바 "새의 말을 지어 스스로 견주었다"(爲鳥言以自比也)는 것은 이것은 시인이 새의 말에 가탁하여 스스로 그 괴로움을 호소한 것이라고 여긴 것이다. 만약 시인을 주공이라고 하지 않고 하나의 업신여김을 당한 보통 사람을 가리킨 것이라면 주희의 해석은 빈틈이 없을 것이다. ≪시집전≫의 해설로 본다면 주희는 이 시 전편을 모두 "비"체라고 보았고 또 시 속 내용은 순전히 새의 말이라고 생각했다. 뜻인 즉, 단지 "비"체가 인용한 물(物)만 나타날 뿐이고 "비유로 삼는"(爲況) 대상은 나타나지 않은 것이니 마땅히 이것은 이 시의 예술 수법에 대한 매우 정확한 이해라고 해야 할 것이다. ≪시집전≫ 중에는 이와 유사한 분석은 또 <주남·종사(螽斯)>·<위풍(魏風)·석서(碩鼠)> 등이 있는데 여기서는 더 서술하지 않는다.

"흥"은 ≪시경≫의 육의(六義) 중에 가장 여러 가지 설이 어지러운 하나의 개념으로 심지어는 주자청 선생은 "너는 너의 말을 하고 나는 나의 말을 하여 말할수록 더욱 애매모호하다."(你說你的, 我說我的, 越說越糊塗)

라고 탄식하였다.[94] 우리가 여기에서 토론하려고 하는 것은 주희의 "흥"에 관한 관점은 어떤 학술적 의의가 있는가라는 것이다.

표면적으로 보면 주희의 "흥"에 관한 정의는 너무 간단한 것으로 보인다. 요제항은 그것을 "말이 골돌(鶻突)에 가까워 정론으로 삼을 수 없다. 그러므로 학중여는 반박하여 '먼저 다른 물을 말한다'(先言他物)는 것과 '저 물로 이 물에 견준다'(彼物比此物)는 것이 무슨 차별이 있는가!라고 하였는데 옳다."(語隣鶻突, 未爲定論. 故郝仲輿駁之, 謂'先言他物'與'彼物比此物'有何差別! 是也.)[95]라고 비평하였다. "골돌(鶻突)"은 애매하다 곧 모호하여 분명하지 않다는 뜻이다. 일반적으로 말한다면 하나의 개념에 대한 정의는 물론 분명하고 확실한 것이 좋고 모호한 것은 큰 금기(禁忌)이다. 그러나 필자는 "흥"에 대하여 말한다면 "골돌(鶻突)"은 바로 주희의 정의의 장점이라고 본다. 주희 이전에 '흥'체에 대한 인식은 두 종류로 나눌 수 있다. 첫째 류는 시를 읽는 각도에서 착안한 것이다. 공자는 "시에 일어난다."(興於詩)[96]라고 하였는데 하안(何晏)의 ≪논어집해(論語集解)≫에는 포함(包咸)을 인용하여 "흥은 일으킨다는 것이다. 몸을 닦는데는 마땅히 먼저 시를 배워야 함을 말한 것이다."(興, 起也. 言修身當先學詩.)라고 하였다. 분명히 이것은 시를 읽는 것을 통하여 정지(情志) 방면의 감동을 얻는 것을 말하는 것으로., ≪시≫의 작용을 가리킨 것이지 시인이 시를 쓰는 예술 수법은 아니다. 다른 한 종류는 시를 쓰는 관점에서 착안한 것으로 이 것이 바로 우리가 토론하고자 하는 대상이다. 바로 윗 글에서 말한 바와 같이 옛 사람들의 "흥"에 관한 정의는 모두 사람들의 뜻에 맞지 않는데 그 부분적인 원인은 그 정의들이 지나치게 분명하고 확

94) ≪주자청고전문학논문집(朱自清古典文學論文集)≫(상해고적출판사, 1981년 판), 235쪽.
95) ≪시경통론≫ 권수 <시경논지(詩經論旨)>, 1쪽.
96) ≪논어(論語)·태백(泰伯)≫.

실하다는 데 있다. 예컨대 정현은의 정의는 "흥"을 "좋은 일을 취하여 권하고 깨우치는 것이다"(取善事以勸喩)라고 규정하였는데 이는 분명히 "흥"의 운용 범위를 크게 축소시키고 또한 그 예술 가치를 저하시킨 것이다. 또 공영달은 "흥은 일어난다는 것이다. 비유를 취하고 동류를 이끌어 자신의 마음을 일으키는 것이다. 시의 글에서 풀과 나무 · 새와 짐승을 들어 뜻을 나타낸 것은 모두 흥의 말이다."(興者, 起也. 取譬引類, 起發己心. 詩文諸擧草木鳥獸以見意者, 皆興辭也.)[97]라고 하였는데 이러한 정의는 대체로 괜찮지만 그가 인용한 류를 "풀과 나무 · 새와 짐승"(草木鳥獸)으로 한정시킨 것은 분명히 너무 좁다. 실은 어떤 시들은 결코 "풀과 나무 · 새와 짐승"(草木鳥獸)을 가지고 기흥(起興)한 것이 아니니다. 예컨대 <정풍 · 녹의(綠衣)>에는 "녹색 옷, 녹색 옷에 황색 안을 대었네."(綠兮衣兮, 綠衣黃裏.)라고 하였는데 모≪전≫에는 역시 "흥"이라고 하였다. 또 유협은 "흥은 완곡하게 비유하여 뜻을 기탁하는 것이다."(興則環譬以託諷)라고 하였는데 "흥"의 수법은 비유를 에둘러 하여 뜻을 표현하는 것이다. 그러나 사실상 ≪시경≫ 중의 수많은 "흥"은 결코 비유의 의미를 포함하고 있지 않다. 예컨대 <진풍(秦風) · 황조(黃鳥)>에는 "꾀꼴꾀꼴 꾀꼬리가, 대추나무에 앉았네. 누가 목공(穆公)을 따라갔는가? 자거(子車) 씨의 엄식(奄食)이라네."(交交黃鳥, 止于棘. 誰從穆公? 子車奄息.)라고 하였는데 모≪전≫에는 이것을 "흥"이라고 보았고, 정≪전≫에는 이것을 "꾀꼬리가 대추나무에 앉아 자신을 편안하게 하기를 바란 것이다. 이 대추나무가 만약 편안하지 않다면 옮겨간다. 흥은 신하가 임금을 섬기는 것도 역시 그러함을 비유한 것이다."(黃鳥止于棘, 以求安己也. 此棘若不安則移. 興者, 喩臣之事君亦然.)라고 해석하였다. 분명히 매우 견강부회한 것으로 실은 양자 사이에는

97) ≪모시정의≫ 권1.

결코 비유의 관계가 존재하지 않기 때문이다. ≪시집전≫에는 "대개 보이는 것을 가지고 흥을 일으킨 것이다"(蓋以所見起興也.)라고 해석한 것은 비교적 타당하다. 이것으로 만약 "흥"의 정의를 지나치게 명확하게 한다면 도리어 그 정확성에 영향을 미칠 수 있다는 것을 알 수 있다. 현대 학자들의 연구에 따르면 "흥"의 수법은 실은 원시 종교 관념에 기원하는 것이며 그것은 장기간의 발전 연변을 거쳐서 비로소 ≪시경≫ 중의 표현 형태가 된 것이다.[98] 필자는 기본적으로 이러한 관점에 동의하고 또 기왕에 "흥"의 형성이 장기간의 연화 과정을 거친 것이라면 그것이 내포하고 있는 것은 반드시 매우 풍부하고 그 성질도 또한 반드시 비교적 모호할 것이며 어떠한 지나치게 명확한 어떤 정의도 모두 그것에 대하여 발을 깎아 신발에 맞추는 해를 끼칠 수 있을 것이다. 단지 비교적 폭넓고 모호한 정의만이 그 본질에 접근하고 또 그 다의성을 포용할 수 있을 것이다. 주희의 정의는 바로 이러한 의미에서 겉으로 정확한 것처럼 보이는 그러한 정의들보다 뛰어난 것이다. 이른바 "먼저 다른 물을 말함으로써 읊는 말을 이끌어 일으키는 것이다."(先言他物以引起所詠之詞也)라는 것은 "다른 물"(他物)과 "읊는 말"(所詠之詞) 사이에 단지 일종의 "이끌어 일으키는"(引起) 관계만 존재한다는 뜻이고, 이러한 관계는 비유와 유사할 수도 있지만 또 비유를 그 속에 전혀 포함하지 않을 수도 있다. 그러므로 주희는 또 "흥은 물에 기탁하여 말을 일으키는 것이며 애초에 뜻을 취하지 않는다."(興則託物興詞, 初不取義.)[99]라고 한 것이다. 제자들이 "≪시전≫은 육의를 말하는데 '물에 기탁하여 말을 일으키는'(託物興辭) 것을 흥이라고 하여 옛 설과 같지 않다."(≪詩傳≫說六義, 以'託物興辭'爲興,

98) 조패림(趙沛霖), ≪흥(興)의 기원≫(興的源起)(중국사회과학출판사, 1987년 판), 제1장 <원시 흥상(興象)과 원시 종교>(原始興象與原始宗教), 12~66쪽 참조.

99) ≪초사집주≫ 권1.

與舊說不同)라는 것을 가지고 물었을 때 주희는 "생각하건대 옛 설은 힘이 들어가서 본래의 뜻을 잃어버린 것이다. 예컨대 흥의 체는 하나가 아니니 혹은 눈앞의 물사를 빌어 말하고 혹은 따로 스스로 하나의 물(物)을 가지고 말하여 대체로 단지 서너 구를 가지고 일으킬 뿐이다. 예컨대 당대에는 아직 이러한 시체가 있었으니 예컨대 '푸르고 푸른 강가의 풀'(青青河畔草) · '푸르고 푸른 물속의 부들'(青青水中蒲)은 모두 따로 이 물을 빌려 그 말을 일으킨 것이니 반드시 이 물에 느낌이 있고 본 것이 있었던 것은 아니다. 물의 없는 것을 가지고 자신의 가지고 있는 바를 일으키는 것도 있고, 물의 있는 것을 가지고 자신에게 없는 바를 일으키는 것도 있다."(覺舊說費力, 失本指. 如興體不一, 或借眼前物事說將起, 或別自將一物說起, 大抵只是將三四句引起, 如唐時尙有此等詩體, 如'青青河畔草', '青青水中蒲', 皆是別借此物, 興起其辭, 非必有感 · 有見於此物也. 有將物之無, 興起自家之所有；有將物之有, 興起自家之所無.)[100]라고 답하였다. 그는 또 "시의 흥은 전혀 까닭이 없다. 후인의 시에도 이러한 체가 있으니 예컨대 '푸르고 푸른 언덕 위의 잣나무, 우뚝한 계곡 속의 돌. 사람이 천지 사이에 태어남은, 홀연 멀리 가는 나그네 같다네.'(青青陵上柏, 磊磊澗中石, 人生天地間, 忽如遠行客.)[101]가 있다."(詩之興, 全無巴鼻. 後人詩猶有此體, 如'青青陵上柏, 磊磊澗中石, 人生天地間, 忽如遠行客.')라고 하였다. "파비(巴鼻)"는 "파병(巴柄)"이라고 하는 것과 같으며 여기서는 연유(緣由)의 뜻이다. 주희는 "흥"은 왕왕 명확한 논리적 관계를 찾을 수 없기 때문에 그중의 관계는 확정되지 않은 것이라 여겼다.이는 곧 "흥"체의 기의성(歧義性), 즉 "흥의 체가 하나가 아닌"(興體不一) 것으로 되게 하였다. 그는 ≪시집전≫ 중에서 각류의 흥체에 대하여 구체적으로 분석하였는데 다음의 몇 가지 류는 우리가 주의할 만한 것이다.

100) ≪주자어류(朱子語類)≫ 권80, 2071쪽.
101) ≪주자어류(朱子語類)≫ 권80, 2070쪽.

1. 비유 관계를 포함하고 있는 “흥”체이다. 예컨대 <위풍(衛風)·기욱(淇奧)>의 제1장이 있다.

瞻彼淇奧, 저 기수의 굽이를 보니,
綠竹猗猗. 녹죽이 아름답구나.
有匪君子, 문채있는 군자는,
如切如磋, 자른 듯하고 간 듯하고,
如琢如磨. 쪼은 듯하고 간 듯하네.
……

≪시집전≫에는 이것을 “흥이다 …… 위(衛) 나라 사람들은 무공(武公)의 덕을 찬미하고 녹죽이 처음 생겨난 아름답고 무성한 것으로 그 학문을 스스로 닦아 진전이 있음을 일으킨 것이다.”(興也 …… 衛人美武公之德, 而以綠竹始生之美盛, 興其學問自修之進益也.)라고 해석하였다. 곧 “녹죽”(綠竹)이라는 물(物)과 읊고 있는 “군자(君子)”는 모두 아름답고 또한 날로 더욱 아름답고 무성해지는 특징을 가지고 있는데, 곧 비유의 관계를 그 속에 포함하고 있는 것이다. 지적해야 할 것은 ≪시집전≫ 중의 이러한 류의 “흥”체는 수가 매우 적다는 것이며 주희가 이것은 “흥”체의 주요한 형식이 아니라고 보았음을 알 수 있다.

2. 반비(反比) 관계를 포함하고 있는 “흥”체로 곧 주희의 이른바 “물의 있는 것을 가지고 자신의 없는 바를 일으키는”(將物之有, 興起自家之所無) 것이다. 예컨대 <패풍·웅치(雄雉)>의 첫 장이 있다.

雄雉于飛, 장끼가 날아가니,
泄泄其羽. 그 깃이 들쑥날쑥하네.
我之懷矣, 나는 그리워하여,
自詒伊阻. 스스로 주어 막히네.

≪시집전≫에는 이것을 "흥이다 …… 부인이 그 군자가 바깥에 역사에 종사하고 있기 때문에 장끼가 날아가는 것이 이와 같이 유유자적하지만 내가 그리워하는 사람은 바깥에 역사에 종사하여 스스로 보내고 막혀 있다는 것을 말한 것이다."(興也 …… 婦人以其君子從役於外, 故言雄雉之飛舒緩自得如此, 而我之所思者, 乃從役於外, 而自遺阻隔也.)라고 해석하였다. 분명히 "장끼"(雄雉)라는 물(物)이 가지고 있는 "그 깃이 느릿느릿한"(泄泄其羽) 특징은 마침 읊고 있는 말 "내가 그리워하는 사람"(我之所思者)이 갖추고 있지 않은 것이니 이것은 일종의 반비(反比) 관계이며 혹은 반대 방향의 기흥(起興) 방식이라고 부를 수 있다. 주희 이전에는 누가 이러한 "흥"체를 지적한 것을 볼 수 없다. 이 시에 대하여 모≪전≫에서도 "흥"체로 보았지만, 정≪전≫에는 이것을 "흥은 선공(宣公)이 그 의복을 정돈하고 일어나서 그 모습을 떨치고 있는 것은 뜻이 부인에 있음을 비유한 것이다."(興者, 喩宣公整其衣服而起, 奮訊其形貌, 志在婦人而已.)라고 해석하였다. 억지로 그것을 비유 관계로 해석하는 것은 분명히 시의 뜻에 부합하지 않는데 그 잘못은 바로 "흥"체의 성질에 대한 편면적인 이해에 있다.

3. 논리 관계를 포함하지 않고 단지 "눈앞의 물사를 빌려서 말한다."(借眼前物事說將起)는 "흥"체이다. 예컨대 <왕풍(王風)・중곡유퇴(中谷有蓷)>의 첫 장이 있다.

中谷有蓷, 골짜기 가운데 익모초가 있으니,
嘆其乾矣. 바싹 말랐네.
有女仳離, 여자가 있어 추악하니,
嘅其嘆矣. 푸우욱 한숨쉬네.
嘅其嘆矣, 푸우욱 한숨쉬니,
遇人之艱難矣. 사람의 간난을 만나네.

≪시집전≫에는 이것을 해석하여 "흥이다 …… 흉년에 기근이 들어 집안사람들이 서로 저버리니 부인이 물(物)을 보고 흥을 일으키고 그 슬피 탄식하는 말을 스스로 서술한 것이다."(興也 …… 凶年饑饉, 室家相棄, 婦人覽物起興, 而自述其悲嘆之詞也.)라고 하였다. 분명히 "골짜기에 익모초가 있다"(中谷有蓷)는 물(物)과 "집안사람들이 서로 저버린다."(室家相棄)라는 "읊는 말"(所詠之詞)는 결코 유비(類比) 관계가 없고 시인은 단지 이 물체를 보고 우연히 시름을 발하여 마침내 그것을 빌려 흥을 일으킨 것일 뿐이다. 정≪전≫에는 도리어 억지로 "흥은 사람이 평안한 세상에 사는 것은 산비둘기가 땅에 태어나는 것과 같으니 자연스럽다는 것을 비유한 것이다. 쇠란과 흉년을 만난 것은 산비둘기가 골짜기 가운데 태어나 물을 얻으면 병들어 장차 죽으려고 하는 것과 같다."(興者, 喩人居平安之世, 猶鵻之生於陸, 自然也. 遇衰亂凶年, 猶鵻之生谷中, 得水則病將死.)[102]라고 해석하였다. 시 중에는 분명히 "바싹 말랐다"(暵其乾矣)고 하였으니 어떻게 "물을 얻으면 병들어 장차 죽을 것이다."(得水則病將死)라는 뜻을 얻었을까? 정≪전≫에서 올바른 해석을 얻지 못한 까닭은 잘못이 여전히 그가 반드시 "흥"체 중에서 유비 관계를 찾아내려고 하였지만 이러한 "흥"체 중에는 본래 비유 관계가 존재하지 않는 것을 모른 데 있는 것이다.

4. 논리 관계를 포함하고 있지 않고 또 "눈앞의 물사를 빌려 말한다."(借眼前物事說將起)는 "흥"체가 아닌 것이다. 예컨대 <왕풍(王風)·양지수(揚之水)>의 첫 장이 있다.

| | |
|---|---|
| 揚之水, | 쳐서 날리는 물에, |
| 不流束薪. | 묶은 땔나무가 흐르지 않네. |

102) ≪모시≫와 ≪시집전≫은 모두 "퇴(蓷)"를 "추(鵻)" 곧 익모초(益母草)라고 해석하였는데 따를 만하다.

彼其之子, 저 아들은,
不與我戍申. 나와 신(申) 땅에 수자리를 하지 않네.
……

≪시집전≫에는 "흥이다 …… 평왕은 중국이 초에 가까워 자주 침벌을 당한다고 생각하여 기(畿) 내의 백성들을 보내어 수자리를 살게 하였다. 그러나 수자리를 사는 자들은 원망하고 그리워하여 이 시를 지었다. 흥은 '지(之)'·'불(不)'의 두 글자를 취하였으니 <소성(小星)>의 예와 같다."(興也 …… 平王以中國近楚, 數被侵伐, 故遣畿內之民戍之. 而戍者怨思, 作此詩也. 興取'之'·'不'二字, 如<小星>之例.)라고 하였다. 살펴보건대, <소남(召南)·소성(小星)>의 첫 장에는 "작은 별이, 삼삼오오 동쪽에 있네. 반짝이는 소정이, 아침부터 밤까지 공소(公所)에 있네. 참으로 명(命)이 같지 않네."(嘒彼小星, 三五在東. 肅肅宵征, 夙夜在公. 寔命不同.)라고 하였는데 ≪시집전≫에는 이것은 "본 것을 따라 흥을 일으킨 것이다"(因所見以起興)라고 하였고 또 "그것은 뜻에는 취할 바가 없지만 특히 '동쪽에 있다'(在東)·'공소에 있다'(在公) 두 글자의 서로 응하는 것을 취했을 뿐이다."(其於義無所取, 特取'在東'·'在公'兩字之相應耳.)라고 하였다. 이러한 "흥"체는 주로 성운(聲韻)이 서로 가까운 것에 착안한 것이라는 뜻이다. 마찬가지로 <양지수(揚之水)>의 첫 장 중의 앞 2구와 뒤 2구 사이에는 또한 단지 "지(之)"자와 "불(不)"자로 만들어진 구법에 유사한 점이 있기 때문에 그것에 의거하여 흥을 일으킨 것이다. 정≪전≫에는 억지로 해석하여 "쳐서 날리는 물이 지극히 빨라서 묶은 땔나무를 흘려서 움직일 수 없다. 흥은 평왕(平王)의 정교(政教)가 번잡하고 급하나 은혜로운 명령이 아래 백성들에게 행해지지 않는 것을 비유하였다."(激揚之水至湍迅, 而不能流移束薪. 興者, 喻平王政教煩急, 而恩澤之令不行於下民.)라고 하여, 근거도 없이 "은택이 행해지지

않음을 일으킨 것이다."(興澤不行)라는 시 중에는 근본적으로 없는 뜻을 첨가하였는데, 바로 "글자를 보태어 경을 해석하는"(增字解經) 큰 병폐에 속하는 것이다. 그리고 시 중에서 흥기한 "저 아들은, 나와 신 땅에 수자리를 하지 않네."(彼其之子, 不與我戍申)의 2구와 앞의 2구가 어떤 관계가 있는지에 대해서는 도리어 어떤 말도 하지 않았으니 이러한 것을 "흥"은 반드시 비유 관계를 포함해야 한다고 보는 이러한 이해는 항상 고지식하고 융통성이 없는 상황을 초래할 수 있음을 알 수 있다. 그렇지만 주희의 해석은 분명히 합리적이고 지금 사람들의 보편적인 인정을 이미 받고 있다.

위의 4가지 "흥"체 중에서 단지 첫째만이 유협이 말한 "두루 비유하여 탁풍(託諷)한다"(環譬以託諷)는 것과 유사하고 그 나머지 3가지는 모두 전인들의 "흥"에 대한 이해와 서로 다르며 뒤의 2가지는 더욱 이른바 "전혀 까닭이 없는"(全無巴鼻) 것이다. 이것으로 주희의 "흥"체에 대한 정의가 특히 간단하고 또 비교적 모호하지만 그의 "흥"의 종류에 대한 분석은 매우 풍부하며 이 양자는 내포와 외연이 반비를 이루는 논리 관계를 바로 구현하고 있음을 알 수 있다. "흥"에 관한 이해는 주희의 성과가 옛 사람보다 뛰어나다고 할 수 있다. 요제항은 주희의 "흥"에 관한 정의를 옳다고 여기지 않았고 또 "흥을 둘로 나누었는데 하나는 '흥이면서 비이다'(興而比也)라는 것이고 하나는 '흥이다'(興也)"(分興爲二 : 一曰'興而比也', 一曰'興也')라고 할 수 있음을 스스로 자랑하였지만,[103] 실은 그가 말한 두 가지의 "흥"체는 일찌감치 이미 주희의 분석에 포함되어 있었던 것이다.

그밖에 ≪시집전≫의 부・비・흥의 세 가지 수법의 종합 운용에 대

---

103) ≪시경통론≫ 권수 <시경논지>, 2쪽.

한 상황도 또한 매우 뛰어나게 분석하였다. 지금 <위풍(衛風)·맹(氓)>의 제3장과 제6장을 예로 든다.

桑之未落, 뽕이 떨어지기 전에는,

其葉沃若, 그 잎이 기름지네.

于嗟鳩兮, 아아 비둘기야,

無食我葚. 나의 오디를 먹지 말라.

于嗟女兮, 아아 여인은,

無與士耽. 사내와 즐기지 말라.

士之耽兮, 사내가 즐김은,

猶可說也. 오히려 말할 수 있다네.

女之耽兮, 여인의 즐김은,

不可說也. 말할 수가 없다네.

及爾偕老, 너와 함께 늙는데,

老使我怨. 늙음이 나를 원망하게 하네.

淇則有岸, 기수(淇水)에는 뚝이 있고,

隰則有泮. 진펄에는 가가 있네.

總角之宴, 총각의 잔치는,

言笑晏晏. 말하고 웃으며 편안하네.

信誓旦旦, 맹세하여 단단하니,

不思其反. 그 뒤집어 엎는 것을 생각하지 못하였네.

反是不思, 뒤집어 엎는 것을 생각하지 못하였으니,

亦已焉哉. 또한 그만이라네.

제3장에 대하여 ≪시집전≫에는 “비이면서 흥이다 …… 뽕의 윤택함으로 자신의 얼굴빛이 빛나고 아름다움을 견준 것을 말한다. 그러나 또 그 이것을 믿고 욕심을 따라 돌아오는 것을 잊어서는 안된다는 것을 생각하여 마침내 비둘기에게 경계하여 뽕의 오디를 먹지 말도록 경계하

여 아래 구에서 여자가 사내와 즐기지 말도록 경계한다는 것을 일으킨 것이다."(比而興也 …… 言桑之潤澤, 以比己之容色光麗. 然又念其不可恃此而從欲忘反, 故遂戒鳩無食桑葚, 以興下句戒女無與士耽也.)라고 해석하였다. 주희는 이 장 중의 첫 두 구는 "비"체이고 윤택한 뽕을 여자의 용모의 신선하고 아름다움을 비유하였다고 보았지만 "뽕"(桑)이라는 것과 "비둘기가 오디를 먹는다"(鳩食桑葚)는 것은 직접적인 관계가 있지만 "비둘기가 오디를 먹는 것이 많으면 취하게 된다."(鳩食葚多則致醉)는 것은 "여자가 사내와 즐기지 말라"(女無與士耽)는 뜻을 기흥하는 데 사용된 것이다. 이것은 참으로 뒤얽히고 복잡한 비흥 수법이지만 주희의 자세한 분석을 거친 후에 맥락이 분명하여 이해하기 쉽게 되었다. 제6장에 대하여 ≪시집전≫에는 "부이면서 흥이다 …… 나는 여자와 본래 해로를 기약하여 늙어서 이와 같이 버림을 당하여 한갓 내가 원망하게 할 줄을 몰랐음을 말한 것이다. 기수는 둑이 있고 진펄에는 가가 있지만 나는 총각 때 너와 편안하게 즐기며 말하고 웃으며 이 맹세를 이루었는데 일찍이 그가 뒤집어엎어 이에 이를 줄을 생각하지 못하였다. 이것은 흥이다."(賦而興也 …… 言我與女本期偕老, 不知老而見棄如此, 徒使我怨也. 淇則有岸矣, 隰則有泮矣, 而我總角之時, 與爾宴樂言笑, 成此信誓, 曾不思其反復以至於此也. 此則興也.)라고 해석하였다. 일반적으로 말한다면 "흥"체는 반드시 한 장의 처음에 있지만 이 장은 도리어 3・4구로 기흥하였으니 이것은 특별한 경우이다. 주희의 이에 대한 분석은 머리카락처럼 세심하다고 할 수 있다.

## 제4절 ≪시집전≫의 장구(章句)·훈고(訓詁) 방면의 성취

≪시집전≫의 ≪모전≫에 대한 수정은 주로 <소서>를 겨냥한 것이며 "시 중의 훈고에 이르러서는 모·정을 사용한 것이 다수를 차지한다."(至於詩中訓詁, 用毛·鄭者居多.)[104] 그러나 ≪시집전≫은 모≪전≫·정≪전≫ 및 공≪소≫에 대해서도 또한 자료를 수집하고 선택하여 번다한 것을 버리고 간결함을 취하는 정리를 하였으며 어떤 곳들은 또 때때로 새로운 뜻을 보이고 있다.

1. ≪시집전≫ 중의 매우 많은 곳의 자구 훈고는 전부 모·정의 설을 취하였지만, 시의 뜻에 대한 이해는 여전히 전혀 서로 다르다. 예컨대 <소남·초충(草蟲)>의 첫 장 "우는 베짱이에, 뛰노는 메뚜기라네. 군자를 만나지 못하니, 걱정하는 마음 쿵쾅거리네. 이미 보고, 이미 만나니, 내 마음 가라앉네."(喓喓草蟲, 趯趯阜螽. 未見君子, 憂心忡忡. 亦旣見止, 亦旣覯止, 我心則降.)라고 하였는데 모≪전≫에는 "요요(喓喓)는 소리이다. …… 적적(趯趯)은 뛰는 모양이다. 부종(阜螽)은 메뚜기이다. …… 충충(忡忡)은 충충(沖沖)과 같다. 지(止)는 말이다. 구(覯)는 만난다는 것이고, 강(降)은 내린다는 것이다."(喓喓, 聲也 …… 趯趯, 躍貌. 阜螽, 蠜也 …… 忡忡, 猶沖沖也. 止, 辭也. 覯, 遇;降, 下也.)라고 하였고, 공≪소≫에는 보충하여 "초충(草蟲)은 누리 속(屬)으로 기이한 소리에 푸른색이다."(草蟲, 蝗屬, 奇音青色.)라고 하였는데 ≪시집전≫에는 "요요(喓喓)는 소리이다. 초충은 누리 속으로 기이한 소리에 푸른 빛이다. 적적(趯趯)은 뛰는 모양이다. 부종(阜螽)은 누리이다. …… 충충(忡忡)은 충충(沖沖)과 같다. 지(止)는 말이다. 구(覯)는 만나는 것이고, 강(降)은 내리는 것이다."(喓喓, 聲也. 草蟲, 蝗屬, 其音青色. 趯趯, 躍貌. 阜

104) ≪사고전서총목≫ 권15 <모시정의> 조목.

螽, 蠜也. 忡忡, 猶冲冲也. 止, 語辭. 覯, 遇 ; 降, 下也.)라고 하여 거의 한 글자도 고치지 않고 모≪전≫·공≪소≫를 채택하였다. 그러나 모≪전≫에는 이 장에서 말한 것은 "경대부(卿大夫)의 처는 예(禮)를 기다려 행하여 군자(君子)를 따라간다."(卿大夫之妻待禮而行, 隨從君子.)라고 보았지만, ≪시집전≫에는 "대부가 행역하여 밖에 있는데 그 처가 홀로 살면서 당시 사물의 변화를 느끼면서 군자를 그리워하는 것이다."(大夫行役在外, 其妻獨居, 感時物之變, 而思君子.)라고 보았다. 시의 뜻에 대한 이해는 결코 서로 같지 않았는데 ≪시집전≫의 설이 비교적 합리적이다. 이러한 예들은 매우 많다. 이것은 모·정 등은 명물 훈고에서 매우 큰 업적을 올렸으며 후인들은 그들의 성과를 직접 이용할 수 있기 때문이다. 동시에 또한 주희는 주안점을 시의 뜻의 탐색 토론 방면에 두고 훈고에 대해서는 결코 깊이 연구하지 않았기 때문이기도 하다. 예컨대 <정풍(鄭風)·산유부소(山有扶蘇)> 중의 "부소(扶蘇)"라는 말은 모≪전≫에는 "부소는 부서(扶胥)로, 작은 나무이다."(扶蘇, 扶胥, 小木也.)라고 하였는데 이러한 해석은 고려할 만한 것이다. 공≪소≫에는 "<석목(釋木)>에는 글이 없고 ≪전(傳)≫에는 '부서로 작은 나무이다'라고 한 것은 모는 마땅히 아는 것이 있었을 것이지만 그것이 나온 것은 상세하지 않다."(<釋木>無文, ≪傳≫言'扶胥小木'者, 毛當有以知之, 未詳其所出也.)라고 하였지만 ≪시집전≫에는 모≪전≫을 답습하여 사용하고 결코 자초지종을 깊이 연구하지 않았다.

2. 모≪전≫과 정≪전≫은 때때로 다 서로 같지는 않은데, ≪시집전≫은 좋은 것을 선택하여 따랐다. 예컨대 <주남·토저(兎罝)>에는 "공후(公侯)의 좋은 짝이라네."(公侯好仇)라고 하였는데 모≪전≫에는 "구(仇)"자를 해석하지 않았고 공≪소≫에는 "이것은 비록 전이 없지만, 모는 '구(仇)'를 모두 '필(匹)'이라고 해석하였기 때문이다."(此雖無傳, 以毛'仇'皆訓爲'匹'.)라고 하였다. 그러나 정≪전≫에는 "원망하는 짝을 '구'라고 한다.

이 토끼를 그물로 잡는 사람은 적국에서 아군을 침략하러 오는 자가 있더라도 화합하여 좋게 할 수 있으니 또한 현명한 이를 말한 것이다."(怨偶曰'仇'. 此罝兎之人, 敵國有來侵我者, 可使和好之, 亦言賢也.)라고 하였으며 ≪시집전≫에는 "구(仇)는 구(逑)와 같다. …… 공후의 좋은 짝이다."(仇, 與逑同. …… 公侯善匹.)라고 하여 비교적 타당한 모설을 채용하였다. 또 <위풍 · 백혜(伯兮)>에는 "백씨는 건장하네"(伯兮朅兮)라고 하였는데, 모≪전≫에는 "백(伯)은 주백(州伯)이다."(伯, 州伯也.)라고 하였고 정≪전≫에는 "백은 군자의 자(字)이다."(伯, 君子字也.)라고 하였고 공≪소≫에는 가부를 말하지 않았다. ≪시집전≫에는 "백은 부인이 그 지아비를 지목하는 자이다."(伯, 婦人目其夫之字也.)라고 하여 비교적 타당한 정설을 채택하였다. 때로는 모 · 정의 두 설이 모두 통할 수 있는 경우 ≪시집전≫은 비교적 평이한 한 가지를 채택하였다. 예컨대 <위풍(衛風) · 석인(碩人)>에는 "농교(農郊)에서 쉬네"(說於農郊)라고 하였는데 모≪전≫에는 "세(說)"자를 해석하지 않았고 공≪소≫에는 "모는 시에서 모두 파자(破字)하지 않았는데 이 '세(說)'가 '사(舍)'임을 밝혔다. 손육(孫毓)은 모를 서술하여 '세(說)가 사(舍)로 됨은 흔한 뜻이다.'라고 하였다."(毛於詩皆不破字, 明此'說'爲'舍'. 孫毓述毛云 : '說之爲舍, 常訓也.')라고 하였고 정≪전≫에는 "'세(說)'는 마땅히 '수(襚)'라고 해야 하니, ≪예(禮)≫ · ≪춘추(春秋)≫의 '수(襚)'는 읽는 것이 모두 마땅히 같아야 한다."('說'當作'襚', ≪禮≫ · ≪春秋≫之'襚', 讀皆宜同.)라고 하였다. ≪시집전≫에는 "흔한 뜻"(常訓)을 채용하여 "세(說)는 사(舍)이다."(說, 舍也.)라고 하였다.

3. 모≪전≫ · 정≪전≫에 분명히 잘못이거나 혹은 근거가 없는 설에 대하여 ≪시집전≫에는 버리고 사용하지 않았다. 이것은 또 다음의 몇 가지 상황으로 나눌 수 있다.

(1) 모≪전≫ · 정≪전≫에 근거가 없는 것이다. 예컨대 <왕풍 · 구중

유마(丘中有麻)>의 제1장에는 “언덕 가운데 삼이 있는데, 저 유씨(留氏) 댁 자차(子嗟)라네.”(丘中有麻, 彼留子嗟.)라고 하였고 제2장에는 “언덕 가운데 보리가 있는데, 저 유씨 댁 자국(子國)이라네.”(丘中有麥, 彼留子國.)라고 하였는데, 모≪전≫에는 “자국(子國)은 자차(子嗟)의 아비이다.”(子國, 子嗟父.)라고 하였고, 공≪소≫에는 이 설에 대하여 또한 의심하였지만 여전히 왜곡하고 두둔하여 “모씨 때에는 서적이 아직 많아 어쩌면 의거할 바가 있었을 것이지만 모씨가 어떻게 알았는지는 상세하지 않다.”(毛時書籍猶多, 或有所據, 未詳毛氏何以知之.)라고 하였다. ≪시집전≫에는 전혀 근거가 없는 모씨의 설을 버리고 “자국도 역시 남자의 자(字)이다.”(子國, 亦男子字也.)라고 하였다.

(2) 모≪전≫ · 정≪전≫이 견강부회하여 시의 뜻에 부합하지 않는 것이다. 예컨대 <패풍 · 정녀(靜女)>에는 “얌전한 아가씨 아름다운데, 나를 성 모퉁이에서 기다리네.”(靜女其姝, 俟我於城隅.)라고 하였는데, 모≪전≫에는 “성 모퉁이는 높아서 넘어갈 수 없음을 말한다.”(城隅以言高不可逾.)라고 하였고 정≪전≫에는 “예를 기다려 움직여 스스로 방비함이 성 모퉁이와 같다는 것이다.”(待禮而動, 自防如城隅.)라고 하였다. 두 가지 설은 모두 견강부회이어서 ≪시집전≫에는 모두 사용하지 않고 스스로 새로운 설을 만들어 “성 모퉁이는 그윽하고 후미진 곳이다.”(城隅, 幽僻之處.)라고 하였다. 이러한 해석은 평이하고 충실하기도 하고 또 이 시의 “남녀가 밀회한다”(男女幽會)는 주제와 꼭 들어맞기도 하는 것이다.

(3) 모≪전≫ · 정≪전≫은 글자의 본의에 얽매어 시의 뜻을 돌아보지 않았다. 예컨대 <소아 · 소완(小宛)>에는 “취하여 날로 많으니, 각각 너의 위의를 공경하네.”(壹醉日富, 各敬爾儀.)라고 하였는데 모≪전≫에는 “취하고 또 많은 것이다.”(醉而日富矣.)라고 하였고, 정≪전≫에는 발휘하여 “어리고 무지한 사람이 술을 마시고 한 번 취하여 스스로 날로 더욱 부

유하다고 자랑하여 지나치게 방자하니, 재물을 가지고 남에게 교만한 것이다."(童昏無知之人, 飮酒一醉, 自謂日益富, 夸淫自恣, 以財驕人.)라고 하였다. 그들은 억지로 본의에 따라 "富"자를 해석하였는데 분명히 시의 뜻과 부합하지 않는다. ≪시집전≫에는 따로 새로운 설을 만들어 "부(富)는 심(甚)과 같다. …… 어리석어 모르는 자는 취하는 데 한결같아 날로 심하게 된 것이다."(富, 猶甚也. …… 彼昏然而不知者, 則一於醉而日甚矣.)라고 하였다.

(4) 모≪전≫ · 정≪전≫은 "글자를 보태어 경을 해석하였다"(增字解經). 예컨대 <소아 · 정월(正月)>에는 "화톳불이 한창 날아오르니, 어떻게 끌 수 있겠는가?"(燎之方揚, 寧能滅之.)라고 하였는데, 모≪전≫에는 "물을 가지고 끈다는 것이다."(滅之以水也.)라고 하였고 정≪전≫에는 "그러나 이 화톳불이 비록 거세지만 물이 끌 수 있으니 물이 심한 것이다."(然此燎雖熾盛, 而水能滅之, 則水爲甚矣.)라고 하였다. 근거도 없이 하나의 "수(水)"자를 첨가하였지만 실은 글자를 보태어 경을 해석하는 큰 금기를 범한 것이다. ≪시집전≫에는 이와는 같지 않고 다만 "화톳불이 한창 거셀 때에 어떻게 두드려 끌 수가 있는 자가 있겠는가?"(燎之方盛之時, 則寧有能撲而滅之者乎?)라고 하였을 뿐이다.

(5) 모≪전≫ · 정≪전≫은 모두 잘못되고 전인들에게는 따로 다른 설이 있다. 예컨대 <진풍(秦風) · 신풍(晨風)>에는 "산에는 포력이 있고, 진펄에는 육박이 있네."(山有苞櫟, 隰有六駁.)라고 하였는데 모≪전≫에는 "박(駁)은 말과 같은데 어금니가 있어 호랑이와 표범을 먹는다."(駁如馬, 倨牙, 食虎豹.)라고 하였으니 분명히 시의 뜻과 부합하지 않는다. 공≪소≫에는 비록 육기(陸璣)가 "박마(駁馬)는 가래나무 · 느릅나무이다. 그 나무껍질은 푸르고 흰 것이 섞여서 멀리서 보면 박마와 같기 때문에 박마라고 한다. 아래 장에는 '산에는 산앵두나무가 있고, 진펄에는 돌배나무가 있네.'(山有苞棣, 隰有樹檖)라고 하였다. 모두 산과 진펄의 나무를 서로 짝지은 것이

니 마땅히 짐승이라고 해서는 안 될 것이다."(陸璣≪疏≫云 : '駮馬, 梓楡也. 其樹皮青白駮犖, 遙視之似駮馬, 故謂之駮馬. 下章云 : '山有苞棣, 隰有樹檖'. 皆山隰之木相配, 不宜云獸.')라고 한 것에 주의하였지만 여전히 "소(疏)는 주(注)를 깨뜨리지 않는다."(疏不破注)는 원칙을 엄격하게 준수하여 "이것은 일리가 없는 것은 아니지만 다만 ≪전(箋)≫·≪전(傳)≫은 그렇지 않음을 말한 것이다."(此言非無理也, 但≪箋≫·≪傳≫不然.)라고 하였다. ≪시집전≫에는 육기(陸璣)의 설을 직접 채택하여 "박은 가래나무·느릅나무로, 그 껍질은 푸르고 흰 것이 박마와 같다."(駮, 梓楡也, 其皮青白如駮.)라고 하였다.

4. ≪시집전≫과 ≪모시≫는 주석에 있어서 하나의 매우 큰 차이가 있으니 후자는 번쇄하지만 전자는 간결하다. 이것은 또 다음의 두 가지 상황으로 나눌 수 있다.

(1) ≪모시≫에는 경문을 해석할 때 항상 시의 뜻을 떠나서 약간의 명물 제도에 대하여 번쇄한 고증을 하였는데 아울러 이 때문에 천착이 생겨났다. ≪시집전≫에는 이러한 나쁜 습관을 일소하였다. 예컨대 <위풍(魏風)·석서(碩鼠)>에는 "삼 년 동안 너를 길들였네."(三歲貫女)라고 하였는데, 정≪전≫에는 "옛날에는 삼년에 대비(大比 : 3년마다 백성들의 수를 조사하는 것)하여 백성들이 간혹 이에 옮겨갔다."(古者三年大比, 民或於是徙.)라고 하였고 공≪소≫에는 또 ≪주례(周禮)·지관(地官)≫ 등을 널리 인용하여 정현의 설이 사실임을 증명하였다. 그러나 ≪시집전≫에는 단지 "삼세(三歲)는 그 오래됨을 말한 것이다."(三歲, 言其久也.)라고 하였다. 또 <소아(小雅)·채미(采薇)>에는 "한 달에 세 번 이겼네."(一月三捷)라고 하였는데 정≪전≫에는 "가면 거의 한 달 동안에 세 번 이기는 공이 있는 것이니 '침(侵)'·'벌(伐)'·'전(戰)'을 말한 것이다."(往則庶乎一月之中三有勝功, 謂'侵'·'伐'·'戰'也.)라고 하였고 공≪소≫에는 또 ≪춘추≫ 삼전(三傳)의 글을 널리 인용하여 정현의 설을 해석하여 하였지만 ≪시집전≫에는 단

지 "거의 한 달 동안에 세 번 싸워 세 번 이겼을 뿐이다."(庶乎一月之中三戰而三捷爾.)라고 하였다. 이러한 상황 아래 정≪전≫ · 공≪소≫는 표면적으로는 말이 반드시 경에 의거하여 근거가 있는 것 같지만 실은 왕왕 시어를 견강부회하여 곡해하거나 번쇄하여 시의 뜻과는 관계가 없다. 그러나 ≪시집전≫은 시에 맞춰 주를 달아 산만한 병폐가 없어서 독자들이 시의 뜻을 이해하기 쉽게 하였다.

(2) ≪모시≫의 옛 주석 특히 그중의 공≪소≫는 매우 번쇄하다. 한 글자의 뜻과 하나의 이름의 훈이 걸핏하면 수백에서 천 자 이상에 이르고 표면적으로는 상세하고 주밀(周密)하지만 실제로는 항상 요령을 얻지 못하고 있다. 그러나 ≪시집전≫은 이러한 폐단을 힘껏 바로잡아 간명하고 요점을 파악하고 있다. 예컨대 <소남 · 소성(小星)>에는 "반짝반짝 작은 별이, 네댓 개가 동쪽에 있네."(嘒彼小星, 三五在東.)라고 하였는데 공≪소≫에는 490자로 "삼오(三五)" 두 글자를 해석하였지만 ≪시집전≫에는 단지 다섯 글자로 "삼오(三五)는 그 드문 것을 말한다."(三五, 言其稀.)라고 하였다. 또 <소남 · 채번(采蘩)에는 "얹은 머리가 치렁치렁하네"(被之僮僮)라고 하였는데 모≪전≫에는 "피(被)는 머릿장식이다."(被, 首飾也.)라고 하였고 공≪소≫에는 547자를 사용하여 모≪전≫을 해석하였지만 ≪시집전≫에는 단지 간단하게 "피(被) 머릿장식이다. 터럭을 엮어서 만든다."(被, 首飾也. 編髮爲之.)라고 하였다. 공≪소≫의 번중(繁重)함은 매우 놀랄만하다. 예컨대 <위풍(衛風) · 백혜(伯兮)>에서 공≪소≫에는 839자를 사용하여 "수(殳)"자를 해석하였고, <제풍(齊風) · 저(著)>에서 공≪소≫에는 1,468자를 사용하여 "저(著)" · "소(素)"의 두 글자를 해석하였지만 상응하는 주희의 주에는 모두 단지 몇 마디일 뿐이다. 그리하여 ≪모시정의≫의 편폭은 ≪시집전≫보다 훨씬 번중(繁重)하게 되었다. 예컨대 <빈풍(豳風) · 칠월(七月)> 시는 단지 공≪소≫만 12,790자이지만 ≪시집전≫

의 주석은 단지 2,056자(주음(注音)을 포함하지 않음)일 뿐이니 하나는 번잡하고 하나는 간결하여 매우 차이가 있다. 물론 공≪소≫는 경학사상 나름대로 그 가치가 있고 머리가 하얗게 세도록 경을 연구하는 경생(經生)들에 대하여 말한다면 번쇄함은 아마도 또한 일종의 장점일 것이다. 그러나 문학의 시각에서 본다면 그 번중한 주석들은 대부분 전혀 필요가 없는 사족(蛇足)이고 때로는 도리어 시의 뜻을 난해하게 하거나 혹은 시의 뜻을 왜곡하였다. 이와는 반대로 ≪시집전≫의 간결한 주석은 독자들의 시의 뜻에 대해 잘 이해하게 해준다. 그러므로 ≪모시≫와 서로 비교한다면 ≪시집전≫의 간결함은 참으로 일대 진보라고 할 수 있다.

그밖에 ≪시집전≫은 장(章)을 나눌 때 또한 ≪모시≫에 대하여 약간의 수정을 하였는데 주요한 것은 다음의 몇 가지 점이 있다.

1. 전인들의 의견에 의거하였다. 예컨대 <용풍 · 재지(載馳)>는 ≪모시≫는 5장으로 되어 있지만 ≪시집전≫은 소철(蘇轍)의 설에 근거하여 둘째와 셋째의 두 장을 합하여 한 장으로 만들었다. 또 <소아 · 벌목(伐木)>은 ≪모시≫는 6장으로 하였지만 ≪시집전≫은 유창(劉敞)의 ≪칠경소전(七經小傳)≫의 설에 따라 그것을 합하여 3장으로 만들었다.

2. ≪시집전≫은 스스로 새로운 설을 만들었다. 예컨대 <대아 · 생민(生民)>은 ≪모시≫는 제3장은 8구이고 제4장은 10구라고 하였지만 ≪시집전≫은 제3장은 10구이고 제4장은 8구로 고치고 아울러 이렇게 분장(分章)하면 "음운이 어울리고, …… 문세가 서로 꿰어서 이 시의 8장은 모두 10구와 8구가 서로 섞여 차례로 삼았다."(音韻諧協, …… 文勢相貫, 而此詩八章, 皆以十句八句相間爲次.)라고 설명하였다. 또 <대아 · 행위(行葦)>는 ≪모시≫는 7장이라고 하였지만 ≪시집전≫은 4장으로 병합하고 아울러 "모는 첫 장은 4구를 가지고 2구를 일으켜 문리를 이루지 못한다. 2장은 또 운이 맞지 않는다. 정은 첫 장은 기흥이 있지만 흥한 바가 없으니 모

두 잘못이다."(毛首章以四句興二句, 不成文理. 二章又不協韻. 鄭首章有起興而無所興, 皆誤.)라고 지적하였다.

≪시집전≫은 때로는 또 다른 편 사이에 약간의 대비를 하였다. 예컨대 <제풍 · 노령(盧令)>은 ≪시집전≫에는 "이 시는 대의가 <선(還)>과 대략 같다."(此詩大意與<還>略同.)라고 하였다. 또 <소아 · 상상자화(裳裳者華)>의 첫 장에서 ≪시집전≫에는 "이 장은 <육소(蓼蕭)>의 첫 장과 문세가 서로 비슷하다."(此章與<蓼蕭>首章文勢全相似.)라고 하였다. 이것은 ≪모시≫ 중에는 선례가 없는 것이다. 이러한 미세한 곳에서 또한 주희가 시의 뜻을 음미하여 찾아내는 노력이 매우 깊었음을 발견할 수 있고 따라서 ≪시집전≫은 예술 분석에서 ≪모시≫보다 더욱 정세(精細)하고 주밀하며 말은 간단하지만 뜻은 갖추어졌다고 할 수 있다.

전체적으로 본다면 ≪시집전≫은 말이 요점만을 말해서 번잡하지 않은 간명한 주석본이다. 이것은 고서를 주석하는 주희의 일관된 풍격을 나타내고 있다. 간결하기 때문에 그것은 명물 훈고에서는 그렇게 많은 편폭을 사용할 수는 없었지만 그 이전의 ≪모시정의≫나 혹은 이후의 마서진(馬瑞辰)의 ≪모시전전통석(毛詩傳箋通釋)≫ 등 청인의 저작과 서로 비교하는 것을 막론하고 ≪시집전≫은 이 방면에서 모두 충분히 규모를 갖추거나 정세하고 깊이가 있지는 못한 것으로 보인다. 그러나 ≪시집전≫은 또한 이 때문에 수많은 번잡한 쇄설 내지 견강부회의 결점을 피하였다. 예컨대 <패풍 · 정녀> 중의 "얌전한 여인 아름다운데, 나에게 붉은 대롱을 선사하였네."(靜女其孌, 貽我彤管)의 2구에서 "동관(彤管)"이 결국 어떤 물건인지 사람마다 이설이 분분하다. 정≪전≫에는 "붓은 붉은 대롱이다."(筆, 赤管也)라고 하였고, 공≪소≫에는 무엇이 "여사(女史)의 동관(彤管)의 법이다."(女史彤管之法)라고 상세하게 해석하였지만 전혀 근거가 없다. 이에 대하여 구양수(歐陽脩)는 매우 강력하게 반박하여 "만약 동관이 왕궁의 여사의 붓이라면 얌전한 여자는 어디에서 얻어서 남에게 선물하였겠는가?"(若彤管是王宮女史之筆, 靜女從何得以遺人?)[105]라고 하였다. 남송 말기의 엄찬(嚴粲)은 더욱 솥 바닥에서 땔감을 뽑아내듯이 "옛날에는 칼을 가지고 붓으로 삼았고 털을 사용한 것은 없는데 어떻게 대롱이 있을 수 있겠는가?"(古以刀爲筆, 未有用毫毛者, 安得有管?)[106]라고 지적하였다. 다른 하나의 설은 "동관"은 "악기의 무리이다"(樂器之屬)[107]라는 것이다. 근인 위건공(魏建功 : 1901~80)은 이 설을 취하고 또 확대하여 "관(管)은 옛날 악기 중의 대를 부는 것을 가리키며 악기에 붉은 칠을 한 것도 또한 희귀하지는 않았다."(管, 古時是指樂器之中之吹竹的東西,樂器上塗加紅彩也不稀奇.)[108]라고 하였다. 셋째의 설은 "동관"을 <정녀>의 제3장에서 말한 "띠의 어린 싹"(荑)와 한 가지 물건이라고 보는 것이다. 근인 유대백(劉大白)은 "그러므로 이 동관은 얌전한 아가씨가 목장에서 캐어 돌아 온 한 자루의 붉은 띠싹이라고 필자는 생각한다."(所以這個彤管, 我以爲就是那位靜女從牧場上採回來的一杆紅色的茅苗兒.)[109]라고 하였다. 동작빈(董作賓)도 또한 "싹의 바깥을 싼 부드러운 붉은 색의 잎받침이 동관이다."(荑外面裹的嫩紅色的葉托, 自然就是彤管了.)라고 보고 또 이 때문에 띠를 위하여 "가보(家譜)를 서술하였다."[110]라고 여겼다. 이러한 ≪고사변(古史辨)≫파의 학자들이 논한

---

105) ≪시본의(詩本義)≫ 권3.

106) ≪시집(詩緝)≫ 권4. 살펴보건대, 엄찬(嚴粲)의 책의 자서(自序)에는 서명하여 "순우(淳祐) 무신(戊申)"(淳祐戊申) 곧 순우 8년(1248)이라고 하였다.

107) 엄찬(嚴粲)의 ≪시집(詩緝)≫ 권4에 인용된 조씨(曹氏)의 말에 보인다.

108) <≪패풍(邶風)·정녀(靜女)≫의 토론>(≪邶風·靜女≫的討論), ≪고사변≫ 제3책, 523쪽.

109) <장님이 판단한 한 가지 예 - 정녀(靜女)에 관한 이의(異議)>(關於瞎子斷扁的一例 — 靜女的異議), ≪고사변≫ 제3책, 523쪽.

110) <≪패풍(邶風)·정녀(靜女)≫편 "제(荑)"의 토론>(≪邶風·靜女≫篇"荑"的討論), ≪고사변≫ 제3책, 545쪽.

번쇄함은 정현·공영달보다 지나침이 있을지언정 못한 것이 없다. 그러나 여러 사람들의 어지러운 말들은 결국 무슨 근거가 있는가? 필자는 도리어 주희의 ≪시집전≫ 중에서 의심스러운 것은 그대로 둔다는 견해가 가장 취할 만한 것이라고 생각한다. "동관이 무엇인지 미상이지만, 대체로 서로 주어 은근한 마음을 맺는 것일 뿐이다."(彤管, 未詳何物, 蓋相贈以結殷勤之意耳.) 근거가 없을 때 차라리 의심을 남겨 두고 억측을 나타내지 않은 것은 주희의 실사구시의 정신을 가장 잘 나타낸 것이다.

≪시집전≫은 물론 완벽한 주석본은 아니다. <시서>를 자세히 따르고 일부분의 시편에 대한 해설이 문본에 부합하지 않는 것을 제외하고 그 "협음(協音)"에 관한 주석이 분명히 과학적이 아닌 잘못된 설이라는 것은 명·청 이래의 음운학이 많이 진보함에 따라 학자들이 이미 수정하였으므로 다시는 더 서술하지 않는다. 이러한 결점들은 말하기를 꺼릴 필요는 없지만 그것들은 시대가 주희에 대하여 만들어 낸 한계인 것이다. 그러나 티가 옥의 가치를 덮을 수는 없는 법이듯이 주희의 ≪시집전≫은 여전히 앞의 전인들보다 뛰어난 ≪시경≫학 저작인 것이다. 주희의 ≪시경≫학에 대한 최대의 공헌은 다음에 있다. 곧 모·정 등은 모두 경학의 시각으로 ≪시경≫을 연구하였지만 주희는 비록 주관적으로는 또한 ≪시경≫을 경학으로 연구한 것이지만 ≪시집전≫은 매우 크게 방향을 바꾸어 문학의 시각으로 ≪시경≫을 연구한 것이다. 경학 연구에서 문학 연구로 간 것은 ≪시경≫ 연구사상 획기적인 창거(創擧)이며 그 학술적 의의는 마땅히 충분히 인정을 받아야 할 것이다.

# 제6장 주희의 초사학(楚辭學)

## 제1절 주희의 굴원(屈原) 부(賦)의 사상 의의에 대한 천명과 발견

≪초사≫의 가장 이른 주본은 서한(西漢) 유향(劉向, 전77~6)이 편집한 것으로 모두 16권이다. 후에 동한(東漢) 왕일(王逸)의 수정보완 및 주석을 거쳐 ≪초사장구(楚辭章句)≫ 17권이 되었는데 이것은 북송 이전의 유일한 ≪초사≫의 전본이었다. 북송에 이르러 조보지(晁補之)는 왕일이 지은 <구사(九思)>가 "유향이 이전에 지은 것에 견주어 서로 멀다."(視向以前所作相闊矣.)[1]라고 보고 따라서 <구사> 1편을 삭제하고 ≪중정초사(重定楚辭)≫ 16권을 엮었다. 동시에 그는 또 역대의 사상 내용과 예술 형식상 굴원의 영향을 비교적 크게 받은 작품을 ≪속초사(續楚辭)≫ 20권과 ≪변이소(變離騷)≫ 20권으로 엮었다. 뒤의 두 가지 책은 후에 모두 실전(失傳)되었으며,[2] 현재 이미 그 전모를 엿볼 수가 없다. 남・북송 사이에 홍

---

1) <이소신서(離騷新序)> 중(中), ≪계륵집(鷄肋集≫ 권36.

2) 강량부(姜亮夫)의 ≪초사서목오종(楚辭書目五種)≫에 따르면, ≪중정초사(重定楚辭)≫라는 책은 아직 2책이 남아 있으며 현재 북경도서관에 소장되어 있다. ≪초사서목오종≫

홍조(洪興祖, 1090~1155)는 왕일의 주본에 대하여 소통(疏通)·증명을 가하여 ≪초사보주(楚辭補注)≫ 17권을 완성하였다. 홍씨의 보주는 비록 가끔 새로운 뜻은 있지만 전체적으로 말한다면 여전히 왕일의 주를 크게 뛰어 넘지는 못했으며 초사 연구는 여전히 한대(漢代) 학술의 범위 내에 머물러 있었다. 곧장 주희의 ≪초사집주(楚辭集注)≫(≪초사변증(楚辭辨證)≫ 2권·≪초사후어(楚辭後語)≫ 7권을 포함)가 편성되는 데 이르러 비로소 초사 연구가 완전히 새로운 국면을 나타나게 하였는데 ≪초사집주≫는 또한 초사학사상의 하나의 이정표(里程表)가 되었다.[3)]

주희는 무엇 때문에 ≪초사집주≫를 지으려고 하였는가? 그는 서언(序言) 중에서 "동경 왕일의 ≪장구≫와 근세 홍흥조의 ≪보주≫가 나란히 세상에 행하는데 그것들은 훈고·명물 사이에는 이미 상세하다. 다만 왕일의 책이 취사한 것은 그 표제에 부합하고 않고 간에 의론할 만한 것이 많지만, 홍은 모두 바로잡지 못하였다. 그 대의에 이르러서는 또 모두 일찍이 침잠(沈潛)·반복(反覆)하고 차탄(嗟歎)·영가(詠歌)하여 그 문사의 가리키는 뜻이 나온 곳을 찾지 못하고 급히 비유를 들어 설을 세우고 잘못된 증거를 곁들어서 기존의 사실에 억지로 가져다 붙이고자 하였다. 그렇기 때문에 혹은 막혀서 성정(性情)에서 멀어지고 혹은 절박하여 의리를 해쳤다. 이로 인해 굴원의 행동이 억울하게 그때에 펼 수 없었던 것을 또 어둡게 가려져 후세에 밝혀지지 못하게 하였다. 나

(중화서국, 1961년 판), 27쪽에 보인다.

3) 금인 역중렴(易重廉)은 ≪초사집주(楚辭集注)≫를 "중국 초사학의 둘째 커다란 비석이다"(中國楚辭學第以座豊碑)(≪중국초사학사(中國楚辭學史)≫ 293쪽, 호남출판사 1991년 판)라고 불렀고, 대지균(戴志鈞)은 그것을 셋째 이정표라고 불렀다(<주희의 초사학사상의 개척성 공헌을 논함>(論朱熹在楚辭學史上的開拓性貢獻), ≪문사철(文史哲)≫ 1990년 제3기). 나는 앞의 설 곧 주희의 주는 왕일의 주의 뒤를 이은 가장 중요한 ≪초사≫ 주본이라는 데 동의한다.

는 이에 더욱 느끼는 바가 있었다. 병들어 신음하는 틈에 옛 책에 의거하여 대략 수정을 가하여 정하여 ≪집주≫ 8권을 지었다. 독자들은 천 년 전에 옛 사람을 볼 수 있고 죽은 자가 일어나서 또 천 년 뒤에 자기를 알아주는 사람이 있음을 알고 후세 사람들이 알려지지 못함을 한스럽게 여기지 않았으면 한다."(東京王逸≪章句≫與近世洪興祖≪補注≫幷行於世, 其於訓詁名物之間, 則已詳矣. 顧王書之所取舍, 與其題號離合之間, 多可議者, 而洪皆不能有所是正. 至其大義, 則又皆未嘗沈潛反復, 嗟歎詠歌, 以尋其文詞指意之所出, 而遽欲取喩立說, 旁引曲證, 以强附於其事之已然, 是以或以迂滯而遠於性情, 或以迫切而害於義理. 使原之所爲壹鬱而不得申於當年者, 又晦昧而不見白於後世. 予於是益有感焉. 疾病呻吟之暇, 聊據舊編, 粗加檃括, 定爲≪集注≫八卷. 庶幾讀者得以見古人於千載之上, 而死者可作, 又足以知千載之下有知我者, 而不恨於來者之不聞也.)라고 하였다. 그는 옛날의 주들이 단지 굴원 부의 훈고명물에만 주의하고 굴원의 "충군애국의 진실된 마음"(忠君愛國之誠心)을 밝힐 수 없었던 것에 매우 불만을 품었다는 것이다. 그러므로 그는 이 점을 되풀이하여 강조하여 "삼강오전의 무게를 더하였다"(增夫三綱五典之重)[4]라고 하였다. 책 전체를 통독하면 주희가 확실히 이 방면에 밝힌 바가 있으며 그의 굴원 작품의 사상 내용에 대한 인식이 왕일・홍흥조 등을 훨씬 뛰어넘는다는 것을 발견할 수 있다.

주희의 저술 사업은 왕왕 현실 정치와 밀접한 관계가 있는데 ≪초사집주≫도 역시 예외가 아니었다. 이에 대하여 남송 사람들은 매우 분명한 인식이 있었다. 주밀(周密)은 "조여우는 영주로 폄적되어 형주에 이르러 죽었다. 주희는 그를 위하여 <이소>에 주를 지어 뜻을 기탁하였다."(趙汝愚永州安置, 至衡州而卒. 朱熹爲之注<離騷>而寄意焉.)[5]라고 하였고, 진진손(陳振孫)도 또한 "공이 이 주를 지은 것은 경원에 물러나 돌아갈 때

4) ≪초사집주・서(序)≫.

5) ≪제동야어(齊東野語)≫ 권3 <소희내선(紹熙內禪)>.

이니 서문의 이른바 쫓겨난 신하·버림받은 자식·원망하는 처·버림받은 아낙네는 모두 느끼는 바가 있어서 기탁한 것이다."(公爲此注, 在慶元退歸之時, 序文所謂放臣·棄子·怨妻·去婦, 皆有感而託者也.)[6]라고 하였고, 조희변(趙希弁)도 또한 "공이 이 책에 뜻을 더한 것은 초(楚)에 목(牧 : 장관(長官))이 된 후이다. 어떤 이는 조충정공의 변(變)에 느끼는 바가 있어서 그렇게 한 것이라고 한다."(公之加意此書, 則作牧於楚之後也. 或曰 : 有感於趙忠定之變而然.)[7]라고 하였고, 왕응린(王應麟)도 또한 "남당(南塘)은 조충정공의 만사(挽詞)를 지어 '공연히 고정(考亭)으로 하여금 늙게 하여, 흰머리 드리운 채 <이소>에 주를 달았네.'라고 하였다."(南塘挽趙忠定公云 : '空令考亭老, 垂白注<離騷>.')[8]라고 기록하였다.

녕종(寧宗) 경원(慶元) 연간에 한탁주는 홀로 조정의 정사(政事)를 전횡하기 위하여 "경원(慶元)의 당금(黨禁)"(慶元黨禁)을 만들어내고 59인에 달하는 "위역(僞逆)의 당적(黨籍)"(僞逆黨籍)을 열거하였는데, 그 가운데 재집(宰執)은 4인으로 조여우가 첫째이고, 대제(待制) 이상 13인은 주희가 첫째로 이른바 "위학(僞學)"·"역당(逆黨)"에 대하여 일망타진(一網打盡)하였다.[9] 이 번 당금은 한탁주(韓侂胄)가 직접 권력을 독차지하여 발호(跋扈)하는 암울한 정치 국면을 초래하여 조야(朝野)의 사대부의 사기(士氣)를 꺾어버렸는데 주희를 수장으로 하는 "도학(道學)"이 받은 타격은 특히

---

6) ≪직재서록해제(直齋書錄解題)≫ 권15 <초사집주> 조목.

7) ≪군재독서지(郡齋讀書誌)·부지(附志)≫ 권하 <초사집주> 조. 살펴보건대, 금인은 어떤 사람은 이것이 조공무(晁公武)의 말이라고 하였는데(역중렴(易重廉), ≪중국초사학사≫, 295쪽에 보임) 잘못된 것이다. 왜냐하면 조공무는 순희 7년(1180)에 죽었기 때문에 주희의 ≪초사집주≫를 볼 수 없었기 때문이다.

8) ≪곤학기문(困學紀聞)≫ 권18.

9) 상세한 것은 ≪건염이래조야잡기(建炎以來朝野雜記)≫ 갑집(甲集) 권6, ≪사조문견록≫ 정집(丁集) <경원당(慶元黨)>에 보인다.

심각하였다. 이에 대하여 주희는 물론 살을 에이는 아픔이 있었다. 당시 정인단사(正人端士)들은 분분히 먼 곳으로 폄적(貶謫)을 당하였는데 조여우는 영주로 폄적당하여 도중에 갑자기 형양에서 죽었다. 주희의 고족제자(高足弟子) 채원정(蔡元定)은 도주(道州)로 편관(編管)되어 이듬해에 울분으로 죽었다. 영주와 도주는 모두 호상(湖湘) 지역이고 조·채 등의 처지와 당시의 굴원이 얼마나 서로 비슷한가! 주희 본인은 비록 유배를 당하지는 않았지만 또한 낙직(落職)되어 사록관(祠祿官)의 직을 파면 당하였으며 심지어는 또 어떤 사람은 상서하여 주희에 대하여 극형(極刑)을 처할 것을 요구하였다. 이때의 주희는 마음속에 울분이 생기고 만감이 교차하였다. 그는 조여우의 제문을 지어 "어떻게 반복하여, 연이어서 세상을 하직 한다 하는지. 나의 죄는 논하지도 않았는데, 공이 먼저 갔네. 바람에 임하여 한 번 통곡하니, 닭과 버들개지가 ……"(何悟反復, 接踵言歸. 我罪未論, 公行先邁. 臨風一慟, 鷄絮是將 ……)[10]라고 하였다. 또 아들을 보내어 채원정을 곡하게 하고 "정예한 식견, 탁절한 재주, 굴하지 않는 뜻, 다하지 않는 변론을 다시 볼 수가 없다. 천지가 이 사람을 낳은 것은, 과연 무엇을 위한 것인가!"(精詣之識, 卓絶之才, 不可屈之志, 不可窮之辯, 不復可得而見矣. 天地生是人也, 果何爲耶!)[11]라고 하였다. 그는 또 <매화부(梅花賦)>를 지었는데 그 난(亂)에는 "후황의 곧은 나무, 곱고도 아름답네. 깨끗하고 정성되어 참으로 맑으니, 좋은 열매가 있네. 강남의 사람들은, 아아 다름이 없네. 외로이 홀로 성 밖에 처하니, 어떻게 부르지 않을 수 있는가. …… 왕손(王孫)은 돌아오시어, 강남을 슬퍼하게 하지 마소서!"(后皇貞樹, 艶以姱兮. 潔誠諒淸, 有嘉實兮. 江南之人, 羌無以異兮. 煢獨處廓, 豈不可召兮. …… 王孫歸來, 無使哀江南兮!)[12]라고 하였다. 이 부는 <이소>와 <초혼(招

10) <제조승상문(祭趙丞相文)>, ≪문집≫ 권87, 22쪽.
11) <우제채계통문(又祭蔡季通文)>, ≪문집≫ 권87, 23쪽.

魂)>을 모방하였으니 분명히 폄적되어 죽은 조·채 등의 충혼에 대한 소환이다. 주희가 마침 이 때에 ≪초사집주≫를 편찬하는 것을 착수한 것은 결코 우연의 일치가 아니다. 그는 ≪초사집주≫의 서 중에서 "아아, 슬프다, 이것을 어떻게 쉽게 속인들과 말할 수 있겠는가!"(嗚呼悕矣, 是豈易與俗人言哉!)라고 한 것은 개탄하여 말한 것이라고 할 수 있다. 그는 확실히 삶의 마지막 정력으로 발분하여 이 책을 지었기 때문에 곧장 죽기 사흘 전에 이르기까지도 여전히 "또 ≪초사≫의 한 단락을 수정했던"(又修≪楚辭≫一段)[13] 것이다.

주희가 ≪초사≫에 주를 단 것과 당시 정국의 관계에 관해서는 우리는 또 하나의 방증으로 설명할 수 있다. 그것은 오인걸(吳仁傑)이 ≪이소초목소(離騷草木疏)≫를 지은 일이다. 오인걸은 자가 두남(斗南)으로, 일찍이 광종(光宗) 소희(紹熙) 연간에 ≪초사≫ 중의 초목의 이름을 연구하기 시작하였다. 주희는 일찍이 소희 2년(1191)에 편지를 써서 오인걸에게 보내어 오인걸의 원고 중의 관련 내용을 토론하였는데 편지 중에서 "≪초목소≫는 힘을 쓴 것은 많지만 그 난초·향초를 말한 것은 전혀 분명하지 않다. ……"(≪草木疏≫用力多矣, 然其說蘭·薰, 殊不分明 ……)[14]라고 하였다. 그러나 오씨의 책은 실은 경원(慶元) 연간에 이르러 비로소 완성되었다. 경원 3년(1197) 곧 조여우가 폄사(貶死)한 이듬해 곧 주희가 바로 ≪초사집주≫를 짓고 있을 때에 오인걸은 스스로 그 책에 발문(跋文)을 지어 "인걸은 어려서 <이소>의 글을 읽기 좋아하였고 지금은 늙었지만 아직도 때때로 손에 잡는다. 그 언사를 볼 뿐 아니라 바로 그가 충성을 다

12) 이 글은 ≪문집≫에는 실리지 않고 ≪주희일문집고(朱熹佚文輯考)≫ 269쪽에 보인다.
13) 채침(蔡沈), <몽전기(夢奠記)>, ≪주자연보고이≫ 권4에 보인다.
14) <답오두남(答吳斗南)>, ≪문집≫ 권59, 26쪽. 살펴보건대, ≪주자서신편년고증(朱子書信編年考證)≫은 이 편지를 소희(紹熙) 2년에 계년하였는데 따를 만하다.

하고 절개를 다하여 늠연히 국사의 풍이 있기 때문이다. 매번 관을 바로잡고 옷깃을 여미어 그 사람을 보는 것 같이 한다. 향기로운 풀과 좋은 나무로 한번 품제를 거친 것은 모두 공경할 만하다고 여겼다. …… <이소>는 향초를 충성스럽고 올바른 사람이라고 여기고 악초는 소인이라고 하였고 창포・연꽃 이하 모두 44종으로 청사씨의 충의 독행에 온전한 전기가 있는 것과 같다. 납가새・조개풀・도꼬마리 따위는 11종으로 책의 끝에 덧붙였으니 영행(佞幸)・간신전(奸臣傳)과 같다. 그것들은 이미 후세에 향기를 전할 수 없으니 잠깐 그들로 하여금 만년에 악취를 남기게 한 것이다."(仁傑幼喜讀<離騷>文, 今老矣, 猶時時手之. 不但覽其言辭, 正以其竭忠盡節, 凜然有國士之風. 每正冠斂衽, 如見其人. 凡芳草嘉木, 一經品題者, 謂皆可敬也 …… <離騷>以薌草爲忠正, 蕕草爲小人, 蓀・芙蓉以下凡四十又四種, 猶靑史氏忠義・獨行之有全傳也. 薋・菉・葹之類十一種, 傳著卷末, 猶佞幸・奸臣傳也. 彼旣不能流芳後世, 姑使之遺臭萬載云.)[15]라고 하였다. 오인걸이 ≪이소초목소≫를 지은 것은 그 의도가 주희가 ≪초사≫에 주를 단 것과 북과 북채처럼 서로 응하는 것 같았음을 알 수 있다. 청 포정박(鮑廷博)은 오씨의 책에 발문을 지어 "선생의 이 책을 살펴보건대 경원 정사에 이루어졌다. 때에 영왕의 처음 정사에 한탁주가 바로 옹립・추대의 공을 독차지하여 조여우과 서로 버티었다. 얼마 후에 조여우를 배척하고 주자를 파하고 위학의 금을 준엄하게 하였으며 따라서 죄를 얻은 자가 59인이었다. 선생은 벼슬이 국록에 그쳤지만 감히 송언하지 못하자 <이소>를 조술하고 초목에 비유하고 ≪신농본초≫의 여러 책들을 살펴 그것을 유품을 구별하고 이동을 분변하였다. 향초와 악초가 이미 나누어지고 충성과 간녕이 드러났다. …… 조여우가 영주로 귀양가다가 형주에서 죽었을 때 주자

15) ≪이소초목소(離騷草木疏)≫(청 건륭(乾隆) 45년(1780) 지부족재(知不足齋) 간본) 권수(卷首).

도 역시 그를 위하여 <이소>를 주를 달아서 뜻을 기탁하였다. 그 책이 이루어진 것은 선생보다 2년이 늦지만 그때를 느끼고 죽은 자를 슬퍼하여 몹시 비통해하여 스스로 억제할 수 없는 정은 또한 때때로 행간에 흐르고 드러난다. 이 책은 먼저 주자의 마음을 얻은 것이라고 할 수 있다."(考先生是書, 成於慶元丁巳. 維時寧王初政, 韓侂胄方專擁戴功, 與趙汝愚相軋. 旣而斥汝愚, 罷朱子, 嚴僞學之禁, 從而得罪者五十九人. 先生官止國錄, 未敢誦言, 乃祖述<離騷>, 譬之草木, 按≪神農本草≫諸書, 爲之別流品, 辨異同. 薰蕕旣判, 忠佞斯呈 …… 當汝愚之責永州而卒於衡也, 朱子亦爲之注<離騷>以寄意焉. 其成書後於先生二年, 而其感時傷逝, 纏綿惻怛, 不能自已之情, 亦時時流露於行墨間. 是書也, 可謂先得朱子之心矣!)[16] 라고 하였다. 포씨가 오인걸의 책을 주희의 주와 연계하여 고찰한 것은 안목이 매우 뛰어나다. 필자는 당시의 정치 상황 하에 주씨와 오씨가 약속하지도 않았는데 똑같이 굴원의 부를 주석하는 방식을 채택하여 충정한 선비들을 송양하고 간녕한 신하를 편달한 것은 거의 그들이 운용할 수 있었던 유일한 투쟁 수단이었기 때문이라고 생각한다. 주희는 몇 년 전에 이미 오인걸과 서신을 통하여 그 책을 토론하였으니 그는 오씨의 책의 모든 집필 과정에 대하여 마땅히 모두 이해할 수 있었을 것이다. 주희의 주와 오인걸의 책은 비록 체례는 다르지만 그 속에 포함된 정신은 서로 통한 것이다.

그러나 주희가 ≪초사집주≫를 편찬한 직접적인 촉발 요소는 비록 경원(慶元) 당금이었지만 그는 일찍부터 ≪초사≫의 사상적 의의를 중시하였고 또 더욱 깊고 넓은 시대 배경 속에서 이러한 의의를 파악하였다. 바꾸어 말한다면 주희가 ≪초사≫ 중의 "임금에 충성하고 나라를 사랑하는 진실된 마음"(忠君愛國之誠心)을 발양하려고 한 것은 결코 조여우・채원정 등을 위하여 충혼을 초혼한 것일 뿐 아니라 또한 모든 남송

16) ≪이소초목소・발(跋)≫, 청 건륭 45년 지부족재 복송(覆宋) 간본 ≪이소초목소≫.

시대의 나라를 사랑하는 사대부들을 격려하기 위한 것이었다. 그는 ≪초사집주≫ 중에 포함된 비판의 칼날도 역시 결코 하나의 권신 한탁주를 겨냥한 것일 뿐 아니라 오랫 동안 남송 조정에 존재하던 투항파를 겨냥한 것이었다.

정강(靖康 : 1126~27) 사변(事變)이 발생한 이후에 조송(趙宋)의 통치 집단 내부에는 노선이 분명한 두 개의 진영이 나타났다. 곧 이강(李綱)・악비(岳飛)・호전(胡銓) 등 나라를 사랑하는 장수들과 나라를 사랑하는 사대부를 대표로 하는 항금파(抗金派)와 장방창(張邦昌)・조구(趙構 : 송고종(宋高宗))・진회(秦檜) 등 매국노를 우두머리로 하는 투항파(投降派)이다. 당시의 역사적 조건으로 말미암아 애국적인 사대부들은 공공연히 황제를 비평할 수 없었기 때문에 투쟁의 창끝을 진회 등 간신들에게 집중하였다. 이러한 투쟁이 학술 영역 중에 반영된 한 가지는 옛것을 빌려 지금을 풍자하는 것으로 역사상 충군애국의 기개 있는 선비를 칭송하고 변절하여 적을 섬긴 이신(貳臣)・한간(漢奸)을 비판하는 것이다. 예컨대 북송 사마광(司馬光)이 지은 ≪자치통감(資治通鑑)≫에는 삼국의 사건을 서술하는데 위(魏)를 정통(正統)으로 삼았지만 주희가 지은 ≪통감강목(通鑑綱目)≫에는 촉한(蜀漢)의 정삭(正朔)을 받들었는데 사마광은 "북송에 태어나서 만약 조위(曹魏)의 선양(禪讓)을 내친다면 군부(君父)를 어디에 두겠는가?"(生於北宋, 苟黜曹魏之禪讓, 將置君父於何地?) 주희는 "강동(江東)의 남도(南渡)한 사람들은 오직 중원(中原)이 천통(天統)을 다툴까 두려워할 뿐이었기"(固江東南渡之人也, 惟恐中原之爭天統也.)[17] 때문이다. 또 양웅(揚雄)에 대하여 사마광은 ≪자치통감≫ 중에서 평가가 매우 높았지만 주희는 ≪통감강목≫ 중에

17) 장학성(章學誠)의 말, ≪문사통의(文史通義)・내편(內篇)≫ 권2 <문덕(文德)>, 또 ≪사고전서총목≫ 권45 <삼국지(三國志)> 조에도 역시 유사한 설이 있으니 참조할 만하다.

서 "왕망(王莽)의 대부 양웅이 죽다."(莽大夫揚雄死)라고 크게 기록하였다. 이것들은 모두 당시 실제 정치 투쟁의 수요를 반영하는 것이다. 초사 연구 중에도 역시 같은 반영이 있는데 그 가운데 가장 두드러진 예는 양웅의 부(賦)에 대한 평가이다. 송 이전에는 양웅은 줄곧 매우 큰 명성을 누렸으며 반고(班固)·한유(韓愈) 등도 모두 일찍이 극히 높게 평가하였다. 소식(蘇軾)이 맨 먼저 양웅은 "어렵고 깊은 문사를 지어 얕고 쉬운 말을 꾸미는 것을 좋아하였다."(好爲艱深之辭, 以文淺易之說.)[18]라고 비평하였지만 역시 단지 글을 논한 것일 뿐이고 결코 그 품절(品節)을 언급하지는 않았다. 조보지는 ≪변이소(變離騷)≫를 편찬하였는데 또 특별히 양웅의 <반이소(反離騷)>를 뽑아 넣고는 "<이소>의 뜻은 <반이소>가 있고서야 더욱 분명해졌다."(<離騷>之義, 待<反離騷>而益明.)[19]라고 보았는데 이는 정강(靖康) 사변 이전의 상황이다. 정강 사변 후에 홍흥조는 ≪이소보주(離騷補注)≫를 지어 전인들의 기존의 견해에 완전히 반대하고 처음으로 양웅의 인품과 절개에 대하여 비판하였다. <이소>의 "무릎꿇어 옷깃을 펴고 말을 진술하여, 분명하게 나는 이 중정(中正)함을 얻었네."(跪敷衽以陳辭兮, 耿吾其得此中正)의 두 구 아래에 홍씨의 보주에는 "<반이소>에는 '나는 강담의 범람하는 데로 달려가서, 장차 중화(重華)님께 절충하려고 하네. 마음 속의 답답함과 의혹을 펴지만, 중화께서 굴원(屈原)(루(累)는 굴원을 가리킴)을 허락하지 않을까 두려워하네.'라고 하였는데, 나는 중화가 강에 빠져 죽는 것을 허락하고 누각에서 투신하여 살아난 것을 허락하지 않을까 두려워한다."(<反離騷>云 '吾馳江潭之汜濫兮, 將折衷乎重華. 舒中情之煩或兮, 恐重華之不累與.' 吾恐重華與沈江而死, 不與投閣而生也.)[20]라고

18) <여사민사추관서(與謝民師推官書)>, ≪소식문집(蘇軾文集)≫ 권49.

19) <변이소서(變離騷序)> 상(上), ≪계륵집(鷄肋集)≫ 권36.

20) ≪초사보주(楚辭補注)≫ 권1. 살펴보건대, ≪한서(漢書)≫ 권87에 실려 있는 <반이소

하여, 양웅에 대하여 신랄한 풍자를 하였다. 주희는 ≪초사집주≫ 중에서 이 보주를 인용하고 아울러 "이 말은 옳다."(斯言得之矣.)라고 하였다. 이 뿐만이 아니라 주희는 ≪초사후어≫ 권2 중에서 또 특히 양웅의 <반이소(反離騷)>를 남겨 두어 반면(反面) 교재로 삼고 아울러 주를 가하여 "그렇다면 양웅은 정말 굴원의 죄인이고 이 글은 <이소>를 참소하고 해치는 것이니 다른 것은 또 무슨 말을 하겠는가!"(然則雄固爲屈原之罪人, 而此文乃<離騷>之讒賊矣, 它尙何說哉!)라고 하였다. 또 채염(蔡琰)의 <호가(胡笳)>라는 글의 주 가운데서는 "채염은 오랑캐에게 몸을 잃고도 의를 위하여 죽지 못하였으니 본래 말할 것이 없다. 그러나 그래도 그 부끄러움을 알 수 있었으니 양웅의 <반소(反騷)>의 뜻과는 또 거리가 있다. 지금 이 말을 수록하는 것은 채염을 용서하는 것이 아니라 또한 양웅의 추악함을 더할 따름이다."(琰失身胡虜, 不能死義, 固無可言. 然猶能知其可恥, 則與揚雄<反騷>之意又有間矣. 今錄此詞, 非恕琰也, 亦以甚雄之惡云爾.)[21]라고 하였다. 주희는 왜 양웅에 대하여 통렬히 미워하였는가? 우리는 다음과 같이 본다. 곧 그것은 양웅이 절개를 굽혀 신망(新莽)을 섬긴 이신(貳臣)이기 때문이며 주희가 양웅에 대하여 비판을 행한 것은 또한 털끝만큼도 민족 기절(氣節)이 없는 진회 등에 대하여 편달을 가한 것이다. 이것은 일종의 옛것을 빌려 지금을 풍자하는 투쟁 수단이었다. 주희는 어려서부터 그 부친 주송(朱松)과 그의 스승 유자휘(劉子翬) 등에게 애국주의의 교육을 받았으며, 그는 진회를 우두머리로 하는 매국 노선에 대하여 통렬하게

---

(反離騷)>에는 "강상(江湘)을 가로질러 남쪽으로 가서, 저 창오(蒼吾)로 달려가네. 강과 연못의 넘쳐흐르는 곳을 치달려, 중화(重華)에 절충(折衷)하려고 하네."(橫江湘以南往兮, 云走乎被蒼吾. 馳江潭之泛濫兮, 將折衷乎重華.)(≪초사후어(楚辭後語)≫에 수록된 <반이소>도 역시 같다.)라고 하였는데, 홍씨(洪氏)가 "오(吾)"자를 아래로 읽은 것은 잘못된 것이다.

21) ≪초사후어≫ 권3.

증오하였다. 그는 지방관이었을 때 일찍이 <제진회사이문(除秦檜祠移文)>[22]을 지어 진회의 매국 죄행을 통렬하게 나무랐다. 또 <걸포록고등장(乞褒錄高登狀)>[23]을 지어 진회를 반대하였기 때문에 귀양가서 죽은 사인(士人)들을 표창하고 찬양할 것을 요구하였다. 그는 일찍이 직접 진회에게 박해를 당한 홍흥조의 정치 태도와 완전히 일치한다. 홍흥조는 <구장(九章)·회사(懷沙)> 중의 "죽음을 사양할 수 없음을 알지만, 아끼지 말기를 바라네."(知死不可讓, 願勿愛兮.)의 두 구 아래의 주에서 "굴자는 죽음을 사양할 수 없다면 삶을 버리고 의를 취할 수 있다고 여겼다. 미워하는 것이 죽음보다 심한 것이 있으니 어떻게 또 일곱 척의 몸을 아끼겠는가?"(屈子以爲死之不可讓, 則舍生而取義可也. 所惡有甚於死者, 豈復愛七尺之軀哉!)라고 하였다. 주희는 홍씨의 이 말에 대하여 크게 칭찬하고 "그 말은 위대하여 나약한 자의 기운을 세울 만하다. 이것이 재상 진회(秦檜)를 거슬러 끝내 귀양 가서 죽은 까닭이니 슬프다! 근세 이래 풍속이 쇠퇴하고 무너져서 사대부 사이에 마침내 또 이러한 말을 하는 자가 있음을 듣지 못하니, 이것은 또 깊이 두려워할 만한 것이다."(其言偉然, 可立懦夫之氣, 此所以忤檜相而卒貶死也, 可悲也哉! 近歲以來風俗頹壞, 士大夫間遂不復聞有道此等語者, 此又深可畏云.)[24]라고 하였다. 이것은 주희가 ≪초사집주≫를 지으려고 한 까닭이 주로 그가 항금(抗金)을 요구하고 매국을 반대하려고 하는 정치 태도를 기탁하기 위한 것이었음을 충분히 설명하는 것이다. 남송 정권이 지역 한 모퉁이에 안주하여 조정은 날로 그릇되어 가고 주희 자신도 또 끊임없이 정적의 배척과 공격을 당하여 그의 정치 이상을 실현할 방법이 없는 때에 자연스럽게 옛날 연못가를 다니며 읊조리던 애국 시인

---

22) ≪문집≫ 권99.

23) ≪문집≫ 권19.

24) ≪초사변증(楚辭辯證)≫ 권상(卷上).

을 천고의 지기(知己)로 이끌어 삼게 된 것이다. 그가 책 속에서 되풀이하여 굴원의 충군애국의 마음을 밝힌 것은 역시 완전히 1,500년 전의 충혼(忠魂)을 불러서 당시의 인심과 사기(士氣)를 격려하기 위한 것이었다.

바로 이와 같은 것 때문에 주희는 ≪초사≫ 특히 굴원 부의 사상 내용에 대하여 전혀 새로운 가치 판단을 한 것이다. 굴원의 인품에 대해서는 역대로 두 가지 평가가 있었다. 첫째는 그의 결백하고 청렴하고 충성스러운 인격을 긍정한 것이다. 사마천(司馬遷)은 "그 뜻이 결백하기 때문에 그 사물을 든 것은 향기롭다. 그 행동이 청렴하기 때문에 죽어서도 용납되지 않았다. 스스로 더러운 진흙 속에서 벗어나고 흐리고 더러운 데서 벗어나 먼지와 티끌의 바깥에서 떠서 노닐어 세상의 때를 얻지 않았으며 환하게 "진흙에 빠져서도 물들지 않은"(泥而不滓) 자이다. 이 뜻을 미루어 보건대 비록 해와 달과 빛을 다툰다고 하더라도 될 것이다."(其志絜, 故其稱物芳. 其行廉, 故死而不容.自疏濯淖汚泥之中, 蟬蛻於濁穢, 以浮遊塵埃之外, 不獲世之滋垢, 皭然泥而不滓者也. 推此志也, 雖與日月爭光可也.)[25]라고 하였다. 그러나 이와 동시에 사마천은 굴원에 대하여 또한 다른 하나의 평가를 하여 "굴평(屈平)은 바른 도와 곧은 행동으로 충성을 다하고 지혜를 다하여 그 임금을 섬겼지만 참소하는 자가 이간하였으니 궁하다고 할 수 있다. 미쁘면서도 의심을 당하고 충성스러우면서 비방을 당하였으니 원망이 없을 수 있겠는가? 굴평이 <이소>를 지은 것은 대체로 원망에서 생겼을 것이다."(屈平正道直行, 竭忠盡智以事其君, 讒人間之, 可謂窮矣. 信而見疑, 忠而被謗, 能無怨乎? 屈平之作<離騷>, 蓋自怨生也.)[26]라고 하였다. 사마천의 이 말은 결코 부정의 뜻을 포함하지 않고 있으니 사마천 본인이 "원

25) ≪사기(史記)≫ 권84 <굴원가생열전(史記屈原賈生列傳)>.
26) ≪사기(史記)≫ 권84 <굴원가생열전(史記屈原賈生列傳)>.

망이 없을 수 있겠는가?"(能無怨乎)의 심정을 안고 ≪사기≫를 썼던 것이고, 그는 <보임안서(報任安書)> 중에서 더욱 명백하게 "굴원은 쫓겨나서 <이소>를 지었다."(屈原放逐, 乃賦<離騷>.)[27]라고 한 것을 자신이 본받을 본보기로 삼았기 때문이다. 그가 보기에는 "원망"(怨)과 "충성"(忠)은 바로 굴원 부 중에서 가장 주요한 두 가지 감정 요소이고, 그것들은 서로 표리(表裏)를 이루는 것이다. 그러나 반고에 이르면 도리어 비평하여 "이제 굴원 같은 이는 재주를 드러내고 자신을 찬양하며 위태로운 나라와 여러 소인 사이에서 다투어 참소하여 해치는 데 걸리게 되었다. 그러나 자주 회왕을 꾸짖고 자초와 자란을 원망하고 미워하며 정신을 시름하게 하고 생각을 괴롭게 하고 억지로 그 사람을 비난하였다. 원한을 품고 쓰임을 받지 못하여 강에 빠져 죽었다. 또한 고결하고 덕 있는 선비를 깎아 내렸다. 곤륜을 자주 일컫고 복비와 명혼하고 하는 허무한 말은 모두 법도의 바른 것과 경의 뜻에 실린 바가 아니므로, ≪시≫의 풍아를 겸하고 해달과 빛을 다툰다고 하는 것은 지나치다!"(今若屈原, 露才揚己, 競乎危國群小之間,.以離讒賊. 然數責懷王, 怨惡椒·蘭, 愁神苦思, 强非其人. 忿懟不用, 沈江而死. 亦貶潔狂狷景行之士. 多稱崑崙, 冥婚宓妃, 虛無之語, 皆非法度之政, 經義所載. 謂之兼≪詩≫風雅, 而與日月爭光, 過矣!)[28]라고 하였다. 비록 동한의 왕일(王逸)은 반고의 말이 "이것은 그 높고 밝은 것을 이지러지게 하고 그 맑고 깨끗한 것을 더는 것이다."(是虧其高明, 而損其清潔者也.)[29]라고 물리치고 꾸짖었지만, 반고의 논조는 후대에 여전히 작지 않은 영향이 있었다. 예컨대 북조 안지추(顔之推)는 "굴원은 재주를 드러내고 자신을 찬양하며 임금의 허물을 드러내었다."(屈原露才揚己, 顯露君過)는 것을 "예로부터

27) ≪문선(文選)≫ 권41.
28) <이소서(離騷序)>, ≪초사보주 · 이소경(離騷經) 제일(第一)≫에 실려 있다.
29) <이소경서(離騷經敍)>, ≪초사보주 · 이소경(離騷經) 제일(第一)≫에 실려 있다.

문인들은 많이 경박함에 빠졌다."(自古文人, 多陷輕薄)는 것의 첫째의 표시로 열거하였다.[30] 당대의 가지(賈至)는 "소인(騷人)은 원망하고 쇠미하다."(騷人怨靡)[31]라고 하였다. 요컨대, "원망"(怨)은 사람들 마음속의 굴원부의 중요한 특징이 되었으며, "임금을 원망하는"(怨君) 것은 사람들 마음속에서 굴원 인격의 중요한 결함이 되었던 것이다. 이에 대하여 주희는 명확하게 반대를 표시하였다. 그는 말하였다.

> 초사는 임금을 그렇게 원망하지 않았는데 지금 여러 사람들에 의해서 모두 임금을 원망하는 것으로 해석되어 모양이 아니다. <구가>는 신을 임금으로 가탁한 것으로 사람이 떨어져서 미칠 수 없는 것이 자신이 임금을 가까이할 수 없다는 뜻과 같음을 말한 것이다. 이것으로 살펴보건대 그는 임금을 원망한 것이 아니다.(楚詞不甚怨君, 今被諸家解得都成怨君, 不成模樣. <九歌>是託神以爲君, 言人間隔, 不可企及, 如己不得親近於君之意. 以此觀之, 他便不是怨君!)[32]

> 또 굴원의 한 책은 요즈음 우연히 보니 처음부터 사람들에게 잘못 이해되었다. 예로부터 지금까지 와류(訛謬)가 서로 전해져서 더욱 그것을 깨뜨릴 수 있는 자가 한 사람도 없었고 또 설(說)을 지어 보태고 꾸몄다. 살펴보건대 굴원은 본래 충성스럽고 진실하게 임금을 사랑한 사람이었다. 그가 지은 <이소>의 여러 편을 살펴보면 모두 귀의(歸依)하고 애모(愛慕)하여 차마 회왕(懷王)을 버리고 떠나지 못하는 뜻이 있다. 그러므로 정성스럽게 되풀이하여 스스로 마지않았으니 어찌 회왕을 욕한 것이 한 구라도 있었던가? 또한 그가 치우치고 조급한 마음이 보이지 않고 후에 화를 낼 곳도 없고 어찌할 수 없게 되자 비로소 강에 투신하여 숨을 끊은 것이다. 그러나 지금 사람들은 구마다 다 회왕을 욕한 것으로 해석하여 굴원으로 하여금 억울하게 말한다. 단지 공평한 마음으로 그의 말을 보지 않았기 때문에 이와 같은 것이다.

30) ≪안씨가훈(顔氏家訓)・문장편(文章篇)≫.

31) <공부시랑이공집서(工部侍郎李公集序)>, ≪전당문(全唐文)≫ 권368.

32) ≪주자어류(朱子語類)≫ 권138, 3297쪽.

(且屈原一書, 近偶閱之, 從頭被人錯解了. 自古至今, 訛謬相傳, 更無一人能破之者, 而又爲說以增飾之. 看來屈原本是一個忠誠惻怛愛君底人. 觀他所作<離騷>數篇, 盡是歸依愛慕, 不忍捨去懷王之意. 所以拳拳反復, 不能自已, 何嘗有一句是罵懷王. 亦不見他有偏躁之心, 後來沒出氣處, 不奈何, 方投河殞命. 而今人句句盡解做罵懷王, 枉屈說了屈原. 只是不曾平心看他語, 所以如此.)[33]

굴원의 사람됨은 그 지행은 비록 간혹 중용(中庸)을 지나쳐 법으로 삼을 수 없지만 모두 충군애국의 성심에서 나왔다. 굴원의 책은 그 말뜻은 비록 간혹 방탕하여 괴력난신(怪力亂神)으로 흐르고 원망하고 격분하여 가르침으로 삼을 수는 없지만 모두 정성스럽고 진실하여 스스로 그만둘 수 없는 지극한 뜻에서 나왔다. 비록 그는 북방에서 배워 주공(周公)·중니(仲尼 : 공자(孔子))의 도를 구할 줄은 모르고 홀로 변풍(變風)·변아(變雅)의 말류(末流)로 치달렸다. 그렇기 때문에 순수(醇粹)한 유자(儒者)와 엄숙한 선비는 간혹 말하기를 부끄러워한다. 그러나 세상의 쫓겨난 신하와 자식·원망하는 처·버림받은 아낙네로 하여금 아래에서 눈물을 닦고 노래하고 신음하여 천자가 다행히 듣게 된다면 피차간에 천성과 백성의 도리의 선함으로 어찌 서로 발하는 바가 있어서 삼강오전(三綱五典)의 무게를 더하기에 부족하겠는가?(原之爲人, 其志行雖或過於中庸而不可爲法, 然皆出於忠君愛國之誠心. 原之爲書, 其辭旨雖或流於跌宕怪神, 怨懟激發而不可以爲訓, 然皆生於繾綣惻怛, 不能自已之至意. 雖其不知學於北方, 以求周公·仲尼之道, 而獨馳騁於變風·變雅之末流, 以故醇儒莊士或羞稱之. 然使世之放臣屛子·怨妻·去婦, 抆淚謳唫於下, 而所天者幸而聽之, 則於彼此之間, 天性民彝之善, 豈不足以交有所發, 而增夫三綱五典之重?)[34]

주희는 결코 굴원 부 중에 "원망"(怨懟)의 요소가 있는 것을 부인하지도 않았으며, 또한 굴원이 "임금을 원망하는"(怨君) 감정이 있었다는 것을 부인하지도 않았지만, 그는 분명하게 굴원과 굴원 부의 주요한 경향

33) ≪주자어류(朱子語類)≫ 권137, 3258쪽.

34) ≪초사집주·서≫.

은 "충군애국(忠君愛國)"이라는 것을 지적하였다. 표면적으로 본다면 주희의 굴원에 대한 칭찬은 모두 유가의 윤리 준칙을 가치기준으로 삼았는데 이는 반고의 출발점과 마찬가지인 것으로 보인다. 지금 사람은 간혹 "주희의 굴원에 대한 평가는 역시 매우 분명한 잘못을 나타내고 있다. 표면적으로 본다면 그의 굴원에 대한 평가는 매우 높지만 그 기본 관점과 1,000여 년 전의 반고 등의 견해는 본질적으로 결코 다르지 않아서 모두 보수적이고 낙후된 유가 사상으로 굴원을 평가한 것으로 이는굴원의 빛나는 이미지를 왜곡할 수밖에 없었다."(朱熹對屈原的評價也表現了十分明顯的錯誤.表面看來他對屈原的評價很高, 然而其基本觀點和一千多年的班固之流的見解, 在本質上並無二致, 都是保守、落後的儒家思想去評論屈原.這只能歪曲屈原的光輝形象.)[35]라고 보았다. 그러나 사실상 주희의 굴원에 대한 가치 판단은 바로 반고의 관점에 대한 철저한 반발이었다. ≪초사후어≫ 권2에 수록된 양웅의 <반이소>의 뒤에서 주희는 먼저 홍흥조의 말은 인용하여 "굴원의 글은 대개 성현의 글로부터 변한 것이다. 만약 공자를 만났더라면 마땅히 삼인(三仁)과 칭송을 같이 했을 것이니 양웅은 거기에 함께할 수 없었을 것이다. 반고와 안지추가 말한 것은 아낙네나 아이들의 견해와 다름이 없다."(屈子之詞, 蓋聖賢之變者. 使遇孔子, 當與三仁同稱, 雄未足以與此. 班孟堅・顏之推所云, 無異妾婦兒童之見.)라고 한 다음에 다음과 같이 말하였다.

> 아아! 내가 홍씨의 의론을 살펴보건대 그가 굴원의 마음을 밝힌 것이 지극하다. 그러나 굴원의 마음은 그 충성스럽고 청렴하고 결백함은 변론할 필요 없이 스스로 뚜렷하다. 그 행실에 허물이 없을 수 없었던 것 같은 것은 또한 구구한 변명으로 온전히 할 수 있는 것이 아니다. 그러므로 군자는 사

35) ≪초사집주≫(상해고적출판사 1979년 판), <출판전언(出版前言)>, 3쪽.

> 람에 대하여 그 대절(大節)의 순전(純全)함을 취하고 그 세행(細行)의 폐단이 없을 수 없음은 생략한다. 그러면 세 사람이 함께 가면 여전히 반드시 스승으로 삼을 만한 사람이 있는데, 하물며 굴원 같은 이는 천년에 한 사람임에랴! 공자께서는 "사람의 허물은 각각 그 당(黨)에 있다. 허물을 살펴보면 인(仁)을 안다."(人之過也, 各於其黨. 觀過, 斯知仁矣.)라고 하였으니 이것은 사람을 살펴보는 법이다. 굴원의 충성은 충성스러움이 지나친 자이다. 굴원의 허물은 충성이 지나친 것이다. 그러므로 굴원을 논하는 자는 그 대절을 논한다면 기타는 일체를 두고 묻지 않아도 좋을 것이다. …… 대개 굴원이 행한 바는 비록 지나치지만 그 충성은 결코 세간의 구차히 살며 요행으로 죽지 않기를 바라는 자가 미칠 수 있는 바가 아니다. 홍의 말한 바는 비록 미치지 못함이 있지만 그 옳은 것은 결국 양웅・반고・안지추가 견줄 수 있는 것이 아니다.(嗚呼! 余觀洪氏之論, 其所以發屈原之心者至矣. 然屈原之心, 其爲忠淸潔白, 故無待於辯論而自顯. 若其爲行之不能無過, 則亦非區區辯說所能全也. 故君子之於人也, 取其大節之純全, 而略其細行之不能無弊. 則雖三人同行, 猶必有可師者. 況如屈原, 乃千載而一人哉! 孔子曰："人之過也, 各於其黨. 觀過, 斯知仁矣." 此觀人之法也. 夫屈原之忠, 忠而過者也. 屈原之過, 過於忠者也. 故論原者, 論其大節, 則其它可以一切置之而不問 …… 蓋原之所爲雖過, 而其忠終非世間偸生幸死者所可及. 洪之所言, 雖有未及, 而其正終非雄・固・之推之徒可比.)

이것은 분명하게 설명해 주는 것으로, 곧 반고 등의 굴원에 대한 평가는 부정을 위주로 한 것이고 주희의 평가는 긍정을 위주로 한 것이다. 하나는 옳고 하나는 거른 것이 흑과 백처럼 판연한데 어떻게 "결코 다르지 않다"(幷無二致)라고 할 수 있겠는가? 주희가 유가의 윤리 도덕에서 출발하여 굴원을 평가하였다고 말한 것 같은 경우는 당시 채택할 수 있었던 유일한 선택이었다. 남송의 정세가 위태롭고 외환이 심각한 그런 구체적인 시공간적 배경 가운데에서 "충군애국"을 제외하고 굴원을 칭송하는 데 더욱 적당히 사용할 수 있는 또 어떤 다른 도덕 표준이 있을 수 있겠는가? "재주를 드러내고 자신을 찬양하였다"(露才揚己)는 것에서 "충군애국"에 이르기까지 이것은 굴원에 대한 인격 평가에 있어서 일종의 비약으로 주희의 ≪초사≫ 연구의 최대의 업적이다. 청 오세상(吳世尙)은 ≪초사주소(楚辭注疏)≫를 지어 서(敍)에서 주희의 <초사집주서(楚辭集注序)>를 그대로 인용하고 또 "굴원이 천고(千古)에 가치를 지니는 까닭과 소(騷)가 천고에 가치를 지니는 까닭은 주자의 이 의론이 다하였다!"(原之所以千古, 騷之所以千古, 朱子此論盡之矣!)[36]라고 하였다. 적어도 봉건시대에 오씨의 이러한 평가는 완전히 정확한 것이다. 주희의 이러한 사상 인식에 대하여 우리는 반역사적 관점으로 그 의의를 말살해서는 안 된다.

주희의 ≪초사집주≫가 완성된 이후 양만리는 일찍이 시를 지어 읊었다.

| | |
|---|---|
| 注易箋詩解魯論, | ≪역(易)≫에 주를 달고 ≪시(詩)≫에 전을 달고 노론(魯論)을 해석하였으니, |
| 一帆往度浴沂天. | 한 돛으로 가서 기수(沂水)에 머리감는 하늘로 건넜네. |
| 無端又被湘累喚, | 까닭 없이 또 상수(湘水)의 죄수에 부름을 입었으니, |
| 去看西川競渡船. | 가서 서천(西川)의 다투어 건너가는 배를 구경하네. |
| | |
| 霜後枯藜無可羹, | 서리 후의 마른 명아주는 국을 끓일 만한 것이 없고, |
| 饑吟長作候蟲聲. | 굶주리고 신음하여 길이 가을 벌레소리를 내리. |
| 藏神上訴天應泣, | 장신(藏神)이 위로 하소연하니 하늘도 마땅히 울고, |
| 支賜江蘺與杜蘅.[37] | 강리(江蘺)와 두형(杜蘅)을 나누어 주었네. |

전자는 주희가 ≪주역≫·≪시경≫·≪논어≫의 유가 경전들의 주석을 완성한 후에 또 홀연히 굴원의 정신에 부름을 받아 ≪초사≫를 주해

36) 청 옹정(雍正) 5년(1727) 상우당(尙友堂) 간본 ≪초사주소(楚辭注疏)≫ 권수(卷首).
37) <희발주원회초사해(戲跋朱元晦楚辭解)>, ≪성재집(誠齋集)≫ 권38.

한 것을 말한다. 후자는 위(魏) 한단순(邯鄲淳)의 ≪소림(笑林)≫ 중의 "오장신(五藏神)"에 관한 전고(典故)를 몰래 사용하여 주희가 빈곤하고 텅빈 배로 길게 읊조려 "장신(藏神)"(곧 내장(內臟)의 신)이 하늘에 상소하여서 ≪초사≫ 중의 방초(芳草)를 하사하여 배를 채웠다는 것을 말한다. "강리(江蘺)"와 "두형(杜蘅)"은 모두 굴원의 부 중에 항상 언급한 방초로 실은 굴원의 고결한 인격의 상징으로 볼 수 있기 때문에 양만리 시의 뜻은 주희는 실로 굴자의 인격 정신을 자신의 정신적 지주로 삼은 것으로 이는 주희가 ≪초사≫를 주해한 것에 대한 높은 평가이다.[38] 양만리의 주희에 대한 이해는 깊이가 있는 것으로, ≪초사집주≫ 중에는 분명 주희의 정신적 기탁을 쏟아 넣었다. 주희는 ≪초사≫의 주해를 통하여 굴원의 인격 형상을 새롭게 창조하였다. 그의 ≪초사≫ 연구는 학술 가치 외에도 또 중요한 사상적 의의가 있다. 양만리의 이해에 대하여 후인들도 역시 대부분 동감하였다. 예컨대 명(明) 섭향고(葉向高)는 "주자는 몸소 송계를 만나 왕회(王淮)·진가(陳賈)의 배척을 당하였으니 그가 굴자에 느낌이 있는 것은 마땅하다."(朱子躬遭宋季, 爲王淮陳賈所排, 宜其有感於屈子.)[39]라고 하였고, 또 내봉춘은 "주(朱) 회옹(晦翁)은 송의 중엽에 태어나서 간악한 이로부터 괴로움을 당하였고 또한 크게 쓰일 만한 재주가 있었지만 그 펼치기를 크게 할 수 없었다. 그 일은 또한 약간 굴원과 비슷하기 때문에 여러 현인들의 주와 합하여 집성하였다. 지금까지도 학사의 집에는 모두 주자의 ≪집주(集注)≫를 받들고 있으니 이것이 곧 굴원이 지은 바의 뜻이다."(朱晦翁生當宋之中葉, 困於大奸, 亦有可大用之才, 而不得盛其發施. 其事亦差與原類, 故合諸賢之注而統集其成. 迄今學士家咸奉朱子≪集注≫, 此卽屈原之所作

38) 금인은 어떤 사람은 이것은 주희에 대한 "가리켜 꾸짖는"(指責) 것이라고 하지만(역중렴, ≪중국초사학사≫ 권294쪽) 크게 잘못된 것이다.

39) 명 만력(萬曆) 중편(重編) 주숭목(朱崇沐) 간본 ≪초사집주≫, 섭향고(葉向高)의 서(序).

之意也.)[40]라고 하였다. 명말에 황도주(黃道周) 당(黨)에 연좌되어 옥에 들어간 황문환(黃文煥)은 심지어 이 때문에 주희를 다른 시대의 지기(知己)라고 여겼다. 그는 "주자는 위학(僞學)의 배척을 받았기 때문에 비로소 <이소>에 주를 달았다. 나는 구당(鉤黨)의 화(禍)로 인하여 진무사(鎭撫使)에게 엮였고 또한 평소에 전배(前輩) 황석재(黃石齋)와 강학(講學)하고 위(僞)를 세운 것으로 연좌되었는데 하옥된 지 여러 해가 지나 비로소 <소(騷)>주를 끝내었다. 굴자는 2천 여 년 가운데 두 위학(僞學)이 그를 위하여 해명해주는 인연을 얻었으니 정말 그 자체가 기이하다!"(朱子因受僞學之斥, 始注<離騷>. 余因鉤黨之禍, 爲鎭撫使所羅織, 亦坐以平日與黃石齋前輩講學立僞, 下獄經年, 始了<騷>注. 屈子二千餘年中, 得兩僞學爲之洗發機緣, 固自奇異!)[41]라고 하였다. 그들은 바로 "발분하여 책을 저술한다"(發憤著書)는 관점에서 주희의 ≪초사집주≫를 이해한 것으로, 이것은 양만리의 관점과 서로 대조하여 증명해볼 수 있다.

## 제2절 주희의 굴원 부 내용에 대한 해석

한대 유자들은 경(經)에 주를 다는 데 있어서 명물(名物) 훈고에 편중되었다. 왕일은 ≪초사≫를 주를 다는 데 있어서 비록 경학가처럼 번쇄하지는 않았지만 또한 주로 명물 훈고 특히 초 땅의 방언을 고증하고 해석하는 데 힘을 쏟았다. 홍흥조의 ≪초사보주≫는 굴원 부의 사상적 의의를 밝히는 것을 비교적 중시하였지만 그 주요한 업적은 문자를 교정하고 해석·고증하는 방면에 있었다. 왕일·홍흥조는 굴원 부 25편

40) 명 숭정(崇禎) 11년(1638) 간본 ≪초사술주(楚辭述注)≫, <후서(後序)>.
41) 명 숭정 16년(1643) 간본 ≪초사청직(楚辭聽直)≫, <범례(凡例)>.

및 <구변(九辯)>·<초혼(招魂)>·<천문(天問)> 등 작품 중의 초목(草木) 조수(鳥獸)·신화 전설 등에 대하여 상세하게 주석하고 널리 인용하고 근본을 탐구하여 상당히 큰 성취를 이루었다. 이 방면에서 주희는 가능한 한 그들의 성과를 흡수하였다. ≪초사집주≫ 중에서 명물 훈고에 관계있는 곳은 기본적으로 모두 왕일·홍흥조의 옛 주를 채택하였으며 단지 주를 크게 간소화시켰을 뿐이다. 예컨대 <이소> 중의 "추란을 매어 패물을 만든다."(紉秋蘭以爲佩)는 구는 단지 홍씨의 보주에서만 사마상여(司馬相如)의 부와 안사고(顔師古)의 주·≪본초(本草)≫의 주·≪수경(水經)≫·≪시경≫의 육기(陸璣)의 소(疏)·≪문선(文選)≫ 주·≪순자(荀子)≫ 및 송(宋) 유차장(劉次莊)의 ≪악부집(樂府集)≫·황정견(黃庭堅)의 ≪난설(蘭說)≫ 등 모두 6백 여 자를 인용하여 "난(蘭)"자 한 자를 해석하였다. 그러나 주희의 주에는 단지 "난은 또한 향초로 가을에 이르러 향기롭다."(蘭, 亦香草, 至秋乃芳.)라고 하고, 그런 다음에 ≪본초≫ 한 단락을 인용하였는데 글자 수는 ≪보주≫의 십분의 일도 되지 않으며, 또 시의 뜻에 대한 이해에 영향을 미치지도 않았다. 또 <복거(卜居)> 중의 "돌제골계(突梯滑稽)"라는 한 마디 말은 홍흥조의 ≪보주≫에는 "오신(五臣)은 '완곡하게 세속을 따르는 것이다'(委曲順俗也)라고 하였고 양웅은 동방삭(東方朔)을 골계의 대가라고 하였다. 또 '치이골계(鴟夷滑稽)'라고 하는데 안사고는 '골계는 빙글 돌며 연이어 끊어지지 않는 모양이다. 일설에는 술을 담는 도구라고 하였는데, 돌리고 부어 술이 나오기를 종일토록 그치지 않는 것이다. 입에서 뱉으면 문장을 이루기를 끊임없이 하는 것이 마치 골계가 술을 토해 내는 것과 같다.'라고 하였다."(五臣云 : '委曲順俗也.' 揚雄以東方朔爲滑稽之雄. 又曰 : '鴟夷滑稽.' 顔師古曰 : '滑稽, 圜轉縱舍無窮之狀. 一云酒器也. 轉注吐酒, 終日不已. 出口成章, 不窮竭, 若滑稽之吐酒.'). 비록 널리 인용하였지만 사실 취할 것은 없다. 주희의 ≪초사집주≫에는 간단하게 주를 달아 "돌제(突梯)는 매끄러운 모양이다. 골계는 둥글게 도는 모양이다."(突梯, 滑澾貌. 滑稽, 圓轉貌.)라고 하였다. 제자가 "<이소>·<복거>편 안의 글자"(<離騷>·<卜居>篇內字)를 가지고 물었을 때 주희는 답하여 "글자의 뜻은 종래 알 수 없지만 뜻으로 보면 볼 수 있다. 예컨대 '돌제골계'는 단지 부드럽고 익숙하게 맞아서 남이 넘어지면 따라 넘어지고 남이 일어나면 따라 일어난다는 뜻이다. 이러한 문자 같은 것은 더욱 사소한 막힘도 없으니 생각하면 단지 그렇게 말하면 모두 저절로 말이 된다."(字義從來曉不得. 但以意看, 可見. 如'突梯滑稽', 只是軟熟迎逢, 隨人倒, 隨人起底意思. 如這般文字, 更無些小窒礙. 想只是恁地說, 皆自成文.)[42]라고 하였다. 그는 "말은 뜻의 통발이다"(言爲意筌)라는 태도로 ≪초사≫를 주해한 것임을 알 수 있으니 뜻을 이미 얻었다면 말을 굳이 번거롭게 할 필요가 있겠는가?라는 것이다. 경원 5년(1199) 3월 주희는 ≪초사변증(楚辭辯證)≫의 서 중에서 "나는 이미 왕·홍의 <이소>의 주를 모았는데 다만 문의(文義)를 훈고한 것 외에도 여전히 알지 않으면 안 되는 것이 있었다. 그러나 문자가 너무 번잡하여 보는 사람들이 간혹 빠져서 그 요점을 잃어버릴까 염려하여 따로 뒤에 기록하였다."(余旣集王·洪騷注, 顧其訓詁文義之外, 猶有不可不知者. 然慮文字之太煩繁, 覽者或沒溺而失其要也. 別記於後.)라고 하였다. 그는 의도적으로 주석의 간단명료함을 추구하였고 또 그렇게 하는 것이 독자들이 작품의 "요점"(要)을 이해하는 데 유리하다고 보았다. 주희는 가장 부지런하게 힘을 쏟은 것이 굴원 부의 사상 내용과 예술 특색에 대한 분석이며, ≪초사집주≫가 왕·홍의 옛 주를 능가한 것은 주로 이런 방면에 구현되어 있다.

왕일은 굴원의 사람됨에 대하여 매우 우러러 보았다. 그는 "지금 굴

---

42) ≪주자어류(朱子語類)≫ 권139, 3297쪽.

원 같은 이는 충성스럽고 곧은 자질을 지니고 청렴·결백한 성품을 가져서 곧기가 숫돌과 화살 같고 말은 단청과 같으며 나아가서는 그 꾀를 숨기지 않고 물러나서는 그 목숨을 돌아보지 않았으니 이것은 참으로 절세의 행실이며 훌륭한 선비 중에서 빼어난 이다."(今若屈原, 膺忠貞之質, 體清潔之性, 直若砥矢, 言若丹青, 進不隱其謀, 退不顧其命, 此誠絶世之行, 俊彦之英也.)라고 하였다. 아울러 반고가 굴원은 "재주를 드러내고 자신을 찬양하였다"(露才揚己)고 보는 설에 대하여 비평을 가하였다.[43] 그러나 그가 <이소> 및 기타 굴원의 부에 주석을 할 때는 도리어 한대 유자들의 경전 해석의 나쁜 습관에서 벗어나지 못하고 경전을 인용하고 의거하여 모든 곳을 사실인 것으로 설명하여서 굴원의 부가 이상적인 색채가 충만한 낭만주의 문학 작품이라는 것을 전혀 인식하지 못하였다. 그는 <이소경서(離騷經敍)> 중에서 "<이소>의 글은 오경에 의탁하여 뜻을 세웠다. '제(帝) 고양(高陽)의 먼 후손이라네'(帝高陽之苗裔)라는 것은 '그 처음에 백성들을 낳으니, 이 분이 강원(姜嫄)이라네.'(厥初生民, 時惟姜嫄)이다. '추란(秋蘭)을 매어 패물로 삼네"(紉秋蘭以爲佩)라는 것은 '날고 활개치니, 패옥은 경거(瓊琚)라네.'(將翱將翔, 佩玉瓊琚)라는 것이다. '저녁에 모래톱의 숙모초(宿莽草)를 따네'(夕攬洲之宿莽)라는 것은 ≪역(易)≫의 '잠룡을 쓰지 말라'(潛龍勿用)라는 것이다. '옥 규룡을 부리고 봉황을 타게 하네'(使玉虯而乘鷖)라는 것은 '때에 여섯 마리 용을 타고 하늘에서 몬다네.'(時乘六龍以御天)라는 것이다. '중화(重華)에 나아가 말씀을 사뢴다.'(就重華而陳詞)는 것은 ≪상서(尚書)·구요(咎繇)≫의 모모(謀謨)이다. '곤륜(崑崙)에 오르고 유사(流沙)를 건너네.'(登崑崙而涉流沙)라는 것은 <우공(禹貢)>의 '흙을 편다.'(敷土)는 것이다."(夫<離騷>之文, 依託五經以立義焉. '帝高陽之苗裔', 則'厥初生民, 時惟姜

43) <이소경서(離騷經敍)>, ≪초사보주≫ 권1.

嫄'也. '紉秋蘭以爲佩', 則'將翺將翔, 佩玉瓊琚'也. '夕攬洲之宿莽', 則≪易≫'潛龍勿用'也. '駟玉虬而乘鷖', 則'時乘六龍以御天'也. '就重華而陳詞', 則≪尙書・咎繇≫之謀謨也. '登昆侖而涉流沙', 則<禹貢>之'敷土'也.)라고 하였다. 그는 이러한 경학가의 안목으로 굴원의 부를 보았기 때문에 항상 ≪사기・굴원가생열전(屈原賈生列傳)≫ 중에 기록된 굴원의 사적을 굴원 부 중의 자구와 하나하나 대조하여 항상 허황한 말을 실제인 것으로 말하고 천착부회하여 작품의 뜻을 오해하였다. 예컨대 <이소>에는 "나는 자란(子蘭)을 믿을 만하다고 여겼지만, 아아 실이 없이 얼굴만 아름답다네. 그 아름다움을 버리고 세속을 따라, 구차하게 여러 향기로운 것에 열거되었네. 자초(子椒)는 오로지 간사하고 교만한데, 오수유(吳茱萸)는 또 허리의 향낭을 채우고 있네."(余以蘭爲可恃兮, 羌無實而容長. 委厥美以從俗兮, 苟得列夫衆芳. 椒專佞以慢慆兮, 榝又欲充夫佩幃.)라고 하는 구가 있는데 왕일의 주에는 "난(蘭)은 회왕(懷王)의 어린 동생으로 사마자란(司馬子蘭也)이다.…… 초(椒), 초(楚)의 대부 자초(子椒)이다."(蘭, 懷王少弟, 司馬子蘭也. …… 椒, 楚大夫子椒也.)라고 하였다. 홍흥조는 또 ≪사기≫와 ≪한서(漢書)・고금인표(古今人表)≫를 인용하여 그것을 증명하였다. 주희는 ≪초사변증≫ 권상 중에서 "굴자는 세속이 어지럽고 쇠퇴하여 사람들이 변절함이 많다고 여겼기 때문에 앞 장의 '난초와 지초가 향기롭지 않다'(蘭芝不芳)는 것 뒤에 다시 그것이 변화하여 추악한 것이 되는 것을 탄식하였다. 이 장에 이르러서는 마침내 지초와 난초를 믿을 수 없음을 꾸짖고 원흉으로 여겼고 게차(揭車)와 강리(江離)는 또한 그 다음으로 죄를 기록하였다. 아마 느낀 바가 더욱 깊어서일 것이다. 애초에 실제로 이러한 사람이 있다고 여겨 '초・란'을 이름으로 삼은 것이 아니었다. 그러나 사마천이 <굴원전(屈原傳)>을 지어 '영윤 자란'(令尹子蘭)의 설이 있게 되고 반고의 <고금인표(古今人表)>에는 또 '영윤 자초'(令尹子椒)라는 이름이 있게 되었다. 이미 이 장의 말로 인하여 어긋난데다가 이 말이 머리와 꼬리가 가로로 끊어져 뜻이 살지 못하게 한 것이다. 왕일은 그로 인해서 또 ‘사마(司馬) 자란(子蘭)·대부(大夫) 자초(子椒)’라고 잘못 생각했지만 더이상 그 향초와 악취나는 것 같은 말을 기록하지는 않았다. 잘못이 천년 동안 전해내려왔지만 마침내 그 그릇됨을 깨달은 자가 한 사람도 없었으니 깊이 탄식할 만하다. 만약 그것이 과연 그러했다면 또 마땅히 ‘자거(子車)’·‘자리(子離)’·‘자살(子椴)’의 무리가 있었을 것이니 아마 몇 사람이나 될지 알 수 없었을 것이다.”(屈子以世亂俗衰, 人多變節, 故自前章‘蘭芷不芳’之後, 乃更歎其化爲惡物. 至於此章, 遂深責椒·蘭之不可恃, 以爲誅首, 而揭車·江離, 亦以次而書罪焉. 蓋其所感益以深矣. 初非以爲實有是人, 而以‘椒·蘭’爲名字者也. 而史遷作<屈原傳>, 乃有‘令尹子蘭’之說, 班氏<古今人表>又有‘令尹子椒’之名. 旣因此章之語而失之, 使此詞首尾橫斷, 意思不活. 王逸因之, 又訛以爲‘司馬子蘭·大夫子椒’, 而不復記其香草臭物之論. 流誤千載, 遂無一人覺其非者, 甚可歎也. 使其果然, 則又當有‘子車’·‘子離’·‘子椴’之儔, 蓋不知其幾人矣.)라고 지적하였다. 사마천과 반고의 “자란”·“자초”에 관한 기록이 기타의 근거가 있는지의 여부는 현재 이미 상세히 고찰할 수 없으니 논하지 않아도 좋을 것이다. 다만 <이소>에 대하여 말한다면 여기의 “란”·“초”는 아마도 일종의 비유로 주희의 옛 주에 대한 비평은 완전히 정확한 것이다.[44] 이러한 상황은 또 여러 번 있었다. 예컨대 <구가(九歌)·상부인(湘夫人)>에는 “원수(沅水)에는 백지(白芷)가 있고 예수(澧水)에는 난초가 있는데, 공자(公子)를 그리워하나 감히 말하지 못하네.”(沅有芷兮澧有蘭, 思公子兮未敢言.)라는 구가 있는데, 홍씨의 ≪보주≫에는 “제후(諸侯)의 자식

---

44) 전종서(錢鍾書) 선생은 왕일(王逸)·홍흥조(洪興祖)가 이곳의 “난(蘭)·초(椒)”에 대하여 “자란(子蘭)·자초(子椒)를 쌍관(雙關)한 것이라고 말한”(謂乃雙關子蘭·子椒) 것은 “작자의 말 뜻이 원만함이 결여되어 대신하여 미봉(彌縫)한 것이다.”(作者語意欠圓, 代爲彌縫)(≪관추편(管錐編)≫ 제3책, 598쪽에 보임)라고 보았지만, 필자는 이러한 설에는 동의하지 않으니 여기서는 상세하게 논하지 않는다.

을 공자(公子)라고 하니, 자초(子椒)·자란(子蘭)을 말한다."(諸侯之子稱公子, 謂子椒·子蘭也.)라고 하였다. <구가·산귀(山鬼)> 중에는 "공자(公子)가 슬퍼서 돌아오기를 잊은 것 원망하니, 그대 나를 그리워하여 한가롭지 못하네."(怨公子兮悵忘歸, 君思我兮不得閑.)라는 구가 있는데, 왕일의 주에는 "공자는 공자(公子) 초(椒)를 말한다."(公子謂公子椒也.)라고 하였다. 주희는 주(注)에서 하나하나 그것들의 잘못을 지적하였다.

<구가>에 관해서 왕일은 "옛날 초 나라 남영의 읍은 원(沅)·상(湘) 사이에 있었는데, 그 풍속은 귀신을 믿고 제사를 좋아하였고 그 제사에는 반드시 노래와 음악을 지어 북치고 춤추어 여러 신들을 즐겁게 하였다. 굴원은 쫓겨나자 그 지역에 숨어살며 시름을 품고 매우 괴로워하였고 근심이 들끓고 쌓였다. 나가서 속인들의 제례를 보니 가무의 음악은 그 노랫말이 비루하였다. 그래서 <구가>를 지어 위로는 귀신을 섬기는 공경심을 나타내고 아래로는 자신의 억울하고 맺힌 마음을 보여 그것을 기탁하여 풍간하였다. 그러므로 그 글 뜻은 같지 않고 장구는 뒤섞이어 다른 뜻이 늘어나게 하였다."(昔楚國南郢之邑, 沅湘之間, 其俗信鬼而好祠, 其祠必作歌樂鼓舞, 以樂諸神. 屈原放逐, 竄伏其域, 懷憂苦毒, 愁思沸鬱. 出見俗人祭祀之禮, 歌舞之樂, 其詞鄙陋. 因爲作<九歌>之曲, 上陳事神之敬, 下見己之冤結, 託之以風諫. 故其文意不同, 章句雜錯, 而廣異義焉.)[45]라고 하였다. 이 견해는 대체로 옳지만 주희는 그것에 대하여 약간 수정을 가하여 "옛날 초 나라 남영의 읍은 원·상 사이에 있었는데, 그 풍속은 귀신을 믿고 제사를 좋아하였다. 그 제사는 반드시 무격을 시켜 풍악을 울려 노래와 춤으로 신을 즐겁게 하였다. 만과 형은 비루한 풍속으로 말이 비루하고 속된데다 그 인간세상과 저승 그리고 사람과 귀신에 관한 내용 사이에 간혹 또 음란하고

45) <구가(九歌)>의 제목 아래의 주, ≪초사보주·구가장구(九歌章句)·제이(第二)≫.

황당한 내용이 섞이는 것을 면하지 못했다. 굴원은 이미 쫓겨나 보고 느꼈기 때문에 자못 그것을 위하여 그 말을 고쳐서 그 지나치게 심한 것을 없애고 또 그 신을 섬기는 마음에 따라 자신이 충군애국(忠君愛國)하며 그리워하여 잊지 못하는 마음을 기탁하였다."(昔楚國南郢之邑, 沅湘之間, 其俗信鬼而好祠. 其祠必使巫覡作樂, 歌舞以娛神. 蠻荊陋俗, 詞旣鄙俚, 而其陰陽人鬼之間, 又或不能無褻慢淫荒之雜. 原旣放逐, 見而感之, 故頗爲更定其詞, 去其泰甚, 而又因彼事神之心, 以寄吾忠君愛國眷戀不忘之意.)[46]라고 하였다. 주희는 <구가>는 본래 신에게 제사하는 말이었는데 굴원이 "그 말을 수정하는"(更定其詞) 것을 거쳐 고쳐 써서 현재의 문본이 되었다고 더욱 명확하게 지적하였다. 그렇기 때문에 <구가>의 문본 자체는 여전히 "신을 섬기는 마음"(事神之心)을 쓴 것이며 굴원의 "충군애국(忠君愛國)하며 그리워하여 잊지 못하는 마음"(忠君愛國眷戀不忘之意)은 단지 그 가운데 "기탁한"(寄) 것일 뿐이다. 청 장기(蔣驥)는 주희의 이 의론은 잘못이 있다고 보았다. "주자는 <구가>를 논하여 신을 섬겨 응답이 없어도 그 공경함을 잊지 않음을 가지고 임금을 섬겨서 보답이 없어도 그 충성을 잊지 않는 것에 견주었다고 하였는데 이 말은 잘못이다. …… 작자는 군신이 함께 하기는 어렵고 떨어지지 쉬운 것에 대하여 유독 깊은 느낌이 있었기 때문에 그 말이 특히 과격한 것일 뿐이다. 어찌 단지 군신만을 위하여 지었겠는가!"(朱子論<九歌>, 謂以事神不答而不忘其敬, 比事君不答而不忘其忠, 斯言誤矣 …… 作者於君臣之難合易離, 獨有深感, 故其辭尤激云耳. 夫豈特爲君臣而作哉!)[47]라고 하였다. 이것은 주희의 원래의 뜻을 오해한 것이다. 실은 주희는 결코 굴원이 <구가>를 지은 목적이 "임금을 섬겼지만 보답이 없어도 그 충성을

---

46) ≪초사집주≫ 권2 <구가> 제해(題解).

47) <초사여론(楚辭餘論)> 권상(卷上), ≪산대각주초사(山臺閣注楚辭)≫(중화서국 1962년 판), 195쪽.

잊지 않은 것에 견준 것"(比事君不答而不忘其忠)이라고 말하지 않았으며, 그는 단지 그 가운데 이러한 깊은 뜻이 기탁되어 있다고 말했을 뿐이다. "자못 그것을 위하여 그 말을 수정하였다"(頗爲更定其詞)라고 운운 한 것을 어떻게 "다만 군신을 위하여 지은 것이다"(特爲君臣而作)라고 이해할 수 있겠는가?

작품을 구체적으로 해석할 때 왕일은 수많은 천착부회의 잘못을 범하였다. 그는 <구가> 중의 제1인칭은 모두 굴원이 스스로 가리킨 것이라고 보았고, 또 각종의 신기(神祇)는 모두 직접 초왕을 비유하는 데 사용한 것이라고 보았다. 그러나 주희는 제1인칭 대사를 제사를 주관하는 자(곧 무당)의 자칭이라고 해석하였는데 이것은 분명히 비교적 합리적이다. 예컨대 <상군(湘君)> 중의 "마구 눈물을 흘리어 펑펑 쏟아지니, 남몰래 임금을 그리워하여 슬퍼하네."(橫流涕兮潺湲, 隱思君兮悱惻)라는 두 구절은 왕일의 주에는 "임금은 회왕을 말한다."(君謂懷王也.)라고 하였지만, 주희의 주에는 "군(君)은 상군(湘君)이다."(君, 湘君也.)라고 하였다. 또 "아름답구나 아름답게 하고서, 빠르게 나는 계수나무 배를 타네."(美要眇兮宜修, 沛吾乘兮桂舟)라는 두 구절은 왕일의 주에는 "오(吾)는 굴원이 스스로를 말한 것이다."(吾, 屈原自謂也.)라고 하였지만, 주희의 ≪초사변증≫ 권상 중에는 "나는 대개 제사를 지내는 자를 이르는 말이다. 옛 주에 곧장 굴원이라고 한 것은 너무 촉박하다."(吾, 蓋謂祭者之詞. 舊注直以爲屈原, 則太迫.)라고 하였다. 또 "영기를 날려 다하지 않으니, 여자는 아름다워 나를 위하여 한숨을 쉬네."(揚靈兮未極, 女嬋媛兮爲余太息)라는 두 구절은 왕일의 주에는 "여자는 여수(女嬃)를 말하며 굴원의 누이이다."(女謂女嬃, 屈原姊也.)라고 하였지만, 주희의 주에는 "여자가 아름답다는 것은 곁에서 구경하는 사람을 가리키는 것이다."(女嬋媛, 指旁觀之人.)라고 하였다. 그는 또 ≪초사변증≫ 권상 중에서 "여자가 아름답다는 것은 옛 주에 여수라고 한 것은 관계가 없는 것 같다. 다만 <소경(騷經)>에서 쓴 글자와 우연히 같은 뿐이다. 임금을 그리워하는 것을 곧장 회왕을 가리킨다고 한 것은 너무 촉박하다. 또 상군에 뜻을 기탁한 것을 모른다면 이 한 편의 뜻이 모두 귀숙할 데가 없게 한다."(女嬋媛, 舊注以爲女嬃, 似無關涉. 但與<騷經>用字偶同耳. 以思君爲直指懷王, 則太迫. 又不知其寄意於湘君, 則使此一篇之意旨皆無所歸宿也.)라고 하였다. 주희의 이른바 "너무 촉박하다"(太迫)는 것은 왕일의 해석이 너무 직접적이고 너무 드러난 것을 말하는 것이다. 왜냐하면 굴원이 <구가> 중에 나타낸 충군애국의 정은 단지 일종의 자간이나 행간에 스며들어 있는 암시 혹은 연상일 뿐이다. 주희의 말로 말한다면 "저 신을 섬기는 마음을 따라 나의 충군애국하고 그리워하여 잊지 못하는 뜻을 기탁한 것이다."(因彼事神之心, 以寄吾忠君愛國眷戀不忘之意)라는 것이다. 그러나 왕일은 이러한 시편들을 굴원이 임금을 그리워하지만 그럴 수 없는 자탄의 말이라고 간단하게 해석하여 작품이 너무 노골적으로 보이도록 하여 함축적이고 완곡한 맛을 잃어버리게 하고 또 왕일의 주는 항상 천착이 너무 지나쳐 문리(文理)가 통하지 않게 하였다. 예컨대 <상군> 중에는 "돌 여울은 얕고, 나르는 용은 훨훨거리네. 교제가 진실되지 않으니 원망이 길고, 기약이 미쁘지 않으니 나에게 한가롭지 않다고 고하네."(石瀨兮淺淺, 飛龍兮翩翩. 交不忠兮怨長, 期不信兮告余以不閑.)라고 하였는데, 이 몇 구는 본래는 윗글의 "마음이 같지 않으니 중매가 수고롭고, 은혜가 두텁지 않으니 가볍게 끊어버리네."(心不同兮媒勞, 恩不甚兮輕絶.)을 직접 받아서 온 것으로 남녀 사이에 싫어하는 틈이 생겨 소원해진 것이다. 그러나 왕일의 주에는 "친구가 서로 관계가 두텁지 않으니 오래토록 서로 원망하고 한스럽게 여김을 말한다. 그 진실로 신용을 지킨다면 비록 죄를 지어도 감히 여러 사람들에게 원한을 가지지는 않을 것임을 말한 것이다."(言朋友相與不厚, 則長相怨恨. 言其執履忠信, 雖獲罪過, 不敢怨恨於衆

人也.)라고 하였다. 홍흥조는 보주를 달아 "이것은 친구의 도를 말한 것으로 진실되면 신뢰를 받고 진실되지 못하면 원망이 생긴다. 신하가 임금에게 충성하면 임금은 마땅히 신뢰해야 하는데 도리어 나에게 한가롭지 않다고 하니 이른바 '아아 도중에 되돌아 오는데, 이미 이 다른 뜻을 가지고 있네.'(羌中道而回畔兮, 反既有此它志)라는 것이다. 이것은 굴원이 자신의 뜻을 상군에게 진술한 것이다."(此言朋友之交, 忠則見信, 不忠則生怨. 臣忠於君, 則君宜見信, 而反告余以不閑, 所謂'羌中道而回畔兮, 反既有此它志'也. 此原陳己之志於湘君也.)라고 하였다. 그들은 모두 이 몇 구를 굴원이 스스로 자신의 뜻을 하소연한 것이라고 해석하였지만 이것은 위아래의 글과 어떻게 통할 수 있겠는가? 그러므로 주희는 ≪초사변증(楚辭辯證)≫ 권상 중에서 통렬하게 반박하여 "옛날 사람들은 책을 어떻게 읽었는지 모르겠다. 글의 뜻이 분명한 것에 대하여 바로 이와 같이 어긋나서 전혀 내력과 관계가 없었다."(不知前人如何讀書, 而於其文義之曉然者, 乃直乖戾如此, 全無來歷關涉也!)라고 하였다. 그러나 주희 자신의 해설은 "대개 위의 두 구로 아랫 구를 일으켜 신에게 부탁하여도 응답하지 않는 뜻에 견준 것이다."(蓋以上二句引起下句, 以比求神不答之意也.)라고 하였다. 이것은 이 작품의 "대개 남주가 음신을 섬기는 말이며"(蓋爲男主事陰神之詞), "임금에게 충성하고 사랑한다는 뜻을 은연중에 기탁한 것이다"(以陰寓忠愛於君之意)라는 주된 취지에 부합한다. 그러나 왕일과 홍흥조의 옛 해석은 전편의 대의와 막혀서 통하기 어렵다.

주희가 해석한 것이 왕일의 옛 주보다 훨씬 뛰어나다는 것을 가장 드러내는 것은 <산귀>이다.

| | |
|---|---|
| 若有人兮山之阿, | 산의 모퉁이에 사람이 있는 듯하니, |
| 被薜荔兮帶女羅. | 줄사철나무(담쟁이)를 입고 여라(女蘿 : 새삼덩굴)를 매고 있습니다. |

| | |
|---|---|
| 既含睇兮又宜笑, | 이미 (정을) 머금고 바라보고 또 곱게 웃으니, |
| 子慕予兮善窈窕. | 그대는 내가 아리따운 자태를 잘 짓는 것을 사모합니다. |
| | |
| 乘赤豹兮從文狸, | 붉은 표범을 타고 문리(文狸)를 따르게 하고, |
| 辛夷車兮結桂旗. | 신이(辛夷 : 목련(木蓮)) 수레에 계수나무 깃발을 매었습니다. |
| 被石蘭兮帶杜衡, | 석란(石蘭)을 쓰고 곰취를 허리에 띠고, |
| 折芳馨兮遺所思 : | 향기로운 초목을 꺾어 그리운 이에게 보냅니다. |
| "余處幽篁兮終不見天, | "나는 깊은 대숲에 처하여 끝내 하늘을 보지 못하고, |
| 路險難兮獨後來." | 길은 험난하여 홀로 나중에 왔습니다." |
| | |
| 表獨立兮山之上, | 산의 위에 홀로 서 있고, |
| 雲容容兮而在下. | 구름은 아래에 있습니다. |
| 杳冥冥兮羌晝晦, | 어두워 낮에도 어둡고, |
| 東風飄兮神靈雨. | 동풍에 신령스러운 비가 흩날립니다. |
| 留靈脩兮憺忘歸, | 영수(靈脩)를 머무르게 하여 편안히 돌아갈 것을 잊어버리게 하니, |
| 歲既晏兮孰華予. | 나이는 이미 늙었는데 누가 나를 빛나게 하겠는가? |
| | |
| 采三秀兮於山間, | 산간에서 삼수(三秀 : 지초(芝草))를 따니, |
| 石磊磊兮葛蔓蔓. | 돌은 울퉁불퉁 많고 칡은 덩굴져 있습니다. |
| 怨公子兮悵忘歸, | 공자(公子)가 슬피 돌아오기를 잊은 것을 원망하니, |
| 君思我兮不得閒. | 그대는 나를 생각하지만 틈이 없습니다. |
| | |
| 山中人兮芳杜若, | 산중 사람은 두약(杜若)을 향기롭게 하여, |
| 飮石泉兮蔭松柏. | 석천(石泉)을 마시고 소나무 잣나무를 그늘로 삼습니다. |
| 君思我兮然疑作. | 그대는 나를 생각하더라도 의심이 일어납니다. |
| | |
| 雷塡塡兮雨冥冥, | 우레는 둥둥하고 비는 어두운데, |
| 猿啾啾兮又夜鳴. | 원숭이는 찍찍 또 밤에 웁니다. |

| | |
|---|---|
| 風颯颯兮木蕭蕭, | 바람은 솨아솨아 불고 나무는 쓸쓸한데, |
| 思公子兮徒離憂. | 공자를 그리워하여 한갓 시름을 만났습니다. |

이 시는 처음부터 끝까지 모두 한 사람의 입에서 나온 것이 분명하지만 왕일은 그것을 조리 없이 산만하게 해석하였다. 처음 4구에 관하여 왕일은 "사람이 있는 듯하다는 것은 산귀를 말한다"(若有人, 謂山鬼也.), "자(子)는 산귀를 말한다"(子, 謂山鬼也.)라고 해석하였는데 곧 이 산중에서 방초를 걸치고 있는 "산귀"는 마땅히 이 시의 자술자의 상대방일 것이라고 말한 것이다. 그러나 "나는 깊은 대밭에 있어서 끝내 하늘을 보지 못하네"(余處幽篁兮終不見天)라는 구 아래에서 왕일은 또 주를 달아 "산귀가 처하는 곳이 깊은 대밭 안에 있음을 말한다."(言山鬼所處, 乃在幽篁之內.)라고 하였으니 또 "나"(余) 곧 자술자를 산귀라고 하였다. 그렇다면 이 시는 도대체 산귀의 입에서 나온 것인가 아니면 다른 사람이 산귀를 읊은 것인가? 왕일의 해석은 서로 모순이 되어 읽는 사람으로 하여금 어느 것을 따라야 할지 모르게 한다. 이것뿐만이 아니다. "향기로운 초목을 꺾어 그리운 이에게 보냅니다."(折芳馨兮遺所思)라는 구 아래에서 왕일은 "그리운 이는 청렴결백한 선비를 말하니 굴원 같은 사람이다."(所思, 謂淸潔之士, 若屈原者也.)라고 해석하였다. 이것은 굴원을 자술자의 상대방으로 생각한 것이다. 그러나 "산중 사람은 두약(杜若)을 향기롭게 하여"(山中人兮芳杜若)에 이르면 또 "산중인은 굴원이 스스로를 말한 것이다."(山中人, 屈原自謂也.)라고 해석하였으니 굴원은 또 자술자가 되어 버렸다. 그밖에 왕일은 또 "영수(靈脩)를 머무르게 하여 편안히 돌아갈 것을 잊어버리게 하니"(留靈脩兮憺忘歸) 중의 "영수(靈修)"를 "회왕(懷王)"으로 해석하고 "공자(公子)가 슬피 돌아오기를 잊은 것을 원망하니"(怨公子兮悵忘歸) 중의 "공자"를 "공자 자초(子椒)"(公子子椒)라고 해석하여 이 시는 굴원이

그 임금을 그리워하는 정을 직접 펼친 작품 같지, 전혀 사람과 귀신의 사랑을 빌려 충군(忠君)의 생각을 기탁한 것 같지 않다. 그렇다면 시 중의 “산귀”는 또 주된 취지와 어떤 관계가 있는 것인가? 요컨대 왕일의 이 시에 대한 해설은 만연히 두서가 없고 온통 혼란스럽다. 주희는 “<구가> 여러 편은 빈주(賓主)·피아(彼我)의 말이 가장 분변하기 어려우니 옛 주들은 왕왕 혼동하였다. 그러므로 문의가 이어지지 않는 것이 많다.”(<九歌>諸篇, 賓主·彼我之詞, 最爲難辨, 舊注往往亂之. 故文義多不屬.)[48]라고 비평하였다. 그래서 주희는 주(注)에서 전체의 시를 모두 산귀가 자술한 말로 해석하였다. 그는 첫 4구를 해석하여 “사람이 있는 듯하다는 것은 산귀를 말한다. …… 자(子)는 귀신이 사람에게 명하고 여(予)는 귀신이 스스로 명한 것이다.”(若有人, 謂山鬼也. …… 子則設爲鬼之命人, 而予乃爲鬼之自命也.)라고 하였다. 그는 “향기로운 초목을 꺾어 그리운 이에게 보냅니다”(折芳馨兮遺所思)라는 구를 해석하여 “그리운 이는 다른 사람이 자신을 기쁘게 하고 자신은 그에게 아첨하려고 하는 것을 가리킨다.”(所思, 指人之悅己, 而己欲媚之者也.)라고 하였다. 그는 “산중 사람은 두약(杜若)을 향기롭게 하여”(山中人兮芳杜若)라는 구를 해석하여 “산중의 사람은 또한 귀신이 스스로를 말한 것이다.”(山中人, 亦鬼自謂也.)라고 하였다. 그는 또 “영수”를 “또한 앞에서 아첨하려고 하는 자를 말한다.”(亦謂前所欲媚者也)라고 해석하고 “공자”를 “곧 만류하려고 하는 영수이다.”(卽所欲留之靈修也)라고 해석하였다. 곧 주희가 볼 때 <산귀>의 전편은 모두 제1인칭으로 서술한 말이다. 이것은 시 중에 언급한 다른 하나의 인물은 “산귀”가 그리워하는 사람이라는 것을 말한다. 이것은 사람과 귀신이 서로 사랑하며 귀신을 서술자로 한 정가(情歌)이다. 물론, 주희도 역시 <산귀>는 굴원이 충

---

48) 《초사변증》 권상(卷上).

군의 뜻을 기탁한 것으로 보았다. 그는 "이 편은 문의가 가장 명료한데, 해설하는 이들은 헷갈려하였다. 지금 이미 장구를 해석하고 또 그 군신 사이의 뜻을 기탁한 것으로 말하였으니 그 향기를 먹게 된 것은 그 뜻과 품행이 깨끗함을 스스로 안다는 것을 말하는 것이다. 그 얼굴 빛의 아름다움을 말한 것은 그 재능이 높음을 스스로 안다는 것이다. 그대가 내가 아름답게 잘 하는 것을 사모한다는 것은 회왕이 처음에 자신을 귀하게 여긴 것을 말한다. 향기로운 것을 꺾어 그리운 사람에게 준다는 것은 좋은 도를 가지고 임금에게 바침을 말한다. 깊은 대밭에 처하여 하늘을 보지 못하고 길이 험하고 막히고 또 낮인데도 어두운 것은 멀리 버림당하고 장애와 가려짐을 당한 것을 말한다. 영수를 만류하려고 했지만 끝내 이른 것은 임금이 깨닫고 세속이 고치게 할 수 없었음을 말한 것이다. 공자(公子)가 나를 그리워하였지만 의심이 생긴 것을 알고 또 임금이 처음에 나를 잊지 않았지만 끝내 참소에 괴로워하게 되었음을 안다. 공자를 그리워하였는데도 공연히 걱정을 만나게 된 것은 시름과 원망을 끝까지 다하여도 끝내 임금과 신하의 의(義)을 잊을 수 없어서이다."(此篇文義最爲明白, 而說者汨之. 今旣章解而句釋之矣, 又以其託意君臣之間者而言之, 則言其被服之芳者, 自明其志行之潔也. 言其容色之美者, 自見其才能之高也. 子慕予之善窈窕者, 言懷王之始珍己也. 折芳馨而遺所思者, 言持善道而效之君也. 處幽篁而不見天, 路險艱又晝晦者, 言見棄遠而遭障蔽也. 欲留靈修而卒至者, 言未有以致君之寤而俗之改也. 知公子之思我而然疑作者, 又知君之初未忘我, 而卒困於讒也. 至於思公子而徒離憂, 則窮極愁怨, 而終不能忘君臣之義也.)[49]라고 보았다. 그러나 그는 이러한 우의(寓意)들은 정가(情歌) 중에 전체적으로 기탁한 것이지 결코 구체적인 자구에 직접적으로 나타내지는 않는다고 보았다. 주희가 말한 우의가 정확한 것인지의 여부를 떠나 그의 해석은 전체의 시를 문리가 통순하게 하고

49) ≪초사집주≫ 권2.

원문의 표면적 의미가 확연히 드러나도록 한 것은 긍정할만하다.

<구장(九章)>에 관하여 왕일은 그 이름에 얽매어 "굴원이 강남의 들에 쫓겨나 임금을 그리워하고 나라를 염려하여 걱정하는 마음이 다함이 없었기 때문에 다시 <구장(九章)>을 지었다. 장(章)은 드러내다·밝다의 뜻으로, 그 진술한 충성스럽고 미쁜 도가 매우 드러나 밝음을 말한다."(屈原放於江南之野, 思君念國, 憂心罔極, 故復作<九章>. 章, 著也, 明也, 言其所陳忠信之道甚著明也.)[50]라고 보았다. <구장>은 굴원 자신이 이 연작시를 위하여 붙인 편명인 것 같다. 그러나 주희는 "굴원이 쫓겨나 임금을 그리워하고 나라를 염려하고 일에 따라 느낀 것이 번번이 소리로 나타났다. 후인들이 그것을 모으니 그 구장을 얻게 되어 합하여 1권으로 만든 것이지 꼭 동시에 나온 말은 아니다."(屈原既放, 思君念國, 隨事感觸, 輒形於聲. 後人輯之, 得其九章, 合爲一卷, 非必出於一時之言也.)[51]라고 지적하였다. 주희의 해석은 비교적 합리적이다. 왜냐하면 <구장> 각편의 내용은 그것들이 동시에 지어질 수 없고, 또 배열한 순서도 역시 창작 시간의 선후에 부합하지 않는다는 것을 나타내주고 있기 때문이다. 예컨대 <귤송>은 마땅히 그 중에서 비교적 이른 작품일 테인데도 "절명(絶命)에 임한 소리"(臨絶之音)인 <석왕일(惜往日)>의 뒤에 놓였기 때문이다. 만약 왕일의 설에 따른다면 이러한 현상을 해석할 방법이 없다. 이는 주희가 매 작품의 지의(旨意)를 파악하는 데 뛰어났을 뿐 아니라 또 굴원 부의 전체의 편성 상황에 대해서도 역시 비교적 세밀한 고찰을 하였고 따라서 비교적 합리적인 결론을 얻었다는 것을 설명해 준다.

<복거(卜居)> 1편은 전인들은 모두 굴원의 작품이라고 보았다. 왕일

50) ≪초사보주·구장장구(九章章句)·제사(第四)≫.

51) ≪초사집주≫ 권4.

은 "굴원은 충성스럽고 곧은 성품을 타고났지만 시기를 당하였고, 참소하고 아첨하는 신하들은 임금이 그릇된 것을 따름에 따라 부귀를 얻었지만 자신은 충성스럽고 정직한 것을 행하여도 버림을 받아 마음과 뜻이 미혹되어 할 바를 몰랐다. 이에 태복의 집에 가서 신명에게 캐물어 톱풀과 거북으로 판결하여 자신이 세상에서 사는데 무엇을 마땅히 행할 것인가를 점쳤으며 다른 방책을 들음으로써 의심스러운 것들을 결정하기를 바랐기 때문에 '복거(卜居)'라고 한 것이다."(屈原體忠貞之性, 而見嫉妒, 念讒佞之臣, 承君順非而蒙富貴, 己執忠直而身放棄, 心迷意惑, 不知所爲. 乃往至太卜之家, 稽問神明, 決之蓍龜, 卜己居世何所宜行, 冀聞異策, 以定嫌疑, 故曰'卜居'也.)[52] 라고 하였다. 굴원은 분명 그러한 일이 있었던 것 같다. 주희는 "굴원은 당대의 사람들이 편안함에 익숙하고 간사하고 아첨하여 정직함을 위배하는 것을 슬프고 가엽게 여겼기 때문에 겉으로는 양자의 시비(是非)·가부(可否)를 모른다고 하여 톱풀과 거북을 빌어서 판결하고자 하여 마침내 이 말을 지어서, 그 취사(取捨)의 단서를 밝힘으로써 세속을 경계하였다. 해설하는 자가 굴원이 실로 이에 의심이 없을 수 없어서 처음에 복인에게 물으려고 한 것이라고 말한 것은 또한 잘못된 것이다."(屈原哀愍當世之人, 習安邪佞, 違背正直, 故陽爲不知二者之是非可否, 而將假蓍龜以決之, 遂爲此詞, 發其取捨之端, 以警世俗, 說者乃謂原實未能無疑於此, 而始將問諸卜人, 則亦誤矣.)[53] 라고 하였다. 주희는 문학 작품의 허구적 특징을 인식하였다. 그렇기 때문에 <복거>에 대하여 비교적 정확하게 이해하였다. 왕일의 주에 따르면 굴원은 참으로 "마음과 뜻이 미혹하여 할 바를 몰라서"(心迷意惑, 不知所爲) 이미 자신의 신념에 대하여 회의가 생긴 것처럼 보인다. 그러나 주희 마음 속의 굴원은 죽어도 변하지 않을 정도로 자신의 투쟁 의지를

52) ≪초사보주·복거장구(卜居章句)·제육(第六)≫.
53) ≪초사집주≫ 권5.

견지하는 사람이었다. 그는 분명하게 자신이 정의를 견지하고 분명 혼탁한 세상에 받아드려지지 않을 것을 알고 있었지만 그는 차라리 자신의 뜻을 위하여 죽을지언정 결코 사악한 세력과 같이 하지 않았다. 다만 "이것으로 세속을 경계하기"(以警世俗) 위하여 그는 자신과 태복의 한 단락의 대화를 허구로 지어낸 것이다. <복거>는 주희의 정확한 해석을 통하여 왕일의 주에 한 번 가려졌던 사상적인 광채가 비로소 다시 한 번 빛나게 되었다.

<어부(漁父)>의 상황은 이것과 비슷하다. 왕일은 "굴원이 지은 것이다. 굴원은 쫓겨나 강상(江湘) 사이에 있었는데 걱정하고 시름하며 탄식하고 신음하여 모습이 변하였다. 그러나 어부는 세상을 피하고 몸을 숨겨 강 가에서 고기를 잡으면서 흔연히 스스로 즐겼다. 그때에 굴원을 내와 못의 땅에서 만나서 이상하게 여겨 물어서 마침내 서로 응답한 것이다. 초 사람들은 굴원을 생각하고 그리워하여서 그 말을 서술하여 서로 전하였다."(屈原之所作也. 屈原放逐, 在江・湘間, 憂愁歎吟, 儀容變更. 而漁父避世隱身, 釣魚江濱, 欣然自樂. 時遇屈原川澤之域, 怪而問之, 遂相應答. 楚人思念屈原, 因敍其辭以相傳焉.)[54]라고 해석하였다. 굴원이 지은 것이라고 했다가 또 후인들이 "그 말을 서술하였다"(敍其辭)라고 하기도 하는데 어느 것이 옳다고 의견이 일치되지 않는다. 이에 대하여 홍흥조는 다른 관점을 표시하여 "<복거>・<어부>는 모두 문답을 가설하여 뜻을 기탁한 것일 뿐이다."(<卜居>・<漁父>, 皆假設問答以寄意耳.)[55]라고 하였고, 주희는 "굴원이 지은 것이다. 어부는 아마 또한 당시의 은둔(隱遁)한 선비일 것이다. 혹자는 또한 굴원의 가설일 뿐이라고 한다."(屈原之所作也. 漁父蓋亦當時隱遁之士. 或曰：亦原之設詞耳.)[56]라고 해석하였는데 뜻인 즉은 어부라는 사람이

54) ≪초사보주・어부장구(漁父章句)・제칠(第七)≫.
55) ≪초사보주・어부장구(漁父章句)・제칠(第七)≫.

확실히 있었는지는 단정할 수 없다는 것이다. 다시 말해서 굴원이 정말 이러한 어부를 만났을 가능성도 있고 또한 완전히 허구에서 나온 것일 수도 있는 것이지만 작품은 굴원의 손에서 나온 것이고 굴원이 스스로 그 뜻을 밝힌 작품이다.

그밖에 왕일 · 홍흥조의 옛 주는 굴원의 부에 대하여 천착부회한 곳이 여전히 매우 많았는데 주희의 주가 대부분 바로잡았다. 예컨대 <이소>의 "영분의 길한 점을 따르려고 하지만, 마음은 머뭇머뭇하고 의심하네."(欲從靈氛之吉占兮, 心猶豫而狐疑)라는 두 구절은 홍씨의 ≪보주≫에는 "영분(靈氛)의 점은 이성(異姓)에게는 길하지만 굴원에게는 안 되기 때문에 머뭇머뭇하면서 의심하는 것이다."(靈氛之占, 於異姓則吉矣, 在屈原則不可, 故猶豫而狐疑也.)[57]라고 하였지만, 주희는 "살펴보건대 윗글에는 단지 온 세상이 어둡고 어지러워 어디를 가더라도 좋은 것이 없기 때문에 분(氛)의 말에 의심이 없을 수 없음을 말한 것이다. 동성(同姓)의 설은 윗글에는 처음부터 내력이 없는데 홍흥조는 무엇에 근거하여 이것을 말했는지 모르니 또한 구한 것이 너무 지나친 것이다."(考上文但謂擧世昏亂, 無適而可, 故不能無疑於氛之言耳. 同姓之說, 上文初無來歷, 不知洪何所據而言此, 亦求之太過也.)[58]라고 지적하였다. 또 <구가 · 상부인(湘夫人)> 중의 "동정은 물결치고 나무 잎이 떨어지네."(洞庭波兮木葉下)라는 구는 왕일의 주에는 "가을바람이 빠르면 초목이 흔들리고 상수(湘水)가 물결치고 나뭇잎이 떨어짐을 말한 것이다. 이것으로 임금의 정치가 급하면 여러 백성들이 시름하고 현자가 가슴 아프게 여김을 말한 것이다."(言秋風疾則草木搖, 湘水波而樹葉落矣. 以言君政急則衆民愁, 而賢者傷矣.)[59]라고 하였는데 전혀 근거가 없고

56) ≪초사집주≫ 권5.
57) ≪초사보주 · 이소장구(離騷章句) · 제일(第一)≫.
58) ≪초사집주≫ 권1.

순전히 견강부회한 말이다. 주희는 "가을 바람이 일어나면 동정에 물결이 생기고 나뭇잎이 떨어지니 대개 그때를 기록한 것이다."(秋風起, 則洞庭生波而木葉下矣. 蓋記其時也.)[60]라고 하였다. 또 <하백(河伯)> 중의 "여인과 구하에서 노니네."(與女遊兮九河)라는 구는 왕일의 주에는 결국 "하(河)는 사독(四瀆)의 으뜸으로 그 자리는 대부(大夫)에 견주는데 굴원도 초의 대부로 벼슬로 서로 벗하려고 하였기 때문에 '여(女)'라고 한 것이다."(河爲四瀆長, 其位視大夫, 屈原亦楚大夫, 欲以官相友, 故言'女'也.)[61]라고 하여서 주희가 그를 비평하여 "그 견강부회함이 이와 같다!"(其鑿如此!)[62]라고 하게 되었다.

왕일과 홍흥조의 옛 주에는 상술한 여러 가지의 견강부회하는 병폐가 있었기 때문에 늘 작품의 뜻을 곡해하거나 혹은 오해하였다. 그리하여 비록 그들의 본의는 또한 굴원의 충군애국 사상을 밝히려고 한 것이지만 결과는 도리어 그 반대가 되어 결국 굴원 부의 사상적 광채와 예술적 매력을 약화시켰다. 주희의 주는 옛 주에 비하여 장족(長足)의 진전이 있다. 주희의 문학 감상 능력은 왕일과 홍흥조보다 훨씬 뛰어났다. 그는 굴원의 사상 감정에 대해서도 더욱 깊은 이해와 공감이 있었기 때문에 주희의 주는 왕왕 여룡(驪龍)의 진주를 얻듯 할 수 있어서 독자들이 굴원의 부를 이해하는 데 매우 많은 도움이 된다.

---

59) ≪초사보주・구가장구(九歌章句)・제이(第二)≫.
60) ≪초사집주≫ 권2.
61) ≪초사보주・구가장구(九歌章句)・제이(第二)≫.
62) ≪초사집주≫ 권2.

## 제3절 주희의 ≪초사≫의 비흥 수법에 대한 분석

≪초사≫ 특히 <이소>는 낭만주의 정신이 풍부한 작품이다. 시인은 비룡(飛龍)과 요상(瑤象), 봉황과 난새를 몰아서 홀연 위로 하늘의 대문을 두드렸다가 홀연 멀리 낭풍산(閬風山)에 이르러 복비(宓妃)와 유숭씨(有娀氏)의 딸에게 구애하고 무함(巫咸)·중화(重華)에 대하여 말을 진술하고 일체의 시공의 한계를 깨고 자신과 천지와 같이 오래한다는 충정(忠貞)과 육합(六合)도 받아들이기 어려운 고민을 서술하고 묘사하였다. 전체의 시는 풍부한 상상과 기이한 비유로 가득 찼는데 ≪시경≫의 비흥 수법을 계승하고 발전시킨 모범적인 예로서 바로 유협(劉勰)이 말한 바와 같이 "삼려(三閭)의 충렬(忠烈)은 ≪시(詩)≫에 의거하여 <소(騷)>를 지었고 풍(諷)에 비흥을 겸하였다."(三閭忠烈, 依詩制騷, 諷兼比興.)[63] 왕일은 이에 대하여 또한 견해가 있었는데 그는 <이소경서(離騷經序)> 중에서 "<이소>의 글은 ≪시≫에 의거하여 흥을 취하였고 류(類)를 끌어 비유하였다. 그러므로 착한 새와 향초는 충정(忠貞)함에 짝지었고, 악한 짐승과 냄새나는 물건은 참소하고 아첨하는 자에 견주었고, 영수(靈修)와 미인(美人)은 임금에 짝하였고, 복비(宓妃)와 일녀(佚女)는 현신에 비유하였고, 규룡(虯龍)과 난새·봉황으로 군자(君子)에 비유하였고, 회오리바람과 구름·무지개는 소인(小人)으로 삼았다. 그 말은 온건(溫健)하고 전아(典雅)하며 그 뜻은 깨끗하고 밝다. 많은 군자는 그 청렴하고 고상함을 사모하고 그 문채(文彩)를 좋다고 여기고 그 불우(不遇)함을 슬퍼하고 그 뜻을 가엽게 여기지 않음이 없었다."(<離騷>之文, 依詩取興, 引類譬喩. 故善鳥香草, 以配忠貞 ; 惡禽臭物, 以比讒佞 ; 靈修美人, 以媲於君 ; 宓妃佚女, 以譬賢臣 ; 虯龍鸞鳳, 以託君

63) ≪문심조룡(文心雕龍)·비흥(比興)≫.

子 ; 飄風雲霓, 以爲小人. 其詞溫而雅, 其義皎而朗. 凡百君子, 莫不慕其淸高, 嘉其文采, 哀其不遇, 而愍其志焉.)라고 하였다. 주희는 ≪초사변증≫ 권상 중에서 “지금 살펴보건대, 왕일의 이 말은 득도 있고 실도 있다. 그가 충정에 짝짓고 참소하고 아첨하는 자에 견주고 영수와 미인을 말한 것은 옳은 것이다. 대개 곧 ≪시≫의 이른바 비(比)이다. 복비와 일녀 같은 것은 곧 미인이고, 규룡과 난새·봉황은 또한 착한 새의 무리일 뿐이니 마땅히 따로 조항을 내어 또 다른 뜻을 세워서는 안 될 것이다. 회오리바람과 구름·무지개는 또한 소인의 비유가 아니니 왕일의 설은 모두 잘못된 것이다.”(今按逸此言, 有得有失. 其言配忠貞, 比讒佞, 靈修美人者, 得之. 蓋卽≪詩≫所謂比也. 若宓妃佚女, 則便是美人 ; 虯龍鸞鳳, 亦善鳥之類耳, 不當別出一條, 更立它義也. 飄風雲霓, 亦非小人之比, 逸說皆誤.)라고 지적하였다.

어떻게 해서 왕일은 득도 있고 실도 있는 것인가? 왜냐하면 그는 굴원 부(賦) 중의 비흥 수법을 간단한 비유로 이해하였기 때문에 시 중에 언급된 초목(草木)·조수(鳥獸)나 혹은 기타 사물을 모두 하나하나 비유의 대상을 찾아내려고 하였고 그 결과 단지 우연히 말이 들어맞을 수밖에 없었기 때문이다. 그러나 주희는 그와 다르다. 그는 ≪초사집주≫를 짓기 전에 일찍이 이미 ≪시집전≫을 지은 적이 있고 ≪시경≫ 중의 “부·비·흥”의 여러 가지 예술 수법에 대하여 깊은 연구가 있었던 것이다. 그러므로 그가 ≪초사≫의 연구에 착수할 때 능숙하게 ≪시집전≫의 체례에 따라 부·비·흥의 시각에서 굴원 부에 대하여 예술적으로 분석하였다. 그는 말하였다.

> 부(賦)는 곧장 그 일을 곧장 진술하는 것이고, 비(比)는 믈(物)을 취하여 견주는 것이고, 흥(興)은 물(物)에 기탁하여 말을 일으키는 것인데, 그것이 나누어지는 까닭은 또 그 말을 엮어서 뜻을 부여하는 차이로 구별하는 것이다. ≪시≫를 읊조리는 자가 먼저 이것을 분변한다면 삼백편은 그물이 벼리에

있는 것처럼 조리가 있고 문란하지 않을 것이다. ≪시≫뿐만이 아니라 초인의 사도 역시 이것으로 구한다면 그 정을 초목에 기탁하고 뜻을 남녀에 기탁하여서 노닐며 살펴보는 즐거움을 다한 것은 변풍(變風)의 지류(支流)이다. 그 일을 서술하고 정을 표현하고, 시절을 느끼고 옛것을 그리워함으로써 임금과 신하의 뜻을 잊지 않는 것은 변아의 부류이다. 명혼하여 예를 넘는 것을 말하고 원망과 분노를 표출하여 중용을 잃어버린 것은 풍(風)·아(雅)가 다시 변한 것이다. 그 귀신에게 제사하고 노래하고 춤추는 성대함을 말한 것은 송(頌)에 가까우니 그 변화는 또 심한 바가 있다. 그 부(賦)가 됨은 <소경(騷經)>의 첫 장에 말한 것과 같고. 비(比)는 향초와 악(惡)한 사물 따위이고, 홍(興)은 물(物)에 기탁하여 말을 일으켜 애초에 뜻을 취하지 않았으니 예컨대 <구가>의 "원수의 백지와 예수의 난초"(沅芷澧蘭)는 그것으로 "공자를 그리워하여 감히 말하지 못하네."(思公子而未敢言)를 일으킨 것 따위이다. 그러나 ≪시(詩)≫는 홍이 많고 비·부가 적으며 <소(騷)>는 홍이 적고 비·부가 많으니 요컨대 반드시 이것을 분변한 다음에야 말의 뜻을 찾을 수 있으니 독자들은 살피지 않으면 안된다.(賦則直陳其事, 比則取物爲比, 興則託物興詞, 其所以分者, 又以其屬辭命意之不同而別之也. 誦≪詩≫者先辨乎此, 則三百篇者, 若網在綱, 有條而不紊矣. 不特≪詩≫也, 楚人之詞, 亦以是而求之, 則其寓情草木, 託意男女, 以極遊觀之適者, 變風之流也. 其敍事陳情, 感今懷古, 以不忘乎君臣之義者, 變雅之類也. 至於語冥婚而越禮, 抒怨憤而失中, 則又風·雅之再變矣. 其語祀神歌舞之盛, 則幾乎頌, 而其變也, 又有甚焉. 其爲賦, 則如<騷經>首章之云也；比, 則香草惡物之類也；興, 則託物興詞, 初不取義, 如<九歌>"沅芷澧蘭"以興"思公子而未敢言"之屬也. 然≪詩≫之興多而比·賦少, <騷>則興少而比·賦多, 要必辨此, 而後詞義可尋, 讀者不可以不察也.)[64]

이것으로 주희는 한편으로는 ≪초사≫는 ≪시경≫과 마찬가지로 부·비·홍 등의 예술 수법을 운용하였다고 보았다는 것을 알 수 있다. 다른 한편으로는 또 ≪초사≫는 ≪시경≫과 다른 점이 있으니 그 요점은 "≪시≫는 홍이 많고 비·부가 적고 <소>는 홍이 적고 비·부가 많

64) ≪초사집주≫ 권1 제해(題解).

다."(≪詩≫之興多而比・賦少, <騷>則興少而比・賦多)는 것임을 의식하고 있었다. 주희의 관찰은 매우 자세하지만 애석하게도 후자의 원인에 대하여 한걸음 더 나아간 탐색과 토론을 하지 못하였는데, 그렇지 않았다면 아마도 "비・흥"의 특징에 대하여 더욱 깊이 이해했을 것이다.

그렇다면 주희는 어떻게 굴원 부 중의 부・비・흥 수법을 해석하고 분석하였을까? 맨 먼저 그는 옛 주에서 한 구절마다 주를 다는 방법을 바로잡아 장(章)을 단위로 해석하는 것으로 바꾸었다. 그는 "시를 해설하는 자는 본래 구(句)마다 그 해석하는데, 또한 단지 그 구(句)중에서의 훈고 자의만 볼 수 있을 뿐이다. 한 장(章) 내에서 위와 아래가 서로 이어지고 머리와 꼬리가 서로 응하는 큰 뜻은 스스로 마땅히 전체 장을 통하여 논해야 그 뜻을 얻을 수 있게 된다. 지금 왕일은 <소>의 해석을 하는데 상반구 아래에 훈고를 넣고, 하반구 아래는 또 상반구의 문의를 통하여 다시 해석하고 있으니 그 중복되고 번쇄함이 심하다. ≪보주≫는 바로잡지 못한데다 또 그 잘못을 따랐으니 지금 아울러 삭제하고 ≪시전(詩傳)≫의 예를 본떠 일률적으로 전체의 장을 가지고 끊어서 먼저 글자의 뜻을 새긴 다음에 장안의 뜻을 통 털어 해석하였다."(凡說詩者, 固當句爲之釋, 然亦但能見其句中之訓詁字義而已. 至於一章之內, 上下相承, 首尾相應之大旨, 自當通全章而論之, 乃得其意. 今王逸爲<騷>解, 乃於上半句下, 便入訓詁, 而下半句下, 又通上半句文義而再釋之, 則其重複而繁碎甚矣. ≪補注≫旣不能正, 又因其誤, 今幷删去, 而倣≪詩傳≫之例, 一以全章爲斷, 先釋字義, 然後通解章內之意云.)[65]라고 하였다. 그는 <이소>의 모든 장절(章節)에 대하여 모두 "부이다"(賦也)・"비이다"(比也)・"부이면서 비이다"(賦而比也)・"비이면서 부이다"(比而賦也) 등등을 표시(標示)하여 밝혔다.[66] 부체는 비교적 간단하니 많이 말할 필요

65) ≪초사변증≫ 권상(卷上).

66) 명 육시옹(陸時雍)은 "시는 육의(六義)가 있는데 비(比)・흥(興)・부(賦)가 그 셋을 차지

가 없다. 주희의 이른바 "비"는 모두 한 장을 전체로 가리켜 말한 것이며, 이것은 왕일이 이해한 어떤 명사가 독립적으로 이루어진 비유와는 매우 큰 차이가 있다. 후자는 왕왕 경강부회로 흘러 간혹 글 뜻이 깨지고 말투가 얽매게 한다. 그러나 전자는 이러한 결점이 거의 없다. 예컨대 <이소> 중의 다음과 같은 단락이 있다.

| | |
|---|---|
| 前望舒使先驅兮, | 망서(望舒)를 앞세워 먼저 달려가게 하고, |
| 後飛廉使奔屬. | 비렴(飛廉)을 뒤따르게 하여 달려오며 잇게 하였습니다. |
| 鸞鳳爲余先戒兮, | 난새와 봉황은 나를 위하여 먼저 경계하고, |
| 雷師告余以未具. | 뇌사(雷師)는 나에게 아직 갖추어지지 않았다고 고합니다. |

| | |
|---|---|
| 吾令鳳鳥飛騰兮, | 나는 봉조(鳳鳥)에 명령하여 날아오르게 하고, |
| 繼之以日夜. | 밤낮을 이었습니다. |
| 飄風屯其相離兮, | 회오리바람은 모였다가 서로 떨어지고, |
| 帥雲霓而來御. | 구름과 무지개를 이끌고 와서 맞았습니다. |

| | |
|---|---|
| 紛總總其離合兮, | 어지러이 모였다가 떨어졌다 합쳤다 하며, |
| 斑陸離其上下. | 얼룩얼룩 반짝이며 오르락내리락 합니다. |
| 吾令帝閽開關兮, | 나는 상제의 문지기에게 명령하여 빗장을 열라고 하였지만, |
| 倚閶闔而望予. | (그는) 창합문(閶闔門)에 기대어 나를 바라보았습니다. |

한다. 주회옹(朱晦翁)은 <이소>에 주를 달아 예를 일으켰다. 비·흥·부를 나누어 해석하였다. 나는 <소>와 ≪시≫는 같지 않다고 생각한다. <소> 중에는 비·부가 섞여 나오는 것도 있고 부 중에 비를 겸한고 비 붕에 부를 겸한 것도 있다. 만약 하나의 예에 얽매어 정한다면 뜻은 마르고 말은 막힐 것이다."(詩有六義, 比興賦居其三. 朱晦翁注<離騷>依詩起例, 分比·興·賦而釋之. 余謂<騷>與≪詩≫不同. <騷>中有比·賦集出者, 有賦中兼比·比中兼賦者, 若泥定一例, 意枯而語滯矣.)(육시옹, ≪초사소(楚辭疏)≫, <이소조례(離騷條例)>, 명 집류재(緝柳齋) 간본)라고 하였다. 육씨는 ≪초사집주≫ 중의 "부이면서 비이다"(賦而比也)·"비이면서 부이다"(比而賦也) 따위의 분석에 대해서는 보고도 보지 못하였으니 무엇 때문인지 모르겠다.

왕일의 이 중의 명사에 대한 주석은 다음과 같다. “망서(望舒)”는 “달이 빛나는 것으로 신하의 청렴결백함을 비유한 것이고”(月體光明, 以喩臣淸白也), “비렴(飛廉)”은 “바람은 호령이니 임금의 명령을 비유한 것이며”(風爲號令, 以喩君命), “난새와 봉황”(鸞鳳)은 “인자하고 지혜로운 선비를 비유한 것이고”(以喩仁智之士), “뇌사(雷師)”는 “우레는 제후이니 임금을 일으킨 것이고”(雷爲諸侯, 以興於君), “회오리 바람”은 “무상한 바람이니 사악한 무리를 일으킨 것이고”(無常之風, 以興邪惡之衆), “구름과 무지개”(雲霓)는 “악한 기운이니 아첨하는 사람을 비유한 것이다”(惡氣, 以喩佞人) 등등은 모두 천착부회를 면치 못한 것이다. 그러나 주희는 전체적으로 말하자면 이 한 단락은 “비이면서 부이다”(比而賦)라고 보았다. 그는 왕일의 주를 비평하여 “망서 · 비렴 · 난새와 봉황 · 뇌사(雷師) · 회오리바람 · 구름과 무지개는 단지 신령이 그를 위하여 옹호하고 봉사하여 그 호위하는 위엄이 성대함을 보인 것일 뿐 애초에 선악의 구분이 없었다. 옛 주에는 곡절하게 그 설을 만들어 달을 청렴결백한 신하라고 하고 바람은 호령하는 상이라고 하고 난새와 봉황은 밝고 지혜로운 선비라고 하고 뇌사는 홀로 백리를 놀라게 할 수 있어서 제후가 되게 하였다지만 모두 의리(義理)는 없다. 심지어 회오리바람 · 구름과 무지개를 소인이라고 한 것은 <권아(卷阿)>에 ‘회오리바람이 남쪽에서 불어오네.’(飄風自南)라고 하였고, ≪맹자≫에 ‘백성들이 탕왕(湯王) · 무왕(武王)을 구름과 무지개처럼 바라보았다’(民望湯 · 武如雲霓)라고 하였는데 모두 소인의 상이라고 할 것인가!”(望舒 · 飛廉 · 鸞鳳 · 雷師 · 飄風 · 雲霓, 但言神靈爲之擁護服役, 以見其仗衛威儀之盛耳, 初無善惡之分也. 舊注曲爲之說, 以月爲淸白之臣, 風爲號令之象, 鸞鳳爲明智之士, 而雷師獨以震驚百里之故使爲諸侯, 皆無義理. 至以飄風 · 雲霓爲小人, 則夫<卷阿>之言‘飄風自南’, ≪孟子≫之言‘民望湯 · 武如雲霓’者, 皆爲小人之象也耶!)[67]라고 하였다. 그는 또 “산과 내를 건너고 온갖 신들을 몰고 부려서 아래로 회오리바람·구름과 무지개 따위까지 이른 것은 또한 두루 우언(寓言)으로 반드시 비유하는 바가 있는 것은 아니다. 두 주는 거의 모두 곡절하게 그 설을 지었지만 도리어 글의 뜻을 해친 것이다."(至於經涉山川, 驅役百神, 下至飄風·雲霓之屬, 則亦汎爲寓言, 而未必有所擬倫矣. 二注類皆曲爲之說, 反害文義.)[68]라고 하였다. 또 <이소>의 아래의 절과 같다.

| | |
|---|---|
| 索藑茅以筳篿兮, | 띠풀과 산가지를 찾아, |
| 命靈氛爲余占之. | 영분(靈氛)에게 명령하여 나를 위하여 점을 치게 하였습니다. |
| 曰："兩美其必合兮, | "두 아름다움은 반드시 합할 것이니, |
| 孰信脩而慕之？ | 누가 진실로 닦아 (그를) 사모하겠습니까? |
| "思九州之博大兮, | 구주(九州)의 넓고 큰 것을 생각하니, |
| 豈唯是其有女？" | 어떻게 단지 여자가 있겠습니까?" |
| 曰："勉遠逝而無狐疑兮, | "애써 멀리 가서 의심하지 마십시오, |
| 孰求美而釋女？ | 누가 아름다움을 구하면서 당신을 놓아두겠습니까? |
| "何所獨無芳草兮, | 어느 곳에 홀로 향기로운 풀이 없겠습니까? |
| 爾何懷乎故宇？ | 당신은 왜 옛 집을 그리워합니까? |

이 절 중의 두 "왈(曰)"자 이하는 모두 "영분(靈氛)"의 말이며 여러 사람들이 다른 해석이 없다. 그러나 영분이 말한 내용에 대해서는 서로 다른 견해가 있다. 왕일은 "영분은 충신으로서 현명한 임금에게 나아가면 두 가지 아름다움이 반드시 합치하여 초 나라에 누가 선악을 믿고 밝히고 충성과 정직을 수행하여 서로 사모하여 미치려고 하겠는가?라

67) ≪초사변증≫ 권상(卷上).
68) ≪초사변증≫ 권상(卷上).

고 말한 것이다."(靈氛言以忠臣而就明君, 兩美必合, 楚國誰能信明善惡, 修行忠直, 欲相慕而及者乎?)라고 하고, 또 "나는 천하가 넓고 큰 것을 생각하는데 어떻게 유독 초 나라에만 신하가 있어서 멈출 수 있겠는가?라고 말한 것이다."(言我思念天下之博大, 豈獨楚國有臣而可止乎?)라고 하고 또 "어떻게 유독 현명하고 좋은 인품의 임금이 없으며, 뭣 하러 굳이 옛날 살던 곳을 생각하여 떠나지 않을 필요가 있겠는가? 라고 말한 것이다."(言何獨無賢芳之君, 何必思故居而不去也.)[69]라고 하였다. 이에 대하여 주희는 "'두 가지 아름다움이 반드시 합치한다.'(兩美必合) 이것도 역시 남녀에 기탁하여 말한 것이다. 주(注)에는 곧장 임금과 신하를 가지고 말을 하였으니 그 뜻을 얻었지만 그 말은 잃은 것이다. 아래 장에 '누가 아름다움을 찾으면서 너를 놓아두겠는가?'(孰求美而釋女)라는 것도 역시 그렇다. '어떻게 다만 그 여자가 있을 뿐이겠는가?'(豈惟是有其女)라고 말하고 '어떻게 다만 초 나라에만 충신이 있겠는가?'(豈惟楚有忠臣)라고 한 것은 멀리 어긋났다."('兩美必合', 此亦託於男女而言之. 注直以君臣爲說, 則得其意而失其辭也. 下章'孰求美而釋女', 亦然. 至說'豈惟是有其女', 而曰'豈惟楚有忠臣', 則失之遠矣.)[70]라고 지적하였다. 이른바 "그 뜻을 얻었지만 그 말은 잃었다"(得其意而失其辭)는 것은 왕일의 위에 인용한 시구의 최종적인 뜻에 대한 이해는 옳지만 그의 원문 자체에 대한 해석은 정확하지 않다는 것을 말한다. 왜냐하면 주희가 보건대 굴원이 영분의 입에 가탁한 이 단락은 그 직접적인 글 뜻은 남녀의 애정에 관한 것이고 이른바 "임금과 신하"(君臣) 관계는 단지 거기에 내포된 비흥 의의일 뿐이기 때문이다. 분명히 만약 <이소> 중의 윗글에서 서술한 "복비의 소재를 찾는다"(求宓妃之所在) · "유숭씨의 아름다운 딸을 본다."(見有娀之佚女) · "나는 짐새에 명령하여 중매를 하게 하였다"(吾令鴆

---

69) ≪초사보주 · 이소장구 · 제일≫.

70) ≪초사변증≫ 권상(卷上).

爲媒兮) 등의 내용으로 헤아린다면 주희의 해석이 정리(情理)에 맞는 것이다. 그러나 주희가 왕일보다 뛰어난 까닭은 바로 그가 단순하게 한 구절 내지 한 낱말이 하나의 비흥이라고 여긴 것이 아니라 전 단락의 문자의 전체로부터 그중의 비흥 의의를 인식한 것이라는 데 있다. 이것은 ≪초사≫의 비흥 수법이 ≪시경≫의 기초 위에 또 새로운 발전을 하였으며 주희의 비흥 수법에 대한 인식도 또한 따라서 새로운 발전이 있었다는 것을 설명해 준다.

주희는 "장(章)"을 단위로 하여 ≪초사≫ 중의 비흥 수법에 대하여 분석하였는데 후인들 가운데에도 옳다고 여기지 않는 사람도 있었다. 예컨대 청 유헌정(劉獻庭)은 "<이소>의 주석은 수 십 가(家)에 달하는데, 유독 왕일이 약간 뛰어나다고 할 수 있는데, 명물을 주석한 것이 그래도 의거할 만한 것이 있다. 고정(考亭) 같은 이는 본래 곳곳마다 부・비・흥으로 가지고 짝지어 매 4구를 한 단위로 삼다보니 마침내 기맥이 끊기고 단조롭고 진부하여 사람으로 하여금 읽을수록 더욱 의혹이 생기게 한다. 그러므로 <이소>의 뜻이 한 번 감춰져서 다시 드러나지 않은 것은 고정으로부터 비롯된 것이다."(<離騷>注釋, 不下數十家. 獨王逸爲稍勝之. 注釋名物, 尙有可依據者. 若考亭本處處以賦・比・興配之, 每四句爲一截, 遂使氣脈斷絶, 死板呆腐, 令人愈讀愈惑. 故<離騷>之旨意一隱而不復再顯者, 自考亭始也.)[71]라고 하였다. 유씨의 지적과 책망은 정확하지 않다. 왜냐하면 ≪초사집주≫는 비록 <이소>를 분석할 때 "매 4구를 한 단위로 삼았는데"(每四句爲一截) 주희가 그렇게 한 것은 단지 주해의 편의를 위한 것일 뿐이고 그는 스스로 "≪시전≫의 예를 본떠 한 결 같이 전체의 장을 가지고 끊었다"(倣≪詩傳≫之例, 一以全章爲斷)[72]라고 말하고 있으며, 실은 문리에 깊고 밝은 주희가

---

71) <이소경총론(離騷經總論)>, ≪이소경강록(離騷經講錄)≫(절강도서관(浙江圖書館) 장(藏) 초본(鈔本))에 보인다.

어떻게 <이소>가 반드시 4구를 한 장으로 삼고 있지는 않다는 것을 몰랐겠는가? <이소> 중의 "여수(女嬃)는 (나를) 당기면서, 거듭거듭 나를 꾸짖습니다. '곤(鯀)은 강직하여 몸조차 잊어버렸지만, 끝내 우산(羽山)의 들에서 죽었네. 너는 왜 널리 충간(忠諫)하고 닦기를 좋아하여, 어지러이 홀로 이러한 아름다운 절조를 가지고 있느냐? 조개풀과 도꼬마리를 쌓아 놓아 방을 가득 채웠는데, (너는) 판연히 홀로 떨어져 차지 않는구나.'라고 합니다."(女嬃之嬋媛兮, 申申其詈予. 曰 : "鯀婞直以亡身兮, 終然殀乎羽之野. 汝何博謇而好脩兮, 紛獨有此姱節. 薋菉葹以盈室兮, 判獨離而不服.)라고 한 것을 한 번 보면, 주희는 비록 이 8구를 두 장(章)에 나누었지만 그는 앞 장을 풀이하여 "여수의 말을 기록한 것이다"(記女嬃之詞也.)라고 하고 또 뒷장을 풀이하여 "이것도 역시 여수가 말한 것이다."(此亦女嬃言也.)라고 하였다. 그가 어찌 이 두 장(章)이 하나로 꿰뚫고 있다는 것을 몰랐겠는가?

그 다음에 주희는 굴원이 비흥 수법을 운용할 때 이미 ≪시경≫에 비해 새로운 발전이 있다는 것에 주의를 기울였다. 굴원의 필치 하에서 비유는 서로 닿을 듯 닿지 않는 듯하며, 평이하면서도 청신[輕虛空靈]한 예술 수법이기 때문에 주석자가 시의 뜻을 해석할 때 결코 그것들은 너무 곧이곧대로 하거나 너무 구체적으로 말해서는 안 된다. 그렇지 않으면 독자들은 아무런 맛을 느끼지 못하게 되어 굴원 부의 예술적인 매력을 느끼기 어렵게 되고 또 왕왕 잘못된 비유를 인용하여 본래의 뜻을 잃어버릴 수 있게 된다. 예컨대 <이소>에는 "초목이 떨어지니, 미인의 늙음을 두려워할 뿐입니다."(惟草木之零落兮, 恐美人之遲暮.)라는 구는 왕일의 주에는 "미인은 회왕을 말하며, 인군은 복식이 아름답기 때문에 미인이라고 하는 것이다."(美人謂懷王也, 人君服飾美好, 故言美人也.)라고 하였고,

72) ≪초사변증≫ 권상(卷上).

또 "구천(九川)을 가리켜 증인으로 삼나니, 오직 영수(靈修) 때문입니다." (指九天以爲正兮, 夫惟靈修之故也.)라는 구의 왕일의 주에는 "영은 신령스럽다는 것이다. 수는 멀다는 것이다. 신명스럽고 멀리 볼 수 있는 자는 덕에 머물기 때문에 그것으로 임금을 비유한 것이다."(靈, 神也. 修, 遠也. 能神明遠見者, 居德也, 故以喩君.)[73]라고 하였는데 모두 매우 간단한 비유로 이해한 것이다. 주희는 이러한 해석에 동의하지 않았다. 그는 "<이소>는 영수미인을 임금으로 보았는데 대개 남녀의 말에 의탁하여 임금에 뜻을 기탁한 것이지 바로 가리켜 이름을 붙인 것이 아니다. 영수는 그 빼어나고 지혜로우며 수양하고 꾸미는 것을 말하니 아낙네가 지아비를 좋아한다는 이름이다. 미인은 바로 아름다운 사람을 말한 것이니 남자가 여자를 좋아하는 것을 이름이다. 지금 왕일 등은 직접 그것으로 임금을 가리키고 또 영수를 신명하여 멀리 본다고 해석하고 미인을 복식이 아름다운 것이라고 해석하였으니 크게 잘못된 것이다."(<離騷>以靈修・美人目君, 蓋託爲男女之辭而寓意於君, 非以是直指而名之也. 靈修, 言其秀慧而修飾, 以婦悅夫之名也. 美人, 直謂美好之人, 以男悅女之號也. 今王逸輩乃直以指君, 而又訓靈修爲神明遠見, 釋美人爲服飾美好, 失之遠矣.)[74]라고 하였다.

주희는 또 굴원 부 중의 부・비・흥의 여러 수법들은 항상 일종의 얽히고설킨 복잡한 다차원의 관계를 보이고 있고 이 점은 <구가>에서 더욱 두드러진다는 것에 주의를 기울였다. 주희는 <구가>를 평론하여 "대개 군신의 뜻으로 말하면 모든 작품은 모두 신을 섬기는 것에 비유로 삼았지 다른 뜻은 섞지 않았다. 신을 섬긴다는 뜻으로 말하면 그편 내에는 또 간혹 그 자체로 '부'가 되기도 하고 '비'가 되기도 하고 '흥'이 되기도 하는데 각기 마땅함이 있다. 그러나 나중의 독자들은 전체가

73) 《초사보주・이소장구・제일》.

74) 《초사변증》 권상(卷上).

비라는 것에 눈이 어두웠던 까닭으로 그 치밀하지 못한 경우는 다른 것으로 찾아 비슷하지도 않고 그 치밀한 경우는 또 직설적이어서 너무 노골적며 또 그 심한 것은 그 편중의 글 뜻이 곡절진 것까지도 잃어버려 모두 더 이상 옛날 성정을 음영하던 본래의 뜻이 없다."(蓋以君臣之義而言, 則其全篇皆以事神爲比, 不雜它意. 以事神之意而言, 則其篇內又或自爲賦, 爲比, 爲興, 而各有當也. 然後之讀者, 昧於全體之爲比, 故其疏者以它求而不似, 其密者又直致而太迫, 又其甚則幷其篇中文義之曲折而失之, 皆無復當日吟詠情性之本旨.)[75]라고 하였다. 이 발견은 <구가>의 주제를 정확하게 이해하는 데 극히 중요하다. 왜냐하면 <구가> 중의 수많은 편장(篇章), 예컨대 <상군(湘君)>·<상부인(湘夫人)>·<소사명(少司命)>·<산귀(山鬼)> 등은 모두 애매모호하게 써서 그 속에는 사람과 귀신 그리고 남녀 사이의 두 가지 관계가 교차되어 있기 때문이다. 문자 상으로는 이 시들은 모두 신에게 제사지내는 악가(樂歌)로서, 사람(무당)의 신에 대한 경모(景慕)와 애련(愛戀)을 묘사한 것이다. 그러나 사람과 귀신은 왕왕 남녀 이성으로 주희의 말로 한다면 "혹은 여성인 무당이 남성인 신에게 내리고 혹은 남성인 주인이 여성인 귀신을 받아들이는"(或以陰巫下陽神, 或以陽主接陰鬼)[76] 것이다. 이러한 남녀의 정은 또 모두 이성에 맹목적으로 짝사랑하지만 받아들여지지 않는 떨쳐버릴 수 없는 뼈에 사무치는 짝사랑의 그리움들이다. 그리하여 마치 아득한 거문고 줄밖의 소리처럼 글과 행간에 시인의 "미쁘지만 의심을 받고 충성스럽지만 비방을 당하는"(信而見疑, 忠而被謗) 고통과 조국과 군왕(君王)에 대한 끊고 싶어도 차마 그렇게 할 수 없는 깊은 정이 스며들어 있다. 왕일은 <구가> 중에 내포되어 있는 "충군애국의 뜻"(忠君愛國之意)을 직접 느꼈지만 그의 해석과 분석은 "직설적이고 너무 노골적이어서"(直致而太

75) ≪초사변증≫ 권상(卷上).

76) ≪초사변증≫ 권상(卷上).

迫), 그는 그중의 신기(神祇)는 직접 군왕을 비유한 것이라고 보았기 때문에 그 해설은 항상 혼란에 빠졌다. 윗글에서 언급한 <상군>과 <산귀>는 가장 명백한 예이다. 그러나 주희는 그렇지 않다. 그는 굴원이 <구가> 중에 기탁한 "충군애국의 뜻"(忠君愛國之意)을 왕일보다 더욱 깊이 체득하였지만 그는 그것은 그 전편(全篇)에 걸친 비유 의의를 가리켜 말한 것이라고 보았다. 한 편의 작품의 내부는 또 각각 부・비・흥의 각종의 수법이 있다. 다시 말해서 전편(全篇)의 비(比) 아래에는 또 부분적인 하위 개념의 비 혹은 부・흥이 용납될 수 있는 것이다. 다음에 <상군>을 예로 삼아 주희가 어떻게 분석하고 있는지를 살펴본다.

君不行兮夷猶, 님은 가지 않고 머뭇거리니,
蹇誰留兮中洲? 누구를 위하여 모래톱에 머물고 있는가?
美要眇兮宜修. 아름다이 아름답고 잘 어울리게 치장하여,
沛吾乘兮桂舟. 급히 나는 계수나무 배를 타네.
令沅湘兮無波, 원수(沅水)와 상수(湘水)에 물결이 없게 하고,
使江水兮安流! 강수(江水)가 천천히 흘러가게 하네.

望夫君兮未來, 님을 바라보지만 오지 않는데,
吹參差兮誰思! 퉁소를 불어 누구를 그리워하는가?

駕飛龍兮北征, 나는 용에 멍에를 메어 북쪽으로 가서,
邅吾道兮洞庭. 동정(洞庭)에서 내 길을 돌립니다.
薜荔柏兮蕙綢, 줄사철나무의 발에 혜초의 방장,
蓀橈兮蘭旌. 꽃창포(石菖蒲)의 노에 목란의 깃발입니다.
望涔陽兮極浦, 잠양(涔陽)을 바라보고 포구(浦口)를 다하며,
橫大江兮揚靈. 대강을 가로질러 영기(靈氣)를 드날립니다.

| | |
|---|---|
| 揚靈兮未極, | 영기(靈氣)를 드날려 다하지 않으니, |
| 女嬋媛兮爲余太息. | 여인은 아름다이 나를 위하여 한숨을 쉬네. |
| 橫流涕兮潺湲, | 눈물이 줄줄이 마구 흘러내리니, |
| 隱思君兮悱惻. | 남몰래 님을 그리워하여 슬퍼하네. |
| | |
| 桂櫂兮蘭枻, | 계수나무 상앗대(노)에 목란의 키(노), |
| 斲冰兮積雪. | 쌓인 눈에 얼음을 깹니다. |
| 采薜荔兮水中, | 물속에서 줄사철나무를 따고, |
| 搴芙蓉兮木末. | 나무 끝에서 연꽃을 땁니다(뽑습니다). |
| 心不同兮媒勞, | 마음이 같지 않아 중매가 수고로우니, |
| 恩不甚兮輕絶. | 은혜는 깊지 않아 가볍게 끊어버립니다. |
| | |
| 石瀨兮淺淺, | 돌 여울은 빨리 흐르고, |
| 飛龍兮翩翩. | 나르는 용은 가볍고 빠릅니다. |
| 交不忠兮怨長, | 사귐이 충실하지 않으니 길이 원망하는데, |
| 期不信兮告余以不閒. | 약속을 하였지만 신용을 지키지 않고 나에게 한가롭지 않다고 고해 줍니다. |
| | |
| 朝騁騖兮江皐, | 아침에 강의 언덕에서 치달려, |
| 夕弭節兮北渚. | 저녁에 북쪽 모래톱에서 배(깃발)를 멈추었습니다. |
| 鳥次兮屋上, | 새는 지붕 위에서 깃들고, |
| 水周兮堂下. | 물은 당 아래를 감돕니다. |
| | |
| 捐余玦兮江中, | 내 결옥(玦玉)을 강 속에 버리고, |
| 遺余佩兮醴浦. | 내 패물을 예수(醴水) 가에 버립니다. |
| 采芳洲兮杜若, | 향기로운 모래톱에서 두약(杜若)을 캐어, |
| 將以遺兮下女. | 장차 그것을 아래 여인에게 주려고 합니다. |
| 時不可兮再得, | 때는 다시 얻을 수 없으니, |
| 聊逍遙兮容與. | 잠깐 소요하며 배회합니다. |

왕일은 “급히 나는 계수나무 배를 타네”(沛吾乘兮桂舟) 중의 “나”(吾)는 “굴원이 스스로를 말한 것”이기 때문에 이것을 출발점으로 삼아 아래의 글을 해석하였다. “줄사철나무의 발에 혜초의 방장, 꽃창포(石菖蒲)의 노에 목란의 깃발입니다.”(薜荔柏兮蕙綢, 蓀橈兮蘭旌.)는 “굴원이 자신은 집에 있으면 줄사철나무로 사방의 벽을 장식하여 ……”(屈原言己家居則以薜荔榑飾四壁……)라고 하였고, “잠양(涔陽)을 바라보고 포구(浦口)를 다하며, 대강을 가로질러 영기(靈氣)를 드날립니다.”(望涔陽兮極浦, 橫大江兮揚靈.)는 “굴원이 초 나라를 그리워하여 가벼운 배를 타고 …… 대강(大江)을 가로 건너 기운을 날리며 정성스럽게 회왕을 느끼게 하고 깨우치게 하여 자신이 돌아가게 할 수 있기를 바란 것이다.”(屈原思念楚國, 願乘輕舟 …… 橫渡大江, 揚氣精誠, 冀能感悟懷王還己也.)라고 하였고, “눈물이 줄줄이 마구 흘러내리니, 남몰래 님을 그리워하여 슬퍼합니다.”(橫流涕兮潺湲, 隱思君兮悱惻.)라는 것은 “굴원이 비록 버림을 당하여 산야에 숨고 엎드려 있지만 비천한 형편에서 임금을 그리워함을 말한 것이다.”(言屈原雖見放棄, 隱伏山野, 猶從側陋之中, 思念君也)라고 하였고, “마음이 같지 않아 중매가 수고로우니, 은혜는 깊지 않아 가볍게 끊어버립니다.”(心不同兮媒勞, 恩不甚兮輕絶.)는 “자신은 임금과 성도 같고 조상을 함께 하여 떠나고 끊을 수 있는 그런 의리관계가 없음을 말한 것이다.”(言己與君同姓共祖, 無離絶之義也)라고 하였고, “사귐이 충실하지 않으니 길이 원망하는데, 약속을 하였지만 신용을 지키지 않고 나에게 한가롭지 않다고 고해 줍니다.”(交不忠兮怨長, 期不信兮告余以不閒.)라는 것은 “임금이 일찍이 자신과 기약하여 함께 정치를 하려고 하였지만 후에 참소하는 말 때문에 다시 나에게 한가롭지 않다고 고하여 마침내 그래서 자신을 소원하게 하게 되었음을 말한 것이다.”(言君嘗與己期, 欲共爲治, 後以讒言之故, 更告我以不閑暇, 遂以疏遠己也.)라고 하였고, “내 결옥(玦玉)을 강 속에 버리고, 내 패물을 예수(澧水) 가에 버립니다."(捐余玦兮江中, 遺余佩兮澧浦.)라는 것은 "자신이 비록 쫓김을 당하였지만 항상 임금을 그리워하여 멀리 가려고 하였지만 여전히 결패를 물가에 버려두어 임금이 자신을 찾아서 돌아오게 할 뜻이 있음을 보여주기를 바란다는 것을 말한 것이다."(言己雖見放逐, 常思念君, 設欲遠去, 猶捐玦佩置於水涯, 冀君求己, 示有還意)라고 하였다. 이러한 해석들은 정리에 맞지 않는 점이 많다. 예컨대 마지막 한 단락 "결패를 물가에 버린다."(捐玦佩置於水涯)는 것과 "임금이 자신을 찾아서 돌아오게 할 뜻이 있음을 보여주기를 바란다"(冀君求己, 示有還意)는 것 사이에는 어떤 논리적 관계가 있는 것인가? 설마 초왕이 동정호(洞庭湖) 가에 와서 굴원이 남긴 물건을 볼 수 있다는 것일까? "나의 결옥을 강 속에 버린다"(捐余玦兮江中)는 두 구절은 홍흥조의 ≪보주≫에는 "결옥을 버리고 패옥을 남겨 상군에게 준다"(捐玦遺佩, 以詒湘君.)라고 하였는데 풀이한 것이 왕일보다 합리적이다. 그러나 홍흥조는 또 "<이소>의 '허리에 찬 향낭을 풀어 말을 맨다'(解佩纕以結言)는 것과 같은 뜻으로 현자를 구하는 것을 비유한 것이다."(與<離騷>'解佩纕以結言'同意, 喩求賢也.)라고 한 것은 사족(蛇足)이다. 그러므로 주희는 그것을 나무라며 "더 이상 문리(文理)라고는 없다"(無復有文理也)[77]라고 하였다. 그러나 이러한 것들을 제쳐 놓고 논하지 않더라도 왕일의 주는 전반적으로는 취할 수가 없다. 왜냐하면 그가 풀이한 것에 따르면 이 시는 단지 첫머리의 몇 구절만이 "상군"과 관계가 있을 뿐이고 그 뒤는 완전히 굴원이 스스로 임금을 그리는 마음을 호소한 것이다. 그렇다면 전후의 두 단락 사이에 어떤 연계가 있는가? 이 편은 또 왜 제목을 "상군"이라고 붙였는가?

주희는 "이 편은 대개 남주가 음신을 섬기는 말이기 때문에 그 감정

---

77) ≪초사변증≫ 권상(卷上).

이 곡절한 것이 특히 많다. 모두 임금에게 충성하는 뜻을 속으로 기탁하고 있어서 옛 설의 잘못은 더욱 심하다."(此篇蓋爲男主事陰神之詞, 故其情意曲折尤多. 皆以陰寓忠愛於君之意, 而舊說之失爲尤甚.)라고 지적하였다. 그리하여 그는 전혀 새로운 해석을 제기하여 "나는 제사를 주관하는 자가 스스로 나라고 한 것이다."(吾, 爲主祭者之自吾也.)라고 하였다. 아래 글은 완전히 제사를 주관하는 남성의 시각에서 문장을 이해하여 마지막에 "이것은 상군은 이미 볼 수 없지만 애모하는 마음은 끝내 잊을 수 없기 때문에 여전히 그 결패를 풀어서 주려고 하지만 또 감히 자신이 분명하게 보내지 못했기 때문에 단지 그것을 물가에 두었는데, 마치 버리고 잃어버린 것 같지만 속으로는 자신의 뜻을 기탁하여 그가 어쩌면 장차 그것을 취하기를 바란 것이다."(此言湘君旣不可見, 而愛慕之心終不能忘, 故猶欲解其玦佩以爲贈, 而又不敢顯然致之以當其身, 故但委之水濱, 若捐棄而墜失之者, 以陰寄吾意, 而冀其或將取之.)라고 하였다. 이렇게 하여 전체 시는 의미의 맥락이 통하고 앞뒤가 호응하여 옛 주의 "전연 그 어의의 맥락 순서를 볼 수 없는"(全然不見其語意之脈絡次第) 병폐를 철저하게 바로잡게 되었다.[78)]

우리는 주희의 이 편 중의 비흥 수법에 대한 분석에 특히 마땅히 주의를 기울여야 할 것이다. "계수나무 상앗대(노)에 목란의 키(노), …… 은혜는 깊지 않아 가볍게 끊어버립니다."(桂櫂兮蘭枻, …… 恩不甚兮輕絶.) 절은 주희의 주에는 "이 장은 비이면서 또 비이다. 대개 이 편은 본래 신에게 부탁하나 응답하지 않는 것을 가지고 임금을 섬기나 불우함을 견준 것이다. 그러나 이 장은 또 따로 일을 가지고 신에게 부탁하지만 답하지 않는다는 것을 견주었다. …… 배를 탔지만 강추위를 만나서 얼음을 깨어서 어지럽기가 쌓인 눈과 같으니 배는 비록 깨끗해지고 일은 힘

78) ≪초사변증≫ 권상(卷上).

이 들지만 앞으로 나아갈 수 없다. 줄사철나무는 나무를 기어오르는데 지금은 물속에서 캐고 연꽃은 물에 있지만 지금은 나무 끝에서 찾는다. 이미 그 장소가 아니니 힘을 쓰는 것이 비록 부지런하더라도 얻을 수가 없는 것이다. 함께 혼인하는데 감정이 다르면 중매가 비록 노고하더라도 혼인은 이루어지지 않는다. 벗을 맺는데 사귐이 소원하면 지금 비록 이루어진다고 하더라도 끝내 헤어지기 쉬운 것이다. 그러니 또 마음과 뜻이 어그러져 억지로 합쳐서는 안 된다는 증거이다. 신에게 부탁해도 응답하지 않는 것이 어떻게 또한 이와 같지 않겠는가!"(此章比而又比也. 蓋此篇本以求神而不答, 比事君之不偶. 而此章又別以事比求神而不答也. …… 言乘舟而遭盛寒, 斲斫氷凍, 紛如積雪, 則舟雖芳潔, 事雖辛苦, 而不得前也. 薜荔緣木, 而今采之水中. 芙蓉在水, 而今求之木末. 旣非其處, 則用力雖勤, 而不可得. 至於合昏而情異, 則媒雖勞而昏不成. 結友而交疏, 則今雖成而終易絶. 則又心志睽乖, 不容强合之驗也. 求神不答, 豈不亦猶是乎!)[79]라고 하였다. 이른바 "비이면서 또 비이다"(比而又比)라는 것은 전체적인 비 가운데 또 국부적인 비가 포함되어 있다는 뜻이다. 이 장 중에는 노력하고 추구하였지만 한갓 수고롭고 공이 없는 세 가지 일을 가지고 자신이 "신에게 부탁하지만 응답하지 않는"(求神不答) 것을 비유하고 "신에게 부탁하지만 응답하지 않는"(求神不答) 것으로써 또 임금에게 충성하였지만 버림당하였다는 주된 취지를 비유하였다. 이러한 분석을 통하여 <상군> 시의 더 할 나위 없이 풍부한 내용이 한꺼번에 드러나게 되고 굴원의 비흥 수법에 대한 고심도 또한 분명하게 볼 수 있게 되었다.

79) ≪초사집주≫ 권2.

## 제4절 주희의 굴원 부 이외의 초사 작품에 대한 관점

지금 전해지는 25편의 굴원 부를 제외하고 주희의 ≪초사≫ 중의 기타 작품에 대한 취사(取捨)는 전인들과 비교적 큰 차이가 있는데, 이것은 또한 측면에서 그의 문학 사상의 일면을 반영하는 것이다.

맨 먼저 조보지(晁補之)가 왕일의 <구사(九思)>를 삭제한 뒤를 이어 주희는 또 한걸음 더 나아가 동방삭(東方朔)의 <칠간(七諫)>·왕포의 <구회(九懷)>·유향(劉向)의 <구탄(九歎)>의 3편을 삭제하고 조보지가 보태어 넣은 가의(賈誼)의 <조굴원부(弔屈原賦)>와 <복조부(鵩鳥賦)> 2편에 대해서는 그대로 남겨 두었다. 그는 "<칠간>·<구회>·<구탄>·<구사>는 비록 소체(騷體)이지만 그 글의 기세는 평범하고 완만하며 뜻이 깊고 절실하지 못하여 신음하는 것 같다. 그중의 <간(諫)>·<탄(歎)>은 그래도 간혹 약간 볼 만한 것이 있지만 두 왕씨(王氏)는 비루하기가 이미 심하다. 그러므로 비록 운 좋게 책의 꼬리에 덧붙여도 읽는 사람이 없으니 지금 또 다시 그것으로 편질(篇帙)에 부담이 되게 하지 않겠다. 가부(賈傅 : 의(誼))의 글은 서경(西京)에서 가장 수준이 높고 또 <석서(惜誓)>는 이미 편(篇)에 저록(著錄)되어 있으나, 두 편의 부는 더욱 정묘한데도 선택되지 못하였으니 역시 알 수 없다. 그러므로 지금 아울러 수록하여 덧붙인다."(<七諫>·<九懷>·<九歎>·<九思>, 雖爲騷體, 然其詞氣平緩, 意不深切, 如無所疾痛而强爲呻吟者. 就其中<諫>·<歎>猶或粗有可觀, 兩王則卑已甚矣. 故雖幸附書尾, 而人莫之讀, 今亦不復以累篇帙也. 賈傅之詞, 於西京爲最高, 且<惜誓>已著於篇, 而二賦尤精, 乃不見取, 亦不可曉. 故今幷錄以附焉.)[80]라고 하였다. 주희는 확실히 뛰어난 선가(選家)의 안목을 갖추었다. 그는 글은 선택할 때 단순히 그

80) ≪초사변증≫ 권상(卷上).

형식만을 본 것이 아니라 내용에 중점을 두었다. 그가 보기에 하나의 작품을 마땅히 ≪초사≫로 선별하여 열입시켜야 하는가는 결코 단지 초성(楚聲)으로 된 "소체(騷體)"인가로만 판단하지 않았고 주로 그것이 굴원 부의 사상 내용과 일맥상통하는 관계가 있는가를 보았다. 바로 이러한 표준에 따라 그는 동방삭(東方朔)의 <칠간> 등의 작품을 삭제한 것이다. 청초 왕부지(王夫之)는 이에 대하여 깊이 찬동을 표시하여 "<칠간> 이하는 성내는 것이 마치 식부궁(息夫躬)이 성내어 사나운 것과 맹교(孟郊)가 구질구질한 것과 같다. 시기하는 사람의 미움이니, 옳구나, 주자가 삭제한 것이!"(<七諫>以下, 悻悻然如息夫躬之悁戾, 孟郊之齷齪. 忮人之憎矣, 允哉, 朱子刪之!)[81]이라고 하였다. 이것도 역시 이러한 표준에 따른 것으로 주희는 가의(賈誼)의 작품에 대하여 매우 높이 평가한 것이다. 서한 사마천은 ≪사기≫를 지을 때 굴원・가의를 함께 하나의 전(傳)에 열거하였고 또 가의의 <조굴원문(弔屈原賦)>과 <복조부(鵩鳥賦)>를 모두 수록하였는데[82] 굴원과 가의가 서로 마음이 통한다는 것에 착안한 것이다. 그러나 사마천의 탁식은 결코 후인들에게 이해되지 않았고, 한에서 송까지 비록 사람들은 가의의 정치적 재능에 대해서는 극구 칭찬하였지만 그의 문학 작품에 대해서는 결코 사마상여(司馬相如)에 대한 것처럼 매우 높이 평가하지는 않았다. 양웅(揚雄)의 이른바 "만약 공씨의 문하에 부(賦)를 사용하였다면 가의는 당(堂)에 오르고 사마상여는 방에 들어갔을 것이다."(如孔氏之門用賦也, 則賈誼升堂, 相如入室矣.)[83]라는 것은 많은 사람들의 관점을 대표하는 것이다. 주희는 전인들의 기존의 설을 의연(毅然)히 타파하고 "가의는 세상을 다스리는 재주가 있고 문장은 대개 그의 여사(餘事)

81) ≪초사통석(楚辭通釋)・서례(序例)≫(선산유서(船山遺書) 본).
82) ≪사기・굴원가생열전≫에 보인다.
83) ≪양자법언(揚子法言)≫ 권2 <오자(吾子)>(사부총간 본).

였으니 그 기이하고 위대하고 빼어남은 또한 사마상여의 무리가 견줄 수 있는 바가 아니다. 그러나 양웅의 의론은 항상 사마상여를 높이고 가의를 낮추었고 한유(韓愈)도 사마상여·양웅을 맹자·굴원의 대열에 놓았지만 가의를 언급한 것은 한 마디 없으니 나는 모두 그것이 무엇을 말한 것인지 알 수 없다."(誼有經世之才, 文章蓋其餘事, 其奇偉卓絶, 亦非司馬相如輩所能彷彿. 而揚雄之論, 常高彼而下此, 韓愈亦以馬·揚厠於孟子·屈原之列, 而無一言以及誼, 余皆不能識其何說也.)[84]라고 하였다. 현재에 이르러서 우리는 사마천과 주희의 원견(遠見)·탁식(卓識)에 탄복하지 않을 수 없으니 그들의 관점은 이미 시간에 의하여 정확하다는 것이 증명되었다.

그 다음에 주희는 ≪초사후어(楚辭後語)≫ 중에서 조보지의 ≪속초사(續楚辭)≫·≪변이소(變離騷)≫의 두 책에 수록된 작품에 대해서도 역시 증삭(增削)을 가하였다. ≪군재독서지(郡齋讀書誌)≫ 권4의 기록에 따르면 ≪속초사≫에는 작자 26인, 작품 60편이 수록되었다. ≪변이소≫에는 작가 38인, 작품 96편이 수록되었다. 그러므로 두 책에는 모두 작가 38인 혹은 그 이상 수록되었고 수록된 작품은 156편에 달한다. 그러나 조씨의 두 책은 현재 이미 전해지지 않고 단지 그의 ≪계륵집(鷄肋集)≫ 권36 가운데에 여전히 <속초사서(續楚辭序)>와 <변이소서(變離騷序)> 두 편의 글이 보존되어 있어서 그것을 통하여 부분적인 목록을 알 수 있다. 주희는 일찍이 ≪초사변증(楚辭辯證)≫과 ≪초사후어(楚辭後語)≫의 부분 작품의 주(注) 가운데에서 조씨가 수록한 상황을 언급하였다. ≪초사후어≫ 중에 또 일부의 작품은 주희가 생전에 미처 주를 달지 못하였고, 나중에 그의 아들 주재(朱在)가 이 책을 간행할 때 조씨 책 속의 제주(題注)를 제목 아래 부록하였는데 이것은 또한 우리에게 부분적인 실마리

84) ≪초사집주≫ 권8.

를 제공한다. 그밖에 《군재독서지》 권4에서는 조씨의 두 책에 대한 해제 중 두 책의 수록 상황에 관해서도 약간 언급하였다. 이러한 자들을 종합해서 우리는 조씨의 두 책에 수록된 부분적인 작가와 작품을 알아볼 수 있다. 지금 조보지와 주희 두 사람이 수록한 상황을 다음과 같이 표로 대조하여 본다.

■ 도표

| 《속초사(續楚辭)》·《변이소(變離騷)》 | | | 《초사후어(楚辭後語)》 | |
|---|---|---|---|---|
| 수록 작가 | 수록 작품 | 근거 | 수록 작가 | 수록 작품 |
| 송옥(宋玉) | <고당부(高唐賦)>·<신녀부(神女賦)>·<대언부(大言賦)>·<소언부(小言賦)>·<등도자호색부(登徒子好色賦)> | 조씨(晁氏)<서문(序文)> | (미수록) | (미수록) |
| 순황(荀況) | (7편, 편목 미상) | 조씨<서문> | 순황 | <성상(成相)>·<궤시(佹詩)> |
| 형가(荊軻) | <역수가(易水歌)> | 《초사변증(楚辭辨證)》 | 형가 | <역수가> |
| 일명(佚名) | <월인가(越人歌)> | 《초사변증》 | 일명 | <월인가> |
| (미상) | (미상) | | 항우(項羽) | <해하장중지가(垓下帳中之歌)> |
| 유방(劉邦) | <대풍가(大風歌)> | 《초사변증》 | 유방 | <대풍가> |
| | (미상) | | | <홍곡가(鴻鵠歌)> |
| 가의(賈誼) | <조굴원부(弔屈原賦)>·<복조부(鵩鳥賦)> | 《초사변증》 | 가의 | <조굴원부>·<복조부>[85] |

85) 이 2편은 일찍이 《초사후어》 권2에 뽑혀 들어갔지만, 그것들은 이미 《초사집주》 중에 보충하여 넣었기 때문에 주감(朱鑑)의 간본은 그것을 삭제하고 그 제목(題目)은 남겨 두었다.

| ≪속조사(續楚辭)≫·≪변이소(變離騷)≫ | | | ≪초사후어(楚辭後語)≫ | |
|---|---|---|---|---|
| 수록 작가 | 수록 작품 | 근거 | 수록 작가 | 수록 작품 |
| 유철(劉徹) | <추풍사(秋風辭)> | ≪초사후어≫ | 유철 | <추풍사>·<호자지가> |
| | <호자지가(瓠子之歌)> | ≪초사변증≫ | | |
| 유세군(劉細君) | <오손공주가(烏孫公主歌)> | ≪초사변증≫ | 유세군 | <오손공주가> |
| 사마상여(司馬相如) | <장문부(長門賦)> | 조씨<서문> | 사마상여 | <장문부> |
| | <대인부(大人賦)>·<이부인가(李夫人歌)> | 조씨<서문> | | (미수록) |
| | (미상) | | | <애이세부(哀二世賦)> |
| 반첩여(班婕妤) | <자도부(自悼賦)> | ≪초사후어≫ | 반첩여 | <자도부> |
| 양웅(揚雄) | <반이소(反離騷)> | 조씨<서문> | 양웅 | <반이소> |
| 식부궁(息夫躬) | <절명사(絶命詞)> | 조씨<서문> | 식부궁 | <절명사> |
| 장형(張衡) | <사현부(思玄賦)> | ≪초사후어≫ | 장형 | <사현부> |
| 채염(蔡琰) | <비분시(悲憤詩)> | ≪초사후어≫ | 채염 | <비분시> |
| | (미수록) | ≪초사후어≫ | | <호가(胡笳)> |
| 조식(曹植) | <낙신부(洛神賦)>·<구수(九愁)>·<구영(九詠)> | 조씨<서문> | (미수록) | (미수록) |
| 왕찬(王粲) | <등루부(登樓賦)> | 조씨<서문> | 왕찬 | <등루부> |
| 육기(陸機) | (미상) | 조씨<서문> | (미수록) | (미수록) |
| 육운(陸雲) | (미상) | 조씨<서문> | (미수록) | (미수록) |
| 지우(摯虞) | <사유부(思遊賦)> | 조씨<서문> | (미수록) | (미수록) |
| 도연명(陶淵明) | (미상) | ≪초사변증≫ | 도연명 | <귀거래사(歸去來辭)> |
| 포조(鮑照) | <무성부(蕪城賦)> | 조씨<서문> | (미수록) | (미수록) |
| 강엄(江淹) | (미상) | 조씨<서문> | (미수록) | (미수록) |
| 이백(李白) | <명고가(鳴皐歌)> | 조씨<서문> | 이백 | <명고가> |
| 원결(元結) | (미상) | ≪초사변증≫ | 원결 | <인극(引極)> |
| 왕유(王維) | (미상) | ≪초사변증≫ | 왕유 | <산중인(山中人)>·<망종남(望終南)>·<어산영송신곡(魚山迎送神曲)> |

| 《속초사(續楚辭)》·《변이소(變離騷)》 | | | 《초사후어(楚辭後語)》 | |
|---|---|---|---|---|
| 수록 작가 | 수록 작품 | 근거 | 수록 작가 | 수록 작품 |
| 고황(顧況) | <일만가(日晩歌)> (나머지 2장(章)은 미상) | 《초사후어》 | 고황 | <일만가> |
| 한유(韓愈) | <복지부(復志賦)>·<민기부(閔己賦)>·<별지부(別知賦)>·<송풍백(訟風伯)>·<조전횡문(弔田橫文)>·<향라지(享羅池)>·<금조(琴操)> | 《초사후어》 | 한유 | <복지부>·<민기부>·<별지부>·<송풍백>·<조전횡문>·<향라지>·<금조> |
| 이고(李翺) | 유회부(幽懷賦)> | 《초사후어》 | 이고 | <유회부(幽懷賦)> |
| 유우석(劉禹錫) | (미상) | 조씨<서문> | (미수록) | (미수록) |
| 유종원(柳宗元) | <초해고문(招海賈文)>·<징구부(懲咎賦)>·<민생부(閔生賦)>·<몽귀부(夢歸賦)>·<조굴원문(弔屈原文)>·<조장홍문(弔萇弘文)>·<조악의(弔樂毅)>·<걸곤문(乞巧文)>·<증왕손문(憎王孫文)> | 《초사후어》 | 유종원 | <초해고문>·<징구부>·<민생부>·<몽귀부>·<조굴원문>·<조장홍문>·<조악의>·<걸교문>·<증왕손문> |
| 두목(杜牧) | <아방궁부(阿房宮賦)> | 조씨<서문> | (미수록) | (미수록) |
| 왕안석(王安石) | <서산석사(書山石辭)> | 《초사변증》 | 왕안석 | <서산석사> |
| | <건업부(建業賦)> | 《초사변증》 | | (미수록) |
| | (미수록) | 《초사후어》 | | <기채씨녀(寄蔡氏女)> |
| 심괄(沈括) | (미상) | 《군재독서지(郡齋讀書志)》 | (미수록) | (미수록) |
| 왕령(王令) | (미상) | 《군재독서지》 | (미수록) | (미수록) |

| ≪속초사(續楚辭)≫ · ≪변이소(變離騷)≫ | | | ≪초사후어(楚辭後語)≫ | |
|---|---|---|---|---|
| 수록 작가 | 수록 작품 | 근거 | 수록 작가 | 수록 작품 |
| (미상) | (미상) | | 소식(蘇軾) | <복호마부(服胡麻賦)> |
| 황정견(黃庭堅) | <훼벽(毀壁)> | ≪초사변증≫ | 황정견 | <훼벽> |
| 형거실(邢居實) | <추풍삼첩(秋風三疊)> | ≪초사변증≫ | 형거실 | <추풍삼첩> |
| (미수록) | (미수록) | ≪군재독서지≫ | 장재(張載) | <국가(鞠歌)> |
| (미수록) | (미수록) | ≪군재독서지≫ | 여대림(呂大臨) | <의초(擬招)> |

표 중에서 우리는 주희가 조씨의 두 책에 대하여 삭제한 것도 있고 첨가한 것도 있음을 발견할 수 있다. 그는 송옥(宋玉)의 <고당부(高唐賦)> 등 5편, 사마상여(司馬相如)의 <대인부(大人賦)> 등 2편을 삭제하였는데 그 이유는 "송옥과 사마상여는 글은 남음이 있지만 이치는 부족하고 찬미하는데에는 뛰어나지만 허물을 타이르는 데에는 부족하다."(宋 · 馬辭有餘而理不足, 長於頌美而短於規過.)[86]라고 하였다. 그밖에 양웅(揚雄)의 <반이소(反離騷)>는 반면(反面) 교사로 삼아 남겨 둔 것을 제외하면 나머지 약간의 "글은 남음이 있지만 이치는 부족한"(辭有餘而理不足) 작품 예컨대 조식(曹植) · 육기(陸機) · 육운(陸雲) 등의 편장도 모두 삭제되었다. 물론 주희는 조씨의 두 책의 다수의 편목에 대하여 여전히 남겨 두었고 아울러 그 이유는 "그밖에 조씨가 취한 것은 예컨대 순경자의 여러 부는 모두 고고(高古)하지만 <성상(成相)>편은 본래 악공이 훈계하여 타이르는 말을 모방한 것으로 간신이 임금을 폐하고 권력을 독차지하여 점차 나라를 찬탈하는 화에 이르는 것을 말한 것은 옛날부터 한결 같으니 눈물을

86) ≪초사변증≫ 권하(卷下).

흘릴 만하다. 기타 예컨대 <역수(易水)>·<월인(越人)>·<대풍(大風)>·<추풍(秋風)>·<천마(天馬)>에서 아래로 오손공주(烏孫公主)·여러 왕비와 첩·식부궁(息夫躬)·진(晉)의 도잠(陶潛)·당(唐)의 한유(韓愈)와 유종원(柳宗元)·본조(本朝)의 왕개보(王介甫 : 안석(安石))의 '산곡(山谷)'·'건업(建業)'·황노직(黃魯直 : 정견(庭堅))의 '훼벽운주(毁璧殞珠)'·형단부(邢端夫)의 <추풍삼첩(秋風三疊)>은 그 고금·대소·아속의 변화는 비록 간혹 같지 않고, 조씨도 간혹 잊고 빠뜨리는 바가 없을 수 없었지만 모두 초어(楚語)에 가까운 것이었다. 그 다음 예컨대 반희(班姬 : 반첩여(班婕妤))·채염(蔡琰)·왕찬(王粲) 및 당(唐) 원결(元結)·왕유(王維)·고황(顧況)은 또한 약간 맛이 있다. 또 이 밖에 조씨의 이른바 소(騷)를 능가하는 말이 많은 것은 내가 감히 알지 못하는 바이다."(此外晁氏所取, 如荀卿子諸賦, 皆高古, 而<成相>之篇, 本擬工誦箴諫之詞, 其言奸臣廢主擅權, 馴致移國之禍, 千古一轍, 可謂流涕. 其他如<易水>·<越人>·<大風>·<秋風>·<天馬>, 下及烏孫公主·諸王妃妾·息夫躬·晉陶潛·唐韓·柳·本朝王介甫之'山谷'·'建業'·黃魯直之'毁璧殞珠'·邢端夫之<秋風三疊>, 其古今大小雅俗之變, 雖或不同, 而晁氏亦或不能無所遺脫, 然皆爲近楚語者. 其次則如班姬·蔡琰·王粲及唐元結·王維·顧況, 亦差有味. 又此之外, 則晁氏所謂過騷之言多, 非余之所敢知矣.)[87]라는 것이었다. 그러나 주희는 또 "조씨의 새로운 서는 대부분 의례(義例)로서 변설(辨說)이 어지럽지만 의리를 발명한 바는 없으니 이 책의 중요한 부분이 되기에는 부족하다."(晁氏新序多爲義例, 辨說紛拏, 而無所發明義理, 殊不足爲此書之輕重.)[88]라고 보았으므로 그는 《초사후어》에 수록한 부분 작품에 대하여 새롭게 해석하였다. 예컨대 순자(荀子)의 <성상(成相)>을 주희는 "순경은 굴원의 무리가 아니기 때문에 유향(劉向)·왕일은 그의 작품을 수록하지 않았다. 지금 그 말이 또한 초에 의

---

87) 《초사변증》 권하(卷下).

88) 《초사변증》 권하(卷下).

탁하여 지은 것이고 또 자못 치도(治道)에 도움이 되기 때문에 수록하여 덧붙인다."(卿非屈原之徒, 故劉向・王逸不錄其篇. 今以其詞亦託於楚而作, 又頗有補於治道, 故錄以附焉.)라고 풀이하였다. 또 형가(荊軻)의 <역수가(易水歌)> 같은 경우 주희는 해설하기를 "또 나는 이에 대하여 또 특히 그 말이 비장하고 격렬함이 초(나라 사람)가 아니지만 초(나라 노래)이고 족히 볼 만한 것이 있으므로 여기에 수록한다."(且余於此, 又特以其詞之悲壯激烈, 非楚而楚, 有足觀者, 於是錄之.)라고 하였는데 이것은 주희가 작품을 선록(選錄)한 가장 중요한 표준이 그 지역 속성에 있지 않고 그 정신적인 내용에 있었음을 나타내어 주는 것이다. "초(나라 사람)가 아니지만 초(나라 노래)이다"(非楚而楚)라는 이것은 연(燕)・조(趙)에서 나온 형가(荊軻)의 노래에 대한 정채로운 분석이다. 더욱 한 번 언급할 만한 것은 ≪초사후어≫ 중에 채염(蔡琰)의 <호가(胡笳)>를 추가로 뽑은 것이다. 이에 대하여 주희는 "동한의 문사들은 <소(騷)>에 느끼는 바가 있는 사람이 많지만 수록하지 않고 유독이것을 뽑은 것은 비록 초어(楚語)를 곧이곧대로 본뜨지는 않았지만 그 슬픔과 원망이 속에서 발하여 스스로 그만두지 못하는 말은 요컨대 무병신음하는 것보다 나은 것이다. 범엽(范曄)의 역사에는 버리고 수록하지 않았으나 유독 그 2수의 <비분(悲憤)>시를 실었다. 두 시는 말뜻이 얕고 촉박하여 이 사의 견줄 바가 아니다. 미산(眉山) 소공(蘇公:蘇軾)은 이미 그 망녕됨을 분변하였다. 울종(蔚宗 : 범엽의 자)의 글 아래는 본래 불찰이 있고 귀래자(歸來子 : 조보지(晁補之))는 굴원을 조(祖)로 삼고 소씨를 종(宗)으로 삼았지만 역시 이것을 듣지 못하였는데 무엇 때문인가? 채염은 오랑캐에게 몸을 빼앗겼지만 의(義)를 위하여 죽지 못하였으니 본래 말할 것이 없다. 그러나 그래도 그 수치스럽게 여긴 것을 알 수 있으니 양웅의 <반소(反騷)>의 뜻과는 또 차이가 있는 것이다."(東漢文士有感於<騷>者多矣, 不錄而獨取此者, 以爲雖不規規於楚語, 而其哀怨發中, 不能自已之言,

要爲賢於不病而呻吟者也. 范史乃棄不錄, 而獨載其悲憤二詩. 二詩詞意淺促, 非此詞比. 眉山蘇公已辨其妄矣. 蔚宗文下, 固有不察, 歸來子祖屈而宗蘇, 亦未聞此, 何邪? 琰失身胡虜, 不能死義, 固無可言. 然猶能知其可恥, 則與揚雄<反騷>之意又有間矣.)[89]라고 해석하였다. 분명히 이른바 "오랑캐에게 몸을 뺏기고도 의를 위하여 죽지 못하였다"(失身胡虜, 不能死義)라는 것은 송대 이학가(理學家)의 도덕적 기준의 지배하의 관점이므로 이것은 따를 수 없는 것이다. 그러나 이것을 제외하면 주희의 <호가>에 대한 평가는 문학적 안목이 매우 뛰어나다. 비록 오늘날에 보기에 <호가>의 진실성은 크게 의심할 만하지만 글을 가지고 글은 논한다면 이 작품은 확실히 피눈물이 엉겨 있는 가작(佳作)으로 굴원 부의 우수한 후계자라고 일컬을 만하다.

≪초사후어≫ 중에는 선록(選錄)이 부당한 경우도 있다. 권말에 수록된 장재(張載)의 <국가(鞠歌)>와 여대림(呂大臨)의 <의초(擬招)> 두 편은 모두 이학가적 색채가 가득한 작품으로 전체 책의 분위기와는 맞지 않지만 주희는 도리어 "예(藝)에 노닐어 이에 이른 자에게 일러주어 학문에 근본이 있어 돌이켜 구하게 되면 문장이 짓기에 부족한 것이 있음을 알게 한다."(以告夫遊藝之及此者, 使知學之有本而反求之, 則文章有不足爲者矣)[90]라는 것을 이유로 삼아 그것들을 억지로 뽑아 넣었는데 참으로 화사첨족(畵蛇添足)과도 같은 짓이다. ≪초사후어≫가 이미 문학 선본인데 어떻게 "문장이 짓기에 부족한 것이 있는"(文章有不足爲) 작품을 수록할 수 있겠는가? 이 점은 주희의 이학가적 진부성을 나타내는 것이며 이학 사상 중의 비문학적 부분이 주희의 초사학에 투영된 그림자 같은 것이다.

주희의 초사학 연구도 또한 약간의 부족한 점이 있다.

맨 먼저 주희의 굴원에 대한 평가는 서로 모순되는 곳이 있다. 그는

89) ≪초사후어≫ 권3.

90) ≪초사후어·목록서(目錄序)≫.

굴원 부에 대하여 한편으로 극히 추숭하여 그것을 ≪춘추≫에 견주고 아울러 되풀이하여 굴원의 "충군애국의 마음"(忠君愛國之心)을 기리고 찬양하였지만, 다른 한편으로 그는 또 "굴원의 사람됨은 그 뜻과 행위가 …… 중용에 지나쳐 본보기로 삼을 수 없다."(原之爲人, 其志行 …… 過於中庸而不可以爲法)라고 보았고 또 굴원이 "북방에서 배움으로써 주공(周公)·중니(仲尼)의 도를 찾을 줄 모르고 홀로 변풍·변아의 말류로 치달았다. 그렇기 때문에 순수한 유자(儒者)와 엄숙한 선비는 간혹 그를 말하기를 부끄러워한다."(不知學於北方, 以求周公·仲尼之道, 而獨馳騁於變風·變雅之末流, 以故醇儒莊士或羞稱之.)[91]라고 책망하였다. 유가의 중용의 도에 얽매어 굴원에 대하여 이렇게 평가하는 것은 정확하지 않은데, 이에 대하여 후인들은 많이 비평하였다. 명 초횡(焦竑)은 "선유(先儒)들은 공자가 ≪시≫를 산정하고 주자가 <소(騷)>를 정한 것은 그 마음도 같고 그 공도 같다고 일컬었다. 굴원은 '충군애국의 진심에서 나왔다'(出於忠君愛國之誠心)라고 하고 또 그가 '변풍·변아의 말류로 치달아서 순수한 유자와 엄숙한 선비들이 일컫기를 부끄러워한다'(馳騁變風·變雅之末流, 爲醇儒莊士所羞稱)라고 풍자한 것은 또 서로 모순이 된다. 어찌 변풍·변아는 공자가 산정한 것이 아니며, 순수한 유자와 엄숙한 선비가 충군애국을 버리는 것을 통한 것이라고 하겠는가!"(先儒稱孔子之删≪詩≫, 朱子之定<騷>, 其心同, 其功同. 夫謂原'出於忠君愛國之誠心', 而又譏其'馳騁變風·變雅之末流, 爲醇儒莊士所羞稱', 則又自相矛盾矣. 豈變風·變雅非孔子所删定, 而醇儒莊士能舍忠君愛國, 以爲通也耶!)[92]라고 지적하였다. 장경원(張京元)도 "주자가 ≪초사≫를 간정(刊定)함에 있어서 충성스러움에 의분하고 안타까워했지만 아변(雅變)을 약간 비꾼 것은 놀

91) ≪초사집주·서(序)≫.

92) ≪산주초사(删注楚辭)·서(序)≫, 명 장경원(張京元) ≪산주초사≫(명 만력(萬曆) 무오(戊午) 간본). 권수(卷首)

라 나는 기러기와 노니는 용처럼 그 길들여져 따르는 자태가 없음을 애석하게 여긴 것이고 모장(毛嬙)과 서시(西施)와 같은 미녀가 덕요(德曜)의 짧은 옷을 하지 않음을 안타깝게 여긴 것과 같은 것이니 또한 고루하지 않은가!"(朱子刊定≪楚辭≫, 憤惋忠誠, 微識雅變, 則是驚鴻遊龍, 惜其無馴服之態；而毛嬙西施, 恨不爲德曜之短衣也. 不亦固哉!)[93]라고 비평하였다. 후대의 사상이 비교적 개방된 사대부들은 이미 주희의 관점의 진부함에 불만을 품었음을 알 수 있다. 이른바 "고루하다"(固)는 것은 바로 그 유가 예교 관념에 얽매어 나타난 고집스럽고 경직된 병폐를 가리키는 것이다. 오늘날 우리가 보기에는 문학 작품의 생명은 정감에 있기 때문에 "변풍·변아"(變風·變雅)의 문학적 가치는 결코 정풍(正風)·정아(正雅)의 아래에 있지 않으며 굴원 부의 위대한 점은 바로 그 강렬한 비판 정신과 아름답고 빼어난[瑰麗奇偉] 한 예술적 면모에 있는 것이다. 굴원 부는 당연히 유가의 도덕 규범과 문예 사상에 완전히 부합할 수 없는 것이어서 주희의 굴원에 대한 비평은 마침 그 자체의 한계성을 드러내고 하고 있다.

그 다음에 주희는 고대 신화에 대하여 정확한 인식이 결여되어 있었으며 이것은 그의 굴원 부의 낭만주의 정신에 대한 이해에 영향을 주었다. 굴원의 작품 중에서 대량의 고대 신화 전설을 운용하였고 따라서 하늘로 올라가고 땅으로 들어가는 시인의 탐구정신과 육합(六合)이 용납하기 어려운 비분(悲憤)의 심정을 펼친 것이다. 예컨대 <천문(天問)> 중에는 시인이 170여 개의 문제를 잇달아 제기하였는데 그중에는 역사 사건·자연 현상에 대한 탐색도 있고 또한 신화 전설에 대한 질의도 있어 시인의 천지 만물에 대한 대담한 회의 정신을 깊이 있게 표현하고 있다. 동시에 또한 시인의 방황하고 고민하는 심정을 간곡하게 드러내

93) ≪산주초사(刪注楚辭)·서(序)≫.

고 있다. 그러나 주희는 주(注)에서 이러한 문제들에 대하여 “모두 의리(義理)로써 바로잡았으며”(悉以義理正之)[94] 굴원이 천지의 기원을 물었을 때는 주희의 주는 이학가 주돈이(周敦頤)·소옹(邵雍) 등의 “무극태극(無極太極)”의 설은 인용하여 해석하였다. 굴원이 곤(鯀)·우(禹) 치수(治水)의 전설을 물었을 때는 주희의 주에는 아예 “이러한 황당무계한 이야기는 대답할 것도 없다.”(若此類無稽之談, 亦無足答矣.)라고 하였다. 아래의 주문(注文) 중에서 주희는 또 “곤륜(崑崙)·현포(玄圃)”는 “여러 괴이하고 망령된 설은 믿어서는 안 된다”(諸怪妄說, 不可信耳)라고 보았고 “촉룡(燭龍)”의 신화는 “어린애 장난 같은 이야기로 답할 것도 없다”(兒戲之談, 不足答也.) 등등이라고 보았다. 주희는 또 그래서 대량의 신화 고사를 기록한 ≪산해경(山海經)≫·≪회남자(淮南子)≫ 두 책을 부정하였다. 그는 ≪초사변증≫ 권하(卷下) 에서 “대체로 고금의 <천문>은 모두 이 두 책에 뿌리한 것이다. 지금 글의 뜻으로 살펴보니 의심하건대 이 두 책은 모두 이 <문(問)>에 따라 해석하여 지은 것이다. 그리고 이 <문(問)>의 언어는 단지 전국(戰國) 시대 이속(俚俗)에서 서로 전하던 언어로서 …… 본래 살펴서 의거할 것이 없다.”(大抵古今<天問>者, 皆本此二書. 今以文意考之, 疑此二書本皆緣解此<問>而作. 而此<問>之言, 特戰國時俚俗相傳之語 …… 本無稽據.)라고 하였다. 신화 전설에 대하여 “본래 살펴서 의거할 것이 없다”(本無稽據)라고 책망하고 또 “의리로써 바로잡았는데”(以義理正之) 이것은 주희가 유가의 괴력난신(怪力亂神)을 말하지 않는다는 신사(信史) 관념의 영향을 깊이 받았기 때문에 고대 신화의 문학적 가치에 대하여 이해가 결여된 것이다. 그리하여 비록 주희는 왕일의 설을 답습하였지만 <천문>은 굴원이 “꾸짖고 물어 울분을 푼”(呵而問之, 以泄憤懣) 작품이라고 보았지만, 그는

94) ≪초사집주≫ 권3.

그중의 대량의 편폭을 차지하는 신화 전설을 모두 요망한 말이라고 배척한 이상 필연적으로 작품 주제에 대한 인식에 영향을 주게 되었다. 마찬가지로 주희는 <초혼(招魂)>을 평론할 때 ≪문심조룡(文心雕龍)·변소(辨騷)≫ 중의 말을 인용하여 그것은 "기이하고 황당한 이야기이고 음탕한 뜻"(譎怪之談, 荒淫之志)이라 여겨 운운 하였는데 역시 전통적인 유가 사상에 얽매인 편견이다.

위에서 서술한 몇 가지 점을 제외하고도 주희의 주는 또 가끔 옛 주를 수정하였지만 잘못 고친 상황도 있다. 예컨대 <귤송(橘頌)> 중의 "후토(后土)와 황천(皇天)의 아름다운 나무는, 귤이 생겨나 적응하였네."(后皇嘉樹, 橘徠服兮.)라는 두 구절은 왕일의 주에는 "후는 후토이다. 황은 황천이다. 황천·후토에 아름다운 귤나무가 생겨났음을 말한다."(后, 后土也. 皇, 皇天也. 言皇天后土, 生美橘樹.)라고 하였는데 이것은 정확한 것이다. 주희의 주에는 "후황(后皇)은 초왕(楚王)을 가리킨다. …… 초왕이 초목을 심는 것을 좋아하여 귤이 그 땅에 생겨났음을 말한 것이다."(后皇, 指楚王也. …… 言楚王喜好草木之樹, 而橘生其土也.)라고 고쳤는데 도리어 통하지 않는다. 그러나 이러한 상황은 매우 드물게 보이며 ≪초사집주≫가 거둔 성취에 영향을 주지는 않는다.

≪초사집주≫는 세상에 나온 후에 ≪초사≫의 권위 있는 주석본이 되어 송대로부터 지금까지 끊임없이 번각(飜刻)되었다. 청 왕사한(王士瀚)은 "<이소>에 주를 단 자는 한 이래 이미 한두 사람이 아니다. 예컨대 왕일·홍흥조는 오랫동안 해내에 전해졌지만 결국 완벽하지 않았는데, 자양(紫陽) 주자에 절충하여 비로소 의거하고 돌아갈 바를 얻었다."(夫注<離騷>者, 自漢以來, 已非一家. 若王逸·洪興祖, 久傳海內, 究未爲完善. 折衷於紫陽朱子, 始得所依歸.)라고 하였고, 청 요배겸(姚培謙)은 심지어 "≪초사≫는 주자가 집주한 것이 장조(章條)가 명석하고 뜻이 관통(貫通)되어 더 이상 비기

어 의론할 만한 것이 없다. 후인들은 억지로 일을 아는 체하지만 왕왕 어긋난다."(≪楚辭≫朱子集注, 章條明晳, 意趣通貫, 無復可以擬議. 後人强作解事, 往往失之.)라고 하였다. 비록 현대에 와서 ≪초사≫학의 학술 수준은 매우 큰 진전이 있고 주희의 여러 관점도 이미 뛰어넘거나 혹은 부정을 당하였지만, 전체 ≪초사≫학의 역사에서 본다면 주희의 ≪초사≫ 연구는 의심할 것도 없이 없어서는 안 될 하나의 중요한 고리이며, 그 학술 가치는 여전히 우리가 깊이 연구할 만하다.

# 제7장 주희의 ≪한문고이(韓文考異)≫

## 제1절 주희의 한유(韓愈) 문집 판본에 대한 선택

주희의 일생 중의 주된 문학 활동은 전대의 문학 전적에 대한 정리와 주석인데, 그 가운데 특히 ≪시집전≫·≪초사집주≫와 ≪한문고이≫ 세 가지가 가장 중요하다. 그러나 바로 전목(錢穆)이 말한 바와 같이 "다만 그 ≪시≫와 ≪초사≫ 두 가지는 이미 인구(人口)에 회자(膾炙)되고 전해 읽히는 것이 지금까지 줄어들지 않는다. 그러나 ≪한문고이≫는 유독 사람들에게 잘 일컬어지지 않는다."(惟其≪詩≫與≪楚辭≫兩種, 旣已膾炙人口, 傳誦迄今弗衰.而≪韓文考異≫獨少爲人稱道.)[1] 물론 ≪한문고이≫의 성취는 이미 송 이후의 각종 판본의 한유 문집에 흡수되어 사실상 또한 "전해 읽히는 것이 지금까지 줄어들지 않지만" 학술 연구로 말한다면 ≪한문고이≫는 ≪시집전≫과 ≪초사집주≫처럼 사람들에게 훨씬 중시를 받지 못하였다. 임경창(林慶彰)이 주편(主編)한 ≪주자학연구서목(朱子學硏究書

1) ≪주자신학안(朱子新學案)≫ 1750쪽.

目)≫의 통계에 따르면 1900년에서 1991년에 이르는 90년간 ≪시집전≫에 관한 논저는 83편이 있고, ≪초사집주≫에 관한 것도 또한 15편이 있지만 유독 ≪한문고이≫만은 한 편의 논문에서 언급된 것을 제외하면 단지 전목(錢穆)의 ≪주자신학안(朱子新學案)≫에서 일찍이 별도의 장을 두어 토론한 것이 있을 뿐이다. 이러한 현상에 대하여 전목은 다음과 같이 해석하였다. "대체로 후세의 유자들은 주자의 ≪시≫·≪초사≫에 대해서는 여전히 쟁론이 있어왔지만 유독 ≪고이≫는 이견이 없었다. 이미 여러 사람들이 서로 따르게 되니 마침내 당연시 하였으나 명성은 점차 흐려졌다."(蓋後儒於朱子≪詩≫, ≪楚辭≫尙有爭辯, 獨≪考異≫無間然. 旣群相遵守, 遂乃視若固然, 而聲光轉暗也.)[2] 필자가 생각하기에는 더욱 중요한 원인은 ≪시집전≫·≪초사집주≫는 두 권의 주석본이지만 ≪한문고이≫는 한 권의 교감기(校勘記)라는 것에 있다고 본다. 중국의 학술 전통에서 주석은 줄곧 학술 사상을 표현하는 중요한 방식이었지만 교감기는 통상 단지 문본(文本)의 이동(異同)을 처리할 뿐이었기 때문에 그렇게 중시를 받지 못하였다. 그러므로 후대의 학자들은 주희를 연구할 때 주석본을 중시하고 교감기는 경시하는 것을 면치 못한 것이다. 전목 본인은 비록 ≪한문고이≫는 "의리(義理)·사장(詞章)·고거(考據)를 겸하여 포함하고 있다."(義理, 文章, 考據兼容並包)[3]고 보았지만 논술 중에서는 역시 단지 그 교감 성취만을 언급한 것이 이 점을 설명해 준다. 필자는 ≪한문고이≫는 본래 교감학상 전범(典範)적인 의의가 있는 저작이지만 그것이 포함하고 있는 학술 가치는 이미 교감학의 범위를 훨씬 뛰어넘는다고 본다. ≪한문고이≫에 대하여 연구하는 것은 우리가 주희의 학술 사상을 온

---

2) ≪주자신학안(朱子新學案)≫ 1750쪽.

3) ≪주자신학안(朱子新學案)≫ 1775쪽.

전하게 이해하는 데 도움이 된다. 또 ≪한문고이≫의 대상은 문학 작품이기 때문에 이러한 연구는 특히 우리가 주희의 문학 사상을 온전하게 이해하는 데 도움이 될 것이다.

여러 사람들이 주지하듯이, 교감 작업의 질의 고저(高低)의 선결 요건은 의거하고 있는 저본(底本)이 선본(善本)인가, 채택한 참교본(參校本)의 범위가 광범한가라는 것이다. 방숭경(方崧卿)의 ≪한집거정(韓集擧正)≫은 이 방면에서 매우 훌륭하다고 해야 할 것이다. ≪한집거정≫ 권수(卷首) <서록(敍錄)>에 열거된 책은 모두 10종으로 그 가운데 당 영호징(令狐澄) 본·남당(南唐) 보대(保大) 본·비각(秘閣) 본·상부(祥符) 항본(杭本)·가우(嘉祐) 촉본(蜀本)·사극가(謝克家) 본·이병(李昞) 본 이 7종은 모두 한유 문집의 선본(善本)이라고 일컬을 만하다. 조덕(趙德)의 ≪문록(文錄)≫은 한유와 동시대인이 엮은 한유 문장의 선본(選本)이며, ≪문원영화(文苑英華)≫와 ≪당문수(唐文粹)≫ 두 총집(總集)은 모두 한유 문장을 약간 수록하고 있는데 역시 상당히 높은 교감 가치를 가지고 있다. 그밖에 또 한 가지 "석본(石本)"이 있는데 그것은 실은 구양수(歐陽脩)의 ≪집고록(集古錄)≫과 조명성(趙明誠)의 ≪금석록(金石錄)≫ 등에 산견(散見)되는 한유 문장 석각본(石刻本) 및 아직 세상에 남아 있는 석각의 원시자료들로 이것들은 물론 또한 한유 문장의 원래의 모습에 가까운 진귀한 재료이다. 방씨가 우연히 언급한 책은 또 홍흥조(洪興祖) 본·조본(潮本)·당(唐) 함통(咸通) 본·구감본(舊監本)·구본(歐本)·심원용(沈元容) 본·형공(荊公) 본·장본(張本)·번본(樊本)·증본(曾本)·조본(趙本)·조본(晁本)·채본(蔡本)·여본(呂本) 등 10여 종이 있다. 주희가 교감에 사용한 책은 방씨와 대체로 같지만 각종의 책을 어떻게 보는가 하는 태도에서는 두 사람 간 극히 큰 차이가 있다.

방숭경은 비록 적지 않은 한유 문집 판본을 수중(手中)에 가지고 있었지만 그가 믿고 따른 것은 실은 단지 매우 적은 몇 가지 뿐이었다. 그는 <한집거정서(韓集擧正序)>에서 "나는 일찍이 상부(祥符 : 대중상부(大中祥符) : 1008~1016, 진종(眞宗)) 때에 간행된 항본(杭本) 40권을 얻었는데 그때는 아직 ≪외집(外集)≫이 없었다. 지금 여러 집(集)에서 이른바 구본(舊本)이라고 하는 것이 이것이다. 얼마 후 촉인(蜀人) 소부(蘇溥)가 교간(校刊)한 유우석(劉禹錫)・유종원(柳宗元)・구양수(歐陽修)・윤수(尹洙)의 4가본을 얻었는데 이 본은 가우(嘉祐) 중에 일찍이 촉에서 간행되었기 때문에 세상에 전해진 것이다. 이어서 또 이(李) 좌승(左丞) 한로(漢老)・사(謝) 참정(參政) 임백(任伯)이 교정한 비각본(秘閣本)을 얻었는데 이 판본의 교각본이 가장 상세하고 세밀하다. 글자의 의심스러운 것은 모두 그 위에 이동(異同)을 표시하였기 때문에 근거로 삼을 수가 있다. 대체로 공문 석본의 남아 있는 것으로 교정하면 각본(閣本)은 항상 열에 아홉을 얻고 항본은 열에 일곱을 얻고 촉본은 열에 대여섯을 얻으니 지금 단지 세 판본만으로 정본으로 삼는다."(僕嘗得祥符中所刊杭本四十卷, 其時猶未有≪外集≫. 今諸集之所謂舊本者, 此也. 旣而得蜀人蘇溥所校刊劉・柳・歐・尹四家本, 此本嘉祐中嘗刊於蜀, 故傳於世. 繼又得李左丞漢老・謝參政任伯所校秘閣本, 李本之校閣本, 最爲詳密. 字之疑者, 皆標同異於其上, 故可得以爲據. 大抵以公文石本之存者校之, 閣本常得十九, 杭本得十七, 而蜀本得十五六焉. 今只以三本爲定.)라고 하였다.

지금 전하는 ≪사고전서(四庫全書)≫ 본 ≪한집거정≫으로 본다면 방씨는 교감할 때 확실히 세 책을 주로 하였고 그 가운데 각본(閣本)은 또 특별한 존중과 신뢰를 받았다. 주희는 이에 대하여 매우 마땅치 않게 보았다. 그는 <서한문고이전(書韓文考異前)>에서 "이 문집은 지금 세간의 판본은 많이 다른데, 다만 근래 남안군에서 간행한 방씨교본이 훌륭하다고 한다. 따로 ≪거정(擧正)≫ 10권이 있는데, 그 취사선택한 뜻을 논하였는데, 또 이는 다른 판본에는 없는 것이다. 그러나 그 취사선택은 상부 항본 · 가우 촉본 및 이 · 사가 의거한 관각본을 결정하여 특히 관각본을 존중하였다. 비록 오류가 있더라도 왕왕 억지로 따랐다. 다른 판본은 비록 좋더라도 역시 버리고 수록하지 않았다."(此集今世本多不同, 惟近歲南安郡所刊方氏校本號爲精善. 別有≪擧正≫十卷, 論其所以去取之意, 又他本之所無也. 然其去取, 以祥符杭本 · 嘉祐蜀本及李 · 謝所據館閣本爲定, 而尤尊館閣本. 雖有謬誤, 往往曲從. 他本雖善, 亦棄不錄.)라고 하였다. 주희는 또 <한문고이서(韓文考異序)> 중에서 "세 판본이 신뢰를 받는 원인을 따져보면 항 · 촉본은 오래되었기 때문이고 각본은 관(官)본이기 때문이니 그것이 믿을 수 있는 것은 당연하다. 그러나 구양공의 말과 같이 한유의 글의 인쇄본이 처음부터 꼭 잘못이 있었던 것이 아니라 대부분 교감하는 자가 함부로 고친 것이다. 또한 예컨대 <나지비(羅池碑)>에는 '보(步)'를 '섭(涉)'이라고 고치고 <전씨묘(田氏廟)>에는 '천명(天明)'을 '왕명(王明)'이라고 고친 따위를 말한 것이다. 그가 스스로 말한 것을 살펴보건대 어렸을 때 수주(隨州) 이씨(李氏)에게서 촉본 한유의 글을 얻었는데 그 세월을 헤아려 보면 마땅히 천희(天禧 : 진종, 1017~1021) 중이었을 것이고 또 그 책은 이미 낡고 탈략(脫略)되었으니 그 모인(摹印)한 날이 상부(祥符) 항본과 어느 것이 앞이고 어느 것이 뒤인지를 알 수 없다. 그리고 가우(嘉祐) 촉본은 또 그 자손대의 것임이 분명하다. 그러나 여전히 '30년 동안 누구에게 선본(善本)이 있다는 것을 들으면 반드시 구하여 고쳤다.'라고 하였으니 정말 반드시 구본(舊本)을 옳다고 여겨서 다 따른 것은 아니다. 비각의 관서(官書)는 역시 민간이 바친 것을 장고(掌故) · 영사(令史)가 베낀 것이며 한때 사관이 교정한 것일 따름이다. 그 전해지는 것이 어떻게 진짜 작자의 수고(手稿)이겠으며? 그리고 바로 잡은 이들이 어떻게 다 유향 (劉向) · 양웅(揚雄) 같은 이들이겠는가? 그러니 독자들은 바로 마땅히 그 문리의의 의가 좋은 것을 가려서 따라야지 단지 지망(地望)이나 형세(形勢)만으로 경중(輕重)을 가려서는 안 될 것이다."(原三本之見信, 杭・蜀以舊, 閣以官, 其信之也則宜. 然如歐陽公之言, 韓文印本初未必誤, 多爲校讐者妄改. 亦謂如<羅池碑>改'步'爲'涉', <田氏廟>改'天明'爲'王明'之類耳. 觀其自言爲兒童時, 得蜀本韓文於隨州李氏. 計其歲月, 當在天禧中年, 且其書已故弊脫略, 則其摹印之日, 與祥符杭本, 蓋未知其孰先孰後? 而嘉祐蜀本又其子孫, 明矣. 然而猶曰 : '三十年間, 聞人有善本者, 必求而改正之.' 則故未嘗必以舊本爲是而悉從之也. 至於秘閣官書, 則亦民間所獻, 掌故令史所鈔, 而一時館職所校耳. 其所傳者, 豈眞作者之手稿? 而是正之者, 豈盡劉向・揚雄之倫哉! 讀者正當擇其文理意義之善者而從之, 不當但以地望形勢爲重輕也.)라고 하였다. 방숭경이 세 가지 책을 존중하고 신뢰한 이유는 그것들이 가장 석본에 가까웠기 때문에 선본이라고 스스로 생각한 것이다. 주희는 도리어 그가 "지망이나 형세로 경중을 가렸다"(以地望形勢爲重輕)라고 비평하였으니 지론이 지나치게 가혹한 것으로 보인다. 그러나 주희는 세 판본을 지나치게 맹신한 것을 반대한 것은 충분한 이유가 있었다. 주희 자신이 한유 문장을 교감한 방법은 "모두 여러 판본의 이동(異同)를 고찰하여 한결같이 문세・의리 및 다른 책의 검증할 만한 것을 가지고 결정하였다. 만약 옳으면 비록 민간에서 근래 나온 소본(小本)이라도 감히 피하지 않았다. 온당하지 못한 부분이 있으면 비록 관본・고본・석본이라도 감히 믿지 않았다."(悉考衆本之同異, 而一以文勢・義理及他書之可驗者決之. 苟是矣, 則雖民間近出小本不敢違. 有所未安, 則雖官本・古本・石本不敢信.)[4]라고 하였다. 이것은 분명히 일종의 실사구시(實事求是)의 태도인데, 바로 이러한 태도가 주희의 교감의 수준이 나중에 나왔지만 앞사람들을 능가하게 한 것이다. 몇 가지 예를 다음과 같이 들어본다.[5]

---

4) <서한문고이전(書韓文考異前)>, ≪문집≫ 권76, 30쪽.

5) ≪한문고이(韓文考異)≫에는 한유의 글을 인용하는데 원문이 극히 간략하여 때로는 단지 한 글자만을 인용하였다. 지금 문의를 분명하게 하기 위하여 그 위 아래의 글을 보족한다. 또 ≪고이≫에는 한유의 글을 인용하는데 제목은 또한 항상 생략이 있는데 지금 모두 보족한다. 특히 여기에 설명한다.

≪고이≫ 권6 <송왕수재서(送王秀才序)> : "근원이 멀어 말단이 더욱 나누어졌다"(原遠而末益分.)

방씨는 각본(閣本)을 따라 "분(分)"을 "인(引)"이라고 하였다. ○이제 살펴보건대, "분(分)"을 "인(引)"이라고 한 것은 아마 초서(草書)의 잘못일 것이나 다행히도 증명할 만한 다른 판본이 있는데, 방씨는 취하지 않고 유독 그 잘못을 믿은 것은 무엇 때문인가?(方從閣本, "分"作"引". ○今按 : 以"分"爲"引", 蓋草書之誤. 然幸有它本可證. 方乃不取, 而獨信其誤, 何哉!)

≪고이≫ 권7 <당조산대부증사훈원외랑공군묘지명(唐朝散大夫贈司勳員外郎孔君墓誌銘)> : "참으로 의로운 공(孔) 군이, 여기에 묻혀 있네. 천년 만년을 지나도록, 감히 깨뜨리고 헐지 말지어다."(允義孔君, 玆惟其藏. 更千萬年, 無敢壞傷.)

방씨는 항본(杭本)을 따라 "상(傷)"자가 없다. ○지금 살펴보건대, 이 "상(傷)"자는 여러 판본에 모두 있고 문리(文理)와 음운(音韻)이 모두 의심할 만한 것이 없다. 방씨는 특히 항본에 빠졌다고 해서 마침내 그것을 믿지 않았다. 차라리 이 명(銘)이 헐후어(歇後語)가 되게 할지언정 여러 판본으로 보충하려고 하지 않았으니 매우 이상하다.(方從杭本, 無"傷"字. ○今按 : 此"傷"字諸本皆有, 文理音韻, 皆無可疑. 方氏特以杭本脫漏, 遂不之信. 寧使此銘爲歇後語, 而不肯以諸本補之, 甚可怪也.)

≪고이≫ 권7 <당고하동절도관찰사형양정공신도비문(唐故河東節度觀察使滎陽鄭公神道碑文)>에 : "투호(投壺)와 도박·바둑으로 밤낮을 다하니, 즐거워하여 싫어하지 않는 사람 같았다."(投壺博弈, 窮日夜, 若樂而不厭者.)

방씨는 각·촉본을 따라 "약(若)"을 "고(苦)"라고 하였다. ○지금 살펴보건대, 두 책에 문리(文理)가 없는 것은 이와 같은 것이 있지만, 방씨는 모두 따랐으니 이상하다.(方從閣·蜀本, "若"作"苦". ○今按 : 二本之無文理有如此者, 而方皆從之, 可怪也.)

이 몇 곳에서 방씨본은 분명한 오류가 있는 각・항・촉 세 책을 따를지언정 다른 판본을 따르려고 하지 않았으니 주희가 "이상하게 여길 만하다"(可怪)라고 크게 외친 것도 이상할 것이 없다. 다음의 두 가지는 더욱 주의할 만하다.

≪고이≫ 권4 <변주동서수문기(汴州東西水門記)> : "감군(監軍)에게 묻고, 사마(司馬)에게 꾀하였네."(監軍是諮, 司馬是謀.)

여러 판본 및 석본에는 모두 이 두 구가 있는데 "인력유여(人力有餘)"의 아래에 있다. 방씨는 각본(閣本)을 따라 삭제하고 각본(閣本)은 아마도 공이 만년에 정한 것일 것이니 마땅히 따라야 한다고 하였다. ○지금 이 두 말을 살펴보면, 후인들이 "감군(監軍)"이란 두 글자를 싫어하여 삭제한 것일 뿐이라고 의심된다. 방씨는 곧장 각본은 공이 만년에 정한 것이라고 하였지만, 무엇에 근거하여 그렇게 말하는지 모르겠다. 지금 살펴보건대, 그 어긋나고 잘못된 것이 가장 많으니 처음 나와서 교정하지 않은 책으로 의심되는데 앞에서 이미 상세하게 분변하였다. 대체로 관각의 장서는 민간에서 취한 것을 제유(諸儒)들이 대략 공무의 과제로 교정한 것일 뿐이니 어떻게 하나하나가 정선(精善)하여 사본(私本)보다 나을 수 있겠는가? 세속에서는 단지 그것이 관본이라는 것만 보고 존중하여 믿고 더 이상 그 문리(文理)가 어떠한가는 따지지 않으니 매우 가소롭다. 지금 이에 다시 "개정"한 설을 만들어 내어 여러 사람의 입을 막게 되면 또 가소로움이 심한 것이다.(諸本及石本皆有此二句, 在"人力有餘"之下. 方從閣本刪去, 云 : 閣本蓋公晚年所定, 當從之. ○今詳此二語, 疑後人惡"監軍"二字而刪之耳. 方氏直謂閣本爲公晚年所定, 不知何據而云然. 以今觀之, 其舛誤爲最多, 疑爲初出未校之本, 前已辨之詳矣. 大抵館閣藏書, 不過取之民間, 而諸儒略以官課校之耳. 豈能一一精善, 過於私本? 世俗但見其爲官本, 便尊信之, 而不復問其文理之如何, 已爲可笑. 今此乃復造爲"改定"之說, 以鉗衆口, 則又可笑之甚也.)

지금 점검해 보건대 <변주동서수문기(汴州東西水門記)> 앞에 서에서 "합악을 크게 하고 물놀이를 두고 감군(監軍)・군사마(軍司馬)・빈좌(賓佐)・요속

(僚屬)을 모아……"(大合樂, 設水嬉, 會監軍·軍司馬·賓佐·僚屬……)라고 하였다. 그러므로 뒤에 감군·사마를 언급한 것은 제목 중에 마땅히 있어야 할 뜻이다. 제 판본에 이 두 구가 있는 것은 완전히 정리에 맞는 것이다. 방씨가 홀로 각본을 따라 두 구를 삭제한 것은 이미 무리였다. 그는 또 전혀 근거도 없이 자신이 각본을 맹신하는 것에 이유를 꾸며 냈으니 더욱 황당하다. 주희는 이에 대하여 준엄한 말로 나무라며 관본이 꼭 사본보다 더 정밀하지는 않다고 지적하였는데 그의 견해는 방씨보다 훨씬 뛰어나다.

≪고이≫ 권5 <하서주장복야백토서(賀徐州張僕射白兎書)>: "그 역란의 신하가 있어 도끼와 모루 따위에 피를 물들이지도 않았는데 위엄을 두려워하고 무너지고 갈라져서 나에게 돌아올 것인가?"(其有逆亂之臣, 未血斧鑕之屬, 畏威崩析歸我乎哉?)

여러 판본은 대부분 이와 같다. 가우 항본도 역시 그렇다. 방씨본은 "지속(之屬)"을 "기속(其屬)"이라고 하여 아랫 구에 속한다. "석(析)"을 "탁(拆)"이라고 하고 ≪한(漢)·종군전(終軍傳)≫에 "들판의 짐승이 나란히 다투는 것은 뿌리가 같음을 밝힌 것이다. 여러 가지가 안으로 붙은 것은 밖이 없음을 보인 것이다. 아마 엮은 머리털을 풀고 좌임(左衽)을 잘라내고 교화를 입는 것이 있을 것이다."(野獸并角, 明同本也. 衆支內附, 示無外也. 殆將有解編髮, 削左衽而蒙化者.)라고 하였고, 또 왕포(王褒)의 <강덕론(講德論)>에는 "지금 남군(南郡)에서 흰 호랑이를 잡은 것은 무(武)를 쓰러뜨리고 문(文)을 일으키라는 증거입니다. 잡은 자는 무를 펼치니 펼쳐 용맹하다."(今南郡獲白虎, 偃武興文之應也. 獲之者張武, 張而猛也.)라고 하였으니, 공의 말은 대개 이것을 조술한 것이다. ○지금 살펴보건대, 가우 항본의 "지(之)"와 "석(析)" 두 글자는 문리가 분명하다. 방씨는 단지 촉본에 의거하여 제판본의 이동(異同)은 더 이상 적어 놓지 않았다. 그가 정한 것은 또 모두 잘못되었으며, 대체로 그 무리가 나에게 돌아온다는 것은 보잘 것 없는 일이라 말할 것도 없어서, 그 역란(逆亂)의 신하가 나에게 돌아온다는 것만큼 크고 바랄만한 것이 못된다. "붕탁(崩拆)"도 또한 말이 되지 않는다. 만약 ≪논어≫의 "(국가나 조직이)나뉘어 무너지고 갈라지다."(分崩離析)"란 말을 사용하였다면 마땅히 (부수는) 목(木)을 따라야 할 것이고, 만약 ≪사기≫의 "(방향을) 꺾어 위로 들어갔다"(折而入於魏)는 말을 사용하였다면 마땅히 (부수는) 수(手)를 따라야 할 것이다. 두 가지 뜻은 모두 통한다. 그러나 이미 "붕(崩)"자가 있으니 본래 ≪논어≫ 중의 글자를 사용한 것으로 보인다.(諸本多如此. 嘉祐杭本亦然. 方本"之屬"作"其屬", 屬下句. "析"作"拆", 云：≪漢・終軍傳≫："野獸幷角, 明同本也. 衆支內附, 示無外也. 殆將有解編髮, 削左衽而蒙化者." 又王褒<講德論>："今南郡獲白虎, 偃武興文之應也. 獲之者張武, 張而猛也." 公言蓋祖此. ○今按：嘉祐杭本"之"・"析"二字, 文理分明. 方氏但據蜀本, 而不復著諸本之同異. 其所定又皆誤, 蓋其屬歸我, 事小不足言. 不若逆亂之臣歸我之爲大而可願也. "崩拆"亦不成文. 若用≪論語≫"分崩離析"之語, 則當從木. 若用≪史記≫"折而入於魏"之語, 則當從手. 二義皆通. 然旣有"崩"字, 則似本用≪論語≫中字也.)

지금 살펴보건대 <하서주장복사백토서(賀徐州張僕射白免書)>는 한유가 서주에 있을 때 절도사 장건봉(張建封)의 부하가 흰 토끼를 바쳤기 때문에 지은 것이며, 글 가운데 흰 토끼가 상서로운 까닭은 "싸우지 않고도 오게 하는 도이다"(不戰而來之之道也)에 있다고 분명하게 말하고 있으니 장건봉이 기왕 "황실을 보좌하고 천하를 지키는 울타리"(股肱帝室, 藩垣天下) 라면 흰 토끼는 역란의 신하가 와서 항복하고 귀부한다는 것을 상징하고 있다. 주희가 역란(逆亂)의 신하가 나에게 돌아온다는 것만큼 크고 바랄만한 것이 못된다."(不若逆亂之臣歸我之爲大而可願)라고 한 것은 이 글의 내용과 축하한 대상의 신분에 매우 부합하는 정확한 해석이다. 만약 방씨본에 따른다면 단지 역란의 신하의 부하가 아군에게 귀순하는 것일 뿐이니 주희가 "일이 작아 말할 것도 없는 것이다"(事小不足言)라고 여긴 것은 참으로 옳다. 비록 "여러 판본은 이와 같은 것이 많다"(諸本多如此)는 것도 또한 모두 주희본이 취한 바와 같이 글은 통순하고 뜻이 뛰어나지만 방씨는 유독 촉본을 따르고 또 여러 판본의 이동(異同)에 대하여 또 교기(校記)를 내지 않았으니 그렇게 하여 독자들에게 잘못된 텍스트를 제공했을 뿐 아니라 또 후인들로 하여금 각 판본의 이문(異文)의 상황을 알 수 없어서 더 이상 심의하여 교정할 수 없도록 하였다. 분명 방씨본의 이러한 잘못은 완전히 촉본을 맹신하였기 때문에 초래한 것인 만큼 그 잘못에 대해서 보고도 보지 못한 것과 마찬 가지인 것이다.

방씨본은 또 한 가지의 결점이 있는데 석본(石本)을 맹신한 것이다. 그가 특히 각(閣)・항(杭)・촉(蜀) 세 판본을 중시한 까닭은 역시 그것들이 비교적 석본에 가까웠기 때문이었다. 그러나 석본은 반드시 정확하고 잘못이 없는 것일까? 주희는 결코 그렇지 않다고 보았다. 예컨대 다음과 같다.

≪고이≫ 권6 <송이원귀반곡서(送李愿歸盤谷序)> : "벗 이원(李愿)이 산다"(友人李愿居之.)

제본 및 홍씨의 석본은 모두 "우(友)"라고 하였는데, 방씨는 번씨의 석본은 "유(有)"라고 하였다라고 하였다. ◯지금 살펴보건대, 이 책을 교정한 자는 인본(印本)이 달라서 석본을 가지고 바로잡았는데 지금 석본이 또 이와같이 같지 않으니 또 어느 것이 옳은지 알 수 없다. 그러나 이치로 미루어 보면 "유(有)"라고 하는 것은 일리가 없다. 그러므로 특히 상세하게 적어서 이른바 석본이라는 것이 믿기에 부족하다는 것을 보인다.(諸本及洪氏石本皆作"友", 方云 : 樊氏石本作"有". ◯今按 : 校此書者, 以印本之不同而取正於石本, 今石本乃又不同如此, 則又未知其孰是也. 然以理推之, 則作"有"者爲無理. 故特詳著之, 以見所謂石本者之不足信也.)

"기거(起居)하는 데 때가 없고, 오직 한적함을 편안하게 여기네."(起居無時, 惟適之安.)

사본 및 홍씨의 석본은 "지(之)"를 "소(所)"라고 하였는데, 방씨는 원(苑)・수(粹) 그리고 번씨의 석본에 따라 "지(之)"라고 하였다. ◯지금 살펴보건대, 이 두 석본이 같지 않은 것으로 또 이른바 석본이 믿기 어렵다는 것을 족히 알 수 있다. 그러나 이치로 미루어 본다면 "지(之)"라고 하는 것이 옳다.(寫本及洪氏石本"之"作"所", 方從苑・粹・樊氏石本作"之". ◯今按此二石本不同, 又足以見所謂石本之難信矣. 然以理推之, 作"之"爲是.)

"아아 반(盤)의 즐거움은, 즐겁고도 또한 재앙이 없네."(嗟盤之樂兮, 樂且無殃.)

"앙(殃)"을 방씨는 홍교 석본을 따라 "앙(央)"이라고 하였다. 또 번본은 단지 "앙(殃)"이라고 하였지만 각·항·촉본은 모두 "앙(央)"이라고 하였다. 왕일(王逸)은 <이소(離騷)>에 주를 달아 "앙(央)은 다한다·그친다는 것이다."(央, 盡也, 已也.)라고 하였다 …… ◯지금 살펴보건대 "앙(殃)"이라고 한 것이 뜻에는 맞다. 또 살펴보건대 이 편의 여러 교정본은 대체로 석본을 따랐지만 번본과 홍본 두 석본이 이미 달라서 어느 것이 옳은지 모른다. 서로 같은 것이 있는 것도 또한 어떤 것은 일리가 없어서 다 믿을 수 없다. 살펴보건대 구공(歐公)의 ≪집고(集古)·발미(跋尾)≫에는 "<반곡서>의 석본은 정원(正元) 중에 새긴 것으로 집본으로 교정하였는데 간혹 약간 다르다. 의심하건대 돌에 새기면서 잘못된 것이지만 그 당시의 물건이기 때문에 잠깐 남겨 두어 좋은 완상물로 삼으니 그 작은 잘못은 교정할 것도 없다."(<盤谷序>石本, 正元中所刻, 以集本校之, 或小不同. 疑刻石誤, 然以其當時之物, 姑存之以爲佳玩, 其小失不足校也.)라고 하였는데, 공의 이 말을 자세히 보면 가장 통론이라고 하겠다. 근세의 논자들은 오로지 석본만을 바르다고 하였는데, 예컨대 <수문기(水門記)>·<계당시(溪堂詩)>는 나는 이미 논하였다. <남해묘(南海廟)>·<유통군비(劉統軍碑)> 따위도 또한 그러한데 그 잘못은 살펴서 알 수 있다.("殃", 方從洪校石本作"央". 又云：樊本只作"殃", 然閣·杭·蜀皆作"央". 王逸注<離騷>云："央, 盡也, 已也." …… ◯今按：作"殃"於義爲得. 又安：此篇諸校本多從石本, 而樊·洪兩石已自不同, 未知孰是. 其有同者, 亦或無理, 未可盡信. 按歐公≪集古·跋尾≫云："<盤谷序>石本, 正元中所刻, 以集本校之, 或小不同. 疑刻石誤, 然以其當時之物, 姑存之以爲佳玩, 其小失不足校也." 詳公此言, 最爲通論. 近世論者專以石本爲正, 如<水門記>·<溪堂詩>, 予已論之. <南海廟>·<劉統軍碑>之類亦然, 其謬可考而知也.)

<송이원귀반곡서(送李愿歸盤谷序)>는 한유 문장의 명작으로 당시에 이미 돌에 새겼다. 후인들은 또 그것을 번각하였기 때문에 세상에 전해지는 석본은 그 하나에 그치지 않는다. 이러한 석본들은 자체에 이문(異文)이 있으니 석본도 반드시 믿을 만한 것이 아님을 알 수 있다. 만약 방씨

와 같이 한결같이 석본만을 맹종한다면 각종의 석본의 이문은 또 어떻게 처리해야 할 것인가? 구양수는 금석학의 시각에서 출발하여 석본은 잘못이 있을 수 있지만 여전히 문물적 가치가 있다고 보았다. 주희도 또한 성품이 금석을 좋아하였기 때문에 이 설에 찬동하여 "통론(通論)"이라고 하였던 것이다. 그러나 그는 교감할 때 "오로지 석본만을 옳다고 하는"(專以石本爲正) 것을 결연히 반대하였는데 이것은 방씨의 잘못에 대한 일침견혈(一針見血) 같이 정곡을 찌르는 비평이다.

≪고이≫ 권4 <변주동서수문기(汴州東西水門記)>에는 "그 처음에는 하(河)를 막아 성을 지었는데 그 맞지 않는 것은 하(河)에 쇠사슬을 두었다. 밤에는 띠우고 낮에는 잠기게 하니 배가 몰래 다니지 못하였다. 그러나 그 금포(襟抱 : 물길이 모이는 곳)는 무너지고 성기고 기풍은 새어나갔다."(厥初距河爲城, 其不合者, 誕置聯鎖於河. 宵浮晝湛, 舟不潛通. 然其襟抱虧疏, 風氣宣洩.)라고 하였다.

"담(湛)"은 어떤 것은 "침(沈)"이라고 하였다. "불(不)"자는 방씨는 석본을 따라 "용(用)"이라고 하였다. ◯지금 상하의 글의 뜻을 살펴보건대, 대체로 사슬을 두어 비록 배가 몰래 통하는 것을 금할 수 있었지만 무너지고 성기고 새어나가는 걱정을 면할 수가 없기 때문에 반드시 수문을 만들어야 한다는 것을 말한 것이다. 여러 판본에 "배가 몰래 통하지 못하였다"(舟不潛通)라고 한 것이 이것이다. 지금 윗 글에 이미 "쇠사슬을 두었다"(置鎖)라고 하였는데 아래 글에서 "배가 이로써 몰래 통하였다"(舟用潛通)라고 한다면 사슬은 헛되이 둔 것이고 그 아래 구도 역시 "연(然)"(그러하다) 자를 붙여서는 안 되는 것이다. 만약 잘못이라고 한다면 석본은 당시에 새긴 것이니 마땅히 잘못이 있을 수 없겠지만 또한 글씨를 쓴 자의 잘못·새긴 자의 잘못이 아니라는 것을 어떻게 알 것인가? 하물며 어쩌면 친히 본 것이 아니라면 또 어떻게 전하는 자의 잘못이 아니라는 것을 알 것인가?("湛"或作"沈". "不"字, 方從石本作"用". ◯今按上下文意, 蓋言置鎖雖足以禁舟之潛通, 然未免虧疏宣洩之患, 故須作水門耳. 諸本作"舟不潛通"者是也. 今上文旣言"置鎖", 而下文乃云"舟用潛通", 則是鎖爲虛設, 而其下句亦不應著"然"字矣. 若以爲誤, 則石本乃當

時所刻, 不應有誤, 然亦安知其非書者之誤, 刻者之誤? 況或非所親見, 則又安知非傳者之誤耶?)

이 글은 동진(東晉)의 변주(汴州)에서 수문을 건설한 일을 기록한 것이다. 아직 수문을 짓지 않은 때에는 쇠사슬로 막아서 배가 사사로이 통행하는 것을 금지하였다. 만약 방씨본에 따라 "배가 이로써 잠겨서 통하였다"(舟用潛通)라고 한다면 "그렇다면 사슬은 헛되이 둔 것이기"(則是鎖爲虛設) 때문에 주희는 사리를 가지고 헤아려 "불(不)"자라고 확정하였는데 따라도 좋다. 주의할 만한 것은 방씨본은 석본에 근거한 것인데 그렇다면 왜 당시에 새긴 석본에 잘못이 있게 된 것인가? 주희는 그 잘못에 이른 원인에 세 가지가 있을 수 있다고 추측하였다. 첫째는 "쓴 자의 잘못"(書者之誤)이고 둘째는 "새긴 자의 잘못"(刻者之誤)이고 셋째는 "전한 자의 잘못"(傳者之誤)이다. 이것은 곧 석본의 서사(書寫) · 전각(鐫刻) · 전초(傳鈔)의 세 가지 과정 중에서 모두 잘못이 발생할 가능성이 있기 때문에 석본은 결코 절대적으로 잘못이 없는 것이 아니다. 교감할 때는 또 마땅히 의리를 주로 해야지 석본을 맹신해서는 안 되는 것이다.

≪고이≫ 권5 <운주계당시(鄆州谿堂詩)>에는 "오직 운(鄆)만은 자른 듯이 가운데 있어서 사방 이웃에서 바라보면 제방이 물을 막고 있어서 믿음직하여 두려워할 것이 없는 것 같았다."(惟鄆也截然中居, 四隣望之, 若防之制水, 恃以無恐.)라고 하였다.

각 · 항 · 촉 및 여러 책은 "중거(中居)" 아래 모두 이 네 글자가 있는데 방씨는 석본을 따라 삭제하였다. ○지금 문세 및 당시의 사실을 살펴보건대 모두 마땅히 이 구가 있어야 한다. 만약 그것이 없다면 아래 글의 이른바 "믿음직하여 두려워할 것이 없다"(恃以無恐)라는 것이 누가 믿음직하다는 것인지? 무릇 누군가를 위하여 글을 짓는 데 있어 간혹 먼 곳에 있어서 친히 볼 수가 없기도 하다. 모각에 이미 탈오가 있어도 또 헐어버리는 것은 거듭 수고롭기 때문에 마침내 고칠 수 없었던 것이다. 만약 이 일을 아마 친히 보았다고 해도 또한 옛날만 그러한 것이 아니다. 방씨는 각, 촉, 항본을 가장 믿어서 비록 잘못이 있다고 하더라도 왕왕 억지로 따랐다. 지금 삼본은 다행히도 모두 잘못되지 않았는데 도리어 석본의 탈구에 빼앗겼으니 매우 가소롭다.(閣・杭・蜀及諸本, "中居"之下皆有此四字, 方從石本删去. ◯今按文勢及當時事實, 皆當有此句. 若其無之, 則下文所謂"恃以無恐"者, 爲誰恃之邪? 大凡爲人作文, 而身或在遠, 無由親視. 摹刻旣有脫誤, 又以毁之重勞, 遂不能改. 若此事蓋親見之, 亦非獨古爲然也. 方氏最信閣・蜀・杭本, 雖有謬誤, 往往曲從. 今三本幸皆不誤, 而反爲石本脫句所奪, 甚可笑也.)

이 시는 목종 장경 3년(822) 한유가 운조복(鄆曹濮) 절도사(節度使) 마총(馬總)의 요청에 응하여 지은 것이며, 그때 한유의 벼슬은 이부시랑으로 장안에 있었다. 운조복 절도사의 치소는 운주에 있었는데 원래 반진(叛鎭) 이사도(李師道)가 근거로 삼은 전략 요충지였는데, 한유의 문장 중에 묘사된 "기(沂)・밀(密)"은 그 동쪽에 있고 "유(幽)・진(鎭)・위(魏)"는 그 서북쪽에 있고 "서(徐)"는 그 동남쪽에 있었기 때문에 운주는 "자른 듯이 가운데 있어서 사방 이웃이 바라다보면 제방이 물을 막고 있듯 하여서 믿고 두려움이 없을 것 같다."(截然中居, 四隣望之, 若防之制水, 恃以無恐.)라고 한 것이다. 만약 "사방 이웃이 바라다보면"(四隣望之)이라는 구가 없다면 "믿고 두려움이 없다"(恃以無恐)의 주어가 붙을 곳이 없기 때문에 석본에 이 구가 없는 것은 분명히 잘못이 있는 것이다. 주희는 또 따라서 석본이 잘못에 이른 원인은 아마도 "누군가를 위하여 글은 짓는 경우에 간혹 멀리 있어서 친히 볼 도리가 없어서 일"(爲人作文, 而身或在遠, 無由親視.) 것이라고 분석하였다. 지금 고증컨대 한유는 그해 2월 진주(鎭州)로 가서 조정에서 군사를 모집하는 것을 시찰하고 늦봄에야 장안으로 돌아갔으므로, 여름과 가을 사이에 마총(馬總)이 사람을 시켜 <계당시(溪堂詩)>를 지을 것을 청하였는데 이때 한유는 결코 운주로 가지 않았기 때문에 확실히 "몸이 어쩌면 멀리 있었던"(身或在遠) 것이다. 10월 사이에 이르러서 이 시는 운주의 돌에 새겼으며[6] 한유는 또한 "친히 볼 수 없었던"(無由親見) 것이다. 주희의 석본이 오류가 생길 수 있었던 원인에 대한 추측은 상당히 합리적이다.

≪고이≫ 권8 <유주라지묘비(柳州羅池廟碑)>에는 "계수나무가 둥글고, 흰 돌이 가지런하네."라고 하였다.(≪考異≫ 卷八 <柳州羅池廟碑>:桂樹團團兮, 白石齒齒.)

○지금 살펴보건대, 이것은 석본에는 "단단(團團)"자를 처음에는 "단원(團圓)"이라고 잘못 새겼고, 후에는 파서 고친 것을 지금 아직도 볼 수 있으니 이것은 또한 석본이 잘못이 없을 수 없다는 하나의 증거이다.(今按：此石本"團團"字初誤刻作"團圓", 後鑴改之, 今尙可見. 則亦石本不能無誤之一證也.)

이것은 매우 설득력이 있는 실물 증거이다. 주희는 석본상의 초각에 잘못이 있었고 또 개각한 흔적이 여전히 남아 있음을 지적하였다. 석각이 전각 과정 중에 오류를 면하기 어려운 이상 석본은 당연히 절대적으로 정확한 판본의 근거일 수는 없는 것이다.

그밖에 주희는 또 고대의 초본(鈔本)의 상황에 주의를 기울였다.

≪고이≫ 권5 <여맹동야서(與孟東野書)>에는 "혼혼하여 세상과 함께 혼탁한데, 홀로 그 마음은 옛 사람을 뒤쫓아 따라간다."(混混與世相濁, 獨其心追古人而從之.)라고 하였다.

"종(從)"자 아래쪽에는 "금(今)"자가 있고 "지(之)"자 아래쪽에는 "인(人)"자가 있다. 사씨(謝氏)는 정원(貞元) 본으로 정하였다고 하였다. ○지금 살펴보건대, 위의 말 "세상과 함께 혼탁한"(與世相濁) 것은 지금 사람을 따르는

6) 방성규의 ≪창려선생시문연보(昌黎先生詩文年譜)≫에 의거한다, ≪한창려시계년집석≫ 권12에 보인다.

> 것인데, 다시 두 글자를 붙이면 군더더기로 말이 되지 않는다. 옛날의 책을 의거하기에 부족함은 이와 같은 것이 있다. 그러므로 특히 그 말을 상세하게 적어 둔다.(“從”下方有“今”字, “之”下方有“人”字. 云 : 謝以貞元本定. ◯今按 : 上語“與世相濁”, 卽是從今之人, 更著二字, 則贅而不詞矣. 舊書之不足據有如此者. 故特詳著其語云.)

지금 살펴보건대, 이 글은 정원 (貞元)16년(800)에 지은 것으로, 이른바 정원본(貞元本)인데, 전목(錢穆)은 “각본을 가리키지 않을 것이고 어쩌면 전초본(傳鈔本)일 것이다.”(當不指刻本, 或是傳鈔本也.)[7]라고 하였는데 참으로 그렇다. 정원(貞元)은 모두 20년이어서 이 책이 설사 정원 말년에 베낀 것이라고 하더라도 역시 지은 해와는 겨우 4년이 떨어졌을 뿐이니 이 것은 참으로 가장 오래된 판본이라고 할 수 있다. 그러나 만약 이 판본을 따른다면 윗구에는 “혼혼하여 세상과 함께 혼탁하다”(混混與世相濁)라고 하고 아래 구에는 “홀로 그 마음은 옛 사람을 좇으면서 지금 사람을 따른다”(獨其心追古人而從今之人)라고 하였으니 두 구 사이에는 어떻게 “오로지”(偏偏)의 뜻을 나타내는 “독(獨)”자를 사용할 수 있었는가? 또 “마음은 옛 사람을 좇으면서 지금 사람을 따르는”(心追古人而從今之人) 것이 어떻게 논리가 혼란되고 스스로 서로 모순되는 것이 아닌가? 주희가 그것을 “군더더기로 말이 되지 않는다.”(贅而不詞)라고 비판한 것은 매우 정확하다. 이것으로 비록 시대가 가장 이른 고본이라고 하더라도 역시 반드시 절대로 믿을 수 있는 판본 의거인 것은 아니라는 것을 알 수 있다. 책은 오래될수록 더욱 좋다고 보는 방씨의 관점은 정확하지 않은 것이다.

상술한 예증으로부터 알 수 있는 것은 주희가 한유 문장을 교감할 때 손에 쥐고 있었던 판본은 비록 단지 방씨보다 조금 많았지만[8] 방숭경

---

7) ≪주자신학안(朱子新學案)≫, 1770쪽.

8) 예컨대 ≪고이≫ 권9 <논불골표(論佛骨表)> 등의 글은 신·구 ≪당서≫를 참교본으로

은 각본(閣本) 등 소수의 몇 가지 판본만을 맹목적으로 믿고 따르고 또 고본・석본은 반드시 믿을 수 있다고 일방적으로 보았기 때문에 방씨의 교감 업적은 주희에 훨씬 미치지 못하여서, 단지 ≪한문고이≫만이 진정으로 여러 책들의 장점을 널리 취할 수가 있었다.

## 제2절 주희가 "외증(外證)"을 운용하여 교감을 행한 상황

그렇다면 구체적인 작업 가운데에서 주희는 어떻게 여러 가지 판본의 이문 중에서 취사를 결정하였던 것인가? 주희는 <서한문고이전(書韓文考異前)> 중에서 스스로 "여러 판본의 동이(同異)를 살피어 문세・의리 및 다른 책에서 검증할 만한 것으로 결정하였다."(悉考衆本之同異, 而一以文勢・義理及他書之可驗者決之.)라고 하였다. 전목은 ≪주자신학안(朱子新學案)≫ 중에 특히 <부주자한문고이(附朱子韓文考異)>라는 한 절을 두어 서른한 가지 예증을 들어 "주자가 한유의 문집을 교정한 것은 교감・훈고・고거가 일이관지할 뿐 아니라 또한 고거・의리・문장도 역시 일이관지하였다."(朱子之校韓集, 不僅校勘・訓詁・考據一以貫之, 抑考據・義理・文章亦一以貫之矣.)[9]라는 것을 설명하였다. 전목이 논한 것은 매우 정확하고 적절하지만 그는 단지 글을

삼았고, 또 예컨대 ≪고이≫ 권9 <독갈관자(讀鶡冠子)> "십유구편(十有九篇)" 구에는 "구(九)는 방씨는 육(六)이라고 하였다. '지금 ≪갈관자≫는 <박선(博選)>에서 <무령오문(武靈五問)>까지 모두 19편으로 여기에 단지 16편이라고 하였는데 미상이다. ○ 지금 살펴보건대, 방씨는 대개 어떤 본에 이미 '구(九)'라고 한 것을 보지 못했을 것이다."(九, 方作六, 云 : '今≪鶡冠子≫自<博選>至<武靈五問>凡十九篇, 此只云十六篇, 未詳.' ○今按 : 方蓋不見或本已作'九'也.)라고 하였다. 이곳의 "어떤 본"(或本)"은 곧 방씨가 보지 못한 본이지만, 애석하게도 주희는 이것이 어떤 본인지 가리키지 않았다.

9) ≪주자신학안(朱子新學案)≫ 1757쪽.

써가는 과정에 예를 들었을 뿐이고 ≪한문고이≫의 교감 방법에 대해서는 귀납하거나 논설을 가하지는 않았다. 본장에서는 ≪한문고이≫의 교감 방법의 특징을 비교적 체계적으로 논하고 분석하고 아울러 그것을 분류하고 귀납하여 그 안에 내포되어 있는 의례를 탐구하려고 한다.

먼저 주희가 "외증"을 중시한 상황을 고찰한다. 이른바 "외증"은 교감 대상 이외의 실물이나 혹은 기록 중에서 교감의 의거를 찾아내는 것을 가리킨다. 주희는 ≪한문고이≫를 지을 때 광범하게 인용하여 그의 박식한 장점을 충분히 발휘하였다.

우선 주희는 한유 문장이 언급한 전대 전적들을 중시하였다. 북송의 학자들은 "두보가 시를 짓고 한유가 글을 지은 것은 내력이 없는 것은 한 글자도 없다. 대체로 후인들이 책을 읽은 것이 적기 때문에 한유와 두보가 스스로 이 말을 지은 것이라고 할 뿐이다."(老杜作詩, 退之作文, 無一字無來處. 蓋後人讀書少, 故謂韓・杜自作此語耳.)[10]라고 하였다. 이 말은 과장이 없지 않지만 한유 문장 중에서 전고와 성어를 광범하게 운용한 것은 사실이다. 주희는 흥미가 광범하고 책을 정독하고 숙독하였다. 그는 젊었을 때 "배우지 않은 바가 없어서 선(禪)・도(道)・문장(文章)・≪초사(楚辭)≫・시(詩)・병법(兵法)을 일마다 다 배우려고 하였다. 출입할 때 무수한 문자, 일마다 두 책이었다."(無所不學, 禪・道・文章・楚辭・詩・兵法, 事事要學. 出入時無數文字, 事事有兩冊.)[11]라고 하였다. 그러므로 주희가 한유 문장을 교감하는 것으로는 실은 가장 적임자였다. ≪한문고이≫ 중에 전대 전적에 근거하여 교감한 상황은 매우 보편적이었고 관련된 전적은 경(經)・사(史)・자(子)・집(集) 4부(部)에 두루 퍼져 있는데 지금 4부 중에서 다음과 같이

10) 황정견(黃庭堅), <답홍구보서(答洪駒父書)>, ≪예장황선생문집(豫章黃先生文集)≫ 권19.
11) ≪주자어류(朱子語類)≫ 권104, 2620쪽.

각각 한 가지 예를 든다.

≪고이≫ 권8 <한방묘지명(韓滂墓誌銘)>에는 "책을 읽고 글을 외워 공력(功力)이 다른 사람보다 뛰어났다. 문사(文詞)를 지음에 하루아침에 기이하고 크고 갑자기 늘어 옛날과 같지 않았다."(讀書倍文, 功力兼人. 爲文詞, 一旦奇偉驟長, 不類舊常.)라고 하였다.

◯"배(倍)"는 "배(背)"와 같다. "배문(倍文)"은 책을 등지고 암기하는 것을 말한다. ≪주례≫ 주에는 "글을 외우는 것을 풍(諷)이라고 한다."(倍文曰諷.)라고 하였다. 한유의 말은 대체로 이에 뿌리한 것이다. 홍흥조의 연보에는 "글을 짓는다"(作文)라고 하였는데 대개 이것을 고찰하지 못하여 잘못 고친 것이다. 겸하여 아래 글에는 또 "문사를 지었다"(爲文詞)라는 글자가 있는데 또한 마땅히 이와 같이 중복해서는 안 될 것이다.(◯"倍"與"背"同. "倍文", 謂背本暗記也. ≪周禮≫注 : "倍文曰諷." 韓語蓋本此. 洪譜以爲"作文", 蓋不考此而誤改. 兼下文復有"爲文詞"字, 亦不應重複如此.)

≪고이≫ 권6 <제유주이사군문(祭柳州李使君文)>에는 "저 간사한 사람의 뜬 말이 비록 백 대의 수레라도 어떻게 꾸짖을 것인가?"(彼憸人之浮言, 雖百車其何詬?)라고 하였다.

"거(車)"는 방씨는 "년(年)"이라고 하였다. ◯지금 살펴보건대, ≪후한서≫에 풍연(馮衍)의 처를 쫓아내는 글에 "말이 백 대의 수레이다"(詞語百車)라고 하였다. 한유는 아마도 이것을 사용한 것이니 "년(年)"이라고 한 것은 옳은 것이 아니다.("車", 方作"年". ◯今按 : ≪後漢書≫馮衍出妻書 : "詞語百車." 韓蓋用此, 作"年"非是.)

≪고이≫ 권9 <청상존호표(請上尊號表)>에는 "장(章)·해(亥)가 건넌 것이다"(章亥所涉)라고 하였다.

◯≪산해경≫에는 "우(禹) 임금이 대장(大章)을 시켜 동극(東極)에서 걸어 서쪽 변경에 이르게 하였고 …… 또 수해(竪亥)를 시켜 남극(南極)에서 북쪽 변경에 이르게 하였다."(禹使大章步自東極, 至於西垂 …… 又使竪亥自南極盡於北垂.)라고 하였다.(◯≪山海經≫云 : "禹使大章步自東極, 至於西垂 …… 又使竪亥自南極盡於北垂.")

≪고이≫ 권1 <복지부(復志賦)>에는 "옛날 내가 나의 마음을 단속하였으니, 누가 베푼 것도 없는데 얻는 것이 있겠는가?"(昔余之約吾心兮, 誰無施而有獲.)라고 하였다.

방씨는 각본을 따라 "수(誰)"를 "유(惟)"라고 하고 아래에 또 "덕(德)"자가 있으며 이본(李本)에는 진무기(陳无己 : 사도(師道))가 "덕(德)"자를 없앴다고 하였고 금본에는 또 "유(惟)"를 잘못하여 "수(誰)"라고 하였으니 그 잘못이 심한 것이라고 하였다. ◯지금 살펴보건대, 이 구는 본래 ≪초사≫의 "누가 베풀지도 않았는데 보답이 있으며, 누가 심지도 않았는데 수확이 있겠는가?"(孰無施而有報, 孰不殖而有穫)라는 말을 사용한 것이다. 말의 뜻이 이미 유래가 있고 또 위아래와 문세가 상응하기 때문에 가우 항본과 여러 판본은 이와 같은 것이 많다. 한공(韓公)의 본문은 전해진 지 이미 오래된 것이며 진이 마음대로 정한 것이 아니다.(方從閣本, "誰"作"惟", 下又有"德"字, 云 : 李本謂陳无己去"德"字, 今本復訛"惟"爲"誰", 其誤甚矣. ◯今按 : 此句本用≪楚辭≫"孰無施而有報, 孰不殖而有穫"之語. 詞意旣有自來, 又與上下文勢相應, 故嘉祐杭本與諸本多如此. 乃是韓公本文相傳已久, 非陳以意定也.)

상술한 네 가지 예 가운데 앞의 두 가지 예의 상황은 모두 이문(異文)이 문자에 있어서는 비교적 무난하다. 그러나 주희는 ≪주례·대사악(大司樂)≫ 정현의 주와 ≪후한서·풍이전(馮異傳)≫ 이현(李賢) 주에 의거하여 한유 문장은 전대의 성어를 운용한 것으로 그 뜻은 이문(異文)보다 훨씬 뛰어나다고 지적하였다. 셋째 예 중에는 ≪고이≫는 이문(異文)을 열거하지 않아서 주석과 유사하지만 주희가 옛 말을 인용하여 "장해(章亥)"를 해석하자 글의 뜻이 명백하여 후인들이 의문으로 인해 잘못에 이를 가능성을 면하게 하였다.[12] 넷째 예의 이문(異文)은 뜻은 역시 통하

12) 지금 검색하건대 ≪사부총간≫ 본 ≪산해경(山海經)≫은 오직 <해외동경(海外東經)> 중에 "제가 수해(竪亥)에게 명하여 동극으로부터 걷게 하였다"(帝命竪亥步自東極)라는 기록이 있지만 "우(禹) 임금이 대장(大章)을 시켰다"(禹使大章)의 한 구는 보이지 않는다. 다만 ≪회남자(淮南子)·지형훈(墬形訓)≫에는 "우 임금이 대장을 시켜 동극에서 걸어서 서극에 이르게 하였다 …… 수해를 시켜 북극에서 걸어 남극에 이르게 하였

지만 주희는 이것은 ≪초사·구장(九章)·추사(抽思)≫ 중의 성구를 사용한 것이라고 지적하였는데, 이 글이 사부(辭賦)라는 문체 특징에 완전히 부합하여 더욱 일리가 있다. 물론 방숭경이 결코 전대의 전적을 주의하지 않은 것은 아니지만 그가 인용한 전적의 범위는 주희보다 훨씬 광범하지 못하고 또 그 정확성도 또한 한 수가 뒤떨어지는 것이다. 예컨대 다음과 같다.

≪고이≫ 권1 <귀팽성(歸彭城)>에는 "문자는 선려(鮮麗)함이 없네"(文字少葳蕤)라고 하였다.

"위(葳)"는 어떤 것은 "위(萎)"라고 하였다. 방씨는 "어지럽게 선려하고 많다네"(紛葳蕤以駁遝)라는 것은 육기(陸機)의 <문부(文賦)>에 보인다고 하였다. ◯지금 살펴보건대, "위유(葳蕤)"는 이미 ≪초사≫에 보인다.("葳", 或作"萎". 方云 : "紛葳蕤以駁遝." 見陸機<文賦>. ◯今按 : "葳蕤"已見≪楚辭≫.)

지금 찾아보니 "위유(葳蕤)"라는 말은 이미 ≪초사≫ 동방삭(東方朔)의 <칠간(七諫)>에 보이며 "위에는 무성하여 이슬을 막았네"(上葳蕤而防露兮)라고 하였다. 주희가 지적한 출처는 방숭경보다 4백 년이 이르다. 전적 중의 성어를 인용한 것은 물론 가장 이른 출처를 좋다고 한다. 또 다음과 같다.

≪고이≫ 권5 <중답장적서(重答張籍書)>에는 "≪기≫에는 '활시위를 당기기만하고 놓지 않는 것은 문왕과 무왕도 할 수 없는 것이다.'(≪記≫曰 : '張而不弛, 文武不能也.')라고 하였다.

"능(能)"자는 판본에는 모두 "위(爲)"라고 하였다. 방씨는 ≪기≫를 살펴보

---

다."(禹乃使大章步自東極, 至於西極 …… 使豎亥步自北極, 至於南極.)라고 하였다. ≪문선(文選)≫ 권35 장협(張協)의 <칠명(七命)>에는 "장(章)과 해(亥)가 아직 밟지 못한 곳을 밟았네"(蹑章亥之所未迹)라고 하였는데 이선(李善)의 주에는 곧 ≪회남자≫를 인용하였다. 주희는 어쩌면 잘못 기록한 것이 있거나 혹은 송대의 ≪산해경≫의 내용이 금본보다 많았을 것이다.

건대 실은 "(활시위를) 당기기만 하고 놓지 않은 것은 문·무왕도 할 수 없고, 놓고서 당기지 않는 것은 문·무왕이 하지 않는다."(張而不弛, 文武弗能也；弛而不張, 文武弗爲也.)라고 하였으니 이 "위(爲)"자는 마땅히 "능(能)"자라고 해야 옳다고 하였다. 그러나 이본(李本)에는 ≪논형(論衡)≫에는 일찍이 이것을 인용하여 동중서(董仲舒)가 정원(庭園)을 엿보지 않은 일을 물리쳤는데 바로 "위(爲)"자라고 하였으니, 공이 스스로 ≪논형≫을 사용하고 ≪대례(戴禮)≫를 사용한 것이 아니라고 의심된다. 지금 살펴보건대 "爲"로 함은 이치에 맞지 않으니 분명 잘못이 있다. 그렇지 않다면 이치에 맞는 전한의 ≪예기≫를 버리고 이치에 맞지 않는 후한의 ≪논형≫을 믿어서는 안될 것이다. 하물며 공은 "≪기≫에는 말하였다"(≪記≫曰)라고 분명하게 말하고 ≪논형≫을 말한 것이 없으니 또 어떻게 ≪논형≫이 잘못되지 않았다는 것을 알겠는가? 지금 공의 본래의 말을 근거로 삼고 ≪예기≫(<잡기(雜記) 하(下)>)에 의거하여 "능(能)"자라고 확정한다.("能"字, 本皆作"爲". 方云：考之≪記≫, 實曰："張而不弛, 文武弗能也；弛而不張, 文武弗爲也." 則此"爲"字, 當作"能"字乃是. 但李本云：≪論衡≫嘗引此以辟董仲舒不窺園事, 正作"爲"字, 疑公自用≪論衡≫, 非用≪戴禮≫也. ◯今按：作"爲"無理, 必有脫誤. 不然, 不應捨前漢有理之≪禮記≫, 而信後漢無理之≪論衡≫也. 況公明言"≪記≫曰", 而無≪論衡≫之云, 且又安知≪論衡≫之不誤哉! 今據公本語, 依≪禮記≫, 定作"能"字.)라고 하였다.

당대(唐代) 사람이 ≪기≫라고 일컬은 것은 대부분 전장 제도를 기록한 전적을 가리키며 특히 ≪예기≫를 가리키는 것이 많으니, 한유가 ≪논형≫을 ≪기≫라고 말했을 가능성은 크지 않다. 하물며 ≪예기≫는 서한 선제(宣帝, 전73~49)때에 일찌감치 편정되어 그 시대는 왕충이 ≪논형≫을 지은 것보다 1백 여 년이 이르고 전적 자체의 중요도나 혹은 그 연대로 보더라도 모두 한유가 ≪논형≫을 인용하고 ≪예기≫를 인용하지 않았을 리가 없으므로 방씨가 책을 인용한 것은 주희만큼 정확하지 않다.

때로는 각 판본의 이문(異文)은 의리(義理)에 있어서는 별로 차이가 없고 단지 어기허사(語氣虛辭) 등의 문제와 관련될 뿐이지만 주희는 또한 가능한 한 전적에 근거하여 취사를 결정하였다. 예컨대 다음과 같다.

≪고이≫ 권6 <송육흡주시서(送陸歙州詩序)>에는 "나의 옷은 화려하고, 나의 패물은 빛이 나네. 육(陸) 군이 가버리면, 누구와 더불어 활개를 칠 것인가?"(我衣之華兮, 我佩之光. 陸君之去兮, 誰與翱翔?)라고 하였다.

여러 판본들은 이와 같고 방씨는 각·항본을 따라 "광(光)"·"상(翔)" 아래 모두"혜(兮)"자가 있고 "거(去)"자 아래에는 "혜(兮)"자가 없다. ◯지금 살펴보건대, 옛 시부에는 구마다 운을 사용한 것과 어조가 있는데 <갱가(賡歌)>가 그렇다. 한구 건너 운(韻) 및 혜(兮)를 사용하였는데 혜(兮)는 윗 구의 끝에 있고 운은 아랫 구의 끝에 있는 것이 있으니 <소경(騷經)>이 그렇다. 격구에 운을 사용하고 윗구는 운도 없고 혜(兮)도 없지만 아랫 구에는 압운하고 혜(兮)가 있는 것이 있으니 <귤송(橘頌)>이 그렇다. 지금 이 시는 방씨본이 <갱가>의 예를 사용하였다면 "화(華)"·"광(光)"에 "혜(兮)"가 있고 운은 없으며 그 "거(去)"자의 한 구는 또 아울러 없다. 만약 <소경(騷經)>의 예를 사용하였다면 "광(光)"·"상(翔)"은 마땅히 운을 사용해야 하지만 "혜(兮)"는 있어서는 안 된다. "화(華)"는 비록 "혜(兮)"가 있어도 되지만 "거(去)"는 또 "혜(兮)"가 없어서는 안 된다. 만약 <귤송>의 예를 사용하였다면 아래 세구를 합하여 첫 구에는 "혜(兮)"자가 있어서는 안 된다. 한공은 소(騷)에 깊은 사람으로 마땅히 그렇지 않았을 것이다. 대체로 방씨가 따르고 있는 판본이 잘못되었을 것이다. 지금 여러 판본을 따라 <소경> 및 가의(賈誼)의 <조굴원부(弔屈原賦)>의 첫 장을 예로 삼는다. 만약 <귤송>을 예로 삼기를 바란다면 단지 방씨본의 첫 구의 한 "혜(兮)"자만을 없애면 더욱 간편할 것이지만 이러한 판본은 없으니 감히 마음대로 만들지 못할 뿐이다.(諸本如此, 方從閣·杭本, "光"·"翔"下皆有"兮"字, "去"字下無"兮"字. ◯今按：古詩賦有句句用韻及語助者, <賡歌>是也. 有隔句用韻及兮, 而兮在上句之末, 韻在下句之末者, <騷經>是也. 有隔句用韻而上句不韻不兮, 下句押韻有兮者, <橘頌>是也. 今此詩方本若用<賡歌>之例, 則"華"·"光"有"兮"而不韻, 其"去"字一句又幷無也. 若用<騷經>之例, 則"光"·"翔"當用韻, 而不當有"兮". "華"雖可以有"兮", 而"去"復不可以無"兮"也. 若用<橘頌>之例, 則下三句爲合, 而首句不當有"兮"也. 韓公深於騷者, 不應如此. 蓋方所從之本失之也. 今定從諸本, 以<騷經>及賈誼<弔屈>首章爲例, 若欲以<橘頌>爲例, 則止去方本首句一"兮"字, 尤爲簡便, 但無此本, 不敢以意創耳.)

표면적으로 본다면 이 예의 분기(分岐)는 단지 구 끝에 혜(兮)자가 있는가 없는가라는 데 있어서 의리와 전혀 관계가 없는 것 같다. 그러나 주희는 그의 폭넓은 문학사 지식으로 전대 문학 작품 중에서 구의 끝에 "혜(兮)"를 사용한 상황을 정확하게 세 종류로 나누고 그런 다음에 조목조목 분석하여 한유의 이 시는 <이소> 및 가의의 <조굴원부>의 형식을 사용하였다고 단정하였다. 즉 홀수 구는 "혜(兮)"자를 사용하고 짝수 구는 압운한 것이라는 것이다. <귤송>의 형식은 곧 짝수 구에 "혜(兮)"를 사용한 것이라는 것은 비록 뜻에는 맞아도 판본의 근거가 없기 때문에 채택하지 않았다. 이러한 교감은 분명히 방씨가 단지 여러 판본 사이에 대조하며 교감하고 취사한 것보다는 훨씬 합리적이다. 왜냐하면 고대의 문학 작품은 형식상 매우 강한 연속성이 있어서, 구 끝의 "혜(兮)"자는 비록 단지 하나의 별로 실제의 뜻은 없는 어기허사이지만 그것의 위치는 그래도 규칙이 있고 또 초사라는 문체 한 표지이기 때문이다. 주희는 한유와 같이 "소에 깊은 사람"(深於騷者)이 임의로 그 규범을 파괴할 리가 없다고 보았다. 이 예에서 또한 주희가 교감 작업을 할 때 참으로 마음이 섬세하기가 머리털 같고, 분변이 매우 치밀하였다는 것을 알 수 있다. 그의 엄숙하고 진지한 태도는 사람들로 하여금 숙연히 존경심이 생기게 한다.

그 다음에 주희는 역사 · 지리 · 물리 등 방면의 사실로 교감의 의거로 삼는 것을 중시하였다. 시문 작품은 객관적인 사실의 반영이므로 작품의 문자에 기이(岐異)가 발생할 때는 당연히 객관적인 사실에 부합하는 텍스트가 낫겠지만 주희의 폭넓은 견문과 학식은 이 방면에서 뛰어난 효과를 발휘하였다. 지금 몇 가지 예를 든다.

≪고이≫ 권6 <송제호하제서(送齊皞下第序)>에는 "제생(齊生)의 형은 그때에 유명한 재상으로 나가서 남쪽에서 벼슬하고 있었다."(齊生之兄, 時爲名相, 出藩於南.)라고 하였다.

방씨는 항・원을 따라 "어(於)" 아래 "진(鎭)"자가 있는데 각본에는 없다고 하였다. ◯지금 살펴보건대, 제영(齊映)은 정원 7년에 계관(桂管)에서 강서(江西)로 바뀌었고 이때 홍주(洪州)는 단지 강서관찰사(江西觀察使)였으며 함통(咸通) 중에 이르러 "진남(鎭南)"의 칭호가 있게 되었다. 항・원은 모두 잘못된 것이다.(方從杭・苑, "於"下有"鎭"字, 云：閣本無. ◯今按：齊映以貞元七年由桂管改江西, 是時洪州只爲江西觀察使, 至咸通中乃有"鎭南"之號耳. 杭・苑皆誤.)

≪고이≫ 권2 <농리(瀧吏)>에는 "주의 남쪽 수10 리에 바다가 있지만 하늘은 없다."(州南數十里, 有海無天地.)라고 하였다.

여러 본에는 "십수(十數)"라고 하였고 사본은 "수십(數十)"이라고 하였는데 방씨는 각본을 따라 "두수(斗數)"라고 하고 항은 "두(斗)"를 "두(豆)"라고 하고 뜻은 같다고 하였다. ≪사기・서(書)≫에는 "성산이 끊어져 바다로 들어갔다"(盛山斗入海)라고 하였는데 두(斗)는 절(絶)이다. ◯지금 지리(地理)를 가지고 살펴보건대, 사씨의 판본이 옳다. 이 구는 "끊어져 바다로 들어갔다"(斗入海)는 것과 글 뜻이 절대로 서로 같지 않으니 방씨의 설이 잘못된 것이다.(諸本作"十數", 謝本作"數十", 方從閣本作"斗數", 云：杭"斗"作"豆", 義同. ≪史記・書≫："盛山斗入海." 杜, 絶也. ◯今以地理考之, 謝本爲是. 此句與"斗入海"文意絶不相同, 方說誤矣.)

≪고이≫ 권5 <답진상서(答陳商書)>에는 "나는 슬(瑟)을 타서 헌원씨(軒轅氏)의 율려(律呂)에 맞추었다."(吾鼓瑟, 合軒轅氏之律呂.)라고 하였다.

여러 본이 모두 이와같다. 방씨는 홀로 각・항본을 따라 두 글자를 "궁(宮)"자라고 하고, ≪국어(國語)≫에 "금슬(琴瑟)은 궁(宮)을 숭상하고 종(鐘)은 우(羽)를 숭상한다"(琴瑟尙宮, 鐘尙羽.)라고 하였다고 하였다. 무거운 것은 세(細)를 따르고 가벼운 것은 대(大)를 따른다. ◯지금 살펴보건대, 방씨가 인용한 ≪국어≫가 옳지만 음악을 하는 사람들은 팔음(八音)을 아울러 연주하고 그 하나의 음 중에는 큰 것은 궁이 되고 가는 것은 우가 되어 모두 오성(五聲)의 질서가 있지 않음이 없다. 또 육률(六律)・육려(六呂)로 조절하고 그러한 다음에 소리의 크고 가는 것이 그 순서를 얻어 어긋나지 않는다. ≪서≫의 이른바 "소리는 길게 읊조리는 것을 따르고 율은 소리를 화하게 하여 여덟 가지 악기가 어울린다."(聲依永, 律和聲, 而八音克諧)라는 것이 그것이다. 그 "금슬은 궁을 숭상한다"(琴瑟尙宮)는 것은 금슬이 단지 궁성만이 있다는 것을 말하는 것이 아니다. 단지 사성(絲聲)은 너무 가늘기 때문에 그것이 여러 소리에 가려져서 들을 수 없을까 두려워하였기 때문에 그 악기를 크게 하여 그 소리가 무겁고 커서 여러 음악과 서로 어울리게 한 것일 뿐이다. 그 중에는 본래 그 자체에 오성이 있고 소리는 반드시 율려에 맞아야 하는 것이다. 방씨의 뜻은 금슬로 오로지 궁성만 내고 다른 율려를 사용하지 않은 것 같기 때문에 특히 이 잘못된 판본을 취한 것일 뿐이다. 지금 여러 판본을 따른다.(諸本皆如此. 方獨從閣・杭本以二字爲"宮"字, 云 : ≪國語≫ : "琴瑟常宮, 鐘常羽." 重者從細, 輕者從大. ◯今按 : 方氏所引≪國語≫是也, 然凡作樂者, 八音幷奏, 而其一音之中, 大者爲宮, 細者爲羽, 莫不皆有五聲之序. 又以六律・六呂節之, 然後聲之大細得其次第而不差. ≪書≫所謂"聲依永, 律和聲, 而八音克諧"是也. 其曰 : "琴瑟尙宮"者, 非謂琴瑟只有宮聲也. 但以絲聲太細, 恐其掩於衆聲而不可聽, 故大其器, 使其聲重大而與衆樂相稱耳. 其中固自有五聲, 而聲必中律呂也. 方意似以琴瑟專爲宮聲, 而不用它律呂者, 故特取此誤本耳. 今從諸本.)

≪고이≫ 권6 <석정연구시서(石鼎聯句詩序)>에는 "긴 목에 높은 상투를 하고 목구멍으로 또 초(楚)말을 하였다."(長頸而高結, 喉中又作楚語.)라고 하였다.

방씨는 채・장본에는 모두 "장경이결후(長頸而結喉)"라고 하여 "고(高)"와 "중(中)"자가 없다고 하였다. 당자서(唐子西 : 경(庚))는 "계(結)는 높은 상투이다."(結, 高髻者也.)라고 하였다. "고계(高結)"는 마땅히 구를 끊어야 한다. ≪한・육가전(陸賈傳)≫에는 "위타(尉佗)는 북상투를 하였다"(尉佗魋結.)라고 하였는데 안사고(顔師古)는 "추계(椎髻)라고 읽는다. 한 줌의 상투는 그 모양이 몽치와 같음을 말한다."(讀爲椎髻. 云一撮之髻, 其形如椎.)라고 하였다. "고계"란 말은 이에 기원한 것이다. ◯지금 살펴보건대, 옛 말에 스스로 "성중에서는 높은 상투를 좋아하네."(城中好高結)라는 것이 있으니 반드시 "추계(椎結)"를 인용할 필요가 없다. 다만 도사의 머리에 관을 쓰면 추계를 하지 않

> 는다. "결(結)"을 "계(髻)"라고 읽고 "후(喉)"를 아랫 구에 속하게 한 것은 비록 근거는 있지만 옳은 것이 아니다. 대체로 목이 길기 때문에 그 결후(結喉)의 높음을 볼 수 있으니 이것이 "높은 결후(結喉) 중에 또 초(楚)의 말을 하였다"(高結喉中又作楚語)는 것이다. 그렇지 않다면 마땅히 채·장본을 따라 "고(高)"·"중(中)"을 삭제해야 할 것이다.(方云：蔡·張本皆作"長頸而結喉", 無"高"與"中"字. 唐子西曰："結, 古髻字也." "高結"當句斷, ≪漢·陸賈傳≫："尉佗魋結." 顔曰："讀爲椎髻. 云一撮之髻, 其形如椎." "高結"語原此. ○今按：古語自有"城中好高結", 不必引"椎結"也. 但道士之首加冠, 不作椎結. 讀"結"爲"髻", 而以"喉"屬下句者, 雖有據而非是. 蓋長頸故見其結喉之高, 而此高結喉中又作楚語也. 不然, 當從蔡·張删"高"·"中".)

이상 ≪고이≫에서 논한 네 조항은 모두 확실하여 따를 만하다. 첫째 조항은 홍주(洪州)는 함통(咸通) 연간에 이르러 비로소 "진남(鎭南)"이라는 호칭이 있다고 지적하였으니 그때는 위로 제영(齊映)이 홍주(洪州)에 번(藩)으로 나간 정원 7년으로부터 이미 70여 년이 떨어져 있으니 한유 문장 중에서는 물론 홍주를 진남이라고 부를 리가 없다. 둘째 조항은 조주(潮州)와 바다의 실제 거리를 근거로 삼아 "수십 리"(數十里)를 취하고 "십 수 리"(十數里)의 이문(異文)을 버렸는데 청 방성규(方成珪)의 ≪한집전정(韓集箋正)≫에는 주희의 설에 찬성하고 또 다른 판본은 "모두 지리에 맞지 않는 것이다"(皆不諧地理者也)라고 배척하였다. 셋째 조항은 음악의 이치를 상세하게 고찰하여 방씨 판본이 옛 책을 맹목적으로 인용하고 그 이치를 알지 못한 잘못을 바로잡은 것이다. 넷째 조항은 도사(道士)가 관(冠)을 쓰는 생활 상식에서 출발하여 "결(結)"은 "후결(喉結)"이라고 해석하였는데 정리(情理)에 부합할 뿐 아니라 또 문리(文理)에도 깊이 맞는다. 왜냐하면 만약 "계(結)"를 "계(髻)"라고 해석한다면 이 구는 갑자기 목을 묘사하다가 갑자기 머리털을 묘사하고 또 목구멍을 묘사하여 구법이 난잡하고 질서가 없다. 이것으로 주희는 한유의 문장을 교감할 때 만

권을 독파한 것에서 힘을 얻었을 뿐 아니라 또한 각종의 실제 지식의 이해에서 힘을 얻었다는 것을 알 수 있다. 안지추(顔之推)는 "서적을 교정하는 것이 또한 어떻게 쉽겠는가! 양웅(揚雄)·유향(劉向)이라야 비로소 이 직에 어울릴 것이다. 천하의 책을 보기를 다하지 못하면 함부로 비평할 수 없다."(校定書籍, 亦何容易! 自揚雄·劉向, 方稱此職耳. 觀天下書未徧, 不得妄下雌黃.)[13]라고 하였다. 주희가 한유 문장을 교감한 경험에서 본다면 한 뛰어난 교감가는 "천하의 책을 보는"(觀天下書) 것을 제외하고 또 마땅히 "천하의 이치를 알아야"(識天下理) 할 것이다. 이것이 ≪한문고이≫가 후인들에게 시사해주는 바이다.

때때로 주희는 또 역사·지리 등 방면의 지식을 종합적으로 운용하여 문자의 편차 문제를 해결하였다. 예컨대 다음과 같다.

> ≪고이≫ 권6 <제전횡묘문(祭田横墓文)>에는 "정원(貞元) 11년 9월에 한유가 동경(東京)으로 가다가 길이 전횡(田横)의 무덤 아래로 나왔다."(貞元十一年九月, 愈如東京, 道出田横墓下.)라고 하였다.
>
> 여러 판본은 혹은 "십구년(十九年)"이라고 하였고 "월(月)" 아래는 "십일일(十一日)"이라는 글자가 있다. "여동경(如東京)"은 혹은 "동여경(東如京)"이라고 하였는데 홍씨는 동경은 낙양(洛陽)이라고 하였다. 공은 정원 11년에 장안을 출발하여 하양(河陽)에 이르렀고 후에 동도(東都)로 갔다. 19년 가을에 공은 어사(御史)가 되었는데 이해 겨울에 양산(陽山)으로 폄직되었으니 어떻게 9월에 전횡(田横)의 무덤 아래로 나왔겠는가? 당의 서울은 장안(長安)이니 또한 "동쪽으로 서울로 갔다"(東如京)라고 할 수 없다. 방씨는 각·항·촉본을 따라 "동쪽으로 서울로 갔다"(東如京)이라고 하고 전횡의 무덤은 언사(偃師) 시향(尸鄉)에 있는데 낙양의 동쪽 30리라고 하였다. 지금 공은 하양에서 전횡의 무덤 아래를 지나 낙양으로 들어갔기 때문에 동쪽으로 서울로 갔다고 한 것이다. 지금 살펴보건대, 홍씨가 "동경으로 갔다"(如東京)고 한 것과

13) ≪안씨가훈(顔氏家訓)·면학(勉學)≫, 상해서점, 1986년 제1판, 19쪽.

세월을 고찰한 것이 모두 옳다. 방씨도 역시 경을 낙양이라고 하였지만 3본에 의거하여 반드시 "동쪽으로 서울로 갔다"(東如京)고 하려고 한 것은 잘못된 것이다. 지금 또 따로 다른 책을 고찰할 필요는 없고 단지 그가 인용한 전횡의 무덤이 낙양의 동쪽에 있다는 것만으로 논한다면 무덤 아래로부터 낙양으로 달려가는 것은 서향(西向)이니 어떻게 "동쪽으로 서울로 갔다"(東如京)고 할 수 있겠는가? 하물며 당의 서울은 장안이니 낙양을 동경이라고 하는 것은 되지만 곧장 경이라고 하는 것은 안 된다. 그 이치가 또 매우 분명하다. 만약 ≪원화군국지(元和郡國志)≫에 의거한다면 하양에서 서남쪽으로 하남부(河南府)까지는 80리이니 그 대세도 역시 동쪽으로 경으로 갔다고 할 수는 없다. 이것은 또 3본이 잘못되었다는 하나의 증거이기 때문에 또 표하여 나타내는 것이다.(諸本或作"十九年", "月"下有"十一日"字. "如東京"或作"東如京", 洪氏曰：東京, 洛陽也. 公以貞元十一年出長安, 至河陽, 而後如東都也. 十九年秋則公爲御史, 是冬卽貶陽山, 安得以九月出横墓下. 唐都長安, 亦不得云東如京也. 方從閣・杭・蜀本作"東如京", 云：田横墓在偃師尸鄕, 洛陽東三十里. 今公自河陽道横墓下, 以入洛, 故云東如京也. ○今按：洪氏作"如東京", 及考歲月皆是. 方氏亦以京爲洛陽, 但據三本, 必欲作"東如京"爲誤耳. 今且未須別考它書, 只以其所引田横墓在洛陽東者論之, 則自墓下而走洛陽, 乃是西向, 安得言"東如京"乎? 況唐都長安, 謂洛陽爲東京則可, 直謂之京則不可. 其理又甚明. 若據≪元和郡國志≫, 則河陽西南至河南府八十里, 其大勢亦不得云東如京也. 此又三本謬誤之一證, 故復表而出之.)

"동경으로 갔다"(如東京)는 것과 "동쪽으로 서울로 갔다"(東如京)는 것은 단지 두 글자를 서로 도치한 것일 뿐이지만 글 속에 묘사한 사실과 관계되기 때문에 반드시 분변하여 밝혀야 한다. 주희는 홍흥조의 고론(考論)에 찬동하였는데 곧 한유의 그 여행은 단지 정원 11년에 발생할 수 있을 뿐이라는 것이다. 그는 또 당대 지리서 ≪원화군국지(元和郡國誌)≫에 의거하여 하양에서 서남쪽으로 80리를 가면 낙양(곧 하남부(河南府))에 이르게 되니 방씨 본에서 말한 바와 같이 "동쪽으로 서울로 갔다"(東如京)라고 한다면 한유가 하양에서 낙양으로 가는 것은 서남행이어서 "그

대략적인 정황상 또한 동쪽으로 서울로 갔다고 할 수 없다"(其大勢亦不得云東如京也)라고 지적하였다. 그렇기 때문에 정확한 원문은 마땅히 "동경으로 갔다"(如東京)라고 해야 하고 이것은 한유가 장안에서 하양에 이르고 다시 낙양에 이르는 그 노정(路程)을 가리키는 것이다. 하물며 방씨 판본은 이미 전횡의 무덤이 낙양의 동쪽 30리에 있다고 말하고 있으니 그렇다면 어떻게 전횡의 무덤에서 낙양에 이르는 것을 "동쪽으로 서울로 갔다"(東如京)라고 할 수 있겠는가? 역사 사실과 지리 방위에 대한 고거를 거쳐 한유의 글은 본래 "동경으로 갔다"(如東京)고 한 것이 마침내 정설이 되었다. 이것은 홍흥조 · 주희가 외증에 의거하여 문본을 교정한 좋은 예이다.

교감하는 데 사용하는 외증은 대부분 확정된 사실이기 때문에 표면적으로 본다면 단지 외증만 있으면 이문(異文)의 취사는 쉽게 풀리고 다시는 어떤 문제도 생기지 않을 것처럼 보인다. 그러나 사실은 결코 이와 같지 않다. 왜냐하면 합당한 외증을 가려서 취하고 아울러 외증을 정확하게 이해하려면 폭넓은 학식도 필요하고 또 명석한 판단력도 필요하다. 그렇지 않으면 비록 외증이 있다고 하더라도 문제를 해결할 수 없기 때문이다. 예컨대 다음과 같다.

> ≪고이≫ 권7 <조성왕비(曹成王碑)>에는 "따라서 비서(秘書)로 옮기고 주(州) 별가(別駕)를 겸하였다. 부(部)가 무사함을 고하여 형(衡)의 진자사(眞刺史)로 옮겼다."(仍徙秘書, 兼州別駕. 部告無事, 遷眞於衡.)라고 하였다.
>
> "겸(兼)"은 방씨는 "처(處)"라고 하였다. ≪구전≫을 살펴보니 맞다고 하였다. ○ 지금 살펴보건대, 성왕(成王)은 본래 온주(溫州) 장사(長史)로 자사(刺史)의 일을 행(行)하였는데 지금 두 번 공을 아뢰고 처주(處州) 별가(別駕)를 얻었는데 또 주의 일을 행하지 않은 것은 지망(地望) · 사권(事權)에서는 모두 좌천(左遷)이 된 것이다. 사리(事理)로 미루어본다면 마땅히 이와같아서는 안

되기 때문에 방씨본은 잘못되었고 여러 본에 "겸(兼)"이라고 한 것이 옳다. 대개 옛 벼슬을 가지고 여전히 본주(本州) 별가를 겸하는 것은 그를 총애한 것이다. 아래 글에 또 "부(府)에서 무사함을 고하였다"(部告無事)라고 하였으니 온주(溫州)에 이에 앞서 가뭄으로 굶주렸는데 지금 비로소 일이 없다는 것을 말한 것이다. 또 "형(衡)의 진자사(眞刺史)로 옮겼다"(遷眞於衡)라고 한 것은 자사의 일을 행한 것에서 진짜 자사가 된 것이다. 그 사이에는 마땅히 또 처주의 한 구절이 있어서는 안 되는 것이 분명하다. ≪구사≫에도 역시 문집의 잘못을 이어받았으니 증거로 삼기에는 부족하다.("兼", 方作"處". 云：考≪舊傳≫, 合. ◯今按：成王本以溫州長史行刺史事, 今兩奏功而得處州別駕, 又不行州事, 則於地望・事權皆爲左降矣. 以事理推之, 不應如此, 故方本誤, 而諸本作"兼"者爲是. 蓋以舊官仍兼本州別駕, 以寵之爾. 下文又云"部告無事", 則是自行刺史事, 而爲眞刺史也. 其間不應復有處州一節明矣. ≪舊史≫亦承集誤, 不足爲據.)

이 예의 이문은 조성왕(曹成王：곧 이고(李皐))의 벼슬 경력 문제와 관계되는 것으로 곧 그는 재난을 구제하여 공을 세운 후에 일찍이 주의 별가가 되었지만, 결국 본주 곧 온주에서인지 아니면 처주(處州)로 전임한 것인지? 방씨본은 "처(處)"라고 하고 또 ≪구당서≫ 본전과 서로 부합한다고 하였다. 표면적으로 본다면 정사(正史)에 기록이 있는 이상 당연히 확실한 외증이 있어서 의심할 필요가 없다는 것을 의미하고 있다. 그러나 주희는 책을 읽는데 의심을 잘하여 교감할 때 내재적인 논리를 중시하였기 때문에 여전히 "문자를 보는 것은 바로 혹리(酷吏)가 법을 쓰는 것이 깊고 각박한 것과 같으니 전혀 인정사정없이 오직 철저해야 한다."(看文字, 正如酷吏之用法深刻, 都沒人情, 直要做到底)[14]는 정신으로 사실의 진상을 끝까지 추궁하였다. 주희는 두 가지 이유로 방씨본의 잘못을 반박하였다. 첫째는 이고는 원래 이미 온주 장사가 되어 자사의 일을 행

14) ≪주자어류(朱子語類)≫ 권10, 164쪽.

하였는데 만약 처주 별가로 전임하고 또 주(州)의 일을 하지 않았다면 그 지위는 도리어 내려간 것이니 어떻게 공을 세운 후에 도리어 내려가는 일이 있겠는가? 둘째는 아래 글에 "부에서 무사함을 고하였다"(部告無事)는 것과 "형(衡)의 진짜 자사로 옮겼다"(遷眞於衡)는 것을 언급하였는데 위아래의 글을 가지고 본다면 중간에는 마땅히 처주 별가로 전임된 것이 있어서는 안 되는 것이다. 그러므로 주희는 과감하게 "≪구사(舊史)≫도 역시 문집의 잘못을 이어받은"(≪舊史≫亦承集誤.) 것이다. 즉 ≪구당서≫는 바로 한유 문장의 잘못에 근거하여 잘못에 이르게 되었기 때문에 근거로 삼기에 부족하다는 결론을 얻었던 것이다. 나중에 청 심흠한(沈欽韓)은 ≪환우기(寰宇記)≫의 기록에 의거하여 처주의 원래의 이름은 괄주(括州)로 대력(大曆) 14년 덕종(德宗)이 즉위한 후에 비로소 "처주"로 고쳐서 덕종의 휘(諱)를 피하였으며 조성왕은 대종(代宗) 때 이미 온주에서 형주로 옮겼기 때문에 처주로 전임하는 일이 있을 수 없다고 지적하였다.[15] 이것으로 단지 외증이 있는 것만으로는 충분하지 않고 더욱 중요한 것은 객관적인 논리와 문장의 맥락에 근거하여 추단하는 판단 능력이며 주희는 바로 이 점에서 방숭경보다 훨씬 뛰어났다.

그밖에 고대의 전적은 방대하여 때때로 겉으로는 외증과 비슷한 약간의 잘못된 자료가 있을 수 있으니, 교감할 때 마땅히 어떻게 변별하고 선택해야 할 것인가? 우리는 하나의 예를 보려고 한다.

---

15) 상세한 것은 ≪한창려문집교주(韓昌黎文集校注)≫ 권6에 보인다. 살펴보건대, 지금 ≪구당서(舊唐書)·지리지(地理志)·삼(三)≫를 찾아보니 <괄주(括州)>는 "대력(大曆) 14년 여름 5월에 처주(處州)로 고쳤는데 덕종(德宗)의 휘(諱)를 피한 것이다."(大曆十四年夏五月改爲處州, 避德宗諱.)라고 하였고, 또 ≪구당서·덕종기(德宗紀)·상(上)≫에도 역시 이 기록이 있으니 주희의 설이 확실함을 증명할 수 있다.

≪고이≫ 권8 <평회서비(平淮西碑)>에는 “너는 부절(符節)을 가지고 제군(諸軍)의 도통(都統)이 되라.”(汝其以節都統諸軍.)라고 하였다.

“절(節)” 아래에 어떤 것은 “도(度)”자가 있다. “제(諸)”는 방씨는 “토(討)”라고 하였다. ○지금 살펴보건대, 전인들은 ≪좌전≫의 “그 군실(軍實)을 토벌하였다”(討其軍實)라는 것을 인용하여 “토군(討軍)”의 증거로 삼은 이가 있는데 아마도 반드시 그렇지는 않을 것이다. 만약 반드시 “토(討)”라고 해야 한다면 진(秦) 지부(之罘) 각석(刻石)에 스스로 “마침내 토벌하는 군대를 발동하였다”(遂發討師)는 말이 있고 ≪진관(晉官)≫에는 “도독정토제군사(都督征討諸軍事)”가 있어서 모두 증거로 삼기에 족하니 반드시 ≪좌전≫을 인용하여 도리어 서로 비슷하지 않을 필요가 없을 것이다. 다만 공이 지은 <한홍비(韓弘碑)>에는 단지 “제군(諸軍)을 도통(都統)하였다”(都統諸軍)라고 하였으니 “토(討)”라고 한 것은 잘못된 것이다. 우연히 방증(旁證)이 있다고 해서 억지로 인용하여 따라서는 안 될 것이다.(“節”下或有“度”字. “諸”, 方作“討”. ○今按：前輩有引≪左傳≫“討其軍實”爲“討軍”之證者, 恐未必然. 若必作“討”, 則秦之罘刻石自有“遂發討師”之語, 而≪晉官≫有“都督征討諸軍”事, 皆足爲證, 不必引≪左傳≫, 却不相似也. 但公所作<韓弘碑>, 但云“都統諸軍”, 則作“討”者爲誤矣. 不可以偶有旁證, 而强引以從之也.)

“토군(討軍)”이란 말은 ≪좌전≫(선공(宣公) 12년)에 나오는데 “군에서는 군실(軍實)을 다스리고 거듭 경계하지 않는 날이 없었다.”(在軍, 無日不討軍實而申儆之.)라고 하였다. “토(討)”자는 다스린다는 뜻이며 그렇다면 “군을 도통하고 다스린다.”(都統討軍)는 말 가운데 “도통(都統)”과 “토(討)”는 모두 동사이고 “군(軍)”은 빈어가 되어 어법상으로는 매우 매끄럽지 못하다. 글을 쓰는데 마땅히 “문자의 운용이 자연스러운”(文從字順) 것을 극력 주장한 한유가 이러한 구를 지었을 가능성은 크지 않다.[16] 전인들은 단지 ≪좌전≫ 중에 “군실을 다스린다”(討軍實)라는 말이 있기 때문에 그것을

16) 한유는 일찍이 번종사(樊宗師)는 “문자의 운용이 자연스러우며 각각의 역할을 안다”(文從字順各識職)(<남양번소술묘지명(南陽樊紹述墓誌銘)>, ≪한창려문집교주≫ 권7)라고 하였는데 이 말은 확실히 한유 자신의 문학 주장을 구현한 것이다.

외증으로 삼아 한유 문장도 역시 마땅히 "토군(討軍)"이라고 해야 한다고 판단하였으니 매우 억지이다. 그러므로 주희는 ≪좌전≫은 이곳의 외증이 될 수 없다고 보았고, 그는 아울러 만약 반드시 "토군(討軍)"이라고 확정하려고 한다면 마땅히 진지부(秦之罘) 각석 중의 "마침내 토벌하는 군대를 발동하였다"(遂發討師)는 것이나 혹은 ≪진관(晉官)≫ 중의 "도독이 제군을 정토하였다"(都督征討諸軍)는 것을 취하여 증거로 삼아야 하는데, 왜냐하면 ≪좌전≫ 중의 말은 "도리어 서로 닮지 않았기"(却不相似也) 때문이라고 지적하였기 때문이다. 지금 살펴보건대 지부(之罘)각석 중에는 "황제(黃帝)가 백성을 가엽게 여겨 마침내 토벌하는 군대를 발하여 무위를 떨치고 날렸다."(黃帝哀衆, 遂發討師, 奮揚武威)[17]라고 하였기 때문에 이곳의 "토(討)"는 정토(征討)의 뜻으로 ≪좌전≫과는 같지 않다.[18] 만약 "토(討)"를 정토라고 해석한다면 "토군(討軍)"의 뜻은 "정토하는 군대"를 말하고 "토벌하는 군대를 도통하였다"(都統討軍)는 말은 약간 매끄럽기 때문에 주희는 이 두 곳의 외증이 ≪좌전≫보다 낫다고 본 것이다. 그러나 주희는 또 한유 문장인 <한홍비(韓弘碑)>[19] 중에 "도통제군(都統諸軍)"이란 말이 있는 것을 가지고 이곳에서 "제군(諸軍)"이라고 하고 "토군(討軍)"이라고 하지 않은 것이 사실임을 증명하였는데 매우 정확하다. 그래서 주희는 결론을 얻어 "우연히 방증이 있다고 해서 억지로 인용하여 따라서는 안 된다"(不可以偶有旁證, 而强引以從之也.)라고 한 것이다. 여기에서 실은 이미 교감학의 한 가지 중요한 원칙을 지적하였으니 외증을

17) ≪사기(史記)≫ 권6 <진시황본기(秦始皇本紀)>

18) ≪진관(晉官)≫은 ≪진서(晉書)·직관지(職官志)≫를 기리키는 듯하지만 금본 ≪진서≫를 찾아보면 이 말이 보이지 않으며, 다만 문구 자체에서 본다면 이 구 중의 "토(討)"자의 뜻은 ≪사기≫ 중에서와 같다.

19) 곧 <사도겸시중중서령증태위허국공신도비명(司徒兼侍中中書令贈太尉許國公神道碑銘)>으로, ≪한창려문집교주≫ 권7에 보인다.

인용할 때는 반드시 신중해야 하며 문자가 서로 비슷한 것만을 보고 경솔하게 인용하여 증거로 삼고 글 뜻을 돌아보지 않아서는 안 된다는 것이다. 청 유월(兪樾)이 귀납한 교서(校書)의 잘못된 예 가운데 "다른 책에 의거하여 잘못 고친 예"(據他書而誤改例)[20]가 있는데 주희는 그 교감의 실천을 통해 사실 이미 이것을 깨달았던 것이다.

## 제3절 주희가 "내증(內證)"을 운용하여 교감을 행한 상황

우리는 다시 주희가 "내증(內證)"을 운용한 상황을 고찰해본다. 이른바 "내증"은 교감 대상 자체의 문자·훈고·어법 및 전후의 문기(文氣)·전체 책의 의리(義理)·작품 풍격 등의 방면으로부터 교감의 근거를 찾는 것을 가리킨다. 일반적으로 말한다면 교감 작업 중에는 외증을 활용하든 내증을 활용하든 모두 폭넓은 학문도 필요하고 또 고도의 식견과 판단도 필요하다. 그러나 상대적으로 말한다면 외증은 학문에 더욱 의지하지만 내증은 식견과 판단에 더욱 의지한다. 주희는 학문을 좋아하고 깊이 사색하며 안목이 뛰어난 학자이기 때문에 ≪한문고이≫는 내증을 운용하는 방면에서 얻은 성적이 더욱 더 탁월하다.

맨 먼저 주희는 문자 훈고에서 착수하여 교감 문제를 해결하는 것에 뛰어났다. 예컨대 다음과 같다.

≪고이≫ 권1 <부강릉도중기증왕이십보궐·이십일습유·이이십륙원외한림삼학사(赴江陵途中寄贈王二十補闕·李十一拾遺·李二十六員外翰林三學

20) ≪고서의의거례(古書疑義擧例)≫ 권7에 보인다.

士)>에는 “친히 길가의 주검(시체)을 만났네”(親逢道邊死)라고 하였다.

방씨는 각본에는 “도변사(道邊死)”라고 하였지만 항・촉본을 따라 “도사자(道死者)”라고 하였다고 하였다. ◯지금 살펴보건대, 옛 사람들은 시체를 “사(死)”라고 하였으니 ≪좌전≫에는 “석걸(石乞)을 산 채로 잡고 백공(白公)의 주검을 물었다.”(生拘石乞, 而問白公之死.)라고 하였고, ≪한서≫에는 “어디에서 그대의 주검을 찾을까?”(何處求子死)라고 하였으며, 또 옛 말에는 또 “곧기는 거문고 줄, 길가의 주검과 같다.”(直如弦, 死道邊)는 설이 있었다. 한공은 아마 겸하여 사용하였을 것이다. 이것은 각본(閣本)의 장점이지만 방씨는 따르지 않았으니 알 수 없다.(方云 : 閣本作 : “道邊死”, 而從杭蜀本作“道死者”. ◯今按 : 古人謂尸爲死, ≪左傳≫ : “生拘石乞, 而問白公之死.” ≪漢書≫ : “何處求子死.” 且古語又有“直如弦, 死道邊”之說. 韓公蓋兼用之. 此乃閣本之善, 而方反不從, 不可曉也.)

≪고이≫ 권1 <억작행, 화장십일(憶昨行, 和張十一)>에는 “역마가 땅을 막고 달리며 자주 넘어졌네”(驛馬拒地驅頻隤)라고 하였다.

삼관(三館) 본에는 “퇴(隤)”를 “퇴(槌)”라고 하였는데 방씨는 ≪박아(博雅)≫에 “퇴(槌)는 막는다는 것이다.”(槌, 窒也.)라고 하였다고 하였으니 역시 뜻이 있다. ◯지금 살펴보건대, 방씨의 뜻은 어둡고 치우쳐서 알 수 없다. 이것은 단지 벼슬이 강등 당했을 때 역마(驛馬)를 달려 떠났는데 산길이 험악하였기 때문에 야윈 말은 땅에 버티고 서서 나아가지 않았는데, 내몰려 여러 번 쓰러지는 데 이르렀음을 말한 것이다. “퇴(隤)”는 어떤 것은 “훼퇴(虺隤)” 자를 취하였지만 그 뜻은 단지 높은 곳에 오르지 못하는 병이니 또 반드시 그런 것은 아닌 것 같다.(三館本“隤”作“槌”, 方云 : ≪博雅≫ : “槌, 窒也.” 亦有義. ◯今按 : 方義暗僻不可曉. 且但言當謫官時, 馳驛發遣, 而山路險惡, 故羸馬拒地不進, 被驅而屢至傾隤耳. “隤”, 或取“虺隤”字, 然其義但爲不能升高之病, 又似未必然也.)

≪고이≫ 권3 <만기장십팔조교・주랑박사(晩寄張十八助教・周郞博士)>에는 “해가 닥치니 풍경이 탁트였네”(日薄風景曠)라고 하였다.

“박(薄)”은 어떤 것은 “락(落)”이라고 하였다. 방씨는 “박(薄)은 닥친다는 것이다.”(薄, 迫也.)라고 하였다. ≪국어≫에는 “지금 마침 해가 닥쳤으니 일이 이루어지지 않을까 두렵다.”(今會日薄矣, 恐事之不集.)라고 하였다. ○지금 어투를 상세히 살펴보건대, 단지 백낙천(白樂天)의 이른바 “깃발은 빛이 없고 햇빛도 엷구나.”(旌旗無光日色薄)라는 것일 뿐이다. 방씨의 설은 옳지 않다. (“薄”, 或作“落”. 方云：薄, 迫也. ≪國語≫：“今會日薄矣, 恐事之不集.” ○今詳語勢, 但如白樂天所謂“旌旗無光日色薄”耳. 方說非是.)

첫째의 예 중에 방씨는 고대에 “사(死)”자가 “시(尸)”와 같다는 것을 몰랐기 때문에 “사(死)”가 “봉(逢)”의 빈어가 될 수 없다고 생각하고 “길에서 죽은 자”(道死者)라는 이문(異文)을 취한 것이다. 그러나 주희는 그 풍부한 고문자의 지식으로 이 문제를 해결하였다. 둘째 예 중에서 “퇴(隤)”는 벽자로서 방씨는 어쩌면 “퇴(隤)”자의 뜻을 몰랐기 때문에 함의가 “어둡고 후미지어 알기 어려운”(暗僻難曉) “퇴(槌)”자를 취했을 것이다. 주희는 “퇴(隤)”자를 정확하게 “훼퇴(虺隤)”의 뜻으로 해석하였는데 비록 그는 아직 “그 뜻은 다만 높은 곳에 오를 수 없는 병일뿐이다”(其義但爲不能升高之病)라는 것에 의심을 가지고 있었지만 실은 그것은 쓸데없는 걱정이다. 바로 진경운(陳景雲)의 ≪한집점감(韓集點勘)≫에서 말한 바와 같이 “발이 땅을 짚고 나아가지 못하여 채찍질하여도 오히려 오를 수 없기 때문에 ‘달려서 자주 발병이 나다’(驅頻隤)라고 하였으니 바로 ‘발병이 나다’(虺隤)의 뜻을 취한 것이다.”(足據地不前, 策之而猶不能升, 故曰‘驅頻隤’, 正取‘虺隤’義也.)라는 것이다. 셋째의 예는 주희와 방숭경은 이문은 없지만 해석은 다르다. 비록 후인들은 간혹 두 가지 해석이 모두 통한다고 생각하였다. 예컨대 방세거의 ≪창려시집편년전주≫에는 “박(薄)은 박(迫)으로 풀이하는데 이 설도 통한다.”(薄作迫解, 說亦可通.)라고 하였고, 지금 사람 동제덕(童第德)도 역시 두 가지 해석을 겸하여 취하여 가부를 논하지 않았다.[21] 그러나 실은 “박(薄)”을 “박(迫)”이라고 해석하는 것은 그 아래 반드시 빈어 곧 “박근(迫近)”은 반드시 대상이 있어야 하며 그렇지 않으면 어법에 치밀함이 모자라는 것이다. 그러나 한유의 시는 "박(薄)" 아래 빈어가 없기 때문에 여전히 주희의 해석이 낫다고 할 수 있다.

그 다음에 주희는 한유 문장의 위아래의 글 중에서 교감의 근거를 발견하는 데 뛰어났다. 예컨대 다음과 같다.

≪고이≫ 권1 <억작행, 화장십일(憶昨行, 和張十一)>에는 "숙취가 풀리지 않고 옛 학질이 발작했네"(宿酲未解舊痁作.)라고 하였다.

방씨는 "점구(痁舊)"라고 하였다. ◯지금 살펴보건대, 이 구 안에 위에는 "숙정(宿酲)"자가 있으니 이것은 마땅히 "구점(舊痁)"이라고 해야 하는 것이 분명하며 방이 잘못된 것이다.(方作"痁舊." ◯今按：此句內上有"宿酲"字, 則此當爲"舊痁"明矣, 方誤.)

≪고이≫ 권1 <답장철(答張徹)>에는 "준(浚)의 교외에서 병란(兵亂)을 피하였고, 수(睢)의 언덕에는 대문과 집이 잇달아 있었네."(浚郊避兵亂, 睢岸連門停.)라고 하였다.

"정(停)"은 여러 본에는 "정(庭)"이라고 하였고, 각본에는 "정(停)"이라고 하였는데 방씨는 여러 본을 따랐다. ◯살펴보건대, "정(停)"은 "거(居)"와 같다. 위로 "란(亂)"자와 대(對)를 이루었으니 마땅히 "정(停)"자를 사용해야 적확하다.("停", 諸本作"庭", 閣本作"停", 而方從諸本. ◯按："停", 猶"居"也. 相對"亂"字, 宜用"停"字乃的.)

≪고이≫ 권5 <진사책문(進士策問)>의 셋째에는 "그것이 전하는 것이 없으면 좋을 것입니다. 만약 그것이 아직도 있다면 장차 무엇으로 구제하겠습니까?"(其無傳也, 則善矣. 如其尙在, 將何以救之乎?)라고 하였다.

방씨는 각·항·원을 따라 "상재(尙在)"를 "재상(在尙)"이라고 하고 "장(將)"자가 없다. ◯지금 살펴보건대, 만약 방씨본을 따른다면 "또한 어떻게 구제할 것인가?"(尙何以救之乎)는 아마 미처 구하지 못한다는 뜻이니 이 위아래의 글과는 서로 들어맞지 않으니 그 설은 옳지 않다.(方從閣·杭·苑,

21) ≪한집교전(韓集校詮)≫(중화서국, 1986년 제1판.) 권7, 271쪽에 보인다.

"尙在"作"在尙", 無"將"字. ◯今按：若從方本, 則"尙何以救之乎", 乃是恐不及救之意, 與此上下文不相入, 其說非是.)

≪고이≫ 권1 <부강릉도중기증왕이십보궐·이십일습유·이이십륙원외한림삼학사(赴江陵塗中寄贈王二十補闕·李十一拾遺·李二十六員外翰林三學士)>에는 "집으로 돌아가 먹을 수 없으니, 물고기가 낚시에 걸린 것 같음이 있네."(歸舍不能食, 有如魚中鉤.)라고 하였다.

"중(中)"은 어떤 것은 "괘(掛)"라고 하였는데 방씨는 촉본을 따라 "출(出)"이라고 하고 ≪선(文選)·문부(文賦)≫에 "노니는 물고기가 낚시를 물고 깊은 연못의 깊은 곳에서 나오는 것 같다."(若遊魚銜鉤而出重淵之深)라고 하였다고 말하였다. 공의 말은 이에 기원한 것이다. ◯지금 살펴보건대, 한공은 반드시 ≪문선≫의 말을 사용한 것은 아니다. 하물며 그 말은 "물고기가 연못에서 나온다"(魚出淵)는 것이지 "물고기가 낚시에 나온다"(魚出鉤)는 것이 아니다. "괘(掛)"라고 하는 것이 가까운 것만 못하다. 그러나 제5권 <송류사복(送劉師服)> 시에는 "물고기가 낚시에 걸리다"(魚中鉤)라는 말이 있으니 이 "출(出)"자는 "중(中)"자의 잘못으로 아직 그 비슷한 것이 남아 있는 것일 뿐이니 지금 "중(中)"이라고 확정한다.("中", 或作"掛", 方從蜀本作"出", 云：≪選·文賦≫："若游魚銜鉤而出重淵之深." 公語原此. ◯今按：韓公未必用≪選≫語. 況其語乃"魚出淵", 非"魚出鉤"也. 不若作"掛"爲近. 然第五卷<送劉師服>詩有"魚中鉤"之語, 則此"出"字乃是"中"字之誤, 而尙存其彷彿耳, 今定作"中".)

상술한 네 조항 중에 첫째 조항은 해당구 안의 위아래 글의 관계에 의거한 것이고, 둘째 조항은 1련(聯) 내의 위아래 글의 관계에 의거한 것이다. 이것들은 모두 문자가 서로 대칭되는 것을 준칙으로 삼은 것이어서 뜻에 있어서 낫다고 할 수 있다. 셋째 조항은 위아래 글의 의미맥락과 문리에 의거한 것이니 왜냐하면 이곳에서 말한 것은 양(楊)·묵(墨) 두 사람의 책이고 한유의 태도는 그것들이 배척함으로써 세도(世道)를 구제하려고 하는 것이기 때문이다. 만약 방씨본이 정한 것에 따른다면 바로 한유의 원래의 뜻과 서로 배치(背馳)되기 때문에 주희가 정한 것이 옳다. 넷째 조항은 본편의 위아래 글 중에는 결코 충분한 교감 의거가 없지만 주희는 다른 한 편 중에서 서로 같은 자구를 발견하여 "중(中)"이 잘못되어 "출(出)"로 된 것은 또 흔히 보이는 형체가 가까워 잘못되는 것이기 때문에 "물고기가 낚시에 걸린다."(魚中鉤)라고 확정한 것은 매우 타당한 것이다. 이러한 교감은 ≪한문고이≫ 중에 극히 흔히 보이는데 "한유를 가지고 한유를 증명한다."(以韓證韓)고 부를 수 있을 것이다.

셋째 주희는 한유 문장의 내용의 뜻・예술 구상 내지 한유 그 사람의 사상 의식에서 착안하여 교감을 행하는 데 뛰어났다. 예컨대 다음과 같다.

> ≪고이≫ 권3 <목부용(木芙蓉)>에는 "강에서 캐니 관도(官渡)는 저물고, 나무를 따니 옛 사당이 텅비었네."(採江官渡晚, 搴木古祠空)라고 하였다.
>
> 방씨는 항・촉・관본을 따라 "관도(官渡)"는 "추절(秋節)"이라고 하였고 "사(祠)"는 "사(辭)"라고 하였으며, 또 각본은 "가을 강에 관의 나룻터는 저물고, 차가운 나무에 옛 사당은 텅비었네."(秋江官渡晚, 寒木古祠空.)라고 하였다고 말하였다. 홍본은 교정하여 "강에서 캐니 관의 나룻터는 저물고, 나무를 따니 옛 사당은 텅비었네."(採江官渡晚, 搴木古祠空.)를 따랐다. 살펴보건대, 고시(古詩)에는 "강을 건너 목부용을 따네"(涉江採芙蓉)라고 한 것이 있는데 바로 연꽃을 말한다. 또 <구가(九歌)>에 "연꽃을 나무 끝에서 따네"(搴芙蓉兮木末)라고 한 것은 딴 것이 그 땅이 아님을 말한 것이다. 이것은 두 꽃을 가지고 대유(對喩)한 것으로 장차 강에서 따려고 하니 가을이 이미 늦었고 장차 나무에서 따려고 하니 옛 말이 비유한 것이 무익하다. 대략 시인이 저것에 강하고 이것에 약하다는 뜻이다. ○지금 살펴보건대, 방의 설은 옳지 않다. 대개 이 시는 연꽃과 목부용은 나는 것은 장소가 같지 않지만 색깔은 모두 아름답고 이름도 또 같다는 것을 말한 것이기 때문에 채강(採江)・건목(搴木)의 두 가지 일을 가지고 서로 대비시켜 그 출처를 말한 것이다. 그러나 <구가>는 신에게 제사하는 말이기 때문에 고사(古祠)라고 한 것이다. 이와 같다면 이 시는 처음부터 이 여섯 구에 이르기까지 뜻이 모두 이어져 있다. 그러나 가우 항본은 이미 이와 같으니 홍씨가 마음대로 정한 것이 아니다. (方從杭・蜀・館本, "官渡"作"秋節", "祠"作"辭", 又云：閣本作"秋江官渡晚,

寒木古祠空.” 洪本校從“采江官渡晚, 搴木古祠空.” 按：古詩有“涉江采芙蓉”, 正謂荷花. 又<九歌>：“搴芙蓉兮木末.” 則謂搴之非其地也. 此以二花對喩, 謂將采之江, 則秋節已晚；將搴之木, 則古辭所喩爲無益. 蓋詩人强彼弱此意也. ○今按：方說非是. 蓋此詩言荷花與木芙蓉, 生不同處, 而色皆美, 名又同, 故以采江・搴木二事相對, 言其出處. 而<九歌>者, 祭神之辭, 古曰古祠也. 如此則此詩從頭至此六句, 意皆聯續. 然嘉祐杭本已如此, 非洪意定也.)

≪고이≫ 권6 <송동소남서(送董邵南序)>에는 “내가 어떻게 그 지금이 옛날에 말한 것과 다르지 않은 것을 알겠는가?”(吾惡知其今不異於古所云邪.)라고 하였다.

“고(古)”는 방씨는 각본을 따라 “오(吾)”라고 하였다. “운(云)”은 어떤 것은 “문(聞)”이라고 하였지만 “야(邪)”자가 없다. ○지금 살펴보건대, 편 머리에 “옛날에는 감개하고 슬피 노래하는 남자가 많다고 일컬었다.”(古稱多感慨悲歌之士)라고 하였는데 여러 본은 “옛날의 이른바”(古所云)라고 하여 말이 서로 호응한다. “내가 들은 바”(吾所聞)라고 한 것은 오히려 그것과 가깝다고 할 수 있지만 어세는 이미 약간 어그러졌다. 만약 “내가 말한 바”(吾所云)라고 한다면 전혀 내력이 없어서 글이 되지 않으니 반드시 잘못된 것임은 의심할 것이 없다. 그러나 이 편에 “연(燕)・조(燕)의 남자들은 인의(仁義)가 그 기질에서 나왔다”(燕趙之士, 仁義出於其性.)라고 한 것은 일부러 그 말을 반대로 하여 그 신하가 되지 않고 난(亂)에 익숙하다는 뜻을 깊이 풍자한 것이다. 그러므로 그 마지막 장에는 또 그를 위하여 윗사람의 위엄과 덕을 말하여 경계시켜 움직이고 불러서 오게 하였는데 뜻이 미묘하니 독자들은 상세히 살필 것이다.(“古”, 方從閣本作“吾”. “云”, 或作“聞”, 而無“邪”字. ○今按：篇首云“古稱多感慨悲歌之士”, 諸本作“古所云”, 語乃相應. 作“吾所聞”, 猶爲近之, 而語勢已微舛矣. 若曰“吾所云”, 則都無來歷, 不成文字, 必是謬誤無疑也. 然此篇於：“燕趙之士, 仁義出於其性.” 乃故反其詞, 以深譏其不臣而習亂之意. 故其卒章, 又爲道上威德, 以警動而招徠之, 其旨微矣, 讀者詳之.)

앞 조항은 예술 구상의 각도에서 착안하였는데 방씨는 <고시십구수(古詩十九首)> 및 <구가>를 인용하여 한유의 시를 교정하고 한유 시는 뜻이 연꽃을 중시하고 목부용을 경시하는 데 있다고 보았다. 주희는 한유 시의 전편의 의미맥락(意味脈絡)을 출발점으로 삼아 이 시의 앞 4구 "차가운 이슬 떨기에 새로 피니, 멀리 물 사이의 붉은 것에 견주네. 고운 빛은 어떻게 서로 시샘하겠는가? 아름다운 이름 우연히 스스로 같은데."(新開寒露叢, 遠比水間紅. 艶色寧相妬, 嘉名偶自同.)라는 것에 주의하였다. 이것들은 모두 두 꽃은 이름은 같고 색깔은 비슷하지만 오직 난 장소가 같지 않을 뿐 결코 높고 낮음의 뜻이 없기 때문에 5·6구는 단지 그것이 난 장소가 다름을 묘사한 것임을 긍정한 것이라고 말한 것이다. 분명히 방씨는 비록 옛 말을 인용할 수 있었지만 한유 시의 의미맥락(意味脈絡)에 대해서는 파악한 것이 정확하지 않고 교정한 문자도 또한 주희만큼 정확하게 살피지 못했다. 뒤의 예 중에서 주희는 위아래 글의 "어세"를 근거로 삼아 문자를 교감했을 뿐 아니라 또 이 글에 포함되어 있는 풍자의 뜻을 드러내어 보여 주었다. 오직 그는 한유의 번진(藩鎭) 할거(割據)를 반대하는 정치적 태도와 한유 문장의 "사로잡고 싶어서 일부러 놓아 준다는"(欲擒故縱) 말 밖의 미묘한 뜻에 대하여 깊은 이해가 있었기 때문에 단연코 "옛날의 이른바"(古所云)의 세 글자를 교정할 수 있었던 것이다.

그밖에 ≪한문고이≫의 교감 대상은 대문학가 한유의 시문 작품인 이상 교감자 본인의 문학 수양은 매우 중요한 요소였다. 어떤 곳에서 주희는 바로 그의 비범한 문학 수양으로 글의 뜻 및 작자의 예술 구상을 이해하는 방면에서 유리한 면을 가지고 있었다. 예컨대 다음과 같다.

≪고이≫ 권4 <사설(師說)>에는 "성인은 일정한 스승이 없으니 공자께서는 담자(郯子)·장홍(長弘)·사양(師襄)·노담(老聃)을 스승으로 삼았다. 담자의 무리는 그 현명함이 공자에 미치지 못하였다."(聖人無常師, 孔子師郯子·長弘·師襄·老聃. 郯子之徒, 其賢不及孔子.)라고 하였다.

방씨는 "공자는 담자를 스승으로 삼았다"(孔子師郯子)는 다섯 글자가 없지만 아래의 여섯 글자를 아래의 구 "담자의 무리"(郯知之徒)와 연이어 하나의 구로 읽었다. 방씨는 교본의 하나는 "담자(郯子)" 아래는 마땅히 "수자(數子)"의 두 글자가 있어야 하고 그 위에는 마땅히 "공자가 스승으로 삼았다"(孔子師)는 세 글자를 남겨 두는 것이 옳다고 하였다. ◯지금 살펴보건대, 공자는 담자를 본 것은 주(周) 나라로 가서 장홍(萇弘)·노담(老聃)을 보기 전에 있었다. 그러나 "성인은 일정한 스승이 없다"(聖人無常師)는 것은 본래 두(杜)씨의 주에서 관명을 묻는 말이다. 그러므로 이 윗구에 이미 공자가 스승으로 삼은 네 사람을 서술하였고 다시 "담자의 무리"(郯子之徒)를 들었으니 세 사람은 그 가운데 있는 것이다. 방씨는 마땅히 "공자가 스승으로 삼았다"(孔子師)는 글자를 남겨 두어야 한다는 것을 알았지만 마땅히 위의 "담자(郯子)"의 두 글자를 아울러 남겨 두어야 한다는 것은 몰라서 아래의 "담자(郯子)" 두 글자를 윗 구에 이어 읽었고 "담자(郯子)" 아래에 다시 "수자(數子)"의 두 글자가 있다고 의심하였는데 잘못된 것이다.(方無"孔子師郯子"五字, 而讀下六字連下句"郯子之徒"爲句. 方云：校本一云："郯子"下當有"數子"二字, 其上當存"孔子師"三字爲是. ◯今按：孔子見郯子, 在適周見萇弘·老聃之前. 而"聖人無常師"本杜氏注問官名語. 故此上句旣敍孔子所師四人, 而再擧郯子之徒, 則三子在其中矣. 方氏知當存"孔子師"字, 而不知當幷存上"郯子"二字, 乃以下"郯子"二字屬上句讀之, 而疑"郯子"之下更有"數子"二字, 誤矣.)

이 절을 만약 방씨본에 의거한다면 "성인은 일정한 스승이 없다. 장홍(萇弘)·사양(師襄)·노담(老聃)·담자(郯子)의 무리는 그 현명함이 공자에 미치지 못하였다."(聖人無常師. 萇弘·師襄·老聃·郯子之徒, 其賢不及孔子.)가 될 것이다. 방숭경은 또 어쩌면 또한 다른 한 본에 의거하여 "성인은 일정한 스승이 없다. 공자는 장홍·사양·노담·담자를 스승으로 삼았는데 몇 사람의 무리는 그 현명함이 공자에 미치지 못하였다."(聖人無常師. 孔子師萇弘·師襄·老聃·郯子, 數子之徒, 其賢不及孔子.)로 고칠 수 있다고 보았다. 주희는 먼저 역사 사실을 근거로 하여 공자가 여러 사람을 본 순서는 담자가 앞에 있었기 때문에 마땅히 먼저 담자를 쓰고 다시 장홍 등 세 사람을 언급해야 한다고 판단하였다. 그렇다면 아래 글의 "담자의 무리"(鄭子之徒)는 실은 네 사람을 가리켜 말한 것이다. 이러한 문장은 문맥이 잘 통하고 문자의 사용이 적절하지만 방씨의 문장에서는 앞의 한 가지는 뜻이 완정하지 못하고, 뒤의 한 가지는 글의 기세가 충분히 순조롭지 못하다. 분명히 이 예에서 주희가 방씨보다 뛰어난 원인은 완전히 주희의 문장력이 한 수 더 뛰어난 데 있다.

≪고이≫ 권1 <고의(古意)>에는 "푸른 벽에는 길이 없어 기어오르기 어렵네"(靑壁無路難夤緣.)라고 하였다.

방씨는 당본을 따라 "5월의 절벽 길은 올라가기 어렵네"(五月壁路難攀緣)라고 하고, ≪포용집(鮑溶集)≫에 공을 모시고 화산(華山)에 오른 시가 있는데 대개 5월이었다고 하였다. "인(夤)"은 어떤 것은 "반(攀)"이라고 하였다. ◯지금 살펴보건대, 공의 이 시는 본래 <고의(古意)>라고 편을 이름붙였으니 산에 올라 일을 기록한 시가 아니다. 또 태화(泰華)의 험함은 천고에 우뚝 서 있으니 이른바 깎아서 5천 길이 되었다는 것이 어떻게 유독 5월이 된 다음에만 기어 올라가기 어렵겠는가? 만약 구법으로 말한다면 "5월의 절벽 길"(五月壁路)과 "푸른 절벽은 길이 없다"(靑壁無路)는 것이 의상(意象)의 공졸(工拙)이 또 크게 같지 않다는 것은 또한 식자이어야 그 득실을 아는 것이 아니다. 방씨는 고본에 얽매이고 방증에 이끌려 그 문리를 찾지 않고 이것을 버리고 저것을 취하였으니 그 또한 잘못된 것이다. 그 까닭을 찾아본다면 아마 "5월"(五月)은 본래 "청(靑)"자이었을 것인데 당본이 잘못하여 둘로 나누었고 읽는 사람이 알지 못하고 따라서 다시 "무(無)"자를 삭제하여 버려서 마침내 이러한 잘못이 된 것이다. 지금 여러 본이 바르다고 할 수 있다.

(≪考異≫卷一<古意>:"靑壁無路難夤緣."

.方從唐本作"五月壁路難攀緣."　　云：≪鮑溶集≫有陪公登華山詩,　　蓋五月也. "夤", 或作"攀". ◯今按：公此詩本以<古意>名篇, 非登山紀事之詩也. 且泰華之險, 千古屹立, 所謂削成五千仞者, 豈獨五月然後難攀緣哉? 若以句法言之, 則"五月壁路"之與"靑壁無路", 意象工拙, 又大不侔, 亦不待識者而後知其得失矣. 方氏泥於古本, 牽於旁證, 而不尋其文理, 乃去此而取彼, 其亦誤矣. 原其所以, 蓋緣"五月"本是"靑"字, 唐本誤分爲二, 而讀者不曉, 因復削去"無"字, 遂成此謬. 今以諸本爲正.)

이 구의 이문(異文)에 관한 판단은 주희가 세 가지 방면에서 방숭경보다 뛰어나다. 구법으로 말한다면 "5월의 절벽 길은 올라가기 어렵네"(五月壁路難攀緣)라는 것은 문리가 통하지 않고 구법도 졸렬하지만 "푸른 절벽에 길이 없으니 올라가기 어렵네"(青壁無路難夤緣)라는 것은 문구가 잘 통하고 뜻은 넉넉하다. 전체의 시로 말한다면 이 시는 확실히 우의(寓意)가 담긴 작품이지 사실을 묘사한 기유시(記遊詩)가 아니다. 후인들 예컨대 방세거(方世擧)·왕원계(王元啓)·주이준(朱彝尊)·장포현(蔣抱玄) 등은 모두 이 설을 취하였는데[22] "5월"은 주된 취지와 전혀 관계가 없기 때문이다. 사물의 이치로 말한다면 화산의 험함은 결코 5월이라고 해서 더한 것이 아니기 때문에 "5월" 운운하는 것은 사실 의미가 없다. 이 삼중(三重)의 원인이 있으니 주희가 정한 것은 확실하여 의심할 것이 없다고 할 수 있다. 앞의 두 가지는 모두 교감자의 시가에 대한 이해 능력과 관계가 있다는 것은 분명하다.

> ≪고이≫ 권2 <팔월십오야, 증장공조(八月十五夜, 贈張功曹)>에는 "내가 노래하니 지금 그대와 과(科 : 품(品))가 다르네."(我歌今與君殊科.)라고 하였다.
> ○항본은 이와 같다. 장(張)의 가사가 슬프고 괴로움을 말하는데 자신이 곧장 그것을 운명의 탓으로 돌린 것으로 아마도 <반소(反騷)>의 뜻이지만 그 언어의 기세가 억양(抑揚)·돈좌(頓挫)하여 바로 한 편이 바뀌는 힘이 있는 부분이다. 방씨는 여러 판본을 따라 "아(我)" 아래 "가(歌)"자를 버리고 "군(君)" 아래 "기(豈)"자를 붙여 완전히 시의 뜻을 잃어버리게 하였다. 한 편이 머리와 꼬리가 서로 호응하여 움직이지 못하고 더 이상 활기가 없게 하였다. 또 항본의 다름을 써 놓지 않았으니 아마 고찰한 것도 역시 상세하지 못하겠지?

(≪考異≫ 卷二 <八月十五夜, 贈張功曹>:"我歌今與君殊科."

---

22) 상세한 것은 ≪한창려시집계년집석(韓昌黎詩繫年集釋)≫ 권2에 보인다.

◯杭本如此. 言張之歌詞酸苦, 而已直歸之於命, 蓋<反騷>之意, 而其詞氣之抑揚頓挫, 正一篇轉換有力處也. 方從諸本, "我"下去"歌"字, 而"君"下著"豈"字, 全失詩意. 使一篇首尾不相運掉, 無復精神. 又不著杭本之異, 豈考之亦未詳耶?)

<팔월십오야, 증장공조(八月十五夜, 贈張功曹)>는 한유 시의 명편으로 그 구조가 매우 특이하고 전체 시의 태반의 편폭은 장공조(張功曹 : 곧 장서(張署))로 당시 한유와 함께 침주(郴州)에서 명을 기다리고 있었음)의 노래를 묘사하는 데 사용하였고 마지막부분에 비로소 자신의 의견을 집어넣었는데 그 효과를 얻는 곳은 완전히 "전환한 것이 힘이 있다"(轉換有力)는 데 있다. 청대의 방동수(方東樹)는 "앞에서 서술하고 중간에 올바른 뜻과 괴로운 말 · 심각한 말로 빈(賓)으로 삼았으니 실(實)을 피하는 법[피실법(避實法)]이다. 거두는 것으로 일어나는 것에 호응하였으니 필력이 전환된 것이다."(前敍, 中間以正意苦語重語作賓, 避實法也. 收應起, 筆力轉換.)라고 평하였다. 정학순(程學恂)은 "이 시는 싸늘하고 슬프고 쓸쓸하니 뿌리가 초소(楚騷)에서 나온 것이며 시작한 후에 가락을 바뀌는 것은 바로 이른바 일창삼탄(一唱三歎)하여 여운이 있다는 것이다."(此詩料峭悲涼, 源出楚騷, 入後換調, 正所謂一唱三歎有遺音者矣.)[23]라고 하였다. 그러나 "나의 노래는 지금 그대와 품과가 다르네."(我歌今與君殊科)라는 것은 바로 이 시가 전환되는 관건이 되는 구이다. 만약 방씨본에 의거하여 이 구를 "나는 지금 그대와 품과가 어찌 다르겠는가?"(我今與君豈殊科)라고 한다면 전후가 한 가지 뜻으로 전혀 전절(轉折)이 없어서 마침내 전체 시가 갑자기 정채로움을 잃어버리게 할 것이다. 주희는 이것을 비평하여 "더 이상 활기가 없다"(無復精神)라고 하였는데 전혀 지나친 것이 아니다. 이것으로 고도의 문학 수양이 ≪한문고이≫에 대한 교감 업적에 얼마나 큰 작

23) 모두 ≪한창려시집계년집석≫ 권3에 보인다.

용을 하였는지 알 수 있다. 청 단옥재(段玉裁)는 "교정(校定)의 학문은 식견이 이르지 않으면 간혹 옥빛을 지적하여 티로 만들게 되어 잘못이 더욱 심하게 된다."(校定之學, 識不到則或指瑜爲瑕, 而疵纇更甚.)[24]라고 하였다. 한유 문장의 교감으로 말한다면 방숭경 등의 결점은 바로 여기에 있지만 주희의 장점은 그 반대로 곧 견식이 남보다 뛰어나기 때문에 "티를 지적하여 옥빛으로 만들어"(指瑕爲瑜) 교감학의 전범이라고 일컬을 만한 ≪한문고이≫를 지을 수 있었던 것이다.

## 제4절 ≪한문고이≫에 구현된 학술 사상

≪한문고이≫는 비록 한 교감기이지만 그 가치와 의의는 이미 교감학의 범위를 뛰어넘었다. 그것은 많은 방면에서 주희의 빼어난 사고와 명석한 분변능력을 보여주어서 심지어 주희의 어떤 중요한 학술 사상들까지도 구현하고 있는데 그중에 문학 사상을 포함하고 있다.

우선 주희는 한유 문장의 작성 연대·진위 등의 상황에 대하여 고증하여 중요한 결론을 얻었다. 예컨대 다음과 같다.

> ≪고이≫ 권5 <여봉상형상서서(與鳳翔邢尙書書)>.
>
> 홍흥조의 ≪연보≫에 공은 정원 8년 임신(壬申)에 25세로 급제하고 11년 을해(乙亥)에 28세로 재상에게 글을 올려 벼슬을 구하였지만 얻지 못하여 돌아갔으며 동관(潼關)을 나가서 <이조부(二鳥賦)>를 지었다. 또 정치도(程致道)의 설에 따르면 이미 동관을 나가서 따라서 봉상(鳳翔)에서 노닐었고 형군아(邢君牙)에게 글을 올렸다고 하였다. ○지금 살펴보건대, 정(程)의 설은 크게 잘못된 것이다. 부의 서(序)에는 "5월에 동관을 지나갔다"(五月過潼關)

24) <중간명도이년국어서(重刊明道二年國語序)>, ≪경운루집(經韻樓集)≫ 권8.

라고 하였지만 이 글에는 "6월에 봉상에 이르렀다"(六月至鳳翔)라고 하였는데 동관은 장안의 동쪽에 있고 봉상은 동관의 서쪽에 있으며 서로 6백 여리가 떨어져 있는데 어떻게 5월에 막 동쪽으로 동관을 나서고 6월에 갑자기 다시 서쪽으로 봉상에 이를 수가 있겠는가? 이 글은 결코 이 해에 지어진 것이 아니고 분명 8년 이후 10년 이전에 일찍이 봉상에 이르러 이 글 및 <기산하(岐山下)> 등의 시가 있게 된 것이다.(≪考異≫ 卷五 <與鳳翔邢尙書書>. 洪氏≪年譜≫云：公以貞元八年壬申二十五歲中第, 十一年乙亥二十八歲上宰相書求官, 不得而歸, 出潼關, 作<二鳥賦>. 又據程致道說, 既出潼關, 因遊鳳翔, 上邢君牙書. ◯今按：程說大誤. 蓋賦序言"五月過潼關", 而此書言"六月至鳳翔", 潼關在長安之東, 鳳翔在長安之西, 相距六百餘里, 豈有五月方東出公館, 而六月遽能復西至鳳翔之理? 此書決非此年所作, 必是八年以後, 十年以前, 嘗至鳳翔, 而有此書及<岐山下>等詩也.)

주희는 한유 문장 중에서 스스로 행적을 서술한 말에 의거하여 <여봉상형상서서(與鳳翔邢尙書書)>가 분명 정원 11년에 지어진 것이 아니라고 고정(考定)하였는데 확실하여 믿을 수 있다. 후인들은 이 글에 대한 계년(繫年)은 모두 주희의 설을 따라서 전중련(錢仲聯)의 ≪한창려시계년집석(韓昌黎詩繫年集釋)≫에서는 <기산하(岐山下)> 시의 제작 연대를 확정할 때 또한 주희의 설을 채택하여 정원 9년에 계년하였으니 주희의 고증 결과는 이미 후인들에게 정론으로 인식되었음을 알 수 있다. 또 ≪고이≫ 권9 <여대전서(與大顚書)>의 제목 아래에서 주희는 890자의 편폭을 써서 이 글의 진위에 대하여 고증하였는데, 그중에 다음의 단락은 특히 중요하다.

지금 살펴보건대 항본은 어떤 사람이 주를 단 것인지 모르지만 원(袁)씨가 스스로 쓴 것이라고 의심된다. 또 발미(跋尾)를 가지고 살펴보면 거기에 구공의 말을 기록한 것은 잘못되지 않았다. 그러나 동파(東坡)의 ≪잡설(雜說)≫에는 "한퇴지가 대전(大顚)을 좋아한 것은 징관(澄觀)·문창(文暢)을 좋아한 것과 같으니, 헤아려보건대 불법(佛法)을 믿은 것은 아니다. 그러나 혹자가 함부로 퇴지의 <여대전서(與大顚書)>를 엮었는데 그 말은 평범하고 비루하니 비록 퇴지의 집 노복이라도 또한 이러한 글은 없을 것이다. 지금 한 선비가 또 그 말미에 함부로 제(題)하여 구양영숙(歐陽永叔 : 수(修))이 이 글은 퇴지가 아니면 지을 수 없다고 하였다고 하였는데, (이것은) 또 구양수를 무고하는 것이다."라고 하였다. 소공의 이 말은 아마 단지 ≪집주(集注)≫가 어떤 사람에게 나온 것만 보고 ≪발미(跋尾)≫가 구공의 친필임을 보지 못해서일 것이다. 두 사람은 모두 일대의 문종(文宗)이라고 불리었지만 그 취사선택이 다르기가 이와 같았으니 보는 자들이 의혹이 없을 수 없었다. 그런데 방씨는 구양수의 말은 다 실었지만 소식의 설은 언급하지 않은 것으로 그 뜻을 알 수 있다. 여백공(呂伯恭 : 조겸(祖謙))에 이르러서는 ≪송문감(宋文鑑)≫에 일부러 소식의 설을 적어서 한번 살펴볼 수 있도록 하였으니 그 이동(異同) 사이에 또 후인들의 의혹을 더하였다. 내가 살펴보건대, 전해지는 세 통의 편지 가운데 마지막 한 편은 정말 문리(文理)가 이루어지지 않는 곳이 있다. 다만 그 사이의 말뜻 한둘과 문세(文勢)・억양(抑揚)을 깊이 음미해 보면 아마 구양(歐陽)・원(袁)・방(方)의 뜻은 참으로 잘못이라고 할 수 없을 것이다. 다만 헤아려 보건대 어쩌면 구본이 없어져서 승도(僧徒)가 기록한 것이 올바르지 않아서 탈오(脫誤)가 생긴 것일 것이다. 구양(歐陽)공은 특히 그 대략만을 보았기 때문에 그 취할 만한 것만을 취하고 그 의심스러운 것까지 언급할 겨를이 없었을 것이다. 소(蘇)공은 그 의심스러운 것을 느꼈겠지만 또한 그 잘못된 것을 살피지 못하고 곧장 평범하고 비루하다고 여겼을 것이다. 그러므로 그들의 의론은 비록 각각 이유는 있지만 모두 미진한 바가 없을 수 없었다. 나중의 군자들에 이르러서는 또 왕왕 그 근본을 밝혀 알지 못하여 구양(歐陽)의 설을 따르는 자라해도 그 믿을 만하다고 여긴 바를 반드시 깊이 알지는 못하였고, 소씨의 설을 주장하는 자도 또한 그 설이 반드시 과연 그러하다고 여기지는 않았던 것이다. 그저 다행히 그 말이 한공을 위하여 분란을 해소시킬 수 있어서 세상의 교화에 도움이 될 것 같았기 때문에 일부러 나타내었을 뿐이며, 모두 더불어 실사구시 할 수 있는 자들이 아니었다. 방씨와 같은 경우는 비록 구양씨의 설을 따랐지만 또한 억지로 한유를 위하여 회피하는 것을 면치 못하는 것 같지만, 그의 말에서 이미 "오래 도덕을 들었습니다."(久聞道德)라고 하고 또 "곁에서 도의 높음을 받습니다."(側承道高)라고 하고 또 "보인 바는 광대하고 깊고 아득하니 짧은 시간에 알 수 있는 것이 아닙니다."(所示廣大深迴, 非造次可喩)라고 하고 또 "논함이 깊고 넓습니다."(論深宏博)라고 한 것을 몰라서 그러는 것으로, 어찌 애초에 그 설을 숭상하여 믿을 뜻이 없을 수 있겠는가? 한공의 일은 나는 <답맹간서>에서 대체로 이미 그 상세하게 논하였기 때문에 더 논하지 않는다. 특히 방씨본을 따라 이 세 글을 ≪별집≫에 싣고 아울러 구양공의 두 말을 수록하고 소씨의 설과 방씨의 설을 그 후에 덧붙인다. 또 여기에 편지 글을 전부 실어 그 이동(異同)을 고찰하고 그 오류를 다음과 같이 개정하니, 방씨는 독자들이 이것을 가지고 살펴본다면 그것이 결단코 한공의 글이고 다른 사람이 지을 수 있는 것이 아님을 의심할 수 없을 것이라고 생각한 것이다.(今按杭本不知何人所注, 疑袁自書也. 更以跋尾參之, 其記歐公之語, 不謬矣. 而東坡≪雜說≫乃云："韓退之喜大顚, 如喜澄觀・文暢, 意非信佛法也. 而或者妄撰退之<與大顚書>, 其詞凡鄙, 雖退之家奴僕亦無此語. 今一士人又於其末妄題云歐陽永叔謂此文非退之不能作, 又誣永叔矣." 蘇公此語, 蓋但見≪集注≫之出於或人, 而未見≪跋尾≫之爲歐公親筆也. 二公皆號一代文宗, 而其去取不同如此, 覽者不能無惑. 然方氏盡載歐公語, 而略不及蘇說, 其意可見. 至呂伯恭, 乃於≪文鑑≫特著蘇說以備乙覽, 則其同異之間, 又益後人之惑矣. 以余考之, 所傳三書, 最後一篇實有不成文理處. 但深味其間語意一二, 文勢抑揚, 則恐歐・袁・方意誠不爲過. 但意或是舊本亡逸, 僧徒所記不眞, 致有脫誤. 歐公特觀其大概, 故但取其所可取而未暇及其所可疑. 蘇公乃覺其所可疑, 然亦不能察其爲誤而直斥以爲凡鄙. 所以其論雖各有以, 而皆未能無所未盡也. 若乃後之君子, 則又往往不能究其本根, 其附歐說者, 旣未必深知其所以爲可信；其主蘇氏者, 亦未必果以其說爲然也. 徒幸其言可爲韓公解紛, 若有補於世教, 故特表而出之耳, 皆非可與實事而求是者也. 至如方氏, 雖附歐說, 然亦未免曲爲韓諱, 殊不知其言旣曰"久聞道德", 又曰"側承道高", 又曰"所示廣大深逈, 非造次可諭", 又曰"論深宏博", 安得謂初無崇信其說之意邪? 韓公之事, 余於<答孟簡書>蓋已論其詳矣, 故不復論. 特從方本載此三書於≪別集≫, 幷錄歐公二語, 而附蘇說・方說於其後, 且爲全載書文於此, 而考其同異, 訂其謬誤如左. 方以爲讀者以此觀之, 則其決爲韓公之文, 而非它人之所能作無疑矣.)

이 단락의 문자는 모두 563자에 달하는데, 이것은 또 <고한문공여대전서(考韓文公與大顚書)>라는 제목으로 ≪주문공문집(朱文公文集)≫ 권71에 수록되어 있다. 이것은 이 교감기 한 단락은 사실 매우 높은 학술적 가치가 있어서 이미 한 편의 독립된 학술 논문과 맞먹는다는 것을 말해준다. 우리는 <여대전서>의 진위는 한유의 불교에 대한 태도와 관계된 중요한 문제이어서 주희 이후에도 또한 여전히 끊임없이 한유를 옹호하거나 혹은 주희를 반대하기 위하여 이 글의 진실성을 부정하는 사람이 있었다는 것을 알고 있다. 필자는 한유와 불교 사상의 관계에 대한 주희의 비판은 꼭 취할 만한 것은 아니지만 그가 이 글은 "결단코 한공의 글이다"(決爲韓公之文)라고 고증하여 확정한 것은 성립할 수 있다고 본다. 금인 전종서(錢鍾書 : 1910~98)는 ≪담예록(談藝錄)≫에서 특별히 <창려와 대전>(昌黎與大顚)라는 한 조항을 두고서 많은 책을 널리 인용하고 여러 설을 논의한 후 여전히 이 글을 진짜라고 하였으니,[25] 주희의 고증이 정세하고 정확함을 알 수 있다.

그 다음에 ≪한문고이≫는 한유 문장의 창작 의도·사상 경향에 대하여 밝혔는데 간혹 독자적인 훌륭한 해석을 하여 많은 오해를 없앴다. 예컨대 다음과 같다.

> ≪고이≫ 권2 <화산녀(華山女)>
>
> ○혹자는 공이 불로(佛老)를 배척함에 남김없이 힘을 썼으면서 유독 화산녀에 대해서는 그와 같이 너그러운 것을 이상하게 여기는데 그렇지 않다. 이것은 바로 그녀가 용모를 자랑하고 선령(仙靈)을 빌려 여러 사람들을 미혹한 것을 풍자한 것이고 또 당시의 임금이 잘 살피지 못하여 행실이 나쁜 부인이 궁금(宮禁)에 들어갈 수 있게 한 것을 풍자한 것일 뿐이다. 그 마지막 장에 "부잣집의 젊은이"(豪家少年)·"구름 창과 안개 누각"(雲窗霧閣)·"푸른 휘장과 금빛 병풍"(翠幔金屛)·"파랑새의 소식"(青鳥丁寧) 등의 말은 경박하기가 심하니 어떻게 참으로 신선으로 그리 처신 하였겠는가!(≪考異≫ 卷二 <華山女>.○或怪公排斥佛老不遺餘力, 而於華山女獨假借如此, 非也. 此正譏其

25) ≪담예록(談藝錄)≫(보정본(補訂本))(중화서국 1984년판), 65쪽에 보인다.

炫姿首・假仙靈以惑衆, 又譏時君不察, 使失行婦人得入宮禁耳. 其卒章"豪家少年"・"雲窗霧閣"・"翠幔金屏"・"青鳥丁寧"等語, 褻慢甚矣, 豈眞以神仙處之哉!)

지금 찾아보니 허의(許顗)의 ≪언주시화(彥周詩話)≫ 중에는 "퇴지는 신선을 보고도 굴복하지 않았으니 '나는 인간 세상에서 굽신거릴 수 있는데 , 어떻게 당신을 따라 신들이 사는 산에 살 수 있겠는가?'(我能屈曲自世間, 安能從汝巢神山.)라고 하였고, <사자연(謝自然)>시를 읊어 '어리고 어리석어 아는 것이 없네'(童騃無所識)라고 하였고 <수씨자(誰氏子)> 시를 지어 '따르지 않아 죽인다고 해도 늦지 않네'(不從而誅未晚耳)라고 하였고 <화산녀(華山女)> 시만 자못 관대하니 어떻게 이것을 지었었는지 모르겠다."(退之見神仙亦不伏, 云 : '我能屈曲自世間, 安能從汝巢神山.'賦<謝自然>詩曰 : '童騃無所識,' 作<誰氏子>詩曰 : '不從而誅未晚耳.' 惟<華山女>詩頗假借, 不知何以得此?)라고 하였다. 주희가 반박한 것은 어쩌면 이 때문일 것이다. <화산녀> 시의 여도사에 대한 묘사는 표면적으로 보면 찬미한 것 같기 때문에 허의는 "너그러운"(假借) 것이라고 여겼지만 사실 바로 주희가 말한 것처럼 이 시는 여도사가 "이교(異教 : 불교)를 몰아내고 선령으로 돌아가는"(驅異教歸仙靈) 성공을 이룬 그 원인이 그런데 미모로 사람을 유혹한 것임을 서술한 것이다. 그러나 결미의 몇 구는 말이 더욱 경박한 것 같은데 순전히 풍자이다. 주희가 ≪고이≫를 지은 후에 역대의 한유 시를 주석한 자들은 지금까지 다른 해석이 없으니 이미 정설이 되었다고 할 수 있다.

≪고이≫ 권4 <백이송(伯夷頌)>에는 "만약 온 세상이 그르다고 하더라도 힘써 행하여 의혹하지 않을 사람은 천년 백년에 한 사람뿐이다."(若至於擧世非之, 力行而不惑者, 則千百年乃一人而已耳.)라고 하였다.

방씨는 항(杭)·수(粹) 및 범문정공(范文正公 : 중엄(仲淹)) 사본(寫本)을 따라서 "역행(力行)"이란 두 글자가 없다. "천(千)" 아래 "오(五)"자가 있다. 주초에서 당 정원 말에 이르기까지 거의 2천 년이 되는데 공이 "천오백년(千五百年)"이라고 한 것은 그 성수(成數)를 든 것이라고 하였다. ◯ 지금 살펴보건대, 이 편은 "일가(一家)"·"일국(一國)"에서 "거세비지이불혹자(擧世非之而不惑者)"에 이르기까지 이 세 등급의 사람이 있다고 두루 말하였지만 백이의 "천지를 다하고 만세를 걸치는 것을 돌아보지 않는"(窮天地·亘萬世而不顧) 사람은 또 따로 한 등급 위의 사람이니 이 세 등급으로 논할 수 없는 것이다. 앞의 세 등급의 사람들은 모두 가리켜 이름을 붙인한 바가 있는 것이 아니기 때문에 "온 세상이 비난하더라도 돌아보지 않는 사람"(擧世非之而不顧者)이라는 것도 역시 실제 연수(年數)로 그 유무를 논하기 어렵고 또 수백수천 년으로 말하더라도 그것은 대략 이와 같을 뿐이다. 지금 방씨는 백이를 가지고 그러니 이미 전체 문장의 큰 뜻을 잃어버린 것이다. 그 연수를 헤아리는 것도 거의 2천 년이라는 많은 온 수를 버려두고 도리어 급하게 적은 천 5백 년 이란 홀수를 취했으니 그 잘못이 더욱 심하다. 방씨의 설은 문리가 통하지 않음이 대략 이와 비슷하니 분변하지 않을 수 없다.(方從杭·粹及范文正公寫本, 無"力行"二字. "千"下有"五"字. 云 : 自周初至唐貞元末, 幾二千年. 公言"千五百年", 擧其成也. ◯今按 : 此篇自"一家"·"一國"至"擧世非之而不惑者", 泛說有此三等人, 而伯夷之"窮天地·亘萬世而不顧", 又別是上一等人, 不可以此三者論也. 前三等人, 皆非有所指名, 故"擧世非之而不顧者", 亦難以年數之實論其有無, 而且以千百年言之, 蓋其大約如此耳. 今方氏以伯夷當之, 已失全篇之大指. 至於計其年數, 則又捨其幾二千年全數之多, 而反促就千五百年奇數之少, 其誤益甚矣. 方說不通文理, 大率類此, 不可以不辨.)

"성인은 만세의 모범이다"(夫聖人, 乃萬世之標準也.)

◯또 살펴보건대, 이 문장의 뜻은 이른바 "성인(聖人)"은 바로 무왕(武王)·주공(周公)을 가리켜 말한 것이다. 기왕 성인이라고 한다면 정말 만세의 모범일 것이다. 그러나 백이는 홀로 그르다고 하거나 스스로 옳다고 여긴 것이 그와 같았으니 그것이 "천지를 다하고 만세를 걸치더라도 돌아보지 않는 사람"(窮天地·亘萬世而不顧者)이라고 하는 까닭이다. 세상에서 한 보통사람의 훼예(毁譽)를 가지고 바로 즐거워하고 화를 내는 사람과는 차이가 있다.

근세의 독자들이 대부분 백이를 만세의 모범이라고 잘못 알기 때문에 그래서 그 설을 덧붙여 보인다.(“夫聖人, 乃萬世之標準也.”〇又按：此篇之意, 所謂“聖人”, 正指武王・周公而言也. 旣曰聖人, 則是固爲萬世之標準矣. 而伯夷者, 乃獨非之, 而自是如此. 是乃所以爲“窮天地・亘萬世而不顧者”也. 與世之以一凡人之毁譽而遽爲喜慍者有間矣. 近世讀者多誤以伯夷爲萬世標準, 故因附見其說云.)

주희와 방씨의 차이는 단지 고정(考定)한 문자에 있을 뿐 아니라 또 전체 글의 주지에 대한 이해에도 있는데, 분명 주희의 이해는 정확했다. 그는 한유의 백이에 대한 높은 평가를 이해했고 이 글의 주지・문맥을 확실히 이해하였다. 후세의 논자들은 대부분 주희의 설을 따랐다. 청 하작(何焯)이 “성인은 만세의 모범이니 ‘성인’의 두 글자는 ‘무왕・주공은 성인이다’로부터 나온 것이다.”(夫聖人乃萬世之標準也, ‘聖人’二字從‘武王・周公聖也’生下.)[26]라고 한 것은 주희의 설에 대한 보충이다. 가령 “근세의 독자들”(近世讀者)과 같이 그렇게 “성인(聖人)”을 백이라고 이해한다면 그것은 참으로 본래의 뜻을 곡해한 것이라고 할 수 있다.

셋째, ≪한문고이≫는 한유 문장에 대한 교감 외에도 또 주희의 한유에 관한 어떤 전제(專題) 연구 성과를 포함하고 있어서 매우 높은 학술적 가치를 가지고 있다. 예컨대 ≪고이≫ 권10의 ≪신당서(新唐書)・한유전(韓愈傳)≫에 대한 주석 가운데에는 올바른 지식과 탁월한 견해가 많이 있다. ≪신당서≫에는 한유가 “등주(鄧州) 남양(南陽) 사람”(鄧州南陽人)이라고 하였는데 주희는 이에 대하여 785자에 달하는 긴 고증을 하였는데, 인용 범위는 ≪좌전≫・≪한서(漢書)・지리지(地理志)≫・≪원화성찬(元和姓纂)≫ 등의 전적과 한유 및 그 친구들의 시문 및 송대 공무중(孔武仲)・홍흥조(洪興祖)・방숭경(方崧卿) 등의 설을 포함하고 있으며 한씨의

26) ≪의문독서기(義門讀書記)≫(청 석향재(石香齋) 간본)) 창려집(昌黎集) 제2권에 보인다.

보계(譜系)의 원류와 고금 지리 연혁에 대하여 깊이 고찰하여 ≪신당서≫의 설을 강력하게 부정하였다. 그중에 예컨대 한유의 고향은 춘추 시대 진(晉) 나라의 옛 지명이라는 것에 대한 고증과 한유가 스스로 "창려(昌黎)"라고 일컬은 원인은 "그때 창려의 가문이 자못 성하였기 때문에 따라서 일컫는 것으로 또한 이른바 '유(劉)를 말하면 다 팽성(彭城)에서 나왔고 이(李)를 말하면 다 농서(隴西)에서 나왔다고 말하는' 것과 같다."(是時昌黎之族頗盛, 故隨稱之, 亦若所謂'言劉悉出彭城, 言李悉出隴西'者)는 것에 대한 설명은 모두 매우 높은 학술적 가치가 있으니 후대의 한유 연구자를 위하여 좋은 기초를 제공한 것이다. 또 ≪신당서≫는 한유의 문학적 업적에 대하여 평가가 매우 높지만 후세의 정이(程頤)와 왕안석(王安石)은 그런데 다른 시각에서 한유에 대하여 비평을 제기하였다. 주희는 "그것을 절충하여 논하여"(折其衷而論之) "한공의 학문이 득과 실이 된 바"(韓公之學所以爲得失者)에 대하여 독창적인 견해를 나타내었다. 비록 주희의 관점이 농후한 이학가적 색채를 지니고 있다고 하지만 그것은 분명 매우 깊은 이해를 지닌 대가의 말이어서 후인들이 한유를 연구하는 데 중요한 참고 작용을 하였다.

체례(體例)의 제약으로 말미암아 교감기는 일반적으로 너무 길게 쓸 수 없기 때문에 ≪한문고이≫ 중에 포함된 학술적 견해는 대부분 간단하면서 함축적인 뜻을 가진 채 단편(斷片)적으로 보이지만 또한 일부 예외도 있다. 예컨대 다음과 같다.

> ≪고이≫ 권5 <여맹상서서(與孟尙書書)>에는 "그와 이야기하여 비록 다 알지는 못하지만 요컨대 가슴 속에 막힘이 없어서 흔하지 않다고 생각했다. 그래서 더불어 왕래하였다."(與之語, 雖不盡解, 要之胸中無滯礙, 以爲難得, 因與來往.)라고 하였다.
>
> 여러 판본은 모두 이와 같지만 방씨는 각(閣)·항(杭)·촉(蜀)본을 따라

"흉중무체애(胸中無滯礙)"란 다섯 글자를 삭제하였고 "자(自)"는 또 어떤 것은 "차(且)"라고 하였다. ○지금 살펴보건대, 이 글의 대전(大顚)을 칭찬한 말은 대부분 후인들이 함부로 숨기고 삭제한 것이 너무 지나치기 때문에 빠진 부분이 많아 그 올바른 뜻을 잃어버렸다. 예컨대 위의 두 조항은 그래도 큰 이해관계가 있을 것이 없지만, 만약 이 말 가운데 다섯 글자를 삭제한다면 "요컨대 스스로 흔하지 않다고 여긴"(要自以爲難得) 한 구는 또 더 이상 문리를 이루지 못하게 된다. 대개 한공의 학문은 <원도(原道)>에 보이는 것으로 비록 대용(大用)의 흐름은 알 수 있지만 본연(本然)의 전체(全體)에 대해서는 그 보지 못한 바가 있는 것으로 의심되고 또 일용(日用)하는 사이에 또한 그 존양(存養)・성찰(省察)하여 몸에 체득한 것이 있는 것을 보지 못했다. 그렇기 때문에 비록 그가 자임(自任)한 것이 중하지 않다고 할 수 없지만 그 평생 힘을 쓴 깊은 곳은 끝내 문자 언어의 공교함을 벗어나지 못하여서 그가 개인적으로 좋아하고 즐거워한 것에 이르러서도 또 우뚝하니 스스로 유속(流俗)에서 벗어날 수 없었다. 더불어 노닌 사람들은 한때의 문사에 지나지 않았고 그는 승도(僧道)에 대해서는 또한 겨우 문창(文暢)・징관(澄觀)・영사(靈師)・혜사(惠師)의 무리에게서 겉모습만을 얻었을 뿐이다. 이것은 그 심신(心身) 안팎으로 세우고 의지한 바가 이것을 벗어나지 못하였으니 또한 무엇에 의지하여 사악함을 잠재우고 치우침을 막는 근본으로 삼고 그 자임하는 마음을 채울 수 있었겠는가? 그렇기 때문에 하루아침에 쫓겨나서 초췌하고 무료한 가운데 더 이상 평소처럼 마시고 도박하고 서로 내왕하는 즐거움이 없어져, 바야흐로 울적하여 스스로 해소하지 못하였다. 갑자기 장해(瘴海)의 가에서 이단(異端)의 학문에 의리(義理)로 뛰어나서 사물의 침란(侵亂)을 받지 않을 수 있는 사람이 있는 것을 보고서 그와 대화를 하니 비록 다 알지는 못했지만 또한 어찌 감정의 앙금을 씻어버리고 잠시나마 그 막힌 마음을 비울 수 없었겠는가? 그렇다면 이 칭송하는 말은 자연히 꺼릴 필요가 없겠지만 공의 이른바 복(福)을 구하나 그 화(禍)를 두려워하지 않고 그 도를 배우지 않는다는 것은 애초에 또한 서로 문제가 되지 않는 것이다. 비록 그렇지만 가령 공이 지금 가을 돌피와 피를 보고서 나의 기장이 아직 익지 않은 것을 깨닫듯 하루아침에 번연(飜然)히 자신에게 돌이켜 구하여 성현의 가르침을 다할 수 있다면 이른바 이치로 스스로 이겨서 외물의 침란을 받지 않는 것으로 앞으로 더 이상 다른 사람에게서 부러워 할 것이 없을 것이며

> 자신이 자임하는 바는 더욱 넉넉히 여지가 있을 것이니 어찌 위대하지 않은가!(諸本皆如此, 方從閣杭蜀本删"胸中無滯礙"五字, "自"又或作"且". ◯今按: 此書稱許大顚之語多爲後人妄意隱避删節太過, 故多脫落, 失其正意. 如上兩條猶無大利害, 若此語中删去五字, 則"要自以爲難得"一句, 不復成文理矣. 蓋韓公之學, 見於<原道>者, 雖有以識夫大用之流行, 而於本然之全體, 則疑其有所未睹, 且於日用之間亦未見其有以存養省察而體之於身也. 是以雖其所以自任者不爲不重, 而其平生用力深處, 終不離乎文字言語之工, 至其好樂之私, 則又未能卓然有以自拔於流俗. 所與遊者不過一時之文士, 其於僧徒則亦僅得毛于暢・觀・靈・惠之流耳. 是其身心內外, 所立所資, 不越乎此, 亦何小據以爲息邪距詖之本, 而充其所以自任之心乎? 是以一旦放逐, 憔悴亡聊之中, 無復平日飮博過從之樂, 方且郁郁, 不能自遣, 而卒然見夫瘴海之濱, 異端之學, 乃有能以義理自勝, 不爲事物侵亂之人, 與之語, 雖不盡解, 亦豈不足以蕩滌情累, 而暫空其滯礙之懷乎? 然則凡此稱譽之言, 自不必諱, 而於公所謂不求其福, 不畏其禍, 不學其道者, 初亦不相妨也. 雖然使公於此, 能因彼稊稗之有秋, 而悟我黍稷之未熟, 一旦飜然反求諸身, 以盡聖賢之蘊, 則所謂以理自勝, 不爲外物侵亂者, 將無復羨於彼, 而吾之所以自任者, 益恢乎其有餘地矣. 豈不偉哉!)

모두가 알다시피 한유는 불교를 물리친 것으로 유명한 사상가이지만 그와 불교 사이에는 또 매우 복잡한 관계가 있다. 역대의 한유 연구자들은 모두 이 문제에 매우 관심을 두고 중시하였는데 특히 한유와 승려의 교제와 왕래에 관심을 두고 중시하였다. 대전(大顚)은 한유가 조주(潮州)에 있을 때 알게 된 승려로 윗글에서 이미 한유의 <여대전서>의 진위 문제를 논급하였는데, 실은 <여대전서>를 제외하고도 한유는 또 다른 곳에서 그와 대전의 관계를 말한 적이 있으니 <여맹상서서(與孟尙書書)>가 하나의 예이다. 이 글에서 대전이 "가슴 속에 막힘이 없다"(胸中無滯礙)라고 칭찬했는데 이는 분명히 일종의 매우 높은 정신적 경지로서 불교를 물리친 한유의 명성을 오로지 옹호하려고 하는 그러한 사람의 입장에서 본다면 이 말은 당연히 타당하지 않을 것이다. 주희는 방씨본이 의거하고 있는 여러 판본이 다섯 글자를 삭제하려고 한 까닭은 “후인들은 멋대로 숨기고 피하였기”(後人妄意隱避) 때문이라고 보았다. 이 교기 중에서 주희는 문리의 각도에서 이 다섯 글자가 있는 것이 낫다고 판정한 외에 또 한유의 생평 행적 및 사상의 실제에서 출발하여 한유 문장 중에서 이 말을 가지고 대전을 칭찬한 전후의 인과관계를 설명하였다. 마땅히 지적해야 할 것은 주희가 이학가의 입장에서 출발하여 한유에 대하여 비판한 것은 지나친 점이 없지 않지만 그는 한유가 폄적되어 조주에 이른 후에 내심으로 괴로워하다가 홀연 대전을 만났고 그 “의리(義理)로 뛰어나서 사물의 침란(侵亂)을 받지 않을 수 있는”(能以義理自勝, 不爲事物侵亂) 것을 보았기 때문에 깊이 흠모하였다고 보았는데, 이러한 분석은 정리에 맞는 것이다. 주희는 또 한유가 한때 개별적인 승려를 칭찬한 것은 결코 그가 전체적으로 불교를 반대한 사상 경향에 방해가 되지 않았다고 지적하였는데 이러한 평가도 역시 실사구시적이다. 전종서 선생은 주희의 이 단락의 교기는 “비록 당인에 견주더라도 각박하나 요컨대 빈틈없이 옭아 넣는 말이 아니고 퇴지와 승도의 서찰 왕래와 시편의 증답을 나무랄 것은 더욱 아니다.”(雖較唐人爲刻, 要非周內之言, 更非怪退之與僧徒書札往還, 詩篇贈答也.)[27]라고 보았는데 매우 확실하다. 후인들 가운데에 한유와 대전의 관계를 논하는 사람들은 비록 분분이 말이 많지만 왕왕 기괴한 논의를 하기를 좋아하는 것들로서[28] 도리어 주희의 설이 평실하고 믿을 만한 것 보다 못하다. 이것으로 주희의 이 단락의 교기를 한유와 대전

27) ≪담예록≫ 68쪽 <창려여대전(昌黎與大顚)> 조(條).

28) 예컨대 유국영(劉國盈)은 대전(大顚)은 한유의 벽불(辟佛)을 인정하고 동의하였다고 보았고(<당대 고문운동과 불교>(唐代古文運動與佛教), ≪북경사범학원학보(北京師範學院學報)≫ 1982년 제1기), 등담주(鄧潭洲)는 한유가 대전에서 취한 것은 장자 사상이라고 보았다(<한유 연구 중의 약간의 문제에 관하여>(關於韓愈硏究中的一些問題), ≪구색(求索)≫ 1990년 제6기).

관계를 논한 한 편의 전론(專論)으로 보아도 지나치지 없음을 알 수 있다.

≪한문고이≫의 한유 시문 자구에 대한 교정은 그 직접적인 목적은 물론 진리추구이지만 교정의 이유를 진술할 때는 주희는 또한 항상 한유 시문의 풍격 특징에 대하여 논단한 바가 있는데, 그중에는 문학 비평의 의미가 풍부한 빼어난 논단이 매우 많다. 예컨대 다음과 같다.

> ≪고이≫ 권7 <제두사업문(祭竇司業文)>에는 "사십 년 여에, 일이 꿈과 같네."(四十年餘, 事如夢中.)라고 하였다.
>
> 여러 판본은 모두 이와 같다. 방씨는 각·항·원 및 남당 본을 따라 "사반여몽(事半如夢)"이라고 하고 옛날에는 "몽(夢)"은 음이 평성(平聲)이고 거성(去聲)은 통하였다고 하였다. 석숭(石崇)의 시에는 "주공은 꿈이 부족하였네."(周公不足夢)라고 하였는데 "지극한 텅빔을 지킬 수 있었네"(可以守至沖)라는 것과 협운(協韻)하였다. ○지금 살펴보건대, "사반여몽(事半如夢)"은 말뜻이 잘고 난삽하여 여러 판본이 온전하고 재바름만 못하다. 전인들이 잘못하여 고친 것은 당연히 "중(中)"자를 거듭 압운하였기 때문이지만 공의 시는 피하지 않은 것이 많음을 모른 것이다.
>
> (≪考異≫卷七 <祭竇司業文>:"四十年餘, 事如夢中."
>
> 諸本皆如此. 方從閣·杭·苑及南唐本作"事半如夢", 云:古"夢"音平, 去聲通. 石崇詩:"周公不足夢", 與"可以守至沖"協. ○今按:"事半如夢", 語意碎澁, 不如諸本之渾全而快捷. 前人誤改, 當以重押"中"字之故, 不知公詩多不避也.)

> ≪고이≫ 권2 <화우부노사수한림전칠적등장가(和虞部盧四酬翰林錢七赤藤杖歌)>에는 "뜬 빛이 손을 비추어 잡으려다 주저하네."(浮光照手欲把疑.)라고 하였다.
>
> 여러 판본은 같다. 방씨는 홀로 촉본을 따라 "조파욕수(照把欲手)"라고 하고 <단궁(檀弓)>(하(下))에는 "활을 손에 잡았다"(手弓)는 것이 있고 ≪열자(列子)≫에는 "칼을 손에 잡았다"(手劍)는 것이 있고 ≪사기≫(<초세가(楚世家)>)에는 "깃발을 손에 잡았다"(手旗)는 것이 있는데 뜻은 이것과 같다고 하였다. 여러 판본은 잘못된 것이 많다. ○ 지금 살펴보건대, 방씨가 "수(手)"의 뜻을 말한 것은 본래 근거가 있다고 할 수 있지만 여러 판본에 "조수욕파

(照手欲把)"라고 한 것은 잡지 않았을 때 빛이 이미 손을 비춘 것이기 때문에 잡으려고 하다가 주저하는 것이다. 지금 "잡은 것을 비춘다"(照把)라고 한다면 이것은 이미 잡은 것이 된다. 또 손에 잡으려고 하다가 또 의심하는 것은 왜인가? 하물며 공의 시는 입에서 바로 나와서 자연스럽고 아름다운데 어찌 꼭 험하고 치우게 하여 이 한 글자를 빌린 후에야 공교하게 할 필요가 있겠는가? 대체로 방씨의 뜻은 오로지 기삽(奇澁)함을 주로 하였기 때문에 그가 취한 것은 이와 비슷한 것이 많다.(≪考異≫卷二<和虞部盧四酬翰林錢七赤藤杖歌>:"浮光照手欲把疑."

諸本同. 方獨從蜀本作"照把欲手", 云：<檀弓>有"手弓", ≪列子≫有"手劍", ≪史記≫有"手旗", 義同此. 諸本多誤. ◯今按：方說"手"義固爲有據, 然諸本云"照手欲把", 則是未把之時, 光已照手, 故欲把而疑之也. 今云"照把", 則是已把之矣. 又欲手之, 而賦疑之, 何耶? 況公之詩, 衝口而出, 自然奇偉, 豈必崎嶇偪仄, 假此一字而後爲工乎? 大抵方意專主奇澁, 故其所取多類此.)

≪고이≫ 권7 <이원빈묘지명(李元賓墓誌銘)>에는 "아아 원빈(元賓)이여, 끝내 무엇을 할 것인가!"(已虖元賓, 竟何爲哉! 竟何爲哉!))라고 하였다.

방씨는 또 위의 "경(竟)"자는 석본은 "의(意)"라고 하였지만 소공제(邵公濟)는 일찍이 그 구법의 묘함을 탄식하여 구공(歐公) 이래로 한씨의 학을 좋아하는 사람들은 모두 이것을 보지 못하였다고 하고는 마침내 그 설을 따라 위의 글자를 "지의(志意)"의 "의(意)"라고 하고 아래 글자는 "구경(究竟)"의 "경(竟)"자라고 하였으니 나는 그것이 무슨 말인지 모르겠다. 개인적으로 생각하건대 만약 당시에 잘못 새긴 것이 아니라면 후에 글자가 반쯤 마멸되어 읽는 자가 살펴보지 못하고 마침내 이러한 잘못을 전했을 것이다. 호사가들은 또 따라서 과장하여 세상의 어리석고 괴이한 것을 좋아하는 자들로 하여금 마침내 미혹되게 하였으니 매우 가소롭다.(≪考異≫ 卷七 <李元賓墓誌銘>："已虖元賓, 竟何爲哉! 竟何爲哉!)"

方又云：上"竟"字, 石本作"意", 而邵公濟嘗歎其句法之妙, 謂歐公而下, 好韓氏學者, 皆未之見. 遂從其說, 定上字作"志意"之"意", 下字作"究竟"之"竟", 則予不識其何說也. 竊意若非當時誤刻, 卽是後來字半磨滅, 而讀者不審, 遂傳此謬. 好事者又從而誇大之, 使世之愚而好怪者, 遂爲所惑, 甚可笑也.)

이 세 가지 예 가운데 주희의 교정(校定)은 모두 이치에 있어서 뛰어나고 뜻에 있어서 낫다는 것은 여기서는 더 서술하지 않는다. 주의할 만한 것은 주희가 교정할 때 그의 한유의 시와 문장의 풍격 특징에 대한 관점을 나타내었다는 것이다. 첫째의 예 중에서 주희는 한유 시는 중운(重韻)을 피하지 않았다고 지적하였다.[29] 둘째 예 중에서 한유 시는 "자연스럽고 기위(奇偉)하다"(自然奇偉)라고 지적하였다. 셋째 예 중에서는 세상 사람들이 한유의 문장을 괴탄(怪誕)하다고 보는 것에 반대하였다. 이러한 관점들은 모두 주희의 한유 시문에 대한 총체적인 관점과 관계가 있다. 세상 사람들은 대부분 한유는 글을 짓는데 기이함을 좋아하였기 때문에 한유의 시와 문장은 모두 기험(奇險)한 것으로 뛰어나다고 생각하였다. 주희는 이에 대하여 홀로 다른 생각을 가졌으며, "한유의 시는 평이하다"(韓詩平易)[30]고 하고 "퇴지는 도리를 말하려고 하기도 하고 또 장난스럽게 쓰려고도 하여서 평이한 곳은 극히 평이하고 기험한 곳은 극히 기험하다."(退之要說道理, 又要則劇, 有平易處極平易, 有險奇處極險奇.),[31] "아니면 한유가 글을 지은 것은 비록 '극력 낡은 말을 버리는'(力去陳言) 것을 일삼았지만 또 반드시 '문자의 운용이 자연스러우면서 각각의 역할을 아는'(文從字順各識職) 것을 귀하다고 여겼다."(抑韓子之爲文, 雖以'力去陳言'爲務, 而又必以'文從字順各識職'爲貴.)[32]라고 지적하였다. 주희가 보기에는 한유의 시문은 비록 기험한 일면이 있지만 그 주요 경향은 도리어 평이하고 자연스러운 것이어서 한유는 기험한 풍격을 추구하기 위하여 자

---

29) 한유의 시가 중운(重韻)을 피하지 않은 상황에 관해서는, 송 왕무(王楙)의 ≪야객총서(野客叢書)≫ 권20 <시중압중운(詩中押重韻)> 조 참조.

30) ≪주자어류(朱子語類)≫ 권140, 3327쪽.

31) ≪주자어류(朱子語類)≫ 권139, 3303쪽.

32) <한문고이서(韓文考異序)>, ≪문집≫ 권76, 29쪽.

구의 자연스러움을 해치지 않았다는 것이다. 주희의 이러한 견해는 한유 시문의 본질을 깊이 터득한 것이다. 청대의 조익(趙翼)은 한유의 시를 평하여 "실은 창려는 스스로 본색을 지니고 있어서 여전히 문자의 운용이 자연스러운 가운데에 자연스럽고 웅위하고 넓고 커서 종잡을 수가 없는 것으로 단지 기험함으로만 장점을 보이지 않았다."(其實昌黎自有本色, 仍在文從字順中自然雄厚博大, 不可捉摸, 不專以奇險見長.)[33]라고 하였다. 조익의 설이 학계의 동의를 깊이 얻고 있지만 사실상 주희야말로 가장 일찍 "평이"로 한유의 시와 문장을 평가한 사람이니, 주희의 한유 시문 풍격에 대한 통찰력은 천고의 빼어난 식견이라고 할 만하다.[34]

청대 사람들은 왕왕 송대 유가를 공소(空疏)하다고 보았지만 실은 송대 유가 중의 뛰어난 자는 의리를 말하기 좋아하였지만 또한 훈고와 고증을 통한 교정에도 뛰어나서 결코 "공소"라는 두 글자로 개괄할 수 있는 바가 아니었다. 주희의 ≪한문고이≫는 하나의 명백한 증거이다.

위에서 서술한 바와 같이 ≪한문고이≫는 교감에 있어서 탁월한 업적을 거두어 후세 사람들에게 상당히 믿을 만한 한유 문집의 정본(定本)을 제공하였는데, 이는 바로 주희의 실사구시하는 학문 연구 태도의 산물이다. 주희는 확실히 이교(理校)에 뛰어나지만 그는 판본의 근거를 매우 중시하여서 자신의 견해대로 하여 가벼이 원문을 고치지 않았다. 예컨대 ≪고이≫ 권2 <송진사유사복동귀(送進士劉師服東歸)>에는 "사나운 호랑이가 함정에 빠지니, 앉아서 먹는 것이 마치 외로운 돼지와 같네."(猛虎落檻阱, 坐食如孤豚.)라고 하였는데 방숭경은 "이것은 사마천의 이른바 '사나운 호랑이가 함정 중에 있어 꼬리를 흔들면서 먹을 것을 구걸한

33) ≪구북시화(甌北詩話)≫ 권3.

34) 졸문, <한유 시의 평이한 경향을 논함>(論韓愈詩的平易傾向), ≪당연구(唐研究)≫ 제3권, 북경대학출판사, 1997년판.

다.'(猛虎在陷穽之中, 搖尾而求食)는 것이다."(此乃司馬遷所謂'猛虎在檻阱之中, 搖尾而求食'也.)라고 하였고 주희는 "방씨의 설이 옳다. 그렇다면 '좌'(坐)는 마땅히 '구'(求)라고 해야 할 것이지만 판본에 모두 '좌'라고 하였기 때문에 감히 고치지 않았을 따름이다."(方說是也. 然則'坐'當作'求'矣, 但本皆作'坐', 故未敢改耳.)라고 하였다. 또 ≪고이≫ 권8 <당고강서도관찰사중대부홍주자사겸어사중승상주국사자금어대증좌산기상시태원왕공신도비명(唐故江西道觀察使中大夫洪州刺史兼御史中丞上柱國賜紫金魚袋贈左散騎常侍太原王公神道碑銘)>에는 "공은 상서(尙書)의 아우 아무개의 아들이다. 공의 휘는 중서(仲舒), 자는 홍중(弘中)이다."(公, 尙書之弟某子. 公諱仲舒, 字弘中.)라고 하였는데 주희는 "위의 구에 이미 '공(公)'자가 있으니 여기에 다시 나와서는 안 되니 삭제해야 한다. 그러나 의거할 만한 다른 판본이 없어서 일단 남겨 둔다."(上句已有'公'字, 此不當再出, 當刪. 然無別本可據, 姑存之.)라고 하였다. 필자는 주희의 이 두 가지 관점은 모두 매우 일리가 있다고 생각한다. 하지만 그는 비록 관점을 제기하였지만 결코 가벼이 원문을 고치지는 않았다. 또 ≪고이≫ 권4 <남전현승청벽기(藍田縣丞廳壁記)>에는 "정원 초에 그 재능을 지니고 경사에서 기예를 다투어 다시 나아가 다시 □를 굴복시켰다."(貞元初, 挾其能戰藝於京師, 再進再屈□人.)라고 하였다. 구중에는 빠진 글자가 하나 있는데 방씨본은 "천(千)"이라고 하였는데 주희는 "당대 사람들 가운데 굉사(宏詞) 시험에 참가한 사람이 매우 적다. 예컨대 정원 9년에는 겨우 32인이었으니 '천인(千人)'이라고 한 것은 아마 옳지 않을 것이다. 어떤 사람은 '천(千)'은 마땅히 '기(其)'라고 해야 하는 것으로 의심하는데, 마치 '굴기좌인(屈其坐人)'이라고 하는 것과 같다는 것이다. 그러나 근거가 없기 때문에 ≪목천자전(穆天子傳)≫을 본떠 그 곳을 비워두고 아는 이를 기다린다."(唐人試宏詞者甚少, 如貞元九年近三十二人而已, 作'千人'恐非是. 或疑'千'當作'其', 如云'屈其坐人'也. 然無所據, 故效≪穆天子傳≫, 闕其

處以俟知者.)라고 하였다. 현대인 동제덕(童第德)은 "주자는 또 그 설이 근거가 없다고 하였는데 대체로 그는 신중한 것이다."(朱子又謂其說無所據, 蓋其愼也.)[35]라고 하였다. 주희의 신중한 태도는 청대의 고증학의 대가에 견주어도 결코 손색이 없다고 해도 전혀 과장이 아니다.

≪한문고이≫의 교감은 매우 세밀하다. 설사 부정된 이문(異文)에 대해서도 주희는 또한 가벼이 버려두지 않고 자세하게 그 잘못에 이르게 된 원인 따져서 자신의 취사선택이 더욱 설득력을 갖게 하였다. 예컨대 ≪고이≫ 권3 <투계연구(鬪鷄聯句)>에는 "독수는 이양(李陽)을 배부르게 하고, 신퇴(神槌)는 주해(朱亥)를 곤란하게 하네."(毒手飽李陽, 神槌困朱亥.)라고 하였는데, 방씨본은 "사본(謝本)에는 정원본(貞元本)은 '독수(毒手)'를 '존권(尊拳)'이라고 하였는데 '존권'은 유령(劉伶)의 말이다. 소공제(邵公濟)는 '신퇴'는 선본에는 '수퇴(袖槌)'라고 하였다고 하였다. '40근 철퇴를 소매에 넣었다'(袖四十斤鐵槌)라고 한 것은 ≪사기≫의 본문에 부합한다. 그러나 진(晉) 조납(祖納)은 '가령 신추가 있었다면 반드시 신퇴가 있었을 것이다.'(假有神錐, 必有神槌.)라고 하였으니. '신퇴'·'존권'이 어찌 모두 차용자이겠는가?"(謝本云 : 貞元本'毒手'作'尊拳', '尊拳', 劉伶語也. 邵公濟云 : '神槌'善本作'袖槌'. '袖四十斤鐵槌', 於≪史記≫本文爲合. 然晉祖納曰 : '假有神錐, 必有神槌.' '神槌'·'尊拳', 豈皆借用字耶?)라고 하였다. 방숭경은 비록 이 두 구에 이문(異文)이 있다고 지적하였지만 결코 원문을 고치지는 않았다. 주희는 본래 방씨본에 의거하여 따르기만 하면 되었지만 그는 이문을 취해서는 안 되는 것에 대하여 상세히 분석하였다. "'독수'는 이양(李陽)의 본사(本事) 중의 말이지만 '신퇴'라는 글자는 주해(朱亥)의 일 중에는 없다. 그러므로 소씨(邵氏)는 '신(神)'을 '수(袖)'라고 고쳐 본사(本事)를 따르려고 한

35) ≪한집교전≫ 권13, 443쪽.

것이다. 그러나 또 촉대(屬對 : 대구(對句))가 맞지 않았기 때문에 방씨는 또 사본(謝本)을 따라 유령의 '존권'을 빌려 이양에 덧붙이고 조납의 '신퇴'를 빌려 주해에 덧붙이려고 하였으니 두 구는 모두 두 가지 일을 겸하여 사용하여 한쪽이 치우치지 않으려고 했을 뿐으로 그러나 또한 감히 바로 고치지는 못했다. 지금 그 설이 분명하지 못하므로 다시 이와 같이 상세히 설명하여 고증을 기다린다."('毒手'是李陽本事中語, 而'神槌'字則朱亥事中無之. 故邵欲改'神'作'袖', 以從本事. 然又屬對不親切, 故方又欲從謝本, 借劉伶之'尊拳'以附李陽, 借祖納之'神槌'以附朱亥, 則兩句皆爲兼用兩事, 而不偏枯耳. 然亦未敢遽改也. 今以其說未明, 復爲詳說如此, 以俟考焉.)라고 하였다. 그는 후인들이 자신의 견해대로 한유 시의 자구를 멋대로 고치는 의도에 대하여 분명하게 짐작하여 또한 원문은 본래 그와같지 않았음을 증명하였다. 또 ≪고이≫ 권2 <남산유고수행, 증이종민(南山有高樹行, 贈李宗閔)>에는 "황곡은 너를 떠나게 하여, 파사(婆娑)하게 털옷을 희롱하네."(黃鵠得汝去, 婆娑弄毛衣.)라고 하였는데 방씨본에는 "파사(婆娑)"의 두 글자는 각본(閣本)에는 "파파(婆婆)"라고 하였는데 이렇게 잘못된 이문은 방씨본이 비록 따르지 않았지만 그 잘못을 분명하게 말하지 않았다. 주희는 "옛날에 부안도(傅安道)의 설을 들었다. 친척 사이에 일찍이 이 책을 교정한 자가 있었는데, 다른 판본에는 원래 '사사(娑娑)'라고 하였는데, 먼저 교정한 자가 그 위의 '사(娑)'자를 지우고 따로 '파(婆)'로 정하였다. 이 사람은 자기의 판본에 이미 '파사(婆娑)'라고 했던 것을 잘 모르고 갑자기 또 '사(娑)'자를 없애고 따로 '파'(婆)라고 하게 되니 마침내 더 이상 '사(娑)'자가 없게 되었고 바로 '파파농모의(婆婆弄毛衣)'가 되었던 것이다. 당시에는 그 장난으로 한 말인가 의심하였지만 지금 방씨가 의거한 각본(閣本)이 이와같고 이(李) 좌승(左丞)의 집에서 나왔다고 한 것을 보니 부공(傅工)의 말이 망녕되지 않음을 알 수 있다."(舊聞傅安道說, 親戚間嘗有校此書者, 他本元作'娑

娑', 先校者滅去其上一'娑'字, 而別定作'婆'. 此人不詳已本已作'婆娑', 而遽亦滅去'娑'字, 別定爲'婆', 則遂無復'娑'字, 而直爲'婆婆弄毛衣'矣. 當時疑其戱語, 今見方氏所據閣本乃如此, 而云出於李左丞家, 則知傅公之言爲不妄矣.)라고 하였다. 구양수는 일찍이 한유 문장에 잘못된 판본이 많은 원인은 "아마도 여러 판본이 달라서 왕왕 함부로 고쳤기 때문이다."(蓋由諸本不同, 往往妄加改易.)[36]라고 지적하였는데, 주희는 그것을 위하여 강력한 증거를 하나 제공한 것이니, 이와 같이 세밀하게 근본을 추구한 학풍을 어떻게 공소하다고 할 수 있겠는가?

주희는 일생 동안 학문을 좋아하고 깊이 사색하여 책을 매우 자세히 살펴 읽었다. 그는 "대체로 책을 보면 먼저 반드시 숙독하여 그 말이 모두 나의 입에서 나온 것처럼 해야 한다. 이어서 정세하게 생각하고 그 뜻이 모두 나의 마음에서 나온 것처럼 한다. 그러한 다음에 얻는 바가 있을 수 있다. 문의에 의심스러운 것이 있고 여러 설이 어지러운 것에 이르러서는 마음을 비우고 자세히 생각하여야지 갑자기 그 사이에서 취사선택해서는 안 된다. 먼저 한 가지 설이 스스로 한 가지 설이 되게 하여 그 뜻이 가는 바를 따라 그 통하고 막힘을 검증한다면 그 특히 의리가 없는 것은 다른 설을 살펴보지 않아도 먼저 스스로 굽힐 것이다. 다시 여러 설을 가지고 서로 따지어서 이치에 맞는 것을 구하여 그 시비를 고찰한다면 그럴듯하지만 잘 못된 것은 또한 공론에 빼앗겨 설 자리가 없게 될 것이다."(大抵觀書, 先須熟讀, 使其言皆若出於吾之口. 繼以精思, 使其意皆若出於吾之心. 然後可以有得矣. 至於文義有疑, 衆說紛錯, 則亦虛心精慮, 勿遽取捨於其間. 先使一說自爲一說, 而隨其意之所之, 以驗其通塞, 則其尤無義理者不待觀於他說而先自屈矣. 復以衆說互相詰難, 而求其理之所安, 以考其是非, 則似是而非者亦奪於公論

---

36) <당전홍정가묘비(唐田弘正家廟碑)>, ≪구양문충공문집(歐陽文忠公文集)≫ 권141, <집고록발미(集古錄跋尾)>.

而無以立矣.)[37]라고 하였다. 그는 또 제자들을 지도하여 "문장을 보는 것은 도둑을 잡는 것과 같아서 반드시 도둑이 생기는 곳을 알아야 한다. 한 푼 이상의 장물비리 사정은 모두 밝혀내야 한다. 만약 단지 대강만을 짐작한다면 설사 이 사람이 도둑이라는 것을 알더라도 어디에서 도둑질을 하였는지는 알 수 없다."(看文字如捉賊, 須知道盜發處. 自一文以上贓罪情節, 都要勘出. 若只描摸個大綱, 縱使知道此人是賊, 却不知何處做賊.)[38]라고 하였다. 그러므로 주희는 책을 읽으면서 왕왕 다른 사람들이 의심하지 않는 곳에서 의심을 할 수 있었고 다른 사람들이 얻는 것이 없는 곳에서 얻는 바가 있었다. 그는 ≪상서≫를 읽으면서 ≪고문상서(古文尙書)≫ 및 공안국(孔安國)의 서(序)를 의심하였고, ≪시경≫을 읽으면서 <소서(小序)>를 의심하였으니 모두 지혜로운 식견과 현명한 판단으로 독자적으로 뛰어난 해석을 할 수 있었던 것이다. ≪한문고이≫는 주희의 만년의 저작으로 그때 그의 학문적 식견은 이미 절정(絶頂)의 경지에 도달하였기 때문에 마치 가벼운 수레를 몰아 익숙한 길을 달리는 듯하여 마치 능숙한 백정이 칼을 다루듯 여유가 있었다. 위에서 서술한 바와 같이 ≪한문고이≫는 문자를 교정하고 문의(文意)를 밝히고 사실을 고증하는 등의 방면에서 모두 성과가 탁월했던 것은 엄격하고 세밀하며 실사구시적인 박학(樸學) 정신이 물론 중요한 원인이긴 하지만 많이 의심하고 깊이 생각하며 속에 담겨 있는 뜻을 끝까지 캐묻는 학문 연구 태도가 더욱 중요한 원인이었다. 오직 의심을 많이 하여야 문제점을 발견할 수 있고, 오직 깊이 생각하여야 문제를 해결할 수 있는 것이다. 주희의 학풍은 후인들의 이른바 "한학(漢學)"과 "송학(宋學)"의 장점을 모두 얻었지만 그

37) <독서지요(讀書之要)>, ≪문집≫ 권74, 16쪽.
38) ≪주자어류(朱子語類)≫ 권10, 164쪽.

정화(精華)는 송학의 회의(懷疑) 정신을 적절하게 발휘한 것이었다. 그것은 주희가 송대의 이학가 중에서 가장 걸출한 학자가 된 원인이며 ≪한문고이≫는 우리가 이 점을 이해하는 데 매우 좋은 창구를 제공하였다.

물론 어떤 학풍도 결국 결점은 있다. 가령 ≪한문고이≫로 말한다면 주희는 회의의 정신에서 도움을 받음과 동시에 또한 가끔 억측(臆測)과 너무 독단적인 판단을 하기도 하였다. 예컨대 ≪고이≫ 권5 <대장적여절동관찰이중승서(代張籍與浙東觀察使李中丞書)>에는 "반드시 취주악기와 현악기나 타악기를 연주하는 것을 듣는 것보다 못하지는 않을 것이다.(未必不如聽吹竹・彈絲・敲金・擊石也.)라고 하였다. 방씨본은 "고(敲)"자를 "적(敵)"이라고 하고 "당인들은 '적(敵)'자를 많이 사용하였으니 예컨대 노동(盧仝)의 시에는 '쇠를 치고 옥을 두드린다.'(敵金摐玉)라고 하였다."(唐人多使'敵'字, 如盧仝詩：'敵金摐玉.')라고 하였는데, 주희는 반박하여 "방씨가 '적(敵)'자를 말한 것은 매우 이상하니 인용한 노동의 시는 아마도 역시 잘못된 판본일 것이다."(方說'敵'字甚怪, 所引盧仝詩當亦是誤本耳.)라고 하였지만, 청 유월(俞樾)과 현대의 동제덕(童第德)은 모두 "적(敵)"자는 "적(擿)"자의 가차자(假借字)로서 뜻은 "고(敲)"(치다)와 같다고 보았다.[39] 그러므로 한유 글의 "적금(敵金)"은 실은 잘못이 없다. 또 ≪고이≫ 권1 <하지수이수, 기자질노성(河之水二首, 寄子姪老成)>에는 "연못에서 낚시를 하였다"(緡魚於淵)라고 하였다. "연(淵)"자는 방씨본에는 "천(泉)"이라고 하였는데 주희는 "'연(淵)'을 '천(泉)'이라고 한 것은 피휘(避諱)한 것이니 예를 따라 마땅히 '연(淵)'이라고 해야 한다."(以'淵'爲'泉', 避諱也. 依例當作'淵'.)라고 하였다. 그러나 한유는 당인이니 본래 마땅히 당고조(唐高祖) 이연(李淵)의 휘를 피해야 하기 때문에 한유 시의 원문은 마땅히 "천(泉)"이라고 해야 하므로

39) 상세한 것은 ≪한집교전≫ 권16, 475쪽에 보인다.

≪고이≫는 잘못된 것이다. 그밖에 ≪고이≫ 권8 <중대부섬부좌사마이공묘지명(中大夫陝府左司馬李公墓誌銘)> 중에는 "묘사(廟祀)를 회복하려고 하였다"(將復廟祀)라는 한 구가 있는데 주희는 ≪당회요(唐會要)≫를 인용하여 해석하고 또 송조(宋朝)의 법도(法度)까지 언급하여 잡다하게 곁가지를 쳐서 이는 교감의 체례에 맞지 않는다. 이러한 것들은 모두 송유의 의리를 말하기 좋아하던 태도와 관계가 있다. 그러나 ≪한문고이≫ 중에 이러한 결점들은 단지 가끔 볼 수 있을 뿐으로 그 전체적인 학술적 가치에 영향을 미치지는 않는다.

위에서 서술한 것을 종합하면 필자가 생각하기에 ≪한문고이≫는 주희의 학술 사상과 학술적 태도를 보여주는 정성을 기울인 걸작이며 주희의 평생 동안의 문학 활동 중의 극히 중요한 한 작업이어서, 이는 후대의 교감에 종사하는 사람들이 본보기로 삼을 만할 가치가 있을 뿐 아니라 문학비평사에서도 마땅히 한 자리를 차지해야 할 것이라고 본다.

# 결론

우리는 이미 주희의 문학 활동에 대하여 한 차례의 순례를 하였다. 우리는 주희의 문학 창작 · 문학 비평 · 문학 이론과 고대 문학 전적에 관한 정리 · 주석에 대하여 모두 논술하였다. 우리는 상술한 네 가지의 어떤 하나의 방면에서도 주희의 성취는 모두 송대 문학사상에서 한 자리를 차지할 수 있다고 본다. 비록 그 자신은 문학가로 자처하기를 바라지 않았지만 그는 분명 명실상부(名實相符)한 문학가이고 또 상당히 뛰어난 문학가였다. 그러나 바로 우리가 본서의 전언 중에서 이미 말한 바와 같이, 봉건 시대의 논자들이든 또는 현대의 학술계든 모두 이 점에 대하여 충분한 인식이 결여되어 있다. 설사 "문화대혁명" 이후에 이르러서도 철학사학자들이 쓴 주희 연구 논저들이 이에 대하여 한 글자도 쓰지 않는 것은 여전히 당연한 일로 보여졌으며, 문학사학자들도 역시 주희를 전문적인 연구 과제로 생각한 사람이 없다. 1992년에 세상에 나온 속경남(束景南)의 ≪주자대전(朱子大傳)≫은 지금에 이르기까지 가장 상세하고 풍부한 주희의 전기이다. 작자는 <자서(自序)> 중에서 스스로 "이러한 문화 배경 속에서 주희에 대하여 철학적 연구를 행할 뿐 아니라 또 정치적 · 경제적 · 문화적 · 역사학적 · 자연과학적 및 심리적 · 성격적 · 행위적 · 도덕적인 연구 등을 행하고자 한다. 한 마디로 그에 대하여 다차원의 문화적 연구를 행하려고 한다."(在這種大文化背景中,對朱熹不僅進行哲學的硏究,而且進行政治的、經濟的、文學的、歷史學的、自然科學的以及心理的、性格的、行爲的、道德的等硏究,一句話,要對他進行多維文化的硏究.)라고 하였다. 그러나 필자가 유감스럽게 발견하게 된 것 것은 속씨의 저작 중에는 "문학적"이라는 차원에 대하여 쓴 것이 기타의 여러 차원만큼 무르익고 확실하지 않다는 것이다. 속씨의 저서가 나타내고 있는 주희의 이미지는 문학가로서 본다면 여전히 애매모호한 것이다. 본서의 정문(正文) 원고를 완성한 후에 필자는 방금 출판된 장립문(張立文)의 ≪주희평전(朱熹評傳)≫을 보고 그중에 뜻밖에도 문학을 언급한 한 장 곧 제9장 <미선문도(美善文道)・시리자연(詩理自然)>이 있는 것을 발견하고 놀랍고 기뻐하였지만, 읽어 본 후에는 또 실망을 느끼는 것을 금하지 못하였다. 왜냐하면 이 장의 초점은 여전히 철학(미학)에 있어서 문학에 대해서는 말이 분명하지 않았기 때문이다. 보아하니, 학술계로 하여금 주희의 문학가적 신분을 인정하게 하는 것은 결코 간단하고 쉬운 일이 아닌 것 같다. 필자는 스스로 학식이 얕음을 알기에 감히 이 작은 책을 통하여 사람들이 본래 가지고 있던 관점을 바꾸기를 바라지 않고, 필자는 그저 학술계가 이러한 미약한 소리에 귀를 기울일 수 있기를 바랄 뿐이다. 곧 주희의 철학가・사상가로서의 지위가 얼마나 중요하든, 주희의 후대문학에 대한 실제적인 영향이 얼마나 큰 부정적인 의미가 있든지, 우리는 주희가 중요한 문학가중의 한사람이라는 것을 마땅히 인정해야만 할 것이다. 필자가 믿기에 주희의 문학가적 신분에 대한 분명한 인식이 없으면 사상가로서의 주희의 면모도 또한 어떤 면에서는 애매모호하게 보일 것이다. 주희 문학에 대한 깊이 있는 연구가 없으면 당대(當代) 주자학은 완벽(完璧)과는 멀리 동떨어진 것일 것이라고 생각한다.

본서가 학술계가 주희의 문학에 대하여 깊이 있는 연구를 행하는 하나의 디딤돌이 되기를 바란다.

# 저자후기

본서는 연구 계획에서 탈고까지 16년간의 오랜 시간을 거쳤다. 그렇지만 이는 결코 내가 "10년 동안에 한 자루의 칼을 간다."(十年磨一劍)는 깊은 연구 과정을 거쳤다는 것을 의미하지는 않는다.

나는 1982년부터 정천범(程千帆) 선생님의 지도하에 박사과정을 공부하였다. 정 선생님이 개설한 학위 과정에는 ≪시경(詩經)≫과 ≪초사(楚辭)≫ 두 과목이 있었고, 관련된 필독서로는 주희의 ≪시집전(詩集傳)≫과 ≪초사집주(楚辭集註)≫가 포함되었다. 그래서 나는 그때까지 늘 경원시(敬遠視)하던 성리학 대사(大師)를 접하기 시작하였다. 나는 상술한 두 책과 ≪주희문집(朱熹文集)≫과 ≪주자어류(朱子語類)≫를 다 읽고 나서 놀라운 사실을 발견하게 되었다. 요즘 사람들의 사상사나 철학사 등 저작에서 매우 엄숙하고 딱딱하게 묘사되어온 주자는 알고 보았더니, 온종일 정좌하고 앉아서 함부로 담소하지 않는 고루한 선생님이 결코 아니라, 시를 읊조리고 글을 쓰는 것을 좋아하고 늘 제자들과 시문에 대해서 토론하는 것을 좋아하였다. 전자의 경우 가끔 풍부한 마음 속을 드러내기도 하고, 후자의 경우는 지혜로운 사상의 불꽃으로 충만해 있었다. 사실, 주희의 문학에 대한 애호는 늙어서까지 줄어들지 않았으며, 부지런히 ≪시경≫ · ≪초사≫ 그리고 한유(韓愈)의 문장에 대해서 정리하고 주석을 가했다. 한마디로 말해서 주희는 명실상부한 문학가였던 것이다. 그래서 나는 정 선생님의 지도하에 "주희 문학 사상 연구(朱熹文學思想研究)"를 박사논문의 제목으로 택하기로 결정하였다. 그런데 내가 관련 연구 논지들을 수집할 때, 한 우연한 사건이 한순간에 이 논제의 선정을 물거품으로 만들어 버렸다. 내가 본 첫 번째 논문에서 전목(錢穆)(1895~1990) 선생이 이미 대만에서 ≪주자 신학안(朱子新學案)≫을 썼다는 것을 알게 되었다. 그 당시 대만의 출판물을 구한다는 것은 하늘에 별 따기였다. 정 선생님의 도움으로 필자는 북경대학의 한 선배 학자로부터 몇 단계를 거쳐 전목 선생 저서의 목차 복사본을 구하게 되었고, 그것을 통해 전목 선생의 저서가 천 여 쪽에 달하는 거작이고, 그중에는 <주자의 문학(文學)>·<주자의 시학(詩學)>·<주자의 교감학(校勘學)·부록 : <주자의 ≪한문고이(韓文考異)≫> 등의 장절(章節)을 포함하고 있어서 내가 연구하려고 했던 모든 내용을 거의 망라하고 있다는 것을 알게 되었다. 선배 대학자가 이미 저술하였는데다가 필자가 또 그 구체적인 내용을 알 수가 없는 상황이었기 때문에 나의 논문은 당연히 어떻게 손을 쓸 수가 없었다. 그래서 나는 매우 안타깝게 이 제목 선택을 포기하게 되었다.

내가 졸업하고 몇 년이 지난 후 마침내 전목의 저서를 읽게 되었고 나중에 또 장건(張健) 선생의 ≪주희의 문학 비평 연구≫(朱熹的文學批評研究)>(실은 장건의 저서가 전목의 저서보다 출판이 약간 앞선다)를 읽고 나서야 비로소 사실 나의 논문이 구상했던 생각과 논술의 초점이 두 책과는 달라서 내가 본래 이 책을 썼어도 무방했다는 것을 알게 되었다. 그렇지만 그때는 내가 이미 일찌감치 졸업해서 교편을 잡고 있다 보니 여러 자질구레한 일들 때문에 시간이 잘 나지 않아 여러 차례 '다시 시작해야지'라고 생각했지만 사정으로 인해 되지 않았다. 그래서 이 숙제는 줄곧 방치해둔 채로 그냥 간간히 몇몇 생각들을 몇 편의 단편 논문으로 쓰기만 했다. 그러다 1997년 한국에서 강연을 하고 돌아온 뒤에야 한국 학술계의 주자학에 대한 중시 태도에 느끼는 바가 있어서 다시 이 책을 쓰기로 결심하게 되었다. 1년여의 시간을 들인 끝에 마침내 올해 초에 초고를 완성하게 되었고, 스스로 전체 책의 내용으로 보아 "주희 문학 사상 연구"라는 제목으로 포괄하기가 실로 어렵다고 생각되어 제목을 "주희 문학의 연구(朱熹文學硏究)"로 바꾸게 되었다. 지금은 본 책을 최초 구상한 때로부터 16년이란 세월이 흘렀다. 세월이 유수 같아 나는 이미 양 귀밑머리가 희끗희끗한 중년이 되었고, 정 선생님은 이미 모질(耄耋)에 달해 선생님의 사고는 예전과 마찬가지로 맑으시지만 이미 체력이 쇠퇴하신데다 시력이 좋지 않으셔서 차마 이 20여 만자 되는 원고를 살펴달라고 하지 못했다. 그래서 그냥 당초 정 선생님의 지도하에 이 책을 구상하던 과정을 위와 같이 일일이 서술하여 감사의 마음을 표할 수밖에 없다.

이 책의 저술은 국가교육위원회(國家教育委員會) 박사점(博士點) 인문사회과학(人文社會科學) 기금(基金)과 강소성(江蘇省) "333 공정(工程)"기금의 찬조를 받았음을 밝힌다.

막려봉(莫礪鋒)

1999년 4월 2일 남경대학에서

# 역자후기

≪주희의 문학 연구≫(朱熹文學硏究)를 처음 번역하기 시작한 것은 2007년으로 거슬러 올라간다. 그간 이일저일 치이다 보니 이제야 번역을 마치고 출판을 하게 되었다. 우선 시작 단계에서 이홍진 선생님께서 남경대학 막려봉 교수와 사전 친분이 있었던 터라 한국어판 번역 출판을 흔쾌히 허락하여 출판사 등 관련 문제들을 도와주셔서 일이 순조롭게 진행될 수 있었다. 번역은 두 사람이 각자 역할을 분담하여 제1장 <주희의 생평과 그의 문학 활동>, 제5장 <주희의 시경학>, 제6장 <주희의 초사학>, 제7장 <주희의 ≪한문고이≫>와 <결론> 부분은 이홍진 선생님이 맡고, 나머지 <전언>, 제2장 <주희의 문학 창작>, 제3장 <주희의 문학 이론>, 제4장 <주희의 문학비평>, 그리고 <후기>는 안찬순이 맡았다.

두 사람이 나누어 맡다 보니 번역 스타일이 다소 차이가 있을 수도 있음을 미리 양해를 구한다. 그리고 번역 과정 중에 내가 맡은 부분 가운데 해결이 어려운 많은 부분들과 오역한 부분에 대해서는 이홍진 선생님께서 도움을 주시고 오류를 바로잡아 주셨음을 밝혀둔다. 번역 과정에 오역도 적지 않으리라 생각하지만 차후 기회가 되면 정정하기로 한다.

마지막, 막려봉 교수께서 바쁘신 가운데에 장문의 서문을 보내 주신 점, 그리고 출판을 위해 힘써 주신 역락출판사의 이대현 사장님께 이 자리를 빌어 감사의 마음을 전한다.

이홍진, 안찬순

## ▪ 참고문헌


[가]

간종오(簡宗梧), ≪부(賦)와 변문(駢文)≫(賦與駢文), 대만서점(臺灣書店), 1998

갈립방(葛立方), ≪운어양추(韻語陽秋)≫, ≪역대시화≫본

강량부(姜亮夫), ≪초사서목오종(楚辭書目五種)≫, 중화서국, 1961

고보영(高步瀛), ≪당송문거요(唐宋文擧要)≫, 상해고적출판사, 1982

고이생(顧易生) · 장범(蔣凡) · 유명금(劉明今), ≪송금원문학비평사(宋金元文學批評史)≫, 상해고적출판사, 1996

고힐강(顧頡剛) 편, ≪고사변(古史辨)≫(제3책), 박사(樸社), 1935

공영달(孔穎達), ≪춘추좌전정의(春秋左傳正義)≫, ≪십삼경주소(十三經注疏)≫본

공영달(孔穎達), ≪모시정의(毛詩正義)≫, ≪십삼경주소≫본

공영달(孔穎達), ≪주역정의(周易正義)≫, ≪십삼경주소≫본

곽소우(郭紹虞), ≪송시화고(宋詩話考)≫, 중화서국, 1979

구양수(歐陽脩) · 송기(宋祁) 등, ≪신당서(新唐書)≫, 중화서국 점교본

구양수(歐陽脩), ≪구양문충공집(歐陽文忠公集)≫, ≪사부총간≫본

구양수(歐陽脩), ≪시본의(詩本義)≫, ≪사부총간≫본

구양수(歐陽脩), ≪육일시화(六一詩話)≫, ≪역대시화≫본

구조오(仇兆鰲), ≪두시상주(杜詩詳注)≫, 중화서국, 1979

≪국학논총(國學論叢)≫, 북경 청화학교(清華學校) 연구원, 1927

궐명(闕名), ≪시설준영(詩說雋英)≫, ≪송시화집일≫본

기윤(紀昀), ≪사고전서총목(四庫全書總目)≫, 중화서국, 1965

[나]

내흠지(來欽之), ≪초사술주(楚辭述注)≫, 청 강희(康熙) 30년 중간본

녹흠립(逯欽立), ≪선진한위진남북조시(先秦漢魏晉南北朝詩)≫, 중화서국, 1983

[다]

단성식(段成式), ≪유양잡조(酉陽雜俎)≫, ≪사부총간≫본

단옥재(段玉裁), ≪경운루집(經韻樓集)≫, ≪경운루총서(經韻樓叢書)≫본

≪당대문학연구(唐代文學研究)≫ 제3집, 광서사범대학출판사(廣西師範大學出版社), 1992
≪당연구(唐研究)≫ 제3권, 북경대학출판사, 1997
도연명(陶淵明), 공빈(龔斌) 교전, ≪도연명집교전(陶淵明集校箋)≫, 상해고적출판사, 1996
동배기(佟培基), ≪전당시중출오수고(全唐詩重出誤收考)≫, 섬서인민출판사(陝西人民出版社), 1996
동제덕(童第德), ≪한집교전(韓集校詮)≫, 중화서국, 1986
동천공(董天工), ≪무이산지(武夷山志)≫, 청 도광(道光) 병오(丙午) 각본

[마]
마적고(馬積高), ≪송명 이학과 문학≫(宋明理學與文學), 호남사범대학출판사, 1989
막려봉(莫礪鋒), ≪강서시파연구(江西詩派研究)≫, 제로서사(齊魯書社), 1986
막려봉(莫礪鋒), ≪두보평전(杜甫評傳)≫, 남경대학출판사, 1993
매요신(梅堯臣), 주윤(朱東潤) 편년교주, ≪매요신집편년교주(梅堯臣集編年校注)≫, 상해고적출판사, 1980
모곤(茅坤), ≪당송팔대가문초(唐宋八大家文鈔)≫, ≪사고전서≫본

[바]
반고(班固), ≪한서(漢書)≫, 중화서국 점교본
반덕여(潘德輿), ≪양일재시화(養一齋詩話)≫, ≪청시화속편≫본
방옥윤(方玉潤), ≪시경원시(詩經原始)≫, 중화서국, 1986
방회(方回), ≪동강속집(桐江續集)≫, ≪사고전서진본초집≫본
방회(方回), 이경갑(李慶甲) 회평, ≪영규율수회평(瀛奎律髓會評)≫, 상해고적출판사, 1986
백거이(白居易), ≪백씨장경집(白氏長慶集)≫, ≪사부총간(四部叢刊)≫본
범엽(范曄), ≪후한서(後漢書)≫, 중화서국 점교본
보제(普濟), 소연뢰(蘇淵雷) 점교, ≪오등회원(五燈會元)≫, 중화서국, 1984
≪복건문화(福建文化)≫, 제2기, 복건 협화대학(協和大學) 복건문화연구회(福建文化研究會), 1934

[사]

≪사대학보(師大學報)≫ 제6기, 북경사범대학출판과, 1933
사마광(司馬光), ≪자치통감(資治通鑑)≫, 중화서국 점교본
사마천(司馬遷), ≪사기(史記)≫, 중화서국 점교본
≪사조와 이백 연구≫(謝脁和李白硏究), 인민문학출판사, 1995
≪산해경(山海經)≫, ≪사부총간≫본 ; 원가(袁珂) 교주, 파촉서사(巴蜀書社), 1993
석개(石介), ≪조래집(徂徠集)≫, ≪사고전서(四庫全書)≫본
섭몽득(葉夢得), ≪석림시화(石林詩話)≫, ≪역대시화≫본
섭소옹(葉紹翁), ≪사조문견록(四朝聞見錄)≫, ≪지부족재총서≫본
소식(蘇軾), 공범례(孔凡禮) 점교, ≪소식문집(蘇軾文集)≫(전6책), 중화서국, 1992
소식(蘇軾), 공범례(孔凡禮) 점교, ≪소식시집(蘇軾詩集)≫(전8책), 중화서국, 1992
소옹(邵雍), ≪이천격양집(伊川擊壤集)≫, ≪사부총간≫본
소자현(蕭子顯), ≪남제서(南齊書)≫, 중화서국 점교본
소철(蘇轍), ≪난성집(欒城集)≫, ≪사부총간≫본 ; 증조장(曾棗莊) · 마덕부(馬德富) 교점(전3책), 상해고적출판사, 1987
소통(蕭統), ≪문선(文選)≫, 중화서국, 1977
소통(蕭統), ≪양소명태자집(梁昭明太子集)≫, ≪사부총간≫본
속경남(束景南), ≪주자대전(朱子大傳)≫, 복건교육출판사, 1992
속경남(束景南), ≪주희일문집고(朱熹佚文輯考)≫, 강소고적출판사, 1991
손매(孫梅), ≪사륙총화(四六叢話)≫, 청 광서(光緖) 7년 중간본
손적(孫覿), ≪홍경거사집(鴻慶居士集)≫, ≪사고전서≫본
≪송시감상사전(宋詩鑑賞辭典)≫, 상해고적출판사, 1987
심약(沈約), ≪송서(宋書)≫, 중화서국 배인본

[아]

악사(樂史), ≪태평환우기(太平寰宇記)≫, ≪사고전서≫본
안지추(顔之推), ≪안씨가훈(顔氏家訓)≫, 상해서점, 1986
양계초(梁啓超), ≪청대학술개론(淸代學術概論)≫, 상해고적출판사, 1998
양만리(楊万里), ≪성재집(誠齋集)≫, ≪사부총간≫본
양시(楊時), ≪귀산선생어록(龜山先生語錄)≫, ≪사부총간≫본
양웅(揚雄), ≪양자법언(揚子法言)≫, ≪사부총간≫본

엄우(嚴羽), ≪창랑시화(滄浪詩話)≫, ≪역대시화(歷代詩話)≫본
엄찬(嚴粲), ≪시집(詩緝)≫, ≪사고전서≫본
여정덕(黎靖德) 편, 왕성현(王星賢) 점교, ≪주자어류(朱子語類)≫(전8책), 중화서국, 1994
여조겸(呂祖謙), ≪여씨가숙독시기(呂氏家塾讀詩記)≫, ≪총서집성초편≫본
역중렴(易重廉), ≪중국초사학사(中國楚辭學史)≫, 호남출판사, 1991
≪영락대전(永樂大典)≫, 중화서국, 1986
오도손(敖陶孫), ≪오기지시평(敖器之詩評)≫, 중교(重校) ≪설부(說郛)≫ 본
오세상(吳世尙), ≪초사주소(楚辭注疏)≫, 청 옹정(雍正) 5년 상우당(尙友堂) 간본
오인걸(吳仁傑), ≪이소초목소(離騷草木疏)≫, 청 건륭(乾隆) 45년 ≪지부족재총서≫ 간본
오첨태(吳瞻泰) 휘주, ≪도시휘주(陶詩彙注)≫, 청 강희(康熙) 배경당(拜經堂) 간본
왕명청(王明淸), ≪옥조신지(玉照新志)≫, 상무인서관 배인본
왕명청(王明淸), ≪휘주록(揮麈錄)≫, ≪진체비서(津逮秘書)≫본
왕무(王楙), 정명(鄭明)·왕의요(王義耀) 교점, ≪야객총서(野客叢書)≫, ≪패해≫본 ; 상해고적출판사, 1991
왕무횡(汪懋竑), ≪주자연보(朱子年譜)≫, ≪월아당총서≫본
왕백(王柏), ≪노재왕문헌문집(魯齋王文憲文集)≫, ≪사고전서≫본
왕백(王柏), ≪시의(詩疑)≫, 중화서국, 1955
왕부지(王夫之), ≪초사통석(楚辭通釋)≫, ≪선산유서(船山遺書)≫본
왕응린(王應麟), ≪곤학기문(困學紀聞)≫, 상무인서관, 1959
왕질(王質), ≪시총문(詩總聞)≫, ≪경원(經苑)≫본
요배겸(姚培謙), ≪초사절주(楚辭絶注))≫, 청 건륭(乾隆) 57년 상양(上洋) 박사당(博斯堂) 간본
요제항(姚際恒), ≪요제항저작집(姚際恒著作集)≫, 중앙연구원 중국문철연구소(中國文哲硏究所), 1994
요현(姚鉉), ≪당문수(唐文粹)≫, ≪사부총간≫본
위경지(魏慶之), ≪시인옥설(詩人玉屑)≫, 중화서국, 1959
유개(劉開), ≪하동선생집(河東先生集)≫, ≪사부총간≫본
유구(劉昫), ≪구당서(舊唐書)≫, 중화서국 점교본
유국은(游國恩) 등, ≪중국문학사(中國文學史)≫, 인민문학출판사, 1964

유극장(劉克莊), ≪후촌선생대전집(後村先生大全集)≫, ≪사부총간≫본
유리(劉履), ≪선시보주(選詩補注)≫, 명 천순(天順) 4년 간본
유안(劉安), ≪회남자(淮南子)≫, ≪제자집성(諸子集成)≫본
유우석(劉禹錫), ≪유몽득문집(劉夢得文集)≫, ≪사부총간≫본
유월(兪樾), ≪고서의의거례(古書疑義擧例)≫, 중화서국, 1983
유의경(劉義慶), 여가석(余嘉錫) 전소, ≪세설신어전소(世說新語箋疏)≫, 상해고적출판사, 1993
유종원(柳宗元), ≪당류선생집(唐柳先生集)≫, ≪사부총간≫본
유헌정(劉獻廷), ≪이소경강록(離騷經講錄)≫, 절강도서관(浙江圖書館) 장 초본
유협(劉勰), 범문란(范文瀾) 주, ≪문심조룡(文心雕龍)≫, 중화서국, 1959
유훈(劉壎), ≪은거통의(隱居通議)≫, ≪독화재총서≫본
육귀몽(陸龜蒙), ≪보리선생문집(甫里先生文集)≫, 하남대학출판사, 1996
육시옹(陸時雍), ≪초사소(楚辭疏)≫, 명 집류재(緝柳齋) 간본
육유(陸游), ≪노학암필기(老學庵筆記)≫, ≪진체비서≫본
육유(陸游), ≪위남문집(渭南文集)≫, ≪사부총간≫본
육유(陸游), 전중련(錢仲聯) 교주, ≪검남시고교주(劍南詩稿校注)≫, 상해고적출판사, 1985
이기(李頎), ≪고금시화(古今詩話)≫, ≪송시화집일(宋詩話輯佚)≫본
이백(李白), [청]왕기(王琦) 주, ≪이태백전집(李太白全集)≫(전3책), 중화서국, 1977
이상(李詳), 이치보(李稚甫) 편교(編校), ≪이심언문집(李審言文集)≫(상 · 하), 강소고적출판사(江蘇古籍出版社), 1989
이심전(李心傳), ≪건염이래조야잡기(建炎以來朝野雜記)≫, ≪무영전취진판총서(武英殿聚珍版叢書)≫본
이자명(李慈銘), ≪월만당독서기(越縵堂讀書記)≫, 중화서국, 1963
임경창(林慶彰) 편, ≪경학연구논총(經學硏究論叢)≫ 제5집, 대만학생서국, 1998
임경창(林慶彰), ≪주자학연구서목(朱子學硏究書目)≫, 대만문진출판사(臺灣文津出版社), 1992

[자]
장경원(張京元), ≪산주초사(刪注楚辭)≫, 명 만력(萬曆) 무오(戊午) 간본
장계(張戒), ≪세한당시화(歲寒堂詩話)≫, ≪역대시화속편≫본

장고평(張高評), ≪송시의 전승과 개척≫(宋詩之傳承與開拓≫, 대만 : 문사철출판사(文史哲出版社), 1990
장구성(張九成), ≪횡포문집(橫浦文集)≫, 민국 14년 해염(海鹽) 장씨(張氏) 청기재(淸綺齋) 간본
장기(蔣驥), ≪산대각주초사(山臺閣注楚辭)≫, 중화서국, 1962
장립문(張立文), ≪주희사상연구(朱熹思想硏究)≫, 중국사회과학출판사, 1981
장선국(蔣善國), ≪상서종술(尙書綜述)≫, 상해고적출판사, 1988
장정옥(張廷玉), ≪명사(明史)≫ 중화서국 점교본
장태염(章太炎), ≪국학개론(國學槪論)≫, 파촉서사(巴蜀書社), 1987
장학성(章學誠), 섭영(葉瑛) 교주, ≪문사통의교주(文史通義校注)≫, 중화서국, 1994
≪전당시(全唐詩)≫, 중화서국, 1960
전목(錢穆), ≪주자신학안(朱子新學案)≫, 파촉서사, 1986
전종서(錢鍾書), ≪관추편(管錐編)≫, 중화서국, 1986
전종서(錢鍾書), ≪담예록(談藝錄)≫(증정본), 중화서국, 1984
정병(丁丙), ≪선본서실장서지(善本書室藏書志)≫, 청 광서(光緖) 신축(辛丑) 전당(錢塘) 정씨(丁氏) 간본
정영효(鄭永曉), ≪황정견연보신편(黃庭堅年譜新編)≫, 사회과학문헌출판사, 1997
정준영(程俊英), ≪시경만화(詩經漫話)≫, 상해문예출판사, 1983
정천범(程千帆), ≪송시정선(宋詩精選)≫, 강소고적출판사, 1992
정초(鄭樵), ≪정초문집(鄭樵文集)≫, 서목문헌출판사, 1992
정초(鄭樵), 고힐강(顧頡剛) 집(輯), ≪시변망(詩辨妄)≫, 경산서사(景山書社), 1930
정호(程顥) · 정이(程頤), ≪이정집(二程集)≫, 중화서국, 1981
조공무(晁公武), ≪군재독서지(郡齋讀書志)≫, ≪사부총간≫본
조보지(晁補之), ≪계륵집(鷄肋集)≫, ≪사부총간≫본
조익(趙翼), ≪구북시화(甌北詩話)≫, 인민문학출판사, 1963
조익(趙翼), ≪구북집(甌北集)≫, 청 가경(嘉慶) 수고당(壽考堂) 본
조패림(趙沛霖), ≪흥의 기원≫(興的源起), 중국사회과학출판사, 1987
종영(鍾嶸), 조욱(曹旭) 집주, ≪시품집주(詩品集注)≫, 상해고적출판사, 1994 ; (증정본), 2009
주돈이(周敦頤), ≪주렴계집(周濂溪集)≫, ≪사부총간≫본
주돈이(周敦頤), ≪주자전서(周子全書)≫, ≪만유문고(萬有文庫)≫본

주동윤(朱東潤), ≪중국문학논집(中國文學論集)≫, 중화서국, 1983
주동윤(朱東潤), ≪중국문학비평사대강(中國文學批評史大綱)≫, 고전문학출판사, 1957
주밀(周密), ≪제동야어(齊東野語)≫, 중화서국, 1983
주부(周孚), ≪비시변망(非詩辨妄)≫, 섭문재(涉聞梓) 구본(舊本)
주용천(周溶泉) 등, ≪역대원시취시괴시감상사전(歷代怨詩趣詩怪詩鑑賞辭典)≫, 강소문예출판사, 1989
주욱(朱彧), ≪평주가담(萍洲可談)≫, ≪수산각총서(守山閣叢書)≫본 ; 이위국(李偉國) 교점, 상해고적출판사, 1989
주유개(周裕鍇), ≪중국 선종과 시가≫(中國禪宗與詩歌), 상해인민출판사, 1992
주이준(朱彝尊), ≪폭서정집(曝書亭集)≫, ≪사부총간≫본
주자지(周紫芝), ≪죽파시화(竹坡詩話)≫, ≪역대시화≫본
주자청(朱自淸), ≪주자청고전문학논문집(朱自淸古典文學論文集)≫, 상해고적출판사, 1981
주제(周濟), ≪개존재논사잡저(介存齋論詞雜著)≫, 인민문학출판사, 1959
주휘(周煇), ≪청파잡지(淸波雜志)≫, ≪지부족재총서≫본 ; 유영상(劉永翔) 교주, ≪청파잡지교주≫, 중화서국, 1994
주희(朱熹), ≪사서장구집주(四書章句集注)≫, 중화서국, 1983
주희(朱熹), ≪시집전(詩集傳)≫, 상해고적출판사, 1980
주희(朱熹), ≪주문공교창려선생집(朱文公校昌黎先生集≫, 조선 광해군(光海君) 2년 간본
주희(朱熹), ≪주문공문집(朱文公文集)≫, ≪사부총간≫본
주희(朱熹), ≪창려선생집고이(昌黎先生集考異)≫, 상해고적출판사, 1985
주희(朱熹), 이경갑(李慶甲) 교점, ≪초사집주(楚辭集注)≫([송]리종(理宗) 단평(端平) 을미(乙未)(1235) 간본), 상해고적출판사, 1979
≪중국불교사상자료선편(中國佛敎思想資料選編)≫, 중화서국, 1983
≪중수복건통지(重修福建通志)≫, 청 도광(道光) 간본
증공(曾鞏), ≪남풍선생원풍류고(南豊先生元豊類稿)≫, ≪사부총간≫본
진관(秦觀), ≪회해집(淮海集)≫, ≪사부총간≫본
진래(陳來), ≪주자서신편년고증(朱子書信編年考證≫, 상해인민출판사, 1989
진몽가(陳夢家), ≪상서통론(尙書通論)≫, 중화서국, 1985
진선(陳善), ≪문슬신어(捫蝨新語)≫, ≪유학경오(儒學警悟)≫본

진여의(陳與義), 백돈인(白敦仁) 교전, ≪진여의집교전(陳與義集校箋)≫, 상해고적출판사, 1990
진진손(陳振孫), ≪직재서록해제(直齋書錄解題)≫, ≪무영전취진판총서≫본

[차]
≪천록임랑서목(天祿琳琅書目)≫, 청 광서(光緖) 10년 장사(長沙) 왕씨(王氏) 각본
최술(崔述), ≪독풍우지(讀風偶識)≫, ≪총서집성초편(叢書集成初編)≫본

[타]
탈탈(脫脫), ≪송사(宋史)≫, 중화서국, 1977

[파]
필원(畢沅), ≪속자치통감(續資治通鑑)≫, 고적출판사, 1959

[하]
하작(何焯), ≪의문독서기(義門讀書記)≫, 청 석향재(石香齋) 간본 ; 최고유(崔高維) 점교(전3책), 중화서국, 1987
하전재(夏傳才), ≪시경연구사개요(詩經硏究史概要)≫, 중주서화사(中州書畵社), 1982
한유(韓愈), ≪창려선생문집(昌黎先生文集)≫, ≪사부총간≫본
한유(韓愈), 마기창(馬其昌) 교주, ≪한창려문집교주(韓昌黎文集校注)≫, 상해고적출판사, 1987
한유(韓愈), 전중련(錢仲聯) 집석, ≪한창려시계년집석(韓昌黎詩繫年集釋)≫, 상해고적출판사, 1992
해록이(奚祿詒), ≪초사상해(楚辭詳解)≫, 청 건륭(乾隆) 9년 지진당(知津堂) 간본
혜홍(慧洪), ≪석문문자선(石門文字禪)≫, ≪사부총간≫본
호자(胡仔) 찬집(纂集), ≪초계어은총화(苕溪漁隱叢話)≫(전·후집), 인민문학출판사, 1962 ; 주본순(周本淳) 중정(重訂), 1993
홍량길(洪亮吉), ≪북강시화(北江詩話)≫, ≪월아당총서(粤雅堂叢書)≫ 본 ; 진이동(陳邇冬) 교점, 인민문학출판사, 1983
홍흥조(洪興祖), 백화문(백화문) 등 교주, ≪초사보주(楚辭補注)≫, 중화서국, 1983
황문환(黃文煥), ≪초사청직(楚辭聽直)≫, 명 숭정(崇禎) 16년 간본

황정견(黃庭堅), [송]임연(任淵) · 사용(史容) · 사계온(史季溫) 주, ≪산곡시집(山谷詩集)≫, 청 광서(光緖) 26년 강서(江西) 진삼립(陳三立) 영송간본(影宋刊本) ; 유상영(劉尙榮) 교점, ≪황산곡시집주(黃山谷詩集注)≫(전5책), 중화서국, 2003 ; 황보화(黃寶華) 점교, ≪산곡시집주≫(상 · 하), 상해고적출판사, 2003

황정견(黃庭堅), ≪산곡제발(山谷題跋)≫, ≪진체비서≫본

황정견(黃庭堅), ≪예장황선생문집(豫章黃先生文集)≫, ≪사부총간≫본

황종희(黃宗羲), ≪송원학안(宋元學案)≫, ≪사부비요≫본

황진(黃震), ≪황씨일초(黃氏日鈔)≫, ≪사고전서≫본

후등준서(後藤俊瑞), ≪시집전사류색인(詩集傳事類索引)≫, (일본)무고천(武庫川) 여자대학, 1960

## ▪ 주희 연표

| 서력(西曆) | 간지(干支) | 제왕(帝王) 연호(年號) | 주희(朱熹) 관련 사항 | 사사(史事) |
|---|---|---|---|---|
| 1130 | 경술(庚戌) | 고종(高宗) 건염(建炎) 4년 | 1세. 남검주(南劍州)의 우계현(尤溪縣)에서 출생. 부는 주송(朱松)(1097-1143)(호 위재(韋齋)), 모는 축씨(祝氏)(1100-1169)임. 이름은 희(熹), 자는 원회(元晦), 호는 목재(牧齋)·회암(晦庵)·운곡노인(雲谷老人)·졸재(拙齋)·회옹(晦翁)·회암통수(晦菴通叟)·창주병수(滄洲病叟)·둔수(遯叟)·공동거사(空同居士) 등이 있음. | |
| 1131 | 신해(辛亥) | 소흥(紹興) 원년 | 2세. | |
| 1132 | 임자(壬子) | 소흥 2년 | 3세. | 윤돈(尹焞 : 1161-) |
| 1133 | 계축(癸丑) | 소흥 3년 | 4세. | 장식(張栻 : -1180) 생. |
| 1134 | 갑인(甲寅) | 소흥 4년 | 5세. 소학(小學)에 들어감. ≪효경(孝經)≫의 대의(大義)를 통달함. | 설계선(薛季宣 : -1173) 생. |
| 1135 | 을묘(乙卯) | 소흥 5년 | 6세. | 양시(楊時 : 1053-) 졸.<br>나종언(羅從彦 : 1072-) 졸.<br>채원정(蔡元定 : -1198) 생. |
| 1136 | 병진(丙辰) | 소흥 6년 | 7세. | 서린(舒璘 : -1199) 생. |
| 1137 | 정사(丁巳) | 소흥 7년 | 8세. | 여조겸(呂祖謙 : -1181) 생.<br>진부량(陳傅良 : -1203) 생.<br>누약(樓鑰 : -1213) 생. |
| 1138 | 무오(戊午) | 소흥 8년 | 9세. | 호안국(胡安國 : 1074-) 졸.<br>주진(朱震 : 1072-) 졸. |

| 서력(西曆) | 간지(干支) | 제왕(帝王) 연호(年號) | 주희(朱熹) 관련 사항 | 사사(史事) |
|---|---|---|---|---|
| 1139 | 기미(己未) | 소흥 9년 | 10세. 사서(四書)를 공부함. | 육구연(陸九淵 : -1192) 생. 심환(沈煥 : -1191) 생. 고종이 친히 《역》·《서》·《시》·《춘추좌전》·《논어》·《맹자》·《예기》(5편)을 해서(楷書)로 써서 임안(臨安)의 태학(太學)에 새겼는데 당시 "어서(御書) 석경(石經)"이라 불렀다. |
| 1140 | 경신(庚申) | 소흥 10년 | 11세. | 조여우(趙汝愚 : -1196) 생. 신기질(辛棄疾 : -1207) 생. |
| 1141 | 신유(辛酉) | 소흥 11년 | 12세. | 양간(楊簡 : -1226) 생. |
| 1142 | 임술(壬戌) | 소흥 12년 | 13세. | |
| 1143 | 계해(癸亥) | 소흥 13년 | 14세. 3월, 부친 위재공의 상을 당함(향년 57세). 적계(籍溪) 호헌(胡憲)·백수(白水) 유면지(劉勉之)·병산(屛山) 유자휘(劉子翬)를 사사(師事)함. | 진량(陳亮 : -1194) 생. 정단몽(程端蒙 : -1191) 생. |
| 1144 | 갑자(甲子) | 소흥 14년 | 15세. | 원섭(袁燮 : -1224) 생. |
| 1145 | 을축(乙丑) | 소흥 15년 | 16세. | |
| 1146 | 병인(丙寅) | 소흥 16년 | 17세. | 여본중(呂本中 : 1084-) 졸. |
| 1147 | 정묘(丁卯) | 소흥 17년 | 18세. | |
| 1148 | 무진(戊辰) | 소흥 18년 | 19세. 1월, 유면지의 장녀를 아내로 맞음. 4월, 성시(省試)에 급제함. | 유자휘(劉子翬 : 1101-) 졸. 채연(蔡淵 : -1236) 생. |
| 1149 | 기사(己巳) | 소흥 19년 | 20세. | 유면지(劉勉之 : 1191-) 졸. |

| 서력(西曆) | 간지(干支) | 제왕(帝王) 연호(年號) | 주희(朱熹) 관련 사항 | 사사(史事) |
|---|---|---|---|---|
| 1150 | 경오(庚午) | 소흥 20년 | 21세. | 섭적(葉適 : -1223) 생. |
| 1151 | 신미(辛未) | 소흥 21년 | 22세. 3월, 전시(銓試)에 급제함. 좌적공랑(左迪功郎)·천주(泉州) 동안현(同安縣) 주부(主簿)에 제수됨. | |
| 1152 | 임신(壬申) | 소흥 22년 | 23세. | 황간(黃幹 : -1221) 생. 동수(董銖) 생. |
| 1153 | 계유(癸酉) | 소흥 23년 | 24세. 5월, 천주 동안 주부로 부임함. 남검(남검)을 지나다 연평(延平) 이동(李侗)을 만나 그후 사사함. 7월, 장자 숙(塾) 생. | |
| 1154 | 갑술(甲戌) | 소흥 24년 | 25세. 차자 야(埜) 생. | |
| 1155 | 을해(乙亥) | 소흥 25년 | 26세. | 10월, 진회(秦檜) 졸. 정학(程學) 해금(解禁)됨. |
| 1156 | 병자(丙子) | 소흥 26년 | 27세. | 호인(胡寅 : 1098-) 졸. |
| 1157 | 정축(丁丑) | 소흥 27년 | 28세. 10월, 연평 이동을 따라 배우기 시작함. | |
| 1158 | 무인(戊寅) | 소흥 28년 | 29세. 12월, 담주(潭州)의 남악묘(南嶽廟)(사록관(祠祿官))에 차감(差監)됨. | |
| 1159 | 기묘(己卯) | 소흥 29년 | 30세. ≪논어집해≫를 초하여 완성함. | 장구성(張九成 : 1092-) 졸. 진순(陳淳 : -1223) 생. |
| 1160 | 경진(庚辰) | 소흥 30년 | 31세. ≪맹자집해≫의 원고가 완성됨. | |
| 1161 | 신사(辛巳) | 소흥 31년 | 32세. | 금 안완량(顔完亮)이 양회(兩淮)를 침공함. 11월, 송군이 채석(采石)에서 대승함. 안완량이 양주(揚州) 귀산사(龜山寺)에서 피살됨. |

| 서력(西曆) | 간지(干支) | 제왕(帝王) 연호(年號) | 주희(朱熹) 관련 사항 | 사사(史事) |
|---|---|---|---|---|
| 1161 | 신사(辛巳) | 소흥 31년 | 32세. | 금 안완량(顔完亮)이 양회(兩淮)를 침공함. 11월, 송군이 채석(采石)에서 대승함. 안완량이 양주(揚州) 귀산사(龜山寺)에서 피살됨. |
| 1162 | 임오(壬午) | 소흥 32년 | 33세. 6월, 효종이 즉위하여 다시 남악묘에 차감됨. 8월, 직언(직言)을 구하여 <임오응조봉사(壬午應詔封事)>를 올림. | 호굉(胡宏 : 1102 혹은 1105-) 졸. |
| 1163 | 계미(癸未) | 효종(孝宗) 융흥(隆興) 원년 | 34세. 11월, <계미수공전주차(癸未垂拱殿奏箚)>를 올림.<br>무학박사(武學博士)에 제수됨.<br>≪논어요의(論語要義)≫와 ≪논어훈몽구의(論語訓蒙口義)≫를 완성함.<br>≪연평답문(延平答問)≫을 엮음. | 이동(李侗 : 1093-) 졸. |
| 1164 | 갑신(甲申) | 융흥 2년 | 35세. 정월, 연평으로 가서 이동의 상에 곡함. 장례를 지낼 때 다시 감.<br>≪잡학변(雜學辨)≫(≪소씨역해(蘇氏易解)≫ · ≪소황문노자해(蘇黃門老子解)≫ · ≪장무구중용해(張無咎中庸解)≫ · ≪여씨대학해(呂氏大學解)≫) · ≪곤학공문편(困學恐聞編)≫을 완성함. | 12월, 융홍(隆興) 화의(和議). |
| 1165 | 을유(乙酉) | 건도(乾道) 원년 | 36세. 5월, 다시 남악묘에 차감됨. | |

| 서력(西曆) | 간지(干支) | 제왕(帝王)연호(年號) | 주희(朱熹) 관련 사항 | 사사(史事) |
|---|---|---|---|---|
| 1166 | 병술(丙戌) | 건도 2년 | 37세. 3월, 주돈이(周敦頤)의 ≪통서(通書)≫를 교정하여 장사(長沙)에서 간행함.<br>6월, 채원정(蔡元定)이 와서 문학(問學)함.<br>7월, ≪맹자집해≫를 수정함. ≪이정어록(二程語錄)≫을 엮음.<br>9월, "주경(主敬)" 사상을 처음으로 깨달음. ≪논어요의(論語要義)≫를 소무(邵武) 부학(府學)에서 간행함. ≪장재집(張載集)≫을 엮음.<br>10월, 유공(劉珙)이 ≪이정선생문집(二程先生文集)≫을 장사(長沙)에서 간행하여 장식(張栻)과 함께 교정함. | 호헌(胡憲) 졸. |
| 1167 | 정해(丁亥) | 건도 3년 | 38세. 8월, 장식(張栻)을 담주(潭州)를 방문함.<br>12월, 담주에서 돌아옴. 추밀원(樞密院) 편수관(編修官)에 제수됨. | 채침(蔡沈 : -1230) 생. |
| 1168 | 무자(戊子) | 건도 4년 | 39세.<br>≪정씨유서(程氏遺書)≫를 편차함. | |
| 1169 | 기축(己丑) | 건도 5년 | 40세. 정월, 삼자(三子) 재(在) 생.<br>9월, 모부인(母夫人) 축씨의 상을 당함(향년 70세). | |
| 1170 | 경인(庚寅) | 건도 6년 | 41세. 건양(建陽)에 한천정사(寒泉精舍)를 세움.<br><서명해(西銘解)>를 완성함. 이후에도 개정 작업을 계속함. | |

| 서력(西曆) | 간지(干支) | 제왕(帝王) 연호(年號) | 주희(朱熹) 관련 사항 | 사사(史事) |
|---|---|---|---|---|
| 1171 | 신묘(辛卯) | 건도 7년 | 42세. 사창(社倉)을 창건함. | |
| 1172 | 임진(壬辰) | 건도 8년 | 43세. ≪논맹정의(論孟精義)≫·≪팔조명신언행록(八朝名臣言行錄)≫·≪자치통감강목(資治通鑑綱目)≫을 완성함. | |
| 1173 | 계사(癸巳) | 건도 9년 | 44세. <태극도설해(太極圖說解)>를 완성하고 ≪정씨외서(程氏外書)≫를 편차함. | 설계선(薛季宣 : 1134-) 졸. |
| 1174 | 갑오(甲午) | 순희(淳熙) 원년 | 45세. | |
| 1175 | 을미(乙未) | 순희 2년 | 46세. ≪근사록(近思錄)≫을 완성함. ≪가례(家禮)≫를 쓰기 시작함. | |
| 1176 | 병신(丙申) | 순희 3년 | 47세. 비서성(秘書省) 비서랑(秘書郞)에 제수됨. 무이산(武夷山)의 충우관(沖祐觀)에 차임됨. 11월, 부인 유씨(劉氏)의 상을 당함. | |
| 1177 | 정유(丁酉) | 순희 4년 | 48세. ≪논어집주(論語集注)≫·≪맹자집주(孟子集注)≫를 완성, 이후에도 개정 작업을 계속함. ≪논어혹문(論語或問)≫·≪맹자혹문(孟子或問)≫을 완성함. ≪시집전(詩集傳)≫을 완성함. | |
| 1178 | 무술(戊戌) | 순희 5년 | 49세. | 위료옹(魏了翁 : -1237) 생.<br>진덕수(眞德秀 : -1235) 생. |

| 서력(西曆) | 간지(干支) | 제왕(帝王) 연호(年號) | 주희(朱熹) 관련 사항 | 사사(史事) |
|---|---|---|---|---|
| 1179 | 기해(己亥) | 순희 6년 | 50세. 남강(南康)으로 부임하여 학궁(學宮)을 주렴계(周濂溪)의 사당에 세우고, 명도(明道)·이천(伊川)의 양(兩) 정자(程子)를 배향(配享)함.<br>백록동서원(白鹿洞書院)을 중건(重建)함. | |
| 1180 | 경자(庚子) | 순희 7년 | 51세. | 장식(張栻 : 1133-) 졸. |
| 1181 | 신축(辛丑) | 순희 8년 | 52세. 절동제거(浙東提擧)에 임명됨. 직비각(直秘閣)의 직명(職名)을 받음. <신축연화주차(辛丑延和奏箚)>를 올림.<br>12월, 주자의 사창법(社倉法)이 전국에 시행됨. | 여조겸(呂祖謙 : 1137-) 졸. |
| 1182 | 임인(壬寅) | 순희 9년 | 53세. | |
| 1183 | 계묘(癸卯) | 순희 10년 | 54세. 무이정사(武夷精舍)를 건립함. | |
| 1184 | 갑진(甲辰) | 순희 11년 | 55세. | |
| 1185 | 을사(乙巳) | 순희 12년 | 56세. | |
| 1186 | 병오(丙午) | 순희 13년 | 57세. ≪역학계몽(易學啓蒙)≫과 ≪효경간오(孝經刊誤)≫를 완성함. | |
| 1187 | 정미(丁未) | 순희 14년 | 58세. ≪통서해(通書解)≫를 간행함. ≪소학(小學)≫을 편차함. | |
| 1188 | 무신(戊申) | 순희 15년 | 59세. 연화전에서 의견을 개진함(<무신연화주차(戊申延和奏箚)>). 직보문각(直寶文閣)에 제수됨. 무신봉사(戊申封事)를 올림. | 하기(何基 : -1269) 생. |

| 서력(西曆) | 간지(干支) | 제왕(帝王) 연호(年號) | 주희(朱熹) 관련 사항 | 사사(史事) |
|---|---|---|---|---|
| 1189 | 기유(己酉) | 순희 16년 | 60세. 비각수찬(秘閣修撰)에 제수됨. <대학장구서(大學章句序)>와 <중용장구서(中庸章句序)>를 씀. | |
| 1190 | 경술(庚戌) | 광종(光宗) 소희(紹熙) | 61세. 장주지사(漳州知事)로 부임함.<br>≪대학≫·≪논어≫·≪중용≫·≪맹자≫를 간행하여 ≪사서(四書)≫가 비로소 성립됨.<br>이 무렵 ≪주역본의(周易本義)≫를 완성함. | |
| 1191 | 신해(辛亥) | 소희 2년 | 62세. 장자 숙(塾)의 상을 당함. 비각수찬에 다시 제수됨. | 심환(沈煥 : 1139-) 졸.<br>정단몽(程端蒙 : 1143-) 졸. |
| 1192 | 임자(壬子) | 소희 3년 | 63세. 건양의 고정(考亭)에 거실을 지음. ≪맹자요략(孟子要略)≫을 완성함. | |
| 1193 | 계축(癸丑) | 소희 4년 | 64세. | 육구연(陸九淵 : 1139-) 졸. |
| 1194 | 갑인(甲寅) | 소희 5년 | 65세. 악록서원(嶽麓書院)을 중건하고 강학함. <효종산릉의장(孝宗山陵議狀)>을 올렸으나 답을 받지 못함. 녕종에게 ≪대학(大學)≫을 진강(進講)함. | 진량(陳亮 : 1043-) 졸. |
| 1195 | 을묘(乙卯) | 녕종(寧宗) 경원(慶元) 원년 | 66세. | |
| 1196 | 병진(丙辰) | 경원 2년 | 67세.<br>예서(禮書)를 수찬하여 ≪의례경전통해(儀禮經傳通解)≫라 이름을 붙임. 심계조(沈繼祖)의 탄핵으로 직명을 박탈당하고 사록관(祠祿官)을 파면당함. | |

| 서력(西曆) | 간지(干支) | 제왕(帝王) 연호(年號) | 주희(朱熹) 관련 사항 | 사사(史事) |
|---|---|---|---|---|
| 1197 | 정사(丁巳) | 경원 3년 | 68세.<br>≪주역참동계고이(周易參同契考異)≫와 ≪한문고이(韓文考異)≫를 완성함. | 왕백(王柏 : -1274) 생. |
| 1198 | 무오(戊午) | 경원 4년 | 69세.<br>≪서집전(書集傳)≫ 몇 편을 짓고 문생(門生) 채침(蔡沈)에게 속작(續作)을 명함. | 채원정(蔡元定 : 1135-) 졸. |
| 1199 | 기미(己未) | 경원 5년 | 70세. 치사(致仕)할 것을 청하여 수조봉대부(守朝奉大夫)로 치사함. ≪초사집주(楚辭集注)≫를 완성함. 위재공(韋齋公)의 행장(行狀)을 지음. | 서린(舒璘 : 1136-) 졸. |
| 1200 | 경신(庚申) | 경원 6년 | 71세. 정월에 <취성정찬(聚星亭贊)>을 지음.<br>2월에 ≪대학≫의 경(經) 1장과 성의장(誠意章)을 마지막으로 고치고, 3월 7일에 정침(正寢)에서 서거(逝去)함.<br>11월 임신(壬申)에 건양현(建陽縣) 당석리(唐石里)의 대림곡(大林谷)에 안장(安葬)함. | |
| 1209 | 기사(己巳) | 가정(嘉定) 2년 | 문공(文公)이란 시호를 받았으며, 그후 태사(太師)에 추증(追增)되고 신국공(信國公)으로 추봉(追封)되었다가 휘국공(徽國公)으로 개봉(改封)되었으며 공자(孔子)의 묘정(廟庭)에 종사(從祀)됨. | |

# 저서 개요

≪주희 문학의 연구≫, 남경대학출판사, 2001.

이 책은 주희의 문학에 대한 전면적인 연구 저서이다. 주희에 대한 기존의 연구가 대부분 그의 철학 사상에만 집중되었던 것과 달리 주희의 문학 창작 · 문학 비평 · 문학 이론 및 그의 중요한 저작 3종 ≪시집전(詩集傳)≫ · ≪초사집주(楚辭集注)≫ · ≪한문고이(韓文考異)≫ 등에 대하여 심도 깊은 연구와 고정 및 평가를 하여, 중국의 관련 학계에 많은 반향을 불러 일으켰다.

우리나라 학계에서도 주자에 관한 연구는 매우 활발한 편이나, 역시 대부분 주자의 철학 사상의 연구에 집중되어 있는 상황이다. 하지만 중국의 송 · 명 · 청의 이학가 가운데 주자 문학 사상이나 문학적 견해의 영향을 받지 않은 사람이 드물었듯이 우리 조선 시대 역시 특히 주자학이 홍성하였으므로 조선시대 유가 전통의 문학을 연구하는데 있어서도 또한 주자의 문학에 관한 전반적 이해는 필수적이라 할 수 있다. 그러므로 이 책은 중국학 관련 연구자뿐만 아니라 조선 시대 성리학 배경 하의 여러 문학 상황을 이해하는 데에도 많은 도움이 될 수 있을 것이라 생각한다.

2015. 11. 5.

## 저자 약력

### 막려봉(莫礪鋒, 1949-)

강소(江蘇) 무석(無錫) 출신. 1966년 소주(蘇州) 고급중학을 졸업하고, 1968년 하향(下鄉) · 삽대(插隊)하여 농업에 종사하고 임시공이 되었다. 1978년 3월 안휘대학(安徽大學) 외어계(外語系)에 입학하였다. 1979년 9월 남경대학 중문계 연구생이 되었고 정천범(程千帆)(1913-2000) 선생을 사사(師事)하여 중국 고대문학을 전공하였다. 1984년 10월 졸업하고 문학박사 학위(논제 : <강서시파 연구(江西詩派研究)>)를 받았는데 이것은 중국의 제1호 문학박사이다. 지금은 남경대학 중문계 교수로 고대문학 전공 박사 연구생 지도교수이다.

남경대학 시학연구소 주임, 중국CCTV 백가강단의 저명 강사, 중국교육부의 여러 위원회의 위원으로 활동하고 있다. 중국운문학회 이사, 중국당대문학회 상무이사, 중국송대문학회 부회장, 중국두보연구회 부회장, 중국육유연구회 회장 등을 맡고 있다. 주요 저서는 다음과 같다.

1. ≪강서시파 연구(江西詩派研究)≫, 제로서사(齊魯書社), 1986.
2. ≪개척된 시세계≫(被開拓的詩世界)(정천범(程千帆) · 장굉생(張宏生)과 공저), 상해고적출판사, 1990.
3. ≪두보평전(杜甫評傳)≫, 남경대학출판사(南京大學出版社), 1993.
4. ≪신녀의 탐색(영미 학자들의 중국고전시가론)≫(神女之探尋 : 英美學者論中國古典詩歌)(편역), 상해고적출판사(上海古籍出版社), 1994.
5. ≪중국문학사(中國文學史) · 송대권(宋代卷)≫(주편(主編)), 고등교육출판사, 1998.
6. ≪주희 문학의 연구(朱熹文學研究)≫, 남경대학출판사, 2001.
7. ≪시가와 도덕 명언(詩歌與道德名言≫, 강소고적출판사, 2002.
8. ≪고전 시학의 문화 관조≫(古典詩學的文化觀照), 중화서국, 2005.
9. ≪두보 시가 강연록(杜甫詩歌講演錄)≫, 광서사범대학출판사(廣西師範大學出版社), 2007.
10. ≪당송 시가 논집(唐宋詩歌論集)≫, 봉황출판사, 2007.

그밖에 발표 논문은 100여 편에 달한다.

# 역자 약력

## 이홍진(李鴻鎭)

1947년생
서울대 중국어중국문학과 졸업
서울대 대학원 졸업(중국 고전 문학 전공)
경북대 인문대 중어중문학과 교수 정년퇴임

- 저서 : ≪중국어연습≫(Ⅰ)(Ⅱ)(공저), 방송통신대학출판부, 1985.
- 역서 : ≪중국언어학사≫(공역), 왕력(王力), 계명대출판부, 1983.
  ≪중국경학사≫, 피석서(皮錫瑞), 동화출판공사, 1984. ; 형설출판사, 1995.
  ≪중국고대문화상식≫, 왕력, 형설출판사, 1989.
  ≪송시선주≫, 전종서(錢鍾書), 형설출판사, 1989. ; 역락출판사, 2010.
  ≪당송사통론≫, 오웅화(吳熊和), 계명대출판부, 1991.
  ≪80년대 중국 어법 연구≫, 육검명(陸儉明), 중문출판사, 1994.
  ≪중국고전문학창작론≫, 장소강(張少康), 법인문화사, 1999.
  ≪중국문자학≫, 구석규(裘錫圭), 신아사, 2001. ; ≪중국 문자학의 이해≫, 신아사, 2010.
  ≪중국 언어학 : 현상과 전망≫(공역), 허가로(許嘉璐)·왕복상(王福祥)·유윤청(劉潤淸) 주편, 역락출판사, 2010.
  ≪중국 고전 문학 연구의 회고와 전망≫(공역), 중국 사회과학원 문학연구소 편, 역락출판사, 2010.
  ≪훈고학 입문≫(공역), 곽재이(郭在貽), 이화여자대학교 출판부, 2012.
  등이 있음

## 안찬순(安贊淳)

1965년생
경북대학교 중어중문학과 졸업
국립대만대학 중문연구소 석사·박사학위 취득
현재 대구 영진전문대 부교수

- 대표논문 : <劉勰의 '言意觀'試論>(1999년), <明代理學家與文人論'情', '眞'>(2004년), <≪文心雕龍≫<辨騷>篇幾個問題之商榷>(2005년),<論皇甫湜, 孫樵的古文特色與晩唐古文之衰落>(2005년), <庾信詠懷詩中的孤兒意識>(2010), <談唐宋"古文"之稱的緣起問題>(2012), <李皐,皇甫湜文論特色之探討)(2012) 등 다수
- 저서 : ≪초당 사학가 문론 연구(初唐史學家文論硏究)≫(대만대학 석사논문 1992년), ≪명대 이학가 문학 이론 연구(明代理學家文學理論硏究)≫(대만대학 박사논문 1999)
- 번역서 : ≪중국고전문학 연구의 회고와 전망≫(공역), 역락출판사 2010.

# 주희 문학의 연구


**초판 인쇄** 2015년 11월 13일
**초판 발행** 2015년 11월 23일
**저 자** 막려봉(莫礪鋒)
**역 자** 이홍진 안찬순
**발행인** 이대현
**편 집** 오정대
**디자인** 이홍주
**발행처** 도서출판 역락
서울 서초구 동광로 46길 6-6 문창빌딩 2층
전화 02-3409-2058(영업부), 2060(편집부)
팩시밀리 02-3409-2059
이메일 youkrack@hanmail.net
역락 블로그 http://blog.naver.com/youkrack3888
등록 1999년 4월 19일 제303-2002-000014호

ISBN 979-11-5686-272-7 93820

**정 가** 50,000원





이 도서의 국립중앙도서관 출판예정도서목록(CIP)은 서지정보유통지원시스템 홈페이지(http://seoji.nl.go.kr)와 국가자료공동목록시스템(http://www.nl.go.kr/kolisnet)에서 이용하실 수 있습니다.(CIP제어번호 : CIP2015030630)